Taylor Caldwell

DER PREIS DER MACHT

– DIE ARMAGHS –

Taylor Caldwell

Der Preis der Macht

– DIE ARMAGHS –

ERSCHIENEN BEI HESTIA

Aus dem Amerikanischen übertragen
von Hans Eric Hausner

Titel der Originalausgabe
CAPTAINS AND THE KINGS

Printed in Austria
Lizenzausgabe mit freundlicher
Genehmigung des
Paul Neff Verlages, Wien

ISBN 3-7770-0382-4
Umschlaggestaltung: Atelier Schütz, München
Umschlagbild:
Pressebilderdienst Kindermann, Berlin
Gesamtherstellung: Wiener Verlag, Himberg

The Tumult and the shouting dies,
The Captains and the King depart.
Still stands Thine ancient Sacrifice —
A humble and a contrite heart.

Lord God of Hosts, be with us yet,
Lest we forget, lest we forget!

Rudyard Kipling

VORWORT

Dieses Buch ist den jungen Menschen gewidmet, die rebellieren, weil sie wissen, daß etwas in ihrem Lande im argen liegt, die aber nicht wissen, was dieses Etwas ist. Ich hoffe, daß mein Buch zur Erhellung der Umstände beiträgt.

Alle Personen der Handlung sind, mit Ausnahme der offensichtlich historischen, meine Erfindung; es gibt meines Wissens in Amerika keine Familie wie die Armaghs, noch hat es sie je gegeben. Der historische und politische Hintergrund des Romans ist jedoch authentisch. Das »Committee for Foreign Studies« und die »Scardo Society« existieren und haben existiert, wenngleich unter anderen Namen. Es gibt tatsächlich eine »Verschwörung gegen das Volk« und wird sie vermutlich immer geben, denn seit jeher stehen die Regierungen den von ihnen Regierten feindselig gegenüber. Das ist nichts Neues, auch wenn sich Verschwörer und Verschwörungen entsprechend der politischen oder wirtschaftlichen Lage des betreffenden Landes von einer Ära zur anderen gewandelt haben.

Doch erst seit Karl Marx und der Zeit des »Bundes der Gerechten« sind sich Verschwörer und Verschwörungen über das Objekt, das Ziel und die Zielsetzung eins geworden. Das hat nichts mit »Ideologie«, mit einer bestimmten Regierungsform, mit Idealen, mit »Materialismus« oder sonstigen Schlagworten zu tun, mit denen die hirnlosen Massen so freigebig gefüttert werden. Noch weniger hat es mit Religionen oder Rassen zu tun, denn die Verschwörer sind über »solche Nebensächlichkeiten« längst hinaus. Sie stehen jenseits von Gut und Böse. Die Cäsaren, die sie an die Macht bringen, sind — wissentlich oder unwissentlich — ihre Geschöpfe, und gleich ob in Europa, Rußland, China, Afrika oder Südamerika beheimatet, hilflos. Und sie werden hilflos bleiben, solange sie ihren wahren Feind nicht erkannt haben.

Präsident John F. Kennedy wußte, was er sagte, wenn er von den »Gnomen von Zürich« sprach. Vielleicht wußte er zu viel! Staatsstreiche sind eine alte Geschichte, aber sie häufen sich. Sehr wahrscheinlich ist dies die letzte Stunde des Menschen als denkende Spezies, bevor er in einer »geplanten Gesellschaft« versklavt wird. Das Buch endet mit einer Bibliographie, und ich kann nur hoffen, daß sich recht viele meiner Leser die Hinweise, die sie enthält, zunutze machen.

Taylor Caldwell

ERSTER TEIL

Joseph Francis Xavier Armagh

Viele Erinnerungen, oder die Erinnerung
an viele Dinge, nennt man Erfahrung.
Thomas Hobbes, De Homine

I

»Joey! Joey? O Gott, Joey?« rief seine Mutter in Qual und Verzweiflung.

»Ich bin hier, Mutter«, sagte Joseph und hielt ihre dünne, kleine Hand fester. »Ich verlasse dich nicht, Mutter.« Im trüben Licht starrte sie ihn an, die geweiteten Augen glänzend und schreckerfüllt. Joseph beugte sich über sie. Der Stuhl, auf dem er saß, schwankte im Schlingern des vor Anker liegenden Schiffes. Ihre Finger umklammerten seine Hand, bis sie wie Eisenbänder in sein Fleisch einschnitten. Er spürte die kalten, knochigen Fingerspitzen. »O Mutter«, murmelte er, »du wirst wieder gesund.« Sein krauses, rostbraunes Haar fiel ihm über Stirne und Ohren; er schüttelte es zurück. Er war dreizehn Jahre alt.

»Ich sterbe, Joey«, wisperte sie, und ihre müde, junge Stimme war kaum zu hören. »Ich denke an Sean und die Kleine. Wirst du dich ihrer annehmen, Joey? Dich um sie kümmern?«

»Du stirbst nicht, Mutter.«

Ihre Augen blieben auf ihm haften. Ihre fahlen Lippen hatten sich geöffnet und ließen die feinen, kleinen Zähne sehen. Ihre Nase war schmal und spitz, der zuckende Atem ließ ihre Nüstern erbeben; sie keuchte. Die Augen unter den glatten, schwarzen Brauen richteten eine verzweifelte Frage an ihn.

»Selbstverständlich«, beruhigte er sie. »Vater erwartet uns. Es wird dir bald wieder gutgehen.«

Ein rührendes Lächeln spielte um ihre Lippen. »Mein guter Joey«, flüsterte sie. »Du warst immer ein guter Junge. Jetzt bist du ein Mann, Joey.«

»Ja, Mutter.« Die Finger, die seine Hand umklammerten, waren eiskalt geworden, und nicht nur die Kuppen. Das dichte, schwarze Haar seiner Mutter, glatt wie ihre Augenbrauen, lag ausgebreitet über die schmutzigen Kissen und schimmerte im Licht der hin und her schwingenden stinkenden Laterne, die von der hölzernen Decke herabhing. Decke und Wände schwitzten eine üble, ölige Feuchtigkeit aus, und das große Schiff knarrte unaufhörlich. Der grobe Jutevorhang am Ende des Ganges schwang mit dem Rollen des Frachters. Noch war es hell vor den vier kleinen Bullaugen, doch nur wenig Licht fiel in das übelriechende Zwischendeck, wo fünfzig Frauen und Kinder in ungesunden Kojen unter dünnen, schmuddeligen Decken schliefen. Es war sehr kalt. Die Bullaugen waren vom Sprühwasser, vom Atem und der geringen Körperwärme der elenden Geschöpfe im Raum beschlagen. Das Schiff war ein Viermaster, der vor über sechs Wochen Queenstown in Irland verlassen hatte. Wer großgewachsen war und sich auf die Zehenspitzen stellte, konnte die Küste und die Kais von New York sehen, die wandernden gelben Lichter, den nebeligen Schein der Lampen, und schwirrende Schatten. Vor vierundzwanzig Stunden waren einige Zwischendeckpassagiere in Boston zurückgewiesen worden. Es waren Iren.

Die meisten Frauen und Kinder auf den harten Pritschen litten an Cholera, Fleckfieber und anderen Krankheiten, an denen das verdorbene Essen schuld war. Ein ständiges, gleichsam körperloses Jammern und Wimmern erfüllte die Luft. Die älteren Mädchen schliefen in den oberen Kojen, die sehr kranken unten, an der Seite ihrer hungernden Mütter. Es wurde schnell dunkel, denn es war Winter, und die Kälte nahm immer mehr zu. Joseph Francis Xavier Armagh fühlte und sah nichts außer seiner sterbenden Mutter, die kaum dreißig Jahre alt war. Neben sich hörte er bitteres Weinen und wußte, daß es Sean, sein knapp sechs Jahre alter kleiner Bruder war. Sean weinte, weil ihm immerzu kalt war, weil er hungrig war und Angst hatte. Vor zehn Minuten hatte er sein Abendessen bekommen: eine Schale dünne Hafergrütze und eine Scheibe grobkörniges trockenes Brot, das nach Mäusen roch.

Joseph achtete nicht auf seinen Bruder. Er hörte nicht das Wimmern der Kinder, das Weinen der kranken Frauen, noch verschwendete er einen Blick auf die Kojen, die das schmale Zwischendeck auf beiden Seiten säumten. Sein Sinn und sein leidenschaftliches Streben galten einzig seiner Mutter. Er setzte seine ganze Willenskraft ein, um sie am Leben zu erhalten, eine kalte Entschlossenheit, von der ihn weder Hunger noch Durst, weder Schmerz noch Haß abbringen konnten. Joseph hatte nichts gegessen und die Schale mit Hafergrütze, trotz Schwester Mary Bridgets dringendem Bitten, doch etwas zu sich zu nehmen, beiseite geschoben. Dächte er jetzt an etwas, das nicht seine Mutter betraf, würde sie sterben. Nahm er seine Hand aus der ihren, wandte er den Blick von ihr ab, sie würde sterben. »Sie« würden es endlich erreicht haben, den Tod der Moira Armagh, die lachte, wenn es keinen Grund zum Lachen gab, und betete, wenn kein Gott da war, der sie hörte.

Doch Joseph wagte nicht daran zu denken, daß es keinen Gott gab, denn er fürchtete die Todsünde, und nur ein Gott konnte Moira jetzt noch helfen — Gott und die Willenskraft ihres Sohnes. Das Baby war um Mitternacht geboren worden, die Schwestern hatten es zu sich genommen, und der alte Priester im Zwischendeck — er schlief bei den Männern jenseits des schwingenden Jutevorhangs — hatte das Kind auf den Namen Mary Regina getauft; Moiras geflüsterter Bitte entsprechend, denn so hatte ihre tote Mutter geheißen. Der Säugling lag stumm in einem Kokon schmutziger Tücher auf der Pritsche der jungen Schwester Bernarde, die ihn mit einer »Zuckerzitze« säugte — ein zu einem Beutelchen geschlungenes feuchtes Tuch, in das man ein wenig Zucker getan hatte — denn es gab keine Milch für Leute, die im Zwischendeck reisten. Das Kind war zu schwach, um zu schreien. Die junge Nonne saß daneben und betete den Rosenkranz. Sie stand auf, als Vater O'Leary den Vorhang zur Seite schob und eintrat. Es wurde still im Raum; sogar die kranken Kinder hörten auf zu jammern. Mütter streckten die Arme aus den engen Kojen, um seine zerschlissene schwarze Soutane zu berühren. Er war von Schwester Teresa gerufen worden und trug eine alte, abgewetzte Ledertasche in der Hand.

Die alte Schwester Mary Bridget klopfte Joseph zaghaft auf seine magere Schulter. »Der Vater ist hier«, sagte sie. Aber Joseph schüttelte heftig den Kopf. »Nein«, entgegnete er, denn er wußte, wozu der Priester gekommen war. Er beugte sich wieder über seine Mutter. »Du wirst wieder gesund«, wiederholte er. Doch sie blickte über seine Schulter hinweg auf den Priester, und die Angst verstärkte den fiebrigen Glanz ihrer Augen. Schwester Mary Bridget strich der jungen Frau liebevoll über den Arm. Joseph stieß sie ungestüm zur Seite. Wütend funkelten seine tiefliegenden blauen Augen im Licht der übelriechenden Laternen. »Nein!« rief er. »Gehen Sie! Nein!«

Mit einem erstickten Schluchzen holte er Atem. Er hätte sie schlagen mögen, diese fromme alte Frau in ihrem zusammengeflickten schwarzen Gewand. Ihre weiße Nonnenhaube, die in allen diesen Wochen erstaunlicherweise sauber und steif geblieben war, schimmerte im Halbdunkel, und auf ihrem Gesicht zeichnete sich Mitleid. Tränen liefen ihr über die Wangen. Ohne ihn anzusehen, wandte sich Joey an den wartenden Priester. »Sie werden sie töten!« rief er. »Gehen Sie!«

Ein schwärzlichöliger Tropfen löste sich von der Decke, klatschte ihm auf die Wange und hinterließ einen Fleck wie von geronnenem Blut auf seinem hageren Gesicht, dem Gesicht eines wild entschlossenen Mannes, nicht eines Knaben von dreizehn Jahren.

Eine der sechs Nonnen, die im Zwischendeck reisten, brachte ein wackeliges Tischchen und stellte es zu Häupten Moira Armaghs nieder. »Komm«, sagte Schwester Mary Bridget, die zwar alt, aber sehnig und kräftig war, da sie in ihrer Jugend bei einem Bauern gearbeitet hatte. Ihren Händen, die es gewohnt waren, mit Pferd und Pflug umzugehen, die die Erde geackert und umgegraben hatten, konnte Joseph nicht widerstehen, und sosehr er sich auch sträubte, wurde er doch mitsamt seinem Stuhl einen Fuß oder zwei an der Seite der Koje hinuntergeschoben. Aber er hielt die kalte Hand seiner Mutter weiter fest, drehte jetzt allerdings den Kopf zur Seite, um ihr Gesicht und vor allem das des Priesters nicht sehen zu müssen, dem er jetzt einen von ohnmächtigem Zorn gespeisten Haß entgegenbrachte.

»Joey«, sagte Schwester Mary Bridget ihm ins Ohr, denn in diesen letzten Stunden schien er taub gewesen zu sein, »du wirst doch deiner Mutter nicht die Letzte Ölung vorenthalten wollen, die Tröstungen der heiligen Religion? Sie hat die Beichte abgelegt —«

Hart und kompromißlos, wie es seine ganze Art war, erhob sich Josephs Stimme. Seine Augen funkelten, als er sich der alten Nonne zuwandte.

»Und was hatte sie denn zu beichten, meine Mutter?« fragte er fast schreiend. »Was hat sie getan, daß Gott sie so hassen sollte? Wann hat sie je gesündigt? Gott ist es, der sich schuldig bekennen sollte!«

Einer Nonne, die gerade dabei war, ein undefinierbares Stück weißen Tuches über den Tisch zu breiten, verschlug es, als sie ihn so lästern hörte, den Atem, und sie bekreuzigte sich. Ihre Gefährtinnen taten es ihr gleich, nur Schwester Mary Bridget sah Joseph voller Mitleid an und faltete die Hände. Der Priester wartete. Er betrachtete das erschreckend bleiche und abgezehrte Gesicht des Knaben, die breite, volle Stirne, die blitzenden Augen, die kräftige, geschwungene Nase, die blassen, von Sommersprossen übersäten Wangen, die langen, irischen Lippen und den schmalen Mund. Er sah den Schopf dichten, glanzlosen, rötlichen Haares, den schlanken, sehnigen Hals, die zarten Schultern und die geschickten, schmächtigen Hände. Er gewahrte die seelische Erregung des Jungen, sein ärmliches weißes Hemd, die grobe Hose und die geflickten Schuhe. Es zuckte um den Mund des Priesters; er wartete. Kummer, Auflehnung und hilflose Wut waren ihm nicht neu; zuviel Schreckliches hatte er schon erlebt. Allerdings traf er solche Empfindungen nur selten bei einem Knaben an.

Ungeziefer lief über die gewölbten Holzwände des Zwischendecks. Draußen in der nun schnell herabsinkenden Dämmerung schwappte das Wasser gegen das Schiff. Die Kinder begannen wieder zu wimmern. Üble Gerüche drangen durch den Vorhang, hinter dem nun ein Mann auf der Mundharmonika eine traurige irische Weise zu spielen begann. Ein paar heisere Stimmen summten den Refrain. Die knienden Nonnen begannen leise zu beten: »Heilige Maria, Muttergottes, bitte für uns arme Sünder jetzt und in der Stunde unseres Absterbens —«

»Nein, nein, nein!« schrie Joseph und schlug mit der geballten Faust gegen die Seitenwand der Koje, in der seine Mutter ruhte. Aber er löste seine Hand nicht aus der ihren. Blaues Feuer loderte in seinen Augen. Sein unregelmäßiger Atem übertönte beinahe die Mundharmonika und das Singen der Männer. Unsagbare Qual spiegelte sich in seinen verzerrten Zügen. Er lag halb über seiner Mutter, als wollte er sie vor erbitterten Feinden beschützen. Trotzig und wütend starrte er den Priester und die Nonnen an. Aber Moira verharrte in stummer Erschöpfung.

Schweigend öffnete der Priester seine Tasche. Seine alten Hände zitterten in Gram und Ehrfurcht. Joseph heftete seine Blicke auf den Greis, und seine Lippen verzogen sich zu einem tonlosen Knurren.

»Joey«, sagte Moira mit ersterbender Stimme.

»Gehen Sie«, drang der Junge erneut in den Priester. »Wenn sie die Sakramente empfängt, wird sie sterben.«

»Joey«, wiederholte Moira, und ihre Hand zuckte leicht in der seinen. Der Knabe schloß die Augen und sank in willenloser Hingabe, nicht in kindlicher Liebe, auf die Knie. Sein Kopf ruhte nahe seiner Mutter Schulter, nahe der jungen Brust, die ihn einst gesäugt hatte. Ihre Hand glitt mit dem zarten Flattern eines Flügels über sein Haar und fiel schlaff herab. Er hielt ihre andere Hand fest, als wollte er sie vor der Finsternis und dem grenzenlosen Schweigen bewahren, die er jenseits des Lebens wähnte. Er hatte schon viele sterben gesehen, jung und unschuldig, darbend und vertiert wie seine Mutter, hilflose Kinder, die nach Nahrung schrien, Greisinnen, die vor Hunger an ihren Fingern nagten. Er konnte Gott nicht vergeben. Er konnte nicht mehr glauben. Haß und Verzweiflung hielten ihn aufrecht, gaben ihm Mut.

Dichter Nebel stieg aus dem kalten Meer, und im Hafen ertönten die klagenden Stimmen der Signalhörner. Das Schiff schaukelte. »Ich bring dich wieder heim«, sangen die Männer auf der anderen Seite des Vorhangs, »heim, wo das Gras grün ist und frisch.« Sie sangen von dem Land, das sie geliebt und verlassen hatten, weil es dort kein Brot mehr gab, um sie zu sättigen, nur faulende, schwarze Kartoffeln auf den nassen, verwilderten Feldern, und sie sangen in Verzweiflung und tiefer Trauer; einer schluchzte, ein anderer stöhnte wie ein Tier. Die Frauen hoben ihre Köpfe aus schmutzigen Kissen und beobachteten mit feierlichen Gesichtern den Priester, Hände bekreuzigten sich über schlaffen Brüsten, ersticktes Weinen wurde laut.

Das Totengebet murmelnd, formten der Priester und die knienden Nonnen einen kleinen Halbkreis um Moira Armaghs dürftiges Lager. Jenseits des Halbkreises liefen kleine Kinder kreischend hin und her, blieben kurz stehen, um die schwarzen Gestalten anzustarren, jagten weiter über den hölzernen Boden und wirbelten Wolken stinkenden Sägemehls auf. Im Deck darunter brüllte das Vieh. Ein Nachtwind stand auf, das Schiff schlingerte ruhelos, und die Nebelhörner heulten wie verdammte Seelen in der Hölle. Der Priester hatte eine kleine Kerze auf den Tisch gestellt und angezündet, daneben ein abgewetztes Holzkreuz mit einem Christus aus gelbem Elfenbein, ein Fläschchen Weihwasser, eine Tasse Krankenöl und eine kleine Schüssel, in der er sich nun seine zitternden Hände wusch. Eine Nonne reichte ihm ein ausgefranstes, aber sauberes Handtuch. Der Greis beugte sich über Moira und sah in ihre Augen, über die sich jetzt schnell ein Schleier zog. Sie richtete einen Blick stummen Flehens auf ihn; ihr Mund stand offen, sie atmete schwer. »Friede diesem Hause«, sagte er mit sanftester Stimme. »Du sollst mich mit geweihtem Wasser besprengen, o Herr, und ich werde rein sein. Du sollst mich waschen, und ich werde weißer sein als Schnee —«

»Nein, nein«, flüsterte Joseph, und sein Kopf schmiegte sich noch enger an die Brust seiner Mutter, und er drückte ihre Hand noch fester.

Klarer und heller ertönte das Totengebet, während Moira in Finsternis versank. Sie konnte hören, aber nichts mehr sehen. Eine Frau, nicht ganz so krank wie die anderen, hatte den kleinen Sean zu sich in eine gegenüberliegende Koje gezogen. Sie hielt den Knaben fest, der ihren Arm umklammerte und verstört »Mami, Mami« wimmerte.

In seinem Kinderherzen betend und lästernd zugleich, kniete Joseph neben seiner Mutter. Mit seinem kräftigen jungen Körper und dem stummen Aufschrei seiner Seele glaubte er, ihr den Weg in den Tod versperren zu können. Düstere, qualvolle Verwirrung überkam ihn. Er fühlte sich einer Ohnmacht nahe. Aus dem Winkel seiner halbgeschlossenen Augen sah er die flackernde Kerze, und ihre Flamme wuchs zu einem riesenhaften gelben Fleck, der ihn schwindlig machte und Übelkeit in ihm erregte. Die Laternen schwangen und mit ihnen ihr fahles Licht; aus den zwei Latrinen zwischen der Männer- und der Frauenabteilung stieg der Gestank menschlichen Abfalls. Die Balken knarrten. Joseph versank in einen nebelhaften Traum von Schmerz und Hoffnungslosigkeit.

Der Priester spendete Moira Armagh die Sterbesakramente; ihre grauen Lippen bewegten sich kaum mehr. »Verlasse nun diese Welt, o christliche Seele —«, flüsterte er.

Joseph hörte es nicht. Er sprach zu Daniel, seinem Vater, der seine kleine Familie in New York in Empfang nehmen sollte. »Hier ist sie, Vater, und hier sind auch Sean und das Baby, und nun wollen wir uns um sie kümmern, du und ich, sie verwöhnen in dem Haus, das du für uns gefunden hast. Wir wollen frei sein und nie mehr hungrig oder heimatlos. Niemand wird uns hassen, uns von unserer Scholle vertreiben und uns verrecken lassen — wir sind heimgekehrt zu dir, Vater.«

Es war Wirklichkeit für ihn, denn er hatte diese Szene tausende Male auf dieser kummervollen Reise geträumt. Sein Vater, sein schöner, junger Vater mit der hellklingenden Stimme, dem fröhlichen Lachen und den schlanken, kräftigen Armen, erwartete seine Familie auf dem Pier. Er umarmte sie alle und brachte sie in das »Apartment« im Bowery-Viertel, wo er mit seinem Bruder Jack wohnte. Dort war es warm, und es gab weiche Betten und einen heißen Ofen und Heiterkeit und den Duft von Kartoffeln und Mohrrüben und Rindfleisch oder Lamm und Moiras fröhliche Lieder und, vor allem, Geborgenheit und Trost und Friede und Hoffnung. Hatte er ihnen nicht Geld geschickt und Briefe geschrieben und über all das berichtet? Er hatte eine gute Stellung als Hausmeister in einem kleinen Hotel. Zum erstenmal seit vielen Jahren konnte er nach Herzenslust essen. Er arbeitete fleißig und wurde für seine Arbeit bezahlt. Er würde für seine Familie sorgen. Nie wieder würde man sie wie Ratten jagen, sie wegen ihres Glaubens verachten und verfolgen und sie auf der Landstraße erfrieren und verhungern lassen. »Ja, es ist ein Land für freie Männer«, hatte Daniel in seiner gut leserlichen Handschrift geschrieben. »Die Jungen werden zur Schule gehen, das Baby wird in Amerika zur Welt kommen, wir werden alle Amerikaner sein und uns nie wieder trennen.«

Plötzlich machte die Sterbende eine so heftige Bewegung, daß Josephs Traum jäh zu Ende ging und er den Kopf hob. Ihre Augen, nun nicht mehr verschleiert und stumpf, blickten mit einem Ausdruck rauschhafter Freude und Überraschung über seine Schulter hinweg, und ihr graues Gesicht rötete sich mit Leben und Entzücken. »Danny, Danny!« rief sie. »O Danny, du bist uns holen gekommen!« Mit einem Ruck entriß sie Joseph ihre Hand und hob die Arme, die Arme einer jubelnden Braut. Versonnen, halb lachend, als erwarte sie die Umarmung des Geliebten, murmelte sie etwas Unverständliches. Doch sogleich erlosch das Licht in ihren Augen und in ihrem Antlitz, und sie starb, von einem Atemzug zum anderen; aber das Lächeln blieb, triumphierend und erfüllt. Ihre Augen starrten über Josephs Schulter. Ihr glattes, schwarzes Haar lag wie ein samtenes Tuch um ihr Gesicht und ihre Schultern.

Joseph kniete neben ihr. Er empfand nichts mehr, weder Schmerz noch Gram, weder Zorn noch Verzweiflung. Es war alles zu Ende. Er sah, wie die alte Schwester Mary Bridget die starrenden Augen seiner Mutter schloß und die abgearbeiteten kleinen Hände über ihre Brust legte. Die Nonne griff unter die Decke, um die langen Beine zu strecken. Sie war eine der Barmherzigen Schwestern, die in diesem Zwischendeck gereist waren, aber selbst sie zuckte zusammen, als ihre Hände und Finger auf die blutgetränkte und von Ungeziefer überschwemmte Strohmatratze stießen. So viel Blut aus einem jungen und gebrechlichen Leib — aber wenigstens hatte die junge Frau jetzt Frieden gefunden, sie ruhte in den Armen des Herrn, der gekommen war, um sie zu Sich zu nehmen. Sanft zog die Nonne die Decke über das lächelnde Antlitz, und es wollte ihr scheinen, als ob es noch in seliger Freude leuchtete. Schwester Mary Bridget, die soviel Qual und Hoffnungslosigkeit und Sterben gesehen hatte, weinte ein wenig — trotz ihres Gleichmuts.

Priester und Nonnen murmelten Gebete, aber Joseph erhob sich. Einige Augenblicke lang torkelte er wie ein alter Mann, dann richtete er sich auf. Sein Gesicht war so grau wie das seiner toten Mutter. Letzten Endes hatte Gott — wie üblich — die Unschuldigen verraten und sie allen Trostes beraubt. Ein einziger Wunsch brannte jetzt in Joseph: sich zu rächen an Gott und am Leben. Er schritt durch den Gang zwischen den vollen Kojen, nahm ohne ein Wort die schmutzige Hand seines kleinen Bruders und führte ihn aus dem den Frauen und Kindern vorbehaltenen Teil des Zwischendecks. Er schob den zerfetzten Vorhang zur Seite, der eine der Latrinen verdeckte — eine einfache Holzkonstruktion wie ein Abtritt auf dem Land, die einen unerträglichen Gestank verbreitete —, und bedeutete Sean, sie zu gebrauchen. Er half dem Kind, sich der Hose zu entledigen — die von einem Strick zusammengehalten wurde —, und half ihm auf die schmale Stange. Er war sich des Gestanks nicht bewußt; er starrte auf die hölzernen Wände, ohne etwas zu sehen.

»Mami, Mami«, flüsterte der Kleine. Joseph legte ihm die Hand auf die Schulter — Einhalt gebietend, nicht tröstend —, und Sean sah ausdruckslos zu ihm auf. Er folgte ihm in die Abteilung der Männer, die nun schwiegen und nicht mehr sangen und den zwei Waisen mitleidige Blicke zuwarfen. Joseph sah ihre blassen, abgehärmten Gesichter nicht. Ihr Leid berührte ihn nicht mehr. Sie hegten noch Erwartungen, er aber hatte keine Hoffnung. Er war ihnen so fern, wie ein Steinbild dem Leben fern ist. Die Vergangenheit hielt ihn gefangen, und nun verließ er sich auf seine Ausdauer, um das einzige Ziel zu erreichen, das er sich steckte: Die Familie zu seinem Vater zu bringen.

Er zog Sean Hose, Hemd und Schuhe aus, bis der Kleine in zerschlissener Unterhose und langen, schwarzen, gestopften Strümpfen dastand. Dann legte er das Kind auf die muffige Decke und das fleckige, gestreifte Kissen. Seans große blaue Augen musterten ihn schweigend. Joseph war immer ein guter großer Bruder gewesen, der alles wußte und Gehorsam forderte, doch stets ein freundliches Wort für ihn hatte und ihm Mut zusprach, wenn er sich verlassen fühlte. Seit sein Vater sich vor acht Monaten nach Amerika eingeschifft hatte, war es Joseph, der für die Familie sorgen mußte. Mehr noch als sein Vater war Joseph das Familienoberhaupt, der Pfleger seiner Mutter und der Beschützer seines Bruders. Sean vertraute ihm wie keinem zweiten und stützte sich auf seine unbezwingbare Kraft. Doch diesen neuen, so erschreckend schweigsamen Joseph, der starren und unversöhnlichen Blickes vor ihm stand, kannte er nicht. Der gelbliche Schein der Laterne glitt über des Bruders Antlitz. Von neuem erwachte die Furcht in Sean, und er begann zu wimmern.

»Still«, sagte Joseph.

Im Gegensatz zu Joseph war Sean ein zartes Kind mit langen, feinen Knochen und durchscheinendem Fleisch. Leicht zu gewinnen, leicht zu entflammen, ähnelte er seinem jungen Vater, Daniel Padraic Armagh, der seine Familie in New York erwartete. Daniels helle Hautfarbe hatte in Irland die Vermutung wach werden lassen, er hätte etwas englisches Blut, und er mußte sich mit aller Entschiedenheit gegen diese böswillige und beleidigende Irreführung wehren. Er und englisches Blut! Mochte Gott den Schuften verzeihen, die dieses Gerücht in die Welt gesetzt hatten, *er* konnte es nicht! Sean hatte den Adel seines Fleisches geerbt, sein feines, goldblondes Haar, seine aristokratischen Züge, sein zögerndes, bezauberndes Lächeln aus sanft geröteten Lippen, das

Grübchen in seiner linken Wange, Heiterkeit, Zuversicht, frohe Ungezwungenheit, seine kecke Stupsnase, seine dichten Brauen, seine zarte Haut, Lebendigkeit und Eifer und seine großen hellblauen Augen. Vater und Sohn besaßen die gleiche anmutige und elegante Erscheinung, die Joseph versagt geblieben war. Auch geflickte Hosen und zerschlissene Hemden nahmen ihnen nichts von ihrem geschmeidigen Charme, während Josephs Kleidung ausschließlich dazu angetan schien, es seinem ungeduldig hastenden Körper zu erleichtern, etwas zu schaffen oder in Ordnung zu bringen. Daniel und der kleine Sean sprachen sanft und einschmeichelnd, wie es jene tun, die danach streben, ihre Mitmenschen zu bezaubern, Joseph hingegen sprach schroff und kurz angebunden, weil er ganz instinktiv stets unter Zeitdruck stand. Das Leben, meinten Daniel und auch Sean, war da, um genossen zu werden. Nach Josephs Ansicht aber sollte es genutzt werden. Er liebte und achtete seinen Vater, war sich jedoch seiner glückhaften Mängel sehr wohl bewußt: die Saumseligkeit, der Glaube, daß die Menschen besser wären, als sie erkennen ließen, der auch durch Unglück und Katastrophen nicht zu erschütternde Optimismus. Joseph war es gewesen, der vor acht Monaten, im Alter von zwölf Jahren, zu seinem Vater gesagt hatte: »Fahr in dieses New York, Dada, zu Onkel Jack, denn ich fürchte, hier werden wir sterben. Dieses Land hat keine Zukunft.«

Nicht einmal die Hungersnot hatte großen Eindruck auf Daniel gemacht. Morgen würde ja alles schon viel, viel besser sein. Gott würde Wunder wirken und Weizen sprießen und fette, weiße Kartoffeln im durchtränkten schwarzen Erdreich reifen lassen. Im Herd würde das Torffeuer prasseln, es würde geschmortes Lamm und ein bißchen Speck zum Frühstück geben, dazu frische Eier und Haferkuchen, sie würden sich neue warme Decken kaufen, die verschmachtenden Obstbäume würden eine reiche Ernte an Äpfeln, Birnen und Kirschen hervorbringen — kurzum, eine gesegnete Zukunft stand unmittelbar bevor.

»Wir können nicht länger warten«, sagte Joseph. »Wir verhungern.«

»Dir fehlt der Glaube«, entgegnete Daniel. »Du bist ein harter Bursche.«

»Wir haben weder Brot noch Kartoffeln noch Fleisch.«

»Gott wird für uns sorgen«, erklärte Daniel mit weit ausladender väterlicher Gebärde.

»Er hat nicht für uns gesorgt, und Irland verhungert«, erwiderte der kleine Joseph. »Onkel Jack, Gott segne ihn, hat dir das Geld geschickt, und du mußt nach Amerika fahren.«

Daniel schüttelte den Kopf und wies seinen älteren Sohn liebevoll zurecht. »Du bist ein harter Mann, Joey, und ich sage das bewußt, obwohl du noch ein Junge bist.« Er sah Joseph an, der seinen Blick unbeirrt aus dunklen Augen erwiderte. Schon zwei Wochen später war Daniel tränenreich unterwegs nach Queenstown, um dort das Schiff nach Amerika zu besteigen. Er umarmte seine schöne Moira und den kleinen Sean, vermied es aber, Joseph zu berühren, der dem Vater schließlich steif die Hand entgegenstreckte. Der weichherzige Daniel nahm sie, und nicht ganz ohne Scheu. »Mögest du den Wind stets im Rücken haben, Dad«, sagte Joseph. »Danke dir, Joey«, erwiderte der Vater, der sich weit jünger fühlte als sein Sohn. Groß und schön und stolz wie ein Ritter stand er da, den Blick auf eine strahlende Zukunft gerichtet.

»In Amerika, heißt es, sind die Straßen mit Gold gepflastert«, rief er und lächelte sein unbeschwertes, heiteres Lächeln, »und davon soll bald ein Stück mir gehören!«

Er war von hochfliegenden Hoffnungen beseelt, und Joseph betrachtete ihn mit dem mitleidigen Bedauern, das Erwachsene für gewöhnlich einem lebenslustigen Kind zeigen, das nichts von der Welt und ihren Schrecknissen weiß. Daniel sah Herrenhäuser und schwarze Rappen, vierrädrige Zweispänner und grüne Parks und klingende Goldstücke, Joseph eine große Schüssel Hammelfleisch mit Kartoffeln und Pastinak und Rüben, und ein warmes Zuhause ohne nächtliche Überfälle, Mord und Totschlag, ohne hungernde Haufen von Männern, Frauen und Kindern auf den schlammigen Straßen eines verwüsteten Irlands. Daniel sah Behagen und rehfarbene elegante Hosen, einen glänzenden Zylinder, eine Krawatte mit einer Nadel aus Perlen und Diamanten und ein schneidiges Spazierstöckchen, Joseph ein Leben ohne drohende Fäuste an der Tür, ohne entweihte Kirchen, ohne das schreckverzerrte Gesicht eines Priesters in einem Versteck im Moor. Daniel sah große, festlich beleuchtete Räume, Joseph Gotteshäuser, in denen man nicht auf der Hostie herumtrat, ein Land, in dem sich jeder frei zu seinem Glauben bekennen durfte. Daniel sah Freude, Joseph Freiheit — und nur *er* ahnte, daß Freude und Freiheit eins waren.

»Ich glaube nicht an Träume«, sagte Joseph in den letzten Minuten ihres Zusammenseins. »Ich glaube an das, was ein Mensch leisten kann —«

»Mit Gottes Hilfe«, ergänzte Daniel und bekreuzigte sich. Joseph lächelte spöttisch. Es war eine automatische, leere Geste, die Geste eines Heiden. »Mit Hilfe seines Willens«, sagte der Knabe Joseph.

Moira hatte den Wortwechsel mit angehört; sie umarmte Daniel, und ihre Tränen begannen zu fließen. »Während du für uns arbeitest«, schluchzte sie, »wird Joey der Mann im Haus sein.«

»Ich fürchte, das war er schon immer«, meinte Daniel. Die Heiterkeit schwand aus seinen Zügen, und er blickte seinen älteren Sohn ernst, mit einer seltsamen Mischung von Hochachtung und Selbstvorwurf an. Er wußte, daß Joseph ihm zumindest teilweise die Schuld daran gab, daß er nicht imstande gewesen war, Moiras Erbe zu bewahren: an die dreißig Morgen Land, fünf Ochsen, zwei Pferde, einen Flug Hühner, fruchtbarer, fetter Boden, der gute Kartoffeln, Gemüse und Getreide hervorbringen konnte, und mittendrin ein schmuckes, kleines, strohgedecktes Landhaus mit den entsprechenden Nebengebäuden. Die Hungersnot war hier in den ersten Jahren nicht allzu grausam gewesen, und das nahe gelegene Dorf hatte nicht allzusehr darunter gelitten.

Daniel war ein optimistischer Bauer gewesen. Wenn Kartoffeln und Gemüse in der durchnäßten Erde verfault waren und der Regen nicht aufhören wollte, würde doch in ein paar Tagen die Sonne wieder scheinen, und man würde nochmals säen können. Wenn die Kühe keine Milch mehr gaben, würden sie wohl bald kalben. Wenn die Bäume wenig Früchte trugen — nun, schon nächstes Jahr würden sich die Zweige unter der Last der Ernte biegen. Sobald die englischen Steuereinnehmer aufdringlich wurden, führte Daniel freundschaftliche Gespräche mit ihnen, lud sie in die Schenke ein, zahlte ihnen den schwarz gebrannten Whisky und lächelte ihnen in die finsteren Gesichter. Nächstes Jahr würde er genug haben, um für *zwei* Jahre Steuer zu zahlen! Nur ein bißchen Geduld, meine Herren, pflegte er sie mit jener beredten, noblen Handbewegung und einem versöhnlichen Zwinkern anzugehen.

Daniel war auch Mühlenbauer. Doch als die Engländer ihm nahelegten, nach Limerick zu fahren und sich dort nach Arbeit umzusehen, lächelte er ebenso ungläubig wie nachsichtig.

»Ich bin ein Bauer, meine Herren!« rief er und erwartete, daß sie sein Lächeln erwidern würden, aber ihre Mienen wurden nur noch finsterer.

»Ein schlechter Bauer, Armagh«, antwortete einer. »Vor zwei Jahren hast du nur einen Teil deiner Steuern bezahlt, voriges Jahr gar nichts, und jetzt hast du auch kein Geld. Wie alle Iren bist du leichtsinnig, sorglos, leichtgläubig und ein Großmaul. Wir wissen von der Hungersnot — wie auch nicht? Ihr jammert ja ohne Unterlaß über euer Unglück. Aber was *tut* ihr dagegen?«

Daniels Miene verdüsterte sich. Seine eigene Familie würde ihn nicht wiedererkannt haben, ja nicht einmal er selbst, denn plötzlich sah er der Wirklichkeit ins Gesicht.

»Nun, so sagt es mir doch, meine Herren«, entgegnete er, und seine wohltönende Stimme klang rauh. »Eine Plage ist über das Land gekommen. Was *können* wir tun? Wir können nur warten, daß sie vorübergeht, wie alle Plagen. Die Zeit läßt sich nicht weiterdrehen. Was schlagt ihr vor? Nach Limerick soll ich gehen, sagt ihr, und dort mein Handwerk betreiben? Aber wie ich hörte, liegen die Dinge auch in Limerick sehr im argen, und die Menschen hungern.«

»Du kannst dein Handwerk in England betreiben«, meinte ein anderer Steuereinnehmer.

Ein weißer Schatten fiel über Daniels Mund, und er kniff seine hellblauen Augen zusammen. »Hättet ihr mich in die Hölle arbeiten geschickt, ich würde eure Worte nicht beleidigender empfunden haben.«

Er warf seine letzten Shillings auf den Tisch, erhob sich würdevoll und ging. Doch während er in der Dämmerung heimwärts schritt, kehrte seine gute Laune wieder, und er kicherte. Denen hatte er es ordentlich gegeben! Und er vergaß sie sogleich, denn sie waren es nicht wert, daß man sich ihrer erinnerte. Die Hände in den Hosentaschen, die wollene Mütze schief auf dem Kopf, begann er zu pfeifen. Moira würde lachen, wenn er es ihr erzählte. Und schon morgen würde er diesen häßlichen Tag vergessen haben. Die Felder würden trocknen, die Hungersnot würde vorüber sein, und eine strahlende Zukunft würde beginnen.

Joseph entsann sich dieses Abends. Mit schreckerfüllten, weit aufgerissenen Augen lauschte seine Mutter der Erzählung und biß sich dabei auf die Lippen. Doch so gut verstand es Daniel, die Menschen für sich einzunehmen, daß sie ihn umarmte und küßte und ihm beipflichtete. Ja, er hatte recht getan, den hochmütigen Engländern über den Mund zu fahren, und sieh doch, verhieß nicht der Mond, der da draußen zwischen den schwarzen Wolken hervorlugte, eitel Sonnenschein für den morgigen Tag?

Joseph, der in der Kaminecke saß, wo er Sean Lesen und Schreiben beibrachte, hatte seine Eltern beobachtet, und seine jungen Lippen kräuselten sich in Verachtung — und Furcht. Er wußte, daß seine Mutter ihren Mann sehr genau kannte. Weil er ihr nicht noch mehr weh tun wollte, versagte er es sich, seinem Vater, der sorglos an einem Stück Schwarzbrot knabberte und sich in der Bewunderung seiner schönen jungen Frau sonnte, während er seine zerschlissene Jacke über dem Torffeuer des Herdes zu trocknen suchte, ein paar harte und peinliche Fragen vorzulegen. Die weißgetünchten Wände waren von der Feuchtigkeit fleckig geworden; Wände und Decke zeigten Risse. Daniel sah diese Dinge nicht, und es wäre ihm auch nie eingefallen, etwas auszubessern. Er sprach nur immer von dem größeren Steinhaus, das er — bald — bauen würde, und von einem Schieferdach. Das Geld? Das würde sich finden. Die nächste Ernte würde mehr als reichlich sein. Heute abend kochte ein gutes Stück Lammfleisch im Topf. Zwar gab es keine Kartoffeln, dafür aber Rüben in Hülle und Fülle, und bevor die zu Ende waren, würde Gott in seiner grenzenlosen Güte und Gnade für alles weitere sorgen.

Der Ziegelboden war wie immer kalt und feucht. Die Binsenstühle bedurften dringender Reparaturen, obwohl sie mit bunten kleinen Kissen bedeckt waren, die Moira aus einem letzten Ballen Stoff gefertigt hatte. Der Tisch war sorgsam mit dem farbigen Geschirr gedeckt, das Moira in die Ehe mitgebracht hatte, und auf dem Kamineinsatz siedete Tee in einer irdenen Kanne. Noch waren die Federbetten intakt und auch die Decken — und weiter sah Daniel nicht, denn er glaubte an ein gütiges Geschick, und daß sich alles zum besten wenden mußte, wenn man nur genügend Geduld aufbrachte.

Wäre Daniel ein Dummkopf gewesen, Joseph hätte ihm verzeihen können. Wäre er ungebildet gewesen wie so viele seiner Nachbarn, sein Sohn hätte ihm seine von falschen Hoffnungen genährte Torheit vergeben. Dummköpfe und Analphabeten verstanden es nun einmal nicht, über ihre Nasenspitzen hinaus zu sehen. Aber Daniel war nicht dumm. Romantik blühte in seinem Herzen und floß über seine Zunge, und in seiner Heimatstadt Limerick hatte er acht Jahre oder noch länger die Klosterschule besucht. Er besaß einen kleinen Schatz hoch in Ehren gehaltener Bücher, die ein Priester ihm geschenkt hatte, Bücher über Geschichte und Literatur, die er immer wieder las, insbesondere jene, die vom Ruhm des alten Irlands kündeten. Er konnte ganze Absätze aus dem Gedächtnis zitieren und tat es mit Leidenschaft, mit Glut und Stolz. Darum gab es keine Rechtfertigung für seine Weigerung, sich mit der Wirklichkeit auseinanderzusetzen, und auch nicht für sein grenzenloses Vertrauen auf eine glückliche Zukunft.

Daniel glaubte an Gott, aber es war nicht Moiras streng religiöser, vor jeder Sünde zurückschreckender, von Standhaftigkeit geprägter Glaube. Es war ein heiterer Glaube, großzügig und überschwenglich wie er selbst. Er konnte sich eine Vorstellung von Barmherzigkeit machen, aber nicht von Schuld und Strafe. Gott war ein wohlwollender Vater, dem insbesondere die Iren ans Herz gewachsen waren. Wie also sollte diesem teuren Land und seinem teuren Volk, das so auf ihn vertraute, Leid geschehen? Die Menschen bräuchten sich nur wie Lämmer in die Obhut Gottes, unseres Herrn, zu begeben; er würde für seine Kinder sorgen. Das erklärte er mit ernster Miene seinem Sohn — in dem selbst er einen Zyniker vermutete.

»Und die ›Kinder‹«, entgegenete Joseph, »die, wie wir hören, auf den Straßen Hungers sterben, die Priester, die man wie tolle Hunde jagt und aufknüpft, die Entweihung der Kirchen, die Frauen und ihre Würmer, die man in den Städten halb totprügelt, wenn der Hunger sie auf die Straßen treibt und zum Betteln zwingt — wie steht es damit?«

Daniel schüttelte bedächtig den Kopf. »Wir hören davon, aber haben wir es auch gesehen? Freilich, es ist schlimm, das wissen wir, aber die Menschen neigen nun einmal dazu, aus einer Mücke einen Elefanten zu machen. Gewiß, der Engländer kämpft gegen unseren Glauben, aber der arme Tropf bildet sich ein, er bräuchte ihn nur zu vernichten, und schon würden wir zu Kreuze kriechen und in seinem Heer dienen, in seinen Bergwerken und Fabriken und auf seinen Feldern arbeiten und uns dafür auch noch mit wenig Lohn zufriedengeben. Aber Gott ist stärker als er mitsamt seiner Königin in London, und er wird uns nicht verlassen.«

Dann kam eine Gruppe von Hungernden, oder was von ihnen noch übrig war, auch in das Dorf Carney, und einige von ihnen lagerten auf

Daniels faulenden Feldern, fanden Unterkunft in seinen Scheunen und bettelten um Brot — das er nicht mehr hatte. Sie hielten ihm ihre kraftlosen Säuglinge entgegen, Babys, die gierig an ihren Händen saugten, deren Augen tief in ihren Höhlen brannten, und die alten Männer und Frauen waren schon zu schwach, um ihre Wanderung fortzusetzen. Auch zwei oder drei Priester waren darunter, ausgehungert wie alle anderen. Sie berichteten von Terror in anderen Bezirken, von Galgen und Mord auf den Straßen und von der Ächtung ihres Glaubens. Es war Winter, und dennoch besaßen diese Menschen, die auf Daniels Hof Zuflucht suchten, weder Mäntel noch Tücher, noch Handschuhe. Ihre Stiefel waren zerrissen und ihre Zehen erfroren und ihre Leiber und Gesichter die wandelnder Skelette. Doch außer dem kalten Obdach seiner Scheunen konnte er ihnen nichts geben, und so blieben sie da und starben, einer nach dem andern.

Bevor sie starben, diese Ärmsten der Armen, diese Heimatlosen, waren Moira und Daniel und Joseph zu den Nachbarn gegangen, um ihre Hilfe zu erflehen, aber auch die Nachbarn hatten Hungernde in ihren leeren Scheunen und konnten nur mit den Armaghs zusammen weinen. Das ganze Dorf schien dem Hungertod preisgegeben. Bei den Krämern gab es nur wenig zu kaufen, auch wenn man Pfunde, Shillings oder Pennies auf den Tresen gelegt hätte. Der Boden brachte nichts hervor, er war schwarz und naß und tot, und der Engländer sandte weder Weizen noch Fleisch, um ein Land zu retten, das er haßte. Seine Herrscherin, Königin Viktoria, bedauerte, daß die Aufstandsversuche der Iren im Sande verlaufen waren. Wäre es dazu gekommen, schrieb sie dem belgischen Leopold, man würde die irischen Unruhestifter ein für allemal vernichtet haben, »um ihnen eine Lektion zu erteilen.« (Ihr Premierminister hatte auf diese schicksalhafte Revolte und damit auf den Untergang der Kelten gehofft, auf den dann die neuerliche Ansiedlung von Engländern auf irischem Boden gefolgt wäre. Mit scheelen Augen verfolgte er die Bewegungen fremder, darunter sogar indischer, Schiffe, die dem sterbenden Land ein wenig Nahrung brachten, und behandelte die Botschafter gewisser Länder mit Geringschätzung und Arroganz.) Auf Grund eines Gerichtsverfahrens, das Recht und Gesetz Hohn sprach, wurden die Führer der verzweifelten Iren in Dublin und Limerick öffentlich gehenkt. Die Priester flohen und mußten sich, um ihr Leben zu retten, in Wassergräben und hinter Baumhecken verbergen. Nonnen wurden wie Ochsen angejocht und, ihren Verfolgern zum Gespött dienend, durch die Straßen getrieben. Viele wurden von den Soldaten genotzüchtigt, aus Klöstern und Schulen vertrieben und auf die Straße geworfen, um dort zusammen mit ihren Glaubensbrüdern und -schwestern Hungers zu sterben. Es war eine schreckliche Zeit, und selbst Daniel Armagh mußte sich mit der Wirklichkeit auseinandersetzen, so ungewohnt ihm das auch sein mochte. Verzweiflung überkam ihn, doch nicht für allzu lange. Joseph aber sah und hörte, und seine junge Seele regte und verhärtete sich.

Jack Armagh, Daniels Bruder, war vor fünf Jahren nach Amerika gegangen und arbeitete bei den Dampfwagen im Bundesstaat New York. Selbst ein armer Mann, sandte er Daniel ein paar Dollar in Gold. Daniel tanzte vor Freude. »Seht«, rief er, »man darf nie die Hoffnung aufgeben! Nun ist das Glück wieder mit uns, und alles wird gut werden!« Er fuhr mit dem Wagen nach Limerick und kehrte mit einem Korb voll Brot und Eiern und einem kleinen Lämmchen und verhutzeltem Gemüse zurück. Er war bester Laune wie immer, obwohl die Toten in seinem Garten lagen, ihrer Sünden nicht losgesprochen, ausgetrocknet wie saftloses Holz, Mütter mit Kindern in ihren verdorrten Armen, alte Männer und ihre Frauen Hand in Hand. Jeden Morgen bei der Messe dachte Daniel an sie, und doch war es, als ob sie nie wirklich gelebt und in seinen kahlen Scheunen gestorben wären.

II

Joseph saß am Rand der Koje, in der sein kleiner Bruder mit Tränen auf den fahlen Wangen schlief, und dachte an Irlands qualvolle Leiden und an seinen Vater, der die Familie erwartete. Er erinnerte sich auch, daß die englische Königin der großen Masse der Iren voll Verachtung freie Fahrt nach Amerika angeboten hatte, um ihnen Gelegenheit zu geben, sich vor Hunger und Unterdrückung zu retten; offensichtlich betrachtete sie Amerika, wie schon zuvor ihr Großvater, immer noch als Strafkolonie und als britischen Besitz, wenn auch einen wertlosen. Hunger, Grausamkeit und Tod vor Augen, waren diese Massen weinend aus ihrem schwergeprüften Land geflohen. Aber Daniels Bruder hatte Fahrgeld für das Zwischendeck geschickt. Daniel, der stets hoffnungsvolle, hatte gezögert. Die Lage in Irland war gar nicht mehr so schlecht. Einige Höfe brachten wieder Erträge. Es wäre doch besser, »ein wenig zuzuwarten«. Der Engländer wurde seiner Rache müde.

Dann wurde die Familie wegen ihrer Steuerschulden exmittiert. Moiras Vetter in Carney nahm sie in seinem mit Kindern vollgestopften kleinen Häuschen auf. Diesmal war Daniel doch besonnener. Er verjubelte das Fahrgeld nicht. Einen Teil gab er Moiras Vetter für Brot, einmal die Woche eine dicke Scheibe Speck und eine Handvoll Gemüse — halb verfault. Als das aufgebraucht und das eigentliche Fahrgeld in Gefahr war, trat Joseph seinem Vater gegenüber. Moira hatte ihrem Mann verschwiegen, daß sie erst am Tag zuvor auf der Hauptstraße des kleinen Dorfes von einem englischen Soldaten belästigt worden war. Als er hartnäckig an ihrem Busentuch zerrte, hatte sie ihm mit letzter Kraft ins Gesicht geschlagen. Er hatte ihr mit der Faust mehrere Hiebe auf die Brust versetzt, bis sie vor Schmerzen schrie, sie lachend zu Boden geworfen und die Wehrlose mit Flüchen und Schimpfworten überschüttet. Die Frau von Moiras Vetter war dabeigewesen, hatte die Weinende aufgehoben und nach Hause gebracht. Joseph hatte gehört, wie Moira sie bat, Daniel nichts davon zu erzählen. Das Tuch wurde zur Seite geschoben, die Knöpfe des zerschlissenen Mieders geöffnet, und Joseph sah die blutunterlaufenen Stellen auf der jetzt von Hunger geschrumpften, jungen, weißen Brust seiner Mutter. Er ballte die Fäuste; zum erstenmal erfaßte ihn die Lust zu töten.

So packte Daniel schließlich seine geringe Habe in einen schwarzen Pappkoffer und verließ sein Land mit Tränen in den Augen. Er warf einen letzten Blick auf seinen Sohn Joseph, in dem er einen unnachgiebigen alten Mann und kein Kind mehr sah. Der unschuldige Vorwurf in seinen Augen berührte Joseph nicht. Aus Angst, sein Vater könnte es sich noch im letzten Augenblick überlegen, begleitete er ihn im nassen, kalten Morgengrauen zur Schenke und wartete dort mit ihm auf den Wagen, der ihn nach Queenstown und zum Schiff bringen sollte. Der Regen prasselte ihnen ins Gesicht, und Daniel versuchte, ein Liedchen zu pfeifen, aber es wollte nicht recht werden. Als die Kutsche endlich heranrumpelte, warf Daniel seinen Koffer aufs Dach und richtete zum letztenmal das Wort an seinen Sohn: »Du wirst nun deiner Mutter und deinem Bruder Vater sein, Joey, und sie mir nach Amerika bringen.«

»Ja, Dad«, sagte der Junge. Er betrachtete die vier großen Rösser, die mit wasser- und schweißglänzendem Fell dampfend und stampfend im Halblicht standen, und die weißen Gesichter, die durch die regennassen Fenster den neuen Fahrgast anstarrten. Der Kutscher knallte mit der Peitsche, ein Geräusch, das jäh die ländliche Stille zerriß, Daniel lächelte sein strahlendes Lächeln, kletterte in den Wagen und war fort. Es war für Joseph, wie wenn ein reizender, aber unfähiger älterer Bruder abgereist wäre. Er schüttelte den Kopf und lächelte ein wenig in Liebe und widerwilliger Nachsicht.

Er wußte, daß auch die Charmanten und Liebenswerten ihren Platz im Leben hatten, wenngleich einen unbedeutenden Platz, der als erster betroffen war, wenn ein Unglück hereinbrach. Es waren Pfefferhäuschen, in denen sie wohnten, mit Zuckerglasur gedeckt. Sie waren wie Blumen, die jeden Garten verschönten, und darum aller Pflege wert, außer wenn man an ihrer Stelle nährende Gemüse pflanzen mußte, um überleben zu können. Wenn man sie dann entwurzelte, war dies schmerzhaft, aber unvermeidlich. Joseph maß solchen Menschen keine Schuld zu; sie waren so geboren worden.

Wie er nun neben seinem unruhig schlummernden kleinen Bruder saß, bewegte ihn die Furcht, Sean könnte seinem Vater nachgeraten, und er gelobte sich, ihn zu lehren, der Wahrheit furchtlos die Stirn zu bieten, der Verzweiflung mit Entschlossenheit zu begegnen und falschen Worten der Hoffnung zu mißtrauen. Die Welt war böse — das wußte er nur zu genau. Allenthalben drohte Gefahr. Sie ließ sich nur mit Mut und Willenskraft besiegen oder zumindest so weit bannen, daß sie mit wütendem Knurren von der Kehle des Menschen abließ und sich, auf dem Bauch kriechend, für eine Zeit von ihm entfernte. Doch sie lag immer auf der Lauer und wartete nur darauf, daß ein Augenblick der Schwäche, ein Augenblick überschwenglichen Optimismus, überspannter Lebensfreude, des Glaubens an eine rosarote Zukunft, ihr Opfer lähmte. Dann riß sie dem Narren das Herz aus der Brust. Joseph hatte die Bücher seines Vaters gelesen — mit zynischem Verständnis, nicht mit Daniels Auffassung, wonach die Menschen mit der Zeit immer besser und die Völker immer zivilisierter wurden. Tyrannei, das war die dem Menschen angeborene Regierungsform und sein heimliches Verlangen. Die Menschheit selber bedrohte die Freiheit — durch ihre Regierungen, durch ihr willenloses Sichfügen und Mangel an seelischer Stärke. Indem er das erkannte, wurde Joseph zum Mann.

Er saß in der Männerabteilung des Zwischendecks und hing seinen Gedanken nach. Die Kranken stöhnten in schmerzgequältem Schlummer. Die anderen sangen nicht mehr; sie saßen mit hängenden Köpfen nebeneinander auf den unteren Kojen. Das Schiff knarrte und ächzte. Unter ihnen brüllte unruhig das Vieh. Joseph starrte auf den mit Sägemehl verkleisterten Fußboden. Wo sollten sie jetzt hin? Wo würde man ihnen gestatten, an Land zu gehen, wenn überhaupt? Joseph wußte von den vielen kleinen Schiffen, die während der Hungersnot aus irischen Häfen ausgelaufen waren, nur um an Riffen zu zerschellen oder auf hoher See zu sinken oder mit einer sterbenden Menschenfracht an die von Schrecken ergriffene Küste zurückzukehren. Er wußte, daß viele von jenen, die auf großen Schiffen die Reise nach Amerika angetreten hatten, noch vor ihrer Ankunft dem Hunger, dem Fleckfieber und anderen Krankheiten zum Opfer gefallen und auf See bestattet worden waren. (Auch auf diesem Schiff hatten viele dieses Schicksal erlitten und waren, nur von den Gebeten des alten Priesters und der Schwestern begleitet, nachts eilig den Fluten übergeben worden.) Er hatte erfahren, daß man die Neuankömmlinge nötigte, in kalten Schuppen auf dem Kai Zuflucht zu suchen, wo sie sich dann ohne Wasser, ohne Nahrung und ohne warme Kleider quälen mußten, bis die »Behörde« entschied, ob sie mit ihrer Cholera, ihrem Fieber, ihrer »Schwindsucht« eine Gefahr für die Stadt darstellten. Schließlich gestattete man den Gesunden — und den Sonntagskindern —, sich zu ihren Verwandten und Freunden zu begeben, die auf sie warteten, um sie in ein warmes Zimmer und an einen wohlgedeckten Tisch zu bringen. Die Toten wurden in Massengräber geschaufelt, namenlos und vergessen. In vielen amerikanischen Häfen wurden die Schiffe zurückgewiesen. Ihre Fracht war unerwünscht.

Diese Menschen waren mittellos, halb verhungert, sie waren »Römische« und Iren und Unruhestifter und eben anders. Die Religiösen unter ihnen stießen noch mehr als die andern auf Ablehnung; insgeheim fürchtete man sie.

Wartete Daniel Armagh immer noch am Kai von New York auf seine Familie? Wußte er, daß man sie zurückgewiesen hatte, daß sie nicht anlegen durften? Es war Winter. Stand er vor der Tür eines Schuppens, starrte er sehnsüchtig auf das große Schiff, das mit seinen schlaffen Segeln und dem mächtigen Rumpf im Hafen vor Anker lag? Tat er überhaupt etwas, fragte sich Joseph mit einem bitteren Geschmack im Mund, für seine gefangengehaltene Familie — außer Beten? Wußte er vom Tod seiner jungen Frau? Der Knabe preßte seine trockenen Augen zusammen, seine Brust verkrampfte sich, und er erstickte fast vor Haß und Schmerz. O Mutter! sagte er sich im stillen. Sie durfte im Hafen nicht den Fluten übergeben werden. Sie würden warten, bis sie wieder auf See waren. Dort würde man sie in ein zerschlissenes Laken hüllen, ihren Leib auf eine dünne Holzlatte binden, und sie würde in die Kälte und Finsternis des Wassers sinken, so wie ihre Seele bereits in der kalten Finsternis des Nichts ruhte.

Doch er wagte noch nicht, daran zu denken. Zunächst galt es, die unmittelbar drohende Gefahr abzuwenden. Wollte man sie nach Irland zurückschicken und damit in den Tod — sei es auf der Fahrt oder nach ihrer Ankunft? Aber Joseph stellte sich nicht die Frage: »Gibt es keine Barmherzigkeit unter den Menschen, keine Hilfe für die Hilflosen, keine Gerechtigkeit für die Schuldlosen?«

Menschen wie sein Vater stellten sich solche Fragen, Menschen mit wirklichkeitsfremden Hoffnungen, die Schwachen, die Sentimentalen und die Dummen. Er sah sich mit der echten Frage konfrontiert, was er tun sollte, um das Überleben seines Bruders, seines Schwesterchens und seiner selbst zu sichern. Wäre er allein oder bräuchte er nur an Sean zu denken, es mochte gelingen, sich im Morgengrauen vom Schiff zu stehlen, sobald es am Kai anlegte, um das Vieh auszuladen und die Passagiere des Oberdecks von Bord gehen zu lassen. Es war nicht zu schwer, die Beamten zu täuschen, wenn man selbstsicher auftrat, wenn man sauber gewaschen war und sich still verhielt. Aber da war auch noch das Baby, und selbst dem beschränktesten Ordnungshüter würde ein Junge auffallen, der ohne erwachsenen Begleiter, einen Säugling im Arm und einen kleinen Knaben an der Hand, das Schiff zu verlassen versuchte. Zwar war er, Joseph, zweifellos imstande, für Sean und sich Nahrung und Unterkunft zu finden, doch das Mädchen bedurfte weiblicher Sorge und Pflege, und wo sollte er solches aufspüren?

Ein Kranker begann heftig zu husten, und sogleich gerieten die ruhelosen Schläfer neben ihm in Bewegung und begannen ebenfalls, in heiserem, quälendem, spuckendem Chor zu husten. Ein Spasmus folgte auf den andern, die Krämpfe des Elends ergriffen die Männerabteilung, sprangen auf die Frauen und Kinder jenseits des Jutevorhangs über, bis die schmerzlichen Zuckungen in ständigem Echo hin und her schwangen. Die einzige Laterne, die man bei den Männern brennen gelassen hatte, steigerte noch die kalte, leblose Düsterkeit, statt sie zu mildern. Joseph achtete seiner Umgebung nicht; er packte die Decke enger um seinen schlafenden Bruder. Er selbst saß nur im Hemd da, ohne seine dünne Jacke, und fuhr nur immer und immer wieder mit dem Zeigefinger über einen Fleck auf dem Knie seiner Hose. Mit aller Kraft seiner Gedanken beschäftigte er sich mit der mißlichen Lage, in der er sich befand. Vor Wochen, als die Fahrt begann, hatte er Mitgefühl mit seinen Reisegefährten, insbesondere mit den Kindern empfunden, und war nur bedacht gewesen, seine Familie vor ansteckenden Krankheiten zu schützen. Nun aber erstickte sein eigener Kampf um das Überleben seiner Geschwister jede andere Regung. Für Kummer und Verzweiflung hatte er keine Zeit.

Mit dem Herannahen des neuen Tages begannen sich die vier Bullaugen aus dem Dunkel der Nacht zu lösen. Die Ausdünstungen der ungewaschenen und siechen Leiber und der Gestank aus den Latrinen verpesteten die dumpfige, kalte Luft. Es tropfte von der Decke. Die Sägespäne auf dem Fußboden waren mit dem Blut kranker Lungen getränkt. Immer schneller zeichnete Joseph den Fleck auf seiner Hose nach. Sein rostbraunes Haar hing zerzaust über Stirne, Ohren und Nacken herunter.

Er fühlte eine Hand auf seiner Schulter und blickte aus trüben, hohlen Augen auf. In seinem langen Nachthemd stand Vater O'Leary vor ihm. »Du warst nicht zu Bett«, rügte ihn der Priester. »Wenn du nicht schläfst, wirst du auch krank werden.«

»Wie wird mein Vater erfahren, daß wir das Schiff nicht verlassen dürfen?« fragte Joseph.

»Ich gehe am Morgen an Land — es wird mir für eine Stunde gestattet —, ich werde Danny suchen und es ihm sagen. Wir sollten dann schon wissen, wohin die Fahrt geht. Nach Philadelphia wahrscheinlich. Wir wollen hoffen, daß wir dort ausgeschifft werden. Du mußt dich ein bißchen niederlegen, Joey.«

»Philadelphia?« entgegnete Joseph. »Ist das weit von New York? Es ist ein schöner Name.«

Der alte Priester lächelte schmerzlich; tiefe, graue Falten durchzogen sein hageres Gesicht. »Philadelphia«, wiederholte er. »Das bedeutet Stadt der Brüderlichen Liebe. Hoffentlich haben sie auch für uns ein bißchen ›Liebe‹ übrig. Wir müssen auf Gott vertrauen —«

Wilde Ungeduld flackerte in Josephs Augen auf. »Wenn es weit ist, wie soll mein Vater uns erreichen und uns nach New York bringen?«

»Vertraue auf Gott«, antwortete der Priester. »Ihm ist nichts unmöglich. Die Frauen drüben sind gerade beim Teekochen. Ich will dir eine Schale bringen, und dann mußt du dich auf ein Weilchen hinlegen.«

»Wir werden nach New York fahren«, sagte Joseph. »Ich habe fünfzehn Dollar, die Mutter mir zum Aufheben gegeben hat.« Es war, als ob er laut zu sich selber spräche, und auf dem Antlitz des Greises zeichneten sich Kummer und Mitleid. »Das ist eine Menge Geld«, entgegnete er. »Sei beruhigt. Ich habe mit einem Matrosen gesprochen, und er wird mir ein wenig Milch für das Baby bringen, wenn er sie stehlen kann, bevor das Vieh ausgeladen wird. Ich gab ihm vier Shillings.«

»Ich werde sie Ihnen zurückzahlen, Vater«, sagte der Junge und blickte auf seinen schlafenden Bruder hinab. War das Gesicht des Kindes von Fieber gerötet? Joseph berührte seine Wange. »Wann werden sie meine Mutter ins Meer werfen?« fragte er und starrte den Priester an.

»Es ist nur der Leib deiner Mutter«, antwortete Vater O'Leary, »aber ihre Seele ist bei Gott und seiner heiligen Mutter.« Angst um den Knaben schoß in dem Priester auf, denn diese abweisende Ruhe schien ihm unnatürlich. Joseph hatte keine Träne vergossen, und nach Moiras Tod keinerlei Seelenqual erkennen lassen. »Es soll dir ein Trost sein, daß ihr irdisches Mühen und Plagen zu Ende ist und daß sie ewigen Frieden gefunden hat. Ich war es, der sie taufte. Als Mädchen wie als Frau, sie war das liebreizendste Geschöpf, das ich kannte. Die Erinnerung an sie wird dir zum Segen gereichen. Aus dem strahlenden Glanz des Himmels sieht sie nun auf dich herab.«

»Wahrscheinlich tun sie das erst, wenn wir unterwegs sind, nicht wahr?« sagte Joseph. »Sie müssen es mir rechtzeitig sagen.« Kein Muskel bewegte sich in seinem Gesicht, starr blickten seine jetzt so müden Augen.

»Das werde ich«, versprach der Priester und berührte abermals zaghaft Josephs Schulter. Aber es war, als ob er einen Stein berührte. »Möchtest du mit mir ein Gebet für deine Mutter sprechen?«

»Nein«, antwortete der Knabe. Seine junge Stimme war die eines Mannes. Sie klang gleichgültig.

»Glaubst du denn, daß sie keines Gebetes bedarf, Kind?«

»Es verkehren doch Dampfwagen zwischen Philadelphia und New York, nicht wahr?«

»Gewiß, Joey. Es wird sich alles zum Guten wenden, wenn wir auf Gott vertrauen. Es ist kalt. Zieh deinen Rock an. Bevor wir fahren, wird man uns ein Frühstück bringen.«

Ratlos klopfte er dem Knaben auf die Schulter. Dann wandte er sich seufzend ab, denn ein Kranker hatte mit schwacher Stimme nach ihm gerufen. Er schlurfte auf alten Pantoffeln aus Teppichstoff davon. Von den Hustenanfällen erschöpft, lagen die Männer jetzt still; einige stützten sich auf die Ellbogen, krochen aus ihren Kojen und torkelten auf schlotternden Beinen zu den Latrinen. Joseph griff nach dem Päckchen, das er an einer um den Hals geschlungenen Schnur an der Brust trug. Die Goldzertifikate waren noch da. Fünfzehn Dollar. Drei Pfund. Eine Menge Geld, das Vater der Familie geschickt hatte, bevor sie abgereist waren. Und er verdiente nur zwei Pfund die Woche. Daniel Armagh hatte Monate gebraucht, um diese Summe zusammenzubringen.

Plötzlich füllte die Morgenröte eines der Bullaugen. Joseph stellte sich auf die Zehenspitzen und sah hinaus. Durch einen Wald von nackten Masten schob sich das Schiff langsam an einen Pier heran. Gedämpft drangen die rauhen, heiseren Stimmen der Matrosen durch das salzverkrustete, dicke Glas des Bullauges an Josephs Ohr. Schwarz schimmerte das träge, ölige Wasser des Hafens, nur auf den kleinen Kämmen leuchtete mitunter ein kaltes Rot auf. In der zunehmenden Helle sah Joseph jetzt die langen Piers und Kais und Lagerhäuser und dahinter dicht aneinandergedrängte Ziegelhäuser und andere niedere Baulichkeiten. Ihre Dächer glitzerten feucht. Hier und dort war auch eine Straße zu erkennen, schmal, krumm, mit Kopfsteinen gepflastert, an den Ecken noch Überreste grauschmutzigen Schnees. Karren und Wagen bewegten sich in zunehmender Zahl durch diese Straßen; die Pferde legten sich ins Geschirr. Die tropfnassen Segel geschwellt, löste sich ein Frachter vom Pier und glitt so nahe vorbei, daß Joseph die neugierigen Gesichter der Seeleute erkennen konnte, die das abgetakelte irische Schiff musterten, das nun seinen Platz am Pier einnehmen sollte. Auch einige dieser neuartigen, mit Dampf betriebenen Gefährte lagen und kreuzten im Hafen und stießen unvermittelt schwarzen Rauch und Ruß in die stille Morgenluft; ihre Signalhörner heulten ohne jeden Grund.

Ganz langsam näherte sich die *Irish Queen* den Docks und den langgestreckten Schuppen, und Joseph bemühte sich angestrengt, die Gesichter der einsamen Menge zu erkennen, die sich auf dem hölzernen Pier versammelt hatte. War Vater unter ihnen? Viele Menschen standen da, auch Frauen, und sie weinten, denn sie wußten bereits, daß die Passagiere des Zwischendecks nicht an Land gehen durften. Einige Hände sandten hoffnungslose Grüße herüber. An einem nahen Mast ging eine Fahne hoch, und zum erstenmal sah Joseph das Sternenbanner, das, im kalten Winterwind flatternd, einen neuen, grauen Tag begrüßte.

»Das also ist ihre prächtige Fahne«, bemerkte ein Mann an einem anderen Bullauge, und andere Reisende gesellten sich zu ihm, um einen Blick auf das verbotene Land zu werfen. Einer lachte höhnisch und erlitt sogleich einen Hustenanfall. Andere taten es ihm nach, als ob er ein Signal gegeben hätte. »Von Leuten unserer Art will man hier nichts wissen«, ließ sich eine Stimme vernehmen. »Doch, doch«, entgegnete einer, »und darum fahren wir weiter nach Philadelphia. Das hat Vater O'Leary gesagt; ich habe es mit eigenen Ohren gehört.«

Die Tür am Ende des Zwischendecks öffnete sich. Drei Matrosen erschienen mit einem kleinen Karren, auf dem sie Schüsseln mit dampfender Hafergrütze, Kannen mit heißem Tee und Blechteller mit hartem Zwieback und Brot aufgeladen hatten. Männer und Knaben stürzten sich auf das Essen, aber Joseph rührte sich nicht. War das dort sein Vater, dieser große Mann, dessen blondes Haar unter seiner Mütze hervorlugte? Joseph versuchte krampfhaft, das Bullauge zu öffnen, doch der eiserne Verschluß war eingerostet und saß fest. Ja, ganz gewiß, das war Daniel Armagh, der dort wartete, denn seine feinen Züge waren im hellen Licht deutlich zu erkennen, und Joseph hatte scharfe Augen. Kraftlos trommelte seine magere Faust gegen das Bullauge; er schrie. Seine Rufe weckten Sean, der zu wimmern begann. Joseph richtete ihn in der Koje auf und drehte seinen Kopf zum Bullauge hin.

»Dort! Dort ist Dada, Sean. Er erwartet uns!«

»Das ist nicht Dada«, widersprach der Kleine plärrend. »Ich will mein Frühstück.«

Das hatte Joseph vergessen. Eilig stürzte er dem Karren mit seiner dampfenden, doch nun schon geminderten Ladung nach, der eben hinter dem Vorhang verschwinden wollte. »Mein kleiner Bruder«, sagte er. »Er hat noch nichts bekommen.«

Die Matrosen in ihren schmutzigen, zerknitterten Uniformen sahen ihn mißtrauisch an. »Du willst doch nicht etwa eine zweite Portion für dich?« fragte einer. »Dazu haben wir nicht genug.«

»Ich brauche nichts für mich«, antwortete Joseph. Er deutete auf Sean, der weinend in seiner Unterhose auf dem Rand seiner Koje saß. »Es ist für ihn. Gebt ihm auch meinen Teil.«

Sie drückten ihm eine Schüssel mit Grütze und ein Stück schimmliges Brot in die Hand und schoben ihn fort. Er brachte das Frühstück zu Sean, der es sich ansah und abermals zu jammern begann. »Das mag ich nicht«, quengelte er.

Neuerlich griff Joseph die Angst ans Herz. »Sean!« rief er. »Du mußt dein Frühstück essen, sonst wirst du krank, und das können wir uns jetzt nicht leisten.«

»Ich will meine Mami«, plärrte Sean und drehte sein hübsches Gesicht zur Seite.

»Aber erst mußt du essen«, sagte Joseph in strengem Ton. War das wirklich Fieber, dieser rötliche Hauch auf Seans hohlen Wangen? Er befühlte seine Stirne. Sie war verschwitzt, aber kühl. »Iß!« befahl der Ältere, und dieser neue Ton in seiner Stimme verängstigte den Kleinen, der wieder anfing zu weinen und die Nase hochzuziehen. Doch er nahm die Blechschüssel und den großen Löffel und stopfte sich schluchzend den Haferbrei in den Mund.

»Braver Junge«, lobte Joseph. Er blickte auf das Brot in seiner Hand und zögerte. Gähnende Leere herrschte in seinem Magen, und sollte er selber krank werden, würde er seinen Geschwistern nicht helfen können. Er begann das harte Brot zu kauen. Hin und wieder stellte er sich auf die Zehenspitzen, um zu sehen, wie sich das Schiff langsam dem Pier näherte. Der blonde Mann war verschwunden. Dann hörte er Ketten rasseln, einen dumpfen Aufschlag, und die breiten Landungsstege wurden klirrend auf den Pier niedergelassen. Ein Chor von Stimmen erhob sich, und aufgescheuchte Möwen begannen in Wolken über dem Schiff zu kreisen. Die Morgenröte war verblaßt, und der Himmel hing grau und drohend über der Stadt. Joseph hörte das Piepsen der Möwen und von unten das Stampfen der Rinder. Ein nasses Segel fiel auf das Deck. Das Wasser schlug glucksend und schäumend gegen den Rumpf des Schiffes. Abfall und Holztrümmer schwammen im Hafen, das Meer schillerte zinnfarben. Ein plötzlich einsetzender heftiger Regen, mit Schnee vermengt, zauberte ein pockennarbiges Muster auf die Wasseroberfläche. Joseph fröstelte und kaute bedächtig an seinem Brot. Das war nicht das goldene Land, von dem sein Vater geschrieben hatte. Unfreundlich und düster und verlassen sahen die Straßen aus, trotz der vielen Karren und Wagen und der vereinzelten Regenschirme, die über die Pflastersteine oder die ziegelfarbigen Gehsteige zu kriechen schienen. Es wirkte armselig, dieses Land unter einem grenzenlosen Himmel, geprägt von Einsamkeit und Trostlosigkeit, von Verlassenheit und eisigem Frost.

Dies war kein grünes Irland mit seinem immensen, an ein Feenreich gemahnenden Himmelsgewölbe, dem frischen Duft von Gras und Bäumen, dem friedlichen metallischen Glitzern blauer Seen, seinen schmukken Strohdächern und blühenden Gärten, seinen fischreichen, von Reihern besiedelten Flüssen und von Butterblumen umrankten Hecken. Hier sangen keine Lerchen, kein Herdfeuer ließ den beißenden Geruch des Torfs in die Nase steigen, und nirgendwo vermischte sich unbeschwerte Heiterkeit mit den fröhlichen Weisen der Fiedler in der Schenke. Kein verschwiegener Pfad führte zwischen von Stockrosen überwucherten Eichen dahin, kein Lied, kein Willkommensruf aus lächelnden Lippen begrüßte den Fremden.

Joseph blickte auf New York hinaus. Die Fabriken erwachten zum Leben, und ihre schweren, schwarzen Rauchschwaden verdunkelten den sturmzerfetzten Himmel. Weißer Dunst stieg auf, der alsbald zu Nebel werden und sich mit Regen und Schnee vermengen würde. Ein eiskalter Wind fegte über das Wasser und warf das Schiff gegen den Pier. Der Mund des Jungen öffnete sich in stummer Qual, aber sogleich unterdrückte er diese unmännliche Gefühlsregung. Er würde seinem Vater eine entsetzliche Botschaft überbringen müssen, und er dachte an Daniel wie an ein schutzbedürftiges Kind.

Laute Rufe und eilige Schritte auf den Oberdecks verrieten Joseph, daß die beneidenswerten Passagiere mit Koffern und Kisten das Schiff verließen. Mit einiger Mühe sah er die ersten an Land gehen: die

Frauen in Pelze gehüllt, die Männer in dicken Wintermänteln und Biberfellhüten. Elegante Equipagen fuhren vor. Der Wind fing sich in den Mänteln, lachend hielten die Männer ihre Hüte fest und halfen den Damen zu den Wagen. Die Pferdeleiber dampften. Das Wasser dampfte. Der Himmel schien zu dampfen. Und es wurde immer dunkler.

Das Gepäck wurde an Land gebracht. Die wartende Menge umarmte die Passagiere, und selbst im abgeschlossenen Zwischendeck konnte Joseph das Lachen, das erregte Gezwitscher hören und die unbeschwerten Bewegungen wohlgekleideter Menschen wahrnehmen. Jene, die auf die Zwischendeckpassagiere warteten, hatten sich wie eine verschreckte Rinderherde zurückgezogen, um für die von Glück gesegneten Passagiere und ihre mit Lederkoffern und messing- oder eisenbeschlagenen Kisten beladenen Karren den Weg zu den Kutschen freizumachen. Diese Reisenden gehörten nicht zu dem, was die englische Königin als »irisches Bauernpack« bezeichnete; es waren Angehörige der besitzenden Klasse oder Amerikaner, die in ihre Heimat zurückkehrten. Joseph sah, wie sie in ihre Equipagen stiegen. Sie lachten über den Sturmwind; von den Schuten der Damen flatterten die Bänder, ihre Röcke blähten sich auf. Polternd setzten sich die Kutschen schließlich in Bewegung, und nun standen nur noch die armen Wesen da, denen es nicht erlaubt war, das Schiff zu betreten oder gar ihre Verwandten im Zwischendeck zu besuchen. Den Passagieren des Zwischendecks war es während der ganzen langen Reise nicht gestattet gewesen, das Oberdeck zu betreten, um etwas Luft zu schnappen oder sich an der Sonne zu erfreuen.

Zum erstenmal in seinem Leben mußte Joseph die bittere Frucht der Erniedrigung kosten. Wohl wurden die Iren in Irland vom Engländer verachtet, geschmäht und verfolgt, aber sie verachteten und schmähten ihrerseits den Engländer nicht weniger wacker. Kein Ire fühlte sich je den »Höhergestellten« oder den Engländern untergeordnet. Stolz schwellte seine Brust, auch wenn er am Hungertuch nagte. Kläglich um Beistand und Mitgefühl zu betteln, kam ihm nie in den Sinn. Er war ein Mann.

Doch nun begann Joseph zu ahnen, daß der Ire in Amerika kein Mann war. Daß man ihm hier den Stolz auf seine Rasse und seinen Glauben nicht zuerkannte. Daß er hier nur auf Gleichgültigkeit, Geringschätzung oder Ablehnung stoßen, daß er weniger wert sein würde als das Vieh, das jetzt von vermummten Gestalten über die ölig nasse Laufplanke getrieben wurde. Verstandesmäßig erfaßte Joseph nicht, wie er dazu kam, diese Wahrheiten zu ahnen, aber er erinnerte sich plötzlich, daß sein Vater zwar angeregt von menschlicher Wärme und »guten Löhnen« geschrieben hatte, nicht aber von den Menschen seiner neuen Umgebung, sondern nur von anderen Iren, die, gleich ihm, vor der Hungersnot geflohen waren. Nie war in seinen Briefen von Amerikanern die Rede gewesen, nie von der kleinen Welt seiner Nachbarn.

Er hatte von der »kleinen Kirche« erzählt, wo er zur Messe ging. »Sie steht gleich neben dem Hotel, in dem ich arbeite, ist aber tagsüber geschlossen. Kommunizieren kann man nur an Feiertagen, und die Messe wird nur sonntags gelesen.« Vor seiner Abreise aus Irland hatte er oft von der Freiheit in Amerika gesprochen, in all diesen Monaten aber nie etwas darüber geschrieben. Joseph sah zu der Fahne auf, die sich oben am Pier flatternd und knatternd im Wind bauschte.

Auf dem Kai staute sich das Frachtgut, Hafenarbeiter schoben Hand- und Lastkarren vor sich her, und immer noch stand der jämmerliche Haufen stumm im Regen. In der Düsternis des Sturmes waren die Züge der Menschen nicht zu erkennen. Die Wartenden, die vergeblich darauf hofften, ein vertrautes oder geliebtes Gesicht unter den im Zwischendeck eingeschlossenen Passagieren zu entdecken, schienen eine einzige reglose Masse zu bilden. Der Nebel vermischte sich mit dem Rauch. Das Wasser geriet in Bewegung und spritzte gurgelnd zwischen Schiffswand und Kai hoch.

»Hier ist für uns nichts zu holen«, sagte ein Mann neben Joseph, Verzweiflung in der Stimme. Doch das junge Gesicht des Knaben straffte sich entschlossen, Zorn und Erbitterung zuckten in seinen erschöpften Augen. Sean zupfte ihn am Ärmel. »Ich will meine Mami«, quengelte das Kind. »Wo ist die Mami?«

Ich weiß es nicht, dachte Joseph. Überall und nirgends. »Jetzt nicht. Sie schläft.« Sean hatte ein oder zwei Löffel Hafergrütze stehenlassen. Joseph aß sie. Der Kleine sah ihm zu und fing an zu weinen. »Mami«, schluchzte er, »Mami!«

»Jetzt nicht«, wiederholte Joseph. Er dachte an sein Schwesterchen. Er überlegte. »Ich will mal nach Mutti sehen«, sagte er dann zu Sean. »Warte hier.« Sein harter, befehlender Blick im Schein der von der Decke schwingenden Lampe erschreckte das Kind, das zurückwich und seinem Bruder nachblickte, der das Deck hinunterschritt.

Es war sehr still in der Abteilung der Frauen, die sich ganz der Hoffnungslosigkeit überlassen hatten. Säuglinge im Arm stillend oder tätschelnd, saßen die einen auf ihren Kojen; andere hockten nur da und starrten mit leeren Augen zur Decke oder zur Wand. Manche weinten tonlos vor sich hin; die Tränen liefen ihnen über das Gesicht. Selbst die Kinder verhielten sich ruhig, so als ob sie sich ihrer unglücklichen Lage bewußt wären. Joseph ging auf Schwester Mary Bridget zu, die eben eine Kranke und deren Kleines versorgte. Sie wandte ihm ihr altes Haupt zu und sah ihn voll Mitleid an.

»Und das Baby?« fragte Joseph.

Die alte Nonne versuchte zu lächeln. »Schwester Bernarde hat das Kind. Wir bekamen ein wenig warme Milch. Es ist ein reizendes Baby, Joey. Komm, sieh es dir an.« Sie führte ihn zu der Koje, wo die junge Schwester, das in ein Bündel gepackte Kleine in den Armen, wie eine kindliche Madonna auf ihrem Lager saß. Sie erhob ihr schönes, blasses Gesicht, und ihre blauen Augen funkelten tapfer. Langsam wickelte sie das abgerissene Bündel auf und zeigte Joseph seine Schwester. »Mary Regina«, sagte sie mit mütterlichem Stolz. »Ist sie nicht reizend?«

»Und noch dazu Amerikanerin«, fügte Schwester Mary Bridget hinzu. »Sie wurde ja in amerikanischen Gewässern geboren.«

Joseph blieb stumm. Das Kind war unter unglückseligen Umständen geboren, doch sein wächsernes Gesichtchen zeigte keinen Makel. Es schlief. Lange goldene Wimpern lagen auf seinen Wangen, doch der zarte Flaum des Kopfhaares schimmerte schwarz. »Sie hat Augen wie ein irischer Himmel«, flüsterte die junge Nonne und strich sanft mit dem Finger über die winzige weiße Wange. Joseph empfand nichts außer dem glühenden Wunsch, daß diese Tochter seiner Mutter überleben mußte.

Der Vorhang wurde zur Seite geschoben, und Vater O'Leary steckte den Kopf herein. »Joey«, setzte er an, stockte, senkte den Kopf und ließ den Vorhang zurückfallen — aber nicht bevor Joseph deutlich die Erschütterung in seinem Gesicht gelesen hatte.

Die mageren Schultern gestrafft, ging Joseph in die Männerabteilung zurück, um zu erfahren, was er erfahren mußte. Er wußte, daß er eine böse Nachricht erhalten würde.

III

Vater O'Leary saß in gebrochener Haltung auf dem Rand von Seans Koje. Er hielt den Kleinen auf dem Schoß und fuhr ihm mit zarter und zitternder Hand über den blonden Scheitel. Er sah Joseph herankommen, sah die Kraft in seinem steifen, fleischlosen Körper, die energischen Schultern, die starre Härte des jungen Gesichts, die Sommersprossen, die aus den weißen Wangen hervorzutreten schienen, und den Mund, der fest war wie Stein und nicht weniger unerbittlich.

Joseph blieb vor ihm stehen. »Nun, sagen Sie schon«, wandte er sich an den Greis, und seine Stimme war die eines Mannes, der vieles ertragen kann. »Handelt es sich um meinen Vater?«

»Ja«, antwortete der Priester. Er tätschelte Seans Wange und versuchte ein klägliches Lächeln. »Das ist ein gutes Kind. Nicht wahr, du wirst nicht weinen, wenn Joey und ich jetzt etwas zu reden haben?« Er kramte in der Tasche, holte einen Apfel hervor und hielt ihn hoch; Sean betrachtete die Frucht mit staunend geöffnetem Mund.

Der Priester ließ sie in Seans Hände fallen, und die kleinen Finger befühlten das runde Ding mit scheuer Bewunderung, denn er hatte noch nie zuvor einen Apfel gesehen. »Das schmeckt gut«, schmunzelte Vater O'Leary. »Iß es langsam. Es ist süßer als Honig.« Der Knabe starrte ihn an und dann seinen Bruder und hielt das Geschenk fest, als fürchte er, Joseph könnte es ihm wegnehmen. »Ich hab den Apfel am Kai gekauft. Für Sean«, sagte der alte Mann. Gezwungene Heiterkeit und Stolz schwangen in seiner zittrigen Stimme. »Fünfzig Cents, also zwei Shillings. Jetzt ist nicht die Jahreszeit, und er war in Goldpapier gewickelt.« Er zeigte Joseph das Papier, doch der Junge blieb stumm.

Der Priester erhob sich und schwankte und hielt sich an der oberen Koje fest, um nicht zu fallen. Noch gestern würde Joseph ihm geholfen haben, aber jetzt stand er steif daneben, ohne einen Finger zu rühren. »Komm«, sagte der Greis und ging vor ihm her, auf die Tür zu am Ende des Zwischendecks, wo man sie nicht stören würde. Als sie angelangt waren, stellte Joseph mit rauher Stimme fest: »Sie haben meinen Vater nicht gesehen.«

»Nein«, antwortete der Priester und hob den Kopf. In seinen trüben Augen standen Tränen. Der Junge musterte ihn mit steinernem Gesicht.

»Sie haben mit meinem Onkel Jack gesprochen. Er war es, den ich auf dem Pier sah.«

Vater O'Leary nickte. Er fuhr sich mit der Zungenspitze über die Lippen und starrte zu Boden. Dann griff er wieder in seine Tasche und zog zwei zerknüllte grüne Banknoten hervor. »Zwei Dollar, das ist fast ein halbes Pfund«, sagte er. »Das ist alles, was dein Onkel zusammensparen konnte.« Er drückte dem Knaben das Geld in die Hand.

Joseph lehnte an der Tür und verschränkte die Arme über seiner knochigen Brust. Er musterte den Priester mit Blicken, in denen dieser blinden Haß und Abscheu las.

»Und mein Vater?« fragte er schließlich.

Es zuckte um den Mund des Greises, und er preßte die Augen zusammen. »Du wirst dich erinnern«, begann er mit ganz leiser Stimme, »daß deine Mutter, bevor sie verschied, über uns hinwegblickte und deinem Vater etwas zurief, als ob er vor ihr stünde, und wie sie lächelte und mit diesem Lächeln des Erkennens auf den Lippen starb.« Er schwieg. Die Männer begannen wieder zu husten.

Joseph rührte sich nicht. »Ich glaube, Sie wollen mir sagen, daß auch mein Vater tot ist?«

Der Priester breitete entschuldigend die Hände aus, konnte aber dem Blick des Jungen nicht begegnen. »Vielleicht sah sie seine Seele, die schon auf sie wartete«, flüsterte er. »Es war ein frohes Wiederfinden, und du sollst dich nicht grämen. Nun sitzen sie beide zur Rechten Gottes.« Er blickte zu Joseph auf, und was er sah, ließ ihn zusammenzukken. »Er starb schon vor zwei Monaten, Joey. An Lungenfieber.«

Ich darf nicht denken, noch nicht, ging es Joseph durch den Kopf. Ich muß alles erfahren und alles wissen.

»Ich möchte glauben, daß Gott ihm erlaubte, sie holen zu kommen«, sagte der Priester.

Josephs weißer Mund zuckte, verlor aber nichts von seinem starren Ernst. »Und mein Onkel?«

Vater O'Leary zauderte. »Er hat geheiratet, Joey.«

»Und hat keinen Platz für uns.«

»Joey. Du mußt verstehen. Er ist arm. Die zwei Dollar, die er dir geschickt hat, sind ein Opfer für ihn. Dies ist kein Land goldener Träume, ganz und gar nicht. Es ist ein Land großer Mühsal, und der Arbeiter wird angetrieben wie das liebe Vieh. Das ist alles, was dein Onkel für dich tun kann.«

Joseph kaute an seiner Unterlippe. Seine Gefühllosigkeit verwunderte den Priester. Der Junge war jetzt eine Doppelwaise und blieb dennoch völlig ungerührt. »Dann brauche ich die fünfzehn Dollar nicht auszugeben, um von Philadelphia nach New York zu fahren«, sagte Joseph. »Es ist ja niemand da, zu dem ich zurückkommen müßte.«

Voll Mitgefühl entgegnete der Priester: »Du mußt das Geld behalten, Joey. Es gibt in Philadelphia ein Waisenhaus der barmherzigen Schwestern. Auch ich werde dort wohnen. Man wird die Kinder Danny Armaghs willkommen heißen und alles tun, um ihnen die Liebe ihrer Eltern zu ersetzen.«

Nach einer kleinen Pause fuhr er fort: »Und es ist möglich, daß ein guter Mensch, ein begüterter Mann, das kleine Mädchen und Sean adoptiert und ihnen ein schönes Heim, einen warmen Herd, gutes Essen und feine Kleider gibt.«

Zum erstenmal zeigte Joseph eine Gefühlsregung. Grenzenloses Staunen und tiefe Empörung malten sich auf seinen Zügen. »Sind Sie wahnsinnig, Vater?« rief er. »Ich soll meinen Bruder und meine Schwester, mein eigen Fleisch und Blut, einem Fremden anvertrauen? Ich soll nicht wissen, wie es ihnen ergeht und wo sie sich befinden? Ist es in diesem Land Amerika erlaubt, daß man sie mir wegnimmt? Wenn das so ist, fahren wir nach Irland zurück.«

»Joey«, sagte der Priester traurig, »ich habe hier ein Papier von deinem Onkel, in dem er sich einverstanden erklärt.«

»Lassen Sie mich dieses famose Papier sehen.«

Abermals zögerte Vater O'Leary. Dann fischte er ein Papier aus seinem Habit und reichte es schweigend dem Knaben. Joseph las: »Hiemit räume ich der religiösen Verwaltung das Recht ein, die Adoption der Kinder meines verstorbenen Bruders Daniel Padraic Armagh in die Wege zu leiten, denn sie haben nun weder Vater noch Mutter mehr. Gezeichnet Jacob Sean Armagh.« Das Dokument war unbeholfen, aber deutlich geschrieben und mit diesem Tag, dem ersten März, datiert.

Den Blick auf den Priester gerichtet, riß Joseph das Papier langsam und ohne Hast in Fetzen und stopfte sich diese in die Tasche.

Vater O'Leary schüttelte den Kopf. »Joey, Joey. Das nützt doch nichts. Ich brauche deinen Onkel doch nur zu bitten, das Ganze noch einmal zu schreiben. Du bist kein dummer Junge, Joey. Ich selbst habe dich neun Jahre lang unterrichtet. Aber du bist erst dreizehn. Wie kannst du für Sean und das Baby sorgen?«

Die Ereignisse der letzten Stunden begannen nun auch bei Joseph eine schmerzhafte Wirkung zu zeigen, doch er blieb ruhig. Sein Herz hämmerte wie verrückt, und er atmete schwer, als er mit erstickter Stimme antwortete. »Ich werde arbeiten, Vater. Ich bin stark. Ich werde Arbeit finden in diesem Amerika. Die Kinder werden bei den Schwestern bleiben, bis ich ihnen ein Heim geben kann. Ich werde den Schwestern zahlen. Ich will nichts umsonst. Ich werde zahlen. Und wenn ich zahle, kann man mir die Kinder nicht nehmen.«

Der Priester hätte weinen mögen. »Und was willst du arbeiten, Joey?«

»Ich habe eine schöne Handschrift — Ihr Verdienst, Vater. Ich kann auf dem Feld arbeiten oder in Fabriken. Vielleicht gibt es im Waisenhaus Arbeit für einen kräftigen Burschen: Feuer machen, Mauern und Dächer reparieren. Arbeit ist für mich nichts Neues, und ich fürchte sie nicht. Aber Sie dürfen mir meine Geschwister nicht nehmen! Wenn Sie das tun, Vater, ich nehme mir das Leben, das schwöre ich Ihnen!«

»Joey, Joey!« rief der Priester entsetzt. »Davon auch nur zu reden ist eine Todsünde!«

»Todsünde oder nicht, ich tue es«, entgegnete Joseph, und der Priester begriff mit Schaudern, daß er als Mann sprach und nicht als Kind. »Und es wird auf Sie zurückfallen, wenn meine Seele Schaden leidet.« Er zog insgeheim eine kleine Grimasse, und etwas in ihm lächelte zornig und zugleich auch spöttisch, als er Vater O'Learys bekümmertes Gesicht sah.

»Du fürchtest auch Gott nicht«, tadelte der Priester und bekreuzigte sich.

»Ich habe noch nie etwas gefürchtet«, gab der Junge zurück. »Warum sollte ich jetzt damit anfangen? Aber wohlgemerkt, Vater: Was ich tun muß, werde ich tun.« Frischer Haß stieg in ihm auf. »Darüber also haben Sie sich heute morgen so lange mit meinem Onkel unterhalten, während ich hier wartete. Sie haben sich gegen Daniel Armaghs Kinder verschworen und ihm gesagt, wie er den Brief schreiben soll. Sie waren sehr schlau, Vater, aber es wird nichts draus.«

Der Priester musterte ihn mit einer Mischung aus Erbarmen und Grauen. »Wir hielten es für das Beste«, murmelte er, »für die beste Lösung. Es lag keine böse Absicht dahinter, und wir haben uns auch nicht gegen dich verschworen, Joey. Aber wenn das dein Wille ist, soll es so sein.«

Er ließ Joseph stehen und kehrte zu Sean zurück, der sich die Finger abschleckte, nachdem er den Apfel gegessen hatte. Abermals füllten sich die Augen des Priesters mit Tränen. Er hob Sean an seine Brust.

»Mami!« rief Sean. Sein Gesicht verzog sich, und er begann zu weinen. »Ich will meine Mami.«

Joseph stand neben dem Priester. Er drückte ihm die zwei Dollar in die Hand. »Das schulde ich Ihnen. Ich will nichts umsonst. Behalten Sie den Rest, und lesen Sie eine Messe für meine Mutter.« Er maß Vater O'Leary mit einem Blick voller Abscheu. Dann nahm er ihm seinen Bruder aus den Armen und stellte den Kleinen vor sich hin. Er ergriff seine beiden Hände und sah ihm tief in seine verweinten Augen.

»Sean«, sagte er, »nun bin ich dein Vater und deine Mutter, und wir sind beide allein. Ich werde dich nie verlassen, Sean, niemals.« Er hob seine Hand — zum Fluch, wollte es dem Priester scheinen, nicht zum Gelöbnis.

Das Schiff lichtete die Anker. Schnee und Regen prasselten gegen die Bullaugen, während es den Hafen verließ, der Wind heulte in den gehißten Segeln, und die Männer und Frauen im Zwischendeck schlugen die Hände vors Gesicht. Ihre letzte Hoffnung war dahin.

IV

»Nein«, antwortete Joseph Francis Xavier Armagh, »ich bin kein Ire. Ich bin Schotte.«

»Na, du siehst ja auch nicht wie ein Ire aus, das muß man schon sagen. Aber Armagh — was ist das für ein komischer Name?«

»Schottisch. Ein alter schottischer Name. Ich gehöre der schottischen Staatskirche an.«

»Immer noch besser als irisch«, äußerte der Dicke und grinste. »Aber ein Fremder bist du doch. Wir mögen keine Fremden in diesem Land. Was heißt das übrigens, Staatskirche?«

»Die presbyterianische Kirche.«

»Ich bin zwar kein Atheist, aber von Kirchen halte ich nichts. Na, jedenfalls bist du kein Papist. Ich hasse die Römischen. Die wollen doch das Land dem Papst unterstellen. Und weißt du, was sie in ihren Klöstern treiben?« Kichernd beugte er sich vor, um Joseph ein paar Zoten zuzuflüstern. Joseph verzog keine Miene. Er preßte seine Hände an die Seiten, denn er verspürte Lust zu töten.

Der Dicke zog an seiner Zigarre. »Na ja. Wie alt bist du?«

»Achtzehn«, erwiderte Joseph. Er war sechzehn.

Der Mann nickte. »Bist ein großer kräftiger Kerl. Hast so einen gehässigen Blick. Das mag ich. Du verläßt dich nur auf dich selber. So muß einer gebaut sein, der meine Wagen fährt. Verstehst du was von Pferden?«

»Ja.«

»Du redest nicht viel, was? Einfach ja oder nein. Gefällt mir. Es sind schon mehr Leute über ihre Zunge als über einen Stein gestolpert. Haha. Also. Du kennst ja diese Typen in Pennsylvanien. Wollen nichts vom Trinken wissen, diese holländischen Siedler mit ihren komischen Hüten. Amische Mennoniten.« Er spuckte aus. »Darum mögen es die Polypen nicht, wenn am Sonntag Bier oder so was Ähnliches gefahren wird. Gottlos!« Wieder brach der Dicke in Lachen aus, das zu einem Anfall von asthmatischem Husten führte, der sein aufgeschwemmtes Gesicht und seinen Kahlkopf rot anlaufen ließ. »Aber nun gibt es einmal Leute, die auch Sonntag nicht auf ihr Glas verzichten wollen. Ist dagegen etwas einzuwenden? Und den Kneipen wird der Vorrat knapp. Also liefern wir Bier und Schnaps auch Sonntag, wenn man uns ruft. Natürlich sollten auch die Kneipen am Sonntag geschlossen halten, aber sie machen ihr Geschäft an der Hintertür. Und dazu brauchen sie uns. Du bringst ihnen das Bier und den Schnaps in einem Wagen mit der Aufschrift ›Viehfutter‹, sieht sehr respektabel aus, lieferst ab und kassierst. Einfache Sache.«

»Bis auf die Polizei«, warf Joseph ein.

»Tja«, bestätigte der Dicke und musterte den Jungen noch einmal mit prüfendem Blick, »bis auf die Polypen. Aber sie werden dir kaum viel zu schaffen machen. Du fährst nur stur die Straße lang. Ein Knecht, der mit dem Wagen seines Bauern unterwegs ist und sich einen guten Tag machen will. Du darfst nur den Kopf nicht verlieren. Aber du siehst nicht aus wie einer, der den Kopf verliert. Die Futtersäcke obenauf. Laß sie nachsehen, wenn sie wollen. Fordere sie dazu auf. Das nimmt ihnen jedes Mißtrauen. Dann fährst du weiter.«

»Und wenn sie mehr tun, als nur gerade mal hingucken?«

Der Dicke zuckte die Achseln. »Dafür zahle ich dir ja auch ganze vier Dollar für einen einzigen Tag Arbeit, einen Wochenlohn! Du stellst dich blöd. Jemand hat dir ein paar Cents gegeben, damit du ihm den Wagen ein paar Straßen weit fährst. Du weißt nicht, wohin die Ladung geht; du sollst da irgendwo einen Mann an einer Ecke treffen und ihm den Wagen übergeben. Mehr weißt du nicht, verstanden? Die Polente konfisziert das Zeug, steckt dich für ein paar Tage ins Loch, und die Sache ist erledigt. Wenn du rauskommst, kriegst du von mir zehn Dollar. Und am nächsten Sonntag sitzt du wieder auf dem Kutschbock. In einer anderen Gegend.«

Joseph überlegte. Vier Dollar! Soviel bekam er für eine ganze Woche Arbeit, sechs Tage, zwölf Stunden am Tag, in einem Sägewerk am Fluß. Damit hätte er acht Dollar in der Woche, ein Vermögen! Er sah den Dicken an und haßte ihn. Nicht weil er vermutete, daß er hier keinen gewöhnlichen Getreidehändler vor sich hatte, sondern sehr wahrscheinlich einen Alkoholschmuggler, der schwarzgebrannten Whisky aus Virginien und den angrenzenden Südstaaten transportierte. (Als gebürtiger Ire hielt Joseph Gesetzeshüter, insbesondere solche englischer

Nationalität, nicht eben hoch in Ehren.) Aber dieser Mann strahlte schmutzige Schläue und hintergründige Verderbtheit auf eine Weise aus, die ihn anwiderte.

»Wenn du glaubst, ich würde dir die zehn Dollar nicht zahlen —«

»Das befürchte ich nicht«, fiel Joseph ihm ins Wort. »Denn wenn Sie das täten, würde ich zur Polizei gehen und aus der Schule plaudern.«

Der Dicke brüllte vor Lachen und klatschte Joseph auf die Knie. »Du gefällst mir! Du hast Schwung! Zuverlässigkeit, darauf kommt's an. Ich behandle dich anständig, du behandelst mich anständig. Kein Streiten, kein Herumargumentieren. Offen und ehrlich. Und du wirst auch ordentlich liefern. Ich bin ein Mann, der sein Wort hält. Und ich habe Freunde, die mir zur Seite stehen, wenn mir jemand Unrecht zufügt. Kapiert?«

»Sie meinen Schläger«, sagte Joseph.

»Zum Teufel, Joe, du bist ein Mann nach meinem Herzen! Du gefällst mir wirklich. Nenn sie Schläger, wenn du magst. Was tut's? Ich lege meine Karten auf den Tisch, klar? Keine faulen Tricks. Komm nächsten Sonntag. Sechs Uhr früh. Bis sechs Uhr abend. Dann bekommst du dein Geld, klar?«

Joseph stand auf. »Ich danke Ihnen. Ich komme nächsten Sonntag um sechs, Mr. Squibbs.«

Er verließ das unpersönliche, düstere, kleine Haus am Stadtrand von Winfield in Pennsylvanien. Es war ein Holzhaus mit nur zwei Büroräumen, zwei Schreibpulten, ein paar Tischen und Stühlen. Die weithin sichtbare Aufschrift an der Seitenwand lautete: BRÜDER SQUIBBS. GETREIDE- UND FUTTERGROSSHÄNDLER. SATTLERWAREN. Hinter dem Haus befanden sich ein weitläufiger, wohlgepflegter Stall mit großen gescheckten Pferden, ein Schuppen für Lieferwagen und ein Lager für Sattlerwaren und in Säcke gepacktes Getreide aller Art. Hier schien alles nach Recht und Gesetz zuzugehen. Lagerhaus und Stall waren voll von Männern — die nicht etwa arbeiteten, denn das war ja sonntags in Pennsylvanien verboten; sie pflegten die Pferde, striegelten sie, tränkten und fütterten sie. Einige sahen Joseph aus der Kanzlei kommen; Pfeife rauchend, die Mütze tief in die Stirn geschoben, musterten sie ihn. Ein Neuer. Großgewachsen, ruhig, ein harter Bursche. Er verstand es, sich die richtigen auszusuchen, der alte Squibbs. Er hatte nur einmal einen Fehler gemacht. Ein aalglatter, bundesstaatlicher Spion war das gewesen, und keiner hatte ihn je wiedergesehen. Keiner.

Ja, der alte Squibbs verstand sein Geschäft: Wenn ein Wagen einmal auf seine Spur führte — was nicht schwer war: sein Name stand ja drauf —, wußte auch er von nichts. Irgendein Angestellter hatte seine Vertrauensstellung ausgenutzt, war für irgendeinen Alkoholschmuggler sonntags ausgefahren, was sonst? Der alte Squibbs hatte den Polizeichef in der Tasche und leistete bedeutende Beiträge an die Parteikasse. Er kannte sogar Tom Hennessy, den Bürgermeister. Natürlich wußte die Polizei — und praktisch die ganze Stadt —, daß es der alte Squibbs selbst war, aber daß man ihn je ins Loch gesteckt hätte ... von wegen! Und es saß auch keiner seiner Leute länger als einen Tag im Kittchen. Es sollte nur keiner den Mund aufreißen und Quatsch machen — mehr verlangten die Polizei und die Gottsöbersten ja gar nicht, auch wenn sie ein bißchen was unternehmen mußten, sobald irgend so ein Bibelhusar Lunte roch und meckerte. Nur ein bißchen was, hin und wieder, um den gottesfürchtigen Bürgern das Maul zu stopfen. Überdies betrieb der alte Squibbs sein einträgliches Futter- und Getreidegeschäft ganz offen, zu jedermanns gefälliger Ansicht. Es waren die »Sonntagskinder«, die ab und zu in die Klemme gerieten, nicht die Regulären, die nur wochentags arbeiteten. Squibbs trat für seine Leute ein, das mußte man sagen, und gute Löhne zahlte er auch.

Winfield lag etwa hundertfünfzig Meilen von Pittsburgh entfernt. Es war eine mausgraue, kleine Stadt, die außer den Sägewerken am Fluß über keine nennenswerten Industrien verfügte. Dennoch war es eine reiche Stadt, denn viele ihrer Bewohner gingen gesetzwidrigen Geschäften einschließlich Sklaven- und Mädchenhandel nach. Diese Leute zogen es vor, Winfield als eine völlig verarmte Stadt hinzustellen, nicht wert, daß man ihr Beachtung schenkte, und abhängig von den Sägewerken und den wohlhabenden Bauern jenseits ihrer Grenzen. Selbst die reichsten Männer wohnten in einfachen grauen Holz- oder gelben Sandsteinhäusern auf kleinen Parzellen, und ihre Frauen kleideten sich schlicht. Sie besaßen nur billige Zweisitzer und ein oder zwei Pferde, die in der örtlichen Mietstallung untergebracht waren. Niemand protzte mit seinem Vermögen. Niemand stellte teuren Schmuck zur Schau, weder Seidenkleider noch elegante Schuhe, weder mit Perlen- oder Diamantennadeln besteckte Halsbinden und Stehkragen noch mit Brokatmustern geschmückte Krawatten oder Westen. Sie sprachen in ziemlichem und gedämpftem Ton, aber niemand verurteilte »schnelle Pferde und ausschweifende Frauen« lautstärker als gerade jene Männer, die damit Geschäfte machten. Von »Lasterhöhlen« wußte man so gut wie nichts, und man sprach nicht darüber, aber sie existierten: verschwiegen, kostspielig und so luxuriös, daß sie den Vergleich mit Pittsburgh, Philadelphia und New York nicht zu scheuen brauchten. Jedermann förderte die Kirchen, jedermann besuchte sonntags den Gottesdienst, und jedermann war bestrebt, als gottesfürchtig zu gelten. Alle Damen gehörten Temperenzler-Gesellschaften an, insbesondere jene, deren Ehegatten im Alkoholschmuggel tätig und Besitzer der so heftig kritisierten Kneipen waren. Alle verdammten die Sklaverei und nahmen führende Stellungen in Sklavenbefreiungsvereinen ein, insbesondere jene, die, sich eine

Entscheidung des Obersten Gerichtshofes zunutze machend, entwichene Sklaven jagten, sie sogleich wieder über die Grenze stellten und bedeutende Beträge für ihre Bemühungen kassierten. Einige dieser ehrenwerten Bürger hatten bald heraus, daß sich dieses lukrative Geschäft noch weiter ausbauen ließ. Sie entsandten Agenten nach dem Süden, die Sklaven zum Weglaufen überredeten und ihnen die Reise bis zur Grenze zahlten; dort wurden die bedauernswerten Opfer ein paar Tage festgehalten und sodann wieder ihren Eigentümern übergeben. Alle sprachen von Toleranz und Nächstenliebe und verehrten William Penn, aber es gab kein Gemeinwesen, das skrupelloser, begehrlicher und bigotter gewesen wäre als Winfield.

Es war eine sandige, staubtrockene, öde, kleine Stadt, häßlich selbst unter sommerlichem Himmel, an einem reißenden grünen Fluß gelegen. Die Kirchen wirkten eintönig und düster, die öffentlichen Gebäude verrieten eine knauserige Hand, die kopfsteingepflasterten Straßen waren zumeist schmutzig und ungepflegt. Nirgends bot sich dem Auge ein erfreulicher Anblick; es gab weder Parks noch Blumen noch Baumgruppen. Reisende mieden die Stadt, was den Bewohnern nur lieb war, und daher gab es nur wenige Gaststätten, keine Konzertsäle und keine »sündhaften« Theater. An Sonnabenden wimmelte der Hauptplatz vor Bauern, die »auf einen Sprung« in die Stadt kamen, um zu glotzen oder zu trinken oder, an Hauswände gelehnt, zu plaudern, während ihre Frauen in den armseligen, schlecht sortierten Läden ihre Einkäufe tätigten.

Die Straßen waren eng und dunkel, die Gehsteige aufgebrochen oder mit Brettern belegt und von verschmierten Fenstern und Türen gesäumt. Es gab nur wenige Gärten in den Hinterhöfen, denn überall lag, eine Folge der Vernachlässigung und ein Produkt der Sägewerke und kleinen Werkstätten, eine dichte Staub- und Sandschicht. Das einzige bunte und abwechslungsreiche Schauspiel bot sich dem Besucher am Flußufer, wo die Siedler in Hütten hausten und sich die Flußdampfer mit ihren Schaufelrädern lärmend den Strom hinauf und hinunter arbeiteten, um vor anderen und interessanteren Städten anzulegen.

Die reichen Honoratioren der Stadt hatten ihren eigentlichen Wohnsitz in Pittsburgh oder Philadelphia oder in den etwa drei Meilen entfernten leuchtendgrünen Bergen, wo Pracht und Herrlichkeit keinen Beschränkungen unterlagen. Für die große Mehrheit der armen Bevölkerung gab es kein Vergnügen und wenig Zerstreuung außer den Kneipen, langweiligen Spaziergängen durch die Stadt, endlosen Gebetsversammlungen, Predigten und Andachtsübungen in den Kirchen, den Familientreffen zum Sonntagabendessen in dunklen, kleinen Räumen mit den gewichtigen, ernsthaften Diskussionen über die »römische Gefahr«, die Missionsarbeit bei den Heiden, die Schändlichkeit der Sklaverei und die Korruption in »dieser sauberen Regierung in Washington«. Mister Lincoln war eben erst zum Präsidenten gewählt worden, doch selbst die,

die ihm ihre Stimme gegeben hatten, wollten ihm bereits ans Leder, obwohl er noch gar nicht im Amt war. Viele der Einwohner waren aus den öden Bergen Kentuckys oder aus den Ebenen Virginias gekommen, um bei der Eisenbahn oder in den Fabriken und Sägemühlen zu arbeiten; für sie hatten sich die »Eingeborenen« Winfields die in den Südstaaten übliche Bezeichnung »weißes Gesindel« zu eigen gemacht. Diese Menschen hatten ihre eigene Lebensauffassung und Art zu sprechen, die bei den Männern und Frauen von Winfield ein Gefühl der Überlegenheit gegenüber den »Stoppelhopsern« auslöste.

Joseph Armagh empfand Winfield abstoßend, fremdartig und düster. Die Häßlichkeit und Farblosigkeit der Stadt ekelten ihn an. Die Stimmen, die er hörte, waren schrill und ungewohnt. Das Fehlen menschlicher Vielgestaltigkeit und lebhaften Tuns und Treibens bedrückte ihn. Es war ein düsteres Gefängnis, und oft glaubte er, ersticken zu müssen. Seine Einsamkeit erfüllte ihn häufig mit so tiefer Verzweiflung, daß er wie im Fieber brannte. Er verschmachtete in den drückend heißen Sommermonaten, und der Winter war ein schier unerträglicher Leidensweg. Er lebte nun seit drei Jahren hier, kannte niemanden außer den Schwestern des St.-Agnes-Waisenhauses und hatte nur wenig Umgang mit seinen Kumpeln im Sägewerk. Sie mieden ihn, weil er ein »Fremder« und allein darum verdächtig war. Nie hörte man ihn lachen, nie stieß er einen Fluch aus, nie unterhielt er sich mit den andern. Dazu kam noch der Singsang seiner irisch gefärbten Sprechweise. All das war mehr als ausreichend, um Feindseligkeit zu wecken und ihn zu einem Gegenstand des Spottes zu machen.

Für Leute, die Winfield nicht so gut kannten, war es ein »wirklich nettes kleines Städtchen«; für andere, die dort Geschäfte abzuwickeln hatten, »dieses Dreckloch da oben im Norden«.

Es war ein trüber Sonntagabend spät im November, als Joseph auf das Waisenhaus zuschritt, das er einmal in der Woche besuchte. Er war in Eile, denn bald würden keine Besucher mehr eingelassen werden. Ein schmutziger Nieselregen setzte ein, vom Fluß her blies ein naßkalter Wind, und Häuser und Straßen versanken in trostloser Düsternis. Wo Laternen ihr schwaches Licht verbreiteten, glitzerten die Steine feucht und schleimig. Die wenigen Bäume warfen ihre starren Schatten auf braune Mauern und tote Fenster. Noch sah man eine Masse schwarzer Wolken über einen grauen Himmel jagen. Joseph stopfte seine kalten Hände in die Taschen des zu engen Mantels, den er vor fast zwei Jahren gebraucht gekauft hatte. Schon damals war der Mantel dünn und billig und aus drittklassigem Material gewesen, schwärzlich und derb, mit einem schmierigen Samtkragen. Jetzt bedeckte er kaum noch die Knie und spannte nur mehr knapp Josephs breite Schultern. Wie alle Arbeiter trug der Junge eine erdbraune, wollene Schirmkappe. Er besaß weder Westen noch Handschuhe, noch Krawatten. Seine dünnen

Hemden waren fadenscheinig, aber sauber. Nach Josephs Meinung hatte ein Mensch erst dann einen Zustand vollständiger Erniedrigung erreicht, wenn er auf Seife und Wasser verzichtete; so tief würde er niemals sinken. Ein Stück Seife kostete drei Cents, soviel wie eine Schale Kaffee, eine Schnitte Brot und Käse. Wenn er wählen mußte, kaufte er die Seife. Hunger war für ihn ein alter Bekannter, und wäre sein jugendlicher Appetit jemals befriedigt worden, das Gefühl würde ihm Unbehagen verursacht haben. Es war Jahre her, daß er sich einmal richtig satt gegessen hatte; er konnte sich eigentlich gar nicht mehr daran erinnern. Dennoch war er stets von einer krankhaften Gier erfüllt, oft überkam ihn eine lähmende Schwäche, und zuweilen wirkten sich Erschöpfung und mangelnde Nahrung darin aus, daß kribbelnder Schweiß seinen ganzen Körper bedeckte.

Ohne den Kopf vor dem Nieselregen zu beugen, schritt er stolz und eilig dahin. Er roch den nassen Staub der Straßen und die toten Blätter im Rinnsal. Der Wind brachte den Dunst fischigen kalten Wassers und den ranzigen Gestank von Öl. Sein blasses junges Gesicht wirkte entschlossen, verriet aber sonst keine Gefühle. Er hatte gelernt, mit allem fertig zu werden, und das Talent aller Iren zum Erdulden war ihm dabei gut zustatten gekommen. Er kam an einer kleinen Mietstallung vorbei, vor der eine gelbe Lampe brannte, und er sah die vertraute Anschrift auf dem verschlossenen Tor: Iren werden nicht eingestellt. Er hatte sich auch daran gewöhnt. Er war froh, daß er im Sägewerk arbeiten konnte, und bedauerte nie, daß er sich als Schotte ausgegeben hatte, um aufgenommen zu werden. Was man tun muß, muß man tun, hatte Vater O'Leary einmal gesagt, allerdings nicht in diesem Zusammenhang. Dennoch wurden diese Worte Joseph Armaghs Schlachtruf. Er hatte die Welt nicht geschaffen, in der er zu leben gezwungen war, und er hegte auch nie das Gefühl, ein Teil dieser Welt zu sein. Überleben hieß die Parole. Selbstbemitleidung und Rührseligkeit waren ihm gleichermaßen verhaßt, und mitfühlende Blicke — wie er sie nur von den Nonnen und vom Priester der St.-Agnes-Kirche erhielt — empfand er als einen Affront, der erbitterten Zorn in ihm weckte.

Er kam an den schmutzigen kleinen Kneipen vorbei. Die Türen waren verschlossen und die Fenster dunkel, aber er wußte, daß in den Hinterzimmern die sonntäglichen »Festlichkeiten« in vollem Gange waren. Er zögerte. Er war durstig, und ein Becher Bier würde gut schmecken. Aber er hatte nur fünfzig Cents in der einen Tasche, und erst Dienstag war Zahltag; bis dahin mußte er seinen schmerzenden Magen einigermaßen versorgen. Eingeheftet in seine zweite Tasche waren die zwei Dollar, die er der Schwester Oberin heute, wie alle Wochen, für die Verpflegung seiner Geschwister geben würde. Solange er auf diese Weise für Sean und Regina sorgte, konnte man sie ihm nicht unter dem Vorwand nehmen, die Kinder wären mittellose Waisen.

Er hatte eine Erkältung hinter sich. Er hustete ein paarmal hart und geräuschvoll, dann spuckte er aus. Der Regen war stärker geworden und prasselte auf ihn nieder. Er fing an zu laufen. Gegen den sich ständig weiter verdunkelnden Himmel zeichnete sich der Glockenturm der St.-Agnes-Kirche ab, eines elenden kleinen Gebäudes, das einmal eine Scheune gewesen war: graue Mauern, abblätternde Farbe, schmale, einfache Glasfenster und ein Schindeldach, das bei Regenstürmen tropfte. Die Kirche war nur für die Frühmesse geöffnet, sonst aber aus Angst vor mutwilligen Vandalen gesperrt. Hinter der Sakristei schlief, mit einem Prügel bewaffnet, ein Nachtwächter, ein ehrwürdiger, mittelloser alter Mann, den schon ein stärkerer Windstoß zum Schwanken, wenn nicht gar zu Fall bringen konnte. Aber er glaubte an Gott und seinen Prügel und schlief den Schlaf des Gerechten. Nahe der Kirche stand ein ebenso elendes, ein wenig kleineres Gebäude, das vor langer Zeit ebenfalls eine Scheune gewesen war, nun aber fünf Nonnen und etwa vierzig Kinder beherbergte, die weder ein eigenes Heim noch einen Vormund besaßen. Irgendwie hatten die Nonnen das Geld zusammengebracht, um die Scheune zu vergrößern, daraus einen zweigeschossigen, wackeligen Kasten zu machen und diesen kümmerlich, aber sauber einzurichten. Die zwei Häuser standen auf einem kleinen Stück Land, das die Männer der Gemeinde im Sommer pflegten. Die Frauen der Gemeinde, nicht weniger notleidend als die Schwestern, pflanzten Blumen rund um Kirche und Waisenhaus, und so milderte die lebendige Schönheit von Blüten und grünen Blättern im Sommer den kläglichen Anblick der zwei Gebäude.

Für die Bevölkerung Winfields waren die Mitglieder der Gemeinde Ausgestoßene, gerade gut genug, um die schmutzigsten und abstoßendsten Arbeiten auszuführen — Arbeiten, die man nicht einmal dem »Gesindel am Fluß« zumutete. Sie wurden auch am schlechtesten bezahlt. Die Frauen arbeiteten in fremden Häusern — für eine kleine Menge Nahrung und zwei oder drei Dollar im Monat. Jeden Abend brachten sie das Essen zu ihren Familien nach Hause. Die einzigen Freuden dieser Menschen waren hin und wieder ein Becher Bier, ihre Kirche und ihr Glaube. Joseph Armagh betrat diese Kirche nie. Er verkehrte nicht mit den Leuten. Er trat ihnen ebenso kühl entgegen wie allen anderen Bewohnern der Stadt und mit der gleichen Interesselosigkeit. Sie hatten nichts mit ihm und seinem Leben zu tun, nichts mit seinen Gedanken und nichts mit der eisernen Entschlossenheit, die wie ein dunkles Feuer in ihm loderte. Als er einmal das Waisenhaus verließ, sprach Vater Barton ihn an und versuchte, diesen schweigsamen und halsstarrigen jungen Mann ein wenig aufzutauen. Er bemühte sich, ihn in ein Gespräch zu ziehen. Er fragte ihn, warum er nie die Messe besuchte, aber Joseph blieb stumm.

»Jaja, ich weiß, es ist die Verbitterung, die in allen Iren steckt«, sagte der junge Priester traurig. »Du denkst an Irland zurück und an die Engländer. Aber hier, in Amerika, haben wir Freiheit.«

»Freiheit — wozu, Vater?«

Vater Barton blickte ihn ernst an und preßte die Lippen zusammen, als er sein Gesicht sah. »Zu leben«, murmelte er.

Joseph brach in ein häßliches Lachen aus und ging.

Der Priester sprach dann mit der Schwester Oberin über Joseph. Schwester Elizabeth war eine behäbige kleine Frau in mittleren Jahren mit einem freundlichen, verständigen Gesicht und sanften Augen. Aber sie besaß auch eine scharfe Zunge und einen Willen, den, wie Vater Barton vermutete, nicht einmal Gott beugen konnte. Sie war nicht die traditionell willige und gehorsame Nonne von der Art, wie sie ihm in seiner eigenen freudlosen Kindheit Trost gewesen waren. Sie fürchtete keinen — möglicherweise nicht einmal Gott, wie der Priester gleichermaßen und nicht ohne ein leichtes seelisches Unbehagen vermutete. Kam er ihr mit irgendeiner Bedeutungslosigkeit, einer frommen Maxime, antwortete sie ihm mit einem sehr weltlichen kleinen Lächeln und nicht immer sehr toleranter Ungeduld. Verstieg er sich in allzu ätherische Höhen, schnitt sie ihm schnell und mit einer schroffen Bewegung ihrer rundlichen Hand das Wort ab. »Jaja, Vater, aber ich fürchte, damit können wir keine Kartoffeln kaufen.« Das war auch ihre Antwort auf jede Art von Gefühlsduselei und rührseligen Betrachtungen, wer immer sie anstellen mochte.

»Dieser Joseph Armagh!« sagte Vater Barton zu ihr. »Ich gestehe, Schwester, er macht mir Sorgen. Er ist noch sehr jung, scheint aber in seiner Lebenserfahrung weit über sein Alter hinaus zu sein. Was er erlebt hat, hat ihn hart, nachtragend und unversöhnlich, vielleicht sogar rachsüchtig gemacht.«

Schwester Elizabeth ließ ihre Blicke eine kleine Weile auf dem Priester ruhen und überlegte. Dann antwortete sie: »Er hat seine Gründe, Vater. Sie oder ich mögen ihm nicht beipflichten, aber es sind *seine* Gründe, aus Kummer geboren. Er muß seinen Weg allein finden.«

»Er braucht die Hilfe seiner Kirche und seines Gottes«, entgegnete der Priester.

»Ist Ihnen nie aufgefallen, Vater, daß Joseph keine Kirche hat und keinen Gott?«

»In seinem Alter?« Die Stimme des Priesters zitterte.

»Er ist nicht jung. Möglicherweise war er es nie.« Damit beendete sie das Gespräch und eilte geschäftig, mit klickendem Rosenkranz, davon. Der Priester blickte ihr nach und fragte sich betreten, wie es kam, daß Ordensleute in diesen Tagen mehr mit weltlichen Dingen befaßt waren als mit ihrer ewigen Seligkeit. Weil, sinnierte er mit leiser Wehmut, man damit keine Kartoffeln kaufen kann. »Überlassen wir diese Sorge doch Gott«, hatte er ihr einmal beinahe geantwortet, aber noch rechtzeitig daran gedacht, daß sie vielleicht nur auf eine Bemerkung dieser Art wartete, um ihm über den Mund zu fahren, und hatte es lieber sein lassen.

Joseph dachte an diesem Abend weder an Vater Barton noch an Schwester Elisabeth, denn sie bedeuteten ihm nicht mehr als andere Menschen. Sie existierten einfach, so wie viele in seiner Welt existierten, und er gestattete ihnen nicht, ihm nahezukommen — nicht, weil er sie ablehnte, nicht, weil er sie schätzte — es war beides nicht der Fall —, sondern weil er wußte, daß sie keinen Anteil an seinem Leben hatten und nichts verkörperten, was für ihn von Wert gewesen wäre, außer daß die Nonne seine Geschwister bis zu dem Tag umsorgte und ernährte, da er sie ihr abnehmen konnte. Er war ihnen nicht feindseliger gesinnt als anderen, denn er wußte auch, daß persönliche Animosität die Menschen unweigerlich veranlaßte, dem ihnen Feindseligen noch mehr auf den Leib zu rücken und noch tiefer in sein Bewußtsein einzudringen — und er hatte keine Zeit für derlei unrentable Gefühle. Keinem Fremden sollte es gestattet sein, sich in sein Leben zu schleichen und ihn auf diese Weise zu schwächen. Er empfand keinerlei Neugier, was seine Umgebung betraf, kein Gefühl der Verbundenheit mit seinen Mitmenschen, weder Mitleid noch Haß, und, trotz der Einsamkeit, die ihn häufig quälte, kein Verlangen nach ihrer Gesellschaft.

»In diesem Land«, hatte Vater Barton, der seine Geschichte kannte, bei einer früheren Gelegenheit zu ihm gesagt, »gibt es Zehntausende von Menschen und nicht nur Iren, die gelitten und getrauert haben, so wie du gelitten und getrauert hast. Dennoch wenden sie sich nicht voneinander ab.«

Joseph hatte ihn ausdruckslos angestarrt. »Ich wende mich nicht ab, und ich wende mich nicht zu, Vater. Amboß und Hammer einer einzigen Schmiede bringen Hufeisen und Messer, Geschirre und Nägel und tausend andere Dinge hervor — nicht nur eines. Die gleichen Erlebnisse und Erfahrungen prägen einen Menschen auf diese, einen anderen auf jene Weise. Das liegt in ihrer Natur.«

Der Priester hatte über diese Worte gestaunt, denn Joseph war damals erst fünfzehn gewesen. Dann erschrak er, denn er hatte das unbestimmte Gefühl, daß er einem beängstigenden und ihm neuen Phänomen gegenüberstand, einer Naturgewalt, der man weder trotzen noch sich widersetzen durfte, die man einfach akzeptieren mußte. Diese Überlegung machte ihn traurig und setzte ihn in Furcht. Doch dann erinnerte er sich an das, was eine junge Nonne ihm heimlich gesagt hatte: »Joseph liebt seine Geschwister. Er würde für sie sterben. Ich habe es in seinem Gesicht gelesen. Der arme Kerl!«

Doch in letzter Zeit glaubte der Priester Grund zu der Annahme zu haben, daß die Nonne sich getäuscht hatte.

Joseph erreichte das Waisenhaus mit seiner nackten Fassade, der weiß getünchten Steintreppe und den gelben Lampen, die ihren schwachen Schein durch die sauberen Fenster warfen. Er hielt den Schritt an. An der Ecke stand eine prächtige Equipage, wie er sie nie zuvor in Amerika oder in Irland auch nur gesehen hatte, wenn sie bei den Landhäusern der Großgrundbesitzer vorfuhren. Es war ein blank polierter, geschlossener, schwarzer Wagen mit einem Kutscher auf dem Kutschbock, mit glitzernden Fenstern und lackierten Rädern. Zwei Rappen zogen ihn, und ihr Geschirr schimmerte wie Silber im Lampenlicht.

Joseph starrte den Kutscher an, der, in einen dicken Mantel gehüllt, einen Biberhut auf dem Kopf, auf dem Bock thronte. Er hielt eine Peitsche in seinen behandschuhten Händen. Was in aller Welt, dachte Joseph, sucht eine so feine Kutsche hier vor dem Waisenhaus, in dieser Straße? Gehört sie etwa der Königin von England oder dem Präsidenten der Vereinigten Staaten von Amerika?

»Und was guckst du denn so schafsköpfig?« fuhr ihn der Kutscher in unverkennbar irischem Dialekt an. »Mach, daß du weiterkommst, Junge, und glotz nicht wie ein Fisch. Oder ich zieh dir eins über.«

Zum erstenmal seit Jahren regte sich so etwas wie Neugier in Joseph, aber er zuckte die Achseln, stieg die flachen Stufen des Waisenhauses hinauf und zog an der Glocke. Die junge Schwester Francis öffnete die Tür und lächelte ihn an, obwohl er ihr Lächeln noch nie erwidert hatte. »Es ist schon sehr spät, Joseph«, sagte sie. »Die Kinder haben schon gegessen und sprechen gerade ihr Nachtgebet.«

Joseph betrat den dumpfigen Gang ohne zu antworten, putzte sich aber sehr sorgfältig die Schuhe auf der Türmatte ab. Die Nonne schloß hinter ihm ab. »Nur fünf Minuten«, mahnte sie. »Du wartest im Empfangsraum wie immer. Ich will sehen, was ich tun kann.«

Der nackte, splitterige Holzboden war peinlich sauber und, wie auch die Holzwände, auf Hochglanz poliert. Zur Linken befand sich Schwester Elisabeths eigenes »Besuchszimmer«, wo sie geheimnisvolle und gewichtige Besprechungen abhielt, zur Rechten ein kleiner »Empfangsraum«, wie ihn die jungen Nonnen nannten, für Besucher wie Joseph. Am Ende des Ganges befand sich ein langer, schmaler Raum, nicht viel breiter als ein Korridor, in dem einst eine Anzahl von Pferden ihre Boxen gehabt hatten. Jetzt nannten ihn die jungen Nonnen »unser Refektorium«, und hier verzehrten sie, und mit ihnen die Waisen, ihre kärglichen Mahlzeiten. Daran schloß sich die Küche an, im Winter der einzige wirklich warme Fleck im ganzen Haus und ein beliebter Aufenthaltsort für die Schwestern, die hier nähten, ihre Freizeit verbrachten, plauderten, zuweilen sogar lachten und sangen und über ihre beklagenswerten kleinen Schützlinge sprachen — manchmal, obwohl das sündhaft war, auch über Schwester Elizabeth. Eine gute und einigermaßen wohlhabende Seele hatte die drei Schaukelstühle gestiftet, die neben dem großen schwarzen Eisenherd standen, der in die rote Ziegelmauer eingelassen war. Nonnenhände hatten den Ziegelboden gesäubert und poliert. Stets dampfte ein riesiger Suppentopf auf dem Herd und verbreitete den nach der einhelligen Meinung von Nonnen und Kindern köstlichsten Duft der Welt. Im Obergeschoß schliefen die Kinder in ihren zusammengedrängten Bettchen und hinter einer Tür die Nonnen in ähnlicher Gemeinschaft. Nur Schwester Elizabeth war einigermaßen ungestört; ihre Schlafstätte lag hinter einem schweren braunen Vorhang. Das Schulzimmer war die Kirche — »während wir darauf warten, daß wir eine richtige Schule bauen können«, sagten die Nonnen. Sie gaben die Hoffnung nie auf. Schwester Elizabeth allerdings war weniger zuversichtlich. »Irgendwie kommen wir durch«, pflegte sie zu sagen.

Die außerhalb gelegenen Abtritte befanden sich, den Blicken Neugieriger entzogen, am Ende eines von den Nonnen roh zurechtgezimmerten Holztunnels, der sie mit der Küche verband. So kahl und kalt das Waisenhaus-Konvent auch war, den Schwestern, von denen einige erst in den letzten Jahren aus Irland gekommen waren, bedeutete es ein trautes und gemütliches Heim. Hell leuchteten ihre Gesichter im Lampenschein, wenn sie in der warmen Küche saßen, arbeiteten und sich harmlosem Geklatsche hingaben. Manchmal wurde auch ein krankes und noch kleines Kind hierhergeholt, in warme Tücher gehüllt, von einer Nonne auf den Knien geschaukelt, unter Umständen auch nachts noch getröstet und umschmeichelt, bis es an der unbefleckten, aber mütterlichen Brust einschlief und nach oben getragen wurde. Nie wurde der körperliche Hunger in diesem Hause voll befriedigt, aber die Schwestern schätzten sich in der christlichen Gemeinschaft von Hoffnung, Glaube und Barmherzigkeit glücklich.

Joseph begab sich in den kleinen Empfangsraum. Das Zimmer war eisig kalt und dumpfig und roch nach Bienenwachs und großzügigen Mengen von Seife. Die Wände waren weiß getüncht, aber was die Nonnen auch anstellten, es gelang ihnen nie, die feuchten Flecken ganz zu entfernen. Der Boden glänzte in dunklem Schein. Ein mit noch gröberer Spitze gesäumtes Grobleinentuch bedeckte den Tisch; darauf lag die in Ehren gehaltene, in von Schimmel befallenes rotes Leder eingebundene Bibel des Konvents und eine brennende Petroleumlampe. Ein winziges Fenster nahe der Decke ließ Tages-, nie aber Sonnenlicht ein. Vier einfache Küchenstühle standen nebeneinander an der Wand.

Auf einem in die Mauer eingelassenen Podest befand sich eine kleine, primitiv ausgeführte Muttergottesstatue: giftiges Blau, grelles Weiß, billig vergoldet. Genau in der Mitte derselben Wand hing ein sehr großes ·Kreuz aus dunklem Holz; der Heiland war ein wunderbares Schnitzwerk aus altem Elfenbein. Das Kruzifix war seit Generationen im Besitz von Schwester Elizabeths Familie in Irland gewesen; sie hatte es als ganz junge Nonne nach Amerika mitgebracht, und nun war es ihr Schatz und der Schatz des Konvents. Man hatte sie darauf hingewiesen, daß der Hochaltar in der Kirche der geeignetste Platz dafür wäre, doch Schwester Elizabeth entschied sich für den bescheidensten Raum des Konvents. Keiner kannte die Gründe, die sie dazu bewogen, und sie beantwortete keine Fragen, die in diese Richtung zielten, doch fast jeder, der den Empfangsraum betrat, reagierte auf das Kreuz: der eine mit Betrübnis, der andere mit Auflehnung, manche mit Seelenruhe und einige, wie Joseph Armagh, mit völliger Gleichgültigkeit.

Er saß auf einem der Küchenstühle und fröstelte. Er fragte sich erschrocken, ob er sich im Regen neuerlich erkältet haben konnte. Die einzige Angst, die zu empfinden er sich gestattete, war die vor ernster Krankheit, Arbeitslosigkeit und Bettelarmut, denn er glaubte, daß er seine Geschwister in diesem Fall nie wiedersehen und daß man sie von irgendwelchen Fremden adoptieren lassen würde, ohne ihm die Namen dieser Menschen bekanntzugeben. Niemand hatte in Winfield je darüber gesprochen oder eine solche Möglichkeit auch nur angedeutet, aber für ihn bestand kein Zweifel. Er erinnerte sich an Vater O'Leary, der die drei Kinder hierhergebracht hatte und einen Monat nach seiner Ankunft in Amerika gestorben war.

Joseph wartete, vor Kälte zitternd, auf seine Geschwister und dachte daran, daß er an diesem Tag nur eine kleine Mahlzeit zu sich genommen hatte, noch dazu eine kärgliche: eine Scheibe Brot, ein Stück kalten Speck und schwarzen Kaffee. Zu mehr hatte es nicht gereicht. Der Hunger quälte ihn, er rieb sich seine kalten Hände und versuchte, nicht an Essen zu denken. Sein Blick fiel auf das Kruzifix. Zum erstenmal sah er es deutlich vor sich, und plötzlich kam es wie ein wilder Krampf über ihn.

»Du hast noch keinem Menschen geholfen«, sagte er laut. »Es sind alles nur Lügen. Ich weiß es, und niemand kann mich vom Gegenteil überzeugen.«

Das junge Gesicht seiner sterbenden Mutter leuchtete grell vor ihm auf, und einen Augenblick schloß er die Augen. »Mutter«, flüsterte er in sich hinein, »ich habe mich um sie gesorgt und werde mich immer um sie sorgen, wie ich es dir versprochen habe.« Seit drei Jahren verbiß er sich den Schmerz seiner Trauer. Er glaubte, ihn nicht mehr empfinden zu können, doch nun hämmerte er wie ein Keulenschlag gegen sein Herz, so wild und grausam, daß er sich am Stuhl festhalten mußte, weil er fürchtete, zu Boden zu stürzen. Nur mit äußerster Mühe gelang es ihm, den quälenden Schmerz wieder zu betäuben.

Drei Jahre, dachte er. Seit drei Jahren bin ich in diesem Land, und meine Geschwister wohnen immer noch in einem Waisenhaus statt in einem Heim, das ich ihnen bieten kann. Wie soll ich an das Geld herankommen, das uns schützen könnte? Ich bin nur für harte Arbeit geschult, obwohl ich eine saubere Handschrift habe und kaufmännischer

Angestellter sein könnte. Aber niemand will mir eine solche Stellung geben und mir besseren Lohn zahlen, weil ich bin, was ich bin, weil ich so geboren wurde. Soll sich das niemals ändern? Ich habe mir den Kopf zerbrochen, habe hin und her überlegt, aber ich sehe keine Aussicht und keine Hoffnung.

Er dachte an die Zeit vor drei Jahren zurück, als man einigen wenigen, die nicht krank waren oder im Sterben lagen, gestattet hatte, in Philadelphia von Bord zu gehen. Vater O'Leary und die Schwestern hatten sich um die zwei Knaben geschart, eine der Nonnen trug das Baby, und der Priester gab an, die drei Kinder befänden sich in seiner Obhut. Doch das Waisenhaus in Philadelphia war überfüllt gewesen, und der von Leid und Entbehrungen geschwächte todkranke Greis hatte die drei Kinder mit der Postkutsche nach Winfield gebracht. Zwei Nonnen hatten ihn, um ihm beizustehen, auf dieser langen, fürchterlichen Reise begleitet. Joseph hatte darauf bestanden, seine Fahrt selbst zu bezahlen, und weil unterwegs Essen gekauft werden mußte und Milch für das Baby, besaß er, als sie ankamen, von den fünfzehn Dollar, die sein Vater seiner Mutter geschickt hatte, nur mehr zwei.

Während er sich nach Arbeit umsah, wohnte er im Waisenhaus. »Bleib ein Jahr bei uns, Joseph«, hatte Schwester Elizabeth ihm zugeredet. »Arbeite für uns, und wir werden dich ausbilden. Zahlen können wir dir nichts, denn wir sind arm und leben nur von Spenden.«

Joseph aber fand Arbeit als Stalljunge und verdiente drei Dollar die Woche. Davon gab er Schwester Elizabeth einen — ungeachtet ihrer Proteste. Er erinnerte sich an sein Leben im Stall mit den Pferden, an sein Nachtlager auf dem Heuboden. Mit vierzehn Jahren erkannte er, daß er mehr Geld haben mußte, und ging ins Sägewerk arbeiten. Es war Mai, und er bekam einen Dollar mehr in der Woche.

Abermals richtete er seinen Blick auf das Kruzifix und auf das leidende Antlitz des Gekreuzigten.

»Nein«, wiederholte er laut, »du hast noch keinem geholfen. Wie kann das sein? Du bist nur eine Lüge.«

Die Tür öffnete sich, und er sah erwartungsvoll hin, denn die zwei Kinder, die nun eintreten würden, waren sein einziger Trost und auch die Quelle seiner verzweifelten Entschlossenheit. Doch es war nur Schwester Elizabeth, die auf ihn zukam. Er erhob sich langsam. Sein Gesicht war verschlossen und ausdruckslos wie immer.

V

»Joseph, mein Junge«, begrüßte ihn die Nonne und streckte ihm ihre Hand entgegen. Es war eine schwielige Hand, von endloser harter Arbeit geprägt, aber warm und kräftig. Die seine lag kalt und schlaff in der ihren, und die Nonne war sich dessen wohl bewußt. Aber sie lächelte ihr täuschend süßes Lächeln und blinzelte hinter ihren funkelnden Gläsern. Grübchen zeichneten sich auf den rosigen Wangen unter der schwarzen Haube. Obwohl sie von allen Bewohnern des Konvents am wenigsten aß, war die kleine Frau doch von rundlicher Gestalt — was die jungen Nonnen unter ihrer Obhut nicht wenig verwunderte.

»Wo sind Sean und Regina?« fragte Joseph, ohne das Lächeln zu erwidern. Von der alten Angst gepackt, stand er in drohender Haltung vor der Mutter Oberin.

»Setz dich, Joey, und hör mir zu«, antwortete Schwester Elizabeth. »Hab keine Furcht. Die Kleinen haben dich schon erwartet und werden gleich hier sein. Aber ich habe dir etwas Wichtiges zu sagen.«

»Sie sind krank!« platzte Joseph heraus.

»Keineswegs«, entgegnete Schwester Elizabeth und lächelte nicht mehr. Ernst und streng sah sie ihn an. »Bleib stehen, wenn du dich nicht setzen willst. Du bist ein recht halsstarriger Kerl, Joey. Ich bin sehr ungehalten über dich. Ich dachte, ich könnte mit dir reden wie mit einem vernünftigen Menschen — aber das war ja wohl nicht zu hoffen! Nun ja. Hast du die Equipage vor dem Haus gesehen?«

»Was hat sie mit mir zu tun?« murrte er. »Oder will mir vielleicht jemand eine schöne Stellung mit gutem Lohn anbieten?« fragte er und lächelte verächtlich über einen so närrischen Gedanken.

»Ach, Joey«, seufzte Schwester Elizabeth. Sie hatte den Jungen wirklich gern. Er erinnerte sie an ihre tapferen Brüder, die alle in Irland Krankheit und Hunger zum Opfer gefallen waren. »So launig spielt das Leben nicht.«

»Das brauchen Sie mir nicht zu sagen, Schwester.«

»Ja, das weiß ich.« Sie betrachtete ihn mit verhaltenem Mitgefühl. »Also höre. Wir haben hier eine wunderhübsche Dame bei uns, jung, aber sehr höflich und wohlerzogen, die Frau eines hochangesehenen Mannes. Sie ist von sich aus reich. Das Haus, in dem sie wohnen, gehört ihr. Sie ist fast die einzige Stütze unserer Kirche hier in Winfield, sie zahlt für unsere Ernährung und Kleidung, sie spendet für Missionsarbeit und für ein Seminar. Sie tut, was sie kann, aber alles hat seine Grenzen. Sie hat eine kleine Tochter im Alter von Mary Regina, kann aber leider keine Kinder mehr haben. Ihr edles Herz sehnt sich nach einer größeren Familie, aber es soll nicht sein. Es ist Gottes Wille. Darum möchte sie gerne —«

»Regina adoptieren?« Es klang wie eine Verwünschung. Er machte eine ungestüme Geste, fast als wollte er die Nonne schlagen, vor der er immer noch stand. »Ist es das, was Sie mir sagen wollten?«

»Joey —«

»Wie konnten Sie es wagen, ihr Regina zu zeigen?« Seine Stimme überschlug sich. »Zahle ich nicht für meine Schwester? Sie wollen sie mir stehlen! Trotz Ihrer heuchlerischen Versprechungen! Sie haben mich angelogen!«

Mit unbewegtem Gesicht ergriff sie seinen dünnen Arm und schüttelte ihn. »Sprich nicht so mit mir, Joey, oder ich stehe auf und gehe. Ich würde schon gegangen sein, wenn es sich nicht um Regina und ihre Zukunft handelte. Ich habe das Kind der Dame — die ich Mrs. Smith nennen muß, weil du ihren wirklichen Namen nicht erfahren darfst — nicht gezeigt. Sie hat Regina gesehen, als sie uns kürzlich ein paar Ballen Wolle und Flanell und etwas Geld brachte. Sie war von ihr entzückt und sah sie sogleich als Schwesterchen ihrer eigenen kleinen Tochter.

Höre, Joey. Denke doch einen Augenblick vernünftig. Welche Zukunft erwartet Mary Regina hier, in dieser Stadt? Du bist erst sechzehn, mein armer Junge. Du bist halb verhungert und führst ein elendes Leben. Du hast mir nie etwas davon erzählt, aber ich weiß es. Du hast auch einen Bruder. Wie du selbst erfahren hast, ist für uns Iren das Leben in Amerika nicht schön. Wer weiß, ob sich das jemals ändern wird? Müssen wir nicht die Türen unserer Kirche und unseres Waisenhauses ständig versperrt halten? Es sind noch keine zwei Monate her, daß böse Menschen mit Gewalt in die Kirche eindrangen, den Altar umstürzten, die Hostien entweihten und Vater Barton verprügelten, der vergeblich versuchte, sie zu hindern. Sie stahlen unsere Kerzenleuchter, zerbrachen das Kruzifix und besudelten die Sakristei. Du weißt davon, Joey, und wie ich höre, sind Katholiken und die Kirche auch in anderen amerikanischen Städten Ziel solcher Angriffe. Erst vor einem Monat hat man die Mutter Oberin in ihrem Konvent in Boston fast totgeschlagen, die Nonnen mißhandelt und die Hostien in der anliegenden Kirche an Pferde verfüttert oder in den Rinnsal geworfen.«

Mit blassem Gesicht, Tränen in den Augen, heftete sie ihren Blick auf das Kreuz. Aber sie sprach ruhig und entschlossen weiter.

»Mary Regina braucht ein Heim, die liebende Sorge einer Mutter, eine gute Erziehung und eine gesicherte und friedliche Zukunft. Was aber kann sie hier vom Leben erwarten? Du kannst bestenfalls ein bißchen mehr verdienen, aber wenn kein Wunder geschieht, wirst du noch viele Jahre hart kämpfen müssen, um dich und Sean zu erhalten. Du wirst leben, wie es eben geht, aber für Mary Regina wird es keine Hoffnung geben und nur geringe für dich und Sean. Verdienen die Kinder deiner toten Eltern kein besseres Schicksal? Du bist ein Mann, Joey, und Sean wird auch bald ein Mann sein, und für Männer ist das Leben nicht so schwer wie für Frauen. Das wissen wir doch. Ihr zwei werdet schon durchkommen. Aber was soll aus Mary Regina werden? Erkühnst du dich, unserem kleinen Liebling zu versagen, was sie haben könnte — Herzenswärme und schöne Kleider, Liebe und Zärtlichkeit, Erziehung und Bildung, und später eine gute Heirat? Willst du ihr das vorenthalten und sie zu einem Leben von Armut und Elend verurteilen? Hast du schon einmal daran gedacht, was ihr die Jahre bringen werden, bringen müssen, wenn sie hier bleibt? Wir können ihr Lesen und Schreiben beibringen und Hausarbeiten, aber wenn sie vierzehn ist, können wir sie nicht länger bei uns behalten. Sie muß einem jüngeren Kind ihren Platz überlassen und, wie alle unsere Mädchen, eine Stellung annehmen und den Rest ihres Lebens als verachteter Dienstbote fristen. Das ist ein trauriges Dasein. Sie muß sich Menschen unterwerfen, die sie beschimpfen und mißhandeln und ihr weniger Gutes erweisen als ihren Pferden und Hunden. Du hast mir gesagt, daß du in der Lage sein wirst, deiner Schwester ein gutes Leben zu bieten, wenn sie vierzehn ist. Das sind noch elf Jahre. Glaubst du das wirklich, Joey?«

»Ja«, antwortete Joseph, und im matten Lampenschein wirkte sein Gesicht wie das eines viel älteren Mannes.

Wieder seufzte die Oberin und betrachtete ihre gefalteten Hände. »Trotz allem, was du schon erduldet hast — du kennst die Welt nicht, Joey. Du bist noch sehr jung, und darum erscheint dir nichts unmöglich. Aber Joey, ich habe es selbst erlebt, wie die Hoffnungen junger Menschen enttäuscht werden. Wie viele junge Herzen habe ich brechen gesehen! Und ich will gar nicht daran denken, wie oft mir die Stille der Verzweiflung in den Ohren geklungen hat.« Melancholische Anwandlungen umschatteten ihre sonst so volle und sichere Stimme.

»Ich bezweifle nicht, daß du deinen Weg machen wirst«, fuhr sie nach einer kleinen Weile fort. »Aber nicht mit einer Schwester, die umhegt und umsorgt werden will. Du mußt auch an Sean denken. Versage Mary Regina nicht die zärtliche Liebe einer Mutter, die diese Dame ihr aus dem Grunde ihres gütigen Herzens angeboten hat. Du darfst es nicht tun, Joey.«

Die Haut straffte sich über Josephs hohlen Wangen. Die dünnen Lippen zusammengepreßt, starrte er die Nonne aus tiefliegenden blauen Augen an. Er hatte beim Betreten des Raumes die Kappe abgenommen, und sein rostbraunes Haar fiel über seine gerunzelte Stirne, über Ohren und Nacken. Seine Züge drückten aufgestauten Zorn und tiefe Verzweiflung aus.

»Überlege, bevor du etwas sagst«, mahnte Schwester Elizabeth mit sanfter und bewegter Stimme.

Die Hände in den Taschen, den Blick in die Ferne gerichtet, begann er mit langsamen, festen Schritten auf und ab zu gehen. Schwester Elizabeth sah seine kränkliche Blässe, sah die abgerissene, hagere Gestalt, und ihr Herz krampfte sich vor Kummer und Mitleid zusammen. So tapfer der Junge, so stark seine Seele — aber doch nur ein Junge, ein Waisenknabe, nicht viel älter als viele Kinder in diesem Waisenhaus. Sie schloß die Augen und betete: »Lieber Gott, laß ihn die richtige Entscheidung treffen — vor allem um seinetwillen.«

Unvermittelt blieb er wieder vor ihr stehen und wiederholte seine ungestüme und einschüchternde Geste. Seine große Nase ragte wie ein horniger Knochen aus seinem starren Gesicht.

»Lassen Sie mich diese famose Dame sehen«, sagte er.

Fast hätte Schwester Elizabeth einen Freudenschrei ausgestoßen. Sie sprang auf und verließ eilig das Zimmer. Joseph wandte sich um und betrachtete das Kruzifix. Das Lampenlicht glitt in Wellen darüber hin, und die Züge des Gekreuzigten schienen von pulsierendem Leben beseelt. Joseph lächelte und schüttelte den Kopf, so, als amüsiere ihn etwas, das ohne jede Bedeutung für ihn war und nur zufällig seine Aufmerksamkeit erregt hatte.

Die Tür öffnete sich. Schwester Elizabeth trat ein und mit ihr eine junge Dame. Joseph machte die Augen auf — sie lagen tief in ihren Höhlen wie nach einer schweren Krankheit.

»Mrs., äh, Smith«, sagte die Nonne, »das ist Joseph Armagh, Mary Reginas Bruder, von dem ich Ihnen ja erzählt habe. Joey!« Sie blickte mit Bestürzung auf den Jungen. Joseph lehnte regungslos an der Wand und gab keine Antwort. Aber er starrte unverwandt auf die junge Frau, die mit hoffnungsvollem Lächeln neben der Oberin stand.

Sie war jung, vielleicht neunzehn oder zwanzig, großgewachsen und schlank. Dunkel schimmernde Augen leuchteten in einem feinen, empfindsamen, rosigen Gesichtchen, und ihr roter Mund war wie ein herbstliches Blatt. Unter einer mit rosa Satinbändern befestigten rosa Samthaube fiel ihr Haar in sanften, lohfarbenen Wellen und Löckchen nieder. Sie trug eine kurze Jacke aus glattem, dunklem Pelz, leuchtend und kostbar, und ihr eleganter, mit einer goldenen Borte gesäumter Rock war aus schwarzem Samt. In ihren behandschuhten Händen hielt sie einen Muff, der aus dem gleichen Pelz wie die Jacke gefertigt war. Die Brillant- und Rubinohrgehänge warfen einen rötlichen Schein auf ihre schönen Wangen. Ihre Füße steckten in Samtschuhen mit niedrigen Absätzen.

Sie musterte Joseph mit fast der gleichen Aufmerksamkeit, wie er sie betrachtete, und ihr zaghaftes Lächeln verschwand, ihr zartes Gesicht nahm einen schüchternen und bittenden Ausdruck an.

Noch nie hatte Joseph eine so liebreizende Frau gesehen, nein, nicht einmal seine Mutter, und noch nie auch eine so kostbar gekleidete. Ein leichter Veilchenduft umhüllte sie, und seine Nüstern weiteten sich, doch nicht in Wohlgefallen. Sie war so weit von ihm entfernt wie ein Stern im Weltraum und so fremd wie eine andere Spezies. Er haßte sie, und der Haß brannte wie Eis in seiner Kehle. Ihr Geld war es, das Fleisch und Blut kaufen konnte, so wie ein wohlgenährter, aufgeputzter Engländer um die Arme und den Rücken eines halbverhungerten Iren für seine Bergwerke, seine Heere und Fabriken feilschte und nichts als tote Knochen hinter sich zurückließ.

Schweigend betrachteten sich die zwei jungen Menschen. Schwester Elizabeth blickte ernst von einem zum anderen und betete im Geist.

»Sie wollen also meine Schwester kaufen?« sagte Joseph.

Schwester Elizabeth stockte der Atem. Spontan, von einer Art zaghafter Furcht ergriffen, die nach Hilfe suchte und ihr das Aussehen eines verängstigten jungen Mädchens verlieh, wandte sich Mrs. Smith der Nonne zu, die nach ihrer Hand faßte und sie ermutigend drückte.

»Joey«, protestierte sie mit ruhiger Strenge, »das war sehr unhöflich und gemein. Von ›Kaufen‹ war keine Rede, und das weißt du genau.« Sie versuchte seinem Blick zu begegnen, um ihrem Tadel stärkeren Ausdruck zu verleihen, doch seine Augen hafteten starr auf Mrs. Smith. Es war, als ob er nichts gehört hätte. Er stieß sich von der Wand ab und verschränkte seine mageren Arme über der Brust. Die Frauen sahen seine roten Handgelenke und die Narben auf seinen langen, schlanken Händen.

»Brauchen Sie meine Schwester als Spielzeug, als Dienerin für Ihre Tochter?« fragte Joseph. »Eine zweite Topsy, wie in dem Buch über Sklaven, das ich gelesen habe — *Onkel Toms Hütte* heißt es?«

Schwester Elizabeth war entsetzt. Ihr rundes, volles Gesicht rötete sich, und ihre Augen funkelten hinter den Brillengläsern. Doch zu ihrer Überraschung berührte Mrs. Smith sie bittend am Arm. »Ich will Mister Armagh antworten«, sagte sie, und die Nonne staunte, daß dieses scheue Wesen mit einemmal so beherzt auftrat.

Mrs. Smith holte tief Atem und wandte ihren Blick wieder voll Joseph zu. »Nicht als Spielzeug, sondern als mein geliebtes Töchterchen und Schwester meiner eigenen kleinen Bernadette, mit Zärtlichkeit und Hingabe umsorgt und behütet. Sie und meine Tochter würden zu gleichen Teilen erben. Ich habe sie nur einmal gesehen und sie sogleich liebgewonnen. Es schien mir, als ob sie mein eigen wäre, und mein Herz sehnte sich danach, sie in die Arme zu schließen. Mehr kann ich nicht sagen.«

Josephs bleiche Lippen öffneten sich, um zu sprechen, aber er blieb stumm. Die Frauen warteten. Die Lampe warf fliehende Lichter und Schatten auf seine gespannten Züge. Ein Krampf verzerrte sein Gesicht, so als ob er entsetzliche Schmerzen erdulden müßte. Aber er sprach mit ruhiger Stimme.

»Dann werden Sie eine von mir abgefaßte Erklärung unterschreiben«, sagte er, »oder wir brauchen nicht weiter zu reden. Sie nehmen meine Schwester zu sich, aber sie behält ihren Namen, denn es ist ein guter Name in Irland, und ich bin stolz darauf, wie auch meine Schwester stolz darauf sein wird. Sie muß immer wissen, daß sie zwei Brüder hat und daß wir sie eines Tages zu uns rufen werden. Bis zu diesem Tag muß ich sie besuchen können, wie ich sie jetzt besuche, und das gleiche gilt für Sean. Um der Vorteile willen, die Sie ihr bieten können, bin ich bereit, sie Ihnen als Gefährtin Ihrer Tochter zu leihen — aber eben nur zu leihen.«

»Aber das ist unmöglich!« rief Schwester Elizabeth. »Ein adoptiertes Kind nimmt den Namen ihrer Adoptiveltern an und in diesem Fall den ihrer neuen Schwester. Das ist jetzt ihre Familie. Sie hat keine andere und darf keine andere kennen! Das geschieht zum Schutz des Kindes und um ihm jeden Zwiespalt der Gefühle zu ersparen. Das mußt du doch verstehen, Joey.«

Schroff wandte sich Joseph der Nonne zu. »Wir sprechen von meinem Fleisch und Blut, Schwester, nicht wahr? Vom Fleisch und Blut meiner Eltern, von meiner Schwester Regina! Sie sind es, die nicht verstehen können, wie ich denke. Man gibt sein Fleisch und Blut nicht einfach her, dreht sich um und geht fort, als ob es ein Schwein oder eine Ziege wäre, die man zum Markt schickt. Ich habe es meiner Mutter auf dem Totenbett geschworen, daß ich für meine Geschwister sorgen und sie nie verlassen würde, und ich werde mein Wort nicht brechen. Regina ist meine Schwester und Sean mein Bruder. Wir gehören zusammen und werden uns nie voneinander trennen lassen. Das ist mein letztes Wort, Schwester, und wenn Mrs. Smith meinen Vorschlag nicht annimmt, gibt es weiter nichts zu reden.«

»Halten Sie mich nicht für gefühllos, Mr. Armagh«, entgegnete Mrs. Smith mit zaghafter, aber beschwörender Stimme, »oder für eine Närrin. Ich kann mir gut vorstellen, wie quälend der Gedanke für Sie sein muß, sich von Ihrer Schwester zu trennen. Aber überlegen Sie doch, was ich ihr geben kann, Sie aber nicht. Überlegen Sie, wie Ihre Mutter entschieden haben würde. Ich war nicht immer reich. Meine Eltern wanderten nach Amerika aus und lebten hier in Not und Elend. Mein Vater arbeitete als Holzfäller. Ich war noch ein Baby, als Armut und Kälte und Heimweh meine Mutter in den Tod trieben, und schon zehn, als mein Vater sein Vermögen machte. Ich lebte bei Fremden, weil mein Vater lange Zeit in den Wäldern verbrachte. Als er mich holen kam, erkannte ich ihn nicht wieder. Darum weiß ich so gut, was ein elternloses Kind empfindet. Glauben Sie, daß Sie an Regina richtig handeln, wenn Sie sie dazu verurteilen, in einem Waisenhaus zu leben, und ihr jede Hoffnung auf die Zukunft nehmen? Glauben Sie, daß Ihre Mutter das wünschen würde?«

»Meine Mutter würde wünschen, daß sich ihre Kinder kennen und zusammen bleiben«, antwortete Joseph und gab den zwei Frauen mit einer rüden Geste zu verstehen, daß er das Gespräch für beendet ansah.

»Warten Sie, bitte.« Mrs. Smith hob ihre behandschuhte kleine Hand. »Mein Gatte und ich — wir verlassen Winfield, und es mag sein, daß wir nicht wieder zurückkehren. Wir übersiedeln nach — in eine ferne Stadt, denn mein Gemahl ist ein bedeutender und sehr ehrgeiziger Mann. Regina würde mit uns kommen müssen —«

»Nein«, unterbrach sie Joseph mit lauter und energischer Stimme. »Wir haben schon zuviel geredet. Ich habe Ihnen nichts mehr zu sagen. Ich bin heute hierhergekommen, um meine Geschwister zu sehen, und ich werde sie sehen — aber allein, wenn ich bitten darf.«

Mrs. Smith neigte den Kopf, suchte in ihrem Muff und zog ein parfümiertes Taschentuch hervor, das sie an die Augen drückte. Sie begann leise zu weinen.

Schwester Elizabeth war gerührt. »Du bist sehr stolz, Joey, und von stolzem Blut, wie du selber sagst. Aber gib acht, daß es dich nicht irreführt. Du kannst nicht so leichtfertig über Mary Reginas Zukunft entscheiden.«

»Es gibt Wichtigeres als Geld, Schwester«, entgegnete der Junge spöttisch. »Muß ich Ihnen das erst sagen? Zum Beispiel die Familie. Man verkauft seine Familie nicht.«

Schwester Elizabeth legte ihren Arm um die schluchzende junge Frau und führte sie, ihr Trostworte zumurmelnd, aus dem Zimmer. Aber Mrs. Smith ließ sich nicht trösten. Joseph hörte ihr kummervolles Wehklagen und ihre leidenschaftlichen Beteuerungen draußen am Gang und lächelte finster. Er setzte sich wieder, umschlang mit seinen wundgeriebenen Händen die Knie und wartete. Er fühlte sich sehr erschöpft. Sein Körper fröstelte und zitterte; Furcht um Sean und Mary Regina ergriff ihn.

Die Tür ging auf, und die zwei Kinder kamen, laut seinen Namen rufend, hereingelaufen. Er konnte noch nicht aufstehen, um sie zu begrüßen. Wortlos streckte er ihnen die Arme entgegen. Er drückte Sean an seine Brust und hob die Kleine mit großer Mühe auf seinen Schoß. Sean war groß und mager, blond und neun Jahre alt, Regina erst drei.

»Wir mußten lange warten, bis wir kommen durften«, teilte Sean ihm mit und lehnte sich gegen die Schulter seines Bruders. Er besaß die betörende, verführerische Stimme und das gewinnende Lächeln seines Vaters, Daniels Wangengrübchen, seine blaßblauen, leuchtenden Augen und sein blondes Haar, das in Locken über Ohren und Nacken fiel. Er trug die grobe Kleidung von Waisenkindern, sauber, aber mit eingesetzten Flicken, und er trug sie wie ein Edelmann in Samt und Seide. Die Stupsnase gab seinem Gesicht einen fröhlichen Ausdruck, auch wenn er sich unglücklich fühlte — was nicht oft der Fall war, denn er besaß seines Vaters optimistisches und hoffnungsvolles Temperament und hatte nur selten schlechte Laune. Joseph mußte lächeln wie immer, drückte Sean fester an seine Brust und schob ihn dann mit rauher Zärtlichkeit von sich fort.

»Ich hatte etwas mit der Schwester Oberin zu besprechen«, sagte er erklärend. Er wandte seine ganze Aufmerksamkeit Regina zu, und die Schärfe schwand aus seinen Augen. Denn Regina, das sagten die Schwestern alle, war ein »Schatz«, ein reizendes, ungewöhnlich schönes Kind mit ihren schwarz schimmernden Locken, den rosigen Wangen und Lippen und Augen von gleich dunklem Blau wie die Josephs, nur größer und runder. Regina war ein ernstes Mädchen und lächelte nur selten; sie schien fast alles zu verstehen, was gesagt wurde, und man hätte meinen können, sie dächte darüber nach — was den Nonnen Grund zu der Annahme gab, sie lausche den Engeln, »dieses süße Ding, das ja selbst ein Engel ist«. Sie maßen der Tatsache große Bedeutung bei, daß die Wimpern des Kindes, im Gegensatz zu seinem Haar, golden leuchteten. Ihr Ausdruck war nicht kindlich und oft schwermütig, sie verhielt sich zumeist sehr ruhig, wenn auch nicht zurückhaltend, und spielte gern allein. Ihr Gesicht war das eines zehn Jahre älteren Mädchens: besinnlich und zuweilen traurig und abweisend.

Sie war Joseph teurer als alles andere auf dieser Welt, teurer sogar als Sean, und um vieles teurer als sein eigenes Leben. Ihre kleine Gestalt war mager wie die aller Waisen. Sie trug ein braunes Wollkleid, das ihr viel zu groß war — das Geschenk einer wohltätigen Mutter an das Waisenhaus. Das derbe Material hatte die silberne Blässe ihres Halses aufgerauht. Die Nonnen hatten ihre schwarzen Strümpfe gestrickt, die Schuhe waren zu groß, so daß sie dauernd die Zehen aufstellen mußte, um sie nicht zu verlieren.

Als ob sie ahnte, daß Joseph einen seelischen Kampf zu bestehen gehabt hatte, sah sie schweigend zu ihm auf und berührte dann zart seine Wange. Plappernd und immer wieder Fragen stellend, sprang Sean im Zimmer herum, aber Joseph hielt sein Schwesterchen fest. Ihm war, als hätte er sie vor etwas Grauenhaftem bewahrt; der bloße Gedanke machte ihn frösteln. Er nahm ihre kleine Hand in die seine. Sie lächelte ihn an, und er empfand dieses Lächeln wie ein strahlendes Licht und heilenden Trost. Er drückte sie fast leidenschaftlich an sich, und obwohl er ihr dadurch beträchtliches Unbehagen verursachen mochte, wehrte sie sich nicht und kuschelte sich enger an seine Brust. Mein Liebling, mein kleiner Liebling, sagte er sich im stillen. Sie wollten dich mir wegnehmen, eh? Niemals, solange ich lebe! Bei Gott, niemals, solange ich lebe!

Sean blieb vor seinem Bruder stehen. »Und wo ist das schöne Haus, das du uns versprochen hast?« fragte er schmeichelnd und unbekümmert.

»Bald«, antwortete Joseph und dachte an die drei Jahre, die er nun schon in diesem Land weilte. Drei Jahre, und noch gab es kein Heim, wie er es seiner Mutter und diesen Kindern versprochen hatte; nur ein Waisenhaus für Sean und Regina und für ihn eine elende Kammer unter dem Dach eines verfallenden Hauses, Eigentum einer armen Witwe und über eine Meile weit vom Waisenhaus entfernt. Er war einer von drei Mietern und zahlte einen Dollar die Woche für Zimmer und Bett, ein sauberes, aber schon recht klappriges Bett mit einer Strohmatratze auf einer von dicken Schnüren zusammengehaltenen Unterlage. Ein Stuhl und eine Kommode, die alle seine Habseligkeiten enthielt, vervollständigten die Einrichtung. Es wurde selbst im Winter nicht geheizt, kein Vorhang schmückte das einzige kleine Fenster, kein Teppich bedeckte den kalten Fußboden, aber es war das Beste, was er sich leisten konnte — gerade noch leisten konnte. Wenn er an diesen Raum dachte und an seine Geschwister in diesem notleidenden Waisenhaus, bedurfte er seiner ganzen Seelenstärke, um nicht in tiefste Verzweiflung zu geraten.

Rechtschaffenheit würde von Gott belohnt, der Glaube niemals enttäuscht werden — dieser Überzeugung gaben der Priester und die Nonnen immer wieder Ausdruck. Ein fleißiger und integrer Mensch würde schneller als andere zu Reichtum und Ehre gelangen. Manchmal brach Joseph in lautes Gelächter aus, wenn er an diese naiven Sprüche dachte, ein Gelächter aus Bitterkeit, nicht aus Frohsinn geboren. Die Einfältigen, das stand für Joseph Armagh fest, verdienten kein Mitleid. Sie verdienten Verachtung. Sie verzerrten die Wirklichkeit. In solchen Momenten gedachte Joseph seines Vaters, doch nicht in Liebe.

Nächsten Sonntag, fiel ihm ein, würde er vier Dollar für zwölf Stunden nicht ganz ungefährlicher Arbeit bekommen. Der Gedanke erfrischte ihn. »Bald«, sagte er nochmals zu Sean. »Jetzt dauert es nicht mehr lange. Nächsten Sonntag bringe ich dir einen Kuchen und einen zweiten für Regina.«

Wieder legte er seinen Arm um Sean und hielt auch Regina fest. Die Kinder waren jetzt still und betrachteten ihn mit ruhiger Neugier, denn sie spürten Josephs Gedankenkonzentration. Sean, von unbeständigerem Temperament als seine Schwester, bekam, wie so oft, Angst vor seinem Bruder. Keiner der drei hörte die Tür gehen, und keiner sah Schwester Elizabeth ein oder zwei Augenblicke lang auf der Schwelle stehen. Das rührende Bild ergriff sie, und Tränen brannten in ihren Augen. »Was?« sagte sie dann in lebhaftem Ton. »Ihr seid noch auf, ihr beiden? Wo ihr doch längst ins Bett gehört! Los jetzt, und gebt eurem Bruder einen Gutenachtkuß, denn auch er ist müde.«

Sie trat geschäftig ins Zimmer. Die Lippen fest zusammengepreßt, um ihre innere Bewegung nicht zu verraten, zauste sie mit ihrer rundlichen Hand zärtlich Seans Blondhaar und glättete Reginas Locken. Sie war keine Frau, die ihre Gefühle offen zur Schau trug, doch jetzt beugte sie sich plötzlich nieder und küßte beide Kinder. Dann aber, als schämte sie sich ihrer Schwäche, schob sie die Kleinen aus dem Zimmer und schloß brummelnd die Tür hinter ihnen. Bei ihrem Eintritt hatte sie zwei Päckchen auf einen Stuhl gelegt. Schweigend, in feindseliger Haltung stand Joseph vor ihr; sie seufzte.

»Nun, Joey, was zu sagen war, wurde gesagt, und ich will nur hoffen, daß du deine Entscheidung nie wirst bedauern müssen. Und jetzt wollen wir nicht albern sein, nicht wahr, und das bißchen Essen zurückweisen, das Schwester Mary Margaret für dich eingepackt hat. Sei also nicht stolz und erzähl mir nicht, daß du keinen Hunger hast, wo ich doch genau weiß, daß dir der Magen kracht. Du bist sehr mager und verkühlt auch noch, und wenn du krank wirst, wer soll dann für die Kleinen sorgen?«

Das war ein geschickter Schachzug. Joseph warf einen Blick auf das Päckchen und versuchte sein Frösteln zu verbergen.

»Und dann habe ich wieder ein paar Bücher für dich, die ein guter Mensch uns überlassen hat.«

Joseph ging auf den Stuhl zu und versuchte, das Eßpaket zu ignorieren, obwohl ihm augenblicklich das Wasser im Mund zusammenlief. Er betrachtete die einzeln in Zeitungspapier eingeschlagenen Bücher. Es waren vier Stück. Er bekam jeden Sonntag mindestens eines; manche verkaufte er um einen oder zwei Pennies, nachdem er sie gelesen hatte, die anderen behielt er. Heute enthielt das Paket ein Buch religiösen Inhalts, auf dem Titelbild eine Gruppe geschlechtsloser Engel, die auf einer Säule aus weißem Feuer standen, ein abgegriffenes, dünnes Bändchen mit Shakespeare-Sonetten, ein fast neues Exemplar von Charles Darwins *Beagle,* das er mit großem Interesse durchsah, und eine Abhandlung über die Philosophien Descartes', Voltaires, Rousseaus und Hobbes'. Wie immer, so empfand er auch jetzt ein erregendes Gefühl gespannter Erwartung beim Anblick der Bücher und beim Durchblättern ihrer Seiten. Sie bedeuteten ihm mehr als Speise und Trank. Er legte das Buch mit den Heiligengeschichten mit einer geringschätzigen Geste zur Seite und packte die andern drei wieder ein. Dann zögerte er. Mit echtem Widerstreben nahm er schließlich auch das Päckchen mit Essen an sich. »Danke, Schwester«, sagte er, aber die Demütigung rötete seine blassen Wangen. »Ich kann mir mein Essen zahlen, aber ich bin heute hungrig, und darum danke ich Ihnen.«

Er barg die Päckchen unter seinem Arm und nahm die Mütze vom Tisch.

»Joey«, sagte Schwester Elizabeth, »Gott sei mit dir, mein Kind.«

Er war überrascht von der Bewegung in ihrem Gesicht, denn für gewöhnlich entsprachen ihre Handlungen dem gesunden Menschenverstand, und fromme Sprüche und Segensworte waren nicht ihre Art. Er konnte selbst nicht bestimmen, was er empfand, Verachtung oder Verlegenheit, aber er neigte den Kopf und ging mit einem letzten Dankeschön an ihr vorbei. Sie blieb einige Augenblicke reglos stehen und sah ihm nach. Als Joseph ihr Besuchszimmer passierte, hörte er Mrs. Smith' sanftes Trauern und jetzt auch die tröstende Stimme eines Mannes. Er verließ das Waisenhaus. Die Equipage stand noch da. Er verhielt den Schritt. Mit einemmal empfand er die Macht des Reichtums wie nie zuvor. Angst schnürte ihm die Kehle zu. Ein reicher Mann konnte sich nehmen, was er wollte, ohne an die Folgen seiner Tat denken zu müssen. Es war also möglich, daß sich diese reichen Leute in Schwester Elizabeths Besuchszimmer, der Gesetze nicht achtend, der Schwester

Joseph Armaghs bemächtigten und sie einfach fortschafften, ohne daß er etwas dagegen tun konnte.

Kalter Schweiß trat auf seine Stirn. Er lächelte, so freundlich er nur konnte, und ging langsam auf den Wagen zu. Scharf beobachtete der Kutscher sein Herankommen und hielt seine Peitsche krampfhaft fest. Joseph blieb vor ihm stehen, wiegte sich auf den Fersen und lachte. »So eine vornehme Kutsche für Winfield!« spottete er. »Braucht sie der feine Herr vielleicht für seine Geliebte, damit man sie tagsüber nicht auf der Straße sieht?«

»Du hast wahrhaftig ein schmutziges Mundwerk, Junge!« schrie der Kutscher, starrte böse auf das abgezehrte Gesicht hinunter und hob die Peitsche. »Das ist die Equipage vom Herrn Bürgermeister von Winfield und von seiner Gemahlin, Mrs. Tom Hennessey, und sie leben gar nicht in Winfield« — er spuckte aus —, »sondern in Green Hills, wo Kerle wie du sich an den Hintertüren herumschleichen und um ein Stück Brot betteln! Und einen Tritt bekommen, daß sie auf die Straße fliegen!«

Josephs Angst wurde zu eisigem Schrecken, aber er stand nur da und grinste den Kutscher an. Schließlich zuckte er die Achseln, streifte die Equipage mit einem letzten verächtlichen Blick und ging davon. Der Herr Bürgermeister von Winfield und seine Frau Gemahlin! Sie ließen es sich nach Regina gelüsten und würden sie stehlen, wenn sie könnten, so wie die Sklavenhändler kleine Negermädchen stahlen! Von sinnlosem Entsetzen verfolgt, jagte Joseph keuchend durch die Straßen. Erst als er schon in der Nähe seiner Behausung war, gewann er einigermaßen seine Fassung wieder.

Solange er für Sean und Regina zahlen konnte, durfte man seine Geschwister nicht einfach »weggeben« wie junge Hunde oder Katzen. Zwar hatte Schwester Elizabeth niemals auch nur andeutungsweise von einer solchen Möglichkeit gesprochen, aber Joseph mißtraute allen Menschen ohne Ausnahme, und die Angst, die ihn auf dem Schiff erfaßt hatte, war immer noch sein ständiger Begleiter. Da niemand den Aufenthaltsort seines Onkels Jack Armagh kannte, war Joseph Seans und Reginas gesetzlicher Vormund. Aber er zählte erst sechzehn Jahre. Wer konnte wissen, zu welchen Verbrechen sich Menschen — Vater Barton und Schwester nicht ausgenommen — hinreißen ließen, welcher Gemeinheiten sie fähig waren, um sich in den Besitz von hilflosen Kindern zu setzen?

Er mußte mehr Geld haben. Geld war die Antwort auf alle Probleme. Hatte er nicht etwas Ähnliches irgendwo gelesen, vielleicht in der alten Familienbibel seines Vaters? Gewiß doch, und so lautete der Spruch: »Des Reichen feste Stadt ist sein Geld.« Er war von Anfang an von dem Willen beseelt gewesen, eines Tages reich zu sein, aber jetzt stand sein Entschluß endgültig und unwiderruflich fest. Er dachte an seine Mutter, die man nach der Ausfahrt aus New York den Wellen übergeben hatte, und an seinen Vater in einem Armengrab, ohne Stein, ohne Gedenken, und er preßte seine Lippen zusammen, um nicht laut aufzuschreien. Er mußte zu Geld kommen. Geld war der einzige Schutz, der einzige Gott, die einzige Festung des Menschen. Bis jetzt hatte Joseph gehofft, daß er bald eine Möglichkeit finden würde, ausreichend zu verdienen und seinen Geschwistern ein warmes Heim, gutes Essen und anständige Kleider geben zu können. Schließlich lebte er immer noch in dem Glauben, daß es in diesem Land solche Möglichkeiten gab, und er wußte, daß reiche Leute in Winfield wohnten, auch wenn sie bemüht waren, ihren Reichtum zu verschleiern.

Jetzt sorgte er sich nicht länger darum, auf welche Weise er nicht zu einem ausreichenden Lohn, sondern zu Geld in Hülle und Fülle kommen sollte. Von jener Nacht an galt es, das Geheimnis zu ergründen, und er *würde* es ergründen. O ja, er würde es gewißlich ergründen.

Er dachte an Mr. Tom Hennessey, der, wie allgemein bekannt war, wie sein Vater vor ihm sein Vermögen im Sklavenhandel gemacht hatte. Er hatte seine Finger in vielen Geschäften in diesem großen Commonwealth von Pennsylvanien, eines schändlicher als das andere, wie man sich zuraunte. Sein Geld war es, das ihn, den Sohn eines irischen Immigranten wie Joseph Armagh, zum Bürgermeister dieser Stadt gemacht und ihm ein pompöses Heim in Green Hills ermöglicht hatte. Die Bürger sprachen mit Respekt von ihm, während sie sich über seine Herkunft lustig machten — wenn auch mit einer Art katzbuckelnder Nachsicht. Sogar einen Iren ehrte und achtete man und zog den Hut vor ihm, wenn er Geld hatte. Was hatte seine Frau gesagt? Sie würden in eine ferne Stadt ziehen? Joseph konnte sich den Penny für eine Zeitung nicht leisten, aber er hatte die Männer im Sägewerk über den »Papisten« reden gehört, der vor kurzem von der Legislative des Staates dazu bestimmt worden war, als einer von zwei Senatoren nach Washington zu gehen. Sie taten, als ob sie ihn verachteten, waren jedoch in Wahrheit stolz darauf, daß ein Bürger ihrer Stadt zum Senator — was etwa einem Mitglied des Oberhauses in England entsprach, dachte Joseph — gewählt worden war. Überdies war er geborener Winfielder, galt als weniger korrupt als die meisten seiner Vorgänger und hatte des öfteren sein »brüderliches Interesse« an den armen Arbeitern und ihren Arbeitsbedingungen bekundet. Die Tatsache, daß er nichts getan hatte, um ihnen zu helfen, wurde ihm nicht weiter angekreidet, und trotz der herrschenden Ablehnung jeglicher »papistischer« Gesinnung wurde er keiner geheimen, unaussprechlichen Verbrechen bezichtigt — höchstens jener weit weniger erschrecklichen, die zumindest verständlich waren, die man als Meisterstreiche bewunderte und mit kriecherischem Neid betrachtete.

Mit Fleisch und Blut zu handeln, wenn auch mit »schwarzem«, war Joseph schon immer als das gemeinste und unverzeihlichste aller Verbrechen erschienen. Er, der von Geburt an Unterdrückte, brachte seine mageren Sympathien den fliehenden Sklaven entgegen, die man nun einfangen und ihren Besitzern im Süden zurückstellen konnte. Der Gedanke hatte ihm oft Übelkeit verursacht und die Hoffnung in ihm genährt, daß er in nicht allzu ferner Zeit in der Lage sein würde, einem verzweifelten Sklaven die Flucht nach Kanada zu ermöglichen und ihn so vor der Unmenschlichkeit der Leute in Sicherheit zu bringen. In dieser Nacht aber beneidete er Tom Hennessey, der, zusammen mit seinem Vater, durch den Sklavenhandel zu Wohlstand gekommen war. Der Bürgermeister war viel klüger als Joseph Armagh, und sein Vater ganz gewiß wesentlich intelligenter als Daniel Armagh, der zutiefst bestürzt gewesen wäre, wenn er erfahren hätte, daß es so erbärmliche und abscheuliche Menschen auf dieser Welt gab.

»Ein über alles Sündhafte und Gemeine erhabener, rechtschaffener Mann, der nie seine Hand gegen die Armen und Hilflosen erhoben und ihnen im Gegenteil gegeben hat, soviel er nur konnte, ist in den Augen Gottes und der Menschen wertvoller als ein Lord aus normannischem Blut und die ganze königliche Familie«, hatte Daniel einmal, vor langer Zeit, zu ihm gesagt. Joseph hatte diesen Unsinn nie richtig geglaubt. Aber es war Daniel Armagh gewesen, der ohne jede böse Absicht mit seiner Einfalt, seinem albernen Gerede und seinem leichtfertigen Verhalten seine Familie verraten und ihr nie die Wahrheit gesagt hatte. In diesen qualvollen Minuten empfand Joseph zum erstenmal Haß auf seinen Vater — und er schämte sich dessen nicht.

Er überquerte den armseligen Stadtplatz mit seinen schlüpfrigen Pflastersteinen und den dunklen Schaufenstern. Eine schlecht ausgeführte bronzene Statue William Penns stand in der Mitte und diente den Vögeln als Latrine. In solch einer düsteren, regnerischen Nacht war niemand auf der Straße, und Josephs stampfende Schritte hallten über den Platz. Von hier zweigte, nebst anderen, eine »Philadelphia Terrace« genannte Straße ab, und da stand das schäbige Logierhaus, in dem Joseph Armagh wohnte und seit fast drei Jahren seinen kühnen und hoffnungsvollen Träumen nachhing.

Es war ein armseliges kleines Haus, verfallener noch als seine Nachbarn, schmutzig und verwahrlost. Die Türen waren zersplittert, und die Schindeln lösten sich von den Wänden. Eine Straßenlaterne spendete ein wenig Helligkeit, was zu begrüßen war, denn im Haus selbst brannte kein Licht. Es war nach acht, und anständige Leute lagen im Bett, um für den morgigen Arbeitstag gerüstet zu sein. Joseph stieß die unverschlossene Tür auf. Im Schein der Laterne fand er den Tisch, auf dem seine Lampe stand. Sie war gefüllt und gesäubert, um ihm auf der knarrenden Treppe voranzuleuchten, auf der es nach Staub und Schimmel, nach Ungeziefer und Kohl roch. Er tastete nach den Streichhölzern, die in einer offenen, aber festgenagelten Blechdose auf dem

Tisch lagen, und zündete die Lampe an. Er schloß die Tür, nahm die Lampe und stieg die Treppe hinauf; es knackte unter jedem seiner Schritte. Die unbewegte Kälte innerhalb des Hauses war beißender als auf der Straße, und er begann wieder zu zittern.

Sein Zimmer war kaum mehr als ein Kabinett. Er stellte die Lampe auf die Kommode. Die düstere Trostlosigkeit seines »Daheims« bedrückte ihn. Sein Blick fiel auf die Bücher, die fein säuberlich in einer Ecke aufgestapelt waren. Plötzlich prasselte ein Hagelschauer gegen das kleine Fenster. Joseph nahm seinen Mantel ab und legte ihn über die einzige Decke auf seinem durchhängenden Bett. Auf einen grellen Blitz folgte ein herbstlicher Donnerschlag mit ohrenbetäubendem Knall, der Wind heulte ums Haus, das Glas im Fenster klirrte, und irgendwo klapperte ein loser Fensterladen.

Plötzlich verspürte er einen quälenden Heißhunger. Er setzte sich auf den Bettrand und öffnete das Päckchen mit dem Essen. Hastig stopfte er sich das altbackene Brot, den ranzigen Käse und das kalte Schweinefleisch in den Mund. Es war eine großzügige Gabe und gewiß auch ein Opfer der guten Nonnen, aber doch nicht genug, um ihn ganz zu sättigen. Dennoch war es nahrhafter als die Mahlzeiten, die er, für fünfundsiebzig Cents die Woche, allabendlich in diesem Hause vorgesetzt bekam. Und er hatte immer noch seine fünfzig Cents. Gierig schleckte er sich die Brot- und Käsekrumen und das Fett von den Fingern und fühlte sich sogleich gestärkt.

Die schmierige Zeitung lag auf seinem Bett. Eine Notiz erregte seine Aufmerksamkeit. Er las sie einige Male. Dann legte er sich zurück, verschränkte die Arme unter dem Kopf und dachte nach. Eine ganze Stunde lang überlegte er. Er dachte nur an Geld, denn er hatte den ersten Schritt gefunden, der ihn dazu bringen sollte. Es war jetzt nur noch eine Frage von ein wenig Geduld, von ein wenig mehr Wissen und von sorgfältiger Planung. Selbst nachdem er die Lampe ausgeblasen hatte, überlegte er noch weiter — ohne sich diesmal des muffigen Geruchs seines flachen Kissens, des durchgelegenen Bettes und der allzu dünnen Decke bewußt zu werden. Angst, Verzweiflung und Haß hatten ihm den Weg gewiesen. Die Theologie mochte ihn nicht gutheißen, doch für Joseph Francis Xavier Armagh war die praktische Anwendbarkeit von weit größerer Bedeutung.

VI

Als Joseph am nächsten Abend in sein Logierhaus zurückkehrte, erwartete ihn seine Hausfrau an der Tür. Sie war von kleiner Gestalt, eine ältliche Witwe mit einem arglosen, unschuldigen, ewig besorgten Gesicht, denn das Leben war mit ihr nicht weniger grob umgesprungen als mit Joseph, hatte jedoch bei ihr die gegenteilige Wirkung gezeitigt. So mitfühlend hatte es Mrs. Alice Marshall gemacht, daß sie weinte, wenn sie das Geld in Empfang nahm, das ihre Mieter ihr jede Woche zahlten, denn sie wußte von der harten Arbeit und der oft verzweifelten Lage dieser jungen und alten Menschen ohne Familie und ohne Rückhalt. Da auch sie allein stand, Selbstbemitleidung jedoch nicht kannte, grämte sie sich über die Mieter. Ihre furchtsame Seele kannte weder Bitterkeit noch Rachdurst, noch Haß auf Gott und die Menschen. Dies war einerseits der Tatsache zuzuschreiben, daß sie recht wenig Intelligenz besaß, andererseits ihrem durch nichts zu beirrenden Glauben. Für Mrs. Marshall wußte »Gott, unser Trost und unsere Hilfe«, was er tat, und sie betete inbrünstig nicht nur für »die Heiden« und die schwarzen Sklaven, sondern praktisch für jeden, der ihrer Meinung nach himmlischen Beistandes bedurfte.

Längst würde Joseph sie schon mit Verachtung gestraft haben — ihr Geplauder floß von Gottesfurcht und Bibelsprüchen über —, hätte sie ihn nicht an seine Großmutter mütterlicherseits erinnert, die der Hungersnot zum Opfer gefallen war. Er entdeckte in ihr die gleiche unerschütterliche Einfalt, die gleiche Geduld und Aufrichtigkeit und den gleichen in die Ferne gerichteten Blick eines Menschen, der unaussprechliches Leid gesehen und erlebt und mit herzzerreißendem Gleichmut hingenommen hatte. Doch das Gesehene und Erlebte hatte Spuren auf ihrem kleinen, blassen Gesicht hinterlassen, wirkte nach im ängstlichen Blick ihrer tiefliegenden grauen Augen, in ihrem nervösen, versöhnenden Lächeln, in den ziellosen Bewegungen ihrer Hände. Ihr zerschlissener, schwarzer Faltenrock schimmerte grünlich, aber ihre mit alten Bändern geknüpfte Morgenhaube war stets blütenweiß, und ihre Schürze schimmerte von Stärke und wies nie Flecken auf. Sie erinnerte Joseph an einen verhungerten alten Vogel. Ihre Hände waren von hausgemachter Seife und harter Arbeit versengt, denn niemand half ihr in ihrem sterbenden Haus, und sie mußte alle Arbeiten allein bewältigen.

Manchmal, wenn es ihr gelang, ihn abzufangen, reizte sie Joseph mit ihren Gemeinplätzen und ihrer Sorge um ihn und die anderen Mieter, aber er ließ nie seine Ungeduld erkennen und fertigte sie nie mit einem bösen Wort ab. Er hatte seine eigene Unschuld längst verloren, doch die von Menschen wie Mrs. Marshall ging ihm nahe. Überdies war er dazu erzogen worden, die Alten, auch die senilen, zu achten und zu ehren — wenn auch nur in Anerkennung all des Bösen, das das Leben ihnen in langen und fürchterlichen Jahren zugefügt hatte. Waren sie nicht tapfer gewesen, hatten sie nicht das Geheimnis des Erduldens gemeistert?

Als Joseph durchnäßt und halb erfroren ins Haus trat, streckte sie ihm ihre knorrige Hand entgegen. Aber sie berührte ihn nicht, denn sie hatte schon früh gelernt, daß er den körperlichen Kontakt mit anderen Menschen scheute. Darum kam die in Mitgefühl und mütterlicher Sorge erhobene Hand nicht einmal in die Nähe seines dampfenden Ärmels. In der anderen hielt sie eine verkorkte Flasche. Sie lächelte zaghaft.

»Mr. Armagh«, begrüßte sie ihn mit einer Stimme, die kaum mehr als ein Flüstern war, »ich habe Sie die ganze Nacht husten gehört, wie Sie ja schon seit Wochen husten, aber heute nacht war es schrecklich, wirklich schrecklich. Und da — da habe ich Ihnen ein altes Elixier angemacht, meines Vaters Allheilmittel, aber besonders für Lunge und Kehle, und ich hoffe, Sie nehmen es gütigst an und glauben nicht etwa, daß ich mich einmischen will —« (Trotz ihres Mangels an Intelligenz besaß sie das elementare Empfindungsvermögen eines Kindes und erkannte in Joseph einen stolzen Jüngling, der anderen Menschen kalt und teilnahmslos gegenüberstand.)

Joseph preßte die Lippen zusammen, doch dann sah er ihre bittenden, feuchten Augen und dachte wieder an seine Großmutter, die ihr letztes Stück Brot einem schwangeren Mädchen gegeben hatte. Er nahm die Flasche. »Es ist wirklich sehr gut«, sagte sie. »Thymian, Weißer Andorn und Honig mit ein bißchen Sauerampfer. Ganz harmlos, aber sehr wirksam.«

»Ich danke Ihnen«, erwiderte er. Ihr gefiel seine »ausländische« Stimme, tief, klingend und höflich, mit ihrem Unterton von heiterer Musik. »Ich möchte Ihnen gern dafür bezahlen, Mrs. Marshall.«

Sie wollte schon beleidigt ablehnen, als sie sich seines Stolzes erinnerte. Sie wandte ihr Gesicht ab. »Es ist doch wirklich nichts dran. Ich ziehe die Kräuter im Garten, und ich hatte noch ein wenig Honig vom letzten Sommer übrig — von meiner lieben Freundin, sie züchtet Bienen —« Sie blickte ihn an. »Drei Cents sind mehr als ausreichend, Mr. Armagh!« platzte sie heraus.

Und fügte hinzu: »Wenn Sie Zahltag haben.«

Er steckte die Flasche ein und neigte ernst den Kopf, während er sich anschickte, die Treppe zu seiner Kammer hinaufzusteigen, um sich zu waschen und dann gemeinsam mit den anderen Mietern aufzusuchen, was Mrs. Marshall ein wenig hochtrabend ihren »Speisesaal« nannte. Aber die Hausfrau räusperte sich verlegen und sagte: »Sie hatten einen Besucher, Mr. Armagh, einen recht seltsamen Besucher, will mir scheinen —«

Joseph dachte sofort an Bürgermeister Hennessey. »Ein Polizeibeamter?« fragte er, trat von der ersten Treppenstufe herunter und kehrte zu Mrs. Marshall zurück. Sie sah in sein Gesicht und erschrak. »Seltsam? Was meinen Sie damit? Wie hieß er, wie sah er aus?«

Sie hob die Arme, die Handflächen nach auswärts, als wollte sie einen Schlag abwehren. Sogleich verspürte Joseph Gewissensbisse. Er versuchte zu lächeln. »Ich bin fremd hier«, sagte er, »und kenne niemanden. Wer sollte mich also besuchen? Ich bin nur überrascht.«

Doch Mrs. Marshall war seit ihrer Kindheit mit Angst wohlvertraut, und sie sah die Angst in Josephs Augen und begann selbst zu zittern. »Ach«, entgegnete sie schnell und ein wenig stotternd, »Sie haben gewiß keinen Grund, sich zu beunruhigen. Das war kein Polizeibeamter, denn was sollte so einer von Ihnen wollen? Es war einfach ein — Herr — ein ziemlich derber Herr allerdings, kein wirklicher Herr, meine ich — oh, du liebe Zeit, ich bin ganz durcheinander! Eben ein großer — Mann — mit gewählter Sprache, aber rauhen Manieren. Er hielt den Hut in den Händen und verbeugte sich vor mir und sagte, er wäre ein Freund von Ihnen. Er wollte wissen, ob Sie hier wohnen.«

Joseph beruhigte sich. Um das zu erfahren, hätte Bürgermeister Hennessey keinen Beamten herschicken müssen. Das alles hätte Schwester Elizabeth ihm erzählen können.

»Wie war sein Name?«

»Adams. Mr. Adams, so stellte er sich vor. Ein alter Freund. Er schien Sie zu kennen, Mr. Armagh. Er beschrieb Sie mir: etwa achtzehn Jahre, groß und mager, dichtes rostbraunes Haar — das ist doch die Farbe, nicht wahr? — und daß Sie in einem Sägewerk arbeiten. Du lieber Himmel, ich hoffe, ich habe nichts falsch gemacht, als ich zugab, daß Sie hier wohnen! Ich sagte ihm auch, daß Sie schon seit fast drei Jahren hier wohnen und ein anständiger Mensch sind, mit guten Manieren, und daß Sie pünktlich zahlen und ich keine Klagen habe. Ja, sagte er, das wäre schon richtig, und es freue ihn, das zu hören. Ich fragte ihn, ob ich etwas bestellen sollte, und er sagte nein, er würde Sie Sonntag sehen.«

Sie war so erleichtert über Josephs düsteres Lächeln, daß sie kicherte und einen Schürzenzipfel ans Auge führte. »Ach, dann wissen Sie also, wer er war, Mr. Armagh! Ich bin so froh!«

Aha, dachte Joseph, der alte Squibbs wollte sich überzeugen, daß ich seit längerer Zeit hier wohne und daß ich ehrlich bin und kein Dieb, der sich eines Tages mit seinem Schmugeld aus dem Staub macht.

»Er nannte Sie ›Scottie‹«, fuhr Mrs. Marshall fort, »was mir ungehörig schien. Spitznamen sind immer unziemlich — außer unter alten Freunden.«

»Oh, er ist ein alter Freund«, sagte Joseph. »Hat er gefragt, ob ich Familie hätte, irgendwelche Verwandte?«

»Ja, das hat er, und ich war ein wenig erstaunt, denn als alter Freund müßte er das doch wissen, oder nicht? Ich sagte ihm natürlich, daß Sie keine Familie hätten, daß Sie eine Waise wären aus — aus einer Stadt in Schottland —?«

»Edinburgh.«

Sie nickte. »Edinburgh. Das habe ich ihm auch gesagt. Sie hätten keine Verwandten, sagte ich, zumindest hätten Sie nie etwas dergleichen erwähnt, und das wäre ja auch sehr traurig. Er stimmte mir zu.«

Der von Natur aus schweigsame Joseph hatte zu niemandem in der

Stadt von seinen Geschwistern gesprochen. Je weniger man von dir weiß, desto besser für dich, desto weniger wird man versuchen, sich dir freundlich zu nähern und sich in deine Privatangelegenheiten zu mischen, und desto geringer sind die Chancen, daß man dir gefährlich werden könnte. Das war Josephs Überzeugung. Er hatte schon als Kind gelernt, in Gegenwart eines Engländers den Mund zu halten, beziehungsweise, wenn zur Rede gestellt, so wenig wie möglich zu sagen. Daniel Armagh hatte die Zurückhaltung seines älteren Sohnes nie verstanden, seine Vorsicht selbst gegenüber der eigenen Familie, denn es lag in seinem Temperament begründet, daß er allen Menschen vertraute. Für diese Torheit, so schien es Joseph, hatte er teuer bezahlen müssen. »Man kann doch nicht wie so ein verstockter Geizkragen oder ein diebischer Halunke aller Welt mißtrauen, Joey! Was wäre denn das für eine Welt, in der jeder jedem mißtraute, in der es keine Liebe und keinen Glauben gäbe?«

Eine sichere Welt, hatte der kleine Joseph gedacht. Aber laut hatte er gesagt: »Es tut mir leid, daß ich so bin, Dada, ich hab's nicht bös gemeint.«

Es gab niemanden, der Joseph Armagh aus der Philadelphia Terrace, den jungen Schotten aus Edinburgh, der in einem Sägewerk am Fluß arbeitete und keine Verwandten hatte, mit dem St.-Agnes-Waisenhaus in Verbindung gebracht hätte, einem obskuren, schwerbeschädigten kleinen Gebäude am anderen Ende der Stadt, das außer den paar Katholiken kein Mensch kannte. Niemand wußte, daß er Geschwister hatte und daß er ein Ire und, wenn auch nur dem Taufschein nach, »Papist« war.

»Sonntag also wird er mich sehen«, sagte er zu Mrs. Marshall. »So war es auch ausgemacht. Nicht heute. Guten Abend, Mrs. Marshall.«

Sie faltete ihre abgearbeiteten Hände unter der Schürze und sah Joseph mit der schwärmerischen Innigkeit einer Mutter nach. Ein vielversprechender Junge war das, anständig und stolz. Er würde es weit bringen im Leben, denn er war ein Herr trotz seiner Armut, trotz der harten Arbeit, die er leisten mußte. Sie sandte ein naives, aber inbrünstiges kleines Gebet für ihn zum Himmel und fühlte sich getröstet.

Joseph wusch sich auf der Kommode, leerte die Schüssel säuberlich in den Eimer und rollte die Ärmel herunter. Er besah sich die Flasche mit dem Elixier. Es würde nicht schaden. Die alten Frauen in Irland, darunter auch seine Großmutter, sammelten gerne Kräuter und verarbeiteten sie zu einem übelschmeckendem Gebräu, das aber, wie er sich erinnerte, oft sehr wirksam war. Zumindest hatte er nie gehört, daß es jemanden umgebracht hätte. Seit der Verkühlung wurde sein Husten immer lästiger und schmerzhafter, und er dachte an die »Schwindsucht«, die sein Volk so schwer heimsuchte. Er entkorkte das Fläschchen und nahm ein paar Schlucke. Zu seiner Überraschung schmeckte es gar nicht so übel und tat seiner rauhen Kehle wohl. Er würde nicht vergessen, die Medizin am nächsten Morgen zur Arbeit mitzunehmen — zusammen mit den in Zeitungspapier eingeschlagenen Broten, die Mrs. Marshall ihm mitgab.

Der Name John Tyler, die Namen der sieben sezessionistischen Südstaaten, die Vorgänge rund um Fort Sumter, die Seelenqual Präsident Lincolns — für Joseph Armagh hatte das alles keine Bedeutung. Er maß der Welt der Menschen, soweit sie nicht ihn und seine Geschwister berührte, keine Wichtigkeit bei. Er verschwendete keinen Penny an eine Zeitung, er blieb nie auf der Straße stehen, um den zornigen Reden aufgebrachter Bürger zu lauschen, er beteiligte sich nicht an den Gesprächen seiner Arbeitsgefährten, die aufgeregt über Buchanan und Cobb, über Floyd und Major Anderson diskutierten. Für ihn waren sie Fremde in einer fremden Welt, die ihn überhaupt nichts anging. Ihre Sprache fand keinen Widerhall in seinen Ohren, ihr Leben berührte das seine nicht, und er gestattete ihnen nicht, es zu berühren. Als Mrs. Marshall einmal besorgt zu ihm sagte: »Oh, ist das nicht schrecklich, Mr. Armagh, wenn es nun zu einem Bürgerkrieg käme?«, da antwortete er ungehalten: »Das interessiert mich nicht, Mrs. Marshall. Ich habe zuviel Arbeit.« Sie starrte ihn an, ungläubig zuerst, doch dann überzeugt, daß er es genau so meinte, wie er es sagte. Zwar war er für sie immer schon ein seltsamer Kerl gewesen, dessen Worte oft über ihren bescheidenen Horizont gingen, jetzt aber überkam sie ein Gefühl, als ob er kein Mensch aus Fleisch und Blut wäre und keiner menschlichen Empfindung oder Anteilnahme fähig, und sie erschrak tiefer als je zuvor in ihrem leiderfüllten Leben. Schweigend zog sie sich zurück, überlegte und grübelte und fand doch keine Erklärung.

Auf dem Weg nach Pittsburgh passierte Mr. Lincolns Zug auch Winfield, und die Arbeiter bekamen einen freien Tag, um zum Bahnhof gehen und einen kurzen Blick auf den schwermütigen Mann werfen zu können, der zu seiner Amtseinführung als Präsident nach Washington reiste. Die Mehrheit der Bevölkerung war ihm wohlgesinnt, insbesondere jetzt, da sich die Gefahr eines Krieges immer deutlicher abzeichnete, doch die Möglichkeit eines Attentats ließ sie in morbide Erregung geraten, und sie hätten sich nicht allzu betroffen gezeigt, wenn es auf dem Boden ihrer Stadt dazu gekommen wäre. Das Leben dieser Menschen war so eintönig und düster, so bar aller Freuden und Vergnügungen, daß eine nationale Katastrophe sie angenehm erregt hätte. Doch Joseph Armagh, dem Lincoln ebenso gleichgültig war wie irgendein ferner Stern, ging nicht zum Bahnhof. Er hatte kein Interesse an irgendwelchen Ereignissen, es wäre denn, sie hätten ihn und seine Geschwister bedroht. Er, der schon in frühester Jugend Schmerz, Kummer und Seelenqual gekannt hatte, betrachtete die Welt, wenn überhaupt, als Feind.

Selbst seine brennende Liebe zu Irland war nur noch eine düstere Erinnerung, wie ein Traum. Hätte man ihn befragt, dies wäre seine Antwort gewesen: »Ich habe keine Heimat, kenne keine Untertanenpflichten, bin niemandem verbunden. Die Welt hat mich ausgeschieden, als ich wehrlos war, und so weise ich sie nun mit aller Leidenschaft, der ich noch fähig bin, zurück und hoffe nur, daß sie mir fern bleibt und mich bei allem, was ich tue, ungeschoren läßt. Versucht nicht, mich für einen Menschen, ein Volk, einen Glauben oder eine noch so gerechte Sache zu begeistern; versucht nicht, mich in euren Kreis einzubeziehen oder zu mir zu sprechen, als ob ich einer von euch wäre. Laßt mich zufrieden, und ich will euch zufrieden lassen. Sollte ich je ein Teil von euch werden, sollte ich je eure Aufmerksamkeit über ein erträgliches Maß hinaus auf mich ziehen, ich könnte das Leben nicht länger ertragen. So laßt uns Frieden halten.«

Er las die Bücher, die Schwester Elizabeth ihm besorgte, aber er las nichts über die Tagespolitik, nichts über die zunehmende Unruhe und Sorge im Land. Er las philosophische Aufsätze und literarische Abhandlungen, Gedichte und Romane, denn nur Vergangenes war für ihn wahr und wirklich und interessierte ihn. Die Zukunft aber, die gehörte ihm allein, und nichts, weder Krieg noch Blut, noch menschliche Verstrickung, sollte ihn von seinem vorgezeichneten Weg abbringen.

»Ich hielt ihn für einen intelligenten, verständigen Burschen«, sagte Vater Barton zu Schwester Elizabeth. Sie sah ihn an. »Ja, Vater? Ist er das nicht?«

»Ich wollte mit ihm über den drohenden Krieg sprechen.«

»Vater«, entgegnete die Nonne, als ob sie es mit einem Kind zu tun hätte, »Joseph hat sich seit langem von den Dingen dieser Welt zurückgezogen. Er ist wie ein Sextant, der einen einzigen Stern anvisiert.« Als der Priester sie immer noch nicht verstand, fügte sie hinzu: »Er wagt es nicht, etwas an sich herankommen zu lassen, denn seine Seele ist wie feines Kristall, das ein lauter Ton zersplittern lassen könnte.«

»Er ist nicht der einzige Mensch auf dieser Erde, der gelitten hat«, erwiderte der Priester mit ungewohnter Schroffheit.

»Jeder von uns reagiert seiner Natur entsprechend auf äußere Ereignisse«, wandte Schwester Elizabeth ein. »Die einen mit moralischer Kraft und Seelenstärke, andere mit Bestürzung und Verzweiflung. Kann denn ein Mensch den anderen verstehen? Nein, das kann nur Gott, und nur Gott und Joseph wissen, was die beiden verbindet.«

»Ich fürchte um seine Seele«, sagte Vater Barton.

»Auch ich fürchte um seine Seele«, stimmte die Oberin ihm bei, doch der Priester argwöhnte, daß sie aus einem ganz anderen Grund, den er nie begreifen würde, um Josephs Seele bangte. »Ich bezweifle, daß er eine Seele wie Kristall hat«, brummte er. »Eher wie Stein, Schwester. Sie haben zuviel Phantasie.«

Selbst wenn Joseph dieses Gespräch mit angehört hätte, es würde ihn nicht im mindesten interessiert haben. Der lange harte Winter ging seinem Ende zu. Er zahlte dem Konvent jetzt einen Dollar mehr die Woche für seine Geschwister. Aus Angst, krank zu werden, gab er wöchentlich fünfzig Cents mehr für sein Essen aus und kaufte sich ein Paar feste Stiefel, um seine Füße vor dem Schnee zu schützen. Er wuchs in diesem Winter um zwei Zoll und sah um viele Jahre älter aus als die siebzehn, die er zählte.

Mit einem Knüppel bewaffnet, der stets auf dem Sitz neben ihm lag, fuhr er jeden Sonntag mit einem Kasten- oder Leiterwagen, vorgeblich mit Viehfutter und Korn beladen, zu den verschiedenen Schenken der Stadt. Pünktlich kassierte er die jeweils fünfzig oder sechzig oder auch hundert Dollar für die richtige, verbotene Ladung, die er unterhalb der Jutesäcke transportierte. Er lieferte das Geld bei Mister Squibbs ab, der mit seinem jüngsten Angestellten hoch zufrieden war, so sehr, daß er nach den ersten paar Monaten nicht mehr in Josephs Gegenwart nachzählte. Er zahlte seinen »Sonntagskindern« fünfzig Cents extra für das Mittagessen, aber Joseph behielt die ganzen viereinhalb Dollar. Er bastelte sich eine Art Beutel zusammen, den er um seine Mitte geschlungen trug, denn er wollte sein Geld nicht im Logierhaus aufbewahren. Er zog auch die Bank nicht in Erwägung, und das aus einem für ihn stichhaltigen Grund.

Die Polizei hielt ihn nie an, und er war zu uninteressiert, als daß er sich gefragt hätte, wie das kam, obzwar ihm die von Mr. Squibbs versprochenen zehn Dollar eine Nacht im Arrest wert gewesen wären. Aber die Polizei schenkte ihm keine Beachtung.

»Er guckt so dumm drein wie eine Kleiderpuppe«, meinte Mister Squibbs' Bruder. »Drum sehen die Polypen an ihm vorbei. Die kommen doch nie auf die Idee, daß so einer für uns Schnaps ausliefert.«

Mr. Squibbs schmunzelte. »Um so besser. Aber er guckt gar nicht so dumm. Eher wie einer, den die ganze Sache nichts angeht. Und einen wilden Blick hat er. Wenn man ein bißchen freundlich mit ihm sein will oder einen Witz macht, gleich schaut er einen an, als ob man ein Stück Dreck wäre.«

Josephs Gedanken reichten weit in die Zukunft, und Schwester Elizabeth wäre entsetzt gewesen, wenn sie sie gekannt hätte. Das Geld in seinem Beutel vermehrte sich. Er zählte es jeden Tag oder jeden zweiten. Die schmierigen Banknoten waren ihm mehr wert als sein Leben. Sie waren die Passierscheine in eine glücklichere Zukunft für seine Geschwister. Ohne sie würden sie für alle Zeit aus einer Welt ausgeschlossen bleiben, in der sie leben sollten — *sie*, nicht er. Die Monate gingen dahin, und was sein Innerstes bewegte, wurde immer starrer und härter — und gefährlicher.

Die Konföderierten Staaten bereiteten sich auf den Krieg vor. Kurz nach Mr. Lincolns Amtsübernahme erschienen drei Mitglieder einer Kommission aus den Südstaaten in Washington, um mit dem Präsidenten mehr oder minder freundschaftliche Abkommen über Staatsschuld und öffentliches Eigentum zu treffen, die nach der vollständigen Loslösung der Konföderation von den Nordstaaten in Kraft treten sollten. »Wir«, erklärten sie gegenüber Mr. Lincoln, »sind die Vertreter einer unabhängigen Nation, unabhängig de facto und de jure. Wir besitzen eine in jeder Beziehung vollwertige Regierung, die über die nötigen Mittel verfügt, um sich selbst erhalten zu können, ohne auf fremde Hilfe angewiesen zu sein. Wir verlangen nichts weiter als eine prompte und gütliche Regelung aller offenstehenden Fragen auf der Grundlage guten Willens und beiderseitigen Interesses.« Worauf Mr. Lincoln kummervoll erwiderte, daß sein neuer Außenminister, William H. Seward aus New York, ihnen zu gegebener Zeit antworten würde.

Der Präsident hatte für den Stolz und den wilden Zorn des Südens volles Verständnis, und er wußte auch, daß die elf Staaten nach der Verfassung jedes Recht hatten, sich vom Norden loszusagen, und daß es wider diese Verfassung gewesen wäre, Einspruch zu erheben oder Gewalt zu gebrauchen. Doch da er sein Land liebte, den Norden wie auch den Süden, waren seine Befürchtungen so groß, wie sie nur ein Mann seines Charakters hegen konnte. Jenseits des Atlantiks lauerten die lüsternen Nationen des alten Kontinents, die imperialistischen Nationen, die ihr begehrliches Auge auf dieses blühende Land geworfen hatten und nichts sehnlicher wünschten, als es durch einen blutigen Bruderkrieg zerrissen und geschwächt zu sehen, um schließlich darüber herfallen und es untereinander aufteilen zu können. Zu diesem Zeitpunkt geschah es, daß das kaiserliche Rußland — sich der taktvollen Dienste seines Botschafters bedienend — das britische Empire wissen ließ, daß es nicht unbeteiligt zusehen würde, falls die Engländer offen oder heimlich in die kommende Auseinandersetzung eingreifen und sich ein Stück schnappen sollten, bevor nicht auch andere Gelegenheit hatten, mitzumischen. Die Engländer, von Natur aus keine impulsiven Leute, beschlossen, sich die Sache erst einmal zu überlegen, obgleich sie ganz offen ihre Sympathie mit dem Süden bekundeten. Als der Zar davon hörte, lächelte er in seinen prächtigen Bart.

Diese auch in amerikanischen Zeitungen vage erwähnte Episode hätte Joseph Armagh interessieren sollen. Sie interessierte ihn nicht. Er stand seiner Welt kühl und leidenschaftslos gegenüber. Er lebte sein eigenes Leben und bereitete sich darauf vor, seine Willenskraft wie ein zum Angriff bereites Geschütz auf eben diese Welt zu richten.

An jenem warmen Apriltag, da Hauptmann George James das Feuer auf Fort Sumter eröffnete, machte sich Joseph Armagh nach Arbeitsschluß auf den Weg nach dem drei Meilen entfernten Green Hills, wo der Bürgermeister von Winfield wohnte.

VII

Obzwar Joseph die Welt der Menschen aus seinem Leben gestrichen hatte — ausgenommen solche, die seinen ehrgeizigen Bestrebungen förderlich sein mochten —, konnte er doch gegenüber der Schönheit der Landschaft nicht unempfänglich bleiben. Die ihm als Iren angeborene poetische Natur ließ sich nicht unterdrücken, wie sehr er dies auch, ganz bewußt, versuchte, indem er sich sagte, daß es einzig und allein galt, sein Ziel zu erreichen. Alles andere war unwichtig, bedeutete Zeitverschwendung und Einbuße an Kraft.

Er war unterwegs, um sich Bürgermeister Tom Hennesseys Besitz anzusehen, denn er hatte gehört, daß es der prächtigste in Green Hills war, und er bedurfte einer weiteren scharfen Waffe für das seelische Rüstzeug seiner Ambitionen. Er wollte sehen, wie reiche Leute lebten und unter welchen Umständen, und er wollte die Umgebung prüfen, in der, wenn es nach seinem Willen ging, auch seine Geschwister leben würden. Er selbst empfand keinerlei Verlangen nach Luxus und Pracht und Wohlleben. Das alles wünschte er sich nur für Sean und Regina, für deren Zukunft er verantwortlich war.

Er war noch nie in dieser Gegend gewesen, jenseits der flachen Eintönigkeit Winfields mit seinen häßlichen kleinen Häusern und dem ungepflegten Hauptplatz. Er schritt durch die leuchtendgrüne, üppig saftige Frühlingslandschaft. Überquellend mit Leben schossen ringsum wilde Blumen auf, Veilchen und Stiefmütterchen, hier und da unterbrochen von kleinen Flächen gelber Narzissen. Golden schimmerten die sich entfaltenden Blätter der Bäume, Rinnsale und Bächlein schlängelten sich durch das Gehölz und ergossen sich auch auf den unebenen Weg aus Steinen und trocknendem Schlamm. Es war noch ganz hell; die Sonne setzte erst an, in einem strahlenden Glanz von rotem Feuer hinter den Bäumen im Westen zu versinken, und süße Vogelstimmen erfüllten gleich prickelndem Sekt die frische, scharfe Luft. In einen Dunstschleier gehüllt, wurden in der Ferne die sanften Rundungen der grünen Hügel sichtbar, zu denen sich die Straße hinaufzog. Blau wie ein irischer See leuchtete der große Teich, an dem Joseph vorüberkam; die jungen gelben Blätter der Weiden beugten sich über ihn und spiegelten sich in seiner Stille. Jubelnd begannen die Zirpfrösche ihr Loblied auf das Leben anzustimmen. Von den nahen Feldern wehte der schwermütige Klang von Kuhglocken herüber; das Vieh wurde in die Koppeln getrieben. Der Wind strich durch das hohe junge Gras, das den Weg säumte, und ein strahlender, hellgrüner Himmel wölbte sich über der Landschaft.

Seit langem schon hatte Joseph das Gefühl und die Bedeutsamkeit friedlicher Stimmung vergessen. Jetzt aber umfing sie ihn jäh und mit solcher Gewalt, daß es ihn wie ein körperlicher Schmerz durchzuckte.

Allein in einer frischen, neuen Welt, blieb er stehen, sah sich mehrere Minuten lang um und lauschte. Doch dann verließen ihn der Friede und auch der Schmerz so plötzlich, wie sie gekommen waren, denn er dachte: Das alles ist nur für die Reichen, nicht für die Armen. Hier im Grünen leben sie in Ruhe und Zufriedenheit, wir aber in Schmutz, Düsternis und Häßlichkeit — weil sie stark sind und wir wehrlos. Für einen kurzen Augenblick nur war er mit der Welt in Berührung gekommen, und wieder hatte sie ihn verwundet. Seine Gesichtsmuskeln strafften sich, er setzte seinen Weg fort. Doch er vermochte seine Ohren nicht vor dem jubilierenden jungen Leben zu verschließen und seine irische Seele nicht vor dem sinnlichen Duft der jungfräulichen Erde und ihrer Fruchtbarkeit. Dennoch bedrängte ihn das Gefühl, daß dies alles ihn, den Armen und Heimatlosen, narrte und höhnte. Die Poesie der Klänge, die ihn umgaben, der Wohlgeruch, die Anmut der blauen Schatten auf den Wiesen, die halbdunklen Höhlungen des Schweigens im Wald, das alles schien ihm zuzurufen: »Wir sind nicht für dich da, denn du hast kein Geld. Du hast kein Geld!«

Aber ich werde es haben! dachte er, von wilder Entschlossenheit erfüllt. Wie immer ich es anstelle, ich werde es haben! Haß verzerrte seine Züge, als er die Hand hob und sein Gesicht dem Himmel zuwandte.

Er näherte sich jetzt dem luxuriösen Villenviertel von Green Hills, wo die Satten lebten und fern von Winfield ihr beschauliches Dasein führten. Der Weg zog sich in Windungen dahin, andere Wege oder Straßen zweigten ab, und hier und dort sah Joseph die weißen Ziegel- oder Sandsteinbauten der Glücklichen und Zynischen und die Kiespfade, die, wie Brücken über grünes Wasser, breite Rasenflächen durchquerten, vorbei an Gärten mit purpurnen und goldenen Lilien und Narzissen und roten Tulpen. Fast jeder Besitz war von dekorativen schmiedeeisernen Einfriedungen und hohen Toren umschlossen, die neidischen Blicken nicht wehrten, wohl aber den Vorübergehenden kundtaten, daß sie das Gelände nicht betreten durften. Das Feuer des einsetzenden Sonnenunterganges spiegelte seine Glut auf den hohen spiegelgleichen Fenstern, die Schieferdächer glitzerten, und hier und dort stieg aus einem roten Ziegelschornstein ein Wölkchen zarten grauen Rauches auf. Friede herrschte auf den Grünen Hügeln, Friede, wie Joseph ihn nicht mehr empfinden konnte.

Er wußte, daß Bürgermeister Hennesseys Haus auf der Willoughby Road stand, und musterte die diskret angebrachten Straßenschilder. Bald stieß er zu seiner Rechten darauf, verließ den holprigen Karrenweg und schlug den etwas schmäleren, aber ebeneren Weg ein, der zwischen Eichen, Ulmen und Ahornbäumen in vielen Windungen bergan führte. Statt schmiedeeisernen Gittern und Toren säumte jetzt eine niedere Grausteinmauer den Weg, die den Blick auf die Herrenhäuser freigab, von denen einige hinter der Anhöhe zu versinken schienen, andere kühn wie mittelalterliche Herrscher auf ihrem Land standen. Warnend bellten die Hunde, und einige Collies rasten über den Rasen an die Mauer heran, um ihrem Mißfallen an Josephs Anwesenheit Ausdruck zu geben. Er suchte nach einem eisernen, in die Mauer eingelassenen Türschild mit der Nummer achtzehn in gotischer Schrift. Er fand es und blieb stehen, um einen Blick über die sich über viele Morgen Land erstreckenden, anmutig gewellten Rasenflächen hinweg zu werfen.

Das weiße Haus des Bürgermeisters war das größte und imposanteste, das Joseph je gesehen hatte, und gewiß auch das prächtigste und protzigste. Der Mittelteil der Fassade entsprach dem klassischen Säulengang römischen Stils mit dicken, glatten, weißen Säulen, korinthischen Kapitellen und Friesen und wuchtig gemeißelten Sockeln. Der weiße Steinboden, der wie Marmor schimmerte und glänzte, führte zu mächtigen bronzenen Doppeltüren italienischer Machart. Zu beiden Seiten des durch den hohen Säulengang geprägten Mittelteils erstreckten sich zweigeschoßige Flügel, ebenso breit wie hoch, mit künstlerisch gestalteten Friesen unter dem Dach und geräumigen Balkonen im Obergeschoß. Die Fenster waren zum Teil mit grauer gefältelter Seide verhangen, die wie Silber glitzerte; gelbe und schneeweiße Büsche drängten sich an die hellen Mauern. Große, zurechtgestutzte Bäume standen in kleinen Gruppen auf dem Rasen, und im Licht des frühen Abends schillerte das Gras in allen Regenbogenfarben. Über dem ganzen Besitz schwebte, einer göttlichen Gnade gleich, unvergleichliche Ruhe, der sich die süße Trauer des allmählich verstummenden Drosselgesangs zugesellte.

So also, dachte Joseph, lebt der Mann, der, gleich so vielen, sein Geld aus menschlicher Not und Verzweiflung gemünzt hat. Und keiner ist da, der ihn tadelt, Gott nicht und die Menschen nicht, ganz im Gegenteil: sie katzbuckeln vor ihm, jubeln ihm zu, er wird Senator, und der Präsident wird ihm sein Ohr leihen; sie ziehen den Hut vor seinem Reichtum und halten ihn wegen seines Geldes für ehrenwerter als andere Männer. Auch ich ziehe den Hut vor ihm, weil er ein Dieb ist und ein Mörder, ein Scharlatan und ein Hurenjäger — und gilt ein solcher in den Augen der Welt nicht mehr als ein arbeitsamer, rechtschaffener Mann? Der gute und edle Mensch ist ein Narr, den selbst Gott verachtet. Steht nicht in der Bibel geschrieben »Die Bösen gedeihen wie der grüne Lorbeerbaum und ihre Kinder frohlocken und tanzen in den Straßen?« Das ist wahr.

Er stützte die Ellbogen auf die Mauer, lauschte dem Abendlied der Vögel und ließ seinen Blick über die Anlagen und das Herrenhaus schweifen. Hier würde, hätte er eingewilligt, seine Schwester Regina gelebt und langsam vergessen haben, daß sie einer anderen Familie angehörte; sie wäre für ihn und Sean für immer verloren gewesen. Sie würde in einem dieser Räume im Obergeschoß geschlafen und auf diesem Rasen gespielt haben. Aber sie wäre jetzt nicht mehr Mary Regina Armagh — ein stolzerer Name als Hennessey. Es würde sein, als ob sie gestorben wäre. Und der Tag würde gekommen sein, da sie geglaubt hätte, daß die Menschen in diesem Haus ihre Familie waren und daß sie keine andere besaß, und sie hätte schließlich ihre Liebe unwürdigen Fremden geschenkt.

Nicht einen Moment bedauerte Joseph seinen Entschluß. Er lächelte nur grimmig und nickte immer wieder, als ob er sich zu seiner eigenen Entscheidung beglückwünschen wollte.

Er hörte die schrille Stimme eines Kindes, und, gefolgt von einer älteren Frau im blauen Baumwollkleid, mit der weißen Schürze und Haube einer Nurse, kam plötzlich ein kleines Mädchen über die Wiese auf die Mauer zu gelaufen, wo er stand. Joseph blieb im Schatten des Strauchwerks und betrachtete die Kleine, die etwa gleich alt wie Regina war. Sie tollte ausgelassen, lärmend herum. Sie trug ein Röckchen aus weißer Seide und ein mit Silberstickerei besetztes blaues Samtjäckchen. Die nach allen Seiten schwingenden kleinen Unterröcke ließen die Rüschen der langen Spitzenhosen, weiße Seidenstrümpfe und schwarze Schuhe sichtbar werden.

Sie war etwas kleiner als Regina, aber pummelig, hatte ein eher langweiliges, aber keckes Gesichtchen und lustige haselnußbraune Augen, und ihr glattes, braunes Haar fiel in schimmernden Locken bis zu den Schultern. Unter einer Stupsnase umschlossen volle, rote Lippen strahlendweiße Zähne. Es war kein hübsches Gesicht, aber ihre stets heitere Miene wirkte sehr anziehend und äußerst reizvoll. Regina war ernst und nachdenklich. Dieses Kind — Bernadette, so hieß es doch? — hatte wahrscheinlich noch nie in seinem Leben aus Angst geweint und auch noch nie an etwas anderes gedacht als an die Befriedigung seiner kindlichen Wünsche.

Die Kleine kam fast ganz an die Mauer heran, ohne jedoch Joseph zu bemerken, der im Schatten stand. Sie sah sich mit schalkhaftem Mutwillen um, und als das Kindermädchen, mit lauten Vorwürfen nicht sparend, sie beinahe eingeholt hatte, sprang sie mit schelmischem Gelächter wie ein Eichkätzchen davon. Sie lief sehr schnell und war bald zwischen den Bäumen verschwunden. Keuchend und kopfschüttelnd blieb die alte Kinderfrau stehen, um zu Atem zu kommen.

Die lange Dämmerung eines Frühlingstages begann sich über den Rasen zu senken, und Joseph wandte sich ab, um den Heimweg anzutreten. Ein feiner Nebel stieg aus dem Boden, und das muntere Zirpen der Frösche wurde lauter und drängender. Ein Wind kam auf, erfüllt vom belebenden Duft von Bäumen und Blumen.

Joseph hatte eben die Stelle erreicht, wo der Privatweg von der Landstraße abzweigte, als er das Klappern von Rädern und das schnelle

Trappen von Hufen hörte. Er blickte die Straße hinunter und sah eine von zwei prächtigen Schimmeln gezogene offene Viktoria herankommen. Ein junger und elegant livrierter Kutscher lenkte die Pferde und warf Joseph einen unfreundlichen Blick zu, während er in die Willoughby Terrace einbog. Aber Joseph schaute ihn nicht an. Er starrte auf den Insassen des Kutschwagens und zweifelte keinen Augenblick, daß er den Bürgermeister Tom Hennessey vor sich hatte. Er erinnerte sich, sein Bild einmal auf einem Zeitungsblatt gesehen zu haben, in dem sein Essen eingeschlagen gewesen war.

Das, wie nun offenbar wurde, schmeichelhafte Bild und Mrs. Hennesseys Jugend hatten Joseph zu der Annahme verleitet, daß der Bürgermeister ein *junger* Mann war. Aber Tom Hennessey schien den Vierzig nahe zu sein, ein großer, stattlicher Mann mit einem roten, verlebten Gesicht, zusammengekniffenen, schiefergrauen Augen und einem herrischen, fast brutalen Mund. Über den typisch irischen langen Lippen ragte der feiste Riegel einer Nase vor, der dem Gesicht einen arroganten und schurkischen Ausdruck verlieh. Das volle, massige, gleich der Oberlippe glattrasierte Kinn deutete auf eine niedrige Abkunft hin.

Er trug einen Anzug aus feinem rehfarbenen Wollstoff, die Weste reichbestickt, und einen hohen, glänzenden Hut, unter dem sein braunes, gelocktes Kopfhaar und die ebenfalls braunen Koteletten zum Vorschein kamen. Er sah mächtig, männlich und grausam aus, obwohl sein Mund ständig den Eindruck guter Laune und besten Einvernehmens zu vermitteln trachtete. Seine behandschuhten Hände ruhten auf dem goldenen Knauf eines elfenbeinernen Spazierstocks.

Nur wenige Fußgänger waren unterwegs, und der lang aufgeschossene, magere, ärmlich gekleidete Junge mit den Stiefeln und der Kappe eines Arbeiters erregte Tom Hennesseys Aufmerksamkeit. Ein Diener? Ein Gärtnergehilfe? Der Bürgermeister besaß die scharfe Beobachtungsgabe des geborenen Politikers. Er übersah nichts, wie unwichtig es auch sein mochte. Unvermittelt begegneten Josephs tiefliegende blaue Augen den schiefergrauen, mitleidlosen des älteren Mannes. Tom Hennessey empfand es als absurd, aber etwas, das eben zum Leben erwacht war, schweißte ein stählernes Band zwischen ihm und diesem Burschen, und er war sich dessen nicht weniger bewußt als Joseph. Mit dem Knauf seines Spazierstockes klopfte der Bürgermeister seinem Kutscher auf den Rücken, und der Mann brachte die prächtigen Pferde knapp vor dem Fremden zum Stehen.

Das Stadtoberhaupt besaß die Stimme eines korrupten Politikers: volltönend und sonor, dazu noch honigsüß und einschmeichelnd, von skrupelloser Tücke geschult. »Wohnst du auf einer dieser Besitzungen?«

Joseph wollte schon mit einer gemurmelten Antwort weitergehen, aber sein eigenes Interesse am Bürgermeister hielt ihn fest. »Nein«, erwiderte er, »ich wohne nicht hier.«

Tom Hennessey war in Pennsylvanien geboren, sein Vater aber in Irland, und darum erinnerte er sich gar wohl der würzigen Sprechweise, die er in Josephs Stimme wiedererkannte. Er sah ihn schärfer an. Von seinem Sitz in der Viktoria musterte er Joseph ruhig, aber eingehend.

»Was tust du dann da?« fragte er mit seinem einnehmenden Lächeln. Doch das Lächeln besaß nicht den unschuldigen Charme eines Daniel Armagh; es war das Lächeln eines geborenen Halunken.

Joseph betrachtete ihn schweigend und nicht ohne ein gewisses Unbehagen. Seine breiten, mit Sommersprossen übersäten Backenknochen schienen merklicher hervorzutreten.

»Ich mache einen Spaziergang«, antwortete er. Er beschloß, auf der Hut zu sein. Wenn dieser Mann seiner Frau von Josephs Aussehen und seinem irischen Dialekt erzählte, würde sie sofort vermuten, daß er es gewesen war. Darin lag an sich keine Gefahr, aber für Joseph war die ganze Welt gefährlich. Wozu ihr noch Informationen liefern? »Ich bin Gärtnergehilfe«, fügte er hinzu.

»Hm«, machte der Bürgermeister. Wären die Nachrichten des Tages nicht von solcher Tragweite gewesen und hätte er es selbst nicht so eilig gehabt, seine Koffer zu packen und — als soeben von der Legislative seines Staates bestätigter Senator — auf dem schnellsten Wege nach Washington zu gelangen, er würde sich die Zeit genommen haben, um seine Neugierde, was diesen Burschen betraf, zu befriedigen. So aber befahl er dem Kutscher weiterzufahren, und die Pferde legten sich ins Geschirr. Joseph blieb stehen und sah dem Gefährt nach, bis es hinter einer Biegung verschwand. Er lächelte ein wenig. Er fühlte sich in seiner Überzeugung bestärkt, daß er, was Reginas Adoption betraf, richtig entschieden hatte. So ein Vater — er würde diese kindliche Seele unweigerlich mit seiner Sinnlichkeit und Gewöhnlichkeit vergiften. Irischer Dreckfink, beschimpfte Joseph ihn im Geist, während er eilig der Stadt zuwanderte. Wie konnte Amerikas Stolz es zulassen, daß Menschen von der Art eines Tom Hennessey geehrt und in hohe Stellungen berufen wurden? Zum erstenmal seit vielen Jahren pfiff sich Joseph ein Liedchen, und seit seiner Kindheit war ihm das Herz nicht mehr so leicht gewesen. Wenn die Tom Hennesseys dieser Welt in Amerika reich und berühmt und Respektspersonen werden konnten, nun, dann würde es auch ein Armagh zuwege bringen — und leichter.

Er überdachte, was er gesehen hatte, und blickte über seine Schulter zurück auf den silbern glänzenden Nebel, der die sanften grünen Hügel bedeckte. Es schien ihm, als wäre dies das schönste Bild, das er je geschaut hatte, und daß er eines Tages, eines nicht allzu fernen Tages, hier leben mußte. Sean und Regina würden hier wohnen, hinter hohen Mauern, mit ihm als ihrem Beschützer, und vielleicht würde dann der Frieden, den er vor knapp einer Stunde kurz empfunden hatte, für immer in seine Seele einziehen. Nicht Frohsinn, nicht Reichtum um des

Reichtums willen, nicht Lachen und Lieder, nicht Reisen und die Schönheiten dieser Erde, nicht unterwürfige Dienerschaft und auch nicht Liebe — nein, alles was er ersehnte, war Frieden und Vergessen bis zu jenem seligen Augenblick, da er mit allem fertig war und die Augen schließen durfte.

Es war schon dunkel, als er sein Logierhaus erreichte. Abermals las er, was er in jener düsteren Regennacht im November zum erstenmal gelesen hatte. Dann überlegte er und sagte sich: nächsten Sonntag soll es sein.

VIII

Sonnabend abend zählte Joseph das Geld, das er gespart hatte. Es waren zweiundsiebzig Dollar — nach fast sechs Monaten Sonntagsarbeit, Aufopferung und Verzicht und Zahlung von drei Dollar die Woche an das Waisenhaus. Es schien Joseph eine enorme Summe, aber er wußte, daß es nicht genug war.

Mit Bedacht schrieb er einen Brief und brachte ihn zur Post. Es war der erste Brief, den er in Amerika geschrieben hatte. Zerstreut betrachtete er das große Plakat in leuchtendem Rot, Weiß und Blau an der Wand des Postamtes, das die jungen Männer aufforderte, sich freiwillig zum Heer, zur Kavallerie und zur Marine zu melden, aber es bedeutete ihm nichts, obwohl die Menschen, die um ihn herumstanden, aufgeregt darüber diskutierten. Ungesehen und gleichgültig verließ er das Amt. Er blieb auf dem Gehsteig stehen, und abermals fühlte er die Leere dieser Stadt, das Fehlen jedes ausgeprägten Kolorits und die wenigen Bäume, die lustlos im Dämmerlicht eines Maiabends Blätter trieben. Zeitungslesend eilten die Menschen an ihm vorbei, Überschriften in fetten schwarzen Balkenlettern schrien ihn an, es herrschte eine Stimmung wie von atemloser Hast und erregendem Hochgefühl. Joseph spürte sie einen Augenblick lang, denn sie war fast mit den Händen zu greifen; dann brachte ihn seine gewohnte ironische Denkweise zu der Überlegung, daß Tod, Krieg und Katastrophen den Anstoß zu seelischen Aufwallungen eigener Art gaben, die die stumpfen Sinne der Gleichgültigen aufreizten und erhitzten.

Plötzlich mußte er an den Leichenschmaus denken, der nach dem Tode seines Urgroßvaters — Moiras Großvaters — noch vor der großen Hungersnot stattgefunden hatte. Seine Eltern hatten ihn mitgenommen, denn Moira war eine Realistin und vertrat die Ansicht, daß auch ein fünfjähriger Junge mit dem Tod vertraut gemacht werden müsse. War denn das Sterben weniger natürlich als Geburt und Leben, war es nicht, was der Seele das Tor zum ewigen Leben aufstieß? Daniel, weicher von Gemüt als Moira, hatte Einwendungen erhoben, Joseph aber hatte zum erstenmal in seinem Leben, mit wilder Ungeduld auf die Erklärungen seines Vaters reagiert, zum erstenmal auch traditionelle Sentiments von sich gewiesen. Der Leichenschmaus hatte recht trübselig angefangen. Das gemütliche kleine Haus war voll von Menschen, denn der alte Herr hatte viele Freunde gehabt. Dann wurde der Whisky herumgereicht, die Gäste erspähten einen großen Tisch mit kaltem Aufschnitt, und es dauerte nicht lange und das Drama des Todes wurde zum Melodrama, der feierliche Anlaß zum Lustspiel, in dem der Tote die Hauptrolle spielte. Der Whisky floß und Tränen flossen, und wie Flöten und Trompeten mischten sich Lachen und Zurufe in die Totenklage. Die Trauergäste trauerten mit Begeisterung. Daniel Armagh hatte schon an so manchem Totenschmaus teilgenommen und war immer wieder vom ungebührlichen Benehmen der Gäste schockiert gewesen. Joseph aber, von Geburt aus ein Zyniker, wußte, daß die Menschen selbst Krisensituationen genüßlichen Reiz abzugewinnen vermögen. Er sollte erst später erkennen, daß sie diesen Reiz brauchten, um nicht verrückt zu werden, weil ihnen das Leben sonst völlig unerträglich sein würde. Anders als der bestürzte Daniel, konnte Joseph sehr gut verstehen, warum Moira und ihre Mutter seinen Vater zornig zur Seite schoben, sobald er versuchte, sie zu trösten und ihrem lauten Wehklagen ein Ende zu machen. Auf ihre Art genossen sie ihren Schmerz und nahmen ihm seine Einmischung übel; mit ihren Tränen wuschen sie ihren eigenen Kummer ab. Selbst die zwei Priester warfen Daniel mißbilligende Blicke zu, und schließlich führte ihn einer von ihnen ins Nebenzimmer und drückte ihm beruhigend einen großen Becher Bier in die Hand.

»Das Leben«, hatte Joseph einmal irgendwo gelesen, »ist eine Komödie für den denkenden, eine Tragödie für den fühlenden Menschen.« Für Joseph war es eine makabre Komödie, tragisch in ihren Untertönen, und er akzeptierte es als solches. Aber er sonderte sich davon ab, weil er fürchtete, es könnte ihn schwächen. Noch eine zweite Maxime war ihm im Gedächtnis haften geblieben: »Der Starke ist am mächtigsten allein.« Schon seit langem wehrte er sich dagegen, in die Tragödien anderer einbezogen zu werden; er scheute die verwickelten Beziehungen der Menschen, für die er nur Verachtung empfand.

Er begab sich ins Waisenhaus, obwohl es erst Sonnabend war, und Schwester Elizabeth zeigte sich erstaunt, ihn zu sehen. »Zwar sind die Kinder schon im Bett«, sagte sie, »aber ich werde eine Schwester bitten, sie zu holen, wenn du morgen nicht kommen kannst.«

»Nein«, antwortete er. Wollte er seine Geschwister jetzt sehen, würde er einer Schwäche nachgeben, die ihn anderen Sinnes werden lassen mochte. Das konnte er sich nicht leisten.

»Schwester«, sagte er, »ich verlasse für eine Weile diese Stadt. Ich habe eine Stellung in Pittsburgh, wo ich mehr verdienen kann.«

»Das ist schön, Joey!« rief sie und blickte ihn forschend an. »Oh, Joey, du meldest dich doch nicht zum Heer?«

»Nein.« Der Gedanke belustigte ihn, und er schenkte der Nonne sein finsteres, alles andere als heiteres Lächeln. »Aber meine Arbeit hat irgendwie damit zu tun, und ich werde gut bezahlt — in Pittsburgh.«

»Du mußt mir schreiben, sobald du eingerichtet bist«, sagte Schwester Elizabeth. Sie empfand ein eigenartiges Unbehagen, gab es aber sogleich wieder auf, weil sie eine vernünftige Frau war.

»Das tue ich.« Er blickte in ihre klugen Augen und zauderte einen Augenblick. »Ich hoffe, Sean und Regina bald zu mir holen zu können.«

»Ich verstehe«, sagte die Schwester. »Du schickst mir deine Adresse?«

Joseph zögerte mit der Antwort. »Ich werde nicht an einem Ort bleiben, Schwester, aber ich werde Ihnen von Zeit zu Zeit Geld überweisen.« Er legte ein Bündel Banknoten in ihre Hand. »Das sind fünfzig Dollar für Sean und Regina, für ihren Unterhalt. Wenn das aufgebraucht ist, bekommen Sie mehr von mir.«

Ihr Unbehagen verstärkte sich. »Ich wünschte, ich könnte sicher sein, daß mit dir alles in Ordnung sein wird, Joey.«

»Es könnte sein, daß wir über den Begriff ›in Ordnung‹ nicht einer Meinung sind, Schwester.«

Sie musterte seine hochaufgeschossene Gestalt, die Breite seiner mageren Schultern und seine übergroße Schlankheit und sah dann, wie immer, die Kraft und Entschlossenheit in seinen Zügen, das kalte, blaue Glitzern in seinen Augen. Aber zum erstenmal überkam sie das Gefühl, daß Joseph Armagh gefährlich war. Sogleich schalt sie sich ob ihrer Albernheit: ein junger Mann, erst siebzehn! Ein ernsthafter junger Mann, der hart arbeitete — gefährlich! Aber sie war der Gefahr schon des öfteren in ihrem Leben begegnet und vermochte eine innere Unruhe nicht aus ihren Gedanken zu verbannen, sosehr sie sich auch über ihre Torheit lustig machte.

Er trat in den Frühabend hinaus, ohne zu merken, daß Schwester Elizabeth ihm vom Torweg aus nachsah. Er wandte sich um und warf einen letzten Blick auf das Waisenhaus. Er wußte, daß es der letzte sein würde, und er empfand Dankbarkeit. Er dachte an seine Geschwister, die hinter diesen zerbrechlichen Holzwänden schlummerten, und der Schmerz darüber, daß er sie ohne Abschied verlassen mußte, preßte ihm die Kehle zusammen.

Er kehrte in sein Logierhaus zurück und sah seine geringe Habe durch. Leider würde er seine geliebten Bücher zurücklassen müssen. Er packte das wenige, was er an Wäsche besaß, zusammen mit einem Paar geflickter Schuhe, in einen jämmerlich kleinen Pappkarton. Er war froh, daß es nachts noch kühl genug war, um seinen alten Mantel tragen zu können. Dann legte er sich nieder und schlief sofort ein, denn er hatte es sich angewöhnt, sofort und nach seinem Willen in Schlaf zu sinken. Das Zwielicht draußen verdunkelte sich, die Schwalben kreisten an einem purpurroten Himmel, und die Stadt lag im erregenden Bann des drohenden Krieges. Joseph Armagh aber schlief den Schlaf des Gerechten, denn er hatte damit nichts zu tun.

»Geh mit Gott, Joey«, hatte Schwester Elizabeth gemurmelt, als Josephs hagere Gestalt um die Ecke verschwunden war. Hätte er sie gehört, er würde nicht einmal gelächelt haben. Für ihn existierte sie nicht mehr.

Es dämmerte kaum, als Joseph am nächsten Morgen erwachte. Es herrschte völlige Stille, denn es war selbst für die Kirchenglocken noch zu früh. Die Luft war, wie er erfreut feststellte, etwas frostig; sein Mantel würde nicht auffallen. Er nahm ein Stück braunes Papier und schrieb darauf: *»Ich bedaure es, Sie verlassen zu müssen, Mrs. Marshall, aber man hat mir eine ausgezeichnete Stellung in Pittsburgh angeboten, und ich reise heute dahin. Ich konnte Ihnen nicht kündigen. Nehmen Sie dafür, mit meinen besten Empfehlungen, das beiliegende Goldzertifikat über zehn Dollar. Ich komme nicht zurück. Ich danke Ihnen für das Gute, das Sie mir erwiesen haben. Ihr gehorsamer Diener, Joseph Armagh.«*

Seine Handschrift, die ihn ein alter Priester gelehrt hatte, war genau und wie gestochen, gleichzeitig aber auch klar, kräftig und kühn.

Nachdenklich betrachtete er das Goldzertifikat, das er neben sein Schreiben gelegt hatte. Er konnte die rührselige Regung, der zu folgen er im Begriff war, nicht verstehen, denn er schuldete der Frau nichts. Er hob die Banknote auf und überlegte. Es war Geld, das er verdient hatte. Er verachtete sich, als er es wieder zurücklegte, und zuckte die Achseln. Glatter Wahnsinn war es, dieses arme, verschüchterte Gesicht und die zitternden, ewig beschwichtigenden Hände jetzt so deutlich vor sich zu sehen. Aber sie war eine der Schuldlosen, und bis an sein Lebensende ließ sich Joseph von Schuldlosigkeit, und nur von Schuldlosigkeit, rühren. Auch sie hatte ihm nichts geschuldet, dennoch aber ein »Elixier« für ihn vorbereitet und in den kältesten Winternächten eine ausgefranste Wolldecke auf sein Bett gelegt — eine Decke, die, wie er vermutete, aus ihrem eigenen Bett gekommen war. Und was er noch mehr an ihr schätzte: sie war nie aufdringlich gewesen, hatte sich stets jeder Gefühlsduselei enthalten und ihm die Ehre erwiesen, ihn zufrieden zu lassen. Sie mochte sentimental sein, aber sie behielt ihre Sorgen für sich.

Er warf einen Blick auf seine Bücher. Er griff nach dem Bändchen mit Shakespeares Sonetten und schob es unter sein blaues Baumwollhemd. Den Pappkarton unter den Arm geklemmt, stahl er sich aus dem Haus, ohne auch nur einen Blick zurückzuwerfen. Gleich Schwester Elizabeth existierte es nicht mehr für ihn. Ein Vorhang senkte sich über die vertraute Straße. Er löschte sie aus seinem Gedächtnis. Ein zweites Mal war er ein völlig Fremder in einem fremden Land.

Da er sein Mittagessen immer in der gleichen Schachtel mitbrachte, die jetzt seine wenigen Habseligkeiten barg, fiel niemandem etwas auf, als er sich, wie jeden Sonntagmorgen, bei den Brüdern Squibbs, Getreide- und Futtergroßhandel, Sattlerwaren, meldete. Sein Wagen und die Pferde warteten schon auf ihn. Die ersten schwachen Sonnenstrahlen spielten um Schornsteine und Baumwipfel, doch noch lag die Erde im morgendlichen Zwielicht.

»Mächtige Ladung heute«, sagte der Aufseher und kicherte. »Wenn die Leute an den Krieg denken, werden sie durstig.« Er gab Joseph die üblichen paar Cents für sein Essen, Joseph nickte, steckte das Geld in die Tasche und hob die Zügel. »Mächtige Ladung«, wiederholte der Aufseher. »Kann sein, daß du heute erst spät fertig wirst.«

»Das macht nichts«, erwiderte Joseph, »aber wenn, vergiß die fünfzig Cents extra nicht.«

Es war noch ruhig in der Stadt, obwohl schon hier und dort zarte Rauchwölkchen über Schornsteinen standen. Noch nicht einmal die Pferdebahn war ausgefahren. Sechs Straßen vom Bahnhof band Joseph seine Pferde fest und lief los. Der Stationsvorsteher öffnete gerade die Türen, denn in einer Stunde, um 7.1o Uhr traf der Frühzug aus Philadelphia ein. Joseph eilte zum Schalter, verlangte eine Fahrkarte für den Nachmittagszug nach Pittsburgh und bezahlte zwei Dollar dafür. Er steckte die Karte in die Tasche. Sollte man ihn befragen, der alte Stationsvorstand würde sich erinnern, daß ein ihm unbekannter junger Mann heute morgen um zwei Dollar eine Fahrkarte nach Pittsburgh gekauft hatte. Aber es war unwahrscheinlich, daß man ihn fragen würde. Überdies hatte Joseph vorsorglich sein rostbraunes Haar unter die Kappe geschoben, und der Mann hatte weder einen Wagen noch Pferde gesehen. Wie wunderbar anonym doch die Armut ist, dachte Joseph.

Er sauste zu seinen Pferden zurück, die friedlich das Gras abzupften, das sich zwischen den Pflastersteinen hervorgedrängt hatte. Er sah sich vorsichtig um. Nichts rührte sich in den graugesichtigen kleinen Häusern; irgendwo klapperte eine Tür, aber es war niemand zu sehen. Er kletterte auf den Kutschbock und machte sich daran, seine Kunden zu besuchen. Bis zehn Uhr hatte er sechzig Dollar kassiert. Die ruhigen, sonnenbeschienenen Straßen waren voll von Leuten, die sich zur Kirche begaben. Die meisten waren zu Fuß unterwegs, manche kamen in zum Teil klapprigen Kutschwagen, aber alle waren sonntäglich gekleidet. Die Augen fromm niedergeschlagen, bemerkten sie den schweren Wagen nicht, der langsam an ihnen vorbeifuhr, oder taten zumindest, als sähen sie ihn nicht. Sie sprachen nicht über den drohenden Konflikt und auch nicht über den von allen Seiten bedrängten Präsidenten, denn solches am Sabbath zu tun, wäre »unziemlich« gewesen. Die Glocken begannen zu läuten, von Kirchturm zu Kirchturm in edlem Wettstreit, und durch die offenen Türen der Gotteshäuser drang das feierliche Gemurmel der Orgeln. Sittsam gingen die Kinder neben den Eltern her. Füße schlurrten auf den Ziegeln der Gehsteige. Der warme Dunst von Pferdemist erfüllte die Luft. Vögel hüpften von Ast zu Ast, und da und dort wurde ein Eichkätzchen von einer Katze oder einem streunenden Hund gejagt. Trotz des ihr innewohnenden Lebens hätte diese Straßenszene, was Joseph Armagh betraf, genausogut ein Wandbild sein können. Er hörte auch die inbrünstigen Gesänge nicht, die in wildem Crescendo aus den offenen Fenstern der Kirchen hervorbrachen.

Um drei Uhr hatte er bereits über hundertfünfzig Dollar eingesammelt. Er tränkte die Pferde an einem Straßentrog und hing ihnen ihre Hafersäcke um. Um vier gestand er einem Kneipenwirt, daß er hungrig und durstig war, und erhielt für dreißig Cents zwei Becher schäumendes gelbes Bier, zwei hartgekochte Eier, vier Schinkenbrote, ein großes Stück Wurst, zwei Gurken, einen Salzhering, zwei Scheiben Kümmelkuchen und ein Päckchen Kartoffelsalat, eine deutsche Delikatesse, die er noch nie gegessen hatte. Als er sich über den Preis beklagte, gab ihm der Wirt fünf Cents zurück und spendierte großzügig einen dritten Becher Bier. Dann zahlte er Joseph vierzig Dollar für die letzte Lieferung. Beim nächsten Wirt, es war inzwischen fünf geworden, kassierte Joseph weitere fünfzig Dollar. Es war ein sehr erfolgreicher Tag mit einer »mächtigen Ladung« gewesen, denn Mr. Squibbs hatte inzwischen gelernt, seinem jüngsten »Sonntagskind« zu vertrauen.

Zweihundertvierzig Dollar. Zusammen mit den zwölf in seinem Beutel ergab dies die gigantische Summe von zweihundertzweiundfünfzig Dollar. Um halb sechs drehte er um und kutschierte den Wagen in eine ausschließlich aus Lagerhäusern bestehende Straße, die sonntäglich verlassen dalag. Er stellte sein Fuhrwerk ab, gab den Pferden noch einen liebevollen Klaps und lief zum Bahnhof. Er kam gerade an, als die Lokomotive des Zuges schrill ihre Glocke ertönen ließ. Mit quälendem Zischen entwich der Dampf aus dem riesigen Schornstein. Die Räder waren schon in Bewegung, und Joseph konnte eben noch auf den letzten Wagen aufspringen. »Umbringen hätten Sie sich können«, knurrte der Schaffner, der schon die Tür hatte schließen wollen. »Und wo haben Sie Ihre Fahrkarte?« Argwöhnisch beaugapfelte er sie von beiden Seiten und blickte Joseph durchdringend an, der etwas vor sich hinmurmelte, das wie eine fremde Sprache klingen sollte. Der Schaffner rümpfte die Nase. »Ausländer! Kann nicht einmal Englisch!« Bänglich hob Joseph die Hand an die Mütze und plapperte weiter. Der Schaffner schob ihn grob ins Wageninnere und dachte nicht mehr an ihn.

Joseph, der von seinem Lauf noch außer Atem war, fand im hinteren Teil des nur schwach besetzten Wagens einen Platz, kauerte sich nahe dem Fenster zusammen und zog seine Kappe, so weit er konnte, in die Stirn. Er richtete sich erst wieder auf, als der Zug das Stadtgebiet verlassen hatte. Es war heiß und dumpfig im Wagen. Er wollte das schmutzige Fenster öffnen, ließ aber davon ab, als er Wolken von Dampf und schwarzem Ruß vorbeifliegen sah. Er behielt seine Kappe auf, öffnete aber seinen Mantel. Dann erst bemerkte er, daß er nicht nur die Schachtel mit seinen Habseligkeiten, sondern, ganz unbewußt, auch seinen Knüppel mitgenommen hatte. Er lächelte belustigt. Seine Mitreisenden dauernd beobachtend, schob er die Waffe vorsichtig in seine tiefe Manteltasche. Seine irische Seele erblickte darin eine Art Omen, obgleich er sonst jede Art von Aberglauben geringschätzte.

Er hoffte, daß die Pferde, diese intelligenten Tiere — die er nicht angebunden hatte —, früher oder später des Wartens müde und von allein in ihren Stall zurückkehren würden. Inzwischen war die Zeit schon herum, da man ihn selbst mit dieser großen Summe erwarten würde. Er konnte sich vorstellen, wie die Männer bereits nach ihm Ausschau halten würden. Um acht würden sie auf die Suche gehen und in den Kneipen nachfragen. Um zehn würden sie überzeugt sein, daß er mit den eingesammelten Beträgen das Weite gesucht hatte. Und morgen um acht Uhr früh würde dieser Brief auf Mr. Squibbs Schreibtisch liegen:

»Ich habe Ihr Geld nicht gestohlen, Sir. Ich habe es mir, auf Ehre, nur ausgeliehen. Man hat mir eine gute Stellung in Pittsburgh angeboten, und ich brauchte etwas Geld, um über die Runden zu kommen, bis ich mich eingerichtet habe. Sie mögen meine Handlungsweise sehr tadelnswert finden, Sir, aber ich bitte Sie, mir für einige Monate Vertrauen zu schenken. Ich werde Ihnen das Geld mit sechs Prozent Zinsen zurückzahlen. Ich bin kein Dieb, Sir, sondern nur ein armer Schotte in verzweifelten Umständen. Ihr ergebener Diener, Joseph Armagh.«

Aus einer Vielzahl von Gründen würde es Mr. Squibbs nicht wagen, zur Polizei zu gehen, und da Josephs Reiseziel gar nicht Pittsburgh war, würden Squibbs' Häscher in dieser großen Stadt auch keinen Joseph Armagh finden. Er holte den abgegriffenen Zeitungsausschnitt, den er seit jenem Wintertag bei sich trug, aus der Tasche und las ihn noch einmal:

»Mehr und mehr ergiebige Ölquellen werden Monat für Monat in Titusville erschlossen und liefern reiche Erträge — Tausende von Barrels und mehr die Woche. Das Städtchen nimmt einen rapiden Aufschwung, ähnlich jenem von 1845 im kanadischen Klondike. Die Arbeiter erhalten unglaublich hohe Löhne. Aus ganz Pennsylvanien und auch aus anderen Staaten der Union strömen die Männer zusammen, um hier auf den Ölfeldern zu arbeiten. Bedauerlicherweise folgt ihnen, wie stets vom üblen Geruch des Geldes angezogen, das Laster auf den Füßen. Schon für niedrige Arbeiten werden bis zu zwölf und sogar fünfzehn Dollar die Woche bezahlt — so den Männern, die die Ölfässer zu den Plattbooten bringen und diese beladen. Wie es heißt, bekommen die mit den Bohrungen Beschäftigten noch weit mehr. Die Öllager befinden sich so nahe der Oberfläche, daß ein bloßes Anbohren genügt, um das schwarze Gold aus dem Boden schießen zu lassen. Allerdings sind einige wenige Quellen viel tiefer, und diese liefern das bessere, das reinere Öl. Sie werden mit Nitroglyzerin »gesprengt«, ein neuartiges Verfahren. Unerschrockene junge Männer setzen ihr Leben aufs Spiel, um dieses Nitroglyzerin, ein höchst gefährliches Element, zu den Quellen zu schaffen. Wie uns berichtet wird, zahlt man ihnen bis zu zwanzig Dollar die Woche, eine fürwahr fürstliche Entlohnung. Kein Wunder, daß sie sich einem unmoralischen Lebenswandel verschrieben haben. Unseren Lesern mag dies unglaubhaft erscheinen, aber es gibt in Titusville tatsächlich mehr Kneipen als Kirchen. Glücklicherweise wird die Nebenstrecke nach Titusville immer noch nur einmal in der Woche, nämlich Sonntag abend, befahren, doch soll dieser Zug, dem Vernehmen nach, in Kürze täglich geführt werden, und unsere Befürchtungen nehmen in gleichem Maße zu. Es steht zu hoffen, daß sich die anständigen jungen Männer aus anderen Teilen unseres Staates hüten werden, nach Titusville zu eilen, wo sie zwar ihr Glück machen, andererseits aber ihre Seelen in tödliche Gefahr bringen können.

Das nur wenige Meilen von Titusville entfernte Pithole soll noch reichere Öllager besitzen, liegt jedoch auf unebenem, nur schwer zugänglichem Gelände. Geldleute aus Titusville, aber auch aus anderen Teilen des Staates kaufen, Berichten zufolge, in der Gegend von Pithole Land auf, um sich sodann als »Wildcatter« zu betätigen, das heißt, auf eigene Faust Versuchsbohrungen vorzunehmen. Das Öl, sagt man, liegt dort offen zutage, in Gruben und Einsenkungen, und kann, auch ohne Bohrlöcher, einfach eingesammelt werden. Wenn sich das tatsächlich so verhält, ist diese kleine, gottesfürchtige Gemeinde, in der nur wenige Menschen leben, ehrlich zu bedauern. Sollte Öl in ausreichenden Mengen vorhanden sein, ist mit großer Wahrscheinlichkeit damit zu rechnen, daß in Kürze ein Pendelverkehr mit Titusville eingerichtet wird, doch hegen wir immer noch die Hoffnung, daß es nicht dazu kommt. Es gibt schon genügend Spekulanten und skrupellose Unternehmer in Titusville, die ihr Auge auf Pithole haben und für enorme Summen und so schnell es nur geht Aktienzertifikate verkaufen. Wie wir hören, zeigt auch die Standard Oil Company Interesse. Bis dato haben die Besitzer der Ölfelder in Titusville den Schmeichelreden dieser Gesellschaft widerstanden. So geht also der Kampf weiter um den beherrschenden Einfluß auf diese neue Quelle des Reichtums, die, wie Fachleute behaupten, den Bedarf an Wal- und anderen Ölen erheblich einschränken wird. Wir sind diesbezüglich nicht so optimistisch; wie wir hören, verbreitet das Rohöl einen unerträglichen Geruch und ist überdies feuergefährlich.

Zwar freuen wir uns alle von ganzem Herzen über die reichen Bodenschätze unseres großen Staates, müssen aber dennoch die Tatsache beklagen, daß auch die Begleiter und Begleiterscheinungen dieses Reichtums vorhanden sind: Frauen von höchst unmoralischem Lebenswandel, Falschspieler, Bier- und Schnapsverkäufer, Tanzhallen und Kabaretts und andere Lasterhöhlen. All dies erfüllt uns mit tiefer Sorge um die Seelen —«

Er steckte das Papier wieder in die Tasche. Er hatte sich schon vor Monaten entschlossen, so bald wie möglich auch ein »skrupelloser Unternehmer« zu werden. Daß man mit ehrlicher Arbeit nicht reich wurde, stand für ihn fest. Wer reich werden will, muß sich gut umsehen und etwas riskieren. Vorsichtig sein, aber nicht *zu* vorsichtig. Er kannte die Gefahr eines Mißerfolgs, aber er schloß die Möglichkeit, daß er scheitern könnte, von vornherein aus. Er dachte an Pithole und an Titusville und an das Öl, das nur darauf wartete, mitgenommen zu werden. Er machte sich keine wirklichkeitsfremden Hoffnungen auf schnellen Reichtum, aber er besaß jene, so vielen Iren eigene, Begabung, den Ort finden zu können, wo ein Mann zu Vermögen kommen konnte, so er mit Verstand zu Werke ging und keine Gelegenheit versäumte. Für den Anfang war er bereit, jede Arbeit anzunehmen. Er hatte entdeckt, daß emsige, willige und tüchtige Arbeitskräfte nicht so reichlich vorhanden waren, wie sich die Arbeitgeber das wünschten. War ein Mann überdies auch noch intelligent, wurde er von den Unternehmern noch lieber gesehen. Im Sägewerk hatte Joseph genügend faule und freche Leute gesehen, die nur unter ständiger Beaufsichtigung arbeiteten. Weder Armut noch drohende Entlassung konnte sie dazu bewegen, sich mehr Mühe zu geben. Sie hatten schwache Charaktere, auch die körperlich Kräftigsten murrten und nörgelten und trödelten herum, so daß Joseph allmählich erkannte, daß man sie keineswegs ausbeutete: sie waren einfach nicht mehr wert, als man ihnen zahlte. Mit ihrer Trägheit schadeten sie fleißigen Arbeitern wie Joseph Armagh, die ihre Anstrengungen verdoppeln mußten, um die mehr oder minder wohlmeinende Aufmerksamkeit des um seinen Profit besorgten Unternehmers auf sich zu ziehen.

Draußen war es dunkel geworden. Joseph öffnete sein Proviantpäckchen und verspeiste die zwei hartgekochten Eier, alle vier Schinkenbrote, die Gurken, den Hering und das Stück Wurst. Den Kartoffelsalat warf er in die Ecke. Dies getan, sah er sich verstohlen um und ließ seine Blicke über den stinkenden Wagen mit seinen armseligen, schläfrig nickenden Fahrgästen, die mit löchrigem Rohrgeflecht gepolsterten Sitze und den mit Stroh, Zigarrenenden und tabakgelber Spucke bedeckten Fußboden schweifen. Der Schaffner hatte die drei Lampen angezündet, die von der gewölbten Holzdecke herabhingen. Immer wieder heulte die Dampfpfeife auf, während der Zug durch die dunkle Landschaft und an kleinen, hellerleuchteten Bahnhöfen vorbeibrauste. Rote Funken mischten sich in den Dampf und den Ruß der Lokomotive. Der Schmutz drang sogar in den geschlossenen Wagen ein, und Dunst und

Rauch reizten die Kehlen der Reisenden auf eine Weise, daß sie nicht aus dem Husten kamen. Joseph bemerkte, daß seine Hände ganz schwarz waren, und nahm an, daß es um sein Gesicht nicht viel besser stand. Er hatte keine Uhr. Er wußte nicht, wie spät es war, und weil er es vorzog, den Schaffner über seine Englischkenntnisse auch weiterhin im unklaren zu lassen, wagte er es nicht, ihn nach der Uhrzeit zu fragen. Allerdings wußte er, daß der Zug in etwa zwei Stunden in einer kleinen Stadt halten würde, wo er Anschluß nach Titusville hatte.

»Ich habe einen Weg gefunden, um reich zu werden«, sagte sich Joseph, »und nichts kann mich aufhalten.« Er brauchte nur, was die Amerikaner »Penunzen« nannten, und die würde er sehr bald haben. Man mußte sich nur auf das einzige konzentrieren, was in dieser Welt wichtig war.

Während er die Gesichter seiner Mitreisenden musterte, tastete Joseph heimlich nach seinem jetzt prallen Geldbeutel. Es war alles da. Sein Weg lag klar vor ihm. Er lächelte und wartete.

IX

Der Anschlußzug nach Titusville war noch nicht gekommen, als Joseph in der kleinen Stadt Wheatfield eintraf. So stieg er denn aus, drückte seine Kappe tiefer in die Stirn und versuchte, sich so unauffällig wie möglich zu verhalten. In der mit Menschen vollgestopften Halle des kleinen Bahnhofs war es unerträglich heiß. Noch nie zuvor hatte Joseph eine so verwirrende Ansammlung von Menschen erlebt, wie sie sich hier seinen Blicken darbot. Dicke, schwitzende Männer mit hohen Seidenzylindern, in prächtgen Mänteln, buntgemusterten Westen und rehfarbenen Hosen, mit roten Gesichtern, wallendem Haar, Koteletten und sauber gestutzten Bärten und Schnurrbärten, mit kostbaren Berlocken behängte Uhrketten über den Bäuchen, Malakkaspazierstöckchen zwischen den mit glitzernden Ringen geschmückten fetten Fingern, unterhielten sich breit lachend, mit heiseren Stimmen, während sie alle Neuankömmlinge mit gierigen Blicken musterten. Alle rauchten sie Stumpen oder dicke Zigarren, sie rochen nach Bayrum oder würzigen Parfüms, und ihre Stiefel glänzten exquisit. Viele Gesichter waren pokkennarbig, doch auch sie trugen zu einer erregenden Atmosphäre von Selbstvertrauen, Zuversicht und Geld bei. Aber Joseph sah auch Arbeiter in Stoffmützen, geflickten Jacken und von Schweiß, Öl und Schmutz fleckigen blauen Hemden und, ihre stämmigen Beine dauernd in Bewegung, hemdsärmelige Männer, die mit lauten Stimmen diskutierten und herumkommandierten. Und dann gab es auch noch die stillen, aber darum nicht weniger gefährlichen, unauffällig, aber kostbar gekleideten Herren mit gemusterten und gefältelten Hemden, eleganten Krawatten,

Westen und Hosen, die an den Wänden lehnten und alle Fremden aufmerksam beobachteten. Das waren die Kopfjäger und Glücksspieler.

Überall waren Plakate angeschlagen, die zum Eintritt in die Streitkräfte aufforderten, und in einer Ecke stand, das Käppi flott über einem Ohr, ein junger Leutnant in Uniform, vor ihm ein kleiner Tisch und zwei Soldaten, die den jüngeren Männern den Militärdienst schmackhaft zu machen versuchten. Einige Burschen lieferten den Werbern anzügliche Wortgefechte; der Leutnant schwitzte in der heißen, übelriechenden Halle, blieb aber ruhig und gelassen, während seine zwei Adjutanten abwechselnd grinsten und ausspuckten. In seinen Augen loderte das Feuer des echten Soldaten; ganz offensichtlich war er ein Absolvent der Militärakademie von Westpoint. DIE ARMEE DER VEREINIGTEN STAATEN stand auf seinem Schulterstück zu lesen; er war stolz darauf.

Die schmalen Bänke waren voll besetzt, wenngleich sich immer wieder einer ungeduldig erhob und unter die hin und her wogende Menge mischte, worauf sofort ein anderer seinen Platz einnahm. Das stetige Crescendo schmeichlerisch schwatzender, disputierender, prahlender, hoffnungsvoller, rauher Männerstimmen erzeugte einen teuflischen Lärm. Spucknäpfe wurden prinzipiell übersehen, und so bedeckte auch eine schwärzlichbraune, schleimige Schicht den Fußboden fast zur Gänze. Der Gestank und die Hitze setzten Joseph so arg zu, daß er sich, obwohl er dauernd gepufft und gestoßen wurde, nahe der Tür aufhielt. Papiere oder Reisetaschen in Händen, stürzten ununterbrochen Leute auf den hölzernen Bahnsteig hinaus, verfluchten den säumigen Zug nach Titusville und stürzten sogleich wieder mit rollenden Augen in die Halle hinein, um nach Freunden Ausschau zu halten, die sie eben verlassen hatten. Über den Dunst von Bayrum, Kautabak, Rauch und Schweiß hinaus war der durchdringende Geruch erregter Geldgier und Habsucht zu verspüren. Die hellflammenden Lampen an der Decke stanken; ein Windstoß blies Staub und Asche in den Raum. Irgendwo schnatterte ein Telegraph wie ein irrsinniges Weib. Die Männer stießen einander zur Seite, beschimpften sich und klopften sich gutgelaunt auf den Rücken. Sie setzten Flaschen an den Mund; sogleich verbreitete sich der Geruch von unvermischtem Whisky. Der Bahnhof war ein einziges großes Affenhaus, ein Gebrodel von Hitze, Bewegung und Unruhe, von unbeherrschtem Geschrei, leidenschaftlich erregten Auseinandersetzungen, brüllendem Gelächter und gutmütigem Gespött. Der alte Bahnhofsvorsteher hockte wie ein Tierbändiger hinter seinem Schalter. Mit funkelnden Augengläsern versuchte er, die Reisenden zu beschwichtigen, die ihn unaufhörlich bedrängten und eine Erklärung der Verspätung forderten. Er zuckte die Achseln, schüttelte den Kopf, warf die Arme in die Luft und sah sich hilflos um. Man stolperte über die Gepäckstücke auf dem schmutzigen Fußboden, fluchte, lachte und stieß die Taschen und Mantelsäcke zur Seite. Der junge, schon einigermaßen entmutigte Leutnant überblickte das turbulente Geschehen mit wohlerzogener Verwirrung, denn er war offensichtlich ein Herr in Gesellschaft von Männern, die ganz gewiß keine waren. Seine Mutter und seine Erzieher hatten ihn Zuvorkommenheit gelehrt, aber er mußte sich schon sehr anstrengen, um sie weiter zur Schau zu tragen, indem er ein zurückhaltendes, aber freundliches Lächeln aufgesetzt hielt. Zunehmende Erschöpfung zeichnete sich auf seinem jungenhaften, schnurrbärtigen Gesicht. Die Fahne zu seiner Rechten hing schlaff in der stickigen, vergifteten Luft.

Joseph hielt es nicht länger aus, ging auf den Bahnsteig hinaus und blickte die Schienenstränge entlang, die der Mond mit silbernem Schein übergoß. Hier umgab ihn wenigstens der reinere Geruch von Stahl, Kohle und Staub, von warmem Holz und Fels. Die Lichter von Wheatfield flimmerten in der Ferne. Der Mond hing an einem schwarzen, scheinbar sternlosen Himmel. Gelegentlich vibrierte der Bahnsteig, wenn Menschentrauben aus der Halle gestürzt kamen, um ebenfalls die Schienen entlangzuschauen, in erregtem Ton miteinander zu sprechen, zu scherzen, aufzuschneiden und wieder zurückzueilen, als ob sich im Bahnhof etwas höchst Wichtiges begäbe.

Mit einemmal bemerkte Joseph, daß jemand schon seit einigen Minuten schweigend hinter ihm stand. Er schenkte dem Fremden keine Beachtung und starrte weiter verdrießlich auf die Schienen. Er hatte einen langen Tag hinter sich und war sehr müde. Außerdem begann er zu fürchten, daß er in dem Zug nach Titusville keinen Platz mehr bekommen könnte. Er würde die Augen offenhalten müssen. Es würde jedenfalls eine scheußliche Fahrt werden. Er war durstig. Auf einer Bank stand ein Eimer mit Wasser, von dem an einem Kettchen eine Blechschale herabhing, doch der Gedanke, davon zu trinken, machte ihn schaudern. Durch das nahe Fenster fiel Licht auf den Bahnsteig. Joseph stand außerhalb des Lichtkegels.

»Hast du ein Streichholz, Freund?« fragte der Fremde schließlich mit einer sehr jungen Stimme.

Joseph drehte sich nicht um. »Nein«, antwortete er schroff, wie er das immer tat, wenn er von Fremden angesprochen wurde. Ein wenig Angst befiel ihn. War man ihm doch gefolgt? Diese Angst war es und nicht Neugier, die ihn veranlaßte, vorsichtig den Kopf ein bißchen zur Seite zu drehen und aus den Augenwinkeln einen Blick auf den Fragenden zu werfen. Doch was er sah, beruhigte ihn. Es war nur ein Knabe, der neben ihm stand, noch schäbiger gekleidet als er, fast zerlumpt, noch keine fünfzehn Jahre alt, ein Junge ohne Mütze und ohne Mantel und sehr mager. Er sah hungrig aus, aber nicht heruntergekommen, und er hatte auch nicht mit jener weinerlichen Zudringlichkeit gesprochen, mit der die Ärmsten der Armen oft Hilfe suchen.

Seine ganze Art war auffallend lebhaft, ja sogar heiter und sorglos, so als ob er den ganzen Tag glücklich und gutgelaunt wäre und an seiner Umgebung regsten Anteil nähme. Der an die nichtssagende Ausdruckslosigkeit der Angelsachsen in Winfield gewöhnte Joseph blickte überrascht in ein schalkhaftes, dunkelhäutiges Gesicht, das ihm kaum bis zur Schulter reichte. Eine vorstehende Hakennase saß zwischen zwei großen schwarzen Augen, die durch ein seidiges Dickicht mädchenhaft langer Wimpern hindurchleuchteten. Das widerspenstige und offensichtlich ungekämmte schwarze Haar fiel über die Ohren und die niedere braune Stirn, rollte sich über den knochigen Nacken und wucherte in zitternden Ranken gegen die flachen Wangen. Ein spitzes Kinn und ein lächelnder roter Mund verstärkten den Eindruck unbekümmerter Heiterkeit. Weiße Zähne schimmerten zwischen feuchten Lippen.

»Dabei hab ich gar keinen Stumpen, nicht mal 'ne Kippe«, sagte der Junge heiter. »Ich wollte nur was reden.« Seine Stimme war hell, fast so hell wie die eines Mädchens. Er sprach mit leicht fremdländischem Akzent. Er lachte über seinen Witz. Doch als er den unfreundlichen Ausdruck auf Josephs Gesicht und seine kalten, ironischen, halb abgewendeten Augen sah, schrumpfte sein Lachen zu einem hoffnungsvollen Lächeln. »Ich wollte nur was reden«, wiederholte er.

»Und ich will nichts reden«, gab Joseph zur Antwort, drehte sich zur Seite und starrte wieder auf die Gleise.

Ein kurzes Schweigen trat ein. Aber der Junge gab nicht auf. »Ich heiße Haroun«, sagte er. »Fährst du auch nach Titusville?«

Joseph preßte die Lippen zusammen. Er überlegte, ob er lügen sollte. Aber dieser seltsame Junge fuhr vielleicht im selben Zug, und er, Joseph, würde als Narr dastehen oder als Ausreißer oder gar als ein flüchtiger Verbrecher. Und so nickte er.

»Ich auch«, erklärte Haroun. Joseph erlaubte sich, das bemerkenswerte junge Gesicht abermals mit einem raschen Blick zu streifen. Der Knabe fühlte sich ermutigt. Er schenkte Joseph ein breites Lächeln. »In Titusville kann man eine Menge Geld verdienen«, meinte er. »Nämlich wenn man es darauf anlegt, und da ich sonst nichts zum Anlegen habe, werde ich also Geld verdienen!« Er lachte herzlich, und Joseph mußte überrascht feststellen, daß auch sein Mund sich zu einem Lächeln verzog.

»Das sage ich auch«, stimmte er dem Kleinen zu und staunte noch mehr über sich.

»Ein halber Dollar ist alles, was ich besitze«, informierte ihn Haroun. »Ich hab nur zwei Dollar die Woche in der Schmiede verdient. Ich durfte im Heuschober schlafen und bekam ein Stück Brot und Speck am Morgen. War aber keine schlechte Sache. Hab gelernt, wie man Pferde beschlägt. Das ist ein gutes Handwerk, damit kann man sich immer sein Leben verdienen. Ich würde mir ja was von den zwei Dollar gespart haben, aber ich mußte mich um meine alte Omi kümmern, die war krank und brauchte Medizinen, und dann ist sie gestorben, Gott hab sie selig.« Aus seiner Stimme sprach Zuneigung, nicht Schwermut. »Sie hat sich um mich angenommen, wie meine Eltern gestorben sind, hier in Wheatfield. Ich war damals noch ein kleiner Knirps. Solange sie konnte, hat sie für die feinen Leute die Wäsche gewaschen. Na ja, jetzt ist sie tot und liegt auf dem Armensünderfriedhof. Ich möchte nur eines wissen: Was spielt das für eine Rolle, wo man begraben ist? Tot ist tot, nicht wahr? Und die Seele verschwindet irgendwohin, aber an den Himmel, von dem Omi immer erzählt hat, an den glaube ich nicht. Na ja, jetzt habe ich meine Fahrkarte und noch einen halben Dollar, bis ich in Titusville oder vielleicht in Pithole Arbeit finde.«

Der Bericht war so ungekünstelt und doch so ausführlich und voll von Selbstvertrauen und innerer Festigkeit, daß er Joseph gegen seinen Willen gefangennahm. Hier war ein Kind, das an das Leben glaubte, es schön fand und kritiklos liebte, und trotz seiner Jugend erkannte Joseph in ihm eine nicht nur unbezwingbare, sondern auch noch heitere Seele.

Gleichmütig und ohne jedes Unbehagen ließ Haroun es zu, daß Joseph ihn aus zusammengekniffenen Augen prüfend musterte. Es schien ihn sogar zu belustigen.

»Was glaubst du wohl, wie weit du mit einem halben Dollar kommst?« fragte Joseph.

Haroun hatte weniger Josephs Worten als vielmehr seiner Stimme gelauscht. »He«, rief er, »du bist ja auch fremd hier, wie ich, nicht wahr?« Er streckte ihm seine kleine braune Hand entgegen, und Joseph, ohne nachzudenken, ergriff sie. Sie lag wie warmes, hartes Holz in seinen Fingern. »Von wo kommst du?«

Joseph zögerte. Er hatte sich in Winfield als Schotte ausgegeben. Darum antwortete er jetzt: »Aus Irland. Das war vor langer Zeit. Und du?«

»Ich weiß nicht, wo das ist«, antwortete der Junge mit beredtem Achselzucken. »Man nennt es den Libanon. Ein komisches Land, neben Ägypten oder vielleicht auch bei China. So ein Land eben. Ist denn das so wichtig, wo man geboren ist?«

Joseph, der Stolze, warf ihm einen kalten Blick zu, entschied aber dann, daß solcher Einfalt nicht Tadel, sondern Gleichgültigkeit gebührte. Schon wollte er in die Halle zurückkehren, um den Jungen los zu sein, als Haroun sagte: »He, wenn du willst, teile ich meinen halben Dollar mit dir.«

Wieder mußte Joseph staunen. »Warum willst du das tun?« fragte er. »Du kennst mich doch gar nicht.«

Harouns schwarze Augen und weiße Zähne lachten. »Das wäre doch christlich gedacht, nicht wahr?« erwiderte er schalkhaft.

»Aber ich bin kein Christ«, sagte Joseph. »Und du?«

»Griechisch-orthodox. Von meinen Eltern her. Ich wurde im Libanon getauft. Haroun Zieff. Ich war erst ein Jahr alt, als sie hierher nach Wheatfield kamen. Mein Alter war Weber. Dann sind sie krank geworden und gestorben, und Omi und ich blieben allein.«

Joseph überlegte, immer noch halb zum Rückzug entschlossen. »Wozu erzählst du mir das alles?« wollte er wissen. »Erzählst du jedem Fremden deine Lebensgeschichte? Das ist eine gefährliche Angewohnheit.«

Harouns Lächeln erlosch, und obwohl je ein tiefes Grübchen auf seinen Wangen erschien, wurde sein bizarres Gesicht doch ernst. Jetzt war er es, der Joseph prüfend betrachtete. Seine vollen roten Lippen kräuselten sich ein wenig, und seine langen Wimpern zuckten. »Wieso?« widersprach er. »Was ist daran gefährlich? Wer sollte mir etwas tun?«

»Es empfiehlt sich, verschwiegen zu sein«, erwiderte Joseph. »Je weniger man von dir weiß, desto weniger kann man dir schaden.«

»Du sprichst wie ein alter Mann«, entgegnete Haroun freundlich und ohne Groll. »Man kann doch nicht immerzu nur dasitzen und darauf warten, daß jemand einem ein Messer in den Rücken stößt.«

»Natürlich nicht. Aber man muß immer auf alles vorbereitet sein«, sagte Joseph und mußte selbst ein wenig lächeln.

Haroun schüttelte heftig den Kopf. »So möchte ich nicht leben«, meinte er und lachte. »Vielleicht hat mir darum noch nie jemand etwas wirklich Böses getan, weil ich nichts besaß, was ein anderer haben wollte.«

Einer der jungen Soldaten kam über den Bahnsteig spaziert. Er nahm sein Käppi ab, um seine nasse Stirn zu trocknen. Sein Gesicht leuchtete auf, als er Joseph und Haroun erblickte. »Wollt ihr beide euch nicht zum Militärdienst melden?« ging er sie an. »Sieht so aus, als ob wir bald Krieg hätten.«

»Nein, Sir«, erwiderte Haroun sehr höflich. Joseph antwortete mit einem verächtlichen Blick.

»Die Löhnung ist gut«, schwindelte der Soldat.

»Nein, Sir«, wiederholte Haroun. Argwöhnisch betrachtete der Soldat das dunkle Gesicht und die Masse der schwarzen Locken. »Wenn du Ausländer bist, kannst du so schnell amerikanischer Bürger werden«, meinte er, nachdem er den Eindruck gewonnen hatte, daß Haroun zwar von dunkler Hautfarbe, aber kein Neger war.

»Ich bin schon Amerikaner«, gab Haroun zurück. »Das hat mir meine Omi vor ein paar Jahren gedeichselt. Und hier in Wheatfield bin ich auch in die amerikanische Schule gegangen.«

Der Soldat fühlte sich unsicher. Der Anblick Harouns bereitete ihm ein unerklärliches Unbehagen. Er wandte sich an Joseph, der diesem Wortstreit ebenso unbeteiligt wie belustigt gelauscht hatte. »Und wie steht es mit dir?«

»Ich interessiere mich nicht für Kriege«, sagte Joseph.

Das Blut schoß dem jungen Soldaten ins Gesicht. »Unser Land ist dir wohl nicht gut genug, daß du auch dafür kämpfen würdest, was?«

Joseph hatte sich seit seiner Knabenzeit in Irland nicht mehr geschlagen, aber nun ballte er die Hände in seinen Taschen zu Fäusten, und die Haare sträubten sich ihm im Nacken.

»Hören Sie«, sagte er mit ruhiger Stimme, »ich suche keinen Streit. Lassen Sie uns bitte zufrieden.«

»Auch ein Ausländer!« rief der Soldat ärgerlich. »Das ganze Land ist schon von ihnen überlaufen! Zum Teufel mit euch!« Er kehrte in den Bahnhof zurück. Kopfschüttelnd sah Haroun ihm nach. »Er tut ja nur seine Pflicht«, sagte er. »Warum hast du ihn geärgert? Glaubst du, daß es Krieg geben wird?«

»Wer weiß?« antwortete Joseph. »Was kümmert das uns?«

Wieder erlosch Harouns Lächeln. »Kümmert dich denn gar nichts?« fragte er.

Die Scharfsicht des Knaben verblüffte Joseph und drängte ihn in die Defensive. »Was soll die Frage?« erwiderte er. »Ich finde das unpassend.«

»Ich hab's nicht bös gemeint«, verteidigte sich Haroun und spreizte seine Finger in einer Geste, die Joseph noch nie gesehen hatte. »Es scheint dir nur eben alles gleich zu sein, meine ich.«

»Du hast ganz recht. Es ist mir gleich.« In diesem Augenblick stürzte eine Gruppe von Männern brüllend aus der Halle. Mit starren Blicken glotzten sie in die Richtung, aus der der Zug kommen sollte. Sie waren sehr betrunken und stießen wirkungslose Verwünschungen aus. »Vor Mittag schaffen wir's jetzt nicht mehr!« jammerte einer. »Und die brauchen das Dreibockgestell für den Hebekran! Man müßte die Eisenbahn verklagen!«

Der schwitzende Haufen kehrte in die Halle zurück. Joseph folgte ihnen mit den Augen und sagte dann, wie zu sich selbst: »Was sind das für Leute?«

»Na, Ölsucher natürlich. Sie fahren nach Titusville, um dort ein Stück Staatsland abzustecken und Land dazuzukaufen und zu bohren. Du fährst ja auch hin, um dafür zu arbeiten, oder nicht?«

»Ja.« Zum erstenmal sah Joseph Haroun voll ins Gesicht. »Weißt du, wie es dabei zugeht?«

»Na ja, ich habe eine Menge aufgeschnappt. In Wheatfield herrscht Panikstimmung. Da gibt es nicht viel Arbeit, die Leute lassen nicht einmal ihre Pferde richtig beschlagen, und außerdem möchte ich mehr als zwei Dollar in der Woche verdienen. Ich möchte ein Millionär werden, wie alle, die nach Titusville kommen. Ich werde so einen Wagen mit Nitroglyzerin fahren. Wenn ich dann ein kleines Kapital habe, kaufe ich mir selbst eine Bohrmaschine oder zusammen mit einem Partner und erwerbe Vorkaufsrechte auf ein Stück Land. Das geht, wenn man es nicht gleich kaufen kann, denn im Augenblick gibt natürlich kein Mensch in Titusville oder auch in Pithole Land ab. Dann nimmt man sich eine Option, und wenn man Öl findet, zahlt man dem Grundbesitzer einen Ertragsanteil. Das hat man mir alles in Wheatfield erzählt. Es fahren jetzt viele hin, um auf den Ölfeldern zu arbeiten. Von denen da in der Halle haben einige schon schön verdient, sehr schön sogar. Sie waren hier, um Maschinen zu kaufen und Arbeiter aufzunehmen. Ich bin auch schon aufgenommen«, fügte er stolz hinzu. »Sieben Dollar die Woche und Verpflegung, um auf den Ölfeldern zu arbeiten, aber ich werde die ›heißen Wagen‹ fahren. So nennt man sie dort.«

»Einen jungen Burschen wie dich läßt man diese Wagen fahren?«

Haroun reckte sich so hoch er konnte, was nicht sehr hoch war. Er reichte gerade bis zu Josephs Nasenlöchern. »Ich bin fast fünfzehn«, erklärte er mit Nachdruck. Er ist nicht einmal so groß wie Sean, ging es Joseph durch den Sinn. »Mit neun habe ich zu arbeiten angefangen, und vorher fünf Jahre die Schule besucht. Ich kann lesen und schreiben und sehr gut rechnen. Ich bin kein Grünschnabel mehr.« Es fiel Joseph auf, daß die schwarzen Augen offen, verständig und pfiffig blickten, keineswegs hart oder arglistig. Sie verrieten innere Reife, ein durch Vorsicht nicht gemindertes Selbstbewußtsein und einen Stolz, der nie zur Überheblichkeit gedieh. Mit einemmal mußte Joseph nicht ohne Verwirrung entdecken, daß sich jene von Zärtlichkeit erfüllte Wärme in seiner Brust ausbreitete, die er auch bei Seans Anblick empfand. Doch dann erschreckte ihn dieser demütigende Überfall auf seine Gefühle, verübt von einem fremden Kind, und es schien ihm hoch an der Zeit, sich zurückzuziehen.

Plötzlich ertönte ein Heulen und Klirren, ein Stampfen und Schleifen auf den Schienen, ein teuflisches Getöse, ein Ausbruch metallischen Wahnsinns. Ein blendendes weißes Riesenauge kam donnernd um die Kurve gebraust und brachte Gleise und Bahnsteig zum Beben. Joseph konnte das Klappern der Wagen hören und das Zischen des entweichenden Dampfes, als die Bremsen angezogen wurden. Kreischend näherte sich der Zug nach Titusville dem Bahnhof. Ein enormer Schornstein, der Rauch und Feuer in die Nacht rülpste, überragte die massige schwarze Lokomotive. Der Lokführer in seiner gestreiften Mütze zog wie besessen an der Dampfpfeife. Der unerträglich grelle Ton drang Joseph schmerzhaft in die Ohren, und er hob schnell die Hände an die Schläfen, um sie zu schützen.

Nun wimmelte es auf dem Bahnsteig vor Menschen, die sich, ihre Reisetaschen in den Händen, schreiend und fluchend vordrängten. Haroun zog Joseph am Arm. »Hier herüber!« rief er ihm zu, den Lärm übertönend. »Der zweite Wagen bleibt hier stehen. Jetzt heißt's aufpassen!« Er sprang zur Tür, hob ein kleines Kleiderbündel auf, das er daneben niedergelegt hatte, und kehrte sogleich mit der Miene eines Beschützers und Führers und Mannes von Welt zu dem älteren Jungen zurück. Wie eine Grille war er hin- und hergeschossen, und einen Augenblick lang wollte es Joseph dünken, als sähe er auch so aus. Joseph wurde der schmalen, knochigen Handgelenke und der zarten, zerbrechlichen Fußknöchel oberhalb der zerrissenen Schuhe gewahr, und abermals befiel ihn jenes demütigende Gefühl schmerzlicher Bewegung, das er sich selbst nicht erklären konnte.

Starke, ausgewachsene Männer stürzten sich in Massen auf die Wagen, und die zwei schmächtigen Bürschchen hatten keine Chance, sich gegen ihre Muskelkraft durchzusetzen. Fluchend stießen die Männer sie zur Seite, pufften und traten sie, und schwangen rücksichtslos ihr schweres Gepäck, um den Zug zu stürmen. Haroun klammerte sich so verzweifelt an seinen Arm, daß Joseph sich nur mit Mühe zurückhalten konnte, ihn nicht abzuschütteln. Doch dann erhielt der Kleine von einem brutalen Koloß von Mann einen derben Knuff in den Rücken und fiel auf die Knie. Da wurde es Joseph klar, daß er extreme Maßnahmen ergreifen mußte, wenn Haroun und er je diesen Zug besteigen sollten. Er zog seinen Knüppel aus der Tasche und bahnte sich mit wuchtigen Hieben seines sehnigen jungen Armes einen Weg durch die Masse. Laut aufschreiend wichen einige Männer zurück, Joseph zerrte seinen Gefährten durch die enge Schlucht schwitzender und tobender Leiber und hob ihn auf das hohe, schmale Trittbrett hinauf. Und schon gab die Dampfpfeife das Signal zur Abfahrt. Die Wagen waren vollgestopft mit brüllenden und lachenden Männern und erstickend heiß. Es war Joseph und Haroun unmöglich, ins Innere zu gelangen, obwohl sie es immer wieder versuchten, aber nichts weiter erreichten, als die Türen zu verstopfen, die sich nun nicht mehr schließen ließen.

Joseph keuchte. »Verdammtes Pack!« murmelte er. Die Ärmel seines Mantels waren zerrissen. Er hatte seine Mütze verloren, und sein rostbraunes Haar ergoß sich über Hals und Wangen. Er war naß von Schweiß. Haroun hatte Schmerzen, aber er versuchte zu lächeln. Er atmete schwer und hielt sich den mageren Rücken in der Nierengegend, wo ihn der Schlag getroffen hatte. »Wir haben Glück gehabt, daß wir das geschafft haben«, sagte er. »Aber ohne dich wär's nicht gegangen. Wie heißt du eigentlich?«

»Joe«, antwortete Joseph. Mit einem Ruck setzte sich der Zug in Bewegung. Die zwei Jungen standen eingezwängt auf der Klappbrücke zwischen zwei Wagen. Es war dies eine neue Erfindung, dazu geschaffen, die auf den Außenplattformen stehenden Reisenden vor Gefahr zu schützen. Sie überdeckte die Spannvorrichtung, Kupplungsbügel und -spindel, und bestand aus zwei beweglichen, gleitenden Metallplatten, die, der Bewegung des Zuges folgend, in Abständen aneinanderstießen und wieder zurückwichen. Die Platten waren glatt und schlüpfrig, und

Joseph mußte sich an der Griffstange des vorderen Wagens festhalten. Kalter Schweiß bedeckte Harouns Gesicht, sein Atem ging laut und pfeifend, seine Füße schwankten auf der schaukelnden Klappbrücke, aber immer noch lächelte er voll Bewunderung für Joseph. »Das hast du fein gemacht«, sagte er anerkennend. »Ich hätte nie gedacht, daß wir es schaffen.«

»Hoffentlich wird es uns nicht noch leid tun«, brummte Joseph. »Ich fürchte, wir werden die ganze Fahrt über hier so stehen müssen.«

Dann erhob Haroun ein Jammergeschrei: »Mein Bündel! Ich habe mein Bündel fallen gelassen.«

Joseph blieb stumm. Er hielt sich an der eisernen Griffstange des vorderen Wagens fest. Er mußte diesen lästigen Jungen loswerden, der offenbar entschlossen war, ihn zu adoptieren. Er würde ihm nur hinderlich sein, seine Zeit in Anspruch nehmen und ihre Freundschaft ungebührlich ausnützen. Er warf einen Blick in das Wageninnere. Hitze und Gestank, nicht zuletzt auch die widerliche Ausdünstung der Latrine am Wagenende, schlugen ihm entgegen. Die Männer rauchten. Es herrschte ein unbeschreiblicher Lärm. Im trüben Schein der Lampe zogen dichte Schwaden über die Köpfe der Reisenden und schwebten zur schmutzigen Decke empor. Breite Männerschultern beugten und neigten sich und schwangen im Takt. Im hinteren Wagen sah es nicht besser aus. Aber trotz der unbequemen und beschwerlichen Fahrt war die Stimmung vergnügt und ausgelassen, und Joseph erkannte, daß es keine größere Glückseligkeit, Erregung und Ermunterung gab als jene, die Hand in Hand ging mit der Hoffnung auf Geld und dem Besitz von Geld.

»Mein Bündel«, jammerte Haroun. Ärgerlich sah Joseph auf die beweglichen Metallplatten hinunter und auf den schmalen Spalt, der sich immer wieder öffnete und schloß. »Du hättest es eben nicht fallen lassen dürfen«, sagte er. Der Wagenübergang war Nacht und Wind ausgesetzt, ein dauernder Regen von Ruß und Zunder ging darauf nieder, und ein krampfhafter Husten würgte Joseph, der sich nur mit Mühe an der Griffstange festhielt. »Was dir gehört, darfst du nie loslassen«, fügte er mit erstickter Stimme hinzu.

Wenn es nur ein Plätzchen gäbe, wohin er sich vor Haroun flüchten könnte! Aber nicht einmal eine Viper hätte in einen der vollgestopften Wagen eindringen können. Und dann schrie Haroun auf. Es war ein Schrei, ausgestoßen in Todesangst und Qual, und Joseph drehte sich zu ihm zurück.

Einer von Harouns schmächtigen Füßen war mit seinem zerrissenen Schuh in Knöchelhöhe von den gleitenden, klirrenden Stahlplatten erfaßt worden. Der Junge war auf die Knie gesunken. Im Licht, das sich aus dem Inneren der Wagen ergoß, sah Joseph das von Angst erfüllte, schmerzverzerrte Gesicht Harouns und das Blut, das aus dem gefangenen Fuß quoll. Immer noch glitten die Platten vor und zurück, doch hinderten sie jetzt der dazwischen steckende zerbrechliche Knochen und das zarte Fleisch daran, den Spalt zur Gänze zu schließen.

»Mein Gott! Du Dummkopf! Warum hast du dich nicht festgehalten?« Schrecken und Wut mischten sich in Josephs Stimme. Er ließ seinen Pappkarton fallen und stürzte neben dem brüllenden Jungen auf die Knie. Als eine der Platten ein wenig zurückwich, zerrte er an dem eingeklemmten Fuß. Aber der saß fest. Die Spalte öffnete sich nicht weit genug, und jeder Ruck des Zuges, jedes Schwingen um eine Kurve, jedes Zerren an seinem Fuß erhöhte Harouns Qual, und er schrie ohne Unterlaß. Blut spritzte auf Josephs sich mühende Hände, und er mußte plötzlich an seiner Mutter Blut denken, das er damals gesehen hatte. Ihm wurde übel. Er zerrte noch kräftiger. Er biß die Zähne zusammen, und in der Überzeugung, daß das, was hineingeraten war, auch wieder befreit werden konnte, riß er an dem kleinen Fuß, ohne auf Harouns verzweifelte Bitten, doch damit aufzuhören, zu achten. »Sei still«, befahl er dem Kleinen, der jedoch zu sehr in seiner Qual und seinem Entsetzen verstrickt war, um ihn hören zu können.

Joseph begriff, daß er Hilfe brauchte. Er schrie über die Schulter in den vorderen Wagen hinein. Drei Köpfe streckten sich vor und sahen, was zu sehen war, doch keiner machte sich erbötig zu helfen. »Schneid ihm den Fuß ab, verdammt noch mal!« kreischte einer mit heiserer Stimme. Die anderen lachten betrunken und verfolgten interessiert Josephs Bemühungen.

Dann dachte Joseph an seinen Knüppel. Er holte ihn aus der Tasche, wartete, bis sich die Platten am weitesten auseinandergeschoben hatten, und stieß ihn in die Öffnung. Dann zwängte er auch noch den mit Eisen beschlagenen Absatz seines festen Stiefels in den Spalt und zog seinen Fuß heraus. Er blickte in das graue Dunkel zwischen den Platten hinab. Er biß sich auf die Lippen. Er würde in die Öffnung hinunterlangen und Harouns Schuh lösen müssen, der hoffnungslos in der metallenen Schere klemmte. Dabei lief er Gefahr, daß seine Hand von den mörderischen Kiefern der Platten erfaßt und möglicherweise abgetrennt wurde. Er zögerte. »Warum«, schoß ihm der Gedanke durch den Kopf, »sollte ich das für einen Menschen riskieren, der mir nichts bedeutet?«

Er blickte auf Harouns Gesicht hinab, das nun neben seinem Schenkel lag, und er sah darin die gemarterte, die vertierte Unschuld. Seine Augen richteten sich auf die lachenden Männer, die das Schauspiel kindlichen Leidens genossen. Schon fraßen die Platten an dem mit Leder überzogenen Stahlknüppel und am Absatz von Josephs Stiefel. Er mußte handeln. Er schloß die Augen, schob seine Hand zwischen den Platten durch, ergriff Harouns Schuh von hinten und wartete einen Augenblick, bis der Spalt sich wieder ein wenig öffnete. Mit einer schnellen Bewegung stieß er den Schuh hinunter, zog Harouns Fuß aus der Öffnung und gleich darauf auch seinen eigenen Stiefel. Der Knüppel knackte und fiel auf die Strecke. Hätte Joseph noch einen Augenblick gezögert, es wäre zu spät gewesen.

Mit dem Gesicht nach unten lag Haroun wimmernd auf der Klappbrücke. Seine Tränen liefen über das schmutzige Metall. Das schwankende Licht der Lampe fiel auf den nackten kleinen Fuß mit dem heftig blutenden Knöchel. Schwer atmend fuhr Joseph in seinen Stiefel und kauerte sich neben Haroun nieder. Er streckte die Hand aus und faßte den anderen Jungen an der Schulter. »Alles ist wieder gut«, sagte er mit leiser, sanfter Stimme. Mit gerunzelter Stirn blickte er auf das fließende Blut und den Schmutz, der sich damit vermengte. Mein Gott, wie hatte er sich nur in diese gefährliche Lage hineinmanövriert? Er hätte sich mit dem Jungen gar nicht erst auf ein Gespräch einlassen sollen. Das kam davon, wenn man sich in fremde Angelegenheiten hineinziehen ließ, es zehrte an der Kraft eines Menschen und vernichtete ihn. Eins kam zum anderen. Jetzt würde er also etwas für den Verletzten tun müssen. Er verachtete sich selbst. Undeutlich hörte er das Gelächter und die heiseren Bemerkungen der herumstehenden Männer, die alles mit angesehen hatten.

Haroun wimmerte nicht mehr. Er hatte das Bewußtsein verloren. Schlaff und kraftlos lag er da, sein magerer Körper schwang rhythmisch auf den Platten hin und her. Der Zug brauste durch die Nacht. Rauchwolken fetzten über die Plattformen hin. Das trübe Licht eines kleinen Bahnhofs flog vorbei. Wuchtig hämmerten die Räder. Joseph kam allmählich wieder zu Atem.

Dann hörte Joseph eine rauhe Stimme hinter sich: »Was ist denn passiert? Was ist hier los?«

Ein untersetzter kleiner Mann von etwa vierzig Jahren stand in der Tür des vorderen Wagens. Er war prächtig gekleidet. Sein Kahlkopf saß wie eine riesige Birne auf breiten, fleischigen Schultern. Die Hängebacken in seinem großen, rosigen Gesicht versanken beinahe in dem gefalteten Seidenhalstuch, dessen Knoten eine Diamantnadel zierte. Seine kleinen Augen glänzten wie feuchte Rosinen. Er hatte enorme Ohren und fette runzlige Lippen. Eine mit glitzerndem Schmuck behangene Uhrkette spannte sich über einer bauchigen Weste von brokatener Pracht. Kostbare Ringe funkelten an seinen gepolsterten Händen, mit denen er sich am Türrahmen festhielt.

Er war eine Persönlichkeit von Ansehen und Gewicht, denn die Männer, die er zur Seite gedrängt hatte, standen lachend, aber respektvoll hinter ihm. Joseph hob den Blick zu dem fettglänzenden, wohlgenährten Gesicht. »Er ist mit dem Fuß da drin hängengeblieben. Er hat sich den Knöchel verletzt. Er blutet. Ich habe ihn gerade noch herausbekommen«, erwiderte Joseph kurz angebunden und geringschätzig. »Der Fuß ist verletzt. Er braucht Pflege.«

Der Klang von Josephs Stimme brachte Bewegung in das Gesicht des Mannes. Eine dicke Zigarre steckte zwischen verfärbten Zähnen. Er nahm sie aus dem Mund und brummte etwas. Er sah auf Haroun hinunter. »Du hast ihn herausbekommen, eh?« sagte er.

Joseph antwortete nicht. Er war völlig erschöpft. Er haßte diesen aufgedunsenen Kerl, der keinen Finger rührte und nur rauchte und dumm guckte, während Haroun blutend und halb tot dalag.

Plötzlich donnerte der Fremde mit einer Stimme los, die das Geschrei in den Wagen und das Heulen des Zuges übertönte. »Kommt mal her!« brüllte er nach hinten. »Macht noch einen Platz frei, verdammt noch mal! Hebt diesen Jungen auf und tragt ihn hinein, sonst mach ich euch Beine!«

Keiner widersprach, keiner weigerte sich. Drinnen stand ein Mann auf, und ein Platz war frei. Der Fremde machte eine Handbewegung. Zwei der Männer, die lachend und spottend zugesehen hatten, hoben Haroun auf, trugen ihn in das Wageninnere und setzten ihn auf den freien Platz. Die tränennassen Augen des Kleinen blieben geschlossen. Von dem verletzten Knöchel tropfte das Blut. »Und du auch, Junge. Rein mit dir!« Ungläubig rappelte Joseph sich hoch und folgte dem Unbekannten in den Wagen. Ein kleines Schweigen entstand, und die Männer starrten, mürrisch und neugierig. Joseph ließ sich neben Haroun auf die Sitzbank fallen. Der Fremde setzte sich schwerfällig gegenüber und betrachtete die zwei Burschen. Der Gestank von Schweiß und Rauch, von Haarpomade und Whisky benahm Joseph den Atem. Aus dem vorderen Teil des Wagens kamen fragende Stimmen, und man erteilte ihnen Auskunft. Nebliger Dunst wirbelte um die von der Decke schwingenden Lampen.

»Also«, begann der Fremde und stützte seine dicken Hände auf die noch dickeren Knie. »Wir müssen für diesen Racker etwas tun, nicht wahr? Wir wollen ihn doch nicht verbluten lassen. Woher kommt ihr beide denn?«

»Aus Wheatfield«, antwortete Joseph. »Wir wollen nach Titusville. Wir suchen Arbeit.«

Ohne den Blick von Joseph und Haroun zu wenden, brüllte der Mann abermals los. »Whisky, ihr verdammten Kerle, und 'ne ganze Menge! Und saubere Tücher! Schnell!« Hinter ihm und um ihn entstand Bewegung. Er lächelte Joseph zu. »Wie heißt du denn? Und er?«

Er hatte häßliche, verfärbte, kleine Zähne, aber in seinem Lächeln lag eine gewisse derbe Herzlichkeit.

»Joe Francis«, antwortete Joseph. Und mit dem Kopf auf Haroun deutend: »Er sagt, daß er Haroun Zieff heißt.«

Doch der Fremde starrte Joseph ins Gesicht. »Joseph Francis Xavier — und was noch?«

Joseph glaubte sein Herz klopfen zu hören. Er betrachtete es genauer, das feiste, glänzende Gesicht ihm gegenüber und die zynischen, pfiffigen, dunklen kleinen Augen. »Sonst nichts — einfach Joe Francis.«

Der Mann grinste wissend. »Ich bin zwar in diesem Land geboren«, sagte er, »aber darum nicht weniger Ire. Mein Dada kam aus der Grafschaft Cork. Ich bin Ed Healey. Ich war nie drüben in der alten Heimat, aber mein Dada hat mir genug erzählt. Darum erkenne ich einen Iren, sobald er mir über den Weg läuft. Hast wohl Angst, es zuzugeben, was? Ich kann es dir nicht verdenken — in diesem Land. Ein Ire nimmt's doch mit jedem auf, was? Aber deines Namens sollst du dich niemals schämen, Junge.«

»Das tue ich auch nicht.«

»Aber du läufst doch vor etwas davon, hab ich nicht recht?«

»Vielleicht«, gab Joseph zu und dachte an Irland, nicht an Mister Squibb. Er dachte auch an seinen Vater.

»Na, die Zunge renkst du dir ja nicht gerade aus«, äußerte Mister Healey in einem Ton, der Billigung verhieß. »Das gefällt mir. Hast dir ein Schloß vor den Mund gelegt. Also, Joseph Francis Xavier Sowieso, du fährst mit diesem Kerlchen mit dem Heidennamen nach Titusville?«

»Er ist kein Heide. Er ist Christ.« Joseph war immer noch auf der Hut. Und seine Erschöpfung nahm zu. Sein Blick glitt über die begehrlichen Gesichter ringsum, Gesichter wie in einem Alptraum, abstoßend wie Höllenfratzen. Und Mr. Healeys enorme rote Vorderfront wuchs und wuchs ins Unendliche und verlosch vor seinen Augen.

Aus unermeßlich tiefer Stille überfiel ihn plötzlich Mr. Healeys dröhnende Stimme. »Trink das mal, Junge! Du wirst doch nicht schon bei Petrus anklopfen wollen!« Joseph begriff, daß er sich in einem Zustand abgleitenden Bewußtseins, verschwommener, seelenloser Leere befand. Er spürte den Rand eines Blechbechers an seinen Lippen und drehte den Kopf zur Seite. Doch eine rosige Riesenhand preßte den Becher gegen seinen Mund, und er mußte trinken, um ihn loszuwerden. Eine stechende, brennende Flüssigkeit versengte seine Kehle; er schnappte nach Luft. Doch dann breitete sich Wärme in seinem leeren Magen aus, und er konnte wieder klar denken.

»Du mußt mir helfen«, sagte Mr. Healey. »Iren fallen nicht wie Damen der Gesellschaft in Ohnmacht. Paß auf. Deinem Freundchen verpasse ich jetzt auch eine Portion, aber eine stärkere, damit er nichts spürt. Du mußt ihn halten. Auf meine besoffenen Kumpane kann ich mich nicht verlassen.«

Joseph, der sonst nur gereizt und widerwillig auf die Stimme der Autorität reagierte, gehorchte instinktiv. »Wir wollen dir helfen«, wandte er sich an Haroun, »mit deinem Fuß.« Er legte seine Arme um den wimmernden, weinenden Knaben und hielt ihn fest. Haroun schlug seine feuchten Augen auf, und Joseph sah darin das Zutrauen, das der

Kleine zu ihm hatte. »Ja, Joe«, sagte Haroun. Joseph runzelte die Stirn.

Große, saubere Tücher waren in Hülle und Fülle vorhanden. Mister Healey hatte sie zusammengefaltet auf seinen Knien liegen. Er gab Joseph den Becher, der bis zum Rand mit einer hellen, quirlenden Flüssigkeit gefüllt war. »Echter Bourbon«, bemerkte Mr. Healey. »Sieh zu, daß er ihn austrinkt. Bis zum letzten Tropfen.« In der Hand hielt er einen großen Krug. Er nickte und lächelte ermutigend.

»Das bringt ihn um«, protestierte Joseph, dem sein eigener Alkoholgenuß die Sinne fast schmerzhaft geschärft hatte.

»Das Leben ist nun mal keine Lustreise«, rechtfertigte Mr. Healey seine Anweisungen. »Hab aber noch nie gehört, daß einer an gutem Kentucky-Whisky kaputtgegangen ist. Nicht einmal ein Heide.«

»Das mußt du jetzt trinken. Schnell runter damit«, sagte Joseph zu Haroun.

»Ja, Joe«, antwortete Haroun mit so sanfter und vertrauensvoller Stimme, daß Mr. Healey zwinkerte. Haroun hielt den Atem an und trank. Kaum war der Becher leer, lief sein Gesicht puterrot an, die Augen quollen ihm fast aus dem Kopf, er würgte und hielt sich die Kehle. Mr. Healey lachte. »Er wird gleich nichts mehr spüren«, versprach er.

Er tauchte zwei oder drei Tücher in den Krug mit Whisky. Joseph hielt immer noch Haroun fest, der zwar noch hustete, sich aber langsam beruhigte.

»Warum tun Sie das für uns?« fragte Joseph. »Wir bedeuten Ihnen doch nichts.«

Mr. Healey musterte Haroun; dann richtete er seinen Blick auf Joseph. »So also denkst du, was? Wenn du's nicht weißt, brauchst du gar nicht erst zu fragen, Junge.«

Joseph schwieg. Wieder fielen Mr. Healeys Augen auf Haroun, der in der Rundung von Josephs Armen lag. »Dieser Heide«, sagte er, »bedeutet dir doch auch nichts, stimmt's? Trotzdem hast du ihm seinen Fuß gerettet. Warum eigentlich? Antworte mir nicht. Denk darüber nach.«

Harouns Augen schlossen sich, und mit einemmal wurde Mr. Healey geschäftig. Vor sich hin murmelnd, beugte er sich vor und reinigte den schmutzigen, blutigen Knöchel schnell und mit geübter Hand. Haroun stöhnte nur einmal, rührte sich aber nicht. »Das beste Mittel«, bemerkte Mr. Healey. »Damit räuchert man sogar den Teufel aus.« Bald waren die Tücher von Blut und Schmutz getränkt. Mr. Healey nahm ein frisches. »Es scheint nichts gebrochen zu sein. Nur aufgerissen. Ziemlich schlimm. Hätte den Fuß kosten können. Jetzt ist es sauber.«

Geschickt wickelte er den verletzten Knöchel in reine weiße Tücher und tropfte noch reichlich Whisky darauf. Haroun lag besinnungslos da.

Kläglich standen die kleinen Zehen unter den Tüchern hervor. Wie ein verhungertes Kind lag er in Josephs Umarmung. Mr. Healey betrachtete ihn, ohne auf all die Gesichter zu achten, die sich um ihn und die zwei Burschen drängten.

»Nun ja«, philosophierte er, »›selig die Sanftmütigen‹, habe ich irgendwo gelesen, ›sie werden das Land besitzen‹. Sie und vielleicht auch die Hilflosen, aber erst nachdem sich die anderen den Löwenanteil gesichert haben und nichts mehr fressen können. Aber wozu sich über Dinge beklagen, die man nicht ändern kann? Das tun nur Dummköpfe.« Er sah Joseph an. »Und Dummkopf bist du keiner, Junge, das ist mal sicher.«

»Ich werde überleben«, sagte Joseph, und plötzlich fiel sein Kopf zurück auf die Lehne, und er schlief. Aufheulend wie ein Rudel irrer Geister, brauste der Zug durch die Nacht. Flackerndes rotes Feuer schlug an die Scheiben.

X

Joseph erwachte von der strahlenden Sonne, die ihm ins Gesicht schien. Steif und matt und mit schmerzenden Gliedern rückte er auf der mit Rohrgeflecht überzogenen Sitzbank herum, die ihm und Haroun die ganze Nacht über als Schlafstätte gedient hatte. Der Kopf des Jüngeren ruhte an seiner rechten Schulter wie der Kopf eines Kindes, das dunkle Gesicht leer, nur von Herzenseinfalt und Qual geprägt. Das dichte Lockenhaar, schwarz und schimmernd wie Kohle, ergoß sich über Josephs Arm und Nacken. Eine Hand war auf Josephs Knie gefallen.

Die eisernen Räder des Zuges klirrten und ratterten, die Lokomotive heulte und stampfte. Häufig trübten Dampf und Rauch die klare Luft vor den Fenstern. Die Mehrheit der Männer in dem heißen, stickigen Wagen schlief noch, schnarchte und grunzte. Leere Flaschen rollten über den schmutzigen, mit Stroh bestreuten Fußboden. Die widerlich feuchte Decke, auf die sich nur hin und wieder ein Sonnenstrahl verirrte, wurde immer noch von den Petroleumlampen erhellt; es schien, als tropfte sie. Die Holzwände starrten vor Dreck. Die Tür zur Latrine klapperte ununterbrochen, und jedes kleine Lüftchen brachte den Gestank erneut in den Wagen. Mit trüben Augen blickte Joseph in die Runde.

Die dicken Beine gespreizt, das rußgeschwärzte Seidenhalstuch gelockert, die fleischigen Arme schlaff an seinem massigen Körper herunterhängend, die Stiefel staubig, aber noch glänzend, die rehfarbenen Hosen gespannt, der Rock zerknittert, schlummerte Mr. Healey friedlich und geräuschvoll auf der Bank gegenüber. Rhythmisch hob und senkte sich die pralle Weste, und die mit Juwelen besetzten Berlocken tanzten und funkelten in der Sonne. Sein großes rotes Gesicht leuchtete in kindlicher Unschuld, ein Speicheltröpfchen hing an seinem vollen, sinnlichen Mund, seine breiten Nasenlöcher flatterten. Die kurzen hellen Wimpern zuckten, und weißliche Stoppel bedeckten Wangen und Doppelkinn. Schweineartig, stellte Joseph fest — nüchtern, ohne Abscheu oder Gehässigkeit. Sein Blick fiel auf die kurzen, knolligen Finger mit ihren glitzernden Ringen und auf die brillantenen Manschettenknöpfe, die das feine Leinen des Hemdes an den robusten Handgelenken zusammenhielten.

Joseph runzelte nachdenklich die Stirn, während er Mr. Healey betrachtete. Sein Instinkt sagte ihm, daß sein Wohltäter ein Halunke war, seine Schurkenhaftigkeit jedoch, anders als die Tom Hennesseys, offen und ehrlich und in gewissem Sinne sogar bewundernswert und ein Zeichen von Stärke. Er war ein Mann, der andere zu brauchen wußte, sich aber vermutlich nicht gebrauchen ließ, ein Mann von ausgeprägter Schlauheit, reger Intelligenz und wohlmeinender Unerbittlichkeit, launenhaft vielleicht und mit Vorsicht zu genießen — eine Persönlichkeit, die selbst Autorität besaß und daher die Macht anderer nicht fürchtete und ihr mit List zu begegnen verstand. Der landläufigen Meinung über Recht und Unrecht schenkte Mr, Healey wenig Beachtung, und es mochte wohl sein, daß er seine Geschäfte gefährlich nahe an der Grenze des Erlaubten betrieb und dem Gesetz mehr als einmal ein Schnippchen geschlagen hatte. Die Männer in diesem Wagen, auch jene stillen, die alles sahen und alles wußten, Halunken durch die Bank, waren seinen Anordnungen gefolgt und hatten ihm bedenkenlos gehorcht. Rechtschaffenheit aber wurde von den Halunken dieser Welt weder bewundert noch geachtet, ergo: Mr. Healey war kein rechtschaffener Mann.

Aber mit einem guten Gewissen, überlegte Joseph und dachte dabei an Schwester Elizabeth, »konnte man keine Kartoffeln kaufen«. Er griff verstohlen nach seinem Geldbeutel und einem in seine Jacke eingenähten Zwanzig-Dollar-Goldstück. Der Zug wimmelte ja von raffinierten Gaunern! Es war noch alles da. Joseph fühlte sich erleichtert. Andererseits — wer würde bei einem hungrigen, abgerissenen Burschen Geld vermuten? Wieder fiel sein Blick auf Haroun. Er war jetzt noch aufgebrachter als zuvor gegen den Jungen, weil dieser sich ihm aufgedrängt, ihn in Schwierigkeiten und Gefahr gebracht, sich ihm arglos anvertraut und ihn so gewissermaßen mitverantwortlich für sein Geschick gemacht hatte. Haroun besaß im Augenblick nicht mehr als das Hemd und die Hose, die er am Leibe trug, einen Schuh und den halben Dollar in seiner Tasche. Er geht mich nichts an, dachte Joseph. Er muß selber sehen, wie er weiterkommt. Seine Probleme sind nicht meine Probleme. Sowie der Zug in Titusville einfuhr, würde er Haroun sofort seinem Schicksal überlassen. Mit Mr. Healey war das eine andere Sache. Der Mann personifizierte Geld, Erfolg, Autorität und Kraft. Joseph spann seine Überlegungen fort.

Sinnend blickte er durch die verschmutzten Fenster auf die vorbeiziehende Landschaft. Die Gegend war hügelig und frühsommerlich grün und schien kälter und nördlicher. Friedlich weidete das Vieh in den Tälern; hier und dort duckte sich ein graues Bauernhaus unter schütteren Bäumen, und wie Federbüsche flatterten die zarten Rauchwölkchen auf den Schornsteinen. Müßig an einer Brotrinde knabbernd, lehnten Dorfjungen an den Zäunen und schauten verträumt dem ratternden Zug nach. Ein Heuwagen rollte gemächlich über einen nahen Karrenweg. Bauern winkten; das Geschirr der Pferde glitzerte und funkelte im frühen Sonnenlicht. Eine Schafherde tauchte in der Ferne auf. Kläffend lief ein Hund ein paar Meter neben dem Zug her und fiel zurück. Kalt und blau wie Stahl leuchtete der Himmel.

»Und was geht jetzt wohl in deinem Kopf vor?« erkundigte sich Mr. Healey. Joseph errötete. Offenbar war sein Gegenüber vor kurzem aufgewacht und hatte seinerseits Joseph eingehend betrachtet. »Joseph Francis Xavier — und was noch?«

»Einfach Joe Francis«, erwiderte Joe. Er ärgerte sich. Andere Menschen abzuschätzen und einzustufen erschien ihm durchaus zulässig, doch sein Stolz empörte sich bei dem Gedanken, selbst einer solchen Bewertung unterzogen zu werden. Es war ein unverzeihlicher Affront.

Mr. Healey gähnte genüßlich. Dann beugte er sich vor, um des schlafenden Harouns Fuß zu untersuchen. Er war arg geschwollen, rot und heiß. Die Verbandtücher waren nicht mehr ganz sauber. »Mit deinem Freund muß was geschehen«, bemerkte Mr. Healey.

»Er ist nicht mein Freund. Ich habe ihn gestern abend auf dem Bahnsteig kennengelernt. Und warum sollten Sie ihm helfen?«

»Nun«, antwortete Mr. Healey, »was denkst du wohl? Aus Herzensgüte? Bruderliebe oder so? Weil mich die Not dieses Kindes rührt? Weil ich einem Unglücklichen beistehen will? Aus Seelengröße? Oder vielleicht, weil ich ihn gebrauchen kann? Hier Geld, hier Ware, wie die Koofmichs sagen? Such's dir aus, Joe.«

Josephs Ärger nahm zu. Mr. Healey machte sich offensichtlich lustig über ihn. »Sind Sie ein Spekulant, Mr. Healey?« fragte er.

Der Angesprochene lehnte sich zurück, gähnte noch einmal, holte eine große Zigarre hervor, biß ein Ende ab und zündete sie mit einem Streichholz an, das er einem silbernen Schächtelchen entnahm. Er sah Joseph lange an.

»Nun, mein Junge, man könnte mich einen Groß-Panjandrum nennen. Weißt du, was das heißt?«

»Ja. Das war der Titel eines Beamten in einer alten englischen Posse. Es bedeutet«, fügte Joseph mit kaltem Lächeln hinzu, »einen angeberischen Beamten.«

»Hm«, machte Mr. Healey mit gespieltem Mißfallen, »sind wir aber gebildet! Und wo hast du diese tolle Bildung erworben? Yale vielleicht oder Harvard oder gar Oxford?«

»Ich lese viel«, antwortete Joseph und musterte sein Gegenüber mit spöttischem Lächeln.

»Das sehe ich«, sagte Mr. Healey. Er schob seine massige Hüfte vor und brachte Josephs in Leder gebundenes Bändchen mit Shakespeares Sonetten zum Vorschein. Er strich mit einem dicken Finger über den Einband, ohne seine schwarzen Äuglein von Joseph abzuwenden. »Und du hattest genug Geld, um dir so ein Buch zu kaufen?«

»Ich bekam die Bücher von — ich weiß nicht mehr«, antwortete Joseph und versuchte, das Buch an sich zu nehmen. Aber Mr. Healey verstaute es geschickt wieder hinter seinem breiten Rücken.

»Du weißt es nicht mehr, hm? Irgendeine gute Seele, die sich eines Jungen erbarmte und ihm helfen wollte? Du warst doch sicher dankbar, oder?«

Joseph blieb stumm. Seine blauen Augen funkelten.

»Du glaubst nicht, daß jemand etwas aus reiner Herzensgüte tut?«

Joseph dachte an seinen Vater. »Doch«, erwiderte er mit tonloser Stimme, »mein Vater war so ein Mensch. Darum liegt er jetzt auch in einem Armengrab, und meine Mutter starb auf See.«

»Aha. Das erklärt vieles. So hat auch mein Vater geendet, nachdem er in Boston gelandet war. Und meine Mutter, als ich sieben war. Armengräber für beide. Mit sieben war ich mir selbst überlassen. Ich blieb in Boston und packte zu, wo ich konnte. Ich habe es nie bereut. In dieser Welt ist keiner dem andern etwas schuldig. Wenn einem etwas Gutes zustößt, ist es eine angenehme Überraschung. Wert, daß man ein stilles Dankgebet verrichtet. Aber du hältst wohl nicht viel von Dank?«

»Nein.«

»Und hat in deinem ganzen Leben nie jemand etwas für dich getan?«

Widerwillig dachte Joseph an die Barmherzigen Schwestern auf dem Schiff, an den alten Priester, an Schwester Elizabeth, an den Unbekannten, der ihn mit Büchern versorgt hatte, und an die Nonnen, die ihm gelegentlich ein Abendessen aufgedrängt hatten. Und er dachte auch an Mrs. Marshall.

»Laß dir das mal durch den Kopf gehen«, sagte Mr. Healey, der ihn scharf beobachtete. »Die Beantwortung dieser Frage könnte einmal wichtig für dich sein. Versteh mich recht: ich bin der letzte, der dir empfehlen würde, den ganzen Tag mit dem Gebetbuch unterm Arm herumzuschleichen und immerzu nur Süßholz zu raspeln. Es ist eine böse Welt, Joe, und ich habe sie nicht gemacht, aber sehr schnell gelernt, mich mit ihr nicht anzulegen. Auf jeden guten, hilfsbereiten Menschen kommen tausend oder mehr, die dir dein Herzblut stehlen würden, wenn sie es mit Profit verkaufen könnten. Und zehntausend, die deinen Mantel für ein paar Groschen verklopfen würden, auch wenn sie das Geld nicht bräuchten. Ich kenne die Welt, Junge, kenne sie besser als du.

Friß oder du wirst gefressen. Geld oder Leben. Diebe und Mörder, Lügner, Verräter und Gauner. In jedem steckt ein Judas.«

Joseph hatte aufmerksam zugehört. Mr. Healey schwenkte seine Zigarre und fuhr mit weithin schallender Stimme fort:

»Zuweilen aber findet man einen guten Menschen, der ›mehr wert ist als Rubine‹, wie es in der Bibel oder sonstwo heißt — sofern er kein geistloser Verschwender ist, der fest an ein wunderbares Morgen glaubt, das niemals kommt. Ein guter Mensch, der kein Brett vor dem Kopf hat, ist etwas wert, das weiß ich. Sollten alle guten Menschen, denen du begegnet bist, Dummköpfe gewesen sein?«

»Ja.«

»Das ist schlimm«, sagte Mr. Healey und nickte weise. »Aber vielleicht waren sie es gar nicht. Vielleicht hast du dir das nur eingebildet. Da hast du noch was zum Nachdenken, wenn du mal Zeit übrig hast. Aber ich fürchte, du hast nie viel Zeit gehabt, um über etwas nachzudenken.«

»Das ist wahr.«

»Du warst zu beschäftigt. Ich mag geschäftige Leute. Sich in die Gosse zu legen und zu betteln, das ist leicht. Zu leicht. In den Städten gibt es jede Menge von diesen Typen. Na, jedenfalls, in Boston hatten es die Iren schwer, und darum arbeitete ich mich nach Kentucky hinunter, wo ich dann aufwuchs — Louisville, Lexington, diese Gegend. Und auf den Flußdampfern.« Er zwinkerte Joseph freundschaftlich zu.

»Waren Sie ein Glücksspieler?«

»Sagen wir besser ein Glücksritter. Ein Groß-Panjandrum. Bis jetzt habe ich immer geglaubt, daß damit ein vielseitiger Geschäftsmann gemeint ist. Aber ich bin ja nicht so gebildet wie du, obwohl ich lesen und schreiben kann. Einigermaßen.«

Er sah auf seine goldene Uhr und klappte sie wieder zu. »Dauert nicht mehr lange bis Titusville. Also wenn ich dem Groß-Panjandrum eine neue Bedeutung geben sollte: ein Mann mit vielen Geschäften. Der überall seine Hände im Spiel hat. Politik. Erdöl. Flußdampfer. Kleinhandel. Was es auch sein mag, ich bin dabei. Lehne es nie ab, einen ehrlichen Dollar zu verdienen — auch wenn er nicht so ganz ehrlich ist. Und noch was: Jeder Mensch hat einen dunklen Punkt, eine Schwäche oder ein geheimes Laster. Finde es heraus, und du hast ihn in der Hand.« Mr. Healey hob eine Hand und schloß genüßlich die Finger. »Erweise ihm Gefälligkeiten, aber laß ihn dafür zahlen, so oder so. Aber der beste Weg, um reich zu werden, ist die Politik.« Die Geste seiner beringten Finger wirkte ebenso raubgierig wie grausam.

»Sie sind also auch Politiker?«

»Nein. Politik ist mir zu schmutzig. Aber ich kontrolliere Politiker.«

Das Thema lockte Joseph aus seiner Reserve. »Kennen Sie Senator Hennessey?«

»Den alten Tom?« Mr. Healey lachte hellauf. »Den hab *ich* zu dem gemacht, was er heute ist! Ich kannte doch die halbe Legislative von Pennsylvanien. Lebe seit zwanzig Jahren in Pittsburgh und Philadelphia. Hab mich mächtig angestrengt, um diesem dummen Michel von Lincoln in die Parade zu fahren, aber es kam eben anders. Man kann nicht immer gewinnen. Jetzt haben wir einen Krieg, und im Krieg kann man immer viel Geld verdienen. Ich weiß, was ich rede. Ich hab gute Geschäfte gemacht in Mexiko und in anderen Ländern. Die Leute sagen immer, sie hassen den Krieg, aber es hat noch nie an Menschen gefehlt, wenn eine Regierung irgend jemandem den Krieg erklärt. Das ist die menschliche Natur. Und wenn wir diesen Krieg gewinnen, wird auch im Süden eine Menge zu holen sein. *Darum* geht es in diesem Krieg, und nur darum! Sklaverei? Menschenrechte? Dummes Gefasel. Kuhmist. Dem Süden geht es zu gut. Der Norden befindet sich in einer industriellen Panik. So einfach ist das.«

»Kriege interessieren mich nicht«, warf Joseph ein.

»Das ist eine saudumme Bemerkung«, sagte Mr. Healey. »Wenn du was erreichen willst, Junge, mußt du dich für alles interessieren, was in dieser Welt vorgeht, und herausfinden, wie du daraus Nutzen ziehen könntest, wenn du es geschickt genug anstellst. Du mußt noch allerhand lernen, Joseph Francis Xavier.«

»Und Sie wollen mich lehren?« fragte Joseph geringschätzig.

Mr. Healey musterte ihn und kniff dabei die Augen so zusammen, daß sie fast verschwanden. »Wenn ich das täte, mein Sohn, wäre das ohne Zweifel der glücklichste Tag deines Lebens. Du hältst dich für einen zähen Jungen, einen harten Mann. Das bist du nicht. Noch nicht. Zähe Burschen sehen nicht aus wie zähe Burschen. Die Weichen sind es, die mit einer Fassade von Härte und Zähigkeit durchs Leben gehen, um sich vor den echten Bluthunden zu schützen, die es meisterhaft verstehen, sich hilfreich zu gebärden, liebenswürdig zu lächeln und honigsüße Reden zu führen. Aber die Fassade hilft den Weichen nichts. Die Abgebrühten sehen durch die harte Schale hindurch und wissen sofort, daß sich eine leckere Auster darin verbirgt.«

»Und ich bin so eine leckere Auster?«

Mr. Healey brach in schallendes Gelächter aus. Er zeigte mit der Zigarre auf Joseph und lachte so herzhaft, daß Tränen aus seinen Äuglein sprossen und auf die feisten Bäckchen spritzten. Seiner Heiterkeit hilflos ausgeliefert, schüttelte er immer wieder den Kopf. »O Gott, o Gott!« ächzte er genußvoll. »Ich lach mich tot!«

Er sah Joseph an, der gedemütigt und zornbebend dasaß und versuchte, sich zu beherrschen. Er würgte und rülpste, sein ganzer Körper erbebte in ausgelassenem Frohsinn. Abermals richtete er die Zigarre auf Joseph.

»Junge«, sagte er mit erschöpfter Stimme, »du interessierst mich, weil du das Zeug zu einem Halunken hast. Außerdem bist du Ire, und ich habe schon immer eine Schwäche für die Iren gehabt, so unverantwortlich sie auch sein mögen. Mit den Iren kann man was anfangen. Und man kann sich auf ihre Loyalität verlassen, wenn man ihnen zu Gesicht steht. Wen sie nicht mögen, der ist ein toter Mann. Sieh mal: Du hast diesem Jungen geholfen, obwohl du mit ihm weder verwandt noch befreundet bist. Vielleicht hast du ihm das Leben gerettet. Ich verlange keine Erklärung von dir, denn du könntest es mir gar nicht erklären. Aber das hat mir an dir gefallen. Ich sage nicht, daß ich dich dafür bewundere. Was ist er denn eigentlich, Türke?«

In seiner stillen Wut konnte Joseph nicht gleich antworten. »Nein«, stieß er schließlich mit haßerfüllter Stimme hervor, »er ist Libanese. Ich habe schon erwähnt, daß er Christ ist — wenn Ihnen das etwas bedeutet. Wissen Sie eigentlich«, fragte er schließlich mit ungewöhnlicher Gehässigkeit, »was ein Libanese ist?«

Aber Mr. Healey reagierte darauf weder verlegen noch ärgerlich. »Nein, mein Junge, das weiß ich nicht. Ich will's auch gar nicht wissen. Aber er sieht so aus, als ob ihn das Leben ziemlich stiefmütterlich behandelt hätte. Weißt du etwas davon?«

»Ein bißchen.«

»Ist ihm wohl auch so schlimm ergangen wie dir, wie?«

»Vielleicht.«

»Aber er guckt nicht so sauer wie du. Auch das könnte interessant für mich sein. Was meinst du, gehört er zu den Weichen?«

»Schon möglich. Er hat für zwei Dollar die Woche in einer Schmiede gearbeitet und damit auch noch seine alte Großmutter erhalten.«

»Und du bist siebzehn oder achtzehn und hast nie jemanden erhalten?«

Joseph blieb eine Antwort schuldig.

»Ich habe von jungen Menschen gehört, siebzehn oder achtzehn, verheiratet, mit Kindern, die nach dem Westen gezogen sind, um das Land zu erschließen«, sagte Mr. Healey. »Mit Planwagen und allem, was dazu gehört. Die Burschen haben Mumm. Glaubst du, daß du Mumm hast, Joseph Francis Xavier?«

»Ich bin zu allem bereit«, antwortete Joseph.

Mr. Healey nickte. »Das ist die Parole. Das ist die Parole für Menschen, die es zu etwas bringen wollen. Hättest du etwas anderes gesagt, du wärst für mich erledigt gewesen. Hast du Lust, bei mir mitzumachen?«

»Hängt von der Bezahlung ab, Mr. Healey.«

Mr. Heyley nickte beifällig. »Das höre ich gern. Hättest du gesagt, daß es von etwas anderem abhängt, ich würde meine Zeit nicht länger mit dir verschwenden. Geld, darauf kommt's an. Mir scheint, dein Türke wacht auf. Was hast du gesagt, wie er heißt? Haroun Zieff? Ein heidnischer Name. Von jetzt an — laß mich mal nachdenken. Harry Zeff. So werden wir ihn nennen. Klingt mehr amerikanisch. Deutsch. Es gibt eine Masse Deutsche in Pennsylvanien. Gute Leute. Verstehen sich aufs Arbeiten und aufs Geldverdienen. Und ich habe noch keinen jammern gehört. Pimpelhänse kann ich auf den Tod nicht leiden. Mir scheint, dein Türke will dir etwas sagen.«

Unter Brummen und Fluchen, Ächzen und Meckern erwachten allmählich auch die anderen Reisenden. Ungeduldig fingerten sie an ihren Knöpfen, während sie sich vor der Latrine am Ende des Wagens in einer Reihe aufstellten. Sie verbreiteten den vertrauten Gestank nach Schweiß, Tabakrauch, Haarpomade und Wolle. Einige von ihnen, die es eiliger hatten als die andern, entblößten sich ohne Scham, um die Dringlichkeit ihres Geschäftes zu unterstreichen, und forderten die Bummler lautstark auf, sich gefälligst zu sputen. Diese ordinäre Demonstration beleidigte die Joseph selbst unbewußte prüde Seite seines Naturells, und er wandte sich widerwillig Haroun zu, der vor Schmerzen zu wimmern begonnen hatte, obgleich seine Augen noch geschlossen waren. Der Zug verlangsamte seine Fahrt. Schwankend im schwankenden Zug, drängten sich die Männer durch den Mittelgang. Manche lachten gezwungen und nickten Mr. Healey kriecherisch zu, andere betrachteten die zwei Burschen ihm gegenüber so teilnahmslos, als ob sie zwei bratfertige Hühner beäugen würden. Ihr unmittelbares Interesse galt ihrer Not, und ihr Betragen wurde immer anstößiger. Das grelle Sonnenlicht schien auf ihre aufgedunsenen, rohen, habgierigen Gesichter, und wenn sie redeten oder lachten, glitzerte es auf großen, weißen Zähnen, die Joseph an die Zähne fleischfressender Raubtiere erinnerten.

»Hängt das Ding doch beim Fenster raus!« schlug Mr. Healey in seiner burschikosen Art vor.

Dies rief katzbuckelndes Gelächter und bewundernde Kommentare über seinen Witz hervor. Mr. Healey sprach mit einem kaum merkbaren Dialekt, und offensichtlich entzückte seine Mischung aus südstaatlicher und irischer Redeweise alle jene, die in Titusville aus ihm Gewinn zu ziehen oder mit ihm gemeinsam Geschäfte zu tätigen hofften. »Du hast ein dreckiges Maul, Ed«, sagte ein Mann und beugte sich über die Lehne, um Mr. Healey auf seine breite Schulter zu klopfen. »Seh ich dich morgen?«

»Mit Bargeld«, erwiderte Mr. Healey. »Ich wickle meine Geschäfte nur bar ab.«

Mit einem befriedigten, aber auch wichtigtuerischen Ausdruck warf er einen Blick auf Joseph, der jedoch in diesem Augenblick mit verdrossener Miene Haroun betrachtete. Das dunkle Gesicht des Jungen war gerötet und glühendheiß. Seine schwarzen Locken klebten an der schweißnassen Stirn. Sein Mund zuckte, und er sprach, aber Joseph konnte die flehenden Worte nicht verstehen. Er stöhnte, und sein ganzer Körper schüttelte sich in rastloser Qual. Seine Zehen hatten sich dunkelviolett verfärbt. Mr. Healey beugte sich vor und musterte den Verletzten.

»Na, Joseph Francis Xavier Sowieso«, sagte er, »was schlägst du vor, daß wir mit diesem Kerlchen machen — der uns ja nichts angeht, nicht wahr? Dein Freund ist er nicht, und ich selbst kenne ihn auch erst seit gestern. Lassen wir ihn hier liegen, damit ihn das Zugpersonal mit dem übrigen Kehricht wegschafft?«

Heiße Wut stieg in Joseph auf, wie immer, wenn jemand ihm lästig fiel. Er haßte den kleinen Libanesen wegen des üblen Zustandes, in dem er sich befand. »Ich habe ein Zwanzig-Dollar-Goldstück«, antwortete er zornig. »Das werde ich dem Schaffner geben, damit er ihm hilft. Mehr kann ich nicht tun.« Ein Gefühl schmerzlicher Hilflosigkeit und wilder Ungeduld überkam ihn.

»Du besitzt ein Zwanzig-Dollar-Goldstück? Sieh mal an. Und ich hielt dich für einen Bettler! Du wirst es also dem Schaffner geben und gemütlich aus dem Zug steigen und vergessen, daß du dem kleinen Türken je begegnet bist. Willst du hören, was mir einmal ein Chinese erzählt hat, der bei der Eisenbahn beschäftigt war? Wenn du einem Menschen das Leben rettest, mußt *du* dich *dein* ganzes Leben lang um ihn kümmern. Das ist die Strafe dafür, daß du dem Schicksal, oder wie man es sonst nennen soll, ins Handwerk pfuschst. Du gibst also dem Schaffner so ein gelbes Stück Blech, und was stellst du dir vor, daß er dann tun soll? Den kleinen Türken mit sich nach Hause nehmen und seiner Frau ins Bett legen? Weißt du, was *ich* glaube? Der Schaffner wird dein Geld nehmen und das Kerlchen sterben lassen, hier im Wagen sterben lassen, in Frieden oder auch nicht. Sechs ganze Tage bleibt der Zug jetzt hier stehen, bevor er nach Wheatfield zurückfährt. Bis Sonnabend schaut kein Mensch mehr hier rein.«

Joseph war der Verzweiflung nahe. Er schüttelte Haroun, aber der Kleine war bewußtlos und ächzte und stöhnte im Fieberwahn. »Ich weiß nicht, was ich tun soll!« rief Joseph.

»Aber es erbost dich schon sehr, daß du überhaupt etwas tun mußt, stimmt's? Ich kann es dir nicht verübeln. Mir geht es auch so, wenn es sich um Menschen handelt, die nicht zu mir gehören. Wir fahren schon in Titusville ein. Hol deine Schachtel unter dem Sitz hervor. Wir lassen den Türken einfach hier liegen. Wozu willst du noch dein Goldstück loswerden? Macht's sowieso nicht mehr lange, der Bursche.«

Aber Joseph rührte sich nicht. Er hob den Blick zu dem Groß-Panjandrum, und sein junges Gesicht war verzerrt und eingefallen und sehr weiß; seine blauen Augen sprühten Feuer.

»Ich kenne keine Seele in Titusville«, sagte er. »Vielleicht kennen Sie jemanden, der ihn aufnehmen und pflegen würde, bis es ihm besser geht. Dem kann ich das Geld geben.«

»Du kennst Titusville nicht«, entgegnete Mr. Healey und stand auf.

»Titusville ist ein Dschungel. Ich habe schon so manchen jungen Menschen hier auf der Straße verrecken gesehen, an Typhus, an der Cholera, was weiß ich, ohne daß sich jemand nach ihm auch nur umgedreht hätte. Das Fieber des schwarzen Goldes hat diese ganze Stadt gepackt. Und wenn die Menschen hinter Gold her sind — na, du weißt ja: den letzten beißen die Hunde. Kranke und Schwache haben hier keine Chance. Die Leute sind zu sehr damit beschäftigt, sich die Taschen zu füllen und den lieben Nächsten auszurauben. Es gibt kein Hotel und keinen Gasthof in Titusville, die nicht mit Menschen vollgestopft wären, und auch kein Krankenhaus, wenn du vielleicht an diese Möglichkeit denkst. Menschen, die irgendwo in einem friedlichen Städtchen oder Dorf leben, die helfen einem Fremden — manchmal — aus christlicher Nächstenliebe, aber in einem Irrenhaus wie Titusville ist jeder Fremde nur ein räudiger Hund, wenn er nicht zwei kräftige Arme hat, mit denen er arbeiten kann, oder ein Stück Land. Ja, wenn dein Türke ein Mädchen wäre, ich wüßte schon ein Haus, wo man ihn unterbringen könnte — hab selbst ein paar Stück davon.« Mr. Healey zog sich die Hose herauf und kicherte. Der Zug fuhr jetzt ganz langsam, die Reisenden kümmerten sich um ihr Gepäck und redeten und lachten mit jener Überschwenglichkeit, die nur der Gedanke an Geld auslösen kann. Grelles Sonnenlicht füllte den Wagen, aber ein kühler Wind brachte Erfrischung.

Joseph schloß die Augen und biß sich so stark auf die Lippen, daß sie weiß wurden. Harouns ruhelose Hände, heiß wie glühende Kohlen, glitten über seinen Körper.

»Das ist schon der Bahnhof, Joe. Kommst du?«

»Ich kann ihn nicht hier liegen lassen«, antwortete Joseph. »Ich werde einen Ausweg finden.«

Er haßte und verabscheute sich. Wie leicht wäre es doch, dachte er, sich ganz einfach den Karton unter den Arm zu klemmen und aus dem Zug zu steigen, ohne auch nur einen Blick zurückzuwerfen! Was bedeutete ihm Haroun Zieff? Doch obschon er nach seiner Schachtel langte, seine Hand fiel schlaff herab, und Verzweiflung befiel ihn wie ein körperliches Leiden. Er dachte an Sean und Regina. Wie verlassen würden sie dastehen, wenn er, Joseph, nicht da wäre, um sie zu beschützen? Würde ein Mr. Healey oder auch nur ein Joseph Armagh ihnen zu Hilfe eilen und sie retten?

»Ich werde einen Ausweg finden«, wiederholte er. Er sah nur den dicken Bauch in der Weste aus Seidenbrokat und die goldene, im Sonnenlicht funkelnde Uhrkette vor sich, und der Geruch des feisten, reichen, wendigen Mannes stieg ihm in die Nase.

»Das gefällt mir«, sagte Mr. Healey, »wenn ich einen sagen höre, ›ich werde einen Ausweg finden.‹ Das — und nicht: ›Um des lieben Jesus willen, bitte helfen Sie mir doch, guter Herr, denn ich bin zu stinkfaul und zu saudumm, um mir selbst zu helfen.‹ Wer mir so kommt«, erklärte er mit unverfälschter Gemütswallung, »dem sage ich: ›Heb gefälligst deinen Arsch und hilf dir selbst, du verdammter Kerl, so wie ich und Millionen anderer vor dir es getan haben.‹ Keinen Finger würde ich für so einen Jammerlappen rühren, o nein! Wenn er die Gelegenheit hat, frißt er dich bei lebendigem Leib auf.«

Der Zug stand in einem trostlosen Behelfsbahnhof. Winkend und rufend sprangen die Männer hinaus, auf Freunde und Bekannte zu, die sie durch die Fenster gesehen hatten.

Mr. Healey wartete. Aber Joseph hatte nicht sehr aufmerksam zugehört. Er sah, daß Haroun zu zittern angefangen und daß sein Gesicht sich grau gefärbt hatte. Er zerrte sich seinen alten Mantel vom Leib und wickelte unbeholfen das große Kind darin ein. Einen Korb in der Hand, kam ein Schaffner durch den Mittelgang, um die leeren Flaschen einzusammeln, die auf dem Fußboden hin und her rollten. »He, Sie«, rief Joseph ihm zu, »ich brauche Hilfe für meinen kranken Freund! Ich muß eine Unterkunft für ihn finden. Wissen Sie eine?«

Mit finsterem Gesicht blieb der Schaffner stehen. Mr. Healey ließ ein erstauntes Grunzen vernehmen. »Was, zum Teufel, ist mit dir los, Joe?« fragte er. »Zu stolz, mich zu bitten, was? Mich, deinen alten Freund, Ed Healey!«

Der Schaffner erkannte Mr. Healey, kam vor, neigte den Kopf und zupfte an seiner Kappe. Er betrachtete die zwei Burschen. »Freunde von Ihnen, Sir?« erkundigte er sich unterwürfig. Der Anblick dieser zwei abgerissenen Burschen, von denen einer offenbar im Sterben lag, setzte ihn in Erstaunen.

»Aber sicher, Jim!« erwiderte Mr. Healey. »Ist mein tollpatschiger Bill mit dem Wagen draußen?«

»Gewiß, gewiß, Mr. Healey! Ich laufe schnell und hole ihn, damit er Ihnen helfen kann mit — mit Ihren Freunden«, fügte er mit schwacher Stimme hinzu. »Ich bin auch zur Hand. Ich tu's gern, Sir. Tue alles für Mr. Healey, alles!« Er sah noch einmal auf Joseph und Haroun und blinzelte ungläubig.

»Das ist fein«, sagte Mr. Healey und schüttelte dem Schaffner die Hand. Joseph sah das Silbergeld glitzern, bevor es in der Tasche des Bahnbeamten verschwand. Wie ein Junge hüpfte der Mann vom Zug und lief laut rufend auf den Vorplatz hinaus.

»Es geht nichts über gutes Silber, wie jeder Judas weiß«, bemerkte Mr. Healey und grinste. Er langte nach seinem seidenen Zylinder und setzte ihn wie einen glänzenden Schornstein auf sein rosiges Haupt.

»Was immer Sie jetzt tun«, erklärte Joseph, der endlich seine Stimme gefunden hatte und sie mit eigensinnigem, finsterem Stolz gebrauchte, »ich werde dafür bezahlen.«

»Das wirst du, Junge, das wirst du«, stimmte Mr. Healey ihm zu. »Ah, da ist ja mein Bill!« Und nach einer kleinen Pause sagte er zu

Joseph: »Süßholz raspeln ist meine Sache nicht, aber eines will ich dir noch verraten: Ein Mann, der seinen Freund nicht im Stich läßt, der ist richtig für mich. Dem kann ich vertrauen. Dem würde ich mein Leben anvertrauen.« Joseph sah ihn mit jenem gelassenen, unergründlichen Ausdruck an, den er seit vielen Jahren zu tragen gezwungen war — hinter dem er gleichsam auf der Lauer lag. Mr. Healey, dem dies nicht entging, kniff seine dunklen Äuglein zusammen und brummelte nachdenklich. Es gab, überlegte er, immer noch eine kleine Anzahl von Menschen auf dieser Welt, denen man nichts vormachen konnte, und Joseph war einer von ihnen. Mr. Healey war keineswegs verärgert. Er war belustigt. Nie sein Vertrauen auf einen Einfaltspinsel setzen, war einer seiner Grundsätze. Er kann dich mit seinen Tugenden schneller zugrunde richten als ein Dieb mit seinen Diebereien.

Klare, frische Luft schlug ihnen entgegen, als sie aus dem Zug stiegen. Auf dem neuen, grob zusammengezimmerten Bahnsteig drängten sich die Reisenden mit ihren Mantelsäcken und mit dem mit Weidengeflecht überzogenen Gepäck. Alle Arten von Wagen, Buggies und Kutschen, ein oder zwei elegante Equipagen, Pferde und Maultiere, erwarteten sie, und auch eine Anzahl buntgekleideter, in prächtige Umhängetücher gehüllter, gutgewachsener Frauen, ihre Schuten mit Blumen, seidenen und samtenen Bändern besetzt, ihre Reifröcke kunstvoll bestickt. Ein betäubendes Stimmengewirr wogte über den Platz, doch kein ernsthaftes Wort ließ erkennen, daß man sich hier der drohenden Gefahr eines Bruderkrieges bewußt war. Goldene Stäubchen tanzten im Sonnenlicht und gaben der Szene einen karnevalesken Anstrich. Es war, als ob die allgemeine Erregung auch den ganzen langen Zug befallen hätte, denn er schnaubte, die Dampfpfeife schrillte, die Glocke läutete mit nervöser Beharrlichkeit. Alles befand sich in ständiger Bewegung. Erde, Rauch, warmes Holz, heißes Eisen und Kohle vermengten sich zu einem beißenden Geruch, auf den Joseph noch nie gestoßen war. Er sollte bald erfahren, daß es der Geruch von Rohöl war. Das dumpfe, gleichbleibende Stampfen von Maschinen in der Ferne war für das Ohr kaum wahrnehmbar.

Titusville, in ein smaragdgrün schimmerndes Gewebe aus Hügeln und Tälern eingebettet, war kaum als Pionierstadt zu bezeichnen, wiewohl die hier seit langem ansässige Bevölkerung knapp tausend Seelen zählte. Etwa vierzig Meilen vom Erie-See entfernt, war es schon vor der Entdeckung des Erdöls ein blühender Handelsplatz gewesen, bekannt wegen seiner Forstwirtschaft, seiner Sägewerke und seiner geschäftigen Flachboote, die das Holz den Oil Creek hinunterbeförderten. Auch den Bauern ging es gut, denn das Land war fett und fruchtbar, und die Menschen in diesem hübschen Städtchen führten ein gutes und niemals beschwerliches Leben. Sie waren schottisch-irischer Abkunft und arbeitsam. Die wenigen deutschen Bewohner gaben ihnen an Fleiß und Tüchtigkeit nichts nach.

Doch das Ölfieber und damit die Neuankömmlinge aus den angrenzenden Staaten verliehen ihm das Gepräge einer auseinanderplatzenden Pionierstadt des Westens — ungeachtet der in Abständen über das Stadtgebiet verstreuten, von mächtigen Eichen und Ulmen und von gepflegten Rasen umgebenen vornehmen Herrenhäuser und der stolzen alten Familien, die so taten, als merkten sie nichts von den ungeschliffenen Fremden, deren lauten Stimmen und primitiver Art, als ginge sie der immer regere, nun nicht mehr auf Holz beschränkte Verkehr auf dem Oil Creek gar nichts an. Sie gaben vor, nichts von einem seit kurzem stellungslosen Bahnangestellten namens Edwin L. Drake zu wissen, der zwei Jahre zuvor den ersten artesischen Brunnen in Titusville gegraben hatte und dem von seinen Freunden der Titel eines »Oberst« verliehen worden war. (Sie hatten allerdings davon gehört, daß er sich gegen die Standard Oil Company zur Wehr setzte und gegen John D. Rockefeller, dem Vernehmen nach ein Niemand, ein Plebejer, ein vulgärer Spekulant und profitgieriger Ausbeuter, der in seinem rasenden und unersättlichen Streben nach Reichtum rücksichtslos die schönsten Landschaften zerstörte.) Niemand sprach von den zehn neuen Kneipen, den acht Bordellen, den zwei »Kabaretts«, von den vier Gasthöfen und dem einen relativ neuen Hotel. Wenn sich diese Unternehmungen eines übermäßigen Zulaufes erfreuten, schien das keinem aufzufallen. Sie waren ja auch nur für die »Fremden« bestimmt und existierten nicht für die Damen und Herren, die gelobt hatten, Titusville rein und sittsam und als sicheren Hort für christliche Familien zu erhalten.

In den sechs Kirchen gab es zwei gut besuchte Gottesdienste jeden Sonntag, »Gebetsversammlungen« Mittwoch und »geselliges Beisammensein« an den meisten übrigen Tagen. Auch mit den von den »Fremden« gegründeten neuen Banken stellte die Stadt nur die Peripherie dieser Kirchen dar, die das gesellschaftliche Leben beherrschten. Die Kluft zwischen den Alteingesessenen und den Fremden war allem Anschein nach unüberbrückbar, die einen ignorierten die anderen, eine Tatsache, die von den Fremden mit verständnisinnigem Zwinkern und obszönem Gerede quittiert wurde.

»Es gibt nichts Spaßigeres als diese christlichen Großmäuler«, pflegte Mr. Healey des öfteren zu bemerken, »nichts Habgierigeres und nichts Blutdürstigeres. Man braucht ihnen nur die Bibel zu zitieren und bekommt alles, was man haben will.« Bei seinen geschäftlichen Besprechungen mit den Bürgern von Titusville zitierte Mr. Healey immer die Bibel, wenngleich es nie jemandem gelang, den Spruch, den er soeben mit so wohltönender Stimme und so offensichtlicher Ehrfurcht zitiert hatte, im »Guten Buch« später wiederzufinden. Geschäftsfreunden gegenüber, die selber seine Listen gebrauchten, zitierte er nur selten aus der Bibel.

Es ärgerte ihn zuweilen sehr, daß manche allem Anschein nach fügsame und wohlgesittete Bürger von Titusville — nachdem er viel Zeit aufgewendet hatte, ihnen ganze von ihm höchstpersönlich erdachte Kapitel aus der Bibel zu zitieren, deren Überzeugungskraft und Weisheit er selber bewunderte — dann hingingen und auf eigene Rechnung Optionen aufkauften, »mit Mienen so unschuldig, als ob sie eben Milch getrunken und frisches Brot gegessen hätten«, wie er mit bitterem Lächeln vermerkte. »Man darf eben nicht vergessen, daß jemand, der mit einem Strohhalm im Mund an einer Ecke lehnt, darum noch lange kein Grünschnabel ist, und daß eine Frau, die man für eine Dame hält, sehr wohl imstande ist, einen hereinzulegen und ihm die Taschen auszuräumen.«

Mr. Healeys Bill Strickland kam aus den kahlen Appalachen Kentuckys. Joseph hatte noch nie einen so langen und so mageren Mann gesehen. Auf seinem fleisch- und saftlosen Körper saß ein Gesicht wie die Klinge einer Axt und nicht viel breiter. Das glanzlose schwarze Haar stand aufrecht wie die Stacheln eines Stachelschweins. Er hatte haselnußbraune, zwar nicht intelligente, aber scharfe und glitzernde Augen, die Augen eines gierigen, räuberischen Tieres. Seine Schultern, den Nacken eingeschlossen, maßen nicht mehr als sechzehn Zoll in der Breite, und seine Hüften schienen noch schmäler zu sein. Aber er besaß riesenhafte Hände, die Hände eines Würgers, und seine Füße glichen grob gezimmerten Holzschwarten. Die Haut war ausgetrocknet und von tiefen Furchen durchzogen. Er besaß nur wenige, von Tabaksaft verfärbte Zähne, die an die Hauer eines Ebers erinnerten. Er hätte dreißig, aber auch fünfzig Jahre alt sein können. Er machte Joseph den Eindruck eines einfältigen, aber grausamen und wilden Geschöpfes.

Und er war stark. Ein Wort Mr. Healeys genügte, und er nahm den fiebernden Haroun ohne jede Mühe in seine Arme und trug ihn aus dem Bahnhof. Er stank nach Unflat und ranzigem gepökeltem Schweinefleisch. Seine Stimme, wenn er zu seinem Herrn sprach, klang sanft und unterwürfig. Er trug ein schmutziges, dunkelblaues Hemd, die Ärmel aufgekrempelt über braunen Sehnen und spitz zulaufenden Muskeln, eine schwarze Arbeitshose und nichts weiter. Er war barfuß. Aus einer Mundecke tröpfelte Tabaksaft. Er hatte Joseph nur kurz und teilnahmslos angesehen und sich auch über Harouns Anblick nicht erstaunt gezeigt. Offenbar führte er widerspruchslos alles aus, was Mr. Healey ihm befahl, wie seltsam und ungewohnt es auch sein mochte, und Joseph zweifelte nicht daran, daß er auch töten würde. Als er später erfuhr, daß Bill Strickland tatsächlich getötet hatte, überraschte ihn das nicht.

Jedermann schien Mr. Healeys feinen Kutschwagen mit dem Fransenbesatz am Dach zu kennen, denn alle hielten gebührenden Abstand. Ohne nach rechts oder links zu schauen, schritt Bill mit Haroun auf das Fahrzeug zu, das von zwei schönen grauen Stuten mit seidenen Mähnen gezogen wurde. Er legte den Knaben auf die eine der zwei Sitzbänke, deckte ihn mit Josephs Mantel zu, kletterte wieder hinunter und erwartete mit halb wildem, halb hündischem Blick seinen Herrn. Mr. Healey war ein Schauspiel für sich. Leutselig nahm er Begrüßungen entgegen, zog seinen Hut und verneigte sich vor den Damen, lächelte und scherzte und schwenkte seine Zigarre. Joseph ging an seiner Seite und erregte nicht mehr Aufmerksamkeit, als wenn er unsichtbar gewesen wäre. In der alles überstrahlenden Gegenwart von Mr. Healey verblaßten alle anderen Menschenwesen, insbesondere ein unbedeutender, abgerissener Bursche.

Manierlich half Bill Mr. Healey in die Kutsche und schien überrascht, als Joseph seinem Herrn folgte — so als ob er den jungen Mann bisher nicht bemerkt hätte. Dann schwang er sich auf den Bock, knallte mit der Peitsche, und die eisenbeschlagenen Räder rollten davon.

Joseph bemerkte, daß Haroun auf der gegenüberliegenden Sitzbank hin und her schwankte und in Gefahr geriet, herunterzufallen, und stemmte seine Stiefel gegen die Körpermitte des Knaben. Haroun stöhnte im Fieber, und Joseph betrachtete ihn mit einem unergründlichen Ausdruck auf seinem Gesicht.

»Er wird schon wieder gesund werden«, bemerkte Mr. Healey, »und wenn nicht, wird's die Welt auch verschmerzen. Sieh dich mal um, Joe, du bist in Titusville, hast dein Ziel erreicht. Wir haben Leben in dieses Kaff gebracht, und man sollte meinen, die Leute wären uns dankbar. Sollte man.«

Winfield war schon öde und häßlich genug gewesen, doch nun sah Joseph, was die »Fremden« aus einer einst lieblichen und reizenden Stadt gemacht hatten — im Namen des Fortschrittes und des Geldes. Um den Bahnhof herum war offenbar eine neue, unkultivierte Gemeinde entstanden, und die kalte nördliche Sonne warf ihr grelles, durch keinerlei Bäume oder Rasen gemildertes Licht auf die hölzernen Gehsteige. Der Wagen rollte über zerbrochene Steinplatten und lange staubbedeckte Bretter, die man planlos kunterbunt auf die festgetretene Erde gelegt hatte. Schäbige Bretterhäuser drängten sich zwischen geschmacklosen Läden und buntbemalten Kneipen. Man hatte kleine Baumgruppen abgeholzt und graslose Parzellen geschaffen, auf denen zum Teil schon neue, häßliche Häuser im Entstehen waren, ohne daß auf anziehenden Ausblick, einen gewissen Abstand oder auch nur Regelmäßigkeit Rücksicht genommen worden wäre. »Unsere neuen Kabaretts«, sagte Mr. Healey und deutete auf einige hin, die schon fertiggestellt waren. »Da geht's hoch her in der Nacht. Bis zum frühen Morgen. So einen Betrieb gibt es nirgends in der Stadt, außer in den

Hurenhäusern. Die sind immer ein gutes Geschäft. Die Kneipen werden auch nie leer. Auch sonntags nicht.« Er kicherte. »Wir haben Leben in die Bude gebracht.«

Die »Fremden«, die gekommen waren, um das Land auszubeuten und zu schänden und nicht, um solide Häuser zu bauen, Kirchen zu errichten und Blumenbeete anzulegen, hatten nur staubige Gassen, kahle Erde und zerbrochene Fässer an Stelle von blühenden Gärten vorzuweisen. Haufen von schmutzigen Kindern spielten auf den Straßen und Gehsteigen. »Hier gibt es Arbeit für alle, sogar für die Hiesigen«, erklärte Mr. Healey stolz. »Wie das hier aussah, als ich herkam! Wie ein Friedhof. Kein Leben. Nichts.«

Joseph blickte zu den grünen Hügeln empor, die, steil oder sanft abfallend, die Stadt umrahmten, und dachte an die wunderschönen Hügel Irlands, die um nichts grüner und einladender waren. Würden auch sie bald zerstört und verwüstet und ihrer heiteren Ruhe beraubt werden? Es wurde Joseph bewußt, was habgierige Menschen der heiligen Erde, der Herrlichkeit dieser Welt und den unschuldigen Geschöpfen antun können, die sie bevölkern. Der Mensch, überlegte er, verunstaltet und vergewaltigt den Boden, verwandelt ihn zu Ödland und beglückwünscht sich obendrein, daß er das Land »erschlossen« und wertvoller gemacht hat. Die Wüstenei menschlichen Geistes brachte allenthalben Wüsteneien hervor, Stätten des Unheils, unfruchtbar und von brennenden Steinen bedeckt. Joseph pflegte die Schlechtigkeit dieser Welt nicht zu beklagen, weil er gegen sie gefeit war, doch angesichts dessen, was er hier sah und was, wie er vermutete, auch anderenorts geschehen war, packte ihn ohnmächtige Wut. Vor Habsucht und Raubgier gab es keinen Schutz für Wälder und Hügel, Flüsse und Berge. War es denn möglich, daß die meisten Menschen blind waren und nicht erkannten, was sie mit der einzigen Heimstätte anstellten, die sie besaßen, mit dem einzigen Frieden, den die Natur ihnen schenkte?

»Leben Sie hier, Sir?« fragte er Mr. Healey.

»Ich? Du lieber Gott, nein. Ich habe ein Haus hier, in dem ich wohne, wenn ich nach Titusville komme. Ich habe es billig von so einer arroganten Rotznase gekauft, die nie in ihrem Leben was gearbeitet hatte und pleite ging. Kaum zu glauben in dieser Gegend, wo es soviel Holz gibt und Salzbergwerke und gutes Ackerland, aber der Kerl hat's geschafft, jawohl. Ein Verschwender. Das war noch bevor Öl gefunden wurde. Ich lebe in Philadelphia und zeitweise in Pittsburgh, wo ich auch viele Interessen habe.«

Es fiel Joseph auf, daß Mr. Healey genausowenig über seine Angelegenheit erzählte wie er selbst. Er konnte sich ein bitteres Lächeln nicht verkneifen.

»Das ist der ›Platz‹, wie sie ihn nennen, mit dem Rathaus und den besten Läden; die Ärzte haben hier ihre Sprechzimmer und die Rechtsverdreher ihre Kanzleien«, erklärte Mr. Healey. Offensichtlich war dieses kleine Stück Land einst ebenso bezaubernd und liebreizend gewesen wie die Umgebung, denn immer noch standen Bäume, deren Blätter in der Sonne glänzten, in kühlen, dunklen Gruppen, und Kieswege wanden sich durch tote Erde, die früher einmal ein grüner, weicher Teppich gewesen war. Es gab einen zerbrochenen Springbrunnen in der Mitte, eine steinerne Plinthe, auf der einige Worte eingemeißelt waren und sonst nichts außer Lehm und Unkraut. Noch bewahrten die Häuser rings um den Platz etwas von jenem Reiz, den sie vor der Ankunft der beutegierigen »Fremden« besessen hatten, noch wurden die Fenster täglich geputzt, und doch sahen die Häuser aus, als schrumpften sie immer mehr zusammen.

Auf dem Platz herrschte reger Verkehr: Hochräder, Kutschen und Wagen, Buggies und Droschken, und sogar ein paar elegante, lackglänzende, schwarze Equipagen mit prächtigen Malereien an den Seiten, von rassigen Pferden gezogen. Menschen eilten über die staubigen Gehsteige. Ein kräftiger Wind zerrte an den Tüchern der Damen, lüftete ihre weiten Röcke, stellte ihre mit Rüschen versehenen Unterröcke zur Schau und zauste die bunten Bänder ihrer Schuten. Die Männer hielten ihre Hüte fest. Es roch stark nach Stallmist. Rauhe Stimmen ertönten, die eisenbeschlagenen Räder der Gefährte polterten rasselnd über das unebene Pflaster, Türen klapperten. Alles war hier viel lauter als im langweiligen, gemächlichen Winfield, wo Laster und Habgier im verborgenen blühten. Joseph vermutete, daß sie hier mit Gusto und in aller Öffentlichkeit sprossen, und fragte sich, ob er in diesem Umstand einen Fortschritt erblicken sollte. Offen zutage liegende Schlechtigkeit deutete zumindest auf eine Art unverbrauchter Unschuld hin. Die festliche Stimmung freudiger Erwartung ließ sich fast mit Händen greifen, und alle Gesichter, selbst die junger Mädchen, spiegelten unverhüllte Gier und lebensvolle Geschäftigkeit wider. Die Menschen schienen zu hüpfen und zu hopsen, so als bereiteten sie sich darauf vor, von quälender Ungeduld und erregender Glückseligkeit gleichermaßen erfüllt, unbekannten Genüssen nachzujagen. Sie begrüßten einander atemlos, mit kurzen Worten, und die Männer setzten laufend ihren Weg fort, ohne auch nur Zeit zu finden, sich ihre Hüte wieder aufzustülpen.

Der Kutschwagen hatte das andere Ende des Platzes erreicht, als Joseph plötzlich der Duft von grünem Gras und frischen Bäumen, von Rosen und Geißblatt in die Nase stieg. Die Kutsche bog in die letzte Straße ein, und mit einem Mal änderte sich unvermittelt das Bild. Hübsche kleine Häuser tauchten auf und Wiesen und Gärten, Eichen und hohe Ulmen, und es war Joseph, als gelange er aus einem Gefängnishof in einen blühenden Himmel. Die gepflasterte Straße verbreiterte sich, gab gleichsam lächelnd ihre Kostbarkeiten preis, und die Häuser wurden größer und höher, die Rasenflächen ausgedehnter, die Bäume dichter und die Gärten verschwenderischer. Die Gegend reichte keineswegs an Green Hills heran, aber sie erfrischte Josephs Auge und Geist.

»Hübsch, nicht wahr?« sagte Mr. Healey, dem nichts entging. »Alteingesessene Familien. Ackerland in Hülle und Fülle, Forste — und Felder, auf denen wir bohren. Waren schon vor dem Freiheitskrieg da. Ich habe manchmal den Eindruck, als wäre noch keiner von ihnen je gestorben, als lebten sie weiter wie Mumien oder — wie nennt man so eine Gegend, wo alles zu Stein wird?«

»Ein steinerner Wald.«

»Bist 'n kluges Kerlchen, äh?« meinte Mr. Healey mit gespieltem Groll. »Aber Klugheit ist etwas, das ich keinem Menschen ankreide. Woher weißt du eigentlich so viel, Joe?«

»Ich habe schon immer viel gelesen. Und ich habe auch eine gute Handschrift.«

»Ah so? Ich brauche einen ehrlichen Menschen, der meine Bücher führt. Vielleicht bist du der Richtige.«

»Nein«, entgegnete Joseph. »Ich werde nicht als Schreiber in einem düsteren Kontor sitzen. Ich werde einen dieser Wagen zu den Ölfeldern fahren. Wie ich höre, werden sehr gute Löhne gezahlt.«

»Willst du denn mitsamt deinem guten Hirn in die Luft fliegen?«

Joseph zuckte die Achseln. »Besser das, als so zu leben, wie ich gelebt habe. Ich brauche viel Geld, Mr. Healey. Ich will ein Vermögen verdienen. Das Leben der kleinen Leute ist nichts für mich. Darum bin ich hierhergekommen. Wie ich Ihnen schon sagte: ich bin zu allem bereit — für Geld.«

Mr. Healey sah ihn von der Seite an. »So ist das also, was?«

»Ja.«

»Vielleicht kann ich dich brauchen. Ich werde darüber nachdenken. Aber unterschätze die Buchhaltung nicht. Du kannst eine Menge daraus lernen.«

Während er sich am Haltegriff des schlingernden Wagens festhielt, überlegte er eine kleine Weile. Dann sagte er sehr bestimmt: »Jura, mein Junge. Das ist die Sache für dich.«

»Jura?« fragte Joseph, die blauen Augen ungläubig geweitet.

»Warum nicht? Diebstahl und Raub auf dem Boden des Gesetzes. Man macht sich die Hände nicht schmutzig, und an den Fingern bleibt das Gold kleben. Anderer Leute Gold.« Er schüttelte sich vor Lachen. »Man muß nicht unbedingt Advokat sein, um in die Politik zu gehen, aber es hilft. Schau mich nicht an, als ob ich wahnsinnig geworden wäre. Ich weiß, wovon ich rede. Wir werden dich bei einem gefinkelten Anwalt Jura studieren lassen, und dein Glück ist gemacht.« Er klatschte sich fröhlich auf die Schenkel. »Ich brauche sowieso einen guten Advokaten für mich. Natürlich wirst du nicht schon morgen so weit sein. Bis dahin wird es dir auch nicht schlechtgehen, wenn du für mich arbeitest.«

»Welche Art Arbeit?«

»Meine Interessen vertreten. Inkasso, Verwaltung, und so. Bis vor einem Monat hatte ich einen Mann, der hat mir das Weiße aus den Augen gestohlen. Oder beinahe. Hat zwanzig Jahre bekommen; es fehlte nicht viel, und sie hätten ihn gehenkt.« Er sah Joseph scharf an. »Hierzulande faßt man Diebe nicht mit Glacéhandschuhen an. Hast du schon mal was gestohlen, Joe?«

Joseph dachte sofort an Mr. Squibbs. »Ich habe mir Geld geliehen«, antwortete er, »— einmal. Zu sechs Prozent.«

»Und schon alles zurückgezahlt?« Er zwinkerte verständnisvoll. Aber Joseph verzog nicht die Miene.

»Nein. Und das ist der Grund, warum ich schnell eine Menge Geld verdienen muß.«

»Wozu hast du dir das Geld geliehen?«

Joseph überlegte. »Mr. Healey«, erwiderte er schließlich, »das ist meine Angelegenheit. Ich habe mich auch nicht nach Ihren Angelegenheiten erkundigt.«

»Eine koddrige Schnauze hast du, das muß man sagen«, meinte Mister Healey. »Aber mir gefällt es, wenn ein Mann Mumm hat. Ich habe gleich gewußt, daß du ein schneidiger Kerl bist. Heulpeter kann ich auf den Tod nicht ausstehen. Hältst du dich für einen ehrlichen Menschen, Joe?«

Joseph lächelte sein kaltes, ironisches Lächeln. »Wenn es in meinem Interesse liegt, ja.«

Mr. Healey lachte. »Ich wußte, du bist ein geborener Advokat. Nun, da sind wir.«

Es war ein massives dreigeschossiges Haus aus roten Ziegeln und weißem Stein, nicht so sehr breit wie hoch, mit gegiebelten Fenstern und weißen Fensterläden und einem stattlichen Portikus aus Ziegeln und schneeweißen Säulen. Es besaß nicht die ruhige Würde von Tom Hennesseys Haus in Green Hills, wohl aber die geballte Kraft puritanischen Geistes. Samt und Spitzenvorhänge umrahmten das feine Glas, die Doppeltüren waren hoch und weiß gestrichen. Das Haus stand abweisend jenseits einer welligen Rasenfläche, über die sich in vielen Windungen eine kiesbestreute Auffahrt hinzog, an steifen grünen Pappeln vorbei, die wie Wachtposten wirkten. Es gab keine Blumen, die das grelle Licht auf dem Rasen gemildert hätten. Im Hintergrund erblickte Joseph ein Gewächshaus, einen Stall und andere Nebengebäude. Das Haus zeugte von Alter, Beständigkeit und Geld.

»Nett, nicht wahr?« bemerkte Mr. Healey, während die Kutsche auf den Säulengang zufuhr. »Tut mir richtig gut, wenn ich es sehe. Hab's für ein Butterbrot gekauft.«

Die Kutsche hielt unter dem Dach des Säulenganges, die Tür flog auf, und eine junge Dame von ungewöhnlicher Schönheit und offensichtlicher Lebhaftigkeit erschien auf der Schwelle. Vor Staunen blieb Joseph der Mund offenstehen. Mr. Healeys Tochter? Sie war nicht älter als zwanzig, wenn nicht gar noch jünger, und besaß eine entzückende Gestalt, die auch das prächtige, über riesige Reifen drapierte Kleid aus weinrotem Merino nicht zur Gänze verhüllen konnte. Wellen von netzartigen, mit Juwelen besetzten Spitzen umhüllten ihre weiße Kehle und die Handgelenke, die durch ihre Zartheit bestachen. Ihr Gesichtchen glühte. Die Wangen hatten die Farbe von Aprikosen, ebenso auch die vollen, nun zu einem Lächeln des Entzückens halb geöffneten Lippen, die ebenmäßige weiße Zähne sehen ließen. Ihre Nase war keck, ihre Augen außerordentlich groß und leuchtend braun, ihre Wimpern seidig und lang. Ein Bild begeisternder Lebensfreude, stand sie auf der mittleren von fünf weißen Stufen, hielt lachend die Arme ausgebreitet und betrachtete Mr. Healey mit einem Ausdruck strahlender Heiterkeit. Er kletterte aus dem Wagen, verbeugte sich, zog seinen Hut und rief: »Emmy! Gott segne dich, mein Kind!«

Joseph war weder auf solch ein Haus noch auf solch ein Mädchen vorbereitet gewesen und stand nun stumm neben Mr. Healey. Nie zuvor war er sich seiner kläglichen Erscheinung, der schmutzigen Stiefel, des schmuddeligen Hemdes, des hutlosen Kopfes und der Pappschachtel unter dem Arm so bewußt gewesen. Das Mädchen betrachtete ihn, sein ärmliches Äußeres, die zottelige Masse seines zerzausten, ungekämmten rostbraunen Haares und das blasse, mit Sommersprossen übersäte Gesicht. Dann lief es die restlichen paar Stufen hinab und warf sich lachend und trillernd in Mr. Healeys Arme. Er küßte es liebevoll und belohnte es dann für seine Zärtlichkeit mit einem Klaps auf sein Hinterteil.

»Emmy«, sagte er, »das ist Joe, mein neuer Freund Joe, der sich entschlossen hat, sein Los mit mir zu teilen. Na, guck ihn dir jetzt an: glotzt dumm wie ein pipsiges Huhn. Wahrscheinlich hat er noch nie so etwas Hübsches wie dich gesehen, und jetzt läuft ihm das Wasser im Mund zusammen.«

»Still!« rief Miß Emmy mit der Stimme eines glücklichen Kindes. »Du treibst mir ja die Schamröte ins Gesicht!« Sie begrüßte Joseph mit einem unschuldsvollen kleinen Knicks. In stummer Verwirrung neigte er steif den Kopf.

»Joe«, sagte Mr. Healey, »das ist Emmy. Emmy, Liebes, ich bin mir nicht ganz klar, wie er heißt, er nennt sich Joe Francis, und wir müssen uns damit begnügen. Er ist ein sehr verschlossener junger Mann.«

Das Sonnenlicht ließ Emmys Löckchen und ihre schimmernde Wange aufleuchten, und sie betrachtete Joseph jetzt mit größerem Interesse, denn sie sah, wie schon Mr. Healey vor ihr, seine noch schlummernde Männlichkeit und das leidenschaftliche Ungestüm, das in seinen Augen flackerte.

Bill erschien mit dem bewußtlosen Haroun in den Armen. Josephs Mantel bedeckte den schmächtigen Körper. Emmy zeigte sich erstaunt. Sie blickte Mr. Healey fragend an. »Ach, das ist nur ein armer kleiner Taugenichts aus dem Zug«, erklärte er. »Ein Freund von Joe. Meinst du, haben wir noch ein Bett für ihn und eines für Joe?«

»Aber das ist doch dein Haus, Liebster, und wir haben Platz für alle — für alle deine Freunde«, erwiderte das Mädchen lebhaft, runzelte aber verwirrt die reine Stirn. »Ich werde es Mrs. Murray sagen.« Sie drehte sich um und lief leichtfüßig wie ein Kätzchen die Stufen hinauf und ins Haus. Mit leicht gerötetem, zufriedenem Gesicht sah Mr. Healey ihr zärtlich nach. Er machte Joseph und Bill ein Zeichen, ihm die Treppe hinauf zu folgen.

»Die Emmy hab ich in einem Hurenhaus gekauft, als sie fünfzehn war. Das sind jetzt drei Jahre her«, erläuterte Mr. Healey ohne ein Anzeichen von Verlegenheit. Er warf einen Blick über die Schulter. »Kam aus Covington in Kentucky, ein ahnungsloser Engel. Hat mich dreihundert Dollar gekostet — recht billig für so ein gutes Stück, findest du nicht, Joe?«

Mädchenhandel war für Joseph kein ganz unbekannter Begriff. Er verdankte sein Wissen den kichernden Männern im Sägewerk und kannte die verschwiegenen Häuser in Winfield, die diese unglücklichen Frauen beherbergten. Er blieb auf der Treppe stehen. »Sie haben sie gekauft, Mr. Healey? Ich dachte, man könnte nur Schwarze kaufen.«

Mr. Healey hatte die Tür erreicht. Er blickte ungeduldig auf Joseph hinunter. »Das hat die Bumsmama gesagt, daß sie wert ist, und noch mehr, und schließlich gehört das Puff mir, und die Emmy hat 'ne Menge Geld eingebracht. Die Alte hatte sie erst mal gründlich säubern müssen, hat sie richtig angezogen und ihr Manieren beigebracht wie von einer Dame, und so war sie ihr Geld wert. Nicht daß ich sie besitze, so wie du meinst, Junge, wie einen Nigger, aber sie gehört mir, bei allen Heiligen, sie gehört mir! Und Gott sei demjenigen gnädig, der sie jetzt noch anschaut und sich dabei die Lippen leckt!«

Joseph hatte nicht viele religiöse, von der Kirche empfohlene Bücher gelesen und das nur, wenn ihm keine anderen zur Verfügung standen. Er war davon überzeugt gewesen, daß es sich bei den »Töchtern der Sünde« schlicht und einfach um Dirnen handelte, um von Gewissensbissen und Verzweiflung gequälte Frauen, deren verworfene Gesichter die Zeichen des Bösen und der Schande trugen. Miß Emmy aber war so frisch wie die blauen Blumen, die an den Straßenrändern Pennsylvaniens blühten, lieblich und heiter wie der Frühling, und wenn sie Gewissensbisse spürte oder ihre mißliche Lage beweinte, so hatte er bei diesem kurzen Zusammentreffen vor wenigen Augenblicken davon wahrlich nichts gemerkt. Sie sprühte vor Lebenslust und Glückseligkeit. Er kam sich wie ein ungeschlachter, einfältiger Bauerntölpel vor, als er die lange, schmale Halle betrat. Verwirrt und mit zunehmendem Unbehagen sah er sich um.

Nach dem grellen Glanz der Sonne vor dem Haus wirkte die Halle halbdunkel, doch Joseph brauchte nicht lang, um zu erkennen, daß die hohen Wände — er hatte in romantischen Romanen von solchen Dingen gelesen — mit rotem Seidendamast tapeziert und in verschwenderischem Maße von Landschaften, Seestücken und klassischen, stets konventionellen Objekten in schweren Goldrahmen bedeckt waren. Hübsche Sofas und mit blauem, rotem und grünem Samt gepolsterte Stühle luden zum Verweilen ein. Der Boden unter Josephs Füßen war weich, und sein Blick fiel auf einen persischen Teppich in vielen verschiedenen Farbtönungen, die sich zu einem verschlungenen Muster zusammenfügten. Am Ende der Halle führte eine breite Treppe aus Mahagoni zu den Obergeschossen hinauf. Joseph roch Bienenwachs und Dufttöpfe, Zimt und Gewürznelken und noch etwas anderes, das er noch nicht bestimmen konnte — Gas aus den Ölquellen von Titusville, wie er später erfahren sollte. Hinter ihm wartete, in dem ihm eigenen drohenden und geduldigen Schweigen, der lange Bill Strickland, der immer noch Haroun in seinen Armen hielt.

Polternd sprang eine Tür in einer Wand auf, und Joseph vernahm Emmys lachende, neckende Stimme und dann eine zweite, rauh, kreischend und aufbegehrend. Er war überrascht, als er die Eigentümerin der Stimme erblickte, denn er hatte geglaubt, es wäre die eines Mannes. Aber es war eine Frau in mittleren Jahren, die mit schwerem Schritt, wie ein Dragoner, in die Halle trat, so daß die glitzernden Dielenbretter knarrten. Josephs erster Eindruck von ihr war, daß er einen Troll vor sich hatte, einen muskelbepackten, feisten, kleinen Unhold mit einem Rumpf wie zwei große Kugeln, die eine über der anderen, durch eine gefältelte Schürze voneinander getrennt. Dann gab es auch noch eine dritte Kugel, ihr übermäßig großer Kopf nämlich, der solide auf fleischigen Schultern saß, die sich gegen die Seide ihres schwarzen Kleides spannten. Ein weißer Rüschenkragen blähte sich unter der Fettrolle ihres Kinns, und jettschwarze Knöpfe blinkten über ihrem wahrhaft ehrfurchtgebietenden Busen.

Doch es war ihr Gesicht, das sofort Josephs Aufmerksamkeit erregte. Es stand für ihn fest, daß er noch nie zuvor eine häßlichere, streitsüchtigere oder abstoßendere Physiognomie gesehen hatte, denn das grobkörnige Fleisch glich in Farbe und Beschaffenheit einer toten Flunder, die winzigen blassen Äuglein funkelten böse, die Nase war knollig, der Mund vulgär und bösartig. Ihr eisengraues Haar erinnerte an aufgefaserte Stricke; es war nur zum Teil unter einer Morgenhaube aus feinem weißen Leinen und Spitze sichtbar. Ihre Bauernhände waren ebenso breit wie lang und geschwollen.

»Hier bin ich wieder, meine liebe Mrs. Murray«, sagte Mr. Healey mit betont freundlicher Stimme und lüftete seinen Hut ebenso schelmisch wie elegant.

Sie blieb vor ihm stehen, ballte die Hände zu Fäusten und stützte diese in die plumpen Hüften. »Das sehe ich, Sir, das sehe ich und muß Sie wohl willkommen heißen«, erwiderte sie in dem gleichen widerwärtigen Ton, den Joseph eben vernommen hatte. »Und was höre ich da von unerwarteten Besuchern?« Es war, als ob Joseph und Haroun nicht existierten, aber Joseph hatte einen Augenblick lang das bösartige Glitzern ihrer Augen aufgefangen.

»Nun, Mrs. Murray, das sind meine Freunde: Joe Francis, der mit mir mitmachen wird, und der kleine Harry Zeff, den Sie in Bills Armen sehen. Er ist verletzt und braucht Pflege, und Bill wird den Arzt holen, sobald der Kleine im Bett ist.« Mr. Healey sprach liebenswürdig wie immer, aber sein Gesicht war zu rotem Stein erstarrt, und die Frau senkte die Augen. »Als meine Haushälterin werden Sie Ihr Bestes tun, Mrs. Murray, und keine überflüssigen Fragen stellen.«

Sie wagte es nicht, sich ihrem Herrn zu widersetzen, tat jedoch so, als könnte sie beim Anblick Josephs und Harouns ihren Augen nicht trauen, und schien so von Abscheu erfüllt, daß sie den Mund nicht mehr zubrachte. Sprühend von schalkhaftem Entzücken, tauchte Emmys Gesicht hinter ihren Schultern auf; unschuldige Schadenfreude tanzte in ihren Augen.

»Das sind Ihre Freunde, Sir?« fragte die Haushälterin und deutete mit steifem Finger zuerst auf den einen und dann auf den andern.

»Jawohl, Mrs. Murray, und Sie werden gut daran tun, sich ein wenig zu eilen, bevor uns der kleine Harry unter den Händen stirbt«, antwortete Mr. Healey und legte Hut und Stock auf ein Sofa. »Rufen Sie eines der Mädchen.«

»Und ihr Gepäck, Sir, ihre Mantelsäcke? Oder sind ihre Schrankkoffer noch auf dem Bahnhof?«

»Genauso ist es«, gab Mr. Healey zurück, und seine Stimme hatte alle Liebenswürdigkeit verloren. »Joe Francis hier und Bill mit dem kleinen Harry werden Sie jetzt hinaufbegleiten, während Miß Emmy eines der Mädchen ruft. Wir sind alle müde von der beschwerlichen Fahrt. Wir möchten uns waschen und bedürfen dringend einer Stärkung.«

Ihre Röcke und Unterröcke rauschten und knisterten, als die Frau wie ein grauer und schwarzer Steinblock kehrtmachte und, gefolgt von ihrem Herrn und der von Joseph angeführten traurigen kleinen Prozession, auf die Treppe zumarschierte. Nach ihrem schwerfälligen Gang zu urteilen, hätte man glauben mögen, sie schreite mutig und entschlossen dem Schafott entgegen. Mr. Healey lachte in sich hinein. Schweigend stiegen alle die mit persischen Teppichen belegten Stufen hinauf. Im Halbdunkel des Treppenhauses strich Josephs Hand über glattes

Mahagoni. Allmählich fand er nun wieder in seine Rolle des amüsierten und unbeteiligten Zuschauers zurück; gleichzeitig empfand er heftige Abneigung gegen Mrs. Murray.

Auch die obere Halle lag im Halbdunkel, denn sie wurde nur durch ein Oberlicht aus farbigem Glas in der Decke des dritten Stockwerks erhellt. Der Korridor war schmäler als der im Erdgeschoß. Dicke orientalische Läufer bedeckten den Boden. Die Wände waren mit blauem Seidendamast tapeziert und von Mahagonitüren unterbrochen, deren Messingschnallen sanft schimmerten.

Ganz plötzlich tauchte ein sehr mageres und verschrecktes kleines Hausmädchen auf. Sie trug ein schwarzes Kleid, weiße Schürze und Haube und war offenbar über die Hintertreppe gekommen. Das Gesichtchen bestand nur aus Augen und einem großen feuchten Mund. Sie war kaum älter als dreizehn Jahre, und ihr kindlicher Körper war flach wie ein Brett.

»Liza!« brüllte Mrs. Murray, die endlich etwas gefunden zu haben schien, an dem sie ihre Wut auslassen konnte. »Wo warst du? Du hast schon lange keine ordentliche Tracht Prügel verpaßt bekommen! Siehst du nicht, daß wir Gäste haben? Schließ die zwei hinteren Zimmer auf, das blaue und das grüne, und nimm gefälligst die Beine unter die Arme!«

»Sofort«, flüsterte das Kind, lief zu einer Tür, riß sie auf und hastete zu einer zweiten. Und so, schoß es Joseph durch den Kopf, sieht auch Reginas Zukunft aus, wenn ich nicht Geld für sie verdiene, und zwar bald. Geduckt und mit gesenktem Kopf trat Liza zur Seite, aber auch ihre demütige Haltung rettete sie nicht vor einer saftigen Maulschelle, verabreicht von Mrs. Murray. Das Mädchen wimmerte, wagte es jedoch nicht, aufzublicken. Joseph bemerkte Pockennarben auf ihren dünnen blassen Wangen; ihr gewöhnliches Gesicht war von Angst gezeichnet. In acht Jahren etwa, überlegte Joseph, der in Amerika schon Dutzende solcher von ihren Dienstgebern mißbrauchter Kinder gesehen hatte, wird auch Regina so alt sein, und nur ich allein stehe zwischen ihr und diesem Schicksal.

»Da wären wir also, Joe, mein Junge«, sagte Mr. Healey und wies mit majestätischer Gebärde auf eine der offenen Türen. »Du kannst eine gute Wäsche gebrauchen, und dann wollen wir uns wie brave Christenmenschen zum Essen setzen. Bill wird den kleinen Harry ins Bett stecken und den Arzt holen.«

Joseph fingerte an seiner Hemdtasche und holte sein wohlgehütetes Zwanzig-Dollar-Goldstück hervor. Er hielt es Mr. Healey hin, und selbst Mrs. Murray merkte auf.

»Was — was soll das?« staunte Mr. Healey.

»Für Ihre Ausgaben, Sir«, sagte Joseph. »Ich habe Ihnen doch gesagt, daß ich mir nichts schenken lasse.«

Der Hausherr hob abwehrend die Hand. Dann fiel sein Blick auf Josephs Gesicht. Mrs. Murray saugte an ihren Lippen und starrte feindselig auf den Burschen, während Bill mit der ihm eigenen düsteren Geduld wartend dastand.

»Na schön«, sagte Mr. Healey, nahm die golden schimmernde Münze und schüttelte sie in seiner Hand. »Ein junger Mann mit Stolz, das gefällt mir. Hab nichts dagegen einzuwenden.« Er faßte Joseph schärfer und mit einer gewissen Neugier ins Auge. »Ist das von dem Geld, das du dir — geliehen hast?«

»Nein«, antwortete Joseph, »das habe ich verdient.«

»Hm«, machte Mr. Healey und steckte die Münze in die Tasche. Mrs. Murray betrachtete Joseph mit zusammengekniffenen und bösen Augen und nickte, so als wollte sie eine gehässige Bemerkung bekräftigen, die sie im stillen gemacht hatte. Verdattert, wie wenn ein Gespenst vor ihr stünde, glotzte Liza Joseph an, denn erst jetzt wurde sie seiner armseligen Erscheinung und des rostbraunen Haares gewahr, das in dem von oben einfallenden Licht gedämpft aufleuchtete.

Mr. Healey drehte sich um. »In einer halben Stunde, Joe.«

Mrs. Murray folgte ihrem Dienstgeber bis zur Tür seines Zimmers und blieb auf der Schwelle stehen.

»Das ist ein Dieb, Sir«, sagte sie. »Das ist sonnenklar.«

Mr. Healey löste den Knoten seines Halstuchs und betrachtete sich in dem langen Spiegel, der an der Wand hing. »Möglich«, erwiderte er, »durchaus möglich. Und jetzt schließen Sie bitte die Tür hinter sich. Außer Sie wollen mich splitterfasernackt sehen wie Miß Emmy.« Er warf ihr einen ausdruckslosen Blick zu, und sie trollte sich.

XI

Es war keine innere Regung oder prahlerischer Stolz gewesen, was Joseph veranlaßt hatte, Mr. Healey das so sorgsam gehütete Goldstück aufzudrängen. Es war der Instinkt eines einfühlsamen Geistes. Denn Joseph verstand Mr. Healey: unter all der liebenswürdigen Scherzhaftigkeit und irischen Sentimentalität verbarg sich ein intelligenter und verschlagener Mann, der rücksichtslos sein konnte und es wahrscheinlich oft auch war, ein charmanter Flegel, aber doch eben ein Flegel, ein Mann, der einen anderen nur achtete, wenn dieser ihm die Stirne bot und keinen Zoll nachgab, der nichts umsonst tat und nur Menschen seiner Art respektierte. Für Narren oder Schwächlinge, für einen einfältigen Menschen, der seinen eigenen Wert nicht kannte und sich hereinlegen ließ, oder für einen Prinzipienreiter, dem womöglich die Kraft fehlte, um erfolgreich für seine Grundsätze eintreten zu können, hatte Mr. Healey nur tiefe Verachtung übrig. Mr. Healey mochte »Leute mit

Skrupeln« bis in den Himmel loben, aber Joseph vermutete, daß er in Wirklichkeit nichts von ihnen wissen wollte.

Mit seiner Geste hatte Joseph Mr. Healey stillschweigend kund und zu wissen getan, daß er in der Lage war, für seinen Unterhalt aufzukommen, nicht aber bereit, ein zweiter Bill, ein Ohrenbläser, ein ihm bedingungslos ergebener Gefolgsmann zu werden. Er würde Mr. Healey dienen, wenn es auch zu seinem eigenen Nutzen war, ihm zu dienen. Seine Loyalität war nicht käuflich: weder mit schönen Worten, Versprechungen, herzlichem Lachen, unverbindlichen Großzügigkeiten, vielverlockenden Aussichten noch mit Erklärungen ewiger Freundschaft, nichtssagenden Vereinbarungen oder irgendwelchen anderen wertlosen Täuschungsmanövern, mit denen Leute vom Schlag Mr. Healeys ihre unvorsichtigen und vertrauensseligen Mitbürger auszunutzen und über den Löffel zu balbieren pflegten. Josephs Loyalität war »für bare Kasse« zu haben, wie Mr. Healey sich ausdrücken würde.

Joseph begriff auch, daß es seine gewissermaßen verärgerte und gleichsam erzwungene Sorge um Haroun gewesen war, die Mr. Healeys Interesse geweckt hatte. Hätte Joseph ihm eine Rührszene vorgespielt, an seinen Großmut appelliert oder ihm um Hilfe angefleht, Mr. Healey würde sich keinen Augenblick länger mit ihm abgegeben haben. Joseph wäre nur ein Almosenempfänger gewesen wie tausend andere, ein Heulpeter, dem ein Tritt in den Hintern gebührte. Aber Joseph wußte auch, daß Mr. Healey, wenn er »den Rappel kriegte« — so würde er es selber ausdrücken —, ein guter Mensch sein konnte, sofern es ihm keine Ungelegenheiten verursachte, ihn nicht sonderlich viel kostete und nicht von der Arbeit abhielt. Seine eigene Güte schmeichelte ihm, erhöhte seine an sich schon hohe Selbstachtung und stellte eine Art nachsichtiger Befriedigung dar, wie eine dicke Frau sie empfindet, die sich gegen besseres Wissen an Konfekt gütlich tut. Dies hellte tagelang seine Stimmung auf, und er war mit sich selbst zufrieden.

Joseph sah keinen Widerspruch in der Tatsache, daß er Mr. Healey als den Mann respektierte, der er war: willensstark und anspruchsvoll, unerbittlich im Verfolg seiner Interessen. Wo es seine eigenen Angelegenheiten betraf, mochte Mr. Healey bemüht sein, Vertrauen einzuflößen, würde jedoch selbst nie einem Menschen vertrauen, der sich mit seinem Wort zufriedengab, da ein solcher Idiot geradezu danach schrie, gerupft zu werden. »Man muß alles schwarz auf weiß haben und von Zeugen unterschrieben« — so etwa mußte Mr. Healeys Leitspruch lauten. »Das ist die einzig richtige Art, Geschäfte zu machen.«

Andererseits, wenn Joseph ihm bekannte, daß er von Mr. Squibbs Geld geliehen hatte und nun beabsichtigte, ihm diese Summe zuzüglich gewissenhaft berechneter Zinsen ehebaldigst zurückzuzahlen, würde Mr. Healey das vorbehaltlos gutheißen. An Leute wie Mr. Squibbs, der nur ein unwichtiger kleiner Gauner war, durfte man sich nicht verschulden.

Er sah sich in dem »blauen Zimmer« um, in dem man ihn untergebracht hatte. Er hatte viel von Häusern wie diesem gelesen, nie aber eines betreten. Er befand sich in einem hohen, viereckigen Raum, der offensichtlich nicht von Mr. Healey eingerichtet worden war, der nur augenfälligen und üppigen Luxus liebte. Von den blaßblauen Seidentapeten zum gleichen Blau der Fensterdraperien und dem tieferen, saftigeren Blau des alten Teppichs war hier alles gedämpfte Farbe, maßvoll und stolz. Das Zimmer war spärlich und einfach eingerichtet und nicht mit teuren Möbeln vollgestopft wie die Halle unten, aber das Holz schimmerte wie dunkler Honig, und die Bronzebeschläge waren zart, aber solide. Das Bett hatte einen blauen Samtüberwurf, etwas gebraucht schon, aber immer noch schön, die Pfosten waren glatt und rund und nicht geschnitzt. Der Schreibtisch, ein Damenschreibtisch, war aus Rosenholz, ein paar schöne Stahlstiche zierten die Wände, und zwei Bronzekandelaber bewachten einen Kamin aus schwarzem Marmor. Eine Uhr, gleichfalls aus schwarzem Marmor, tickte ihren Protest gegen die Entweihung des Hauses durch einen unrechtmäßigen Besitzer.

Joseph holte tief Atem. Das Zimmer schien ihn zu kennen, so wie auch er das Zimmer kannte. Dann bemerkte er das Büchergestell in der anderen Ecke und ging sogleich darauf zu. Eine Dame mochte einst in diesem Zimmer gewohnt haben, eine von hier vertriebene oder schon tote Dame, aber ihr literarischer Geschmack war weltklug und exquisit gewesen. Es waren alles klassische Bücher, in blaues und goldenes Leder gebunden. Während Joseph sie stumm betrachtete, vergaß er das Zimmer und wo er sich befand.

Unter vielen anderen sah er Goethe, Burke, Adam Smith und die *Aeneis,* mehrere griechische Dramen, die Frühwerke Emersons, Manzoni, Aristoteles' *Ethik,* Washington Irving, *Zwei Jahre vor dem Mast,* die Odyssee, Spinoza. Er hungerte nach diesen Büchern mit einer Gier, die quälender war als die Gefräßigkeit des Fleisches. Er berührte sie, wie ein Mann die Geliebte berührt.

Er vernahm ein zaghaftes Klopfen an der Tür, und als er öffnete, sah er Liza, das kleine Hausmädchen, mit einer Kupferkanne dampfend heißen Wassers und frischen Handtüchern. Er hatte auf ihre Existenz vergessen, auf ihre und die aller anderen Bewohner dieses Hauses, und darum starrte er sie einige Augenblicke lang verwirrt an. »Heißes Wasser, Sir, und Handtücher«, wisperte sie. »Der Gong wird in wenigen Minuten zum Essen rufen.«

Er hatte seit dem letzten Abend nichts mehr gegessen und verspürte plötzlich großen Hunger. Er trat zur Seite, das Mädchen kam herein und füllte heißes Wasser in die Porzellanschüssel auf dem Waschtisch und legte die Handtücher daneben. Dann deutete sie errötend auf den Waschtisch und lief aus dem Zimmer. Es wunderte ihn, daß sie errötet war, und darum öffnete er das untere Fach des Waschtisches und sah das

Nachtgeschirr. Er lachte laut auf, denn in seinem Zimmer in Mrs. Marshalls Logierhaus hatte es keines gegeben; solche Luxusartikel waren den wohlhabenderen Mietern vorbehalten gewesen.

Er zog sein schmutziges Hemd aus, wusch sich mit der stark parfümierten Seife und trocknete sich mit den warmen weichen Handtüchern ab. Dann öffnete er seinen Pappkarton, entnahm ihm das eine saubere Hemd, das er noch besaß, zog es über und verschloß es mit einem Knopf. Er hatte keine Krawatte. Er bürstete seine abgetragene Jacke und die zerknitterte Hose, nahm dann seinen Eisenkamm aus der Tasche und fuhr sich damit energisch durch das zerzauste Haar. Er rasierte sich erst zweimal in der Woche, und da er das zum letztenmal Freitag getan hatte und heute Montag war, überzog ein rötlicher Schatten seine jugendlichen Wangen und das Kinn. Obgleich er seine langen schlanken Hände und die feingeformten Finger fest geschrubbt hatte, war das Schwarze unter den Nägeln nicht ganz verschwunden.

Der kräftige Gongschlag im Erdgeschoß scheuchte ihn auf, doch der Klang erschreckte ihn nicht. Er hatte davon schon in Romanen gelesen. Er stieg die Treppe hinunter.

Mr. Healey war in bester Laune und außerordentlich zufrieden mit sich — dank Joseph, der ihm Gelegenheit gegeben hatte, seine Güte unter Beweis zu stellen. Er trug neue Hosen aus einem buntkarierten Stoff, um den ihn jeder Schotte beneidet hätte, eine dunkelrote Seidenweste und eine lange, hellgraue Jacke. Seine weiße Krawatte war mit einem diamantenen Hufeisen festgesteckt. An seiner Seite stand die charmante Miß Emmy mit ihrem berückenden Lächeln und ihren schelmischen Blicken.

»Du hast mich zwar nicht danach gefragt«, sagte er zu Joseph, »und scheinbar interessiert es dich nicht, aber bei deinem Harry Zeff war inzwischen der Arzt. Es geht dem Knirps gar nicht gut. Blutvergiftung und so. Aber mit guter Pflege wird er durchkommen. Emmy wird nach ihm sehen, und Mrs. Murray und die Hausmädchen und mein Bill, wenn ich ihn entbehren kann.« Er kicherte. »Ich habe den Arzt von deinem Geld bezahlt. Das wolltest du doch, nicht wahr?«

»Ja. Ich danke Ihnen«, erwiderte Joseph ohne große Anteilnahme. Haroun war nicht mehr in seinen Händen. Er hoffte, daß es dabei bleiben würde.

»Dein Zimmer gefällt dir, was?«

»Sehr gut sogar.« Joseph sah ihn ausdruckslos an. »Es wurde von den früheren Besitzern eingerichtet, nicht wahr?«

»Ganz recht«, antwortete Mr. Healey überlegen. »Es ist nicht so elegant wie die Räume, die ich neu ausgestattet habe, aber ausreichend für einen Burschen deines Alters, ganz und gar ausreichend. Bequem. Und jetzt wollen wir ins Speisezimmer gehen.«

Mr. Healey hatte diesen Raum mit erstaunlich großen Möbelstücken von überladenem und kostspieligem Geschmack eingerichtet. Die Mahagonianrichte nahm fast eine ganze Wand ein und war mit glitzerndem, kunstvoll gemustertem Silbergeschirr beladen. Der Porzellanschrank war mit goldgeränderten Schalen und Tassen und anderen nicht gleich erkennbaren Gegenständen gefüllt. Ein steif geplättetes weißes Leinentuch und in Lilienform gefaltete Mundtücher bedeckten den riesigen, runden, auf Säulenfüßen ruhenden Eßtisch. Es gab kristallene Stengelgläser und Teller, einen silbernen Tafelaufsatz und eine breite Vase mit Rosen. Die Stühle waren mit schwarzem Leder gepolstert, die Beschlagnägel aus hellem Messing. Aus gelber Seide waren die Tapeten, und scharlachrot leuchtete der zu einem antiken Blumenmuster gewebte alte Teppich. Mr. Healey sah sich stolz um, denn er glaubte, daß Joseph vor diesem Luxus in Ehrfurcht ersterben würde. Aber er irrte: Joseph war nicht beeindruckt. Er hatte niemals das Speisezimmer eines Herrenhauses betreten, ahnte jedoch instinktiv, daß dieses unfein und vulgär eingerichtet war. Er wußte auch, daß Mr. Healey »proletarischer« und nicht, wie die Familie seiner eigenen Mutter, »gutbürgerlicher« Abkunft war. Ganz erfüllt von seiner eigenen Wichtigkeit, wies Mister Healey Emmy galant den Platz zu seiner Linken an, deutete Joseph auf den Stuhl zu seiner Rechten hin und setzte sich selbst in den enormen Armsessel am Kopfende der Tafel. Er entbehrte nicht eines gewissen Empfindungsvermögens. Ohne sich dessen bewußt zu sein oder eine Erklärung dafür zu haben, fühlte er doch, daß Joseph ihm, der Abstammung nach, überlegen war. Hätte jemand ihm gegenüber eine Äußerung in diesem Sinne gemacht, er würde schallend gelacht haben, aber das Gefühl war da, und es ärgerte ihn ein wenig.

Das leuchtende Grün des Gartens mit seinen Bäumen lag gefiltert durch die Spitzenvorhänge der drei hohen Fenster auf der gegenüberliegenden Wand. Es waren, wie Mr. Healey seine Gäste regelmäßig aufmerksam zu machen pflegte, echte venezianische Reliefspitzen. Er wies auch Joseph darauf hin, der diese Mitteilung gleichfalls zur Kenntnis nahm. »Sind Ihre Häuser in Pittsburgh und Philadelphia ebenso vornehm wie dieses?« forschte Joseph dann. Die Frage mochte ironisch gemeint sein, doch Mr. Healey erkannte das nicht. Er strahlte vor Freude.

»Ja, also nicht ganz«, erwiderte er. »In diesen Städten wohne ich im Hotel. Paßt mir besser ins Konzept. Ich werfe mein Geld nicht beim Fenster hinaus. Ich flitze gern herum, und da sind Häuser eher hinderlich. Ich komme hierher, um auszuruhen und um in Titusville Geschäfte zu machen. Überdies glaube ich nicht, daß Emmy gern in Pittsburgh oder Philadelphia leben würde, stimmt's, Süße?«

»Pfui! Schäm dich!« rief das junge Mädchen und verabreichte ihrem Beschützer einen Klaps auf seine fette Hand. »Du hast mir ja diese Orte noch nie gezeigt!«

Selbstzufriedenheit rötete Mr. Healeys Wangen. »Ich habe auch gar nicht die Absicht, mein Häschen. Ich kenne die Städte nur zu gut. Sie sind zu verwirrend für junge Menschen.«

Zwei Hausmädchen, eines von ihnen Liza, erschienen mit Silber- und Porzellanschüsseln in den Händen. In seinem ganzen Leben hatte Joseph noch nie so köstliche Gerüche genossen wie die, die dampfend aus dem Geschirr aufstiegen. Mr. Healey goß sich ein kleines Glas Whisky ein und füllte ein zweites für Joseph. »Ausgezeichneter Bourbon«, bemerkte er. Joseph, der auch später nie Geschmack an »Spirituosen«, ja nicht einmal an Wein finden sollte, setzte das zarte Kristallgläschen an den Mund und nippte daran. Sein Magen empörte sich dagegen, aber er hatte sich zu sehr in der Gewalt, als daß er dem Magen gestattet hätte, ihm Verhaltensregeln vorzuschreiben. Er trank den Whisky und war sorgsam darauf bedacht, weder zu husten noch auch eine Miene zu verziehen; dann nahm er ein paar Schlucke Wasser. Mr. Healey beobachtete ihn verschmitzt. Der Junge hatte die Ruhe weg. Ein kaltblütiger Dickschädel! Nie würde der etwas verraten, nie sich eine Blöße geben, und einen Mann mit diesen Qualitäten benötigte Mr. Healey dringend.

Eine riesige Terrine wurde vor dem Herrn des Hauses niedergestellt, und er begann, mit dramatischer und opernhafter Geste Suppe in zerbrechliche Suppenteller zu löffeln. Er bediente als erste Miß Emmy, die ihm seine Aufmerksamkeit mit einem einfältigen Lächeln lohnte, dann Joseph und als letzten sich selbst. Die zwei kleinen Hausmädchen standen mit bangen Gesichtern herum. Verstohlen beluchste Mr. Healey seinen Gast, aber Joseph war dreizehn Jahre lang von seiner Mutter erzogen worden und fiel nicht wie ein Wolf über das Essen her, wie Mr. Healey im stillen erwartet hatte. Joseph aß die Suppe, die ausgezeichnet gewürzt war, und spürte den Thymian heraus, den er seit Jahren nicht mehr gekostet hatte. Den kleinen Finger steif vorgestreckt, aß Emmy mit jener Geziertheit, wie sie nur besseren Huren eigen ist. Sie spielte die feine Dame mit der gesuchten Vornehmheit, die man ausschließlich unter Prostituierten findet. Auch sie beobachtete Joseph, wenngleich ihr Interesse in einer Richtung lag, die Mr. Healey kaum gutgeheißen hätte.

»Mrs. Murray ist eine wunderbare Köchin«, bemerkte Mr. Healey gesprächig. »Ich zahle ihr sechs Dollar die Woche, ein Vermögen, aber sie ist es wert.«

Es gab Lammbraten mit Soße (der Joseph schmerzlich an die Küche seiner Mutter erinnerte), Bratkartoffeln, Pastinak, weiße Rüben und Kohl. Der Whisky beflügelte seine Gedanken. Er roch das Torffeuer, den feuchten Verputz, das Gras und den Flieder im Regen und die sinnliche Wollust der irischen Erde. Die zarten Girlanden aus Rosenknospen und grünen Blättern auf den Kaffeetassen waren die gleichen wie auf dem Porzellangeschirr seiner Mutter, und plötzlich krampfte sich seine Brust in Kummer und Trauer zusammen.

»Schmeckt dir vielleicht das Essen nicht?« fragte Mr. Healey, von neuer Hoffnung beseelt.

Doch Joseph erhob seinen Blick, und verdutzt sah der Hausherr das tiefblaue Feuer hinter den kastanienbraunen Wimpern lodern. Er schwieg verwirrt. Bauernstolz, brummte Mr. Healey im stillen, hält sich für weiß Gott was. Tut so, als ob das alles nichts Besonderes wäre. Ich kenne diese hochnäsigen Iren; Rittergutsbesitzer, der eine wie der andere — denken sie. Na, dem werden wir bald einen Dämpfer aufsetzen, diesem grünen Jungen, der schon vergißt, daß ich ihn aus der Gosse aufgelesen habe. Ich habe schon ganz anderen Leuten den Kopf zurechtgesetzt.

Der ist richtig hübsch, dachte Emmy, und gescheit dazu. Sie beschenkte Mr. Healey mit einem strahlenden Lächeln und tätschelte wieder seine Hand. Er frißt wie eine Sau, dachte sie dabei. Mr. Francis, ja, das ist wirklich ein Gentleman, und er hat auch eine gute Figur, nur etwas mager, so wie ein nasses Eichkätzchen im Regen. Reden tut er nicht viel. Wie der sich wohl anstellen würde, wenn . . .?

Nachdem das üppige Mahl mit heißem gedecktem Apfelkuchen und Kaffee beendet war, gestattete Mr. Healey seiner Emmy galant, sich zurückzuziehen, und lud Joseph ein, ihm in seine Bibliothek zu folgen, um »über Geschäfte zu sprechen.« Es war tatsächlich eine stattliche Bibliothek, und Joseph bemerkte sofort die Bücherregale an den Wänden. Die Tische glühten, und die mit Leder überzogenen Stühle und Armsessel schimmerten sanft. Dies war ein Raum, der, gleich dem »blauen Zimmer« im Obergeschoß, wie Balsam auf sein verletztes Feingefühl einwirkte. Mr. Healey ließ sich hinter einem langen Tisch nieder wie einer, der sich anschickt, bei einer Versammlung den Vorsitz zu führen. Der blaue Rauch seiner Zigarre vermischte sich mit den Sonnenstrahlen, die zwischen hohen, blauen Samtvorhängen ins Zimmer fielen.

»Ich erledige alle meine Geschäfte hier«, begann Mr. Healey und lehnte sich zurück. Seine Ringe und die Berlocken an seiner Uhrkette glitzerten. »Also dann. Mit Heimlichtuern mache ich keine Geschäfte. Auf meine Fragen muß ich Antworten bekommen. Das siehst du doch ein, Joe, nicht wahr? Ich habe gern alles klar, bevor ich jemanden anstelle. Ich werde dir also Fragen stellen und würde es begrüßen, wenn du sie in dem Geist beantworten könntest, in dem sie gestellt werden.« Seine Stimme klang nicht mehr ganz so liebenswürdig. Er hielt seinen Blick starr auf Joseph gerichtet. Sein Mund war zusammengekniffen, obwohl er lächelte.

»Ja«, sagte Joseph, der es verstand, seine Belustigung zu verbergen.

»Ich muß einem Menschen vertrauen können.« Mr. Healey musterte bewundernd den langen Aschenkegel seiner Zigarre. »Ich kann nicht jedem x-beliebigen vertrauen. Ich habe viele Interessen vertraulicher Natur, und ich muß Vertrauen haben können. Das versteht sich von selbst.«

»Ja.«

»Redselig bist du ja nun nicht, und das gefällt mir. Brabbelmäuler waren mir schon immer ein Graus. Gut. Wie alt bist du, Joe?«

»Ich werde bald achtzehn.«

Mr. Healey nickte. »Nicht zu alt, nicht zu jung. Läßt sich noch erziehen. Also schön, wie lautet dein voller Name?«

»Bis auf weiteres heiße ich Joe Francis.«

Mr. Healey spitzte die Lippen. »Sucht dich die Polizei, Joe?«

Joseph dachte an Mr. Squibbs. »Nein.«

»Vielleicht sonst jemand?«

»Nein.«

»Was hast du bis jetzt gearbeitet?«

»In Sägewerken. In der Pferdezucht. Als Kutscher.«

»Was war dein Dada, drüben in der alten Heimat?«

»Er war Landmann und Mühlenbauer.«

»Du meinst, er hat nach Kartoffeln gegraben, solange noch welche da waren?«

Josephs Miene verhärtete sich. »Ich habe gesagt, er war Landmann und Facharbeiter.«

Mr. Healey machte eine Geste. »Nichts für ungut. Woher kommst du?«

»Aus Wheatfield.«

»Wie bist du da hingekommen?«

Joseph konnte sich nicht helfen. »Mit dem Zug«, antwortete er und lächelte sein stilles Lächeln.

»Aus dir etwas rauskriegen, das ist, wie wenn man mit einem langen Messer Kohle aus dem Berg kratzen müßte«, brummte Mister Healey. »Hast du einen bestimmten Grund, daß du nicht aus dir herausgehst?«

»Das ist so meine Natur«, erwiderte Joseph und lächelte wieder.

»Familie?«

Das Lächeln erstarb auf Josephs Gesicht. »Nein. Ich bin Waise.«

»Bist du etwa verheiratet und deiner Frau ausgerissen?«

»Nein.«

»Das ist vernünftig. Ich bin auch nicht verheiratet«, sagte Mr. Healey und lachte stillvergnügt in sich hinein. »Habe nie an die Ehe geglaubt. Hier, Joe, nimm das Papier. Schreib was drauf. Irgendwas.«

Joseph griff nach dem Federkiel mit der neuen Stahlfeder, den Mr. Healey ihm über den polierten Tisch hingerollt hatte. Er betrachtete Mr. Healey mit zunehmender und belustigter Geringschätzung. Dennoch aber, aus Gründen, die er selbst nicht begreifen konnte, verspürte er so etwas wie Mitleid. Die rötlichen Augenbrauen zusammengezogen, überlegte er.

Und schrieb: *Kein Mensch ist ganz zufrieden, solange nicht zumindest eine andere Person weiß, wie gefährlich er ist.* Er sparte nicht an Schnörkeln und kunstvollen Nuancierungen. Dann schob er, was er auf feines Velinpapier geschrieben hatte, zu Mr. Healey hinüber, der es langsam, Silbe für Silbe zerkauend, las.

»Eine geistreiche Feststellung«, erklärte Mr. Healey schließlich mit Überzeugung, warf Joseph aber einen zweifelnden Blick zu. »Auf deinem Mist gewachsen?«

»Nein. Henry Haskins.«

»Ach, der!« sagte Mr. Healey, der noch nie von Henry Haskins gehört hatte. »Also ich lege keinen Wert darauf, daß man mich für gefährlich hält. Das ist schlecht fürs Geschäft. Für gefährliche Menschen ist im Geschäftsleben kein Platz. Es spricht sich herum. So einem Menschen kann man nicht vertrauen.«

»Sagten Sie nicht, es wäre eine geistreiche Feststellung?«

»Für Stadtfräcke. Ich bin keiner.« Er prüfte das Geschriebene genauer. »Du hast eine schöne Handschrift, Joe.«

»Ich bin kein Schreiber. Und ich beabsichtige auch nicht, einer zu werden.«

»Wieviel hast du zuletzt verdient, Joe?«

»Ich habe sieben volle Tage gearbeitet und acht Dollar die Woche bekommen. Das ist nicht genug.«

Mr. Healey stieß einen tonlosen Pfiff aus. »Kaum achtzehn, und acht Dollar die Woche genügen ihm nicht! Ich kenne Familienväter, die sich glücklich schätzen würden, wenn sie soviel verdienten. Schwerarbeiter.«

»Es ist trotzdem nicht genug.«

»Und wieviel wäre genug?«

»Eine Million Dollar.« Seine geraden weißen Zähne leuchteten mit einemmal auf.

»Du bist verrückt«, sagte Mr. Healey schlicht.

»Wollen Sie denn keine Million Dollar verdienen, Mr. Healey?«

»Unsinn. Ich bin älter als du. Habe mehr Erfahrung.«

»Ich bin jünger als Sie, Sir, und darum habe ich viel mehr Zeit. Und die Erfahrung kommt mit dem Leben und den Taten eines Menschen.«

»Hm.« Sie sahen sich schweigend an. Hätte er nicht immer gegen die ganze Welt ankämpfen müssen, so wie ich gegen sie ankämpfe, ging es Joseph durch den Kopf, er wäre ein guter Mensch geworden. Er würde lieber ein guter Mensch sein. Einer machen wir aus dem anderen einen Halunken.

»Du bist ein harter Mann, Joe«, brummte Mr. Healey.

»Wäre ich das nicht, Sie würden mich nicht brauchen können.«

»Da hast du etwas sehr Wahres gesagt«, gab Mr. Healey zu. »Wir verstehen uns. Hier ist mein Vorschlag: ich zeige dir alles. Du hilfst mir bei meinen Geschäften. Du studierst Jura bei einem guten Anwalt.

Ich zahle dir sieben Dollar die Woche — so lange, bis du mehr wert bist.«

»Nein.«

Mr. Healey lehnte sich zurück und lächelte honigsüß. »Plus Kost und Quartier.«

Joseph hatte nicht die Absicht, länger als bis er in Titusville ein Logierhaus gefunden hatte, unter diesem Dach zu verweilen. Er wollte, wie immer, sein eigener Herr und niemandem andern verpflichtet sein. Doch dann dachte er an die Bücher in diesem Haus, zu denen er Zugang haben würde, und zögerte. Und dann sagte er: »Nein. Ich will achtzehn Dollar die Woche. Davon zahle ich fünf für meine Verpflegung. Nach einem Monat will ich vier Dollar mehr — vier Dollar die Woche mehr. Dann werden wir sehen, wie wertvoll ich Ihnen bin.«

Mr. Healey begann zu grübeln, sein fleischiges Gesicht nicht weniger verschlossen als Josephs. »Du hast eine recht hohe Meinung von dir, Junge, stimmt's? Nun, auch das gefällt mir. Und was ist mit dem Kleinen oben?« Er deutete mit dem Kopf zur Decke.

»Ich habe Ihnen für ihn bezahlt, bis er wieder arbeiten kann.«

»Und für wen wird er arbeiten?«

Joseph zuckte die Achseln. »Er hat mir erzählt, er hätte eine Stellung in der Stadt.«

»Und warum soll er nicht auch für mich arbeiten?«

»Das ist Ihre Angelegenheit, Ihre und Harouns, nicht meine.«

»Du willst dir keine Lasten aufbürden lassen?«

»So ist es.«

Mr. Healey zog nachdenklich an seiner Zigarre. »Achtzehn Jahre ist er alt und redet wie ein Bauernfänger, der die Taschen voll Gold hat. Na, und wie willst du das anfangen, eine Million Dollar zu verdienen?«

»Wenn ich genug Geld zusammen habe, kaufe ich mir die nötigen Geräte und bohre.«

»Und machst mir und den andern Jungs Konkurrenz?«

»Sie, Mr. Healey, werde ich nie hintergehen. Darauf können Sie sich verlassen.«

Mr. Healey nickte und wiederholte: »Wir verstehen uns.« Er dachte kurz nach. »Also schön, achtzehn Dollar die Woche, und du zahlst fünf für Kost und Quartier. Für dich allein. Ich werde herausfinden, ob du den Maiskolben wert bist, mit dem ich mir den Arsch auswische. Wenn nicht, trennen sich unsere Wege. Wenn ja, reden wir weiter. Und jetzt —« Wieder lehnte er sich zurück, und sein Gesicht nahm einen sehr offenherzigen, ja sogar ein wenig frommen Ausdruck an. »Jetzt ist wohl die Zeit gekommen, daß ich meine Karten auf den Tisch lege. Ich bin hierorts als ehrlich und aufrichtig bekannt.«

Joseph machte die Ohren auf.

»Du kannst mir also vertrauen, Joe.«

Joseph blieb stumm. Mr. Healey schmunzelte. »Ein richtiger Halunke. Du vertraust niemandem. Du mußt ein schweres Leben gehabt haben.«

»Das stimmt.«

»Willst du mir etwas darüber erzählen?«

»Nein. Es ist auch nicht wichtig.«

»Du wirst nicht weiterkommen, wenn du aller Welt mißtraust.«

»Je weniger wir uns gegenseitig private Dinge anvertrauen, Mister Healey, desto bessere Freunde werden wir sein. Aber in geschäftlichen Dingen wollen wir aufrichtig miteinander sein.«

»Ich habe dir alles offen dargelegt, und du denkst nicht daran, mir dein Vertrauen zu schenken. Es tut mir leid, daß du in jedem Menschen einen Betrüger siehst.«

Joseph konnte sich ein Lächeln nicht verkneifen. »Lassen wir es dabei«, schlug er vor, »daß wir mit der Zeit lernen können, uns gegenseitig zu vertrauen.«

»Das genügt mir«, sagte Mr. Healey und klatschte mit seiner dicken Hand auf die Tischplatte. »Und nun zur Sache. Ich bin Präsident von acht Ölgesellschaften. Schon seit 1855. Hab in Pithole angefangen, wo das Öl direkt aus dem Boden kam. Bohren überflüssig. Pithole ist noch nicht ausgebaut. Aber ich hab meine Optionen; ich war der erste, der sie sich geholt hat. Man braucht das Öl dort nur aus den Löchern zu pumpen. Ich habe fünfundzwanzigtausend Anteile an meinen Gesellschaften zu je fünfundzwanzig Dollar verkauft. Kann die Aktien gar nicht schnell genug drucken lassen, so gut läuft das Geschäft in Titusville. Und drei Raffinerien hab ich auch, unmittelbar am Oil Creek. Bis jetzt haben wir die Barrels auf Flachbooten überallhin verschifft. Kerosin. Und das Rohöl zu anderen Raffinerien. Kerosin wird alle anderen Brennmaterialien für Lampen ersetzen, und das Rohöl wird als Schmiermittel die heute noch gebrauchten teureren Öle verdrängen. Mir gehört ein Stück von einem Patent für das Brennen von Kerosin — seit 1857. Ich hab die Möglichkeiten sofort erkannt. Die Healey Kerosine Company besitzt die Rechte zur Verwertung. Und hat mitgeholfen, Lampen zu entwickeln, die besser sind als die alten, die Walöl und solches Zeug verbrennen.

Wenn es in ein paar Monaten eine ständige Bahnverbindung mit Titusville gibt statt dem einen Zug am Sonntag, wird mein Geschäft einen zehnmal so großen Umfang haben. Größere Mengen als auf den Flachbooten und schneller. Ich bin auch an der Eisenbahn beteiligt. Meine Interessen sind also sehr vielseitig. Vor einiger Zeit habe ich auch in Mexiko gute Geschäfte gemacht.« Mit ausdruckslosem Gesicht starrte er Joseph an.

»Legale, Sir?«

»Na, mit Öl hatten sie nichts zu tun. Ich sagte dir ja: ich lehne es nie ab, einen Dollar zu verdienen.«

Joseph dachte nach. Er entsann sich, in einer Zeitung von Leuten wie Mr. Healey gelesen zu haben, die mit Waffenschmuggel in Mexiko ein Vermögen verdient hatten. Aber er hütete seine Zunge. Es ging ihn nichts an — noch nicht.

»Ich habe hier auch Salzbergwerke«, fuhr Mr. Healey fort, »und mache gute Geschäfte mit Schnittholz. Bevor das Öl kam, hat diese Stadt von Holz gelebt. Vielseitige Interessen, Joe. Alles zusammen, habe ich zweihundert Leute auf meiner Lohnliste, hier in der Stadt und anderswo. Ich bin auch ein Direktor in der neuen Bank. Ich bezahle ein paar Anwälte, aber es sind keine Kirchenlichter. Einer von ihnen könnte dir beibringen, was du brauchst, um selbst als Jurist tätig zu sein. Wenn ich du wäre« — er beugte sich vor, mit väterlichem und vertraulichem Gebaren, wie einer, der zu einem geliebten Mitglied seiner Familie, zu seinem Sohn etwa, spricht —, »ich würde mich auf Patentrecht und Strafrecht spezialisieren.«

»Insbesondere Strafrecht«, meinte Joseph.

Mr. Healey lachte fröhlich und lehnte sich wieder zurück. »Nun, ich tue ja nichts ausgesprochen Kriminelles, weißt du. Aber ein Geschäftsmann bewegt sich nun einmal hart an der Grenze des Gesetzes — wie sonst wäre er Geschäftsmann? Täte er das nicht, er könnte sich kaum seinen Lebensunterhalt verdienen. Gesetz ist Gesetz; es muß Gesetze geben, sonst würde das Land in Chaos versinken. Aber bei manchen Gesetzen besteht eine gewisse — eine gewisse —«

»Ambiguität«, ergänzte Joseph ein wenig boshaft.

Mr. Healey legte die Stirn in Falten. Er verstand das Wort nicht. »Na, jedenfalls, ich meine, nimm zwei Advokaten, und sie werden sich nie einig sein, was nun legal ist und was nicht. Und mit Richtern und Geschworenen ist es nicht viel anders. Es gibt schon recht spaßige Gesetze, und gerade an denen läßt sich gut verdienen, wenn man Köpfchen hat.«

Joseph nickte. »Und einen guten Anwalt.«

Auch Mr. Healey nickte und lächelte. »Und dann ist da dieser Krieg, der jetzt auf uns zukommt. Wer Grütze im Kopf hat, kann eine Menge Geld dabei verdienen. Wie ich höre, gibt es in England ein Patent für ein sogenanntes Mehrladegewehr — aber das ist noch nicht spruchreif.«

Joseph zeigte plötzlich lebhaftes Interesse. »Und wird Washington dieses Gewehr von England kaufen?«

»Na ja«, antwortete Mr. Healey, »für die Vereinigten Staaten hat der Engländer nicht sonderlich viel übrig. Seine Sympathien liegen eher beim Süden. Das hat er schon ziemlich klar zum Ausdruck gebracht. Dennoch ... keiner ist so scharf auf einen Dollar oder Sovereign wie der Engländer mit all seiner Frömmigkeit, seinen Kirchen und der Königin. Könnte sein, daß er an beide Seiten verkauft. Ich hoffe es nicht.«

»Welche Seite ist die finanziell stärkere, die Union oder der Süden?«

»Der Süden, mein Sohn, der Süden. Im Süden hat es keine Krise gegeben wie hier im Norden. König Baumwolle. Sklavenarbeit. Landwirtschaft. Der Süden hat das Geld. Und das macht die Fabrikanten und Unternehmer im Norden so wütend. Wegen der Sklavenarbeit lassen sie sich keine grauen Haare wachsen, weil sie unmoralisch ist. Sie wünschen, sie könnten sie auch bei uns einführen, obwohl das, was sie jetzt haben, auch nicht viel anders ist: ausländische Arbeitskräfte, die sie aus Europa importieren, halbverhungerte Ausländer, die nicht einmal Englisch sprechen. Aber ein bißchen Lohn müssen sie ihnen doch zahlen, und das wurmt sie ganz schrecklich. Nein, mein Lieber, was diesen beklagenswerten Nordstaatlern das Herz abdrückt, ist nicht die Moral, sind nicht die Menschenrechte. Es sind die Lohnkosten. Der Profit. Wenn du für Kriegsvorbereitungen und Kriege ein einziges Wort gebrauchen willst, Joe« — er stieß einen auf Joseph gerichteten dicken Finger wiederholt in die Luft —, »dann heißt dieses Wort ›Profit‹. Sonst nichts. Profit.«

»Auch für diesen Krieg?«

»Joe! Was denn sonst? Klar doch. Mr. Lincoln spricht davon, daß er die Union retten will und daß ein in zwei Teile gespaltenes Haus einstürzen muß, er beklagt die Unmoral der Sklaverei, und nach allem, was ich von ihm gehört habe, möchte ich annehmen, daß er nicht lügt und daß er auch kein Heuchler ist. In gewisser Hinsicht ein einfältiger Mann. Geschäftsleute schätzen einfältige Politiker. Sie sind leichter zu lenken und zu beeinflussen. Also füttern sie Lincoln mit hochtrabendem Geschwätz und kommen ihm moralisch. Aber es geht ihnen einzig und allein um den Profit. König Profit. Was bleibt dem Süden, wenn die Sklaverei abgeschafft wird? Große Fabriken und Unternehmen haben sie keine. Im Süden wohnen Gentlemen, und Gentlemen verstehen nichts von Geschäften. Also können sich die Nordstaatler dort einnisten und reich werden. Und wieder: Profit. Kannst du mir folgen?«

»Ja. Wer, glauben Sie, wird gewinnen?«

Mr. Healey zwinkerte. »Natürlich der Norden. Sie haben die Munitionsfabriken. Es ist nicht fair. Nein, es ist nicht fair. Jemand sollte die Waage ins gleiche bringen.«

Joseph nickte feierlich. »Das wäre nur fair«, meinte Mr. Healey. »Sofern keine Einmischung in rechtmäßige Handelsgeschäfte erfolgt. Aber das wissen wir vorläufig noch nicht.«

»Und Mr. Lincoln will die Sklaverei abschaffen?«

»Nicht unbedingt. Er hat sich nicht festgelegt. Ihm geht es darum, die Union vor dem Zerfall zu bewahren. Wenn die Union durch die Sklaverei erhalten bleiben könnte, würde er nichts dagegen unternehmen. Das soll er gesagt haben. Aber der Süden hat die Nase voll von den heuchlerischen Heulern im Norden, die sich nach Abschaffung heiser schreien, von den ausgehungerten Geschäftemachern und Fabriksbesitzern, von den ewigen Einmischungen, und sie haben es satt, sich als grausame Sklaventreiber und Mörder hinstellen zu lassen. Ich sagte dir schon: die Südstaatler sind Gentlemen. Der Süden wurde auch nicht in dem Maß zur Müllhalde für englische Huren und Diebe wie der Norden. Statt sie zu hängen, zogen es die Engländer vor, sie hier auszuladen. Darum nimmt der Süden dem Norden nicht nur seine dauernden Eingriffe übel, er verachtet ihn obendrein. Der Süden weiß, was los ist; sie wollen ihre eigene aristokratische Nation haben. Aristokratie ist keine Demokratie, versteht sich, und ich, Ed Healey, ich bin auch für die Demokratie. Darum habe ich auch meine Stimme nicht für Lincoln, den Republikaner, abgegeben.« Er erhob sich, zog seine geblümte Weste herunter und holte seine dicke goldene Uhr aus der Tasche. »Also, Joe. Es ist drei, und die Zeit vergeht. Was meinst du, wollen wir uns draußen ein bißchen umsehen, damit du einen kleinen Eindruck von der Stadt und ein paar von meinen Geschäften bekommst?«

Sie verließen die Bibliothek. Mr. Healey rief nach seiner Kutsche und nach Bill. Aber Bill saß schon stumm wartend in der Halle. Als er seinen Herrn erblickte, sprang er auf wie elektrisiert, und Joseph sah die blinde Ergebenheit und die absolute Hingabe auf dem häßlichen Gesicht des Mannes. Er verspürte ein Kribbeln im Nacken, dessen Ursprung er sich nicht erklären konnte. Dann drehte Bill langsam den Kopf in Josephs Richtung und starrte ihn aus leeren Augen an.

Joseph begegnete dem flackernden Blick des Killers, und ein eiskalter Finger berührte ihn zwischen den Schulterblättern. Fast zärtlich legte Mr. Healey seinen Arm um Bills unglaublich schmale Hüfte und lächelte Joseph freundlich zu.

»Bill«, sagte er, »würde alles für mich tun. Alles.« Sein Lächeln wurde breiter, während er und Joseph sich schweigend ansahen.

Die Kutsche stand auf einer Holzbrücke über dem Oil Creek. In Regenbogenfarben schillernde Ölflecken schwammen auf dem grünen Fluß, und die Ufer waren so von Öl vergiftet, daß Büsche und Bäume ihre Blätter welk herabhängen ließen; viele waren schon tot. Mit Holz und Ölfässern beladene Schleppkähne und Flachboote füllten die schmale und gewundene Wasserstraße. Joseph ließ seinen Blick über die unverletzten Hügel schweifen, über die sanften Senkungen ferner Täler und über den leuchtenden blauen Himmel, der sich ewig dem Grauen widersetzen würde, das der Mensch verkörperte. »Es ist schön«, sagte er, und Mr. Healey nickte zufrieden und stolz.

»Wir haben etwas aus dieser Stadt gemacht«, brüstete er sich. »Das schwarze Gold unter ihren Füßen, haben die Krämerseelen hier ihr Leben verschlafen. Wirklich wahr, Junge, die Menschen sind dumm.«

»Ja«, bestätigte Joseph. Er unterdrückte den seelischen Schmerz, der ihn überkam, und dachte an Sean und Regina und an das, was er hier für sie tun mußte. Aber die Hügel ließen ihn nicht los. Doch wenn er sie nicht aus seinen Gedanken vertrieb, würde es keine Rettung für seine Geschwister geben. Er senkte den Blick wieder auf den Fluß und zwang sich, seine Aufmerksamkeit der lärmenden Geschäftigkeit der Flachboote zuzuwenden. »Wir haben hier genug Öl«, philosophierte Mister Healey, »um sämtliche Städte der Vereinigten Staaten zu beleuchten. Ist das nicht ein berauschender Gedanke?«

»Ja«, sagte Joseph.

Ein großer, magerer Mann mit einem Bart stand auf der Brücke und machte Aufnahmen vom Fluß und den Booten. Sein umfangreiches Gerät lag um ihn herum. »Das ist Mr. Mather«, erläuterte Mr. Healey. »Er braucht nur fünf Minuten für ein Bild! Ist das nicht unglaublich? Nur fünf Minuten!«

»Findet er das hübsch da unten?« erkundigte sich Joseph.

»Was Hübscheres gibt's doch gar nicht, Junge! Geld!« antwortete Mr. Healey.

Das muß ich stets im Gedächtnis behalten, dachte Joseph. Ich hatte es für ein paar Minuten vergessen. Geld oder Leben! Er beobachtete die schwarzgekleidete Gestalt des jungen Mannes, der sich mit fieberhafter Hast unter das schwarze Tuch stürzte, das die Linse seiner auf einem Dreibeinstativ angebrachten Kamera bedeckte. Die Pferde zogen an.

»Jetzt zeige ich dir eine meiner Ölquellen«, sagte Mr. Healey.

Sie fuhren aufs Land hinaus, das für Joseph allerdings überhaupt kein Land war, sondern ein verwüsteter Garten Eden. Derrickkräne und Quellkammern prägten das Bild einer Landschaft, die einst friedlich und still gewesen war. In einiger Entfernung sah er schwarzes und weißes Vieh auf fruchtbaren Feldern, das Leuchten eines blauen Sees, Wiesen und kleine Baumgruppen. Aber die Luft war vom widerlichen, ätzenden Gestank des Rohöls erfüllt; fetter, schwarzer Rauch quoll aus den Spitztürmen der Brunnenhäuser, die, mit ihrer Umgebung ganz unvereinbar, braunen Miniaturkirchen ähnelten. Der neue Gott, dachte Joseph, und Öl ist sein Prophet. Die weißen Bauernhäuser strahlten eine falsche Ruhe aus, so als ginge sie das alles nichts an, doch Joseph wußte sehr genau, daß die Bauern an diesem Zerstörungswerk mitschuldig waren, indem sie ihm für Geld stillschweigend Vorschub geleistet hatten.

All dies lag in der Umarmung plasmagrüner und aquamarinblauer Hügel, die so unschuldig leuchteten, als ahnten sie nichts von der tödlichen Bedrohung durch den Menschen; das schillernde Gefieder der Blätter strebte himmelwärts, wie um einen Gott zu preisen, der nicht nur keinen Deut für sie gab, sondern auch noch mit den Menschen Seiner Schöpfung konspirierte, um alles auszulöschen.

»Da sind wir«, sagte Mr. Healey. Sie standen vor einer großen Gruppe überdachter Ölquellen, und Joseph hörte den Rhythmus von Maschinen wie mechanische Herzschläge. Noch abscheulicher war der urzeitliche Gestank hier, wo sich die verwesten Überreste von Tieren und Pflanzen nach Millionen Jahren der Ruhe aus der Erde ergossen, um eine Rasse mit Reichtum zu überschütten, die den wahren Reichtum ihres Daseins nie erkannt hatte. Wer bin ich, daß ich mit Gott hadern sollte? fragte sich Joseph in zynischer Verbitterung.

Er folgte Mr. Healey in eine der Quellstuben. Er sah die von Lederriemen angetriebenen großen Räder und die schweißbedeckten Leiber der Arbeiter, und er hörte das monotone und stumpfsinnige Stampfen der Pumpe, die das schwarze Blut der Erde an die Oberfläche saugte. Er roch den Rauch und das Öl und das Holz, das verbrannt wurde, um Räder und Pumpe in Gang zu halten. Die Arbeiter hatten das Aussehen geweihter und eifernder Priester. Ihre Augenbrauen waren rußverschmiert, feuchte Streifen durchzogen ihre kohlschwarzen Wangen und Arme. Als sie Mr. Healey erblickten, glitzerten die weißen Zähne in ihren jungen Gesichtern. Sie waren genauso gierig wie er, aber sie dienten ihm. »Hundert Barrels bis jetzt!« rief einer Mr. Healey zu. »Und der Tag ist noch nicht zu Ende!«

Mr. Healey nickte. »Das Öl liegt praktisch an der Oberfläche«, erklärte er Joseph. »Man braucht es nur heraufzupumpen. Ganze Seen. Vielleicht ist die ganze Welt voll Öl. Man weiß es nicht.« Er kniff die Augen zusammen und lächelte. »Willst du hier um acht Dollar die Woche arbeiten? Oder mehr verdienen, ohne dir die Hände schmutzig zu machen?«

Einige der Arbeiter waren nicht älter als fünfzehn, und Joseph fühlte sich alt, als er ihnen zusah. »John Rockefeller«, erzählte Mr. Healey, »soll einmal gesagt haben, vom Hals abwärts sei ein Mann nur einen Dollar im Tag wert, aber es gäbe keine Begrenzung für seinen Wert vom Hals aufwärts. Mit Muskeln kommt man nicht weit, Junge. Nur mit dem Hirn.«

»Das wußte ich schon, als ich noch in den Windeln lag«, sagte Joseph. »Ich dachte, wir hätten das alles heute schon besprochen.«

Mr. Healey neigte den Kopf. »Ich wollte dir das hier nur mal zeigen. Damit du nicht auf dumme Ideen kommst.« Er kaute nachdenklich an seiner Zigarre. Dann packte er Joseph am Arm. »Ich war nie verheiratet. Hab keine Söhne. Du sollst der Sohn werden, den ich nie hatte. Aber spiel ein offenes Spiel mit mir, hörst du?«

»Ich sagte Ihnen schon, daß ich Sie nie hintergehen werde«, erwiderte Joseph, und Mr. Healey lächelte.

»Und vergiß nicht, was *ich* dir gesagt habe, Joe. Alle Menschen sind Judasse. Jeder hat seinen Preis. Meiner ist höher.«

Sie fuhren in die Stadt zurück, und Mr. Healey führte Joseph in ein dreigeschossiges Gebäude nahe am Platz. Die Holztreppe war sandig und staubig, die Gänge waren schmal und dunkel. Mr. Healey stieß eine der Türen auf. »Hier wickle ich meine Geschäfte ab«, erläuterte er. »Im Haus empfange ich nur wichtige Leute.«

Sie befanden sich in einem von mehreren aneinander angrenzenden kleinen Räumen. Die schmutzigen Fenster waren dicht verschlossen, die Luft war schwer von Hitze und Rauch, und es hatte nicht den Anschein, als ob diese Zimmer in den letzten zehn Jahren gesäubert worden wären. Obgleich hier und dort Spucknäpfe standen, war der Fußboden von Tabakspucke bedeckt. Die Wände waren stumpfbraun gestrichen, die Decken waren aus dunkelbraunem Blech. Jeder Raum beherbergte einen mit Papieren vollgestopften Zylinderschreibtisch, ein Pult und ein paar wacklige Stühle. Mr. Healeys eigenes Zimmer war nur wenig besser eingerichtet, verfügte jedoch auch noch über einen Tisch und einen bequemen Ledersessel. Wie durch einen Nebel sickerte das Licht durch die grau verschmierten Fenster. Es fiel Joseph auch auf, daß die Fenster vergittert waren, so als ob die Angestellten Gefangene wären, und daß die einzige Tür zum Gang an der Innenseite mit einer Stahlplatte verkleidet und überdies mit mehreren komplizierten Schlössern versehen war. An einigen Wänden hingen Kalender in grellen Farben, und in Mr. Healeys Zimmer stand ein Gestell mit Gesetz- und anderen juristischen Büchern.

Doch was sofort Josephs Interesse erweckte, war nicht so sehr die häßliche, verbrauchte und vergiftete Atmosphäre der Räume, sondern vielmehr die Persönlichkeit der hier Beschäftigten. Er sah nicht weniger als vierzehn Angestellte, von denen keiner über vierzig und der jüngste Anfang Zwanzig war. Dennoch hatten sie so vieles gemeinsam, daß sie einer einzigen Familie, einer einzigen Zucht zu entstammen und eines Blutes, eines Sinnes zu sein schienen. Alle waren groß, schlank, elegant, gefühllos und gefährlich, und ihre Gesichter ebenso unergründlich wie seines. Sie waren sehr gut gekleidet, obzwar sie wegen der großen Hitze ihre langen Gehröcke abgelegt hatten. Sie trugen rehfarbene oder graue oder diskret gemusterte Hosen, fleckenlose, mit Rüschen versehene weiße Hemden mit sauber geknoteten Halsbinden und prächtig bestickte Westen. Uhrketten spannten sich über ihre fleischlose Mitte. Die Manschetten glänzten blütenweiß. Ihre Schmuckstücke waren zwar offensichtlich teuer, doch im Gegensatz zu dem schillernden Mr. Healey durchaus konventionell, und ihre schmalen, schwarzen Stiefel mit Leder auf Hochglanz poliert. Sie hatten die Gestalten von feinen Herren oder Schauspielern und bewegten sich mit der überzeugten, sparsamen und verhaltenen Anmut von Berufsmördern. Mochte die Farbe ihrer Augen auch verschieden, ihre Züge nicht identisch und ihre Körpergröße nicht die gleiche sein, so vermittelten sie Joseph dennoch einen Eindruck geistiger Verwandtschaft und Übereinstimmung, der keiner Erklärungen bedurfte. So hübsch die Burschen auch waren, so elegant und geschliffen, ging doch eine kalte, gefährliche Drohung von ihnen aus. Joseph erkannte in ihnen jenen Typ von stillen Männern, die im Bahnhof von Wheatfield gewartet hatten und auf die er mit dem Bemerken hingewiesen worden war, daß es sich um Spieler und, ganz allgemein, um skrupellose Leute handelte, die sich mehr oder weniger ehrlich durchs Leben schlugen.

Die gesessen waren, standen auf, als Mr. Healey mit Joseph eintrat; die anderen rührten sich nicht. Sie sagten nichts. Sie lächelten nicht. Es war, als ob der Führer des Wolfsrudels unter sie getreten wäre und sie nun auf seine Befehle warteten, die sie unverzüglich und ohne Debatte ausführen würden. Einige von ihnen rauchten die langen, dicken Zigarren, die auch Mr. Healey bevorzugte; sie nahmen sie jetzt aus dem Mund und hielten sie in ihren schmalen und außerordentlich aristokratischen Händen. Ihre schwarzen Stiefel glitzerten im matten Licht, das durch die schmutzigen Fenster kam, aber sie bewegten sich nicht. Es waren ruhige, anpassungsfähige und gewinnende Menschen. Ihr dichtes, modisch langes Haar fiel ihnen in schimmernden Locken in den Nacken. Von schmalen Koteletten abgesehen, waren alle glattrasiert; ihre Haut war einheitlich blaß und fleckenlos und verriet sorgsame Pflege. Allesamt verbreiteten sie einen zarten Duft von Parfüms und teuren Haarwässern.

Sie paßten nicht in diese schmutzigen, stickigen kleinen Räume — so wie man auch nie vermuten würde, Patrizier oder solche, die es zu sein meinen, in düsteren Hinterhöfen oder in verrufenen Vierteln einer Stadt anzutreffen. Aber Joseph empfand diese Ungereimtheit nur kurze Zeit; dann begriff er rein intuitiv, daß sich diese Menschen in Wahrheit genau in dem Milieu aufhielten, das ihrer Art und Tätigkeit entsprach.

»Burschen«, verkündete Mr. Healey mit etwas wie Rührung in seiner Stimme, »ich möchte euch hier diesen Nichtsnutz vorstellen, nennt sich Joe Francis, der mithelfen wird, die Bücher zu führen, während ich unterwegs bin, um für uns alle Geld zu verdienen.« Er lachte herzlich. »Ich werde meine Augen nicht mehr überanstrengen müssen, um mich mit allen Einzelheiten vertraut zu machen. Ihr braucht ihm nur alles zu sagen. Er wird es dann für mich kurz zusammenfassen. Er ist ein gescheiter Junge und seiner Sache sicher. Hat auch eine hübsche Handschrift. In einer Stunde bekomme ich von ihm all das, wozu ich bisher einen ganzen Tag gebraucht habe, um es in meinen Schädel hineinzustopfen.« Er klopfte sich an seine rosige Schläfe. »Mein Sachwalter, könnte man sagen. Noch ein bißchen jung, aber seinem Verstand nach gar nicht mehr jung, was, Joe?«

Keiner sagte ein Wort, doch mit einem Mal war Joseph das Ziel zusammengekniffener, scharf prüfender Augen und gnadenloser Spekulation. Wenn einem der hier Beschäftigten diese Entwicklung unglaublich erschien, ließ er sich jedenfalls nicht das geringste anmerken. Ein junger Mensch stand vor ihnen, um vieles jünger als der Jüngste unter ihnen, ärmlich, ja sogar schäbig gekleidet, ohne Rüschen am Hemd, ohne Uhrkette, ohne Seidenkrawatte und ohne Schmuckstücke, die derben Stiefel staubig und aufgerissen, die fleckige Hose aus grobem braunem Stoff, und mit einem bläßlichen, sommersprossigen Gesicht, das seine Unreife verriet — wie sollten sie da nicht überrascht sein? Aber sie sagten und taten nichts dergleichen. Sie rührten sich nicht, und wäre da nicht das Glitzern ihrer Augen gewesen, man hätte sie für Schaufensterpuppen halten können.

Joseph sollte später erfahren, daß keiner dieser Männer Mr. Healeys Klugheit oder Entscheidungen je in Frage stellte oder anzweifelte, Einwendungen erhob oder sich privat darüber lustig machte. Er beherrschte sie uneingeschränkt — nicht weil er reich und mächtig und ihr Arbeitgeber war, sondern weil sie, in deren Adern Wolfsblut rollte, einen ihnen überlegenen Wolf, der noch nie einen Fehler gemacht hatte, anerkannten und respektierten. Hätten sie an ihm je eine Schwäche, Unsicherheit oder Unschlüssigkeit entdeckt, hätte er je einen Bock geschossen, sie würden ihm an die Kehle gesprungen sein und ihn zerrissen haben.

Nicht instinktmäßig, auch nicht aus Böswilligkeit oder aus Habgier oder Neid würden sie so gehandelt haben, sondern weil er mit seinem Selbstverrat das ganze Rudel verraten und in Gefahr gebracht hätte. Er wäre nicht mehr ihr Herr gewesen, und Abdankung hätte, in ihren Augen, unweigerlich zur Exekution führen müssen.

Joseph wartete auf einen Protest, ein maliziöses Lächeln, ein zweifelndes Hochziehen der Brauen, auf ein gemurmeltes Wort. Er wartete vergeblich. Es dauerte eine ganze Weile, bis er begriff, daß einige von ihnen in ihm sofort — nicht einen Galgenvogel wie sie selbst — einen überlegenen Gegenspieler erkannt hatten, einen, der gefährlicher war als der gefährlichste in ihrer Schar. Und er war von Mister Healey ausgesucht worden, dessen Methoden und Entscheidungen sie niemals in Zweifel zogen. Dazu hatte dieser seine Fähigkeiten schon zu oft bewiesen, und sie waren sicher, daß er dies auch in Zukunft tun würde.

Ohne erkennbares Signal formten die Männer nun eine schmalhüftige Reihe und hielten ihm mit einer leichten Verbeugung ihre weichen Spielerhände entgegen. Joseph nahm diese Hände. Noch konnte er, was hier vorging, nicht mit der Wirklichkeit vereinen. Mehrere gab es hier, die sein Vater hätten sein können, und auch diese senkten respektvoll den Kopf vor ihm. Sie spürten, daß er sie nicht fürchtete, und sie zeigten es auch nicht, wenn sie ahnten, daß er gar nicht wußte, was er fürchten sollte. Dennoch beschloß eine Anzahl der Erfahreneren im stillen, sich diesen Neuankömmling sehr bald vorzuknöpfen, um herauszufinden, ob Mr. Healey nicht endlich doch einen Bock geschossen hatte.

Mr. Healeys aufgeräumte Stimme nannte Namen, aber Joseph hörte nicht sehr aufmerksam zu. Er würde sie noch alle namentlich kennenlernen. Später. Und wenn nicht, würde es auch nicht viel ausmachen. Wichtig war nur, was sie ihm zeigen und ihn lehren konnten. Doch es entging ihm nicht, daß Mr. Healey, immer noch strahlend lächelnd, aber mit kalten leeren Augen, zwei der älteren Männer zur Seite zog und leise mit ihnen sprach und daß er ein- oder zweimal eine brutale, hackende Bewegung mit seiner ringgeschmückten Hand ausführte. Joseph argwöhnte, daß er der Gegenstand dieser Unterhaltung war, und es ärgerte ihn; dann zuckte er im Geist die Achseln. War das denn wichtig? Scheiterte er, dann war er eben gescheitert. Hatte er Erfolg, würde er sein Ziel erreichen. Er war entschlossen, nicht zu scheitern. Wer sich weigerte, zu scheitern, scheiterte nicht. Er hatte einmal einen alten römischen Spruch gelesen: »Jener ist fähig, der an seine Fähigkeiten glaubt.« Ich bin fähig, sagte sich Joseph. Ich muß fähig sein.

Ein junger Mann bot ihm höflich eine Zigarre an, aber Joseph schüttelte den Kopf. »Ich rauche nicht«, sagte er und sah dem Mann ins Gesicht. »Ich habe nicht die Absicht, jemals zu rauchen. Ich bin nicht gewillt, meine Zeit und mein Geld zu verschwenden.« Mr. Healey hatte diese Worte mitangehört und kam strahlend herübergeschlendert. »Und das, mein Junge, entspricht genau auch meinen Ansichten. Aber es soll jeder nach seiner Fasson selig werden, meine ich.«

Zu den anderen sagte er: »Dieses nichtsnutzige Bürschchen, meine Herren, ist gebildet. Ge-bil-det. Er liest Bücher. Aber das wollen wir ihm nicht zum Vorwurf machen!« In gespielter Abwehr hielt er ihnen seine rosigen Handflächen entgegen. Es wurde pflichtschuldig gelacht. »Von Buchgelehrsamkeit halte ich persönlich nicht viel«, fuhr Mr. Healey fort. »Das erweicht nur das Hirn und macht Dummköpfe aus den Menschen. Aber bei diesem Iren hier, bei Joe, hat es genau das Gegenteil bewirkt. Es hat ihn zäh gemacht. Hart und ehrgeizig. Hat ihm gezeigt, um was es eigentlich geht in dieser Welt. Und er trägt einen irischen Schädel auf seinen Schultern, und das sage ich euch, Burschen, ein Ire ist nicht zu schlagen, bei welchem Spiel immer. Niemals. Ich bin ja selbst Ire und muß es wissen. Wir brennen wie Torf, und wie Torf flammen wir nicht nur einmal auf — wir brennen mit stetiger Flamme, bis nichts mehr da ist. Joe mag keinen Whisky. Und wenn es für uns Iren ein weltliches Übel gibt, ist es der Whisky — auch wenn das nicht gerade meiner persönlichen Erfahrung entspricht.«

Er grinste und klopfte sich auf seinen runden Bauch. »Aber wenn ich arbeite, trinke ich nicht. Ihr wißt, wie ich darüber denke. Kein Whisky hier im Kontor. Pistolen ja, aber keinen Whisky. Und Kater werden hier auch nicht geduldet. Ich erwähne das nur, damit Joe Bescheid weiß.

Und nun wünsche ich, daß Joe von morgen an in meinem Zimmer und an meinem Schreibtisch sitzt. Nicht an meinem Tisch. Der gehört mir. Er wird um sieben Uhr da sein.«

Er sah Joseph an und deutete dann auf den Mann, der neben ihm stand. »Das ist Mr. Montrose. Wir nennen uns hier nie bei unseren Vornamen, Joe. Einfach Mister. Und nur der liebe Gott weiß, ob die Zunamen, die du hören wirst, auch die richtigen sind. Spielt ja auch keine Rolle. Mr. Montrose wird morgen mit dir in ein paar Läden gehen und dir Kleider kaufen, wie sie für meine Leute angemessen sind.«

»Nur wenn ich sie selbst bezahlen kann.«

Mr. Healey schwenkte seine Zigarre. »Versteht sich. Komm von deinem hohen Roß herunter, Joe.« Aber es gefiel ihm. Er nickte seinen Angestellten selbstgefällig grinsend zu, nahm Joseph beim Arm und führte ihn auf den Gang hinaus. »Prächtige Burschen«, sagte er. »Immer auf Draht. Fürchten weder Gott noch sonst jemanden, nicht einmal die Polizei. Sie fürchten nur mich. Aber ich könnte mir gut vorstellen, daß die Polizei hinter einigen her ist. Vielleicht ist sie auch hinter dir her, was, Joe?«

»Ich werde nicht von der Polizei gesucht, Mr. Healey, das wissen Sie doch. Ich bin auch vor niemandem auf der Flucht, und ich bin nie im Gefängnis gesessen. Und werde auch nie sitzen.«

»Es ist keine Schande, wenn man einmal im Kittchen war«, entgegnete Mr. Healey, und Joseph hätte schwören können, daß sein Dienstgeber aus Erfahrung sprach. »Das passiert den anständigsten Leuten. Ich mache niemandem einen Vorwurf daraus. Im Gegenteil: es sind oft bessere Menschen als die, die nie gesessen haben. Das ist meine Meinung.«

Die Luft auf der Straße war unvergleichlich frischer und kühler als die im Kontor, und Joseph genoß sie in vollen Zügen. Leuchtendes Gold schimmerte durch die hohen Bäume, und der westliche Himmel verdunkelte sich zu bläulichem Purpur. Bill Strickland wartete neben der Kutsche. Seine Haltung war kalt und undurchsichtig wie die eines Indianers, und Joseph fragte sich, ob nicht neben entartetem angelsächsischem auch indianisches Blut in seinen Adern rollte. Unendliche Geduld und eine gewisse Unbewegbarkeit waren zweifellos seine markantesten Charakterzüge.

Sie fuhren heim. Mr. Healey rauchte friedlich und gelöst seine Zigarre, aber Joseph spürte förmlich, wie er nachdachte, angestrengt und sehr gezielt überlegte. Ein freundliches, mildes Lächeln spielte um seine dicken Lippen, aber er sann, grübelte und schmiedete Pläne. Joseph schwieg. Er wußte, daß Mr. Healey ihn vorübergehend vergessen hatte und daß es Fächer in seinem Kopf gab, die er zuschloß, wenn er über ein Problem nachdachte oder einen Plan ausheckte. Joseph besaß die gleiche Gabe und respektierte sie auch in anderen Menschen. Ein Mann, der seine Gedanken müßig umherschweifen ließ, handelte unverantwortlich und taugte nichts.

Sie trafen vor Mr. Healeys Haus ein. Wie Feuer loderten die hohen schmalen Fenster der Obergeschosse. Der Rasen schien noch grüner und dichter, und die Bäume glitzerten golden in der untergehenden Sonne. Doch aus einem Grunde, den er sich selbst nicht erklären konnte, überkam Joseph beim Anblick des einer Festung ähnlichen Hauses ein Gefühl der Verlassenheit, so als ob überhaupt niemand darin wohnte, so als ob es in feindseliger Abgeschiedenheit verharrte. Zwar standen andere alte Häuser inmitten ausgedehnter Rasenflächen an derselben Straße, doch wollte es Joseph bedünken, daß diese Nachbarn Mr. Healeys Haus irgendwie nicht zur Kenntnis nahmen, es übersahen. Er blickte zu den fernen Hügeln empor, die sich im Abendlicht bläulich färbten, und auch sie schienen ihm kalt und abweisend. Es waren diese plötzlichen Einsichten und Erkenntnisse, die Joseph in all seinen fast achtzehn Jahren geplagt hatten und ihn auch, allem eifrigen Bemühen, sie vernunftgemäß zu deuten, zum Trotz, sein ganzes Leben lang plagen sollten. Weder Gott noch die Natur, dachte er, scheinen etwas von uns zu wissen oder sich um uns zu kümmern und sorgen sich doch um so viele andere Dinge — um die Erde zum Beispiel. Unerklärliche Trauer lastete auf seiner irischen Seele, ein Gefühl völliger Entfremdung, ein Gefühl grausamer Verbannung, ein verzweifeltes Sehnen, das sich nicht in Worte fassen ließ.

»Nun wollen wir uns ein wenig frisch machen und dann zu Abend essen«, sagte Mr. Healey, dem solche Empfindungen offenbar fremd waren. »Wer früh zu Bett geht und sich früh erhebt, hat sein Leben gleich zweimal gelebt. George Washington.«

»Benjamin Franklin«, besserte Joseph aus.

Mr. Healeys Lächeln erstarrte. »Du hast wohl die Gescheitheit mit Löffeln gefressen, wie? Wen interessiert es schon, *wer* das gesagt hat? Es ist doch wahr, oder?«

Sie betraten die Halle mit ihren überdimensionierten Sofas, Stühlen und Teppichen. Mrs. Murray wartete in ihrer schwarzen Krinoline, ihrer gefältelten Schürze und ihrer weißen Haube. Mißlaunig machte sie einen kleinen Knicks vor Mr. Healey. »Abendessen in zehn Minuten«, sagte sie. »Es ist spät.«

Er legte ihr freundlich die Hand auf die Schulter, die ebenso breit war wie die seine, und einen Augenblick lang verloren ihre strengen Züge an Schärfe. »Meine liebe Mrs. Murray«, wies er sie zurecht, »ich weiß, daß Sie mir verzeihen werden, aber Sie läuten den Gong erst, wenn ich herunterkomme. Nicht früher.«

Sie knickste wieder, warf jedoch Joseph einen so mörderischen Blick zu, als ob er an allem Schuld hätte.

»Wir haben einen harten Tag hinter uns«, sagte Mr. Healey noch zu seiner Haushälterin, während er schon anfing, mit Joseph die Treppe hinaufzusteigen. »Sie müssen Verständnis haben für uns arme Geschäftsleute.«

Sie schnaubte verächtlich und ging die Halle hinunter. Mr. Healey lachte. »Ich bin immer freundlich zu Leuten, die für mich arbeiten. Aber alles hat seine Grenzen. Der Ton kann leicht zu familiär werden, und eh du dich versiehst, kommandieren sie mit dir herum statt umgekehrt. So etwas schmerzt mich, Joe. Ich möchte gern zu allen Menschen gut sein, aber in der Praxis geht das nicht. Man muß Autorität haben. Muß ihnen hin und wieder die Peitsche zeigen.«

Mr. Healey begab sich in sein Zimmer im vorderen Teil des Obergeschosses, und Joseph ging den Gang hinunter, um das seine aufzusuchen. Schon hielt er die Hand auf der Klinke, als er hinter der Tür des grünen Zimmers zuerst eine schwache, klagende und dann eine zarte, junge, weibliche Stimme vernahm. Zu sich selbst sagte er: »Es geht mich nichts mehr an, was mit Haroun geschieht.« Dennoch zauderte er. Er dachte daran, was er soeben noch empfunden hatte, als er vor dem Haus gestanden war. Sich selber verwünschend, ging er auf Harouns Zimmer zu, öffnete die Tür und stieß sie zornig auf, so als gehorche er nicht seinem eigenen, sondern dem Willen eines Fremden, dem er keinen Gehorsam schuldete.

Leuchtende rote Sonnenstrahlen füllten den Raum, und Joseph bemerkte sogleich, daß dieses Zimmer in grünen Farbschattierungen ebenso schmucklos schön und heiter war wie das seine. Haroun lag in einem prächtig geschnitzten Bett aus irgendeinem schwarzen Holz und ruhte auf prallen weißen Kissen. Neben ihm saß die kleine Liza, hielt seine Hand, tröstete ihn und sprach mit sanftester und süßester Stimme zu ihm. Sie waren beide Kinder, und Joseph mußte wider Willen an Sean und Regina denken.

Zu Tode erschrocken sprang Liza auf, als sie Joseph erblickte. Sie zitterte am ganzen Körper, das magere Gesicht zuckte. Sie duckte sich, schrumpfte zusammen, wäre am liebsten in den Boden versunken. Sie senkte den Kopf, als ob sie Schläge erwartete.

Aber Harouns fiebrig leuchtende, große, schwarze Augen weiteten sich vor Entzücken. Er war ernstlich krank; er schien an Gewicht und Körpergröße verloren zu haben. »Joe!« rief er mit zittriger Stimme und streckte ihm seine dunkelfarbige Hand entgegen.

Joseph sah Liza an. »Ich danke dir«, sagte er, »daß du — daß du dich um —« Sie streifte ihn mit einem zaghaften Blick.

»Ich habe nur ein bißchen mit Mr. Zeff geplaudert, Sir. Ich habe nichts Böses getan. Ich hole ihm jetzt sein Abendessen.« Sie floh aus dem Zimmer wie ein schmächtiger Schatten. Joseph blickte ihr nach, und sein Gesicht verdüsterte sich. Du Narr, schalt er sich, was liegt dir daran? Es sind Menschen ohne jede Bedeutung. Sie hätten nie geboren werden sollen. Er wandte sich Haroun zu und geriet in Zorn, weil der Junge, jetzt bei vollem Bewußtsein, offensichtlich Schmerzen litt und weil er einem Joseph Francis Xavier Armagh lästig fiel, den das Ganze nichts anging.

Immer noch streckte Haroun ihm seine Hand entgegen, und Joseph mußte sie wohl oder übel ergreifen. »Joe«, sagte der kleine Libanese, »ich weiß nicht, wie ich hierhergekommen bin. Aber ich kann mir denken, daß du das veranlaßt hast.«

»Das war Mr. Healey. Es ist sein Haus, nicht meines.«

»Aber du hast es veranlaßt«, entgegnete Haroun aus tiefster Überzeugung. »Wärest du nicht gewesen, er würde mich keines Blickes gewürdigt haben.«

»Nun, sieh zu, daß du wieder gesund wirst. Dann kannst du dich bei Mr. Healey bedanken. Ich habe nichts getan.«

»Du hast mir das Leben gerettet, Joe. Ich erinnere mich an den Zug.«

Aus Harouns strahlendem Blick sprach schwärmerische Hingabe, unbegrenztes Vertrauen, flammende Begeisterung. Der gleiche Blick leuchtete in Bill Stricklands Augen auf, wenn er Mr. Healey gegenüberstand: aufopfernd, blind ergeben. Unerschütterlicher Glaube. Jenseits von Gut und Böse.

»Ich will alles für dich tun«, flüsterte Haroun. »Mein Leben lang.«

Joseph entzog ihm seine Hand. »Tu alles für dich selbst«, erwiderte er mit rauher Stimme. »Dein Leben lang.« Doch Harouns strahlender Blick blieb auf ihm ruhen, und Joseph lief nahezu aus dem Zimmer.

XII

Joseph entdeckte, daß Mr. Healey im Hinblick auf seine Aktivitäten und Beteiligungen, auf sein Vermögen und die Zukunftsaussichten seiner Unternehmen nicht eben rückhaltlos offen gewesen war. Er hatte angedeutet, daß seine Interessen hauptsächlich in Titusville lagen, aber Joseph fand heraus, daß Titusville nur seine Operationsbasis war, weil er es vorzog, seine Geschäfte, um einer gewissen Einengung seiner Tätigkeit durch die Gesetze und durch politische Feinde zu entgehen, nicht in Pittsburgh und Philadelphia abzuwickeln. Die Operationen in Titusville machten nur einen geringen Teil seiner Geschäfte aus, aber hier konnte er sich mit Hilfe seiner Mitarbeiter vor allzu eifrigen Untersuchungen und Nachforschungen schützen. Hier »kontrollierte« er den Sheriff und dessen Untergebene — was ihm in Pittsburgh oder Philadelphia, wo es einflußreichere Diebe gab, die über weit höhere finanzielle Ressourcen verfügten, unmöglich gewesen wäre. Dennoch kamen seine Einkünfte größtenteils aus Philadelphia und Pittsburgh und sogar aus New York und Boston.

»Mein Junge«, pflegte er zu Joseph zu sagen, »Organisation, Urteilskraft, ein Auge fürs Geschäft, das ist das ganze Geheimnis«, und sein Schützling erkannte sehr bald, daß es sich auch tatsächlich so verhielt.

Er war in so gut wie jeder Beziehung ein typischer Ire, aber nicht von der Art, wie Joseph sie kannte, nämlich zurückhaltend, kalt, beherrscht, melancholisch, äußerst empfindsam — wenn auch nur im geheimen —, aristokratisch, hochmütig, stolz, unversöhnlich, unerbittlich, herb, poetisch und, mit einigem Widerstreben, mystisch. Mr. Healey begegnete Josephs irischer Wesensart mit humorvollem, wenn auch nicht immer beifälligem Verständnis. Joseph hingegen sah sich außerstande, Mr. Healeys irische Art zu akzeptieren; sie dünkte ihn vulgär, großtuerisch, aufdringlich und erniedrigend.

Mr. Healeys Aktenschränke befanden sich in einem Raum neben seiner »Büroflucht«, wie er die schäbigen, schmutzigen Zimmer bezeichnete. Auch hier waren die Fenster vergittert. In einer Ecke stand ein Feldbett mit Decken. Jeder seiner Angestellten mußte, mit Pistolen und einer Flinte bewaffnet, zwei Nächte im Monat in diesem Zimmer schlafen oder zumindest dösen. Mr. Healey stand in Verbindung mit Banken in Pittsburgh und Philadelphia und einem neuen Institut in Titusville, bewahrte aber eine große Summe in Gold in einem enormen Stahlschrank in diesem zentralen Arsenal seiner Kanzlei auf. Seine Männer hatten strikten Auftrag, auf jeden Eindringling zu schießen; das wußte man in der ganzen Stadt. Jeder seiner Leute war ein erprobter Schütze und übte sich regelmäßig im freien Gelände. Auch Joseph nahm an diesen Übungen teil. Mr. Montrose, sein Berater und Lehrer, berichtete Mr. Healey, der Junge habe »Falkenaugen und von Anfang an nie einen Schuß verfehlt«.

»Kümmern Sie sich nicht um die Gesetze, wenn jemand versuchen sollte, in diesem Raum einzubrechen«, beruhigte Mr. Montrose Joseph, der Zweifel geäußert hatte. »Hier in unserer Gegend ist Mr. Healey das Gesetz. Überdies ist es völlig legal, einen Dieb zu erschießen. Oder mißfällt Ihnen der Gedanke, einen Menschen töten zu müssen?«

Joseph dachte an den verzweifelten, mörderischen und blutigen Kampf seines Volkes gegen das englische Militär. »Ich habe gegen das Töten nichts einzuwenden«, antwortete er. »Ich möchte nur sicher sein, daß ich nicht gehängt werde, wenn ich es tue.«

»Immer vorsichtig, was?« meinte Mr. Montrose ohne jeden Groll oder Spott. »Nur Dummköpfe sind unvorsichtig und handeln, ohne zu wissen, wie es um ihre Chancen bestellt ist.«

Joseph bekam bald heraus, daß Mr. Healey Überstürztheit und Unbesonnenheit gar nicht schätzte, und da auch er diese Untugenden ablehnte, befleißigte er sich weiterhin seiner ihm angeborenen Bedachtsamkeit.

Keiner der Angestellten kannte die Lebensgeschichten seiner Gefährten, und keiner vertraute sich einem anderen an. Allerdings verrieten ihre Sprechweisen, daß sie aus verschiedenen Teilen des Landes gekommen waren. Mr. Montrose hatte einen weichen südländischen Akzent, seine Sprache war gepflegt. Er war ein von Natur aus liebenswürdiger Mann und dennoch der gefährlichste von Mr. Healeys Leuten — trotz seines ungezwungenen Auftretens, seiner faszinierenden Stimme, seines höflichen, rücksichtsvollen Gebarens, seiner unbeirrbaren Artigkeit und der unverkennbaren Anzeichen gehobener Lebensart. Er war immer verbindlich, gepflegt und ausgeglichen, ein Mann von Kultur, und so vermutete Joseph, daß er einer vornehmen Familie entstammte und sich, weil unverhofft in Armut geraten oder einfach aus Neigung, für ein Halunkenleben entschieden hatte. Mr. Montroses Geisteshaltung entsprach der eines wohlerzogenen Menschen; das anmaßende Gehaben eines Plebejers war ihm fremd.

Er war etwa achtunddreißig, sehr groß und schlank, von anmutiger Haltung und Bewegung. Seine Kleidung war gediegen und geschmackvoll. Er erinnerte Joseph an die rötlichgelbe Katze, die seiner Großmutter in Irland gehört beziehungsweise nach Katzenart von seiner Großmutter Besitz ergriffen hatte. Mr. Montrose hatte helles, rötlichgelbes Haar, breite, gelbe Augen und eine gezierte, aber darum nicht weniger wirkungsvolle Art. Sein langes Gesicht war von cremefarbener Blässe und unergründlich in seinem Ausdruck. Eine zarte, fast zerbrechlich wirkende Nase kontrastierte mit einem fein geschwungenen Mund und gesunden Zähnen. Nur selten runzelte er die Stirn, erhob er die Stimme, äußerte er sich beleidigend, ließ er sich seinen Zorn anmerken. Er verhielt sich diszipliniert und übte gleichzeitig eine eigenartige Form von Toleranz. Er verzieh jeden Fehler eines Mitarbeiters — aber nur einmal. Beim zweitenmal wurde Mr. Montrose sein Feind. Joseph glaubte, einen militärischen Zug an ihm zu entdecken, obgleich Mr. Montrose lächelnd in Abrede stellte, jemals im Heer gedient zu haben. Aber Joseph ließ sich nicht so leicht überzeugen. Autorität und Disziplin über sich selbst und andere lassen sich nur im Befehlsstand erlernen — und Mr. Montrose, ungeachtet seiner Eleganz, verstand zu befehlen.

Seine Kollegen achteten und fürchteten ihn; er war ihr Vorgesetzter. Sie wußten, daß er skrupelloser und tödlicher war als sie alle. Sie vergaßen nicht, daß erst vor kurzem zwei Männer aus ihrer Mitte von einem Tag zum andern verschwunden waren, ohne daß Mr. Montrose sich überrascht gezeigt hätte. Zwei neue Mitarbeiter traten bald an ihre Stelle.

Sie waren Mr. Healey durch die Bank ergeben. Joseph hatte anfangs geglaubt, daß sie ihn nur fürchteten, aber Mr. Montrose belehrte ihn eines Besseren.

»Der Mann, den sie fürchten und verabscheuen und der ihnen wie ein Alb auf der Brust liegt, ist nicht Mr. Healey, den sie als rücksichtsvollen Gentleman bewundern. Sie wissen, daß er ein Mensch ist wie sie alle, und häufig auch noch sentimental. Sie vertrauen ihm. Sie sind sorgsam darauf bedacht, ihn nicht zu ärgern — aus einer Vielzahl von Gründen. Ihr Haß und ihre Furcht konzentrieren sich auf Bill Strickland, dieses Stück weißen Abfalls mit dem Herzen eines Tigers.« (Das war das erstemal, daß Joseph den Ausdruck »weißer Abfall« hörte, aber er wußte gleich, was Mr. Montrose damit meinte.) »Bill Strickland stellt einen Rückschlag in der menschlichen Entwicklung dar. Er hat keine Seele, wie Sie vielleicht selbst schon festgestellt haben, Mr. Francis. Er ist eine lebendige und mörderische Waffe, und Mr. Healey hat seinen Finger am Abzug. Wie gemein, wie gewissenlos, wie niederträchtig ein Mensch auch sein mag, Mr. Francis, er empfindet dennoch Entsetzen und Abscheu vor urzeitlicher Wildheit und gedankenloser Grausamkeit. Wo Menschen Feinde haben, wissen sie, daß diese Feinde von etwas angetrieben werden, das ihnen irgendwie verständlich ist. Wir sind ja alle Menschen. Aber Geschöpfe wie Bill Strickland stehen außerhalb der menschlichen Gesellschaft und sind zu vernunftmäßigen Überlegungen nicht fähig. Sie töten unpersönlich: ohne Gehässigkeit, ohne Feindseligkeit, ohne Wut — und das ist etwas, das andere Menschen nicht begreifen können. Sie töten wie Schwerter oder Kanonen oder Gewehre — sobald der Mann, dessen Eigentum sie sind, auf den Abzug drückt. Sie stellen keine Fragen. Sie verlangen nicht einmal Geld für ihr blutiges Geschäft. Sie sind einfach da. Verstehen Sie mich?«

»Ja. Ist er ein Idiot? Ein Schwachsinniger?«

Mr. Montrose lächelte und zeigte seine weißen Zähne. »Ich sagte Ihnen schon: er ist ein Atavismus. Ich habe irgendwo gelesen, daß alle Menschen einmal so waren, bevor sie sich zum *homo sapiens* entwickelten. Das Bestürzende daran ist, daß es ihrer nicht wenige gibt. Man findet sie unter Söldnern, aber auch in den besten Familien. Man findet sie überall, obgleich sie häufig in Verkleidung auftreten — in Verkleidung von Menschen.« Mr. Montrose rauchte nachdenklich. »Ich habe in meinem ganzen Leben nie einen Menschen gefürchtet. Aber ich gestehe offen, daß ich Bill Strickland fürchte — wenn er hinter mir steht. Dann läuft mir eine Gänsehaut über den Rücken.«

»Und Mr. Healey gebraucht ihn?«

Mr. Montrose lachte und ließ sekundenlang seine Hand auf Josephs Schulter ruhen. »Er gebraucht ihn, wie andere Leute Flinten oder Pistolen gebrauchen. Er ist eine Waffe. Würden Sie es Mr. Healey zum Vorwurf machen, wenn er eine Pistole bei sich trüge? Ein Mann muß auf seine Sicherheit bedacht sein. Mr. Healey trägt keine Pistole bei sich. Er hat Bill Strickland.«

»Wie kann ein solches Geschöpf Mr. Healey treu ergeben sein?«

Mr. Montrose zuckte die Achseln. »Fragen Sie das einen Hund, der einen guten Herrn hat.«

Für Joseph, der sich sein Urteil über Bill Strickland auf Grund des Gespräches mit Mr. Montrose und eigener Überlegung und Beobachtung gebildet hatte, war es ein demütigender Schock, feststellen zu müssen, daß der junge Haroun Zieff rein instinktmäßig alles über Mr. Healeys Diener wußte. Dennoch war Haroun der einzige, der keinerlei mystischen Horror oder Abscheu vor ihm empfand. »Ich würde ihm nie in die Quere und schon gar nicht vor den Lauf kommen«, sagte er zu Joseph. Seine großen, schwarzen Augen funkelten auf eine Weise, die Joseph nicht zu deuten wußte. »Aber ich würde auch nicht vor ihm davonlaufen. Das darf man nie tun — wenn man einen Schakal vor sich hat.« Zum erstenmal sah sich Joseph mit dem gläubigen Mut und der sonderbaren Wildheit des Wüstengeborenen konfrontiert, wenngleich er diese Eigenschaften damals noch nicht richtig einzuschätzen verstand. »Du sollst nie Angst vor ihm haben, Joe. Ich bin da, dein Freund.«

Joseph lachte sein kurzes, zynisches, kaum hörbares Lachen. Er wurde sich der für ihn unerfreulichen Tatsache bewußt, daß er anfing, Vertrauen in Haroun zu setzen, der jetzt schon von allen »Harry« gerufen wurde. Einem Menschen zu vertrauen, hieß sich selbst verraten. Er versuchte wiederholt, Haroun zu mißtrauen, etwas Unaufrichtiges oder Verschlagenes an ihm zu entdecken, einen Blick von ihm aufzufangen, der menschliche Tücke offenbaren würde — ohne Erfolg. Er wußte nicht, ob er sich erleichtert und gerührt oder beunruhigt fühlen sollte.

Haroun bewohnte jetzt einen kleinen, aber behaglichen Raum oberhalb von Mr. Healeys Stallungen. Seine Wunden waren verheilt, wenngleich er gelegentlich noch ein wenig hinkte. Er beklagte sich nie. Er akzeptierte das Leben mit für Joseph unbegreiflicher heiterer Gelassenheit und weiser Einsicht. Er mißgönnte keinem etwas, er nahm nichts übel. Strahlendes Lächeln und sorglose Fröhlichkeit waren die äußeren Zeichen seiner großzügigen Hilfsbereitschaft. Er schien jedem zu vertrauen. Was ihn an trüben Gedanken bewegte, offenbarte er nur Joseph, der ihn dann überrascht anzustarren pflegte — was Haroun veranlaßte, in schallendes Gelächter auszubrechen und Joseph damit in noch größeres Erstaunen zu versetzen. »Du bist nie ernst«, warf er Haroun einmal vor, worauf der Junge erwiderte: »Ich bin immer ernst.« Es dauerte Jahre, bis Joseph begriff, daß westlicher Verstand nie ganz in Harouns subtile Denkweise eindringen konnte. Haroun war stolz, aber nicht nach der Art eines Joseph Armagh. Es war der Stolz eines auf seine Ehre bedachten Spaniers.

Auf Josephs Drängen zahlte Mr. Healey Haroun zehn Dollar die Woche dafür, daß er Nitroglyzerin vom Bahnhof in Titusville zu den tiefer gebohrten Quellen beförderte. Mit sinnendem Lächeln hatte Mister Healey zu Joseph gesagt: »Euer Lordschaft sind ja plötzlich sehr um Euren Vasallen — heißt das so? — besorgt. Bist du nicht der, der mir einmal versichert hat, Harry bedeute dir nichts, und daß du ihn los sein wolltest? Und jetzt kommst du mir mit Sprüchen! ›Wie die Arbeit, so der Lohn!‹ Du bist mir einer!«

»Haroun soll nicht ausgenützt werden, wie er sein ganzes Leben ausgenützt worden ist.«

»Ist das dein weiches irisches Herz, das aus dir spricht?«

»Mr. Healey, Harry könnte den gleichen Lohn auch von anderen Bohrführern bekommen. Wollen Sie ihn behalten? Wenn nicht, sage ich ihm, daß er gehen muß. Warum sollte er für so gefährliche Arbeit nicht das gleiche wie andere verdienen?«

»Also ist es Fairneß?«

»Fairneß hat nichts damit zu tun. Es geht um Geld.«

Eine kleine Weile rauchte Mr. Healey vor sich hin. »Junge«, sagte er dann, »mir scheint, du bist nicht so hart, wie du glaubst. Du hast Wunden, jawohl, Wunden, die nicht verheilen, und darum stehst du mit der Pistole im Anschlag darüber Wache, damit sie nicht wieder zu bluten anfangen. Aber jeder hat seine Wunden, sogar ich. Das erklärt die menschliche Natur in einem Maß, wie sich das auch die Allerfrömmsten nicht vorstellen können. Wenn du in bezug auf Harry von Fairneß sprichst, denkst du nur an dich selber, und, Gott verdamm mich, so und nicht anders ist auch die Existenz der Heiligen zu erklären!«

Von seiner plötzlichen Eingebung in gehobene Stimmung versetzt, lud er Joseph auf ein Glas Brandy in sein Arbeitszimmer ein. »Jawohl«, sagte er, »wenn jemand etwas für einen andern haben will, sieht er sich unwillkürlich in der gleichen Lage wie dieser andere. Trink aus, Junge! Das Leben ist nicht so sauer, wie du meinst. In deinem Alter! Verdammt noch mal, mit achtzehn war ich schon ein richtiger Draufgänger und nicht so eine lahme Ente wie du!«

Das war vor zehn Monaten gewesen. Haroun verdiente jetzt achtzehn Dollar die Woche, Joseph achtunddreißig — was ihm selbst nicht sehr erstaunlich, seinen Gefährten hingegen sehr viel schien. Es war eine beachtliche Summe in einer Stadt, in der ein Arzt oder ein Anwalt sich zu den Wohlhabenden zählte, wenn seine Einkünfte fünfunddreißig Dollar die Woche erreichten. Fünf Dollar zahlte Joseph Mr. Healey für Kost und Quartier, was diesen sehr amüsierte, wenngleich Joseph keinen Grund für die Belustigung seines Dienstgebers erkennen konnte. Er legte seine Ersparnisse auf die Bank. Hätte Mr. Healey ihn nicht dazu gedrängt, er würde kein Geld für Kleider ausgegeben haben. »Es geht nicht an, daß zerlumpte Bettler für mich arbeiten!« Also kleidete er sich sauber und einfach und in dunkle Farben. Keine gefältelten Hemden für ihn, keine Schmuckstücke, wie sie die Männer im Büro zur Schau stellten. Er trug eine billige Uhr quer über seine magere Mitte. Seine Stiefel waren gewöhnlich, aber blank geputzt. Sein rostbraunes Haar war kürzer, als es der Mode entsprach, dafür aber gut frisiert. Er besaß nur eine geringe Auswahl von Hosen und Westen, die er sorgsam pflegte und nach Möglichkeit schonte. Nie sollte er den unbeschwerten Charme seines Vaters besitzen, aber er hatte etwas von Mr. Montroses sparsamer Ausdrucksweise und Disziplin der Bewegung. Er war unveränderlich ernst und gesetzt, tätig und wachsam. Mr. Healey, der ihn verstohlen beobachtete, nickte oft zufrieden.

Was ihm nicht gefiel, war Josephs freudloses Leben. Weiß der Teufel, dachte Mr. Healey, mein Weg war nicht weniger schwer als der dieses jungen Kerls, aber das hat mir doch nie den Appetit verdorben, meine Lebensfreude geschmälert! Ein Feuer lodert in diesem Jungen, scheint mir, aber es wird ihn nie von seinem Ziel abbringen. Es wird ihm dieses Ziel nur noch erstrebenswerter erscheinen lassen.

Er versuchte, Josephs Lebensfreude — die nach Mr. Healeys fester Überzeugung in jedem Menschen schlummerte — zu wecken, indem er ihm eine silberne Ausweismünze gab, die ihm freien Zutritt zu allen Bordellen in Titusville und deren hübschesten Insassinnen gewährte. »Ich hab die hübschesten Mädel im ganzen Staat«, rühmte er sich. »Keine über sechzehn, die jüngste knapp zwölf. Süße Täubchen, auf dem Land aufgewachsen, mit Butter und Sahne genährt. Das Wasser läuft einem im Mund zusammen. Verstehen ihr Geschäft aus dem Effeff. Meine Bumsmamas haben ihnen alles beigebracht. Keine alten Scharteken in meinen Häusern! Alles saubere, gesunde, duftige Weiber, und nicht billig! Geh hin und unterhalt dich mal richtig, Junge!«

»Nein«, sagte Joseph.

Mr. Healey legte die Stirn in Falten. »Hast du denn keine Lust auf —? Anscheinend nicht, aber man kann ja nie wissen. Na, du bist ja erst neunzehn. Dabei heißt es, neunzehn, das wäre das beste Alter. Ist auch meine Meinung. Wie ich so alt war, achtzehn, neunzehn, ich konnte gar nicht genug kriegen. Die haben mich richtig fertiggemacht.« Er lachte in sich hinein. »Aber behalt die Münze. Eines Tages, du verdammter Leimsieder, wirst du sie aus der Tasche holen, draufspucken, am Ärmel reiben und loszittern wie jeder andere auch.«

An drei Abenden in der Woche begab sich Joseph nach dem Essen in die Kanzlei von Mr. James Spaulding, eines Advokaten, den Mister Healey »in der Tasche hatte«. Hier verbrachte er auch zwei Stunden am Samstagnachmittag und den halben Sonntag. Unter der Anleitung von Mr. Spaulding studierte er hier Jura.

Mr. Spaulding war so groß wie Joseph und sanft gerundet, aber nicht dick. Sein Gesichtsausdruck war stets unaufrichtig, nur seine Habgier konnte er nicht verhehlen. Er war fünfzig Jahre alt, färbte sein langes, welliges graues Haar kastanienbraun und ließ es in den Nakken fallen. Er war glattrasiert. Seine Züge waren grob und gummiartig elastisch, was ihnen Beweglichkeit verlieh. Es war nichts Zappeliges, Linkisches, Schroffes, Kämpferisches an Mr. Spaulding, und niemand, nicht seine Frau und auch nicht seine Weiber, kannte sein wahres Wesen. Flammeri, das war Josephs erster Eindruck von ihm. (Er mußte an ein Lieblingsgericht seiner Mutter denken, Blancmanger, eine Mandelsüßspeise, die zitterte, wenn man an den Teller rührte, und sich weder durch Charakter noch durch Geschmack auszeichnete.) Aber er änderte sehr schnell seine Ansicht, und daß er das tun mußte, störte ihn außerordentlich, weil er sich damit in der guten Meinung, die er von sich hatte, um ein beträchtliches herabsetzte.

Im Verhältnis zu seinen übrigen Körpermaßen hatte Mr. Spaulding ein großes Gesicht, das Gesicht eines elenden Lumpen oder eines erfolgreichen Politikers. Es trug einen Ausdruck heiterer Liebenswürdigkeit, der durch ein gütiges Lächeln und je ein tiefes Grübchen im Kinn und auf der linken Wange noch anziehender gestaltet wurde. Seine Stimme war samtweich und füllig wie Schokolade, klangvoll und sogar melodisch, niemals rauh, niemals erregt, und auch gegenüber dem Widerspenstigsten niemals feindselig. Er trug unweigerlich schwarz-grau gestreifte, gut geschnittene Hosen, einen langen schwarzen Gehrock, ein Hemd mit einem breiten, weichen, weißen Kragen und eine mit einer Perlennadel von beachtlicher Größe festgesteckte Krawatte. Stets zuvorkommend, stets taktvoll und höflich, stets respektvoll und mitfühlend, versöhnlich und aufmerksam, war er ein äußerst gerissener und gefährlicher Zeitgenosse. Die Wahrheit war für ihn ein primitives Werkzeug, das ein Mann von Welt niemals gebrauchte, wenn er statt ihrer eine phantasievolle Lüge verwenden konnte. Er besaß weder Ehre noch Prinzipien und war durch und durch korrupt. Er hatte die Gesetze gründlich studiert und verfügte über ein unübertreffliches Gedächtnis. Er bewunderte nur zwei Kategorien von Menschen: die sehr reichen und daher mächtigen, die gut zahlen konnten, und die intelligenten. Was nicht bedeutete, daß er sie auch schätzte. Sympathien empfand Mister Spaulding ausschließlich für sich selbst, und »Liebe« war ein Wort, das er nur im Gerichtssaal aussprach, um die »Gimpel« zu Tränen zu rühren und ein für seine Mandanten günstiges Urteil zu erwirken. Die Meinung, die er von den Richtern hatte, war kaum schmeichelhafter. Ließen sie sich kaufen, respektierte er sie. Ließen sie sich nicht bestechen, verachtete er sie. Er hatte zwei Söhne, die in Philadelphia lebten und ebenso skrupellos waren wie er selbst. Bei den schwierigsten Fällen holten sie seinen Rat ein — und bezahlten gut dafür. Für die Familie hatte Mister Spaulding nichts übrig, und seine Söhne dachten nicht viel anders. Sie waren sehr erfolgreich, verdienten aber beide zusammen nicht die Hälfte von dem, was ihr Vater — dessen Geschäfte sich nicht auf seine Anwaltspraxis beschränkten — in Titusville vereinnahmte. Er und Mister Healey waren Freunde — soweit Menschen ihrer Art Freunde sein konnten. Sie waren Genossenschafter einer Symbiose.

Was hat der alte Gauner da hinter meinem Rücken angestellt? ging es Mr. Spaulding durch den Sinn, als Mr. Healey mit Joseph in seiner Kanzlei erschien. Er lächelte beglückt, gab Joseph eine warme, fleischige Hand und ließ seine Blicke mit väterlichem Wohlgefallen auf ihm ruhen. »Jim«, begrüßte ihn Mr. Healey, »das ist Joseph Francis, wie er sich nennt. Der Name ist ja nicht schlecht, und wenn er ihm gefällt, soll's mir recht sein. Er hat von der Polizei nichts zu fürchten und wird von niemandem gesucht. Ich unterweise ihn in meinen Geschäften. Mister Montrose hält ihn für sehr begabt und nicht dumm. Und wo er doch meine Geschäfte erledigen soll, habe ich mir gedacht, sollte er auch die Rechte studieren, und wer kann sie ihm besser beibringen als der alte Jim, habe ich mir gesagt.«

Mr. Spaulding hatte schon seit langem den Wunsch gehegt, Mr. Healeys Geschäfte zu »erledigen«. Sein Lächeln wurde breiter und strahlender und gewinnender, während er diesen ungeschliffenen, einfach gekleideten Burschen studierte. War der alte Ed senil geworden? Dann entsann sich Mr. Spaulding der Tatsache, daß Mr. Healey um eine beträchtliche Zahl von Jahren jünger war als er selber. Er winkte seine Besucher in zwei der sechs schwarzen Ledersessel, nahm hinter seinem Mahagonischreibtisch Platz, faltete die Hände wie zum Gebet und steckte ein Gesicht auf, das von liebevoller Aufmerksamkeit überströmte. Es war behaglich warm in der Kanzlei; ein lustiges Feuer prasselte im Kamin aus schwarzem Marmor. Mehrere Currier-Ives-Drucke hingen an den getäfelten Wänden, und die breiten Fenster boten einen herrlichen Ausblick auf die im herbstlichen Feuer prangenden fernen Hügel. Blau wie Email wölbte sich der Himmel über einer strahlenden Landschaft.

»Scharf wie Meerrettich, der Junge«, betonte Mr. Healey. »Das sagt Mr. Montrose.«

»Niemand«, erklärte Mr. Spaulding im Brustton der Überzeugung, »schätzt Mr. Montroses Meinung höher ein als ich. Bei Gott.« Er trug einen Siegelring und eine Uhrkette, und alles an ihm war konventionell, solide und reell. Das Sonnenlicht lag auf seiner imposanten Bücherwand und auf dem dicken, dunkelroten Teppich. Seine breiten, flachen Fingernägel waren zartrosa getönt und sauber gepflegt. Was, zum Teufel, dachte er und sah sich Joseph genauer an, der ihn seinerseits musterte. Das brachte Mr. Spaulding ein wenig aus der Fassung. Er war es nicht gewohnt, von einem Fremden, insbesondere von einem jungen, unreifen Fremden, angestarrt zu werden, der sich noch dazu weder von seiner Kanzlei noch von seiner Person im mindesten beeindruckt zeigte. Er glaubte, eine gewisse Feindseligkeit in Josephs Blicken zu entdecken, und das war doch wohl eine Unverschämtheit. Was bildete sich dieser Lausebengel eigentlich ein, daß er einen James Spaulding auf so zynische Weise unter die Lupe nahm? Ihn abschätzte, ihn! Ihn von Kopf bis Fuß musterte, als ob er ein Hausdiener wäre, der sich demütig um eine Stelle bewarb? Mr. Spaulding mochte keine tiefliegenden, blauen Augen und schon gar nicht diese, in deren Tiefe ein dunkler Funke glitzerte. Er hatte etwas gegen rötliche Haare und Sommersprossen und jene fahle Blässe, die auf eine beunruhigende Askese hindeutete. Ein Halunke, urteilte Mr. Spaulding, von diesem Narren Healey irgendwo aus der Gosse gefischt. Ein Grünschnabel noch dazu, spann Mr. Spaulding seine Gedanken fort und schenkte Joseph ein gütiges Lächeln, das dieser in keiner Weise erwiderte.

Ein Schauspieler, wertete Joseph sein Gegenüber, ein aalglatter Verbrecher, ein Lügner und ein Dieb, dem man nicht eine Sekunde lang vertrauen darf.

Mr. Healey lehnte sich in seinen Sessel zurück. »Er kann an ein paar Abenden kommen, außerdem Sonnabend und Sonntag. Unterrichte ihn schnell, Jim, und du wirst es nicht bereuen. Strafrecht, und was dazu gehört. Und alles Nötige über Politik. Vielleicht mache ich ihn eines Tages zum Gouverneur.« Mr. Healey lachte. »Könnte einen Gouverneur für mein Geschäft brauchen.«

Man einigte sich über eine Summe, Hände wurden geschüttelt, Zigarren und Brandy in kleinen Gläsern gereicht. Joseph nippte langsam an seinem Glas und studierte Mr. Spaulding, offen oder verstohlen, wie es sich ergab. Der Advokat behielt seinerseits seinen neuen Schüler im Auge und sagte sich ganz plötzlich entsetzt: Der Kerl ist gefährlicher als eine Klapperschlange!

Es war viele Jahre her, daß ein Mensch Mr. Spaulding so aus der Fassung gebracht hatte. Er unterzog Joseph einer neuerlichen Prüfung und mußte sich eingestehen, daß kein unreifer Jüngling vor ihm saß, sondern ein reifer und bedeutender Mann, mit Erfahrung und Wissen überkrustet, wie ein Fels im Meer von Muscheln überkrustet ist. Es war unglaublich!

An diesem Eindruck änderte sich auch nichts, als Joseph sein Studium begann. Joseph schien keine Freude daran zu haben, betrieb es jedoch mit großem Fleiß, als Mittel zum Zweck gleichsam, wie Mr. Spaulding sogleich erkannte. So hart es den Advokaten auch ankam, er mußte dem jungen Mann bald hohen Respekt zollen, denn Josephs Kopf lief heiß, wenn auch in Grenzen und ohne sich in Nebensächlichkeiten zu verlieren. Vor das Problem einer Rechtsauslegung gestellt, verbiß er sich gleichsam darin und schüttelte es so lange mit den Zähnen hin und her, bis er die Lösung hatte — und gar nicht selten war diese Lösung nicht einmal seinem Mentor eingefallen. Anscheinend war sein Gedächtnis ebenso erstaunlich wie das Mr. Spauldings.

»Wichtig ist nicht, was das Gesetz *sagt*«, bemerkte der Advokat einmal zu Joseph. »Wichtig ist, wie es ausgelegt, wie es gebraucht wird, und —«

»Ganz recht«, fiel Joseph ihm ins Wort, »das Gesetz ist eine Hure.«

Mr. Spaulding räusperte sich und zeigte sich schockiert. »Das wohl nicht, lieber Junge, das wohl nicht. Nein, nein. Das Gesetz ist, wie man so sagt, ein stumpfes Werkzeug. Man muß lernen, seine Schläge abzuwehren und ihnen nach Möglichkeit auszuweichen.«

»Und es ist käuflich«, entgegnete Joseph und verwies auf einen Rechtsfall, den sie soeben durchgesprochen hatten.

Mr. Spaulding schürzte seine fleischigen Lippen. Dann mußte er einfach lachen. »Und geht an den Meistbieter«, räumte er augenzwinkernd ein. »Mit der Verfassung der Vereinigten Staaten von Amerika steht es nicht viel anders. Sehen Sie mal: die Verfassung gewährleistet den einzelnen Bundesstaaten das unantastbare Recht, sich zu allen Zeiten und ohne jede Behinderung von der Union zu trennen. Mr. Lincoln aber hat anders entschieden — aus Gründen, von denen wir nur hoffen können, daß sie gerechtfertigt sind. Wir können es nur hoffen. Wenn ein Präsident oder der Oberste Gerichtshof der Vereinigten Staaten, nur weil es seiner Überzeugung oder Laune entspricht oder ihm ratsam oder zweckdienlich erscheint, nach eigenem Ermessen entscheiden kann, was nach der Verfassung zulässig ist und was nicht — unbeschadet einer in eben dieser Verfassung niedergelegten klaren und deutlichen Formulierung —, dann kann auch das Gesetz je nach Laune, Zweckdienlichkeit und persönlicher Überzeugung ausgelegt werden. Das Gesetz wie auch die Verfassung — man muß beides dem jeweiligen Rechtsfall anpassen.«

»Auftakt zum Chaos«, kommentierte Joseph.

»Was sagten Sie?«

»Nichts. Ich habe nur so vor mich hin gesprochen.«

Mr. Spaulding blickte nachdenklich zur Decke. »›Die Art der Gnade weiß von keinem Zwang. Sie träufelt, wie des Himmels milder Regen zur Erde unter ihr; zwiefach gesegnet: Sie segnet den, der gibt, und den, der nimmt.‹ So steht es in der Bibel geschrieben.«

»Bei Shakespeare«, berichtigte Joseph. »Porzia, alias Balthasar. *Der Kaufmann von Venedig.*«

»Immer auf Draht, was?« konterte Mr. Spaulding. »Ich wollte Sie nur auf die Probe stellen, mein lieber Junge.« Er verzog seine Lippen zu einem mißgünstigen Lächeln. »Wir beide haben das Gesetz nicht gemacht, Joseph. Jeder Dummkopf kann ein Gesetzbuch aufschlagen und nachlesen, was das Gesetz *sagt* und in welcher Absicht, zu welchem Zweck es geschrieben wurde, aber kommt er damit vor Gericht durch? Nein, mein Freund, nicht immer, kaum jemals. Es ist die Aufgabe des Rechtsanwalts, Richter und Geschworene davon zu überzeugen, daß der Sinn des Gesetzes ein ganz anderer ist, wenn nicht gar das genaue Gegenteil dessen, was der Gesetzgeber im Sinne hatte. Nur Idioten halten an einer bestimmten Auslegung fest. Ein guter Anwalt kann mit jedem Gesetz Schindluder treiben.«

»Ein Teufelsvaterunser«, brummte Joseph.

»Wie war das? Ich wünschte, Sie würden diese lästige Gewohnheit ablegen, in Ihren Bart zu murmeln. Die Richter mögen das nicht. Um beim Thema zu bleiben: das Gesetz ist immer nur das, was die Menschen, vor allem die Geschworenen, daraus machen, nachdem sie von einem gerissenen Anwalt beschwatzt worden sind. Wenn sie morgen einem andern Advokaten zuhören, werden sie sofort *seine* Meinung teilen, daß es einen völlig anderen Sinn hat. Das ist das Schöne an unserem Beruf. Ein und dasselbe Gesetz wird einen Menschen verurteilen und einen anderen freisprechen, wird ihn mit denselben Worten hängen oder laufenlassen. Sie müssen daher immer sofort entscheiden, in welcher Form das Gesetz Ihnen und Ihrem Mandanten nützlich sein kann, und sich selbst davon überzeugen, daß Ihre Lösung oder Lesart die einzig richtige ist. Meine Mandanten«, sagte Mr. Spaulding, »sind immer unschuldig.«

Joseph entdeckte sehr bald, warum Mr. Spaulding für Mr. Healey so wichtig war. Das Beweismaterial lag bei den Akten in Mr. Healeys Kontor. Es widerte Joseph oft an, wenn er Belege über geheime Absprachen zwischen Mr. Healey, Mr. Spaulding und den zwei Richtern der Stadt in die Hände bekam. Die Richter verdankten Mr. Healey ihre Wahl, dieser war den Richtern für gewisse Gefälligkeiten Dank schuldig, und über all diesem thronte die massige, wirklichkeitsnahe Persönlichkeit Mr. Spauldings. Bei einer jener seltenen Gelegenheiten, da das Gespräch auf ein etwas niedrigeres Niveau sank, machte Mister Spaulding Joseph mit seinem Standpunkt vertraut: »Kratzt du *mir* den Rücken, kratz ich *dir* den Rücken. Ist vielleicht gegen ein bißchen Kratzen zur rechten Zeit und am rechten Ort etwas einzuwenden? Man langt oft selbst nicht dorthin, wo es einen juckt, und braucht Hilfe — es ist eine Art christlicher Reziprozität. Wollten wir uns alle strikt an den Buchstaben des Gesetzes halten — und das hat unser lieber Herrgott bestimmt nicht gewollt, meine ich —, es würden verdammt wenige Menschen frei herumlaufen, und es gäbe recht wenig Fröhlichkeit auf dieser Welt. Von Profit ganz zu schweigen.«

Die Monate vergingen, und Joseph lernte in Mr. Healeys Kontor und in der eleganteren Kanzlei Mr. Spauldings, und was er dort, oft widerwillig, lernte, machte ihn noch härter, als er schon von Natur aus gewesen war, und bitterer, als er es für möglich gehalten hätte. Er kam immer mehr zu der Überzeugung, daß er als Bewohner dieser Erde, an deren Einrichtung ihn keine Schuld traf, nach ihren Erfordernissen und Gesetzen leben mußte, wenn er sich und seine Familie retten wollte. Er verschloß die Augen vor der letzten Gelegenheit, die sich ihm bot, glücklich zu sein, und Blindheit des Geistes schlug seine Seele.

XIII

Die harte Notwendigkeit brachte es mit sich, daß Joseph sich gezwungen sah, sein Vertrauen in einen Menschen zu setzen — zum erstenmal seit dem Tod seiner Mutter. Es war ein Vertrauen, dem reichlich Mißtrauen anhaftete, aber er mußte es wagen.

Es galt, Schwester Elizabeth Geld für seine Geschwister zu schicken. Er wußte, daß er kaum zu befürchten brauchte, Mr. Squibbs könnte jemals entdecken, daß sich hinter »Scottie« ein Ire verbarg, dessen Bruder und Schwester im St.-Agnes-Waisenhaus untergebracht waren, und auf diese Weise dem Mann auf die Spur kommen, der sich mit seinem Geld davongemacht hatte. Dennoch war die Möglichkeit einer Entdekkung gegeben — das Leben spielte oft närrische Streiche —, und er wagte es nicht, sich auf derlei makabre Scherze einzulassen. Er sparte, soviel er konnte, und würde bald genug haben, um Mr. Squibbs sein Geld zuzüglich Zinsen zurückzuzahlen. Bis dahin gab es nur Sean und Regina und seine noch keineswegs überwundene Angst, Schwester Elizabeth könnte, falls sie kein Geld erhielt, die Kinder voneinander trennen und adoptieren lassen.

Er überlegte. Alle zwei Monate ungefähr schickte Mr. Healey Haroun und zwei ältere Angestellte nach Wheatfield, um Geräte für seine Quellen oder auch für seine anderen Unternehmen einzukaufen und Botschaften zu überbringen. (Mr. Healey hatte kein Vertrauen zur Postverwaltung der Vereinigten Staaten, ja nicht einmal zum Wells Fargo Expreß.) Joseph hatte einmal zu verstehen gegeben, daß er so eine Reise nicht ungern gelegentlich auch selbst machen würde, doch Mr. Healey wies ihn darauf hin, daß seine Zeit dafür zu kostbar wäre. Also mußte sich Joseph Harouns Dienste versichern, dessen Anhänglichkeit ihm nicht selten recht ungelegen kam. (»Du hast ja jetzt deinen eigenen Bill Strickland, hab ich recht?« fragte ihn einmal Mr. Healey.)

Joseph schrieb Schwester Elizabeth einen Brief, in dem er ihr mitteilte, er habe hin und wieder in Wheatfield »geschäftlich zu tun«, und schloß eine größere Summe in Goldzertifikaten ein, die für den Unterhalt seiner Geschwister auf ein Jahr, aber auch für Weihnachts- und Geburtstagsgeschenke reichen sollte. Er fügte hinzu, daß er das Schreiben an drei Stellen mit rotem Wachs versiegeln würde, und bat Schwester Elizabeth, ihn zu benachrichtigen, falls der Brief in irgendwelcher Form beschädigt worden sein und etwas daraus fehlen sollte. Dann begab er sich zu den Stallungen, oberhalb welcher Haroun einen kleinen Raum bewohnte, in dem sich der Duft von Heu mit dem Gestank von Dung vermengte. Haroun freute sich, ihn zu sehen, denn Joseph hatte ihn hier noch nie besucht. Den Brief in der Hand, musterte der Ältere seinen kleinen Freund mit jener gespannten Aufmerksamkeit, mit der er Menschen zu beurteilen und abzuschätzen pflegte.

Er sah glühende Verehrung, Verständigkeit und Aufrichtigkeit in den großen schwarzen Augen. Es war Joseph, als hätte er den Jungen bisher nicht wirklich gekannt. Er begegnete ihm nicht oft und nutzte auch die wenigen Gelegenheiten nicht zu einem harmlosen Gespräch. Seine Gleichgültigkeit gegenüber Haroun hatte sich nicht vermindert; es vergingen Wochen, ohne daß er auch nur an ihn dachte. Wäre der Libanese eines Tages auf geheimnisvolle Weise verschwunden, Joseph würde die Achseln gezuckt und ihn sogleich vergessen haben. Jetzt aber mußte er sich ernstlich mit Haroun befassen, weil er ihn unbedingt brauchte. Dank ausreichender Hausmannskost und einer einigermaßen behaglichen Unterkunft und mit ein wenig Geld hatte sich das Aussehen des Jungen merklich verbessert. Sein schon immer hoffnungsfreudiger und erwartungsvoller Gesichtsausdruck war mit zunehmendem Optimismus lebhafter geworden. Joseph staunte über seine innere Vitalität, den ihm angeborenen, überströmenden Elan, seine Lebenslust und über die unbekümmerte Heiterkeit, die ständig um seine Lippen spielte und aus seinen Augen sprühte. Die dichten schwarzen Locken glänzten jetzt vor Gesundheit, die dunkle Haut war brauner und glatter geworden, und der fast immer lächelnde Mund leuchtete rot wie der eines Mädchens. Er sah aus wie ein munterer Cherub, wenngleich seine Augen nur wenig Engelhaftes an sich hatten. Was er in seiner kärglich bemessenen Freizeit tat, war ein Geheimnis für Joseph, der noch nie darüber nachgedacht hatte. Haroun war jetzt sechzehn und noch klein für sein Alter, aber er schien vor Kraft und Feuer zu zittern wie ein junges Fohlen, das ungeduldig auf der grünen Weide scharrt. Mit einemmal wirkte Haroun wie ein grell koloriertes, ungewohntes Porträt auf Josephs Bewußtsein ein. Joseph fühlte sich unangenehm berührt, doch dem, was nötig war, durfte weder Vorliebe noch Abneigung im Wege stehen.

Joseph saß am Rand von Harouns schmalem Bett und Haroun auf der Kiste, die seine einzige Sitzgelegenheit war und seine wenigen Habseligkeiten enthielt. Harouns Freude über diesen Besuch war Joseph peinlich. Er sah Haroun in die Augen und sagte: »Ich möchte, daß du diesen Brief aufgibst, wenn du morgen früh nach Wheatfield kommst.«

»Ja«, sagte Haroun und streckte seine kleine braune Hand nach dem Brief aus. Aber Joseph hielt ihn noch fest. Würde der Junge ihn fragen, warum er in Wheatfield zur Post gegeben werden sollte? Fragte er, durfte ihm das Schreiben nicht anvertraut werden. Aber Haroun fragte nicht. Er wartete nur, die Hand immer noch ausgestreckt. Wenn Joseph etwas von ihm wollte, genügte ihm das. Das Herz schlug ihm vor Freude bei dem Gedanken, daß er seinem Freund eine Gefälligkeit erweisen konnte.

»Niemand darf diesen Brief zu Gesicht bekommen«, warnte Joseph.

»Natürlich nicht!« rief Haroun und schüttelte den Kopf, daß die schwarzen Locken flogen.

»Du wirst damit zum Postamt gehen und bei der Gelegenheit auch ein Schließfach für mich nehmen; für mich, Joseph Francis. Ich werde dir die zwei Dollar für ein Jahr Miete geben.«

Haroun zeigte sich verwirrt. »Das verstehe ich nicht, das mit dem Schließfach«, sagte er. »Das mußt du mir erklären, damit ich keinen Fehler mache.«

Joseph erklärte, und Haroun lauschte mit der gleichen gespannten Aufmerksamkeit und Konzentration, wie sie dem älteren Jungen zu eigen war. Dann ließ Joseph ihn seine Anweisungen zweimal wiederholen. Schließlich gab er Haroun den Brief, der ihn in ein Tuch einschlug und in der Tasche seines einzigen Mantels verwahrte. Joseph beobachtete ihn scharf, doch Haroun zeigte weder Neugier noch Verschlagenheit. Er war nur glücklich, daß Joseph bei ihm weilte.

»Wie gefällt dir die Arbeit bei Mr. Healey, Harry?« fragte Joseph, nicht aus Interesse, denn er nahm keines daran, sondern weil er das Gefühl hatte, daß jetzt ein paar freundliche Worte angebracht waren.

»Sie gefällt mir«, antwortete Haroun. »Ich verdiene Geld. Ist das nicht genug?« Er lachte, und seine weißen Zähne glitzerten im Lampenlicht. »Ich werde bald so reich sein wie Mr. Healey.«

Joseph mußte lächeln. »Und wie willst du das schaffen?«

Haroun machte ein schlaues Gesicht. »Ich spare fast alles, und wenn ich genug habe, kaufe ich mir eine eigene Ausrüstung. Es dauert nicht mehr lang.«

»Gut«, sagte Joseph. Er bemerkte nicht, daß Haroun aufgehört hatte zu lächeln und Joseph mit ernster Miene betrachtete, als höre er etwas, das nicht ausgesprochen worden war. Joseph blickte nachdenklich zu Boden und rieb seinen Fuß an einigen Strohhalmen. Dann sah er auf und war ein wenig verwirrt vom Ausdruck auf Harouns Gesicht. Es war ein trauriger und sehr reifer Ausdruck, der Ausdruck eines Menschen, der die Welt gut kennt, sie nicht haßt, wohl aber vor ihr auf der Hut ist.

»Hier hast du zwei Dollar, Harry, für deine Gefälligkeit.« Joseph hielt ihm zwei Silberdollar hin — man muß für alles bezahlen, was einem gegeben wird, sonst gerät man in Abhängigkeit, und Loyalität ist nur mit Geld zu erkaufen.

In dem kleinen, modrigen Raum trat eine beklemmende Stille ein, so, als hätte jemand drohend oder im Zorn mit geballter Faust auf den Tisch geschlagen. Haroun starrte auf die Münzen, aber er nahm sie nicht. Er wandte sein Gesicht ab.

Dann sagte er so leise, wie Joseph ihn noch nie sprechen gehört hatte: »Was habe ich dir getan, Joe, daß du mich beleidigst, mich, deinen Freund?«

Joseph wollte antworten und konnte nicht. Etwas rührte an sein kaltes Herz, etwas Schmerzliches und Ungewohntes, unendlich Trauriges und Schamvolles. Er stand langsam auf. Er empfand einen unbestimmbaren Zorn auf Haroun, weil der Junge ihn bis ins Innerste getroffen und sich erkühnt hatte, sich als seinen »Freund« zu bezeichnen — ein dummes, unglaubhaftes Wort.

»Tut mir leid«, erwiderte er frostig, »ich wollte dich nicht beleidigen, Harry. Aber du erweist mir einen großen Gefallen, und darum —«

»Und darum?« wiederholte Haroun, als Joseph verstummte.

Joseph schüttelte mißmutig den Kopf. »Du verdienst nicht viel Geld, Haroun. Ich — ich habe dich schon lange nicht gesehen. Ich dachte, das Geld — ich dachte, du könntest dir damit etwas kaufen. Nenn es ein Geschenk, wenn du magst, nicht eine Bezahlung.«

Auch Haroun erhob sich. Er reichte Joseph kaum bis zum Kinn, und doch schien er plötzlich mit achtunggebietender Würde bekleidet zu sein. »Joe«, sagte er, »wenn du mir wirklich ein Geschenk machen willst, werde ich mich freuen und es gerne annehmen. Aber jetzt willst du mir gar kein Geschenk machen. Du willst mich dafür bezahlen, daß ich etwas für einen Freund tue. Aber Freunde lassen sich nicht bezahlen.«

Und nun beschlich Joseph noch ein anderes Gefühl, das ihm nicht vertraut war: Neugier. »Was ist der Unterschied zwischen Bezahlung und Geschenk, Harry?«

Der Libanese schüttelte den Kopf. »Irgendeinmal wirst du vielleicht draufkommen, Joe. Wenn nicht, dann versuche nicht, mir Geld zu geben.«

Joseph fand keine Antwort auf diese Worte. Er drehte sich um und stieg die Leiter hinunter in die feuchtwarmen, dunklen Stallungen, wo die Pferde stampften und schnaubten. Er trat in die kühle Nacht hinaus und blieb minutenlang auf dem festgetretenen Lehmboden stehen, ohne einen klaren Gedanken fassen zu können.

»Es geht nichts über einen flotten Krieg, wenn der Handel blühen soll!« sagte Mr. Healey zu Mr. Montrose und zeigte ihm einen auf eine britische Bank gezogenen Vorschußwechsel für die Lieferung von viertausend Repetiergewehren — von Barbour & Bouchard insofern unrechtmäßig und gesetzwidrig hergestellt, als die Patente zum gegenwärtigen Zeitpunkt englisches Eigentum waren. (Die in Pennsylvanien beheimateten Waffenfabrikanten Barbour & Bouchard bezogen, was die »zeitweilige Verwertung« der Patente betraf, einen durchaus realistischen Standpunkt, da sie eine hohe Beteiligung an der englischen Waffenfabrik Robson & Strong, der Eigentümerin der Patente, besaßen. Es war nur eine Frage der Zeit, daß eine freundschaftliche Lösung gefunden wurde, die sich nur eben jetzt wegen des Bürgerkriegs und der von Washington verhängten, vornehmlich gegen englische Schiffe gerichteten Seeblockade nicht verwirklichen ließ.) Auf der englischen Banktratte schien kein Name auf, doch Mr. Healey hatte dafür Verständnis. Die Gewehre sollten in einem kleinen, wenig frequentierten Hafen im Unteren Virginien ausgeliefert werden, wo Mr. Healey schon verschiedentlich Geschäfte abgewickelt hatte, von denen keines die von Herzen kommende Billigung, sei es der Polizei, sei es der unionistischen Militärstellen, gefunden haben würde. »Und das ist erst der Anfang«, fuhr Mr. Healey mit zufriedenem Lächeln fort. »Was sind denn schon viertausend Gewehre? Kleine Fische. Klar, daß Barbour & Bouchard ihren eigenen Waffenschmuggel betreiben, sich mit den Konföderierten arrangiert haben und Millionen verdienen. Kann sein, daß sie sich großzügig verhalten und mich und noch ein paar andere Gartenzwerge ein paar Dollar verdienen lassen wollen.« Er lachte in sich hinein.

»Kann aber auch sein«, meinte der elegante Mr. Montrose, »daß Barbour & Bouchard uns auf die Probe stellen, um herauszufinden, ob sie uns beim Waffenschmuggel voll und ganz vertrauen können. Vielleicht haben sie gehört, daß wir umsichtig und unverfroren genug waren, um schon verschiedene Dinge nach dem Süden geschmuggelt zu haben, ohne daß man uns auch nur ein einziges Mal erwischt hätte.«

»Klopf auf Holz!« rief Mr. Healey. »Das heißt, daß B & B noch mehr Arbeit für uns haben werden, wenn wir dieses Ding richtig drehen. Jaja, so läuft das.« Er zog nachdenklich an seiner Zigarre. »Wie ich noch jünger war, habe ich ein bißchen beim Sklavenhandel mitgemischt. Schließlich wurden diese schwarzen Wilden ja hierzulande besser behandelt und gefüttert als in ihrem Dschungel, wo sie ja auch nur Sklaven ihrer Kannibalenhäuptlinge waren. Aber mit der Zeit kam mir zu Bewußtsein, daß es menschliche Wesen waren. Sehen Sie, ich wurde sehr katholisch erzogen, und die Sache ging mir gegen den Strich. Es tat mir wegen des Geldes leid, aber es gibt Dinge, zu denen sich ein Mensch nicht zwingen kann.«

Barbour & Bouchard verkauften das Mehrladegewehr in enormen Mengen an die Bundesregierung in Washington. Ob nun die viertausend Stück, die — in Kisten mit der Aufschrift »Maschinenteile« verpackt — in einem kleinen Schuppen lagerten, durch gewisse dunkle Ehrenmänner von einer für die Regierung bestimmten Lieferung abgezweigt oder von Barbour & Bouchard selbst dort in Verwahr gegeben worden waren — darüber Vermutungen anzustellen, wäre Mr. Healey nicht im Traum eingefallen. Das wäre ungebührlich, undankbar, wirklichkeitsfremd und eines Kaufmanns unwürdig gewesen. Überdies war der Bankwechsel erst nach erfolgter Übergabe zahlbar, und Mr. Healeys Einsatz ging über das Leben und die Freiheit seiner Agenten nicht hinaus. Diese Agenten freilich mußten sorgfältig ausgewählt werden.

»Es wäre an der Zeit, den jungen Francis einzuschustern«, meinte Mr. Montrose. »Ich habe in diesen zwei Jahren meine Ansichten über ihn für mich behalten und ihn Ihnen gegenüber nur hin und wieder lobend erwähnt. Jetzt aber bin ich nicht nur sicher, daß Sie ihn von Anfang an richtig eingeschätzt haben, sondern auch, daß er in dieser Zeit noch wertvoller geworden ist — ein engagierter Kämpfer, ein loyaler Gefolgsmann oder wie Sie ihn sonst nennen mögen. Ich schenke nur selten jemandem mein uneingeschränktes Vertrauen, aber ich glaube doch, daß wir ihm voll vertrauen können — solange wir ihn auch weiterhin gut bezahlen und er uns die Würmer aus der Nase ziehen kann.«

»Hm«, machte Mr. Healey. Sie saßen in seinem Arbeitszimmer bei einer Flasche Brandy. Er betrachtete den Aschenkegel seiner Zigarre. »Vielleicht haben Sie recht. Ich habe ihn nach Corland geschickt, um einige Pachtverträge aufzukaufen, aber bevor er losfuhr, sagte er zu mir: ›Mr. Healey‹, sagte er, ›ich möchte selbst ein paar Pachtverträge kaufen, und zwar anschließend an jene, die Sie erwerben wollen. Ich habe nicht genügend Geld dafür. Würden Sie mir zweitausend Dollar leihen?‹

Na, ich muß gestehen, ich fand das reichlich kühn von dem Racker, dem ich jetzt vierzig Dollar die Woche zahle — gezwungenermaßen, könnte man sagen.« Mr. Healey lächelte. »Reichlich kühn. Rückzahlbar in Raten von zwanzig Dollar die Woche, von seinem Lohn abzuziehen, mit sechs Prozent Zinsen. Na ja, ich hab's getan.«

»Ich weiß«, sagte Mr. Montrose.

Mr. Healey war nicht überrascht. Es gab nur wenig Dinge von Belang, die Mr. Montrose verborgen blieben.

»Wir haben uns ein wenig unterhalten«, fuhr Mr. Montrose fort. Er zog die dünnen, aromatischen Stumpen den dicken Zigarren vor, die Mr. Healey rauchte. »Nein, von dem Darlehen hat er mir nichts erzählt. ›Pachtverträge‹, sagte ich ihm, ›müssen, um rechtskräftig zu sein, mit dem vollen und richtigen Namen ins Grundbuch eingetragen werden, sonst könnten sie später einmal von irgendwelchen, äh, Halunken angefochten werden.‹ Ich kann den jungen Mann gut leiden. Ich wollte ihm helfen und ihn davor bewahren, einen folgenschweren Fehler zu begehen. Meine Worte schienen ihn einigermaßen zu beunruhigen. Um sicher zu sein, begab er sich später noch selber aufs Gericht. Er vertraut keinem Menschen, und das ist an sich löblich. Er erfuhr offenbar, daß ich ihn richtig informiert hatte.«

Mr. Healey beugte sich vor. »Ja? Und wie lautet sein richtiger Name?« Mr. Healey kannte Mr. Montrose zu gut, um ihn zu fragen, ob und auf welche Weise er dies in Erfahrung gebracht hatte.

»Joseph Francis Xavier Armagh. Ein sonderbarer Name.«

»Ein dicktuerischer irischer Name!« rief Mr. Healey entzückt. »Grafschaft Armagh. Nicht so was Gewöhnliches wie Grafschaft Cork oder Mayo oder so was. Batzig! Arbeitet da tatsächlich ein veritabler Lord für mich! Hab ich mir doch so was gedacht!«

Mr. Montrose, ein Aristokrat schottisch-irischer Abkunft aus dem

Süden — mit den Carrolls verwandt, Mitglied der Episkopalkirche —, war immerhin beeindruckt.

»Allerdings gibt es auch viele Protestanten in der Grafschaft Armagh und unter den Armaghs selbst«, räumte der sonst so vorurteilsfreie Mr. Healey ein. »Aber ich habe so ein Gefühl, daß Joe kein Protestant ist.«

»Das ist er auch nicht«, entgegnete Mr. Montrose mit feinem Lächeln. »Wie Ihnen bekannt ist, will das Grundbuchamt nicht nur den Taufnamen des Antragstellers, sondern auch jenen wissen, den er aus verschiedenen Gründen, äh, annimmt, und schließlich auch, wo er getauft wurde. Unser Joseph wurde in der St. Bridget's Kirche in Carney, Irland, getauft. Wie widerwillig er diese Information gegeben hat, geht aus dem Umstand hervor, daß seine Schrift fast unleserlich war. Aber schwer lesbare Schriften haben mir noch nie Schwierigkeiten gemacht — sie zu entziffern ist eines meiner Hobbys.«

»Dabei hat er nicht einmal einen Rosenkranz in seinem Zimmer oder ein Heiligenbild oder so was«, wunderte sich Mr. Healey.

»Ebensowenig wie Sie in Ihrem«, gab Mr. Montrose zu bedenken.

»Nun ja, ich — mit mir ist das was anderes.« Mr. Montrose bemerkte, daß sein Gegenüber irgendwie bedrückt oder verletzt war, und das belustigte ihn. Widersprüche amüsierten ihn, insbesondere solche in der menschlichen Natur. »Ein junger Heide«, meinte Mr. Healey, und Mr. Montrose machte ein ernstes Gesicht. »Vielleicht gar exkommuniziert.«

»Wir werden Mr. Francis natürlich nicht in Verlegenheit bringen, indem wir ihn wissen lassen, daß uns sein voller und richtiger Name bekannt ist. Das wäre gemein von uns. Es geht uns ja schließlich nichts an. Meinen Sie nicht auch, Sir?«

»Da haben Sie schon recht«, erwiderte Mr. Healey nicht ganz überzeugt. »Also ich habe nie einen falschen Namen gebraucht oder meinen verkürzt, außer einmal, als ich noch sehr jung war und einen kleinen Verdruß mit der Polizei in Philadelphia hatte. Ich hatte eben meinen Stolz.«

»Wir wollen Mr. Francis' Beweggründe nicht näher untersuchen«, sagte Mr. Montrose. Mr. Healey sah ihn gedankenvoll an. Wie wohl Mr. Montrose in Wirklichkeit hieß? Aber solche Fragen stellte keiner. Mr. Montrose besaß keine Pachtverträge, er hatte nie etwas im Amtshaus zu tun. Nur mit Banken. Es fiel Mr. Healey schwer, aber er pflegte seine angeborene irische Wißbegierde stets zu unterdrücken. Wißbegierde konnte gefährlich sein.

Sie machten sich ernstlich an die Arbeit. Der Waffenschmuggel in den umkämpften Süden war ein bißchen anders als der Schmuggel mit den Nahrungsmitteln, Textilien, Werkzeugen und ähnlichen Waren, den Mr. Healey seit Kriegsausbruch in größerem Umfang und recht gewinnbringend betrieb. Auf Waffenschmuggel stand die Todesstrafe. Allerdings hatte die Regierung in Washington derzeit alle Hände voll zu tun, um mit den blutigen Unruhen fertig zu werden, die im Zusammenhang mit den Aushebungen zum Wehrdienst den ganzen Norden heimsuchten. Dazu kamen die ständigen Morddrohungen und Anschläge gegen das Leben Mr. Lincolns — im Norden! — sowie die Siegesserie der südstaatlichen Armeen. (Der Pöbel zog mit Plakaten vor Gerichts- und Regierungsgebäuden auf, die Mr. Lincoln als »Diktator« zeigten, weil er nebst anderen verfassungsmäßig garantierten Rechten die Habeas-Corpus-Akte außer Kraft gesetzt hatte. Wohl wissend, daß Regierungen für gewöhnlich die tödlichsten Feinde des Menschen sind, begegnete das amerikanische Volk auch seiner jetzigen Regierung mit äußerstem Mißtrauen.)

»Ich möchte nicht, daß jemand geschnappt wird oder gar ums Leben kommt«, sagte Mr. Healey. »Und ich möchte auch keinen, der aus der Schule plaudert. Sie haben vollkommen recht. Ich werde mit Joe Francis Xavier sprechen. Fühlen Sie ihm doch mal gelegentlich auf den Zahn.«

»Du sollst etwas für mich tun«, sagte Mr. Healey zu Joseph, nachdem er ihn in sein Arbeitszimmer gerufen hatte. »Es ist ein bißchen — gefährlich. Und keine Fragen, bitte.«

»Und was soll das sein?« Joseph runzelte die Stirn.

Mr. Healey hob beschwichtigend die Hand. »Steig nur nicht gleich aufs hohe Roß. Diesmal schicke ich dich nicht nach Pittsburgh, um ein paar nette, hübsche, kleine Mädchen für meine Logierhäuser mitzubringen, wo sie beschützt und gut genährt werden und sich eine schöne Stange Geld verdienen können. Ich verstehe dich nicht«, klagte er. »Die Mädchen, die ich —, na, sagen wir, beschützt habe —, kommen aus den allerärmsten Familien oder haben gar kein Zuhause. Sie sind halb verhungert, müssen schuften wie Sklavinnen und sind ganz unglückliche Geschöpfe. Was ist schon dabei, wenn sie gutes Geld verdienen und sich mit einem flotten Kerl auch noch amüsieren? Aber nicht mit dir, du Klosterbruder, du heiliger Joe Francis Xavier, nicht mit dir. Du denkst vielleicht, es wäre unmoralisch, was? Aber ich habe gute Ohren, und wie ich hörte, ist dir vor einigen Tagen die kleine Münze, die ich dir gegeben habe, gar nicht ungelegen gekommen, eh?«

Joseph schwieg. Mr. Healey lachte, beugte sich vor und klatschte Joseph auf eine seiner kühlen, schlanken Hände, die verkrampft auf der Tischplatte ruhten. »Zerbrich dir darüber nicht den Kopf, Joe. Du bist jung, und ich bin dir nur neidig. Es ist doch so schön, jung zu sein! Der Auftrag, den ich dir zu geben beabsichtige, ist etwas, das du dir niemals auch nur im Traum hast einfallen lassen und womit auch ich mich noch nie befaßt habe. Nicht aus moralischen Gründen, du Ritter ohne Furcht und Tadel, sondern mangels an Gelegenheit. Nein, keine Fragen. Es geht um die Lieferung von Waffen nach einem kleinen Hafen in ›Ol' Virginny‹, wie sie die Gegend da unten nennen.«

Joe blickte ihn forschend an, ohne die Miene zu verziehen. »Und wie soll ich das machen?«

Mr. Healey öffnete seine Schreibtischlade und entnahm ihr ein Bündel Goldzertifikate, eine neue Pistole und ein Schächtelchen mit Patronen. Dann erst antwortete er. »Damit kannst du nachhelfen, wenn du in Schwierigkeiten geraten solltest, was wir nicht hoffen wollen. Ich kenne keinen Menschen, dessen Augen nicht aufleuchten, wenn er diese Scheinchen sieht. Und diese Waffe ist für dich. Sie gehört dir, für immer. Schönes Ding, was? Beste Qualität: Barbour & Bouchard, hier in unserem Staat erzeugt. Sie sind auch die Hersteller dieser viertausend Mehrladegewehre, die du unten abliefern sollst. Mr. Montrose wird dich begleiten. Es ist an der Zeit, daß du der Gefahr ein wenig ins Auge siehst, daß du Verantwortung übernimmst, wie das meine anderen Leute schon seit geraumer Zeit tun — aber das weißt du ja. Du sitzt gemütlich wie der Floh im Hundeohr im Kontor, und was du an Gefahren erlebst, sind die zwei Nächte im Monat, die du im Archivraum zubringst. Meine Burschen werden nicht jünger. Du *bist* jung, und es ist gar nicht so leicht, das Personal mit den richtigen Leuten zu verstärken. Außer dir habe ich in drei oder vier langen Jahren keinen gefunden, und das ist ein Kompliment für dich, mein Freund, jawohl, ein Kompliment.«

Joseph dachte an seine Geschwister. Dann nahm er die Pistole vom Tisch und untersuchte sie. Die Waffe lag gut in der Hand, ihre kühle Glätte vermittelte beruhigende Sicherheit vor tödlicher Gefahr. »Sie wollen keine Fragen von mir hören«, sagte Joseph, »aber einige muß ich doch stellen.«

»Schieß los!« forderte ihn Mr. Healey mit weit ausladender Geste auf. »Aber das heißt nicht, daß ich sie auch beantworten muß.«

»Besteht die Möglichkeit, daß ich erwischt werde? Daß ich mein Leben verliere?«

Mr. Healey sah ihn scharf an; dann nickte er. »Ich will offen mit dir sein. Ja. Keine große Möglichkeit, aber sie besteht. Hängt davon ab, was du tust, was du sagst, wie du dich benimmst — und vom Glück. Aber du bist ja Ire, und Iren haben immer Glück, nicht wahr?«

Joes Hände strichen liebkosend über die Pistole, aber er blickte Mr. Healey einige Augenblicke lang schweigend an. »Wieviel wollen Sie mir dafür bezahlen?« fragte er dann.

Mr. Healey täuschte ungläubiges Staunen vor. »Du bekommst doch deinen Lohn, oder nicht? Einen Lohn, wie ihn meine anderen Jungen erst bekommen, nachdem sie mindestens zehn ganze Jahre für mich arbeiten — und du bist erst knapp zwei Jahre bei mir. Das hast du nur meinem weichen Herzen zu verdanken. Auf meine alten Tage werde ich sentimental. Ich will schnell vergessen, daß du mir diese Frage gestellt hast.«

Ein leises Lächeln spielte um Josephs Lippen. »Ich schulde Ihnen immer noch eintausendachthundert Dollar. Also, um es kurz zu machen, Sie werden mir diese Restschuld erlassen, wenn ich von diesem Auftrag zurückkehre.« Er hob seine Hand. »Ich führe Ihre Bücher, Mr. Healey. Sie zahlen den Leuten ein Salär, das sich sehen lassen kann, aber für gewisse heikle Geschäfte weisen Sie ihnen schöne Prämien an. Ich weiß es. Ich bereite ja selbst die Schecks vor und lege sie Ihnen zur Unterschrift vor. Ich mag Ihr Auge und Ihr Ohr sein, wie Sie selbst liebenswürdigerweise mehrfach geäußert haben, aber ich habe auch meine eigenen Augen und Ohren, auch wenn ich meine Zunge im Zaum halte.«

»Du hast den Verstand verloren, das steht mal fest.«

Joseph blieb stumm und wartete.

»Der erste wichtige Auftrag, den du bekommst, und Gott allein weiß, ob du damit fertig wirst, und du willst eintausendachthundert Dollar dafür!«

»Mr. Healey. Ich weiß jetzt, daß die Möglichkeit besteht, daß ich nicht mehr zurückkehre. Ich werde einen Brief — bei jemandem — hinterlassen, in dem ich meine Optionen an eine andere in einer anderen Stadt wohnhafte Person übertrage, falls ich gefangengenommen oder getötet werde. Sie brauchen nichts zu fürchten. Ich werde diesem Jemand weder mitteilen, wo ich hinfahre, noch, was ich dort zu tun habe. Ich werde ihm nur sagen, daß er, wenn ich nicht wiederkomme, zu Ihnen gehen soll, daß Sie ihm meinen Schuldschein geben werden und daß er diesen an die genannte Person abzuschicken hat. Sie sehen also, Mr. Healey« — und Joseph lächelte sein grimassenhaftes Lächeln —, »daß ich mich voll und ganz darauf verlasse, daß Sie ehrenhaft handeln werden.«

Mr. Healey war bestürzt. Er setzte sich aufrecht, sein Gesicht schwoll an und rötete sich. »Und wer, wenn ich fragen darf, ist jene Person in einer anderen Stadt?«

Joseph hätte beinahe gelacht. »Nur eine Nonne, Sir, nur eine Nonne.«

»Eine Nonne!«

»Ja. Eine harmlose alte Nonne — sie hat mir einmal einen großen Dienst erwiesen.«

»Ich fürchte«, sagte Mr. Healey, von so etwas wie Scheu ergriffen, »du hast eine Schraube los. Eine Nonne! Du! Und wer ist der Bote, der dieser Nonne den Schuldschein übermitteln soll? Nicht, daß ich dir auch nur ein einziges Wort glaube!«

»Harry Zeff.«

»Und er kennt diese Nonne?« Voller Verzweiflung klatschte sich Mr. Healey mit der flachen Hand auf die Stirn.

»Nein. Er kennt sie nicht. Er wird sie auch gar nicht kennenlernen oder auch nur zu sehen bekommen. Er wird ihr nur das Papier schicken, wenn er ihre Adresse in dem Brief liest, den ich bei ihm zurücklasse.«

»Du guter Gott, wozu diese Geheimniskrämerei?«

»Es sind keine Geheimnisse, Mr. Healey. Ist eine Nonne etwa ein Geheimnis? Wir Iren haben doch nun mal einen Penchant zum Religiösen, nicht wahr?«

»Einen — einen Pen — was?«

»Einen Hang, eine Neigung.«

»Du willst also Mildtätigkeit gegenüber einer alten Nonne üben, die vermutlich in ihrem ganzen Leben noch keine zwanzig Dollar gesehen hat!«

»Nein. Es wäre keine Mildtätigkeit. Es würde eine — eine Erinnerung an mich sein, würde ich sagen.«

»Ich fürchte, du hast eine Schraube los«, wiederholte Mr. Healey. Er kaute wütend an seiner Zigarre; dann spuckte er aus. Seine Augen funkelten. »Du bist ein ganz durchtriebener Bursche. Hast es faustdick hinter den Ohren. Ist sie eine Verwandte von dir, diese Nonne?«

»Nein.«

»Ich glaub dir kein Wort.«

»Niemand zwingt Sie, etwas zu glauben, Sir. Ich möchte nur Ihr Ehrenwort haben, daß Sie, wenn ich nicht wiederkomme, Harry Zeff den Schuldschein geben, damit er ihn dieser Nonne schickt.«

»Du denkst auch wirklich an alles, was?«

»Ja.«

»Woher willst du wissen, daß du Harry vertrauen kannst?«

»Woher wollen Sie wissen, daß Sie Bill Strickland vertrauen können?«

»Ha!« Mr. Healey lehnte sich zurück. »Den habe ich vor dem Galgen gerettet!«

»Und ich habe Harry das Leben gerettet oder zumindest das Bein.«

»Aber Harry hat was auf dem Kasten, und Bill ist ein Hornochse.«

Joseph hatte dem nichts hinzuzufügen. Mr. Healey musterte ihn. »Du hast dich also doch entschlossen, jemandem zu vertrauen, eh?«

»Ich habe ihn auf die Probe gestellt, und er hat keine Fragen an mich gerichtet.«

»Du könntest dir ein Beispiel an ihm nehmen«, bemerkte Mr. Healey säuerlich. »Warum läßt du diesen Brief nicht bei mir statt bei Harry? Vertraust du mir nicht? Und was soll dieses spöttische Lächeln?«

»Je weniger Menschen man vertrauen muß, desto besser. Das haben Sie selbst einmal gesagt, Mr. Healey. Nun habe ich bereits Harry mein Vertrauen geschenkt. Außerdem sind Sie ein bedeutender und vielbeschäftigter Mann, den ich mit solchen Lappalien nicht belasten möchte.«

»Hm«, machte Mr. Healey. »Jetzt willst du mich wohl für dumm verkaufen, was? Aber du kannst mir noch so katholisch daherreden, ich weiß, wie zweispurig deine Schnauze läuft.«

»Mr. Healey. Ich habe wirklich nicht die Absicht, mich erwischen oder aufhängen zu lassen. Der Brief ist nur für den Fall eines Falles gedacht. Ich kann mich auf Harry verlassen, daß er mir den Brief ungeöffnet zurückgibt, wenn ich wiederkomme. Ich habe ihm schon bei anderen Gelegenheiten vertraut. Ich habe es nicht gern getan, aber ich war dazu gezwungen.«

»Ich weiß nur eines«, sagte Mr. Healey. »Es ist dir doch tatsächlich gelungen, mich so einzuseifen, daß ich dir das Geld schenke, das ich dir geliehen habe. Das war nun wirklich nicht meine Absicht. Also schön, mach, daß du weiterkommst. Raus mit dir.«

»Ich danke Ihnen, Mr. Healey«, antwortete Joseph und erhob sich. »Sie sind ein Gentleman.«

Der junge Mann verließ das Zimmer, und Mr. Healey schloß leise die Tür hinter ihm. Er begann zu lächeln, ein reumütiges, aber gleichzeitig gütiges Lächeln, und dann schüttelte er den Kopf, so, als ob er über sich selbst lachen müßte. »Diese verdammten Iren!« sagte er laut. »Wir sind nicht zu schlagen!«

XIV

Joseph schrieb den Brief an Schwester Elizabeth und legte die Pachtverträge bei, die er in Corland gekauft hatte. Er wies sie an, diese Dokumente für seine Geschwister aufzubewahren und sie nach einem Jahr um einen bestimmten Betrag Mr. Healey zum Kauf anzubieten. Er erwähnte auch, daß sie in Kürze einen Scheck über mehrere hundert Dollar erhalten würde, die für Seans und Reginas Unterhalt bestimmt waren. »Diese Gelder«, schrieb er, »sollen ihre Zukunft sichern, die ich in Ihre Hände lege, denn ich werde wahrscheinlich nicht mehr am Leben sein, wenn Sie diese Zeilen erhalten.« Er versiegelte den Brief und schlug ihn in ein Papier ein, das er ebenfalls mit einem Siegel versah.

Endlich schrieb er noch ein Billett an Haroun Zieff und versiegelte auch dieses. Das heiße rote Wachs tropfte auf seine Finger. Die Kerze, die er zu diesem Zweck angezündet hatte, flackerte und rauchte. *Nur nach meinem Tode zu öffnen,* schrieb er auf den Umschlag. Dann blies er die Kerze aus, und das helle, schärfere Licht der Tischlampe füllte das Zimmer. Still brannte das Feuer im Kamin. Man schrieb den ersten April 1863, und es war ein rauher, kalter April nach einem langen eisigen Winter. Joseph legte die zwei Briefe in eine Lade seines Rosenholzschreibtisches, verschloß sie und steckte den Schlüssel in die Tasche. Er würde sie Haroun am Tag seiner Abreise nach New York übergeben.

Er warf frische Kohlen aufs Feuer, öffnete ein Buch und begann zu lesen. Schwester Elizabeths letzter Brief hatte als Lesezeichen gedient. Er beschloß, ihn noch einmal zu überfliegen und zu verbrennen, denn er ließ nie etwas in seinem Zimmer zurück, das ihn verraten könnte. Er verbannte jeden Gedanken an die bevorstehende Reise nach New York und Virginien aus seinem Sinn. Es war vorläufig nicht notwendig, sich damit zu beschäftigen. Unnötige Gedankenarbeit stellte eine Belastung dar, die zur Folge hatte, daß man zu unschlüssig an zukunftsbestimmende Entscheidungen herantrat.

Er hatte nur wenig darüber nachgedacht, was er nach seiner Rückkehr tun würde, denn nun war er nichts mehr schuldig und konnte sich weiteres Geld leihen, wahrscheinlich von Mr. Healey, um eine Ausrüstung zu kaufen und ein paar Leute auf dem Stück Land arbeiten zu lassen, für das er Vorkaufsrechte erworben hatte. Doch angesichts der Möglichkeit, daß er nicht wiederkommen würde, erschien es ihm wenig sinnvoll, zu weit voraus zu planen. Reine Zeitverschwendung, sich auch nur mit Möglichkeiten zu befassen. Schon nächste Woche würde er in New York sein. Er versuchte nicht einmal, sich an New York zu erinnern. Wenn ihn dennoch ein unbestimmtes und beunruhigendes Gefühl überkam, so war er sich dessen kaum bewußt, obwohl er ein- oder zweimal nervös in seinem grünen, mit Samt überzogenen Schaukelstuhl hin- und herrückte. Mit traurigen Erinnerungen fertig zu werden, hatte er gelernt; dessen war er sicher. Man brauchte sich nur fest vorzunehmen, daß einem nichts in der Welt je wieder weh tun würde, auch keine Erinnerungen — das genügte.

Wenn eine natürliche Besorgnis die gespannte Aufmerksamkeit, mit der er das Buch las, zu beeinträchtigen suchte, ignorierte und unterdrückte er sie. Was zu tun war, mußte getan werden. Da sein Leben immer freudlos gewesen war und er von Lachen und Fröhlichkeit nichts verstand, erblickte er darin nichts sonderlich Wertvolles für seine Person. Er hatte Geld auf der Bank in Titusville, und er hatte seine Vorkaufsrechte. Es war alles für die Zukunft seiner Geschwister bestimmt, einschließlich des Erlöses aus dem Verkauf der Optionen an Mr. Healey, falls er, Joseph, nicht zurückkam. In Jahresfrist sollten diese Optionen zweimal soviel wert sein und noch mehr, denn die Bohrungen in Corland hatten bereits begonnen und ausgezeichnete Ergebnisse gebracht. So war also die Zukunft seiner Geschwister einigermaßen gesichert. Joseph, der in niemanden, nicht einmal in Haroun, großes Vertrauen setzte, kam gar nicht auf den Gedanken, daß er sich ja darauf verließ, daß Schwester Elizabeth Seans und Reginas Geld weise und umsichtig verwalten würde. Er wußte es nicht, aber dieses besondere Vertrauen lag tief in seinem Unterbewußtsein begraben.

Er las Macaulays Essay über Machiavelli, wobei er halb bedauernd, halb belustigt feststellte, daß er fürwahr aus anderem Holz geschnitzt war als Machiavelli. Des Politikers und Geschichtsschreibers delikate und feinfühlige Kunst höchster Ironie — so im Gegensatz zur ätzenden Ironie der Iren — interessierte ihn und gefiel ihm, so wie man sich für die eleganten Gesten und Schritte, für die Grazie und Harmonie eines Balletts interessiert und daran Gefallen findet. Da er selbst schon viel von Machiavelli gelesen hatte, fand Joseph Macaulays Aufsatz ein wenig schwerfällig und pedantisch, obwohl der Engländer vermutet haben mußte, daß gerade die weisesten Ratschläge Machiavellis an seinen Fürsten ironisch gemeint waren. Doch Machiavellis schalkhafte Spötterei war nicht nach Josephs Geschmack, denn er begriff recht gut, daß der Spott, mit dem er selbst die Menschen und das Leben bedachte, in Haß und Leid begründet lag, der Machiavellis hingegen in weltweiser Belustigung. Joseph war sich der Tatsache bewußt, daß er nie über die Welt lachen konnte. Um ein vollkommener Ironiker zu sein, mußte man diese Gabe besitzen, wie viele Wunden das Gelächter auch überdecken mochte. Wer also ein Machiavelli mit all seinen Ränken werden wollte, mußte objektiv sein. Doch diese Objektivität durfte nicht, wie in seinem Fall, nur die Folge mangelnden Interesses sein, sondern die eines Menschen, der von der Welt Abstand hält und ihr gleichzeitig subjektiv verbunden ist.

Es war erst wenige Monate her, daß die Truppen der Union unter Rosecrans die »Rebellen« aus dem Süden nach der Schlacht von Murfreesboro zum Rückzug gezwungen hatten. Im Jänner hatte Mr. Lincoln die Proklamation der Befreiung aller Sklaven erlassen. Das ein paar Wochen später von der Regierung in Kraft gesetzte Wehrpflichtgesetz hatte im ganzen Norden zu blutigen Unruhen geführt. Burnsides Armee war bei Fredericksburg nur knapp der Vernichtung entgangen. Zwar war die Union von Schmerz über den Tod ihrer Söhne überwältigt, aber darum nicht weniger munter am Geldverdienen, und von einer Kriegskonjunktur beherrscht, die breiteste Schichten der Bevölkerung in gehobene Stimmung versetzte. Militärkapellen, patriotische Aufrufe, Truppenbewegungen und — immer noch — Begeisterung prägten das Bild, insbesondere in dem den Schlachtfeldern so nahen Pennsylvanien. Joseph Armagh allerdings hätten diese Ereignisse genausoviel oder genausowenig interessiert, wenn sie auf einem fernen Stern stattgefunden hätten. Er war ja nicht einmal Bürger der Vereinigten Staaten von Amerika und zog auch die Möglichkeit, einer zu werden, nicht in Betracht. Wenn er je einen flüchtigen Gedanken an diesen Krieg verschwendete, so mit der Überzeugung, daß die Angelegenheiten einer ihm fremden Welt nicht die seinen waren, daß er kein Vaterland hatte und daher auch keinem zu Treue verpflichtet war.

Er erhob sich von seinem Schaukelstuhl, um noch eine Handvoll Kohlen ins Feuer zu werfen. Dann setzte er sich wieder und schlug das Buch auf. Sein Blick fiel auf den letzten Brief von Schwester Elizabeth, den sie vor zehn Tagen abgeschickt hatte. Er faltete ihn auseinander und las ihn noch einmal. Sie bestätigte ihm den Empfang von Geld für Sean und Regina, die nun damit prahlten, daß sie einen reichen Bruder hatten — so sehr, daß die Nonnen sie vor sündhaftem Stolz warnen mußten, wie Mutter Elizabeth mit einer Spur von Humor hinzufügte. Sean war immer noch von »zarter Konstitution, vielleicht nicht so sehr körperlich, doch von allzu starker Empfindsamkeit, wie sie bei Knaben nur selten anzutreffen ist und von den anderen Schwestern nicht gutgeheißen wird«. Regina war, wie schon immer, ein wenig zu still, aber doch »ein wahrer Engel, sittsam, sanft und bescheiden, ein reizendes Kind und eine gute Tochter der Heiligen Mutter«.

Joseph legte die Stirn in Falten. Einen Augenblick lang starrte er blind auf die sauber geschriebenen Zeilen, bevor er weiterlas. Kummervoll berichtete Schwester Elizabeth, daß in den öffentlichen Gebäuden eiligst Lazarette eingerichtet wurden, um die schwerverwundeten und sterbenden Soldaten aufzunehmen, die dann von den Schwestern umsorgt und gepflegt, gefüttert und getröstet wurden. Die Schwestern mußten ihre Wunden waschen, ihnen Mut zusprechen und Briefe an Mütter und Frauen schreiben. »Es ist eine schwere Arbeit«, schrieb die Nonne, »aber wir danken unserem Herrn, daß er uns Gelegenheit gibt, ihm zu dienen. Jeden Tag kommen Züge mit Leidenden und Verletzten, und die Frauen von Winfield knausern nicht mit Geldmitteln, öffnen ihre Herzen und leihen ihre helfenden Hände. Ob reich oder arm, es gibt nichts Trennendes mehr zwischen ihnen. Sie alle sind Dienerinnen dieser Opfer des Krieges, und es kümmert sie nicht, auf welcher Seite die Männer gekämpft haben. In Gefangenschaft geratene Ärzte der Konföderierten Armee arbeiten Seite an Seite mit ihren Brüdern aus der Union, um so viele Jungen wie irgendmöglich zu retten. Sie schuften in ihren Uniformen, aber es gibt keine Vorwürfe, keine bösen Blicke, keinen Streit. Es ist eine alte Wahrheit, daß alle Menschen Brüder sind, wo Leid und Verzweiflung regieren, aber in guten Zeiten, wenn sie gesund und glücklich sind und im Wohlstand leben, zu Feinden werden. Dies ist ein sonderbarer und höchst betrüblicher Makel an der menschlichen Natur. Ach, wenn dieser entsetzliche Krieg nur schon enden wollte, wenn nur wieder Friede herrschte! Ob Union oder Konföderierte, dafür beten wir alle. Wenn die Messe gelesen wird, ist unsere kleine Kirche überfüllt. Die Grauen und die Blauen knien Seite an Seite und empfangen gemeinsam die heilige Kommunion. Aber schon morgen, sobald sie wieder gesund und zu ihren Armeen zurückgekehrt sind, werden sie versuchen, einander zu töten. Noch nie hat es einen heiligen Krieg gegeben, Joseph, noch nie einen gerechten, und weder Fahnen noch hochtönende Parolen können über diese Tatsache hinwegtäuschen. Aber die Menschen lieben den Krieg, so hartnäckig sie das auch leugnen — wie ich das täglich höre. Es ist leider ihre Natur. Wenn Du kannst, bete jeden Tag fünf Avemarias für die Seelen der Kranken und Sterbenden, denn in meinem Herzen kann ich nicht glauben, daß Du ganz vergessen hast —«

Joseph hatte seinem letzten Brief zehn Dollar extra beigefügt. Seiner Bitte entsprechend, hatte Schwester Elizabeth ihm dafür je eine Daguerreotypie, von der Hand des Photographen ein wenig zu bunt koloriert, von Sean und Mary Regina geschickt. Doch nicht einmal diese wohl gut gemeinten, aber doch störenden Verschönerungsversuche vermochten das lächelnde, poetische, allzu empfindsame und feine Antlitz Sean Armaghs zu verschleiern noch den leuchtenden Blick und das makellose, zugleich zerbrechliche und exquisit kräftige, zart glühende Gesicht Reginas. Es war Moira Armaghs Gesicht, und doch nicht ganz, denn es fehlte Moiras zarte, irdische Süße. Kein Anflug von Weltlichkeit haftete an Reginas leuchtenden blauen, furchtlosen Augen, am edlen Schwung ihrer Nase, an der festgefügten Unschuld ihres lieblichen Kindermundes. Sean hingegen war ein zweiter Daniel Armagh, voll Anmut und Feuer und hoffnungsvoller Heiterkeit. Sean war jetzt fast dreizehn, und seine Schwester war sieben.

Es war Reginas Bild, dem Josephs besondere Aufmerksamkeit galt, obgleich ihn bei aller Selbstdisziplin immer ein dunkler und unterdrückter Schmerz durchzuckte, wenn er nur an sie dachte. Er studierte das schimmernde Schwarz ihrer langen Locken, die Glätte ihrer weißen Stirn, die stille Bläue ihrer großen Augen unter den goldblonden Wimpern, und plötzlich überkam ihn eine unerklärliche Angst wie eine düstere, gestaltlose, seinem Bewußtsein völlig fremde Ahnung. Abermals fesselte ihn Seans Ähnlichkeit mit Daniel, und er versuchte, sich das vertraute Gefühl bitterer Ablehnung, das er gegenüber seinem Vater empfunden hatte, ins Gedächtnis zurückzurufen. Mit einemmal — und der Gedanke erschien ihm unfaßbar — glaubte er fest, daß er Sean sein Leben lang würde beschützen müssen, Regina aber mündig war und seines Schutzes nicht bedurfte. Was für ein Unsinn, dachte er zornig. Ich werde einen Mann aus meinem Bruder machen, und wenn ich ihn zu Kleinholz verarbeiten müßte, aber Regina, mein Liebling, mein kleines Schwesterchen, wird mich immer brauchen.

Er ging zu seiner Jacke, die zusammen mit seinen wenigen restlichen Kleidungsstücken in dem Schrank aus Rosenholz hing, und entnahm ihr seine lederne Brieftasche. Während er die Bilder seiner Geschwister darin verwahrte, versuchte er mit aller Gewalt, die plötzliche Turbulenz seiner törichten Gedanken unter Kontrolle zu bringen. Dann kehrte er zu seinem Stuhl zurück, starrte trübsinnig ins Feuer und las schließlich noch einmal die letzte Seite von Schwester Elizabeths Brief.

»Zu unseren liebsten und aufopferndsten Helferinnen zählt Mrs. Tom Hennessey, die Frau unseres Senators. Sie ist so liebenswürdig und gütig, dabei tüchtig und unermüdlich! Manchmal bringt sie Bernadette, ihr Töchterchen, ins Waisenhaus mit, denn man kann nicht früh genug in einem Kind das Gefühl für Liebe und Güte und Mildtätigkeit wecken. Bernadette ist ein reizendes kleines Mädchen, genauso rücksichtsvoll und aufmerksam wie ihre Mutter, und bringt Geschenke für unsere Schützlinge, die niemanden haben, der ihrer gedenkt. Mary Regina hat ihre natürliche Zurückhaltung und Verschlossenheit überwunden und mit Bernadette Freundschaft geschlossen. Es tut Deiner Schwester gut, mit einem so heiteren Geschöpf zusammenzukommen, denn sie ist oft zu ernst. Wenn ich sie lachen höre, ihr stilles, feines Lachen, ist das Musik für mein Herz. Wir lieben sie alle sehr.«

Als er den Brief zum erstenmal gelesen hatte, war sein erster Gedanke gewesen, Schwester Elizabeth anzuweisen, seine Schwester von der Tochter Senator Hennesseys, dieses korrupten Mannes, fernzuhalten, doch sein Sinn für die Wirklichkeit überzeugte ihn bald, daß es in Wahrheit nur Eifersucht war, die seinen Ärger hervorrief und ihn demütigte. Allerdings konnte er diese Eifersucht nur schwer unterdrücken, denn Regina war sein eigen und gehörte nur ihm, und der bloße Gedanke, daß andere mit ihr sein konnten und er nicht, schmerzte ihn tief. Er hatte sie jetzt schon lange nicht mehr gesehen, aber er legte jedem Schreiben an Schwester Elizabeth ein Briefchen für sie bei. Es kam ihm nie in den Sinn, ein paar Zeilen an Sean zu richten, obwohl dieser ihm regelmäßig schrieb.

Während er nun wieder ins Feuer starrte, sagte er sich, daß die Zeit knapp wurde und daß er, nach Beendigung seiner Mission, in Geschäften für Mr. Healey nach Pittsburgh reisen und ein weiteres Gespräch mit dem Mann führen würde, den er dort kennengelernt hatte. Nachdem er diesen Entschluß gefaßt hatte, nahm er sein Buch zur Hand, verbannte alle anderen Gedanken aus seinem Sinn und las. Die geschnitzte Uhr unten in der Halle schlug einmal, zwei- und dreimal, das Feuer im Kamin erstarb, es wurde kalt im Zimmer, und Joseph las immer noch.

Ganz gegen seine Gewohnheit erschien Mr. Healey am nächsten Tag nicht in seinem Kontor. Er hatte auch sein Frühstück nicht mit Joseph eingenommen. Nein, antwortete die kleine Liza schüchtern auf seine beiläufig hingeworfene Frage, Mr. Healey war nicht krank. Er war nur zum Bahnhof gegangen, um eine bedeutende Persönlichkeit abzuholen, die einige Tage hier im Haus verbringen würde, eine sehr bedeutende Persönlichkeit. Nein, den Namen wußte sie nicht. (Joseph hatte sie gar nicht danach gefragt.) Aber Mrs. Murray hatte die Bemerkung fallenlassen, daß diese Persönlichkeit in der Zeit bevor Liza ihren Dienst angetreten hatte, des öfteren zu Gast gewesen war, während jetzt Mr. Healey ihn zu besuchen pflegte. So beeindruckt schien Liza von der Ehre, die dem Haus zuteil werden sollte, daß sie ihren Bericht ganz atemlos vorbrachte und Joseph neugierig den Kopf hob. Von ihrer eigenen Wichtigkeit erfüllt, hochrot im Gesicht, stand sie da, ihr unansehnliches Äußeres wirkte anziehend, wenn nicht gar reizvoll.

Sie war knapp sechzehn, aber ihre unscheinbare, unreife Gestalt zeugte von hungriger Kindheit und Demütigungen ohne Zahl; dies und ihre chronische Angst verliehen ihr immer noch das Aussehen eines mißbrauchten Geschöpfes. Dünnes, aber schimmerndes hellbraunes Haar lugte unter ihrer zu großen Morgenhaube hervor. Etwas Reines und zu Herzen Gehendes kennzeichnete ihr Wesen, und in ihrem scheuen Lächeln spiegelte sich die Bitterkeit unvergessenen Leidens.

Miß Emmy betrat gähnend das Speisezimmer. Das hübsche Haar fiel ihr über den Rücken, und ihre schelmischen Augen waren verquollen wie von vor kurzem genossenen und wieder wachgerufenen Wonnen. Sie trug einen mit kirschroten Bändern zusammengehaltenen Morgenrock aus tiefblauem Samt. Ein zarter Hauch von jugendlicher Frische überzog ihr Gesicht, doch der neckische Blick, mit dem sie Joseph streifte, war alt und weise. Sie berührte ihn leicht an der Schulter, als sie an ihm vorüberging, um zu ihrem Stuhl zu gelangen. Hastig schluckte er den Kaffee hinunter. Miß Emmy sah dies und ergötzte sich daran. Früher oder später, das gelobte sie sich, würde er seine Gleichgültigkeit und Interesselosigkeit aufgeben müssen. War nicht sie es gewesen, die ihn veranlaßt hatte, ein Bordell zu besuchen? Jedenfalls hatte sie diese Mutmaßung angestellt, als Mr. Healey ihr in ausgelassener Laune von Josephs kleinem Abenteuer berichtete. Sie war schon ein wenig ungeduldig. Sie brauchte anderen Männern nur einen Blick zuzuwerfen, und schon leckten sie sich die Lippen und rückten unruhig herum. Dieser Kerl aber sah sie an, als ob sie nicht existierte. Sie redete sich ein, daß sie ihm auf seine Tricks nicht hereinfiel. Er ging nur selten auf ihre anzüglichen Bemerkungen ein, und das war ein sehr gutes Zeichen. Wohlerfahren in der Kunst, mit Männern umzugehen, summte sie leise vor sich hin, während Liza ihr servierte, und als Joseph, der hastig das Zimmer verlassen wollte, beinahe über seinen Stuhl stolperte, hätte sie fast laut herausgelacht. Im nächsten Augenblick aber schlug sie Liza verdrießlich und heftig auf die Hand, weil das Mädchen ihr den Kaffee ein wenig zu schnell einschenkte.

Der Aprilmorgen war mild und warm geworden. Joseph nahm seinen Mantel auf den Arm und setzte sich seinen schmucklosen hohen Hut auf. Mrs. Murray kam in die Halle und teilte ihm in ihrer unfreundlichen, haßerfüllten Art mit, daß er an diesem Nachmittag nicht zu Mr. Spaulding gehen, sondern um halb fünf Uhr nach Hause zurückkehren sollte. Man erwarte einen Gast, und käme Joseph zu spät, würde dies als ungebührlich, wenn nicht gar als unverzeihlich gewertet werden. Joseph sagte nichts und nahm diese Anweisung Mr. Healeys kommentarlos zur Kenntnis. Er lief die Stufen vor dem Haus hinunter und ging eilig davon. Mrs. Murray stand in der Türöffnung und sah ihm nach. Joseph wußte, daß sie ihn haßte, zerbrach sich aber darüber nicht den Kopf. Auch Bill Strickland haßte ihn auf seine intelligenzlose Art, und auch das wußte Joseph, der schon zuviel Haß in seinem Leben kennengelernt hatte, um sich noch hier, in Mr. Healeys Haus, darüber aufzuregen. Er betrachtete unmotivierte Bösartigkeit als einen festen Bestandteil der menschlichen Existenz.

Nachdem Mrs. Murray die Tür verschlossen hatte, stieg sie, leise vor sich her keifend, die Treppe hinauf, um, bevor noch Liza und das andere Hausmädchen ihre Arbeit begannen, jener täglichen Pflicht nachzukommen, die sie sich selbst auferlegt hatte. Sie betrat Josephs Zimmer und durchsuchte rasch und sorgfältig alle Laden in seiner Kommode, öffnete den versperrten Schreibtisch mit einem Nachschlüssel und starrte mit weit aufgerissenen Augen auf ein dickes Bündel von Goldzertifikaten, eine neue Pistole und ein Schächtelchen mit Patronen. »Aha!« rief sie. Doch dann erblickte sie Mr. Healeys Handschrift auf dem Band, das die Noten zusammenhielt, und den Namen *Joe Francis.* Sie verschloß die Lade, während sie verdrießlich und zornig ihre schwulstigen, fahlen Lippen bewegte. Mr. Healey hätte sie gestern abend davon unterrichten sollen. Von Hoffnung erfüllt, doch endlich ein Beweisstück zu finden, das Mr. Healey überzeugen würde, daß sein Schützling ein Dieb oder vielleicht ein Mörder oder sonst ein Verbrecher war, machte sie sich nun an den Schrank, wo sie gemächlich alle Taschen durchsuchte und alle Säume abtastete. Sie rief alle Heiligen an, sie doch einen vergessenen und belastenden Brief finden zu lassen. Sie suchte hinter den Büchern auf dem Regal. Sie schüttelte das Buch mit den Essays, das Joseph auf dem Nachttischchen liegengelassen hatte. Sie griff unter die Matratze und spähte erwartungsvoll unter das Bett. Sie überprüfte die Kissen auf irgendwelche Öffnungen. Sie hob den Teppich auf. Sie untersuchte die Hinterseite des großen Wandbildes, das eine in hellen Farben gehaltene Waldlandschaft zeigte. Sie suchte hinter den Fenstervorhängen. Ihre Enttäuschung wuchs — aber sie zweifelte nicht daran, daß sie früher oder später auf etwas stoßen würde, mit dem sie ihre Intuition, was Joseph betraf, auf glänzende Weise rechtfertigen konnte. Ihr Blick fiel auf den erkalteten Kamin. Aha, er hatte wieder einen Brief verbrannt, wie schon andere zuvor, der durchtriebene, schlaue Fuchs! Mühsam hockte sie sich nieder und stocherte mit dem Feuerhaken in der Asche. Der Atem stockte ihr, als sie ein Papierfetzchen fand, das nur leicht angesengt war. Sie riß es an sich und las die Worte »Schwester Elizabeth«.

So hatte der Kerl also eine Schwester — im Gefängnis wahrscheinlich oder im Bordell! Dem armen, vertrauensvollen Mr. Healey aber hatte er erzählt, er hätte keine Familie! Man verheimlichte nicht die Existenz einer unbescholtenen Schwester, man verleugnete sie nicht. Das Flittchen blühte im verborgenen, aber höchstwahrscheinlich steckte sie hinter den Machenschaften ihres Bruders und stiftete ihn zu allen möglichen Schändlichkeiten und Niederträchtigkeiten an. Vielleicht heckten sie in eben diesem Augenblick einen Plan aus, Mr. Healey zu berauben und ihn anschließend in seinem Bett zu ermorden! Welchen Grund sollte ein Mensch haben, seine Schwester versteckt zu halten? Triumphierend, zitternd vor Freude, wickelte sie das Fetzchen Papier sorgfältig in ihr Tuch und verließ eilig das Zimmer. Im Gang stieß sie auf Miß Emmy und verhielt jäh ihren Schritt.

Miß Emmy schenkte ihr ein berückendes Lächeln. »Etwas gefunden?« erkundigte sie sich.

»Ich weiß nicht, wovon Sie reden«, erwiderte die Haushälterin mürrisch. »Ich wollte mich nur überzeugen, daß die Mädchen ordentlich saubermachen.« Aber dann konnte sie sich doch nicht zurückhalten. »Ich habe es ja schon immer gewußt, daß er ein verschlagener, listiger Kerl ist, wahrscheinlich ein Dieb oder ein Mörder! Jawohl, ich habe ein Stück von einem Brief gefunden, den er verbrannt hat. Sehen Sie nur!« Sie reichte Miß Emmy das Zettelchen. Das junge Mädchen betrachtete es neugierig, lachte und gab es Mrs. Murray zurück. »Aber, Mrs. Murray«, sagte sie, »Mr. Francis ist doch Ire und Katholik. Das weiß ich von Mr. Healey. ›Schwester Elizabeth‹ ist wahrscheinlich eine Nonne! Auch Mr. Healey kennt ein paar Nonnen in Pittsburgh. Er schickt ihnen sogar Geld zu Weihnachten — für Spitäler und Waisenhäuser und dergleichen.«

Als sie sah, wie Mrs. Murrays aufgedunsenes Gesicht sich vor Enttäuschung grau färbte, fragte sie mit noch lebhafterer Neugier: »Warum hassen Sie eigentlich Mr. Francis so sehr? Ich habe Sie beobachtet. Sie schauen ihn an, als ob Sie ihn erdolchen möchten.«

Die Haushälterin hob ihre schwere Hand und drohte dem Mädchen mit dem Finger. »Ich bin nicht von heute, Miß Emmy, und ich erkenne einen Verbrecher, wenn ich ihn sehe. Merken Sie sich, was ich Ihnen sage: Bald wird alles an den Tag kommen, und dann wird es Ihnen leid tun, daß Sie mich ausgelacht haben.« Mit dem schweren Tritt eines Riesentiers trampelte sie davon. Die Dielenbretter erbebten unter ihrem massigen, von Bösartigkeit und Haß geschwängerten Körper. Beim oberen Treppenabsatz blieb sie stehen, machte mit erstaunlicher Flinkheit kehrt und sagte zu dem Mädchen, das immer noch dastand und sie mit den Blicken verfolgte:

»Und glauben Sie ja nicht, meine Liebe, daß ich nicht gemerkt habe, wie auch Sie ihn beobachten! Und ans Erdolchen denken Sie dabei bestimmt nicht!«

So ein gemeines Biest! dachte Miß Emmy, und die zwei Frauen durchbohrten einander mit den Blicken. Dann stieg Mrs. Murray mit einem hämischen Grinsen die Treppe hinunter. Miß Emmy hatte ein bißchen Angst, als sie in ihr Schlafzimmer zurückkehrte, das ganz in Gold und Blau und Weiß gehalten war. Sie setzte sich auf den Rand ihres reichverzierten, mit Volants besetzten Bettes. Sie mußte vorsichtig sein, sehr vorsichtig sogar. Sie hätte daran denken sollen, daß Mrs. Murray Bordellmutter in einem von Mr. Healeys Häusern gewesen war und es ausgezeichnet verstand, Blicke und Gebärden zu deuten — die der Männer und die der Frauen. Ich Närrin, schalt sie sich, ließ sich lächelnd auf das Bett zurückfallen und stellte sich vor, wie sie es in einer heißen Sommernacht, wenn Mr. Healey in Pittsburgh oder New York oder Boston weilte, mit Joseph teilen würde. Ihre erotischen Phantasien wurden kühner und leidenschaftlicher, und bald ging ihr Atem keuchend und stoßweise, und ihre Stirn glänzte von Schweiß. Noch nie hatte Mr. Healey ihr Gesicht so verzerrt gesehen, nie noch ihre Augen so schmachtend und feucht, nie noch ihren Mund so rot und schwellend.

Joseph dachte an Schwester Elizabeths letzten Brief und an seine Geschwister. Er hatte der Nonne mitgeteilt, daß er »reise« und ihr daher keine ständige Anschrift bekanntgeben könne; sie möge ihm an sein Postfach in Wheatfield schreiben. Schwester Elizabeth hatte daraus gefolgert, daß er ein »Klinkenputzer« war — »ein Mann«, schrieb sie, »den wir in Irland einen Handlungsreisenden nennen, ein Mann, der Dinge verkauft. Dies ist, soviel ich weiß, eine recht unsichere Art, sich seinen Lebensunterhalt zu verdienen, aber ich hoffe zu Gott, Du mögest Erfolg dabei haben. Und ich hoffe auch, daß Du nicht auf unhöfliche, grobe und gemeine Menschen stößt, die Dich verletzen, wenn sie Deine Angebote zurückweisen. Ich könnte mir gut vorstellen, daß auch unser Herr, als er noch Zimmermann war, nicht immer Kunden für seine Waren fand.« Joseph hatte lächeln müssen.

Er hatte Schwester Elizabeth in jener Hinsicht mißtraut, daß seine Geschwister voneinander getrennt und von fremden Menschen adoptiert werden würden, wenn er nicht regelmäßig Geld für ihren Unterhalt schickte. Paradoxerweise jedoch war er davon überzeugt, daß sie, wenn sie Geld für Sean und Regina erhielt, ihr Bestes für sie tun würde und er ihr in jeder Beziehung vertrauen konnte. Immer wieder das Geld, dachte er, sooft ihm das Paradoxon zu Bewußtsein kam und nach Klärung drängte. Doch je mehr dieses, wenn auch nur vorübergehend, seine Gedanken beschäftigte, desto mehr wurde er sich der Widersprüche, unter denen zu leben und zu arbeiten er genötigt war, bewußt. Und nicht Mitgefühl bewegte ihn dabei, sondern Unwille über die Betroffenen und sich selber.

Als er in Mr. Healeys Kontor eintraf, nahm Mr. Montrose ihn zur Seite und bat ihn zu einer kurzen Besprechung in einen leeren Raum. »Wie Sie wissen«, begann Mr. Montrose, »werden wir die Stadt bald verlassen. Auf Mr. Healeys Wunsch werden wir in seinem Privatwagen reisen. Wir sind ja schließlich nicht irgendwer.« Mr. Montrose lächelte, und seine Katzenaugen funkelten. »Wir sind Gentlemen und, als

Mr. Healeys Angestellte, wichtige Leute. In New York werden wir im besten Hotel logieren. Wir werden über eine untadelige Garderobe verfügen.«

»Meine Garderobe ist völlig ausreichend«, wandte Joseph ein und dachte an das ersparte Geld.

»Nein«, widersprach Mr. Montrose. »Wie heißt es bei Shakespeare? Er spricht, glaube ich, von ›der Sitte Spiegel und der Bildung Muster, dem Merkziel der Betrachter‹. Mr. Healey hat mich beauftragt, darauf zu sehen, daß Sie entsprechend gekleidet sind. Das ist nicht christliche Nächstenliebe seinerseits, Mr. Francis. Auch ich muß mich nun, auf Mr. Healeys Kosten, für diesen besonderen Anlaß entsprechend ausstaffieren.«

»Ich hätte gedacht, daß ein so gefährliches Unternehmen Anonymität voraussetzt.«

Mr. Montrose sah ihn an, wie man ein Kind ansieht. »Wenn wir für Mr. Healey reisen, ist das kein gefährliches Unternehmen. Wir reisen als Handelsbeauftragte, um seine durchaus seriösen Geschäfte zu besorgen. Darum logieren wir in erstklassigen Hotels und legen ein untadeliges Benehmen an den Tag — in New York oder wo immer. Wir führen Besprechungen mit anderen Personen, die mit Mr. Healeys Geschäften befaßt sind; wir speisen mit ihnen; wir plaudern mit ihnen; wir spazieren mit ihnen. Mr. Healey ist in New York kein Unbekannter, Mr. Francis. Wenn wir unsere anderen — sagen wir: Manipulationen — vornehmen, tun wir das diskret und in aller Stille. Wer sollte gegen uns Argwohn hegen, gegen uns, die wir in New York gewichtige Geschäfte abwickeln, von aller Welt bewundert und hochgeschätzt werden, und über jeden Tadel und Verdacht erhaben sind?«

Stirnrunzelnd ließ Joseph sich das durch den Kopf gehen. Dann fragte er: »Ist es dumm von mir, wenn ich annehme, daß auch die Geschäfte dieser anderen Personen ihre ›gefährliche‹ Seite haben?«

Mr. Montrose lachte leise. »Darüber bewahren wir lieber Stillschweigen. Es wäre doch unfein von uns, darauf hinzuweisen, nicht wahr? Mr. Francis: Es gibt auf der ganzen Welt keinen reichen und mächtigen Mann, der einer eingehenden Überprüfung, einer Untersuchung auf Herz und Nieren, standhalten könnte. Gibt es überhaupt jemanden, der das kann? Sie vielleicht? Ich?«

Joseph schwieg, und Mr. Montrose betrachtete, innerlich belustigt, das verschlossene Gesicht des jungen Mannes. »Sie werden sich«, fuhr er nach einer kleinen Pause fort, »mit der, äh, Ausrüstung, die Sie von Mr. Healey erhalten haben, vertraut machen. Sie sind sich ja wohl darüber klar, daß es zwar meine Aufgabe ist, Sie mit gewissen Aspekten dieses neuen Geschäftsbereiches vertraut zu machen, Sie jedoch zu einem späteren Zeitpunkt allein für die Durchführung verantwortlich sein werden.«

»Das ist mir klar«, antwortete Joseph. »Ich habe gehört, daß Sie einem Menschen nur einen einzigen Fehler zugestehen.«

»Das stimmt«, gab Mr. Montrose mit liebenswürdigem Lächeln zu.

Joseph preßte die Zähne zusammen, als er jetzt an Mr. Healey dachte, an den gütigen, großzügigen, ja sogar sentimentalen, an den stets zu Späßen aufgelegten, jovialen Mr. Healey. Und an Bill Strickland.

»Sie sind jung«, sagte Mr. Montrose, »doch nicht zu jung, um zu lernen. Nur dumme Menschen vertreten die Ansicht, daß man den Jungen nachgeben und ihnen ihre Fehler verzeihen sollte. Man wird Ihnen Ihre Fehler nie verzeihen, Mr. Francis.«

Joseph verbrachte den Rest des Tages damit, die Berichte der Männer, die in seinen verschiedenen Unternehmen für Mr. Healey tätig waren, durchzusehen und zu überprüfen. Nach Abrechnung der Spesen betrugen die Einkünfte der letzten zehn Tage aus den Bordellen von Titusville und Umgebung achttausend Dollar. Unerlaubte Glücksspiele stellten eine weitere bedeutende Einnahmequelle dar, und es gab diskrete Aufzeichnungen des Inhalts, daß die »Vorräte an Getränken« erheblich angewachsen waren — und so auch die Erträge aus den Kneipen. Nicht eingeschlossen in diese Beträge waren die aus Pittsburgh und Philadelphia, aus New York und Boston einfließenden Gelder — ebensowenig wie die Gewinne aus den Ölquellen. Diese Rechnungen wurden getrennt geführt und unter Schloß und Riegel verwahrt. Joseph summierte die Zahlen aus den ihm vorliegenden Aufstellungen, wie er dies jeden Monat einmal zu tun hatte. Der Apriltag war feucht und schwül; zwar schien die Sonne, doch lag ein dumpfes Donnerrollen in der Luft.

Nicht die Hölle, dachte Joseph, ist der Sünde Sold. Der Sold, das sind ein sorgenfreies Alter, Respekt, Bewunderung und Ehrungen, und, zum Schluß, ein imposanter Leichenzug. Er dachte an Schwester Elizabeth und an all die Diener und Dienerinnen Gottes, die er gekannt hatte, und lächelte bitter. Ihr Sold, das waren schmucklose, ungepflegte Gräber nach einem ebenso arbeitsreichen wie freudlosen Leben; niemand gedachte ihrer, nicht einmal ihr Gott. Nun, ich habe diese Welt nicht geschaffen, tröstete sich Joseph. Aber ich bin handelseinig mit ihr geworden.

Eingedenk Mr. Healeys Anweisung, verließ er die Kanzlei etwas früher. Die Sonne leuchtete heller, gelber, lebhafter als am Morgen, denn im Osten hatte sich der Himmel purpurrot verfärbt. Ein ganz besonders grelles, schmerzhaftes Licht übergoß Menschen, Häuser und Straßen. Das bemerkte selbst Joseph, der die Menschen und ihre Wohnstätten für gewöhnlich ignorierte. Das Sternenbanner flatterte von den Fenstern, jenes Sternenbanner, das er zum erstenmal an einem bitteren Morgen im Hafen von New York erblickt hatte. Ein paar Straßen weiter spielte eine Militärkapelle auf. Er kam an einem kleinen, halbverhungerten Zeitungsjungen vorbei. Er hatte den Knaben schon oft gesehen und sah ihn doch heute zum erstenmal und ärgerte sich darüber. Der Junge hielt ihm eine Zeitung hin. Joseph schüttelte den Kopf, griff aber dann in seine Tasche, holte ein Fünfzig-Cent-Stück heraus, und ließ es auf den Packen Zeitungen fallen, die unter fetten Schlagzeilen die letzten Meldungen von den Kriegsschauplätzen veröffentlichten. Verdutzt starrte der Kleine das Geld und dann Joseph an. Joseph ging weiter, aber er sah noch, daß der Beschenkte wie eine hungrige Elster über die Münze hergefallen war und sie nun mit solcher Inbrunst in seinen hohlen Händen hielt, wie kaum je einer die Hostie gehalten hatte. Joseph blickte zu den steilen Hügeln hinauf und sah, daß sie, die gestern noch schwarz und leer und öde, in das erste Gold des Frühlings getaucht waren. Purpurne Wolken, Vorboten des kommenden Sturmes, türmten sich über ihnen auf, und Joseph konnte nicht begreifen, warum er mit einemmal eine schmerzhafte Sehnsucht, eine plötzliche, abgrundtiefe Trauer empfand und warum er mit solcher Intensität an den kleinen Zeitungsjungen denken mußte.

Mrs. Murray empfing ihn mit hämischen Vorwürfen in der Halle. »Sie haben sich verspätet. Sie haben die Herren warten lassen.« Die Uhr schlug die Stunde. Joseph war fünf Minuten vor der Zeit gekommen.

XV

»Dreihundertundein Mann, die du vom Wehrdienst befreit haben willst«, sagte die bedeutende Persönlichkeit. »Das wird sehr teuer sein, Ed. Du mußt Ersatzmänner für sie kaufen. Die Preise sind hoch. Du mußt mit mindestens hundert Dollar pro Stück rechnen. Soviel verlangen sie gegenwärtig in New York. Manche verlangen bis zu fünfhundert und bekommen sie auch ohne weiteres.« Der Mann lachte. »Ich habe von Millionären gehört, die für Ersatzmänner für ihre Söhne fünftausend Dollar hingelegt haben! Und du bietest zwanzig! Komm, Ed, du machst Witze!«

Er nippte an dem ausgezeichneten Whisky und sah Mr. Healey belustigt an. »Wofür sparst du eigentlich so? Du hast weder eine Frau noch Kinder noch Verwandtschaft.«

»Ich war einmal sehr arm«, erwiderte Mr. Healey. »Das warst du nie und weißt darum nicht, was das heißt. Ich weiß es. Ich kann es verstehen, wenn ein Mensch seine Seele dem Teufel verschreibt. Du kannst das nicht.«

Sie saßen in Mr. Healeys Bibliothek. Die Wände schimmerten golden im Licht des aufziehenden Sturms. Der Duft von frischem Gras, von sich erwärmender Erde und schwülem Wind drang durch die geöffneten

Fenster. Eine Vase mit Hyazinthen stand auf Mr. Healeys langem Tisch. Sie schienen mit heliotropfarbenem Glanz zu leuchten und füllten die Luft mit ihrem Duft.

»Wenn er könnte«, philosophierte der Besucher und blickte bewundernd auf eine von Mr. Healeys Zigarren, die er in den Fingern hielt, »und wenn er wüßte, wie er es anstellen sollte, würde wohl jedermann seine Seele dem Teufel verschreiben. Darum hält sich der Teufel ja auch so im Hintergrund. Gäbe er sein Interesse an Seelen öffentlich bekannt, er würde sich der Kunden gar nicht erwehren können. Na, wie steht's, Ed? Bist du bereit, zu bezahlen?«

»Dich? Oder die Ersatzmänner?«

»Na, na, Ed. Kein Grund, ungesittet zu sein.«

»Du schuldest mir viel«, entgegnete Mr. Healey. »Ich möchte nicht sagen, *wie* viel. Das wäre ›ungesittet‹, wie du es bezeichnest, und unhöflich. Ich habe dir geholfen. Du warst in mancher Hinsicht nicht sehr klug. Ich habe dich nicht gebeten, mich zu besuchen, weil ich mit dir über Geld für Ersatzmänner sprechen wollte. Ich habe dich ersucht, deinen Einfluß in Washington geltend zu machen.«

Die bedeutende Persönlichkeit neigte den Kopf. »Der Preis meines Einflusses kommt sehr hoch zu stehen, Ed. Wir haben es mit Mr. Lincoln zu tun, der die Praxis des Stellens von Ersatzmännern verabscheut, obwohl ihm nichts anderes übrigbleibt, als sich damit abzufinden. Das Heer braucht Soldaten. Wir haben große Verluste erlitten. Mit den Freiwilligen allein lassen sich die Kader nicht mehr auffüllen. Die Leute sind draufgekommen, daß der Krieg kein Honiglecken ist. Daß er ein sehr blutiges Geschäft ist. Wer sich einen Ersatzmann kauft, kauft unter Umständen ein Menschenleben — und das Leben ist alles, was der Mensch hat. Es mag ein wertloses Leben sein, aber es ist das Leben eines Menschen, und mehr weiß er nicht. Ärgere dich nicht. Es ist richtig, daß ich Einfluß besitze — wie auch andere Einfluß besitzen. Aber hier handelt es sich um ein heikles und gefährliches Geschäft, das des Aplombs von tausend hochqualifizierten Advokaten bedarf, von ihren Honoraren ganz zu schweigen. Wenn ich etwas in dieser Sache unternehme, lasse ich mich auf ein gewagtes Spiel ein. Es gehen schon sehr ärgerliche Gerüchte über andere Leute in meiner Position um, und Mr. Lincoln wird immer unfreundlicher — milde ausgedrückt. Und wenn einmal das Beil fällt — ich möchte nicht, daß *mir* damit der Scheitel gezogen wird. Das wirst du verstehen.«

»Wieviel willst du haben?« fragte Mr. Healey grob.

»Zweihunderttausend Dollar in Gold. Keine Zertifikate, keine Banknoten, keine Schecks.«

»Du bist verrückt«, entfuhr es Mr. Healey. Sein Besucher zuckte mit den in feinen braunen Wollstoff gehüllten Schultern. »Einhunderttausend.«

»Für meine ganze Laufbahn, wenn ich entdeckt werde?«

»Für deine ganze Laufbahn — die zu beenden mich nur ein Wort kosten würde.«

Der Besucher lächelte sanft. »Du bist nicht der einzige, der einen Bill Strickland hat.«

»Aber du hast mehr zu verlieren als ich. Wie du sagtest: Ich habe weder Frau noch Kinder.«

Es entstand eine beklemmende, tödliche Stille. Das goldene Licht auf den Wänden nahm an Stärke zu.

»Drohst du mir, Ed?« fragte dann der Besucher mit leiser Stimme.

»Ich glaube, wir drohen uns gegenseitig. Seien wir vernünftig. Ich biete dir hunderttausend und nicht einen Penny mehr. Entscheide dich: entweder — oder.«

Der Besucher legte die Stirn in Falten, wie von schmerzlicher Schwermut befallen, so als ob er über die Treulosigkeit alter und erprobter Freunde nachsänne, die sich anschickten, ihn zu verraten. Er machte ein tieftrauriges Gesicht. Mr. Healey lächelte und füllte ihre Gläser nach.

Die bedeutende Persönlichkeit seufzte. »Ich werde tun, was ich kann, Ed. Aber ich bin nicht in der Lage, dir zu versprechen, daß meine Bemühungen —«

»Es gibt keinen Menschen auf dieser Erde, der nicht für hunderttausend Dollar bereit wäre, seinem Weib die Kehle durchzuschneiden, sein Vaterland zu verraten, zum Mörder zu werden oder das Weiße Haus in die Luft zu sprengen. Er würde alles tun. Ich zahle nicht für Versprechungen, daß jemand sein ›Bestes‹ tun wird. Das ›Beste‹ hat mich schon viel Geld gekostet. Ich zahle für getane Arbeit. Ich zahle, sobald jeder einzelne von meinen Leuten offiziell benachrichtigt wird, daß sich ein Ersatzmann erbötig gemacht hat, für ihn zu dienen, und daß dieser Ersatzmann von der Militärbehörde als solcher anerkannt wird. Ist das klar?«

»Du hast dich schon immer überaus klar ausgedrückt, Ed.«

»Sind wir uns also einig?«

Der Besucher überlegte, langte dann mit einem Ausdruck nachgiebigen Verzichts und brüderlicher Zuneigung über den Tisch und schüttelte Mr. Healeys Hand. »Wir sind uns einig. Gott allein weiß, was mich das Geschäft kosten wird.«

»Du meinst, was es mich kosten wird«, brummte Mr. Healey. »Teufel noch mal! Ich frage mich, ob meine Burschen das auch wert sind.«

»Du hast sie gekauft«, sagte der Besucher. »Sie gehören dir.«

»Hm«, machte Mr. Healey und streifte seinen Freund mit einem scharfen Blick aus seinen dunklen Augen. »Eines habe ich gelernt: Wenn man einen Politiker kauft, ist man noch lange nicht aller Sorgen ledig. Man muß ihn immer wieder von neuem kaufen.«

Der Besucher schmunzelte. »Aber es steht dafür, nicht wahr? Dreihundertundein Männer; in diesen abnormalen Zeiten würde es dir schwerfallen, sie zu ersetzen. Es gibt doch kaum einen Menschen, dem du vertrauen kannst.«

»Daß gerade du mir das sagst«, spöttelte Mr. Healey mit einem bedeutsamen Blick, der seinen Freund zum Lachen brachte, ein schmieriges, widerliches, süßliches Lachen. Dann deutete Mr. Healey mit dem Kopf auf ein mageres Bündel Papiere, das neben ihm auf dem Tisch lag. Auf den Papieren waren sauber in Tusche ausgeführte komplizierte technische Zeichnungen zu sehen, jede einzelne numeriert und von ausführlichen Erklärungen begleitet. Mr. Healey drehte die Blätter langsam um, überprüfte die Zeichnungen und die Numerierung der Patente. »Doch, es gibt einen. Ja, ich glaube, daß es einen gibt. Ich danke dir für die Abschriften. Muß viel Arbeit gekostet haben, sie vom Patentamt zu bekommen.«

Wieder zeigte der Besucher sein zynisches Lachen. »Nun, wir werden ja sehen. Wirst du auf deine alten Tage etwa sentimental, Ed?«

»Du hast eine schlechte Eigenschaft, mein Freund. Du glaubst, daß alle Menschen so denken und handeln wie du.« Mr. Healey begleitete diese nüchterne Feststellung mit einem Lächeln. Dann drehte er lauschend seinen rosigen Kopf zur Seite. »Mir scheint, der Junge ist da. Nicht, daß du meine Überzeugung erschüttern könntest, aber ich würde gerne deine Meinung hören — deine ehrliche Meinung, wenn das nicht zuviel verlangt ist.«

Es klopfte an der Tür. »Herein, herein!« rief Mr. Healey in herzlichem Ton und rückte seine Körpermasse im Sessel zurecht. Die Tür öffnete sich, und Joseph stand auf der Schwelle. Nach einem flüchtigen Blick auf Mr. Healey und einem ersten Neigen des Kopfes sah er den Besucher.

Mr. Healey konnte keine äußere Veränderung an Joseph bemerken, keine plötzliche Spannung, kein Erröten. Er hatte auch nichts dergleichen erwartet, doch intuitiv und scharfsichtig wie er war, fühlte er eine andere, plötzliche und sogar drastische Veränderung in Joseph, so als ob sein Schützling einen gewaltigen Schock erlitten hätte. Mr. Healeys kleine Äuglein weiteten sich vor Staunen. Sein Besucher hingegen blickte nur reserviert und eher teilnahmslos auf den Jüngling. Mr. Healey sah dies, aber schon im nächsten Augenblick setzte sich sein Gast langsam in seinem Stuhl auf und faßte Joseph mit leichtem Stirnrunzeln schärfer ins Auge.

»Das hier«, sagte Mr. Healey, »ist meine rechte Hand, Tom, und nennt sich Joe Francis Xavier. Und du, Joe, aufgepaßt: Dieser Herr ist Tom Hennessey, unser hochgeschätzter Senator, der gekommen ist, um einen alten Freund zu besuchen.«

Joseph rührte sich nicht, und sekundenlang schien es, als ob er aufgehört hätte zu atmen. Sein Blick haftete auf dem Senator. Dann machte er eine kleine Verbeugung — steif wie eine Holzpuppe — und murmelte respektvoll eine Begrüßung, die der Besucher mit einem Neigen des Kopfes und einem gewinnenden Lächeln erwiderte. »Es freut mich, Sie kennenzulernen, Mr. Francis«, sagte er dann mit seiner klangvollsten Stimme. »Ich habe viel Schmeichelhaftes über Sie von unserem lieben Freund, Mr. Healey, gehört.«

»Was stehst du denn da herum wie ein Mondkalb?« ließ sich Mr. Healey vernehmen, der Josephs Verhalten immer weniger zu deuten wußte. Seine Blicke wanderten von einem zum andern. »Hier ist ein Stuhl, Joe. Wir plaudern gerade ein wenig. Hier ist auch ein Glas für dich.« Er schenkte ihm Whisky ein.

Joseph setzte sich. Er wirkte zerbrechlich. Ganz zweifellos hat er Würde, stellte der Senator überrascht fest, und ein Dummkopf ist er auch nicht. Aber ich habe ihn schon irgendwo gesehen. Ich bin ganz sicher.

Joseph hob sein Glas und nippte an dem Whisky. Mr. Healey beobachtete ihn voll Zuneigung, während der Senator sich seiner Sache immer sicherer wurde. Dieser Joe war bemüht, sein Gesicht abzuwenden — nicht offen, nicht augenfällig, aber der Senator besaß die Erfahrung einer Hure im Umgang mit Männern und täuschte sich nur selten. Und ein Mensch, der sich zu verstecken suchte, war ein interessanter Mensch für den Senator. Jung, ja, das war dieser Joe, aber Tom Hennessey hatte schlaue und gefährliche Männer gekannt, jung an Jahren zwar, aber alt an Tücke und Verderbtheit. Er war diesem Joe zweifellos schon einmal begegnet; er brauchte jetzt nur noch seine Stimme zu hören. Der Senator lächelte grimmig in sich hinein, denn bis jetzt hatte Joseph noch kein Wort klar ausgesprochen. Hatte sich der alte Ed zu guter Letzt doch noch aufs Eis führen lassen, noch dazu von so einem Grünschnabel?

Der Senator lehnte sich lässig in seinen Stuhl zurück und schenkte Joseph sein bezauberndstes Lächeln.

»Mr. Francis«, sagte er, und seine Stimme klang weich und einlullend wie Flaum, »haben wir uns nicht schon einmal gesehen? Ich vergesse nie ein Gesicht.«

Joseph hob den Kopf und — was blieb ihm übrig? — sah dem Frager ins Gesicht. »Nein, Sir«, antwortete er, »wir sind uns noch nie begegnet.« Er wich dem Blick des Senators nicht aus.

Tom Hennesseys Ohren waren noch schärfer als seine Augen. Ich habe diese Stimme schon gehört, überlegte er im stillen, es ist schon einige Zeit her, aber ich habe sie gehört. Es ist eine irische Stimme mit einem irischen Akzent wie die meines Vaters; es ist eine kräftige Stimme, und ich muß dabei an Bäume denken. Aber *wo* habe ich sie gehört und wann?

Also das ist wirklich interessant, dachte Mr. Healey und lauschte und beobachtete mit gespannter Aufmerksamkeit.

»Waren Sie jemals in Winfield, Mr. Francis?« fragte der Senator und beugte sich vor, um sich auch nicht die geringste Veränderung in Josephs Gesichtsausdruck, nicht das geringste Schwanken seiner Stimme entgehen zu lassen.

»Winfield?« wiederholte Joseph und hätte gern gewußt, ob das wilde Schlagen seines Herzens im Zimmer zu hören war. Es kribbelte ihn am ganzen Körper, und seine Glieder waren empfindungslos und bleischwer.

Er hat Angst, stellte der Senator fest. Dabei ist er einer von jenen irischen Dickschädeln, die nicht mit der Wimper zucken würden, wenn ihnen ein Engländer einen weißglühenden Feuerhaken in den Hintern schöbe. Er ist wie mein Vater, der es bei einer Wirtshausrauferei mit zehn oder noch mehr Gegnern aufnahm und es gar nicht merkte, wenn er ein gebrochenes Bein oder eine eingeschlagene Nase hatte. So ein Typ ist auch der, obwohl er mager ist wie ein räudiger Hund — wie mein Dada.

»Ist Winfield nicht in der Nähe von Pittsburgh?« erkundigte sich Mr. Healey bei Joseph, der den Kopf so langsam zu ihm herüberdrehte, als fürchte er, er könnte abbrechen, wenn er ihn zu schnell bewegte.

»Ich glaube ja, Mr. Healey.«

Du glaubst? Du weißt das ganz genau, mein Freundchen, dachte der Senator, ließ jedoch sein wohlwollendes Politikerlächeln weiterstrahlen. Joseph musterte Mr. Healeys Besucher, betrachtete das gerötete Gesicht, die langen irischen Lippen, die knollige Nase, die schmalen, hellen Augen, das wallende, lockige Haar und die Koteletten. Mit Ausnahme der Augen war alles an diesem Mann zu groß, zu verschönert und zu gekünstelt. Der Mund hatte zu viele Weiber geküßt, und seine Hängebacken legten Zeugnis ab für Völlerei und Trunksucht. Er war immer noch so, wie Joseph sich seiner erinnerte: mächtig, grausam und ohne jede Güte. An ihm gemessen, erschien die Gefährlichkeit Mr. Healeys so geringfügig wie ein Lausbubenstreich, so unbedeutend wie eine lange Nase oder eine kindliche Drohung. Denn hinter Tom Hennessey stand die Macht einer amtierenden Regierung, und Joseph wußte, daß der Mensch nichts mehr zu fürchten brauchte als diese Macht, sosehr sie sich auch hinter einer Maske unvoreingenommener Güte, feinen Wesens und freundschaftlicher Aufgeschlossenheit verbarg. Abscheu überschattete jetzt Josephs Furcht, als er daran dachte, daß dieser Mann Adoptivvater der kleinen Regina hatte werden wollen. Der Senator sah, wie sich die Züge des jungen Mannes plötzlich strafften, und er sah, daß die Angst aus Josephs Augen verschwunden war. Er las die Herausforderung in seinen Augen, nicht die Herausforderung der Jugend, sondern die Herausforderung einer ganz gewöhnlichen Integrität, wie er sie bisher nur in den Augen von einigen wenigen Menschen gesehen hatte. Solche Menschen stellten für Leute vom Schlag eines Tom Hennessey selbst dann eine tödliche Bedrohung dar, wenn sie gar nicht an Angriff dachten, und darum war es stets sein erklärtes Ziel gewesen, sie mit charmantem Lächeln und gnadenloser Konsequenz zu vernichten.

Aber der Senator entdeckte etwas in dem jungen Mann, das ihm von Minute zu Minute klarer wurde: seine Ähnlichkeit mit dem alten Courtney, seinem Vater, dem einzigen Menschen, den der Senator geliebt, geachtet und verehrt hatte. Zwielichtige Aufrichtigkeit, doppeldeutige Rechtschaffenheit, das war dem alten Courtney fremd gewesen, aber er hatte seinen Stolz, seine Standhaftigkeit; nie wäre es ihm in den Sinn gekommen, sich zu ducken, klein beizugeben, zu beschwichtigen oder, selbst angesichts drohender Gefahr, den Schwanz einzuziehen und davonzulaufen. Daß Joseph ihn durchschaute und für gefährlich hielt, gefährlich für andere und für sich selbst, das war dem Senator bald klar.

Aber wie könnte ich diesem Burschen gefährlich werden? überlegte der Senator. Indem ich ihn wiedererkenne? Ihn bloßstelle? Er kann doch nicht viel mehr als zwanzig sein, und seitdem ich ihn das erstemal gesehen habe, sind viele Jahre vergangen.

»Wie ich höre, sind Sie in Irland geboren, Mr. Francis?«

»Ja, Sir.« Die Stimme klang kräftiger als zuvor, und die Herausforderung war nicht zu verkennen. »In Carney.«

Der Senator spitzte die Ohren. »Carney? Davon hat mein Vater bisweilen gesprochen. Grafschaft Armagh.«

Nun war die Reihe an Mr. Healey, die Ohren zu spitzen; er starrte Joseph aus großen Augen an.

Von neuem ergriff Joseph die Angst. Er verwünschte seine unbesonnene Zunge. »Armagh. Ganz recht«, entgegnete er in ruhigem Ton.

Nachdenklich betrachtete ihn der Senator. Wo hatte er diesen Namen als den eines Menschen schon gehört? Es würde ihm noch einfallen. So wie es ihm auch noch einfallen würde, wo er Joseph gesehen hatte. Ihre Blicke hafteten aneinander. Mr. Healey beobachtete die beiden — und erlebte eine Überraschung. Tom Hennessey war ein Scharlatan und konnte ganz nach Belieben und wie es die Umstände erforderten, jede gewünschte Miene aufsetzen, eine verlogener und heuchlerischer als die andere. Doch der Ausdruck, der nun auf dem Gesicht des Senators erschien, war, wie Mr. Healey staunend registrierte, natürlich und, zum erstenmal, ehrlich. Es war, als ob er mit unvergessener Zärtlichkeit an jemanden zurückdächte, für den er echte Zuneigung empfunden und mit dem ein inniges Verhältnis bestanden hatte. Doch sehr bald — man hätte meinen können, der Senator wäre sich seiner Selbstoffenbarung bewußt geworden — veränderten sich seine Züge wieder.

Joseph erhob sich. »Wenn Sie mich entschuldigen wollen, Mr. Healey? Ich möchte mich noch vor dem Abendessen waschen und umziehen.«

Dann wandte er sich dem Senator zu und verneigte sich. »Ich habe mich gefreut, Ihre Bekanntschaft zu machen, Sir.«

Was du nicht sagst, dachte der Senator, aber er dachte es belustigt und ohne Hintergedanken. Nicht daß ich dich für einen Dieb oder Betrüger hielte, und ich glaube auch nicht, daß du dich vor der Polizei versteckst. Aber verstecken tust du dich, mein Junge, und ich kriege schon noch heraus, warum, vor was oder vor wem. Er neigte liebenswürdig den Kopf. »Auch ich habe mich gefreut, Ihre Bekanntschaft zu machen, Mr. Francis.«

Sie warteten, bis Joseph den Raum verlassen und die Tür hinter sich geschlossen hatte. »Also«, setzte Mr. Healey an, »was war da los?«

»Ich könnte schwören, daß ich ihn schon einmal gesehen und seine Stimme gehört habe, aber an mehr erinnere ich mich nicht.«

»Wir werden ja nicht jünger, Tom.«

Der Senator reagierte mit einem unfreundlichen Blick. »Ich bin noch nicht senil. Ja, ich habe ihn schon einmal gesehen. Wahrscheinlich wird es mir noch einfallen.«

»Du glaubst nicht, daß man ihm vertrauen kann? Ich möchte deine Meinung wissen.«

»Sagen wir lieber, du möchtest, daß ich deine bestätige. Also schön. Er wird dir nicht in den Rücken fallen. Ich habe — einen — Menschen dieser Art gekannt. Er wird dich nicht verraten und nicht verkaufen. Aber er ist sein eigener Herr und wird nie einem anderen dienen. Wenn er die Zeit, seinen eigenen Weg zu gehen, für gekommen hält, wird er gehen. Aber er wird es dich rechtzeitig wissen lassen.«

Freude und Befriedigung ließen die gleiche Röte auf Mr. Healeys Wangen aufblühen, wie sie auch die Backen des Senators überzog. »Das habe ich immer gewußt, das war schon immer mein Eindruck!« Er blickte auf das dünne Bündel Papiere vor sich und nickte. »Aber wir werden ja bald sehen. Man darf sich nicht immer auf sein eigenes Urteil verlassen.«

Er sah den Senator an. »Du sollst mich nicht für einen Knicker halten, weil ich dich mit hunderttausend Dollar abgespeist habe, was ja auch ein hübsches Sümmchen ist, wie immer man es auch betrachtet. Ich gebe dir noch Miß Emmy dazu. Du hast sie jetzt zwei oder drei Jahre lang nicht zu Gesicht bekommen, aber die Mieze ist jetzt hübscher als je zuvor. Du wolltest sie ja immer schon haben. Sie gehört dir, du kannst sie gleich nach Washington mitnehmen. Im Handgepäck.«

»Nun, das ist wirklich sehr großzügig von dir«, erwiderte der Senator, »aber da unten in Washington gibt es eine Menge Leute, die mich auf dem Kieker haben. Sie wissen, daß ich diesen verdammten Lincoln nicht riechen kann — aus gutem Grund. Und er kann mich auch nicht ausstehen. Ich habe versucht, nett zu ihm zu sein, aber er hat mich nur angeschaut, hat ›Hm!‹ gemacht und mir den Rücken gekehrt. Er grüßt mich nicht einmal, wenn wir uns begegnen.«

Mr. Healey lachte. »Mir ist er auch nicht gerade ans Herz gewachsen, Tom. Aber was hat das mit meiner Emmy zu tun? Ihr seid doch da unten alle keine Heiligen.«

»Richtig. Aber Mr. Lincoln hat für das Herumhuren nichts übrig. Wahrscheinlich ist er Baptist oder vielleicht einfach nur ein Mucker. Bei anderen drückt er ein Auge zu, aber nicht bei Tom Hennessey. Er versucht einen Weg zu finden, um mich loszuwerden. Ich fürchte, es ist ihm da etwas zu Ohren gekommen, wonach ich — und noch ein paar andere — den Weizen- und Fleischmarkt aufgekauft hätten, um so ein bißchen Geld an dem verdammten Krieg zu verdienen. Nun, Ed, du weißt, daß ich mich nie zu so etwas hergeben würde, nicht wahr?«

Mr. Healey schmunzelte. »Noch dazu, wo du allenfalls Preise erhöhen müßtest, was insbesondere die Witwen und Waisen und unsere braven Jungs im Feld schwer treffen würde. Nein, Tom, du nicht. Du kannst also Emmy nicht mitnehmen.«

»Ich habe ein nettes kleines Ding an einem verschwiegenen Ort, aber ich bekomme langsam genug von ihr. Wie wäre es, wenn du Miß Emmy in etwa vier Wochen zu mir in Marsch setzen würdest? Bist du ihrer schon müde?«

»Emmy? Sie ist ein Schatz. Wäre sie das nicht, ich würde sie schon längst wieder dorthin zurückgeschickt haben, wo ich sie gefunden habe.«

Der Gong ertönte, und sie erhoben sich. »Mehr als ein Weibsstück zur gleichen Zeit, das würde Mr. Lincoln mächtig ärgern, wenn er es herausbekäme, und er hat überall seine Spürhunde«, klagte der Senator. »Aber Miß Emmy ist es ja gewohnt, ein zurückgezogenes Leben zu führen, und da wird er wohl nichts erfahren. Ich hoffe zu Gott, es würde sich mal jemand finden, der ihn um die Ecke bringt.«

»Amen«, sagte Mr. Healey ohne echten Groll.

Auf dem Weg ins Speisezimmer hörten sie den gedämpften Trommelschlag und den hellen Trompetenklang eines Soldatenliedes, das, von einer vielstimmigen Menge begleitet, aus der Ferne herüberwehte:

»Wenn Johnny wieder heimwärts zieht.
Hurra! Hurra!«

Tom Hennessey blieb davon unberührt. Aber für einen kurzen Augenblick erschien ein melancholischer Zug auf Mr. Healeys gutmütigem Gesicht.

An diesem Abend sprach Joseph kein Dutzend Worte bei Tisch und vermied es, den Senator voll anzusehen. Miß Emmy aber kokettierte mit dem Gast aus Washington und lächelte ihm zu, denn sie wußte, daß er sie bewunderte. Sie hoffte, Joseph würde es bemerken. Joseph aber beobachtete den Senator. Er konnte sich also nicht erinnern, der Kerl. Vielleicht würde es ihm überhaupt nicht mehr einfallen. Und wenn er in ein paar Jahren doch draufkam, würde es nichts mehr ausmachen. Niemand und nichts würde ihm, Joseph, dann noch etwas anhaben können, weder die gedankenlose Böswilligkeit eines Politikers noch der Zorn Mr. Healeys, weil er, wenn auch nur in bezug auf einen Namen, getäuscht worden war.

Nach dem Essen legte Mr. Healey seine Hand väterlich auf Josephs Schulter und sagte: »Ich hätte dich gern kurz gesprochen, Joe. In der Bibliothek.«

Sekundenlang schwankte Joseph, aber er sah nichts Falsches und nichts Böses in Mr. Healeys Gesicht; er folgte ihm in das Arbeitszimmer, in die Bibliothek.

Mr. Healey setzte sich Joseph gegenüber an seinen Tisch und rauchte gedankenvoll seine Zigarre.

»Joe«, sagte er schließlich, so als stellte er eine ganz belanglose Frage, »wer ist Schwester Elizabeth?«

Das Herz schlug Joseph bis zum Hals. Er sah Mr. Healey an und beschloß, sich in acht zu nehmen. »Schwester Elizabeth?« wiederholte er. Mr. Healeys nächsten Worten würde er entnehmen können, was er wirklich wußte.

»Komm schon, Joe, du weißt sehr gut, wer Schwester Elizabeth ist.«

»Wenn Sie den Namen kennen, Mr. Healey, warum fragen Sie mich dann noch? Wo haben Sie ihn gehört, und von wem?« Joseph begriff jetzt, daß Mr. Healey auf irgendwelche Weise von diesem Namen erfahren hatte, aber weiter nichts wußte. Joseph dachte an Haroun, ließ den Gedanken aber sogleich wieder fallen. Plötzlich entsann er sich des Briefes. Vor seinem geistigen Auge sah er den Kamin. War ein Restchen, ein Fetzen Papier unverbrannt geblieben? Er verzog keine Miene. Er wartete.

»Hast du kein Vertrauen zu mir, Joe?«

Er weiß also nichts außer dem Namen — und wie ist er dazu gekommen?

Dann fiel ihm ein, daß Miß Emmy ihm schon vor Wochen erzählt hatte, daß Mrs. Murray aus unerfindlichen Gründen jeden Morgen sein Zimmer durchsuchte. Sie könnte ein Papierfetzchen im Kamin gefunden haben. Er verwünschte seine Unachtsamkeit.

»Sie erinnern sich doch an unser Gespräch von gestern abend, Mr. Healey«, sagte er. »Ich erzählte Ihnen von einer mir bekannten Nonne, die mein Geld bekommen würde, wenn ich von meiner — Mission nicht zurückkehren sollte. Sie ist Schwester Elizabeth.«

»Wo lebt sie? Wo ist ihr Kloster?«

Joseph gab sich höchst überrascht. »Was hat das mit Ihnen zu tun, Mr. Healey? Das ist meine Angelegenheit. Aber Sie sollen eines wissen: Sie war gut zu mir, als ich vor vielen Jahren aus Irland kam.«

Der Ausdruck auf Mr. Healeys Gesicht war nicht mehr ganz so freundlich. »Na schön, Joe, das nehme ich dir ab. Hab dich noch nie bei einer Lüge erwischt. Aber du bekommst nie einen Brief. Der gesamte Posteinlauf geht durch meine Hände.«

Joseph antwortete mit sehr ruhiger Stimme: »Nehmen wir an, ich hätte ein Postfach in einer anderen Stadt. Es ist meine Sache, Mr. Healey, und hat nicht das geringste mit Ihnen zu tun. Aus den Papieren, die im Kontor auf meinen Schreibtisch kommen, weiß ich, daß auch Sie Postfächer in anderen Städten unterhalten. Das ist *nicht* meine Sache. Ich stelle keine Fragen. Ich bin nicht neugierig.«

Immer noch ruhte Mr. Healeys zweifelnder Blick auf ihm. »Wenn«, fügte Joseph hinzu, »Sie das Gefühl haben, daß Sie mir nicht vertrauen können, bin ich bereit, meine Stellung aufzugeben — wenn Sie es wünschen.«

Mr. Healey überlegte. Diese verdammte alte Hure mit ihrem gehässigen Geflüster, das triumphierende Grinsen, als sie ihm das Zettelchen gezeigt hatte! Und wenn es jetzt diesem verdammten irischen Dickschädel einfiel, ihn zu verlassen? Ganz plötzlich und mit verwirrendem Staunen registrierte Mr. Healey ein Gefühl schmerzlichen Verlustes, das ihm den Angstschweiß auf die Stirn trieb.

»Hat nichts mit mir zu tun, Joe?«

»Nicht das geringste.«

»Du hast mir nie deinen richtigen Namen gesagt.«

»Mein Name ist Joseph Francis. Das ist nicht gelogen.«

Mr. Healey lächelte. Er hätte beinahe gelacht. »Daß du immer auf dem hohen Roß sitzen mußt, Joe! Komm doch mal runter. Ist doch nicht wichtig, wie ich von Schwester Elizabeth erfahren habe. Betrachten wir es als unser Geheimnis, hm? Und vielleicht kommt einmal der Tag, da du mir mehr erzählen wirst — ganz im Vertrauen sozusagen.«

Womit es für Joseph feststand, daß der Senator sich nicht erinnert hatte. Hätte er sich erinnert und zu seinem Freund gesprochen, würde sich Mr. Healey jetzt nicht in so väterlicher und gütiger, ja sogar wehmütiger Stimmung befinden. Diese Wehmut war es, die Joseph mehr als alles andere überraschte. Er hatte sie schon früher oft gesehen — in Irland, auf dem Gesicht seines Vaters — und auch damals nicht begriffen.

XVI

Vor einem Jahr hatte Mr. Healey für sich und für den Gebrauch seiner leitenden Angestellten und seiner Freunde einen privaten Eisenbahnwagen gekauft. Als die Pennsylvania-Eisenbahn damals den regelmäßigen Verkehr zwischen Titusville, Wheatsfield, Pittsburgh und Philadelphia, mit Anschlüssen nach New York aufnahm, hatte Mr. Healey beschlossen, sich diese Freude zu machen. — »In meinem Alter, wie lange soll ich noch warten?« Es war ein schmuckes Vehikel, schwarz lackiert, mit Spuren von Karminrot und Gold, und enthielt zwei schöne Schlafzimmer, Bad und Spülklosett, einen überraschend großen Speiseraum, Küche und Aufenthaltsraum, ganz zu schweigen von einem »Konferenzzimmer« mit nüchternen Stühlen und einem Tisch. Ein Gang lief an diesen Räumlichkeiten entlang, die alle auf einer Seite des Wagens untergebracht und durch Türen, die Ruhe und Ungestörtheit gewährleisteten, miteinander verbunden waren. Der Wagen wurde mit dem Dampf der Lokomotive geheizt und war so verschwenderisch eingerichtet und ausgestattet, daß er, wie Mr. Healey beglückt und zufrieden feststellte, einem Hotel in nichts nachstand. Die Wände waren mit Mahagoni und Eichenholz getäfelt und mit wertvollen Bildern behängt, die Fußböden mit orientalischen Teppichen belegt. Die Petroleumlampen waren aus Kristall mit Beschlägen aus Gold und Silber, in verschlungenen Mustern ziseliert. Vorhänge aus teurem Brokat umrahmten die breiten Fenster. Die prunkhafte Einrichtung, von Mr. Healey persönlich in New York in Auftrag gegeben, war, wie er es selbst ausdrückte, »ein Ding«. Mr. Vanderbilt und Mr. Astor mochten massiv-goldene Griffe an den Türen und im Bad haben, Mr. Healey hatte silberne, gold-dubliert.

Joseph hatte von dem Wagen gehört, ihn aber nie zu Gesicht bekommen. Er war von dem Luxus überrascht, denn er hatte die phantasievollen Berichte nicht so ganz glauben können. Nun würde das Gefährt für fünfzehn Stunden oder noch länger seine Wohnstätte sein. Die überladene Einrichtung des ihm zugewiesenen Schlafzimmers beeindruckte ihn nicht, aber das Bett war breit und bequem. Es gab sogar ein Bücherregal, aber der Inhalt konnte sein Interesse nicht wecken. Mr. Montrose klopfte an die Tür, trat ein und nahm auf einem mit Brokat überzogenen Stuhl am Fenster Platz, wo auch Joseph saß. Der Wagen stand noch auf einem Nebengleis und sollte erst frühestens in einer Stunde an den Zug angehängt werden.

»Wie gefällt es Ihnen?« fragte Mr. Montrose lächelnd.

»Ich denke an die Nacht, als ich das erstemal nach Titusville kam«, antwortete Joseph. »Ich habe seitdem schon Reisen für Mr. Healey unternommen, aber nur in den neuen Schnellzugwagen. Ich wußte nicht, daß es so etwas wie das überhaupt gibt.«

»Ich finde es lächerlich«, sagte Mr. Montrose. »Ich bin der letzte, der Luxus und Bequemlichkeit und ein kultiviertes Leben ablehnt, aber man sollte es nicht zur Schau stellen, noch dazu in Kriegszeiten. Es erregt leicht Neid in weniger vom Glück begünstigten Menschen, die sich natürlich nie die Frage vorlegen, warum andere mehr besitzen als sie, wieviel Fleiß, Wissen und unermüdliches Streben diesen Luxus hervorgebracht haben, wieviel Schweiß und Selbstverleugnung — oder wieviel Gemeinheit und Schurkerei. Jeder, der seine Groschen zählen muß, hat das Gefühl, daß jene, die ihn an Verstand und Willenskraft und Findigkeit überragen, ihn irgendwie ›ausgenützt‹ und *ihm* das Geld aus der Tasche gestohlen haben — wie sonst wären sie wohl zu ihrem Reichtum gekommen? Sie finden diese Einstellung vor allem im Norden, nicht so sehr im Süden. Mr. Lincoln hat das seine dazu beigetragen, aber auch die ›neuen Männer‹ an den Universitäten, die gegen alle jene Neid und Mißgunst empfinden, die ihnen an Fähigkeiten und Tatkraft überlegen sind. Es gibt nichts Gefährlicheres als einen dem Wert oder der Leistung nach Tieferstehenden, der davon überzeugt ist, daß ihm das vorenthalten wurde, worauf er als Mitglied der menschlichen Gesellschaft Anspruch zu haben meint.«

Mr. Montrose lachte, fügte aber sogleich hinzu: »Das ist gar nicht zum Lachen. Schon vor vierzig Jahren hat ein berühmter Franzose behauptet, Amerika sei zum Untergang verurteilt, weil wir hier keinen Unterschied zwischen den von Natur aus Überragenden und jenen machen, die geboren werden, um ein unbedeutendes Leben zu führen. Das nennt man bedauerlicherweise ›Demokratie‹, aber es ist nur der gemeinsame Nenner eines Viehstalls.«

»Ich habe auf dem Land gelebt, denn mein Vater war Bauer«, sagte Joseph, der sich ganz gegen seine Absicht in ein Gespräch mit Mr. Montrose verwickelt sah. »Die Beobachtung lehrte mich, daß die Tiere ihre eigenen Rangordnungen festsetzen. Es gibt immer eine Leitkuh, die Königin, die die Herde anführt. Die Pferde bestimmen selbst, von welchem Tier sie sich leiten lassen, und die Hühner haben ihre Hackordnung. Hunde werden sich sehr bald einig, wer von ihnen ein gegebenes Territorium beherrscht, und im Frühling stecken die Vögel ihre Gebiete ab und setzen sich energisch gegen Eindringlinge zur Wehr. In unserer Welt regiert der naturgegebene Instinkt nicht nur die Menschen, sondern auch andere Lebewesen, und ich habe mich mit dieser Welt abgefunden.«

»Sie sind kein Idealist«, meinte Mr. Montrose und faßte den jungen Mann schärfer ins Auge.

»Der Idealismus bleibt jenen Menschen vorbehalten, die mit der Wirklichkeit, mit der Welt, wie sie nun einmal ist, nicht zurechtkommen«, erwiderte Joseph.

Mr. Montrose nickte. »Solche Menschen sind verrückt. Aber dieser

Wahnsinn breitet sich immer mehr aus, seitdem Karl Marx vor fünfzehn Jahren sein Kommunistisches Manifest veröffentlicht hat. Ich bin kein Geschichtsforscher, aber ich wage zu behaupten, daß die Welt seit der Französischen Revolution zunehmend den Verstand verliert.« Er zündete sich einen seiner parfümierten Stumpen an. »Würden Sie sagen, daß Christus ein Idealist war?«

Josephs Gesicht, nie sehr offen, verkrampfte sich. »Ich erinnere mich, daß er einem Jüngling antwortete: ›Warum nennest du mich gut? Keiner ist gut, als nur einer, Gott.‹ Ein Idealist würde sich kaum so ausdrücken.«

»Es ist die Antwort eines vernünftigen Mannes«, meinte Mr. Montrose und paffte gedankenvoll seinen Stumpen. »Wenn es Engel gibt, sollten sie sich vornehmlich die Dummköpfe aufs Korn nehmen und nicht die Bösewichte. In Zukunft, denke ich, wird Amerika von Dummköpfen regiert — und zu guter Letzt vernichtet werden. Ich gestehe, daß ich Mr. Lincoln nicht gerade hoch einschätze, aber man sollte ihn nicht zu sehr verunglimpfen. Amerika, hat er gesagt, wird niemals von äußeren Feinden, sondern von den Vandalen innerhalb seiner Grenzen zerstört werden. Ich fürchte, er hat recht.«

Mr. Montrose hatte eine Ledertasche mit in Josephs Abteil gebracht. Er öffnete sie und ließ Joseph den Inhalt sehen: Goldzertifikate in Nennwerten nicht unter hundert Dollar, einige zu tausend Dollar. Joseph sah diesen Reichtum und blieb stumm. Ein Schweinegeld, hätte sein Vater gesagt, und dazu kam noch, was Mr. Healey ihm anvertraut hatte. »Sollte mir etwas zustoßen«, wies Mr. Montrose Joseph an, »verteidigen Sie das mit Ihrem Leben und erstatten es Mr. Healey zurück.« Er lehnte sich zurück. »Sie werden auf dieser Reise viel lernen. Halten Sie sich mit Fragen zurück. Sie haben nur zuzuhören. Und zu handeln.«

Joseph nickte. Mr. Montrose verschloß die Tasche und erhob sich. Der Zug verließ den Bahnhof. Joseph sah die Stadt und die Hügel am Fenster vorbeiziehen. Es war spät am Nachmittag, und ein goldener Schimmer lag über der Landschaft. Es war ungewöhnlich warm für April. In einer langen Reihe marschierten abgerissene Rekruten eine schmale Straße hinunter. Von fern her erklang Militärmusik. Joseph sah die Fahnen. Er zuckte die Achseln. Sie gingen ihn nichts an.

Joseph und Mr. Montrose trafen sich zum Abendessen im Speiseabteil. Heulend und stampfend brauste der Zug durch die Landschaft. Zwei großgewachsene junge Neger, würdevolle Männer mit wachsamen Augen, schweigsam und flink, servierten. Es gab Whisky und Wein. Joseph wies beides zurück, was Mr. Montrose im stillen belustigte. Mr. Montrose sah auch, daß sich Joseph der Köstlichkeit des saftigen Fleisches, der heißen Brötchen, des in Butter schwimmenden Gemüses und des flaumigen Backwerks gar nicht bewußt war. Er aß aus Notwendigkeit, nicht zum Vergnügen. Ein Mann, der gutes Essen nicht schätzt, ist nicht unbedingt ein Tölpel, philosophierte Mr. Montrose. Er mag größere Ziele verfolgen. Mr. Montrose machte sich Gedanken über Joseph, aber er verurteilte ihn nicht. Solche Menschen geboten Achtung, doch niemals Bewunderung, denn sie waren erhaben über Vergnügen und Genuß und die Freuden dieser Welt. Dieser Mann ist jung, dachte Mr. Montrose, aber es gibt Abgründe in seiner zerklüfteten Seele, und darum ist er vielleicht noch gefährlicher als wir alle zusammen. Aber noch hat er die Probe nicht bestanden. Wir werden sehen.

Zusammen begaben sie sich in den kleinen, aber luxuriösen Aufenthaltsraum des Wagens. Mr. Montrose beschäftigte sich mit einigen Papieren, während Joseph durch die blankgeputzten Fenster auf die frühabendliche Landschaft hinaussah. Im Westen, von rosigem Licht übergossen, glänzte der Himmel in dunkler Bläue, hellgolden hoben sich die knospenden Bäume davon ab, und die Erde leuchtete in sattem Grün. Vieh zog über das Weideland und verharrte neben dem spiegelnden silbernen Funkeln von Bächen und Teichen. Große rote Scheunen bewachten friedliche weiße Bauernhöfe hinter gelben oder zartgrünen Hecken. In der Ferne erstreckten sich dunkle Wälder, dicht verwachsen wie Dschungel erhoben sich lavendel- und heliotropfarbene Hügel. Tiefer Friede lag über den wechselnden Bildern, strahlend und still wie ruhende Gewässer. Kein Laut drang in das Wageninnere, und so genossen die Reisenden die Illusion vollendeter Harmonie in der Natur.

Wieder einmal überkam Joseph jene Schwermut, die er so gut kannte — und haßte. Wäre Daniel Armagh an seiner Stelle hier gesessen, er würde in dichterische Verzückung geraten sein. Mit seiner klangvollen, zu Herzen gehenden und doch beruhigenden Stimme würde er von der Vollkommenheit der Natur als Ausdruck der Vollkommenheit Gottes gesprochen haben. Joseph aber wußte, daß unter all dieser heiteren Stille, dieser goldenen, grünen und purpurnen Glückseligkeit, ein erbarmungsloser Kampf um Nahrung, Beute und Leben tobte. Keine Wurzel gab es, wie zart auch immer, ob rot oder braun oder zaghaft grün, auf der nicht ein tödlicher Strauß ausgefochten wurde, kaum wahrnehmbar vielleicht für das menschliche Auge, aber darum nicht weniger todbringend. Kein Blatt gab es, auf dem nicht Schlachten geschlagen wurden, kein Wassertropfen, in dem sich nicht eine Tragödie vollzog. In jener aquamarinblauen Kuppel, die sich so sanft über der Erde wölbte, stießen Falken auf hilflose Vögel herab, kreisten Geier auf der Suche nach Aas. Einige der weidenden Rinder waren selbst Schlachtfelder und selbst dem Tode nah. Insekten durchlöcherten die Rinde junger Bäume, tranken ihr saftreiches Herzblut; viele dieser Bäume würden noch vor dem Herbst sterben. Die blühenden

Hecken waren ein einziger Friedhof. Daniel Armagh hatte von der Natur als Verherrlichung des Lebens gesprochen. Für Joseph war sie die Verherrlichung eines zeitlosen, immer wieder siegreichen Todes. Unser Atem reicht für einen kurzen Augenblick, sagte er sich. Schon im nächsten können wir ersticken. Auch wir nehmen als Zelebranten an einer Totenfeier ohne Anfang und ohne Ende teil.

Mr. Montrose legte seine Papiere weg. »Und jetzt«, sagte er, »muß ich mit Ihnen reden, bevor wir zu Bett gehen, denn dies ist eine lange Reise, und noch sind die Wagen vor uns frei von Lauschern und Neugierigen.« Er begann zu sprechen, und Joseph hörte mit der ihm eigenen Konzentration zu. Er blieb stumm. Er verzog keine Miene; es war unmöglich, seine Gedanken zu lesen oder auch nur Mutmaßungen darüber anzustellen, was in seinem Kopf vorging. Ohne ein Glied zu rühren, saß er am Fenster — in seiner neuen vornehmen Kleidung, die Mr. Healey bezahlt hatte. Das letzte Licht des Tages erstarb in seinem rostbraunen Haar, und sein Gesicht verbarg sich im schützenden Dunkel.

»Sie sehen also, daß, von diesem persönlichen Auftrag abgesehen, noch genug für uns zu tun bleibt. Mr. Healey wünschte, daß Sie alles erfahren. Er setzt großes Vertrauen in Sie.« Ein Lächeln spielte um seine Lippen. »Sie dürfen zwei Fragen stellen.«

»Nein.«

»Sie haben alles verstanden?«

»Ich habe verstanden, daß ich lernen und beobachten und meine Neugier zügeln soll.«

»Gut«, sagte Montrose. Die Landschaft vor dem Fenster war grau und düster geworden. Es klopfte an der Tür, und einer der jungen Neger trat ein und zündete die kristallene Lampe an, die von der getäfelten Decke hing. Mr. Montrose ordnete seine Papiere. »Ich gehe jetzt schlafen«, sagte er und sah Joseph mit seinen gelblichen Augen an. »Ich rate Ihnen, das gleiche zu tun, denn wir werden alle Hände voll zu tun haben, sobald wir in New York ankommen.«

Joseph blieb noch eine Weile sitzen und betrachtete sein dunkles Spiegelbild im Fenster. Er war allein, und doch blieb sein Gesicht von Gefühlen unberührt. Doch eine sonderbare Mattigkeit, nicht des Körpers, sondern seiner Sinne, kam über ihn. Er fühlte sich alt und müde. Er stand auf, ging in seinen Schlafraum, entkleidete sich und legte sich nieder. Er war nicht, was die Iren einen Torfkopp, eine Schlafmütze, nannten, und in dieser Nacht noch weniger.

Die Schienen sangen unter ihm, die Kupplungen klapperten wie Kastagnetten. Das Abteil schlingerte wie ein Schiff. Es war sehr warm. Joseph lag auf den Bettdecken und starrte ins Leere.

Es verging eine lange Zeit, und er konnte nicht einschlafen. Er hörte die leisen Schritte der jungen Neger im Gang, die im Wagen auf und ab patrouillierten und die abgeblendeten, flackernden Lampen kontrollierten. Hin und wieder hörte er auch ihre gedämpften, melodischen Stimmen; einmal lachten sie auch unbekümmert, und er wunderte sich über sie und fragte sich, was sie wohl zu lachen hätten.

Der Zug verlangsamte seine Fahrt, und Joseph setzte sich halb auf, um einen Blick durch das Fenster zu werfen. Er sah das Glitzern vieler Gleise im Mondlicht und, in einiger Entfernung, den schwachen Schein eines kleinen Bahnhofs. Dann schob sich rasselnd und klirrend ein Zug zwischen Josephs Garnitur und den Bahnhof. Alle Fenster waren erleuchtet und geöffnet, denn die Nacht war mit einemmal schwül geworden. Joseph konnte ohne Schwierigkeiten in die vielen langsam vorbeirollenden Wagen schauen. Sie waren mit jungen Soldaten gefüllt, alle verletzt, alle verbunden. Lang ausgestreckt, lagen sie auf Behelfsbetten und auf mit Weidengeflecht überzogenen Bänken. Er sah blind starrende Kindergesichter unter zum Teil rotgefärbten Binden, sah Gesichter, weiß und leblos wie Leinen, sah geschiente Arme und Beine. Er konnte kein Stöhnen und keine Schmerzensschreie hören, aber er fühlte sie. Junge Frauen mit weißen Hauben und Schürzen, unter ihnen die schwarzen Habite junger Nonnen mit ihren weißen Wimpeln, bewegten sich durch das blutige Durcheinander von Leidenden und Sterbenden, in den Händen Schüsseln und Wasserkrüge, Handtücher und Schwämme. Sie beugten sich über die Verwundeten, streichelten Wangen, glätteten wirres Haar, sprachen tonlos, lächelten, weinten auch zuweilen, öffneten und schlossen Fenster, hielten Wasser an fiebernde Münder, beruhigten und trösteten, wischten Blut weg, hielten feuchte Hände.

Einige Augenblicke lang hielten beide Züge nebeneinander. Eine junge Frau, die einen Verwundeten versorgt hatte, richtete sich auf; ihre Augen standen voll Tränen. Irgend etwas veranlaßte sie, einen Blick auf Josephs verdunkelten Wagen zu werfen, und er zog sich ein wenig vom Fenster zurück, obwohl er wußte, daß sie ihn nicht sehen konnte. Ich kenne dieses Gesicht, dachte Joseph, vermochte sich aber nicht zu entsinnen, woher er es kannte.

Das gelbe Licht zahlloser Lampen erleuchtete das Innere des Wagens gegenüber, der vor Hitze zu dampfen schien. Joseph vergaß das Leiden und das Elend, das er gesehen hatte, und starrte auf die großgewachsene junge Frau, die ein Bild völliger Erschöpfung bot. Erschlafft, in kraftloser Haltung stand sie da, einen blutigen Verband in der Hand, den Kopf erhoben, in ihren Augen der Ausdruck eines Menschen, der zuviel Schreckliches gesehen hat. Die Nase spitz, der hübsche Mund weiß und trocken wie Baumwolle, blickte sie mit der Teilnahmslosigkeit der Verzweiflung auf Josephs Salonwagen, doch weder ihre Müdigkeit noch ihre schlaffe Haltung, noch der augenfällige Verfall ihrer jugendlichen Lebenskraft, noch ihre grobe Schürze und Haube konnten den

Liebreiz ihrer Gestalt, die Schönheit ihrer Züge verbergen. Ihr loses Haar fiel ihr in feuchten, lohfarbenen Locken und Ringellöckchen auf die Schultern, und ihre Augen schimmerten wie dunkle Opale über ihren feinknochigen Wangen, funkelten bald wie Feuer, verdüsterten sich, nahmen die Bernsteinfarbe ihres Haares an, verströmten innige Süße und zärtliche Wärme. Glatt und weich wie Seide war ihr langer, anmutiger Hals, schmal und edel waren ihre Hände.

Es schien, als betrachte sie Joseph mit diesen ungewöhnlichen, klaren, unschuldigen und sanften, so lebendigen und leuchtenden Augen. Kraft und Stärke sprachen aus ihnen, aber auch Feingefühl und Takt, Mut und auch Schwermut und ein unbezwingbarer Geist. Ein mit Edelsteinen besetzter Ring, eine glitzernde Schöpfung aus Diamanten und Smaragden, steckte an einem Finger ihrer linken Hand.

Joseph richtete sich noch weiter auf und blickte tief in das Antlitz des Mädchens. Sie war nicht viel älter als er, zwei oder drei Jahre vielleicht, höchstens vier, ihm aber erschien sie so jung wie seine Schwester Regina. Sie schien entschlossen, ihre Erschöpfung zu überwinden. Gleich würde sie wieder ihren Pflichten nachkommen. Ein Soldat sprach zu ihr. Sie beugte sich vor, und Joseph sah die Umrisse einer vollkommenen jungen Brust unter einem dunkelblauen Kleid. Zuckend lag der gelbliche Schein einer Lampe in der Höhlung ihrer Kehle. Ihr Gesicht war voll Erbarmen; es zitterte vor Mitleid und Sorge.

Der Lazarettzug setzte sich auf den Bahnhof zu in Bewegung. Joseph saß immer noch steif auf seinem Bett. Das Mädchen verschwand im grellen Licht der nachfolgenden Wagen. Langsam ließ er sich zurückfallen. Er wußte, daß er sie kannte; fast konnte er ihre Stimme hören: weich, verhalten, beschwörend. Dann, ganz plötzlich, überkam ihn etwas, das er noch nie empfunden hatte, das ihm völlig fremd war. Es war ein wildes und leidenschaftliches Aufwallen in ihm, sehnsüchtig begehrend und schmerzlich entsagend und alles verzehrend, und es brachte ihn dem Leben nahe wie nie zuvor. Wieder richtete er sich auf. Er zog das Fenster herunter. Er sah die entschwindenden Lichter des Lazarettzuges, der sich dem Bahnhof näherte, und verspürte mit einemmal den dringenden Wunsch, von seinem Salonwagen zu springen und dem anderen Zug nachzulaufen. So siedend heiß, so zwingend, so stürmisch waren seine Gefühle, so dürstend und beseligend, daß er fast den Verstand verlor, den Verstand, seine disziplinierte Selbstbeherrschung und seine unangreifbare Sicherheit. Doch selbst in diesem Tumult der Gefühle konnte er sich noch wie betäubt fragen, was in aller Welt ihm da zugestoßen war, konnte er sich über die Empfindungen wundern, die seine Sinne in Aufruhr gebracht hatten.

Es war nicht nur die Schönheit des Mädchens gewesen, die ihn so tief beeindruckt hatte. Es gab hübschere und jüngere und ganz gewiß auch erregendere in Mr. Headleys Bordellen. Er hatte fröhlichere Mädchen gesehen — dieses war alles andere als fröhlich. Er kannte sie, aber er konnte sich nicht erinnern, von wo er sie kannte. Ihr Name wollte ihm nicht einfallen. Hatte er sie in den Straßen Bostons oder Philadelphias in einer Kutsche gesehen? Sie war offenbar eine Dame von Bildung und Lebensart. War sie ihm irgendwo begegnet? Den Bruchteil einer Sekunde lang glaubte er Veilchen zu riechen und eine Wange zu sehen, rosiger als jene bleiche, die er soeben erspäht hatte. Ja, es gab hübschere und mädchenhaftere, doch keine wie diese junge Frau, die so edlen Stolz und so selbstlose Barmherzigkeit besaß und mit solcher Hingabe diente und Trost spendete.

Dann empörte ihn der Gedanke, daß sie schwitzende, blutende, stinkende Männer pflegte, die geradewegs vom Schlachtfeld kamen, sie mit ihren zarten Händen berührte, sie säuberte und übelriechende Gefäße von ihnen wegtrug. Wo waren ihre Eltern, ihre Beschützer, daß sie es zuließen, daß dieses Mädchen solch widerliches Geschäft in einem rollenden Schlachthof besorgte? Er haßte sie. Wieder drängte es ihn, aus dem Wagen zu springen, dem Mädchen nachzulaufen, sie bei der Hand zu nehmen und —

Ich habe den Verstand verloren, schalt er sich und zwang sich, still zu liegen. Was bedeutet sie mir, eine Frau, die ich nie wiedersehen werde? Doch gerade bei diesem Gedanken überkam ihn das Gefühl, einen unersetzlichen Verlust erlitten zu haben. Er wütete vor verzehrender Sehnsucht und, zu seinem Entsetzen, vor sinnlichem Verlangen. Scham erfüllte ihn, und im nächsten Augenblick vergrub er den Kopf in den Kissen. »Ich kenne sie«, sagte er laut vor sich hin. »Ich kenne ihren Namen. Er wird mir wieder einfallen. Ich werde sie finden. Ich muß sie wiederfinden —«

Und dann? fragte die nüchterne Stimme in seinem Hirn, die immer bereit war, zu mahnen, zu raten, zu lenken, sich lustig zu machen.

Der Zug, der auf ein Nebengleis geschoben worden war, um dem Lazarettzug freie Durchfahrt zu gewähren, setzte sich klirrend und rasselnd in Bewegung. Joseph starrte angestrengt dem Lazarettzug nach, von dem nur noch ein letztes rotes Lichtchen zu sehen war. Er wußte nicht einmal den Namen der Stadt, die sie eben passiert hatten. Sein Auge fiel auf die Klingel an der Wand neben dem Bett, und er zog daran. Nach einer kleinen Weile trat einer der Neger ein.

»Sir?«

»Die Stadt, an der wir eben vorüberkamen — wie heißt sie?«

Der Neger sah an ihm vorbei aus dem Fenster. »Ich weiß es nicht, Sir. Wir haben hier nie Aufenthalt. Es ist vielleicht nur eine Anschlußstation.« Seiner Stimme fehlte das Melodische, das Mr. Montroses Sprache kennzeichnete, ein Hinweis für Joseph, daß der junge Schwarze nie im Süden gelebt hatte. »Aber ich habe gehört, daß man hier ein Lazarett eingerichtet hat.«

»Ob Mr. Montrose wohl Bescheid weiß?«

Der Steward machte große Augen. »Ich glaube nicht, Sir. Wir haben hier nie Aufenthalt gemacht. Wir wurden nur auf ein Nebengleis geschoben, um den Lazarettzug vorbeizulassen. Haben Sie sonst noch einen Wunsch, Sir?«

»Nein.« Wie peinlich! Er hatte sich selbst den Beweis seiner Verwundbarkeit geliefert. Was bin ich doch für ein Schwachkopf! wütete er gegen sich. Das Mädchen bedeutete ihm nichts; er würde sie nie kennenlernen; er wollte sie nicht kennenlernen. Sein nüchternes, geordnetes Leben genügte ihm. Er brauchte keine Frau für immer; er kam mit flüchtigen Begegnungen zurecht.

Doch das geheimnisvolle Pochen in seinem Herzen, die weißglühende Erregung, das Sehnen, das leidenschaftliche Verlangen, zu halten und an sich zu drücken, der verzweifelte, quälende Hunger — er konnte es nicht unterdrücken. Er fand keine Worte, um seinen Zustand zu beschreiben, geschweige denn zu erklären. Er war einem Zauber erlegen, und keinem glückbringenden.

Er erwachte im ersten Morgengrauen. Der Zug stand, und Joseph hatte das Gefühl, daß er nicht eben erst gehalten hatte. Sie standen auf einem Gleis in der Nähe eines Bahnhofs, und plötzlich sah er ein Schild mit der Aufschrift *Winfield.*

Im fahlen Licht der aufkommenden Dämmerung lag der Bahnhof nahezu verlassen da, obwohl er mit Fahnen und Flaggen geschmückt war, die sich im leichten Wind der verblassenden Nacht träge bauschten. Doch auf dem Bahnsteig stauten sich Säcke und Kisten, und ein paar gähnende Männer luden noch weitere aus den Güterwagen aus. Ihre Stimmen drangen gedämpft an Josephs Ohr. Gleichmütig sprühte und zischte die Lokomotive, in dichten Wolken rollte der Dampf unter den Rädern hervor. Jenseits des Stationsgebäudes konnte Joseph einige der trostlosen Straßen der öden Stadt ausnehmen.

Seit Jahren habe ich meine Geschwister nicht mehr gesehen, ging es Joseph durch den Kopf. Ob ich es jetzt wohl einrichten könnte? Er zog an der Klingel, und der Steward trat ein. »Wie lange bleiben wir noch hier?« fragte Joseph.

»Ich glaube, wir fahren schon bald, Sir. Wir stehen schon seit fast zwei Stunden. Die Strecke war gesperrt. Militärtransporte, nehme ich an.«

Wäre ich nur eine Stunde früher aufgewacht, ich hätte sie besuchen können, dachte Joseph. Regina denkt an mich, aber sie kann sich gewiß nicht mehr an mich erinnern, als Bruder nicht und nicht als Mensch. Auch in Sean ist die Erinnerung an mich verblaßt. Wie schon am Abend zuvor, verlor Joseph auch jetzt wieder seine Selbstbeherrschung; von Ekel über seine Schwäche erfüllt, lächelte er bitter.

Doch hohles Verlangen und drängende Begierde peinigten sein Fleisch, und abermals stiegen in ihm Angst und Schrecken bei dem Gedanken auf, von etwas überwältigt zu werden, das er längst tot und begraben gewähnt hatte.

Er setzte sich auf und schob die Vorhänge vor das Fenster. Dann lag er steif da, kämpfte mit sich, beschimpfte sich, verspottete und verwünschte sich. Der Zug setzte sich in Bewegung; Glocken läuteten, Dampf zischte, Pfeifen gellten. Es war zu spät, um Sean und Regina zu besuchen. Gott sei Dank, dachte Joseph. Er schlief wieder ein, als der Zug seine Fahrt beschleunigte.

Als er erwachte, blinzelte die Frühlingssonne durch die Vorhänge. Er war naß von Schweiß und zitterte vor Schwäche, aber er preßte die Zähne zusammen und ging ins Bad, um sich zu waschen und anzukleiden. Er konnte sich nicht ansehen. Er wandte seine Augen ab.

Mr. Montrose erwartete ihn im Speiseabteil. Er war vom Aussehen des jungen Mannes überrascht, denn Josephs für gewöhnlich hageres und blasses Gesicht sah aus, als ob die Haut gequetscht worden oder aufgesprungen wäre, von roten Streifen durchzogen, die sich insbesondere auf den Backenknochen deutlich abzeichneten. Sieht aus, als ob er die Nacht mit einer Frau verbracht hätte, dachte Mr. Montrose amüsiert. Er fand es noch ergötzlicher, als er merkte, daß Josephs Finger ein wenig zitterten und sein Blick unstet war, so als wäre er in Verlegenheit gebracht oder gedemütigt worden oder hätte auf unqualifizierbare Weise seiner Leidenschaft gefrönt.

»Lange Reisen sind beschwerlich«, bemerkte Mr. Montrose. »Haben Sie gut geschlafen?«

»Sehr gut.«

»Diese durch den Krieg bedingten Verspätungen sind sehr lästig. Vor einigen Stunden sind wir wieder so einem Militärtransport begegnet. Mein Steward hat mir eine Zeitung gebracht. In New York gibt es schwere Unruhen. Die Leute protestieren gegen die Aushebung zum Wehrdienst. Gerüchten zufolge haben Polizei und Militär zumindest acht Menschen erschossen. Was meinen Sie — sympathisieren die Demonstranten mit dem Süden, und ist das der Grund, warum sie nicht kämpfen wollen?«

»Ich habe noch nie darüber nachgedacht«, antwortete Joseph.

»Sie können ganz sicher sein, daß sie nicht sympathisieren, sonst wären sie schon vor zwei Jahren auf die Straße gegangen, um zu protestieren. Sie haben nur Angst zu kämpfen, Angst zu sterben. Solange andere kämpften und starben, machte das diesen Leuten nichts aus; sie gerieten erst in Wut, als die Reihe an sie kam. Jetzt ist es plötzlich ein ›ungerechter‹ Krieg. Es ist ›Lincolns Krieg‹! Ein Diktator ist er, schreien sie, ein Teufel! Sie fordern eine öffentliche Anklage gegen ihn. In ihren Aufrufen erklären sie den Krieg für verfassungswidrig. In

Wirklichkeit aber geht es nur darum, daß sie ihrem Land nicht dienen wollen, daß sie ihr Vaterland nicht lieben, daß sie in Ruhe gelassen zu werden wünschen, um sich am Tod und an den Opfern anderer bereichern, sich in der falschen Sicherheit einer Kriegskonjunktur wiegen, Geld verdienen und ihre eigenen Interessen wahrnehmen zu können.«

Joseph vergaß den Sturm seiner Gefühle und betrachtete Mr. Montrose mit unverholener Neugier. Er überlegte. Mr. Healeys Leute liebten keine indiskreten Fragen. »Verzeihen Sie, Mr. Montrose«, wandte er sich dann doch an sein Gegenüber, »aber Ihr Auftreten und Ihre Sprechweise haben in mir den Eindruck entstehen lassen, Sie wären Südstaatler. Wenn meine Annahme zutrifft, sympathisieren Sie dann nicht mit den Konföderierten?«

Mr. Montrose zog seine gelben Augenbrauen hoch. Sorgfältig schnitt er das Ende seines Stumpens ab und zündete ihn an. Gedankenvoll betrachtete er eine kleine Weile das abgeschnittene Ende. Dann lächelte er sein katzenhaftes Lächeln, so als ob Joseph nicht recht bei Trost wäre, er sich aber entschieden hätte, Nachsicht walten zu lassen.

»Mr. Francis«, sagte er, »ich erkenne keine Treuepflichten an und habe sie nie anerkannt — weder Gott noch einem Menschen, noch einem Land gegenüber. Es hat mir nie an etwas gefehlt, ich wurde nie bestohlen und nie betrogen und mußte nie unter der Grausamkeit anderer leiden. Darum bin ich nicht nachtragend und auch nicht wehrlos. Ich habe mich in aller Ruhe für meine Art zu leben entschieden. Ich habe mir nie den Luxus gestattet, einem Menschen verpflichtet zu sein, wie ich auch anderen nicht gestattet habe, in meiner Schuld zu stehen. Ich lebe einzig und allein für mein eigenes Leben, ich genieße es in vollen Zügen und wünsche mir kein anderes. Beantwortet das Ihre Frage?«

Joseph schwieg. Er wog jedes einzelne von Mr. Montroses Worten ab. Sie hatten ihn ein wenig verwirrt. Er erkannte plötzlich, daß er fälschlich angenommen hatte, Mr. Healeys Leute wären so wie er und befänden sich aus gewissen schwerwiegenden Gründen im Kriegszustand mit der Welt. Wäre ich, was ich bin, fragte er sich, wenn ich ein Leben geführt hätte, wie dieser Mann es angedeutet hat, oder wäre ich ein ganz anderer Mensch? Sind immer nur die Umstände unsere Antreiber, unsere Kerkermeister, unsere Erzieher? Werden wir von außen oder von innen geformt? Entscheiden *wir*, zu werden, was wir sind, oder zwingt man uns dazu? Sind wir Opfer oder Herren unseres Geschicks? Es ärgerte ihn, daß er sich diese Fragen nicht schon früher gestellt und einfach vorausgesetzt hatte, daß die Menschen nur Opfer widriger Umstände waren und daß sie keine Schuld an der Art traf, wie sie darauf reagierten. Wenn es Schuldige gab, so »Gott« oder vermessenere, mächtigere Menschen.

Auf seine elegante Manier befand sich Mr. Montrose im Kriegszustand mit einer Welt, die ihn nie verletzt, nie gepeinigt, nie lächerlich gemacht und ihm nie Verluste beigebracht hatte. Er war ein unendlich ruhiger Mann. Nie würde er sich von Umwälzungen erfassen, nie durch Umstände von seinem Weg abbringen lassen. Niemand würde ihm je etwas anhaben können. Er kannte keine Furcht und hatte sie nie gekannt. Wenn er sich gegen die Welt zur Wehr setzte, so nicht aus Wut oder um ein Unrecht gutzumachen, sondern zum eigenen Vorteil und zum Schutz seiner Interessen. Und er tat es ohne jede Gefühlsregung, ohne Rachsucht, ohne Haß.

»Wir alle«, sagte Mr. Montrose, als ob er gehört hätte, was Joseph dachte, »haben die Möglichkeit zu entscheiden, was wir sein wollen. Keiner drängt uns, keiner nötigt uns. Wir reden uns das gern ein, aber es stimmt einfach nicht. Derselbe Wind, der ein Schiff auf Klippen auflaufen läßt, kann es auch in den sicheren Hafen treiben. Mit anderen Worten: es liegt nicht am Wind, sondern an der Besegelung. Wer das leugnet, ist ein Schwächling, der mit Vorliebe anderen Menschen die Schuld an seinem verpfuschten Leben gibt.«

Ein Lächeln spielte um seine Lippen. »Als ich noch ein Junge war, sagte mir einmal ein alter, ungebildeter Neger: ›Merken Sie sich gut, junger Herr: Der Engel, der die guten und bösen Taten des Menschen aufzeichnet, wird Ihre Rechtfertigung, andere hätten Sie zu dem gemacht, was Sie sind, und Sie wären ohne Schuld, nicht gelten lassen.‹ Ich habe diese Worte nie vergessen, Mr. Francis.«

»Wer aber als Sklave geboren wird, im Elend —«, warf Joseph mit impulsivem Ungestüm ein.

Mr. Montrose schüttelte seinen ausdrucksvollen Kopf. »Es gibt unter ihnen solche, die sich in ihrem Inneren, in ihrem Herzen, in ihrer Seele oder wie immer Sie es nennen wollen, weigern, Sklaven zu sein und ihr Elend dazu benützen, sich zu erheben und aufzurichten. Es ist immer noch die Entscheidung des einzelnen. Wenn ich an einen Gott glaubte, ich würde ihm für diese Freiheit der Wahl danken und ihn dafür segnen, denn ohne sie wären wir wirklich allesamt Sklaven.«

»Ich habe mich nicht entschieden —«

Wieder zog Mr. Montrose spöttisch seine Augenbrauen hoch. »Haben Sie das nicht, Sir? Je früher Sie sich ernstlich diese Frage vorlegen, desto früher werden Sie vor der Welt sicher sein. Jeder Mensch hat tagtäglich tausend Möglichkeiten, aus denen er die ihm zusagenden auswählt. Es zwingt Sie zum Beispiel keiner, weiter an unserer — Mission teilzunehmen. Man hat Sie weder genötigt noch erpreßt; Sie sind kein hilfloses Opfer. Sie können, wenn Sie wollen, diesen Zug bei der nächsten Station verlassen; niemand wird Ihnen ein Hindernis in den Weg legen.«

»Wenn aber andere Menschen von Ihnen abhängen, Mr. Montrose —?«

»Jetzt werden Sie sentimental. Ein wahrhaft starker Mensch ist nie sentimental. Er nimmt nie auf andere Rücksicht. Er kämpft nie für andere. Er nimmt nur auf sich Rücksicht und kämpft nur für sich. Alles andere ist Schwäche.«

XVII

Etwas Quälendes und Krankhaftes blieb in Joseph zurück und sollte ihn bis an das Ende seiner Tage begleiten. Der Worte seines Mentors eingedenk, wurde Joseph noch mitleidloser, ohne jedoch zu erkennen, was ihn dazu bewegte: daß auch andere Menschen ihre Entscheidungen treffen und nicht ihm, Joseph Francis Xavier Armagh, irgendwelche Schuld beimessen sollten. »Es ist nicht so, daß der Mensch von anderen zu Schlechtem verleitet wird. Er verleitet nur sich selbst und darf daher keinen Anspruch auf Mitleid erheben.« In einem einzigen Tag wurde Joseph um viele Jahre älter und um vieles härter.

Gegen Mitternacht, in Philadelphia, mußten sie einen kurzen Aufenthalt in Kauf nehmen. Sie verließen ihren Wagen nicht, der an einen anderen Zug angehängt wurde, und blickten nur in die riesige, rauchige, fahnengeschmückte, mit Gaslicht erhellte Bahnhofshalle hinaus, in der sich Militärmusik mit dem Tritt marschierender Soldaten, betäubendem Stimmengewirr und dem Heulen ein- und ausfahrender Züge vermischte. Die Lampen des Salonwagens flimmerten und flackerten. Den Luxus einer müßigen Stunde genießend, saßen sie wartend im Halbdunkel, unberührt von allem, was draußen vorging. Die jungen Männer in ihren blauen Uniformen, die weinenden Mädchen und Frauen, Mr. Montrose beobachtete sie alle gelassen und ohne viel Interesse, rauchte und las. Joseph, von seinen eigenen widerstrebenden Gefühlen bewegt, folgte den Vorgängen im Bahnhof weit weniger gelassen. Zum erstenmal dachte er konzentriert an die in New York lagernde Konterbande.

Wir sind unser eigenes Schicksal, sagte er sich — und überhörte eine leise Stimme des Protests in seinem Inneren. Wenn wir überhaupt Opfer sind oder Eroberer, so im Geist und als Ausdruck unseres Willens. Wenn wir es anderen gestatten, uns auszunützen — im Privatleben oder im Dienste einer Regierung —, ist das unsere Entscheidung. Oder wir haben den schweren Fehler begangen, uns zu fügen; dafür sollten wir verurteilt werden. Die Welt verzeiht alles außer Schwäche und Unterwerfung. Sie verzeiht jedem, nur dem Opfer nicht. Denn der Kampf nimmt kein Ende, auch wenn man darin umkommt. Wie auch immer, der Tod verschont keinen. Aber man hat die Wahl, ob man kämpfend sterben will oder in Unterwerfung.

Joseph dachte an die Frau im Lazarettzug. Er verwünschte die Erinnerung und weigerte sich, noch weiter an sie zu denken, die ihm nichts bedeutete und für die es in seinem Leben keinen Platz gab. Er glaubte, sie für immer aus seinen Gedanken verbannt zu haben, und so war es wohl kaum seine Schuld, daß er sie in dieser Nacht im Traum vor sich sah: sanft und gütig, leiderfahren und voll von Barmherzigkeit gegen jene, die sie pflegte, aber auch gegen ihn.

Sie trafen am frühen Morgen in New York ein. Joseph hatte das Morgenrot über dem friedlich dahinfließenden Hudson gesehen und über den grünen Palisades, dem westlichen Steilufer mit seinen weißen und grauen Herrenhäusern und den glitzernden riesenhaften Bäumen inmitten ausgedehnter Gärten. Der Fluß war voll von Dampfbooten, kleinen Segelschiffen und Flachbooten, deren Spiegelbilder sie auf der Fahrt über das glatte Wasser begleiteten. Es ist eine herrliche Welt, dachte Joseph mit jener mystischen Melancholie, die ihm zu eigen war, ohne daß er eine Bezeichnung dafür gehabt hätte. Er saß an seinem Fenster und wartete, bis er hörte, wie sich Mr. Montrose ins Speiseabteil begab. Dann folgte er ihm. Sie begnügten sich mit einem bescheidenen Frühstück, weil sie bald ihren Bestimmungsort erreichen würden.

»Ich mag New York nicht«, sagte Mr. Montrose. »Es ist eine polyglotte Stadt geworden, viel schlimmer noch als Pittsburgh und Philadelphia. Da sie auf einer Insel liegt, fühlt man sich beengt, und wenn Menschenmassen irgendwo zusammengepfercht leben, sind sie immer hysterisch und weibisch. Die New Yorker sind hochbeglückt, wenn sich ihnen eine Gelegenheit bietet, Unruhe zu stiften, und wenn sie sich ihnen nicht oft genug bietet, suchen sie sich einen Anlaß. Waren Sie nie da?«

»Nein«, antwortete Joseph und dachte an jenen düsteren Tag zurück, an die nassen Kais am Hafen, an Schnee, Regen und Verzweiflung.

»Weil so viele von ihnen aus den unterdrückten und halbversklavten Ländern Europas gekommen sind — auf Frachtern und im Zwischendeck —, hassen sie alle Regierungen, auch die amerikanische, und katzbuckeln gleichzeitig vor ihnen. Hin und wieder rotten sie sich zusammen, so wie sie das in ihren Heimatländern zu tun pflegten, aber es ist ein instinktives Zusammenrotten — es wird ihnen gar nicht bewußt, wo sie sich jetzt wirklich befinden. Schon am nächsten Tag werden sie — eingedenk des Häuptlings ihres Stammes und seiner Peitsche, des grausamen Verwalters ihrer Provinz, des bestechlichen Bürgermeisters ihres Dorfes — vor dem niederträchtigsten Politiker auf dem Bauch liegen, um sich ihn geneigt zu machen. Sie kamen in ein, wie sie wohl wußten, freies Land, folgen aber immer noch den gleichen Impulsen und begegnen ihrer neuen Freiheit mit der alten schmeichlerischen Unterwürfigkeit, mit Angst, Mißtrauen und Speichelleckerei.«

»Auch die Iren wurden verfolgt, geschlagen und getötet«, gab Joseph zu bedenken, und rote Flecken zeichneten sich auf seinen Wangen. »Zwar tun sie sich auch hier in Amerika noch zusammen, aber sie sind weder Kriecher noch Speichellecker, noch mißtrauisch, noch ängstlich.«

»Ach, richtig, Sie sind ja in Irland geboren!« parierte Mr. Montrose. »Mein Großvater kam auch von dort — Grafschaft Galway, glaube ich. Niedergelassen hat er sich dann in —« Er unterbrach sich und spähte stirnrunzelnd durch das Fenster. »Da sind wir schon.« Er richtete seinen Blick auf Joseph. »Manche Menschen werden im Getto, unter Verfolgung, ja sogar in der Sklaverei — frei geboren. Ich finde, es ist eine Frage des Geistes, der sie beseelt.«

Im Bahnhof an New Yorks Ecke 26th Street und Fourth Avenue ging es noch turbulenter zu als in den Stationen in Pittsburgh und Philadelphia; außerdem war er viel größer. Glocken, Pfeifen, Rufe und Schreie, Rollwagen, ein- und ausfahrende Züge verursachten einen ohrenbetäubenden Lärm. Joseph sah ein heilloses Durcheinander aus laufenden Menschen, Petroleumlampen und Gaslaternen vor sich. Rumpelnd und quietschend schoben sich Personen- und Güterwagen an seinem Fenster vorbei. Wie in diesen Tagen üblich, kletterten Soldaten in wartende Züge, umdrängt von Frauen, jungen Mädchen und älteren Männern, die schäkernd und feixend zu den Wagenfenstern hinauflangten, kräftige Hände drückten, die sie vielleicht nie wieder berühren würden, zu lachen und zu scherzen versuchten, ihren Söhnen und Brüdern, Gatten und Liebsten zujubelten und sich offensichtlich bemühten, ihnen das Gefühl mit auf die Reise zu geben, daß alles nur ein romantisches Abenteuer war, von dem sie bald wieder heimkehren würden. Die Frauen lächelten unter ihren mit wippenden Federn und bunten Blumen besetzten Hütchen aus Samt, Seide und Spitze. Sie trugen glänzende Brusttücher über ihren Schultern oder kleine samtene Pelerinen oder Jäckchen, und ihre vielfarbigen Reifröcke stießen aneinander und ließen weiße Pantaletten und kleine schwarze Slipper sehen. Ihre behandschuhten Hände hielten den jungen Soldaten, die sich an den offenen Fenstern drängten, Geschenkpäckchen entgegen, und obwohl die Frauen lächelten, flirteten und schäkerten, standen Tränen in ihren Augen. Neben ihnen warteten Väter und Gatten in Zylinderhüten und konventionellen Stadtanzügen aus feinem schwarzen oder braunen Wollstoff, die Uhrketten schicklich über mit Brokatmustern versehene schwarze, braune oder graue Westen ausgebreitet. Ihre bärtigen Gesichter waren zu einem entschlossenen Lächeln erstarrt, wie es zuweilen bei Leichen zu beobachten ist. Sie schneuzten sich und sprachen mit zurückgelegten Köpfen, ihre Stimmen verhalten, wohlklingend, beruhigend, zu den jungen Menschen, so als ob sie sich von Söhnen verabschieden würden, die sich aufmachten, um liebe Verwandte zu besuchen oder an die Universität zu gehen. Sie schwenkten

Ebenholz- oder Malakkaspazierstöcke mit Gold- oder Silbergriffen, schlugen sich damit zuweilen auf die Waden oder streckten sie schnell vor, um eine Dame vor einer frischen Woge von Menschen zu bewahren, die den Bahnsteig entlangstürmten.

Kisten, Koffer und Schachteln türmten sich auf den Bahnsteigen, und Männer in derber Arbeitskleidung verluden sie auf Rollwagen und hatten ihre liebe Not mit den größeren Stücken. Dampf sprühte unter den Rädern der Lokomotiven hervor, und aus den Schornsteinen stiegen dichte schwarze Rauchschwaden. Irgendwo ertönte ein Hornsignal und dann ein Trommelwirbel, von irgendwo war lautes Gelächter zu hören, hier stieß jemand einen lauten Schrei aus, dort versuchte ein anderer, brüllend eine Botschaft zu übermitteln. Durch die weit entfernten Türen erhellte sich nun der Morgen; gleichzeitig aber drang der Jahreszeit gar nicht entsprechende Hitze auf einer fast sichtbaren Welle mit Ruß vermengter Luft in die riesige Halle. Und immer wieder die hastenden Menschenhaufen, kommend und gehend, die vorgestreckten Hälse, die Mantelsäcke und Reisetaschen, die vollbeladenen Rollwagen, die lauten Rufe der Gepäckträger und das plötzliche ohrenzerreißende Aufheulen eines anfahrenden Zuges.

Unbekümmert wie Bewohner eines fremden Planeten verließen Joseph und Mr. Montrose den Zug und wurden sogleich von einem uniformierten, pockennarbigen Kutscher in Empfang genommen, der die Hand an seinen Mützenrand führte und sich ihres Gepäcks annahm. Mr. Montrose schien ihn erwartet zu haben. Er führte sie auf die Fourth Avenue hinaus, mitten in ein flammendes, hämmerndes, tobendes Durcheinander aus Sonne, glühender, von Ziegelmauern und Pflastersteinen zurückgeworfener Hitze, Mengen von glitzernden und funkelnden Kutschen, Equipagen, Liefer- und Gepäckwagen, Viktorias, Droschken, Fiaker und Karren und unübersehbarer Massen von Menschen, die alle zu hasten und laufen schienen statt zu gehen. In den Seitenstraßen, die aus drei Stock hohen, schokoladefarbenen, in geschlossener Bauweise errichteten Häusern bestanden, ging es nicht viel ruhiger zu. Geschäftige Männer, spielende Kinder, elegant gekleidete Damen bevölkerten die braunen Vortreppen, und verschiedene Gefährte säumten die Gehsteige. Obzwar die Straßen mit in Blüte stehenden Bäumen bepflanzt waren und kleine Rasenflächen vor den Häusern grünten, benahm einem die staubige Luft und ein durchdringender Gestank von Kanälen, Kloaken und Jauche beinahe den Atem. Pferde tänzelten und trabten vorbei, ihre Hufe schlugen Funken auf Ziegel- und Pflastersteine, Kutscher brüllten und knallten mit der Peitsche. Joseph hatte andere Städte gesehen, doch noch nie eine so lärmende, aktive, rastlose, heißhungrige wie diese. Überall hingen Fahnen, und abermals war aus einiger Entfernung Militärmusik zu vernehmen.

Eine vornehme, geschlossene Equipage erwartete die beiden Herren aus Titusville. Der Kutscher verstaute ihr Gepäck, und sie bestiegen den Wagen. Die Fenster waren schon so früh am Tag staubig, und der penible Mr. Montrose zog sie hoch. »Ich ersticke lieber in sauberer Luft«, meinte er. Joseph schwitzte bereits, doch Mr. Montrose war so frisch und kühl und wohlriechend wie eine weiße Gardenie in einem schattigen Garten. Anscheinend war er Hitze gewohnt.

Peitschenschwingend und die Respekt einflößende Kraft seiner mächtigen Rappen nützend, bahnte sich der Kutscher einen Weg zur Fifth Avenue. Mr. Montrose zündete sich einen Stumpen an und lehnte sich in die roten Lederkissen zurück. Das Geschirr der Pferde war so poliert, daß es das grelle Sonnenlicht in das Innere des Wagens reflektierte und Josephs Augen zu schmerzen begannen. Dann bogen sie in die Fifth Avenue ein — »auf ihre Art nicht weniger berühmt als der ›Strand‹ in London«, wie Mr. Montrose erläuterte. Obwohl die Fenster geschlossen waren, hörte Joseph das unermüdliche Gebrüll der Stadt und das rastlose Fluten ihres Verkehrs. Er konnte jetzt die mit Kopfsteinen gepflasterte Fifth Avenue hinaufsehen und bestaunte die endlosen Reihen von Bäumen, die gepflegten kleinen Rasenflächen in ihren bronzenen Einfriedungen, die vornehmen weißen und grauen Herrenhäuser mit ihren funkelnden Fensterfronten, schmiedeeisernen Toren und geschwungenen Vortreppen, den lebhaften Querverkehr und die wogenden Menschenmassen auf den Gehwegen. Über all dem schossen die Türme der vielen Kirchen, der höchsten Bauwerke der Stadt, empor; ihre Kreuze ragten in den weißglühenden Himmel hinein. So hoch waren sie, daß die Häuser ringsum zu schrumpfen schienen.

»Die Straße der neuen Millionäre, der feudalen Unternehmer, der arrivierten und hochgeehrten Diebe, der wahren Herrscher Amerikas und Gebieter über Gouverneure, Präsidenten und Regierungen«, höhnte Mr. Montrose. »Die Vanderbilts, die Astors, die Goulds — die moderne Aristokratie des Reichtums, die neuen Patrizier aus den alten Gossen. In Europa würde man sie wegen ihrer Spekulationsgeschäfte hängen, aber in Amerika bewundert man sie. Beachten Sie die Opulenz dieser Häuser. Sie sind fürstlich ausgestattet; die zahlreiche Dienerschaft allerdings ist von weit höherer Geburt als die Besitzer. Dennoch werden diese, wenn sie die Hauptstädte ihrer europäischen Vorfahren besuchen, von Kaisern und Königen empfangen. Hat nun wenigstens dieser Krieg ihre maßlose Gier bezwungen, ihre goldenen Paläste verdunkelt? Nicht im mindesten. Er bietet ihnen nur prickelnde Erregung und zusätzlichen Profit. Ihre Söhne kaufen sich Ersatzmänner für die Schlachtfelder. Ich muß allerdings zugeben, daß ihre Damen mit großem Eifer Wohltätigkeitsveranstaltungen, Tanzunterhaltungen und Theateraufführungen organisieren, um, wie sie sich ausdrücken, ›Geldmittel für unsere tapferen Jungens‹ aufzubringen.«

Mr. Montrose sprach fast heiter und ohne jede Bitterkeit. »Angeblich, so hörte ich«, sagte Joseph, »herrscht eine sehr gedrückte Stimmung in den Städten. Lebensmittel und Kleidung werden immer knapper.«

»Nicht in New York, Mr. Francis. Zumindest nicht auf diesen Straßen. Möglicherweise gibt es auch hier Elendsquartiere, wo die Armen und ewig Bedürftigen leben, denen es nahezu unmöglich ist, selbst mit dem Wenigen, das sie verdienen, Brot und Fleisch und Gemüse zu kaufen. Die Armut sei keine Schande, predigen die Priester von der Kanzel, aber das glaubt ihnen keiner mehr. Den vom Glück begünstigten Menschen können Kriege nichts anhaben. Ob in den Städten, ob auf dem Schlachtfeld, Zerstörung und Vernichtung treffen immer nur die Armen.«

Er paffte zufrieden vor sich hin, und sein edles, so fein geschnittenes Profil ließ keinerlei Groll erkennen. »Das war schon immer so«, sagte er und dachte: Luane. Luane.

Ehrerbietig und wachsam, die Knüttel schlagbereit in den Händen, standen überall Polizeibeamte mit ihren Schnurrbärten, Helmen, breiten Ledergürteln und langen blauen Röcken, denn man konnte ja nicht wissen, ob nicht auch hier Unruhen ausbrechen und zerlumpte Demonstranten diese vornehmen Häuser angreifen würden. Joseph sah ihre feuchten und von der Hitze geröteten Gesichter. Es waren Iren: wohlgenährte, wenn auch wenig geachtete Iren. In Irland hatten sie gegen die Hochmütigen und die Mächtigen gekämpft; in Amerika beschützten sie die Träger der Macht. Soll ich mit ihnen hadern? fragte sich Joseph. Wünschte ich nicht, auch ich könnte hinter diesen schmiedeeisernen Toren und diesen seideverhangenen Fenstern wohnen?

Da Joseph auf seine Worte nicht reagiert hatte, streifte ihn Mr. Montrose mit einem Blick und dachte dabei, ich habe einen Erben in seinem Alter. Hat mein Vater ihn verkauft — und Luane dazu? Oder hat meine Mutter — einmal wenigstens! — ihren dummen Mund aufgemacht und meinem Vater Trotz geboten? Wo sind sie jetzt, die beiden, mein Sohn und mein Liebling, meine Luane? Er lächelte, als ob er friedlichen Gedanken nachhinge statt solch quälenden.

Als sie vor dem prächtigen Bau des Fifth Avenue Hotel an der 23rd Street anlangten, verließ Mr. Montrose die Equipage mit der Gelenkigkeit eines Jünglings. Joseph folgte ihm. Pracht, auch die von Menschen geschaffene, faszinierte ihn. Er blickte an dem imposanten Gebäude empor und beobachtete dann die mit gelben Jacken bekleideten Diener, die eifrig damit beschäftigt waren, aus den vielen vorfahrenden Wagen das Gepäck zu holen und den Damen und Herren beim Aussteigen behilflich zu sein. Die Damen lachten und fächelten sich mit parfümierten Taschentüchern oder mit zierlichen kleinen Fächern Kühlung zu, und auch die Herren lachten, während sie ihre Zylinder in den Nacken schoben, um sich ihre gefurchten Stirnen zu trocknen. Das alberne Gelächter und das gezierte Gezwitscher waren Joseph völlig fremd, und er mußte sich ärgerlich eingestehen, daß er sich wie ein Ackerknecht fühlte unter diesen »feinen« Leuten, diesen sorglosen jungen Herren mit ihren Spazierstöcken, diesen selbstbewußten Geschöpfen, die in ihrem ganzen Leben nie Entbehrung oder Verzweiflung gekannt hatten. Die strahlenden Gesichter der Damen leuchteten noch heller als ihre Seiden und Satins und ihre flatternden vielfarbigen Umhänge. Sie unterhielten sich mit eleganten Offizieren in exquisit maßgeschneiderten Uniformen, schneidigen Kavalieren, die wie Schauspieler plapperten. Ihre Säbel funkelten mit ihren goldenen Knöpfen um die Wette, ihre Beine steckten in spitz zulaufenden Hosen, ihre spitzen Stiefel blendeten das Auge, und tapfere Epauletten schmückten ihre breiten Schultern.

Sie verzogen ein wenig die Miene, als Mr. Montrose, Entschuldigungen murmelnd, durch ihre Reihen schlüpfte, doch ein Blick in sein Gesicht veranlaßte sie, ihm rein instinktiv den Weg freizugeben. Joseph folgte ihm flink und dachte dabei: das ist Autorität. Aber es war auch noch etwas anderes. Es war ein untadeliges Benehmen und zugleich eine undefinierbare Arroganz, so als ob diese Männer und Offiziere seine Untergebenen wären. Viele blickten ihm nach, neugierig, verwundert, ärgerlich, und die Damen flüsterten untereinander: »So ein distinguierter Mann! Wer ist das?« Einige schoben ihr Hütchen zurecht oder zogen das Band unter ihrem weichen, runden Kinn fester an. »Sicher ein Diplomat, eine Persönlichkeit von Rang«, sagte eine. Joseph und Mister Montrose hörten diese Bemerkung, und Mr. Montrose warf ihr einen amüsierten Blick zu, amüsiert wie über einen harmlosen Scherz, wandte sich um und verbeugte sich elegant vor der jungen Dame, die vor Wonne errötete und kicherte, während ihr Begleiter ein finsteres Gesicht machte.

Wie Joseph mit Schrecken und Staunen feststellte, empfand er zum erstenmal ein Gefühl der Zuneigung für Mr. Montrose, diesen Mann, der aus dem Nichts kam, diesen chevaleresken Lumpen, diesen Mann ohne Familie, ohne Heimat, den viele Leute als einen Verbrecher ansehen würden.

Sie betraten die Halle, und sogleich fühlte sich Joseph von einer ungeheuren Röte überflutet. Der Teppich war scharlachrot und scharlachrot die Polsterung der großen Mahagonisessel. Die Wände waren mit rotem Damast bespannt, mit dunklem Mahagoni getäfelt und mit übergroßen Bildern behängt, die auf wie Feuer glühendem Hintergrund Männer und Frauen zeigten, deren Kleidung der Künstler auf verschiedene Schattierungen von Rot abgestimmt hatte. Die Luft in diesem von einer kuppelförmigen Decke aus goldlackiertem Holz gekrönten Raum schien Joseph heißer und drückender als auf der Straße. Die riesigen Tische waren gewiß für Giganten gedacht und nicht für Menschen. Sie standen auf kunstvoll geschnitzten bogenförmigen Beinen und vergoldeten klauigen Füßen und quollen von Frühlingsblumen und Massen von Farnblättern in kostbaren Vasen über. In den bronzenen Wandleuchtern steckten lange weiße Kerzen. Von den acht mächtigen Kronleuchtern, die von der Decke hingen, hätte einer allein genügt, um einen Ballsaal zu beleuchten. Am Ende der Halle befanden sich drei in bronzene Käfige eingeschlossene Aufzüge, und hinter einem Pult standen fünf Herren in gefältelten Hemden und schwarzen Anzügen aus feinster Wolle, in würdevoller Unterwürfigkeit bereit, die Gäste zu empfangen. Ihre Schnurrbärte waren auf Hochglanz gewichst; nichts entging ihnen, sie sahen alles.

In der Halle war ein einziges Kommen und Gehen von plaudernden und lachenden, sich begrüßenden und voneinander verabschiedenden Herren und Damen. So festlich schien es Joseph hier zuzugehen, daß er sich fragte, ob hier nicht etwas gefeiert wurde. Dann aber erkannte er, daß dies nur die angeheizte Stimmung der Kriegskonjunktur war, die hier herrschte — unbeschadet des Mangels an Lebensmitteln und anderen Waren und unbeschadet auch der neuen Einkommensteuer, die Washington eingeführt hatte, um die steigenden Kosten des militärischen Konfliktes bestreiten zu können. Unaufdringlich, aber doch als liebliche Begleitmusik zu der hier waltenden Fröhlichkeit und Heiterkeit, der Atmosphäre des Wohlbefindens und des Reichtums, ertönten die weichen Stimmen eines Klaviers und einiger Violinen hinter vergoldeten Wandschirmen hervor. Die Damen waren ohne Ausnahme prächtig und kostbar gekleidet, ihre seidenen Reifröcke in kontrastierenden Farben gehalten, bestickt und mit perlartigen Verzierungen versehen, ihre Umhänge mit goldenen oder silbernen Borten gesäumt, Ohren und Hals mit Juwelen geschmückt, die Sonnenschirme, ein bunter Reigen leuchtender Farben, unter den Arm geklemmt. Und alle dufteten auf eine Weise, daß die ganze Halle ein einziger in heller Sonne blühender Blumengarten zu sein schien. Jung oder nicht mehr ganz so jung, sie hatten alle hübsche Gesichter, und scheinbar war jede einzelne bemüht, wie eine Soubrette auszusehen. Sie begleiteten ihre Worte mit niedlichen, lebhaften Gesten und zwitscherten wie Vögel. Ihre Fächer flatterten, ihre Ridiküle schwangen an behandschuhten Handgelenken. Da war keine, die eine traurige oder sorgenvolle Miene gemacht hätte. Die Herren an ihrer Seite waren ebenso prächtig anzuschauen, ebenso elegant und fein herausgeputzt, und wenn sie nicht gerade etwas zu sagen hatten, lachten sie oder verneigten sich vor einer Dame oder stellten ein wohlgeformtes Bein in engen Hosen zur Schau.

Nie zuvor hatte Joseph solch unbeschwerte und ausgelassene Fröhlichkeit erlebt. Wohl hatte er im Zusammenhang mit Luxusbällen davon gelesen, doch kam er nun zu der Überzeugung, daß die Wirklichkeit das geschriebene Wort bei weitem übertraf. Das blumig-überladene Kolorit überall und die bunten Farben der Damen erhitzten und verwirrten ihn, und ihr Geplapper war ihm zu nahe und zu aufdringlich.

Als ob die Halle leer wäre, schritt Mr. Montrose geradewegs auf das Pult zu, wo ihn zumindest zwei der Herren sogleich erkannten und sich verneigten. »Gentlemen«, sagte er, »das ist Mr. Francis, mein Mitarbeiter. Ich nehme wieder das gleiche Appartement.« Einer der Männer holte ein dickes Buch hervor, in das er schnell etwas eintrug, wobei er Joseph respektvoll zunickte. Hinter ihnen standen zwei Hausdiener in gelben Jacken, wie Joseph sie vor dem Hotel gesehen hatte, mit ihrem Gepäck.

Sie betraten einen der goldenen Käfige, der Aufzugsführer zog kurz an seinem Seil, und sie schwebten empor. »Wie gefällt es Ihnen, Mister Francis?« fragte Mr. Montrose. Joseph überlegte. Er blickte durch das Gitter in die zurücksinkende rote Halle mit ihrem wimmelnden Menschengewirr. »Nicht besonders, fürchte ich«, antwortete er.

»Mr. Healey schätzt es sehr«, bemerkte Mr. Montrose und verzog den Mund zu einem schmalen Lächeln.

»Der Krieg verliert hier viel von seinem Schrecken«, stellte Joseph fest.

»Er war nie und ist nie schrecklich, außer für jene, die im Krieg kämpfen, für ihn bezahlen, alles durch ihn verlieren und ihm ihr Leben opfern«, sagte Mr. Montrose. »Aber das sind natürlich unwichtige Leute.«

General Grants Armee marschierte in Mississippi ein, um Vicksburg zu belagern, und mußte jeden Schritt des Weges mit Blut bezahlen. Tausende wurden hingemetzelt, Städte niedergebrannt. Felder, die noch vor wenigen Stunden gegrünt und geblüht hatten, blieben zertrampelt und verwüstet zurück, üppige Wälder rauchten unter einem lächelnden Himmel. Doch die Menschen unten in der Halle kümmerte das nicht. Unwillkürlich empfand Joseph Bitterkeit und sogar Haß gegen jene, die aus Kriegen unbekümmert Profit zogen — um gleich darauf seiner selbst zu spotten. Diese Leute dachten zumindest vernünftig und praktisch.

Die zwei Gäste und die beiden Hausdiener verließen den Aufzug im vierten Stock und schritten einen Gang hinunter, der mit roten Teppichen ausgelegt und von mit Mahagoni getäfelten Wänden gesäumt war. Eine mit Schnitzereien verzierte Tür wurde aufgeschlossen, und Mister Montrose wollte schon eintreten, als plötzlich ein Offizier aus dem gegenüberliegenden Zimmer stürzte und mit der kleinen Gruppe zusammenstieß. Es war ein mittelgroßer, jüngerer Mann mit einem vollen, glattrasierten und kampflustigen Gesicht; seine seltsam geformten, stechenden blauen Augen ließen auf einen lebhaften, rastlosen Geist schließen.

Er blieb stehen und senkte den Kopf vor Mr. Montrose. »Ich bitte vielmals um Entschuldigung, Sir.«

»Ihre Entschuldigung ist angenommen, Sir«, sagte Mr. Montrose und erwiderte die Verneigung.

Der Offizier bedachte Joseph mit einem flüchtigen Blick, senkte abermals den Kopf und eilte den Gang entlang, auf die Aufzüge zu. »Die Soldaten«, mokierte sich Mr. Montrose. »Sie tun so, als ob das nächste Schlachtfeld schon um die Ecke läge.« Seine Stimme klang nachsichtig. Aber Joseph erinnerte sich des prüfenden und durchdringenden Blicks, mit dem der Offizier ihn gemessen hatte. Als ob er ihn hätte abschätzen wollen.

Das geräumige Appartement war erfreulicherweise in taubengrauer Seide und gedämpft grünem Samt dekoriert — ohne jede Spur von Rot, wie Joseph dankbar zur Kenntnis nahm. Ungeachtet der dampfenden Hitze draußen auf der Straße, standen drei große, mit handgeklöppelter Spitze drapierte Fenster halb offen, und die grünen Samtvorhänge waren in ziselierte Metallhalteringe zurückgebunden. Die vergoldeten Stühle und Tische, aber auch die Sofas besaßen eine ansprechende Form, und die Verzierungen waren kunstvoll gearbeitet und bezeigten guten Geschmack. Eine große, runde Schüssel mit Tulpen und Narzissen schmückte den Mitteltisch. Joseph staunte über die Ausmaße der zwei Schlafzimmer, die an diesen Wohnraum angrenzten. Die Betten hatten Vorhänge und Überwürfe aus Brüsseler Spitze. Zwischen den zwei Schlafzimmern gab es ein Badezimmer ganz aus Marmor — das erste, das Joseph je in einem Hotel oder auch in einem Privathaus gesehen hatte. Die Badewanne war außen mit Mahagoni verkleidet, die Waschkommode aus Marmor und mit einem stuhlartigen Sitz aus vergoldetem Weidengeflecht, und die Toilette war ebenfalls aus Marmor. Die heiße Sonne fiel durch ein buntes Glasfenster und ließ zarte Regenbogen über all dem weißen Stein, den schwelgerischen Bade- und Handtüchern und dem geblumten Teppich tanzen.

Flink und mit geübter Hand packten die livrierten Hausdiener das Gepäck der Herren aus und brachten den Inhalt in Schränken und Kommoden unter. Joseph trat ans Fenster und blickte auf das geschäftige Treiben der Fifth Avenue hinunter, auf die kleinen Vorgärten, die schillernden Bäume, den Strom der Fußgänger auf den Bürgersteigen und den lebhaften, immer wieder stockenden Verkehr. Da so viele Damen ihre geblümten Sonnenschirme geöffnet hatten, war es Joseph, als blicke er auf einen wandernden, lärmenden Garten hinab. Plötzlich überkam ihn ein Gefühl, als ob er ersticken müsse. Er schloß die Fenster, und der Lärm verstummte. Er spürte Mr. Montrose in seiner Nähe, wandte sich um und sagte: »Mr. Healey läßt sich nichts abgehen.«

Mr. Montrose zog seine gelben Augenbrauen hoch. Er hatte sich ein Glas Wasser aus einer Karaffe eingeschenkt und nippte nachdenklich daran. »Und warum sollte er?« entgegnete er dann. »Hat er sein Geld nicht ehrlich — oder unehrlich — verdient? Wem ist er Rechenschaft schuldig? Stellt Genügsamkeit eine Tugend dar, verdient Mäßigung Lob? Er ist weniger — käuflich als die Bewohner dieser Herrenhäuser, die Sie durch das Fenster sehen; aber hier geht es ja gar nicht um Käuflichkeit, nicht wahr? Es ist eine Frage des Geschmacks. Mister Healey lebt gerne opulent, und warum sollte er sich das Vergnügen nicht gönnen? Wenn Sie und ich einen anderen Geschmack haben, ist er dem Mr. Healeys darum schon überlegen?«

Joseph fühlte sich zurechtgewiesen. Mr. Montrose hatte mit sanfter Stimme gesprochen, wie ein älterer Bruder oder ein Vater, doch seine Katzenaugen glitzerten, ohne daß Joseph ihren Ausdruck zu deuten wußte. »Es tut mir leid«, sagte er steif. Mr. Montrose schüttelte den Kopf.

»Entschuldigen Sie sich nie für Ihre Meinungen. Es bedeutet nicht weniger, als daß Sie es bereuen, sie geäußert zu haben. War es nicht Spinoza, der einmal sagte, ein von seinem Gewissen geplagter Mensch sei doppelt schwach? Ihre Meinungen mögen mehr oder auch weniger für sich haben als die Meinungen anderer, aber es sind *Ihre* Meinungen und verdienen daher *Ihren* Respekt.« Er sah Joseph ernst, aber freundlich an. »Ich habe manchmal das Gefühl, daß Sie sich selbst nicht sehr hoch einschätzen. Das ist gefährlich — für Sie selbst — und unter Umständen auch für andere. Es ist ein Fehler, den Sie korrigieren müssen.«

Der warnende Tonfall in Mr. Montroses Stimme war Joseph nicht entgangen. Wieder überzog flammendes Rot seine Wangen. »Ich bin nicht so überheblich, zu glauben«, verteidigte er sich, »daß ich nicht imstande bin, auch einen Fehler zu begehen.«

»Das meine ich nicht, Mr. Francis. Wenn Sie nicht überlegene Selbstschätzung erkennen lassen, werden Sie auch von anderen nicht hoch eingeschätzt werden. Man wird Sie, Ihr Wort und Ihre Handlungen anzweifeln, wird zögern, Ihre Aufträge auszuführen, oder sich gar gegen Sie auflehnen. Sie müssen zuvörderst davon überzeugt sein, daß Sie über allen anderen stehen — auch wenn Sie wissen, daß es sich nicht so verhält —, oder müssen zumindest so tun, als ob Sie davon überzeugt wären. Toleranten Menschen kann man nicht vertrauen, weil sie zu oft an sich selber zweifeln. Ich weiß, daß dies verschiedenen abgedroschenen Gemeinplätzen widerspricht, aber es ist wirklich so, wie ich sage.« Er ließ sich lässig auf einer Sofalehne nieder und musterte Joseph mit einem Lächeln. »Sie mögen das alles für paradox halten oder für zu subtil, aber denken Sie darüber nach. Es liegt mehr darin, als die nackten Worte vermuten lassen.«

Joseph überlegte. »Wollen Sie damit zum Ausdruck bringen, daß alle toleranten Menschen Schlappschwänze sind?«

Mit einem Ausdruck des Entzückens hob Mr. Montrose einen schmalen Zeigefinger. »Genau! Toleranz ist das Refugium der Ängstlichen. Tolerant ist man nur gegen jene, die einem schaden können; darum besänftigt man sie. Toleranz und Altruismus sind Geschwister, und wir wissen doch, daß der Altruismus Hochmut und Eigennutz verrät — und Angst.«

Nun öffnete er seine Hand und betrachtete ein winziges Fetzchen Papier, das er darin verborgen gehalten hatte. »Wir werden in genau fünf Minuten Besuch bekommen. Wollen Sie vielleicht auch ein Glas von diesem Wasser haben und sich dann nach dieser langen Reise ein wenig frisch machen?«

Aber unser Zug hatte doch einige Stunden Verspätung, ging es Joseph durch den Kopf, und niemand wußte, wann wir ankommen würden. Auch unten in der Halle erreichte uns keine Mitteilung, also konnte kein Termin festgesetzt werden. Ich habe auch in diesen Räumen weder ein Papier noch einen Umschlag gesehen. Und da soll nun ein Besucher in genau fünf Minuten erscheinen?

Er begab sich ins Badezimmer, um sich zu waschen. Er ließ die letzte Stunde vor seinem geistigen Auge vorbeiziehen. Niemand hatte Mister Montrose einen Umschlag gereicht; er hatte mit niemandem gesprochen — die paar Worte mit den Herren von der Rezeption in bezug auf dieses Appartement zählten nicht. Niemand hatte ihm verstohlen diesen Zettel zugesteckt, auch nicht im Vorbeigehen.

Joseph trocknete sich langsam die Hände. Ausgenommen der eine, der draußen im Korridor mit ihm zusammengestoßen war und zu ihm gesprochen hatte: der Offizier. Der eine hatte sich entschuldigt, der andere die Entschuldigung angenommen. Joseph lächelte. Er begab sich in den Aufenthaltsraum zurück und betrachtete Mr. Montrose, der so frisch aussah, als ob er eben aufgestanden wäre. Joseph zögerte. Er überlegte, ob Mr. Montrose eine Äußerung von ihm erwartete, ob er sie positiv werten oder ungnädig aufnehmen und ihn darum sogar geringer einschätzen würde. Doch die Bemerkungen seines Mentors bohrten in seiner Brust, und so sagte er: »Ach ja, unser Besucher. Der Offizier, nehme ich an?«

Mr. Montrose hob rasch den Kopf. »Haben wir das wirklich so ungeschickt gemacht?« fragte er. Aber er schien sehr vergnügt.

»Keineswegs, keineswegs«, antwortete Joseph. »Es war lediglich meine Schlußfolgerung nach den Geschehnissen des heutigen Tages.«

»Ich wußte schon immer, daß Sie klug sind, Mr. Francis, und dazu auch noch scharfsinnig, schlau und intelligent. Ich freue mich, daß Sie die Meinung, die ich von Ihnen habe, bestätigen. Und ich muß zugeben, daß Sie noch viel intelligenter sind, als ich ursprünglich annahm. Überdies sind Sie ein ausgezeichneter Beobachter; das ist eine seltene Gabe und kann gar nicht hoch genug bewertet werden.« In dem Blick, den er auf Joseph ruhen ließ, lag ein ganz sonderbarer Stolz, der den jungen Mann verwirrte. »Oberst Braithwaite wartete seit gestern auf uns. Wir haben uns sehr verspätet, und die Zeit unserer Ankunft war ungewiß. Er mußte mich daher wissen lassen, wann wir unsere Besprechung abhalten können. Ich wäre sonst ohne Nachricht geblieben, und wir hätten wertvolle Zeit vertan.«

Als Joseph sich nicht dazu äußerte, schien Mr. Montrose abermals angenehm berührt. Jemand klopfte an die Tür, und Mr. Montrose erhob sich, um zu öffnen.

XVIII

Oberst Elbert Braithwaite schoß förmlich ins Zimmer, als Mr. Montrose die Tür öffnete, vergaß jedoch nicht, einen letzten scharfen Blick über die Schulter zu werfen, während er über die Schwelle sprang. Die Luft im Appartement war weit kühler als unten auf der Straße, dennoch schwitzte der Oberst aus allen Poren, und sein volles Gesicht glänzte. Er schüttelte Mr. Montrose herzlich die Hand, verbeugte sich und grinste, wobei er seine großen, leuchtendweißen Zähne sehen ließ. Er hatte ein jungenhaftes, unbeschwertes, aufgeregtes Gehaben. »Ich habe gestern den ganzen Tag und die ganze Nacht gewartet!« rief er aus und sah Mr. Montrose gespielt vorwurfsvoll an. »Die Militärzüge waren wohl an Ihrer starken Verspätung schuld, nicht wahr, Sir?«

Er besaß die lebhafte Art und sprach die scharfe, klare Sprache des Neu-Engländers. Boston, dachte Joseph. Aus Gründen, die er sich selbst nicht erklären konnte, empfand er vom ersten Augenblick an heftige Abneigung gegen den übersprudelnden Oberst; überschwengliche Männer und solche mit vollen, runden Gesichtern hatte er allerdings nie gemocht. Er wußte, daß das unvernünftig war, eine Frage des Temperaments, nichts weiter; dennoch, man hatte schon Menschen aus weit geringfügigeren Anlässen getötet. Auch schien der Oberst ein Mann des Frohsinns zu sein — nicht des natürlichen Frohsinns eines Mr. Healey, sondern eines berechnenden Frohsinns, der sich, wie Joseph vermutete, im Augenblick zu Gemeinheit und kalter Brutalität wandeln konnte. Zwar war er zu klein und zu breit gebaut, um eine Uniform richtig zur Geltung zu bringen, doch hatte sein Schneider so meisterhaft gearbeitet, daß sie ihn größer erscheinen ließ, als es seinen Körpermaßen entsprach. Seinen Säbel trug er mit Schneid.

Geziert wie eine Frau, streifte er seine feinen grauen Handschuhe ab, glättete sie und legte sie behutsam auf einen Tisch. Während er damit beschäftigt war, betrachtete er Mr. Montrose mit aufrichtiger Zuneigung, und sein Gefühl sagte Joseph, daß auch diese Geste falsch und, nur um der Wirkung willen, gestellt war. Eine Ärmelklappe tat der Welt kund, daß er ein Angehöriger der Armee der Vereinigten Staaten von Amerika war, nicht etwa nur ein Angehöriger der US-Armee, was dokumentieren sollte, daß er West Pointer und Berufsmilitär war.

Die breiten Nasenlöcher über seinem lächelnden Mund hatten eine sonderbare Art, sich aufzublähen und zusammenzuziehen, und das

Funkeln seiner durchdringenden blauen Augen sprach von Wohlbefinden, von freundschaftlicher Gesinnung und einer außerordentlich robusten Gesundheit — er war vermutlich Ende Dreißig. Er wurde Joseph von Minute zu Minute unsympathischer. Er hatte seinen blauen Filzhut abgenommen und strich sich mit der Hand über sein helles, lockiges Haar. Er plapperte mit jungenhafter Unbekümmertheit, beglückwünschte Mr. Montrose zu seinem guten Aussehen und betonte immer wieder, wie glücklich er war, ihn zu sehen. Mr. Montrose lauschte mit höflichem Lächeln. Seine Hand auf Mr. Montroses Arm, schnatterte der Oberst munter fort, aber es war ein Geschwätz nach Frauenart, inhaltslos und ohne jede Bedeutung, und auch das, spürte Joseph, war Absicht. Ein schrecklicher Mensch, empfand Joseph, gewiß hassen ihn seine Leute.

Der Oberst hatte keine Notiz von Joseph genommen, und dieser wartete. Endlich löste sich Mr. Montrose von seinem Besucher und deutete auf Joseph. »Oberst Braithwaite«, sagte er, »das ist mein neuer Mitarbeiter, Mr. Francis. Er besitzt mein vollstes Vertrauen und verdient also auch das Ihre. Mr. Healey, der, wie Sie wissen, nie einen Fehler macht, hat ihn ausgesucht.«

Sogleich schwang sich der Oberst zu Joseph herum, verbeugte sich tief und streckte ihm seine kräftige kleine Hand im Geiste freundschaftlicher Begrüßung und gutnachbarlicher Kameradschaft entgegen. »Mein Kompliment, Sir!« rief er. »Ich freue mich, Ihre Bekanntschaft zu machen!« Seine Zähne schimmerten wie weißes Porzellan.

Auch Joseph verneigte sich, überließ dem Offizier für einen Augenblick seine Hand und wiederholte: »Ich freue mich, Ihre Bekanntschaft zu machen.«

Der Oberst paßte genau auf. Er hatte eine Theorie, wonach man eine Menge über einen Menschen erfahren konnte, wenn man nicht so sehr seinen Worten als vielmehr seiner Stimme lauschte. Er schlackerte geradezu mit seinen fetten, rosigen Ohren, als er Josephs irischen Dialekt identifizierte. Ungläubiges Staunen zeichnete sich auf seinen Zügen. Zehntausende Male hatte er diesen Akzent in seiner Heimatstadt Boston gehört. Er hörte ihn jeden Tag von seinen Männern. Er rümpfte angewidert die Nase, und der liebenswürdige Ausdruck auf seinem Gesicht erstarrte.

»Sie kommen aus Boston, Sir?« fragte er.

»Nein. Aus Titusville in Pennsylvanien.« Joseph kannte diesen Tonfall nur zu gut. Er kannte ihn von englischen Offizieren, die diesem hier ähnlich waren, und er wußte auch, was dahinter steckte. Mr. Montrose, stets zu Teufeleien aufgelegt, erläuterte: »Soviel ich weiß, kommt Mr. Francis ursprünglich aus Irland.«

»Dachte ich mir doch«, sagte der Oberst selbstzufrieden und mit so offensichtlicher Geringschätzung, daß Mr. Montroses für gewöhnlich ruhig-heitere, zurückhaltende Miene sich ein wenig verfinsterte. »Ich krieg sie immer gleich raus«, fügte der Oberst hinzu.

Worauf er Joseph den Rücken zukehrte, neuerlich auf Mr. Montrose einzureden begann und ihm erzählte, was es in der Stadt und auf dem Kriegsschauplatz Neues gab. »Es wird Sie gewiß freuen, zu erfahren, Sir«, sagte er dann mit Nachdruck und in gedehntem Ton, »daß wir hier in New York den irischen Aufstand endlich niedergeworfen haben. Wir konnten mit ihnen erst fertig werden, nachdem wir Befehl erhalten hatten, Aufrührer auf der Stelle zu erschießen. Kapitale Sache! Sie hätten sehen sollen, wie schnell sie sich mit eingezogenem Schwanz in ihre Löcher im Central Park verkrochen!«

Der Affront war so augenfällig, so beabsichtigt, daß Joseph blindlings mit geballten Fäusten auf den Oberst zusprang. Die Lust zu töten überkam ihn wie schon einmal, ein roter Nebel verschleierte seine Augen. Der Oberst besaß den Instinkt des Soldaten. Er wandte sich sofort um und sagte mit dem gewinnendsten und strahlendsten Lächeln: »Anwesende natürlich ausgenommen, Mr. Francis!«

Bebend vor Wut blieb Joseph stehen. Er richtete seinen Blick auf die spöttischen, höhnischen Augen des Offiziers und entgegnete: »Anwesende sind *nicht* ausgenommen, Sir, wenn ich behaupte, daß Soldaten Tiere sind und nicht Menschen. Sie haben keinen Verstand, sind unfähig, vernünftig zu denken, und schießen so automatisch wie irgendeine Pistole. Sie sind niemals Herren, immer nur Sklaven.«

»Gentlemen, Gentlemen«, versuchte Mr. Montrose zu beschwichtigen. »Ich bin überzeugt, daß keiner von Ihnen dem anderen nahetreten wollte. Sind wir nicht alle Leute von Stand? Sind wir nicht hierhergekommen, um ein Geschäft abzuschließen, und ist das Geschäft nicht wichtiger als Ärger und Mißverständnisse?« Er sah den Oberst scharf an, und sein Gesicht trug einen Ausdruck, wie Joseph ihn noch nicht kannte. »Ich sagte Ihnen schon, Sir, daß Mr. Healey Mr. Francis persönlich mit dieser Mission betraut hat und sehr — bestürzt wäre, wenn er erführe, daß die von ihm ausgewählte Person eine kränkende Behandlung erfährt. Das lag doch gewiß nicht in Ihrer Absicht, Herr Oberst?«

»Keineswegs!« rief der Gerügte. »Meine Bemerkungen bezogen sich ganz allgemein auf die kriminellen Elemente in unserer Stadt, und wenn ich einfließen ließ, daß es sich bei diesen um Iren handelt, ist das leider nur allzu wahr. Mr. Francis ist zu empfindlich. Ich bitte vielmals um Entschuldigung, Sir.«

Joseph hatte den Kopf gehoben. Wie Stricke spannten sich die Muskeln in seinem Gesicht, seine Nüstern bebten, seine tiefliegenden Augen glitzerten unter den rostbraunen Brauen, und seine blassen Lippen zuckten in aufgestauter Wut. Es entging Mr. Montrose auch nicht, daß der furchtlose, wilde Blick eines Mörders in den Augen des jungen Mannes loderte, und er sagte sich, ich habe mich nicht geirrt. Er ist gefährlich, aber wie meisterhaft versteht er es, sich zu beherrschen!

Sehr vernehmlich ließ Joseph die Luft aus seiner Lunge entweichen. Er wandte sich ab, ging auf einen Stuhl neben dem großen Mitteltisch zu und setzte sich. Er sah nur Mr. Montrose an, der ihm unmerklich zunickte. Ohne von dem Offizier, der schon ein bißchen erschrocken war, Notiz zu nehmen, fragte er Mr. Montrose: »Was hat die Iren veranlaßt, Sir, hier in New York einen Aufruhr anzuzetteln?«

»Ich denke, daß sie einfach nicht den Wunsch verspürten, in diesem Krieg mitzukämpfen«, antwortete Mr. Montrose. »Vielleicht haben sie in ihrer Heimat schon genug von den Schrecken des Krieges gesehen. Und dann — sie sind hungrig. Sie hausen in elenden Löchern weit draußen vor der Stadt, im Central Park, und sind für ihren kärglichen Unterhalt auf die Mildtätigkeit und das Erbarmen der Bauern angewiesen, die sie mit dem Allernötigsten versorgen. Sie haben es sehr schwer, sich ihr Leben zu verdienen, obwohl die Munitionsfabriken über den Mangel an Arbeitskräften klagen. Aber niemand will sie einstellen. Für einen stolzen und verzweifelten Mann, der keine Arbeit finden kann, ist es entsetzlich, zusehen zu müssen, wie seine Eltern oder seine Frau oder seine Kinder hungern oder sich ihr Brot auf den Straßen erbetteln müssen. Das, Mr. Francis, ist die Lage der Iren in New York und anderen Städten in diesem Jahr des Heils 1863, und wenn es dafür, außer Fanatismus und Bigotterie, eine einleuchtende Erklärung gibt — ich kenne keine.«

Joseph warf einen flüchtigen Seitenblick auf den Oberst und sagte dann, mit betont ruhiger Stimme: »Vielleicht ist ihnen dieses Land nicht so viel wert, daß sie dafür kämpfen wollen. Wenn es so wäre, ich könnte es ihnen nicht verdenken.«

Die Hand des Obersten flog an seinen Säbel. Joseph sah es. Er war es, der nun spöttisch die Lippen kräuselte. Aber er blickte immer noch zu Mr. Montrose hinüber, so als ob er seinen Kommentar erwartete. Mr. Montrose zuckte die Achseln. »Nur Dummköpfe lassen sich von Kriegen betören. Kluge Leute profitieren daran — und erfinden sie nötigenfalls. Habe ich nicht recht, Herr Oberst? Haben Sie das nicht selbst gesagt?«

Dem Oberst war vor Zorn das Blut ins Gesicht geschossen. »Ich finde nichts Anstößiges daran, aus diesem oder jenem ein wenig Gewinn zu ziehen.«

»Jetzt verstehen wir uns!« rief Mr. Montrose in einem Ton fühlbarer und beglückter Erleichterung. »Alles andere war ein Mißverständnis. Wir sind hier, um Geld zu verdienen, wir drei, denn wir sind praktische Leute. Wir haben diesen Krieg nicht erfunden, auch Sie nicht, Herr Oberst. Wir sind — äh — die Opfer von Umständen, auf die wir keinen Einfluß haben. Keiner von uns liebt Mr. Lincoln und seinen Krieg. Man braucht weder blind noch taub zu sein, um patriotische Gefühle zu hegen. Es könnte doch sein, daß wir — äh — umfassendere Pläne für unser Land haben. Für die Zeit nach dem Krieg. Wollen wir uns nicht an den Tisch setzen, Herr Oberst? Ich habe Whisky hier und Wein.«

Er zog ein großes Silbertablett mit mehreren Flaschen heran. Wohlwollen und Kameradschaft um sich verbreitend, folgte Braithwaite sogleich der freundlichen Einladung und berührte Joseph sogar leicht an der Schulter, als er sich setzte. Joseph bewegte sich nicht. Er wünschte sich sehnlichst, das Zimmer verlassen zu können, wußte aber auch, daß der Gedanke absurd und kindisch war, und schämte sich vor sich selber. Der Oberst diente einem bestimmten Zweck, Mr. Montrose und er dienten einem bestimmten Zweck, und mädchenhafte Empörung über eine Verletzung des Anstands war hier fehl am Platz. Doch das quälende, mörderische Pochen in seinem Herzen hielt an, und der bittere Haß gegen diesen Soldaten, der stellvertretend für alle englischen Soldaten, die je seinen Weg gekreuzt hatten, mit ihm an einem Tisch saß, trieb ihm den Schweiß aus allen Poren.

Der Oberst rühmte die Qualität des Whiskys und ließ sich von Mr. Montrose ein zweites Glas einschenken. Er lehnte sich in seinen Sessel zurück und öffnete seinen engen blauen Kragen. Er spreizte seine kurzen dicken Beine. Er war ganz der gute Kerl und patente Junge. Er bezog den schweigsamen Joseph in sein ungekünsteltes Geplapper ein und lachte fast ununterbrochen. Mr. Montrose hörte lächelnd zu. Er hielt die Ledertasche auf den Knien, die er Joseph im Zug gezeigt hatte. Er trank langsam und genießerisch. Joseph nippte an seinem Glas; er wußte, daß eine Weigerung neuerlich den Spott des Obersten herausfordern würde, und fürchtete seine eigene Reaktion auf diesen Spott. Die Hitze im Zimmer nahm zu. Das Sonnenlicht strahlte von allen Wänden zurück, und Lärm, Gebrüll und Gepolter unten auf der Straße machten sich immer unangenehmer bemerkbar.

Mr. Montroses Stimme wurde leiser und vertraulich. »Sie haben«, wandte er sich an den Oberst, »ausgezeichnete Arbeit für Mr. Healey geleistet, als wir gewisse — lebensnotwendige — Waren nach einem bestimmten Hafen verschifften. Wir hatten keinerlei Schwierigkeiten. Dafür ist Ihnen Mr. Healey besonders dankbar — und bereit, sich noch großzügiger zu erweisen. Ich bin beauftragt, Ihnen seine besten Empfehlungen zu übermitteln, Herr Oberst.«

Der Oberst lächelte geschmeichelt. »Übermitteln Sie bitte Mr. Healey auch meine Komplimente und versichern Sie ihm, daß es mir ein Vergnügen war, ihm dienlich zu sein. Ich nehme an, daß es sich heute um eine ähnliche Ladung wie die bisherigen handelt. Sagten Sie, daß Mr. Healey bereit ist, noch großzügiger zu sein?« Ein Ausdruck erwartungsvoller Gier erschien auf seinem Gesicht.

»Mehr als großzügig«, erwiderte Mr. Montrose und trank ein Schlückchen. »Ich glaube nicht zu übertreiben, wenn ich behaupte, daß es Ihnen den Atem verschlagen wird, Sir.«

»Ah!« rief erfreut der Offizier und klatschte auf den Tisch. »Dann hat Mr. Healey also erkannt, welche Gefahren ich dabei auf mich nehme!«

Mr. Montrose zog die Brauen hoch. »War es denn so gefährlich, den Klipper *Isabel* im Hafen auszuklarieren? Schließlich und endlich sind *Sie* doch die Militärbehörde im Hafen von New York, nicht wahr?«

»Die *Isabel*«, antwortete der Oberst, und nun erschien eine leichte Falte auf seiner niedrigen, verschwitzten Stirn, »ist ein Handelsschiff, das zwischen New York und Boston verkehrt und, tagsüber oder nachts, mit der Flut nach einem dieser Häfen unter Segel geht. Wenn sie nun, wollen mal sagen, einen anderen Kurs steuert, bedarf es äußerster Diskretion und gewisser — Vergütungen, um den Patrouillenschiffen auszuweichen. Das alles ist nicht ungefährlich.«

»Aber über den Aktionsradius der Patrouillenschiffe hinaus — die von der Annahme ausgehen, daß die *Isabel* nach Boston oder einem anderen Unionshafen unterwegs ist — besteht doch kaum noch eine Überwachung, oder?«

Wieder klatschte der Oberst kräftig auf den Tisch. »Das wissen Sie wahrscheinlich noch nicht. Die Kontrollen wurden erheblich verschärft und werden jetzt vierundzwanzig Stunden im Tag auch noch in großer Entfernung von der Küste ausgeübt. Sie sind nicht die einzigen, die im — Handel tätig sind, Mr. Montrose. Und wiederholte Kursänderungen geben zu Untersuchungen Anlaß. Seit kurzem werden die Schiffspapiere im Heimathafen genau geprüft.

Und dann gibt es vielleicht noch etwas, das Sie nicht wissen. Britische Schiffe, die mehr oder minder legal aus diesem Hafen auslaufen, werden von Patrouillenschiffen des russischen Zaren beobachtet, der um jeden Preis verhindern möchte, daß die Briten den Konföderierten Hilfe leisten.«

»Die Russen haben es doch nicht gewagt, britische Seefahrzeuge anzuhalten?«

»Nein. Das wagen sie nicht. Die britischen Schiffe besitzen einen höchst beachtlichen — Schutz. Es sind sehr tapfere Seeleute, die Briten, und ich bin stolz, ihrer Rasse anzugehören.« Er streifte Joseph mit einem Blick aus den Augenwinkeln.

»Die Briten, Herr Oberst«, warf Joseph in brüskem, scharfem Ton ein, »bestehen aus den keltischen Rassen, den Iren, Schotten und Walisern, die eigentlich eine einzige Rasse darstellen. Die Engländer hingegen sind keine Briten. Sie sind nur Angelsachsen, die von ihren Herren, den Normannen, als Sklaven nach England gebracht wurden. Haben sie nun endlich doch«, fragte er in der gleichen ungekünstelten Manier, wie der Oberst sie pflegte, »das Stigma ihrer Vergangenheit als Sklaven durch tadellosen Lebenswandel in Vergessenheit geraten lassen?«

Das Gesicht des Obersten lief purpurrot an. Joseph lächelte.

»Dann besteht ja Hoffnung«, fuhr er fort, »daß auch der Neger das Stigma seiner Vergangenheit als Sklave überwinden und abbüßen kann. Er braucht ja schließlich nur an die Engländer zu denken, die auch einmal Sklaven waren. Und was sie alles vollbracht haben, sobald sie einmal frei waren! Das Verdienst der katholischen Kirche, Sir!«

Touché, dachte Mr. Montrose mit heimlichem Ergötzen.

Aber Joseph hatte noch einen Pfeil im Köcher: »Darf ich annehmen, Sir, daß Sie meine keltischen Brüder meinen, wenn Sie von den ›Briten‹ sprechen? Und nicht von den früheren Leibeigenen und Sklaven Ihrer deutschen Majestät, Königin Victoria?«

»Aber, aber«, mischte sich nun Mr. Montrose mit honigsüßem Lächeln ein, »wir wollen uns doch jetzt nicht auf eine Diskussion über den Ursprung der Rassen einlassen, nicht wahr, meine Herren? Ich habe gelesen, daß die überwiegende Mehrheit der Menschen von Anfang an Sklaven einiger weniger Herren waren.« Er warf Joseph einen rätselhaften Blick zu.

»Es gibt nichts, was mir mehr zuwider ist«, bekundete der Oberst verdrießlich, »als über Unerheblichkeiten zu diskutieren —«

»— wo es um Geschäfte geht«, beendete Mr. Montrose den Satz. »Fahren wir also fort.« Er bemerkte, daß der Oberst zornig und brummig war. »Wir sprachen, glaube ich, von den möglichen — äh — Unstimmigkeiten zwischen Russen und Engländern.«

»Die Russen«, ließ sich der Offizier vernehmen, »berichten seit einiger Zeit über angeblich verdächtige Kurse, die von britischen Schiffen gesteuert werden, die regelmäßig zwischen Unionshäfen verkehren und sich dabei zweifellos völlig korrekt verhalten. Dies hat zu der empörenden Konfiskation britischer Seefahrzeuge durch die Bundesregierung und im weiteren Verlauf zu einem recht hitzigen Notenwechsel auf Diplomatenebene geführt. Die Russen wollen damit nur die Briten in Verlegenheit bringen, denn eines Tages werden sie ihnen ihr Weltreich streitig machen.«

»Wie wir auch«, bemerkte Mr. Montrose. »Das ist bei Weltreichen unvermeidlich. Aber nun zur Sache. Wann kann die *Isabel* morgen die Anker lichten?«

»Um Mitternacht«, antwortete der Oberst, der immer noch ein verdrießliches Gesicht machte. »Die übliche Ladung, nehme ich an?«

Mr. Montrose lehnte sich in seinen Sessel zurück und betrachtete den Rauch aus seinem Stumpen. »Wir werden mehr Leute brauchen. Wir haben sechzig sehr große Kisten und etwa zweihundert kleinere. Sehr schwere Kisten.«

Der Oberst stieß einen Pfiff aus und sah Mr. Montrose mit zusammengekniffenen Augen an. Mr. Montrose lächelte. »Das ist ein erster Versuch. Wenn er erfolgreich ist, werden größere Transporte folgen — und größere Gewinne für Sie, Herr Oberst.«

Braithwaite füllte sein Glas nach. Er wirbelte den golden schimmernden Inhalt herum und betrachtete die Flüssigkeit. »An dieser Sache sind bedeutendere Persönlichkeiten, als ich es bin, beteiligt, Sir. Ich weiß nicht, ob ihnen das gefallen wird.«

»Ich bin von der Existenz dieser bedeutenden Persönlichkeiten unterrichtet«, sagte Mr. Montrose. »Nichtsdestotrotz sind wir diesmal von — Barbour & Bouchard mit der Durchführung betraut worden.«

Der Oberst starrte ihn an. »Aber Barbour & Bouchard haben doch seit Kriegsbeginn schon weit größere Ladungen — spediert.«

»Richtig. Aber sie steigern ihren Umsatz. Soviel ich weiß, sind einige ihrer Transporte beschlagnahmt worden — in aller Stille. Sie sind nie gerichtlich belangt worden. Sie machen weiter.« Er machte eine Pause. »Barbour & Bouchard sind ein sehr mächtiges Unternehmen, Herr Oberst. Sie haben mehrere Senatoren in der Tasche. Dennoch müssen sie mit Umsicht operieren. Die Familien unserer Soldaten dürfen nicht vor den Kopf gestoßen werden. Und so unglaublich es klingt, es gibt immer noch unbestechliche Senatoren, Abgeordnete und andere Politiker. Scheinbar sind die anderen Frächter von Barbour & Bouchard ein bißchen zu sorglos gewesen. Also ist man an uns herangetreten.«

Der Oberst glotzte respektvoll, ehrfürchtig. »Sie«, flüsterte er, »Sie und Barbour & Bouchard.«

»Wir wollen nicht mehr so leichtsinnig und taktlos sein, diese Namen zu nennen«, wies Mr. Montrose ihn zurecht. »Sind wir uns also einig? Werden wir morgen nacht genügend Verlader haben?«

»Ich habe das — so etwas — bis jetzt noch nie ausklariert«, stammelte der Offizier.

»Es wird Zeit, daß Sie sich Ihrer Position bewußt werden und sich in gewinnbringendere Transaktionen einschalten. Sie werden sich in der guten Gesellschaft sehr mächtiger Männer befinden, die schon eine Vielzahl von Schiffen, auch hier in New York, ausklariert haben.«

»Wie sind die Kisten markiert?«

»Maschinenteile für Boston und Philadelphia und verschiedene andere Häfen. Barbour & Bouchard figurieren als Hersteller.«

Er schrieb schnell etwas auf ein Stück Papier. »Der Pier«, sagte er. Der Oberst las den Zettel, und Mr. Montrose verbrannte ihn. »Sie sehen, daß es diesmal ein anderer Pier ist, Sir.«

Der Oberst schwieg und starrte zur Decke. Er schien eingeschrumpft zu sein. »*Ich* besorge das Ausklarieren in diesem Hafen«, murmelte er schließlich. »Ist es möglich, daß — andere — ohne mein Wissen ausklariert haben?«

»Gewiß«, antwortete Mr. Montrose. »Letzten Endes gibt es ja viele ehrenwerte Herren mit bedeutenden Investitionen in Washington. Sie sind auf dem besten Wege, in ihren Klub einzutreten.«

»Mr. Healey hat einen Senator in der Tasche?«

»Zwei. Und mehrere Abgeordnete.« Mr. Montrose lächelte dem Oberst gütig zu.

»Wer solche Konterbande ausklariert, kommt vor ein Hinrichtungspeloton.«

»Wenn er erwischt wird. Ein intelligenter Mann wird selten, wenn überhaupt je, erwischt. Ich bin Mr. Montrose aus Titusville, und das ist Mr. Francis, ebenfalls aus Titusville. Andere Namen dürfen unter keinen Umständen genannt werden. Sind wir uns also einig? Es werden genügend Leute da sein, um die Kisten zu verladen, und die *Isabel* segelt morgen um Mitternacht, voll ausklariert. Es ist nicht Aufgabe der Militärbehörde, jede einzelne Kiste zu öffnen und zu inspizieren. Die Kiste Nummer einunddreißig enthält ausschließlich Bestandteile einer Werkzeugmaschine. Alle Kisten sind mit dem Namen der genannten, sehr angesehenen Firma markiert. Kurzum, dieser Transport ist sicherer, als wenn es sich bloß um Nahrungsmittel, Kleidung und andere lebensnotwendige Güter handeln würde. Und die Bezahlung ist weit höher.«

Der Oberst setzte eine ernste und sogar rechtschaffene Miene auf. »Unschuldige Frauen und Kinder mit Nahrungsmitteln und Bekleidung zu versorgen ist *eine* Sache, aber Waffenschmuggel —«

Mr. Montrose hob warnend die Hand. »Die Bezahlung, sagte ich, ist weit höher.«

Angewidert starrte Joseph den Oberst an.

»Um wieviel höher?« fragte Braithwaite mit unverhüllter Habgier.

»Zweimal soviel.«

»Das ist nicht genug.«

Mr. Montrose zuckte die Achseln. Er stellte die Tasche auf den Tisch und öffnete sie. Sie war vollgestopft mit Banknoten von hohem Nennwert. Der Oberst beugte sich darüber. In seinem Gesicht spiegelten sich nackte Gier und Entzücken und sogar so etwas wie demütige Verehrung. Langsam holte Mr. Montrose die Hälfte der mit einer farbigen Schnur zusammengehaltenen Päckchen aus der Tasche und legte sie auf den Tisch. »Zählen Sie«, sagte er.

Es herrschte Stille im Raum, während der Offizier die Banknoten zählte. Seine Finger liebkosten sie; nur widerstrebend ließ er die Papiere aus der Hand. Sein harter Mund zuckte, wie von geschlechtlicher Leidenschaft gepackt. Seine Finger begannen zu zittern. Mr. Montrose lächelte, als er das letzte Päckchen auf den Tisch legte.

»Die zweite Hälfte erhalten Sie, sobald die *Isabel* wohlbehalten zurückgekehrt ist. Nehmen Sie das jetzt mit, Sir. Ich habe noch eine zweite Tasche, die ich Ihnen mit Vergnügen zur Verfügung stelle.«

Er brachte eine andere, leere Tasche aus seinem Schlafzimmer, und der Oberst beobachtete ihn genau, wie er das Geld hineinlegte, sie dann verschloß und sie ihm hinschob. Langsam hob der Offizier seine Hände und ließ sie dann so zärtlich auf der Tasche ruhen, als ob es die Brüste einer geliebten Frau wären. »Ich bin zufrieden«, krächzte er mit heiserer Stimme. Er warf einen Blick auf die erste Tasche mit der anderen Hälfte des Geldes. Seine Augen traten hervor. Er fuhr sich mit der Zunge über die Lippen.

»Die zusätzlichen Verlader werden von uns bezahlt«, sagte Mr. Montrose. »Es ist also diesmal nicht nötig, daß Sie oder einer Ihrer Agenten sie entlohnt. Damit ist eine weitere Sicherung für Sie gegeben. So verbleibt Ihnen also der ganze Profit.«

»Ich bin zufrieden«, wiederholte der Offizier. Dicke Schweißtropfen standen auf seiner Stirn.

Mr. Montrose verschloß die andere Tasche. »Wir hoffen, es wird nicht das letzte Mal sein, daß wir Sie zufriedenstellen, Sir.«

Nur Joseph bemerkte ein winziges Flackern in Braithwaites Augen, und es gab ihm zu denken. »Das hoffe ich auch!« rief der Oberst überschäumend. Er wartete nicht, bis Mr. Montrose ihm nachschenkte. Er füllte selbst sein Glas und leerte es mit einem Zug. Fiebrige Röte flog über sein Gesicht.

»Wir treffen uns hier wieder in acht Tagen«, sagte Mr. Montrose. Er trank ein kleines Glas Wein. »Ich würde Ihnen raten, schnellstens Ihr Appartement aufzusuchen. Es wäre unvernünftig, noch länger hier zu bleiben.«

Der Oberst stand auf, grüßte militärisch und lachte ein wenig ausgelassen. Mr. Montrose öffnete die Tür, steckte den Kopf hinaus und blickte vorsichtig den Gang hinauf und hinunter. »Jetzt!« sagte er. Der Oberst griff hastig nach seiner Tasche und lief aus dem Zimmer. Mr. Montrose schloß die Tür hinter ihm und wandte sich Joseph zu.

»Nun, was halten Sie von unserem ungestümen Soldaten?«

»Ich vertraue ihm nicht. Wenn es möglich wäre, würde ich ihn überwachen lassen.«

Mr. Montrose zog die Brauen hoch. »Wir vertrauen ihm jetzt seit fast drei Jahren, und er hat uns nie Anlaß zu Bedenken gegeben.« Er schlürfte seinen Wein und sah Joseph über den Rand des Glases hinweg an. »Sprechen Sie nicht vielleicht nur aus persönlicher Abneigung, Mr. Francis?«

Joseph überlegte. Er rieb sich mit dem Zeigefinger die Stirn. »Ich glaube nicht«, antwortete er nach einer kleinen Weile. »Ich habe mich in meinen Entscheidungen, was Geschäfte betrifft, nie von persönlichen Gefühlen leiten lassen. Es ist nur — vielleicht sollte ich sagen Intuition. Sie mögen lächeln, Mr. Montrose.«

Doch Mr. Montrose lächelte nicht. Im Gegenteil. »Ich habe großes

Verständnis für Intuitionen. Dennoch müssen wir logisch denken. Der Oberst war uns bisher sehr nützlich. Es gibt keinen vernünftigen Grund, anzunehmen, daß er uns nicht auch in Zukunft nützlich sein wird.« Er sah Joseph fragend an und sagte, als Joseph stumm blieb: »Wir haben keine andere Wahl. Und keine Zeit. Außerdem personifiziert der Oberst die Militärbehörde des New Yorker Hafens. Was würden Sie tun, wenn Sie hier das Kommando hätten, Mr. Francis?«

»Ich würde die *Isabel* von ihm ausklarieren lassen, aber nicht unter Segel gehen. Ich würde ein paar Tage warten — und ihn im Glauben lassen, daß wir abgefahren sind. Dann erst würde ich die Anker lichten.«

»Aber er hat doch seine Informanten. Nein, nein. Warum sollte er sich selbst künftiger Gewinne berauben? Er würde sich doch nur ins eigene Fleisch schneiden. Ich bin ganz sicher, wir sind nicht die einzigen, die sich seiner bedienen. Ein falscher Schritt, und er würde von niemandem mehr Geld bekommen. So etwas bleibt nicht verborgen.«

»Ich weiß. Es ist nur so ein Gefühl.«

Mr. Montrose musterte den jungen Mann schweigend. Dann ging er in sein Zimmer und kam mit einer zweiten Pistole und einem zweiten Schächtelchen Patronen zurück. Er legte alles auf den Tisch und schob es Joseph hin. »Laden Sie die Pistole«, wies er ihn an. »Die ist für Sie. Wie ich schon sagte: ich unterschätze Intuitionen nicht, wenn ich auch zugeben muß, daß ich jetzt keine habe. *Wenn* ich welche habe, kann ich mich immer auf sie verlassen. Nichtsdestoweniger glaube ich, daß Sie sich mit diesem zusätzlichen Schutz sicherer fühlen werden.«

»Gewiß«, erwiderte Joseph. Er lud die Pistole mit geübter Hand. »Ein abscheulicher Kerl«, sagte er. »Ein Heuchler. Ich habe Heuchlern nie vertraut.« Ein dünnes Lächeln erhellte seine Züge. »In seiner Art ist auch Mr. Healey ein Heuchler, aber er erwartet nicht, daß man seine Heuchelei ernst nimmt.«

»Jawohl«, bestätigte Mr. Montrose. »Er macht sich einen Spaß daraus. Beachtlich, daß Sie das erkannt haben.«

Es war nicht das Kompliment, das Joseph nun abermals eine Regung des Zutrauens zu Montrose empfinden ließ. Daß er sich zu diesem Mann hingezogen fühlte, erstaunte ihn derart, daß er, die Hand auf der Patronenschachtel, grübelnd stehen blieb. Als er dann plötzlich den Blick hob, sah er, daß Mr. Montrose ihn mit der gleichen unerklärlichen Zuneigung betrachtete wie schon zuvor. Aber Mr. Montrose sagte nur: »Sie haben Virginia nie gesehen. Es ist ein wunderschönes Land.« Er hob sein Weinglas und hielt es gegen das Licht. »Besonders in dieser Jahreszeit. Die Johannisbrotbäume und die Azaleen stehen in Blüte. Hecken und Felder sind voller Blumen. Die Wege laden zum Wandern ein. Die Pferde kommen aus ihren Koppeln, und die Füllen rennen miteinander um die Wette.« Er sprach mit ruhiger, gleichgültiger Stimme. »Leider werden wir das alles nicht sehen können.«

»Aber haben *Sie* es gesehen?«

Mr. Montrose blieb die Antwort schuldig. Er blickte vor sich hin, als ob er mit seinen Gedanken weit fort wäre. »Ich würde Ihnen gern Virginia zeigen«, sagte er dann mit der gleichen teilnahmslosen Stimme.

Wieder war Joseph überrascht. Was konnte Mr. Montrose daran gelegen sein, ihm überhaupt etwas zu zeigen? Mit seinen langen Fingern begann Joseph auf den sanft schimmernden Tisch zu trommeln. Er starrte auf die jungfräulichen Narzissen und mußte plötzlich an seine Schwester denken. Er streckte die Hand aus und berührte ein zartes Blütenblatt.

Und mit jähem Entsetzen hörte Joseph sich sagen: »Ich weiß, es ist nicht üblich, daß wir uns unsere Namen nennen. Aber ich möchte gerne, daß Sie meinen kennen.«

»Das ist nicht nötig«, erwiderte Mr. Montrose. Er stand auf und ging mit seiner Tasche ins Schlafzimmer. Auf der Schwelle warf er einen Blick zurück und lächelte Joseph zu wie ein älterer Bruder oder ein sehr junger Vater, und ein verwirrendes Gefühl kameradschaftlicher Gleichgestimmtheit und Seelenverwandtschaft schoß zwischen den zwei Männern auf. Aber für Joseph bestand auch in diesem Augenblick nicht der geringste Zweifel, daß Mr. Montrose gnadenlos und ohne jedes Bedauern mit ihm abrechnen würde, wenn er eine unverzeihliche Dummheit beginge.

»Heute abend«, unterrichtete Mr. Montrose seinen Schützling, »sind wir feine Herren, die ihre Geschäfte in New York zur allgemeinen Zufriedenheit abgeschlossen haben. Wir werden daher im Speisesaal dieses Hotels standesgemäß dinieren und uns anschließend in die Musikakademie begeben, um dort einem Chopinkonzert beizuwohnen. Ein bedeutender Komponist und seit kurzem sehr beliebt. Ich hoffe, Sie hören Chopin gern?«

»Außer irischen Balladen habe ich noch nie in meinem Leben Musik gehört«, erwiderte Joseph. »Und den Chorgesang in der Messe. Und das Gedudel in Mr. Healeys Bordellen, was man ja wohl nicht als Musik bezeichnen kann.«

Mr. Montrose nickte zustimmend. »Dann erwartet Sie ein großes Vergnügen. Chopin findet bei jung und alt gleich viel Anklang. Ich schätze seine Musik sehr.« Er sah Joseph an. »Sie wissen natürlich, wer Chopin war?«

»Ich habe von ihm gelesen. Er ist 1849 im Alter von neununddreißig Jahren gestorben.«

»Ja. Schade, daß bewundernswerte und unentbehrliche Menschen so jung sterben.«

»Und die Halunken ein ehrwürdiges Alter erreichen.«

Mr. Montrose tat beleidigt. »Mein lieber Mr. Francis«, sagte er lächelnd, »die Halunken sind in dieser Welt ebenso unentbehrlich wie die guten Menschen. Wenn sie nicht Betriebsamkeit und Initiative in unser Dasein brächten, es wäre verdammt langweilig. Wir würden ohne ihre Erfindungsgabe verdummen. Sie bringen Farbe in unser Leben. Sie kurbeln uns an, pulvern uns auf. Sie haben Phantasie — was sich von den meisten Menschen nicht behaupten läßt. Ich bin noch keinem Mann von Rang, von Begabung und Geschmack begegnet, der nicht im Grunde seines Herzens ein sauberer Halunke gewesen wäre. Sie sind die wahren Romantiker, die Abenteurer, die Poeten. Im Himmel, fürchte ich, ist es nur darum so öde, weil Luzifer nicht mehr da ist. Ganz sicher hat er die lustigsten und frechsten Lieder zur Erbauung der Engel gesungen. Es heißt, er sei grämlich und trübsinnig. Ich persönlich glaube, daß er aus dem Lachen gar nicht herauskommt. Denn er weiß — und alle Halunken wissen es —, daß die Welt eine absurde Schöpfung ist.«

Das war für Joseph ein neuer Gedanke. Aber ich, sagte er sich, ich kann nicht lachen. Ich finde die Welt nicht absurd. Ich finde sie schrecklich. »Ich habe Erfahrungen gemacht«, widersprach er, »die ich nicht als absurd ansehen kann.« Seine Stimme war kalt und abwehrend.

Mr. Montrose schien zerstreut, mit anderen Gedanken beschäftigt. Dann sagte er: »Wer hat sie nicht gemacht? Es ist ein großer Fehler, zu glauben, daß die eigenen Erfahrungen etwas Einzigartiges sind und nicht auch schon von anderen gemacht wurden. Das ist die gefährlichste Täuschung, der sich junge Leute hingeben können.«

Ich akzeptiere nicht immer, was er sagt, dachte Joseph, aber es hat in meinem ganzen Leben bis jetzt noch nie einen Menschen gegeben, der so zu mir gesprochen hat und mit dem ich so sprechen konnte. Und jetzt verstand Joseph das Motiv für die seltsame Zuneigung, die er für Mr. Montrose empfand, für die widerstrebende Sympathie, das sonderbar tastende Zutrauen. Und er wußte jetzt auch, daß er seinen richtigen Namen nicht nur aus Angst vor Mr. Squibbs und seinen Schlägern geheimgehalten hatte. Er hatte ihn auch vor allen anderen verbergen wollen. Er begriff, daß es längst keinen Grund mehr gab, Mister Squibbs zu fürchten, und daß das Mißtrauen gegenüber anderen schon seit seiner frühesten Kindheit in ihm steckte. Er empfand kein Mißtrauen gegen Mr. Montrose, obwohl er sich keine falschen Vorstellungen von ihm machte, und auch das gab ihm zu denken.

»Immerhin«, bemerkte Mr. Montrose, so als ob Joseph seine Gedanken laut ausgesprochen hätte, »ist es ratsam, seine Erfahrungen für sich zu behalten. Wegen seiner Verschwiegenheit ist noch keiner gehängt oder auch nur ausgelacht worden.«

Der Speisesaal war mindestens so prunkvoll wie die Halle und schien noch größer im Glanz von Gold und Kristall, in der Pracht seiner Teppiche und Polstermöbel. Die steifen weißen Tischtücher schimmerten, die Gläser und das schwere Silbergeschirr funkelten. Es war Abend, und die Fröhlichkeit des Tages hatte sich zu noch lauterem und fiebrigerem Gelächter, zu noch lebhafterem, hitzigerem, schrillerem Geschrei und Geplapper gesteigert. Die gleiche leichte Musik kam hinter Wandschirmen hervor und unterstrich, ohne aufdringlich zu wirken, die ausgelassene Stimmung der Speisenden und ihre Freude am Krieg. Die Kellner waren wie englische Lakaien gekleidet. Sie trugen bepuderte Perücken, scharlachrote Jacken, mit aufblitzenden Messingknöpfen verzierte Kniehosen, gefältelte Hemden und weiße Seidenstrümpfe. Der Oberkellner, der Mr. Montrose erkannte, führte ihn und Joseph zu einem Tisch an der mit rosafarbenem Damast bespannten Wand, wo sie ungestört waren, aber doch den ganzen Saal überblicken konnten. Die Damen an den Tischen waren prächtig in Samt und Seide und Spitzen gekleidet, und ihre formvollendeten Schultern und Brüste schwangen sich wie Dresdner Porzellan aus ihren wogenden Reifröcken empor. Ihre in den verschiedensten Nuancen getönten Haare waren kunstvoll frisiert und fielen in langen Locken über ihre grazilen Rükken. Frische Blumen waren in ihre Frisuren geflochten, und Diamanten glitzerten an ihren Ohren. Blumen standen auch in Vasen und Schalen auf allen Tischen, und ihr sinnlicher Wohlgeruch, die Wolken von Parfüm, die beständig durch den Saal zogen, das süße Odeur von Reispuder und Kosmetika und der erregende Duft jungen Fleisches, fast betäubte das alles den in der großen Welt noch unerfahrenen Joseph, doch Mr. Montrose lehnte sich lässig in seinen roten Plüschstuhl zurück und verleibte sich alles mit dem genießerischen Lächeln des Kenners ein, während sein Blick von einem hübschen Gesicht zum anderen schweifte — überlegend, verwerfend, beifällig, bewundernd.

In die leise Musik, das Stimmengewirr und das dezente Klirren von Porzellan und Silber mischte sich ein dumpfes, rhythmisches Stampfen und ferner, aber beharrlicher Geigenklang, und dann, als dieser kurz aussetzte, hörte Joseph gedämpften Applaus. »Heute abend ist hier noch ein Offiziersball«, bemerkte Mr. Montrose. »Sie tanzen in dem Saal genau über uns. Illustre Militärs und etliche bekannte Persönlichkeiten sind aus Washington gekommen, um daran teilzunehmen. Es wird irgend etwas gefeiert.«

»Krieg ist wohl der gegebene Anlaß für Feste«, sagte Joseph.

»Aber, aber!« Mr. Montrose schüttelte nachsichtig den Kopf. »Was sollten sie denn Ihrer Meinung nach tun? Sich scheinheilig in dunklen Räumen verkriechen und sich jammernd und wehklagend kasteien, wo sie doch schon so viel Geld gemacht haben und immer noch machen?« Seine Miene war freundlich, aber undeutbar. »Schließlich wurde dieser Krieg 1857 in London von Bankiers geplant — alles ehrenhafte Männer, genauso ehrenhaft wie Caesars Mörder, frei nach Marc Anton, wenn ich mich recht erinnere. Mr. Lincoln hat erst letzte Woche vor dem Kongreß erklärt: ›Ich habe zwei große Widersacher — vor mir die

Konföderierten und im Rücken die Finanzmacht, und von diesen beiden ist der Feind im Rücken der weitaus gefährlichere.‹« Er brannte sich bedächtig einen Stumpen an, und Joseph beobachtete ihn mit seiner gewohnten Schärfe.

Gutgelaunt, in gleichgültigem Plauderton fuhr Mr. Montrose fort: »Man erwartet, daß die europäischen Bankiers und unser eigener Finanzadel vier Milliarden Dollar an diesem Krieg verdienen werden, und das ist immerhin eine ganz beachtliche Summe.«

»Wenn Mr. Lincoln das wirklich gesagt hat, und wenn er weiß, daß dieser Krieg von Männern vorbereitet und schließlich zustande gebracht wurde, die nur zu Geld und Macht kommen wollen, warum hat er sich dann darauf eingelassen?«

Mr. Montrose sah ihn spöttisch an. »Mein lieber Mr. Francis, nun mal Hand aufs Herz — was glauben Sie wohl, wer einen Staat in Wirklichkeit regiert? Die Politiker oder die Drahtzieher hinter den Kulissen, die die Staatsfinanzen zu ihrem eigenen Profit manipulieren? Mr. Lincoln ist ebenso hilflos wie Sie und ich. Der Ärmste kann seinem Volk nur Slogans auftischen, und Slogans sind offenbar das, was die Leute wollen. Ich habe noch nie von einer Nation gehört, die sich einem Krieg widersetzt hätte.

Morgen«, fügte er hinzu, »werden Sie ein paar von den Herren kennenlernen, die ich vorhin erwähnte. Überaus sympathische und tolerante Menschen, ohne die geringsten nationalistischen Vorurteile. Ihre Loyalität gilt einzig und allein ihren eigenen Kreisen und finanziellen Interessen, nicht aber irgendeinem Land. Meiner Meinung nach sind sie die einzigen wahren Kosmopoliten, und sie sind es auch, die uns regieren und über Leben und Tod entscheiden. Einige sind Freunde von Mr. Healey, aber er spricht nicht gern über sie oder das, was sie für ihn tun. Er lebt nicht gerade in bescheidenen Verhältnissen, das können Sie mir glauben. Ausschlaggebend ist für ihn nur, was Geld einbringt. Sie runzeln die Stirn? Finden Sie das so verwerflich?«

Joseph antwortete ein wenig schroff: »Ich habe nichts gegen jemand, der eine Menge Geld macht, noch gegen eine zu diesem Zweck geschlossene Gemeinschaft.«

Mr. Montrose lachte. »Warum schauen Sie dann so finster?«

Aber Joseph wußte nichts darauf zu erwidern, denn er konnte das tiefe, vage Unbehagen, das ihn ergriff, nicht in Worte fassen. »Geld«, meinte Mr. Montrose, »ist, wie schon die Bibel sagt, die Antwort auf alle Dinge. Lassen Sie es auch die Antwort auf Ihr Gewissen sein, Mr. Francis, denn ich fürchte, Sie haben eines.«

»Es gefällt mir nicht«, entgegnete Joseph mit ungewohnter Heftigkeit, »daß all die Leute hier in diesem Saal so fröhlich sind, während draußen Menschen sterben und das Land zerstört wird, damit sich eine kleine Clique daran mästen kann.«

»Aber Sie haben nichts dagegen, für Mr. Healey die Bücher zu führen, die Bücher seiner Bordelle — und anderer Unternehmungen.«

»Ich befürworte weder die Bordelle, noch bin ich in diese — anderen Unternehmungen verwickelt. Mr. Healeys Geschäfte gehen mich nichts an.«

»Genauso könnte man sagen, der Krieg geht diese Leute hier nichts an, solange dabei etwas für sie herausspringt.«

Joseph starrte schweigend auf das Tischtuch. Dann blickte er plötzlich auf und Mr. Montrose ins Gesicht, konnte aber in dessen Miene nichts lesen. Trotzdem errötete er.

»Angenommen«, sagte Mr. Montrose sanft, doch unbarmherzig, »Sie könnten selbst ein paar von diesen Bordellen führen. Würden Sie das etwa ablehnen?«

Joseph preßte seine blassen Lippen zu einem herben Strich zusammen, antwortete dann aber ohne zu zögern: »Nein.«

Mr. Montrose zuckte die Achseln. »Na bitte. Sie dürfen über andere nicht gleich den Stab brechen. Schließlich sind wir alle nur Sünder, nicht? Obzwar ich nicht glaube, daß Sie die Sünde lieben, Mr. Francis. Wahrscheinlich wäre es Ihnen lieber, wenn Sie auf dem Pfad der Tugend wandelnd ein Vermögen machen könnten. Was mich betrifft — ich nehme es da nicht so genau. Denn was ist Sünde letztlich? Gesunder Menschenverstand. Die Realität. Im Grunde genommen sogar die einzige Realität auf der Welt — alles andere ist ein grenzenloses Durcheinander von Verlogenheit und Scheinheiligkeit, von Sentimentalität und Heuchelei und Selbstbetrug. Ich nehme an, Sie sind inzwischen wohl selbst schon zu dieser Erkenntnis gelangt.«

»Ja«, sagte Joseph, und Mr. Montrose ahnte die seltsame Aufrichtigkeit, die seinem Charakter zugrunde lag. »Und ich halte noch immer daran fest. Trotzdem mißfallen mir die Mittel, die wir anwenden müssen, um zu Geld zu kommen. Ich würde es lieber auf — auf andere Weise verdienen.«

»Sehen Sie, und *ich* genieße die Methode um ihrer selbst willen. Ah, da kommt unsere Schildkrötensuppe. Wenn Sie gestatten, wähle ich den Wein.« Er betrachtete Joseph mit einem nachsichtigen Lächeln. »Wissen Sie, Sie haben etwas Kalvinistisches an sich, ja, etwas Puritanisches: Reichtum ist nicht zu verachten, und wenn man seine Skrupel überwinden muß, um die Finger in den Honigtopf zu stecken, dann sollte man es öffentlich anprangern und dafür Buße tun. Aber ich bitte Sie, mein Guter, schauen Sie mich doch nicht so mordlustig an. Lassen wir uns lieber unsere Suppe schmecken, und erfreuen wir uns an der Musik und den hübschen Damen. Und denken Sie daran — Heuchelei ist das größte Verbrechen der Menschheit, die Mutter aller Sünden. Ich bin überzeugt, es gibt niemand, der nicht — wissentlich oder unwissentlich — darin schwelgt. Wir müssen uns als das erkennen, was wir sind.

Darin liegt das Geheimnis eines gesunden Körpers und einer gesunden Seele.«

Er ergriff einen schweren silbernen Löffel und fügte hinzu: »Man darf die Heuchelei nicht kompromißlos verurteilen. Ohne sie hätten wir weder eine Zivilisation, noch könnten die Menschen auch nur eine Stunde miteinander leben, ohne sich gegenseitig umzubringen. Man könnte sie auch Höflichkeit und Toleranz und Rücksichtnahme nennen oder Selbstdisziplin und Beherrschung. Ich gehe sogar so weit, zu behaupten, wir hätten ohne sie weder Kirche noch Religion.«

Josephs Unbehagen stieg, denn er erkannte hier einen zynischen Sophismus, dem er nicht zu begegnen wußte, ohne wie ein kindischer Narr zu erscheinen. Außerdem hegte er den Verdacht, daß sich Mr. Montrose, wenn auch nicht mit böser Absicht, auf seine Kosten amüsierte. Joseph kostete die Suppe, eine grünlichbraune Brühe mit kleinen Stückchen Schildkrötenfleisch. Ihr Geschmack bereitete ihm leichte Übelkeit. Er blickte scheinbar interessiert einigen Damen nach, die soeben in Begleitung von ein paar schneidigen Herren und Offizieren ausgelassen scherzend vorübergingen, und Mr. Montrose schüttelte wie in leiser Mißbilligung lächelnd den Kopf.

Joseph sah es aus den Augenwinkeln und war über sich selbst beschämt. Warum ging ihm nur plötzlich dieser Krieg auf so beunruhigende Weise nahe, ihm, der sich doch schon seit langem von der Welt und den Problemen seiner Mitbürger abgewandt hatte? Der Krieg dauerte immerhin bereits einige Jahre und hatte ihn nie im geringsten berührt. Er hatte bisher keinen einzigen Gedanken daran verschwendet, weil er sich nur dann um die Menschen kümmerte, wenn es um seinen persönlichen Vorteil ging. Nur so konnte er verhindern, unter die Räder zu kommen wie so viele andere, nur so konnte er sich gegen Unrecht und Schaden abschirmen, gegen den Wahnsinn unkontrollierter Gefühle und die Demütigungen und Niederlagen, die solche Emotionen unweigerlich nach sich zogen. Die Gleichgültigkeit seiner Umwelt gegenüber war sein kostbarstes Gut, seine stärkste Waffe gewesen.

Er bemühte sich ärgerlich, seine neue Empfindsamkeit zu ergründen, als ihm mit einemmal die Erkenntnis kam. Sie traf ihn mit voller Wucht — wie ein brutaler Schlag. Am Abteilfenster eines Lazarettzuges hatte er eine fremde junge Frau gesehen, die sich — blutbefleckt und erschöpft — der Verwundeten annahm, und er hatte sie nicht nur wegen ihrer Schönheit bewundert, sondern auch wegen ihrer Selbstlosigkeit, ihrer Opferbereitschaft. Eine Saite, die er bei sich nie vermutet hätte, war heftig in ihm angeklungen. Ich habe versucht, sie zu vergessen, dachte er, aber ich kann es nicht. Ich verstehe nicht, warum ich ihr Bild noch vor Augen habe, und noch viel weniger, warum mich das, was sie tat, auch nur im leisesten berühren sollte. Sie hat mich gezwungen, mir einer Welt bewußt zu werden, die ich verachte und ablehne, und dafür müßte ich sie hassen.

Er legte den Löffel nieder und bemerkte dabei ein winzig klein zusammengefaltetes Stückchen weißes Papier, das dicht neben dem Teller von Mr. Montrose lag. Joseph überlegte verwundert, wie es so plötzlich hierherkam, als Mr. Montrose seinen Blick auffing und sofort danach griff. Er öffnete es und las. Dann reichte er es Joseph und meinte gelassen: »Es scheint, man hat unsere Pläne geändert. Wir können das Konzert leider nicht zu Ende hören, und das paßt mir nicht, denn eines meiner wichtigsten Gebote heißt: um keinen Preis auffallen.«

Joseph überflog die wenigen Worte: »Umdisponiert — statt morgen heute um Mitternacht.« Mr. Montrose nahm den Zettel mit einer geschickten Bewegung wieder an sich, steckte ihn mit seinem Stumpen in Brand und zerdrückte sorgfältig die verkohlten Reste im Aschenbecher zu Staub. Auf Josephs stumme Frage sagte er: »Wir kümmern uns nie darum, wie uns eine Nachricht übermittelt wird. Das mag Ihnen melodramatisch vorkommen, aber das Melodrama ist etwas ganz Natürliches im Leben, auch wenn es die Realisten noch so sehr beklagen.«

Er seufzte. »Nun muß ich unseren Bankiersfreunden heute abend Bescheid hinterlassen, daß ich die Verzögerung um ein paar Tage sehr bedaure. Zu dumm! Vielleicht halten Sie meine Vorsicht für übertrieben, aber Verzögerungen können unter Umständen gefährlich sein. Wir müssen unbedingt in das Konzert gehen, denn die Karten lauten auf meinen Namen und sind für die gewohnten Plätze bestellt. Unsere Abwesenheit würde sicher auffallen und Anlaß zu Gerede geben. Ich schlage vor, daß wir uns dort nicht kennen. Ich breche dann ein paar Minuten vor Ihnen auf und erwarte Sie draußen.« Er schenkte den Wein ein, der in diesem Moment an den Tisch gebracht wurde, und probierte. »Hervorragend. Ein erstklassiger Rosé.«

Joseph wußte, daß er keine Fragen mehr stellen durfte. Er betrachtete die Wildente mit der exotischen Sauce, die man ihm serviert hatte, und griff nach Messer und Gabel. Das Fleisch war zu pikant für seinen asketischen Geschmack und die Sauce widerlich. Aber eingedenk seiner Hungerjahre hatte er sich schon vor langer Zeit angewöhnt, nichts Eßbares zu verschmähen, und deshalb überwand er seinen Ekel und zwang sich auch, von dem Wein zu trinken. Das hysterisch heitere Geplauder und Gelächter rund um ihn war von einer unerträglichen Aufdringlichkeit, und wieder befiel ihn ganz plötzlich seine tiefe irische Melancholie, eine unerklärliche Schwermut, die sich mit der fernen Musik aus dem Ballsaal noch verstärkte. Schließlich sagte er in dem Bestreben, sie abzuschütteln, und weil ihn schon den ganzen Abend etwas bedrückte: »Der Oberst, Mr. Montrose. Sie haben ihm doch erklärt, Mr. Healey hätte mich ausgesucht und ihm damit zu verstehen gegeben, er solle mich mit entsprechender Achtung behandeln. Und trotzdem hat er mich bei unserer kürzlichen Begegnung beleidigt und damit auch Mr. Healey. Sehen Sie darin nicht auch eine Geringschätzung unseres Auftraggebers, wie sie bisher noch nie vorgekommen ist?«

Mr. Montrose trank und musterte Joseph nachdenklich über den Rand seines Glases. Dann stellte er es nieder. »Sehr scharfsinnig. Und was folgern Sie daraus?«

»Daß er beabsichtigt, uns zu verraten, wie ich schon einmal sagte.«

Joseph sah überrascht, wie sich in den Augen von Mr. Montrose bei dem Gedanken an drohende Gefahr ein heller Funke entzündete, und sagte sich im stillen, er selbst könnte, ungeachtet der Tatsache, daß er nie von dem Unternehmen zurücktreten würde, wenn sich ein Vorteil dabei erzielen ließ, eine solche Aussicht wohl nie angenehm finden. Aber Mr. Montrose liebte offenbar die Gefahr um ihrer selbst willen. Trotz seiner Vorsicht hatte er eine Schwäche für sie wie für eine heimliche Geliebte, zu der man sich nur zu besonderen Anlässen begab, um bei ihr in verbotenen Lastern zu schwelgen.

»Sie glauben also«, fragte Mr. Montrose, »er hat plötzlich Skrupel oder Bedenken?«

»Keines von beiden, denn er besitzt weder Gefühl noch Verstand. Nein, ich glaube, es ist etwas anderes und hat nichts mit uns zu tun.«

»Hm!« Mr. Montrose paffte nachdenklich an seinem Stumpen. »Interessant. Vielleicht haben Sie recht, vielleicht auch nicht. Ich habe großen Respekt vor Ihren Intuitionen. Auf jeden Fall nehme ich eine zweite Pistole mit und schicke sicherheitshalber einen Boten zu den Docks. Ein paar Veränderungen können nicht schaden.«

Er hob sein Glas. »Ist die Ente nicht köstlich? Kommen Sie, wir wollen uns amüsieren.« Er lächelte Joseph an, und dieser spürte die unmerkliche Erregung, die katzengleiche, knisternde Spannung, die mit einemmal von ihm ausging, und seine gewaltige irische Intuition ließ ihn den selbstzerstörerischen Drang mancher Menschen begreifen. Es war eine Koketterie mit dem Selbstmord, die sie bis zu einem gewissen Grad genossen — Erklärung für die geheimsten Motive einer beträchtlichen Anzahl derer, die für Mr. Healey arbeiteten. Joseph gehörte nicht dazu, denn er liebte das Leben nicht so, wie die anderen es offenbar taten.

XIX

Nach dem Dinner verließen sie, nun in diskrete dunkle Anzüge gekleidet, mit ihren Ledertaschen das Hotel. Unter dem langen schwarzen Gehrock trug Joseph gleich Mr. Montrose seine Pistolenhalfter. Eine zweite Pistole steckte in der Tasche seines Rocks. Wie zuvor erwartete der Kutscher sie schweigend, und schweigend stiegen sie in den Wagen.

Joseph wußte, daß Mr. Healey der Besitzer der *Isabel* war und seine Mannschaft sich an Bord befand — vermehrt um die Männer, die Oberst Braithwaite für die Arbeit dieser Nacht geschickt hatte. Weiter erstreckte sich sein Interesse nicht. Er lehnte sich in die Polsterung zurück und blickte gleichgültig durch das blanke Fenster auf die Straße hinaus, auf das fröhliche Treiben auf der Fifth Avenue unter dem gelben Licht der Gaslaternen, die das zarte grüne Laub der Bäume beleuchteten und ihren goldflackernden Schein auf das Ziegel- oder Kopfsteinpflaster warfen. Manchmal tauchte ein Frauenantlitz unter einem Frühlingshut schimmernd aus dem Dunkel, blitzte ein flüchtiges Lächeln, glänzte ein hoher Seidenzylinder auf. Die Straßen quollen über von Fahrzeugen aller Art, die Damen und Herren zu irgendwelchen Festen brachten. Die Luft war wie Sekt, durchperlt von heiterem Lachen. Joseph hörte die Peitschen knallen, das ungeduldige Wiehern der Pferde und Rattern der Kutschen, die sich mühsam ihren Weg durch die Menge bahnten. An jeder Kreuzung stauten sich unzählige Wagen, die dem Hauptstrom auf der Fifth Avenue zustrebten. Zaumzeug funkelte; hinter den Fenstern der glänzendschwarz, dunkelrot, leuchtendblau oder grün lackierten, seitlich mit prachtvollen Malereien verzierten Equipagen zeigten sich lächelnde, nickende Gesichter, winkten behandschuhte Hände, wippten bunte Fächer, schimmerten elegante Roben. Die Seitenstraßen waren weniger hell beleuchtet. Nur hie und da fiel schwaches Licht auf den träg dahinziehenden Verkehr. Über der ganzen Stadt hing der scharfe Gestank der Abwässer, vermischt mit dem Geruch nach Staub, heißem Stein und Jauche.

Aber Joseph sah noch etwas anderes in all dieser Fröhlichkeit, in diesem eilenden, hastenden Strom. Er sah die kleinen Jungen, oft kaum über fünf Jahre, zerlumpt und schweigend unter den Torbogen stehen und verwelkte Blumensträuße oder Süßigkeiten und verschiedene andere billige Waren anbieten, er sah ihre furchtsam ausgestreckten Hände, die Dosen mit Schuhcreme oder sogar Bettelschalen hielten. Oft waren die verhärmten Kindergesichter, die da verhungert und hoffnungslos mit fiebrigen, flehenden Augen aus dem Dunkel starrten, übersät mit Pockennarben. Alte Frauen, in zerrissene Schals gehüllt, bückten sich demütig mit den Kindern nach den gelegentlich achtlos hingeworfenen Pennies. Überall sah man die Uniformen der Polizei. Wurde ein Bettler in seiner Verzweiflung zu aufdringlich, trieb ihn sofort ein derber Hieb mit dem Knüppel oder ein barscher Befehl zum Weitergehen an. Und über dem bunten, wogenden Gewimmel erhoben sich die spitzen Türme der Kirchen und die höchsten Gebäude der Stadt und verloren sich in der schwarzen Weite des Himmels.

Plötzlich kam der Verkehr vorübergehend ins Stocken, als eine Anzahl ärmlich, aber sauber gekleideter junger und alter Männer, aus einer Seitengasse kommend, die Straße überquerten. Joseph konnte lesen, was auf ihren Plakaten stand: *Lincoln, der Diktator! Lincoln, der Mann hoch zu Roß! Nieder mit dem Krieg! Schluß mit der Wehrdienstverpflichtung! Redefreiheit! Schluß mit dem Morden! Bringt unsere Jungen heim! Freiheit und Menschenrechte!*

Die Polizisten schlenderten an den Randstein und postierten sich, um sich für den Fall eines Aufruhrs bereitzuhalten. Sie beobachteten finster die schweigende Parade der Protestierenden, doch diese marschierten starr geradeaus blickend ruhig weiter. Die bärtigen Gesichter ernst und teilnahmslos, bahnten sie sich ihren Weg durch die Unmenge von Kutschen, Pferden und Fußgängern. Plötzlich gellten spöttische Pfiffe auf, und Zurufe wie »Feiglinge! Verräter!« wurden laut. Manche Kutscher hoben die Peitschen und schlugen auf die feierlich Vorüberziehenden ein. Andere spuckten ihnen ins Gesicht oder griffen so hart in die Zügel, daß sich die Pferde drohend aufbäumten, doch der Zug überquerte unerschütterlich die Fifth Avenue und schritt auf eine andere Seitenstraße zu.

»Wahrscheinlich Quäker«, sagte Mr. Montrose. »Vielleicht auch bloß Väter und Söhne. Wie können sie es wagen, sich gegen einen so entzückenden Krieg zu stellen! Eine bodenlose Frechheit!« Fahnen und Flaggen wehten von allen Fenstern und Türeingängen. Irgendwo begann eine Gruppe elegant gekleideter junger Männer zu singen:

»Wenn Johnny wieder heimmarschiert, hurra, hurra!«

»Ja wirklich, hurra«, murmelte Mr. Montrose.

Die angetrunkenen jungen Männer tanzten mit grölendem Gelächter hinter der schweigenden Prozession her, verhöhnten und verspotteten die Marschierenden, stießen sie mit den Spazierstöcken und äfften sie, groteske Fratzen schneidend, nach. Die Fahrgäste in den Kutschen lachten beifällig, nickten und winkten. Aber die Marschkolonne blickte starr geradeaus, als wäre sie allein auf der Straße.

»Zwecklos«, sagte Mr. Montrose amüsiert. Der Wagen fuhr weiter und drängte sich durch das Menschengewühl.

Neben den Kutschen und den anderen Fahrzeugen ratterte schwerfällig die Pferdebahn vorbei. Laternen schwangen in ihrem Inneren, Gesichter drückten sich neugierig an die staubigen Scheiben und spähten auf die elegante Parade hinaus. Mr. Montrose zog das Fenster hoch und schloß den mit dem fortschreitenden Abend zunehmenden Lärm aus. Er streifte den neben ihm sitzenden Joseph mit einem flüchtigen Blick und fragte sich, was der junge Mann wohl dachte, aber Josephs Gesicht lag im Schatten seines hohen, respektablen Zylinders. Er saß vollkommen still da. Hin und wieder fiel das Licht einer Straßenlaterne auf seine behandschuhten Hände, die reglos den Knauf seines Malakkastockes umfaßten. Seine dünnen Beine zeichneten sich hager unter dem schwarzen Stoff seiner Hosen ab. Joseph dachte: Das alles bedeutet mir nichts. Es geht mich nichts an.

Joseph hatte von Konzertsälen gelesen, aber noch nie hatte er mit eigenen Augen eine so barocke Pracht gesehen, eine so verschwenderische Fülle von Samt und Kristall, so viele goldverschnörkelte, bauchige Logen, soviel strahlende, in knisternde Seide gehüllte Schönheit wie an diesem Abend in der Musikakademie. Der Saal war erfüllt von summendem Stimmengewirr, von Gelächter und Scherzen. Menschentrauben drängten sich durch die schmalen Seitengänge, die Damen lächelten, wenn sie Freunde im Parkett erkannten, die Herren verneigten sich tief. Alles blickte zu den überfüllten Logen empor, wo sich mannigfaltigst schattierte Roben, elegante Fräcke, Federn, Fächer und Blumen drängten. Unten im Orchesterraum zirpte zögernd eine Harfe auf, perlte versuchsweise Geigenklang, begleitet von der vollen Tiefe eines Cellos, grollte eine Trommel. Der Saal barst förmlich vor hektischer Lebhaftigkeit. Programme raschelten, Lorgnons funkelten im Licht der riesigen Kristallüster, Juwelen glitzerten, Diademe strahlten wie Feuerkronen auf kunstvoll frisiertem Haar, nackte weiße Schultern schimmerten, und über all dem lag der erstickende Hauch von Parfüm, Puder und Gas. Alles wirkte zu laut, zu übermütig, zu grell.

Ein livrierter Platzanweiser führte Mr. Montrose und Joseph zu ihren roten Plüschsitzen im Mittelteil des Parketts. Sie stiegen vorsichtig über die riesigen Röcke der bereits sitzenden Damen, während die Herren aufstanden und sich mit höflichem Gemurmel verbeugten. »Oh, Mr. Montrose, sehr erfreut, Sie zu sehen. Reizender Abend, nicht wahr? Aber ich bitte Sie, Sir, *ich* muß mich entschuldigen.« Neugierige Blicke streiften Joseph, aber da Mr. Montrose ihn nicht vorstellte und offenbar gar nicht zu kennen schien, verbeugte man sich nur leicht und schenkte ihm weiter keine Beachtung.

Joseph überflog das Programm. Er blickte auf die ungeheure Bühne mit ihrem gerafften, goldgesäumten roten Samtvorhang. Sie war kaum beleuchtet und leer bis auf zwei große Flügel, die wartend im Hintergrund standen. Die Gaslampen vorn an der Rampe flackerten. Er sah auf seine Uhr. Es war genau sieben. Um Mitternacht lief die *Isabel* aus. Der Lärm um ihn versank. Er verfiel in finsteres Grübeln, und seine bösen Vorahnungen meldeten sich stärker denn je. Als die Gedanken an seine Geschwister zu quälend wurden, hob er, um sich abzulenken, den Blick zu der Loge direkt über ihm.

Die junge Frau, die er am Abteilfenster des Lazarettzuges gesehen hatte, saß an der Brüstung — blaß und müde in einem lila Seidenkleid, das tiefe Dekolleté von cremefarbener Spitze umrahmt, die kaum ihren Busen bedeckte. Ihr lohfarbenes Haar fiel, bar aller Juwelen, Federn und Blumen, lose über ihren Rücken. Ein Ausdruck liebenswürdiger Aufmerksamkeit lag auf ihrem Gesicht, denn sie war umringt von Männern und Frauen, die anscheinend Freunde von ihr waren, doch ihre Augen lagen tief in blauumschatteten Höhlen, und ihr schöner Mund war bleich und zitterte ein wenig. Sie betupfte sich ununterbrochen mit einem Spitzentuch Lippen und Brauen, und wenn sie sich unbeobachtet fühlte, wirkte sie traurig und entrückt, und ihr Blick schweifte wie in stummer Verzweiflung umher. Sie trug keinen Schmuck bis auf den mit Diamanten und Smaragden besetzten Ring, der ihm schon damals an ihrer Hand aufgefallen war.

Joseph starrte gebannt zu ihr auf. Vielleicht spürte sie seinen brennenden Blick, aber ihre Augen waren blind vor Elend, und selbst wenn sie zu ihm hinunterschaute, sah sie ihn nicht. Jemand in der Loge richtete das Wort an sie. Joseph konnte die sanfte Blässe ihres geneigten Kinns sehen, die perlenhafte Vollkommenheit ihres bleichen Gesichts, den sternförmigen Schatten ihrer Wimpern auf den Wangen, die zarte Kluft zwischen den jungen Brüsten. Sie antwortete freundlich und höflich, aber ihre Erschöpfung war unverkennbar.

Die weißen Arme hingen schlaff herab, der große Fächer aus bunten Federn ruhte still auf ihrem Schoß. Plötzlich schloß sie hilflos die Augen und lehnte sich, offenbar einer Ohnmacht nahe, in ihren Stuhl zurück. Ihre Lippen öffneten sich wie die eines Kindes, und die lila Seide bauschte sich funkelnd über ihrem zusammengesunkenen Körper.

In diesem Augenblick erkannte er sie. Er hatte diese blasse Traurigkeit schon einmal gesehen, und nun erinnerte er sich. Es war Mrs. Tom Hennessey, die Frau des hemdsärmeligen Senators.

Ein junger Mann tauchte aus dem halbdunklen Hintergrund der Loge auf und breitete sorgfältig einen silbrig glänzenden Mantel über die zarte Gestalt. Ein paar Damen beugten sich vor und zwinkerten sich kichernd hinter vorgehaltenem Fächer zu. Bei den Herren wurde besorgtes Gemurmel laut, sie aber schlief vor Erschöpfung, den Kopf auf den roten Samt ihrer Stuhllehne gebettet, das Kinn rührend pathetisch erhoben.

Mr. Montrose saß neben Joseph, ließ sich jedoch in keiner Weise anmerken, daß er ihn kannte. Trotzdem fühlte er, daß etwas nicht in Ordnung war, und warf ihm aus den Augenwinkeln einen verstohlenen Blick zu. Joseph wirkte wie vor Schreck erstarrt. Mr. Montrose wunderte sich, stellte ihm aber keine Frage. Dann sah er verblüfft, daß Joseph zu dem schlafenden Mädchen in der Loge über ihnen hinaufstarrte. Nun ja, ein ganz hübsches Ding, sogar eine Dame, aber anscheinend von den Folgen einer zu üppigen Mahlzeit, übermäßigem Alkoholgenuß oder einer durchtanzten Nacht übermannt. Mr. Montrose hatte nichts gegen dumme, leichtsinnige Frauen, doch es überraschte ihn, wie gebannt Joseph emporschaute. Er hätte den jungen Mann höher eingeschätzt.

Sie sieht aus, als würde sie sterben, dachte Joseph. Und die Weiber neben ihr kichern und machen so wissende Gesichter. Wo ist dieses Scheusal von ihrem Gatten? Warum kann ich nicht einfach zu ihr gehen und sie von hier forttragen, damit sie irgendwo in Ruhe schlafen kann? In einem stillen Winkel, wo ich neben ihr sitzen und sie beschützen darf — weitab von Blut und Tod und Wunden ... Er sieht aus wie in Trance, dachte Mr. Montrose. Dabei muß sie mindestens drei Jahre älter sein als er. Kennt er sie? Unmöglich. Sie kam Mr. Montrose irgendwie vertraut vor. Bestimmt hatte er sie schon einmal von ferne gesehen. Dann kam ihm die Erleuchtung: es war Tom Hennesseys Frau, und um ein Haar hätte er laut herausgelacht.

Langsam erloschen die Lüster, und das Stimmengewirr verstärkte sich in lachendem Protest. Strahlendes Licht überflutete plötzlich die Bühne. Von den Seitenrängen wehten leichte Parfümwolken herüber, die bei jeder Bewegung der dort zusammengedrängten, warmen Körper aufstiegen. Mit jeder Gruppe Zuspätkommender brandete neue, unterdrückte Heiterkeit auf, stieg wellengleich neue Wärme empor, kam das Knistern von Bändern und Spitze, das leise Tuscheln und Raunen hastig geflüsterter Entschuldigungen, das verebbende Rascheln von Kleidern, wenn man endlich Platz nahm. Joseph blickte auf die Bühne. Seine Hände umklammerten die Armstützen seines Sitzes. Er sagte sich, daß er ein Narr war, ein kindischer Esel, weil er für einen Augenblick die Kontrolle über sich verloren hatte, und erkannte zu seinem Entsetzen, daß er nicht so unverwundbar war, wie er bis zu diesem Moment immer geglaubt hatte. Nein, auch er konnte schwach sein.

Zwei junge Männer in Rüschenhemden und Anzügen von erlesenem Schnitt traten schweigend aus den Seitenkulissen. Sie hätten Zwillinge sein können mit ihren schmalen, weißen Gesichtern, den großen, dunklen Augen, den verkrampften Lippen und dem langen, dunklen Haar, das ihnen über Stirn und Ohren fiel. Sie waren makellos, vom Scheitel bis zu den schmalen, glänzenden Stiefeln. In der Mitte der Bühne blieben sie stehen und verbeugten sich vor dem Publikum. Zurückhaltender Applaus tröpfelte in den kaum nachlassenden Lärm. Im Saal war es mittlerweile fast völlig dunkel. Alles Licht konzentrierte sich auf die Bühne. Die beiden jungen Pianisten setzten sich vor ihre Flügel und tauschten einen raschen Blick. Dann hoben sie die Hände, und im nächsten Bruchteil einer Sekunde senkten sich ihre schlanken, sehnigen Finger auf die Tasten.

Polonaise (Militaire) stand auf dem Programm. Joseph hatte nicht gewußt, was er erwarten sollte, denn er hatte noch nie zuvor wirklich große Musik gehört, und trotz seiner lebhaften Phantasie war er nicht auf die ungeheure Erregung gefaßt gewesen, die ihn packte, als nun mächtig die ersten maskulinen Akkorde aufbrausten. Wie ein Raunen begleiteten die anderen Instrumente die beiden Klavierstimmen, doch sie übertönten alles, wie die Sonne ihr eigenes Licht überstrahlt. Der kurzen Erläuterung im Programm entnahm Joseph, daß diese Musik die Gefühle einer gedemütigten, aber ungebrochenen Nation ausdrückte, daß sie vom Mut und der unbezwingbaren Kraft der menschlichen Seele sang und von ihrer unüberwindlichen Tapferkeit bis in den Tod. Es war ein grandioser Sieg über die Welt mit all ihrem Elend und Schmerz, mit all ihrer Gemeinheit und ihren schmutzigen Leidenschaften, ihren Gefängnissen und ihrer Verzweiflung.

Ja, ja, dachte Joseph so bewegt, daß er es kaum ertragen konnte, und gleichzeitig erfüllte ihn Angst über seine Schwäche, daß er an etwas Anteil nahm, was ihn nicht unmittelbar betraf.

Dann aber fühlte er einen seltsamen Triumph, denn es schien ihm, wenn eine so kleine Nation noch eine Stimme fand, um angesichts roher Gewalt ihr Heldentum und ihren unerschütterlichen Glauben hinauszuschreien, bestand für ihn, Joseph Francis Xavier Armagh, keine Gefahr, solange er nicht kapitulierte. Wie Polen konnte auch er Gott gegenübertreten und Ihm Trotz bieten.

Er vergaß das schlafende Mädchen in der Loge über ihm. Die gewaltige Klangflut riß ihn mit sich fort wie einen hilflosen Schwimmer auf schwankenden Wogen, Spielball im flirrenden Tanz jäh aufgleißender Schaumkronen aus Licht. Er hörte rollenden Donner, den feierlichen Hall schwingender Glocken, Süße und Zärtlichkeit und dann etwas, das an ihm fraß wie ein unermeßliches Leid, das — längst vergessen — nun wieder zum Leben erwachte. Der tosende Applaus zwischen den einzelnen Sätzen drang nicht an seine Ohren. Stumm, betäubt, überwältigt, wartete er nur, daß der Lärm wieder erstarb und ihn die Musik wieder mit sich nahm. Er hatte noch nie ein Nocturno gehört, aber nun sah er Mondlicht auf schwarzseidenem Wasser und Sterne, die still ihre leuchtende Bahn zogen. Für ihn war das überhaupt keine Musik. Es war etwas Überirdisches, Göttliches, gegen das er sich zu wehren suchte, weil er es fürchtete, aber seine Schönheit verzauberte ihn, noch während er dagegen kämpfte. Als dann das Largo op. 28, Nr. 20 mit seiner ganzen majestätischen Feierlichkeit über ihn hinwegflutete, ging es fast über seine Kraft.

Dann kam die Pause. Die Lüster flammten auf und tauchten den Saal wieder in helles Licht. Mr. Montrose stieß ihn leicht mit dem Ellbogen an, bevor er sich erhob und sich, Entschuldigungen murmelnd, behutsam an Joseph vorbei und durch die Sitzreihe zwängte. Langsam und mit nachdenklichem Gesicht schritt er den Gang hinauf und zog dabei einen Stumpen aus der Tasche. Joseph wartete ein paar Minuten, bis man allgemein aufbrach und in den Gang drängte, dann schloß er sich der lachenden, grüßenden, plaudernden Menge an. Hie und da schenkten ihm junge Damen, angetan von seiner stolzen, fast würdevollen Erscheinung ein kokett einladendes Lächeln, doch er verneigte sich nur leicht, wie er es bei Mr. Montrose gesehen hatte, und schlenderte scheinbar ziellos weiter. Alles erschien ihm wie ein Traum, wie ein verzerrtes Trugbild, und wieder beschlich ihn eine unbestimmte Angst.

Die Kutsche wartete draußen vor dem wie bunte Regentropfen auf der Treppe verstreuten Publikum, das hier Abkühlung und frische Luft suchte. Mr. Montrose war nirgends zu sehen. Joseph näherte sich so unauffällig wie nur möglich dem Wagen, und der Kutscher schloß den Schlag hinter ihm. Wie erwartet, war Mr. Montrose bereits da.

»Mir ist ein reines Klavierkonzert lieber«, bemerkte er. »Eine Orchesterbegleitung, wie wir sie heute abend gehört haben, ist für meinen Geschmack ein bißchen zu pompös, zu emphatisch. Aber die beiden Pianisten sind sehr begabt — sie ließen sich von den übrigen Instrumenten nicht überspielen, wie ich ursprünglich befürchtet hatte. Chopin hat eben genug Größe, um sich über solchen Firlefanz hinwegzusetzen.«

»Ich wußte nicht, daß es so etwas gibt«, sagte Joseph, und Mr. Montrose nickte, aber nicht herablassend, sondern mit freundlichem Verständnis. »Ich glaube, Beethoven würde Ihnen gefallen«, antwortete er, »oder, wenn ich Sie richtig einschätze, Wagner noch besser.«

Die Straßen waren nun nicht mehr so belebt. Die Kutsche holperte durch schmälere und dunklere Gassen, die Häuser wurden kleiner und schäbiger. Immer weniger Passanten drückten sich scheinbar verstohlen an den geisterhaft kahlen Mauern entlang. Die letzten, gelblich schimmernden Fenstervierecke verschwanden, das Lampenlicht wurde trüber, und ein Geruch kam auf, der Joseph quälend vertraut schien, den er aber nicht sofort erkannte. Endlich fiel es ihm ein. Es roch nach Meer, und plötzlich sah er ganz deutlich einen fahlen Wintermorgen mit Schnee und Wind und schwarzen Docks und öligem Wasser, und wieder fühlte er ein fast vergessenes Grauen und die alte Hoffnungslosigkeit und Verzweiflung. Mr. Montrose langte an ihm vorbei und verriegelte wortlos den Kutschenschlag.

Nun hörte Joseph den Ozean, sah in der Ferne die rastlos hin und her schwebenden Feuerpünktchen der Laternen, die langen, verlassenen Straßen und kahlen Lagerhäuser. Das Wagenrollen und Hufegeklapper hallte dumpf durch die Stille. Mr. Montrose griff unter seinen Mantel und lockerte die Klappe seiner Pistolentasche. Joseph folgte seinem Beispiel. Seine Bauchmuskeln krampften sich jäh zusammen, und er spürte ein leises Prickeln im Nacken, als sich sein Haar sträubte. Kalter Schweiß brach ihm aus allen Poren, und unwillkürlich atmete er schneller. Zu seiner Verblüffung stellte er fest, daß Mr. Montrose völlig gelassen blieb und gemächlich weiter an seinem Stumpen paffte. In kurzer Zeit können wir beide tot sein, dachte Joseph, aber ihn berührt das anscheinend nicht. Er genießt jeden Tag seines Lebens.

Schließlich sah Joseph am Ende der Straße schwarzglitzerndes Wasser und einen Wald von Masten hinter trüb beleuchteten Piers und Molen. Es roch nach Teer und Hanf, nach feuchtem Segeltuch und Holz, nach Fisch und den Abwässern der Stadt, die sich hier ins Meer ergossen, und dann wehte eine Brise den fremden, exotischen Duft von Pfeffer und

Ingwer herbei. Überall trieben sich Wachtposten herum, grobschlächtige, brutale Burschen, die bis an die Zähne bewaffnet waren. Ein kalter weißer Mond starrte vom Himmel und streute blitzende Lichtsplitter auf die gekräuselte Wasserfläche des Hafens. Als die Kutsche heranrumpelte, näherten sich einige Wachtposten und hielten mit finsterer Miene die Laternen hoch, doch als sich Mr. Montrose zu erkennen gab, tippten sie nur grüßend an ihre Kappen und zogen sich wieder zurück. Die Lagerhäuser zu beiden Seiten der schmalen Straße schienen noch enger zusammenzurücken. Das Kopfsteinpflaster glänzte, als wäre es mit einer stinkenden Fettschicht bedeckt; hin und wieder geriet die Kutsche ins Schleudern. Die Nacht war feucht und frostig, und überall tropfte es, als hätte es eben erst aufgehört zu regnen.

Nun bog der Wagen in die Docks ein. Schiffe aller Größen lagen hier schaukelnd vor Anker. Manche hatten die Segel gesetzt, auf anderen ragte der kahle Mast in den Himmel. Schwacher Laternenschein glühte auf nassen Decks. Alles wirkte unbeschreiblich trostlos und verlassen. Dann bemerkte Joseph außerhalb des Hafens auf der freien See langsam dahinziehende Lichtpünktchen, und gleich darauf nahm er die verschwommenen Umrisse von großen Schiffen wahr. »Unionistenpatrouillen«, sagte Mr. Montrose gleichgültig. Ab und zu spie ein Schiff schwarzen Rauch und den Gestank brennender Kohlen aus, und von Zeit zu Zeit legten düstere Schatten von den Piers ab und glitten gespenstisch still ins Dunkel. Aber Joseph erkannte, daß trotz dieser Stille ein reger Handel im Schwunge war, der sowohl dem Krieg als auch dem Frieden diente.

Der Wagen hielt an. Joseph sah den Bug eines großen Klippers und las darauf im Laternenlicht, das vom Deck fiel, den Namen *Isabel*. Die Segel waren schon gesetzt. Joseph hörte mehr als er sie sah die Tätigkeit von vielen Männern, denn Gestalten konnte man in der Dunkelheit kaum ausnehmen. Aus dem bisher größten Lagerschuppen, an dem sie vorbeigekommen waren, wurden riesige Kartons und Kisten an Bord geschafft, und das Knirschen und Kreischen von Eisenrädern war plötzlich unerträglich laut.

Die riesigen Tore des Schuppens standen offen. Sie waren so weit, daß zwei Wagen mit ihren Doppelgespannen nebeneinander Platz hatten. Im Hintergrund sah man große Karren, auf denen sich die zu verladende Fracht türmte. Mr. Montrose nickte befriedigt. »Schnelle Arbeit. Noch eine halbe Stunde, und wir sind fertig.«

Er wollte gerade aus der Kutsche steigen, als eine Militärpatrouille mit forschem Schritt über das Dock auf sie zumarschiert kam. Ein junger Offizier trat an den Wagen und salutierte. Mr. Montrose lächelte ihn freundlich an, öffnete das Fenster und zeigte die Kopie des von Oberst Braithwaite ausgestellten Passierscheines vor. Das Original befand sich in Händen des Kapitäns. »Wir fahren mit dem Klipper nach Boston«, sagte er. »Ist es eine gute Nacht zum Segeln, Herr Hauptmann?«

Der Hauptmann war unverkennbar ein Leutnant. Er salutierte wieder. »Jawohl, Sir. Sind Sie und dieser Gentleman die einzigen Passagiere?«

»Ja. Es ist unsere erste Reise nach Boston. Ich fürchte, es wird eine rauhe Fahrt werden.« Ein Soldat hob die Laterne und musterte Joseph prüfend. »Aber«, fuhr Mr. Montrose fort, »als Repräsentanten von Barbour & Bouchard müssen wir wohl unsere Pflicht tun, um unsere Sache zu unterstützen, nicht wahr?«

Der junge Mann salutierte zum drittenmal und marschierte mit seinen Männern ab. Mr. Montrose und Joseph stiegen aus und schritten über das vor Geschäftigkeit summende Dock, vorbei an kreischenden, polternden Karren und fieberhaft hin und her eilenden Stauern auf den Lagerschuppen zu. Er war nun fast leer bis auf ein paar riesige, mindestens acht Fuß lange und beinahe ebenso hohe Kisten. Eine breite Rampe führte zu den Unterdecks des Klippers hinauf, der leicht wie eine Nußschale auf den Wellen tanzte. Der Schuppen war hell beleuchtet. Laternen hingen von der hohen Decke oder standen auf noch zu verladenden Kisten und Ballen. Niemand schien von den beiden Männern Notiz zu nehmen, die durch die Tür traten. Joseph wurde sich schneidender Kälte und vieler an Schärfe zunehmender, meist unangenehmer Gerüche bewußt. Flaggen flatterten an den Masten der *Isabel*. Die Wellen schlugen klatschend an ihre Planken und übertönten sogar das geräuschvolle Treiben auf dem Pier und auf Deck.

Plötzlich kam ein großer junger Mann auf sie zu, und Josephs erster Gedanke — wohl im Zusammenhang mit den Seegeschichten, die er gelesen hatte — war, daß er hier einen Piraten der alten Schule vor sich hatte, einen echten Briganten und verwegenen Abenteurer. Er war nicht älter als siebenunddreißig, sehnig und hochgewachsen und geschmeidig wie ein Panther. Seine Bewegungen waren ebenso sparsam und graziös wie die von Mr. Montrose. Seiner Uniform und Mütze nach zu schließen, mußte es der Kapitän sein. Sein Gesicht war schmal und so dunkel, daß Joseph ihn zuerst für einen Neger oder Indianer hielt. Schwarze Augen funkelten raubtierhaft über einer großen Nase und einem fast lippenlosen Mund. In seiner ganzen Art lag etwas von verhaltener, doch unbekümmerter Rücksichtslosigkeit. Mit einem Blick voller Zuneigung auf Mr. Montrose zog er lächelnd die Kappe von seinem schwarzen, dichtgelockten, ein wenig verwilderten Haar. Die beiden begrüßten sich mit einem herzlichen Händedruck, und nach einem unmerklichen Zögern faßte der Fremde Mr. Montrose an den Schultern. Es war wie die Andeutung einer Umarmung. Trotz seiner etwas saloppen Uniform und den beunruhigenden Anzeichen enormer Körperkraft war der Kapitän unverkennbar ein ebenso gebildeter wie verwegener und tapferer Mann.

»Ich habe Neuigkeiten für dich!« rief er. Dann sah er Joseph und fügte hinzu: »Große Neuigkeiten!«

»Ausgezeichnet, Edmund«, sagte Mr. Montrose. Er wandte sich Joseph zu. »Edmund, das ist mein neuer Mitarbeiter, Mr. Joseph Francis. Mr. Francis, Captain Oglethorpe.«

Joseph war an der gedehnten Sprechweise des Captains der gleiche weiche südländische Akzent aufgefallen wie bei Mr. Montrose. »Sehr erfreut, Mr. Francis«, erwiderte der Captain. Er reichte Joseph mit einer formellen Verbeugung die Hand. Sein rasch abschätzender Blick erinnerte an das Aufblitzen einer Messerklinge. Joseph wußte im gleichen Moment, daß dieser Mann zumindest ebenso gefährlich war wie Mr. Montrose und vielleicht noch skrupelloser, ein Mann, der sicher nicht vor einem Mord zurückschreckte. Seine blutvolle, faszinierend abenteuerliche Erscheinung beeindruckte Joseph, aber er nahm sich doch vor, wachsam zu bleiben. Er war überzeugt, daß sein erster Eindruck ihn nicht getrogen hatte. Captain Oglethorpe war — wenigstens dem Herzen nach — ein Pirat und Brigant, gnadenlos, wann immer es die Notwendigkeit erforderte, und völlig ohne Furcht. Er trug keine Waffen, als wäre ihm seine eigene Kraft Waffe genug. Joseph sah auch, daß dem rastlosen, durchdringenden Blick seiner fröhlichen, intelligenten Augen nichts entging. Nachdem ihn der Captain kurz und mit fast ein wenig einschüchternder Schärfe gemustert hatte, richtete er wieder das Wort an Mr. Montrose.

»Ich habe die Verstärkung vor einer Viertelstunde fortgeschickt. Die Leute haben gute Arbeit geleistet. Jetzt ist nur noch die normale Besatzung da. Wir legen auf die Minute pünktlich ab.« Er blickte mit einem befriedigten Lächeln — er schien fast dauernd zu lächeln — auf die hin und her eilenden Matrosen. Die großen weißen Zähne glitzerten in seinem dunklen Gesicht.

»Keine Schwierigkeiten, Edmund?« fragte Mr. Montrose.

»Nein.« Joseph registrierte, daß er Mr. Montrose wie einen Gleichgestellten behandelte. »Der Passierschein von unserem Freund ist vor genau vier Stunden hier eingelangt.«

Mr. Montrose neigte den Kopf. In dem wirren Durcheinander auf dem Pier wirkte seine Eleganz seltsam fehl am Platz. »Mr. Francis hat einen Verdacht über unseren Freund geäußert, nachdem er ihn persönlich kennenlernte.«

»Oh?« Der Captain musterte Joseph wieder mit einem prüfenden Blick. »Darf ich fragen, wie Sie dazu kommen, Sir?«

»Ich weiß es nicht«, antwortete Joseph. »Etwas an seinem Benehmen hat mich stutzig gemacht, aber ich kann mich natürlich auch geirrt haben.«

Der Captain überlegte. Er nahm dankend von Mr. Montrose einen Stumpen und zündete ihn mit einem Streichholz an. Sein lebhaftes

Gesicht wirkte nachdenklich. »Ich gebe viel auf den sogenannten ersten Eindruck. Für gewöhnlich trügt er nicht. Andererseits haben wir den Passierschein. Man hat nur eine Kiste inspiziert, die Nummer einunddreißig. Es waren Spezialwerkzeuge notwendig, um sie zu öffnen. Ich habe den Offizier aufgefordert, auch die anderen zu kontrollieren, aber er hat abgelehnt. Dann nahmen wir eine kleine Erfrischung an Bord.«

»Gibt es irgendeinen besonderen Anhaltspunkt für Ihren Verdacht?« fuhr er, an Joseph gewandt, fort.

»Seine mangelnde Höflichkeit mir gegenüber, einem Fremden und Angestellten von Mr. Healey.«

Der Captain zog die dichten, über seiner Nase zusammengewachsenen schwarzen Brauen hoch und schaute flüchtig zu Mr. Montrose, der bestätigend nickte. »Ich habe eine hohe Meinung von Intuitionen«, sagte er dann mit einem Blick auf die riesigen Kisten, die noch in der Nähe standen. »Vielleicht sollten wir gar nicht bis Mitternacht warten, sondern sofort auslaufen.«

»Läßt sich das machen?«

»Mal sehen. Ich gehe jetzt wieder an Deck und beaufsichtige das Verladen. Meine Männer arbeiten zwar sehr schnell, aber vielleicht kann ich sie dazu bringen, sich noch mehr zu beeilen.« Er hielt inne. »Siehst du dir jetzt mit Mr. Francis euer Quartier an? Du weißt ja, es ist recht bequem.«

»Wenn du wieder an Bord gehst, Edmund, bleiben Mr. Francis und ich hier, bis die letzte Kiste verladen ist. Ich überzeuge mich gern mit eigenen Augen, daß alles ordnungsgemäß abläuft. Außerdem möchte ich Mr. Francis mit unseren — Geschäften — vertraut machen.«

Der Captain grüßte lächelnd und ging mit schnellen, ausgreifenden Schritten über die Rampe an Deck. Der seit seiner Kindheit besonders kälteempfindliche Joseph fröstelte in der Brise, die wie ein eisiger Hauch an diesem Vorfrühlingsabend vom Meer hereinwehte. Mr. Montrose dagegen rauchte genüßlich und beobachtete die Matrosen. Er betrachtete mit Interesse die an Monolithe gemahnenden Kisten und Ballen. »Kanonen«, sagte er. »Eine neue Erfindung von Barbour & Bouchard, den herkömmlichen Geschützen weit überlegen. Angeblich macht jeder Schuß zwanzig Mann nieder — ein beachtlicher Fortschritt, wenn man bedenkt, daß die anderen nur fünf erledigen konnten — und geht durch eine meterdicke Mauer wie ein Messer durch Brot. Und das Beste ist, die Granaten zerbersten phantastisch. Jeder Splitter ist rasiermesserscharf und tödlich wie ein Bajonett. Ich glaube, sie haben das Patent ihren englischen Kollegen gestohlen.«

»Bekommt die Union die gleichen Kanonen?«

»Gewiß doch, mein lieber Mr. Francis. Was für eine naive Frage. Rüstungsfabrikanten sind die unparteiischesten, neutralsten, gerechtesten

Menschen auf der Welt. Für sie zählt einzig und allein der Profit, und inzwischen werden Sie sicher erkannt haben, daß nur das Streben nach Gewinn die Zivilisation möglich macht — abgesehen von der Kunst und der Wissenschaft und zugänglichen Politikern.«

Er lächelte Joseph an. »Sie haben bestimmt von diesem verrückten Deutschen gelesen, diesem Karl Marx. Ein Bourgeois und Idealist. Die Bourgeoisie kann es sich leisten, idealistisch zu sein, weil sie sich ihr tägliches Brot nicht im Schweiße ihres Angesichts verdienen muß, sondern von den Zinsen ihres Kapitals lebt. Karl Marx ist gegen das Kapital. Er billigt es nur einer von ihm selbst erwählten Elite zu. Für alle anderen lehnt er es ab, denn er sieht darin die Quelle der Ausbeutung und allen menschlichen Elends. Ich glaube, er ist auch gegen die industrielle Revolution, obwohl sie die Menschen aus der Leibeigenschaft befreit und den Klauen der Großgrundbesitzer und des arroganten Adels entrissen hat. Aber andererseits haben Theoretiker wie er einen ungeheuren Respekt vor der Aristokratie und ererbtem Reichtum. Sie sind nur gegen neuen, aus der Industrie entstandenen Reichtum. Im Grunde ihres Herzens fürchten und verachten sie die Arbeiterklasse, auch wenn sie sie noch so in den Himmel heben. Für Leute wie Karl Marx ist sie eine Bedrohung, und man muß sich ja schließlich mit seinem Gegner auf guten Fuß stellen. Ein hochinteressantes Problem. Auf jeden Fall will Karl Marx das Privateigentum in jeder Hinsicht verbieten. Alles soll dem Proletariat gehören, sagt er. Aber in Wahrheit meint er den Staat, an dessen Spitze er und seinesgleichen stehen würde. Was für eine Tyrannei daraus entstünde, wenn er gemeinsam mit dem Adel die Macht innehätte!

Aber ich schweife vom Thema ab. Den Profit verbieten würde bedeuten, daß der Anreiz verlorengeht, und das hätte einen Rückfall in die Steinzeit zur Folge. Das Gewinnstreben liegt in der menschlichen Natur. Nicht einmal die Tiere sind darin eine Ausnahme. Der Mensch ist schließlich kein Engel. Wenn er kein Heiliger oder Verrückter ist, wird er für nichts anderes schuften als für den eigenen Vorteil, und das ist nur vernünftig. Ohne Aussicht auf Belohnung würde auf der ganzen Welt die Arbeit stillstehen. So einfach ist das. Wir würden wieder jeder für sich nach Wurzeln graben oder Beeren sammeln und auf die Jagd gehen, wie wir es vor Jahrtausenden taten. Wenn ich Gesetzgeber wäre, würde ich darauf bestehen, daß sich jeder Idealist und jeder hochnäsige Bourgeois zuerst mit seiner Hände Arbeit auf dem Feld, unter Tag oder in der Fabrik seinen kärglichen Lebensunterhalt verdienen muß, bevor er auch nur ein Wort ›im Interesse des Wohles der Menschheit‹ in den Mund nimmt oder gar niederschreibt.«

Joseph hörte ihm aufmerksam zu, nahm dabei aber unbewußt wahr, wie sich das Lagerhaus allmählich leerte. Viel von dem, was Mr. Montrose eben gesagt hatte, erschien ihm bestechend logisch, und er konnte nicht leugnen, daß es der Wahrheit entsprach. »Dennoch gibt es Ungerechtigkeiten«, erwiderte er.

Mr. Montrose schüttelte nachsichtig den Kopf. »Mr. Francis, mir ist nie ein intelligenter Mensch untergekommen, der am Hungertuch genagt hätte, und das behaupte ich trotz der Geschichten über all die Künstler und die darbenden Genies, die in Dachkammern ihr kärgliches Dasein fristen. Sie können ruhig ihrer Kunst frönen, nur wäre es bestimmt vernünftig, wenn sie sich nebenbei auch ihren Lebensunterhalt oder zumindest ihr tägliches Brot verdienen würden.«

Joseph dachte an seinen Vater, der durch seine Weigerung, als Mühlenbauer zu arbeiten, seine Familie in bittere Not gestürzt hatte. Er hatte von »Recht« und »Prinzipien« gesprochen. Aber nur Menschen mit den nötigen Mitteln, unabhängige Menschen, können sich einen solchen Unsinn erlauben, dachte Joseph, Menschen wie Karl Marx.

Nun lagen nur noch zwei riesige Kisten da. Bis auf Joseph und Mr. Montrose war der Pier leer. Zwei Matrosen schoben einen Karren über die Rampe hinauf. Mr. Montrose begann umherzuschlendern. Müßig rauchend betrachtete er die unschuldigen Aufschriften auf den Kisten und die Angaben über die Empfänger in Boston oder Philadelphia. Vom Tor aus konnte man nur Joseph sehen. Die Lichter der Schiffslaterne schaukelten sanft im Dunkel, und vom Deck hallten schwach heisere Rufe herüber. Der Wind wurde schärfer und wehte intensiven Hafengeruch vor sich her. Joseph fröstelte wieder. Ein wenig abseits neben den Kisten standen, braunschimmernd im flackernden Lampenschein, die beiden Ledertaschen. Die eleganten Messingschlösser glänzten wie Gold. Auf dem schmutzigen Boden und in dieser rauhen Umgebung nahmen sie sich seltsam deplaciert aus.

Plötzlich hörte man draußen eiliges Laufen, und im nächsten Augenblick erschien ein Armeeleutnant, gefolgt von drei derb gekleideten Zivilisten mit brutalen Visagen im Türeingang. Mr. Montrose ging blitzschnell hinter den Kisten in notdürftige Deckung. Joseph sah, daß der Leutnant eine doppelläufige Pistole in der behandschuhten Hand hielt. Die Zivilisten hatten Gewehre. Drei Waffen waren auf ihn und eine auf Mr. Montroses Schulter gerichtet. Joseph stand wie versteinert da. Mordlust leuchtete in den Gesichtern des Leutnants und seiner Kumpane wie ein böses Feuer, das ihre Züge von innen her durchglühte.

Der Leutnant, ein junger Mann mit heller Haut und goldblondem welligem Haar, das unter seiner Kappe hervorquoll, sagte mit sehr klarer und ruhiger Stimme: »Wir wollen keine Unannehmlichkeiten. Rasch, wenn ich bitten darf. Treten Sie von diesen Taschen zurück, Mr. Montrose, und heben Sie die Arme über den Kopf. Wir wollen das Geld.« Er sprach knapp und geschäftsmäßig und ohne Anzeichen von Nervosität.

»Das Geld?« fragte Joseph verwundert.

»Keine Dummheiten, bitte«, befahl der Leutnant im gleichen ruhigen Ton. »Oberst Braithwaite will es haben — und zwar sofort. Nachdem Sie zum Dinner gegangen waren, haben wir Ihre Zimmer durchsucht und das Geld nicht gefunden. Darf ich bitten, Sir« — er fixierte Joseph mit einem starren Blick —, »mir die Taschen mit dem Fuß herzustoßen. Es ist uns ernst. Wenn Sie nicht gehorchen, sind Sie ein toter Mann.«

Er warf einen raschen Blick auf Mr. Montrose. »Nehmen Sie die Hände hoch und treten Sie zurück. Wir wissen, daß Sie bewaffnet sind. Aber eine falsche Bewegung, und es wird Ihre letzte sein. Kommen Sie, Sir. Machen Sie rasch. Wir wollen Ihnen kein Haar krümmen, wir wollen nur das Geld.«

Mr. Montrose trat mit erhobenen Armen hinter den Kisten hervor. Er schaute Joseph an — das Paradebeispiel eines jungen Mannes, der verwirrt drohender Gewalt gegenübersteht. Aber er sah auch noch etwas anderes. Josephs Gesicht war eingefallen wie ein Totenschädel und hatte etwas tierhaft Lauerndes. Seine tiefliegenden blauen Augen waren völlig ausdruckslos. Der Leutnant war kein so guter Beobachter.

»Und was wird aus der Fracht?« fragte Mr. Montrose.

Der Leutnant war noch jung und konnte sich ein boshaftes Grinsen nicht verkneifen. »Sie werden die Patrouillen nicht passieren«, sagte er. »Wir nehmen die Ausklarierungsscheine ebenfalls mit.«

»Sieh einer an — Oberst Braithwaite«, sagte Mr. Montrose. Es war offensichtlich, daß er versuchte, Zeit zu gewinnen, weil er auf Hilfe durch den Captain hoffte. Der Leutnant durchschaute ihn sofort. »Sparen Sie sich bitte Ihre Bemühungen, mich aufzuhalten«, sagte er mit einem kurzen Lachen. »Der Oberst fährt morgen nach Philadelphia. Er ist versetzt worden. Die Taschen, Sir«, befahl er Joseph. »Der Oberst wird sonst ungeduldig.«

Doch das kurze Ablenkungsmanöver hatte genügt. Noch während der Leutnant sprach, zog Joseph blitzschnell seine Pistole und feuerte. Er zielte präzise auf den rechten Oberschenkel des jungen Offiziers und drückte mit tödlicher Ruhe und Sorgfalt ab, ohne auch nur den Bruchteil einer Sekunde zu zögern.

Noch bevor der Leutnant zusammensackte, hatte Joseph die Waffe schon auf die Zivilisten gerichtet, und Mr. Montrose ebenfalls seine Pistole gezogen. Die drei waren völlig perplex über diesen Angriff auf ihren Anführer. Sie hatten offenbar keinen Widerstand erwartet und waren nicht auf einen Kampf vorbereitet. Sie machten kehrt wie ein Mann und flohen samt ihren Gewehren in die Nacht hinaus. Einer ließ dabei sogar seine Waffe fallen. Sie fiel im gleichen Augenblick zu Boden wie der Leutnant. Die Pistole glitt ihm aus der Hand und schlitterte klirrend über die Holzplanken.

XX

Josephs Schuß brach sich wie Donner in den Tiefen des Lagerhauses. Die Männer oben auf der Rampe fuhren herum. Sie erfaßten sofort die Situation, schoben hastig ihren Karren auf das Schiff und stürzten rufend davon.

Gleich darauf erschien Captain Oglethorpe wie ein dunkler Rächer. Er lief auf Mr. Montrose zu und rief: »Clair! Bist du verletzt?«

»Nein, nein, mir ist nichts passiert, Edmund!« sagte Mr. Montrose und schüttelte unmerklich warnend den Kopf. »Dieser Herr hier hat uns überfallen« — er deutete lässig mit dem Fuß auf den am Boden ausgestreckten Offizier —, »aber Mr. Francis hat ihn sofort mit Bravour außer Gefecht gesetzt. Ein perfekter Schuß. Man wollte uns das Geld abnehmen und, was noch schlimmer gewesen wäre, die Ausklarierungsscheine. Mr. Francis' Verdacht war nur zu berechtigt.«

Er lächelte Joseph gelassen zu, der sich, die Pistole noch in der Hand, stumm und drohend über den stöhnenden, sich windenden Leutnant beugte. Das schwankende Laternenlicht fiel auf das bleiche, schwitzende, schmerzverzerrte Gesicht des Offiziers. Blut rann von seinem verwundeten Bein. In seinen weitaufgerissenen blauen Augen stand nackte Todesangst, aber er schwieg.

Captain Oglethorpe trat neben Joseph. Seine Miene verriet nur sachliches Interesse. »Geben Sie ihm den Rest«, sagte er. »Wie ich sehe, haben wir keine Zeit mehr zu verlieren.«

Ein paar Mann der Besatzung tauchten auf der Rampe auf, blieben aber vorsichtig in einiger Entfernung stehen und starrten nur gespannt herüber. Mr. Montrose musterte den Verwundeten mit zusammengekniffenen Lippen. »Nein«, sagte er schließlich. »Zuerst will ich noch ein paar Fragen klären. Außerdem hätten wir bei unserer Rückkehr wahrscheinlich ziemliche Schwierigkeiten, wenn wir ihn jetzt töten und hier liegen lassen, und wir sind nun in der Tat ein wenig in Druck. Unter Umständen haben die Begleiter unseres tapferen Freundes die Patrouillen schon alarmiert. Laß ihn aufs Schiff bringen und verbinden, Edmund, damit er nicht stirbt, bevor er uns die nötigen Informationen gegeben hat.«

Der Leutnant krümmte sich noch immer am Boden, aber er stöhnte nicht mehr. Schweißtropfen glitzerten auf seiner Stirn, und er knirschte vor Schmerzen mit den Zähnen. Einstweilen war der Tod an ihm vorübergegangen, doch er spürte noch seine Kälte in den Adern.

Der Captain stieß einen Pfiff aus und winkte seinen Männern. Sie gehorchten sofort. Nach seiner kurzen Anweisung blickten sie ungläubig auf den Soldaten nieder, wagten jedoch keinen Kommentar. Als sie den Verwundeten anfaßten, kreischte er plötzlich auf, sie hoben ihn gleichgültig hoch und schleppten ihn zum Schiff. Die drei Männer auf dem Pier sahen ihnen schweigend nach. Joseph hielt seine Pistole noch immer schußbereit und warf von Zeit zu Zeit einen raschen Blick auf das Tor.

»Mein Kompliment, Mr. Francis«, sagte Mr. Montrose. »Sie haben so blitzschnell gezogen, daß selbst ich überrascht war. Ich nehme an, Sie wollten ihn nicht töten?«

»Nein«, sagte Joseph.

»Darf ich fragen, warum nicht?«

Josephs Gesicht war noch immer eingefallen, und er atmete schwer. »Es macht mir nichts aus, einen Menschen zu töten, wenn es sich nicht vermeiden läßt. Aber in diesem Fall hielt ich es nicht für notwendig.«

Der noch immer lächelnde Mr. Montrose ließ sich durch diese Antwort nicht ganz überzeugen. »Ein höchst bemerkenswerter Schuß«, meinte er. »Ich hätte nicht halb so gut getroffen, und du auch nicht, Edmund. Einfach bewundernswert.«

Der Captain war verdrießlich. »Wir hätten ihn hier erledigen können und die Leiche dann aufs Schiff mitnehmen und irgendwo im Meer versenken. Was erhoffst du dir bloß von ihm?«

»Er kennt meinen Namen und hat Braithwaite erwähnt. Außerdem hat er verraten, daß man unsere Zimmer nach Geld durchsucht hat. Unser — Freund hat das gut geplant. Es hätte wohl sein letzter Coup sein sollen, weil er versetzt wird. Überdies habe ich das Gefühl, daß wir ihm nicht eben ans Herz gewachsen sind, denn meiner Meinung nach wollte er uns nicht nur ausplündern, sondern hat zweifellos gehofft, wir würden außerhalb des Hafens einer Patrouille in die Hände fallen und erschossen werden.«

Der Captain nickte widerstrebend. »Ja, ohne die Ausklarierungsscheine durchaus denkbar. Aber im Fall einer Festnahme hätte unser Geständnis auch Braithwaite belastet.«

»Sei versichert, daß er mit dieser Möglichkeit gerechnet hat, und genau darüber will ich unseren Gefangenen auch noch näher befragen.«

Joseph dachte nach. Er hatte selbst den Hauch des Todes gespürt. »Auch wenn er uns die Ausklarierungsscheine gelassen hätte, ich glaube nicht, daß wir davongekommen wären. Dieser Mann wollte uns berauben und dann töten, damit wir den Oberst nicht in die Sache hineinziehen können.«

Mr. Montrose überlegte diesen Einwand und nickte. »Wahrscheinlich haben Sie recht, Mr. Francis. Der Leutnant wollte uns die Dokumente nicht abnehmen, damit wir von einer Patrouille festgenommen werden, sondern damit es kein Beweismaterial gegen unseren reizenden Oberst gibt. Gott sei Dank hatte er nur diese drei üblen Halsabschneider mit und keine Soldaten. Hätte er Sie erschossen, die anderen würden den Mut aufgebracht haben, auch mich und Edmund zu töten, aber Ihre Blitzaktion, Mr. Francis, hat sie total überrumpelt und sie in Panik versetzt. Außerdem sahen sie ihren Anführer fallen, und ohne Leithammel verlieren solche Tiere völlig den Verstand. Zum Glück war der Leutnant noch so jung, daß er nicht widerstehen konnte, sich vorher noch ein wenig aufzuspielen. Andernfalls wären wir jetzt nicht mehr am Leben.«

Mittlerweile waren die letzten Kisten eilig an Bord geschafft worden. Der Pier lag verlassen im düsteren Licht, und die leere Halle warf alle Geräusche hundertfach wider. Die drei Männer gingen rasch auf das Schiff zu. »Wir legen sofort ab«, sagte Edmund Oglethorpe. »Es wäre Wahnsinn, bis Mitternacht zu warten.« Er blickte Joseph mit freundlicher Neugier und Bewunderung an. »Es ist mir eine Ehre, Sir, Sie an Bord meines Klippers zu haben, denn es gibt nichts, was ich mehr schätze als Tapferkeit.« Er legte Joseph flüchtig die Hand auf die Schulter. »Ich bin Ihnen dankbar, daß Sie Mr. Montrose das Leben gerettet haben. Dankbarer noch als für mein eigenes.«

Mr. Montrose lächelte den Captain an. »Der Leutnant wußte genau, daß er mit einem Schuß auch dich herbeigelockt hätte, wenn du nicht ohnehin schon am Kai warst, und das hätte auch dein Ende bedeutet, Edmund. Trotzdem war es für ihn ein tollkühnes Unternehmen, obwohl er uns wahrscheinlich heimlich beobachtet und gewartet hat, bis wir allein waren. In diesem Moment hat er mehr Mut bewiesen, als ich ihm auf dem Schlachtfeld zutraue. Aber freilich — Geld ist ein großer Ansporn.«

»Nach unserer Rückkehr werden wir den Oberst finden«, sagte der Captain, während sie gemeinsam über die feuchte, glitschige Rampe an Deck gingen. Er sagte es beiläufig und fast gleichgültig.

»Gewiß«, antwortete Mr. Montrose. Joseph fühlte einen kalten Hauch im Nacken. Mr. Montrose fuhr fort: »Männer wie den Oberst trifft man nicht oft an der Front. Sie sind viel zu klug und zu gerissen, um auf dem Schlachtfeld zu fallen.«

Captain Oglethorpe lachte. »Trotzdem wird er sterben.« Joseph sah seine weißen Zähne im Halbdunkel aufblitzen.

Josephs Kabine war klein und kahl, aber herrlich warm. Ein blankes Bullauge befand sich über der schmalen Koje mit ihren sauberen braunen Decken und dem gestreiften Baumwollkissen. Eine Laterne schwang sanft von den makellos polierten Holzdielen des Plafonds. Die übrige Einrichtung bestand aus einem Stuhl und einer niedrigen Kommode. Die Frische der Seeluft und der aromatische Geruch nach Bohnerwachs und Seife erfüllte den kleinen Raum. Joseph hängte seinen Mantel an einen Haken und legte seine wenigen Habseligkeiten in die Kommode. Dann überlief ihn zum erstenmal ein Zittern.

Er verabscheute sich. Er hatte auf einen Menschen geschossen, der ihn hatte ermorden wollen. Warum dann dieses lächerliche Zittern? Schließlich hatte er Jahre hindurch zweimal im Monat mit der Pistole in der Hand in Mr. Healeys Kontor geschlafen, mit dem Vorsatz, jeden Einbrecher oder Eindringling sofort niederzuschießen. Er hatte sich im Töten geübt. Und doch — im entscheidenden Moment hatte er geschwankt und den Soldaten nur verletzt. Hatte er es wirklich für unnötig gehalten, ihn zu töten? War er vielleicht doch ein Schwächling, ein Schlappschwanz? Als Kind hatte er davon geträumt, die Engländer umzubringen. Er hatte Lust gehabt, all jene zu töten, die seine Mutter in Wahrheit auf dem Gewissen hatten. Was stimmte jetzt nicht mit ihm? Im Krieg würde er bestimmt keine solchen Bedenken haben. Man hatte ihn gelehrt: »Heb nie die Waffe, wenn du nicht schießen, und schieße nie, wenn du nicht töten willst.« Er hatte versagt.

Aber trotz seines Zitterns und seiner Selbstverachtung war er froh, den Leutnant geschont zu haben. Dieser Gedanke vertiefte noch den Abscheu, den er vor sich empfand. Er barg den Kopf in den Händen und erschauerte, als stünde er noch immer draußen in der Kälte auf dem Pier. Das nächste Mal, dachte er, werde ich keine Sekunde zögern. Meine Zimperlichkeit hätte uns alle das Leben kosten können.

Er setzte sich auf die Bettkante und überlegte niedergeschlagen, ob er es sich nun mit Mr. Montrose verscherzt hatte. War das der eine Fehler gewesen, der gleichzeitig auch sein letzter sein mußte und den man ihm doch nie verzieh? Aber Mr. Montrose hatte keineswegs verärgert gewirkt. Wie dem auch war — er blieb für Joseph ein Rätsel, ein größeres Rätsel als je zuvor. Aber ich werde es bald lösen, sagte sich Joseph finster.

Er hörte über sich laute Rufe und Stimmengewirr, und dann schaukelte und schwang der Boden unter seinen Füßen, und er wußte, daß das Schiff vom Dock ablegte. Er kniete sich auf seine Koje und spähte durchs Bullauge. Die *Isabel* glitt wie ein schweigender Schatten über das schwarze Wasser und ließ den vor Anker liegenden Mastenwald wie im Flug hinter sich. Nun knarrte und schlingerte und rollte der Klipper ein wenig, und Joseph hörte das sanfte Ächzen der Spanten und das Rauschen und Spritzen der Wellen, die der scharfe Bug teilte. Die *Isabel* war ein schönes Schiff, stolz und schnell, und Joseph fühlte ihre furchtlose, zuversichtliche Seele. Plötzlich erinnerte er sich an die *Irish Queen,* die er sich als Kind immer als alte, tapfere Frau vorgestellt hatte, die müde, aber unbeirrbar ihren Weg zog, obwohl sie sich nach dem Tod oder einem sicheren Hafen sehnte. Dieser Klipper war anders, wie geschaffen für die Weite der See. Seine Phantasie reizte Joseph unwillkürlich zum Lächeln, obwohl er wußte, daß die Seeleute an ein eigenes, selbständiges Wesen ihrer geliebten Schiffe glaubten.

Es war lange her, seit er das letztemal auf einem Schiff gewesen war und den Geruch von Salzwasser und Teer und feuchtem Holz und Segeltuch eingeatmet hatte. Ganz plötzlich überfiel ihn schmerzhaft die Erinnerung, und ein paar Sekunden lang überwältigte sie ihn.

Er zwang sich, seine weichen, gepflegten Hände zu betrachten — sie trugen trotzdem noch alte Schwielen — seinen eleganten, respektablen Anzug, die handgemachten Stiefel aus schimmerndem Leder, die breite Krawatte mit der diskreten Perlennadel über seinem Hemd aus feinem Battist. Er strich sich übers Haar. Es war glatt und seidig, nicht mehr verwildert. Er stand auf und ging zur Kommode hinüber, betastete seine Habseligkeiten und öffnete seine Brieftasche, die eine stattliche Summe enthielt. Er ließ die feine Goldkette, die sich über seine schlanke Mitte spannte, durch die Finger gleiten, zog die Repetieruhr heraus, hielt sie ans Ohr und ließ sie ihre zarten, elfenhaften Laute schlagen. Erst halb zwölf, dachte er. Eine seltsame Entschlossenheit durchglühte ihn. Er war nicht reich. Aber in einem Jahr würde er reich sein! Er ballte die Fäuste. In spätestens einem Jahr.

Mr. Montrose und Captain Oglethorpe saßen in der warmen Kapitänskajüte und tranken Brandy.

»Die Neuigkeiten, Edmund«, sagte Mr. Montrose. »Ich weiß, du mußt gleich wieder an Deck. Aber zuerst muß ich die Neuigkeiten erfahren.«

»Ich habe einen mutigen und vertrauenswürdigen Mann nach Richmond geschickt«, sagte der Captain. Sein Lächeln wurde breiter. »Genauer gesagt, in unseren Heimatort Kentville.«

Mr. Montrose musterte ihn scharf. »Dieser mutige und vertrauenswürdige Mann warst du, mein Lieber.«

»Tatsächlich, du hast recht. Schließlich wollte ich keinen meiner Männer in Gefahr bringen, und außerdem lag mir an einem wahrheitsgetreuen Bericht.«

»Du hättest als Spion oder unter irgendeinem anderen Verdacht verhaftet und erschossen werden können.«

»Ich? Aber Clair! Was bin ich denn? Doch bloß ein einfacher Seemann, ein Wanderer, ein hilfloser, bedeutungsloser Niemand, ein Vagabund der Meere, der, erst vor kurzem aus fernen Landen zurückgekehrt, nur durch Gerüchte von diesem Krieg weiß und schlicht und einfach seine Familie wiedersehen will.«

»Keine sehr glaubhafte Geschichte«, sagte Mr. Montrose. »Aber du bist so ein Schurke, daß du wahrscheinlich General Sherman höchstpersönlich hinters Licht führen könntest. Ich nehme an, du hattest keine großen Schwierigkeiten mit Patrouillen oder marodierenden Unionisten?«

»Ein bißchen schon. Ein paar Male war es recht riskant, und das hat mich aufgehalten. Aber wie du weißt, bin ich seit meinem zwanzigsten

Lebensjahr Seemann und an schlechtes Wetter gewöhnt. Es macht mir nichts aus, in Ruinen und verlassenen Scheunen oder sogar im Freien zu schlafen. Das Reiten habe ich auch nicht verlernt, und hin und wieder habe ich ein Pferd gefunden —«

»Sag lieber, du hast es gestohlen«, warf Mr. Montrose ein.

Der Captain wirkte gekränkt. »Wem gehören diese Pferde denn? Uns oder den verdammten Yankees, die sie in Wirklichkeit gestohlen haben? Gott verdamm mich, wenn ich sie nicht hasse!«

»Hast du viele töten müssen?«

Der Captain grinste verlegen. »Ein paar«, gab er zu. »Aber was ist schon ein Yankee! Ich hab es nur getan, wenn es sich nicht umgehen ließ —, zum Beispiel, wenn ich Munition brauchte oder ein frisches Pferd. Als ich noch ein Lausebengel war, hat dein Dad oft zu mir gesagt: ein Gentleman tötet nur, wenn er dazu gezwungen ist, und im Gegensatz zu dir habe ich immer große Stücke auf ihn gehalten. Immerhin war er mein Onkel und hat sich nach Pas Tod um Mama und mich gekümmert. Er hat mich zur Schule geschickt, und wenn er auch verdammt viel und fromm dahergeredet hat, hatte er doch seine Vorzüge.«

»Ich weiß«, sagte Mr. Montrose. »Ein echter Südstaatler. Eben ein Gentleman.«

Der Captain verzog schmerzlich das Gesicht. »Du hast nie vor jemand Respekt gehabt, Clair. Nicht einmal vor deiner eleganten Mama. Du warst immer ein Gauner, und trotzdem hast du die Frechheit, mich einen Schurken zu nennen. Ich habe wenigstens vor meinen Eltern Respekt gehabt und mich nicht über sie lustig gemacht wie du. Und ich bin am Sonntag mit ihnen zur Kirche gegangen, was du schon als Knirps von fünf Jahren abgelehnt hast. Du warst schon immer ein verrückter Kerl.«

Mr. Montrose nickte. »Wir zwei sind aus dem gleichen Holz geschnitzt, Edmund. Wir haben beide das Piratenblut von unseren frommen Müttern geerbt. Dabei waren sie solche Damen! Ich habe mich immer gefragt, ob Mama jemals aufs Häuschen mußte. Ich bin sicher, Daddy glaubte, so was kam bei ihr nie vor. Aber jetzt erzähl doch endlich, was du erfahren hast.«

Der Captain füllte sein Glas nach. Das Schiff gewann an Fahrt, und die Laterne an der Decke schwankte. »Luane«, sagte er, »hat nur deine beiden ersten Briefe bekommen.«

»Daddy hat sie konfisziert.«

»Nein, deine Mama. Natürlich nur zu Luanes Bestem. Es schmerzt mich, wenn ich daran denke, daß du deine Mutter sogar noch weniger geliebt hast als deinen Vater. Dabei war sie eine so reizende, zarte Frau, die nie die Stimme erhob, nicht einmal gegen einen Sklaven. Nein, sie war's, so leid es mir tut, das sagen zu müssen.«

Mr. Montrose lehnte sich vor. »Du hast Luane gesehen? Erzähl doch!«

Der Captain starrte ihn an und sagte dann abrupt: »Die Yankees haben das Haus niedergebrannt, in dem wir beide geboren wurden und wo auch schon dein Vater zur Welt gekommen ist. Sie haben die Felder und die Baumwolle verbrannt und das Vieh davongetrieben. Was sie nicht mitnehmen konnten, haben sie zerstört. Gärten, Hühnerställe, Scheunen, Pferde — das alles gibt es nicht mehr. Nur noch ein oder zwei Schornsteine sind übrig. Sie haben alles vernichtet. Nur die Sklavenquartiere stehen noch. Aber die Sklaven sind verschwunden.«

Die Augen von Mr. Montrose glühten wie die einer großen Katze.

»Und Luane?«

»Luane blieb. Sie hat deine Mutter in den Wäldern versteckt, und als die Yankees abzogen, brachte sie sie in die Sklavenquartiere.«

»Haben sie Luane ein Leid angetan?«

»Nein. Das Mädchen ist richtig auf Draht, Clair. Sie wußte, was die Yankees mit den Sklavinnen machten und daß sie die Männer und sogar die Kinder erschießen würden, nachdem sie den Wein und den Whisky von deinem Dad ausgesoffen hatten. In ganz Virginia habe ich die gleiche Geschichte gehört. Kannst du dir vorstellen, daß ein Südstaatler hilflose Menschen erschießt, selbst wenn es Schwarze sind?«

»Natürlich. Allerdings nicht so ohne weiteres wie ein Yankee.« Mister Montrose nippte an seinem Brandy. »Du hast Luane gesehen.«

»Ja. Auf meine Rufe — ich kam mir ein bißchen so vor wie der Rufer in der Wüste — kam Luane aus den Sklavenquartieren, und als sie mich erkannte, schrie sie: ›Clair? Was ist mit Master Clair?‹ Sie war ganz außer sich. Sie packte mich an den Armen und schüttelte mich und schrie immer wieder deinen Namen. Es hat mich richtig nervös gemacht, weil ich nicht wußte, ob nicht doch noch Yankees in der Nähe waren, und wenn wir nicht von klein auf mit ihr gespielt hätten, ich würde ihr eine gelangt haben, nur um sie zum Schweigen zu bringen. Es war tatsächlich Luane, und sie schaut keinen Tag älter als Zwanzig aus, obwohl sie jetzt auch schon an die Dreißig sein muß.«

Er schüttelte den Kopf. »Sie ist noch immer schön mit ihren großen grauen Augen und der Haut wie Pfirsich und ihrem Mund, der mir, als ich noch ein Grünschnabel war, immer vorkam wie eine dunkle Rose. Ich habe damals oft davon geträumt, mit ihr ins Bett zu gehen, aber du bist mir zuvorgekommen. Dabei war sie doch erst dreizehn. Am liebsten hätte ich dich dafür umgebracht —« Der Captain lachte und schüttelte wieder den Kopf. »Der Jammer war nur, daß dein Dad es nicht gern sah, wenn sich ein Weißer mit den Sklaven einließ. Er hielt zwar selber welche, aber eins muß man ihm lassen — er hat sie nie mißbraucht und sie immer als menschliche Wesen mit diesen unübertragbaren Rechten respektiert, die er stets aus der Unabhängigkeitserklärung zitierte, obwohl das beileibe nicht hieß, daß er für die Abschaffung der

Sklaverei war oder das Gefühl hatte, der bewußte Artikel hätte überhaupt irgend etwas mit den Negern zu tun. Er war eben inkonsequent. Erinnerst du dich noch, als er dir und Luane auf die Schliche kam? Man hätte glauben können, sie wäre seine geliebte einzige Tochter und du ein dreckiger Mädchenschänder, der es verdiente, ausgepeitscht und gehängt zu werden. Er war schon ein komischer Kauz, dein Dad. Sie ein Sklavenmädchen und du sein einziger Sohn, aber trotzdem hat er fast einen Anfall gekriegt.«

Mr. Montrose lächelte zynisch. »Vielleicht hat er sich darauf besonnen, daß Luane seine Cousine zweiten Grades ist, die Tochter seines Vetters Will, der nichts dagegen hatte, wenn sich einer mit den Sklaven einließ.«

»Nun, mein Lieber, Vetter Will — übrigens *dein* Vetter, nicht meiner — war ein Musterbeispiel für das weiße Lumpengesindel bei uns im Süden, ein fauler Bastard, ein Taugenichts, der es nie über eine verlotterte kleine Farm hinausgebracht hat und nicht mal einen lausigen eigenen Sklaven besaß. Er hatte kein Recht, mit Luanes Mutter zu schlafen, denn schließlich war sie das Eigentum von deinem Dad. Aber er war schon ein schneidiger Kerl, dein Cousin Will. Luane hat seine Augen und seine Nase, und ihre Mammy war selbst eine hübsche Frau, eine ganz Helle, wie's so heißt. Luane könnte jederzeit als Weiße gelten.«

»Vermutlich soll das ein Kompliment sein«, sagte Mr. Montrose.

»Das will ich meinen, Clair, und komm mir bloß nicht wie so ein verdammter Yankee. Ich bin ein Kind des Südens, ein echter Gentleman.« Der Captain lachte. »Aber nun weiter. Irgendwie gelang es mir, Luane zu beruhigen, und so erfuhr ich dann die Neuigkeit. Jetzt wirst du deinem Vater sicher für vieles Abbitte leisten. Bevor das Kind geboren wurde, sprach er Luane nämlich frei, so daß dein Sohn als freier Mann zur Welt kam und nicht als Freigelassener. Und noch etwas, das dich deinem Dad gegenüber hoffentlich milder stimmen wird — er liebt seinen Enkel und hat ihn sogar in sein Testament aufgenommen. Luane sagte es mir.«

»Ich kenne nicht einmal seinen Namen«, sagte Mr. Montrose.

Der Capitain warf den Kopf zurück und wieherte fröhlich auf. »Ob du's glaubst oder nicht, er hat deinem Sohn seinen eigenen Namen gegeben — Charles!«

Mr. Montrose starrte ihn sprachlos an. Der Captain lachte wieder und schlug sich vergnügt auf die Schenkel.

»Clair«, sagte er, »das Pech mit dir ist, daß du ein sehr komplizierter Mensch bist, und wie kann so ein Esel, der immer um hundert Ecken denkt, jemand begreifen, der so arglos ist, daß er nicht mal nach links oder rechts schaut. Weil du selbst so tiefgründig bist, vermutest du das auch bei jedem anderen, aber dein Dad ist so wenig geheimnisvoll wie klares Bachwasser und hat überhaupt nie einen Gedanken in seinem

Kopf herumgewälzt. Das hab ich schon mit sechs Jahren gewußt. Aber ich bin freilich kein Intellektueller wie du, Clair. Ich konnte die Dinge immer als das erkennen, was sie waren, aber du hast immer nach der wirklichen Bedeutung unter der Oberfläche gesucht und dabei nur deine eigene Dummheit gefunden. Natürlich warst du völlig ahnungslos — im Gegenteil, du hast dich für einen großen Schlaumeier gehalten.«

Mr. Montrose fuhr sich mit den Fingern durch sein dichtes Haar. Der Captain setzte mit einem noch breiteren Grinsen fort: »Dein Junge sieht Luane ähnlich, obwohl er blond ist wie du. Natürlich wußten alle Bescheid, daß es *dein* Junge ist, aber bis jetzt hat es außer dir noch keiner gewagt, über deinen Dad zu lachen. Seine Freunde hätten sich nicht einmal getraut, hinter seinem Rücken über ihn zu spotten. Ein tapferer Mann, dein Dad, und er hätte auch jeden umgebracht, der sich über ihn mokiert hätte. Außerdem ist er stolz auf den Jungen, stolzer als er je auf dich war. Charles ist sein Blut. Er schaut aus wie ein Deveraux, und Luane hat ja auch euer Blut in den Adern. Und du weißt ja, die ganze Sippe ist stolzer als der Teufel selber.«

Mr. Montrose schwieg. Seine vornehmen Züge waren völlig ausdruckslos. Der Captain füllte seinem Cousin das Glas nach und schüttelte den Kopf wie über einen gelungenen Witz, den nur er verstehen konnte. »Luane hat mir von deinen beiden Briefen erzählt. Du hast ihr Geld geschickt. Ich frage mich nur, wie du dir einbilden konntest, daß eine schwangere Schwarze, und wenn sie hundertmal weiß aussieht, von Zuhause fortlaufen und sich in den Norden durchschlagen kann! Noch dazu, wo sie damals kaum vierzehn Jahre alt und eine Sklavin war — denn du wußtest ja nicht, daß man sie freigelassen hatte. Ich sage dir, Clair, ihr Intellektuellen handelt meistens wie Schwachsinnige. Schön, du warst selbst noch nicht einmal neunzehn, aber trotzdem hättest du gescheiter sein müssen.«

»Ich habe ihr geschrieben, wir könnten im Norden heiraten.«

»Ja, Clair, aber Luane hat mehr Verstand als du.«

Als Mr. Montrose nichts erwiderte, fuhr der Captain fort: »Sie ist eben ein vernünftiges Mädchen. Du bist im Süden geboren, und sie wußte, du würdest dich eines Tages daran erinnern, daß sie nur eine freigelassene Sklavin mit Negerblut ist, du aber ein Deveraux bist.«

»Luane ist auch eine halbe Deveraux.«

Der Captain lächelte triumphierend. »Na bitte, jetzt hast du Farbe bekannt. Du hast dich immer über deine Familie lustig gemacht, aber du kannst dein Blut nicht verleugnen. Luane kennt dich genau. Wenn ich nicht wüßte, wer sie ist, würde ich Stein und Bein schwören, daß sie eine Dame ist, eine Dame von hoher Geburt. Und dann ist da noch etwas: sie war deiner Mama immer treu ergeben, besonders nachdem sie das Baby zur Welt gebracht hat. Du hast deine Mutter nie geschätzt. Sie hatte ihre Prinzipien wie dein Dad und war sogar noch besser als eine

Deveraux — trotz des Piraten unter ihren Vorfahren. Sie hat Luane fast wie ein eigenes Kind aufgezogen, auch wenn sie nie ihre wahren Gefühle gezeigt hat, aber Luane hat sie gekannt.«

Der Captain schaute Mr. Montrose nachdenklich an. Dann warf er einen Blick auf seine Uhr. »Ich will es kurz machen, Clair. Deine Mutter ist vor zwei Monaten in den Sklavenquartieren gestorben. Luane hat sie umsorgt wie eine liebende Tochter, sie wich nicht eine Minute von ihrer Seite. Als deine Ma tot war, hat ihr Luane ein Grab geschaufelt, dort wo einmal die Gärten waren. Sie hat sie in einen ihrer Schals gewickelt und betrauert wie ihre eigene Mutter.« Er machte eine kurze Pause. »Tante Elinor war eine richtige Dame, wie ihre Schwester, meine Mama, auch wenn sie nicht klüger war als dein Dad. Du hast zwar Dummheit nie verzeihen können, Clair, aber einfältige Menschen besitzen oft Würde.«

»Was ist mit Luane? Wie geht es ihr?«

»Sie lebt noch immer in den Sklavenquartieren. Ich habe ihr die vierhundert Dollar gegeben, die ich bei mir hatte, und gesagt, daß du sie ihr schickst. Auf meine Frage, ob sie nicht in den Norden kommen und sich dir anschließen möchte, hat sie geantwortet: ›Sagen Sie Master Clair, ich werde nie von hier fortgehen — von meinem Land und meinen Leuten. Aber ich schicke ihm all meine Liebe und bitte ihn, wenn der Krieg vorbei ist, auf seinen eigenen Grund und Boden heimzukehren.‹ Und sie legt einen Garten an und ist richtig dankbar für das Geld. Sie will ein oder zwei Kühe kaufen und vielleicht auch ein paar Pferde. Du schuldest mir also vierhundert verdammte Yankeedollar.«

Mr. Montrose rieb sich die Stirn und starrte zu Boden. »Wo ist mein Sohn?« fragte er.

Der Captain lachte noch lauter auf als zuvor. »Dein Dad ist Oberst in der Konföderiertenarmee, und ich habe keine Ahnung, wo er jetzt steckt. Er hat deinen Sohn als seinen persönlichen Adjutanten mitgenommen, und ich schätze, kein Mensch in der Armee weiß, daß der Junge Negerblut in den Adern hat. Luane hat es ihm gesagt, aber er soll ihr geantwortet haben, ihr, seiner eigenen Ma, daß es keine Rolle spielt und daß Gott einen Menschen nicht nach seiner Hautfarbe beurteilt, sondern nur nach seiner Seele. Aber Luane ist schlau. Sie weiß es besser, und ich glaube, sie hält deinen Jungen für den gleichen großen Narren wie seinen Großvater.« Er stand auf. »Deine Luane ist eine Dame und eine stolze, unglaublich mutige Frau obendrein. Sie wartet auf dich, was ich nicht eben sehr klug von ihr finde.«

Er legte Mr. Montrose die Hand auf die Schulter und schüttelte ihn, als wollte er ihn aufmuntern. »Dieser gottverdammte Krieg wird schließlich nicht ewig dauern, Clair. Geh zurück auf dein Land und zu deinen Leuten. Geh zurück zu Luane.«

»In Virginia kann ich sie nie heiraten«, sagte Mr. Montrose.

»Zum Teufel, wer redet hier von heiraten? Sie wartet auf dich. Verdammt noch mal, wenn ich so ein Mädchen hätte, das auf mich wartet, ich würde mich durch die ganze Unionistenarmee zu ihr durchschlagen. Ich hab es dir doch schon gesagt: Luane hat auch ihren Stolz. Immerhin ist sie eine Deveraux, wenn auch ein Fehltritt.« Er gab Mr. Montrose einen leichten Stoß. »So, und was tun wir jetzt mit dem Bastard unten im Kiel?«

Mr. Montrose erhob sich ebenfalls. Er wirkte geistesabwesend und wie betäubt. Nach einem Moment sagte er: »Ich werde gleich mit ihm sprechen. Und ich möchte den jungen Francis dabei haben. Jetzt weiß er, wie Blut schmeckt, wie mein Dad zu sagen pflegte, wenn er mir einen blutigen Fuchsschwanz ins Gesicht steckte. Er soll hören, was ich aus dem Leutnant herausbringe.«

Er schaute seinen Cousin an. »Danke, Edmund. Das ist alles, was ich sagen kann. Danke.« Er streckte ihm lächelnd die Hand hin. »Du bist zwar nur ein Oglethorpe, aber ich glaube, ich bewundere dich.«

»Fahr zur Hölle!« lachte der Captain fröhlich.

XXI

»Sie werden es nicht wagen, mich zu töten — einen Offizier der Unionsarmee«, sagte der junge Leutnant. Er hatte nur eine Fleischwunde, die zwar böse aussah und von einem Mitglied der Besatzung fachmännisch versorgt worden war. Er lag auf der Pritsche im Schiffsgefängnis und starrte verächtlich auf Mr. Montrose, der im Licht der Lampe auf dem einzigen Stuhl saß. Joseph stand mit der Pistole in der Hand neben ihm.

»Sie könnten eine unangenehme Überraschung erleben«, antwortete Mr. Montrose liebenswürdig. »Nur weil der Herr hier Sie nicht gleich getötet hat, bedeutet das nicht, daß wir es nicht jetzt tun werden, noch dazu wo wir auf offener See sind. Es paßte nur in unser Konzept, Ihr Leben zu schonen und Sie mit an Bord zu nehmen. Stellen Sie meine Geduld nicht auf eine allzu harte Probe, Mr. —?«

Der Offizier spuckte ihn an, zuckte aber sofort zurück, als Joseph die Pistole auf seine Schläfe richtete. Er blickte zu ihm auf und erkannte die drohende Gefahr in den tiefliegenden Augen und dem entschlossenen Zug um den zusammengepreßten Mund. »Sie werden es nicht wagen«, wiederholte er, doch es klang eher wie eine ängstliche Frage.

»Langsam verliere ich die Geduld«, meinte Mr. Montrose. »Sie haben gehört, was wir von Ihnen wissen wollen. Antworten Sie, oder Sie sterben auf der Stelle. Wenn Sie aufrichtig mit uns sind, schenken wir Ihnen das Leben. Wenn nicht, werfen wir Sie ins Meer, sobald wir die Patrouillen passiert haben.«

Der Soldat war jung, sehr jung sogar, und nun verlor er vor Schmerzen und Angst die Nerven. Er begann überstürzt und atemlos zu sprechen. Es war fast genauso, wie Joseph vermutet hatte. Oberst Braithwaite hatte dem Leutnant befohlen, in der Stadt ein paar Ganoven anzuheuern, um Mr. Montrose dann im rechten Moment auf dem Pier zu überfallen, ihm Geld und Ausklarierungsscheine abzunehmen und ihn dann samt dem Captain und Joseph zu ermorden. Danach sollte er der Hafenbehörde melden, er habe Schüsse gehört, sei ihnen nachgegangen und habe drei Leichen gefunden. Er sollte sich dem Schiff nicht nähern, sondern »um sein Leben rennen« und um Hilfe rufen. Nach einer Überprüfung hätte man dann die Ladung konfisziert und die Angelegenheit als »Hochverrat« abgestempelt. Der Klipper wäre ebenfalls von der Regierung beschlagnahmt worden. Auf diese Weise hätte Oberst Braithwaite vor seiner Versetzung nach Philadelphia eine riesige Summe kassiert und gleichzeitig seine Rachegelüste befriedigen können.

»Aber wofür wollte er sich rächen?« fragte Joseph. »Was hat ihm unser Auftraggeber oder was haben wir selbst ihm getan, um ihn uns zum Feind zu machen?«

Mr. Montrose blickte ihn mit so echtem Erstaunen an, daß Joseph sich töricht vorkam und ganz verwirrt war. »Mein lieber Mr. Francis«, wies ihn der Ältere sanft zurecht, »haben Sie denn noch nicht begriffen, daß man nicht immer jemand beleidigen muß, um sich seine Feindschaft zuzuziehen? In Wahrheit schafft man sich den Großteil seiner Feinde ohne eigenes Zutun. Neid und Mißgunst und das ewige Böse, das in jedem Menschen schlummert, machen ihn von Natur aus zum Feind seiner Artgenossen. Dazu ist eine Provokation nicht notwendig. Mein tödlichster Feind war ein Mann, den ich für meinen besten Freund hielt, dem ich uneigennützig unzählige Gefälligkeiten erwies, den ich begünstigte und beschenkte.« Er hing sekundenlang lächelnd seinen Gedanken nach. »Inzwischen bin ich zu der Ansicht gekommen, daß all das sehr provozierend wirken mußte und Feindschaft verdiente.«

Der junge Soldat, auf dessen blassem Gesicht der Schweiß glänzte, lauschte mit geschlossenen Augen. Mr. Montrose stieß ihn leicht mit dem Finger an. »Aber vielleicht hatte Oberst Braithwaite noch einen anderen Grund, uns zu verraten?«

Offensichtlich war das der Fall. Der Leutnant sollte den Behörden mitteilen, die *Isabel* habe Oberst Braithwaites Verdacht erweckt, und er habe seinen Untergebenen zu letzter Stunde damit beauftragt, Nachforschungen anzustellen. Für den Fall, daß dem Leutnant beide Ausfertigungen des Ausklarierungsscheins in die Hände gefallen wären, hätte Oberst Braithwaite geleugnet, jemals ein solches Dokument ausgestellt zu haben. Sonst hätte er behauptet, er wäre von »Verrätern« und Waffenschmugglern getäuscht worden, habe schließlich Verdacht geschöpft und eine neuerliche Überprüfung angeordnet. Die Regierung hätte ihn dann für seinen Scharfblick und sein promptes Handeln reichlich belohnt und zumindest zum Brigadegeneral befördert.

Mr. Montrose folgte diesen Ausführungen ohne eine Miene zu verziehen, aber Joseph war angeekelt. Als Mr. Montrose das sah, schüttelte er unmerklich den Kopf und lächelte. »Sie werden noch merken, daß es nicht genügt, einen Menschen *einmal* zu kaufen. Man muß ihn immer wieder bestechen, und zwar nicht nur mit Geld, um sich seine Freundschaft zu erhalten. Dem Oberst hat eine größere Belohnung gewinkt, und so hat er die Gelegenheit beim Schopf ergriffen. Hätte man ihn nicht nach Philadelphia versetzt und wäre er hier als Hafenkommandant geblieben, hätten wir sicher weiterhin mit ihm Geschäfte machen können.«

»Abgesehen von der Tatsache, daß Ihnen der Oberst als Ihr Vorgesetzter einen Befehl erteilt hat«, sagte er zum Leutnant, »wieviel hat er Ihnen geboten?«

»Zweitausend Dollar, einen Anteil an seiner Belohnung und sein Versprechen, sich für meine Beförderung zum Hauptmann einzusetzen.« Der junge Mann konnte vor Schmerzen kaum sprechen. »Außerdem ist er der Bruder meiner Mutter.«

Mr. Montrose nickte. »Aha, demnach konnte er verhältnismäßig sicher sein, in Zukunft nicht erpreßt zu werden, indem er Sie zum Komplizen seiner Verbrechen machte.«

»Was schlagen Sie nun vor, Mr. Francis?« fragte er, an Joseph gewandt.

Josephs Herz tat einen dumpfen, schweren Schlag. Er schwieg. Die Waffe lag plötzlich feucht in seiner Hand.

»Sie haben versprochen, mich nicht zu töten!« schrie der Leutnant. Seine blauen Augen quollen vor Entsetzen aus den Höhlen.

»Ich habe Ihnen kein derartiges Versprechen gegeben«, antwortete Mr. Montrose. »Nun, Mr. Francis? Ich überlasse Ihnen die Entscheidung.«

Josephs Mund und Kehle waren wie ausgedörrt. »Ich glaube, ich weiß eine gerechtere Strafe«, sagte er, ohne zu ahnen, daß seine Stimme fast flehend klang. »Bis Virginia ist seine Wunde beinah verheilt. Wir setzen ihn in voller Uniform an Land, und dann soll er sich selbst durchschlagen.«

Mr. Montrose lachte vor Entzücken hellauf. »Großartig!« rief er. »Er soll unseren Freunden erklären, wie plötzlich ein Offizier der Union mitten unter ihnen auftaucht! Entweder verhaften sie ihn sofort als Spion, oder sie werden sich biegen vor Lachen, wenn er ihnen die ganze Geschichte erzählt. Wenn er nicht gehängt wird, kommt er zumindest ins Gefängnis. Falls ihn dann später seine Landsleute befreien sollten, wird er weder wagen, ihnen die Wahrheit zu gestehen, noch Oberst Braithwaite zu erwähnen. Ich wäre zu gern dabei, wenn er versucht, den Konföderierten seine Anwesenheit im unbesetzten Virginia begreiflich zu machen, oder sich bemüht, sich vor seinen eigenen Freunden zu rechtfertigen.«

Er legte Joseph die Hand auf den Arm. »Ich hege große Bewunderung für einen Mann, der nicht nur seine Waffe, sondern auch seinen Kopf zu gebrauchen versteht, Mr. Francis.«

»Sie können mich ebensogut gleich töten, dann habe ich es hinter mir«, sagte der Leutnant kläglich. Mr. Montrose musterte ihn mit einem freundlichen Blick. »Junger Mann, in Ihrem Alter würde ich jede noch so aussichtslose Alternative dem Tod vorziehen. Da Sie ein Dieb und gedungener Mörder sind, können Sie es noch weit bringen, wenn Sie am Leben bleiben. Wenigstens kommen Sie vorläufig mit heiler Haut davon. Unter anderen Umständen würde ich Sie wärmstens Mr. Healey empfehlen.«

In diesem Moment hörten sie Rufe und eilige Schritte an Deck, und gleich darauf öffnete der Captain die Gittertür. »Ein Patrouillenboot hat uns eben angerufen.«

Das war eine reine Routineangelegenheit und geschah auch nicht das erste Mal, da die Patrouillen gelegentlich auslaufende Schiffe anhielten, um die Ausklarierungsscheine zu überprüfen. Der Captain warf einen Blick auf den Leutnant. »Du meine Güte«, sagte er, »lebt der immer noch? Jetzt können wir ihn erst erschießen, wenn uns die Patrouille die Fahrt freigegeben hat. Mein lieber Montrose, du bist nachlässig gewesen.«

»Das glaube ich nicht«, erwiderte Mr. Montrose. Er erhob sich und bürstete sorgfältig ein paar Aschenflöckchen von seinem Rock. »Mister Francis wird unserem Freund hier Gesellschaft leisten und ihn töten, sobald er es wagt, nur den Mund aufzumachen. Ich denke, er wird ihn erdrosseln, das macht keinen Lärm. Wir verstehen uns doch, Mister Francis?«

»Vollkommen«, antwortete Joseph, und nun klang seine Stimme entschlossen. Man hatte gegenüber dem Leutnant Gnade walten lassen. Erwies er sich ihrer nicht würdig, mußte er sterben. Joseph bezweifelte, daß ihm das lieber sein würde, als weiterzuleben.

Der Captain blendete die Lampe in der Zelle ab, warf noch einen forschenden Blick auf Joseph und begleitete Mr. Montrose hinaus. Die Tür fiel ins Schloß und wurde von außen versperrt. Joseph setzte sich auf den Stuhl. »Wenn Sie auch nur einen Ton von sich geben oder einen Finger rühren, werde ich Sie auf der Stelle töten«, sagte er.

Die Zelle hatte keine Luke, und so konnte Joseph das Patrouillenboot nicht sehen, aber er spürte seine große, dunkle Gegenwart. Er hörte, wie Fremde an Deck des Klippers kamen, und vernahm ihre Stimmen. Die *Isabel* hatte beigedreht. In der Zelle war es totenstill. Der Leutnant wandte seinen angstvollen Blick keine Sekunde lang von Joseph ab, denn er wußte, daß ihn sein Bewacher diesmal ohne Rücksicht auf die Folgen mit bloßen Händen töten würde, wenn er auch nur flüsterte. Wie sein Onkel ihm die Sache geschildert hatte, war sie ihm als ein zwar riskantes, aber höchst einträgliches Abenteuer erschienen. Geld, Beförderung, Ehre — das war nun vorbei. Jetzt war er hilflos. Er unterdrückte ein Stöhnen und lauschte gespannt den Stimmen über ihm. Eine Hoffnung blieb ihm noch: daß die Streife das Schiff durchsuchte, wie sie es manchmal tat. In diesem Fall würde Joseph es nicht wagen, dem Hochverrat auch noch einen Mord hinzuzufügen. Die Streife brauchte nur in die Nähe der Zelle zu kommen, dann würde er, Joshua Temple, seine letzten Kräfte aufbieten, sich auf Joseph werfen und um Hilfe rufen, bevor der andere ihn töten konnte.

So warteten die beiden jungen Männer in tiefem Schweigen und horchten scharf auf jedes Geräusch. Aber niemand kam die Treppe herab und näherte sich der Zelle. Der Leutnant lag mit geballten Fäusten da und blickte Joseph unverwandt, beinahe betend an. Langsam verstrichen die Minuten. Dann hörte man Gelächter und heisere, scherzende Stimmen und schließlich wie ein Beiboot vom Klipper ablegte. Die Anker wurden gelichtet, und letzte Abschiesrufe hallten über das Wasser. Der Leutnant sank in sich zusammen. Auch Joseph entspannte sich ein wenig. Die *Isabel* setzte sich schwankend wieder in Bewegung. Ein sanftes Ächzen lief durch ihre Spanten, und der Wind brauste in ihren Segeln, als sie sich unter dem Mond entfalteten.

Mr. Montrose öffnete die Tür. »Wir fahren wieder«, verkündete er. »Nun werden wir mit dem Captain ein leichtes Abendessen einnehmen, Mr. Francis, und uns dann zu Bett begeben.«

Der Leutnant rief ihnen mit tränenerstickter Stimme nach: »Ihr dreckigen Verräter!«

Die Reise dauerte sechs Tage, denn ein Sturm kam auf, in dem die *Isabel* fast Schiffbruch erlitt, und der sogar dem beherzten Captain ernstliche Sorgen machte. Der Klipper war überladen. Es bestand die Gefahr, daß er in den schwärzlich grünen Wogen versank, deren Gewalt Joseph kaum fassen konnte. Als die Lage besonders kritisch war, schlug Mr. Montrose vor, einen Teil der Ladung über Bord zu werfen, aber der Captain weigerte sich. »Lieber würde ich ein paar von meinen Männern opfern«, meinte er grinsend.

»Du bist ein unverbesserlicher Romantiker«, sagte Mr. Montrose. »Ich glaube fast, du bist den Konföderierten ergeben.«

Die Augen des Captains glitzerten. »Es gibt schlimmere Schwächen«, sagte er, und Mr. Montrose lachte. »Das werde ich Mr. Healey nicht hinterbringen, denn die einzige Liebe, die er versteht, gilt dem Geld.«

In der Stille einer dunklen Nacht landeten sie in einer kleinen, einsamen Bucht. Die *Isabel* wäre in den Untiefen beinahe auf ein Riff gelaufen. Alles lag stumm und anscheinend verlassen da, als sie vor Anker ging, aber im nächsten Augenblick wurde das Dock — nur von den Sternen und stürmischem Mondlicht erhellt — plötzlich lebendig. Lautlose Schatten tauchten auf, die mit Hilfe der Besatzung rasch die Konterbande ausluden. Nur das Notwendigste wurde gesprochen, und dann nur flüsternd. Alle mußten zupacken, auch der Captain, Mr. Montrose und Joseph. Nur die Wächter blieben auf ihrem Posten und suchten die Umgebung mit ihren Feldstechern ab. Das Löschen der Ladung dauerte mehrere Stunden. Joseph konnte nur dunkle Gestalten erkennen und manchmal das verschwommene Oval eines Gesichts. Die unerträgliche Hast und Spannung übertrug sich auf ihn, und er arbeitete, bis er schweißüberströmt war. Die Nacht war drückend schwül. Hin und wieder zuckten Blitze in den schwarzen Wolkenfetzen, die über den Mond hinwegjagten. Donner grollte. Kurze, heftige Regenschauer ergossen sich auf das Deck und machten es schlüpfrig.

Zum zweitenmal wurde sich Joseph bewußt, wie der Krieg auch auf ihn seinen Einfluß ausübte. Für ihn war diese Sache nicht aufregend, obwohl er vermutete, daß manche der verwegenen Männer das fanden. Ihr glühender Patriotismus erschien ihm absurd. Sie schufteten und riskierten ihr Leben nicht für Geld, sondern für ihre geliebte Konföderation.

Von der Landschaft hinter dem baufälligen Dock war nicht viel zu sehen. Nur manchmal enthüllte der Mond eine ferne schwarze Leere, die keine Lampe oder Laterne erhellte. Wenn dort Menschen lebten, so machte sich ihre Gegenwart nicht bemerkbar. Aber Joseph fühlte in dem fernen Dunkel eine gespannte Wachsamkeit.

Schließlich wurde Joshua Temple an Land gebracht. Er konnte nun wieder gehen, hinkte allerdings noch. Joseph sah, wie man ihn die Rampe hinunterführte, und hörte unterdrücktes Gelächter. Auf dem Dock blickte der Leutnant noch einmal verzweifelt zurück, wurde aber brutal weitergestoßen. Dann verschwand er in der Nacht.

Schließlich wurde die Rampe an Bord gezogen. Die Luken wurden dicht gemacht und die Anker gelichtet. Dann glitt die *Isabel* schweigend auf die See hinaus, die Segel im Mondlicht gebläht. Joseph empfand eine unendliche Erleichterung, die ihn anekelte. Als ob Mr. Montrose ihn verstünde, sagte er: »Es gibt Menschen, die die Gefahr um ihrer selbst willen lieben und ohne sie nicht leben könnten und sie deshalb suchen. Und es gibt Menschen, die die Gefahr nicht lieben, ihr aber ebenso tapfer begegnen. Ich wüßte nicht, welchen ich den Vorzug geben sollte, aber wenn ich mich unbedingt entscheiden müßte, würde ich jene wählen, die die Gefahr zwar nicht suchen, aber auch nicht vor ihr fliehen.« Er lachte leise. »Ich fürchte, ich gehöre zu den ersteren.«

Als sie bei ihrer Rückkehr nach New York wieder das Hotel betraten, schien es Joseph, als hätte er die letzten Tage überhaupt nicht erlebt. Bald danach bat ihn Mr. Montrose, an der Zusammenkunft mit den Bankiers teilzunehmen.

Joseph war von ihrer seltsamen Anonymität beeindruckt. (Er verstand, daß er weder fragen noch sprechen durfte, sondern sich aufs Zuhören zu beschränken hatte.) Er hörte fremdländische Akzente, obwohl sie alle englisch sprachen. Es war unmöglich, sie voneinander zu unterscheiden oder eine Besonderheit des Temperaments, einen individuellen Charakterzug oder gar etwas, das aus dem Rahmen fiel, an ihnen zu entdecken. Sie waren alle Gentlemen, vornehm, elegant, mit den erlesensten Manieren, bewundernswert reserviert, höflich und aufmerksam. Sie hatten Dokumente und Akten in kleinen, flachen, goldgeprägten Koffern mit sich. Man saß um den großen Tisch im Zimmer von Mr. Montrose und trank Wein. Es gab kein lautes, streitbares Diskutieren, nur gelassenes, leidenschaftsloses Gespräch, ohne Emotion, Groll und Protest.

Joseph erkannte Russen, Franzosen, Engländer, Deutsche. Bei manchen war er sich über die Nationalität nicht im klaren. Sogar ein Chinese und ein Japaner befanden sich in diesem Kreis. Sie behandelten einander alle mit größtem Respekt. Joseph glaubte ein majestätisches Menuett zu sehen, getanzt zur klirrenden Musik kalten Geldes und ausgeführt mit einer Präzision ohnegleichen, die keine menschliche Regung verriet. Es war alles Geschäft, und keiner war mit einer Nation, nicht einmal mit der eigenen, durch persönliche Gefühle verbunden. Etwas so Intimes in diese Konferenz hineinzutragen, wäre ihnen unschicklich erschienen. Joseph nannte sie in Gedanken sofort »die tödlichen grauen Eminenzen« und wußte nicht, warum er sie verabscheute und sie für die gefährlichsten Vertreter der menschlichen Rasse hielt. Es fiel ihm auf, daß keiner von ihnen Whisky trank und alle auch am Wein nur nippten. Sie mochten zwar komplizierte Geschäfte miteinander abwickeln, aber für Joseph war es sonnenklar, daß keiner dem anderen traute.

Sie sprachen nur von Geld, der größten aller Mächte, dem realistischesten aller gemeinsamen Nenner. Kein Auge strahlte freundschaftlich oder humorvoll und vertraulich auf. Man nahm als gegeben an, daß es außer Geld und der Macht des Geldes nichts gab, was der Überlegungen intelligenter Männer wert gewesen wäre, und daß alle Angelegenheiten dieser Welt, die sich nicht um Geld drehten, zu trivial waren, um ihnen mehr Beachtung zu schenken als dem oberflächlichen Geplauder von Frauen oder einem leichten, angenehmen Konzert nach Tisch.

Sie diskutierten den Krieg und referierten über ihre Dokumente und Noten, als ob der Tod und das Blut und die Tragik eines Bruderkrieges — lange zuvor in London um des Profits willen geplant — nichts als ein geschäftliches Manöver wären. Es gab graphische Darstellungen des

Gewinns, für den Fall berechnet, daß der Süden verlor und dem Norden damit reiches Land anheimfiel. Man besprach kurz den Plan, die Industrie nach Kriegsende in den Süden zu verlegen, um sich so des Vorteils niedriger Löhne zu bedienen. Ein Engländer erwähnte, man sei von seiner Seite in Anbetracht der großen Investitionen im Süden an einer Teilung des Landes nicht uninteressiert, und die englischen Bankiers würden auf der Rückerstattung des hochverzinsten Darlehens bestehen, das man den Konföderierten zur Beschaffung von Waffen gewährt hatte. Seine Zuhörer nickten ernst. Natürlich, das war nur fair. Ein Russe warf mit einer gewissen Schärfe ein — es kam fast einem Fauxpas gleich —, der Zar wäre wenig erfreut, wenn man seine Investitionen im Norden nicht als erste berücksichtigen würde. Schließlich hatte die russische Flotte den Norden gegen die Engländer unterstützt. Ein Deutscher sprach später von einem möglichen Krieg zwischen Deutschland und Frankreich. »Wir haben viel im Elsaß investiert, und die Franzosen sind nicht so fleißig wie die Deutschen.« Zwei Franzosen lächelten schwach. »Wir sind um nichts weniger intelligent, wenn auch vielleicht nicht so arbeitsfreudig, Herr Schultz. Aber leider ziehen es unsere Landsleute vor, das Leben ebenso zu genießen wie den Profit.« Diese Bemerkung rief zum erstenmal leichte, rasch unterdrückte Heiterkeit hervor.

»Ich glaube«, sagte einer der Herren, »wir können, was die Reorganisation gewinnbringender politischer Kräfte in Deutschland betrifft, große Hoffnungen auf die Dogmen von Karl Marx setzen, der sich zur Zeit in England aufhält. Bismarcks Bestrebungen sind uns keineswegs entgangen, und ich denke, wir können ihn manipulieren. Überdies ist der Kaiser von Frankreich — Ehre Seiner Majestät — angeblich von den Theorien von Marx sehr beeindruckt. Ich zweifle daher nicht daran, daß man in naher Zukunft eine — Unstimmigkeit — zwischen Deutschland und Frankreich anregen könnte. Ich reise in Kürze nach London, Berlin und Paris und versichere Ihnen, man wird diese Möglichkeit gründlich erörtern.«

Ein Engländer räusperte sich. »Wir sähen es nicht ungern, wenn die europäische Presse sich nicht länger über Ihre Majestät, die Kaiserin von Indien, ereifern würde.«

Man beruhigte ihn sofort mit dem Versprechen, man würde sich so bald wie möglich darum kümmern und die Presse in Europa »informieren«.

Mr. Montrose bemerkte mit einem höflichen Neigen seines Kopfes, das allen Anwesenden galt: »Die Vereinigten Staaten von Amerika sind ein junges Land und an militärischen Auseinandersetzungen nicht interessiert. Dieser Krieg ist nicht nach ihrem Geschmack —«

»Mein lieber Mr. Montrose«, unterbrach ihn einer aus der Runde, »finden Sie nicht, daß es Zeit für Ihr Land ist, eine Weltmacht zu werden und an der universalen Finanzplanung teilzunehmen?«

»Noch nicht«, sagte Mr. Montrose. »Sie dürfen nicht vergessen, daß wir in erster Linie noch ein Agrar- und kein Industrieland sind. Agrarländern liegt weder an Konflikten noch an Finanztransaktionen großen Stils. Amerika ist ein großes, weites Land, das bis jetzt noch nicht einmal ganz erforscht ist, und es kann Jahrzehnte dauern, bevor wir das amerikanische Volk für einen Krieg um des Profits willen begeistern können. Unsere Verfassung stellt ebenfalls ein Hindernis dar. Nur der Kongreß kann den Krieg erklären, und die Amerikaner sind leider sehr mißtrauisch. Die Regierung ist ihnen nicht ganz geheuer, und deshalb haben sie ein wachsames Auge auf den Staat.«

»Dann ist es um so mehr die Pflicht erfahrener Männer, die Theorien von Karl Marx in Amerika einzuführen«, wurde ihm entgegengehalten. »Es ist einfach lächerlich, daß Washington so schwach und die Regierungsgewalt so dezentralisiert sein soll, daß die Macht den einzelnen Teilstaaten überlassen bleibt. Wie Sie wissen, Mr. Montrose, ist zentralisierte Macht die einzige Gewähr für Gewinn, kontrollierte Kriege und Prosperität. Wir können die Theorien und Mandate von Karl Marx gar nicht schnell genug verbreiten, denn sie zersetzen alles, mit Ausnahme der Macht des Staates. Wenn erst einmal die gesamte Regierungsgewalt in Washington vereinigt ist — zugegebenermaßen kein bald zu erreichender Zustand — wird Amerika seinen Platz als Weltmacht einnehmen und zum Nutzen aller Betroffenen am Kriegsgeschäft partizipieren können. Wir alle wissen aus langjähriger Erfahrung, daß es ohne Krieg keinen Fortschritt gibt.«

Hatten diese Männer, überlegte Joseph, auch etwas mit dem Konflikt zwischen Irland und England zu tun? Ein kalter Ekel stieg in ihm auf.

»Ich fürchte«, erwiderte Mr. Montrose, »Sie werden Mr. Lincoln nach diesem Krieg nicht einmal dem behutsamsten Vorschlag zugänglich finden.«

»Dann muß man Mr. Lincoln — eliminieren«, sagte eine Stimme gelassen.

Mr. Montrose blickte langsam von einem zum anderen. »Politiker in Washington haben Mr. Healey davon informiert, daß es Mr. Lincolns Absicht ist, die Wunden dieses Krieges zu heilen und dem Süden zu helfen, sich wieder zu erholen. Er will dem Feind die Hand zur Versöhnung reichen, um die Nation wieder zu vereinen.«

»Das ist doch absurd«, sagte ein Gentleman. »Der Süden ist zu reich an Schätzen, als daß man ihn wieder in unverantwortliche Hände fallen lassen dürfte. Gewiß wird Ihr Land politisch wieder vereint werden, Sir, doch es liegt in unserem Interesse, eine geistige Trennung und die Feindschaft zwischen Norden und Süden aufrechtzuerhalten. Das ist die einzige Möglichkeit, wie wir sicher zu unserem Gewinn kommen. Andernfalls könnte es Mutmaßungen geben —«

»Oder einen vergleichenden Gedankenaustausch auf Grund beiderseitiger Beobachtungen und Aufzeichnungen«, warf Mr. Montrose mit tiefernstem Gesicht ein.

Die anderen blickten ihn wegen dieser »frivolen« Bemerkung stirnrunzelnd an. »Wir müssen nicht nur unsere Darlehen vom Norden und Süden zurückerhalten«, sagte einer, »sondern auch die inzwischen recht beachtlichen Zinsen. Müssen wir das immer wiederholen, Sir? Wir haben unser Geld in gutem Glauben und durchaus ehrenhaft gegeben. Außerdem sind auch noch andere Übereinkommen zu honorieren. Wenn Mr. Lincoln dem seine Zustimmung verweigert, wird er es bedauern — oder unter Umständen gar nicht mehr in der Lage dazu sein.«

»Er verabscheut Bankiers«, erklärte ein anderer in einem Ton, als spreche er von etwas Empörendem. »Was glaubt er denn, wer ihm seinen Krieg finanziert?«

»Und den Konföderierten den ihren?« ergänzte Mr. Montrose mit einem liebenswürdigen Lächeln.

Man räusperte sich, als hätte man eben einen peinlichen Witz gehört, und senkte diskret die steinernen Lider, wie um einem obszönen Anblick auszuweichen. Joseph, der stumm in einiger Entfernung saß, bemerkte zu seiner Verblüffung, daß ihm Mr. Montrose über die Köpfe der übrigen hinweg zuzwinkerte, und dieses Zwinkern besänftigte zum Teil seinen schwelenden Haß und den Aufruhr in seinen Gedanken. Wieder hatte sich die Welt kurz in sein Leben gedrängt, und wieder hatte er die Kraft gehabt, sie zurückzuweisen. Mr. Montrose hatte sie in ihrer ganzen Lächerlichkeit erfaßt und fand jedes Engagement für ihre Belange idiotisch, wenn nicht ein Gewinn dabei heraussprang.

Während die Stunden verstrichen, wurde Joseph Zeuge von ungeheuerlichen Verschwörungen gegen die Menschheit, ausgesprochen mit Stimmen, die klangen wie das Kratzen leblosen Metalls, und schließlich dachte er: Aristoteles hat schon recht gehabt, als er sagte, daß ein ehrenhafter Mensch in dieser Welt manchmal zum Selbstmord getrieben werden kann. Gott sei Dank bin ich weder ehrenhaft noch ein Narr, denn das läuft auf dasselbe hinaus.

Das imperialistische Rußland kam zur Sprache, und man stimmte darin überein, daß es weder für einen großen Krieg noch für die Einführung der marxistischen Theorien reif war, die das Volk entzweien würden. Und am wenigsten bereit war es für eine Revolution, »denn«, so erklärte einer der Herren, »man kann unmöglich in einem Land Revolution machen, wo die Mehrheit der Bevölkerung bettelarm und erst vor kurzer Zeit aus der Leibeigenschaft entlassen worden ist. Es ist uns wohl allen klar, daß es einer gewissen Prosperität bedarf, eines gewissen Wohlstandsbewußtseins, Komforts und Müßiggangs, damit ein Staat mit der Revolution sympathisiert. Eine Nation, die sich nur verzweifelt bemüht, nicht zu verhungern, ist kein Boden für intellektuelle

Ideen. Diese setzen für ihr Gedeihen eine beträchtliche wirtschaftliche Blüte voraus — kurz gesagt, das Hauptinteresse gilt dann nicht mehr dem bloßen Überleben, woraus sich automatisch die Möglichkeit ergibt, sich Unzufriedenheit und Neid zunutze zu machen. Überdies spricht das marxistische Dogma die slawischen Völker dem Wesen nach bei weitem nicht so an wie zum Beispiel die Engländer, Franzosen oder Deutschen und Amerikaner. Man wird einen Umsturz von langer Hand vorbereiten müssen, und ich glaube nicht, daß ihn viele hier in unserer Versammlung noch erleben werden. Nein, die aktuellen Fragen sind jetzt Bismarck in Preußen und die wachsende Feindschaft zwischen Deutschland und Frankreich. Ich finde die Situation höchst interessant.«

Anschließend sprach man flüchtig über die Rüstungsindustrie der gesamten Welt, doch Joseph konnte diesen Ausführungen nicht ganz folgen. Er verstand nur so viel, daß die hier in diesem Raum versammelten Männer und ihresgleichen enorme Summen verliehen, um Profit und Zinsen einzuheimsen. Er dachte an Mr. Healey, der zweifellos kaum Geld und Macht genug besaß, um in diese Kreise aufgenommen zu werden, und das verwirrte ihn zutiefst.

Später, als sie wieder allein waren, stellte er Mr. Montrose diesbezüglich eine Frage. Mr. Montrose beantwortete sie nicht sofort. Er zündete sich gemächlich einen Stumpen an und nippte an seinem Brandy. Dann sagte er: »Diese ganzen Informationen sind nicht direkt für Mr. Healey bestimmt, sondern für die Politiker. Mr. Healey hat viele von ihnen gekauft. Nicht nur Senator Hennessey, einen der mächtigsten und einflußreichsten, sondern auch andere. Es wäre für diese Männer zu gefährlich, sich mit der internationalen Finanzwelt zu treffen, denn es gibt immer Hetzer, besonders bei der Presse, die der Regierung nicht über den Weg trauen, und unter uns gesagt, haben sie damit ganz recht. Sie erinnern sich bestimmt an das heute von den Herren geäußerte Unbehagen über den absurden Zusatz zu unserer Verfassung, wonach nur der Kongreß den Umfang des Geldumlaufs festlegen darf. Man will nun versuchen, unsere Regierung dahinzubringen, daß sie die Gründung einer privaten Bundesreservebank erlaubt, die das Recht zur Herstellung und Kontrolle unserer Zahlungsmittel bekommen soll, ohne dabei auf die Zustimmung des Kongresses oder einer Regierungsstelle angewiesen zu sein. Was glauben Sie wohl, welche Absicht man damit verfolgt?«

Joseph schüttelte den Kopf, und Mr. Montrose lachte.

»Nur der Kongreß hat die Macht, einen Krieg zu erklären. Aber ein Krieg verschlingt viel Geld, und es ist viel zu riskant für die Bankiers, eine entzweite Nation wie die unsere dabei zu unterstützen, wenn der Kongreß den Staatssäckel kontrolliert und bestimmt, wann Geld ausgegeben werden darf. So lange der Kongreß also diese Macht besitzt, kann sich Amerika auf keinen wirklich bedeutenden Krieg einlassen.

Und wenn es sich in Zukunft entschließen sollte, sich um des Profits willen an einem Krieg zu beteiligen — und jeder Krieg zielt nur auf Gewinn — wird der Kongreß sofort die Zügel anziehen und die Finanzierung verweigern. Eine höchst unangenehme Daumenschraube, die dem Wohlstand erheblich im Weg stehen würde. Deshalb muß man dem Kongreß erst einmal das Recht entziehen, Geld zu prägen und zu kontrollieren und es in private Hände legen, denen ihrerseits wieder so internationale Finanzleute auf die Finger sehen, wie Sie sie heute kennengelernt haben.«

Joseph zog seine rotbraunen Brauen zusammen und dachte nach. Dann fragte er: »Demnach beruht die Geschichte der Menschheit auf geheimen Verschwörungen?«

»Wenn ich mich recht erinnere«, antwortete Mr. Montrose, »war es Disraeli, der einmal gesagt hat, wer nicht daran glaube, daß die Geschichte durch Verschwörungen gemacht wird, sei ein Narr. Und er müßte es eigentlich wissen.«

Joseph hielt schweigend den Kopf gesenkt, und Mr. Montrose beobachtete ihn viel gespannter, als es der Situation nach am Platz schien. Während er sah, wie sich auf dem jungen Gesicht Gefühle spiegelten und dann unterdrückt wurden, glaubte er in diesem unbewußten Mienenspiel eine gewaltige innere Veränderung zu erkennen — die Korruption eines Verstandes und wahrscheinlich auch einer Seele. Er spitzte die Lippen wie zu einem lautlosen Pfiff und goß noch ein wenig Brandy in sein Glas.

Dann fragte Joseph unvermittelt: »Warum wollte Mr. Healey, daß ich das alles höre, wo mir doch jede Vorbereitung darauf fehlt?«

Als Mr. Montrose ihm keine Antwort gab, blickte er scharf zu ihm auf und merkte, daß ihn der Ältere mit einem seltsam finsteren Ausdruck betrachtete — skeptisch, verletzt und kalt. Das überraschte ihn. Er hielt den Blick stand und wurde immer verwirrter. Nach ein paar Sekunden schlug Mr. Montrose die Augen nieder. Warum sollte ich auch nur einen Moment glauben, daß er den leisesten Verdacht geschöpft hat? fragte er sich in Gedanken. Laut sagte er: »Ich versuche nie, Mister Healeys Motive zu ergründen, und ich rate Ihnen, das ebenfalls nicht zu tun. Er weiß sicher, warum er uns seine Anordnungen gibt, und für uns genügt es vollauf, sie zu befolgen.« Während dieser Worte fühlte er sich fast ein wenig beschämt, eine Gefühlsregung, die ihm in all den Jahren schon fremd geworden war, und als er laut auflachte, empfand es Joseph wie eine Beleidigung und war doppelt verwirrt.

XXII

»Sie sehen also«, sagte Mr. Montrose zu Mr. Healey, »daß er nicht nur sehr mutig und skrupellos ist, sondern vor allem auch klug. Er wird sich nie leichtsinnig in Gefahr begeben, ihr aber, wenn notwendig, auch nicht ausweichen. Allmählich wird mir unser junger Joseph Francis Xavier Armagh richtig sympathisch, und ich glaube, Sie hatten voll und ganz recht, Sir — man kann ihm vertrauen.«

Mr. Healey saß breit hinter seinem Schreibtisch in der Bibliothek und sog gedankenverloren an seiner Zigarre. »Ich irre mich nie«, sagte er selbstzufrieden. »Schon als ich ihn damals im Zug das erste Mal sah, habe ich ihn instinktiv richtig eingeschätzt. Nun, jetzt will er mich in einer wichtigen Angelegenheit sprechen. Ist erst gestern abend aus Pittsburgh zurückgekehrt, und ich vermute, er hat auch noch einen Abstecher nach Philadelphia gemacht. Es hängt also nun alles davon ab —«

Er wartete auf Josephs Erscheinen, und als der junge Mann in seinem feierlichen, fast schon an eine Leichenbestattung gemahnenden schwarzen Anzug zur Tür hereintrat, sah Mr. Healey, daß er eine Rolle Blaupausen in der Hand hielt, und stieß aus unerklärlichen Gründen einen Seufzer aus, der nach großer Erleichterung klang. »Nimm Platz, Joseph Francis und weiß der Kuckuck wie du sonst noch heißt, nimm Platz!« rief er. »Schön, daß du wieder da bist, Junge. Habe eben viel Gutes über dich gehört. Hast dich wacker geschlagen, auch wenn du vielleicht noch ein bißchen rauh um die Kanten bist. Aber das braucht seine Zeit. Nun setz dich doch endlich! Brandy? Whisky?«

»Danke, Sir«, sagte Joseph und ließ seine große, hagere Gestalt steif auf einen Stuhl gegenüber seinem Arbeitgeber sinken. Er war so blaß und gespannt, daß die Sommersprossen förmlich aus seinem knochigen Gesicht zu springen schienen. »Sie wissen doch, ich mag keinen Alkohol.«

»Das ist auch das einzige, was mich an dir stört, Joe. Traue nie einem Mann, der nicht trinkt, ist mein Motto, denn dann ist er nicht menschlich und beabsichtigt für gewöhnlich auch nicht, mit dir zu arbeiten. Irgendwie schafft es direkt eine feindselige Atmosphäre, und für einen Iren ist es überhaupt unnatürlich.«

Joseph lächelte flüchtig. »Vielleicht werde ich einmal trinken, wenn ich Zeit dazu habe. Jetzt fehlt sie mir jedenfalls. Außerdem habe ich zu oft gesehen, was der schwarzgebrannte Whisky aus den Iren macht. Ich weiß nicht, warum, aber für sie wird er zum Verhängnis.«

»Da bin ich eine Ausnahme«, sagte Mr. Healey. »Wenn einer sich nicht beherrschen kann, ist es sein Pech. Dann verdient er kein Mitleid. Manche behaupten, wenn sie trinken, könnten sie für eine Weile dem Elend dieser Welt entfliehen, und das ist schließlich kein Fehler. Nur wenn sie's auf die Dauer betreiben, gehn sie vor die Hunde. Aber jeder, wie er will. Was hast du denn da?«

Joseph hatte inzwischen die Blaupausen auf den Tisch gelegt, ließ aber seine Hand noch auf der Rolle ruhen. Er blickte Mr. Healey mit verbissener Konzentration an und wurde dabei noch bleicher. Alles recht und schön, wenn man sich vornahm, mutig zu sein, dachte er, aber wenn man erst mit der Situation konfrontiert war, sah die Sache ganz anders aus. In fünf Minuten würde ihn Mr. Healey entweder hinauswerfen oder ihn verstehen. Joseph war nicht allzu optimistisch. Er hatte sich immer wieder einen Narren gescholten, weil er auf Mr. Healey Rücksicht nahm, und sich gesagt, daß er ein Schlappschwanz und ein Weichling ohne echte Entschlußkraft und Rückgrat war, bereit, alles aufs Spiel zu setzen.

»Punkt eins, Sir«, begann er, ohne den Blick von Mr. Healeys rotem Gesicht zu wenden, »fuhr ich vor meiner Rückkehr nach Philadelphia. Mir sind schon seit geraumer Zeit immer wieder Gerüchte zu Ohren gekommen, daß man im Süden Öl gefunden hat und auch schon fördert, das weit besser ist als unseres hier in Titusville, weil es so tief liegt, daß es teilweise schon raffiniert ist. Ich habe also mein Geld in Optionen angelegt.« Der Anflug eines Lächelns zuckte um seine Mundwinkel. »Infolgedessen bin ich ziemlich abgebrannt.«

Mr. Healey nickte. »Ich habe auch schon von diesen neuen Funden gehört. Man hat ein paar Bohrlöcher niedergebracht. Manche gehen auf tausend Fuß Tiefe und mehr. Geld habe ich keines riskiert.« Er lächelte Joseph milde an. »Oder hätte ich das tun sollen?«

Joseph zögerte. »Ich weiß nicht, Sir. Es ist eine reine Spekulation. Sie sind doch sicher besser informiert als ich.«

»Selbstverständlich.« Mr. Healeys fette rote Hand machte eine nachlässige Geste. »Aber du hast investiert, ohne dich vorher genauer zu erkundigen, wie?«

Joseph schlug die Augen nieder. »Mr. Healey, ich muß einfach in kurzer Zeit ein großes Vermögen machen.«

»Kein Vorsatz, dessen man sich schämen müßte. Du hast sicher deine Gründe, nehme ich an. Aber du hättest mich trotzdem vorher um Rat fragen sollen. Ist nicht immer gut, alle Chips auf eine Nummer zu setzen. Allerdings — die Jugend kann sich das leisten, und du bist ja noch jung. Bist ein ganz verwegener Kerl, was, mein Junge?«

»Not macht oft leichtsinnig«, sagte Joseph, und wieder nickte Mister Healey zustimmend. »Ist mir auch oft passiert. Manchmal geht man's überschlau an und verliert alles.« Als Joseph unvermittelt aufblickte, kicherte er. »Oh, Mr. Montrose hat mir eben vorhin berichtet. Er fand, daß du richtig gehandelt hast. Ich halte auch nichts von Mord, nur manchmal läßt sich so etwas leider nicht umgehen. Man kommt dabei nur so rasch in einen schlechten Ruf«, fügte er frömmelnd hinzu.

Joseph fühlte plötzlich einen fast hysterischen Drang, in schallendes Gelächter auszubrechen, aber er beherrschte sich. Seine blauen Augen funkelten unter den rotbraunen Brauen, und Mr. Healey gluckste anerkennend in sich hinein. »Du bist also bankrott«, stellte er fest. »Doch ich gehe wohl recht in der Annahme, daß du nicht gekommen bist, um mich wieder anzupumpen, was, du verdammter Ire?«

»Nein«, antwortete Joseph mit einem Blick auf die Rolle, die vor ihm auf dem Tisch lag. »Ich glaube zwar nicht, daß es von Bedeutung ist, Sir, aber Sie kennen bis heute nicht meinen vollen Namen.«

Mr. Healey brachte seinen fetten Körper in eine bequemere Stellung. »Da sagst du mir nichts Neues, mein Lieber. Und jetzt willst du ihn mir verraten?«

»Joseph Francis Xavier Armagh.«

Das war der erste gefährliche Schritt. Joseph wartete auf ein überraschtes Stirnrunzeln, einen finsteren Blick, doch zu seinem Erstaunen lehnte sich Mr. Healey nur in den unter seiner Last ächzenden Stuhl zurück und paffte eine große Rauchwolke aus. »Ein ganz anständiger Name, findest du nicht?«

»Es spielt also keine Rolle, Sir?«

»Nein, Junge, warum auch? Denkst du vielleicht, Mr. Montrose heißt wirklich so? Stell dich doch nicht dümmer, als du bist. Als ob du nicht gewußt hättest, daß die Leute, die für mich arbeiten, Decknamen benutzen! Warum sollte ich dir also einen Vorwurf daraus machen?«

»Ich hatte immer den Eindruck, Sie wüßten gern Bescheid«, sagte Joseph verblüfft. Seine Handflächen waren feucht.

»Reine Neugier. Aber wenn du alle Neugierigen zufriedenstellen willst, handelst du dir nur einen Haufen Sorgen damit ein. Am besten, man macht nur den Mund auf, wenn es unbedingt notwendig ist, und selbst dann muß man es sich noch zweimal überlegen.«

»In diesem Fall hielt ich es für notwendig, weil ich meinen vollen Namen — dafür — angeben mußte, und ich fand, das sollten Sie wissen.«

Mr. Healey beugte sich interessiert vor. »Hast du mir was zu zeigen?«

»Ja.« Josephs Mund war totenbleich. »Aber zuerst muß ich Ihnen noch etwas erklären. All die Jahre über habe ich die Ölquellen und die Bohrversuche beobachtet und dabei gesehen, wieviel Holz sie verbrannt haben, um die Hilfsmaschinen anzutreiben. Und weil Petroleum doch brennbar ist, bin ich auf die Idee gekommen, es nicht nur für Lampen zu verwenden, sondern auch als Treibstoff. Ich bin kein Techniker, Sir, und auch kein Erfinder. Aber ich habe das ganze mit Harry Zeff durchbesprochen, und er fand es gar nicht so dumm. Wir sind also mit einem Topf voll Petroleum aufs Land hinausgefahren, haben es in Brand gesetzt, eine Pfanne über den Topf gestülpt, und kaum daß es kochte, ist es auch schon verdampft.«

»Keine umwerfende Entdeckung«, sagte Mr. Healey nachsichtig. »Die Burschen draußen an den Ölquellen machen das am laufenden Band.«

»Aber es hat noch keiner daran gedacht, Maschinen damit anzutreiben. Und zwar alle möglichen, nicht nur Hilfsmaschinen.« Joseph rief sich seine damaligen Gedanken in Erinnerung, eine Vision, die ihn fast betäubt hatte. »Verbrennungsmaschinen für die Industrie, angetrieben mit Petroleum statt mit Kohle oder Holz. Harry versteht eine Menge von solchen Dingen. Er hat mir geholfen, ein paar grobe Skizzen anzufertigen, und die habe ich dann nach Pittsburgh mitgenommen.« Er schaute Mr. Healey an, doch dieser wartete mit unergründlich geduldiger Miene, die Hände über dem dicken Bauch verschränkt.

»Ich habe dort jemand gefunden«, fuhr Joseph fort, »der meinen Rohentwurf so weit ausgefeilt hat, daß ich ihn beim Patentamt einreichen konnte. Und ich habe ihn eingereicht, und man hat ihn angenommen.« Sein Herz klopfte heftig, und es hämmerte schmerzhaft in seinen Schläfen. Er wurde aus Mr. Healeys gespannter Miene nicht klug. »Es gab noch andere Patente, denen die gleiche Idee zugrunde lag, aber meines war das einfachste und billigste.« Das Atmen fiel ihm nun schwer. Teufel noch mal, dachte er, warum sagt er denn nichts?

Aber Mr. Healey beobachtete ihn nur abwartend. Nach einer Weile sagte er: »Na und? Weiter!«

»Im vergangenen Herbst lernte ich auf den Ölfeldern Mr. Jason Handell kennen, den Ölmagnaten, der mit Rockefeller um die Kontrolle der Ölindustrie in Pennsylvanien kämpft. Ihm gehören alle Optionen, Quellen und Raffinerien in der Umgebung der Parker Farm, die für nur fünfzigtausend Dollar an Jonathan Watson, William F. Hansell, Standish Hanell, Mr. Keen, Mr. Gillett und Henry E. Rood verkauft wurde, die dann eine eigene Ölgesellschaft gründeten. Mr. Handell besitzt ungefähr gleich viel Land, Optionen und Quellen in Niederpennsylvanien wie Mr. Rockefeller, und sein erstes und einziges Interesse gilt dem Öl. Er kümmert sich um nichts anderes und hat eine sehr große Ölgesellschaft —«

»Du hast ihm wohl dein Patent vorgelegt?« unterbrach ihn Mr. Healey freundlich.

In Josephs gespanntem Gesicht zuckte es. »Ja, Sir. Wie ich schon sagte, gilt sein einziges Interesse dem Öl und dessen Nutzung, und er ist ein sehr reicher Mann —«

»Reicher als ich«, stimmte Mr. Healey liebenswürdig zu.

»Das — das dachte ich auch, Sir. Und *er* hat die Möglichkeit, eine Erfindung wirtschaftlich auszuwerten. Und natürlich liegt ihm besonders viel an Erfindungen, die den Absatz von Öl fördern können. Er — er hat mich nach Pittsburgh eingeladen, um mit mir — alles genau zu besprechen. Ich bin hingefahren.« Joseph holte tief Luft, dann fuhr er fort: »Er sagte, jetzt im Krieg sei nicht der geeignete Zeitpunkt, mein Patent auf den Markt zu bringen, weil man vorher noch prüfen müsse, wie es sich in der Praxis bewährt. Aber er wollte es kaufen. Ich habe abgelehnt. Wenn Mr. Handell wirklich daran interessiert ist und es erwerben will, müssen die Rechte wahrscheinlich weit mehr wert sein als fünfzehntausend Dollar.«

»Ein stattliches Sümmchen. Vielleicht hättest du annehmen sollen.«

»Nein, Sir«, erwiderte Joseph. Er war jetzt nicht mehr so blaß. »Wäre das Patent wenig oder gar nichts wert, oder wäre es ein zu großes Risiko, hätte mir Mr. Handell nicht seine Zeit geopfert und dieses Angebot gemacht. Zufällig habe ich erfahren, daß er es erproben ließ, obwohl er mir das verschwieg, und es hat nicht nur funktioniert, sondern man konnte damit viel schneller und viel billiger Dampf erzeugen als mit Holz oder Kohle.«

»Von wem hast du das?« fragte Mr. Healey mit höflichem Interesse.

»Von dem Mann, der mir die Pläne gezeichnet hat. Ich habe mir die Information hundert Dollar kosten lassen.«

»Du hättest ihm mehr dafür geben sollen, Joe.«

»Das will ich auch, Sir. Später.« Joseph schwieg verwirrt. Mr. Healey wirkte völlig gelassen und nicht besonders beeindruckt. Seine Haltung drückte nur väterliches Wohlwollen aus.

»Mr. Handell hat mir auch vorgeschlagen, ich sollte mich an einer Pipeline beteiligen, die man nach dem Krieg bauen will«, fuhr Joseph fort. »Ich habe eingewilligt, und jetzt stecke ich« — er lächelte flüchtig — »bis zum Hals in allen möglichen Geschäften.«

»Bist also gewissermaßen ein Protektionskind von Handell, wie?«

Joseph überlegte innerlich zitternd. »Nein«, sagte er schließlich. »Ich glaube nicht, daß Mr. Handell irgend jemand protegiert. Man behauptet von ihm, daß er genauso hart und rücksichtslos ist wie Rockefeller, wenn nicht noch ärger. Für ihn gibt es nur den Profit. Jedenfalls hat man mit den Aushubarbeiten für die Pipeline bereits begonnen. Die Rechte gehören eigentlich einem gewissen Mr. Samuel Van Syckel aus Titusville. Aber er konnte das Geld nicht allein aufbringen, und so ist Mister Handell eingesprungen. Die Leitung wird nach Pithole führen.«

Mr. Healey gähnte. »Ja, mein Junge, ich weiß. Ich bin auch daran beteiligt. Werde die Pumpstationen bauen. Die Optionen für die Grundstücke hab ich schon in der Tasche. Handell ist ein harter Brocken. Möchte wissen, wie du ihn herumgekriegt hast.«

»Gar nicht«, sagte Joseph.

Mr. Healey setzte sich auf. »Was?« rief er. »Hast du dich womöglich von ihm überfahren lassen?«

»Nicht unbedingt, Sir. Es war ein Patt. Als er mir die Rechte an meiner mit Petroleum betriebenen Maschine ablösen wollte — er sagt, man könne sie nicht sofort praktisch verwerten —, bestand ich darauf, daß Sie im Fall einer Aktienausgabe das Vorkaufrsecht auf mindestens ein

Drittel aller Anteile zum Vorzugspreis bekommen müßten. Von der Tochtergesellschaft, die die Maschinen erzeugen und verkaufen wird.«

Mr. Healey fielen beinah die kleinen schwarzen Augen aus dem Kopf. »Joe! Was, zum Teufel — Und da hat er dich nicht gleich mitsamt deinen Plänen an die Luft gesetzt?«

»Nein«, sagte Joseph. »Ich glaube, Sie kennen Mr. Handell, Sir. Er ist kein impulsiver Mensch. Er hat nur gelacht und mich nach dem Grund gefragt.«

»Gut, gut, und was ist das für ein Grund, Joe? Warum hast du überhaupt an mich gedacht?«

Joseph blickte auf die schimmernde getäfelte Wand. Er ließ sich viel Zeit für seine Antwort, und während dieser Pause fuhr sich Mr. Healey immer wieder mit dem Handrücken über den Mund.

»Ich habe mich bemüht zu vergessen, Sir, was Sie für mich und für Harry getan haben. Sie haben uns aufgelesen wie zwei streunende Köter, und Sie — Sie haben mich immer anständig behandelt.« Joseph starrte Mr. Healey fast verzweifelt an. »Ich weiß auch nicht, warum. Ich mußte es einfach tun! Vielleicht bin ich ein Narr, aber ich konnte nicht weiter, ohne —«

Tiefes Schweigen folgte. Joseph saß zitternd auf der Kante seines Stuhles.

Mr. Healey zückte sein Taschentuch und schneuzte sich geräuschvoll. »Verdammter Qualm«, sagte er. Er steckte das Taschentuch wieder ein und paffte weiter an seiner Zigarre, den Blick nachdenklich auf Joseph gerichtet.

»Weißt du, Junge«, sagte er schließlich, »du bist wirklich ein Narr. Du hast immer treu und ehrlich für mich gearbeitet. Du schuldest mir nichts, denn mit deiner Zuverlässigkeit hast du mir alles schon hundertfach zurückgezahlt. Ich konnte dir vertrauen. Warum also plötzlich das, Junge, warum?«

Joseph schlang die Finger so fest ineinander, daß die Knöchel weiß hervortraten. »Ich habe keine Erklärung dafür«, antwortete er mit niedergeschlagenen Augen. »Ich mußte es einfach tun. Und ich kenne den Grund genausowenig wie Sie.«

»Hast dir wohl eingebildet, daß du mich hintergehst oder so was Ähnliches, wenn du nicht an mich denkst?«

Joseph grübelte darüber nach. »Ja, schon möglich — obwohl ich Sie dabei im Grunde gar nicht hintergangen hätte. Vielleicht sollte man es Dankbarkeit nennen —«

»Dagegen ist nichts einzuwenden, Joe.«

Joseph blickte hastig auf. »Es macht Ihnen also nichts aus, Sir, daß ich Sie nicht sofort eingeweiht habe?«

»Ach, komm, nun wollen wir mal vernünftig miteinander reden. Es war doch alles noch in Schwebe, und abgesehen von meinen Investitionen und dergleichen bin ich nicht im Ölgeschäft. Es ist nur eines meiner Interessen. Du hast dir für deine Zwecke den besten Mann ausgesucht. Und als die Sache Gestalt annahm, hast du's mir ja gesagt. Schön. Aber das ist doch bestimmt noch nicht alles, oder?«

»Nein. Mr. Handell meinte, ich sollte mir noch einmal alles gründlich überlegen. Meine Forderung mit dem Drittel sei einfach lächerlich. Außerdem hatte ich noch Harry mit hineingenommen. Immerhin hat er mich auf die Idee gebracht — durch eine Bemerkung, die er einmal vor zwei Jahren draußen auf den Ölfeldern machte. Nun ja, ich habe die Sache noch einmal überdacht, und dann« — Joseph errötete — »schrieb ich an Mr. Rockefeller. Er lud mich ein, mich mit ihm zu treffen. Dabei habe ich ihm von Mr. Handells Angebot erzählt —«

»Ausgezeichnet«, unterbrach ihn Mr. Healey. »Spiel ruhig zwei Schurken gegeneinander aus, aber gib acht, daß sie dir nicht gemeinsam in den Rücken fallen. Und dann hast du natürlich Mr. Handell mitgeteilt, daß Mr. Rockefeller ebenfalls interessiert ist.«

»Ja. Ich habe diese Reise dazu benützt, um Mr. Handell nochmals aufzusuchen, und von ihm verlangt, daß er sich sofort entscheidet.«

»Das hast du dem Löwen mitten in seiner protzigen Höhle ins Gesicht gesagt?« Mr. Healeys Augen funkelten vor Vergnügen. »Ein Wunder, daß er dich nicht sofort hinausgeschmissen hat! So ein phlegmatischer Klotz!«

»Er hat mich nicht hinausgeschmissen. Dafür hat er mich einen blöden, niederträchtigen, lächerlichen Grünschnabel genannt.«

»Aber du bist hart geblieben.«

»Selbstverständlich.«

Mr. Healey lachte schallend. »Der arme Handell! Er ist eben kein Ire! Wie soll er da verstehen, wie verrückt wir sind! Wir Iren sind doch einer wie der andere total plemplem. Du junger Nichtsnutz gegen ihn mit seinem Registrierkassenhirn, in dem nur die harten Dollars klingeln! Mein Gott, was hätt ich gerne sein Gesicht gesehen!«

»Es war nicht sehr freundlich«, sagte Joseph. Seine Spannung ließ nun allmählich nach. Er fühlte sich schwach, fast betäubt, aber seltsam heiter, als wäre er einer ungeheuren Gefahr entronnen.

»Da möchte ich wetten«, grinste Mr. Healey. »Na und? Wie habt ihr euch getrennt?«

»Er gab mir seine Zustimmung, daß Sie ein Drittel der Aktien zum Vorzugspreis kaufen können. Und ich trete Harry ein Viertel meiner Gewinnanteile ab.«

Mr. Healey schüttelte sprachlos den Kopf und starrte Joseph an wie ein Wunder, das er einfach nicht glauben konnte.

Joseph rollte die Blaupausen auf und zog ein Bündel Papiere heraus. »Das ist mein Vertrag mit Mr. Handell. Wir haben um jeden einzelnen Satz gekämpft.«

Mr. Healey nahm den Vertrag und studierte ihn aufmerksam. Als er fertig war, sagte er: »Weißt du, Joe, manchmal frage ich mich, ob du bei Verstand bist. Aber das da« — er schlug mit der flachen Hand auf die Papiere — »ist der beste Beweis für die unerreichte irische Durchtriebenheit. Hast ihm sämtliche Hintertürchen fein säuberlich zugenagelt. Muß schon was dran sein, an deinem Patent. Wann will er dafür was springen lassen? Was du brauchst, ist eine bindende Zusage.«

Joseph stieß hörbar die Luft aus. »Ich habe erklärt, ich würde seinen Scheck über fünftausend Dollar nicht einlösen, bevor *Sie* nicht den Vertrag durchgelesen und gebilligt hätten.«

»Du hast den Scheck?«

»Bitte, Sir.« Joseph griff in die Innentasche seines Rocks und zog sein Portemonnaie heraus. Er reichte Mr. Healey das Formular, der so tat, als unterzöge er es einer sorgfältigen Prüfung. Die warmen Strahlen der Frühlingssonne fielen schräg in die Bibliothek. Joseph versuchte vergeblich, in Mr. Healeys Miene zu lesen. Er empfand nur eine unendliche, beinah lähmende Erleichterung.

Mr. Healey gab ihm den Scheck zurück. Er betrachtete Joseph eine Weile schweigend, dann fragte er: »Und wenn ich dich hinausgeworfen hätte, Joe?«

»Das hätte mich getroffen, Sir, aber ich wäre nicht verhungert. Mister Handell hat mir angeboten, zu ihm nach Pittsburgh zu kommen.«

»Um das doppelte Gehalt, das ich dir zahle, wie?«

»Ja.«

»Und du hast abgelehnt! Joe, du haust mich um. Einmal glaub ich, du hast Köpfchen, und im nächsten Moment bin ich wieder davon überzeugt, daß du ein ganz dämlicher Hund bist. Ich werde aus dir einfach nicht schlau.«

»Was hätten Sie getan, Sir?« Zum erstenmal lächelte Joseph.

Mr. Healey hob abwehrend die dicken Patschhände. Dann ließ er sie langsam sinken.

»Auf diese Frage gebe ich keine Antwort«, sagte er.

Dann streckte er die Hand über den Tisch. »Komm, schlag ein. Wir wollen die Sache besiegeln, Joe. Kassier ruhig deinen Scheck und kauf dir deine Optionen. Nein, mein Lieber, deine Frage beantworte ich dir nicht. Man darf im Leben nie zurückblicken, immer nur nach vorn.«

Er stand auf. »Am besten machst du dich gleich wieder an die Arbeit«, meinte er nach einem Blick auf seine Uhr. »Du mußt Jim Spaulding besuchen. Also gut, Joe. Ich sage nicht, daß du weiß Gott wie pfiffig bist, aber manchmal gibt es eben Dinge, die mehr wert sind als Pfiffigkeit.«

Joseph war schon an der Tür, als Mr. Healey fragte: »Was meinst du damit, daß es dich getroffen hätte, wenn du hier rausgeflogen wärst?«

Joseph legte die Hand auf die Klinke und blickte über die Schulter zurück. »Ich weiß es nicht, Sir«, erwiderte er und verließ den Raum. Mr. Healey lächelte, als die Tür ins Schloß fiel, und begann leise vor sich hin zu summen.

Mr. James Spaulding lehnte sich in seinen Bürosessel zurück. Während er Mr. Healey betrachtete, spiegelten sich auf seinem Gesicht — wohlberechnet — Verwirrung, Bestürzung und maßlose Verwunderung. Ein Teil dieser Gefühle war sogar echt.

»Ed«, sagte er mit gekonnt melodischem Tremolo, »du mußt den Verstand verloren haben. Ich weigere mich, dieses Dokument rechtsgültig zu machen, bevor du dir nicht in Ruhe alles noch einmal überdacht und überlegt hast, ob du nicht womöglich unter Zwang oder einem bösen Einfluß gehandelt —«

»Der einzige böse Einfluß, unter dem ich jemals leide, kommt von den Politikern — und den Advokaten. Ach, schau doch nicht so drein, als hätte ich dir ein Messer in den Bauch gestoßen. Wir beide kennen uns viel zu gut, als daß wir einander eine Dummheit zutrauen könnten.«

»Verzeih mir!« Mr. Spaulding schien den Tränen nahe. »Aber seine Jugend! Seine Unerfahrenheit! Seine — seine — mir fehlen die Worte!« Er blickte so voller Abscheu auf das Dokument nieder, als sei es stinkender Unrat, und streckte eine dramatisch zitternde Hand aus. Mister Healey amüsierte sich köstlich. »Laß gut sein, Jim«, sagte er. »Wir sind hier nicht beim Theater, also spar dir deine schauspielerischen Fähigkeiten für die Richter und die Geschworenen. Ich kenne dich wie meine Westentasche, und du mich nicht minder — bildest du dir wenigstens ein. Lies den Wisch noch einmal durch und schau, was für dich dabei herausspringt.«

Mr. Spaulding las mit so gramzerfurchter Stirn, daß Mr. Healey unwillkürlich kicherte. Die beiden Männer betrachteten sich gegenseitig — zynisch, ohne Illusionen, doch mit spöttischer Sympathie. Als Mr. Spaulding sich dazu verstieg, eine feierliche, ja fast fromme Miene aufzusetzen, unterdrückte Mr. Healey nur aus Höflichkeit ein lautes Gackern.

»Nun gut, Ed, wenn du das unbedingt willst, bleibt mir wohl nichts anderes übrig, als deine Wünsche zu respektieren.« Mr. Spaulding legte seine Hand auf das Dokument, als wäre es die Bibel, auf die er eben im Begriff war, einen Eid zu schwören. In Wahrheit war seine Ehrfurcht vor diesem Stück Papier viel größer.

XXIII

Miß Emmy war doch nicht in Senator Hennesseys Besitz übergegangen. Der Senator hatte diskret verzichtet, denn es war ihm auf sehr raffinierte Weise gelungen, für seine Verdienste um den Krieg den Segen von Mr. Lincoln zu gewinnen. Er war einfach — ganz blütenweiße Unschuld — zum Präsidenten gegangen, um ihm anzubieten, über sein Vermögen und seine Vaterlandsliebe zu verfügen, und der auf allen Seiten von Feinden umgebene Mr. Lincoln vergaß in seiner Bedrängnis, wie skeptisch er sonst immer Politikern gegenüber war, und nahm gerührt dieses großzügige Anerbieten an. Es war weder sein erster Fehler, noch sollte es sein letzter sein. Den Freundschaftsantrag des Senators betrachtete er als Zeichen eines zögernden Meinungsumschwunges, da sein neuer Gefolgsmann nicht seiner Partei angehörte, sondern ein konservativer Demokrat war. »Ich weiß«, sagte er zu ihm, »daß Sie uns nationalgesinnte Republikaner für wilde Radikale und gefährliche Neuerer halten, und Ihre Beteuerung, daß dem nicht so sei, greift mir ans Herz.«

»Ich habe gewisse Vorbehalte gegen Ihren sozialen Radikalismus, Exzellenz«, gestand Tom Hennessey mit schöner Aufrichtigkeit, »aber sind wir in diesen Zeiten der Not nicht alle Amerikaner, und müssen wir nicht alle unserer Regierung vertrauen?«

»Mein sozialer Radikalismus, wie Sie sich ausdrücken, Senator«, erwiderte Mr. Lincoln mit einem schiefen Lächeln, »ist nur ein Versuch, gewisse Ungerechtigkeiten in der Gesellschaftsordnung auszugleichen, und beruht auch auf der Hoffnung, daß dieser Krieg nicht nur dazu führen wird, unserer Nation Fortschritt und Anerkennung zu bringen, sondern auch Freundschaft, Gerechtigkeit und Frieden unter Brüdern.«

Was für ein verdammter Narr, dachte der Senator und nickte feierlich. Wenn so ein Idiot Präsident werden kann, hat diese Chance praktisch jeder.

»Norden und Süden haben keinen Grund, einander zu fürchten«, fuhr der Präsident traurig fort. »Fürchten müssen wir nur die Feinde jenseits unserer Grenzen, die uns vernichtet sehen wollen. Dennoch glaube ich, daß kein Fremder je von unserem freien Wasser trinken oder unser freies Land betreten wird. Wenn wir verraten werden, dann von unseren eigenen Brüdern — verführt von unseren ausländischen Feinden.« (Authentischer Ausspruch von Abraham Lincoln.)

So blieb Miß Emmy in Titusville, und Mr. Healey war darob nicht unzufrieden. Mit den Jahren hatte sein Verlangen nach Abwechslung nachgelassen, und Miß Emmy war ihm immer mehr ans Herz gewachsen. Sie war ihm gleichzeitig Geliebte und Tochter, eine Art liebe Gewohnheit. Er hatte das ewige Wechseln satt. Das hatte er in seiner Jugend und im frühen Mannesalter zur Genüge genossen. Nun war Miß Emmy für ihn sein Lieblingskissen, auf dem er sein Haupt zur Ruhe bettete, die schweigende Hüterin seiner geheimsten Gedanken, der Busen, an dem er Trost fand. Er hatte sie in seinem Testament bedacht.

Miß Emmy war zwar schlau und durchtrieben, aber ihr heftiges Verlangen nach Joseph Armagh hatte sich nicht gelegt, und daß er sich fortwährend weigerte, in ihr eine reizvolle und zu aller Art von Gefälligkeiten bereite junge Frau zu sehen, erboste sie und kränkte ihre Eitelkeit. Dünkte sich dieser hergelaufene Ire mit all seinen Allüren vielleicht etwas Besseres als sie? Sie lauerte ihm auf, wann immer sich nur Gelegenheit dazu bot. Sie schmachtete ihn an, wiegte sich in den Hüften, daß ihre bestickten Satinröcke schwangen, beugte sich vor, damit er sich an ihren großen, weißen Brüsten weiden konnte, schüttelte kokett die Locken und drückte sich so nah wie möglich an ihn heran, um ihn mit ihrem Parfüm zu bezaubern, fächelte ihm den Duft ihrer Spitzentücher zu, senkte ihre langen Wimpern und blickte dann plötzlich zu ihm auf, damit ihn der strahlende Glanz ihrer Augen um so jäher traf. Sie lächelte, sie seufzte, sie schmachtete und schmollte beredt, wenn sie allein waren. Sie spielte mit ihrem Fächer und warf ihm schelmische Blicke zu, aber Joseph behandelte sie mit kalter Höflichkeit und entschlüpfte ihr immer wieder. Außer bei Tisch und in Gesellschaft von Mr. Healey ließ er sich auf kein Gespräch mit ihr ein. Sein Benehmen entsprang nicht allein der Loyalität seinem Arbeitgeber gegenüber, sondern vielmehr echter Gleichgültigkeit. In seinen Augen war Miß Emmy eine ordinäre Schlampe, und in Anbetracht dessen, wer und was sie war, fand er ihr Gehaben lächerlich.

Außerdem konnte er auch Katherine Hennessey nicht vergessen, obwohl er nie bewußt versuchte, sich an sie zu erinnern. Ihr zartes, schönes Gesicht, ihre bezaubernden Augen, ihr Edelmut und ihre Selbstaufopferung gingen ihm nicht aus dem Sinn. Immer mußte er daran denken, wie sie damals im Konzert erschöpft zusammengebrochen war, nachdem sie wahrscheinlich wochenlang Verwundete und Sterbende gepflegt hatte. Es war etwas an ihr, das hartnäckig durch seine Gedanken geisterte und all seinen Bemühungen, es auszulöschen, widerstand. Vielleicht war es ihre Schlichtheit, ihre Begeisterung, der Mut, der aus ihren Augen strahlte, was ihn an seine Mutter erinnerte. Er haßte sich um dieser Erinnerung willen und bürdete sich noch mehr Arbeit auf, um zu vergessen. Er haßte Senator Hennessey aus einer Reihe von Gründen — nicht nur wegen seiner brutalen Sinnlichkeit, seiner schäbigen Heuchelei, seiner schamlosen Rücksichtslosigkeit als Politiker, seiner Habgier und Niedertracht. Er haßte ihn, weil er diese Frau besaß, weil er sie verachtete und immer wieder betrog. Mr. Healey hatte ihm einmal lachend von den dauernden Weiberaffären des Senators und seinem Ruf als Schürzenjäger erzählt. Das Geld seiner Frau und seines Vaters hatte ihm zu seiner Karriere verholfen, doch nichtsdestoweniger behandle er Katherine, sagte Mr. Healey bedauernd, als wäre sie ein Stück Dreck, das man weder zu beachten, geschweige denn zu respektieren braucht. Für die Öffentlichkeit jedoch ließ er sich gern als liebender Gatte und braver Familienvater mit ihr photographieren. Sie weigerte sich nie, denn sie liebte ihn.

Manchmal verachtete Joseph sie dafür. Eine Frau wie sie wußte bestimmt über ihren Mann Bescheid. Daß sie sich seine arrogante Gemeinheit gefallen ließ, war etwas, das Joseph nicht verstehen konnte. Gehörte sie vielleicht zu den Menschen, die es genossen, getreten, gedemütigt und erniedrigt zu werden? Wenn dem so war, mußte sie verrückt sein und verdiente weder Teilnahme noch Sympathie. Eine Liebe, die ständig betrogen und verschmäht wurde, mußte sich doch in Haß verwandeln, glaubte Joseph in seiner jugendlichen Unerfahrenheit. Erst später sollte er lernen, daß Liebe alles erträgt, blind, hilflos und unfähig, sich zu wehren. Selbst als seine verzweifelten Versuche, Katherine zu vergessen, immer wieder mißlangen, kam er noch nicht zu dieser Erkenntnis. Seine leidenschaftliche, beinah krankhafte Liebe zu ihr durchzog sein ganzes Leben, und er konnte sich nicht davon befreien. Obwohl er wußte, daß sie in Washington war, sah er ihr Gesicht an jedem Kutschenfenster. Vor Jahren hatte er ihre Stimme gehört, aber jetzt glaubte er sie in der Stimme jeder anderen Frau wiederzuerkennen. Diese Besessenheit hatte von ihm Besitz ergriffen wie ein böser Traum, und er war entsetzt, daß er nicht mehr Herr seines Willens und seiner Gedanken war.

Ein Flittchen wie Miß Emmy interessierte ihn nicht. Für ihn war sie nicht mehr als eine Parodie auf Katherine Hennessey, auch wenn er regelmäßig die Bordelle besuchte, aus denen Mr. Healey sie geholt hatte. Ihr affektiertes Getue erfüllte ihn mit Abscheu, obwohl er sich einesteils wieder grimmig darüber amüsierte. Manchmal erinnerten ihn ihre schönen Augen an Katherine, und für diese Blasphemie hätte er sie am liebsten ins Gesicht geschlagen. Wenn Miß Emmy dann seinen starren, brennenden Blick auffing, dachte sie, daß ihn doch nur seine Schüchternheit und der Respekt vor Mr. Healey so zurückhaltend machten, und sie wartete ungeduldig auf eine Gelegenheit, wo sie ihm helfen konnte, dieses Zartgefühl zu überwinden.

Haroun Zeff war Aufseher auf Mr. Healeys Ölfeldern geworden. Er brauchte daher nicht mehr in seiner Kammer über den Ställen zu schlafen, sondern bewohnte jetzt den Raum, der vor Jahren sein Krankenzimmer gewesen war. Doch sein Bett blieb oft leer. Seine Arbeit zwang ihn häufig, auf den Ölfeldern oder zumindest in der Nähe zu bleiben und sich bereitzuhalten, wenn es galt, eine brennende Ölquelle durch eine Sprengung zu löschen. Mr. Healey zahlte ihm fünfunddreißig Dollar die Woche für die Gefahr und die große Verantwortung, und eine saftige Prämie, wenn ein Bohrloch fündig wurde. (»Vielleicht denkt der alte Junge, ich kann das Öl herbeizaubern«, sagte Harry einmal lachend zu Joseph.)

Josephs Geduld wurde ein paar Tage auf eine harte Probe gestellt, bevor er Harry bei dessen Rückkehr mitteilen konnte, daß alles in Ordnung war und man sich freundschaftlich geeinigt hatte, statt ihn, Joseph, hinauszuwerfen. Die beiden jungen Männer saßen im grünen Zimmer — Harrys neuer Bleibe — und beglückwünschten sich gegenseitig zu ihrem Erfolg. Harry rauchte jetzt Stumpen — eine Gewohnheit, die Joseph an ihm nicht gefiel — und war ein muskulöser, kräftiger Mann geworden. Doch sein dunkles Gesicht hatte noch immer den alten lausbübischen Zug, und aus seinen schwarzen Augen blitzten noch immer der Schalk und die Gutmütigkeit. »Jetzt weiß ich, warum mir Captain Oglethorpe ein wenig vertraut vorkam«, sagte Joseph plötzlich. »Ihr seht euch ähnlich, und weißt du, warum? Ihr seid beide Briganten.«

Er hatte Harry vorhin von dem Zwischenfall auf dem Pier berichtet, allerdings ohne ihm den Grund ihrer Anwesenheit im Lagerhaus näher zu erklären. Er hatte nur beiläufig von »Verladearbeiten« gesprochen, und das belustigte Funkeln in Harrys Augen strafte die ernste Miene, mit der er ihm lauschte, Lügen. »Du hättest den Schweinehund töten sollen«, meinte er.

»Hättest du den — Mann erschossen, Harry?«

»Natürlich«, antwortete der Jüngere erstaunt über eine so absurde Frage. »Er wollte euch doch alle umbringen, oder? Ist dir dein Leben nicht so wertvoll wie seines? Oder hast du vielleicht seines höher eingeschätzt?«

»Ich werde mir das merken — für das nächste Mal.«

»Merk dir lieber das, was ich dir jetzt sage.« Das Lächeln war nun aus Harrys Augen verschwunden. »Ich habe etwas herausgefunden: Ganz gleich, was die Moralapostel auch predigen, der Mensch ist ein reißendes Tier, und nichts wird ihn je ändern. Das hoffe ich wenigstens. Ich habe deinen Darwin gelesen. Eine Art, die sich nicht selbst behaupten kann, wird von der Natur ausgemerzt. Die alten Knaben in der Bibel haben in ihren ›heiligen‹ Kriegen eine Menge Menschen umgebracht, und hat Gott sich nicht selbst einmal als Schlachtengott bekannt? Denk nur an dieses Lied, das wir alle singen: ›Battle Hymn of the Republic‹. Verdammt will ich sein, wenn das nicht das Blutrünstigste ist, was ich je gehört habe! Und alles nur, um ›den Menschen die Freiheit zu schenken‹, wie es so schön fromm dort heißt. Dabei ist nichts anderes damit gemeint als Töten. Ein Mann muß töten, wenn es notwendig ist, Joe.«

Joseph stand auf. »Vermutlich hast du recht«, sagte er und dachte an den verzweifelten Kampf seiner Landsleute gegen die Engländer und an seinen Vater, der nicht einmal hatte töten wollen, um seine Frau und seine Kinder zu beschützen.

Ein leises Rascheln vor der Tür entlockte ihm ein flüchtiges Lächeln. Mrs. Murray, dieses fette Scheusal, lauschte wieder einmal, um vielleicht etwas aufzuschnappen, was Mr. Healey interessieren könnte. In all diesen Jahren war der Haß, mit dem sie Joseph verfolgte, noch größer geworden — unerbittlich und unermüdlich wie alles Böse. Joseph hatte nie versucht, die Ursache dafür zu ergründen, denn er wußte, daß Haß und Feindschaft oft aus dem Nichts entstehen wie die scharfen Steine auf den Feldern. Er war sogar so weit gekommen, die Alte zu foppen, indem er manchmal auf Zehenspitzen zur Türe schlich, um sie dann plötzlich in ihr teigiges Fischgesicht zu stoßen. Es bereitete ihm Vergnügen, ihre Hinterhältigkeit zu beobachten und ihre verlegen gemurmelte Entschuldigung zu hören, sie sei »eben zufällig vorbeigegangen«. Diesmal aber war sie mehr auf der Hut, und als er die Tür aufstieß, sah er nur noch ihren Schatten die Treppe hinunterhuschen. Es war ein Vorfrühlingsabend, und das obere Stockwerk lag noch im Dunkel, während unten schon die Lampen brannten. Mr. Healey hatte sich nach dem Dinner in die Bibliothek zurückgezogen. Die ungewohnte Wärme und die Last seiner Arbeit machten Joseph müde. Er zögerte einen Moment, als er aus Harrys Zimmer trat. Mr. Healey sah es neuerdings gern, wenn er ihn vor dem Schlafengehen noch kurz besuchte. Sie pflegten bei diesen Zusammenkünften über die Geschäfte zu sprechen, doch die meiste Zeit über saßen sie einfach schweigend da, und Mr. Healey beobachtete Joseph, wie er sich Notizen für den nächsten Tag machte. Seit kurzem hatte Joseph sich eingedenk Mr. Healeys Bemerkung dazu bereitgefunden, Brandy und hin und wieder sogar ein Glas Whisky zu trinken. Aber er sollte auch später nie Gefallen an Alkohol finden und genoß ihn stets nur mit Vorsicht.

Er beschloß, den Mann zu besuchen, der ihm so viel ermöglicht hatte, und der bisher als einziger in seinem Leben immer nur gut zu ihm gewesen war. Joseph ärgerte sich fast ein wenig über die Dankbarkeit, die er dafür empfand, was Mr. Healey für ihn getan hatte, und hielt sich vor Augen, daß seine Schuld inzwischen längst abgedient war. Dankbarkeit war nur eine Art von Schwäche. Aber dann hatte er bemerkt, daß Mr. Healey einsam war wie alle Menschen, und das bewog ihn nun, trotz seiner Müdigkeit auf die Treppe zuzugehen.

Die Tür von Mr. Healeys Schlafzimmer öffnete sich, und Miß Emmy erschien auf der Schwelle. Die Blicke der beiden jungen Leute trafen sich. Joseph trat instinktiv einen Schritt zurück, und Miß Emmy war offensichtlich verblüfft, ihm so nah gegenüberzustehen. Sie starrte ihn in dem weichen Dämmerlicht, das von unten heraufdrang, an, und plötzlich stieg ihr heiß das Blut ins Gesicht. Nie war ihr Joseph so begehrenswert erschienen, so stark, so männlich, so jung wie sie selbst jung war, so voll gesunder Vitalität. Ein überwältigendes Verlangen trieb sie auf ihn zu, das sich knisternd auf die Spitzen und Bänder ihrer Satinrobe und die Flut ihres seidigen Haars zu übertragen schien. Noch bevor er überhaupt zur Besinnung kam, schlang sie die Arme um seinen Hals, küßte ihn auf die Lippen und drückte dann, leidenschaftliche Liebesworte stammelnd, ihren Kopf an seine Brust.

So hatte sie ihre Verführung nicht geplant. Nicht nur, daß sich

Mrs. Murray im Haus befand, war auch Bill Strickland in der Küche, Harry auf seinem Zimmer und Mr. Healey in der Bibliothek. Aber trotz ihrer angeborenen Vorsicht dachte sie keine Sekunde an die Gefahr. Josephs unerwartete Nähe, der rötliche Schimmer in seinem dichten Haar, sein Atem, der sie so plötzlich streifte, seine straffe, sehnige Gestalt ließen sie alle Vernunft vergessen. Sie hatte gar nicht beabsichtigt, ihn in ein Zimmer zu ziehen, aber ihre Gier, ihr Verlangen, vielleicht sogar das, was sie an Liebe zu empfinden fähig war, löschten jeden anderen Gedanken in ihr aus. Als sie sich an ihn klammerte, erwachte er endlich aus seiner Betäubung und versuchte, sie zurückzustoßen, aber sie krallte ihre Finger nur noch fester in seinen Nacken und drängte sich in unbeherrschter Leidenschaft noch enger an ihn. Ihr schweres Parfüm erfüllte ihn mit Ekel. Während er schweigend mit ihr rang, spürte er ihren heißen Atem auf seinem Hals, und ihre feuchtschimmernden Augen, mit denen sie zu ihm aufblickte, erinnerten ihn an die unterwürfige Liebe eines Hundes.

Er empfand nur Abscheu und Verachtung. Die Glut ihres jungen Körpers, ihr weiches Fleisch, ihre drängenden Lippen, ihr Duft, ihr Haar, das lose über seine Hände fiel, das alles flößte ihm tiefen Widerwillen ein. Er wollte ihr nicht weh tun und gab daher seine Versuche auf, sie ins Zimmer zurückzuschieben. Was ihn am meisten aufbrachte war, daß sie den Mann betrügen wollte, der so in sie vernarrt war und ihr seit vielen Jahren jeden Wunsch von den Augen ablas. Aber er mußte etwas tun. Sie laut zur Vernunft zu rufen wagte er nicht, aus Angst, Mister Healey könnte ihn hören. Er brauchte nur die Tür zur Bibliothek zu öffnen, um das ganze Geschehen auf dem Treppenabsatz auf einen Blick zu erfassen. Joseph blieb nur die Möglichkeit, sie von sich zu stoßen. Er war überrascht, welche Kraft ihr die Leidenschaft verlieh, mit welch fieberhafter Gier sie sich an ihn klammerte. Er packte sie an den Handgelenken und versuchte, die in seinem Nacken verschränkten Finger zu lösen, als er einen eisernen Griff auf seiner Schulter spürte.

Mit einem leisen Schrei wich Miß Emmy zurück und hob entsetzt die Hand an den Mund, denn Bill Strickland, der über die Hintertreppe aus der Küche heraufgekommen war, grub seine Klauen voll haßerfüllter Schadenfreude in Josephs Schultern und riß ihn herum, die Faust zu einem vernichtenden Schlag erhoben. Sein Gesicht, das unter normalen Umständen schon etwas Tierisches hatte, war nun vor Wut und hämischer Genugtuung noch mehr entstellt und erinnerte in seiner Mordlust an eine bleckende Wolfsfratze. Seine Augen glühten im Halbdunkel. Wie ein böses Licht flackerte in ihnen die Freude, diesen jungen Mann, diesen Eindringling und Feind von Mr. Healey, der verächtlich über jeden hinwegsah, endlich in seiner Gewalt zu haben und ihn ein für allemal zu zermalmen. Mrs. Murray hatte die hirnlose Kreatur im Laufe der Jahre davon überzeugen können, daß Joseph

»etwas gegen Mr. Healey im Schilde führe« und ihn schließlich eines Tages berauben oder ihm sonst irgendeinen Schaden zufügen würde. Und nun war es soweit. Er versuchte, dem Herrn Miß Emmy zu stehlen, und Miß Emmy war Mr. Healeys Eigentum, und infolgedessen war Joseph, dieses verhaßte, verdächtige Subjekt, ein Dieb und ein Räuber.

Joseph war zwar jünger, aber bei weitem nicht so stark wie Bill Strickland. Doch er war geschmeidiger und schneller. Er wich dem mörderischen Schlag in letzter Sekunde mit einer geschickten Kopfbewegung aus, und die große Faust streifte nur leicht sein Ohr und fuhr krachend in die Wand. In diesem Moment befreite sich Joseph und sprang zurück. Niemand, nicht einmal die wie gelähmt dastehende Miß Emmy, sah Mrs. Murray auf der Hintertreppe auftauchen, noch wie sich die Tür von Harrys Zimmer öffnete.

Josephs erster und kluger Gedanke war, sich entweder in sein Zimmer zu flüchten und die Tür vor diesem Verrückten zu versperren oder bei Mr. Healey in der Bibliothek Schutz zu suchen, denn er war nicht so unvernünftig, sich einzubilden, daß er es an Körperkraft mit dieser rasenden Bestie aufnehmen konnte, die schon so oft getötet hatte und nun zweifellos auch ihn ermorden wollte. Aber Bill Strickland kam ihm zuvor. Er stieß ein leises, kehliges Grunzen aus, als seine Faust auf die Wand sauste, und der Schmerz verdoppelte seine Wut. Blitzschnell faßte er sein Opfer an der Kehle und grub ihm die Daumen tief ins Fleisch. Joseph fühlte, wie ihm diese stählerne Klammer den Atem nahm, und ein stechender Schmerz durchzuckte seinen gemarterten Kehlkopf. Er schlug mit seiner ganzen Kraft auf seinen Angreifer ein, und wieder grunzte Bill, aber diesmal in ekstatischem Entzücken. Unerbittlich preßte er Joseph noch enger an die Wand, wobei er sich in seinem Blutrausch die Lippen leckte.

Das ist das Ende, dachte Joseph, als ein roter Schleier vor seinen Augen zu wogen begann und er verzweifelt nach Atem rang. Dann senkte sich Dunkel über ihn herab. Er fühlte, wie seine Knie nachgaben und sein Körper erschlaffte. Und dann, als er zu Boden sank, lockerte sich plötzlich der fürchterliche Griff um seinen Hals. Er stöhnte und schnappte keuchend nach Luft. Während er halb ohnmächtig auf dem Boden kniete, die Hände in seinen Hemdkragen gekrallt, sah er weder Miß Emmy, die vor Entsetzen erstarrt auf der Schwelle zu ihrem Zimmer stand, noch Mrs. Murray, die das Schauspiel freudig erregt aus einiger Entfernung verfolgte. Er war nur damit beschäftigt zu überleben.

Dann hörte er das dumpfe Geräusch von heftigen Bewegungen. Als er mühsam den Kopf hob, sah er undeutlich eine erstaunliche Szene. Die riesige Gestalt von Bill Strickland taumelte gefährlich nahe auf die Treppe zu, und auf ihrem Rücken hockte — einem kleinen Affen gleich — Harry Zeff und drosch wütend auf seinen zyklopenhaften

Gegner ein. Er ritt auf ihm wie ein Jockey und bearbeitete ihn ohne Unterlaß mit seinen derben Fäusten. Wie ein Hagel fielen die Schläge auf Bill Stricklands Gesicht, trafen seine Nase, seine Ohren, die Schläfen, die Stirn. Harrys Nägel krallten blutige Striemen in seine Wangen, zerfetzten ihm die Haut, während er ihm mit der anderen Hand ganze Büschel vom Haar ausriß.

Joseph stemmte sich schwankend hoch und beobachtete, gegen die Wand gelehnt, ungläubig das groteske Schauspiel. Strickland bemühte sich wie ein Rasender, sich von seinem Quälgeist zu befreien, dessen muskulösen Beine ihm den Brustkorb zusammenpreßten, aber Harry stieß ihm unbarmherzig die Fersen in die Seiten, als wollte er einem Gaul die Sporen in die Flanken graben. Bills Gesicht war blutüberströmt, und wie er so verzweifelt versuchte, seine Last abzuschütteln, erinnerte er in fast lächerlicher Weise an einen Tanzbären. Plötzlich beugte sich Harry vor und biß ihn mit aller Kraft in den Nacken. Mit einem wütenden Stöhnen bekam Strickland die kurzen Beine seines Peinigers zu fassen — ein gewaltiger Ruck — dann schleuderte er Harry wie einen Sack auf den Boden und hob den Fuß, um ihn mit dem Stiefelabsatz in die Schläfe zu treten.

Als Joseph das sah, vergaß er in Sekundenschnelle seine Schwäche. Er sprang Bill an und packte ihn am Hals. Bill verlor das Gleichgewicht, taumelte, und der Stiefelabsatz sauste dicht an Harrys Kopf vorbei, ohne ihn zu verletzen.

Bill Strickland stand nun, den Rücken der steilen Treppe zugekehrt, auf der obersten Stufe. Er schwankte ein wenig, und als er nun versuchte, Joseph zu fassen, der noch immer wie eine Klette an ihm hing, geschah das weniger, um sich seines Gegners wieder zu bemächtigen, sondern vielmehr, um an ihm Halt zu suchen. In diesem Moment verspürte Joseph zum erstenmal in seinem Leben das unwiderstehliche Verlangen zu töten, einen anderen Menschen zu zerstören, zu vernichten, und dieser Wunsch erfüllte ihn mit einem berauschenden und gleichzeitig erschreckenden Jubel. Es war ihm, als riefe ihm eine innere Stimme zu: Töten oder getötet werden! Ganz instinktiv ließ er Bill einen Augenblick los und stieß ihm dann die Fäuste gegen die breite Brust. Er wich den verzweifelt nach ihm greifenden Händen aus und legte seine ganze Kraft, seine ganze Mordlust in diesen Schlag. Als er ihn noch in die Knie trat, konnte Bill kaum noch das Gleichgewicht halten. Seine Arme ruderten in der Luft wie die Flügel einer Windmühle, und er schrie vor Entsetzen heiser auf. Joseph verstärkte den Druck seiner Fäuste und stieß ihn noch einmal in die Knie. Ein letztes, verzweifeltes Schlagen mit den Armen, und dann stürzte der schwere Körper rücklings ins Leere, prallte ein paarmal auf den Stufen auf und wurde wie ein Ball wieder hochgeschleudert, bis er das letzte Stück der Treppe hinunterrollte und nach einem dumpfen Aufprall mit seltsam verrenkten Gliedern und zerschmettertem Schädel auf dem Boden der Halle liegenblieb.

Die Tür zur Bibliothek flog auf und Mr. Healey erschien, eine Zigarre in der Hand. »Was, zum Teufel, ist denn hier los?« brüllte er. Dann sah er Bill Strickland regungslos in seinem Blut daliegen. »Bill!« schrie er auf. Langsam und vorsichtig trat er näher, als könnte er seinen Augen nicht trauen, und starrte auf seinen offensichtlich toten Leibwächter nieder, aus dessen Mundwinkeln wie ein dünnes Rinnsal langsam das Blut sickerte. »Großer Gott«, sagte er tonlos. »Jesus. Bill.«

Er blieb ein paar Sekunden wie betäubt stehen, dann blickte er auf. Oben auf dem Treppenabsatz stützte sich Joseph keuchend auf Harry Zeff wie auf einen jüngeren Bruder. Seine Hände umklammerten das Geländer, während sich ihre Blicke schweigend trafen. Im Korridor fiel leise eine Tür ins Schloß. Miß Emmy hatte sich zurückgezogen.

»Hast du ihn gestoßen, Joe?« fragte Mr. Healey weder laut noch anklagend.

»Ja«, krächzte Joseph heiser.

Jetzt war Mrs. Murrays großer Augenblick gekommen. »Mr. Healey!« kreischte sie zu ihrem Arbeitgeber herunter. »Dieser dreckige Lump da hat Miß Emmy abgeknutscht und versucht, sie in *Ihr* Schlafzimmer zu zerren! In Ihr eigenes Schlafzimmer, Sir! Und wie Bill ihn daran hindern wollte, hat er ihn die Treppe hinuntergestoßen und ihn ermordet!«

»Stimmt das?« fragte Mr. Healey noch immer in demselben sanften, ein wenig verwunderten Ton. Er betrachtete den Toten so forschend, als sehe er ihn zum erstenmal. Dann begann er langsam und schwerfällig die Treppe hinaufzusteigen. Dabei blickte er Joseph unverwandt an. Er nahm die Stufen gemächlich, ohne Hast, ohne seinen Blick auch nur ein einziges Mal von Joseph zu wenden, der nun einen Schritt zurücktrat, um ihm Platz zu machen.

»Also — wie war das?« fragte er. Dann fügte er mit erhobener Stimme hinzu: »Emmy! Du kommst sofort heraus! Hörst du?«

Die Tür öffnete sich zögernd und Miß Emmy erschien bleich und bebend, die Hände vor den Mund geschlagen, die weit aufgerissenen Augen starr auf Mr. Healey gerichtet. Er schenkte ihr nur einen kurzen Blick, dann wandte er sich wieder an Joseph und wiederholte: »Also, wie war das?«

»Aber das hab ich Ihnen doch schon gesagt, Sir!« mischte sich Mrs. Murray mit schriller Stimme ein, wobei sie die Fäuste hob, als wollte sie auf Joseph einschlagen, der sich noch immer erschöpft auf das Geländer stützte. »Er hat versucht, Miß Emmy in Ihr Zimmer zu ziehen, und Bill —«

»Das ist eine Lüge, Sir«, unterbrach Harry ihr aufgeregtes Gekeife. »Joe hatte sich gerade von mir verabschiedet, aber weil ich ihm noch etwas sagen wollte, bin ich ihm auf den Gang hinaus gefolgt, und da haben wir beide gesehen, wie Bill Miß Emmy bedrängt hat und sie in ihr Zimmer zurückzerren wollte. Joe sprang ihn an, aber er war ihm nicht gewachsen, deshalb bin ich ihm zu Hilfe gekommen.« Er zeigte Mr. Healey seine blutbefleckten Finger. »Aber er war stärker als wir beide zusammen. Er hat mich abgeschüttelt und wollte mir gerade das Gesicht zertreten, da hat ihn Joe wieder erwischt und ihn weggestoßen. Aber er war gleich wieder heran und hat ihn an der Kehle gepackt — da, sehen Sie die Würgespuren? — und wie ihm Joe einen Stoß vor die Brust gegeben hat, ist er gestrauchelt und die Treppe hinuntergefallen. Es war ein unglücklicher Zufall.«

Sein schalkhaftes Gesicht war ernst und wirkte völlig aufrichtig, doch Mr. Healey ließ sich nicht ganz überzeugen. »Ist das wahr, mein Junge?« fragte er, den Blick noch immer auf Joseph gerichtet.

»Ja, Sir, es ist wahr«, antwortete Joseph, ohne den Kopf zu heben.

»Lüge! Alles Lüge!« schrie Mrs. Murray. »Er ist schon lange hinter Miß Emmy her! Ich habe es selbst gesehen, wie er ihr nachgestellt hat. Heute abend hat er geglaubt, daß er zum Zug kommt, der Schweinehund! In Ihrem eigenen Haus hat er Sie betrügen wollen mit einer Schamlosigkeit ohnegleichen, und daß Sie dort unten saßen oder was Sie alles für ihn getan haben, das war ihm dabei ganz egal! Und wie der arme Bill ihm in die Quere gekommen ist, da hat er ihn einfach umgebracht! Mit meinen eigenen Augen hab ich es gesehen, glauben Sie mir, Sir, mit meinen eigenen Augen —«

»Kusch!« sagte Mr. Healey völlig ruhig. Dann schaute er Miß Emmy an. »Wer sagt die Wahrheit, Schätzchen?«

Miß Emmy fuhr sich mit der Zunge über die blassen Lippen. Ihr Blick huschte zu Mrs. Murray, ihrer triumphierenden Feindin, flog dann von Joseph zu Harry und kehrte schließlich zu Mr. Healey zurück, der höflich auf ihre Antwort wartete. Sie war ein schlaues Mädchen. Wenn Mr. Healey auch nur den leisesten Verdacht hegte, daß sie Joseph aufgelauert hatte, würde das ihr Ende bedeuten, denn wenn sie Mrs. Murrays Version bestätigte, würden die beiden jungen Männer mit der Wahrheit herausrücken. Sie hatte inzwischen längst Mr. Healeys Zuneigung und sein Vertrauen zu Joseph erkannt und zweifelte nicht daran, daß er Joseph mehr Glauben schenken würde als ihr und Mrs. Murray. Außerdem war da noch Harry, der sie so seltsam, fast drohend anschaute. Seine Augen glitzerten im Halbdunkel, und zwischen seinen leicht geöffneten Lippen sah sie die Zähne schimmern.

Miß Emmy schauderte. Mit einem leisen, klagenden Laut strich sie sich ihr aufgelöstes Haar zurück. »Mr. Jeff hat die Wahrheit gesagt«, erklärte sie Mr. Healey dann mit schwacher Stimme. »Bill — er hat mich immer so angestarrt, und ich wußte, er — ich ging ihm immer aus dem Weg. Aber heute — ich war so einsam, und deshalb wollte ich zu dir hinuntergehen — und im Gang, da war er dann plötzlich da, und er hat seine Arme um mich gelegt und mich geküßt und versucht, mich — mich ins Zimmer hineinzuzerren —« Sie schlug zitternd die Hände vors Gesicht und schluchzte auf. Ihre Tränen waren echt.

»Lügner, alles Lügner, einer wie der andere!« kreischte Mrs. Murray außer sich vor Enttäuschung, Haß und Wut. »Miß Emmy, und Sie stehen da und wagen es, Mr. Healey stichgerade ins Gesicht zu lügen, wo Sie doch genau wissen, daß dieser — dieser Kerl da Sie belästigt hat und nicht der arme Bill, der Sie nur beschützen wollte und dafür umgebracht worden ist!«

»Ruhig jetzt!« sagte Mr. Healey geistesabwesend. »Es steht drei zu eins gegen Sie, Mrs. Murray. Die Aussagen von Emmy, Joe und Harry stimmen vollkommen überein. Was glauben Sie wohl, wie ein Gericht in so einem Fall entscheiden würde? Mein Mädchen, Joe und Harry gegen Sie? Jeder weiß, was ich von Bill gehalten habe, und daß er so gut wie nur für mich allein gelebt hat. Da müßte es doch allen klar sein, daß ich seinen Mörder nicht decken würde, oder?«

»Wenn ich's aber doch gesehen hab!« schrie Mrs. Murray erbost. »Glauben Sie mir, Sir, die drei lügen wie gedruckt! Passen Sie nur auf, eines schönen Tages wird das Diebsgesindel Sie dann auch noch um die Ecke bringen!« Sie fuhr wütend auf Miß Emmy los. »Warum sagst du nicht, wie's wirklich war, du nichtsnutzige kleine Nutte!«

Miß Emmy starrte Joseph an. Er beschützte sie, bewahrte sie vor alldem, was ihr seiner Meinung nach widerfahren mußte, wenn die Wahrheit ans Licht kam. Tränen schossen ihr in die Augen, und sie rief spontan: »Danke, Mr. Francis, oh, ich danke Ihnen tausendmal!«

Mr. Healey stieß einen leisen Pfiff aus. »Nun, ich schätze, damit ist die Angelegenheit entschieden. Ich kann nur annehmen, daß Bill nicht ganz bei Sinnen war. Muß eine Art geistige Umnachtung gewesen sein, wie man so sagt, aber hundertprozentig richtig im Oberstübchen war er ohnehin nie. War mir wie ein Bruder, oder besser wie ein treuer Wachhund. Er hätte jederzeit sein Leben für mich geopfert, aber wahrscheinlich für niemand anderen. Der arme Bill! Heute abend muß er einfach den Kopf verloren haben. Bestimmt hat er sich gar nichts dabei gedacht.« Er seufzte und drehte sich dann plötzlich zu Miß Emmy um, die erschreckt zurückwich. »Ich war schon immer der Meinung — und daran hat sich nichts geändert —, daß sich kein Mann, außer einem Verrückten, an eine Frau heranmacht, wenn sie ihn nicht auf irgendeine Weise ermutigt.« Bei diesen Worten hob er gelassen seine fette Hand und schlug Miß Emmy heftig ins Gesicht. »Aber so verrückt war Bill wieder nicht. Wenn er aufdringlich geworden ist, muß man ihn dazu gereizt haben — und ich hoffe, das war alles.« Während er sprach, beobachtete er Joseph, der die Szene aufmerksam verfolgte, und als er in seiner Miene keine Gemütsbewegung, keinen Protest, sondern nur den Anflug von gleichgültiger Geringschätzung entdeckte, wußte er die ganze Wahrheit.

Durch die Wucht des Schlages war Miß Emmy gegen die halboffene Tür ihres Zimmers getaumelt und rücklings weitergestolpert. Nun raffte sie sich wieder auf und warf sich haltlos schluchzend auf das Bett. Mr. Healey betrachtete sie von der Schwelle aus und seufzte. »Verdammte kleine Hure! Aber ich glaube, im Grunde ist sie nicht so schlecht. Man muß sich vor Augen halten, daß sie eben nur eine Frau ist, und die Weiber sind schwach, wie schon die Bibel sagt.«

Er wandte sich Mrs. Murray zu, die den Zwischenfall wortlos mit angesehen hatte. »Und nun zu Ihnen, meine Liebe«, sagte er mit honigsüßer Stimme. »Ich schätze, Sie werden die Wahrheit erzählen müssen, und zwar ohne Ansehen der Person, wie es im Gesetz so treffend heißt. Daß Sie Joe nicht leiden können, ist mir bei Gott nichts Neues. Aber das ist noch lange kein Grund, ihn absichtlich so zu belasten, daß er ins Gefängnis kommt. Ich erinnere mich da dunkel an eine Sache in Pittsburgh, verehrte Mrs. Murray. Sie doch auch?«

Plötzlich stand die nackte Angst auf Mrs. Murrays Fischgesicht, und sie wich einen Schritt zurück. »Ich bin direkt stolz auf mein Gedächtnis«, fuhr Mr. Healey liebenswürdig fort. »Ich vergesse nie auch nur die kleinste Kleinigkeit. So, Harry, du gehst jetzt Sheriff Blackwell holen. Er ist ein guter Freund von mir und wird nicht viel Aufhebens machen. Erzähl ihm, was passiert ist, und dann werden wir hier in Ruhe alles besprechen. Ich wiederhole — in Ruhe! Das gilt vor allem für Sie, Mrs. Murray. Hast du gehört, Emmy? Keine Hysterie, wenn ich bitten darf. Die Angelegenheit soll sozusagen in der Familie bleiben. Und der arme Bill bekommt ein schönes Begräbnis, da werd ich mich nicht lumpen lassen. Armer Teufel! Muß wirklich den Kopf verloren haben. Hat sich sicher nichts dabei gedacht, aber Denken war ja auch nie seine wahre Stärke. Möge er in Frieden ruhen. Ich trage ihm nichts nach.«

Er nickte Joseph zu. »Die Würgespuren auf deinem Hals werden den Sheriff überzeugen, Joe. Mußt sie ihm zeigen.«

Josephs bleiche Lippen öffneten sich zu einer Antwort, aber Mr. Healey legte ihm die Hand auf die Schulter. »Leg dich lieber hin, bis der alte Blackwell kommt. Kannst ganz beruhigt sein, ich werfe dir nichts vor. Schließlich muß man sein Leben verteidigen. Und ich vergesse auch nicht, was du für Miß Emmy getan hast.«

Er winkte Harry. »Bring Joe auf sein Zimmer, bevor du gehst, und wenn du Whisky oben hast, sieh zu, daß er 'nen Schluck trinkt, am besten gleich 'nen ordentlichen. Ich glaub, er kann's vertragen. Nein, Joe, sei nicht so dickschädelig und tu, was ich dir sage.«

Harry nahm Joseph am Arm und führte ihn in sein Zimmer. Dann holte er eine Flasche Whisky aus dem Schrank, füllte ein Glas bis fast an den Rand und reichte es dem stumm auf dem Bett sitzenden Freund. »Na, komm schon, Joe, trink!« munterte er ihn auf.

»Ist dir klar, daß ich —«, begann Joseph.

»Ja, natürlich. Aber das ist doch unwichtig. Du lebst, und das allein zählt. Und wen hast du retten wollen? Mich! Schon zum zweitenmal.« Harry entblößte mit einem breiten Grinsen seine weißen Zähne. »Komm, trink endlich. So ist's gut.« Er war erleichtert, denn Joseph hatte mit seinem aschfahlen Gesicht, den glasigen Augen und blutlosen Lippen wie ein Toter ausgesehen. Harry schenkte sich selbst ein Glas ein und hob es Joseph entgegen. »Auf das Leben! Das einzige, was auf der Welt von Bedeutung ist!«

Während er ihm lachend zuprostete, sah er mit Genugtuung, wie Josephs Wangen langsam wieder Farbe bekamen. Aber Joseph war mit seinen Gedanken ganz woanders. Es war sein Leben oder meines, dachte er. Es erschreckt mich nur, daß ich es gern getan habe.

XXIV

Eine neue Militärhafenbehörde war bald bestochen, und Joseph war nun allein mit der Durchführung des Waffenschmuggels in den Süden betraut. Die Lieferungen gingen nicht nur nach Virginia, sondern auch nach Nord- und Südkarolina, und das Risiko war inzwischen unendlich größer, weil die Seeblockade der Union die Konföderierten langsam und unerbittlich zu ersticken drohte. Nun ging es nicht mehr bloß darum, sich in New York und Boston durch schwere Bestechungsgelder einen Ausklarierungsschein zu beschaffen, um dann zuerst Kurs auf einen Hafen im Norden zu nehmen und später auf hoher See einfach nach Süden abzudrehen. Die eigentliche Gefahr dieser nur in mondlosen Nächten durchführbaren Unternehmungen lag darin, unbemerkt durch die Reihen der Blockadeschiffe zu schlüpfen, um dann irgendein abgelegenes, halb verfallenes und verlassenes Dock anzulaufen. Der Bestimmungsort änderte sich von Mal zu Mal. Viele Schiffe mit Konterbande aus dem Norden wurden aufgebracht, nur die *Isabel* schien unter einem günstigen Stern zu segeln. Selten angerufen und nie gestoppt, fand der ungewöhnlich schnelle Klipper unter der sicheren Führung von Captain Oglethorpe seinen Weg von Hafen zu Hafen, und immer flatterte dabei verwegen die Flagge der Union auf dem Mast. Dennoch gab es Momente höchster Gefahr, wo nur die Intelligenz und der Mut des Captains gleichermaßen wie seine Frechheit und Geschicklichkeit das Blatt noch zum Guten wandten.

»Ich glaube, Sie bringen mir Glück, Sir«, sagte er einmal zu Joseph. »Bis jetzt stand es noch nie wirklich auf des Messers Schneide. Allerdings — manchmal habe sogar ich mich gewundert, wie knapp wir einer

Katastrophe entronnen sind, und daß es uns gelang, schreibe ich Ihrer Anwesenheit an Bord zu. Sie müssen unter einem Glücksstern geboren sein.«

»Oh, sicher«, antwortete Joseph und dachte dabei an Irland und seine Hungerjahre. »In meinem ganzen Leben habe ich nichts als Glück gehabt. Vielleicht ist mir eine gute Fee Pate gestanden. Aber eines müssen Sie wissen, Captain: ich bin kein Abenteurer. Ich tue hier auf diesem Schiff nur meine Pflicht.«

Der Captain nickte. »O ja, ich verstehe Sie gut. Sie sind nicht leichtsinnig. Der einzige Draufgänger hier an Bord bin ich. Meine Mannschaft ist so vorsichtig und furchtsam wie ein altes Weib, und vielleicht ist das auch der wahre Grund, warum wir so oft mit heiler Haut davongekommen sind.«

Dann eröffnete Mr. Healey Joseph eines Tages, daß er ihn des Kommandos über die Schmuggelfahrten enthob, die nun mindestens fünfmal im Monat mit immer schwererer Fracht stattfanden. Joseph war zugleich erleichtert und bestürzt. »Zweifeln Sie an meinen Fähigkeiten, Mr. Healey, oder haben Sie kein Vertrauen mehr zu meinen Entscheidungen?«

»Junge«, sagte Mr. Healey lächelnd, »schlag dir diesen Unsinn aus dem Kopf. Schließlich hab ich eine ganze Menge in dich investiert. Nein, du bleibst von nun an brav zu Hause. Für den Außendienst hab ich genug andere.«

Joseph studierte noch immer Jura bei Mr. Spaulding, den er im Laufe der Jahre immer mehr verabscheute. Anfänglich der Rechtswissenschaft gegenüber eher gleichgültig, war nun sein Interesse an ihr erwacht, weil er begriff, daß sie jemand, der das Metier wirklich beherrschte, wie eine steile Treppe zur Macht führen konnte. Es gab kein Gesetz, das nicht den Stempel eines Politikers trug, und Joseph war allmählich ganz davon überzeugt, daß Geld ohne Macht keine echte Sicherheit bot, sondern nur Anreiz für Schurken und Diebe. Für ihn war die Politik die größte Macht, die es überhaupt gab, denn mit ihrer Hilfe konnte man um des persönlichen Vorteils willen belohnen und bestrafen, sich gegen den Rest der Menschheit wappnen und sie zugleich offen verachten.

Joseph hatte Mr. Healey dazu überredet, Harry Zeff die Aufgaben von Bill Strickland zu übertragen. Mr. Healey zeigte sich von diesem Vorschlag überrascht. »Meinst du das im Ernst? Er soll mich überall herumkutschieren, Pferde satteln und anschirren wie ein Stallknecht und auf jeden Wink von mir zur Stelle sein — und das für fünfunddreißig Dollar die Woche? Und bei Mrs. Murray in der Küche essen und wieder in seiner Kammer über den Ställen schlafen?«

»Nein«, antwortete Joseph. »Ich will, daß er — wie nennt man das doch gleich beim Militär — Ihr Adjutant ist, Ihr Leibwächter, Führer und Beschützer, der Sie, ob auf den Ölfeldern oder in der Stadt, auf Schritt und Tritt begleitet. Sie wissen, was in Titusville für Zustände herrschen, seit es neuerdings Verbrecher und Abenteurer scharenweise hierherzieht. Harry fürchtet sich vor nichts. Denken Sie nur daran, wie er allein mit Bill Strickland fertiggeworden ist — bis ich ihm zu Hilfe kam. Harry ist ein heller Bursche, und im Ölgeschäft weiß er besser Bescheid als Sie, Mr. Healey. Er kennt die ganze Arbeit von der Pike auf — vom Bohrloch über die Raffinerie und die Pipelines bis zur Verteilung. Er hat eine Nase dafür und versteht sich auf die Kniffe, wie man Geld sparen kann. Sie können ihm beruhigt Ihr Leben anvertrauen.« Joseph lächelte. »Für diese unschätzbaren Dienste werden Sie Harry fünfundsiebzig Dollar die Woche zahlen, und außerdem bekommt er freie Kost und Quartier und für je fünftausend Faß einen Bonus von — sagen wir hundert Dollar.«

»Und du willst mir mit Verbrechern angst machen«, sagte Mr. Healey. »Dabei bist du selbst der größte Räuber. Wenn ich bald bankrott bin, geht das auf dein Konto.«

»Als zweites werden Sie Mrs. Murray anweisen, die kleine Liza nicht mehr bis aufs Blut zu quälen. Das ist eines Ihrer Dienstmädchen, Sir. Ein sehr nettes Ding, was Ihnen bis jetzt vermutlich entgangen ist. Sie ist eine Waise und nun fast achtzehn, aber sehr scheu und ängstlich, dabei auf dem besten Weg, ausgesprochen hübsch zu werden. Ich begehe keinen Vertrauensbruch, wenn ich Ihnen verrate, daß Harry sie heiraten will — sobald er fünftausend Dollar beisammen hat.«

»Ich dulde keine Liebschaften unter meinen Dienstboten!« brüllte Mr. Healey. »Mein Haus ist schließlich kein Bordell!«

»Ich sagte Ihnen doch eben, Sir, Liza ist ein sehr nettes Mädchen. Sie ist anständig und pflichtbewußt, niemals schlampig oder nachlässig, und immer höflich und gefällig. Und was Harry betrifft, könnte er eine Schwester nicht anders behandeln. Aber zum gegebenen Zeitpunkt will er sie heiraten, und ich hoffe, es ist bald so weit.«

»Womöglich verlangst du noch von mir, daß ich die Hochzeit finanziere«, sagte Mr. Healey schockiert. »Der Aufseher meiner Ölfelder und ein Küchentrampel!«

Joseph blieb ruhig. »Liza ist weder ein Trampel noch ein Flittchen, wenn Sie das meinen. Sie ist ein sehr liebes und unschuldiges Mädchen, und wie sie Mrs. Murray erträgt, ist mir ein Rätsel. Sie könnte jederzeit um einen besseren Lohn in einem anderen Haushalt arbeiten, aber sie will in Harrys Nähe sein. Man sollte Mrs. Murray einmal tüchtig über ihr Schandmaul fahren und Liza zehn Dollar im Monat zahlen statt vier. Mrs. Murray wird langsam alt, und dadurch wird Liza immer mehr Arbeit aufgehalst. Praktisch führt ohnehin schon sie die Aufsicht über die Küche und die anderen Mädchen, aber dieser Drachen schreckt ja nicht einmal davor zurück, die arme Kleine zu schlagen.«

»Vielleicht bin ich schon senil«, seufzte Mr. Healey, »aber gegen dich mit deiner Engelszunge ist kein Kraut gewachsen. Hast in Irland wohl den berühmten Blarney-Stein geküßt, was?« Er sah Joseph an. »Oder übst du dich als alter Esel nun in guten Taten? Dabei kann ich mich noch gut erinnern, wie du mir gesagt hast, Harry ginge dich nichts an. Ganz versessen warst du darauf, ihn loszuwerden.«

»Ich verdanke ihm mein Leben«, erklärte Joseph kalt. Seine tiefliegenden Augen verschwanden fast in den Höhlen, als er Mr. Healeys spöttischem Blick abweisend standhielt. »Und er verdankt mir seines. Das schafft gewisse — Bande, wenn Sie es so nennen wollen.«

»Habe immer gedacht, es liegt nicht in deiner Natur, irgendwelche persönlichen Beziehungen anzuknüpfen.«

»Stimmt«, antwortete Joseph. Mr. Healey summte lächelnd vor sich hin.

Schwester Elizabeth schrieb Joseph nun an seine Adresse in Titusville. Sie dankte ihm jedesmal für die Unterstützung, die er dem Waisenhaus angedeihen ließ, und einmal schrieb sie ihm, seinen regelmäßigen Zuwendungen und der Güte von Mrs. Tom Hennessey sowie zwei oder drei anderen Gönnern sei es zu danken, daß die St.-Agnes-Kirche renoviert und am Waisenhaus ein Zubau hatte errichtet werden können. »So können wir nun doppelt so viele Kinder aufnehmen und für sie sorgen, und mittlerweile sind wir auch schon fünfzehn Schwestern. Leider geht es unserem lieben Vater gar nicht gut. Die Strapazen dieses Krieges waren für sein schwaches Herz zu viel. Unser Wunschtraum wäre eine Krankenabteilung —«, fügte sie als zarten Wink hinzu. Es war klar, daß sie überhaupt keine Ahnung hatte, aus welchen Quellen Joseph seine Mittel bezog. Sie vermutete nur, daß er »im Ölgeschäft« tätig war und mahnte ihn immer zur Vorsicht.

Die Schlacht von Gettysburg hatte sie besonders betroffen. Dann waren die Generale Grant und Sherman gekommen, die Proklamation der Befreiung aller Sklaven, die Schlacht von Cold Harbor mit den schweren Verlusten für die Union, die Brandkatastrophe von Atlanta und das Husarenstück Farraguts im Seegefecht von Mobile Bay. Dann war Abraham Lincoln am 8. November 1864 zum Präsidenten wiedergewählt worden, »obwohl ich«, schrieb Schwester Elizabeth, »das nicht verstehen kann. Mr. Lincoln sprach immer von »einem einzigen Land«, doch der Süden nahm an diesen Wahlen nicht teil, und kann man sie daher, lieber Joseph, als verfassungsmäßig und legal bezeichnen? Ich habe in jüngster Zeit viel über die Verfassung gehört, und sie erscheint mir als ein Instrument, das von jedermann nach Belieben gehandhabt werden kann, wenn man den Zeitungen glauben darf. Sie kommt mir noch verwirrender und dehnbarer vor als das Bürgerliche Recht, obwohl ich zugeben muß, daß ich auch davon nicht allzu viel verstehe. Aber seit kurzem haben wir ja allen Grund zur Hoffnung, daß der Krieg bald zu Ende gehen wird, weil nun General Shermans Armee schon in Georgia steht und auch Tennessee schon besetzt ist. Wie schrecklich so ein Krieg doch ist! Sogar hier in Winfield sind unsere beiden Spitäler mit Verwundeten und Sterbenden überfüllt — ach, all diese Krüppel und Blinden! —, und unsere Schwestern tun alles, was in ihrer Macht steht, um dieses furchtbare Leid ein wenig lindern zu helfen. Man hört Grauenvolles über die unmenschlichen Dinge, die nun allerorten geschehen, und ich kann nur hoffen, daß all diese Geschichten doch ein wenig übertrieben sind, wenn es mir auch, eingedenk meiner eigenen Erfahrungen, schwerfällt, so optimistisch zu sein.

Du hast letztlich Dein Mißfallen darüber geäußert, lieber Joseph, daß Sean bei den Jesuitenpatern auch in Musik unterrichtet wird, und schienst gar nicht erfreut, als ich Dir von seiner Engelsstimme schrieb. Dabei glaubt man, wenn er im Chor singt, wahrhaftig einen Cherub zu hören, und wenn er gar die irischen Balladen vorträgt, könnte es selbst das Herz eines Engländers rühren. Die Patres sagen ihm eine große Zukunft voraus, obwohl er auch auf anderen Gebieten sehr begabt ist. Zum Beispiel hat er eine wunderschöne Handschrift, und die Gedichte, die er verfaßt, werden allgemein bewundert. Was sein Klavierspiel angeht, ist er schon ein Pianist, und auch in allen übrigen humanistischen Fächern macht er bemerkenswerte Fortschritte. Nur in Mathematik oder Botanik und Biologie ist er leider nicht sehr bewandert, berichten mir die Pater, und zeigt auch wenig Interesse an Geisteswissenschaften und Philosophie. Das verrät nach Ansicht der Pater eine besonders empfindsame und sanfte Natur. Einmal glaubten wir schon, er sei berufen, was sich aber später leider als Irrtum erwies. Du schreibst, daß Du ihn für faul und verantwortungslos hältst. Ich bedaure es zutiefst, wenn einer meiner Briefe Dich zu dieser traurigen Meinung kommen ließ. Sean hat ein zartes Gemüt, das vor der harten Wirklichkeit zurückschreckt, aber dafür ist er so voller Liebe und Güte und Zärtlichkeit, und ist es nicht gerade das, was dieser Welt so bitter mangelt? Wenn ihn etwas interessiert, dann kennt sein Eifer keine Grenzen, doch seine Langeweile zeigt er nur zu offen. Aber ihn verantwortungslos zu nennen, ist ein Unrecht. Ich fürchte auch, wir müssen es robusteren Charaktern überlassen, die Bürde der Verantwortung zu tragen —«

Wie zum Beispiel mir, dachte Joseph.

»Ich meine jene Menschen«, hieß es in dem Brief weiter, »denen Poesie und Schönheit fremd ist —«

Und die dafür schuften dürfen, daß die anderen in Ruhe ihren Flausen nachgehen können, ergänzte Joseph in Gedanken, während allmählich kalte Wut in ihm aufstieg.

»Wir können nicht alle gleich sein«, fuhr Schwester Elizabeth fort,

»Gott hat die Menschen verschieden gemacht. Die einen müssen sich plagen bis ans Ende ihrer Tage, doch das liegt in ihrer Natur. Und andere wieder erblühen wie Sterne, um Licht in das Dunkel der Welt zu tragen mit der Kraft ihrer Liebe und Phantasie, mit dem göttlichen Funken der Kunst und Musik —«

Und uns wird die Ehre zuteil, dafür sorgen zu dürfen, daß sie dabei nicht verhungern, sagte sich Joseph im stillen. Haben Sie es schon vergessen, Schwester? »Davon kann man keine Kartoffeln kaufen.«

Plötzlich hob er den Blick von dem Brief und starrte ins Leere. Entsetzen erfaßte ihn, denn mit einemmal war ein blinder Haß gegen seinen Bruder in ihm aufgeflammt. Er hatte sein Leben der Aufgabe geweiht, für Sean und Regina zu sorgen und sie zu beschützen, und jetzt fühlte er für seinen Bruder nur heftige Abneigung und bittere, zornige Verachtung. Völlig konsterniert grübelte er darüber nach, denn wenn er Sean nun nicht mehr liebte, war vieles umsonst gewesen. Dann tauchte verschwommen das Bild seines verstorbenen Vaters vor ihm auf, und er dachte: es ist nur die Angst, Sean könnte sein wie unser Dad, der uns fast verhungern ließ, weil er nicht den Mut besaß, für uns zu kämpfen, oder die Kraft, eines seiner »Prinzipien« zu opfern, um unser Leben zu retten.

Als er weiterlas, fand er in Schwester Elizabeths Brief die vorsichtige Andeutung, sie sei überzeugt, Mary Regina sei eine Berufene, und das schien ihm so absurd, so unglaublich, daß er das dumme Geschwätz nur flüchtig überflog.

»Seit Du damals mit knapp achtzehn aus Winfield fort bist«, stand da geschrieben, »hast Du die beiden nur einmal gesehen, und das war vor zwei Jahren, als Du in dem neuen Hospiz abstiegst. Und doch kann ich von Tag zu Tag ihre Fortschritte beobachten. Regina entfaltet sich vor den Augen unseres Herrn wie eine kostbare Lilie, die den Duft heiliger Unschuld verbreitet. Sie ist, das muß ich gestehen, ihrem Bruder an Fleiß und Reife weit überlegen, und uns hier im Waisenhaus erscheint es oft, als wäre unser Engel Regina die Mutter und Sean ihr geliebtes Kind. Wenn Sean sich beklagt, daß er so lange auf ›das schöne Haus‹ warten muß, das Du ihm versprochen hast, weist Regina ihn zurecht und mahnt ihn, daran zu denken, wie hart Du für Deine Familie arbeitest und welch schwere Opfer Du ihr bringst.«

Mein kleiner Schatz, dachte Joseph. Er vergaß seinen Bruder und verweilte in Gedanken nur mehr bei Regina, und wie schon so oft in solchen Augenblicken durchflutete ihn eine heiße Zärtlichkeit. Nächstes Jahr, dachte er, gleich im Frühling, will ich Sean von diesen sentimentalen Priestern fortbringen, ihn herausreißen aus ihren weltfremden Träumereien, ihrem Gewäsch über Kunst und ihrer maßlosen Einfalt, und ihn lehren zu leben. Und ich werde meine Schwester holen, und sie wird mir gehören und nicht den Nonnen, die ihr mit ihrem blödsinnigen Geplapper von Engeln und Frömmigkeit und Gnade womöglich noch den Kopf verdrehen. Plötzlich hatte er das Gefühl, daß sich seine Geschwister in großer Gefahr befanden.

Schwester Elizabeth hatte ein Postskriptum hinzugefügt: »Es erfüllt mich mit Trauer, Dir schreiben zu müssen, daß es unserer lieben Katherine Hennessey — nach Green Hills zurückgekehrt, nachdem die Konföderierten fast die Hauptstadt genommen haben — gesundheitlich gar nicht gutgeht. Sie weint oft und scheint mir seelisch völlig am Ende. Es ist bewundernswert, wie tapfer sie sich aufrafft, um für ihr Töchterchen Bernadette zu sorgen — ein sehr frisches, lebhaftes Mädchen, und unserer süßen Mary Regina von ganzem Herzen zugetan. Ich muß oft daran denken, wie Du damals Deine Zustimmung zur Adoption verweigert hast. Vielleicht war es sogar besser so, obwohl unser geschätzter Senator Deiner Schwester bestimmt ein vorbildlicher Vater gewesen wäre. Es ist eine Freude, zu sehen, wie innig er seine Tochter liebt, was er sich auch nicht scheut, offen zu zeigen, wann immer er seine Familie zu Hause besucht, und er hat mir oft gestanden, daß ihm der Zustand seiner geliebten Frau beinah das Herz bricht. Ich fahre zu ihr, sooft ich nur kann, aber leider nicht allzu häufig, denn die Droschken sind jetzt sehr teuer.«

Und ich habe dich einmal für eine kluge Frau gehalten, dachte Joseph. Doch bei allem Respekt, ehrwürdige Mutter, du bist eine Närrin.

Es beunruhigte ihn, als er sich dabei ertappte, daß er öfter an Katherine Hennessey dachte als an seine Geschwister und wie niedergeschlagen es ihn machte, sie schwach und einsam der Gesellschaft eines Kindes überlassen zu wissen, während ihr rücksichtsloser Gatte seinen Vergnügungen nachging. Er vermutete nun, daß Katherine zu naiv und zu vertrauensselig gewesen war, um den Charakter ihres Mannes zu durchschauen und zu begreifen, wie er sie demütigte, verachtete und betrog. Diese Vorstellung ließ in ihm einen mörderischen Haß auf den strahlenden Senator aufkeimen, der, Zeitungsberichten zufolge, »die Demokraten des Nordens versöhnt und sie in diesem schmerzlichen Bruderzwist geschlossen auf die Seite des Präsidenten gebracht hatte«. Ich frage mich nur, woher er im voraus seine Informationen bezogen hat, überlegte Joseph, und was das für Informationen sind.

Als er versuchte, von Mr. Montrose mehr darüber zu erfahren, zuckte dieser nur die Achseln. »Wie ich Ihnen schon einmal sagte, wahrscheinlich Kriegsbeute, mein lieber Mr. Francis. Lincoln hat zwar versichert, man werde den Süden nach Beendigung des Krieges weder ausbeuten noch bestrafen, doch es gibt Leute, die andere Pläne haben. Mr. Lincoln befindet sich momentan in einer sehr prekären Situation.«

Dann fügte er nachdenklich hinzu: »Ich kenne viele, die mit mir übereinstimmen — und der Präsident ist, soviel ich hörte, ebenfalls dieser Meinung —, daß es bei diesem Krieg um weit mehr geht, als es auf den ersten Blick den Anschein hat. Der Süden war immer stolz und unabhängig und gleich den ersten Staatsmännern der Union in dem Glauben befangen, zentralisierte Regierungsgewalt müsse unweigerlich zur Tyrannei führen. Aber der Norden — weniger stolz und unabhängig, weniger nationalbewußt und in vieler Hinsicht nicht so mannhaft — verlangt nach der Hand des Diktators, dem Druck des Tyrannen, denn viele seiner Bewohner stammen aus unterjochten Nationen, die völlig von der Regierung abhängig waren. So wird es vielleicht in Zukunft der Süden sein, der den Zusammenbruch amerikanischer Freiheit und eine Diktatur verhindert.«

Er sah Joseph leise lächeln und zuckte wieder die Achseln. »Ich empfinde keine Loyalität für irgendeine Nation oder auch einen Teil einer solchen. Für mich zählen nur meine eigene Freiheit und mein Stolz, aber die würde ich bis zum letzten Blutstropfen verteidigen.«

»Ich auch«, erwiderte Joseph.

Eines Tages bemerkte Mr. Spaulding, der Joseph seit einiger Zeit in schlauer Voraussicht mit ungewohnter Achtung behandelte: »Ich glaube, Sie kennen das ganze Ausmaß von Mr. Healeys — Einfluß — noch nicht. Wissen Sie eigentlich, daß er die Kapitalmehrheit von vier großen Zeitungen besitzt — je eine in Chicago, Boston, New York und Philadelphia?«

»Nein«, sagte Joseph, »das wußte ich nicht.« Mr. Spaulding lächelte überlegen und warf mit einem affektierten Ruck seine gefärbte Mähne zurück. »Dann hat er Sie offenbar nicht restlos ins Vertrauen gezogen, mein lieber Mr. Francis. Wissen Sie, warum er die Aktien dieser Zeitungen erworben hat? Die Leute glauben, was sie lesen. Gedrucktes ist ihnen heilig. Der Mann, der so ein Medium beherrscht, ist der mächtigste von allen, denn damit läßt er auch die Politiker wie Puppen tanzen. Ohne Mr. Healeys *Philadelphia Messenger* hätte Tom Hennessey nie von der Legislative zum Senator bestellt werden können, denn diese wird, ungleich den Senatoren, vom Volk gewählt. Die Herren haben großen — ähem — Respekt vor Mr. Healey, weil die meisten ihm ihre Ämter verdanken, genau wie der Gouverneur. Bislang sind nur zehn Männer gegen Mr. Healeys Willen ins Amt gewählt worden, und sogar die zittern jetzt vor ihm und versuchen, sich gut mit ihm zu stellen.«

»Wie heißt es doch so schön in einem alten Sprichwort: Volkes Stimme, Gottes Stimme«, sagte Joseph zynisch.

Mr. Spaulding kniff die Lippen zusammen und schlug die Augen nieder, so als hätte Joseph gelästert. »Nun«, meinte er salbungsvoll, »unser allmächtiger Vater erwartet wohl vom Volk, daß es seinen Verstand und seine Intelligenz gebraucht.«

»Beides Dinge, die es nicht besitzt«, warf Joseph ein.

Mr. Spaulding holte Luft, als wollte er zu einer Entgegnung ansetzen, doch dann verzog sich sein Gesicht zu einem breiten, jovialen Politikerlächeln. »Mr. Francis, wenn die Leute überhaupt nur einen Funken Verstand besäßen, sähe es auf unserer Welt heute ganz anders aus, und für Männer wie Mr. Healey oder zum Beispiel Senator Hennessey gäbe es niemals eine solche Fülle von Möglichkeiten. Seien wir doch dankbar, daß die menschliche Natur sich nicht verändert und der Kluge und Mutige so unerhörten Nutzen aus den animalischen Instinkten seiner Artgenossen ziehen kann.«

Joseph stimmte ihm zu, aber ohne die geringste Sympathie, und mehr denn je hatte er dabei das Gefühl, daß seine Abneigung auf Gegenseitigkeit beruhte.

Mittlerweile war man bei etlichen seiner Bohrlöcher in Titusville auf überaus ergiebige Quellen gestoßen, worauf er keine Zeit verlor, weitere Optionen und Pachtgrundstücke zu erwerben. Zu Mr. Healeys freudiger Überraschung wurden auch vier Bohrstellen im Süden des Bundesstaates mit noch hochwertigerem Öl fündig und brachten weit bessere Preise. Joseph erhielt ein Angebot von Mr. Rockefeller persönlich, lehnte jedoch ab. Mr. Handell schickte ihm im Namen der Handell Oil Company ein Telegramm, in dem er ihn in den höchsten Tönen für seinen »unglaublichen Riecher« pries, und bot ihm gleichzeitig in einem Brief einen Direktorposten in seiner Gesellschaft an, was Joseph augenblicklich akzeptierte. So rückte er mit einem Federstrich zum Teilhaber eines riesigen Unternehmens auf.

»Nicht schlecht, mein Junge, nicht schlecht«, sagte Mr. Healey, strahlend wie ein stolzer Vater. »Hab's ja immer gewußt, daß du ein helles Köpfchen bist. Jetzt wirst du mich wohl bald verlassen, wie? Immerhin sitzt du nun auf 'nem schönen Batzen Geld, und das ist erst der Anfang.«

»Mr. Healey«, antwortete Joseph, »ich gehe, wenn Sie sagen, daß ich gehen soll, und keinen Tag früher.«

»Hört, hört! Das ist zwar Musik in meinen Ohren, wenn ich ehrlich bin, doch weiß Gott wie pfiffig ist es nicht.« Aber er strahlte wieder. Dann fügte er hinzu: »Ich hätte nie gedacht, daß du 'ne Schwäche hast — und Dankbarkeit ist Schwäche.«

»Sie waren der erste Mensch, der mir in meinem Leben jemals eine Chance gab und mich nicht gleich wie einen Hund behandelt hat. Ich finde nicht, daß das mit Dankbarkeit etwas zu tun hat.«

»So? Was ist es dann?«

Josephs Miene verfinsterte sich plötzlich, und er blieb die Antwort schuldig. Er wußte selbst nicht, was ihn in Wirklichkeit an Mr. Healey band. Das sollte er erst ein paar Tage später, an einem warmen Aprilabend des Jahres 1865, erfahren.

Da Joseph dem Krieg gegenüber stets gleichgültig geblieben war, fühlte er weder Erleichterung noch Freude, als dieser sich dem Ende näherte. Das einzige, was ihn vielleicht betraf, war die Tatsache, daß damit eine reiche Quelle für Profit fast schlagartig versiegte. Man munkelte zwar hoffnungsvoll, der Krieg würde sich in Form von militärischem Geplänkel noch viele Jahre hinziehen, um so den Norden weiterhin in den Genuß des industriellen Goldregens zu bringen, denn für einen großen Teil der Bevölkerung bedeutete die Aussicht auf den Frieden das jähe Ende eines ach so angenehmen Wohlstands. In Washington verlangten Unruhestifter lauthals: »Wir wollen weiterkämpfen bis zum letzten Mann!«, und zu besorgten Wählern sagten sie: »So bald wird dieser Krieg noch nicht zu Ende sein. Wir haben Grund zur Hoffnung, daß die Kriegskonjunktur noch wenigstens zehn Jahre anhalten wird. Und falls es wirklich zu einem Frieden kommen sollte, ist der Süden reich an Schätzen. Sie können sicher sein, daß man den Konföderierten keine leichten Bedingungen stellen wird. Es gibt da Möglichkeiten —«

Mr. Spaulding erzählte ihm höchst amüsiert davon. »So steht es also mit den sogenannten ›heiligen Kriegen‹«, sagte Joseph und dachte an die Vertreter der internationalen Finanzwelt, die er in New York kennengelernt hatte, an die Männer ohne Ideale und ohne Bindung an Rasse oder Land.

Das Verlangen nach Gerechtigkeit, nach der so viele in den Zeitungen schrien, war in Wahrheit nichts anderes als reine Gier nach Beute. Für die meisten Nordamerikaner war die Ursache dieses Krieges, sein eigentliches Kernproblem, so nichtssagend wie Sanskrit und ihnen ebenso gleichgültig. Nur jene, die ihre Toten beklagten, flüsterten: »Warum?«, worauf es, wie Mr. Spaulding erklärte, nur eine einzige Antwort gab, und die durfte das amerikanische Volk um der Sicherheit der Männer willen, die es in Wahrheit regierten, niemals erfahren.

Auch wenn die Kämpfe da und dort immer wieder aufflammten, wußte doch der ganze Süden in seiner Verzweiflung, daß der Krieg zu Ende war. »Wir haben nun die Aufgabe, Bruder mit Bruder zu versöhnen«, sagte Mr. Lincoln, »die Wunden zu heilen, als Sieger dem Besiegten freundschaftlich die Hand zu reichen und gemeinsam unsere heldenhaft Gefallenen zu beklagen, wo immer sie auch geboren sein mochten. Es soll keine Vergeltung geben, denn dafür besteht kein Grund, kein Plündern und keine unehrenhafte Bereicherung für Menschen, die sich an der Hilflosigkeit anderer mästen. Wir sind eine Nation, und eine Nation werden wir bleiben, bis uns unsere inneren Feinde zerstören.«

Damit unterschrieb er sein Todesurteil. Die Hand, die an jenem milden Aprilabend des Jahres 1865 in Washington die Waffe gegen ihn hob, um den tödlichen Schuß auf ihn abzufeuern, mochte einem obskuren Täter gehört haben, aber die Macht, die hinter diesem Täter stand, blieb im Dunkel und sogar ihm unbekannt. Politische Attentäter haben viele Hintermänner, sollte Mr. Montrose später sagen, deren Namen und Ziele niemand kennt außer ihnen selbst.

In den letzten Jahren war Mr. Healey unbeschreiblich fett geworden, und er liebte seine leiblichen Genüsse mit einer Leidenschaft, wie sie nur ein vollblütiger Mann zu empfinden vermag. Er hatte auch die Frauen geliebt, und bis zu einem gewissen Ausmaß tat er es noch, und natürlich auch das Geld, aber das nie so sehr wie sein leibliches Wohl und die Freuden des Lebens. Für ihn gab es einfach keinen grauen, trostlosen, düsteren, bedrückenden Tag. Jeder Morgen brachte ihm die Aussicht auf unendlich Interessantes, auf geheime, persönliche Feste, auf Vergnügliches, Erfreuliches, Erheiterndes. Obwohl er einen sehr ausgeprägten Sinn für Geld besaß, genoß er doch sein Leben in vollen Zügen, ja, er sah in seinem Reichtum nicht nur eine Möglichkeit für diverse Manipulationen — obwohl er als Ire sich daran ergötzte —, sondern vor allem ein Mittel, sich das Leben lebenswerter zu gestalten. »Es gibt Menschen«, sagte er zu Joseph, »die bilden sich ein, wenn man älter wird, läßt der Appetit nach, und wenn das so ist, dann hast du nie einen richtigen gehabt, da kannst du sicher sein. Ein geborener Milchtrinker bleibt bei der Milch bis zu seinem letzten Atemzug. Klar kann's passieren, daß irgend so ein armes Schwein impotent wird — das soll ja vorkommen —, aber ein richtiger Mann hört nie auf, die Weiber zu lieben. Dein Magen kann dir jederzeit einen Streich spielen, aber deshalb gibst du das Essen und Trinken nicht auf. Ein Mann bleibt eben ein Mann, bis ihn der Teufel holt, aber ein Schlappschwanz wird nie einer. Die Pest über alle Unschuldslämmer, und sollen sie im Himmel auch nichts anderes finden als ihre verdammte Milch und ihren Honig. Was Besseres verdienen sie nicht. Aber unseres Herrgotts Tafel ist reicher gedeckt.«

Er blinzelte Joseph an. »Du hast das Zeug dazu, Junge, aber im Innersten bist du ein Puritaner und willst dich nicht gehen lassen. Aber wenn du mal losgehst« — seine kleinen schwarzen Augen funkelten zwischen Wülsten roten Fleisches —, »dann möchte ich für mein Leben gern dabeisein! Ich glaube, da würden sogar die Engel vor Wonne in die Hände klatschen, denn ich bin überzeugt, die haben auch was gegen Schlappschwänze.«

Sein altmodischer Arzt ließ ihn zur Ader, wenn seine Kopfschmerzen so heftig wurden, daß er Schwindelanfälle bekam. Er riet ihm auch, »in jeder Hinsicht maßzuhalten«. Aber Mr. Healey war nie vernünftig gewesen, außer wenn es um Geld ging. »Wenn es soweit ist«, pflegte er zu sagen, »dann will ich in meinen Stiefeln sterben, vollgefressen und vollgesoffen, wie es sich gehört. Verdammt noch mal, zahlt es sich aus, um jeden Bissen zu knausern? Ich pfeife auf die ganze sogenannte Mäßigkeit! Wer mäßig lebt, steht mit einem Fuß schon im Grabe und verdient es nicht, auf der Welt zu sein.«

»Der goldene Mittelweg«, sagte Joseph. »Aristoteles.«

»Nie von ihm gehört«, meinte Mr. Healey. »Aber wenn er mäßig gelebt hat, hat er überhaupt nicht gelebt. Vielleicht hat's ihm auch gar nicht gefallen. Wem macht es schon Spaß, sich dauernd den Puls zu fühlen und sein Leben nach Jahren zu zählen statt danach, wie man's gelebt hat!«

Mr. Healey starb nicht in seinen Stiefeln. Er starb nackt in seinem Bett — fast unmittelbar nach einem ekstatischen Liebesakt mit Miß Emmy, dem ein üppiges Mahl mit seinen Lieblingsgerichten und -getränken vorangegangen war. Er starb, wie er es sich gewünscht hatte — mit dem Nachgeschmack köstlicher Speisen auf dem Gaumen, umschlungen von den weichen Armen einer Frau, glücklich, zufrieden, mitten im Genuß dessen, was er unter der Herrlichkeit des Lebens verstand. Er starb wie ein vom Blitzstrahl getroffener Baum, ohne Krankheit, Siechtum und Angst, ohne Doktor und das Mitleid einer Krankenschwester, ohne Schmerzen und Qual, sondern eingehüllt in den Duft von Miß Emmys Parfüm und versunken in der Glut eines leidenschaftlichen Kusses. Als die Arterie in seinem Gehirn — oder auch in seinem Herzen — platzte, spürte er es nicht.

Erst Miß Emmys schrille Schreie — sie war nackt in die Halle gerannt — riefen Joseph und Harry Zeff, Mrs. Murray und die übrigen Dienstboten herbei. Joseph war als erster im Schlafzimmer. Da lag Mr. Healey — fett, aufgeschwemmt, noch warm und rosig, die Lippen in einem seligen Lächeln erstarrt, als wäre er Engeln begegnet, die, heißblütig und männlich wie er, den neuen Spießgesellen mit schallendem Gelächter willkommen hießen.

»Er war ein Mann«, sagte Harry, als er Mr. Healeys Blöße mit einem Laken bedeckte, und kein noch so gefühlvoller Nachruf und keine der endlosen Lobestiraden konnte später dem Toten gerechter werden.

XXV

Auf den Panzer seiner Seele bauend, hatte Joseph sich immer in Sicherheit gewiegt und geglaubt, für alle Zeiten gefeit zu sein gegen den Ansturm menschlicher Regungen, gegen Kummer, Schmerzen und Qual dieser Welt, und deshalb versetzte ihn seine Trauer um Mr. Healey in eine Art innere Panik. Sosehr sein kühler, beherrschter Verstand auch versuchte, das Leid zu bekämpfen, es erhob sich in ihm stets von neuem, einer brausenden Springflut gleich, die seine Gedanken mit sich fortriß, seine Vernunft erstickte und seine Phantasie in wirbelndem Dunkel begrub. Er versuchte, über seine nunmehr bedrohte Zukunft nachzudenken, aber jedes Bild, das er sich zu entwerfen bemühte, versank in seiner Trauer wie in einem alles vernichtenden Sog. Er konnte es kaum fassen, wie tief sich Mr. Healey in seinem kalten, einsamen Herzen eingenistet hatte, und ertappte sich dabei, wie er in die Stille horchte und glaubte, noch das schallende Gelächter zu hören, die herzhaften Kraftausdrücke, das energische Türenschlagen, den vertrauten, gewichtigen Schritt. Das Haus schien ihm plötzlich beengend und düster, die helle Aprilsonne fahl. Die ganze Nation war erstarrt vor Entsetzen über den Mord an Präsident Lincoln — für Joseph war das bedeutungslos.

Harry Zeff übernahm die Vorbereitungen für das Begräbnis und ließ den Priester aus der kleinen katholischen Kirche holen. Der Priester kannte Mr. Healey vom Hörensagen und hatte ihn — den Besitzer von Bordellen, Spielhöllen und Kneipen, in denen schwarzgebrannter Whisky verkauft wurde — für alles andere als einen Katholiken gehalten. Er hatte ihn nie in seiner Kirche gesehen und in ihm nicht einmal im Traum einen Iren vermutet. Zweifelnd betrachtete der furchtsame alte Mann den Aufgebahrten, und nach langem Schweigen meinte er schließlich seufzend: »Ja, er war Ire. Das kann ich sehen. Hab drüben in der Alten Welt viele solche wie ihn gekannt.« Und so bekam Mr. Healey ein christliches Begräbnis, obwohl er ohne Absolution gestorben und nach Ansicht des alten Priesters wohl kaum im Zustand der Gnade heimgegangen war. Gewiß hatte er die Letzte Ölung nicht empfangen und hatte mit Sünden beladen vor seinen Schöpfer treten müssen, für die zu büßen er eine Ewigkeit brauchen würde. »Er war ein guter Mensch«, sagte Harry. »Er hat nie einen Armen von seiner Tür gewiesen.« Der alte Priester seufzte wieder. »Das ist mehr, als so mancher Christ von sich behaupten kann.«

In seiner Unschuld wunderte er sich, als seine Kirche am Begräbnistag fast übervoll war von sehr jungen, auffallend gutgekleideten Mädchen, attraktiven reiferen Damen, eleganten Herren mit bestickten Westen über den Rüschenhemden und geschniegelten Typen in teuren grauen und rehfarbenen Pantalons mit hohen Seidenzylindern und glänzenden Lackstiefeln. Er konnte sich nicht erinnern, all diese Leute schon einmal gesehen zu haben, und schloß daraus, daß sie wohl »von auswärts« und bestimmt nicht aus Titusville kamen. Dann erschienen natürlich — zur größten Verblüffung des Priesters — der Gouverneur und Senator Tom Hennessey mit seiner Frau und seiner hübschen Tochter sowie verschiedene andere Politiker und höchst eindrucksvolle Herren aus Boston, New York und Philadelphia, die alle eine geziemend erschütterte Miene zur Schau trugen und sich gedämpft unterhielten. Die bescheidene kleine Kirche verschwand fast vor der Unmenge prächtiger Equipagen. Auch eine stattliche Zahl von Zeitungsleuten und Fotografen war vertreten (ein vornehm aussehender Gentleman wollte von der

Kanzel aus einen Nachruf halten, was ihm jedoch der Priester, der sich allmählich von seinem Schreck und Erstaunen erholte, zwar stotternd, aber mit Entschiedenheit abschlug. Ein wenig verwirrt war er allerdings noch immer, denn er hatte Mr. Healey nur für einen provinziellen und nicht für einen so erlauchten Sünder gehalten).

Mr. Healey bekam ein schönes Plätzchen auf dem kleinen katholischen Friedhof neben der Kirche. Der Leichenbestatter war mit seinen Begleitern extra aus Philadelphia gekommen und entschied sich — nach einer kurzen Rücksprache mit Mr. Spaulding — für ein riesiges, vier Meter hohes Marmorkreuz. Mr. Healey mochte vielleicht nicht wie ein guter Katholik gelebt haben, aber »er wurde wie einer begraben, und er war die Güte selbst«, bemerkte Harry Zeff zufrieden. Der alte Priester, den inzwischen heftige Zweifel plagten, nahm sprachlos den Scheck über fünfzehnhundert Dollar in Empfang, den Mr. Spaulding ihm mit einer großartigen Geste und den Worten »Das wäre sicher im Sinn von Mr. Healey« überreichte. Im Geiste sah er dabei schon einen saftigen Lendenbraten und eine Statue der Heiligen Jungfrau Maria, die ihr und der Almosenbüchse zur Ehre gereichen würde, von den zwei neuen Kirchenstühlen und einer Soutane ganz zu schweigen — ja, und die beiden Barmherzigen Schwestern, die in der winzigen Pfarrschule am Rande von Titusville unterrichteten, würden nun auch wenigstens einen Monat lang zu anständigen Mahlzeiten kommen, und vielleicht blieb sogar noch genug für eine Missionsspende. »Er hat mich nie aufgesucht«, sagte der Priester, immer noch schwankend, aber Harry beruhigte ihn: »Er war ein bescheidener Mensch. Er war ein Christ.«

Joseph ging nicht zur Totenmesse, was Harry wortlos zur Kenntnis nahm. Er blieb allein in dem großen Haus und kämpfte, umsponnen von seinen Erinnerungen, verbissen gegen den Schmerz und das längst vergessene Leid, das ihn packte wie damals, als seine Mutter starb und man ihm die Nachricht vom Tod seines Vaters brachte. Nun blutete sie wieder, die alte Wunde, und mit einemmal wußte er, daß das Leid nicht nach Zeit und Raum fragt, daß es Teil war der großen Schöpfung, untrennbar der Menschheit verbunden. Der Gedanke, daß Mr. Healey nun langsam in seinem Grab verfaulte, schien ihm unglaublich, und dann verwandelte sich diese Ungläubigkeit in Angst. Er haßte den Tod als etwas Entwürdigendes, Gemeines, und in seiner Jugend hielt er sich für stark und unüberwindlich.

Zwei Tage nach dem Begräbnis erhielt er von Mr. James Spaulding einen Brief folgenden Inhalts:

»Sie werden höflichst gebeten, sich am Donnerstag dieser Woche um 14 Uhr im Büro von Mr. Spaulding in Titusville einzufinden, um der Verlesung des Letzten Willens von Mr. Edward Cullen Healey, kürzlich verblichener und zutiefst betrauerter Bürger dieser schönen Stadt, beizuwohnen.«

Josephs Herz tat einen heftigen Schlag. War es möglich, daß Mr. Healey ihn in seinem Testament bedacht hatte, und wenn ja, warum? Er grübelte eben darüber nach, als Harry eintrat und ihm ein ähnliches Schreiben zeigte. Die beiden jungen Männer blickten sich fragend und zugleich beschämt über ihre Hoffnung an. »Tausend Dollar auf einen Haufen, das möcht ich wetten!« rief Harry aufgeregt und verstummte dann sofort verlegen. »Mein Gott, da teilen wir schon sein Geld auf, wo er noch kaum unter der Erde ist!«

»Weshalb sollte er uns etwas hinterlassen?« sagte Joseph. Als er später ins Büro ging, fand er alle fünfunddreißig Angestellten von Mr. Healey in ziemlicher Verblüffung, denn sie alle hatten die gleiche formelle Einladung erhalten. Es gab keinen einzigen, der seinem Arbeitgeber nicht aufrichtig zugetan gewesen wäre, und nun standen sie stumm und verwirrt beisammen. Nur Mr. Montrose war gelassen wie immer, und als er sah, daß Joseph ebenso erstaunt war wie die übrigen, schämte er sich ein wenig seines früheren Mißtrauens.

Sie fanden sich alle zum festgesetzten Zeitpunkt in Mr. Spauldings Büro ein und schlichen auf Zehenspitzen — als fühlten sie die Gegenwart des Toten — zu den Stühlen, die der Anwalt in etlichen Reihen hatte bereitstellen lassen. Es war ungewöhnlich warm für die Jahreszeit. Vor den offenen Fenstern lagen jenseits der Dächer die Hügel in frischem, funkelndem Grün, da und dort blauverschleiert vom Dunkel der Tannen und Fichten oder goldverflirrt vom Schatten der Täler, der an den Hängen emporstieg. Eine Nation trauerte um ihren ermordeten Präsidenten. Die Flaggen wehten auf halbmast, und über jedem Tor und aus jedem Fenster hingen die schwarzen Trauerfahnen. Auf der Straße blieben die Menschen stehen, diskutierten und schrien nach Rache. Fast stündlich riefen die Zeitungsjungen neue Schlagzeilen aus, und jene Leute, die vorher für den Toten nichts als Verachtung gehabt hatten, rissen ihnen nun die Blätter mit grimmigen Gesichtern förmlich aus den Händen.

In Mr. Spauldings Büro jedoch dachte niemand an Lincoln, denn ein Vermögen lag wie noch zuckende Beute als ein Stoß Papier auf dem Schreibtisch des Anwalts, und vielen schien es, als glänzte dort Gold. Mr. Spaulding thronte wie ein Hoherpriester oder zumindest wie der Vorsitzende des Obersten Bundesgerichts auf seinem Stuhl, in feierliches Schwarz gekleidet, die schwarze Krawatte einem Trauerflor gleich auf der Brust, das Haar mit dem Anlaß entsprechender Strenge geglättet, die virtuos eine ganze Skala der Mimik beherrschenden Züge zu kummerdurchfurchter Starrheit geordnet, den Blick auf die gefalteten Hände gesenkt. Er sah aus, dachte Joseph, als sammle er sich für den Moment, wo er vor den Gläubigen das Wunder der Wandlung vollziehen würde, und man glaubte beinah, daß er schwachen Friedhofsgeruch verströmte.

Sobald alles versammelt war, senkte Mr. Spaulding sein Löwenhaupt wie zum Gebet oder als wäre er zu überwältigt von dem schmerzlichen Verlust, um sofort zu beginnen. Man wartete taktvoll. Selbst Mr. Montrose blieb ernst. Aber Joseph fühlte, wie ihn wilde Erbitterung packte. Das Schwein wußte bestimmt, daß die Sonne sein gefärbtes Haar aufleuchten ließ wie einen Glorienschein, denn er hatte genau gesehen, wie der Anwalt verstohlen auf den Sonnenstrahl spähte, bevor er den Kopf neigte, und dann unmerklich vorgerückt war, um die Wirkung nicht zu verfehlen.

Endlich begann Mr. Spaulding zu sprechen. Es war seine große Stunde, denn noch nie war ein solcher Reichtum in seinen Händen gelegen. Seine Stimme klang voll wie ein Chor, durchzittert von tragischem Tremolo. Nun hob er die Lider und ließ aus großen, umflorten Augen den Blick sinnend über sein Publikum schweifen, und plötzlich erinnerte er dabei mit so unwiderstehlicher Komik an einen Propheten, daß Joseph einen höchst bedrohlichen Lachreiz und den Drang zu einem lauten, spöttischen Fluch verspürte.

»Hier vor mir liegt«, begann er, indem er die Blätter voll Ehrfurcht berührte, »der Letzte Wille und das Testament meines inniggeliebten Freundes Edward Cullen Healey, der am gleichen Tag starb wie unser sogar noch inniger geliebter Präsident — und vielleicht offenbart sich darin mehr als ein bloßer Zufall — eine Fügung des Schicksals, die unseren ohnmächtigen kleinen Menschenverstand übersteigt. Gottes Wege sind wunderbar — uns bleibt nur, in Demut das Haupt zu senken.«

In dem ergriffenen Schweigen glaubte nur Joseph das geisterhafte Echo von Mr. Healeys schallendem Gelächter zu hören und vielleicht auch ein derbes Wort. Mr. Spaulding zog sein parfümiertes Taschentuch hervor, um sich mit großer Geste die Stirn zu trocknen. Als er sich anschließend schneuzte, klang es wie ein Fanfarenstoß. Er erhöhte die Spannung, indem er sein Taschentuch sorgsam wieder verstaute, und begann mit beschwörender Eindringlichkeit zu lesen.

Jedem Angestellten von Mr. Healey sollte zusätzlich zu seinem regulären Einkommen ein volles Jahresgehalt und zu Weihnachten ein Bonus von fünfhundert Dollar ausbezahlt werden, vorausgesetzt, daß er zumindest für diese Zeit »im Dienste meines Universalerben, dem mein Reinnachlaß zufällt«, verblieb. Außerdem erhielt jeder dreitausend Dollar sofort bar auf die Hand »als Zeichen meiner Dankbarkeit für treue Dienste« und jedes Jahr zu Weihnachten zusätzlich fünfhundert Dollar, solange er sich noch im Dienste des »Universalerben« befand.

An Mr. Montrose ging die runde Summe von zwanzigtausend Dollar »mit der Bitte, er möge meinem Universalerben noch mindestens ein Jahr hilfreich zur Seite stehen«. Dazu kamen noch verschiedene Wertgegenstände, die er in Mr. Healeys Haus bewundert hatte, »unter anderem ein Sanger-Porträt von George Washington« sowie hundert Anteile an der Pennsylvania Railroad und »drei der Ölfelder in der Nähe der Parker Farm«. »Es gibt keine Worte«, hatte Mr. Healey diktiert, »die ausdrücken könnten, wie sehr ich Mr. Montrose schätze, der mir seit mehr als einem Jahrzehnt bis zum heutigen Tag treu gedient hat.«

Mr. Healey fügte hinzu, er hoffe sehr, Mr. Montrose würde sich entschließen, so lange bei »meinem Universalerben zu bleiben, bis er die Gewißheit habe, daß dieser ohne die überlegene Weisheit und Urteilskraft und das unvergleichliche Feingefühl, deren mein lieber Freund, Mr. Montrose, sich rühmen kann, imstande ist, die Geschäfte weiterzuführen«.

Joseph warf einen kurzen Blick auf Mr. Montrose, der sichtlich bewegt war. Sein feines katzenhaftes Gesicht wurde plötzlich sehr ernst, und er wandte sich ab.

Als Harry Zeff hörte, daß er fünftausend Dollar bekam, stieß er unwillkürlich einen lauten Pfiff aus, der alle zusammenzucken ließ. Unterdrücktes Gelächter lief durch die Reihen, und Mr. Spaulding blickte so empört auf wie ein Priester, der die Hostie entweiht sieht. Wie schützend legte er die Hände auf das Testament, schluckte ein paarmal und verdrehte dann die Augen, als wollte er den Himmel um Beistand anflehen. Seine Lippen zuckten, sein Kinn bebte. Der Sonnenstrahl flirrte in seinem Haar, das sich plötzlich wie in heiligem Zorn zu sträuben schien.

Harry wand sich vor Verlegenheit, obwohl die Blicke aller Anwesenden voll Sympathie und unterdrückter Heiterkeit auf ihm ruhten. Purpurröte überzog sein dunkles Gesicht, und er verkroch sich fast in seinen Stuhl. Sogar Joseph war belustigt und dachte an die kleine Liza.

Mr. Spaulding ignorierte die unverzeihliche Störung und fuhr nach einer längeren Pause mit der Verlesung fort. Kleinere Beträge gingen an die Dienstmädchen, eine Dame, die Mr. Healey besonders geschätzt hatte, erhielt eine größere Summe, zehntausend Dollar waren für das St.-Francis-Jungarbeiterheim in Philadelphia bestimmt, und auch ein Seminar und ein Waisenhaus in Pittsburgh bekamen jeweils eine beträchtliche Zuwendung. Für weitere zweitausend Dollar sollten — zu Josephs Überraschung — Messen für sein Seelenheil gelesen werden. Mrs. Murray waren tausend Dollar zugesagt, »unter der Bedingung, daß sie mein Haus und Titusville innerhalb von zehn Tagen nach meinem Tod verläßt«.

Diverse Freunde in verschiedenen Städten erhielten kleine Andenken. Miß Emmy wurde auf Lebenszeit eine jährliche Rente von fünftausend Dollar ausgesetzt — geradezu ein Vermögen.

Joseph hatte noch nie einer Testamentseröffnung beigewohnt. Als

Mr. Spaulding verstummte, fühlte er eine unbestimmte Traurigkeit, denn sein Name war nicht erwähnt worden. Es geht mir dabei nicht um Geld, dachte er, aber ich habe immer geglaubt, wir wären Freunde gewesen und daß ich ihm nicht ganz gleichgültig war. Wenn er mir nur seine Uhr oder ein Anhängsel von seiner Kette oder vielleicht auch ein Buch oder ein Bild vermacht hätte, wäre ich schon zufrieden. Erst vor kurzem hatte Mr. Healey eine Daguerreotypie von sich anfertigen lassen, die, kunstvoll bemalt, nun auf seinem Schreibtisch stand, und Joseph fragte sich, ob Mr. Spaulding sie ihm wohl verkaufen würde. Er fühlte den vertrauten dumpfen Schmerz in sich aufsteigen und schob in der Erwartung, daß sich auch die anderen erheben würden, seinen Stuhl zurück. Seine Augen brannten ihn plötzlich, und sein Mund war trocken.

Das kratzende Geräusch des zurückgestoßenen Stuhls riß Mr. Spaulding aus seiner andächtigen Versunkenheit. Nur Joseph war aufgestanden und ließ sich nun wieder auf seinen Stuhl fallen. Zu seinem Erstaunen bemerkte er, daß ihn der Anwalt unverwandt anstarrte, als könnte er seinen Augen nicht trauen. Er machte den Eindruck, als befände er sich in einem Zustand höchster Verzückung.

Nun erhob sich Mr. Spauldings Stimme zu einem eindrucksvollen Crescendo. »Und nun kommen wir zu dem Universalerben, von dem im Letzten Willen meines geliebten Freundes, Edward Cullen Healey, dauernd die Rede war.«

Ein erwartungsvolles Raunen ging durch die Reihen, doch Joseph fühlte nun nichts als Ungeduld und das Verlangen, davonzulaufen, um allein mit seinem Schmerz zu sein. Dabei durchzuckte ihn sogar vage der Gedanke, ins Haus zurückzueilen und die Daguerreotypie zu stehlen. (Bestimmt legte niemand außer ihm Wert darauf, und Mr. Spaulding mit seiner angeborenen Bosheit war es sicher ein Vergnügen, ihm diesen harmlosen Wunsch abzuschlagen, nur um der Genugtuung willen, ihm eine Enttäuschung bereiten zu können.)

Der Anwalt lehnte sich vor. Alle Augen waren gespannt auf ihn gerichtet, nur Joseph wirkte völlig unbeteiligt. Dann hörte er seinen Namen — »mein lieber junger Freund, mein Sohn in allem, nur nicht von Geburt, mein Landsmann, der mir so oft seine Zuneigung und Treue bewiesen hat, obwohl er sich dessen selbst nicht bewußt war — Joseph Francis Xavier Armagh —«

Brausendes Gemurmel erhob sich, und alle wandten sich um und starrten Joseph an, der nur völlig fassungslos stammeln konnte: »Was? Was?«

Mr. Spaulding stand langsam und majestätisch auf, Neptun gleich, der aus den Fluten emportaucht. Er zwängte sich hinter seinem Schreibtisch hervor und ging gewichtigen Schrittes die Stuhlreihen entlang. Neben Joseph blieb er stehen. Seine Augen schimmerten feucht, als er die Hand ausstreckte und sich tief verbeugte. »Meinen herzlichen Glückwunsch, Mr. Francis«, sagte er, »oder vielmehr Mr. Armagh.«

Joseph war wie vor den Kopf geschlagen. Er hatte nichts als seinen Namen und ein paar andere Worte verstanden. Es widerstrebte ihm, Mr. Spauldings Hand zu ergreifen, aber eingedenk des Porträts in Mr. Healeys Arbeitszimmer zwang er sich, die feuchten, warmen Finger zu drücken. »Ich will nichts außer dieser Daguerreotypie auf seinem Schreibtisch, die mit dem goldenen Rahmen«, sagte er. »Selbstverständlich will ich sie nicht geschenkt —«

Diese Worte lösten lautes, herzliches Gelächter aus. Harry, der sich als erster von seiner Verblüffung erholte, schlug ihm vor Begeisterung auf den Rücken. Sogar Mr. Spaulding rang sich ein gütiges Lächeln ab und legte Joseph liebevoll die Hand auf die hagere Schulter. Mittlerweile machte Josephs Bemerkung die Runde und rief stets von neuem schallendes Gelächter hervor.

»Die kannst du gerne haben, mein lieber Junge, und alles übrige dazu«, sagte der Anwalt. »Ein Königreich. Ganze Berge von Gold.«

Es war tatsächlich Joseph Francis Xavier Armagh, den Edward Cullen Healey als seinen Universalerben eingesetzt hatte. Mr. Healeys weitverzweigte »Interessen« gehörten nun — »ohne Einschränkung« — ihm. Bordelle. Raffinerien. Kneipen. Zeitungsanteile. Liegenschaften in Pittsburgh, Titusville, Boston, New York, Philadelphia. Ölquellen. Zahllose Kapitalanlagen. Enorme Guthaben bei diversen Banken. Ein florierendes Hotel in Philadelphia. Bergwerke. Beteiligungen an etlichen luxuriösen Hotels in New York, Aktien, Obligationen von unzähligen Zweigen der Wirtschaft, einschließlich Rüstungsindustrie und Eisenbahn. Er war der alleinige Testamentsvollstrecker, wenngleich ihm Mr. Spaulding — für ein hohes jährliches Honorar — als Berater zur Seite stehen würde.

»Ich glaube es nicht«, sagte Joseph, und als er um sich blickte, verschwamm ihm der Raum vor den Augen, und das gleißende Viereck des Fensters und der flimmernde blaue Himmel dahinter begannen sich plötzlich wie verrückt um ihn zu drehen. Wie eine strahlende Vision tauchten die Bilder seiner Geschwister, von Schwester Elizabeth und Green Hills vor ihm auf, und immer wieder dachte er, daß er den Verstand verloren haben mußte. Irgend jemand hielt ihm ein Glas mit Whisky an die Lippen. Er trank es benommen aus. Das Gesicht vor ihm blendete ihn fast, so überdeutlich sah er es in jeder Einzelheit, und das Meer von Blicken, das ihn anstarrte, verschmolz zu einem riesigen Zyklopenauge. Das Antlitz von Mr. Montrose formte sich schwebend vor ihm, traumhaft, verzerrt, wie im Spiegel treibenden Wassers. Er fühlte den festen Druck von Harrys Fingern, die sich um seine eigene kalte, schweißnasse Hand schlossen, und dann spürte er plötzlich den beschämenden Drang, einfach in Tränen auszubrechen.

»Ich glaube es nicht«, wiederholte er hilflos, wiederholte es immer wieder, während ihm scheinbar unzählige Menschen die Hände schüttelten. Die Stimmen, die auf ihn einsprachen, vereinten sich zu dröhnendem Summen. Dann schloß er die Augen und flüchtete sich für eine Weile in die Dunkelheit.

XXVI

Mary Regina Armagh stand auf einem dicken Teppich blutroter Eichenblätter und betrachtete das große weiße Haus, das sich vor ihr erhob.

»Aber Joe, ist das nicht fast ein bißchen zu groß für uns drei — vielmehr für uns zwei, wenn Sean dann nach Harvard geht?«

»Du darfst nicht vergessen, Regina«, antwortete Joseph in dem sanften, väterlichen Tonfall, der nur für sie bestimmt war, »daß wir auch Personal haben werden. Du kennst doch das Hennessey-Haus dort drüben mit den Dienstmädchen und dem Butler und den Stallburschen, und das ist auch nur für zwei, denn der Senator ist kaum je zu Hause.«

Regina blickte zärtlich zu ihrem Bruder auf. »Kannst du es dir auch bestimmt leisten, Joe? Es muß doch schrecklich teuer sein.«

Er verzog keine Miene. »Keine Angst, mein Liebling, ich kann es mir leisten. Du brauchst dir keine Sorgen zu machen. Ich bin kein Verschwender.«

Regina schlug die Augen nieder und ließ die Schuhspitze spielerisch in den herbstlich bunten Blättern kreisen. »Du hast so hart für uns gearbeitet, Joe. Du hast alles für uns getan, selbst wenn du es dir vom Mund hast absparen müssen. Ich sollte mich hassen, wenn ich daran denke, daß du dieses Haus für uns gebaut hast und dir dadurch nur noch mehr Opfer und Arbeit aufbürden mußtest.«

»Ich glaube«, mischte sich Sean ein, »Joe wird schon wissen, was er tut. Das war schließlich immer seine Stärke.« In seiner melodischen Stimme schwang eine Spur von Groll. Mit seinen fast neunzehn Jahren war er gleich groß wie sein Bruder, nur im Gegensatz zu diesem von bestechender Anmut und einem für Josephs Geschmack fast peinlich bohemienhaften Äußeren. In allem, bis auf Daniel Armaghs unverkennbare Körperkraft, das Abbild seines Vaters, waren seine Züge blaß und weich, standen die Augen groß, hellblau und schmachtend (nur in Josephs Gegenwart verloren sie etwas von ihrem vertrauensvollen Glanz) über dem verträumt lächelnden Mund, lag in jeder seiner Bewegungen jener undefinierbar aristokratische Hauch vornehmer Abkunft und angeborener Eleganz. Sein goldblondes Haar fiel ihm in Locken über Stirn und Ohren und bis in den Nacken und war zu einem hohen — wie Joseph es nannte — byronischen Schopf gekämmt. Für

Joseph wirkte Sean ebensowenig irisch wie früher sein Vater, sondern rein angelsächsisch, und er mußte sich eingestehen, daß das zumindest mit schuld an der Abneigung war, die er nun immer häufiger für seinen Bruder empfand. Aber hatten die Iren — ursprünglich eine dunkle, keltische Rasse — nicht andererseits wieder viel skandinavisches, im besonderen norwegisches und dänisches Blut? Joseph bevorzugte den irischen Typ, dem man das spanische Erbe ansah — jenen überaus stolzen, kampflustigen, verschlossenen Menschenschlag mit dunklem Haar und dunklen Augen, dem er außerdem voll Überzeugung die größere Intelligenz zusprach. Sean machte keineswegs einen intelligenten Eindruck. Er war »leichtsinnig« — mit anderen Worten, er lachte und sang gern und war gern fröhlich — auch darin ähnelte er Daniel Armagh —, doch für Joseph war er zu liebenswürdig, zu charmant, zu heiter und unbekümmert. Er liebte das Leben, wie Mr. Healey es geliebt hatte, aber nicht auf dessen erdhaft sinnliche, robuste Art. Seans Lebenslust offenbarte sich in kindischem Scherzen und unbeschwerter Ausgelassenheit, in Poesie, Musik und Kunst, in einer gewissen naiven Selbstsucht und seinem Entzücken am bloßen Dasein, und wenn er jemals einen ernsthaften Gedanken faßte, merkte man es ihm nicht an. All das fand Joseph tadelnswert, oberflächlich und weibisch.

Sean liebte es auch, sich — wie Joseph sagte — »auf meine Kosten wie ein Pfau herauszuputzen«, kurz, für ihn waren die Annehmlichkeiten des Lebens, sein Glanz, seine Buntheit und die Wunder der Kultur und Zivilisation unendlich faszinierend, ergötzlich und anbetungswert. Die bittere Armut, die er im Waisenhaus kennengelernt hatte, war für ihn anscheinend nur ein trauriges Intermezzo, das überhaupt nicht zum wirklichen Leben gehörte, und manchmal ging er sogar soweit, Joseph in Gedanken Faulheit vorzuwerfen, weil er seine Geschwister nicht früher aus dieser häßlichen Umgebung befreit hatte. (Wie Joseph das hätte bewerkstelligen können, überlegte er dabei nie. Es genügte, daß Joseph »es versprochen hatte« und nicht imstande gewesen war, sein Versprechen sogleich zu halten. Die Realität des Lebens kam Sean Paul Armagh nicht zu Bewußtsein, und das sollte auch in Zukunft so bleiben.) Aber er war auch sehr sensibel — wie ein dummer Backfisch, dachte Joseph oft — und dazu großzügig und verschwenderisch.

Nur in Regina fand Joseph eine Quelle der Freude. Mit ihren knapp vierzehn Jahren körperlich noch unreif, war sie dem Verstand und dem Wesen nach schon eine Frau, und die bitteren Erfahrungen, die Sean so leichten Herzens vergaß, waren ihr mit all ihrem Schrecken noch lebhaft in Erinnerung, und daran sollte sich auch in Zukunft nichts ändern. Das verlieh ihr einen reizvollen Ernst, eine Sanftheit und Tiefe des Empfindens, mit dem sie ihrem Alter weit voraus war, eine rührende Güte, die sich in jedem Wort, jedem Blick, jeder Geste mitteilte, eine stille Besinnlichkeit, Wissensdurst und das häufige Verlangen nach beschaulicher Einsamkeit, ein gesetztes, sittsames Aussehen, das ihre Geschwister und älteren Bekannten oft verwirrte und sie vergessen ließ, daß sie noch ein junges Mädchen war und keineswegs schon eine Erwachsene. Obwohl sie ein so zurückgezogenes Leben geführt hatte, besaß sie einen weiten geistigen Horizont, denn gleich Joseph las sie viel und mit pedantischer Genauigkeit und Aufmerksamkeit. Sie wußte mehr vom Leben als Sean, aber dennoch kränkte es sie, daß Josephs harter Blick oft mit Abscheu und Widerwillen auf seinem Bruder ruhte. Joe verstand doch sicher, daß man Sean beschützen und umsorgen mußte, daß er immer ein Kind bleiben würde? Sie hatte ihren Vater zwar nie gesehen, aber häufig dachte sie, daß er so wie Sean gewesen sein mußte — heiter und zuversichtlich und mit einem unerschütterlichen Glauben an ein besseres Morgen. Bei diesem Gedanken mußte Regina stets seufzen. Was sollte man mit Männern tun, die im Herzen doch stets Kinder blieben? Sie hassen, sie verachten? Niemals. Man konnte sich an ihnen nur freuen wie an der Sonne oder an Blumen und durfte nie mehr von ihnen verlangen als Licht und Schönheit.

Aber wäre die Welt ohne Schmetterlinge, ohne das Zwitschern der Vögel nicht unendlich ärmer, und wäre sie es nicht auch ohne diese Menschen, auch wenn Joe sie Parasiten nannte, weil sie ihren Lebensunterhalt nicht selbst bestreiten konnten und von anderen, stärkeren abhängig waren? Und wenn diese Stärkeren sich dagegen verwahrten, ausgenützt zu werden, so taten sie das zu Recht, denn Schwester Elizabeth hatte immer betont: »Jeder muß trachten, auf eigenen Füßen zu stehen.« Aber Menschen wie Sean waren nicht aus so festem Holz geschnitzt, dachte Regina. Sie waren aus Mondlicht und hatten gewiß keine »Füße«! Sie konnten nur auf ihren regenbogenfarbenen Flügeln tanzen und schweben.

Regina wußte, daß Schwester Elizabeth Joseph oft über Sean geschrieben und ihn taktvoll verteidigt hatte, obwohl Schwester Elizabeth zuviel gesunden Menschenverstand besaß, um Schmarotzer oder jene, die sie »ewig jammernde Seelen« nannte, nicht zu unterstützen. Aber andererseits kannte Schwester Elizabeth die Tatsachen des Lebens, und Sean war eine solche Tatsache, mit der man sich auseinandersetzen mußte. Und so hatte sie in ihren Briefen Joseph auf Seans Charakter vorbereitet — was nicht hieß, daß sie diesen auch billigte — mit dem Ziel, es den Brüdern leichter zu machen, miteinander auszukommen. Sean war eben Sean. Er konnte nichts für sein Naturell, und nicht einmal die härtesten Bedingungen würden diesen leichtsinnigen Jüngling zu einem standhaften Mann machen, der sich mit den ehernen Wahrheiten abfand. »Vielleicht«, hatte Schwester Elizabeth einmal zu dem jungen Mädchen gesagt, »wird er eines Tages eine reiche Frau heiraten, die ihn anbetet und nicht mehr von ihm erwartet als Liebe,

Zärtlichkeit, Rücksicht und Frohsinn. Wenn Joseph sich ihm gegenüber nicht nachsichtig zeigt, wird das für sie beide tragische Folgen haben.«

Denn Schwester Elizabeth wußte sehr gut, daß Joseph seinen Vater verachtete und haßte, weil er seiner Familie bitterste Armut und Tod gebracht hatte.

So begann Regina, so feinfühlig und taktvoll wie sie nur konnte, zwischen ihren beiden Brüdern zu vermitteln — dem harten, energischen Joseph und dem verwirrten Schmetterling, der seinen Bruder nicht verstehen konnte und daher Zuflucht nahm zu Trotz, leisem Groll und verlegenen Scherzen — oder ihm einfach vorsätzlich aus dem Wege ging. Reginas Mitgefühl galt dabei eher Joseph, was Schwester Elizabeth sicher gebilligt hätte, doch auch Sean tat ihr leid, der so leicht verletzbar war und so leicht in Bestürzung geriet, wenn man seine Fröhlichkeit, seine Scherze, seine glühende Begeisterung für alles Schöne nicht verstand oder seine Stimme nicht bewunderte.

Die drei Geschwister standen vor dem großen, weißen, säulengeschmückten Haus, das Joseph in der Nähe des noch größeren und prunkvolleren von Senator Hennessey für seine Familie hatte bauen lassen. Es hatte beinah zwei Jahre gedauert, bis es fertig war, und nun stand es auf einer kleinen Anhöhe inmitten eines makellosen, zehn Morgen umfassenden Parks mit allen Arten von Bäumen, samtigem Rasen, kunstvoll angelegten Blumenrabatten, Treibhäusern, Pavillons und Aussichtstürmchen. Ein kleiner Bach schlängelte sich durch die Wiesen, und auch ihn hatte man in die gärtnerische Gestaltung miteinbezogen und Primeln, Sommerlilien, Iris und junge Weiden an seinen Ufern gepflanzt.

Das Haus stand für seine Bewohner bereit. Viel Zeit war darauf verwendet worden, Möbel, Teppiche, Vorhänge und Bilder auszuwählen. Joseph wußte, daß er in solchen Dingen keinen Geschmack besaß, und so hatte er auf Reginas Bitten — er konnte ihr nie etwas abschlagen — seiner Schwester erlaubt, die Hilfe der ihr herzlich zugetanen kränklichen Katherine Hennessey in Anspruch zu nehmen. Während dieser letzten Monate war Katherines Lebensmut wieder erwacht. Sie hatte Joseph nur gefragt, wieviel er ausgeben wollte, und als er darauf antwortete: »Das spielt keine Rolle, wenn es nur paßt und das Beste vom Besten ist«, war sie entzückt und begeistert. Sie bewies hervorragenden, doch mit Ausnahme von Reginas Zimmer nicht ausschließlich weiblichen Geschmack. Es gab keinen Raum, der nicht einladend, ja bezaubernd gewesen wäre, und das blieb selbst Joseph nicht verborgen. Er liebte es, durch sein Haus zu wandern, während die Räume allmählich Gestalt annahmen, und ließ ihr in allem freie Hand. Nur seine eigenen Zimmer waren nüchtern, fast kahl, und nur mit dem Notwendigsten, aber teuer und geschmackvoll ausgestattet. »Die reinsten Klosterzellen«, hatte Sean zu Regina gesagt. Den Teil des Hauses, den er bewohnte, hatte er selbst eingerichtet und dabei sogar noch den Geschmack von Katherine Hennessey übertroffen, die ihn bewunderte und in Gedanken bereits als Gatten für ihre Tochter Bernadette in Betracht zog. Er war so nett, so liebenswert, seufzte Katherine oft insgeheim und dachte an ihren Mann, der weder das eine noch das andere war, den sie trotzdem jedoch nur hilflos lieben konnte.

Sie hielt Joseph für den gütigsten, männlichsten und bewunderungswürdigsten Mann, den sie kannte, denn ihr gegenüber war er geradezu rührend rücksichtsvoll und aufmerksam, und er hatte eine Art, sie anzusehen, die sie wärmte und in ihr ein unbestimmtes Glücksgefühl hervorrief. Sie wußte nicht, daß es daher kam, weil dieser sarkastische, schwermütige junge Mann sie liebte und weil jedes Wort, jede Geste, jeder Blick und jedes Lächeln von ihr seine leidenschaftliche, melancholische Sehnsucht und seine noch leidenschaftlichere Verzweiflung erweckte. Er hatte dieses Stück Land aus dem einzigen Grund gekauft, um in ihrer Nähe zu sein und sie gelegentlich wenigstens aus der Ferne sehen zu können. Er wußte, daß er Katherine, wenn sie seine Gefühle erriet, nie mehr wiedersehen würde, und so war er auf der Hut. Das fiel ihm nicht allzu schwer, denn er hatte sein ganzes Leben lang auf der Hut sein müssen.

Aber er war entschlossen, sie zu rächen. Manchmal schien es ihm unglaublich, daß sie ihren Mann ertragen konnte, doch andererseits, überlegte er, waren Frauen unverbesserliche Närrinnen.

»Ja«, sagte Joseph, als er mit seinen Geschwistern vor seinem blendendweißen neuen Haus stand, »Sean hat schon recht. Ich weiß, was ich tue, und habe es immer gewußt.«

Es war Herbst, und die Baumkronen brausten und knisterten in einem frischen Wind, und der leuchtendgrüne Rasen war übersät von treibenden roten, gelben und braunen Blättern. Das Schieferdach des im georgianischen Stil erbauten Hauses schimmerte in der Sonne. Die gedrungenen Säulen glänzten wie Schnee am Ende der mit rotem Kies bestreuten Wege. Dahinter lagen die Ställe, bereit, Pferde und Kutschen aufzunehmen. Die blanken Fenster funkelten, und undeutlich sah man wolkige Vorhänge in Grau, Rosa, Silber und Gold. Wie Gold glänzten auch die neuen Bronzetore. Nun fehlten nur noch die Pferde und Kutschen, die Ponywagen für Regina, und Personal. Katherine Hennessey hatte es übernommen, sich um die entsprechenden Dienstboten zu kümmern — Haushälterinnen, Stubenmädchen, Butler, Koch, Stallburschen und Gärtner. In einer Woche würde Joseph mit seiner Familie hier einziehen. Vor zwei Jahren hatte er Regina und Sean zu sich ins Hotel nach Titusville geholt. Mr. Healeys Haus war zum Verkauf ausgeschrieben. Joseph verbrachte regelmäßig zwei Tage in der Woche in Titusville, wo er seinen Geschäften nachging, aber er wohnte nun in dem neuen American Hotel, dessen Besitzer er war.

»Ich liebe unser Haus«, sagte Regina, die schon die Sealjacke, den

Hut und den Muff trug, die Joseph ihr gekauft hatte. Ihr weites Seidenkleid bauschte sich im Wind. »Und ich freue mich darauf, mit dir darin zu leben, Joe.« Sie blickte mit ihren veilchenblauen Augen zu ihm auf, und er dachte, daß eine solche Schönheit unglaublich und vielleicht etwas war, das man fürchten mußte. Die seidigen schwarzen Locken fluteten über ihren Rücken bis weit unter ihre Taille. Ihre Stirn war rein und klar wie kostbares Porzellan und stets heiter und glatt. Ihre Züge waren blaß und durchscheinend, als ob Licht statt Blut durch ihre Adern flösse. Ihr Mund verriet nichts außer Ernst und sanfter Nachdenklichkeit. Mein Liebling, dachte Joseph wie immer, wenn er sie ansah, mein über alles geliebter Liebling.

»Hoffentlich bekomme ich wirklich den Garten, den du mir versprochen hast«, sagte Sean. »Ich will keine von diesen symmetrischen, sorgsam gepflegten Scheußlichkeiten. Ich will etwas Freies, Wildes.«

»Keine Angst, du bekommst ihn, ganz hinten bei den Bienenstöcken, und ich hoffe nur, daß sie dir den Satan aus dem Leib stechen«, antwortete Joseph. Aber er legte Sean die Hand auf die Schulter, und Sean schüttelte sie nicht ab, obwohl ihm die Berührung Furcht einflößte. »Du kannst anpflanzen, was du willst«, sagte Joseph. »Ich werde dann einen hübschen Zaun setzen lassen, damit man es nicht sieht.«

»Aber Joe«, sagte Regina, und als sie seine Hand drückte, wurde er schwach und war ein wenig beschämt. Vielleicht faßte er Sean etwas zu hart an, dachte er, aber manchmal reizte ihn sein Bruder bis zur Weißglut. Er begann zu begreifen, daß Sean ihn fürchtete — und das kränkte und verwirrte ihn — und daß Sean sich, statt sich enger an ihn anzuschließen, in nervöses Schweigen flüchtete. Für wen hatte er dann gelebt, wenn nicht für diese beiden, den Bruder und die Schwester, die er mit einer Verbissenheit geliebt und beschützt hatte, die er manchmal sogar selbst für übertrieben hielt? Er hatte ihnen sein Leben geopfert, seine ganze Stärke und Kraft, er hatte in seiner Jugend gehungert, nur um ihren Hunger zu stillen. Dieses Haus hatte er für sie errichtet, um ihnen ein behagliches, luxuriöses Heim zu schaffen. Er war für sie zum Dieb geworden und vielleicht sogar auch zum Mörder. Sein eigenes Leben war ihm nichts wert gewesen. Seit seinem dreizehnten Lebensjahr glaubte er, daß es nicht ihm, sondern Regina und Sean gehörte. Nur mit Rücksicht auf die beiden hatte er es nicht weggeworfen.

Er hatte mit der Welt gekämpft, um sie ihnen gezähmt, voll von Gaben, Freude und Sicherheit zu Füßen zu legen. Ihm selbst hatte das Leben nichts gegeben. Er hatte alles ertragen, um ihnen eine hoffnungsvolle, unabhängige Zukunft, eine gute Erziehung zu ermöglichen und ihnen das Leid seiner eigenen Jugend zu ersparen. Doch gerade in den letzten Tagen spürte er Seans große blaue Augen immer wieder mit einem sonderbaren, fast feindseligen Ausdruck auf sich gerichtet, der sich, wenn Sean sich dabei ertappt sah, sofort in ein Lächeln verwandelte. Sean machte dann für gewöhnlich eine scherzhafte Bemerkung oder ging einfach unter irgendeinem Vorwand aus dem Zimmer, und Joseph blieb bestürzt und mit einem Gefühl schmerzlicher Verlassenheit zurück. Manchmal dachte er: ein Mann opfert seiner Familie sein Leben und schreckt dabei vor nichts zurück und erntet oft doch nur Undank und sogar Verachtung. Ich habe meinen Geschwistern nicht nur mein Leben geopfert, ich habe ihnen auch all die Liebe geschenkt, derer ich fähig bin. Ob sie das begreifen? Oder glauben sie gar, einen Anspruch auf das zu haben, wofür ich geschuftet und auf meine eigene Jugend verzichtet habe?

Nur wenn Regina zu ihm kam, wenn sie mit einem geheimnisvollen Leuchten in den Augen schweigend seine Hand nahm und ihn auf die Wange küßte, fühlte er sich getröstet, ermutigt und beruhigt. Er hatte eine seltsame Ahnung, daß sie die Gedanken erriet, die ihn in solchen Momenten der Verzweiflung erfüllten. Dann setzte sie sich sogar, als wäre sie noch ein kleines Mädchen, auf seine Knie, schlang die Arme um seinen Hals und küßte ihn zärtlich wie eine Mutter, die ihren Sohn trösten und ihm zeigen will, daß sie immer für ihn da ist.

Eines Tages fragte er sie unvermittelt in seiner herben Art: »Was ist eigentlich los mit Sean?«

Sie dachte einen Moment nach, und dann sagte sie: »Er fürchtet, du hältst ihn für dumm oder zumindest für oberflächlich. Er hat das nie ausgesprochen, Joe, es ist nur so ein Gefühl von mir. Doch er ist dir aufrichtig dankbar, und er weiß, was du für uns getan hast. Aber du machst es ihm schwer, dir das zu zeigen. Er ist nicht so stark wie du. Vielleicht ist dir das gar nicht bewußt, aber du hast eine sehr scharfe Zunge, und Sean ist doch jetzt kein kleiner Junge mehr. Du darfst ihn nicht behandeln, als wärst du sein Vater. Betrachte ihn als deinen gleichberechtigten Bruder und nicht als ein Kind, das überhaupt keinen Verstand hat.«

»Aber er hat doch wirklich keinen Verstand«, erwiderte Joseph und lächelte.

»Doch, nur ist er anders als deiner«, sagte Regina, und das war einer der seltenen Augenblicke, wo Joseph sich über sie ärgerte. Ein Mann war ein Mann, oder er war keiner. Daniel Armagh war kein Mann gewesen.

Heute fuhren sie zum Hospiz zurück, wo sie noch die wenigen Tage bis zu ihrer Übersiedlung in das Haus in der Willoughby Road bleiben wollten. Sean und Regina würden das lärmende, korrupte, lasterhafte, von Spitzeln wimmelnde Titusville nicht wiedersehen. Aus einem Grund, den Joseph niemals verstehen sollte, hatte der so empfindsame, schöngeistige Sean diese Stadt aufregend gefunden. Er hatte auch eine große Zuneigung zu Mr. Montrose gefaßt, die offenbar auf Gegenseitigkeit beruhte, ein weiterer Umstand, der Joseph ärgerte und verwirrte.

(Mr. Montrose war vor einem Jahr nach Virginia zurückgekehrt.) In Titusville wirkte Sean lebhaft, hellwach und an allem interessiert. Er fuhr sogar zu den Ölfeldern hinaus, und es bereitete ihm Vergnügen, durch die überfüllten, lärmenden Straßen zu schlendern. Er hatte mit Harry Zeff und seiner jungen Frau Liza eine herzliche Freundschaft geschlossen. (Harry war jetzt für Joseph, was Mr. Montrose für Mr. Healey gewesen war.) Harry schien Sean sympathisch zu finden und seine Gesellschaft zu genießen. Wenn Sean seine irischen Balladen sang, lauschte er ihm entzückt und spendete ihm begeisterten Beifall.

»Warum bringst du ihm nicht bei, im rauhen Alltag seinen Mann zu stellen, Harry?« fragte ihn Joseph einmal.

»Es gibt viele Möglichkeiten, sich als Mann zu beweisen, Joe«, sagte Harry.

»Er ist ein hirnloser Schwächling.«

Harry und Liza hatten sich in Titusville ein Haus gebaut, das in seinem konservativen Stil ganz den Residenzen der etablierten Bürger nachempfunden war. Sie hatten Joseph herzlich eingeladen, während seines Aufenthalts in der Stadt bei ihnen zu wohnen, doch er wollte die Ruhe, die ihm das Hotel bot, nicht missen, vor allem, weil ihn das Geschrei von Harrys kleinen Söhnen — es waren Zwillinge — irritierte. Liza befand sich in dem Irrtum, den man so oft bei Menschen ihrer Herkunft beobachten kann: sie glaubte, jeder müßte an ihren Sprößlingen interessiert sein, und brachte die beiden Schreihälse stolz in Harrys »Arbeitszimmer«. Doch sogar der gutmütige und stets geduldige Harry wies sie dafür zurecht, worauf sie weinend das Zimmer verließ. Joseph hatte Liza zwar gern und führte sich ihre schwere Zeit in Mr. Healeys Haus vor Augen, aber nun, da sie verhältnismäßig reich war und Kindermädchen hatte, war diese Störung unverzeihlich.

»Warum heiratest du nicht?« fragte Harry Zeff seinen Freund.

Schon der bloße Gedanke war für Joseph abstoßend. Seine alte Gewohnheit, auf seine Geschwister Rücksicht zu nehmen, lebte wieder auf. »Bis jetzt ist mir noch keine Frau begegnet, die ich gern heiraten möchte«, sagte er und dachte dabei an Katherine Hennessey.

Harry beobachtete ihn scharf. »Du bist jetzt ein Multimillionär, Joe. Wer soll dein Geld einmal bekommen? Deine Schwester? Sie wird eines Tages heiraten. Und dein Bruder —« Er verstummte und musterte Joseph noch schärfer.

Sean.

Sean würde nach Harvard gehen. Und dann? Würde Harvard einen ernsten, verantwortungsbewußten Mann aus ihm machen, entschlossen, sich mit Erfolg zu behaupten? Würde sich sein Charakter ändern, würde er energisch und stark werden? Joseph war erschüttert, denn er wußte, daß ein Mensch niemals über seinen eigenen Schatten springen konnte.

Die drei Armaghs zogen in ihr neues Haus, in dem schon die vollzählige Dienerschaft sie erwartete. In ihrer Begleitung befanden sich Reginas Gouvernante, eine junge Dame, die eine strenge Erziehung im Kloster genossen hatte, und Seans Privatlehrer. (Der letztere war in Boston unter einer Anzahl von Bewerbern ausgewählt worden, ein junger Mann namens Timothy Dineen, der Joseph wegen seiner seriösen Erscheinung und seiner Reife auf den ersten Blick gefallen hatte. Darüber hinaus trafen sich ihre Ansichten in bezug auf das, was im Leben wichtig war — moralische Kraft, Mut, Intelligenz, Bildung und Männlichkeit, und Joseph hatte gehofft, Timothy würde seinem Schüler etwas von seinen Prinzipien vermitteln, aber bis jetzt gab das Ergebnis noch keinen Anlaß zur Begeisterung.)

Schwester Elizabeth hatte Reginas Gouvernante ausgesucht, eine Miß Kathleen Faulk, deren Mutter eine Bekannte der alten Nonne war. »Ich will keinen religiösen Krimskrams in diesem Haus«, hatte Joseph Miß Faulk und Timothy gleich zu Anfang erklärt. »Auf Ihrem Zimmer können Sie meinetwegen soviel Weihwasser, Kruzifixe, erbauliche Bücher und Heiligenbilder haben wie Sie wollen, aber ich wünsche nicht, derlei Dinge sonstwo zu sehen.«

Timothy, der furchtlos und einige Jahre jünger war als Joseph, sagte: »Mr. Armagh, darf ich mir dann die Frage erlauben, warum Sie die Erziehung Ihrer Geschwister in die Hände von Katholiken legen?«

Unwillkürlich entlockte das Joseph sein dünnes Lächeln. »Ich will sie nicht aus ihrer gewohnten Sphäre reißen — noch nicht. Es könnte sie verwirren. Miß Regina ist sehr religiös, und in solche Dinge mische ich mich nie ein. Wenn man sie jetzt all dessen beraubte, was ihr seit jeher selbstverständlich ist, wäre sie sicher sehr unglücklich. Und was Sean betrifft — ich finde, Mr. Dineen, in Ihrer Religion liegt trotz ihrer Rührseligkeit sehr viel Kraft, Ausdauer, Furchtlosigkeit, Respekt vor Autorität und Ordnung, Männlichkeit, Lebensbewußtsein, Stärke. Ich habe viele alte Priester gekannt —« Er hielt inne, und auch Timothy schwieg. »Sie besaßen das, was wir moralische Kraft nennen. Sie traten dem Gewehr eines Engländers mit nichts als dem Brevier entgegen und schrien ihn nieder, um eines Kindes oder einer hilflosen Frau willen.«

Wieder verstummte er, seinen Erinnerungen nachhängend. Die dunkle keltische Schwermut auf seinem Gesicht vertiefte sich, und der jüngere Mann betrachtete ihn voll verwirrtem Mitleid. »Versuchen Sie also«, fuhr Joseph fort, »Ihrem Schüler ein wenig das Rückgrat zu stählen, Mr. Dineen, damit er der tapferen Männer, die für ihn gestorben sind, ein wenig wert wird.«

Männer wie du, armer Teufel, dachte der junge Timothy, der das Glück gehabt hatte, als ein »in Gold gewickelter« Ire zur Welt zu kommen, und dessen Großvater schon lange vor der großen Hungersnot mit einem soliden Vermögen nach Amerika ausgewandert war.

Miß Kathleen Faulk war eine blasse, blonde junge Frau, hager, aber zäh, mit einer großen Nase, hellen Augen und dem Flair von Tüchtigkeit. Sie war sehr groß, größer als Timothy Dineen, der vierschrötig, aber gewandt aussah und einen kräftigen, robusten Eindruck machte. Er war auffallend muskulös, wirkte vital und gesund und hatte tiefschwarze Augen und eine dichte Mähne welligen schwarzen Haars. Er glich eher einem Boxer als einem Gelehrten, war von den Jesuiten erzogen worden und gab sich, wie er öfters erwähnte, kaum noch Illusionen hin. Auf seiner Stupsnase saßen Brillen, der Mund war energisch und rosig und verriet ein klein wenig Eigensinn. Miß Faulk, die sich nichts sehnlicher wünschte, als unter die Haube zu kommen, hatte Timothy, obwohl er ihr kaum bis zur Nasenspitze reichte, sofort als Heiratskandidaten in Erwägung gezogen, aber leider zeigte er auch weiterhin nicht das geringste Interesse an ihr.

Nun waren die Ställe voll mit edlen Pferden und eleganten Kutschen und Wagen. Wie um den kühlen Novembertag Lügen zu strafen, blühten schon exotische Pflanzen in den Glashäusern, und überall im Haus brannte hell das Feuer in den braunen und blauen, weißen, rosa und purpurfarbenen Marmorkaminen. Joseph hatte befohlen, die Dachkammern für das Personal so gemütlich und angenehm wie nur möglich zu machen, und weil er außerdem hohe Löhne zahlte und seine Angestellten höflich behandelte, waren diese wiederum erstaunt und glücklich und lasen ihrem für seine Jugend so ungewöhnlich ernsten Herrn jeden Wunsch von den Augen ab, wenn er von seinen Geschäftsreisen aus Titusville, Pittsburgh, Philadelphia, Boston, New York und anderen Städten zurückkehrte.

»Wir müssen eine Party geben!« sagte Sean zu seiner Schwester, als sie bereits einen Monat in dem neuen Haus wohnten und der erste Schnee fiel.

»Da müssen wir Joe fragen«, meinte Regina.

»Joe? Du weißt doch, was er dazu sagen würde, Ginny. Nein.«

»Er hat bestimmt Verständnis dafür, daß wir nicht wie Einsiedler leben können«, erwiderte Regina. »Er hat mir sogar geraten, mich nach Freundinnen umzusehen. Ich kenne eine Menge Mädchen aus dem Kloster, die sich bestimmt freuen würden, wenn wir sie und auch ein paar Schwestern zu uns einladen würden.«

Sean war ehrlich entsetzt. »Dieses elende Lumpenpack? Da würde sich Joseph schön bedanken, genau wie ich! Ich will nie wieder an dieses Waisenhaus denken! Ginny, du weißt doch, wie sehr ich Armut und alles Häßliche verabscheue. Schon der bloße Geruch — nein, ich könnte diese Leute einfach nicht aushalten! Diese Geschöpfe in unserem Haus — das würde mich unsagbar deprimieren.«

Regina war fassungslos. Sie wußte, daß Sean vor allem Leid, vor allem Kranken, Schwachen und Häßlichen zurückschreckte, aber sie hatte die gleichen Entbehrungen, die gleiche freudlose Umgebung ertragen, und doch dachte sie jetzt voller Mitleid und Trauer an das Waisenhaus zurück und hoffte insgeheim, Joseph überreden zu können, dem Leben dort ein wenig von seiner Trostlosigkeit zu nehmen.

»Sie würden mich nur an all die schrecklichen Jahre erinnern«, sagte Sean mit echter Verzweiflung, »die wir ohne unsere Schuld dort verbringen mußten. Und die ganze Zeit haben wir nur gewartet und gewartet, daß Joe sein Versprechen hält. Ich hatte schon alle Hoffnung verloren, als es dann endlich doch soweit war — und ich glaube noch immer, er hätte es früher schaffen können.« Er warf trotzig sein goldblondes Haar zurück. »Bestimmt hat er viel zuviel Zeit verschwendet.«

»Sean!« rief Regina. »Ich verstehe dich nicht! Wie kannst du nur so grausam sein! Schwester Elizabeth hat mir erzählt, was Joe für Opfer für uns gebracht hat und wie er sich für uns abgerackert —« Sie verstummte, weil sie fürchtete, jeden Augenblick in Tränen auszubrechen. Es kam bei ihrem ruhigen Naturell selten vor, doch nun spürte sie, wie unbezähmbarer Ärger und Empörung in ihr aufstiegen.

»Schon gut, schon gut«, sagte Sean. »Ich bin ihm ja dankbar, das weißt du, Ginny. Was starrst du mich denn so an? Begreif doch, daß ich allein schon den Gedanken an — diese Leute nicht ertragen kann. Das Waisenhaus — daß ich nicht lache! Nein, da denke ich wohl an andere Gäste für unsere Party.«

»An reichere, nehme ich an, und an solche, die mehr Glück im Leben hatten?« fragte Regina, und zum erstenmal schwangen in ihrer jungen Stimme Bitterkeit und Verachtung. Sean warf ihr einen unbehaglichen Blick zu und wunderte sich, was plötzlich in seine sanfte, verständnisvolle Schwester gefahren war.

Vielleicht hat Sean noch immer sein weiches, gütiges Herz, dachte Regina, und nur ich kann es nicht mehr erkennen. Vielleicht gehört er zu jenen, die den Anblick von Häßlichkeit, Schmerz oder Verzweiflung wirklich nicht ertragen können, aber nicht aus Grausamkeit oder Roheit, sondern weil sie Angst davor haben und weil sich ihr angeborener Sinn für das Schöne dagegen auflehnt.

»Tut mir leid, Ginny, wenn ich deine Gefühle verletzt habe«, entschuldigte sich Sean. »Aber was soll ich machen, ich bin nun mal so. Und ich will dieses gräßliche Waisenhaus, wo wir eingesperrt waren wie wilde Tiere in ihren Käfigen, ein für allemal vergessen.« Seine melodische Stimme bekam einen fast schrillen, leidenschaftlichen Klang. »Kannst du das nicht verstehen? Ich brauche keine neuen Freunde, die reicher und glücklicher sind, wie du vorhin gesagt hast. Ich will nur Menschen kennenlernen, die anders sind als die, mit denen wir bisher zusammen waren. Findest du das wirklich so herzlos, so unbegreiflich?«

Regina senkte den Kopf, und ihr langes schwarzes Haar fiel wie ein Schleier über ihr Gesicht. »Ich werde Joe fragen.« Damit erhob sie sich und verließ das luxuriös ausgestattete Frühstückszimmer, wo sie mit Sean bei Tisch gesessen war, und während er ihr gekränkt und etwas verwirrt nachblickte, beschlich ihn ein Gefühl, als hätte seine Schwester ihn verraten. Er hatte in Regina immer eine Prinzessin gesehen, eine große, vornehme, heitere, gütige Fee, die ihm stets voll zärtlicher Zuneigung hilfreich die Hand bot. Aber jetzt hieß es immer nur Joe, Joe und wieder Joe, dachte er, als ob Joe zur Dreifaltigkeit selbst gehörte. Dabei ist er nichts als ein Rohling, ein grober, ungehobelter Klotz, mit einem Gesicht wie ein Felsblock, der seit Urzeiten reglos zum Himmel starrt. Sogar wenn er nett war, habe ich mich vor ihm fast zu Tode gefürchtet. Keine edlen Gefühle, kein verfeinertes Denken, kein Blick für das Schöne, nur für Geld, Geld, nichts als Geld.

Sean spielte gedankenverloren mit den Goldmünzen in seiner Rocktasche und vergaß dabei, wer sie ihm gegeben hatte. Dann seufzte er und schlenderte in einen der eleganten Salons hinüber — nun zum Musikzimmer avanciert —, um sich dort ans Klavier zu setzen und seine trübe Stimmung zu vertreiben. Bald schwebten Debussys heitere Klänge durch den getäfelten Raum wie das funkelnde Sprühen sonnenbeglänzter Fontänen. Beschwingt glitten Seans Finger über die Tasten, und nach einer Weile warf er den Kopf zurück und begann mehr aus Freude an der Melodie als an den Worten laut und ausgelassen zu singen:

»Und sie hängen Männer wie Weiber, tragen sie den grünen Klee!«

Ein Hüsteln ließ ihn lächelnd aufblicken. Hinter ihm stand Timothy Dineen. Seans Hände sanken unwillkürlich herab.

»Ein hübsches Lied, nicht wahr?« fragte Timothy.

Sean stimmte sein unbeschwertes Lachen an, aber etwas an Timothys Gesichtsausdruck ließ ihn wieder verstummen. Was war denn heute morgen nur los, daß sich alle so sonderbar benahmen?

»Ich hatte zwei Onkel und eine noch ganz junge Tante«, sagte Timothy, »die damals in Irland gehängt wurden, eben weil sie diesen ›grünen Klee‹ trugen, und irgendwie finde ich das gar nicht so lustig.«

»Ach du meine Güte!« rief Sean. »Ich hab das doch bloß so gesungen! Oder ist das in diesem Haus vielleicht auch schon verboten?«

Timothy starrte ein paar Sekunden wortlos durch den Spalt zwischen den Samtvorhängen auf die wirbelnden Schneeflocken hinaus. »Ich glaube kaum, daß Ihr Bruder sehr erbaut davon wäre, dieses Lied so leichten Herzens geträllert zu hören«, sagte er dann. »Aber nun kommen Sie, bitte. Wir sind ohnehin schon eine halbe Stunde zu spät für den Unterricht dran.« Seine schwarzen Augen musterten Sean ohne jede Spur von Freundlichkeit, dann drehte er sich abrupt um und verließ das Zimmer.

XXVII

Langsam und kraftlos ging Katherine Hennessey durch die riesige weiße Halle ihres Hauses. Durch die spitzenverhangenen Bogenfenster zu beiden Seiten des massiven Bronzetores fiel das klare Morgenlicht herein und tauchte die breite Marmortreppe, die zu den oberen Stockwerken führte, in sanfte Helligkeit. Sofas und kleinere Ruhebänke in Rosa, Blau und Gold säumten die weißgetäfelten, mit kunstvollen Silberranken verzierten Wände, und dazwischen waren Orangenbäumchen und andere exotische Gewächse in Töpfen aus chinesischem Porzellan verteilt. Die Luft war lau und mild, denn es war Mitte Mai, und der Duft von blühenden Gärten strömte in die Halle. Draußen vor den Türen wiegten sich die Baumkronen in ihrem jungen Grün, und so frisch und zart waren die Blätter, daß sie feuchtschimmernd im Sonnenschein glänzten.

Seit kurzer Zeit war Katherine Hennessey von einer tiefen, bebenden Hoffnung erfüllt. Im November wollte ihr Mann für das Amt des Gouverneurs kandidieren, und das bedeutete, daß er öfter als bisher zu Hause sein konnte — vielleicht jedes Wochenende und an den Feiertagen, vielleicht sogar ein paar aufeinanderfolgende Wochen im Jahr. Das von Menschen wimmelnde, schmutzige Washington mit seinen habgierigen Politikern war ihr verhaßt, und die häßlichen, trotz ihrer Breite dumpfigen Straßen, die kahlen Plätze, die riesigen, protzigen Regierungsgebäude, der Gestank der Negerviertel und der Kloaken hatten ihr Ekel eingeflößt. Das Klima hatte ihre Gesundheit angegriffen, und war ihr der Potomac mit seinem kreisenden Nebel schon früher oft trostlos und düster erschienen, so erinnerte er sie jetzt in ihrer Trauer um Präsident Lincoln um so mehr an ein feuchtes, dunkles Grab. Der Großteil der Häuser hatte überfüllt und abstoßend gewirkt, die mit Holzplanken oder Ziegeln ausgelegten Gehsteige rauh und unfreundlich, das Kopfsteinpflaster wie mit einer schleimigen Schicht überzogen.

Sie war fest davon überzeugt, daß Washington ihrem Mann — dem Ärmsten — seinen ekelhaften Stempel aufgedrückt hatte. Diese Stadt laugte ihn aus, band ihn an sich durch endlose Pflichten und entfremdete ihn so seiner Familie. Selbst den Sommer über, diesen schrecklichen, unerträglichen Washingtoner Sommer mußte er bleiben, um sich für das Wohl Pennsylvaniens und der gesamten Nation abzurackern, mußte die feuchte Hitze, den Gestank, die beinah tropischen Regengüsse und Stürme und den alles durchdringenden Schmutz erdulden. Aber jetzt, jetzt würde er endlich heimkommen. Einmal in Philadelphia — und sie zweifelte keine Sekunde daran, daß der dankbare Bundesstaat ihn wählen würde — und das Spiel war gewonnen. Vielleicht konnten sie dort ein kleines Haus kaufen, vielleicht konnte sie ständig in seiner

Nähe sein. Schließlich war er nicht mehr der Jüngste, näherte sich schon seinem Sechziger. Bei diesem Gedanken wurde sie unruhig und verwirrt. In Washington hatte auf allen Seiten die Versuchung gelauert —, die wehrlosen Politiker waren — fern von ihren Familien, einsam und krank vor Heimweh — nur eine allzu leichte Beute für skrupellose Abenteurerinnen. Man durfte nicht immer den Männern die Schuld geben — man mußte Geduld haben, Liebe und Verständnis, und vor allem, man mußte manches verzeihen. Sie tröstete sich immer damit, daß sie die rechtmäßige Gattin, die Auserwählte war, und kämpfte gegen Leid, Schande und Demütigung an, wenn solche Gefühle sie zu überwältigen drohten. Mit allen Mitteln wehrte sie sich gegen die Vorstellung, verachtet, verhöhnt und verschmäht zu sein. Viele Tränen flossen im geheimen. Katherine war oft streng und hart gegen sich selbst. Manchmal, wenn der Schmerz zu stark für sie wurde, hatte sie ihren Gatten sanft getadelt, hatte geweint und dabei vergessen, daß die Männer nichts so sehr verabscheuen wie Tränen und mehr Rücksichtnahme seitens ihrer Frauen verdienten.

Seit Senator Hennessey angekündigt hatte, daß ihn seine Partei für die Wahl des Gouverneurs im Herbst als Kandidaten vorsah — bei diesem Anlaß erklärte er mit vor Ergriffenheit zitternder Stimme, es sei sein Herzenswunsch, öfter bei seiner Familie zu sein —, gab sich Katherine der Illusion hin, daß alle ihre heimlichen Verdächtigungen und Anschuldigungen gegen ihn nur ihrer abscheulichen Phantasie, ihrem harten, verstockten Herzen und ihrer Engstirnigkeit entsprungen waren. Aus welchem Grund hätte Tom sonst wohl sein Amt als prominenter und beliebter Senator in Washington aufgegeben, wenn es ihm nicht ein echtes Bedürfnis gewesen wäre, häufiger in den Schoß seiner Familie zurückzukehren? Sie hatte ihm bitter Unrecht getan mit ihren verderbten, schmutzigen Hirngespinsten, und nun lag sie stundenlang zu Hause und in der Kirche auf den Knien, um Vergebung zu erflehen und Buße zu tun. In ihrer Bescheidenheit hoffte sie nur, Tom würde ihr eines Tages vergeben — wenn schon nicht bald, so zumindest, bevor sie auf ihrem Sterbebett lag. Sie hatte ihren Beichtvater bestürmt, ihr eine strengere Buße aufzuerlegen, und er hatte sie mit einem mitleidigen, seltsamen Blick angesehen und sie oft aufgerichtet, wenn sie sich ihm zu Füßen warf; während er ihre zitternden Hände hielt, kamen ihm Gedanken, die wenig priesterlich waren, sondern dem Zorn eines wissenden Mannes entsprangen. Was sollte selbst ein Priester einer unschuldigen Frau sagen, die Sünden beichtete, die sie nie im Leben begangen hatte? Wie sollte er sie trösten, ihr wieder Mut geben? Schließlich erklärte er Katherine, wohl wissend, daß es zwar der Wahrheit entsprach, doch in diesem Fall in gewisser Hinsicht einen Sophismus darstellte, daß vor Gott alle Menschen schuldig seien; niemand dürfe sich eines eigenen Verdienstes rühmen, alles komme vom barmherzigen Vater, und Frieden könne man nur im Bekennen und im Glauben an Seine alles verzeihende Güte finden. Manchmal dachte er, Katherine übertreibe mit ihren Gewissensbissen, doch als er sie einmal deshalb schalt, beharrte sie so störrisch auf ihren Sünden, daß er seitdem keinen Versuch mehr unternahm, ihre Seelenqual auf diese Weise zu erleichtern. Die blinde Hingabe dieser Frau an einen Mann, der ihrer Liebe keineswegs würdig, der so maßlos lasterhaft und verdorben war, daß es einem geradezu ins Auge sprang, versetzte ihn stets aufs neue in Erstaunen. Aber die Liebe war eben stärker als Glaube und Hoffnung, dachte der Priester. Wahrhaft lieben hieß alles verzeihen, alles ertragen, alles auf sich nehmen — sogar die Schuld für die Schlechtigkeit der anderen. Wenn die Frauen Gott ebenso leidenschaftlich liebten wie jene, die sie verführten und dann doch betrogen, gäbe es vielleicht endlich ein wenig Gnade für diese schreckliche Welt, denn die Liebe der Frauen war unendlich größer als die der Männer.

Heute abend, dachte Katherine Hennessey, während sie langsam und schwer atmend über den Marmorboden der Halle zum Bronzetor schritt, heute abend werde ich meinen geliebten Tom sehen, denn er kommt nach Hause, um den siebzehnten Geburtstag unserer Tochter zu feiern. Ein zärtliches Lächeln huschte über ihr Gesicht, als sie die magere, weiße Hand auf die Klinke legte. Siebzehn. Sie selbst war schon vor ihrem siebzehnten Geburtstag Gattin und Mutter gewesen, aber heutzutage waren die jungen Mädchen freier und unabhängiger und besaßen einen ausgeprägten eigenen Willen. Ihre süße kleine Bernadette! Sie war ein Trotzkopf und ließ es den Älteren gegenüber oft an gehörigem Respekt mangeln, aber sie hatte ein so sonniges Gemüt, eine so sprühende Lebhaftigkeit, eine so reizende Art, die braunen Locken zu schütteln, einen so strahlenden, schalkhaften Blick, daß man ihr einfach nicht böse sein konnte. Kein Wunder, daß Tom seine Tochter so innig liebte! In diesem Alter mußte er das männliche Ebenbild Bernadettes gewesen sein, und voller Zärtlichkeit dachte Katherine an den jungen Tom, den sie nie gekannt hatte, doch den sie nun glaubte, in Bernadette zu finden. So viel Glück habe ich gar nicht verdient, sagte sie sich, während sie keuchend vor Anstrengung das Bronzetor aufzuschieben versuchte. Mit meinen bald vierunddreißig bin ich schon eine alte Frau, dachte sie, amüsiert über ihre Schwäche. Meine Jugend liegt bereits hinter mir, und allmählich spüre ich schon die Beschwerden des Alters. Aber um meiner Lieblinge willen muß ich mich schonen und auf meine Gesundheit achten. Ich darf nicht krank und schwach werden.

Sie wollte über den Rasen und durch den Garten spazieren, wie der Arzt es ihr empfohlen hatte. Am Morgen hatte sie folgsam die eisenhältigen Pillen eingenommen und sich gezwungen, der Anordnung des Doktors gemäß »ausreichend Nahrung zu sich zu nehmen, um Leib und Seele zu stärken«. Aber wie gewöhnlich war ihr entsetzlich übel geworden, und das versetzte sie neuerlich in Schrecken, und sie fühlte sich nur noch schuldiger. So hatte sie sich denn zusammengenommen, unter Tränen ein Glas Milch und ein paar Bissen Toast hinuntergewürgt und tapfer die Pillen geschluckt. Weder sie noch ihr Arzt ahnten, daß ihre Gesundheit von dem verdrängten Wissen um die Schmach, die Rücksichtslosigkeit, Verachtung und Demütigung, um die ständige Ausnutzung, die sie in ihrer Ehe ertragen hatte, für immer zerstört worden war.

Endlich gelang es ihr, das schwere Tor einen Spalt zu öffnen und hinauszuschlüpfen. Sie ahnte nicht, daß Bernadette die ganze Zeit über auf halber Höhe der Treppe gestanden war und ihre Mutter teils geringschätzig und zynisch, teils nachdenklich und mit verächtlichem Mitleid beobachtet hatte. Mama war eine solche Närrin, eine so fast altjungfernhafte, altmodische Frau, eben ein richtiges Dummchen. Sie hatte überhaupt kein Verständnis für Papa, den Bernadette zärtlich liebte. (Ihrer Mutter war sie nicht besonders zugetan, sie war so schwach und sanft, so einfältig und lächerlich vertrauensselig, so hingebungsvoll und geduldig, so geistlos und immer voll Eifer bereit, zu jeder Tages- und Nachtzeit jemandes Hunger zu stillen, seine Not zu lindern oder ihm Obdach zu gewähren — sogar wenn es ein völlig Fremder war. Sie verschwendete Unsummen an das elende Waisenhaus und für andere mildtätige Zwecke und schmälerte so das zukünftige Erbe ihrer Tochter. Bernadette war deshalb insgeheim oft empört und beklagte sich bei ihrem Vater, der ihre Meinung teilte.)

Nun stellte sie sich an ein Fenster neben dem Tor und blickte mit belustigtem und zugleich ärgerlichem Kopfschütteln der erbarmungswürdig zarten und zerbrechlichen Gestalt ihrer Mutter nach. Katherine trug ein hellblaues Seidenkleid mit einer großen, modischen Turnüre und einem gerafften, über und über mit Perlen und Stickerei verzierten Vorderteil. Sie sah wie ein lächerliches Skelett darin aus, wie sie so, immer wieder fast über den langen Rock stolpernd, langsam über den Rasen torkelte. Ihr dichtes, lohfarbenes, naturgelocktes Haar war auf dem zarten Kopf zu einem riesigen Chignon zusammengefaßt, und Bernadette fühlte wieder leisen Groll in sich aufsteigen, weil ihr eigenes braunes Haar glatt und schlicht war und jeden Abend sorgfältig aufgerollt werden mußte, damit es ihr am nächsten Tag in langen, schimmernden Stoppellocken bis auf die rundlichen Hüften fiel.

Denn Bernadette war rundlich — »erfreulicherweise, denn Bohnenstangen haben wenig Reizvolles an sich«, wie ihr Vater wiederholt mit einem Seitenblick auf Katherine versicherte, die so groß und ätherisch schlank war. Mit ihren siebzehn Jahren hatte Bernadette eine bereits voll entwickelte Figur, üppige, schwellende Brüste, breite Hüften und glatte, dralle Arme und Schenkel. Im Gegensatz zu Katherine war ihr Teint leicht goldgetönt — ein weiteres Ärgernis, weil es die Vermutung nahelegte, daß sie sich in vulgärer Weise der Sonne aussetzte, obwohl Bernadette das geflissentlich vermied. Auch mit ihren runden, haselnußbraunen, von kurzen braunen Wimpern beschatteten Augen war sie nicht zufrieden, denn ihre Mutter besaß — zugegebenermaßen — die schönsten und ausdrucksvollsten Augen, die sie je gesehen hatte, und die ihres Vaters waren hell und interessant. Bernadettes Gesicht war rund — »wie der Vollmond«, hatte eine respektlose Gouvernante einmal bemerkt —, das Profil ein bißchen flach, die Nase klein und gebogen; die Lippen wirkten zu voll und zu rot, die Zähne zu groß und weiß, und das Kinn machte einen für ein Mädchen zu aggressiven Eindruck.

Wie sie so in einem Morgenrock aus gelbem Leinen — mit winzigen Rosen verziert und nach der neuesten Mode in schlichte Falten gerafft — am Fenster stand und ihrer Mutter nachblickte, erinnerte sie an ein temperamentvolles, übermütiges, vor Vitalität strotzendes Füllen. Jetzt unterhielt sich dieses dumme Ding mit einem Stallburschen, so ernsthaft und freundlich lächelnd wie immer, wenn sie mit jemand sprach. Fiel ihr denn nie auf, wie lächerlich sie sich machte, wenn sie die Leute mit dem Blick einer erleuchteten Heiligen anstarrte? Kein Wunder, daß Papa die Gesellschaft intelligenterer und fröhlicherer Frauen vorzog! Ein gewisses Maß an Beschränktheit konnte ein Mann ja ertragen, aber dann mußte er anderswo Trost suchen. Bernadette war durchaus nicht schockiert gewesen, als ihr Schulfreundinnen in der St.-Amelia-Akademie für höhere Töchter kichernd einiges über ihren Vater berichteten. Insgeheim war sie sogar stolz auf seine Männlichkeit und seinen Erfolg bei den Damen. Wenigstens war er ein richtiger Mann und nicht wie ihre Mutter nur die Karikatur einer Frau. Bernadette ließ sich auch nicht täuschen, als ihr Vater verkündete, er strebe das Amt des Gouverneurs nur an, um »öfter bei seiner geliebten Familie sein zu können«. Aus diversen Andeutungen in den Zeitungen wußte sie sehr wohl, daß seine Karriere in Washington beendet und die Legislative nicht gewillt war, ihn noch einmal nach Washington zu entsenden. Dazu hatte er dort viel zu sehr über die Stränge geschlagen, doch es fiel Bernadette nicht ein, ihn dafür zu verurteilen. Im Gegenteil — sie fand ihn herrlich, und ihrer Meinung nach war er im Recht.

Sie hatte den Tatendrang ihres Vaters geerbt, die rücksichtslose Art, alles zum eigenen Vorteil zu regeln, seinen Geschmack, seinen mangelnden Takt und das schwache Gewissen, die Gleichgültigkeit gegenüber seinen Mitmenschen, sein realistisches Denken und seinen Zynismus. Doch auch ihr Charme, von dem sie mit voller Berechnung Gebrauch zu machen verstand, stammte von ihm; für gewöhnlich lachte sie keck und gefiel sich in frechen Bemerkungen, doch allein ihre strahlende, appetitlich frische Gesundheit zog die Menschen so magisch in ihren Bann, daß sie gern über ihre bissigen Witze, über ihre Unverfrorenheit und Arroganz hinwegsahen. Die Schwestern in der Schule hatten sich oft über Bernadettes »respektloses Benehmen« beklagt, aber sie liebten das Mädchen ebenso, wie ein ganzer Bundesstaat ihren Vater liebte.

Bernadette beobachtete immer noch ihre Mutter. Ungeduldig strich sie sich eine Strähne ihres allzu feinen Haares aus der Stirn, einer Stirn, die zu niedrig, zu rund und zu allem Überfluß noch mit Sommersprossen übersät war. Was, um Himmels willen, tat Mama denn jetzt wieder? Katherine, zu der sich eben ein Gärtner gesellt hatte, beugte sich nieder und inspizierte die ersten Rosen in einem Blumenbeet, und ihren Gesten und ihrer Mimik konnte man entnehmen, daß sie mit mildem Ernst bei der Sache war. Die reinste Hopfenstange, dachte ihre Tochter. Keine Brust, keine Hüften, nichts. Im Sonnenlicht wirkte ihr Teint fahl, nur der Mund leuchtete rot aus dem schon seit langem blutleeren Antlitz. Die Sonnenstrahlen ließen ihr Haar schimmern wie dunkles Gold, und gedankenverloren schob sie sich nun eine kleine Locke hinters Ohr, während sie dem Gärtner aufmerksam zuhörte. Das Kleid war viel zu elegant für diese Tageszeit, stellte Bernadette kritisch fest. Aber sie ging ja immer umher, als ob sie jeden Augenblick Gäste empfangen wollte — sogar zu dieser Stunde! Ein leichter, warmer Windhauch blies ein paar Locken und Kringel aus Katherines Stirn, und neiderfüllt erinnerte sich Bernadette daran, wie sie selbst ängstlich jeden Luftzug vermied, damit er nicht ihr sorgfältig frisiertes Haar, das ihr lang über den Rücken fiel, zerzauste und es glatt und unansehnlich machte. Mama trug nie ein Haarnetz. Morgen, an ihrem siebzehnten Geburtstag, würde sie, Bernadette, auf einem eigenen Haarnetz bestehen. Es würde ihre Locken bändigen und sie zu einer erwachsenen Dame machen. Und verdammt sollte sie sein, wenn sie je in die St.-Amelia-Akademie zurückging. Davon hatte sie endgültig die Nase voll. Mit prickelnder Vorfreude malte sie sich schon aus, wie sie in Philadelphia auf Abendgesellschaften, Diners und Bällen neben ihrem Vater die Rolle der Gastgeberin spielen würde. Und in absehbarer Zeit würde sie heiraten. Alt genug dazu war sie ja, Herrgott noch mal! Sie hatte schon einen Mann ins Auge gefaßt, und bei dem Gedanken an ihn durchlief sie plötzlich ein heißer, bebender Schauer.

Der Mann, dem sie wirklich verfallen war und den sie mit jeder Faser ihres Herzens begehrte, hieß Joseph Francis Xavier Armagh und war der Bruder eines Mädchens, dessen Gesellschaft sie nur aus einem einzigen Grund ertrug und pflegte. Mary Regina war fast genauso stupid wie Mama — und Bernadette beneidete sie glühend um ihre Schönheit. Regina war nicht in eine Schule für höhere Töchter geschickt worden. Ihr Bruder ließ sie zu Hause von einer Gouvernante im guten Ton unterrichten, und Timothy Dineen hatte ihre sonstige Ausbildung übernommen. Schon bald hatte Bernadette erkannt, wie innig Joseph seine Schwester liebte, und diese daher mit Vorbedacht umgarnt.

Nie war sie es müde geworden, Süßholz zu raspeln, ihr kriecherische Schmeicheleien zu sagen oder lautstark ihre freundschaftliche Zuneigung zu beteuern. Regina machte sich nichts aus Gesellschaften in großem Rahmen, doch sie nahm Bernadettes Einladungen stets an und hatte mit einigen Mädchen aus Green Hills, die ebenso ruhig, nachdenklich und intelligent waren wie sie selbst, Freundschaft geschlossen.

Es war nicht nur Josephs Reichtum gewesen, der Bernadette faszinierte, sobald sie ins heiratsfähige Alter kam, sondern auch seine Erscheinung, das Air von Sicherheit, Macht und Würde, das von ihm ausging, seine Härte und seine kalte, souveräne Art. Joseph war wie eine starke Eiche, Sean dagegen wie ein Schilfrohr im Wind. Bernadette verachtete Sean, der nun in Harvard studierte, und das mit wenig Erfolg.

Sie wußte fast auf den Penny genau, wieviel es Joseph gekostet hatte, Seans Aufnahme in Harvard durchzusetzen. Ihrem Vater hatte das ein Kichern entlockt. »Für Iren haben sie dort nichts übrig«, bemerkte er grinsend, »außer sie —« Dabei rieb er vielsagend Daumen und Zeigefinger gegeneinander. »Und schon gar nicht für solche, die noch auf der Grünen Insel geboren sind.« Bernadette, die selbst der zweiten Generation irischer Einwanderer in Amerika angehörte, tat ihre in Irland geborenen Landsleute als Grünschnäbel, Grobiane und ungehobelte Kerle ab, natürlich mit Ausnahme von Joseph Armagh.

Vor einem Jahr hatte sie ihre Zuneigung zu Joseph durchblicken lassen. »Deine Wahl ist gar nicht so schlecht, mein Herzblatt«, hatte ihr Vater lachend gesagt. »Er hat sogar noch mehr Geld als ich, mehrere Direktorenposten und großen Einfluß bei vielen Gesellschaften, und auf keinen Fall ist er ein Dummkopf — dafür aber mächtig stolz. Bin überzeugt, er wird es noch weit bringen. Politisch ist er auch stark engagiert — ehrlich gestanden, bin ich sogar auf seine Unterstützung im *Philadelphia Messenger* angewiesen. Man darf den Einfluß dieser Zeitung nicht unterschätzen. Allerdings — für öffentliche Ämter wird er wohl nie kandidieren, denn schließlich hat er — hm — also —«, Tom besann sich im letzten Moment. Man nahm seiner Tochter gegenüber nicht das Wort Bordell in den Mund. »— hat er gewisse Interessen, die nicht ganz gentlemanlike sind. Nun ja, gedulde dich noch ein wenig, dann werden wir sehen.«

Nun hatte sie sich, zumindest ihrer Meinung nach, lange genug geduldet. Mama war mit siebzehn schon Frau und Mutter gewesen. Puh, dachte Bernadette, ich bin schon fast eine alte Jungfer! Nicht einmal im weitläufigen Sinn verlobt! Aber wer will schon unreife Jungen, wenn es einen Mann gibt wie Joe, der Papa so ähnlich ist!

Dabei erinnerte sie sich voll Freude, daß ihr Vater abends zu ihrer Geburtstagsfeier nach Hause kommen würde. Die Dienerschaft war beauftragt, schon am Nachmittag mit der Dekoration des riesigen, strahlenden Hauses zu beginnen. Man würde Lampions im Garten aufhängen, und sollte es schön bleiben, auf dem Rasen im hinteren Teil des Parks ein Holzpodium für die Musikanten und zum Tanzen aufstellen. Im Dienstbotentrakt und in der Küche summte es bereits vor Geschäftigkeit wie in einem Bienenstock. Sie sah sich schon im Geiste in einem der Zelte bei Kerzenlicht zu den Klängen eines Walzers drehen und huldvoll die dargebrachten Ständchen entgegennehmen. Im Laufe des Nachmittags sollten ihre Schulfreundinnen in Begleitung ihrer Mütter oder Anstandsdamen eintreffen, und auch jedes Mädchen, das aus einer angesehenen Familie in Winfield oder Green Hills stammte, hatte eine Einladung erhalten. Bernadette dachte an ihr Kleid — eines der schönsten Modelle von Worth —, das sie selbst in New York ausgesucht hatte: weißer Satin, flauschig wie Samt, der enge Rock in Girlanden mit winzigen roten Seidenrosen bestickt, Rosen auch unter der bauschigen Turnüre, das Dekolleté großzügig tief, um ihre vollen Brüste zur Geltung zu bringen, das enge Mieder mit winzigen, diamantglitzernden Knöpfen verziert, die Ärmel mit zarten Volants besetzt und so klein, daß sie gerade die Schultern bedeckten. Das Kleid war extra für Bernadette entworfen worden, um ihre Rundlichkeit zu vertuschen und ihre Vorzüge ins rechte Licht zu rücken. Auf den weißen Seidenschuhen würden echte Diamantschnallen glitzern. Ihr Vater würde ihr eine Halskette aus erlesenen Perlen schenken, ihre Mutter ein wundervolles Diamantarmband. Lange, weiße Glacéhandschuhe würden ihre Arme umschließen, und im Haar wollte sie Rosen tragen. Sie mußte einfach unwiderstehlich sein.

Unwiderstehlich für Joseph Armagh.

Er war natürlich der älteste unter den eingeladenen jungen Männern, und außerdem kam er in Begleitung dieser dämlichen Regina. Die übrigen waren »Jungen«, wie sie Mama gefielen — wohlerzogene, aufgeregte Jungen mit feuchten Händen und Pickeln im Gesicht. Mama war wirklich von allen guten Geistern verlassen. Sie selbst hatte einen Mann geheiratet, der ihr Vater hätte sein können, und nun äußerte sie plötzlich vage Bedenken über Josephs »Alter«. Dreizehn Jahre Unterschied! Lächerlich! Eigenartig von Mama, denn sie hatte — gottlob — Joseph ins Herz geschlossen.

Bernadette war die einzige, die das ahnte. Ihrem scharfen Blick entging fast nichts. Was sie aber nicht entdeckt hatte, war die leidenschaftliche, unerschütterliche Liebe Josephs zu ihrer Mutter. Sie sah nur, daß er Katherine höflich und galant, ja mit geradezu zärtlicher Ehrerbietung begegnete. Das war das übliche Benehmen einer Frau in Mamas Alter gegenüber, auch wenn Mama nur ungefähr zwei oder drei Jahre älter war als er. Aber Männer waren anders als Frauen. Bernadette hatte sich beinah schon eingeredet, daß Joseph nur um ihretwillen so übertrieben aufmerksam zu ihrer Mutter war. Sie zweifelte keinen Augenblick daran, daß sie nur den kleinen Finger krumm zu machen brauchte, und Joseph würde ihr zu Füßen liegen — nicht umsonst wurde sie von jungen Männern (meist Brüdern ihrer Schulkameradinnen) aus Boston und New York, Pittsburgh und Philadelphia heftig umworben. Morgen wollte sie den Versuch wagen.

Sie wußte, daß ihr schnippisches, vorlautes Wesen Joseph belustigte, weil es manchmal fast an seine eigene ironische Art herankam, und daß er glaubte, sie sei seiner Schwester aufrichtig zugetan. Ab und zu war ihr aufgefallen, daß ihn ihre Unverschämtheit, ihr Temperament und ihre Vitalität sogar noch mehr erheiterten. Mit ihm unterhielt sie sich ungekünstelt, lachte, kokettierte und flirtete. Plötzlich fiel ihr ein, daß sie schließlich auch reich war, und reiche Männer pflegten keine Aschenputtel zu heiraten. Ihr Vater war Senator und würde bald Gouverneur sein. Ihre Familie war in Washington und im ganzen Bundesstaat hoch angesehen und gehörte zur Creme der Gesellschaft — im Gegensatz zu Joseph. »Einen irischen Proleten« hatte Tom Hennessey ihn einmal herablassend genannt, ohne zu ahnen, daß er selbst von Joseph oft so bezeichnet worden war. »Aber trotzdem — ein heller Kopf und halbwegs anständige Manieren.« Es wäre ihm lieber gewesen, wenn Bernadette Sean den Vorzug gegeben hätte, der altersmäßig besser zu ihr paßte und außerdem wie ein waschechter Angelsachse aussah. »Kein Mensch würde ihn je für einen Iren halten.«

Heute abend wollte sie ihrem Vater eine Idee unterbreiten: Auch sie wollte von Timothy Dineen unterrichtet werden. »Er hat Regina doppelt soviel beigebracht, als ich in Philadelphia gelernt habe. Zu den Armaghs ist es nur ein Katzensprung, und du weißt doch, wie gern ich Regina mag. Außerdem könnte ich bei den besten Freunden sein, die ich in Green Hills habe.« Dann würde sie Joseph zwangsläufig öfter begegnen, falls ihr kleiner Schachzug morgen fehlschlug. Aber warum sollte es schiefgehen? Wer war Joseph denn schon im Vergleich mit Bernadette Hennessey? Doch sie liebte ihn trotzdem, sagte sie sich, ihrer Eitelkeit schmeichelnd, und eine so lautere Liebe mußte einfach erwidert werden. Dazu war das Haus ihres Vaters noch viel größer und prächtiger, und ihre Mutter war eine richtige Dame.

Es hätte Bernadette erheitert und erstaunt, hätte sie geahnt, daß Katherine schon vor zwei Jahren zu wissen glaubte, daß ihre Tochter in Joseph Armagh verliebt war. (Gleich ihr dachte sie, all die Verehrung, Rücksichtnahme und Höflichkeit, die ihr Joseph erwies, entspränge seiner scheuen, wachsenden Zuneigung zu Bernadette.) Einmal hatte sie unverfänglich zu ihrer Tochter gesagt: »Joseph ist so stark und verläßlich und ein wirklicher Gentleman« und hatte voller Liebe und Verständnis gesehen, wie Bernadette heftig errötete. Ihre süße Kleine — sie wirkte so schüchtern und jung, trotz ihrer Keckheit und ihres manchmal so aufbrausenden Wesens. Was die Beschwerdebriefe der Schwestern betraf — gewiß konnte Bernadette schwierig sein, aber das war durch ihre Jugend bedingt und würde sich mit der Zeit bessern, und bis dahin mußte man sich eben in Geduld und Nachsicht üben. Katherine konnte sich keinen Mann vorstellen, der ihres Lieblings würdiger gewesen wäre als Joseph.

Was, zum Teufel, treibt sie denn jetzt schon wieder? Bernadette beobachtete ihre Mutter noch immer durch das Fenster. Ach nein, das war einfach zu lächerlich! Der Gärtnerbursche hatte eine weiße Rosenknospe abgeschnitten und überreichte sie nun Katherine mit einer unbeholfenen Verbeugung. Sie nahm sie lächelnd an, steckte sie sich ans Mieder und bedankte sich offenbar auch noch bei dem Tölpel. Dann senkte sie den schönen Kopf und sog den Duft der Rose ein. Es würde mich nicht wundern, wenn jetzt in ihren Märtyreraugen wieder die Tränen stehen, dachte Bernadette aufs höchste belustigt. Aber was für eine Anmaßung! Das muß ich gleich heute abend Papa erzählen — er wird sich totlachen! Ein Grünschnabel machte ihrer alten Mutter den Hof, und sie ließ es sich auch noch offensichtlich erfreut gefallen. Auf einmal war Bernadette verärgert. Hatte ihre Mutter denn keinen Sinn für Anstand und Schicklichkeit? Aber andererseits herzte und küßte sie ja auch die gräßlichen Rotznasen im Waisenhaus und brachte ihnen Geschenke. Dieser Hang zum Gewöhnlichen — vielleicht hatte sie einen Schuß Proletarierblut.

Dann wurde Bernadettes Aufmerksamkeit auf etwas gelenkt, das sich rasch durch das Gartentor über den Kiesweg auf das Haus zu bewegte. Einen Augenblick später erkannte sie, daß es eine der besseren Droschken war, die am Bahnhof ihren Standplatz hatten. Eine junge Dame saß darin. Bernadette hielt sie zuerst für die Mutter oder die Gardedame einer ihrer Freundinnen, die heute eintreffen sollten. Aber wo war die Freundin? Sie öffnete das Bronzetor und trat auf die weißen Stufen des Portikus hinaus. Der Kutscher half der Dame aus dem Wagen, und Bernadette sah, daß sie sehr schön war, jung, noch nicht über einundzwanzig, verschwenderisch in blaßlila Seide und Spitze gehüllt; sie hatte wundervoll schlanke Fesseln, und unter dem kleinen, schicken Hut quoll eine Fülle aschblonden Haares hervor. Selbst aus dieser Entfernung konnte Bernadette erkennen, wie fein und vollendet ebenmäßig ihre Züge gemeißelt waren. Handschuhe, Seidenmantel und Sonnenschirm waren von der gleichen blaßlila Farbe. Sie war groß, phantastisch proportioniert und machte einen ungemein gepflegten und modischen Eindruck. Obwohl sie sehr viel Haltung besaß, wirkte sie aufgeregt. Das überraschte Bernadette, und ihre Neugier war geweckt.

Katherine wandte sich, gleichermaßen erstaunt, von dem Blumenbeet ab und ging auf die Fremde zu. Sie machte eine scheue, fast unterwürfige Geste mit ihrer mageren Hand. Dann wies sie auf das Haus, aber die Dame, die Katherine ernst und aufmerksam betrachtete, schüttelte leicht den Kopf. Katherine ließ anscheinend verwirrt die Arme sinken. Bernadette konnte die Stimmen der beiden hören, obgleich sie nicht verstand, was gesprochen wurde. Dann verstummte Katherine plötzlich. Der Wind bauschte ihr blaues Kleid, und es sah aus, als spielte er mit dem Leichentuch einer Toten. Bernadette wollte zu ihnen hinlaufen, aber die Schwestern hatten ihr gute Manieren im wahrsten Sinne des Wortes eingebleut, und so ging sie nur vorsichtig weiter die Stufen hinunter und spitzte die Ohren.

Die fremde junge Dame sprach nun allein, und Bernadette fiel auf, wie still ihre Mutter geworden war. Nur das blaue Kleid und ihr Haar wehten leicht im Wind, und plötzlich wirkte sie klein, wie zusammengeschrumpft. Die Stimme der jungen Dame wurde mit einemmal laut und verzweifelt. »Ich flehe Sie an, Mrs. Hennessey, haben Sie Mitleid! Sie sind doch auch eine Frau — bitte haben Sie doch Verständnis für meine schreckliche Situation! Richten Sie mich nicht und auch nicht Ihren Gatten — seien Sie barmherzig. Wahrscheinlich haben wir eine furchtbare Sünde begangen — ja, das haben wir, ich weiß, wir sind schuldig! Und ich bitte Sie von ganzem Herzen um Verzeihung. Haben Sie Mitleid mit einer, die um so vieles jünger ist als Sie! Sie haben doch eine Tochter — können Sie nicht in mir auch eine Tochter sehen, die in ihrem Elend zu Ihnen kommt, um Sie um Hilfe zu bitten!«

»Aber — was hat er Ihnen über uns gesagt — ich meine, über mich und ihn selbst?« fragte Katherine fast unhörbar, indem sie die Hand mit einer rührenden Geste auf ihre flache Brust drückte.

»Nichts, was Sie selbst nicht wüßten, Mrs. Hennessey — daß er Sie verlassen will, sobald er zum Gouverneur gewählt ist, und daß er Sie um die Scheidung ersucht hat, was Sie aber trotz meiner fürchterlichen Notlage abgelehnt haben. Wollen Sie wirklich unserem Kind den Namen seines Vaters verweigern, Sie, die Sie selbst Mutter sind? Kann ein Mensch denn so grausam sein? Ich glaube es nicht, denn Ihr Gesicht ist so gütig, so — zärtlich. Er hat mir gesagt, Sie wollten ihn nicht freigeben, weil Sie auf sein Geld aus sind, und daß Sie einander nie geliebt haben, weil es eine reine Vernunftheirat war, die er seit jeher bitter bereute. Aber das wissen Sie sicher selbst! Er möchte, wie er Ihnen schon erklärt hat, daß *Sie* die Scheidung einreichen, andernfalls wäre *er* dazu gezwungen, selbst wenn er dafür seine Karriere opfern müßte, denn er muß an unser ungeborenes Kind denken. Mrs. Hennessey, ich appelliere an Sie als Frau — haben Sie Mitleid! Geben Sie Tom frei! Er weiß nicht, daß ich Sie aufgesucht habe, aber ich mußte es einfach tun — ich wollte —«

Katherine wiegte sich sanft auf den Fersen. Sie hob die Hand wie in Trance. Ihr zerbrechlicher Körper schwankte. Bernadette trat instinktiv näher, ohne wirklich zu begreifen, was vorging. Dann drehte sich Katherine ganz langsam, ihre Hände griffen hilflos ins Leere, und sie machte zwei unsichere Schritte auf das Haus zu. Ihr Gesicht war kalkweiß und völlig ausdruckslos. Sie stolperte, warf die Arme hoch wie eine Ertrinkende, dann fiel sie in das glänzende Gras, wo sie leblos und schlaff, wie ein Bündel zerknitterter blauer Seide, liegenblieb. Der Gärtnerbursche lief auf sie zu. Auch Bernadette begann zu laufen. Sie blieb neben ihrer Mutter stehen, jedoch ohne sich zu ihr niederzubeugen oder sie zu berühren, und blickte die schöne junge Dame an, die — die Hände vor den Mund gepreßt — entsetzt auf Katherine hinunterstarrte.

»Wer sind Sie?« fragte Bernadette die Fremde, und diese antwortete leise, ohne den Blick von Katherine zu wenden: »Ich — ich bin eine Bekannte von Senator Hennessey — eine Bekannte. Er will seine Frau verlassen, aber sie gibt ihn nicht frei.« Plötzlich nahm sie das junge Mädchen neben sich bewußt wahr. »Wer sind Sie?« flüsterte sie.

»Ich bin Senator Hennesseys Tochter«, sagte Bernadette, »und Sie sind eine Lügnerin.«

Als Joseph Armagh die große Halle des Hennesseyschen Hauses betrat, traf er nur Bernadette — völlig aufgelöst, verweint und mit verschwollenem Gesicht — dort an. Man hatte die Halle halb dekoriert, dann waren die Dienstboten verschwunden. In dem riesigen Gebäude herrschte tiefe Stille, eine Stille, wie sie nur der Tod mit sich bringt.

Bernadette lief Joseph entgegen und warf sich hemmungslos schluchzend an seine Brust. Automatisch umfaßten sie seine Arme, während er verwirrt ihrem Gestammel lauschte. Plötzlich horchte er auf.

»Sie hat gelogen, gelogen!« Bernadette schrie es fast. »Mein Vater — sie hat gelogen — sie ist nur eine Abenteurerin. Sie hat meine Mutter umgebracht. Ich habe alles gehört —«

»Deine Mutter hat nach mir geschickt«, sagte Joseph. Bernadette lag noch immer an seiner Brust. Ihr Morgenkleid war verdrückt und naß von Tränen. »Sie hat gelogen!« wiederholte sie keuchend und klammerte sich noch fester an ihn. »Mein Vater würde niemals so etwas tun —« Sie preßte den Kopf fest an Josephs Brust, und während er ihrer zuerst wütenden, dann flehenden Stimme lauschte, versteinerte sich sein irisches Gesicht in maßlosem Zorn. Er starrte über Bernadettes Scheitel hinweg ins Leere, als ob er dort etwas Unverzeihliches sähe, das zu schrecklich war, um wahr sein zu können. Das Mädchen sprudelte weiter verzweifelt schluchzend seine Anklagen hervor, verteidigte den Vater, jammerte um die Mutter, und ganz plötzlich kam es Joseph zu Bewußtsein, wie jung Bernadette noch war, wie hilflos, wie wild und hysterisch. Er legte die Hand auf den Kopf, der an seiner Brust ruhte, und sein Gesicht verfinsterte sich immer mehr. »Nur ruhig, ruhig«, sagte er. »Wo ist dein Vater?«

»Sie will ihn nicht sehen!« kreischte Bernadette. »Und er wagt sich nicht in ihr Zimmer! Der Arzt ist da und der Priester — er gibt ihr die Letzte Ölung — So etwas von meinem Vater zu behaupten! Und meine Mutter glaubt es tatsächlich — oh, meine arme Mutter!« Die langen Locken waren längst zerzaust und aufgegangen. Bernadettes glattes, feines Haar hüllte sie ein wie ein brauner Schleier, und die Strähnen, die ihr in Stirn und Wangen fielen, waren feucht von Tränen und Schweiß. Ihr Gesicht war nicht nur verschwollen, sondern auch mit hektischen roten Flecken übersät, und sie schien vor Wut, Schmerz und Haß völlig außer sich zu sein. Sie packte Joseph an den Armen und schüttelte ihn. Ihre weitaufgerissenen braunen Augen waren blutunterlaufen und hatten einen fast irren Ausdruck.

»Meine Mutter glaubt ihm nicht! Er hat immer wieder versucht, ihr zu erklären — aber sie läßt ihn nicht in ihr Zimmer! Als er hineingehen wollte, hat sie geschrien — Es war furchtbar! Mein armer Vater! So viele Feinde — das verdient er nicht — du mußt ihr sagen — der Arzt läßt ihn nicht zu ihr. O mein Gott! Hilf mir, Joseph, hilf mir! Ich weiß nicht mehr, was ich tun soll! Ich — ich bin hineingegangen, und sie wollte mich küssen und mich umarmen — aber ich konnte es nicht, ich konnte es einfach nicht — ich hatte solche Angst —«

Joseph nahm sein Taschentuch und wischte ihr die tränennassen Wangen ab, während sich Bernadette krampfhaft schluchzend nur noch enger an ihn drängte. Er sah sich nach einer Hausangestellten um, die ihm dieses weinende Kind abnehmen und es trösten konnte, aber alle Türen waren verschlossen. Der helle Schein des Gaslüsters fiel auf den kalten, weißen Marmorboden der Halle. Weit und breit war kein Laut zu hören. Die Bilder an den Wänden starrten stumm auf ihn nieder, die seidenbespannten Sofas schimmerten matt. Selbst die kleinen Bäumchen und die Pflanzen in den Porzellantöpfen wirkten verwelkt. Joseph begann gedankenverloren sanft über Bernadettes wirres Haar zu streicheln, und nach einer Weile beruhigte sie sich ein wenig und schluchzte nur mehr leise vor sich hin. Er hatte vorhin vor dem Haus zwei Wagen gesehen, doch es schien, als wäre außer ihm und Bernadette niemand hier.

Dann wurde eine Tür einen Spalt geöffnet, und ein Dienstmädchen steckte vorsichtig den Kopf herein. »Verdammtes Luder!« fuhr Joseph sie an. »Komm gefälligst her und hilf Miß Bernadette!« Die Frau näherte sich langsam und mit scheelem Blick, wobei sie sich unbewußt mit der Zunge die Mundwinkel leckte. »Ich wollte nicht stören«, jammerte sie und betupfte sich mit der weißen Schürze die trockenen Augen. Ihr Gesicht verriet deutlich die gehässige Genugtuung des Dienstboten, der seine Herrschaft in Not sieht. Sie streifte Bernadette mit einem schadenfrohen Blick, doch dann setzte sie eine mitfühlende Miene auf und legte dem Mädchen die Hand auf die Schulter.

»Kommen Sie, Miß Bernadette, Sie müssen sich ausruhen.« Bernadette löste sich von Joseph und stieß sie wütend von sich. »Laß mich!« schrie sie mit haßverzerrtem Gesicht. »Mach, daß du fortkommst!«

Sie klammerte sich wieder an Josephs Arm und schaute verzweifelt zu ihm auf. »Verlaß mich nicht, Joseph, verlaß mich nicht!«

Wo blieb nur dieser elende Bastard von ihrem Vater? Warum kam er nicht, um sie zu trösten und ihr zu helfen?

»Nein, nein, ich bleibe bei dir«, beruhigte Joseph sie. »Aber deine Mutter hat schon vor einer Stunde nach mir geschickt. Wo ist dein Vater?«

»In seinem Zimmer. Das heißt — ich weiß nicht — wahrscheinlich ist er dort. Er kann es nicht ertragen — er ist völlig ratlos —«

Das glaube ich gern, dachte Joseph, und wieder überkam ihn jene wilde Lust zu töten.

Er führte Bernadette zu einem Sofa und nötigte sie, sich zu setzen. Sie ließ den Kopf auf die Knie fallen, ihre Arme hingen kraftlos herab. Er wandte sich an das Hausmädchen, dem fast die Augen aus den Höhlen traten. »Bleib bei Miß Bernadette«, wies er sie an. »Laß sie keinen Augenblick allein.« Er machte eine Pause. »Wo ist Mrs. Hennesseys Schlafzimmer?« Mitleidig sah er auf Bernadette hinunter. Von Schmerz übermannt, völlig gebrochen saß sie da, das Gesicht im Schoß geborgen, wehklagend und verzweifelt.

»Die zweite Tür links, im Obergeschoß«, antwortete das Mädchen und ging vorsichtig, als fürchtete sie, Bernadette würde ihr an die Kehle springen, auf das Sofa zu. Sie setzte sich neben sie, faltete die Hände in ihrer Schürze und blickte mit leeren Augen zu Joseph auf. Ihr Gesicht nahm einen heuchlerischen Ausdruck an, und sie seufzte. Erbarmungslos strahlte das Gaslicht, und immer noch war kein Laut zu vernehmen. Ein Fest hätte in diesem Hause gefeiert werden sollen. Wer hatte die Gäste wieder fortgeschickt? Bernadettes wimmerndes Schluchzen füllte die große Halle. Die Reichen haben keine Freunde, dachte Joseph. Aber wer hat schon welche?

Er stieg die von einem vergoldeten Geländer eingefaßte breite, marmorne Treppe hinauf und erreichte einen zweiten, ebenso breiten, langen Gang, dessen weißer Fußboden zum Teil mit einem orientalischen Läufer bedeckt war. An den Wänden hingen ausgezeichnet gemalte Landschaftsbilder. Sofas säumten eine Seite des Korridors, kunstvoll geschnitzte, schwere und jetzt verschlossene Türen die andre. Joseph bemerkte zunächst Tom Hennessey nicht, der, ein Bild der Verzweiflung, den Kopf in die Hände gestützt, auf einem kleinen Sofa saß, und auch nicht den Priester neben ihm, der vor sich hin starrte, als ob er allein wäre. Hier war das Licht der Deckenlampe nicht so hell; der Gang lag in flackerndem Halbdunkel. Als Joseph die beiden Männer erblickte, blieb er stehen. Er sah Tom Hennessey an. Ein Kokon aus Feuer und ätzender Säure würgte ihn in der Kehle, und die elementare Gewalt seines Hasses blendete ihn.

Der Priester, ein kräftiger Mann in mittleren Jahren, der erst vor kurzem an die neue St.-Leo-Kirche nach Winfield gekommen war, erhob sich und streckte Joseph seine Hand entgegen. »Ich bin Vater Scanlon. Sind Sie Mr. Armagh, den Mrs. Hennessey zu sehen verlangt?«

»Ja«, antwortete Joseph und schüttelte die ihm dargebotene Hand. »Wie geht es Mrs. Hennessey?«

Der Priester schaute auf den Senator, der sich noch tiefer zusammenduckte. »Sie hat die Sterbesakramente empfangen«, sagte er. Seine ernsten, ruhigen Augen musterten Joseph. »Es ist nicht zu erwarten, daß sie — am Leben bleibt.«

Er ging voran, öffnete eine Tür, und ließ Joseph eintreten. Er hatte den Blick gesehen, mit dem Joseph den Senator gemessen hatte, und seufzte im stillen. Joseph stand in einem matterleuchteten, geräumigen Schlafzimmer. Die drei Bogenfenster waren mit Vorhängen aus goldener Seide eingefaßt. In einem weißen Marmorkamin brannte ein kleines Feuer. Ein einziges Gaslicht auf kleiner Flamme erhellte den schönen Raum, in dem nur gedämpfte Farben, Grün, Rosa und Grau, dem Auge schmeichelten. In der Mitte des Zimmers stand, unter einem kostbaren Baldachin, das Bett, und darin lag Katherine Hennessey und starrte ins Leere. Ihr Arzt saß neben ihr und hielt die Hand an ihrem Puls.

Wie eine leuchtende Krone lag ihr lohfarbenes Haar ausgebreitet auf den weißen Seidenkissen, ihr blasses Gesicht war völlig still, und es schien Joseph, der langsam näher kam, als ob sie schon tot wäre. Aber sie fühlte seine Anwesenheit. Ihre jetzt glanzlosen und leeren Augen hellten sich ein wenig auf; sie flüsterte seinen Namen. Schweigend und von wildem, quälendem Kummer erfüllt beugte er sich über sie; mit ihrer freien Hand griff sie nach der seinen. Sie war eiskalt. »Ich bin gekommen, Katherine«, sagte er, und es war das erste Mal, daß er ihren Vornamen aussprach. Er tat es ohne Skrupel und mit der ganzen Kraft seiner Liebe für sie. Ihre Augen leuchteten stärker. Sie drehte den Kopf zum Arzt und flüsterte: »Allein bitte!« Die seidene Bettdecke reichte ihr bis zum Hals, aber sie fröstelte in der warmen Luft.

Der Arzt schüttelte traurig den Kopf. »Nur ein paar Minuten«, wisperte er. Im Zimmer roch es nach Blumen, Salmiakgeist und einer Vielzahl unnützer Medizinen. Der Arzt ging, und Joseph kniete neben dem Bett nieder. Katherine hielt seine Hand fest, als ob nur er sie am Leben erhalten könnte. Die Eiseskälte ihrer Finger rief ihm die Erinnerung an seine sterbende Mutter ins Gedächtnis. Das kleine Feuer im Kamin zischte und sprühte Funken, und ein warmer Sommerwind summte leise gegen die verschlossenen Fenster.

Katherines Gesicht war das eines leidenden und gepeinigten Mädchens, ihre Lippen waren grau unter einer spitzen Nase. Ihr Atem kam stoßweise. Sie wandte den Blick nicht von Joseph ab, und ihre Augen bohrten sich flehend und hoffnungsvoll in die seinen.

»Ja«, sagte Joseph, »ja, Liebste. Was gibt es?«

»Bernadette«, flüsterte sie, »mein kleines Mädchen, mein Kind. Sie liebt Sie, Joseph, und ich weiß, daß auch Sie sie lieben und nur darauf gewartet haben, mit mir sprechen zu können —« Fast verschloß sich ihr die Kehle, sie keuchte und kämpfte.

Joseph kniete sehr still neben ihrem Bett und sah sie an. Seine Hand spannte sich um die ihre, um ihr die Kraft zu geben, noch ein wenig zu verweilen. Nur langsam und mit dumpfem, ungläubigem Staunen nahm sein Verstand die Worte auf.

»Nehmen Sie sie«, flüsterte die Sterbende. »Sie wird — sicher — sein bei Ihnen, mein Freund. Sie ist so jung — so unschuldig — Joseph? Versprechen Sie es mir?«

»Ja, Katherine«, antwortete er. Ein schwacher Luftzug brachte das Gaslicht zum Flackern. Wie Marmor schimmerte das fahle Antlitz Katherines. »Ich verspreche es.«

Sie seufzte tief auf. In rührender Hoffnung und Gewißheit hafteten ihre Augen an ihm. Sie versuchte zu lächeln. Dann seufzte sie noch einmal und schloß die Augen.

Er kniete neben dem Bett und hielt ihre Hand und sah nicht, daß der Arzt mit dem Priester ins Zimmer trat. Er hörte nicht, wie das Totengebet gesprochen wurde, und er sah auch Tom Hennessey nicht, der mit hängenden Schultern an der Schwelle stand und nicht wagte, sie zu überschreiten. Er sah nur Katherines Gesicht, das nun kleiner und kleiner wurde, aber auch stiller und friedlicher. Er sah auch das große goldene Kruzifix über dem Bett nicht. Nichts existierte für ihn, außer Katherine Hennessey.

Nur er vernahm ihren letzten Atemzug. Er kniete reglos. Ihre Hand lag schlaff in der seinen. Dann ließ er den Kopf neben ihr auf das Kissen fallen und schloß die Augen. Ein entsetzlicher Schmerz zerriß seine Eingeweide; er hatte das Gefühl, selbst gestorben zu sein. Seine Wangen berührten die ihren; er drehte langsam den Kopf und berührte ihr erkaltendes Fleisch mit seinen Lippen.

»Erbarme dich, o Herr —«, betete der Priester, und Joseph sah sich auf dem Schiff neben seiner Mutter, in Finsternis, Leid und Trauer.

Als er später, langsam und vorsichtig wie ein Greis, die Treppe hinabstieg, sah er in der Halle Tom Hennessey neben seiner Tochter sitzen. Er hielt sie in seinen Armen und beruhigte sie, die schluchzend den Kopf an seine Brust gelegt hatte.

»Es ist nicht wahr, mein Liebling«, sagte der Senator. »Es war alles gelogen. Die Frau wollte, daß ich deine Mutter verlasse — sie ist verrückt, von blinder Leidenschaft erfüllt — ich versuchte, mich ihrer zu entledigen — ich schrieb ihr einen dummen Brief, weil sie mir leid tat — ich gebe zu, ich war ein wenig beschwipst — deine selige Mutter, Liebling, war schon immer von zarter Gesundheit, ihr Herz, weißt du, aber sie hatte Verständnis. Du darfst nicht traurig sein. Es ist am besten so — ein Ende ihrer Leiden —« Noch nie hatte seine Stimme so voll, so wohltönend geklungen, und Bernadettes Schluchzen ebbte ab.

Dann bemerkte der Senator Joseph, der schweigend neben ihm stand. Die Blicke der beiden Männer trafen sich, und keiner sprach. Lange Zeit sahen sie sich an. Schließlich ging Joseph fast lautlos zur Tür, öffnete sie, trat hinaus in die warme Sommernacht und schloß die Tür hinter sich. Der Senator aber starrte noch eine gute Weile auf die Tür, denn nie zuvor hatte ein Mann ihn so angesehen.

XXVIII

Mr. James Spaulding war alt, doch seine begehrlichen Augen unter den schweren Lidern funkelten so hell und verständnisvoll und arglistig wie eh und je, und er trug sein Haar immer noch schamlos gefärbt. Das gummiartige Gefüge seiner nun schon etwas runzligen und schlaffen Züge schien sich in ständiger Bewegung zu befinden — er schürzte und spitzte die Lippen, legte die Stirn in Falten, blies die Wangen auf, schnaubte und prustete. Sein Haar fiel jetzt dichtergleich über die großen Ohren und fast bis auf die Schultern. Er trug einen langen, schweren Gehrock, gestreifte Hosen, eine Krawatte in gedämpften Farben und schmale glänzende Schuhe.

Er war sehr reich, denn er erhielt nicht nur, wie im Testament festgelegt, eine ansehnliche »Pension« aus Mr. Healeys Nachlaß; auch Joseph zeigte sich großzügig. Er hatte Mr. Healeys freundliche Warnung nicht vergessen: »So treu und bewährt sie auch scheinen mögen, du mußt deine Freunde immer wieder von neuem kaufen. Du kannst sie kaufen, indem du ihnen gute Dienste erweist, aber Bargeld ist Bargeld. Eines ist sicher: Mit schönen Worten, mit Beteuerungen, wie sehr du sie schätzst und verehrst, kannst du sie nicht kaufen. Davon haben sie nichts.« So fuhr Joseph also fort, Mr. Spaulding zu kaufen, und hatte keinen Grund, sich über dessen Zuverlässigkeit und die Art, wie er seine, Josephs, Interessen wahrnahm, zu beklagen. Sie vertrauten sich nicht und sie liebten sich nicht, denn Mr. Spaulding hatte auch die sonderbare Rechtschaffenheit entdeckt, die selbst Josephs gewagtesten und schurkenhaftesten Manipulationen zugrunde lag, und Mr. Spaulding vertraute prinzipiell keinem Menschen, der nicht ein ebenso großer Gauner war wie er selber.

Joseph hatte das von Mr. Healey Ererbte verdoppelt und war auf dem besten Weg, es zu verdreifachen. »Ein zweiter Midas«, schwärmte Mr. Spaulding bewundernd. »Nur ein Ire kann soviel Glück haben, wie

Ed immer sagte. So er sich nicht von seinem Gewissen stören läßt«, fügte er im Ton eines Biedermannes hinzu. Er fürchtete Joseph, er, der nie einen Menschen gefürchtet hatte, und das erhöhte noch seine Hochachtung und seine Abneigung. Er konnte nicht verstehen, warum Joseph nicht zu jener Gruppe in ihrer Habgier unersättlichen Männer gestoßen war, die den niedergezwungenen Süden ausgeraubt hatten. Noch weniger verstand er den Haß, den Joseph für Thaddeus Stevens aus Pennsylvanien empfand, den Führer der Republikaner im Repräsentantenhaus und früher ein erbitterter Gegner des versöhnlichen und leidgeprüften Abraham Lincoln, der nichts anderes wollte, als die Wunden heilen, die der Bruderkrieg geschlagen hatte.

Stevens war es, der in bezug auf den bedrängten Süden erklärt hatte: »Ich habe niemals für blutige Strafen in größerem Ausmaß plädiert, aber es gibt Bestrafungen, die ebenso entsetzlich sind wie der Tod und länger im Gedächtnis bleiben! Sie sind auch empfehlenswerter, denn sie treffen eine größere Anzahl von Schuldigen. Nehmt einem dünkelhaften Volk seinen übermäßigen Besitz, zwingt es auf eine Stufe mit gewöhnlichen Republikanern, laßt es Sklavenarbeiten verrichten, schickt seine Kinder in die Fabriken — nur so könnt ihr die hochmütigen Verräter demütigen.« Er trat dafür ein, der Kongreß möge die »verdammten Rebellenprovinzen« zerstückeln und sie mit Siedlern aus dem Norden bevölkern. »So als ob der ganze Süden«, tadelte Joseph, der dabei an Irland dachte, »ein erobertes, fremdes Land wäre.« Stevens versuchte den Kongreß zu zwingen, die großen Pflanzungen des Südens in kleine Parzellen von fünfunddreißig Morgen aufzuteilen und diese, zu zehn Dollar der Morgen, an Freigelassene zu verkaufen. »Ich würde es gerne sehen«, erklärte Stevens, »wenn die weißen Herren des Südens genötigt wären, nach der Heimat ihrer Vorfahren, den Britischen Inseln, zurückzukehren! Oder vielleicht nach Frankreich.«

»Er ist ein gemeiner Hund«, sagte Joseph, »und von Haß gegen sich selbst erfüllt — wie nicht anders zu erwarten.« Aber Joseph dachte auch an die Iren, deren Besitz von den Engländern konfisziert und an Schotten und Engländer verkauft worden war, worauf man sie, dem Hunger preisgegeben, mit Frauen und Kindern und greisen Eltern auf die Straße gesetzt hatte. Mr. Spaulding mußte zugeben, daß ihm selbst jedes Verständnis für Stevens' scharfe Aggressivität abging. Er konnte die Haltung eines Mannes nicht begreifen, der an der Kampagne gegen Präsident Andrew Johnson, der den schüchternen Versuch unternommen hatte, die von Barmherzigkeit geprägten Pläne des toten Lincoln in die Tat umzusetzen, führend beteiligt und sogar so weit gegangen war, zusammen mit anderen Abgeordneten des Kongresses, den Präsidenten, allerdings vergeblich, des Verfassungsbruches zu beschuldigen. »Ich *kann* seine Haltung begreifen«, sagte Joseph, der Karl Marx' *Das Kapital* gelesen hatte und sich seiner Gespräche mit Mr. Montrose erinnerte. »Er haßt sich selbst, denn er weiß, was er ist, und um sich diesem Haß zu entziehen, haßt er andere, insbesondere Menschen höherer Abkunft und edleren Blutes.« Er sah nur geringe Unterschiede zwischen Karl Marx' Kommunistischem Manifest von 1848 und den Forderungen eines Thaddeus Stevens. »Allerdings«, pflegte er einschränkend zu bemerken, »kam Marx aus einer besseren Familie und besaß eine feinere Lebensart.«

Von erbarmungslosen Rachegefühlen beseelt, strebte Thaddeus nach der Macht über die Hilf- und Wehrlosen. Mr. Spaulding erinnerte sich, wie Joseph zu ihm gekommen war und gesagt hatte: »Finden Sie über Stevens alles heraus, was Sie können. Seine Vergangenheit, seine Jugend, seine Amouren, seine Ambitionen, seine Privatangelegenheiten.« Denn für Joseph war Stevens die Verkörperung des englischen Eroberers geworden, ungerecht, erbarmungs- und gnadenlos.

Mr. Spaulding hatte seinen Auftrag gewissenhaft ausgeführt. Niemand — nicht einmal Joseph — wußte genau, was geschehen war, aber an einem drückendheißen Augusttag des Jahres 1868 starb Stevens, bis zuletzt von wortgewaltiger Brutalität und napoleonischer Machtgier, auf dem Höhepunkt seiner Haßkampagne. Doch das Böse in ihm lebte nach ihm fort, und das von den radikalen Republikanern im Norden eingebrachte Bürgerrechtsgesetz hätte beinahe den geschlagenen Süden zerstört und eine nur einigermaßen geeinte Nation für immer zerrissen.

Es war dies nicht das letzte Mal gewesen, daß Joseph seine Macht für oder gegen einen Politiker eingesetzt hatte. Er hielt nun die Zeit für gekommen, jenen Mann zu vernichten, den er mehr als jeden anderen haßte, den Mann, der, ohne Stevens' Partei anzugehören, diesen mit der heimlichen Absicht, bei der Ausplünderung des Südens mit von der Partie zu sein, tatkräftig und nachdrücklich unterstützt und mit ihm gestimmt hatte, als es darum ging, Präsident Johnson wegen angeblichem Verfassungsbruch unter Anklage zu stellen. Um seine Machtposition auszubauen, war Joseph amerikanischer Bürger geworden. Er hatte für diesen warmen Augusttag seinen Besuch bei Mr. Spaulding angekündigt und sollte nun in Bälde zusammen mit seinem Sekretär, Timothy Dineen, in der Kanzlei des Advokaten erscheinen.

Mr. Spaulding war oft über Josephs »Geheimniskrämerei« verstimmt und nahm es ihm übel, daß er erfahrenere und weisere Köpfe — wie etwa Mr. Spaulding — nur selten um Rat fragte und anscheinend unbekümmert draufloskaufte und -manipulierte. So wußte Mr. Spaulding nicht, daß Joseph in Virginia ausgedehnte Ländereien zu einem sehr niedrigen Preis erworben und sie zu einem noch niedrigeren an Mr. Montrose — Clair Deveraux — verkauft hatte. Es gab nur eine einfache Notiz in Josephs persönlichen Aufzeichnungen: *Investition in Virginia — großer Verlust.* Darüber wunderte sich Mr. Spaulding gar sehr, denn Joseph war wahrscheinlich der einzige, der im Süden Verluste erlitten hatte. Da es jetzt im Norden für gefährlich galt, der Demokratischen Partei anzugehören, war Joseph Demokrat geworden und hatte Mr. Spauldings ungläubiges Kopfschütteln mit der Bemerkung quittiert: »Ich verachte die Whigs.« Für Joseph war die Tragödie Amerikas zu einem Konflikt zwischen England und Irland geworden. Hätte ihn aber ein schlauer Kopf auf diese Tatsache hingewiesen, Joseph würde schallend gelacht haben, denn, wie er immer wieder betonte, er war keinem Land verpflichtet und liebte keines; sie waren allesamt nur Spekulationsobjekte. Nur Mr. Healey würde ihn durchschaut und verstanden haben. Mr. Spaulding wußte alles über die Schurkereien und Niederträchtigkeiten der Menschen, doch nur wenig von den in ihrem Unterbewußtsein schlummernden Beweggründen für ihre Handlungen.

Während der Advokat die Ankunft seines Mandanten erwartete, las er die letzte Ausgabe des *Philadelphia Messenger,* der führenden Zeitung Pennsylvaniens. Mit Stolz wies der *Messenger* darauf hin, daß es Mr. Joseph Armagh war, der Ermittlungen über den jungen Jay Gould — »den kühnen Wall-Street-Finanzmann« — angestellt und Präsident Grant das Ergebnis seiner Untersuchung zu Kenntnis gebracht hatte, derzufolge es erwiesen schien, daß Mr. Gould das gesamte im Land in Umlauf befindliche Gold im Werte von fünfzehn Millionen Dollar aufgekauft und auf diese Weise den Preis in die Höhe getrieben hatte. »Auch hat Mr. Armagh das Weiße Haus davon in Kenntnis gesetzt, daß es der eigene Schwager des Präsidenten war, der für Mr. Gould in Washington herumspionierte und so mit ihm zusammenarbeitete. Diese Manipulationen hatten zur Folge, daß das gesamte Währungssystem und die Kapitalstruktur des Landes erschüttert wurden. Dank der Informationen, die Mr. Armagh dem Präsidenten zuleitete, war das Finanzministerium in der Lage, sich einzuschalten, Gold aus Regierungsbeständen zu verkaufen und so das Land zu retten, das anderenfalls schwere Verluste zu gewärtigen gehabt hätte.« Leider, so führte die Zeitung im weiteren aus, war Mr. Gould von seinen Gewährsleuten in der Regierung rechtzeitig gewarnt worden und hatte sofort — und mit enormem Gewinn — verkauft. Andere Spekulanten, die über weniger gute Kontakte zu Washington verfügten, wurden in den Konkurs getrieben.

»Wer hat die Macht in unserem Land?« fragte der *Messenger* empört. »Die Banken oder die rechtmäßig gewählten Volksvertreter?« Über soviel Naivität hatte Joseph nur lachen können. Mit ihm befreundete Bankiers, die aus dem Ausland kamen und mit denen er häufig in New York zusammentraf, hatten ihm die Informationen über Jay Gould gegeben. »Amerika«, sagten sie, »ist finanziell noch nicht so stark, als daß man es ausplündern dürfte. Das kommt später — wann genau, wissen wir nicht — mit der Errichtung einer staatlich privilegierten Notenbank in Amerika, eines Zentralbanksystems, dem der Kongreß das Banknotenmonopol übertragen wird. Dies läßt sich nur durch ein Verfassungsänderungsgesetz durchführen.«

Ohne Repressalien fürchten zu müssen, konnte man sich in diesen Jahren nur in New York und in einigen anderen nördlichen Städten der Neu-England-Staaten — insbesondere Massachusetts — zur Demokratischen Partei bekennen. Und da die Demokraten auch nur Menschen waren, fiel es den Gewissenlosen, Habgierigen und Machtlüsternen unter ihnen nicht schwer, sich an den Beutezügen zu beteiligen. Im Vergleich zu ihnen nahmen sich sogar die radikalen Republikaner wie armselige Krämer aus. In zwei kurzen Jahren erleichterten die Organisation eines gewissen William M. Tweed und einige seiner Parteifreunde die notleidende Stadt New York um fünfundsiebzig Millionen Dollar. Der Gesamtumfang ihrer Diebereien zwischen 1865 und 1871 wurde von Untersuchungsbeamten auf nahezu zweihundert Millionen geschätzt. Bauunternehmer und Handwerker, die Aufträge von der Stadtverwaltung erhielten, wurden von Tweed so schamlos unter Druck gesetzt, daß sie auf ihre Rechnungen hundert Prozent aufschlagen mußten, um ihre »Abgaben« an das Tweed-Syndikat leisten zu können. In einem Fall bezahlte die Stadt fast zwei Millionen Dollar für den Verputz eines einzigen Amtsgebäudes und mehr als einundeinhalb Millionen für etwa fünfunddreißig Tische und die entsprechende Anzahl von Stühlen. Tweed war, wie auch Jay Gould und ein gewisser Fisk, Direktor der Erie-Eisenbahn und bestach Politiker und Richter und so manchen Abgeordneten.

Er und seine Kumpane taten dies mit solcher Selbstsicherheit, mit so viel Jovialität und Charme und Liebenswürdigkeit, daß die beklagenswerten Bürger New Yorks ihre Ausbeuter liebten, ja sogar verehrten — wurden sie denn nicht, wenn der Wahltag herankam, mit Brot und Fleisch, mit Geld und Bier und Whisky, mit Kohlen und anderen Geschenken für ihre Stimmen belohnt? Der Gedanke, daß sie das alles selbst hätten kaufen können, wenn sie vom Tweed-Ring nicht bestohlen worden wären, kam diesen einfachen Leuten gar nicht in den Sinn, und sie wurden richtig böse, wenn jemand sie auf diese Tatsache hinwies.

»Wenn Menschen«, hatte Joseph einmal gelesen, »bestohlen, unterdrückt und ausgebeutet, in Kriege gehetzt, in Panik und Verzweiflung versetzt, in Not und Elend getrieben werden, ist das allein ihre Schuld, denn sie sind über alle Maßen dumm und nicht imstande, weiter zu sehen, als ihre gefräßigen Bäuche reichen.«

Eine gutunterrichtete Wählerschaft, die nur rechtschaffenen Männern ihre Stimme gibt, ganz gleich, ob sie kapitalsstark oder -schwach sind, das ist nur ein schöner Traum. Die Menschheit verehrt ihre Verräter und mordet ihre Retter. Es lag nicht in Josephs Absicht, ein Retter Amerikas zu sein. Seine Ansicht war: Das Lumpenproletariat hat überhaupt keine Existenzberechtigung!

Es war eine Art Rachegefühl, das ihn bewogen hatte, als Direktor zweier Eisenbahngesellschaften die entsetzlichsten Vergeltungsmaßnahmen gegen die Molly Maguires, die verzweifelten und streikenden irischen Eisenbahnarbeiter in Pennsylvanien, gutzuheißen. Wenn die Molly Maguires nicht mit der gleichen Erbitterung kämpften und mordeten wie ihre Unterdrücker, wenn sich diese Iren mit Versprechungen auf bessere Verpflegung abspeisen ließen, dann verdienten sie ihr Schicksal. *Ich* habe einen Weg gefunden, dachte Joseph. Sollen sie doch auch einen finden! Das war auch der Grund, warum er das Tweed-Syndikat nicht hundertprozentig verurteilte. Es waren Iren, die sich geweigert hatten, für alle Zeiten arm zu bleiben und getreten zu werden. Sie hatten ausgeplündert, wie sie ausgeplündert worden waren. Jay Gould und seine Kumpane waren von ihm denunziert worden, nicht weil er ihre Handlungsweise verwerflich fand, sondern weil sie seine eigenen Gewinne zu schmälern gedroht hatten.

Doch der *Philadelphia Messenger* und die Pittsburgher Zeitungen katzbuckelten vor Joseph Francis Xavier Armagh, schrieben ihm die lautersten und patriotischesten Motive zu — »obwohl er gebürtiger Ire ist!« — und stellten die Frage, warum er sich nicht »zum Wohl seiner Wahlheimat« um ein Staatsamt beworben habe. (Die Zeitungen zitierten einen Minister, der wutentbrannt ausgerufen hatte: »Mit Glacéhandschuhen kommt man bei Abgeordneten nicht weiter! Sie sind alle miteinander Diebe und jeder Bestechung zugänglich, wie wir nur zu gut wissen. Für diese Leute braucht man einen Stock, mit dem man ihnen kräftig auf die Schnauze haut!« Das Volk nahm so etwas natürlich nicht zur Kenntnis.) Bei der Lektüre dieser Ergüsse am Abend vor dem geplanten Besuch bei Mr. Spaulding war ein düsteres Lächeln über Josephs Gesicht gegangen. Er selbst war, um seinen Eisenbahnen gewisse Privilegien zu erhalten, unter jenen gewesen, die einige korrupte Abgeordnete bestochen hatten. (Credit Mobilier, eine Eisenbahnbaugesellschaft, hatte das Finanzministerium um vierundzwanzig Millionen Dollar erleichtert — mit Hilfe eines Abgeordneten. Dieser Abgeordnete hatte seine eigenen Kollegen im Kongreß mit Gratisaktien bestochen, die sechshundert Prozent Dividenden im Jahr abwarfen.)

Joseph Armagh erstrebte kein Staatsamt. Es war weit einträglicher, die Regierung von außen zu manipulieren. Jahre später wies er seinen Sohn Rory auf die Bedeutung dieses Faktums hin. »Das amerikanische Volk bettelt geradezu darum, verführt zu werden. Warum sollten wir seine Liebe zurückweisen? Das war schon zu meiner Zeit so und hat sich auch heute nicht geändert.«

Rory wies darauf hin, daß ein Ire, Sheriff James O'Brien, der

New York Times die geheimen Aufzeichnungen des Tweed-Rings zugeleitet hatte, die sie dann 1871 veröffentlichte. Das war für den Ring das Ende. Das Syndikat hatte die Veröffentlichung verhindern wollen und vergeblich versucht, den unerschrockenen Herausgeber des Blattes mit fünf Millionen Dollar zu bestechen. Die *Times* brachte die verzweifelten New Yorker auf die Barrikaden und Tweed ins Gefängnis. (Er flüchtete später, als Matrose verkleidet, nach Spanien, doch selbst dort spürten ihn die Zeitungen auf. Er wurde verhaftet und ausgeliefert und starb 1878 in einem New Yorker Gefängnis.)

»Natürlich«, sagte Joseph dann noch zu seinem Sohn Rory, »dürfen wir nie die Vierte Großmacht vergessen, wie Edmund Burke die Presse nannte. Wenn alle Zeitungen zusammen jemals die Regierung und ihre Diebe — und uns — bloßstellen würden, ich gebe zu, das wäre das Ende. Aber wir haben Mittel und Wege, die Presse zu kaufen. Selbstverständlich nicht alle, aber doch eine gute Anzahl. Ja, wir können Zeitungen kaufen — und die schreiben dann, was wir wollen.« Er lachte. »Es mag dir aufgefallen sein, daß die Gazetten oft von einer ›Welt im Wandel‹ sprechen. Aber die Welt wandelt sich niemals. Sie besteht immer aus den gleichen zwei Gruppen: aus den Fressern und jenen, die gefressen werden. Das ist, wie du als Kind in der Kirche gehört hast, die Erbsünde — und dafür müssen wir Gott danken, denn sie hat uns reich und mächtig gemacht.« Er dachte an die Krise von 1873—1876, die den kleinen Eisenbahnen den Garaus machte und den Vanderbilts — und ihm — phantastische Gewinne brachte.

An diesem heißen, trockenen Augusttag las Mr. Spaulding die Lobeshymnen auf Joseph Armagh, lächelte in seinen Bart, rieb sich seine ölige Nase, und wartete auf seinen Mandanten. Er rätselte an der Frage herum, wieviel Joseph ihm diesmal geben und wofür er es ihm geben würde.

Joseph kam kurz vor Mittag mit Timothy Dineen, denn er war schon seit dem frühen Morgen, begleitet von seinem Geschäftsführer Harry Zeff, auf den Ölfeldern gewesen. (Die Armagh-Unternehmen besaßen jetzt prunkvolle Büros in Philadelphia. Hier hatte Harry sein Hauptquartier, und zu seinen Abteilungsleitern zählten die jüngeren unter jenen Männern, die Mr. Healeys »Mitarbeiter« gewesen waren. Des weiteren unterstanden ihm über zweihundert Angestellte und Anwälte.)

Mr. Spaulding war eitel Wonne und Herzlichkeit, als er seine Besucher begrüßte, voll von Aufmerksamkeiten und Beglückwünschungen. Er zupfte und tätschelte, obwohl er sehr genau wußte, daß Joseph Vertrautheiten, ja sogar Berührungen durch fremde Hände verabscheute.

»Nimm Platz, lieber Junge, nimm Platz!« rief Mr. Spaulding. Er ignorierte Timothy, der ihn nicht ausstehen konnte. Joseph ließ sich in einen tiefen roten Ledersessel nieder, und Timothy stellte sich neben ihm auf, als ob er ihn bewachen müßte. Seine schwarzen Augen folgten jeder Bewegung Mr. Spauldings, so als fürchtete er, der Advokat könnte plötzlich ein Messer zücken oder sonst eine tödliche Waffe hervorziehen. »Brandy, Joe? Whisky? Wein? Es ist alles da!«

»Nichts«, sagte Joseph. Er sah ein wenig erschöpft aus, aber kräftiger als je zuvor. Er war trotz seines Wohlstandes immer noch mager. Er hatte gelernt, feine Kleidung nicht zu verachten, und sein langer Gehrock und die Hose aus schwarzem, seidigem Wollstoff waren ausgezeichnet geschnitten. Die Weste war nicht bestickt und sein Hemd rein weiß. Er trug eine zu einem Knoten gebundene schmale schwarze Krawatte mit einer schwarzen Perlnadel. Seine Schuhe waren elegant, wenn auch staubig von seiner morgendlichen Exkursion. Sein rostbraunes Haar war immer noch dicht, doch zeigten sich hier und dort die ersten Schatten beginnenden Graus. Er ging wie immer glattrasiert; Bärte, Schnurrbärte und breite Koteletten, wie die Mode sie vorschrieb, lehnte er ab. Sein Gesicht war immer noch knochig und straff, fast hager, sein Mund hart und verschlossen, seine runde Nase dünner als je zuvor. Aber mit den Jahren hatten seine kleinen blauen Augen einen machtvolleren Ausdruck angenommen; sie funkelten manchmal unter den kastanienbraunen Wimpern, wenn er sich ärgerte oder in Zorn geriet. Es gab nur wenige Männer, die Joseph Armaghs Aussehen bewunderten, doch die Frauen fanden ihn faszinierend, und die kalte Gleichgültigkeit, mit der er ihnen begegnete, erhöhte nur noch ihr Interesse.

Mr. Spaulding räusperte sich und warf einen Blick auf Timothy. »Mr. Dineen?«

»Whisky, bitte.« Das gute Leben hatte seine gedrungene, kräftige Gestalt etwas ausgefüllt, aber die Muskeln waren fest und federnd und die schwarzen Haare voll und sorgsam gewellt.

»Whiksy also!« rief Mr. Spaulding so entzückt, als ob Timothy ihm eine ganz besondere Freude gemacht hätte. »Wie heiß es heute ist! Wirklich wahr, wir hätten uns kühleres Wetter erwartet!« Mit zuvorkommendem und gütigem Lächeln goß er Whisky und Sodawasser in ein Glas für Timothy und reichte es ihm. Als ob er einen Kratzfuß vor mir machte, dachte der junge Mann und nahm das Glas ohne einen Ausdruck des Dankes entgegen.

Mr. Spaulding setzte sich und sah Joseph strahlend an. »Was ich alles über dich in den Zeitungen gelesen habe, lieber Junge! ›Wagemutiger Unternehmer! Geschäftspartner des großen Wall-Street-Finanzmannes Jay Regan — der Goulds — der Fiks! Prominenter Bürger unseres mächtigen Landes! Eisenbahnen, Bergbau, Öl, Müllerei — ein Industriekapitän!‹«

»Ganz zu schweigen von meinen Bordellen«, warf Joseph ein, »oder dem Alkoholschmuggel aus dem Süden nach meinen Brennereien im Norden.«

Mr. Spaulding hielt seine zarten Handteller hoch. »Dienstleistungen, die zwar von der Öffentlichkeit nicht gebilligt, dafür aber um so höher eingeschätzt werden«, kicherte er. »Du dienst der Menschheit in finanzieller und industrieller Hinsicht — warum sollten dir nicht auch ihre persönlichen Belange am Herzen liegen? Das ist eine sehr löbliche Einstellung deinerseits, mögen sich die Tugendbolde auch noch so ereifern.«

»Zu schweigen auch von meinem Waffenschmuggel hier und dort, in Mexiko und anderen Ländern«, fuhr Joseph fort, als ob der Advokat ihn nicht unterbrochen hätte. Mr. Spaulding lachte in sich hinein, aber seine Augen waren wachsam. Sein Mandant wollte ihn in eine Falle locken. »Man muß sich sein Leben verdienen, wie es eben geht«, sagte er.

»Etwa damit, daß man den Süden um seine Baumwolle begaunert«, entgegnete Joseph. »Nun, wenigstens kann man mir daran keine Schuld geben.«

Mr. Spaulding seufzte. »Ich habe keinen Riesenprofit davon gehabt, Joseph — zum Unterschied von vielen anderen. Es war genug, aber keine enorme Summe. Außerdem: habe ich mich an den Geschäften der Rekonstruktionszeit beteiligt? Nein.«

»Harry Zeff hat mir mitgeteilt, daß deine letzten Rechenschaftsberichte an ihn völlig in Ordnung waren. Ich habe nicht viel Zeit. Ich nehme den Zwei-Uhr-Zug nach Winfield. Ich habe einen Auftrag für dich.« Er machte eine Pause. »Ich möchte, daß du mir schnellstens einen ausführlichen Bericht über Gouverneur Tom Hennessey schickst. Alles, was du hast, was du aus zuverlässigen Quellen erfahren kannst, alles aus dem Dossier, das Mr. Healey seinerzeit anlegte und laufend ergänzte. Ganz gleich, wie unwichtig dir ein Detail erscheinen mag — ich will es haben. Ich hätte auch gern eine kurze Skizze über seinen Vater.«

Eine atemlose und beklemmende Stille verbreitete sich in dem großen Raum, in dem es nach warmem Leder, Wachs und Zitronenöl roch. Mr. Spaulding faltete die Hände auf seinem Schreibtisch und sah Joseph lange und prüfend an. Sein Lächeln war verschwunden, aber seine Augen glitzerten, und die schweren Lider zuckten.

»Dein Schwiegervater«, sagte er dann — Josephs Blick schien ihn erschreckt zu haben. Seine für gewöhnlich so sonore, durch vielerlei Tremolos gekennzeichnete Stimme klang flach und ausdruckslos.

»Mein Schwiegervater.«

»Der Großvater deiner zwei Kinder.«

»Der Großvater meiner zwei Kinder.«

Timothy trat von einem Fuß auf den anderen und tat einen tiefen Zug von seinem Whisky. Ganz plötzlich drang das schrille Gezirpe der Zikaden durch die offenen Fenster. Das Grün der Hügel zeigte hier und dort einen trüben Belag, wo sich heißer gelber Staub niedergelassen hatte, und ganz unvermittelt füllte der Lärm der Straße die Kanzlei.

»Im Herbst bewirbt sich der Gouverneur wieder um sein Amt«, bemerkte Mr. Spaulding, der langsam die Nerven verlor. »Hat dein Auftrag etwas damit zu tun?«

»Ja«, erwiderte Joseph. Seine langen, schmalen, wohlgeformten Hände hielten seine Knie umfaßt und bewegten sich nicht.

»Aber nicht nur damit?« tippte Mr. Spaulding an und fuhr sich mit einer feuchten, glatten Zunge über die Lippen.

»Nicht nur damit. Ich will ihn ruiniert sehen. Entehrt. Bloßgestellt. Erledigt. Gefängnis, wenn möglich, obwohl ich bezweifle, daß wir das schaffen können. Er war zu schlau, und zu viele Freunde waren ihm behilflich, alles zu vertuschen.«

Der Advokat lehnte sich zurück. Es gab nichts, das ihn hätte schokkieren können, und auch das erstaunte ihn nicht sonderlich. Aber er war neugierig.

»Es könnte auf dich zurückfallen«, gab er zu bedenken. »Immerhin, dein Schwiegervater.«

»Wie das?« widersprach Joseph. »Ich kontrolliere eine Anzahl von Zeitungen, insbesondere hier in Pennsylvanien. Ich bin auch in New York nicht ohne Einfluß. Aber selbst wenn sich irgendein Skandalblättchen den Mund zerreißen sollte, wie könnte mir das schaden?« Er verzog den Mund zu einem geringschätzigen Lächeln.

»Ich kandidiere nicht für ein öffentliches Amt. Ich bin kein Politiker, dem die Volksmeinung oder Wählerstimmen schaden können. Mir kann niemand etwas anhaben, die Allgemeinheit nicht und die Regierung nicht. Ich bin viel zu reich. Meine Geschäfte sind — seriös. Ich bin einer der Direktoren der Handell Oil Company und Direktor in vielen anderen Gesellschaften. Ich bin unverwundbar. Es genügt ein Wort an einen oder zwei einflußreiche Politiker —« Er hob kurz die Hand. »Ich glaube sogar, daß wir die Zeitungen heraushalten können. Wir werden ihn vor die Wahl stellen, sich uns zu fügen oder in aller Öffentlichkeit an den Pranger gestellt zu werden. Er muß nur seinen Wunsch, wieder Gouverneur zu werden, zurückstellen und — soweit wir das bewerkstelligen können — den Verlust seines Vermögens hinnehmen. Und ich werde derjenige sein, der ihm diesen Rat erteilt.«

»Er wird nie erfahren, von wem die Aktion ausgegangen ist.«

»Doch. Ich werde es ihm mitteilen, wenn alles vorbei ist.«

Mr. Spaulding stockte der Atem. Er ahnte seit langem, daß Joseph seinen Schwiegervater haßte, hatte jedoch angenommen, daß das Zusammenprallen zweier verschiedener Temperamente diesem Haß zugrunde lag. Gouverneur Hennessey hatte sich von der Wahl seiner Tochter überaus befriedigt gezeigt. Die Hochzeit hatte Persönlichkeiten aus ganz Pennsylvanien und aus Washington angelockt, und auch zwei

Botschafter waren gekommen. Sie hatte im Haus des Gouverneurs stattgefunden — in seinem eigenen, nicht in seinem Amtssitz — und war noch heute und selbst in New York das Tagesgespräch der guten Gesellschaft. Sie war so verschwenderisch, so prunkvoll gewesen, daß eine oder zwei kleinere Zeitungen gegen diese »Extravaganz inmitten einer Krise« protestiert hatten. »Menschen hungern — Streikende werden von der Bahnpolizei niedergemetzelt — Bergarbeiter werden vor ihren Frauen und Kindern in ihren eigenen elenden Hütten erschossen! Diese protzige Schaustellung muß den Zorn der Vorsehung nach sich ziehen.« Mr. Jay Regan, Mr. Fisk und Mr. Gould waren erschienen, begleitet von ihren strahlenden Gattinnen — und dem kostbaren Schmuck dieser Damen. Die dreisten kleinen Zeitungen konzentrierten ihre Angriffe auf Mr. Gould und ließen auch die mit seinem Namen verbundene Goldspekulation nicht unerwähnt, hatten jedoch keine Kenntnis von der Rolle, die Joseph bei der Aufdeckung des Skandals gespielt hatte.

»Du wirst es ihm mitteilen«, sagte Mr. Spaulding, der nichts vergaß, in nachdenklichem Ton. »Es geht mich natürlich nichts an, aber wir sind schließlich seit deiner Jugendzeit Freunde, und ich war es, der dich auf Wunsch unseres lieben Ed Healey in die Rechtswissenschaften eingeführt hat. Darf ich fragen, welche Gründe du hast?«

»Nein«, antwortete Joseph und sah Katherine Hennesseys Antlitz vor sich.

Wieder seufzte Mr. Spaulding. Er schob einige Papiere auf seinem Schreibtisch zurecht. Seine Augenlider zuckten. »Mrs. Armagh ...«, mahnte er mit gedämpfter Stimme, »es wird sie schwer treffen, auch wenn sie nie erfahren würde, wer der — der — der Diabolus ex machina war. Sie war ihrem Vater immer sehr zugetan, ebenso wie er ihr.«

Joseph lächelte grimmig. »Du fühlst kein Mitleid mit Mrs. Armagh, Jim, obwohl du meine Frau schon seit ihrer Kindheit kennst. Du bist bloß neugierig. Ich habe nicht die Absicht, deine Neugier zu befriedigen. Daß Mrs. Armagh großen Kummer empfinden wird, bezweifle ich. Sie ist nie sehr erfreut darüber gewesen, daß ihr Vater es für angebracht hielt, nur wenige Monate nach unserer Hochzeit ein Mädchen zu heiraten, das nicht viel älter war als sie selbst — ein Mädchen, das, wie ich dir in Erinnerung rufen möchte, ein Kind von zweifelhafter Herkunft mit in die Ehe brachte.«

»Es gab keinen Skandal, Joseph.«

»Natürlich nicht. Ich sorgte dafür, daß es keinen gab, und das gleiche tat Hennessey. Er adoptierte den Jungen. Nett von ihm, nicht wahr?« Er dachte zurück an den Tag, da Katherine Hennessey gestorben war, und an die junge Frau, die eine so flehentliche Bitte an sie ausgesprochen hatte. Wie später bekannt wurde — wenn auch nicht in der Öffentlichkeit —, war die junge Dame die Tochter eines Abgeordneten — und eines nicht unbedeutenden. Es handle sich, hatten die Zeitungen anläßlich ihrer Vermählung mit Tom Hennessey berichtet, um »die junge Witwe eines unserer heldenhaften Offiziere, der später seinen Verwundungen erlag und sie mit einem vom Schicksal hart gestraften Knaben zurückließ.« (Die vom Schicksal über den Knaben verhängte harte Strafe bestand in der Tatsache, daß der Kleine »seinen jungen Vater nie zu Gesicht bekam«.)

Joseph empfand keinen Haß gegen Elizabeth Hennessey, seine neue, junge Schwiegermutter. Auch sie war nur ein Opfer der Lügen und Verführungskünste des Senators. Ihr Vater muß großen Einfluß im Weißen Haus haben, dachte Joseph zu der Zeit, da sie Tom Hennessey heiratete. Erst später erfuhr er, daß der Abgeordnete ein Verwandter des Präsidenten war und von diesem sehr geschätzt wurde.

Bernadette hatte ihrem Vater nie verziehen. Er habe ihrer Mutter »einen Schimpf« angetan, erklärte sie, denn als die Verlobung bekanntgegeben wurde, hatte sie die junge Dame auf dem in den Zeitungen veröffentlichten Bild sogleich wiedererkannt. Sie erinnerte sich, daß der Senator das Mädchen als Flittchen, als Straßendirne, als Abenteurerin hingestellt hatte. Elizabeth aber war nichts von alldem, sondern die Tochter eines angesehenen Abgeordneten, und gerade darum empfand die von Natur aus standes- und klassenbewußte Bernadette die ehebrecherischen Beziehungen zwischen ihr und dem Senator als unverzeihlich. Dies und die Tatsache, daß ihr geliebter Vater sie zugunsten einer anderen aus seinem Herzen verstoßen hatte, das waren die Motive, die ihrer Empörung in Wirklichkeit zugrunde lagen. Der ihrer Mutter angetane »Schimpf« berührte sie nicht im mindesten, denn Mama war eine Närrin gewesen, wenn auch eine zärtliche und liebenswerte Närrin. Aber Bernadette war überaus erstaunt, als sie entdeckte, daß sie ihre Mutter doch ein wenig geliebt hatte; sie trauerte viele Monate lang um Katherine. (Bernadette mußte sich aber auch mit der Wirklichkeit in der Gestalt ihres neuen Halbbruders auseinandersetzen. Er trug den Namen Courtney, den Namen von Thomas Hennesseys Vater. Bernadette hatte ihren eigenen Sohn so nennen wollen.) Kurz und gut, ihr Vater hatte sie, Bernadette, lange bevor ihre Mutter an Kummer und Schock gestorben war, »verraten«. Er hatte eine andere mehr als seine Tochter geliebt, hatte diese andere, die er später heiratete, verleumdet und geschmäht und sie, Bernadette, belogen.

»Du wirst schon sehen!« hatte Bernadette ihrem Mann schluchzend angekündigt. »Ich werde Lizzie einmal genau erzählen, wie mein Vater über sie gesprochen hat!«

»Sie weiß vermutlich, was dein Vater für ein Mensch ist«, hatte Joseph erwidert. Diese Bemerkung hatte bei Bernadette zu einem Wutanfall und zu einer leidenschaftlichen Verteidigungsrede für ihren Vater geführt, dem das Unglück widerfahren war, zwei dumme Frauen geheiratet zu haben, darum aber keineswegs ihren Zorn auf Tom Hennessey vermindert. Joseph war die ganze Sache nicht wichtig genug gewesen, als daß er sich darüber gewundert oder seine Frau auf die Inkonsequenz ihrer Anwandlungen hingewiesen hätte. Sie war ihm auch nicht wichtig genug, als daß er Bernadette beruhigt oder getröstet hätte. Die Gefühle eines weiblichen Wesens interessierten ihn nicht, und wenn er damit konfrontiert wurde, empfand er sie als langweilig und lästig, so wie einem ein aufdringliches und nicht übermäßig intelligentes Kind oder ein gehätscheltes, allzu liebebedürftiges Haustier auf die Nerven geht. Gespräche mit Frauen gaben ihm keine intellektuelle Befriedigung. Er war so gut wie überzeugt, daß sie allesamt — außer seiner Schwester Regina — arm an Denkvermögen waren.

Wieder herrschte Stille in Mr. Spauldings Kanzlei. Immer noch plagte den Anwalt die Neugier. Er hatte kein Mitleid mit Gouverneur Hennessey. Joseph Armagh war stärker als der Gouverneur und würde ihn vernichten. Er hatte seine Gründe, die Mr. Spaulding nicht bekannt waren. Der Schwächere würde unterliegen. Wie immer. Es war ein Naturgesetz; nutzlos, sich darüber zu ereifern. Es war nicht einmal eine Frage der Moral oder, wenn man es näher betrachtete, der Rechtmäßigkeit.

»Ich werde Zeit brauchen«, sagte Mr. Spaulding.

»Zeit ist Geld«, erwiderte Joseph. »Je mehr Zeit, desto weniger Geld. Paradox, nicht wahr?«

Mr. Spaulding begriff. »Sagen wir, sechs Wochen vor den Wahlen?«

»Nein. Er muß seine Kandidatur sobald wie möglich zurückziehen. Das ist der erste Schritt.« Er schickte sich an, aufzustehen. »Ich werde mich gleich darum kümmern«, sagte hastig der Advokat. »Den Bericht schicke ich dir in dein Haus in Green Hills und nicht in deine Kanzlei, nicht wahr?«

»Ja«, antwortete Joseph und erhob sich. Timothy stellte sein leeres Glas nieder.

Mr. Spaulding kam hinter seinem Schreibtisch hervor. »Jim«, sagte Joseph, »du warst mir in all diesen Jahren seit Mr. Healeys Tod treu ergeben und sehr nützlich. Als Ausdruck meiner dankbaren Anerkennung — du hast doch nächste Woche Geburtstag, nicht wahr? — wirst du ein kleines Geschenk von mir erhalten. Das hat nichts mit der Bezahlung für den Bericht zu tun, um den ich dich ersucht habe.« Er parodierte die sonore Stimme des Anwalts, doch Mr. Spaulding merkte das nicht.

»Du bist zu gütig, Joseph«, sagte der Anwalt, von echter Rührung übermannt.

Der kluge und intelligente Timothy Dineen — der auch ein tüchtiger und mutiger Mann war — gab sich nie der Täuschung hin, daß er Joseph Armaghs volles Vertrauen besaß. Joseph vertraute ihm in geschäftlichen Dingen und zog seine Ehrlichkeit nie in Zweifel, aber er sprach nie von seinen eigenen Gefühlen, von den Beweggründen für seine Entscheidungen, und überschritt nie die üblichen Grenzen der Freundschaft und der gegenseitigen Achtung. Intuitiv, wie alle Iren sind, ahnte Timothy vieles, aber er war nie ganz sicher. Soweit Joseph überhaupt imstande war, ein menschliches Wesen als Vertrauten zu akzeptieren, sah er ihn in Harry Zeff, doch auch bei ihm konnte er seine Mentalreserve nicht überwinden, scheute er vor engerer Bindung zurück, blieb letztlich losgelöst und gleichgültig. Auch gegenüber Harry gab es keine wahre Herzlichkeit, keine restlose Entspannung, keine echte Wärme, und doch war Timothy sich darüber klar, daß jeder der beiden sein Leben für den anderen eingesetzt hätte; Harry würde es nicht nur eingesetzt, sondern auch ohne einen Augenblick zu überlegen hingegeben haben, weil er Joseph tiefer verbunden war als selbst Liza und seinen Kindern.

»Es ist ein Unglück mit dem armen Joe«, sagte Harry einmal zu Timothy. »Er kann einfach nicht glauben, daß jemand ihn ehrlich gern hat und sich um ihn sorgt, seine Schwester Regina natürlich ausgenommen — und ich fürchte, daß er selbst da nicht ganz ohne Zweifel ist. Mr. Healeys Tod hat ihn darum so mitgenommen, weil er erkannte, daß Mr. Healey ihm außerordentlich zugetan war. Ich glaube, das hat ihn einigermaßen aus der Fassung gebracht.« Er verzog das Gesicht. »Sein Weltbild geriet ziemlich durcheinander, und Joseph hat es nicht gern, wenn seine Beziehungen zur Umwelt in Unordnung geraten. Es dauert ihm zu lange, bis er alles wieder zurechtgerückt und zusammengefügt hat. Ich könnte mir vorstellen, daß er sich die Anschauung zu eigen gemacht hat, Mr. Healey hätte ihn gut leiden können, Erben waren keine da, und so —« Vielsagend spreizte er seine dunkelhäutigen Hände.

»Ich frage mich oft, warum er Mrs. Armagh geheiratet hat«, rätselte Timothy. »Es besteht doch keine gesunde Beziehung zwischen den beiden. Das sieht doch jeder.«

»Das habe ich mich auch schon gefragt«, gab Harry zu. »Es war eine Riesenüberraschung für mich. Ich konnte ihn mir einfach nicht als Ehemann vorstellen. Ich glaube nicht, daß ihm je etwas an einer Frau gelegen ist — außer seiner Schwester natürlich, aber die ist ja für ihn kaum eine Frau.« Harry warf Timothy einen verstohlenen Blick zu, aber dieser nickte nur.

»Manchmal tut mir Mrs. Armagh leid«, sagte Timothy, »wenn es mir auch nicht gerade leichtfällt. Ihr Jähzorn, ihr Zynismus, ihre skeptische Lebensauffassung, die Gehässigkeit, mit der sie anderen

Menschen begegnet — na ja. Aber sie liebt ihn bis zur Raserei. Im Vergleich zu ihm bedeuten ihr die Kinder nichts.«

»Nun ja«, meinte Harry, »er ist reich und mächtig, und die Frauen lieben das. Er sieht gut aus; außerdem hat er so etwas Brutales an sich, und auch das gefällt den Frauen. Mir tut sie auch leid.«

So saß Timothy nun an diesem heißen Augustnachmittag in Josephs privatem Salonwagen, der einst Mr. Healey gehört hatte, und fuhr mit ihm nach Winfield zurück. Er saß an einem Tisch und ging seine Aufzeichnungen durch. Joseph blickte durch das breite Fenster, aber Timothy wußte, daß er nichts von der flimmernden Landschaft sah, die golden und grün, rotbraun und purpurn und blau draußen vorüberzog. Woran dachten Männer wie Joseph Armagh, wenn sie allein waren oder allein zu sein wähnten? Timothy war nicht so einfältig, zu glauben, daß Joseph ausschließlich an Geld und Macht dachte, wie böswillige und neidische Menschen behaupteten. Mr. Armagh war ein Mann, und ob er nun wollte oder nicht, rollte das Blut eines Mannes in seinen Adern, gingen die Gedanken eines Mannes durch seinen Kopf, bewegten ihn die Gefühle eines Mannes. Er war keine Maschine, kein abstrakter Begriff. Die Lebenskraft des Menschen konnte Felsen sprengen. Selbst wenn sie unter Druck stand, wallte und brodelte sie in unterirdischer Finsternis und wartete auf den Tag, da sie mit explosiver Gewalt hervorbrechen würde.

Dachte Joseph an seinen Bruder Sean? Timothy erinnerte sich an jenen Morgen, da Joseph einen Brief von Sean erhalten hatte, den letzten, den er von diesem lebenslustigen, unbekümmerten und rebellischen Jüngling erhalten sollte. Sean hatte Harvard verlassen, ohne sich auch nur von seinen Professoren und Kameraden zu verabschieden. Es war Sean nicht das geringste an ihnen gelegen, nicht an ihnen, nicht an langweiliger Gelehrsamkeit und nicht an den Rechtswissenschaften, die er nach Josephs Wunsch hätte studieren sollen. Sean wollte singen, mit fidelen Kumpanen feiern, wollte zechen, bis er — immer noch singend — umfiel, heitere, schöne Musik machen, und, wie er Joseph immer wieder gesagt hatte, er wollte leben. Timothy war einmal dabeigewesen, als sie gegeneinander gewütet hatten.

»Ein Herz von Stein hast du!« hatte Sean seinen Bruder angebrüllt. »Du bist kein Mann, bist überhaupt kein menschliches Wesen! Was weißt du von Liebe, von Leben, von Schmerz — von herrlichem Schmerz tief in deiner Brust —, von den Stürmen, die in einer Seele toben? Hast du überhaupt eine Seele? Was weißt du von Entbehrungen und Leid, von Hunger und Not? Nichts weißt du, nichts! Du denkst nur immer an dein Geld, an dein verdammtes Geld, und wie du noch mehr verdienen kannst, und alles andere und alle anderen soll der Teufel holen!«

In seinem leidenschaftlichen Ausbruch verletzter Gefühle hatte Sean das zu einer mörderischen Fratze verzerrte Gesicht seines Bruders gar nicht wahrgenommen und weitergeschrien:

»Was weißt du von Einsamkeit und Hoffnungslosigkeit? Selten genug hast du mich im Waisenhaus besucht! Ja, es hieß, du müßtest ›arbeiten‹ und hättest kein Geld, mich zu besuchen! Aber das war gelogen! Du hättest dir etwas von deinem Geld sparen und kommen und mir sagen können, daß du an mich denkst und mich gern hast. Aber das war dir zuviel! Ich saß da in dem Dreck dieses verdammten Waisenhauses, unter schnüffelnden Nonnen und plärrenden Bälgern, verdammt zu einem häßlichen, freudlosen Leben — und du hattest uns vergessen, Regina und mich, verschwendetest keinen Gedanken an uns — hattest nur dein verfluchtes Geld im Kopf! Und was hast du davon gehabt, wenn ich fragen darf? Nichts. Du kannst es nicht einmal genießen!«

Joseph war stumm geblieben. Sein Gesicht war noch entsetzlicher anzusehen gewesen, und immer wilder war Seans Zorn über das ihm angetane »Unrecht« aus ihm hervorgebrochen.

»Du mußt uns gehaßt haben! Ja, du hast für uns gesorgt, und wie dir das weh getan haben muß! Du hast uns kleine Kinder im Stich gelassen, als wir dich am dringendsten brauchten. Und weshalb? Wegen des Geldes! Ich war neun, als ich Lungenentzündung bekam. Du warst nicht da. Dir war es egal. Wahrscheinlich hast du gehofft, ich würde sterben.«

Joseph war aufgestanden, und Timothy hatte gesehen, wie er am ganzen Leibe zitterte. Joseph hatte seine Hand erhoben, Sean wortlos, aber mit ganzer Kraft ins Gesicht geschlagen und das Zimmer verlassen. Wimmernd, die Hand auf die glühende Wange gepreßt, war Sean in einen Stuhl gesunken, hatte, von grenzenlosem Mitleid mit sich selbst erfüllt, laut gejammert und schließlich bei Timothy um Verständnis gebettelt. Timothy hatte ihn ruhig angehört und dann fast gütig zu ihm gesagt: »Sie sind ein gemeiner Hund, ein selbstsüchtiges Schwein und nicht wert, daß Ihr Bruder noch einen weiteren Gedanken an Sie verschwendet. Gehen Sie in den Garten spielen. Zu mehr taugen Sie nicht. Mein Gott! In Ihrem Alter!«

Das war das letzte Mal gewesen, daß Timothy Sean Armagh gesehen hatte. Am nächsten Morgen, unmittelbar nach den Weihnachtsfeiertagen, kehrte der junge Mann nach Harvard zurück. Es wäre sein letztes Jahr in Harvard gewesen, aber er hatte die Universität im Frühjahr verlassen und war verschwunden. Timothy, nach Harvard geschickt, um Ermittlungen durchzuführen, stellte bald fest, daß Sean nicht nur seine besten Kleider, sondern auch alles Wertvolle aus dem eleganten, von Joseph für ihn eingerichteten Appartement mitgenommen hatte.

Timothy organisierte die Suche nach dem Verschwundenen, aber es dauerte mehrere Monate, bis man Sean fand. Das goldblonde Haar wirr und zerzaust, schmutzig und betrunken, verbrachte er seine Tage lachend und singend in den Kneipen Bostons. Man sah ihn zuweilen in Begleitung eines Fiedlers. Manchmal saß er an einem uralten Klavier, das er nach Belieben klingen und donnern, flüstern und tanzen lassen konnte. Er spielte und sang für eine Handvoll Pennies, für Bier und Whisky und eine Gratismahlzeit, für Applaus und Geselligkeit, für die falsche Freundlichkeit der Kneipenwirte, für unechte Herzenswärme und Kameradschaft und geheuchelte Bewunderung. Diese wenigen Monate hatten aus einem eleganten jungen Mann einen bettelarmen, zerlumpten Strolch gemacht.

»Wir können ihn nicht verhungern lassen«, sagte Joseph mit jenem schrecklichen Ausdruck, der auf seinem Gesicht erschien, wenn von seinem Bruder die Rede war. »Aber wir können ihm auch keinen größeren Betrag geben. Er würde das Geld nur mit seinen Saufkumpanen durchbringen.«

»Lassen Sie ihn verhungern«, entgegnete Timothy mit ungewohntem Freimut. Joseph sah ihn scharf an, eine ganze Weile; dann lächelte er.

»Nein«, sagte er. »Wir können ihn nicht verhungern lassen. Ich weiß selbst nicht, warum, aber das können wir nicht. Vielleicht, weil meine Schwester sehr traurig sein würde. Wohnt er in einem Logierhaus? Veranlassen Sie, daß er jede Woche zehn Dollar bekommt. Beauftragen Sie einen von unseren Leuten in Boston, daß er ihm diesen Betrag auszahlt.«

Doch vor zwei Jahren war Sean wieder verschwunden und nicht mehr gefunden worden. Man wußte nichts von ihm oder tat, als ob man nichts wüßte. Vielleicht war er ermordet worden oder verwundet und gestorben und auf einem Armenfriedhof begraben. Joseph ließ in Spitälern und Armenhäusern und überall dort nach ihm forschen, wo Menschen von Seans Art Zuflucht suchen mochten. Er war nicht zu finden. Eine Hoffnung nach der andern wurde zunichte, und mit jeder neuen Enttäuschung wurde Reginas Gesicht durchsichtiger, liebreizender und ätherischer, und sie widmete Joseph noch größere Aufmerksamkeit.

»Er ist unserem Vater nachgeraten«, sagte Joseph. Regina beugte sich vor und preßte ihre Wange an die ihres Bruders, und Joseph hielt ihre Hand fest wie ein Kind. In diesem Augenblick begriff Timothy, daß Josephs ganze Liebe seiner Schwester Regina gehörte, daß sie sein uneingeschränktes Vertrauen besaß, daß sie, wenn schon nicht seine Gedanken, so doch deren Sinn und Gewicht erahnte, daß sie ihm innig verbunden war, tiefes Mitleid mit ihm empfand, alles von ihm wußte und sich um ihn grämte.

Joseph sprach nie von seinem Bruder. Nie forschte er nach ihm. Wäre Sean zu ihm gekommen, hätte er ihn um Verzeihung gebeten, Joseph würde ihm geholfen, aber nicht verziehen haben. Sean war für ihn so tot, als ob er ihn im Grab liegen gesehen hätte. Er würde niemals vergessen, was geschehen war. Regina schien das zu wissen, denn sie sprach nie mit Joseph über ihren Bruder, nur mit Timothy, und manchmal bedeckte sie ihr Gesicht mit den Händen und weinte.

Der Zug raste dahin. Ob es diese Dinge waren, die jetzt Josephs Gedanken beschäftigten? Timothy wußte es nicht. Die Strahlen der sinkenden Sonne beleuchteten Josephs scharfes Profil. Er rauchte nicht und trank nicht. Er besuchte nur selten gesellschaftliche Veranstaltungen in Green Hills oder Philadelphia oder New York oder Boston oder in anderen Städten, sofern sie nicht von geschäftlichem Interesse für ihn waren. Er hatte eine Frau, die er nicht liebte, die ihn aber gelegentlich belustigte und ein wenig betörte, und ihn manchmal sogar zum Lachen brachte, wenn sie ihn neckte oder ihm um den Bart ging. Vielleicht empfand er so etwas wie Zuneigung für sie. Hübsch war sie nicht, aber auf eine burschikose, ausgelassene Art charmant, und sie besaß eine spitze, unterhaltsame Zunge. Sie füllte das Haus mit ihrer lauten irischen Stimme, ihrem Lachen und ihrer Fröhlichkeit und ihren Anweisungen an die Kinder und das Personal.

Rory und Ann Marie, die Zwillinge, waren fast fünf Jahre alt. Liebte Joseph seine Kinder? Er behielt sie im Auge und warf seiner Frau oft allzugroße Sorglosigkeit im Umgang mit ihnen vor. Es wurde ihnen nichts abgeschlagen, und Timothy fand das bedauerlich. Allein aus Gründen der Disziplin sollte Kindern zuweilen etwas versagt werden. Vielleicht begegnete Joseph ihnen mit Zärtlichkeit, wußte ihnen jedoch über diese Zärtlichkeit hinaus nichts zu geben. Harry Zeff mochte recht haben, wenn er sagte, Joseph sei ein Zyniker; als solcher fürchte er die Liebe und mißtraue ihr. Und konnte man es ihm verübeln? Man brauchte nur an Sean zu denken. Verschmähte Liebe, so sie sich nicht zu Haß wandelte, wurde zu Gleichgültigkeit und zweifelnder Vorsicht — und Angst vor einer neuerlichen Kränkung. Joseph Armagh führte ein freudloses Leben. Timothy vermutete, daß er in seinem ganzen Leben nicht viele Freuden gekannt hatte, und darum bemitleidete er zutiefst diesen einsamen, schweigsamen Mann, der außer seiner Schwester nichts hatte, wofür es zu leben lohnte. Vielleicht hatte er einmal etwas gehabt, das das Leben lebenswert machte, doch das war jetzt dahin.

Und doch war er ein Getriebener. Das war augenfällig. Dem Gesetz der Trägheit folgend, dachte Timothy. Aber Timothy wußte nicht, daß es die Rache an einer Welt war, die Joseph Armagh jenes schmückende Beiwerk vorenthalten hatte, das erst das Leben ausmacht, die ihn brutal zurückgewiesen und ihm genommen hatte, was allein Sinn und Inhalt des Daseins ist: Glaube, Hoffnung und Liebe.

XXIX

Gouverneur Hennessey hatte seiner Tochter die Hälfte seines Hauses als Hochzeitsgeschenk überschreiben lassen. (»Es war sowieso der Anteil seiner Frau«, kommentierte Joseph.) Mit einundzwanzig Jahren erbte sie den halben Nachlaß ihrer Mutter. Die andere Hälfte ging an Tom, der mittlerweile die Tochter des Abgeordneten geheiratet hatte.

So bewohnte Joseph nun das große, schöne Herrenhaus, das er vor vielen Jahren an einem Aprilnachmittag zum erstenmal gesehen hatte. Der Gouverneur besuchte es jetzt nur selten. Er und Joseph hatten sich nichts zu sagen, obwohl er in Anwesenheit seines Schwiegersohns ununterbrochen plapperte, um Josephs Stillschweigen zu überdecken. Er bete seine Enkelkinder an, versicherte er seiner Tochter, wenngleich diese dem Bild, das er selbst von sich hatte — das eines trotz seiner Jahre immer noch stattlichen Kavaliers —, einige dunkle Lichter aufsetzten. Er war jetzt Mitte Sechzig und ehrsüchtig, eitel und lüstern wie eh und je. Seine junge Frau begleitete ihn auf seinen Besuchen in Green Hills, aber es war ganz offenbar, daß sie und Bernadette niemals Freundinnen und bestenfalls bereit sein würden, sich gegenseitig zu ertragen. Elizabeth war ihrer Natur nach eine freundliche, ruhige und sehr intelligente junge Frau, die das schändliche Betragen ihres Mannes längst verziehen — wenn auch nicht vergessen — hatte. Aber mehr als jeden anderen Menschen liebte der Senator sein Söhnchen Courtney, den er als das verwaiste Kind eines toten Helden »adoptiert« hatte. Das heizte Bernadettes Eifersucht weiter an, und wenn der Knabe im Zimmer war, ignorierte sie ihn, zeigte ihm ein mürrisches Gesicht und forderte ihn immer wieder auf, sich anständig zu benehmen. Mit ihren eigenen Kindern war sie alles andere als hart, verzieh ihnen ihren Egoismus und ihren Hang, laut miteinander zu streiten und freche Antworten zu geben.

»Wir leben in einer neuen Zeit«, setzte sie Joseph ihre Ansichten auseinander. »Wir geben den Kindern heute mehr Freiheit. Wir verstehen sie besser und sind nicht mehr so streng mit ihnen, wie unsere Eltern es mit uns waren — mit dir und mir, Joe.«

Joseph dachte an seinen ewig lachenden und singenden Vater, der wie ein Kind zu ihm gestanden war, und an seine Mutter, die mit solcher Liebe an ihren Kindern gehangen und unter Qualen und in verzweifelter Sorge um sie das Zeitliche gesegnet hatte. »Du hast völlig recht, meine Liebe«, sagte er. Bernadette, die versteckten Spott aus seinen Worten herausgehört zu haben glaubte, warf ihm einen durchdringenden Blick zu.

»Na ja«, meinte sie, »du erinnerst dich doch bestimmt noch, wie dein Vater dich für jede Lappalie streng bestrafte, und wie deine Mutter immer an dir herummäkelte und dir nie Zärtlichkeiten erwies.«

Joseph sagte ihr nicht, woran er sich erinnerte. Es wäre über ihren Horizont gegangen. Bernadette sah in Joseph einen »armen Irenjungen«, der mit seiner Mutter und seinen Geschwistern nach Amerika gekommen war und aus eigener Kraft und nach Mr. Healeys Willen ein Vermögen gemacht hatte. Sie fragte nie nach Josephs Eltern, und sie interessierte sich nicht für sein verflossenes Leben, denn Bernadette lebte in der Gegenwart. Aber sie war rasend eifersüchtig auf Regina, die auch in diesem Haus wohnte. Sie haßte sie und wartete sehnsüchtig auf den Tag, da sie heiraten und »fortgehen und mich mit meinem Liebling in Frieden lassen« würde, wie sie im stillen dachte. Sie hatte Seans Verschwinden mit Gleichmut hingenommen. Obwohl sie sich im allgemeinen von gut aussehenden Männern angezogen fühlte, hatte sie ihn nie gemocht. Wenn sie Regina sah, bezeichnete sie das Mädchen im Geist als »irische Proletin« und fühlte sich getröstet. War Regina erst einmal aus dem Haus, würde sie die »anderen Armaghs« los sein.

Unaufhörlich gab sie Gesellschaften, um Regina mit annehmbaren Freiern bekanntzumachen, die sich samt und sonders auf den ersten Blick in sie — und ihres Bruders Geld — verliebten. Sie nötigte Regina, sie in Josephs neues Haus in Philadelphia zu begleiten, wo er sich jetzt oft wochenlang aufhielt, und veranstaltete dort Hausbälle, Diners und Soireen für Regina. Sie selbst war einmal von jungen Herren umworben worden. Regina wurde ununterbrochen umworben, wies jedoch auch die feurigsten Anträge mit freundlichem Lächeln zurück. Ihre strahlende Schönheit zog Männer und Frauen an, junge wie alte. Joseph hatte ihr eine herrliche Halskette, Armbänder, einen Ring, und Nadeln für ihr schwarzes Haar, alles aus blauen Saphiren, geschenkt, doch der Schmuck funkelte und leuchtete nicht heller als ihre blauen Augen unter den seltsam goldenen Wimpern. Ihre Arme waren lang und weiß und rund. Für eine Frau, wollte es Bernadette scheinen, war sie ein wenig zu groß, doch gab es keine, die ihr an Anmut gleichkam.

»Eine schreckliche alte Jungfer ist sie, ohne jedes Gefühl«, beklagte sich Bernadette bei Joseph. »Ich fürchte, die arme Regina ist sehr dumm. Sie macht kaum jemals den Mund auf, und wenn, so redet sie so geschwollen daher, daß es mich ganz krank macht. Will sie denn überhaupt nicht heiraten? Das wäre ja furchtbar!« In ihrem Innersten glaubte Bernadette allerdings nicht, daß Regina unvermählt bleiben würde.

»Mein Gott!« entgegnete Joseph. »Laß das Mädchen doch zufrieden. Manchmal bist du schon ein rechter Hausdrachen.«

»Sie ist kein Mädchen mehr!« brauste Bernadette mit vor Eifersucht blitzenden Augen auf. »Sie ist dreiundzwanzig, so alt wie ich!« Als Joseph nicht antwortete, warf sie in gespielter Verzweiflung die Arme in die Luft und verdrehte die Augen.

»Warum hilfst du mir nicht, Regina unter die Haube zu bekommen?

Liegt dir nichts an deiner Schwester? Willst du warten, bis sie als ausgetrocknete alte Jungfer in der Kaminecke hockt?«

»Vielleicht ist ihr ein Leben, wie sie es jetzt führt, lieber«, erwiderte Joseph und dachte an den Tag vor fünf Jahren, da Regina ihm gesagt hatte, daß sie ihn liebe, aber trotzdem fortgehen müsse. Er hatte versucht, diesen Tag zu vergessen, und es wurde auch nie mehr darüber gesprochen, aber wie eine zum Angriff bereite Schlange lebte die Angst in ihm. Es störte ihn nicht, wenn Bernadette davon sprach, daß Regina heiraten sollte. Eine Ehe und die dadurch bedingte Trennung von Bruder und Schwester war immer noch besser als — das. Alles unter Gottes gottloser Sonne war besser als — das. Und nur darum wurde er zu einer Art Verbündeter Bernadettes. Auch er begann sich nach einem Mann für Regina umzusehen. Aber Regina heiratete nicht.

Bernadette, die der Religion genauso zynisch gegenüberstand wie — außer Joseph — allem, was ihre Welt ausmachte, verrichtete eine Novene. Sie schlug dem Himmel ein Geschäft vor: sie würde lernen, ihre Schwägerin zu lieben, wenn Regina nur heiraten wollte. Es war doch der Heiligen Muttergottes bestimmt nicht recht, daß sie Regina haßte, obwohl das natürlich nicht »ihre Schuld« war. So blies sie dem Herrgott, der Jungfrau Maria und allen Heiligen die Ohren voll, nur um Regina aus dem Haus zu bekommen.

»Was hast du eigentlich gegen die Ehe?« fragte sie einmal ihre Schwägerin.

»Gar nichts«, antwortete Regina überrascht. Ihre süße klare Stimme klang belustigt. »Wie kommst du drauf? Die Ehe ist für mich ein heiliger Stand, wie es die Kirche lehrt.«

»Warum trittst du dann nicht in diesen heiligen Stand?« drängte Bernadette. »Die Leute finden es so sonderbar, daß du in deinem Alter noch unverheiratet bist. Wieso kannst du dich nicht verlieben?«

Aber ich bin ja verliebt, dachte Regina und lächelte unter Tränen. Mein Herz vergeht vor Liebe. Der Geist der Liebe erfüllt meine Seele. Ich kann an nichts anderes denken als an meine Liebe.

»Bernadette«, entgegnete sie mit leiser, bebender Stimme, »du liebst Joseph doch, nicht wahr? Liebst ihn innig und aufrichtig?«

»Kannst du das noch fragen? Wagst du es, mich das zu fragen?« rief Bernadette, und ihre runden Augen glitzerten vor Erregung und Zorn. »Ich liebe ihn mehr als alles in der Welt. Es gibt in der ganzen Welt nichts, das mir mehr bedeutet.«

»Ich wußte es«, sagte Regina und wußte auch, daß die Zeit endlich gekommen war und sie in Frieden ziehen konnte. »Vergiß das niemals, liebe Bernadette. Halte an meinem Bruder fest. Er braucht Liebe so nötig und er hat so wenig. Hilf ihm. Erquicke ihn.«

Das klang der nie um eine Antwort verlegenen Bernadette seltsam in den Ohren. Sie blieb eine kleine Weile still und starrte Regina an.

»Was redest du da? ›Hilf ihm, erquicke ihn!‹ Bei allen Heiligen! Tue ich denn etwas anderes? Er ist mein Leben, mein Alles. Was braucht er noch Hilfe oder Trost? Ich bin doch da, nicht wahr?«

»Ja, Liebste«, antwortete Regina, beugte sich vor und küßte ihre Schwägerin auf ihre runde, niedere, von Sommersprossen übersäte Stirn, was Bernadette noch mehr erstaunte. Verwundert hob sie die Hand an ihren glatten braunen Haarknoten. Ihre Gestalt war jetzt schon recht hausmütterlich, aber immer noch anmutig. Sie trug sorgfältig drapierte Röcke, um größer zu erscheinen, und glitzernde Armreifen und Ohrringe und mit Edelsteinen besetzte Kämme, und ihre Bewegungen waren voll Schwung und Feuer. Regina war ihrer Meinung nach ein armes Ding mit ihren einfachen Kitteln und der primitiven Art, wie sie ihr herrliches, schwarz schimmerndes Haar frisierte. Eine Wachspuppe hatte mehr Leben in sich als Regina. Und dazu noch diese schmale Adlernase, nicht etwa eine so entzückend aufgeworfene, wie Bernadette sie besaß. Was zum Teufel finden die Leute so schön an ihr? fragte sich Bernadette. Sie hat eine wunderbare Haut und ein gutes Auftreten, aber überhaupt keinen Schwung.

Zwei Tage nach Josephs Rückkehr aus Titusville durchschritt Regina das große hallende Haus zu ihres Bruders Räumen, die einst von Gouverneur Hennessey bewohnt gewesen waren. Er hatte die überladenen Barockmöbel, die Spitzen und die bestickten Draperien entfernen und durch fein ausgeführte, aber zweckdienliche Tische und Stühle und Sofas, durch ungemusterte schwere Teppiche und glatt herabfallende Vorhänge ersetzen lassen. Einige wertvolle Bilder hingen an den matt erleuchteten Wänden. Bernadette betrat diese Räume nur selten; sie bedrückten sie. Die vielen Bücher, der große Mahagonischreibtisch, das häßliche, schmale Bett — es war das Arbeitszimmer eines armen Mannes. Sie selbst bewohnte die Räume ihrer verstorbenen Mutter, die sie nach ihrem eigenen filigranbetonten Geschmack verschönert hatte, einem Geschmack, der sich nach falschem Gold, nach Samt und Seide und kräftigen Farben hinneigte. Das Himmelbett ihrer Mutter war ein einziger Garten aus hellrosa venezianischen Spitzen, und die in gedämpften Farben gehaltenen Teppiche hatten grellen chinesischen Läufern Platz machen müssen. Die Ecken waren mit Etageren vollgestopft, auf denen sich Figurinen und Püppchen und alles mögliche billige Zeug häuften.

Ich bin in diesem Haus immer eine Fremde gewesen, dachte Regina, während sie die Treppe zum Zimmer ihres Bruders hinaufstieg. Ich habe nie ein Heim gehabt außer im Waisenhaus. Sie war an diesem Abend zu allem entschlossen, aber ihre Brust schmerzte sie und auch ihre Kehle. Sie flüsterte ein Gebet. Sie hatte ein Gefühl, als ob ihre Lunge versagte und sie nicht mehr atmen könnte. Kalter Schweiß bedeckte ihr Gesicht und ihren Körper, und sie spürte die Feuchtigkeit in ihren Achselhöhlen, auf Hals und Rücken und in ihren Händen. Ihr Herz hämmerte, und sie keuchte, während sie die breite Marmortreppe erklomm. Das strahlende Licht des Kronleuchters blendete sie. »Oh, lieber Gott«, betete sie, »hilf mir, hilf mir!« Doch sie erhielt keine Antwort. Sie fühlte eine ziehende Kälte um die Mitte ihres Leibes, unter dessen Last ihre Beine nachzugeben drohten. Ihr wunderschönes Haar fiel ihr in langen Wellen über den Rücken. »Heilige Mutter Gottes«, betete sie, »hilf mir, daß ich es Joe verständlich machen kann. Hilf ihm zu begreifen, daß ich gehen muß, um meine Liebe erkennen zu geben, um mich Ihm zu vermählen, den ich ersehne und seit meiner Kindheit immer ersehnt habe.«

Ihr schwindelte. Sie blieb auf dem Treppenabsatz stehen und rang um Luft. Sie dachte an ihren Bruder und an den Schmerz, den sie ihm nun würde zufügen müssen. Sie schlug die Hände vor das Gesicht und schüttelte langsam den Kopf. Sie zitterte so heftig, daß sie sich an die Wand lehnen mußte, um nicht zu fallen. Wovor hatte sie solche Angst? Vor dem Kummer ihres Bruders, denn nur sie wußte, wie furchtbar dieser Kummer sein konnte, auch wenn er ihn in sich verschloß. Sie dachte an Sean, und alles krampfte sich in ihr zusammen. Sean hatte ihn verlassen, und nun mußte auch sie ihn verlassen. Nur als Schatten, als formlose Gestalt würde sie ihn wiedersehen, würde seine Stimme hören, aber nicht sehen, wie er ergraute und alt und runzlig wurde. Am meisten bedrückte sie, daß sie sehr wahrscheinlich weder seine Stimme hören noch seinen Schatten sehen würde, denn Josephs Zorn erlaubte keine Kompromisse; er verzieh nicht und er vergaß nicht.

»Hilf ihm«, betete sie jetzt mit lauter Stimme. »Ich muß es tun, und er muß es erfahren. Hilf ihm!« Regina hatte nie Angst gekannt, und nun schnürte sie ihr wie ein kalter Eisenring die Kehle zu. Sie hatte nie so gelitten, und der Schmerz überwältigte sie. Sie hatte die Not und Armut ihrer frühen Kindheit mit Gleichmut und ohne zu klagen ertragen, denn ihr war es wie ein volles, überreiches Leben erschienen, und nicht wie ein von Hunger und Entbehrungen geprägtes Dasein. Sie hatte Seans Auflehnung, seine Rebellion und Ungeduld, nie ganz verstanden. Kummer und Angst waren nie ihre Vertrauten gewesen, und nun, da sie von ihrem Herzen und ihrer Seele Besitz ergriffen hatten, empfand sie lähmendes Entsetzen. Sie wüteten in ihr mit zerstörender Kraft und hätten sie fast zur Umkehr genötigt. Dann aber, nach einer Weile, fühlte sie neue Kraft und Entschlossenheit, und sie ging an Josephs Tür und klopfte.

Das Abendessen war schon lange vorbei. Rory und Ann Marie, sein Zwillingsschwesterchen, schliefen schon. Die Dienerschaft hatte sich zurückgezogen. Wo war Bernadette? Sicherlich in ihrem Schlafzimmer und damit beschäftigt, ihr rundes, ein wenig flaches, junges Gesicht mit verschiedenen Kosmetika zu pflegen oder ihr langes braunes Haar zu bürsten oder ein paar neue Kleider anzuprobieren. Joseph verbrachte seine Abende nie in Gesellschaft seiner Frau. Regina zögerte. Ein neuer Gedanke durchzuckte sie. Sicherlich liebte Joseph seine Frau, sonst hätte er sie niemals geheiratet. Joseph ließ sich nicht so leicht überreden. Was er tat, tat er überlegt. Er hatte Bernadette heiraten wollen und hatte sie geheiratet.

Sicher liebt er sie, dachte Regina. Sie hörte ihren Bruder, der sie zum Eintreten aufforderte.

Joseph kannte ihr Klopfen und legte sein Buch weg, als sie ins Zimmer kam. Sein für gewöhnlich schwermütiges und verschlossenes Gesicht leuchtete auf und ließ so herzliche Freude erkennen, wie sie außer Regina kein Mensch in ihm wachrufen konnte. Fast war es das Lächeln eines Liebenden, das vom Funkeln seiner blauen Augen begleitet wurde. Er stand auf, um seine Schwester zu begrüßen. Selbst in der Zurückgezogenheit seines Zimmers war er stets korrekt gekleidet. Nie hatte ihn jemand unordentlich oder ungepflegt gesehen, nicht einmal seine Frau. »Regina«, sagte er, nahm sie bei der Hand und führte sie zu einem dunklen Ledersessel neben seinem. Er drehte die Leselampe ein wenig niedriger, um das Licht nicht in ihre Augen fallen zu lassen.

Regina fürchtete, mit der Tür ins Haus zu fallen, und fragte statt dessen: »Was liest du da, Joe?«

»Rechtswissenschaften«, antwortete er, »ich lese immer Rechtswissenschaften.« Er dachte an Ciceros Ausspruch: »Politiker werden nicht geboren. Sie werden ausgeschieden.« Er lächelte. Der Ausspruch ließ sich wohl kaum in Anwesenheit einer jungen Dame wiedergeben. »Sie sind von unschätzbarem Wert in der Politik. Wie soll man erraten, welches Gesetz sich zu brechen lohnt, wenn man nicht weiß, daß es dieses Gesetz überhaupt gibt?«

Gegen seine Erwartung lächelte sie nicht. Er setzte sich ihr gegenüber. »Joe«, sagte sie, »ich wünschte, du würdest nicht immer den Schurken herauskehren. Du weißt, daß du keiner bist.«

Er liebte es, mit Regina zu scherzen, aber er merkte, daß sie ernst und bekümmert war. »Ich freue mich, daß du eine so gute Meinung von mir hast.« Sie senkte den Blick auf ihre Hände, die sie gefaltet im Schoß liegen hatte.

»Ich werde mein ganzes Leben lang immer eine gute Meinung von dir haben, Joe, ganz gleich —«

Er war sofort auf der Hut. »Ganz gleich — was?«

Sie beugte sich ein wenig vor, und er sah nur mehr ihre weiße Stirn und den anmutigen Bogen ihrer Nase und legte sich in jäher Bestürzung die Frage vor, ob dieses gegen die Wirklichkeit abgeschirmte Mädchen auch nur die geringste Ahnung hatte, wer er war. In seinem Haus war sie mehr die Gastgeberin als die zuweilen etwas ruppige Bernadette, denn sie besaß mehr Haltung und Anmut und angeborene Lebensart, und so hatte sie Dutzende seiner Bekannten kennengelernt, darunter die unmoralischesten und verworfensten Politiker und Unternehmer. Sie war den Männern begegnet, die für ihn arbeiteten und seine zahllosen Geschäfte betrieben. Er hatte ihr nie verhehlt, welcher Machenschaften er sich bediente, um gewisse Politiker in der Öffentlichkeit bekanntzumachen, sie als Kandidaten aufstellen und schließlich wählen zu lassen, war jedoch stets darauf bedacht gewesen, den Zynismus, der diesen Manipulationen anhaftete, vor ihr zu kaschieren, und über die Gründe, warum er diese Menschen mit Geld und der Macht seiner Zeitungen unterstützte, Stillschweigen zu bewahren. Er hatte sie in dem Glauben gelassen, daß eben so »Politik gemacht« wurde, und daß er den »besten Leuten« zum Erfolg verhalf. Sie war mit allen diesen Menschen nicht nur in Green Hills, Philadelphia und Boston, sondern auch in seinem Stadthaus in New York zusammengetroffen. Dennoch war er davon überzeugt, daß schon allein die Unschuld seiner Schwester sie davor bewahrte, die Wahrheit zu erkennen und zu ahnen, welchen Halunken sie ihre Hand zum Kuß reichte.

Plötzlich mußte er an Tom Hennessey denken. Er warf Regina einen scharfen Blick zu und wiederholte: »Ganz gleich — was?«

»Ich wollte sagen, sogar wenn du mich als deine Schwester einmal aufhören solltest zu lieben.«

Er fühlte sich erleichtert, hatte aber doch das Gefühl, daß sie ihm ausgewichen war. Nun hob sie den Kopf und blickte ihn an, und er sah, daß Tränen in ihren Augen standen.

»Mein Gott, Regina!« rief er. »Warum sollte ich je aufhören, dich zu lieben?«

»Versprichst du's mir?« fragte sie wie ein Kind und versuchte zu lächeln.

»Ich verspreche es.« Doch sein Unbehagen wuchs.

»Auch wenn ich dich verlasse, Joe?«

Er antwortete nicht gleich. Seine Augen bohrten sich in die ihren, und zum erstenmal sah Regina etwas, das ihr angst machte. Aber er blieb ganz ruhig. »Warum solltest du mich verlassen? Denkst du etwa daran, zu heiraten?«

»In gewissem Sinne«, erwiderte sie, und er konnte sie kaum verstehen, denn sie ließ wieder den Kopf sinken. »Ich möchte die Verbindung eingehen, die ich schon immer ersehnt habe.«

Als ob er einem unwiderstehlichen Drang folgen müßte, stand er auf. Er beobachtete sie schweigend. Sie streckte ihm ihre Hand entgegen, doch er sah sie nicht.

»Ach, Joe«, rief sie schmerzlich bewegt, »ich weiß, daß ich dir versprochen habe, nie mehr darüber zu reden — ich war damals achtzehn. Ich habe es versucht, Joe. Ich habe es versucht. Mit meiner ganzen Kraft habe ich versucht, es zu — unterdrücken. Aber es ist in all diesen

Jahren nur noch stärker und unabweisbarer geworden, und jetzt kann ich einfach nicht mehr widerstehen. Ich muß gehen. Zum Karmeliterorden in Maryland. Ich muß gleich gehen. O Joe, sieh mich nicht so an! Ich ertrage es nicht. Du mußt doch wissen, daß ich mir das immer schon gewünscht habe, solange ich mich zurückerinnern kann, seit meiner frühesten Kindheit im Waisenhaus. Als ich dir das erste Mal davon sprach, sagtest du, ich wäre zu jung, um eine solche Entscheidung zu treffen, daß ich die Welt sehen müßte, aber Joe« — die Tränen in ihren Augen waren schwerer als zuvor —, »ich kann diese Welt nicht ertragen. Ich kann sie nicht ertragen. Du selbst hast mir einmal gesagt, ›ein geistig gesunder und intelligenter Mensch muß diese Welt entsetzlich und ekelerregend finden‹ — und du hattest völlig recht. Ich will an ihr nicht teilhaben, Joe. Ich kann an ihr nicht länger teilhaben.«

Zitternd vor Erregung sprang sie auf und blieb vor ihm stehen. Er blickte auf sie herab, und sie erschrak vor dem Ausdruck in seinen Augen. Aber sie bezwang ihre wachsende Angst. Sie schlang ihre Hände ineinander, und ihr Gesicht flehte um sein Verständnis.

»Was weißt du vom Leben?« fragte er mit einer Stimme, die so von Abscheu erfüllt war, daß sie unwillkürlich einen Schritt zurücktrat. »Eine Klosterschwester. Du magst dreiundzwanzig Jahre alt sein, aber du redest wie ein Schulmädchen. Ich habe dich nach Europa mitgenommen und in Dutzende von Städten hier in Amerika, aber das hat alles keinen Eindruck auf dich gemacht. Du hast sie gar nicht gesehen, was?«

»Doch, ich habe sie gesehen, Joe.«

»Du hast sie nicht gesehen. Denn die Nonnen haben dich blind gemacht, eine Närrin, ein dummes Luder aus dir gemacht, dich hinters Licht geführt, dich mit Unsinn und Aberglauben und mittelalterlichen Phantasien gefüttert und dir idiotische Träume und Visionen und Mythen in den Kopf gesetzt. Sie haben dich fertiggemacht, dich, meine Schwester.«

Sie schüttelte langsam ihr schönes Haupt. »Nein, das ist nicht wahr. Niemand hat auch nur die Vermutung ausgesprochen, daß ich eine Berufung hätte —«

Er brach in ein heiseres, mißtönendes Gelächter aus. »Eine Berufung! Du lieber Gott! Eine Berufung wofür? Für ein Gefängnis? Für Abgeschiedenheit? Für endlose, sinnlose Gebete? Für Aufopferung und Verzicht? Wofür? Für wen? Wozu? Zu welchem Zweck?«

Inmitten ihrer Angst schoß ihr der bizarre Gedanke durch den Kopf, daß hier ein Mann vor ihr stand, der mit der Kraft der Verzweiflung um sein eigenes Leben kämpfte. Mit keuchendem Atem redete er auf sie ein, ballte die Hände zu Fäusten und öffnete sie wieder; sein Gesicht war so verzerrt, daß sie es kaum wiedererkannte.

Mit schneidender Stimme fuhr er fort: »So war also alles umsonst, alles, was ich — du weißt überhaupt nichts. Du hast nie um etwas kämpfen, für etwas arbeiten müssen. Seit deinem dreizehnten Lebensjahr lebst du in Luxus, in dem Luxus, den ich für dich geschaffen habe. Vermutlich hat das keinen Reiz mehr für dich, und weil du nichts Besseres zu tun hast, gibst du dich übersinnlichen Vorstellungen hin und jagst phantastischen Gaukelbildern nach. Habe ich dir je eine Bitte abgeschlagen? Ich habe dir und —« Er unterbrach sich. Sein Keuchen hallte im Zimmer wider. »Mein Leben habe ich dir gegeben, mein ganzes Leben. Aber nicht nur das: ich habe dir auch die Wirklichkeit gegeben, die Erziehung und die Bildung, die eine kluge Frau besitzen sollte. Ich habe dir die Welt geschenkt, um die ich gekämpft habe, und jetzt kommst du mir mit großen Worten und einfältigem Geschwätz und kindischer Zauberei und teilst mir mit, daß alles umsonst war, daß du das alles nicht haben willst. Eiskalte Steinböden wünschst du dir, auf denen du knien, deine dummen hohlen Gebete herunterleiern und Sünden beichten kannst, die du nie begangen hast. Hinter Wandschirmen willst du dich verstecken, damit dich niemand zu sehen bekommt. Verstecken willst du dich. Jawohl, verstecken!«

»Joe«, sagte sie, aber eine wütende Handbewegung unterbrach sie.

»Wovor versteckst du dich, Regina? Vor der Welt, wirst du sagen. Aber die Welt hat dich nie geschmäht und verletzt, wie sie mich verletzt und geschmäht hat. Nie hat sie dir ihr wahres Gesicht gezeigt, wie sie es mir gezeigt hat. Du weißt nichts, du Närrin, gar nichts weißt du! Und in deiner Dummheit schwelgst du in romantischen Illusionen eines Klosterlebens, das nur aus weißen Lilien und Weihrauch, aus niedlichen Standbildern und beseligtem Schwachsinn und frommer Musik besteht — und aus albernen Gebeten! Du langweilst dich? Warum heiratest du nicht, wie alle Frauen heiraten, hast Kinder und lebst ein Leben, wie es auch Millionen anderer Frauen leben?«

Regina ließ ihr Kinn auf die Brust fallen, und Joseph, in seiner Wut, haßte sie, wie man einen Verräter haßt. Der Scheitel ihres schwarzen Haares schimmerte im Lampenlicht. Ganz still stand sie da in ihrem braunen Leinenkittel, der ihm plötzlich wie ein Ordenskleid vorkam, abstoßender und häßlicher als alles, was er je gesehen hatte. Er hätte Regina weh tun, sie zu Boden schlagen wollen, doch zugleich mit diesem Drang empfand er in seinem Innern einen unerträglichen Schmerz. Und weil es auch ein vertrauter Schmerz war, der Erinnerungen an zwei andere Frauen wachrief, stammelte er böse: »Eher möchte ich dich in deinem Sarg sehen! Lieber möchte ich dich tot sehen!«

Sie hörte die Qual in seiner Stimme, die Verzweiflung, das entsetzliche Leid. Sie sah auf, und ihr Gesicht war voller Erbarmen und Liebe — und Angst.

»Du verstehst mich nicht, Joe. Ich liebe — Mein Wunsch ist es, zu dienen, wenn auch nur mit Gebeten. Ich liebe, Joe.«

»Was liebst du?« rief er und brachte sie mit einer zornigen Geste abermals zum Schweigen. »Welchen Gott? Was für ein Unverstand! Es gibt keinen Gott, du verdammte Närrin, du sentimentale Betschwester! Es gibt nichts, dem man dienen, das man anbeten kann, nichts, das dich hört, das sich deiner erbarmt. Ich weiß es. Unser Vater ruht auf dem Armesünderfriedhof, und die Gebeine unserer Mutter faulen im Meer — trotz aller ihrer Gebete, aller ihrer Frömmigkeit und aller ihrer Mildtätigkeit. Ich habe Hunderte Hungers sterben sehen, Männer, Frauen, Kinder, Säuglinge, alte Großmütter — sie lagen in den Straßengräben und bissen sich in den letzten Krämpfen ihres Hungers in die eigenen Hände. Hat dein Gott sie gehört, hat Er Sich um sie gesorgt, hat Er Seine Engel geschickt, um diese Unschuldigen zu nähren? Und diejenigen unter uns, die überlebten, wurden in den Häfen dieses Landes abgewiesen, mußten nach Irland zurückkehren, um dort Hungers zu sterben oder wie Vagabunden auf Vagabundenschiffen herumirren, immer in der Hoffnung, doch noch eine Zuflucht zu finden oder wenigstens eine Brotrinde — buchstäblich eine Brotrinde.

Du dummes Ding, du! Was weißt denn du von dieser Welt? Was denkst du wohl, wo mein Geld, das meiste jedenfalls, herkommt? Von bewußt angezettelten, sorgfältig geplanten Kriegen. Bist du schon einmal in einem Spital gewesen, in dem verwundete und sterbende Soldaten lagen, allesamt jünger als du? Hast du sie betreut und ihre Wunden versorgt? Was weißt du von dieser verfluchten Welt? Sie ist eine Hölle, sage ich dir, in der Tag für Tag Unschuldige hingemetzelt werden. Und kein Gott kümmert sich darum, kein Gott hilft ihnen, kein Gott hört sie. Das ist es, dem du dienen willst: eine Lüge, ein Mythos, Aberglaube, Hokuspokus, Schwindel, etwas, das nicht existiert und nie existiert hat!«

Und Regina antwortete in diesem matt erleuchteten Raum, in dem ihres Bruders Stimme widerhallte: »Für eben diese Welt muß ich beten, ihr muß ich mit meinen Gebeten dienen. Warum gibst du Gott die Schuld an der Schlechtigkeit der Menschen? Der Mensch kann wählen. Wählt er das Böse, ist das sein freier Wille, und nicht einmal Gott wird oder kann sich einmengen. Ich weiß, daß du vom Glauben abgefallen bist, lieber Joe. Es wäre zwecklos, wenn ich versuchen wollte, dich zu überzeugen — wer kann über Erkenntnisse sprechen, die allein dem Herzen und der Seele vorbehalten sind? Diese Welt erbarmt mich. Du glaubst, daß ich nichts weiß.« Ihr Mund zuckte, doch ihr Blick begegnete dem seinen mit Entschlossenheit. »Aber ich weiß zuviel. Wer bin ich, daß ich dir Vorwürfe machen sollte, dir, der du alles für deine Geschwister getan hast? Ich glaube, daß nicht einmal der Herrgott dich deswegen — zu sehr — tadeln wird. In gewisser Weise ist dein ganzes Leben, dein Leben, Joe, ein Gebet gewesen — für Menschen, die ein solches Opfer gar nicht verdient haben — für Sean und mich. Nein,

nein. Wir haben es nicht verdient. Ich möchte bezweifeln, daß es überhaupt jemanden gibt, der solcher Selbstlosigkeit würdig ist.«

Trotz seines Zornes, seiner Verachtung und seiner Wut geriet Joseph völlig aus der Fassung. Er zwang sich dazu, sein Keuchen zu unterdrücken. Nicht unterdrücken konnte er das laute Hämmern seines Herzens, aber er sprach verhältnismäßig ruhig. »Wenn du das denkst und glaubst, wie kannst du es über dich bringen, mich um einer Nichtigkeit, einer Lüge, eines Hirngespinstes willen zu verlassen?«

»Ich verlasse dich ja nicht wirklich, Joe. Ich werde dich stets in meine Gebete einschließen, dich noch zärtlicher lieben, und dir noch dankbarer sein. Ich werde mit meinen Gedanken immer bei dir sein, denn du bist auf dieser Welt das Teuerste, was ich habe.«

Mit sehr blassem Gesicht, ihre schönen Augen furchtlos leuchtend, stand sie vor ihm, groß und schlank und liebreizend, und ganz plötzlich stieg vor ihm ein entsetzliches Bild auf: dieses herrliche Wesen eingemauert hinter kalten Steinen, die süße Stimme hohle Gebete murmelnd, das zarte Fleisch hingebreitet in ekstatischem Sinnentaumel, dem Wahnsinn ausgeliefert. Er empfand ein fast sinnliches Gefühl des Abscheus. Regina las es in seinem Blick; aufs neue von Angst ergriffen, wich sie einen Schritt zurück.

»Ich lasse dich nicht gehen. Ich lasse es nicht zu, daß du dich selbst vernichtest.«

»Ich vernichte mich nicht, Joe, ich erlöse mich.«

Sie konnte nur immer wieder hilflos den Kopf schütteln, so als ob sie nicht mehr Herrin ihrer Bewegungen wäre. Er sah sie an und wollte sie in seine Arme nehmen und festhalten — und er wollte sie auch töten.

»Es war mein Wunsch«, sagte sie, »daß du verstehst, wie ich fühle. Ich wußte, daß ich dir Schmerz bereiten und dich böse machen würde. Aber ich hoffte, du würdest einsehen, daß es in dieser Welt kein Glück für mich gibt und niemals geben wird. Ich muß dahin gehen, wo ich Frieden, Gebet und Buße finde. Das ist alles, was ich mir wünsche, und nichts anderes. Wenn du mich nur ein wenig verstündest, du würdest sagen: ›Ziehe hin, meine Schwester. Jeder muß sein Glück, oder doch zumindest seinen Frieden, auf seine Art suchen.‹«

»Glück!« rief er, von gallbitterem Ekel gepackt. »Welcher Dummkopf spricht von Glück? So etwas wie Glück hat es nie gegeben, außer für Heuchler, Lügner und Verrückte. Es hat nie einen Frieden gegeben und wird ihn in dieser Welt nie geben, aber wir kennen nur diese eine Welt und werden nie eine andere kennen. Wir müssen mit ihr Kompromisse schließen und ihnen zustimmen. Du aber willst vor ihr davonlaufen! Wenn das nicht Schwäche und Feigheit ist — ich hätte gern gewußt, wie man es anders bezeichnen sollte.«

Wieder schüttelte sie hilflos den Kopf. Sie konnte nicht von der großen Liebe sprechen, die in ihrer Seele wohnte, nicht von ihrem demütigen Glauben und ihrer Freude an diesem Glauben, denn damit hätte sie ihren Bruder nur noch tiefer verletzt. So sagte sie schließlich: »Ich muß gehen, liebster Joe. Ich habe bereits alle Vorbereitungen getroffen. Ich fahre morgen abend. Ich habe bis jetzt geschwiegen, weil ich Angst hatte — Angst vor meiner eigenen Unschlüssigkeit — Angst, daß du mich überreden könntest — doch nun kann mich nichts mehr von meinem Entschluß abbringen. Nichts. Nicht einmal du, Joe.«

Er maß sie mit einem Blick wilden Hasses. Er fühlte sich hintergangen, mit Gehässigkeit und blasierter Selbstgefälligkeit hintergangen. Er dachte an Sean, der ihn mit von ihm selbst nie erreichter Grausamkeit angeklagt und verlassen hatte. Und so sagte er nun mit so leiser Stimme, daß Regina ihn kaum hören konnte: »Geh, und geh zum Teufel, du Schlampe. Geht nur, ihr beiden. Ihr wart nicht ein Jahr meines Lebens wert. Nicht einmal eine Stunde — er nicht und du nicht.«

»Ich weiß es. Nur ich weiß es, Joe«, erwiderte Regina und ging stumm aus dem Zimmer. Er sah ihr nach. Er hatte geglaubt, alles Elend ausgekostet zu haben, das ein Mensch ertragen konnte, doch dieses war das schlimmste von allen. Selbst wenn es ihm möglich gewesen wäre, seine Schwester noch zurückzuhalten, er würde nicht mehr die Hand nach ihr ausgestreckt haben. Sie war für ihn ebenso tot wie sein Bruder und ebenso hassenswert.

Regina ging in ihr Zimmer und kniete auf ihrem Betschemel vor dem Kruzifix an der Wand. Sie weinte leise und versuchte zu beten, aber sie war leer bis auf den brennenden Schmerz in ihrer Brust und eine letzte Erinnerung an das Gesicht ihres Bruders.

Die lauten Worte ihres Mannes hatten Bernadette aus dem Schlaf gerissen. Sie war auf Zehenspitzen den langen Gang hinuntergeeilt, um zu lauschen. Sie hatte die Auseinandersetzung zwischen ihm und Regina zum größten Teil mit angehört und wäre beinahe in ein Freudengeschrei ausgebrochen. Jetzt würde sie diesen Einfaltspinsel Regina los sein, und Joseph würde endlich erkennen, daß er niemanden in der Welt hatte — außer seiner treuen, sich für ihn aufopfernden und ihn vergötternden Frau.

Am nächsten Tag ließ sich Joseph nicht sehen. Als Regina ihrer Schwägerin weinend erklärte, daß sie gehen müsse und warum, verdrehte Bernadette mitfühlend die Augen, sprach ihr mit zärtlichen Worten Mut zu, und schloß sie liebevoll in die Arme. »Oh, ich verstehe dich, Liebste!« rief sie. »Ich habe nie einen Menschen gekannt, der eine Berufung hatte, aber ich verstehe dich so gut! Du kannst einfach nicht widerstehen. Es wäre ja auch eine Sünde, zu widerstehen. Mach dir wegen Joe keine Sorgen. Ich werde ihn beschwichtigen, und mit der Zeit wird er sich damit abfinden.«

So wurde Regina getröstet und ahnte nicht, daß sie von einer jungen Frau getröstet wurde, die sie verachtete und sich freute, sie loszuwerden, und daß alles falsch und geheuchelt war. Es war dem jungen Mädchen bei der Abreise friedlicher ums Herz, als sie es für möglich gehalten hätte. Zum letztenmal klammerte sie sich an Bernadette, die sie zum Bahnhof begleitet hatte. Sie sieht schon jetzt wie eine Nonne aus, die Gans, dachte Bernadette, während sie, Freude im Herzen und wie von einer schweren Last befreit, Wange an Wange geschmiegt, Regina die übertriebensten Versprechungen ins Ohr flüsterte.

Als Joseph am Tag nach Reginas Abreise wieder bei Tisch erschien, verlieh Bernadette ihrer Entrüstung über Regina Ausdruck und versicherte Joseph ihres Mitgefühls. Ihr Gatte aber sah sie an und sagte: »Wenn es dir recht ist, wollen wir nie wieder von ihr sprechen.«

XXX

An einem kühlen Septembertag erhielt Joseph einen an das Haus in Green Hills adressierten, sehr interessanten Brief. Nach den üblichen Ergüssen der Freundschaft und Ergebenheit hieß es da:

Unsere Freunde haben die der Partei zugedachte Spende mit Dankbarkeit entgegengenommen. Sie waren von Deiner beispielhaften Großzügigkeit überrascht, die, so meinten sie, Deine Anteilnahme an Staat und Allgemeinwohl erneut unter Beweis gestellt habe. Sie werden jene anderen Angelegenheiten, die ich ihnen wärmstens ans Herz gelegt habe, unverzüglich und zu Deiner vollen Befriedigung erledigen.

Es folgten fürsorgliche Anfragen in bezug auf Josephs und seiner Familie Befinden, und schließlich fügte Mr. Spaulding noch hinzu: *Ich wäre nicht überrascht, wenn Dich ein gemeinsamer Freund schon in den allernächsten Tagen aufsuchen würde. Sollte dem so sein, bitte ich Dich, ihm meine Empfehlungen zu übermitteln.*

Joseph vernichtete den Brief sogleich. Aber Sinn und Inhalt erfüllten ihn mit rachedürstender Genugtuung. Er brauchte diese Genugtuung, denn seit Reginas »Desertion«, die er nun mit Seans grausamen Vorwürfen auf einen Nenner brachte, erschien ihm das Leben kaum noch erträglich. Er fühlte sich so allein wie nie zuvor in seinem Leben. Hätte irgend so ein sentimentaler Schwätzer mit schalkhaftem Finger auf seinen Reichtum, seine Frau und seine Kinder hingewiesen, er würde in ein homerisches Gelächter ausgebrochen sein, und es wäre ein sehr mißtönender Klang gewesen. Früher hatte er des öfteren an Selbstmord gedacht, aber es war immer nur ein Nebengedanke gewesen, ein akuter, aber sehr schnell wieder verworfener Impuls. Jetzt spielte er dauernd mit der Möglichkeit. Bis er zu der Erkenntnis kam, daß der Mensch die Motivierung für sein Leben in sich selbst zu suchen hatte, und nicht in der Existenz anderer, die ihn, ohne zu zögern, ja sogar mit Gehässigkeit und in böser Absicht, verraten konnten und verraten würden.

Manche Menschen lebten für ihr Land, andere für irgendeinen unglaubhaften Gott, wieder andere für ihre Familien. Doch das, hatte Joseph erkannt, waren alles nur Äußerlichkeiten, Nichtigkeiten, mit der Identität des einzelnen in keiner Weise verbunden, ausgenommen vielleicht (ein bitteres Lächeln begleitete diesen Gedankensprung) jener Gott — oder Sein Mythos —, der seine Schwester aus ihres Bruders Haus getrieben hatte. Das war für Joseph des Wahnsinns letzter Schluß und Verrat an der eigenen Integrität gewesen. In des Menschen Unmittelbarkeit seiner Nöte, Begierden und Verlangen war für Abstraktes kein Platz. Eine animalistische Weltanschauung? Joseph hatte gegen diese Bezeichnung nichts einzuwenden. Abgesehen von ein paar wahnsinnigen Heiligen, die sowieso nichts von der Welt verstanden, war nicht die ganze Geschichte des Menschen vom Animalismus geprägt? Er war nun schon soweit, daß er sich selbst bittere Vorwürfe machte, weil er um seiner Geschwister willen seiner eigenen Jugend alle Lebensfreude, alle Vergnügungen und Genüsse vorenthalten hatte. Er machte sich zuweilen darüber Gedanken, ob er nicht selbst ein bißchen wahnsinnig gewesen war, indem er seinem eigenen Dasein, soweit es nicht zu Sean und Regina in Bezug stand, jeden Wert abgesprochen hatte. Er dachte oft an Mr. Healey, der ein interessantes, aufregendes und fruchtbares Leben nur für sich allein geführt hatte und als glücklicher Mann gestorben war. Er war unbeschwert von Sorge und Kummer und ohne schwarze Rachegedanken in seinem Herzen gestorben. Nie hatte Mr. Healey sein Leben und sein Werk anderen Menschen geweiht, nie anderen größere Anerkennung und mehr Verdienste zugesprochen als sich selbst. Folglich war er nie enttäuscht worden, hatte sich nie ausnutzen lassen — und es somit einfach nicht notwendig gehabt, zu hassen oder sich zum Haß reizen zu lassen. Indem er also zuerst an sich selber dachte und seiner Person diente, konnte er es sich leisten, freundlich und oft auch gerecht und um das Wohlergehen anderer besorgt zu sein. Kurz gesagt, Mr. Healey hatte Selbstachtung besessen, und das war etwas ganz anderes als Stolz, woran es Joseph nie gemangelt hatte.

Ein Mensch, der für andere lebte, tötete das einzig Wertvolle ab, das er besaß: seine eigene Identität und das Bewußtsein seiner eigenen Persönlichkeit. Die Auslöschung der eigenen Person war ein Verbrechen gegen das eigene Leben. Joseph sah Sean und Regina jetzt als Gegner, die ihn vernichtet hatten: Sean mit grausamer, rücksichtsloser Selbstsucht, Regina, indem sie zu Einem gegangen war, der ihrer mehr bedurfte als ihr Bruder.

»In letzter Zeit verstehe ich dich gar nicht mehr«, klagte Bernadette. »Ein besorgter Gatte und Vater warst du ja nie, und du hast mir auch nicht die Aufmerksamkeit gewidmet, die andere Männer ihren Frauen schenken. Weißt du denn nicht, daß ich dich sehr liebe und deine Kraft und deinen Trost brauche? Du meidest mich; du sprichst fast nichts und lächelst nie. Ich habe doch nur dich!«

Für einen Augenblick rissen diese Worte Joseph aus seinen düsteren Gedanken. »Sei keine Närrin!« entgegnete er ihr dann mit brutalem Mitgefühl. »Lebe für dich selbst, nicht für mich und nicht für irgend jemand anderen! Du hast — dich! Das ist viel wichtiger als dein Mann oder deine Kinder. Sei nie auf jemanden angewiesen, sei nie von jemandem abhängig. Du begehst sonst einen schweren Fehler.«

Bestürzt starrte Bernadette ihn an; ihre Augen füllten sich mit Tränen. »Aber was hat denn eine Frau außer ihrer Familie, außer ihrem Mann?«

Joseph machte eine zerstreute Handbewegung. »Denke daran, was man deiner Mutter angetan hat«, sagte er und verabschiedete sich von seiner Frau, die nun zum erstenmal in ihrem jungen Leben die eisige Kälte und die entsetzliche Trostlosigkeit der Verlassenheit verspürte. Nicht einmal der, wie sie es nannte, »Treubruch« ihres Vaters hatte sie so schwer getroffen. Ihre leidenschaftliche Liebe für Joseph ausgenommen, waren ihre Gefühle recht oberflächlich, explosiv und von kurzer Dauer und ließen sich leicht besänftigen. Jetzt weinte sie als Frau und nicht als Kind.

Gouverneur Tom Hennessey sandte ein kurzes Telegramm an seinen Schwiegersohn: ERWARTE MICH KOMMENDEN DONNERSTAG IN GREEN HILLS ZWECKS GESCHÄFTLICHER BESPRECHUNG. Joseph las das Telegramm mit einem kleinen Lächeln des Triumphs. Er informierte Bernadette, die ihre Niedergeschlagenheit nach dem letzten Gespräch mit ihrem Mann sogleich vergaß. »Wir geben eine Party!« rief sie, aber Joseph erwiderte: »Meine Liebe, laß uns erst feststellen, wie lange dein Vater bei uns bleiben kann. Vielleicht muß er gleich wieder nach Philadelphia zurück.«

Bernadette fuhr mit dem Wagen zum Bahnhof, um den Gouverneur abzuholen. Sie wollte sich mit Papa unter vier Augen unterhalten. Sicherlich würde er ihr genau erklären können, was Joseph gemeint hatte und wie sie seinen Wünschen Rechnung tragen sollte.

Doch der Gouverneur verhielt sich ungewöhnlich schweigsam. Er schien sorgenvoll, tiefe Falten durchfurchten sein blasses, sonst immer so frisches, rosiges Gesicht, und sein Blick wirkte gequält und gehetzt. »Mein Liebling«, murmelte er, »dein Mann ist kein müßiger Galan, kein Stümper und kein Faulenzer. Er hat Probleme, so wie ich. So wie ich«, wiederholte er und sah Bernadette ungeduldig an, so als wünschte er, sie würde mit ihrem albernen Geschwätz bald zu Ende kommen. »Glaubst du, er hat nichts anderes zu tun, als um dich herumzutanzen und mit den Kindern zu spielen? Es mag dich und deine Eitelkeit verletzen, aber ein Mann hat andere und wichtigere Dinge zu tun.« Er tätschelte Bernadettes kleine behandschuhte Hände, denn sie war dem Weinen nahe. »Du weißt doch, was Byron gesagt hat: ›Des Mannes Liebe ist sein Leben nicht; des ganzen Daseins Kern ist sie dem Weib.‹ Das ist sehr wahr, und jede Frau sollte sich das vor Augen halten und nicht ihr Schicksal beklagen.«

»Ich will ja nur, daß er mich lieb hat«, sagte Bernadette und unterdrückte ein Schluchzen.

»Aber das tut er doch gewiß«, beruhigte sie ihr Vater und hoffte zu Gott, daß es auch wirklich so war. »Warum sollte er dich sonst geheiratet haben? Er war selbst reich genug, reicher als ich mir hätte träumen lassen. Er hat dich nicht deines Geldes wegen genommen.« (Warum zum Teufel *hatte* er sie geheiratet? fragte sich der Gouverneur, der nie den Eindruck gewonnen hatte, daß Joseph eine glühende Leidenschaft zu Bernadette empfand.)

Er begab sich sofort in den großen Raum, den Joseph jetzt als Arbeitszimmer benützte und der früher des Gouverneurs pompöses Schlafzimmer gewesen war. Joseph begrüßte ihn mit freundlichen Worten und bot ihm sofort etwas zu trinken an, was der Gouverneur dankbar akzeptierte. »Ein großes Glas Whisky«, sagte er. »Es wäre besser, du schenkst dir auch ein Glas ein. Ich bringe schlechte Nachrichten.«

Joseph war nie ein guter Schauspieler gewesen. Wie brachte man es zuwege, überlegte er, eine besorgte Miene aufzusetzen, wenn man gar keine Besorgnis empfand, und diese Besorgnis auch noch in seiner Stimme anklingen zu lassen? Joseph dachte an Mr. Montroses ausdrucksvolle Züge und bemühte sich um eine annehmbare Nachbildung einer von Unruhe und hilfsbereiter Ängstlichkeit geprägten Physiognomie. Er entsann sich Mr. Montroses anpassungsfähiger Stimme und sagte: »Ach herrje! Dann müssen wir darüber sprechen. Jetzt gleich. Ich hoffe nur, es handelt sich nicht um irgendein neues Strafgesetz im Anschluß an die angeblichen Greueltaten der Bahnpolizei. Begreifen die Leute denn nicht, daß die Eisenbahnen nicht gebaut worden sind, damit die Molly Maguires und die Anarchisten mit ihren Streiks im Wohlstand leben? Sollen die Männer, die den Verstand hatten, die Eisenbahnen zu bauen, und alles dafür riskiert haben, auf ihren rechtmäßigen Gewinn verzichten?«

Zum erstenmal ging ein zynisches Lächeln über das Gesicht des Gouverneurs. »Habe ich nicht, deinem Rate, Joe, folgend, immer wieder meiner Sorge um diese armen Teufel Ausdruck verliehen — und mich so ihrer Stimmen versichert — und ist es nicht immer noch gelungen, jedes Gesetz zu ihren Gunsten zu Fall zu bringen?«

»Das ist wahr«, sagte Joseph. »Wie schwer es doch so ein Politiker hat! Ich bin froh, daß ich keiner bin. Das Lügen ist nicht gerade meine Stärke.«

Der Gouverneur, der in dem einzigen bequemen Sessel in diesem kahlen Arbeitszimmer saß, betrachtete Joseph aus zusammengekniffenen Augen. Tom Hennessey war kein Dummkopf. Er hatte Joseph nie leiden können und ihm stets — ganz unpersönlich, ohne jeden Grund — mißtraut. Die politische Hilfeleistung, die Joseph ihm angedeihen ließ, seine Zuvorkommenheit in den letzten Jahren, das alles konnte Toms Erinnerung an jene Nacht nicht auslöschen, da Joseph, nach Katherines Tod, ihn in der Halle dieses Hauses so strafend und unversöhnlich angesehen hatte. Er war von Bernadette unterrichtet worden, daß Katherine nach Joseph verlangt hatte. Tom wußte bis heute nicht, was sie dazu veranlaßt haben mochte. Hatte es etwas mit Bernadette zu tun gehabt? Hatte Joseph Katherine gegenüber schon früher eine Andeutung gemacht? Warum aber hatte er dann seinen zukünftigen Schwiegervater mit einem so mörderischen, haßerfüllten Blick gemustert? Natürlich, Katherine mochte geschwätzt haben, bevor sie gestorben war — das war die Schlußfolgerung, zu der Tom gelangt war. Katherine war ja immer schon eine schwachsinnige Närrin gewesen.

An diesem Abend aber verbannte Tom die unbeklagte Katherine aus seinen Gedanken. »Ich will es kurz machen«, brach es aus ihm heraus, und Zorn, Erregung und Verzweiflung verliehen seiner Stimme einen heiseren, rauhen Klang. »Ich erfuhr gestern parteiintern, daß ich dieses Jahr nicht mit der Nominierung rechnen könne, und das, obwohl es noch keinen Monat her ist, daß sie mir vom Parteivorstand persönlich zugesichert wurde. Wem denn auch sonst?«

Es begann zu dämmern. Der würzige, kräftige Duft von Chrysanthemen, Lilien und Rosen, von frisch geschnittenem Gras und herbstlichen Blättern drang durch die geöffneten Fenster. Ganz gegen seine Gewohnheit hatte sich auch Joseph einen Whisky-Soda gemischt, nippte vorsichtig daran und starrte, so als ob er intensiv nachdächte, zu Boden.

»Tja«, rätselte er, »was ist ihnen da wohl eingefallen? Was haben sie gegen dich?«

Tom knallte das Glas auf den Tisch. »Nichts!« brüllte er. »Habe ich nicht alles getan, was sie von mir verlangten? Bin ich nicht auf alle ihre Vorschläge eingegangen? Bei Gott, ich habe der Partei treu gedient! Jetzt stellen sie sich gegen mich.« Er atmete schwer. »Ich habe Dinge getan — gewinnbringend waren sie für alle, aber die möglichen Gefahren mußte *ich* auf mich nehmen. Sie haben mehr daran profitiert als ich.«

Joseph schüttelte den Kopf. »Ich bin kein Politiker, Tom. Eure Gewohnheiten und Methoden sind mir fremd.«

Tom ließ ein zynisches Lachen ertönen. »Ach, Joe! Mach dich nicht so klein! Du weißt doch genau, daß du politisch einer der mächtigsten Männer im Staat bist. Du brauchst diesen Schweinehunden nur zu sagen, daß sie es mit dir zu tun bekommen, wenn sie sich nicht augenblicklich eines Besseren besinnen. Sie würden es nicht wagen, dich zu verärgern.«

»Ich habe so etwas läuten gehört«, entgegnete Joseph, »daß ihnen ein jüngerer Mann lieber wäre. Hancock, zum Beispiel. Du bist ja schließlich nicht mehr der Jüngste, Tom. Und du hast dein Vermögen schon gemacht. Das muß man alles in Erwägung ziehen.«

Tom musterte ihn. Joseph machte ihm einen viel zu uninteressierten Eindruck. Er war doch nie einer gewesen, der um etwas herumredete. Es paßte nicht zu ihm.

»Joe«, sagte der Gouverneur.

Er ist ein verdammt gerissener Hund, dachte Joseph, und ich bin leider kein Schauspieler. Nicht einmal ein guter Lügner. Und sah Tom mit einem Blick an, der, wie er hoffte, gleichermaßen hilfsbereit und entwaffnend wirkte. »Also schön, Tom. Was soll ich tun?«

»Wie ich dir schon sagte. Sie sollen sich die ganze Angelegenheit schleunigst überlegen — oder es ist Schluß mit den Spenden und den Bestechungsgeldern.«

»Ich besteche niemanden«, protestierte Joseph. »Ich mache kleine Geschenke als Ausdruck meiner Dankbarkeit. Niemand kann beweisen, daß ich je jemanden bestochen hätte.«

»Dafür habt Ihr gesorgt, du und deine Anwälte«, konterte Tom mit wachsendem Zorn. Er sah, wie Joseph seine schmalen Achseln zuckte. Er sah, wie Joseph leise lächelte.

»Na schön«, sagte Joseph, »ich werde ihnen heute abend schreiben. Ich hoffe nur, daß es etwas nützt.«

»Telegrafiere. Ich habe gehört, daß sie Hancock schon Montag nominieren wollen. Zum Schreiben ist keine Zeit mehr.«

»Na schön«, wiederholte Joseph. Er ging an seinen Schreibtisch und schrieb ein paar Zeilen. Er brachte das Stück Papier zu Tom, der seine Brille aufsetzte, um es zu lesen.

ALLE KÜRZLICH ÜBERWIESENEN SPENDEN SIND WIE VORGESEHEN ZUGUNSTEN DES VORDEM DESIGNIERTEN KANDIDATEN ZU VERWENDEN. JOSEPH ARMAGH.

Tom Hennessey sah sich den Text sehr genau an. Er hätte eine wärmere, deutlichere Formulierung vorgezogen. Joseph hätte ihn namentlich nennen sollen. Dann sah er ein, daß das nicht klug gewesen wäre. »Du hast also schon größere Spenden gegeben«, bemerkte er einigermaßen erstaunt.

»Ja, sehr große. Im August. Du bist ja schließlich ihr fixer Kandidat, nicht wahr?«

»Zu der Zeit, da du die Spenden überwiesen hast, wußtest du noch nichts von — Hancock?«

Joseph erhob sich. Seine blauen Augen funkelten vor Zorn, und Tom setzte sich erschrocken zurecht und glotzte. »Wann wurde dir gegenüber der Name Hancock erwähnt?« fragte Joseph.

Toms volles, sinnliches und brutales Gesicht zuckte. »Vergangenen Montag.« Und als Joseph stumm blieb: »Entschuldige, Joe! Ich bin halb wahnsinnig. Ich sehe überall Gespenster. Wann wirst du das Telegramm absenden?« Seine Hände waren feucht und kalt geworden.

»Sofort«, erwiderte Joseph und ging zur Klingelschnur. Seine Haltung drückte zornige Empörung aus, und Tom fühlte sich zutiefst beunruhigt. Sich Joseph Armagh, dem er seine letzten Wahlsiege verdankte, zum Gegner zu machen, wäre ein verhängnisvoller Fehler. »Jaja«, sagte Tom deshalb und verzog mit einiger Mühe das Gesicht zu einem herzlichen, versöhnlichen, bedauernden Lächeln, »ich sehe überall Gespenster. Fehlt nur noch, daß ich auch Bernadette, deinen Kindern, und Elizabeth mißtraue!« Er versuchte zu lachen. Dann aber, mit zunehmender Erleichterung, lachte er herzlich und nahm sein Glas wieder auf.

»Das Telegramm wird die Sache in Ordnung bringen«, meinte er.

»Ich hoffe es«, erwiderte Joseph. Ein Hausmädchen kam ins Zimmer, und Joseph wies es an, das Telegramm unverzüglich durch einen Diener zum Telegrafenamt bringen zu lassen. Nachdem sie gegangen war, stammelte Tom mit brüchiger Stimme: »Ich kann dir gar nicht sagen, was mir das bedeutet, und wie dankbar ich dir bin, Joe. Seit Montag bin ich dem Wahnsinn nahe. Ich habe kaum geschlafen und kaum etwas gegessen.«

Joseph betrachtete ihn mit seinen kleinen, tiefliegenden, unergründlichen Augen. »Dann hast du heute Gelegenheit, das nachzuholen. Im Kreise deiner Familie.«

Beim Abendessen war Joseph ungewöhnlich zuvorkommend und liebenswürdig zu Tom Hennessey. Bernadette wunderte sich, denn sie hatte ihren Mann noch nie so freundlich, so — fast — vertraut mit ihrem Vater erlebt. Er war Tom Hennessey immer mit Zurückhaltung begegnet, doch nun schien er sie aufgegeben zu haben. Bernadette bat ihren Vater, ein wenig länger zu bleiben; sie wollte ein »kleines Fest« veranstalten.

Seiner Sorgen enthoben, das Gesicht vom guten Essen und vom Wein gerötet, willigte Tom ein. Sogleich begann Bernadette Pläne für eine Dinnerparty mit anschließendem Ball zu machen. »Es kommt sehr plötzlich«, sagte sie, »aber es werden alle erscheinen. Ich werde die Einladungen morgen persönlich überbringen lassen. Es wird sicher sehr nett werden.« Ihre runden haselnußbraunen Augen ruhten mit zärtlicher Liebe auf Joseph. Welcher unerfreuliche Anlaß ihren Vater auch zu seinem überstürzten Besuch bewogen haben mochte, Joseph hatte alles in Ordnung gebracht, und der liebe Papa war jetzt so gelöst, so beruhigt. Er saß da, als ob das Haus noch ihm gehörte, und in gewissem

Sinne gehörte es auch noch ihm, überlegte Bernadette mit einem warmen Gefühl im Herzen, trotz Elizabeth und diesem Balg, und trotz Mamas letzten Weisungen.

Joseph aber dachte: Soll das Schwein jetzt und die nächsten paar Tage noch seinen Spaß haben. Es wird das letzte Mal sein. Die Henkersmahlzeit. Er lächelte Tom zu und wies einen Diener an, seinem Schwiegervater das Glas vollzuschenken. Toms Augen leuchteten zufrieden.

Joseph wartete. Eine Woche. Zwei Wochen. Er verspürte ein ungeduldiges Frohlocken, während er wartete, und es überraschte ihn nicht, als er am Morgen des fünfzehnten Tages ein Telegramm von seinem Schwiegervater erhielt: ANKOMME HEUTE NACHMITTAG FÜNF UHR STOP MUSS DICH SOFORT ALLEIN SPRECHEN.

Joseph zerknüllte das Telegramm in der Hand und lächelte. Er ging zu Bernadette, die, wie üblich, im Bett frühstückte, die Bettdecke vollgeladen mit Parfüms und Schönheitsmitteln, Kämmen und Bürsten, Spiegeln, Spitzentüchern und Krümeln. Joseph kam während des Tages nur selten und auch des Nachts nicht häufiger hierher, und so strahlte Bernadettes flaches, schwach golden schimmerndes Gesicht vor Freude. Ihre Zofe legte gerade ihr Morgengewand zurecht, und im Kamin brannte ein kleines Feuer, um der morgendlichen Kälte entgegenzuwirken, obwohl draußen die Sonne leuchtend am blauen Himmel stand. Eine Spitzenhaube verbarg Bernadettes lockiges Haar, sie trug ein Bettjäckchen aus Spitze und blauer Seide und streckte Joseph sehnsuchtsvoll ihre rundlichen Arme entgegen.

Was Bernadette nun in Kürze erfahren würde, beunruhigte ihn nicht; sie tat ihm nicht leid. In ihrer Art war sie nicht weniger Pragmatikerin als er selbst, nüchtern und praktisch. Sie liebte ihren Vater immer noch, es würde ihr alles sehr nahegehen, und mir, dachte Joseph, ist es hinten lang wie vorne hoch. Er stand an ihrem Bett, Bernadette hielt eine seiner Hände umklammert und babbelte, was das Zeug hielt. Aus ihren haselnußbraunen, blitzenden Augen sprühte jugendliches Feuer, und Joseph stellte wieder einmal fest, daß seine Frau nur in der Gegenwart lebte, und daß ihre Gedanken und Pläne nur selten über den Tag und die Freuden hinausgingen, die er ihr bringen würde. Er entnahm ihrem Geplapper, daß sie mit einigen Freundinnen in Green Hills Tee trinken wollte, und ihre spitze, boshafte Zunge zerpflückte begeistert den guten Ruf, die geistigen Fähigkeiten und die Lebensweise aller dieser Frauen. Joseph hörte ihr aufmerksam zu. Sie verstand es, ihn zum Lachen zu bringen mit ihren Späßen, Geistesblitzen und Witzeleien, die allesamt bösartig waren und mit tödlicher Sicherheit ins Schwarze trafen. Er konnte sich nicht erinnern, daß Bernadette jemals liebenswürdig und gütig über jemanden gesprochen hätte — ihren

Vater ausgenommen. Sie fand ihre eigenen Kinder lästig und langweilig, und Joseph vermutete, daß sie eine lockere Hand hatte — ungeachtet ihres Geschwätzes über die »modernen Methoden, unsere reizenden kleinen Engel zu erziehen«.

Weder liebte er sie, noch haßte er sie. Weder hatte er sie gern, noch verabscheute er sie. Daher fiel es ihm leicht, ihr stets gelassen und gleichmütig zu begegnen; gelegentlich ging sie ihm auf die Nerven. Genausogut hätte sie ein Haushund sein können, an dem ihm nichts lag, der ihn aber auch nicht weiter störte. Hin und wieder reizte ihn ihr Körper, aber er wollte keine Kinder mehr. Er war Rory und Ann Marie kaum mehr zugetan als ihrer Mutter, hatte jedoch seit Reginas Abreise angefangen, sich mit Rory zu befassen und sogar dem kindlichen Geschwätz von Rorys Zwillingsschwester Ann Marie zu lauschen.

Statt sie zu dämpfen, schürte Josephs reservierte Art noch die verzehrende Leidenschaft, die Bernadette für ihn empfand. Sie fand seine Zurückhaltung vornehm und aristokratisch; er war so ganz anders als ihr lebenslustiger, plumper, ungeschliffener Vater. Er küßte sie selten und auch nur, wenn er mit ihr im Bett lag, wobei er nicht in ihren Armen einzuschlafen pflegte, sondern sie schweigend verließ. Sie klagte nicht über seine Gleichgültigkeit, die, so redete sie sich ein, wahrem männlichen Wesen entsprach. (»Mein lieber Joseph ist zu ernst und reserviert für Süßholzgeraspel und solche Dummheiten.«) Bernadette war überzeugt, daß er sich nicht für Frauen interessierte, und sah daher keinen Grund für Eifersucht in der Tatsache, daß er oft wochenlang fort war und kaum jemals länger als zwei Tage in Green Hills verweilte. Sie wußte nicht, daß er ihr die teuren Kokotten in Philadelphia und New York vorzog, und daß er der »Beschützer« einer sehr schönen, erfolgreichen, jungen Schauspielerin war, einer Irin mit einer wunderbaren Figur, einem entzückenden Gesicht und einer herrlichen Stimme. Joseph bemühte sich nicht, seine ehebrecherischen Beziehungen vor seiner Frau geheimzuhalten. Er renommierte auch nicht damit. Es war ihm ganz gleich, ob sie etwas ahnte. Es bedeutete ihm nichts, so wie auch Bernadette ihm nichts bedeutete. Nur einmal hatte er ein leises Mitgefühl für sie empfunden: in der Nacht, da ihre Mutter gestorben war. Sie war jung und einsam gewesen und wie von Sinnen, naß von Tränen und feucht von Schweiß. Jetzt aber empfand er kein Mitleid mit ihr und nicht die geringste Zärtlichkeit. Hätte sie von einer seiner Affären erfahren, hätte sie ihm Vorwürfe gemacht, er würde sich weder geärgert noch geschämt haben. »Was geht's dich an?« würde er gefragt haben. »Was bist du für mich?«

Er faszinierte sie, wie kein anderer Mensch sie je fasziniert hatte. Es entging ihr nicht, daß er noch hagerer geworden war, seitdem sich »diese scheußliche Regina wie ein Dieb in der Nacht davongemacht hat.« Seine Gesichtshaut hatte sich gespannt, die Augen lagen noch tiefer in ihren Höhlen, und die grauen Schatten in seinem dichten rostbraunen Haar waren auffälliger geworden. Aber er sprach nie von seinen Geschwistern. Es war, als ob sie nie existiert hätten.

»Ich habe ein Telegramm von deinem Vater bekommen«, teilte er ihr mit, als ihr Redeschwall ein wenig abebbte. »Er macht mir heute nachmittag einen unerwarteten Besuch. Geschäftlich. Er wird um fünf hier sein.«

Bernadettes Gesicht leuchtete auf, und ihre weißen Zähne glitzerten. »Oh, wie schön, wo er doch erst vor kurzem bei uns war! Ich muß gleich Bertha Holleye benachrichtigen lassen, wegen des Tees —«

»Nein, nein«, widersprach Joseph, »das wäre doch taktlos, findest du nicht?« Er sah sich in dem vollgestopften Zimmer um, das einst Katherine gehört hatte, und dachte an die Nacht ihres Todes. »Geh nur zu deinem Tee. Dein Vater wird nur knapp eine Stunde bleiben. Ich glaube, er bringt mir wichtige Nachrichten.«

Bernadette machte eine wegwerfende Handbewegung. »Ach, er will dir doch nur erzählen, daß man ihn wieder nominiert hat! Ist das eine so große Neuigkeit? Aber das verlangt wohl nach einer Party für unsere Freunde. Es muß ja gefeiert werden.« Sie hob den Blick zu Joseph und sah etwas in seinen Augen, das sie vage beunruhigte. »Es ist doch alles in Ordnung mit Papa, nicht wahr, Joe?«

»Warum sollte etwas nicht in Ordnung sein?«

»Dann geht es also um deine Geschäfte — alle deine Geschäfte?«

»Es würde mich nicht überraschen«, antwortete er. »Ich bin ziemlich sicher, daß es mich angeht.«

»Mit deinen Geschäften ist doch auch alles in Ordnung, nicht wahr, Joe?«

Wie für alle Reichen, die Not und Entbehrung nie gekannt haben, war Geld auch für sie eine von Gefühlen überwucherte, heikle Sache, und Reichtum etwas, das mit allen zur Verfügung stehenden Mitteln und größter Wachsamkeit vor jedem Zugriff zu bewahren war, der es auch nur um einen Penny verringern könnte. Sie starrte ihn mit ihren runden, ein wenig hervortretenden Augen neugierig an und lächelte nicht mehr.

»Mit meinen Geschäften ist alles in bester Ordnung, mein Schatz«, antwortete er.

Er betrachtete sie prüfend.

»Du bist doch auch ohne mich eine sehr reiche Frau, Bernadette. Und wirst immer noch reicher. Warum also machst du dir Sorgen um meine Geschäfte?«

»Niemand ist je reich genug!« erwiderte sie hitzig und klatschte so heftig auf das Frühstückstablett, daß das Geschirr klirrte. »Papa hat einmal gesagt, du wärst der reichste Mann in Pennsylvanien. Das ist nicht genug. Ich möchte, daß du der reichste Mann im ganzen Land bist!« Sie lachte. »So reich wie Mr. Gould, Mr. Fisk, Mr. Vanderbilt, Mr. Morgan und Mr. Regan, und wie sie alle heißen. Noch reicher!«

Josephs Augen verengten sich zu Schlitzen.

»Und was würdest du mit dem Geld anfangen?« fragte er interessiert. »Noch mehr Schmuck, noch mehr Toiletten von Worth, mehr Reisen nach Europa, mehr Pferde, Kutschen, Häuser, Dienerschaft?«

»Ich will es bloß haben. Das genügt mir. Bloß haben.«

»Aber wozu?«

Sie wußte nicht recht weiter und griff wieder nach seiner Hand. »Warum willst *du* denn immer noch mehr verdienen, Joe?«

»Ich will es bloß haben«, äffte er sie nach und verließ, ohne ihr Lachen zu erwidern, schweigend den Raum. Seltsam beunruhigt sank sie in ihre Kissen zurück. Er hatte sie angesehen wie eine Feindin, so als ob er sie haßte oder sie lächerlich fände. Nachdenklich kaute sie an einem kleinen, mit Marmelade bestrichenen Keks. Das ist doch absurd, sagte sie sich dann. Joe liebt mich. Aber er ist sehr sonderbar. Ich kann ihn nicht immer verstehen. Seit Regina fortgegangen ist, hat er sich verändert. Ein neuer Gedanke schoß ihr durch den Kopf, und sie setzte sich auf. Hätte Joseph es sich auch so zu Herzen genommen, wenn sie, die Mutter seiner Kinder, fortgegangen wäre?

Sie schloß die Augen und sah Josephs Gesicht vor sich. Ihre Liebe zu ihm blendete sie, aber sie log sich selten etwas vor. »Nein«, sagte sie laut, »er hätte es sich nicht so zu Herzen genommen.« Und wieder überkam sie jene schmerzliche Unruhe, die sich ihrer schon vor wenigen Minuten bemächtigt hatte.

Als die Zofe kam, um das Geschirr wegzuräumen, schlug Bernadette ihr heftig ins Gesicht; dann brach sie in Tränen aus.

Die Bewohner des Hauses kannten Josephs Stimmungen, obwohl er sich stets beherrscht und maßvoll verhielt, niemals seine Stimme erhob, nie unartikuliert oder zu schnell sprach und sich nie beklagte. Doch die Kraft seiner Persönlichkeit übte eine so starke Wirkung aus, daß er seinen Gemütszustand ohne ein Wort, ohne eine Geste, auf seine Umgebung übertrug. So kam es, daß es an jenem Tag recht still war in dem großen Haus. Die Kinder blieben bei ihrer Gouvernante, der ältlichen Miß Faulk, Timothy Dineen hielt es für angezeigt, irgend jemanden im Hinblick auf eine gewisse Angelegenheit um Rat zu fragen, und bestieg eiligst einen Zweisitzer, und die Dienerschaft ließ sich kaum blicken und unterhielt sich in gedämpftem Ton. Das weiße Herrenhaus stand in der scharfen, frischen Luft eines Herbsttages zwischen welkenden Bäumen; es schien verlassen, obgleich die blankgeputzten Fenster glitzerten. Die roten Zimmercallas, die Chrysanthemen in ihren Beeten und die Spätlingsrosen wiegten sich im kühlen Wind; sonst war alles ruhig — kein Stallknecht, kein Gärtnerjunge war zu sehen. Nichts war zu hören außer dem trockenen Rascheln sterbender Blätter, dem kreischenden Schrei eines Blauhähers, dem nervösen Klopfen eines späten Spechts oder dem Stampfen eines Pferdes im Stall. Bernadette war zu ihrer Teegesellschaft gegangen.

Joseph wartete in seinem Zimmer. Noch nie war ihm die Zeit so langsam vergangen. Immer wieder sah er auf die Uhr. Zwanzig nach fünf. Fünfundzwanzig nach fünf. Halb sechs. Endlich hörte er Pferdegetrappel und Räderrollen. Er stand auf, blickte durch das Fenster und sah die von zwei Schimmeln gezogene, schwarze Familienequipage die Auffahrt heraufkommen. Joseph öffnete ein Schränkchen, entnahm ihm Whisky, Soda und Gläser und läutete dem Butler. »Sorgen Sie dafür, daß Gouverneur Hennesseys Gepäck auf sein Zimmer gebracht wird. Ich möchte mich so bald wie möglich in meinem Arbeitszimmer mit ihm unterhalten.«

Er überzeugte sich noch einmal von der Sauberkeit seiner weißen Manschetten, zog den Knoten seiner Krawatte straff und strich sich mit den Händen über sein dichtes Haar. Ein eiskaltes Frohlocken versetzte ihn in Hochstimmung. Er hatte in seinem Aufstieg zur Macht schon achtbarere und ehrenwertere Männer ruiniert, aber das war ohne jede Animosität, ohne Rache- oder Triumphgefühl geschehen. Es waren nur rein geschäftliche Erwägungen gewesen, die ihn dazu veranlaßt hatten. Dies aber war Rache, glasklar, eine persönliche Vendetta, Haß, Feindseligkeit, Ekel, innig ineinander verschmolzen. Der arrogante, großtuerische, scheinbar unverwundbare Gouverneur war verwundbar geworden, der Zerstörung preisgegeben.

Joseph zwang sich zur Ruhe. Er setzte sich und schlug ein Buch auf. Er hörte, wie der Butler den Gouverneur begrüßte, hörte Tom Hennesseys gemurmelte Antwort — er, der niemals murmelte — und hörte die schnellen, aber stolpernden Schritte die Treppe herauf und den langen Gang zu Josephs Räumen herunter. Der Gouverneur trat über die Schwelle, und Joseph, das Gesicht verschlossen und ausdruckslos, erhob sich.

Tom Hennessey, einst eine große, stattliche Erscheinung, fleischig und pompös, war jetzt ein ungepflegter, nachlässig gekleideter Mann mit zerzausten Haaren, verschwitzt und verschmutzt. Sein Gesicht erinnerte an rissigen Verputz, der sinnliche Mund stand offen, das Kinn zuckte, die Stirn war feucht. Er, »der Sitte Spiegel«, machte einen rohen, verwilderten Eindruck. Wilde Erregung, zitternde Unsicherheit, verzweifeltes Ungestüm prägten sein Gehaben. In seinen hellen, immer zynischen und herrischen Augen flackerte ein irres, fahles Licht. Das für gewöhnlich sorgsam gepflegte braune und graue Haar hing ihm wirr und verfilzt über Stirn, Wangen und Hals.

»Wie geht es dir, Tom?« begrüßte ihn Joseph. »Hatte dein Zug Verspätung?«

Der Gouverneur kam schwankend ins Zimmer. Er blickte sich um, so als hätte er weder diesen Raum noch den Mann vor ihm jemals gesehen, so als wüßte er nicht, wo er sich befand. Er tat ein paar unsichere Schritte aufs Fenster zu und kehrte wieder um. Schließlich blieb er hinter einem Stuhl stehen, hielt sich an der Lehne fest und starrte Joseph an. Sein Atem klang rauh und mißtönend in dem von der Sonne durchfluteten Zimmer.

»Sie haben mich ruiniert«, sagte er mit dumpfer, heiserer Stimme.

Seine Augen waren blutunterlaufen wie die eines Trinkers. Er blies beim Atmen die Wangen auf. Er wandte seinen Blick nicht von Joseph ab. »Sie haben mich ruiniert«, wiederholte er.

»Wer sie?« fragte Joseph und trat näher an seinen Schwiegervater heran.

Der Gouverneur erhob einen streitbaren Zeigefinger, der jedoch nach kurzem Wabbeln kraftlos herabsank. »Ich werde es herausfinden und ihnen allen die Kehle durchschneiden«, antwortete er giftig. Seine Augen zuckten. »Ich bin noch nicht fertig mit ihnen.«

»Bitte nimm Platz, Tom«, sagte Joseph und hoffte, damit seiner Besorgtheit Ausdruck zu verleihen. Er nahm seinen Schwiegervater am Arm und nötigte ihn, sich auf den Stuhl zu setzen, dessen Lehne er umklammerte. »Laß mich dir einen Drink machen. Dann mußt du mir alles erzählen.«

»Einen Drink«, krächzte der Gouverneur, als ob er am Ersticken wäre. »Seit zwei Tagen und zwei Nächten saufe ich einen nach dem anderen. Aber gib mir einen Drink, und einen starken!« Ein krampfhafter Husten würgte ihn. »Verdammtes Pack!« stieß er hervor. »Oh, mein Gott, so eine verfluchte Bande! Aber ich bin noch nicht fertig mit ihnen! Einen Tom Hennessey hat noch keiner kleingekriegt!«

Joseph gab ihm ein zur Hälfte mit Whisky gefülltes Glas in die fleischige, weiße, beringte und manikürte Hand. Tom machte einen tiefen, gierigen Schluck, so als ob das Glas ein Elixier des Lebens und jugendlichen Kraft beinhalte. Er atmete schwer. Seine breiten Schultern zuckten. Er betrachtete sein Glas. Dann sah er mit seinen Augen, die gerötet waren wie die eines gemarterten Stieres, zu Joseph auf und sagte: »Du hast nichts gehört?«

»Nein«, erwiderte Joseph. »Ich habe diese ganze Woche keine Zeitungen gelesen. Ich hatte zuviel hier in Green Hills zu tun. Aber was ist denn los? Wer hat dich ruiniert?«

Der Gouverneur schwieg. Seine Augen bohrten sich in die seines Schwiegersohns, als ob er plötzlich etwas Unheilvolles verspürte, etwas nur undeutlich Wahrnehmbares. »Du mußt wissen«, antwortete er schließlich, »daß die Partei zwar verlauten ließ, sie würde mich letztlich doch nominieren, es aber nicht tat. Vorgestern wurde mir offiziell mitgeteilt, daß sie sich auf Hancock geeinigt haben.«

Joseph legte die Stirn in Falten. Er setzte sich auf den Rand seines

Schreibtisches, betrachtete seine Schuhe, kniff die Lippen zusammen und schüttelte leise den Kopf. »Man hat mich nicht informiert«, tat er entrüstet.

»Nicht informiert? Dich nicht informert, von dem sie mehr Geld bekommen als von jedem andern? Der voriges Jahr die fünf Senatoren zur Wahl vorgeschlagen und sie auch durchbekommen hat? Sie haben dir nichts gesagt, nichts geschrieben, nichts telegrafiert?« Keuchend, aber ohne den Blick von Joseph zu wenden, setzte sich der Gouverneur in seinem Stuhl zurecht.

»Nein. Sie haben mich nicht informiert.«

Er kehrte Tom sein Gesicht zu, und der Gouverneur sah die wilden, grimmigen Augen, das unerbittliche Gesicht, die zusammengekniffenen Lippen und den weißen Bogen seiner Nase — und mißdeutete, was er sah. »Ich verstehe das nicht«, sagte er. »Daß sie gerade dich nicht informiert haben.« Seine Stimme klang steif und rostig. »Meinen Schwiegersohn.« Er tat noch einen Schluck, nahm das Glas vom Mund und ächzte. »Aber du kannst noch etwas tun.«

»Was schlägst du vor, Tom?«

»Drohe ihnen. Es ist noch nicht zu spät.« Seine Miene verdüsterte sich. »Doch, es ist zu spät.« Er knallte sein Glas auf den Tisch und rieb sich das Gesicht, als ob er es waschen wollte. »Es ist zu spät. Ich hatte ganz vergessen. Es kommt ja noch schlimmer.«

Seine Schultern hoben und senkten sich unter seiner zerknitterten, lohfarbenen Jacke. Er barg sein Gesicht in den reibenden Händen, und es schien, als weinte er. Die kräftigen Muskeln und das Fett seines massigen Leibes schrumpften sichtbar zusammen, zersetzten sich und verfielen. Er war nicht mehr der lebensfrohe, achtunggebietende Gouverneur des Staates, der früher so temperamentvolle Senator der Vereinigten Staaten von Amerika, der mächtige Besitzer großer Reichtümer, sondern ein seiner Macht entkleideter, gescheiterter, vernichteter alter Mann, der mit Staunen und Verzweiflung und einer Art irrer Ungläubigkeit Qualen erlitt, wie er sie in seinem ganzen Leben nicht erduldet hatte.

Er spürte, wie ein frisches Glas gegen den Rücken einer seiner massierenden Hände gedrückt wurde. Er fuhr zusammen. Dann griff er nach dem Glas und führte es unbeholfen an die Lippen. Die Flüssigkeit ergoß sich teils in seinen Mund, teils tropfend über sein Kinn. Joseph beobachtete ihn, und die verhaltene Wildheit in seinen Zügen verstärkte sich. »Du hast meine Frage nicht beantwortet«, drängte er. »Was ist ›noch schlimmer‹?«

Mit Augen, die durch Ungläubigkeit, Schmerz und Qual allen menschlichen Inhalts beraubt worden waren, glotzte er Joseph an. »Schlimmer? Sie — sie wissen alles. Nicht nur im Zusammenhang mit meiner Tätigkeit in Washington — obwohl sie das allein schon schlimm genug finden, diese Heuchler. Oh, Gott, steh mir bei! Seitdem ich Gouverneur bin — du weißt es ja selbst, Joe. Du hast profitiert. Die Staatsaufträge, Straßen, Brücken, Regierungsgebäude, Wegerechte, Bahngelände, alles das. Sicher, ich habe auch daran verdient. Aber sie haben mehr verdient, mehr als ich. Sogar mehr als du. Ich tat, was man mir sagte. Ich ging auf jeden Vorschlag ein. Ich war ihr Werkzeug. Etwa nicht?« Die verquollenen, blutunterlaufenen Augen traten vor. »Weißt du, was sie mir gestern vorgeworfen haben? Daß ich auf meine Art hier im Staat der Kopf eines Tweed-Syndikats wäre! Sie haben es gewagt, mir das ins Gesicht zu sagen! Wer hat denn das meiste profitiert? Sie doch! Hörst du, sie haben das meiste verdient!«

»Jaja«, hielt Joseph ihm entgegen, »aber kannst du das beweisen?«

»Beweisen?« brüllte der Gouverneur. »Selbstverständlich kann ich —«

»Kannst du? Wie?«

»Die Lieferanten —«

»Die Lieferanten sind Geschäftsleute und können, wie du nur zu gut weißt, Tom, von Politikern unter Druck gesetzt werden. Glaubst du wirklich, sie werden zugeben, welche Versprechungen ihnen gemacht und welche Drohungen gegen sie ausgesprochen wurden? Und sich damit ins eigene Fleisch schneiden — Konkurs, langwierige Prozesse, ein Gerichtsverfahren? Und vielleicht sogar den Kopf riskieren? Wir wissen doch, wozu Politiker imstande sind, nicht wahr, Tom?«

Er machte eine ernste Miene. »Aber das haben dir unsere Freunde gestern sicher auch gesagt, oder?«

Toms dicke Finger glitten immer wieder über das leere Glas. Er leckte die Whiskytropfen von seinen Lippen. Er zitterte am ganzen Körper. »Ja«, wisperte er, »das haben sie mir gesagt. Aber ich dachte, du würdest mir helfen.«

Joseph seufzte. »Ich bin kein Samson, Tom, ebensowenig wie du einer bist. Wenn wir uns Mühe geben, können wir natürlich feststellen, wer alles an diesen Schiebungen verdient hat, und wieviel. Ich habe eine ganze Batterie von Anwälten in Philadelphia, richtige Spürhunde. Sie könnten alles herausfinden — würden sich dabei allerdings, wie sie sehr genau wissen, in körperliche Gefahr bringen. Wir können uns an den Justizminister wenden. Wir können jene liebenswerte Menschengattung um Unterstützung bitten, die sich ein Vergnügen daraus macht, Korruptionsfälle aufzuspüren. Ich kann in meinen Zeitungen Anklagen erheben und flammende Leitartikel drucken lassen. Aber was bringt uns das? Wenn — deine Freunde — unter Anklage gestellt werden, wirst auch du unter Anklage gestellt. Und ich auch. Wir sitzen alle im gleichen Boot: Diebstahl am Volksvermögen. So würde man es doch nennen, nicht wahr? Und es wäre ja auch die Wahrheit.«

Er lächelte. »Die Opposition wäre außer sich vor Freude — wenn sie es erführe. Sicherlich, wir könnten Kronzeugen werden, könnten bei

Zusicherung der Straffreiheit gegen unsere Mitschuldigen aussagen. Korruption, Gesetzesübertretungen aller Art, Diebstahl, Schiebungen, Bestechung, Preisabsprachen bei Staatsaufträgen, Ausbeutung von Arbeitern, Gaunereien, Meineide, alles. Wir könnten natürlich geltend machen, daß wir selbst unter Druck gesetzt und bedroht wurden. Glaubst du, daß die Leute uns das abnehmen würden? Du, der reiche Gouverneur, ich, der große Finanzmann? Überleg doch mal, Tom!«

»Ist mir auch egal —«, murmelte der Gouverneur verzweifelt.

»Ich verstehe. Wie heißt es doch in *Macbeth*? ›Mit hartem Stoß und Schlag hat mich die Welt‹ — aufgereizt oder so ähnlich — ›daß mich's nicht kümmert, was der Welt zum Trotz ich tu.‹ Willst du im Gefängnis sitzen, Tom? Oder, wenn nicht das, das Leben eines Entehrten und Ausgestoßenen führen? Oder glaubst du vielleicht, die Oppositionspartei wird dich dankbar an ihr Herz drücken? Wir wissen doch, was wir von der Dankbarkeit von Politikern zu halten haben, nicht wahr?«

Die blutgetrübten Augen blieben an ihm haften, aber sie flackerten in irrer Verzweiflung. »Du weißt nicht alles«, entgegnete Tom mit klarer Stimme. »Man hat mich wissen lassen, daß ich ›wiedergutmachen‹ müsse. ›Das Geld‹ an den Staat zurückzahlen. Mit Zinsen und angemessenen, ›gerichtlich gebilligten Bußen‹. So haben sie sich ausgedrückt. Mein ganzes Geld, meine Kapitalanlagen, alles müßte ich hergeben. Sie haben mir sogar Dokumente aus Washington gezeigt — Sie haben Dokumente — gefälscht — um die Herkunft des Hennesseyschen Vermögens nachzuweisen. Sklavenhandel. Dinge dieser Art. Und nur ein Teil dieses Geldes wird dem Staat zurückgezahlt werden. Der Rest —«

»— ist für sie?«

»Jawohl.«

»So dreist waren sie?«

Aber Tom Hennessey beantwortete die Frage nicht gleich. Er musterte Joseph, wie er weder Freund noch Feind je gemustert hatte, mit der ganzen Konzentration und der Kraft seines nicht geringen Denkvermögens, mit seinem intuitiven Wissen und all seinem irischen Scharfsinn. »Ja, Joe«, sagte er schließlich. »So dreist. Irgend etwas, irgend jemand steckt dahinter. Ohne ausdrückliche Anweisungen würden sie es nie gewagt haben.«

Joseph blickte tief in Toms Augen. »Sie können dir nicht alles nehmen«, entgegnete er, »und sie werden dir nicht alles nehmen. Du hast immer noch Katherines Geld. Du hast immer noch das Geld deiner Frau. Das genügt, um dir ein Leben in bescheidenen Verhältnissen in deinem Haus in Philadelphia zu ermöglichen. Das ist doch immer noch besser als ein Skandal, Enthüllungen, Anklageerhebung, Strafverfahren, Zuchthaus. Hab ich nicht recht? Jedenfalls wirst du am Ende finanziell besser dastehen, wenn du dich ihren — grausamen — Forderungen nicht widersetzt. Hast du dir schon einmal überlegt, was die Anwälte verlangen würden? Sie würden dich arm machen, Tom. Ich kenne die Advokaten.«

»Du verlangst von mir, daß ich nichts dagegen unternehme?« Sich an der Lehne und den Armstützen festhaltend, stand Tom langsam auf. »Das verlangst du von mir?«

»Verlangen? Ich rate dir dazu.«

»Und — du willst nichts tun — um mir zu helfen?«

Keiner der beiden Männer bemerkte Bernadette, die in einem mit Spitzen besetzten schwarzen Samtkleid, einen Schleier über den Hut gezogen, auf der Schwelle stand. Sie war eben erst gekommen. Fröhlich war sie die Treppe heraufgelaufen, um ihren Vater zu begrüßen, noch bewahrte ihr Gesicht die ersterbenden Reste eines Lächelns — der Mund halb offen, nach oben geschwungen, die Augen leuchtend, die Hand ausgestreckt. Doch sie erfaßte sogleich, daß ihr Mann und ihr Vater nicht in ein freundschaftliches Gespräch vertieft waren, sondern sich als Gegner gegenüberstanden. Sie fühlte den Haß, spürte den barbarischen Geruch tödlicher Feindschaft. Sie erkannte augenblicklich, daß der eine bis zum Wahnsinn gereizt und der andere der war, der ihn, erbarmungslos und schrecklich, zum Wahnsinn reizte. Sie hatte ihre letzten Worte mitangehört. Langsam fiel ihre Hand herab; ein Gefühl schwindelnden Entsetzens überkam sie.

Dieser gebrochene Mann, dessen Kraft vor ihren Augen dahinschwand, der mit wirrem Haar und schmuddeligen Kleidern, den Kopf gesenkt wie ein verendender Stier, da stand — war das ihr Vater? Und dieser steife, hagere Mann mit den zusammengekniffenen Augen und dem schadenfrohen Lächeln, die Muskeln wie zum vernichtenden Stoß angespannt — war das ihr Gatte? Sie hob die Hand zum Mund, eine für Bernadette ungewöhnlich hilflose Geste.

»Ich werde nichts tun, um dir zu helfen«, antwortete Joseph mit sanftester Stimme. »Und wenn dein Leben davon abhinge.«

Tom Hennessey wog diese Worte ab. Er blickte sich planlos um, und jetzt sah Bernadette seine entzündeten, blutunterlaufenen Augen, die sie jedoch nicht wahrnahmen. Tom fuhr sich mit der Hand über die Stirn und leckte sich die Lippen.

»Was hast du gesagt?« murmelte er.

»Ich werde nichts tun, um dir zu helfen. Und wenn dein Leben davon abhinge.«

Der Gouverneur legte beide Hände um seinen Hals und schüttelte seinen massigen Kopf. Er keuchte. Sein Blick ruhte unverwandt auf Joseph. Auf seiner Stirn erschien ein großer dunkelroter Fleck, dick traten die Halsadern hervor.

»Warum?« fragte er.

»Katherine«, antwortete Joseph.

»Katherine«, wiederholte Tom mit dumpfer Stimme. »Katherine. Was hatte sie mit dir zu tun?«

»Nichts. Ich spreche von dem, was du mit ihr getan hast.«

Wie gebannt starrte Tom seinen Widersacher an. Der Fleck auf der Stirn vergrößerte und verdunkelte sich. Langsam erhob er seine rechte Hand und deutete auf Joseph.

»Jetzt erinnere ich mich«, sagte er. »Du warst ein junger Kerl. Du — du hattest dir das Haus hier angesehen. Ich wußte, es würde mir wieder einfallen. Ein dreckiger irischer Prolet. Das warst du, und das bist du heute noch. Dieses Haus wolltest du haben. Irischer Prolet. Ein Bettler. Darauf hast du es angelegt gehabt, von Anfang an. Du — hast mir meine Tochter genommen. Das hat dazu gehört. Dreckiger irischer Prolet.« Er unterbrach sich, ächzend und keuchend. »Katherine. Ja, ich erinnere mich. Du warst immer — Jaja, Katherine. Du hast lange gewartet.«

»Ich habe lange gewartet«, bestätigte Joseph. »Aber Katherine wußte nichts davon. In der Nacht, da sie starb, bat sie mich, eure Tochter zu heiraten. Es war ihr Wunsch. Und ich erfüllte ihn.«

Tom sah sein Gesicht, und zum erstenmal in seinem Leben schauderte ihm vor einem Menschen. Er hob die Arme und ballte die Fäuste. Blind, kraftlos um sich schlagend, torkelte er auf Joseph zu, stolperte, schwankte und fiel nach vorn. Bernadette stieß einen leisen Schrei aus. Instinktiv, weil er fühlte, daß der alte Mann am Zusammenbrechen war, fing Joseph ihn in seinen Armen auf, schwankte selbst einen kurzen Augenblick und hielt ihn, der mit herunterhängenden Armen an seiner Brust lehnte, fest.

Jetzt erst bemerkte Joseph Bernadette. Es war ihm gleich, was sie gesehen oder gehört hatte. »Hilf mir, deinen Vater auf einen Stuhl zu setzen«, forderte er sie auf.

Aber Tom war bewußtlos. Er rutschte vom Stuhl herunter, auf den sie ihn gesetzt hatten, und lag nun röchelnd, mit blutrotem Gesicht, die Augen halb offen, vor ihnen auf dem Boden.

»Du hast meinen Vater umgebracht!« kreischte Bernadette in heftiger Erregung und klatschte schluchzend ihre behandschuhten Hände zusammen. »Was hast du mit meinem Vater gemacht?«

»Läute«, wies Joseph sie an. »Schick jemanden um den Arzt und laß ein paar Diener kommen. Dann bringen wir deinen Vater zu Bett.«

Seine Stimme klang kalt und unbeteiligt. Bernadette hörte auf zu weinen. Blinzelnd, große Tränen auf ihren glatten, golden schimmernden Wangen, starrte sie ihren Mann an.

»Ich habe es gehört«, sagte sie. »Du hast nie etwas für mich empfunden, nicht wahr?«

»Nein«, antwortete Joseph und spürte eine Art Mitgefühl mit ihr. »Nein, nie. Aber das läßt sich ja wohl jetzt nicht mehr ändern.«

Der Hausarzt und auch die anderen Ärzte, die aus Philadelphia und sogar aus Pittsburgh geholt wurden, stellten übereinstimmend fest, daß der Gouverneur einen Schlaganfall erlitten hatte, daß die linke Körperhälfte gelähmt war und daß er vermutlich nie wieder sprechen und nie wieder das Bett verlassen würde. Möglicherweise würde er auch seine Umgebung nicht mehr erkennen. Jedenfalls bedurfte er aufmerksamer Pflege. Er durfte sich nicht bewegen. Davon hing sein Leben ab.

»Das ist meines Vaters Haus«, erklärte Bernadette bleich und gefaßt. »Er wird hier bleiben, solange er lebt, und ich werde ihn niemals verlassen. Laß seine Frau kommen — und ihr Kind.«

So war Tom Hennessey nun in sein Haus zurückgekehrt, in dem er bis zu seinem Tode verbleiben sollte. Joseph sah darin eine ironische Fügung des Schicksals. Im stillen konnte er sogar darüber lachen. Er begegnete der gramgebeugten Elizabeth — Bernadette haßte sie — mit vollendeter Höflichkeit. Rory und Ann Marie hatten einen neuen Spielkameraden: Courtney, Elizabeths kleiner Sohn.

Um Elizabeth zu verletzen, hätte Bernadette ihr gerne gesagt: »Mein Mann hat deinen Mann umgebracht«, aber ihre hilflose, zerstörte Liebe zu Joseph hielt sie davon ab. Was immer Joseph ihr oder einem anderen Menschen antat, ihre Vernarrtheit in ihn war durch nichts zu erschüttern. Und sie fürchtete ihn. Ihre Mutter: hatte Joseph sie wirklich geliebt? Doch, ja, so mußte es wohl gewesen sein. Mit dieser Tatsache würde sie leben müssen.

Josephs Zeitung in Philadelphia gab ihrem Mitgefühl mit dem »so schwer heimgesuchten« Gouverneur Ausdruck und hoffte auf seine baldige Genesung.

Als Tom Hennessey zwei Jahre später starb — nach einer Existenz, in der weder Liebe noch Haß, weder Geld noch Einfluß, noch Macht, ja nicht einmal das Leben selbst etwas bedeutete —, wurde er als »der bedeutendste und menschlichste Gouverneur, der je in diesem Staat gewirkt hat«, gepriesen. »Der Beschützer der Schwachen, der Verteidiger der Arbeiter, der unerschrockene Kämpfer für Recht und Fortschritt, der erbitterte Gegner jeder Art von Korruption und Ausbeutung, der Patriot, der weitblickende Politiker, der von einem schöneren Amerika träumte — das war Gouverneur Thomas Hennessey, dahingerafft auf der Höhe seines Kampfes für unsere Nation. Wir trauern mit seinen Angehörigen. Wir beten für seine Seele.«

Neben seiner Gemahlin, die ihn geliebt hatte, wurde Tom zur letzten Ruhe gebettet.

XXXI

Bei einer privaten Zusammenkunft in New York sagte einer seiner Freunde zu Joseph: »Es wäre politisch unklug, wollte einer von uns — Sie ausgenommen, Mr. Armagh — persönlich an Senator Enfield Bassett herantreten. Die Karikaturisten sind ihm zu freundlich gesinnt. Er braucht nur mit dem kleinen Finger zu winken, und schon machen sie sich über jeden lustig, der den Versuch unternimmt, mit ihm — äh — vernünftig zu reden. Mit einigen ungebärdigen Anhängern der Greenback-Bewegung hat er das so gemacht, wenn er sich auch gerade in diesem Fall ein wenig zurückhalten mußte, da ja sowohl die konservativen Demokraten wie auch gemäßigtere Republikaner Gegner dieser Bewegung sind.«

»Ich entsinne mich«, entgegnete Joseph. »Die radikalen Republikaner machten gemeinsame Sache mit ihnen, aber wir hatten sie sehr bald politisch kaltgestellt.«

»Das haben wir nicht getan«, ließ sich lächelnd ein Herr aus Österreich-Ungarn vernehmen. »Wir waren eindeutig gegen den Goldstandard für Amerika und unterstützten Ihren naiven Präsidenten Lincoln bei der Ausgabe von diesem Staatspapiergeld, das er für seinen Krieg brauchte, obwohl es durch keine stabile Währung gedeckt war. Wir hofften damals, daß Ihre Regierung, statt die Goldwährung einzuführen, auch weiterhin Papiergeld ohne Deckung emittieren würde, denn das ist ein sicherer Weg, um ein Land zu — reorganisieren.«

»Um es auszuplündern«, korrigierte Joseph, der es gegenüber seinen Freunden zuweilen an Respekt fehlen ließ. »Von einer Regierung ohne Gold- oder Silberdeckung ausgegebenes Papiergeld treibt ein Land unweigerlich in den Bankrott, nicht wahr? Aber ich dachte, die Herren wären sich darüber einig, daß Amerika noch nicht reif ist für eine Plünderung im großen Stil und die Einführung marxistisch-sozialistischer Prinzipien.« Ein Lächeln, das sie schon seit langem sein »Tigerlächeln« nannten, glitt über seine Züge. »Ich fürchte, es wird noch lange dauern, bis Amerika wieder vom Goldstandard abgeht, bis es ein sozialistisches Land wird und somit reif, nicht nur ausgeplündert, sondern erobert zu werden — wenn nicht durch Waffengewalt, so durch die Banken. Jawohl — es wird noch viel Zeit verstreichen, bevor es der Elite gelingt, Amerika zu versklaven. Aber vielleicht können Ihre Söhne —«

»Wir haben Zeit«, sagte ein anderer Herr. »Wir sind geduldige Leute.« Und ein Dritter meinte: »Republiken haben kein langes Leben, denn das Volk schätzt die Freiheit nicht und zieht es vor, sich von einem gütigen oder auch weniger gütigen Despoten lenken und führen und umschmeicheln und versklaven zu lassen. Es möchte einen Cäsar verehren. Darum muß der amerikanische Republikanismus unweigerlich verschwinden und sich zu einer Demokratie wandeln, die dann ihrerseits in Verfall gerät und, wie schon Aristoteles feststellte, in Gewaltherrschaft mündet. Wir können nur still und leise auf diesen Tag hinarbeiten, denn das entspricht unserer Natur.« Er stieß ein kurzes Lachen aus. »Es ist für einen vernunftbegabten Menschen einfach unerträglich, zusehen zu müssen, wie Dummköpfe zur Wahl gehen und mit ihren Stimmen das Schicksal einer Nation bestimmen. Es ist wider die Vernunft. Eine Absurdität höchsten Grades.«

»Dennoch«, gab Joseph zu bedenken, »wurde Präsident Grant von allen Seiten angegriffen, als er eine dritte Amtsperiode ansteuerte. Das Volk nannte ihn ›Cäsar‹.«

Ein Herr aus Rußland meldete sich zum Wort. »Wir sind uns darüber einig, daß Amerika derzeit für die Demokratie und ihr Kind, die Despotie, nicht reif ist. Aber diese Zeit wird kommen. Es wird uns gelingen, Ihre Regierung zu überreden, vom Goldstandard abzugehen und Papiergeld ohne Deckung auszugeben. Der Krieg ist *ein* Mittel, aber wie Sie wissen, Mr. Armagh, haben wir auch noch andere zur Verfügung. Die Revolution, zum Beispiel, ist eine solche Methode: wir reden dem Volk ein, es sei unterdrückt, und wiegeln es auf.«

»Das hat Catilina getan«, stellte Joseph fest. »Wenn ich mich recht erinnere, mußte er mit seinem Kopf dafür bezahlen.«

»Er war seiner Zeit voraus«, argumentierte ein Herr aus England. »Vierzig Jahre später hätte er Erfolg gehabt. Hier, in Ihrem Land, müssen wir nur Ihre konservativen Demokraten zu Radikalen machen — eine schwere Aufgabe, aber es mag uns gelingen. Dafür muß Ihre radikale Republikanische Partei konservativer werden. Das wird das Volk verwirren. Aber wir haben ja schon oft über dieses Thema gesprochen. Senator Bassett ist das Problem, dem wir gegenüberstehen.«

Joseph dachte an die Zeit vor vier Jahren zurück, als sich die streikenden Arbeiter der Baltimore & Ohio-Eisenbahn verzweifelt gegen eine Herabsetzung ihres an sich schon kümmerlichen Lohns um zehn Prozent gewehrt hatten. Am 20. Juli 1877 hatte der Gouverneur die Sechste Maryland-Miliz aufgerufen. Sie war zum Bahnhof marschiert, hatte auf die streikenden Eisenbahner, ihre Frauen und Kinder gefeuert und zwölf Menschen getötet. Aber es war auch in Pittsburgh zum Streik gekommen, wo die Pennsylvania-Eisenbahn ebenfalls die Löhne gekürzt hatte. Gouverneur Hennessey hatte die Miliz aufgeboten, und in den blutigen Kämpfen, regelrechten Feldschlachten, waren achtundfünfzig Menschen, Soldaten und streikende Arbeiter, auf der Strecke geblieben. Eisenbahnanlagen im Werte von vielen Millionen Dollar waren zerstört worden. Doch der von Hunger und Hungerlöhnen genährte Große Streik, der auf die entsetzliche Wirtschaftskrise von 1877 folgte, breitete sich über das ganze Land aus. Präsident Rutherford Hayes gelang es endlich, den Konflikt beizulegen, doch nicht bevor die Eisenbahnbarone sich genötigt sahen, ein bißchen nachzugeben, den Arbeitstag von vierzehn auf zwölf Stunden zu reduzieren und die Arbeiter in die Lage zu versetzen, sich genügend Brot und ein- oder zweimal im Monat auch Fleisch für ihre Kinder leisten zu können. Joseph erinnerte sich, daß es viele Iren unter den Streikenden gegeben hatte, Molly Maguires nannte man sie, frisch aus der alten Heimat gekommen. Sie hatten keinen großen Unterschied zwischen ihren englischen Herren und den Besitzern der Eisenbahnen feststellen können. Sie hatten den Phrasen Gehör geschenkt, wonach Rassen und Religionen in Amerika gleichberechtigt wären und jedermann sich frei und ungehindert zu seinem Glauben bekennen könnte. Vielleicht war es ihre Enttäuschung und nicht die unglaublich niedrigen Löhne, die sie zu so verzweifelten Maßnahmen getrieben hatte. Joseph lächelte grimmig, und seine Gesprächspartner, die ihn für einen launenhaften und nicht ganz »soliden« Mann hielten, bemerkten dieses Lächeln; allerdings ahnten sie nicht, was ihn dazu bewegte. Joseph aber dachte: um sich zu rächen, gibt es noch andere Mittel als Streik und Aufruhr.

»Unser neuer Präsident, Mr. James Garfield«, sagte er, »hat die Absicht bekundet, gewisse Reformen im Land einzuleiten.«

Die anderen tauschten verstohlene Blicke. Mr. Jay Regan, der New Yorker Finanzmann, meldete sich zum Wort. »Ich bin sicher, daß man ihn mit klugen und überzeugenden Argumenten davon abbringen kann.«

»Oder, wenn nicht, ermorden«, meinte Joseph. »Wie Mr. Lincoln.« Er sah ihre ablehnenden, schockierten Mienen und lachte. »Meine Herren«, setzte er fort, »wie Sie wissen, habe ich nichts gegen einen wohlüberlegten Mord einzuwenden. Aber wir sprachen ja von Senator Bassett. Er ist Republikaner, aber kein Radikaler wie die Fanatiker aus der Zeit der Rekonstruktion und unsere schreienden Abgeordneten und geschwätzigen Senatoren. Darum haben auch die konservativen Demokraten in erklecklicher Anzahl mit ihm gestimmt. Der Präsident schätzt ihn und zieht ihn zu Rate. Es könnte sein, daß sie Pläne aushecken, die unseren Interessen zuwiderlaufen. Das ist es doch, was Sie befürchten, nicht wahr?«

»Ganz recht«, ließ sich Mr. Regan vernehmen und zündete sich eine Zigarre an. »Meine Herren«, wandte er sich an die anderen, »Mr. Armagh und ich sind Amerikaner. Wir machen keine Umschweife und gehen an den heißen Brei heran, statt rundherum ein Menuett oder einen Walzer zu tanzen.«

»Ihre Politik, Mr. Regan«, sagte ein Deutscher, »ist, wie die Dinge heute stehen, Ihre Sache. Aber wir wissen, daß Senator Bassett an der Spitze einer Koalition steht, die mit Ausländern geschlossene Arbeitsverträge ablehnt und bemüht ist, ein Fremdarbeitergesetz zu erzwingen, das den Import billiger Arbeitskräfte aus Europa — die in Ihren Gruben, Hüttenwerken und Fabriken Beschäftigung finden sollen —

verbieten würde. Der Senator schenkt den verbrecherischen Gewerkschaften Amerikas, ihren in Tränen des Mitgefühls schwimmenden Mitläufern und den sogenannten Reformern zuviel Gehör. Und andere Abgeordnete und Senatoren leihen Senator Bassett und seinem Gesindel ihr Ohr. Wird aber der Zustrom ausländischer Arbeitskräfte eingeschränkt, werden Hochmut und Anmaßung der amerikanischen Arbeiter keine Grenzen kennen. Sie werden unmögliche Löhne und Arbeitsbedingungen fordern, und das wäre das Ende amerikanischen Fortschritts und Reichtums. Sie würden Ihre Konkurrenzfähigkeit auf ausländischen Märkten verlieren. Unsere Gewinne würden auf erschreckende Weise zusammenschrumpfen. Aber davon ganz abgesehen« — dabei sah er die Amerikaner an —, »braucht Amerika nicht eine ständig wachsende Zahl von Einwanderern? Denken Sie doch nur an Ihre unermeßlichen Gebiete im Westen, wo es noch weder Städte noch Fabriken oder Industrien gibt. Soll ihnen ein gesundes Wachstum versagt bleiben?«

»Sie brechen mir das Herz«, sagte Joseph.

Das war eine jener süffisant vorgetragenen Bemerkungen, die seine Gesprächspartner verdrossen — selbst Mr. Regan, der große Zuneigung zu Joseph empfand.

»Wir haben hier in Amerika die Erfahrung gemacht«, führte Joseph weiter aus, »daß nur eine sehr geringe Zahl von Fremdarbeitern nach Westen geht. Sie ziehen es vor, sich in den Mietskasernen der Städte im Osten zu verkriechen — also genau dort, wo wir sie haben wollen. Gingen sie nach Westen, um das Land zu erschließen, wer würde dann noch in unseren Bergwerken und Fabriken arbeiten? Sparen wir uns doch scheinheilige Worte, meine Herren, und nennen wir die Dinge beim Namen! Wir wollen ausländische Arbeitskräfte haben, weil sie sehr billig sind und weil der amerikanische Arbeiter sein Recht auf ein menschenwürdiges Dasein fordert. Das ist für uns unannehmbar — und von dieser Prämisse wollen wir ausgehen.«

Er sah kalte, berechnende Augenpaare, aber er wußte, daß er vor diesen Männern sicher war. Sein Wissen machte ihn unverwundbar. Dazu kam noch etwas anderes: Mr. Regan, die Morgans, die Fisks, die Belmonts, die Vanderbilts, die Goulds, sie alle mochten amerikanische Schurken sein, aber sie besaßen den typisch amerikanischen Sinn für Humor und waren ihren europäischen Partnern nicht übermäßig zugetan. Sie heckten Pläne mit ihnen aus, aber nicht ohne gewisse zynische Vorbehalte. Sie mochten darauf hinarbeiten, Amerika seiner Freiheit zu berauben und sich selbst als Elite zu etablieren — so wie die anderen, jeder in seinem Land, das gleiche Ziel verfolgten —, aber sie taten es mit feinem Witz und ohne sich etwas vorzumachen. Das Resultat war das gleiche, aber die eingesetzten Mittel waren unterhaltsamer und nicht so zynisch, kalt und blutlos. Mr. Vanderbilts Worte »Zum Teufel mit der Öffentlichkeit!« behielten ihre Gültigkeit, aber die Öffentlichkeit war sich über die Denkweise ihrer gegenwärtigen und zukünftigen Machthaber völlig im klaren und lächelte mitunter sogar über deren brutale Unverfrorenheit. Die wahrhaft Fluchwürdigen, das waren jene grausamen Männer, die, während sie methodisch auf Raub ausgingen und sich jeden Tag von neuem gegen die Freiheit und Würde des Menschen verschworen, mit wohlklingender Stimme von »Menschenrechten« und »vornehmsten Pflichten« sprachen.

Aber würde ein Volk, fragte sich Joseph, einem liebenswürdigen Henker den Vorzug über einen ehrfurchtgebietenden Scharfrichter geben? Sehr wahrscheinlich war die Frage im Falle Amerikas zu bejahen. Seine Erfahrungen mit Politikern hatten ihn in dieser Ansicht bestärkt. Nun, Amerika ließ sich bei der Wahl seiner Politiker nicht von Männlichkeit und Rechtschaffenheit, nicht von Ansehen und Verdienst, sondern ausschließlich von ihrem Lächeln und Aussehen, ihrem in der Öffentlichkeit zur Schau getragenen sonnigen Wesen und von seinen eigenen undeutlich wahrgenommenen Gefühlen und stimulierenden Illusionen lenken und beeinflussen. Joseph dachte an seinen Sohn Rory: wohlgestaltet, einnehmend, humorvoll, witzig — ein geborener Wortverdreher und, natürlich, ein Politiker. »Immer lügen, immer charmant sein«, hatte Joseph seinen Sohn gelehrt. »Man kann den Amerikanern alles verkaufen, wenn man es geschickt genug anstellt.« Der Knabe war noch keine neun Jahre alt, aber außerordentlich intelligent. Jahre später riet ihm sein Vater, dieses Attribut nicht hervorzukehren, wenn er amerikanischen Wählern gegenüberstand. »Zuviel Intellekt macht die Amerikaner argwöhnisch«, schärfte er ihm ein. »Ein schlagfertiger Hanswurst ist ihnen lieber. Du mußt lernen, Babies zu küssen und deine Reden mit verhaltenem Schluchzen zu würzen; wenn du es schaffst, gleichzeitig Tränen in den Augen und ein Lächeln auf den Lippen zu haben, werden sie ganz verrückt nach dir sein.«

»Wenn es Senator Bassett gelingt, das Fremdarbeitergesetz durchzubringen«, seufzte Mr. Regan, »bedeutet das das Ende der amerikanischen Expansion und das Ende unserer Gewinne. Wo Arbeitskräfte nur beschränkt verfügbar sind, können sie die Erfüllung unmöglicher Forderungen erzwingen. Das ist eine Tatsache. Darum muß Senator Bassett — eines Besseren belehrt werden. Bei seinen Kollegen im Senat genießt er höchstes Ansehen.«

»Dann muß Senator Bassett dieses Ansehen verlieren«, hakte Joseph ein. »Welche dunklen Punkte gibt es in seinem Leben?«

»Wir haben danach gesucht und keine gefunden«, antwortete Mr. Regan. »Er hat ein äußerst tugendhaftes Leben geführt.« Die anderen lächelten trübe. »Er hat sich nie bestechen lassen, hat nie eine Geliebte gehabt. Er hat nie aus seiner Stellung als Abgeordneter Gewinn gezogen. Er ist kein reicher Mann. Er besitzt einige landwirtschaftliche

Betriebe und bezahlt den Arbeitern hohe Löhne, unglaublich hohe Löhne. Seine Frau kommt aus dem Süden —«

»Das sollte doch genügen, um ihm die radikalen Republikaner abspenstig zu machen«, unterbrach ihn Joseph. (Das war wieder so eine Bemerkung, die seinen Gesprächspartnern unter die Haut ging.) »Können wir ihm nicht zum Vorwurf machen, daß er sich wegen seiner Frau nicht an der Ausplünderung des Südens beteiligt hat?«

Mr. Regan hüstelte, doch seine unter dichten braunen Brauen lauernden Augen zwinkerten. »Leider haben die konservativen Demokraten und auch die konservativen Republikaner gerade diesen Wesenszug mit großer Genugtuung vermerkt.«

»Hat schon jemand in Erwägung gezogen, ihn umzulegen?« erkundigte sich Joseph sehr höflich.

Mr. Regan lachte. »Das würde seine Anhänger nur noch mehr aufbringen, Joseph. Nun, mir scheint, daß du jetzt den Schwarzen Peter in der Tasche hast. Wir haben beschlossen, daß du, der du nie die Aufmerksamkeit der Öffentlichkeit auf dich gezogen hast, versuchen sollst, den Senator umzustimmen. Du hast schon immer mehr Umsicht bewiesen als so mancher von uns.«

»Ich setze voraus«, entgegnete Joseph, »daß Senator Bassett über die Lage auf dem Arbeitsmarkt gut informiert ist. Er ist nachdrücklich dafür eingetreten, die Gouverneure von Maryland und Pennsylvanien, die Miliz gegen die Eisenbahnarbeiter eingesetzt haben, unter Anklage zu stellen. Er ist kein Neuling und auch kein Radikaler. Wir können ihn nicht bestechen. Wir können ihm nicht mit ›Enthüllungen‹ drohen. Oder«, fügte er nachdenklich hinzu, »können wir doch?«

»Ich denke, wir sagten dir schon, daß wir nichts gefunden haben. Er ist ein Muster an christlicher Tugend.«

»Es läßt sich immer etwas finden«, meinte Joseph. »Ich werde dafür sorgen, daß meine Leute sich unverzüglich dahinterklemmen.« Er ließ seine Blicke um den großen ovalen Tisch schweifen. »Es gibt auf der ganzen Welt keinen Menschen, der nicht irgend etwas zu verbergen hätte. Ist es nur eine Kleinigkeit, läßt sie sich zu einem Riesending aufblasen. Wenn man es geschickt genug anfängt, kann man sogar aus einem Heiligen einen Scharlatan machen — oder einen Betrüger oder einen Volksverräter. Und meine Leute sind sehr geschickt.«

Vier Wochen später fuhr Joseph nach Washington, das er »ein weißes Schiff auf einem Meer von Schlamm und Nebel« nannte. Er haßte den Gestank seiner Kanäle, seine Hitze und seine geistige Atmosphäre von Korruption, Verschlagenheit, Selbstsucht und Bestechung. Die Prachtstraßen, die hier angelegt wurden, veranlaßten Joseph darüber nachzusinnen, daß ähnliche Avenuen in Frankreich dem Pöbel Plünderungen,

Aufstand und Mord leichtgemacht hatten. Weder Mauern noch Straßenbiegungen waren dem Mob im Weg gestanden, noch hatten die Soldaten aus einem Hinterhalt angreifen können. Noch, dachte Joseph, haben wir keinen Rousseau, keinen Mirabeau und keinen Robespierre, noch sind wir nicht von Kommunen infiziert, wie das die französischen Revolutionäre und ihre reichen Anführer waren, doch dank meiner Freunde werden sie uns höchst wahrscheinlich in Zukunft, zu Lebzeiten meiner Söhne oder meiner Enkel nicht erspart bleiben.

Joseph verabscheute Washington, was seine Freunde belustigte, denn war nicht auch er Teil der Bestechlichkeit und Korruption dieser Stadt? Hatte nicht auch er Abgeordnete und Senatoren zynisch für seine Zwecke mißbraucht? Sie wußten nichts von seiner problematischen Redlichkeit, war er sich doch selbst ihrer kaum bewußt. So hatte er sich zum Beispiel während des Deutsch-Französischen Kriegs nicht beeilt, groß ins Rüstungsgeschäft einzusteigen; seine Freunde hatten Milliarden verdient. Er hatte für keine der streitenden Parteien besondere Vorliebe gehabt. Eine Zeitlang hatte er Bismarck glühend gehaßt, weil dieser ihm vom Sozialismus infiziert erschien. Aber waren denn seine Freunde nicht mit Feuereifer daran, allen Nationen den Marxismus einzuimpfen, um sie leichter vernichten, in den Bankrott treiben und auf unblutige Weise erobern zu können? Was Joseph vernunftmäßig nicht in Einklang bringen konnte, betrachtete er als unwichtig und verbannte es aus seinen Gedanken.

Er bewohnte ein Appartement im Lafayette Hotel, ein eher prunkloses Quartier, denn anders als die schillernden Persönlichkeiten unter den Geschäftsleuten war er jeder Großtuerei abhold und mied die Öffentlichkeit. Seine Ansprüche waren bescheiden. Er liebte keine glänzenden Equipagen mit edlen Pferden. Es waren also nicht strategische Überlegungen, die ihn veranlaßten, sich im Hintergrund zu halten, sondern eine natürliche Neigung. Daß ihm diese Einstellung sehr zum Vorteil gereichte, wurde ihm gar nicht bewußt — um so mehr aber seinen Freunden. Politiker allerdings erfuhren sehr bald von seiner Ankunft in der Stadt; die Nachricht stimmte die einen erwartungsvoll, andere vermerkten sie mit Unbehagen. Senator Bassett war ein beherzter Mann, aber die Neuigkeit beunruhigte ihn. Joseph hatte so eine Art, Leuten eine Laus in den Pelz zu setzen. Zwar bezweifelte Senator Bassett, daß Joseph auch ihm auf den Pelz rücken könnte, aber er kannte Joseph nicht persönlich. Die Freunde des Senators hatten ihn nachdrücklich darauf hingewiesen, daß schon allein Josephs Anwesenheit in Washington nichts Gutes verhieß.

»Er ist eine der treibenden Kräfte hinter der Bewegung gegen das Fremdarbeitergesetz«, wurde dem Senator berichtet. »Er agiert in der Stille und vermeidet jeden Lärm, ist aber darum nicht weniger präsent.«

»Ich werde warten«, sagte der Senator. »Mein Gott, wie ich diese Politiker im Hintergrund hasse! Sie sind schlimmer als die gewählten, weil sie so viele von uns in der Tasche haben. Ich bin nur froh, daß die Senatoren von den Legislativen der einzelnen Gliedstaaten bestellt werden und nicht, wie diese bedauernswerten Abgeordneten, kandidieren müssen. Ich hoffe, daß Senatoren auch in Zukunft nicht unmittelbar vom Volk gewählt werden, denn das Volk ist wankelmütig und läßt sich leicht durch ein Lächeln, ein Augenzwinkern, ein paar Geldscheine und nicht zuletzt durch große Versprechungen täuschen.«

»Joe Armagh ist einer der prominentesten Verfechter eines Verfassungsabänderungsgesetzes, wonach Senatoren unmittelbar vom Volk gewählt und nicht mehr nur allein von den Legislativen der Bundesstaaten bestellt werden sollen.«

»Hoffentlich muß ich das nicht mehr erleben«, sagte der Senator düster. »Damit wären wir nämlich dann überflüssig, und das ist ja wohl auch das Ziel dieser Leute. Und wir wären die Geschöpfe der Politiker, wie es die Abgeordneten ja heute schon sind.«

Senator Enfield Basset kam aus Massachusetts. Er war ein gedrungener, kleiner Mann mit einem für seine Gestalt zu massigen Kopf. Trotz seiner untersetzten Statur vermittelte er den Eindruck beachtlicher Körper- und Geisteskraft. Er hatte ein großes und lebhaftes, freundliches, sehr intelligentes und beredtes Gesicht und war fünfundvierzig Jahre alt. Er trug keinen Bart, sondern nur einen sehr gekräuselten Schnurrbart, den er vergeblich mit Wachs zu glätten versuchte. Sein etwas zu kurzes Haar zeigte die gleiche Tendenz; es widerstand auch der freigebigsten Behandlung mit Öl. Lange seidene Wimpern schützten seine wunderschönen, großen, ausdrucksvollen schwarzen Augen, die allerdings etwas an sich hatten, was seine Freunde störte. Sie blickten nie scharf oder prüfend oder durchdringend, sondern immer nur heiter und gut gelaunt in die Welt. Er besaß eine bemerkenswerte Nase, aber einen ungewöhnlich vollen Mund und leuchtendweiße Zähne. Wenn seine Kleidung ein wenig antiquiert wirkte, tat dies der Wertschätzung, der er sich seitens seiner Freunde erfreute, keinen Abbruch. Sie wußten, daß er in seinen Meinungen und Ansichten alles andere als veraltet war, sondern stets ausgeglichen und überlegt, aufrichtig und gemäßigt. Vor allem aber kämpfte er verbissen gegen die Ausbeutung der amerikanischen Arbeiter, ihre Not und Unterdrückung — und gegen den Import ausländischer Arbeitnehmer, die in ihrem Elend bereit waren, für ein Almosen zu schuften und ihre amerikanischen Kumpel zu unterbieten.

»Ich habe nichts gegen Europäer«, erläuterte er seinen Standpunkt. »Schließlich sind wir ja alle Europäer. Aber ich wehre mich gegen den Import ausländischer Arbeiter, die, krank und halb verhungert, in Viehtransportschiffen hierhergebracht werden. Nicht etwa, um von ihren ›mitfühlenden‹ Besitzern — und ist ›Besitzer‹ vielleicht nicht das treffende Wort? — Hilfe und Beistand zu empfangen, sondern um wie Tiere in unsere Fabriken und Bergwerke getrieben zu werden und dort zu schuften, bis sie zusammenbrechen. Sie werden in Lager eingeschlossen und daran gehindert, diese zu verlassen. Ihre Frauen und Kinder werden gewaltsam zum Dienst gepreßt. Ihr Los ist entsetzlich, unzumutbar, einer christlichen Nation unwürdig und um vieles schlimmer, als es ihnen in ihrer alten Heimat beschieden war. Dort hatten sie zumindest ein kleines Stück Land. Und was haben sie hier? Bitterste Knechtschaft. Sie bekommen keinen Penny von ihrem Verdienst zu sehen. Sie müssen ihren kärglichen Bedarf in betriebseigenen Geschäften decken.

Die Zeit ist gekommen, meine Freunde, da wir auch üben müssen, was wir predigen. Wir sind, behaupten wir, ein freies Land. Aber sind auch diese Menschen frei, die wie Vieh nach unseren Küsten verfrachtet werden? Wir müssen diesem üblen Geschäft ein Ende setzen. Künftig sollen nur freie Männer zu uns kommen, Männer, die willens sind, die Verantwortung zu tragen, die ihnen die Freiheit auferlegt, stolze Männer, Handwerker und Fachleute, und nicht stumme Kreaturen, die bereit sind, sich für ein paar Brotrinden und ein ungezeichnetes Grab zu Tode zu arbeiten. Gott sei Dank haben wir die offene Sklaverei abgeschafft. Laßt uns nun auch die versteckte Sklaverei aus der Welt schaffen. Keinem Unternehmer darf es in Hinkunft gestattet sein, nur um seine eigenen Gewinne zu steigern, zum Schaden unseres Volkes, das zu Recht anständige Löhne und Unterkünfte fordert, diese verzweifelten Geschöpfe ins Land zu bringen.«

»Wir stehen auf der Seite des Fortschritts«, meldeten sich seine Gegner zu Wort. »Sollen wir den Demütigen, den Elenden und Unglücklichen unsere Tore verschließen?«

Senator Bassett wußte, wer diese Politiker in der Tasche hatte. Ihn hatte keiner in der Tasche. Es war gewissermaßen ein Wunder, daß ihn die Legislative seines Staates nach Washington entsandt hatte. »Ein Versehen«, sagte er und verzog spöttisch den Mund. »Sie müssen eben aus der Kirche gekommen sein.«

Dies war der rechtschaffene Mann, den zu bestechen Joseph Armagh gekommen war.

Er tat nichts, was aus dem Rahmen gefallen wäre. Er ließ durch zwei Senatoren eine Einladung an Senator Bassett ergehen, »in beiderseitigem Interesse« mit ihm zusammenzutreffen. Die Einladung wurde angenommen. Senator Bassett glaubte an die Maxime, die da sagte, man solle seinen Feind kennenlernen, um ihn besser beurteilen und leichter schlagen zu können, und erklärte sich bereit, in der Zurückgezogenheit von Josephs Hotelzimmer mit diesem zu Mittag zu essen. Es war ein drückend heißer Tag, dieser 1. Juli 1881, tropisch und feucht, obwohl die Sonne schien und es nicht geregnet hatte. Es stank nach Abwässern,

Pferdemist und stehendem Wasser, Schmutz und faulender Vegetation. Das Hotel stand in keiner vornehmen Gegend, und ein heißer Wind trieb Mist und Abfall durch die enge, ziegelgepflasterte Straße. Gegenüber erstreckten sich lange Reihen von »Terrassenhäusern«, wie Joseph sie noch aus Irland in Erinnerung hatte, in gekoppelter Bauweise errichtete Häuser aus matt rötlichem Stein mit winzigen, verschmierten Fenstern und bemalten Türen und hölzernen oder mit Fliesen belegten Gehwegen. Die Fenster von Josephs Zimmer standen offen, die Gardinen flatterten, und auf den Seitenvorhängen lag Staub. Es herrschte starker Verkehr; das Rattern mit Stahlbändern beschlagener Räder, Pferdegetrappel, das Bellen streunender Hunde, Lärm und Geschrei füllten die Räume.

Es waren kleine, heiße Zimmer, die Stühle und Armsessel waren mit Roßhaar gepolstert und mit Plüsch überzogen, und billige Teppiche bedeckten den Fußboden. Der Senator war ein wenig überrascht. Dieses Hotel paßte nicht zu einem Mann wie Joseph Armagh, und einen Augenblick lang vermutete der Senator so etwas wie Heimlichtuerei. Dann betrachtete er seinen Gastgeber näher, faßte seine gute, aber schlichte Kleidung ins Auge und kam zu dem Schluß, daß diese Atmosphäre Joseph besser entsprach als protziger Luxus. Aus irgendeinem Grund fühlte er sich jetzt noch unruhiger als zuvor. Asketen waren schwerer zu überzeugen als Großtuer; sie neigten zum Fanatismus, und ihre Empfindungen lagen zumeist unter dem Durchschnitt menschlicher Gefühle. Sie hatten oft wenig oder kein Gewissen, ließen sich nur schwer bestechen, und wenn sie Humor besaßen, war es für gewöhnlich ein mitleidloser, spöttischer und ätzender Humor.

Doch als Joseph sich ihm mit einer formvollendeten Begrüßung zuwandte und ihm dafür dankte, daß er geruht hatte, seine Einladung anzunehmen, sah Senator Bassett etwas in dem fleischlosen Gesicht, das ihm ans Herz griff. Hier stand ein Mann, der unendliches Leid, Grausamkeiten und Demütigungen erfahren hatte — wie sie auch dem Senator beschieden gewesen waren. Er erinnerte sich auch eines französischen Dichters, von dem der Ausspruch stammte: »In dieser Welt bricht einem das Herz, oder es wird zu Stein.« Vermutlich war das Herz Josephs zu Stein geworden, und nun überkam den Senator Mutlosigkeit und Verzweiflung. Kein Mensch war so hart und unnachgiebig wie einer, der alles Böse erlitten hatte, das die Welt zufügen kann, und der sich in der Folge gegen die Welt gestellt hatte.

»Ich habe Schinken und Geflügel für Sie bestellt, Herr Senator«, sagte Joseph, »sowie Bier und Plumpudding. Ich hoffe, ich habe Ihren Geschmack getroffen.«

»Sie sind sehr liebenswürdig«, erwiderte der Senator, von neuem überrascht. »Es sind meine Lieblingsspeisen.« Er wollte Joseph schon fragen, woher er das wußte, bedachte aber dann, daß sein Gegenüber vermutlich eine ganze Menge Erkundigungen über ihn eingezogen hatte. Eine so minuziöse Untersuchung war keineswegs schmeichelhaft und konnte gefährlich werden. Und sie ließ eine bestimmte Absicht erkennen. Der Senator wußte sehr wohl, daß Joseph hier war, um zu versuchen, ihn zu überreden, dem Fremdarbeitergesetz seine Unterstützung zu versagen, ohne welche die Annahme der Vorlage gefährdet sein würde.

»Ich bin erfreut«, sagte Joseph in dem gleichen formellen und steifen Tonfall, dessen er sich bisher schon gegenüber dem Senator bedient hatte. »Ich selbst esse nur mäßig, und diese Hitze nimmt mir überhaupt jeden Appetit. Ich frage mich, warum Sie und Ihre Kollegen den Sommer über hier bleiben, insbesondere jetzt, da die Ferien bevorstehen.«

»Wir haben viel Arbeit, wichtige Arbeit«, antwortete der Senator und setzte sich an den mit einem sauberen, aber billigen Tischtuch und angelaufenem Silbergeschirr gedeckten runden Tisch. »Ich mag Washington persönlich auch nicht, aber ich bin hier, um meinem Land zu dienen.« In der kräftigen und doch melodiösen Stimme des Senators klangen diese Worte aufrichtig und nicht pompös und geheuchelt. »Und es gegen seine inneren und äußeren Feinde zu verteidigen.«

Joseph beherrschte die Kunst, einen Menschen zu studieren, ohne ihn merken zu lassen, welch penibler Prüfung er unterzogen wurde, und so hatte er bald herausgefunden, daß der Senator kein politischer Gaukler, sondern ein absolut rechtschaffener Mann war, eine Abweichung von der Norm und in dieser Stadt fehl am Platz. Er wußte auch, daß der Senator wußte, wozu er hier war, und daß er seine Einladung nicht nur wegen der Macht, die Joseph repräsentierte, sondern vor allem darum angenommen hatte, um sich selbst ein Urteil über Joseph und Josephs Kampfmittel zu machen. Josephs prüfende Blicke glitten über das Gesicht des Senators und verweilten auf seinem Mund, den großen, sanften, klaren tiefschwarzen Augen und auf dem eigenwillig gekräuselten Haar und Schnurrbart, die in dieser Hitze gegen Öl und Wachs rebellierten. Er empfand einen leisen Skrupel, wie er ihn seit Jahren nicht mehr gekannt hatte, und verwarf ihn sogleich. Persönlich hatte er nichts gegen den Senator. Er wußte, daß dieser Mann sehr arm gewesen war, fast so arm wie er selbst, und daß das, was er besaß, zwar mit Hypotheken belastet war, er es aber mit ehrlich verdientem und nicht mit ergaunertem Geld erworben hatte.

Josephs Mittagessen bestand aus einem Teller dünner Brühe, einer Scheibe Aufschnitt, Brot und Tee. Er aß zerstreut. Der Senator, wiewohl immer auf der Hut, aß herzhaft und erzählte, ohne Namen zu nennen, mit wohlwollendem Spott kleine Geschichten von seinen Kollegen. Er war witzig. Wenn er lachte, tat er das mit höherer Stimme als andere Männer, und sein Lachen klang in einer Art Schrei aus. Das Bier erfrischte ihn, und er trank ausgiebig.

»Wie ich höre, sind Sie von Beruf Landwirt«, bemerkte Joseph. »Was mich betrifft, ich wurde auf dem Land geboren. In Irland.«

»Ach, wir haben eine ganze Menge irischer Abgeordneter«, erwiderte der Senator. »Ja, ich bin Landwirt, auf einem Bauernhof geboren. Ich besitze vierhundert Morgen Land in Massachusetts und weitere fünfhundert im Staat New York. Vier Pachtbauern. Allerdings«, fügte er mit einem Zwinkern seiner ungewöhnlich klaren Augen hinzu, »wenn ich sage, daß ich dieses Land ›besitze‹, meine ich, daß ich im Grundbuch eingetragen bin. Die eigentlichen Besitzer sind die Banken. Ich löse die Hypotheken langsam ab, von den hohen Zinsen gar nicht zu reden. Ich bin in Massachusetts geboren, aber meine Frau kommt aus Georgia. Ich lernte sie hier in Washington kennen, als ich Abgeordneter war und ihr Vater Senator. Seiner Meinung nach vergab sie sich einiges, als sie mich heiratete.« Er lachte. »Ich habe«, sagte er stolz, »eine sehr hübsche Tochter, die in eine vornehme Familie in Boston einheiratet. Eine sehr vornehme Familie. Im September.«

Die ungekünstelte Art des Senators erinnerte Joseph an die ebenso schlichte und aufrichtige Schilderung seiner Lebensumstände, wie er sie vor so langer Zeit von dem jungen Harry Zeff auf dem Bahnsteig in Wheatfield erhalten hatte. Wieder überkam ihn jener lästige Skrupel, und abermals unterdrückte er ihn.

»Ihre Gattin ist also eine Südstaatenschönheit«, bemerkte Joseph. Es sollte scherzhaft klingen.

Der Senator legte seine Gabel nieder und sah ihn an. »Ja«, sagte er, »und immer noch eine schöne Frau.« Sein Herz begann heftiger zu klopfen. Er besaß eine erstaunliche Menschenkenntnis und wußte, daß es den Leuten von der Art Joseph Armaghs nicht gegeben war, das Gespräch mit witzigen oder spaßigen Bemerkungen zu würzen. Aber Josephs Gesicht war unergründlich. Er hatte sein Essen kaum angerührt.

»Ich weiß, daß Sie geschäftlich hier sind, Mr. Armagh«, sagte der Senator, und es klang ein wenig atemlos. »Wie kann ich Ihnen dienlich sein?«

»Sie sind nicht mein Senator«, erwiderte Joseph mit ausgesuchter Höflichkeit, »aber Sie könnten mir tatsächlich helfen. Ich bin immer sehr direkt. Sie wissen wahrscheinlich, daß ich hier bin, um über das Fremdarbeitergesetz zu sprechen, das Sie eingebracht haben und nun bemüht sind, vom Senat verabschieden zu lassen. Ich weiß auch, daß Sie eine Anzahl Kollegen auf Ihrer Seite haben, die Ihnen sehr gewogen sind und Ihnen gefällig sein wollen, obwohl sie Ihrer Vorlage vielleicht mit einiger Reserve gegenüberstehen.«

Der Senator nickte. »Ja, sie hatten anfangs gewisse Vorbehalte. Aber jetzt nicht mehr. Sie werden aus Überzeugung und nicht aus Freundschaft oder aus Gründen persönlicher Hochachtung mit mir stimmen. Ich möchte es auch gar nicht anders haben wollen.«

»Sie sprechen wie ein rechtschaffener Mann«, entgegnete Joseph. »Ich ziehe es vor, mit ehrlichen Männern zu verhandeln — die zumeist auch noch vernünftiger sind.«

Der Senator entzündete ein Streichholz an seiner Schuhsohle und brannte sich mit zitternden Händen eine Zigarre an. »Mr. Armagh«, sagte er, »ich habe schon alle Argumente gegen dieses Gesetz gehört und sie alle geprüft. Das ist keine Laune von mir, keine Marotte. Ich habe die Lage dieser unter Vertrag eingeschleusten Arbeiter lange Zeit studiert und war empört über die Behandlung dieser armen Teufel, die gezwungen werden, sich mit Bettellöhnen zufriedenzugeben, und auf diese Weise den amerikanischen Arbeitern das Brot wegnehmen. Wußten Sie, daß einige Ihrer — Freunde — chinesische Tagelöhner als Bahnarbeiter für vierundzwanzig Dollar im Monat eingestellt und ihnen dann noch Arbeitskleidung und Stiefel aufgerechnet haben, so daß diesen bedauernswerten Geschöpfen nichts für Nahrung und Unterkunft blieb, nur gerade so viel, daß sie nicht verhungerten? Und ein armseliges Loch zum Schlafen? Ungarn, Bulgaren, Österreicher, Polen, Deutsche und weiß Gott welche Nationalitäten noch werden laufend nach Amerika gebracht, um die angeblich so teuren amerikanischen Arbeiter zu ersetzen und die um ihre Existenz schwer ringenden Gewerkschaften zu schwächen; und diesen unglücklichen Menschen geht es kaum besser als den bejammernswerten Chinesen, die inzwischen bis auf den letzten Mann gestorben sind.

Ihren Freunden von Gewissen zu sprechen, ist zwecklos, Mr. Armagh. Sie erzählen mir, daß es diesen verzweifelten Männern und ihren Familien in Amerika besser geht als in ihrer Heimat. Sie wissen, daß das eine Lüge ist. Diese Leute werden mit Versprechungen hergelockt, die natürlich nie gehalten werden. Köter werden bei uns besser behandelt, Mr. Armagh, das wissen Sie. Wir haben die Sklaverei für Neger abgeschafft. Jetzt haben wir Sklaverei für Weiße. Für die meisten Besitzer von Negersklaven waren die Schwarzen wenigstens noch wertvoller Besitz, sie wurden halbwegs anständig ernährt und gekleidet, sie hatten Unterkunft und ärztliche Betreuung. Diese weißen Sklaven aber haben das alles nicht. Ach!« rief der Senator leidenschaftlich. »Ich weiß wirklich nicht, wie diese Ihre Freunde nachts schlafen und wie sie dereinst ihre Seele werden retten können!«

Joseph sah ihn an und lächelte grimmig. »Ich habe noch von keinem gehört, der schlaflose Nächte gehabt oder sich um seine unsterbliche Seele gesorgt hätte, wenn genügend Geld zur Hand war. Aber Sie sprachen von der Not der Fremdarbeiter, die wir hergebracht haben. Zumindest hat man den Leuten die Reise bezahlt.«

Der Senator beobachtete, wie sich Josephs hageres Gesicht verdüsterte. »Sie mußten nicht zusehen, wie ihre Landsleute oder ihre eigenen Familien in irgendeinem Straßengraben Hungers starben. Es gab für sie immer etwas Brot, etwas Käse, etwas Kohl, eine Unterkunft, wie dürftig und armselig auch immer. Sie haben nie wirklich gehungert. Ich, Herr Senator, ich habe gehungert. Ich bin als Junge von dreizehn Jahren hier angekommen und mußte für einen kleinen Bruder und eine neugeborene Schwester sorgen, und was man mir gab, dafür bezahlte ich mit Geld, das ich selber verdiente. Ich hatte keine Stellung, die auf mich wartete, keine Unterkunft. Ich war kein Mann. Ich war ein Kind. Und ich wurde in Ihren Häfen abgewiesen, bis man mir und meinen Geschwistern, dank der Vermittlung einer guten Seele, gestattete, an Land zu gehen.

Seit meinem dreizehnten Lebensjahr habe ich immer gearbeitet, jede Arbeit angenommen, die ich finden konnte, und eine Familie erhalten. Ich habe Hunger gelitten, Herr Senator, schrecklicheren Hunger als die ausländischen Arbeiter, für die Sie so tiefes Mitgefühl zeigen. Und ich habe mich nie beklagt. Es gab keine Senatoren, die mir Beistand geleistet, die sich der Sache der hungernden und verzweifelten Iren angenommen hätten, die nur hergekommen waren, um zu arbeiten. Wo wir uns hinwandten, wir wurden abgewiesen und angefeindet. Man gab uns keine Arbeit, bis wir lügen und sagen mußten, wir wären keine Iren und keine ›Römischen‹. Es kümmerte keinen, daß wir in diesem Ihrem prächtigen freien Land schwindsüchtig wurden und in unserem eigenen Blut erstickten! Man erlaubte uns nicht zu arbeiten! Man erlaubte uns nicht zu leben! Aber irgendwie lebten wir doch. Irgendwie kämpften sich Zehntausende, Hunderttausende von uns mit unseren eigenen Händen und Hirnen den Weg frei zu einer menschenwürdigen Existenz. Wir flehten nicht um Schonung, und man gewährte sie uns nicht.

Nun, Herr Senator, hatten wir es am Anfang leichter als Ihre Fremdarbeiter?«

Das ist es also, dachte der Senator mit großem Verständnis und Mitgefühl. Er will sich an der Welt rächen, die ihm das angetan hat.

»Diese Welt hat meine Eltern auf dem Gewissen«, fuhr Joseph fort. »Sie wurden ermordet — so als ob man sie erschossen hätte. Nun, das ist ja nicht mehr so wichtig, nicht wahr? Tatsache ist, daß die ausländischen Arbeiter, denen man — anders als uns damals — die Reise bezahlt, die gleichen oder, wenn Sie wollen, ebenso geringe Chancen haben, wie ich sie hatte. Die meisten von ihnen sind Männer; ich war ein Kind. Sie werden mich darauf hinweisen, daß diese Leute Familie haben. Auch ich hatte Familie. Sie sollen arbeiten, wie ich gearbeitet habe. Sie sind nicht schwächer, als ich es war. Wenn sie dazu entschlossen sind, werden sie sich früher oder später freikämpfen — wie ich es getan habe.«

»Sie wollen also«, entgegnete der Senator mit sanftester Stimme, »daß sie so leiden, wie Sie gelitten haben. Sie, der Sie die Bitterkeit und Härte des Hungers und der Ausbeutung kennengelernt haben, Sie wollen, daß auch diese Menschen das alles ertragen?«

»Sind sie etwas Besseres als ich?« konterte Joseph. Er machte eine schroffe Handbewegung. »Aber ich fürchte, wir kommen vom Thema ab. Für Amerikas Aufstieg sind ausländische Arbeitskräfte unentbehrlich, und darum müssen wir sie haben.«

»Ich teile Ihre Meinung«, sagte der Senator. »Aber zahlen wir ihnen anständige Löhne und bieten wir ihnen echte Chancen. Unterstützen wir die Gewerkschaften bei ihren Forderungen nach gerechten Löhnen auch für die amerikanischen Arbeiter. Es geht doch nur darum, daß die Fremden bereit sind, für einen Bettel zu arbeiten, damit unseren Leuten das Brot wegnehmen und sie zum Hungertod verurteilen. Muß ich Sie erst an die Eisenbahnerstreiks erinnern und wie die Arbeiter und sogar ihre Frauen niederkartätscht wurden? Wenn das nötig ist, damit Amerika expandiert, dann sage ich: expandieren wir nicht weiter!«

»Es gibt ein Sprichwort: Wo gehobelt wird, da fallen Späne.«

Mit einer mutlosen Geste schob der Senator seinen Stuhl vom Tisch zurück. »Ich liebe Sprichwörter. Leider sind sie nur selten zartfühlend und edelmütig. Wir sprechen von Menschen, Mr. Armagh, nicht von Holz. Solange wir nicht mehr Arbeitsplätze zu vergeben haben, brauchen wir keine ausländischen Arbeitskräfte in Viehtransportschiffen herkommen lassen. Und wenn wir sie einmal brauchen, müssen wir sie anständig bezahlen. Sie sprachen von Vorurteilen, mit denen man den Iren begegnet ist. Die gleichen Vorurteile bestehen gegen diese armen Menschen. Weil sie sind, was sie sind, werden sie von den Bürgern unseres Landes wie Vieh behandelt. Auch dem muß abgeholfen werden. Unter ehrenwerten Männern darf es wegen des Makels — wenn Sie es so nennen wollen — ihrer Geburt keine Voreingenommenheit gegen andere Menschen geben. Man müßte mit Lachen über Vorurteile hinweggehen, wenn sie nicht so abscheulich und gemein wären. Gerade Sie sollten das verstehen können.«

Aber Joseph entgegnete: »Wir gehören nicht zu den Leuten, die etwas haben wollen, ohne sich dafür erkenntlich zu zeigen. Ich nehme an, Sie wissen das?«

Der Senator war blaß geworden, und alle heitere Liebenswürdigkeit war aus seinem Gesicht verschwunden. »Ja, Mr. Armagh«, antwortete er, »ich weiß es. Und ob ich es weiß! Wenn meine Kollegen nur ein Anzeichen von Scham erkennen lassen würden, man könnte es vielleicht als menschliche Schwäche und menschliche Habgier abtun und ihnen verzeihen. Aber sie schämen sich nicht. Sie stimmen gegen die besten Interessen ihres Landes — für Geld — und schneiden noch selbstzufrieden damit auf. Käufliche Huren sind sie, Mr. Armagh. Schlimmer noch als Huren.«

Joseph mußte lächeln. »Und bekommen, wie Huren, ihr Geld. Seien

Sei vernünftig, Herr Senator. Wir sind nicht so unfein, daß wir Sie bestechen wollten. Wir wären Ihnen nur dankbar, wenn wir die Möglichkeit hätten, etwas zu erwerben — um einen sehr hohen Preis zu erwerben — was Sie uns anbieten können.«

»Dem Fremdarbeitergesetz — das ich selbst eingebracht habe — meine Unterstützung zu entziehen und meine Kollegen zu überreden, meinem Beispiel zu folgen? Das sollte ich Ihnen anbieten?«

»Genau. Keine große Sache.«

»Die Antwort, Sir, lautet natürlich nein.«

»Und es gibt kein Argument, das Sie veranlassen könnte, sich die Sache zumindest noch einmal zu überlegen?«

»Nein. Ich kenne alle Argumente. Seit Monaten tue ich nichts anderes als sie zu widerlegen und zu entkräften. Ich bin ehrlich überrascht, daß Ihre Freunde es noch einmal versucht haben. Man ist ja schon einmal an mich herangetreten.« Er sah Joseph durchdringend an. »Wissen Sie nicht, daß das, was Sie zu mir gesprochen, was Sie mir angeboten haben, eine gegen die Würde des Senats gerichtete strafbare Handlung darstellt? Daß Sie versucht haben, mich zu bestechen, und ich gerichtlich gegen Sie vorgehen kann?«

»Gewiß, Herr Senator. Aber Sie haben keine Beweise.«

»Und überdies«, bemerkte der Senator mit grenzenloser Bitterkeit, »würde ich damit nur zur Belustigung einiger meiner Kollegen, lauter ehrenwerter Herren, beitragen. Aber ich bin zuversichtlich, daß diese Vorlage Gesetz wird. Der Präsident ist auf meiner Seite. Er ist allem Anschein nach still und zuvorkommend, aber er ist ein Mann mit Prinzipien und hat Pläne, die nur wenigen bekannt sind. Ich bin stolz darauf, daß ich einer dieser wenigen bin, denen er sein Vertrauen schenkt.«

»Ich habe von Präsident Garfields Plänen gehört«, entgegnete Joseph. »Ich fürchte, er ist schlecht beraten.«

Es war noch heißer geworden, und der Straßenlärm hatte nicht nachgelassen. Die zwei Männer sahen sich schweigend an. Dann fragte der Senator: »Was wollen Ihre Leute haben?«

Joseph lächelte sein schmallippiges, bitteres Lächeln. »Was will jeder Mensch in seinem Innersten wirklich haben? Macht. Um Einfluß über sie zu gewinnen, bombardieren die Heuchler die Leichtgläubigen, die, wie man so sagt, ›reinen Herzens‹ sind, mit ideologisch verbrämten Schlagworten. Meine — Freunde — aber haben keine Ideologien, wenngleich sie sich mit ernstem Gesicht der Ideologien anderer bedienen, wenn sie ihnen in den Kram passen. Es sind Männer mit vielen Interessen: Politiker, Großkaufleute, Bergwerksbesitzer, Industrielle, Bankiers, Schiffbauer und Reeder, Ölproduzenten, Präsidenten von Eisenbahngesellschaften, Waffenfabrikanten, Männer mit ererbtem Vermögen, Abkommen illustrer Familien, Fürsten und Prinzen. Großgrundbesitzer. Sie haben vieles gemeinsam: Keiner fühlt sich seinem eigenen Land besonders verbunden. Keiner macht sich Gedanken über das Wohlergehen seines oder irgendeines Volkes. Ihre Habsucht geht über die des Durchschnittsmenschen weit hinaus. Sie alle sind Egoisten in Reinkultur und Feinde der — Sie, Herr Senator, würden es Freiheit nennen. Sie wollen herrschen, jeder in seiner eigenen Sphäre, und zu diesem Zweck arbeiten sie mit den anderen zusammen. Sie wollen die *Elite* sein, Herren über Leben und Tod und das Geschick der Menschheit. In ihrem Herzen sind sie alle Robespierres, Dantons, Mirabeaus, Jakobiner.«

Der Senator sah ihn starr an, denn er hatte die Ironie und die Verachtung aus Josephs Worten herausgehört. Er dachte eine Weile nach und sagte dann: »Jakobiner. Ja. Revolutionen werden nie aus der arbeitenden Bevölkerung, aus Bauern und kleinen Krämern geboren. Sie gehen aus den Reihen der gelangweilten und überfütterten Bourgeoisie hervor, sie entspringen den Hirnen sogenannter Intellektueller, wohlhabender, ruheloser Männer. Ihre Sinne streben nach zügelloser Gewalt, ihre Seelen sind leer an geistigen Werten. Die Geschichte kennt keinen Despoten, der aus dem ›Volk‹ gekommen wäre. Sie kommen aus der Schar jener entarteten Radikalen, die ihre Mitmenschen hassen, obwohl sie ihnen schmeicheln, sie mit salbungsvollen Worten einlullen, und sich als ihre Freunde ausgeben. Sie sehen, Mr. Armagh, auch ich habe meine Geschichte gelernt.«

»Dann wissen Sie auch, wie es die Italiener der Renaissance wußten, daß sich Politik und Moral nicht mischen lassen. Politik und Moral sind ein Widerspruch in sich. Ein ehrlicher Politiker ist entweder ein Heuchler — oder verloren.«

Der Senator erhob sich. Er griff nach seinem Zylinder und betrachtete ihn. Ein ernster und schmerzlicher Ausdruck erschien auf seinem Gesicht. »Ich hoffe immer noch«, sagte er fast unhörbar, »daß meine Landsleute anständige Männer wählen werden und nicht Diebe und Lügner und ehrlose Halunken, aalglatte Schmeichler und potentielle Plünderer.«

Er blickte Joseph an. »Ich glaube, ich habe alles gesagt, was zu sagen war. Ich werde meinen Standpunkt nicht ändern. Ich könnte es mit meinem Gewissen nicht vereinbaren.«

Auch Joseph stand auf. Er hielt ein Bündel Papiere in der Hand. »Dann kann ich nur hoffen, Herr Senator, daß Sie Ihr Gewissen in bezug auf einige Personen erforschen, von denen in diesen Aufzeichnungen die Rede ist. Bitte lesen Sie.«

Der Senator nahm die Papiere. Immer noch stehend, begann er zu lesen. Er verzog keinen Muskel, aber sein Gesicht färbte sich langsam gespenstisch grau. Schweißtropfen standen ihm auf der Stirn und liefen wie Tränen über seine Wangen. Joseph beobachtete ihn. Als er den Anblick nicht länger ertragen konnte, ging er ans Fenster, im Mund einen Geschmack wie schaler Staub. Er klammerte sich an die sandige Fensterbank und starrte, ohne etwas zu sehen, auf die Straße hinunter. Endlich hörte er ein Rascheln; die Papiere waren auf den Tisch zurückgelegt worden. Er vermochte sich dennoch nicht umzudrehen.

»Wer weiß außer Ihnen davon?« fragte der Senator mit trockener Kehle.

»Nur noch eine Person kennt den *ganzen* Inhalt. Die Informationen wurden von einem Dutzend in Nachforschungen dieser Art erfahrener Männer gesammelt, die kein Interesse an Ihnen haben und über die Zusammenhänge nicht informiert wurden. Meinen — Freunden — habe ich den Bericht nicht gezeigt. Es erschien mir angezeigt, ihn nur Ihnen zu zeigen.«

»Was gedenken Sie damit zu tun, Mr. Armagh?«

Langsam wandte sich Joseph vom Fenster ab. Seine Augen brannten. Er sah, daß der Senator kleiner geworden, eingeschrumpft zu sein schien. Er machte den Eindruck eines Mannes, der schon tot war.

»Herr Senator«, antwortete Joseph, »wenn Sie die Vorlage nicht zurückziehen, beabsichtige ich, diesen Bericht den Zeitungen — und einigen Ihrer Kollegen — zu übergeben. Es tut mir leid. Daß von böswilliger Verleumdung nicht die Rede sein kann, ist Ihnen bekannt. Sie wissen, daß die hier angeführten Tatsachen ausschließlich der Wahrheit entsprechen.«

Der Senator suchte tastend nach dem Sessel, den er verlassen hatte, und ließ sich hineinfallen. Sein Kopf sank kraftlos herab. »Wir leben in einer neuen Zeit«, sagte er in einem Ton, der kaum über ein Flüstern hinausging. »Es ist heute nicht mehr verdammenswert — oder anstößig —, als Großmutter eine Mulattin gehabt zu haben, die in Süd-Carolina Sklavin war. Sie war eine Dame. Sie wurde von ihrer Herrin erzogen und von Hauslehrern unterrichtet. Dafür erzog sie dann die Kinder ihrer Herrin, die sie freigelassen hatte. Am Ende gab ihr ihre Herrin eine große Summe Geldes und war ihr behilflich, nach Norden, nach Kanada zu gehen. Aber das wissen Sie ja alles. Sie heiratete einen wohlhabenden kanadischen Bauern — es steht ja alles hier, wozu wiederhole ich es? Sie übersiedelten nach Massachusetts. Ich kannte sie gut. Bis zu ihrem Tod war sie das Teuerste, was ich auf dieser Welt besaß.«

Er hob den Kopf und sah Joseph mit großen, verstörten Augen an. »Sie hat mich gelehrt, daß nichts im Leben so wichtig ist wie Freiheit, und daß selbst Freiheit nichts zählt, wenn sie nicht von Ehrgefühl und Verantwortungsbewußtsein begleitet ist. Sie hat mich gelehrt, daß nur ein integrer Mann wirklich ein Mann ist.«

Joseph blickte zur Seite. »Dann macht es Ihnen ja auch nichts aus, wenn bekannt wird, daß Sie eine an Tugenden so reiche Großmutter hatten, nicht wahr?«

»Wir haben heute eine ganze Anzahl von Negerabgeordneten in Washington, Mr. Armagh. Niemand verachtet sie, niemand beleidigt sie —«

Joseph verstand, daß der Senator ihm nicht zugehört hatte. »Aber Ihre Gemahlin, Herr Senator«, sagte er, »die liebreizende Schönheit aus Georgia — sie weiß es doch nicht — oder? Und Ihre Tochter soll in Boston den Sproß einer illustren Familie heiraten — Mr. Gray Arbuthnot, nicht wahr? — weiß er es? Sie werden vielleicht nicht so liberal gesinnt sein wie Ihre Kollegen im Senat, und ich fürchte, daß auch diese ganz plötzlich auf ihre Toleranz vergessen und Ihnen ihre Unterstützung versagen werden. Ich habe die Erfahrung gemacht, daß Toleranz nur allzuleicht vergessen wird, wenn die eigene Zukunft eines Menschen auf dem Spiel steht. Dazu kommt noch etwas anderes. Ihre Feinde werden zu dem Schluß kommen, daß Ihr leidenschaftliches Interesse am Wohlergehen des amerikanischen Arbeiters und Ihre ablehnende Haltung gegenüber ausländischen Arbeitskräften auf der Tatsache begründet sind, daß Sie als Abkömmling einer Sklavin die Sensibilität eines Sklaven für die ›Versklavung‹ anderer haben. Glauben Sie ja nicht, die Menschen wären gut. Sie sind Teufel.«

Immer noch starrte der Senator Joseph an, und seine leuchtenden schwarzen Augen schimmerten, als ob sie voll Tränen stünden.

»Meine Freunde im Senat sind konservative Demokraten und gemäßigte Republikaner. Sie werden mich nicht im Stich lassen.«

»O doch. Hat man schon je von einem Menschen gehört, der einem anderen beigestanden ist, sobald dieser andere, ob unschuldig oder nicht, der Lächerlichkeit oder dem Abscheu der Öffentlichkeit preisgegeben wird? Ich weiß von keinem. Jeder Ihrer Freunde wird an seine eigene politische Zukunft denken. Gewiß, hier im Norden schlägt uns das Herz schneller, wenn vom ›Aufstieg des Negers‹ die Rede ist. Das ist heute Mode. Aber leider nur Theorie. In der Praxis sieht es ganz anders aus, und das wissen die Liberalen sehr gut und die Nationalrepublikaner auch. Denken Sie daran, daß viele Ihrer Freunde unter den konservativen Demokraten aus dem Süden kommen — und das Gleiche gilt für Ihre ›gemäßigten‹ Republikaner. In der Öffentlichkeit werden sie sanfte Worte gebrauchen — in Wirklichkeit aber vor Ihnen davonlaufen. Und was wird Ihre Frau sich denken? Wie wird sie diese Demütigung ertragen? Glauben Sie, Mr. Arbuthnot wird ein Mädchen heiraten, das von einer Negersklavin abstammt? Denken Sie darüber nach, Herr Senator. Wie hier zu lesen steht, kennen weder Mrs. Bassett noch Ihre Tochter Ihre Geschichte.«

Der Senator ließ den Kopf auf die Brust sinken. »Sie haben es ausgesprochen«, sagte er. »Die Menschen sind Teufel.«

»Richtig, Herr Senator. Sie brauchen Ihren Freunden nur mitzuteilen, daß Sie nicht mehr für das Fremdarbeitergesetz eintreten, und dieses Material wird vernichtet. Kein Mensch wird je etwas davon erfahren. Ich gebe Ihnen mein Ehrenwort.«

Schmerzliches Lachen entrang sich der Kehle des Senators. »Ich brauche nur meinen Prinzipien untreu werden, meine Überzeugung verraten und alles aufgeben, was einem Menschen das Leben erträglich macht!«

»Sie müssen Ihre Entscheidung als Schutz für Ihre Frau und Tochter sehen.«

Der Senator, ein sehr feinfühliger und scharfsinniger Mann, glaubte etwas Sonderbares in Josephs Stimme zu entdecken, und hob rasch den Blick. »Haben Sie vielleicht so viel aufgegeben, um andere zu schützen, Mr. Armagh? Menschen, die Sie liebten?«

Einen Augenblick lang — so kurz, daß der Senator nicht sicher war, ob er richtig gesehen hatte — war der Ausdruck auf Josephs Gesicht furchterregend, doch seine Stimme klang ruhig und gelassen, als er antwortete: »Vielleicht, Herr Senator. Aber ich kann Ihnen eines sagen: Keiner ist eines anderen Menschen Leben, eines anderen Menschen Opfer wert.«

Der Senator stand auf. Er blickte auf die Papiere hinab. Seine Zungenspitze zuckte über seine grauen Lippen. »Es ist möglich, daß Sie recht haben, Sir«, sagte er nach einer kleinen Weile. »Ich komme langsam zu der Überzeugung, daß diese Welt wirklich eine Hölle ist.«

Er stülpte sich den Hut auf den Kopf. Sein Gesicht war alt und runzlig geworden. »Ich werde über alles nachdenken«, setzte er hinzu.

»Sie haben bis morgen sechs Uhr abend Zeit, Herr Senator. Lassen Sie mich wissen, wie Sie entschieden haben. Wenn ich nichts von Ihnen höre —«

Der Senator nickte. Wilde Entschlossenheit leuchtete in seinen Augen auf. »Ich habe bis morgen sechs Uhr abend Zeit, um Ihnen mitzuteilen, ob ich mich füge — oder nicht füge. Ja. Sie werden von mir hören.«

Mit schleppendem Schritt wandte er sich zur Tür. Joseph eilte ihm voraus, um zu öffnen. Der Senator blieb auf der Schwelle stehen. Er drehte mit, wie es schien, großer Mühe den Kopf zurück und sah Joseph voll ins Gesicht. »Gott sei Ihnen gnädig, Mr. Armagh«, sagte er, »denn Sie sind kein schlechter Mensch. Nein, Sie sind kein schlechter Mensch. Um so schlimmer für Sie.«

Josephs blaue Augen schlossen sich bis auf einen kleinen Spalt. »Ich bin, was diese Welt aus mir gemacht hat. Aber trifft das nicht auf jeden von uns zu?«

»Nein«, antwortete der Senator. »Nein. Das stimmt nicht. Wir haben die Freiheit der Wahl.«

Joseph sah ihn schwankend, wie betrunken, den langen, schmalen, heißen Korridor mit den verschlossenen Türen und den vielen Gerüchen hinuntergehen. Der Senator tastete blinden Auges nach dem

Geländer und begann schwerfällig die Treppe hinunterzusteigen. Joseph ging in sein Zimmer zurück.

Er stand lange da und betrachtete die Reste des Essens, das er mit dem Senator eingenommen hatte. Sein Blick fiel auf den leeren Kamin. Plötzlich erschauerte er, so als ob ein kalter Windstoß ihn getroffen hätte. Er nahm das Bündel Papiere vom Tisch und ließ es in den Kamin fallen. Er kniete nieder und holte ein Streichholz hervor. Er zündete die Papiere an. Sie waren dick und wollten nicht gleich brennen. Er steckte noch ein paar Streichhölzer an. Ein Geruch nach Rauch und Schwefel durchzog den Raum. Die Papiere brannten jetzt schon lustig, und schwarze Fetzchen flogen den Schornstein hinauf. Die Papiere im Kamin rollten sich zu langen schwarzen Würmern und zerfielen. Joseph nahm den Feuerhaken und vernichtete, was noch übrig war. Wie schon immer in seinem Leben, hatte er der Unschuld nicht zu widerstehen vermocht.

Er hockte auf seinen schmalen Fersen und sprach laut zu sich. »Du bist natürlich ein Narr. Du weißt nicht einmal, warum du getan hast, was du eben getan hast. Was bedeutet dir dieser Mann? Ein Politiker mehr. Ich habe gegen meine eigenen Interessen gehandelt. Wie soll ich so etwas meinen Partnern erklären? Ich wage es nicht, ihnen zu sagen, was ich getan habe. Die lachen mir doch glatt ins Gesicht — und gehen eiligst daran, mich fertigzumachen. Da sitz ich jetzt schön in der Patsche!«

Sein Blick haftete auf der schwarzen Asche und plötzlich fühlte er sich befreit und gelöst. Niemand wußte, daß er diese Informationen besaß, außer Timothy Dineen, der die Berichte der verschiedenen Ermittler zusammengefaßt hatte. Joseph hatte seinen Partnern nur mitgeteilt, er besäße »gewisse Informationen, die Senator Bassett bewegen könnten, von seiner Haltung abzugehen. Ich werde es jedenfalls versuchen. Ich hoffe, er wird meinen Argumenten zugänglich sein.« Er würde ihnen sagen müssen, daß der Senator sich eben nicht zugänglich gezeigt hatte. Er zuckte die Achseln. Jetzt sollten sie sehen, wie sie weiterkamen. Joseph bezweifelte, daß sie bei einem Mann von der Art des Senators Erfolg haben würden.

Er wußte schon jetzt, wie der Senator sich entscheiden würde. Er würde seinen Antrag nicht zurückziehen, weil er sonst nicht mit sich leben könnte. Joseph stand auf und ging unruhig auf und ab. Er wäre abgereist, wenn es an diesem Tag noch einen Zug gegeben hätte. So mußte er noch bis morgen in dieser gräßlichen weißen, korrupten, von Gestank und Übel erfüllten Stadt bleiben.

Joseph besuchte an diesem Abend ein Brahmskonzert, doch die Musik konnte ihn nicht wie sonst ablenken. Überall im Parkett und in den Logen sah er Senator Bassetts Gesicht. Wenn ich wüßte, wo er wohnt, ging ihm einmal der Gedanke durch den Kopf, ich würde jetzt noch hinfahren und ihm sagen — Was sagen? Daß er den Bericht verbrannt hatte? Würde das einen so tief getroffenen Mann beruhigen? Trösten? Konnte Joseph ihm die Sicherheit geben, daß nicht irgend einmal ein anderer Feind die leidige Geschichte ausgraben würde? Konnte er mit diesem Wissen, dieser Angst, diesem Schreckbild, weiterleben? Dieser Mann fürchtete nichts für seine eigene Person — wohl aber, daß die Wahrheit die, die er liebte, ins Unglück stürzen könnte.

Die er liebte. Liebe. Lüge und Täuschung wie alles andere, Schwäche und Treubruch. Kein Wunder, daß man so viel davon hermachte: Liebe war etwas so Seltenes, so über die menschliche Natur Erhabenes, daß sie dem, der sie erlebte, wie ein Wunder erschien. Nur die durften sich sicher fühlen, die nie geliebt hatten und niemals liebten. Sicher vor der Welt der Menschen.

Er wanderte zu Fuß durch die mitternächtliche Hitze ins Hotel zurück. Wagen drängten sich in dem mit Ziegel- oder Kopfsteinen gepflasterten oder schlammigen Straßen; das stählerne Gerassel der Räder und das Aufschlagen der Pferdehufe mischten sich mit dem ausgelassenen Gelächter der Insassen. Er sah die Gesichter von Politikern, rundliche, vergnügte rote Gesichter — er war oft mit ihnen zusammengetroffen und kannte sie. Sie winkten einander aus eleganten Equipagen und Kutschen zu und lächelten, lächelten, lächelten. Sie sind immer an der Arbeit, dachte Joseph. Raubtiere ohne Schlaf.

Die stinkende tropische Hitze ließ nicht nach. In Josephs Zimmer war es noch schlimmer. Er warf sich unruhig im Bett herum, döste vor sich hin und hatte Alpträume. Einmal träumte er, er säße in einem kleinen Schiff und sähe die Hand seiner Mutter, die sich ihm aus schwarzen Fluten entgegenstreckte, doch als er sie ergreifen wollte, versank sie und er hörte ein Stöhnen. Er erwachte in Schweiß gebadet, just als der erste blaugrüne Schimmer des Morgengrauens das Zimmer erhellte. Er stand auf und wusch sich.

Er verzehrte mißmutig ein dürftiges Frühstück, als ein Bote mit einem Brief an seine Tür klopfte. Er öffnete das Schreiben und sah, daß es von Senator Bassett war. Er kniff seine trockenen, brennenden Augen zusammen, bevor er zu lesen begann. Der Senator schrieb:

»Sie haben von mir verlangt, ich solle meinen Antrag zurückziehen, um jene zu schützen, die mir am nächsten stehen. Es gibt nur einen Weg, wie ich Ihre Forderung erfüllen kann, ohne gegen mein Gewissen zu handeln und den Frieden meiner Seele einzubüßen. Wenn Sie diese Zeilen erhalten, werde ich den Weg allen Fleisches gegangen sein. Aber mit meinem letzten Atemzug will ich Ihnen noch dieses eine sagen, ich habe Sie mit einem Fluch belegt: Keiner von jenen, die Ihnen teuer sind, wird jemals Glück und Erfolg haben und Ihre Hoffnungen und Träume erfüllen.«

Der Brief war mit einem »B« unterschrieben.

Joseph erhob sich mit einem Ruck. Er glaubte ersticken zu müssen.

Übelkeit überkam ihn, und eine entsetzliche Kälte lähmte seine Glieder. Er sah alles wie durch Wolken. Die Wände und die Decke des Zimmers wurden zu fließendem, wogendem Nebel. Er griff tastend nach einem Sessel und ließ sich hineinfallen. Das Papier flatterte zu Boden. Er bedeckte sein Gesicht mit den Händen und erschauerte.

Es war nicht der entsetzliche Fluch des todgeweihten Mannes, der ihn erschütterte, denn Joseph war nicht abergläubisch. Er glaubte weder an Verwünschungen noch an Segenssprüche. Es war etwas anderes. Er hatte eine einmalige Persönlichkeit getötet: einen rechtschaffenen Mann. Doch dann dachte er: ein rechtschaffener Mann ist etwas Absurdes. Für so einen gibt es in dieser Welt keinen Platz, hat es nie einen gegeben. Mehr noch: wenn alle rechtschaffenen Menschen stürben, es würde Frieden in der Welt herrschen, denn es gäbe keine Aufregungen und Unruhen, keine törichten Hoffnungen, keine von vorneherein zum Scheitern verurteilten, ebenso hingebungsvollen wie fruchtlosen Bestrebungen, keine irregeleiteten Kreuzzüge, keine hochgeschraubte Beredsamkeit.

Eingekeilt in der aufgepeitschten Menge stand er am Bahnhof, als keine zehn Meter von ihm entfernt Präsident Garfield erschossen wurde.

Wenige Monate später wurde das Fremdarbeitergesetz von Senat und Abgeordnetenhaus verabschiedet. »Dieses Gesetz«, erklärte feierlich ein Senator, »ist das Verdienst unseres teuren Kollegen, Senator Bassett, der seine ganze Kraft selbstlos dafür einsetzte. Er starb wie ein Pferd stirbt, das, angeschirrt, den zu schwer beladenen Wagen nicht mehr ziehen kann. Es war ein ehrenhafter Tod. Die Lasten eines öffentlichen Amtes können tödlich sein. Wir betrachten Senator Bassett ebenso als Märtyrer seines Landes wie Präsident Garfield, der nach wochenlangem, heldenhaftem Ringen am 19. September seinen Verletzungen erlegen ist.«

Joseph Armagh glaubte nicht daran, daß politische Morde, wie einige Zeitungen im Zusammenhang mit Präsident Garfields Tod versicherten, von Geisteskranken und irregeleiteten Hitzköpfen ausgebrütete »Überstürztheiten« waren. Der Finger am Abzug mochte sich »überstürzt« gekrümmt haben, Geist und Verstand des Attentäters krank oder irregeleitet gewesen sein, doch die Männer hinter dem Mörder handelten weder überstürzt, noch waren sie krank oder irregeleitet. Sie wußten genau, was sie taten und warum sie es taten.

XXXII

»In Mathematik«, sagte Joseph Armagh zu seinem Sohn Rory, »bist du kein großes Licht. Aber ich stelle fest, daß du in Geschichte und Literatur, in Französisch, Deutsch und Englisch ausgezeichnete

Noten nach Hause gebracht hast.« Er lächelte. »Ich bin sehr zufrieden mit dir. Aber du mußt dich in Mathematik verbessern, wenn du nach Harvard gehen willst.« Er lachte. »Für einen Intellektuellen bist du ja wirklich außerordentlich gesund, kräftig und tüchtig.«

»Ich kann genug Mathematik, um mir auszurechnen, daß ich mehr Taschengeld bekommen sollte«, entgegnete Rory mit seinem bezaubernden, impertinenten Lächeln. »Ich habe nur zwei Dollar mehr als Kevin.«

»Ein Dollar ist ein Dollar und eine Menge Geld. Drei Dollar die Woche für einen fünfzehnjährigen Jungen ist ausreichend. Mit seinem einen Dollar die Woche kauft sich Kevin auch noch seine Tierchen und ist für einen neunjährigen Nichtsnutz überhaupt ein sehr ernster Junge.«

Rory war groß und schlank. Er besaß die geschmeidige Anmut seines Großvaters Daniel Armagh, vermischt mit der Kraft und Sparsamkeit der Bewegungen seines Vaters. Er war ein ganz besonders hübscher Junge von regsamer, lebensfroher Art, die er von seiner Mutter geerbt hatte, dazu, schon als Knabe, stets höflich und zuvorkommend und immer zu Scherzen aufgelegt. Er hatte Josephs einst rostbraunes Haar, doch fiel das seine — sehr zum Wohlgefallen der Damen und jungen Mädchen — in Locken über seine Stirn, über die Ohren und bis tief in den Nacken. Aber sein Rostbraun war heller, der rötliche Ton deutlicher hervortretend, als Joseph es bei sich gesehen hatte. Er hatte eine schöne, große, an der Spitze leicht aufgeworfene Nase, einen ebenso wohlgeformten, lächelnden Mund und leuchtendweiße Zähne. Unter rotgoldenen Brauen funkelten hellblaue, spöttische und für gewöhnlich heitere Augen, die jedoch zuweilen einen wenn auch gutmütigen Zynismus verrieten. Seine Backenknochen waren breit wie die seines Vaters, das Kinn zeugte von Entschlossenheit. Von seinem Wesen strahlte eine fast sichtbare Aura von Gesundheit und Wohlbefinden, von Lebensfreude und außergewöhnlicher Intelligenz aus. Seine rosige Unterlippe war von sinnlicher Fülle.

Er war auf charmante und gewinnende Art anspruchsvoll, konnte aber auch, wenn nötig, brutal sein. Er schien reifer zu sein, als es seinem Alter entsprach. Anders als andere gut aussehende Jungen war er immer neugierig, immer auf der Suche nach neuen Erkenntnissen und neuen Einblicken. Er fand die Menschen ungeheuer spaßig. Ausgenommen seinen Vater. Schon mit fünfzehn wußte er alles, was es über Joseph zu wissen gab. Er hatte sich dieses Wissen auf mannigfaltige Weise angeeignet: von seiner Mutter, von Dutzenden Leuten und aus den Zeitungen, und er fand in seinem Vater eine unendlich faszinierende Persönlichkeit. Joseph war der einzige Mensch, den er fürchtete und, vielleicht, liebte. Er war trotz seiner Jugend nicht mehr unberührt, war es schon seit seinem vierzehnten Lebensjahr nicht mehr. Mädchen, aber auch ältere Frauen fühlten sich zu ihm hingezogen, wie er sich zu ihnen hingezogen fühlte. Seit seiner frühesten Jugend von unbeschwerter Zügellosigkeit, war es ihm gleich, wer davon wußte. Er war mutig wie sein Vater, doch im Gegensatz zu Joseph liebte er die Gefahr und die prickelnde Erregung, die damit verbunden war. Viele waren davon überzeugt, daß ein außerordentlicher Mann aus ihm werden würde — nicht wegen seines Aussehens und seiner Fähigkeit, Männer wie Frauen zu bezaubern, sondern auf Grund seiner intellektuellen Anlagen, seiner beredten und männlichen Sprache und seiner Vorliebe für lächelnd zu Gehör gebrachten Sarkasmus.

Schon in der kleinen Welt, die er jetzt bewohnte, war er Politiker. Von seinen Schulkameraden als Büchernarr und Leseratte verschrien, ließen sie sich dennoch von ihm lenken. Er ritt wie ein Zentaur, spielte großartig Tennis und kletterte wie ein Affe, weil er keine Angst kannte. Manchmal war er sogar ein rechter Rowdy.

Seine Zwillingsschwester Ann Marie war ihm in keiner Weise ähnlich. Sie war ein schlankes und stilles Mädchen, ziemlich groß und vorne und hinten so flach, daß ihre Mutter ständig darüber jammerte. Früher nicht weniger laut als ihr Bruder — neigte sie jetzt zur Schweigsamkeit — wahrscheinlich, weil ihre Mutter redet wie ein Wasserfall, dachte Joseph. Sie hatte feines, glattes, hellbraunes Haar, das sie, wie es einem fünfzehnjährigen Schulmädchen ziemte, in einer schlichten Frisur zusammenfaßte, ein ovales Gesicht mit reiner, blasser Haut, große, dunkle, braune Augen, eine kleine Nase und ihres Vaters schmalen Mund. Sie war noch sehr jung gewesen, als ihre Mutter ihr schon eingeredet hatte, sie wäre nicht nur nicht schön, sondern »ausgesprochen unansehnlich«, und so kleidete sie sich betont einfach und zuweilen sogar farblos und eintönig. Aber als Joseph sich ihrer Existenz bewußt wurde, sah er, daß sie jene schlichte Eleganz besaß, die von den Iren so bewundert wird, und das überraschte ihn, waren doch die Zwillinge schon vierzehn, ehe er anfing, sich über ihre Wesen und Persönlichkeiten Gedanken zu machen.

Denn für ihn waren Rory und Ann Marie »Bernadettes Kinder« oder die Enkel des verhaßten Tom Hennessey gewesen, für die er nur wenig Interesse und an Zuneigung kaum mehr als eine gewisse nachgiebige Wärme aufgebracht hatte, wenn er sie spielen sah oder ihrem kindlichen Geplapper lauschte. Er hatte oft ganz auf ihre Existenz vergessen und sich zuweilen sogar, wenn er irgendwo in der Ferne ihre Stimmen hörte, verwundert gefragt, wem sie wohl gehörten. Er zahlte die Rechnungen für ihre Privatschulen in Boston und Philadelphia, doch da Timothy Dineen alle Schecks ausschrieb und Joseph sie nur unterzeichnete, war er sich dessen kaum bewußt. »Familie« für Joseph Armagh waren seine Eltern und dann seine Geschwister gewesen. Bernadettes »Familie« war wieder etwas anderes und nicht Teil von ihm, wie Sean und Regina es gewesen waren. Wenn jemand sich nach dem Wohlergehen seiner Familie erkundigte, hatte er bei mehr als einer Gelegenheit zerstreut, aber ehrlich überrascht reagiert und geantwortet: »Ich habe keine Familie.« Schließlich kam er drauf, daß man ihn in solchen Fällen verwundert und schief ansah, was ihm mehr als nur ein wenig peinlich war, und so war er nun etwas vorsichtiger mit seinen Antworten. »Danke, meiner Familie geht es gut«, pflegte er zu sagen; es klang nicht sehr begeistert, und er wechselte hastig das Thema.

Nie hatte er seine Kinder in ihren Schulen besucht, nie sich für ihre Fortschritte interessiert, und da ihn sein Weg nicht oft nach Green Hills führte, vergingen manchmal Monate, bis sie ihm wieder vor Augen kamen. Er sah sie zu Weihnachten und zu Ostern, sie langweilten ihn, und er mied sie. Es war, als ob seine tiefen Empfindungen für Sean und Regina, seine totale Hingabe an sie, ihn seiner Fähigkeit, Liebe zu empfinden, beraubt hätte. Es war nichts mehr da, was er anderen hätte schenken können, und seit seine Geschwister ihm »davongelaufen« waren, hatte er sich noch mehr von der menschlichen Gemeinschaft losgesagt und stand ihr völlig teilnahmslos gegenüber. Der Born seiner Gefühle war ausgetrocknet.

Bernadettes tiefe Bewunderung und Liebe zu ihm war zu einer fanatischen Besessenheit geworden, seitdem sie erfahren hatte, daß ihm nichts an ihr lag und er sie nur geheiratet hatte, um den letzten Wunsch ihrer einer Täuschung erlegenen sterbenden Mutter zu erfüllen. Sie hatte die durch nichts zu erschütternde Zielstrebigkeit ihres Vaters geerbt; sie war entschlossen, Josephs Liebe zu erringen, ganz gleich, wie lange es dauern würde. Sie widmete sich seinen Interessen und seinem Wohlergehen mit so sklavischer Unterwürfigkeit, daß es alle merkten und sie bemitleideten, denn Joseph schien sich ihrer verzweifelten Bemühungen gar nicht bewußt zu sein. Er nahm nur zur Kenntnis, daß Bernadette nicht mehr anspruchsvoll und aufdringlich war. Er zeigte sich ihr nicht dankbar dafür; es war ihm ganz gleich. Je weniger er von ihr sah, desto besser paßte es ihm. Er schätzte sie als gute Hausfrau und ausgezeichnete Gastgeberin, und mehr wollte er nicht von ihr. Seit der Geburt Kevins, seines jüngeren Sohnes, hatte er sich ihr geschlechtlich nicht mehr genähert. Er hatte kein Kind mehr haben wollen; er machte Bernadette Vorwürfe wegen Kevin und mied sie seitdem.

Er war weder hart noch roh zu ihr. Sie kam ihm nur einfach kaum in den Sinn, und wenn er fern von Green Hills war, dachte er überhaupt nicht an sie. Wäre sie gestorben, er würde kein Bedauern empfunden haben. Er unterhielt sich nur selten mit ihr, und seit Kevins Geburt gelang es ihr auch nicht mehr, ihn zu belustigen, ihm ein Lächeln zu entlocken. Wenn sie manchmal ins Zimmer kam, sah er erstaunt auf, so als wüßte er nicht, wer sie war.

Bernadette war keine dumme Frau, aber sie übersah das Ausmaß seiner Interesselosigkeit immer noch nicht. Sie hielt an der romantischen Vorstellung fest, daß ihre selbstlose, innige Liebe früher oder später doch den Weg zu seinem Herzen finden würde, und da sie von Natur aus eine Optimistin war, fühlte sie sich nur selten entmutigt. Dann aber, und nur dann, fragte sie sich verzweifelt: Was sehe ich in ihm? Warum liebe ich ihn von ganzer Seele? Er ist kein schöner Mann. Er ist immer kurz angebunden, und seine Stimme ist kalt. Er ist weder liebenswürdig noch rücksichtsvoll. Er ist nicht zärtlich. Sein Blick ist leer. Und doch: Wie ich ihn liebe, wie ich ihn anbete! Ich würde mein Leben für ihn geben!

Daß die Liebe ein Mysterium ist, kam ihr nie in den Sinn, und darum, und weil ihre Liebe nicht erwidert wurde, litt sie unsagbar. Aber sie gab die Hoffnung nie auf. Oberflächlich veranlagt, wußte sie nicht, daß es der Liebe genug sein muß, dienen zu dürfen — wie verachtet und unbemerkt auch immer. Sie war schon froh, wenn Joseph zu Hause war. Wenn er etwas von ihr verlangte — wie von einem Dienstboten verlangte —, war sie außer sich vor Freude. Ihre Liebe umhüllte ihn wie eine schillernde Seifenblase.

Seine Gleichgültigkeit gegenüber den Kindern, die sie früher einmal beunruhigt hatte, störte sie jetzt nicht mehr. Je weniger Menschen Joseph sich zugetan zeigte, desto lieber war es ihr. Sie war eifersüchtig auf Timothy Dineen und hochbeglückt, als James Spaulding starb und Timothy nach Titusville geschickt wurde, um dort seinen Platz einzunehmen und Josephs Interessen im nordwestlichen Teil des Staates und in Ohio und in Chicago wahrzunehmen. (Acht Anwälte arbeiteten jetzt unter Timothy in Titusville, dazu eine große Zahl Bürokräfte.) Joseph hatte einen neuen, gut aussehenden Sekretär, einen gewissen Charles Deveraux, einen ausgezeichneten Anwalt, in Josephs Alter, der, wie Bernadette zu wissen vermeinte, »aus irgendeiner Stadt in Virginia« kam. Charles hatte enorme Kompetenzen, deren Umfang Bernadette nicht einmal zu schätzen wagte. Sie verfolgte auch ihn mit ihrer Eifersucht, denn er begleitete Joseph überallhin und wohnte im Haus, wenn Joseph sich in Green Hills aufhielt. Die Zuneigung, die sich die zwei Männer bewiesen, schien Bernadette zu groß, die Verbindung zu innig. Nur wenn Charles anwesend war, sah sie Joseph lachen, sah ihn aus sich herausgehen. Manchmal beklagte sie sich bei Joseph darüber, warf ihm vor, daß er die Gesellschaft seines Mitarbeiters und Sekretärs der seiner Familie vorzog, aber Joseph gab ihr nie eine Antwort. So fing Bernadette an, Charles zu hassen. Unter anderen Umständen hätte sie seine außergewöhnlich attraktive Erscheinung vielleicht angezogen, so aber sah sie in ihm jetzt nur noch den Feind, der »Liebe gestohlen« hatte, die von Rechts wegen der »Familie« gehörte. Was Harry Zeff und seine Liza betraf, die kamen nie nach Green Hills. Bernadette hatte keinen Zweifel daran gelassen, daß sie auf den Besuch »dieses Arabers«

und »seiner Küchenmagd« verzichten konnte, daß sie sich durch ihre Anwesenheit verletzt und beleidigt fühlte. »Der Tag wird kommen«, sagte sie zu Joseph und wiegte bedeutsam ihr Haupt, »da Harry dich betrügen wird. Aber du hörst mir ja nie zu.«

Sie empfand große Befriedigung, als die Zwillinge alt genug waren, um in Internatsschulen in Boston und Philadelphia untergebracht zu werden. Damit war sie ihre potentiellen Rivalen los. Mitfühlenden Freundinnen gegenüber beteuerte sie immer wieder, wie sehr sie die Kinder liebte, wie sehr sie ihr fehlten, in Wirklichkeit aber war sie glücklich, daß sie die beiden vom Halse hatte, und noch glücklicher, wenn sie die Sommerferien bei Freunden verbrachten. Kurz gesagt, sie wäre außer sich vor Freude gewesen, hätte sie Joseph in dem großen weißen Herrenhaus in Green Hills einschließen können.

Sie war so gemein und boshaft zu Elizabeth Hennessey gewesen, daß diese die Konsequenzen aus dieser Haltung gezogen hatte. Zusammen mit ihrem Sohn war sie in das Haus gezogen, das Joseph für seine Geschwister gebaut hatte. Manchmal wunderte sich Bernadette, warum Elizabeth überhaupt in Green Hills blieb. Natürlich »kümmerte« sich Joseph um Mrs. Hennesseys Angelegenheiten — eine anerkennenswerte Geste gegenüber der Witwe eines Mannes, den er vernichtet hatte, wie Bernadette zugeben mußte. Aber er hätte das ebensogut besorgen können, wenn sie in ihre Heimatstadt Philadelphia zurückgekehrt wäre. Außer zu Weihnachten und zu Neujahr wurde Elizabeth nur selten in das Hennesseysche Haus eingeladen. Courtney, ihr Sohn, besuchte in Boston dieselbe Schule wie Rory. Bernadette sah ihren Halbbruder kaum öfter als einmal im Jahr und interessierte sich nicht für ihn. Verglichen mit dem prächtigen Rory war er, ihrer Meinung nach, ein »armes Wurm«.

Bernadette hatte den Reiz der Jugend verloren. Sie war nun eine sehr rundliche, in zwängende Korsette eingeschlossene Dame mit üppigem Busen und noch üppigeren Hüften, aber stets modisch, zuweilen auch zu modisch gekleidet. Sehr hübsch war sie ja nie gewesen, doch jetzt schloß ihr rundes, eher flaches Gesicht mit einem Doppelkinn ab, und der ursprünglich goldene Schimmer ihrer Haut hatte sich verflüchtigt. Nur ihre schönen, leuchtenden, haselnußbraunen Augen waren ihr geblieben. Sie trug ihr dünnes braunes Haar kurz geschnitten, wie es die Mode forderte, sorgsam und kunstvoll gelockt. Sie griff in die Schminktiegel, und nicht immer mit Maß. Aber immer noch waren ihre vielen Freundinnen von ihrer Lebhaftigkeit und ihrem wenn auch zuweilen etwas verkrampften Schwung angetan; ihre in zunehmendem Maße hochfahrende Art und ihre selbstherrlichen, boshaften Bemerkungen wurden weniger geschätzt. Sie war die erste Dame der großen Gesellschaft von Green Hills, wie es der Gemahlin eines so mächtigen, distinguierten und gefährlichen Mannes zustand, und wurde auch in

Philadelphia und in anderen Städten gefürchtet. Wie sie nicht müde wurde, herauszustreichen, konnte sie sich jetzt ungeniert unter die Belmonts, die Goulds, die Fisks, die Regans und Morgans in New York begeben, und niemand durfte es wagen, ihr die kalte Schulter zu zeigen oder sich abfällig über sie zu äußern. Ihr Schmuck war dem jeder anderen Dame ebenbürtig. Sie bezog ihre Toiletten am liebsten von Worth, und ihre Hüte waren superb. Wenn sie so etwa einmal im Jahr darauf bestand, Joseph nach Europa zu begleiten — das einzige, worauf sie jetzt noch bestand — nahm sie eine französische Zofe mit und so viele Koffer und Taschen, daß dafür eine Extrakabine reserviert werden mußte. Joseph fand sich mit ihrer Nähe ab. Wie immer war sie eine perfekte Gastgeberin für seine Geschäftsfreunde.

»Jetzt scheint niemand mehr daran Anstoß zu nehmen, daß wir Iren sind«, sagte sie einmal zu Joseph. Sie sagte es selbstgefällig und warf dabei ihren Lockenkopf triumphierend zurück. Sie verstand nicht, warum Joseph sie minutenlang so grimmig und intensiv anstarrte und warum sie sich selbst so verwirrt und bestürzt fühlte. Sie sah weder die Wut noch die Verachtung in seinen Augen, noch den Haß, der ein blaues Feuer unter seinen Brauen entzündet hatte. Sie begriff nur, daß sie ihn tief verletzt hatte, und bemühte sich, ihn mit demütigen Schmeicheleien zu versöhnen. Aber er richtete eine ganze Woche lang nicht mehr das Wort an sie.

Als die zwei älteren Kinder fünfzehn Jahre alt waren, machte sie die niederschmetterndste und vernichtendste Erfahrung ihres Lebens.

Im Jahre 1875 hatte Joseph Mr. Montrose — den er jetzt als Clair Devereaux kannte — in Virginia besucht. Er war von dem neuen Haupthaus der Plantage, den blühenden Baumwollfeldern, den Viehherden und den edlen Pferden beeindruckt gewesen. »Ohne Ihre Unterstützung beim Ankauf der angrenzenden Ländereien wäre ich heute einer der vielen bankrotten Pflanzer im Süden«, hatte Clair gesagt und Josephs Hand warm und mit großer Herzlichkeit gedrückt. »Das ist meine liebe Frau Luane, die ich vor zwei Jahren in Pittsburgh geheiratet habe.«

Für Joseph war Luane Devereaux eine der anmutigsten Frauen, die er je erblickt hatte. Er sah ihre wunderschönen grauen Augen, ihr dichtes schwarzes Haar, ihren vollen roten Mund und ihre liebreizende Gestalt. Er kannte jetzt schon die Geschichte der Devereaux. Nach außen hin war sie in Virginia Clairs Konkubine und Dienerin. Später lernte er auch ihren Sohn Charles kennen, der im Krieg, in dem sein Großvater den Tod gefunden hatte, verwundet worden war. Joseph war von seiner Ähnlichkeit mit Clair überrascht: er hatte seines Vaters lockiges blondes Haar, sein scharfes Gesicht und seine Größe, aber die Augen seiner Mutter. Er war damals schon von der juristischen Fakultät von Harvard abgegangen und praktizierte in Boston. Dort hatte er auch ein Mädchen aus guter Familie geheiratet.

Bei ihrer ersten Begegnung hatte Charles Joseph mit herausfordernden Blicken gemessen. Joseph hatte es ignoriert. Ein Dummkopf, hatte er gedacht, dann aber seine Meinung geändert. Er traf noch einige Male mit Charles zusammen, und langsam faßte der junge Mann zu ihm Vertrauen. Er hatte viel Erfolg in seinem Beruf und wurde als Teilhaber in eine Bostoner Anwaltsfirma aufgenommen. Als Mr. Spaulding hochbetagt das Zeitliche segnete, bot Joseph Charles seine Position und ein sehr großes Gehalt an. Charles zögerte und sagte dann ohne Umschweife zu Joseph: »Ich darf annehmen, daß meine — Geschichte — in Titusville nicht herumerzählt werden wird?«

»Red nicht so dumm daher!« gab Joseph zurück. »Ich biete dir das nicht an, weil ich lange Jahre mit deinem Vater zusammengearbeitet habe und ihn bewundere. Ich biete es dir an, weil ich glaube, daß du der richtige Mann dafür bist. Sollte ich mich geirrt haben, werde ich dich ohne Umstände wieder vor die Tür setzen.«

Charles begriff, daß Joseph ihn absichtlich mißverstanden hatte. Er wußte auch, daß Joseph seiner »Geschichte« keine Bedeutung beimaß, zog allerdings die Tatsache mit in seine Rechnung, daß Joseph sehr gefährlich sein konnte, wenn es ihm angezeigt erschien. So nahm Charles, der seines Vaters Liebe zur Gefahr geerbt hatte und alles von Joseph wußte, das Angebot an.

Er besaß jetzt ein stattliches Haus in Titusville, wo er mit seiner Frau lebte und sich regelmäßig mit Timothy Dineen absprach, aber er begleitete Joseph auf seinen Reisen und agierte als sein »vertraulicher Rechtsbeistand« und Mitarbeiter. Er war ein fanatischer Südstaatler und brachte Joseph mit seiner Verachtung für den Norden und die »Zweckdienlichkeitsprinzipien der Yankees« oft zum Lachen. Er selbst war kritisch und anspruchsvoll und kannte keine Skrupel, wenn es darum ging, Josephs Interessen wahrzunehmen.

Clair und Luane Devereaux waren 1880 an der Ruhr gestorben, und Joseph hatte ihrer Beerdigung beigewohnt. Er hatte geschwiegen, als Clair in der Familiengruft der Deveraux, Luane jedoch unter früheren Sklaven begraben wurde. Aber er sah Charles' Gesicht. »Spielt es eine Rolle, wo die Gebeine eines Menschen ruhen?« sagte er zu ihm. »Ich weiß nicht, wo mein Vater beerdigt wurde. Die Gebeine meiner Mutter liegen im Meer. Deine Mutter hat wenigstens einen Ruheplatz und einen Grabstein. Wer schneidet da besser ab, du oder ich?« Seit jenem Tag war Charles Joseph bedingungslos ergeben.

In all den Jahren, die er Joseph Armagh diente, sah er alles, verstand er alles und sagte nichts. Josephs vieldeutige Redlichkeit belustigte ihn zuweilen. Er wußte von Senator Bassett. Er hatte mitgeholfen, den Bericht über den Unglücklichen zusammenzustellen. Wie schon sein Vater, fragte auch er nicht nach der Herkunft von Josephs Einkünften oder wie diese Einkünfte erzielt wurden. Dennoch registrierte er mit für Joseph schmeichelhafter Ironie, daß dieser alles Beweismaterial gegen den Senator vernichtet hatte.

Für Joseph war es eine nie versiegende Quelle zynischer und innerer Heiterkeit, daß Charles eine leichte Abneigung gegen Harry Zeff empfand und sich, gleich Bernadette, mit dem Ausdruck »dieser Araber« auf ihn bezog, wenngleich er Harrys Talent für Organisation und Verwaltung aufrichtig bewunderte, von ihm lernte und ihm höflich und respektvoll begegnete. Das Wechselspiel menschlicher Beziehungen war für Joseph eine absurde Angelegenheit; das Trachten und Streben der Menschen reizte ihn zum Lachen. Als Harry einmal von Charles sprach und anerkennend meinte: »Ein ganz Scharfer ist das, typischer Südstaatler«, fand er keine Erklärung dafür, daß Josephs kleine Augen belustigt glitzerten. »Wenn du ihm zuhörst«, fuhr Harry fort, »hat keiner, der nördlich der Mason-Dixon-Line zur Welt gekommen ist, das Recht, sich Mensch zu nennen. Oder von sich zu behaupten, er wäre ein intelligentes Wesen.« Worauf Joseph erwiderte: »Wenn man die Geschichte jedes einzelnen bis zu seinen Urahnen zurückverfolgte, würde kaum einer stolz auf seine Vergangenheit sein können.« Harry lächelte und schwieg. Zu gut kannte er Joseph Armaghs Stolz, und so hatte Harry seine eigene Quelle heimlichen Ergötzens.

Es war ein warmer, sonniger, von Rosenduft erfüllter Junitag, als Joseph die Existenz seiner Kinder zum erstenmal wirklich zur Kenntnis nahm.

Er und Charles verbrachten einige Tage in Green Hills. Joseph saß an seinem Schreibtisch, und Charles stand am Fenster und blickte auf das frische grüne Gras, auf die Blumen und Bäume und die weiten Rasenflächen hinaus. »Es sind schöne, junge Menschen«, sagte er plötzlich. »Ich wünschte, ich hätte Kinder.«

Joseph hob ungeduldig den Kopf. »Was?«

»Deine Kinder. Rory sieht aus wie einer von diesen griechischen Göttern, von denen man immer liest, und seine Schwester ist zart und anmutig. Eine Dame.«

Joseph erhob sich, ging ans Fenster und sah hinaus. Es mußte schon etwas Besonderes sein, das Charles Devereaux' Aufmerksamkeit erregte, denn so wie er selbst, interessierte sich auch Charles kaum jemals für andere Menschen und hielt nur wenige einer Erwähnung wert.

Seite an Seite wanderten Rory und Ann Marie über den sonnenbeschienenen Rasen. Eine tiefe Zuneigung verband die beiden Geschwister. Wie junge Verliebte hielten sie sich an den Händen. Sie waren offenbar in ein ernstes Gespräch vertieft. Wie ein Glorienschein schien das Sonnenlicht Rorys rötlichen Kopf zu umgeben. Lässig, mit den sparsamen, ausbalancierten Bewegungen eines Tänzers schritt er dahin. Er war ein kleiner Stutzer und kleidete sich nach der neuesten Mode, die ihm gut zu Gesicht stand. Unbeschwert, ein klein wenig zaghaft, ging Ann Marie neben ihm her. Ein blaues Kleid ließ ihre schmächtige, aber stolze Gestalt voll zur Geltung kommen. Immer wieder streifte sie ihren Bruder mit einem ernsten Blick, zuweilen nickte sie.

In diesem Augenblick kam es Joseph voll und ganz zu Bewußtsein, daß es seine Kinder waren. Sie boten einen bezaubernden Anblick, und die jugendliche Frische ihrer Persönlichkeiten griff ihm ans Herz. Er stützte sich auf die marmorne Fensterbank, starrte auf seine Kinder hinunter und sagte dann voll widerstrebender und sogar ärgerlicher Verwunderung zu sich selber: Meine Kinder! Mit einemmal waren es nicht Bernadettes, sondern seine eigenen Kinder, nicht mehr Tom Hennesseys Enkel, sondern die von Daniel und Moira Armagh, und es war *ihr* Blut und *ihr* Fleisch.

Ich weiß nichts von ihnen, dachte Joseph immer noch verwundert, doch ohne Bedauern. Sie waren eine Offenbarung für ihn, denn auch sie mußten ihr Schicksal erfüllen.

In einiger Entfernung hinter ihnen kam Kevin gemächlich daher. Die Unbeholfenheit der Kindheit drückte seinem pummligen, stämmigen Knabenkörper ihren Stempel auf. Er hatte ein dunkles, eckiges, ernstes und entschlossenes Gesicht mit starken Backenknochen. Es war dieser Ernst, der einen eher kampflustigen Ausdruck ausglich. Sein dunkelbraunes Haar war eine einzige Masse von Locken. Mit großer Aufmerksamkeit betrachtete er etwas, das er in Händen hielt. Joseph war es bisher noch nie aufgefallen: Kevin ähnelte Moira Armaghs Vater, der ein kerniger, rüstiger Ire, ein kühner, unerschrockener, stolzer Mann gewesen war und nie Kompromisse geschlossen hatte — nicht einmal mit seinem Gott.

Joseph wußte nicht, daß er lächelte, während er jetzt vom Fenster aus auf seine Kinder hinabschaute. Und er erkannte erst einige Zeit später, daß die Liebe zu ihnen an jenem Junitag in ihm erwacht war, daß sie sein eigen und Teil von ihm waren und daß er nun wieder eine Familie hatte.

Rory feierte seinen fünfzehnten Geburtstag, als Joseph zu ihm sagte und dabei zu lächeln versuchte: »Ich werde dich zum Präsidenten der Vereinigten Staaten von Amerika machen.« Rory sah seinen Vater an und erwiderte schalkhaft: »Du wirst dir jedenfalls viel Mühe geben, Pa. Und ich werde dir helfen.« Da wußte Joseph, daß sein Sohn alles tun würde, um ihm Freude zu machen. Ein scharfer Schmerz durchzuckte ihn, und er geriet plötzlich in sprachlose Verwirrung.

»Warum wäre dir das wichtig, Pa?« fragte Rory.

Joseph überlegte. Rory beobachtete ihn und sah, wie sein Gesicht sich verdüsterte und seine Züge sich strafften. »Ich fürchte, ich könnte dir das niemals erklären«, gab Joseph ihm zur Antwort. »Es hängen zu viele Erinnerungen daran.« Rory nickte, als hätte er das sehr gut verstanden.

Seiner Tochter Ann Marie begegnete Joseph mit besonderer Zärtlichkeit. Ihr Charakter war von solcher Schlichtheit, daß es ihn gleichermaßen erschreckte und tief bewegte. Es war nicht Reginas von Wissen geprägte Schlichtheit, sondern eine helle, klare Reinheit, die von nichts Bösem wußte und es daher automatisch verneinte. Seinem jüngsten Sohn Kevin brachte Joseph eine derbe, übermütige Zuneigung entgegen. »Mein Alter«, nannte er ihn manchmal und fügte hinzu: »Ich glaube, du bist mit einem Bart auf die Welt gekommen!« Rory lernte leicht und ohne sich anzustrengen, aber Kevin mußte sich seine Kenntnisse mühevoll erarbeiten.

Als Joseph erfuhr, daß seine Kinder ihn schon immer geliebt hatten, schämte er sich; die Reue plagte ihn, und er konnte es manchmal gar nicht glauben. Aber es war so. Er hatte nichts getan, um sich ihrer Liebe würdig zu erweisen. Dennoch hatten sie ihm ihre Liebe geschenkt und nicht der Mutter, die sie zuerst verwöhnt und es ihnen dann übelgenommen hatte, daß sie den »neuen Theorien« Horace Manns nicht gerecht geworden waren. Sie hatten nicht so reagiert, wie Kinder, Horace Manns Ergüssen zufolge, auf gewisse Erziehungsmethoden hätten reagieren müssen. Schließlich kam Bernadette drauf, daß sie ihre Mutter für ein wenig dumm hielten, und da man Bernadette gerade diesen Vorwurf nicht machen konnte, war sie empört.

Sie hatte sich immer gefreut, wenn die Kinder von zu Hause fort waren; dann brauchte sie nur an Joseph zu denken. Ein Jahr, nachdem Joseph sie als die seinen »anerkannt« hatte, ohne ihr etwas zu sagen, wurde ihr klar, daß er seine Kinder liebte. Das verzieh sie ihm nie. Ihre Eifersucht quälte sie in einem Maß, daß sie fast daran zerbrochen wäre. Ohne sich Mühe zu geben, hatten sie seine Liebe errungen, während sie, die ihm ihr Leben weihte, zurückgewiesen wurde. Sie war verzweifelt. Sie bedauerte es, diese undankbaren Geschöpfe geboren zu haben. Die Kinder waren ihre Rivalen, ihre Feinde. Um Joseph nicht zu erzürnen, täuschte sie zärtliche Besorgnis um sie vor. Sie hatten, dachte sie, etwas gestohlen, was von Rechts wegen ihr gehörte.

Die bitterste Stunde ihres Lebens kam für Bernadette an dem Tag, da sie Ann Maries »Häßlichkeit« bemäkelte und zu Joseph sagte: »Bei ihrer Reizlosigkeit, ihrem alltäglichen Gesicht, wird das Mädchen wohl nie eine gute Partie machen. Du lieber Himmel, sie hat doch überhaupt keinen Charme, keinen Stil!«

So wütend, so wild fuhr Joseph sie an, daß sie zurückschreckte.

»Laß meine Kinder zufrieden!« polterte er. »Ich warne dich, laß meine Kinder zufrieden!«

Es war die tiefste Demütigung, die Bernadette je erfahren hatte. Sie, die nie krank war, mußte ihr Bett aufsuchen. Unfähig zu weinen, lag sie tagelang in ihrem verdunkelten Zimmer und starrte trockenen Auges zur bemalten Decke. Sie konnte nicht einmal sprechen. Sie fühlte sich sterbenselend und sehnte den Tod herbei.

Als sie sich wieder ein wenig erholt hatte, war sie um Jahre gealtert. Aber ihr Mut hatte sie nicht verlassen. Es ist nur eine Frage der Zeit, sagte sie sich. Sie werden bald heiraten und wegziehen. Ich werde mit Joseph allein sein, und er wird einsehen, daß er nur mich hat und sonst niemanden. Wir werden nicht jünger. Der Tag wird kommen, da er mich verstehen und lieben wird, und auf diesen Tag muß ich warten.

Sie wußte jetzt schon, daß er ihr oft untreu war. Sie wußte von der Frau, die er liebte. Aber *sie* war seine Gattin, und die Stellung der Gattin unangreifbar, heilig vor Gott und den Menschen, durch das Gesetz sanktioniert. Diese Tatsache konnte nicht einmal Joseph Armagh ewig ignorieren.

XXXIII

»Dein Vater ist doch nur ein irischer Hurenjäger«, sagte einer seiner Schulkameraden zu Rory Armagh.

»Und dein Großvater«, gab Rory zurück, »war ein frömmelnder, puritanischer Sklavenhändler, der die armen Wilden taufte und segnete und sie dann in die Sklaverei verkaufte, obwohl er damit gegen die Gesetze verstieß. Ein paar Gebete auf dem Weg zur Bank, und damit war die Sache für ihn erledigt.«

»Ha!« machte der andere Junge. »Mein Vater schläft wenigstens nicht mit seiner Schwiegermutter.«

Mit einer so ungezügelten Wildheit, wie er sie in seinem ganzen Leben noch nie offenbart hatte, schlug Rory, der freundliche, gutmütige Rory, seinen Beleidiger fast tot. Er wurde sofort relegiert und nach Green Hills zurückgeschickt, und sein Vater in Philadelphia erhielt ein offizielles Schreiben vom Schulleiter:

Ich bedaure, Ihnen mitteilen zu müssen, daß Ihr Sohn Rory Daniel Armagh von unserer Anstalt ausgeschlossen wurde, weil er am 12. April d. J., während der Pause, im Schulhof seinen Mitschüler Anthony Masters auf gewalttätige Weise und ohne jeden Anlaß angegriffen hat. Mr. Masters liegt mit Gehirnerschütterung, einem gebrochenen Arm und mehrfachen Quetschungen und Fleischwunden im Krankenhaus. Sein Zustand gibt zu Besorgnis Anlaß. Es ist anzunehmen, daß er dem Unterricht mehrere Wochen lang wird fernbleiben müssen. Mr. Burney Masters, ein angesehenes und geachtetes Mitglied der Bostoner Gesellschaft, ist über die seinem Sohn zugefügte brutale Züchtigung in höchstem Maß erzürnt und beabsichtigt, Klage zu erheben. Es ist nur meinen beharrlichen und flehentlichen Bitten zu danken, daß er seine

Entscheidung über eine solche Handlungsweise aufgeschoben hat und in Besprechungen mit seinen Rechtsbeiständen, der Kanzlei McDermott, Lindsay, Horace & Witherspoon, eingetreten ist. Es obliegt mir, auf den guten Ruf unserer Schule zu achten, den zu verbessern dieser feige Überfall gewiß nicht beitragen wird, denn die Kommentare der Eltern unserer Schüler werden zweifellos auf unsere Anstalt zurückfallen. Dies ist um so mehr zu beklagen, weil so viele Absolventen unserer Anstalt hervorragende Positionen im öffentlichen und wirtschaftlichen Leben eingenommen haben und es nie zuvor einen Zwischenfall dieser Art gegeben hat.

Es ist bedauerlich, daß Mr. Armagh jun. knappe zwei Monate vor seinem Abitur relegiert werden mußte, doch hat er und niemand sonst diese unglückselige Episode provoziert. Es tut mir leid, daß wir Ihren Sohn trotz seiner über jeden Zweifel erhabenen schulischen Erfolge nicht, wie vorgesehen, an die Universität Harvard oder an eine ihr an Rang und Bedeutung ebenbürtige Stätte der Gelehrsamkeit, wie etwa Yale oder Princeton, empfehlen können. Niemand bedauert das Vorgefallene mehr als Ihr gehorsamster Diener Geoffrey L. D. Armstead.

Voll kalter Wut auf Rory und Mr. Armstead, den er nicht sonderlich schätzte, kehrte Joseph mit Charles Devereaux sogleich nach Green Hills zurück. Im Zug machte er sich Luft: »Dieser verdammte Fatzke! Dieser scheinheilige, puritanische Pharisäer! Ich mußte doppelt soviel Immatrikulationsgebühr zahlen, um Rory in diese Schule zu bringen, ›unter die Blüte der Jugend von Boston und New York und Philadelphia‹, um Armstead zu zitieren, und sieh nur, was er mir jetzt anstellt! Verpfuscht sein Leben, richtet sich zugrunde und blamiert mich!«

»Hören wir uns doch Rory erst einmal an«, meinte Charles. »Ich kenne Armstead. Als ich in Harvard war, tauchte er dort hin und wieder zusammen mit seiner Frau bei Tees und ähnlichen Veranstaltungen auf. Sie ist eine böse alte Ziege, die nicht müde wird, einem ihre ganz besonders hohe Abstammung unter die Nase zu reiben. Sie geben ein feines Paar ab, die zwei.«

»Ja, ja, ich weiß, Rory ist dein Augapfel«, rügte Joseph und streifte seinen Sekretär mit einem unmutigen Blick. »Wenn er den kleinen Masters umgebracht hätte, du würdest immer noch eine Entschuldigung für ihn finden.« Er fuhr sich mit seinen schlanken Fingern durch das teils rostbraune, teils weiße Haar, und auf seinem Gesicht erschien jener unversöhnliche Ausdruck, den alle fürchteten. »Was können wir tun, um Armstead fertigzumachen?«

Charles überlegte lange. »Er ist kein Geschäftsmann. Ererbtes Vermögen, alte Familie, gesunde Vermögensanlagen, hat in eine wohlhabende Familie gleichen Formats hineingeheiratet. Keine politische Vergangenheit, und verkehrt auch nicht mit Politikern. Natürlich, etwas läßt sich immer finden, wie wir ja schon des öfteren festgestellt haben, aber dazu braucht man Zeit, und bis zu den Abschlußprüfungen sind es nur mehr sieben Wochen. Wir müssen also sofort alles unternehmen, um Rory an die Schule zurückzubringen. Das einzige, was wir tun können — wenn es überhaupt möglich ist — wir müssen den Vater, Mr. Burney Masters, unter Druck setzen, und er muß seinen Sohn zwingen, sich öffentlich bei Rory zu entschuldigen. Armstead allein kann gegen Masters nichts ausrichten. Masters hat selbst diese Schule besucht und ist einer ihrer freigebigsten Gönner. Stipendien und so weiter.«

»Burney Masters«, sagte Joseph und legte nachdenklich die Stirn in Falten. »Hat er nicht gegen den Bürgermeister von Boston, einen Iren, kandidiert und die Wahl verloren?«

Charles lächelte. Er nahm sein Notizbuch und einen Bleistift aus der Tasche. »Stimmt genau. Und ist dieser Bürgermeister nicht ein Freund von dir? Hast du nicht ein erkleckliches Sümmchen für seinen Wahlfonds gespendet? Wenn ich mich recht entsinne, war Masters' Wahlprogramm ganz auf Reformen abgestellt. In seinen Wahlreden sagte er einige recht unliebenswürdige Dinge über die Iren in Boston. Nicht daß uns das viel helfen kann. Unter den damaligen Umständen war es fast ein Wunder, daß dein Freund überhaupt gewählt wurde. Der Bürgermeister ist kaum in der Lage, Mr. Armstead, der ihn nicht ausstehen kann, unter Druck zu setzen. Was meines Wissens auf Gegenseitigkeit beruht.«

Charles lehnte sich im bequemen Sessel von Josephs Salonwagen zurück, schloß seine intelligenten grauen Augen und sann eine geraume Weile nach. Joseph wartete. Bis Charles ein höchst zufriedenes »Ha!« ausstieß.

»Ich glaube, wir haben da was. Du wirst dich erinnern, daß man Mr. Masters bei der Bürgermeisterwahl die weitaus besseren Chancen einräumte. Er ist ein blendender Redner, führte seinen Wahlfeldzug klug und entschlossen, steckte auch eine Menge eigenes Geld hinein und genoß die Unterstützung der sogenannten guten Gesellschaft. Von seinen eigenen Leuten abgesehen, war der amtierende Bürgermeister zu hemdsärmelig — oder zu irisch —, um sich durchzusetzen. Seine Art, auf der Rednertribüne ein Tänzchen hinzulegen und irische Balladen zu singen, riß vielleicht seine Anhänger zu Beifallsstürmen hin, trug jedoch nicht dazu bei, den eingesessenen Bostoner Bürgern seine Person schmackhafter zu machen. Nicht nur lag Mr. Masters klar in Führung; sein Ansehen und seine Erscheinung, wie in den Bostoner Zeitungen zu lesen stand, ›versprachen das beste für eine Verwaltung, die sich, im Gegensatz zu der bisherigen, als sauber und unbestechlich erweisen und die Bürger dieser Stadt mit gerechtfertigtem Stolz erfüllen würde‹. Dann aber, drei Wochen vor dem Wahltag, bahnte sich eine merkwürdige Entwicklung an. Mr. Masters erschien immer seltener in der Öffentlichkeit. Seine Reden wurden schwächer und zurückhaltender und ließen schließlich jeden Angriff auf seinen Gegner vermissen. Es steckte kein Dampf mehr hinter dem Mann. In der letzten Woche zeigte er sich überhaupt nicht mehr, verweigerte den Zeitungen Interviews und beschränkte sich auf die Veröffentlichung eines lendenlahmen Wahlaufrufs. Seine Plakate verschwanden von den Wänden. Die Vertrauensmänner seiner Partei stellten ihre Hausbesuche ein. Er gab keine Grundsatzerklärungen mehr ab. Interessant, nicht wahr? Was mag Mr. Masters damals wohl zugestoßen sein?«

»Ich legte mir seinerzeit die gleiche Frage vor«, antwortete Joseph und setzte sich aufrecht. »Als ich den ›alten Schmuskopf‹, wie wir ihn nannten, ins Gebet nahm, lächelte er nur dieses sonderbare sphinxartige Lächeln, das die Iren so gern aufstecken, wenn sie etwas spitz haben und nicht verraten wollen. Also hatte er ein Druckmittel gegen ihn, und ein sehr peinvolles noch dazu. Es muß eine ganz tolle Sache gewesen sein. Schicke ihm noch heute abend ein Telegramm in meinem Namen und überbringe ihm morgen einen Brief von mir.«

»Er ist ein gerissener Kerl«, gab Charles zu bedenken. »Er möchte gern Gouverneur werden und wird nichts tun, auch für dich nicht, was dieses Ziel gefährden könnte.«

»Aber ich weiß auch etwas Peinvolles, peinvoll für den alten Schmuskopf«, verkündete Joseph mit großer Genugtuung. »Wenn er Gouverneur sein will, wird er gut daran tun, sich nicht mit mir zu verfeinden. Ich glaube, wir haben das Problem gelöst. Mittlerweile werde ich mir Rory vornehmen.«

»Maßvoll und zurückhaltend, hoffe ich«, sagte Charles. Diesmal spielte ein leises Lächeln um Josephs Mund.

Eine jammernde Bernadette erwartete sie. »Dein Sohn!« legte sie los. »Wir sind für immer erledigt! Und ich war so eng mit Emma Masters befreundet! Sie ist die erste Dame der Bostoner Gesellschaft, und wir wurden fast überall in Boston empfangen. Auch die Armsteads waren reizend zu uns, bei mehr als einer Gelegenheit, und sehr zuvorkommend. Wie Verfemte wird man uns jetzt in Boston behandeln, wird uns die kalte Schulter zeigen, uns ignorieren und demütigen, und alles wegen deines Sohnes ungezügeltem Temperament, wegen seiner Wildheit und Bösartigkeit! So über einen feinen, wohlerzogenen, jungen Mann herzufallen!«

Nur Charles bemerkte, daß sie über diese Episode im stillen hoch erfreut war, weil sie glaubte, daß Josephs Liebe zu seinem Sohn darunter leiden würde. Rory würde nun nicht mehr ihr Rivale sein! Joseph warf ihr einen finsteren Blick zu. »Feine, wohlerzogene, junge Männer«, entgegnete er, »provozieren keine Raufhändel. Ich bin in meinem Arbeitszimmer. Schick Rory sofort zu mir!«

»Wenn du ihn nicht streng bestrafst, versäumst du deine Pflicht als Vater«, stichelte sie, ein wenig bestürzt über Josephs Reaktion auf ihre

Beschwerde. »Wenn man bedenkt, daß er im Juni mit Auszeichnung von dieser vornehmen Schule abgegangen wäre! Jetzt ist sein Abitur in Frage gestellt, er wird in Harvard nicht zugelassen werden und bestenfalls an eine zweitrangige Hochschule gehen können! Er hat sich selbst seine Zukunft zerstört!«

»Schick Rory zu mir«, sagte Joseph und ließ sie stehen. Charles begleitete ihn. Auf dem Weg zu seinem Arbeitszimmer erwachte in Joseph von neuem verbissene Wut, denn er hatte in Philadelphia wichtige Geschäfte unerledigt lassen müssen. Und Intrigen um der Intrige willen waren seine Sache nicht, und er ließ sich auch nur darauf ein, wenn es gar nicht anders ging.

Wie immer tadellos gekleidet und, bis auf ein blaues Auge, gesund und munter, ließ Rory nicht lange auf sich warten. Seine Gesichtsfarbe war ein wenig gedämpft. Er trug einen seltsamen Ausdruck verkrampfter Zurückhaltung, ähnlich dem seines Vaters, aber Charles hatte ihn auf dem für gewöhnlich offenen, heiter strahlenden Gesicht des Jungen noch niemals gesehen.

Joseph ließ ihn wie einen bußfertigen Sünder vor sich stehen. »Mein Sohn ist also ein gewalttätiger, blutdürstiger Rüpel?« fing er an. »Ohne zu überlegen versperrt er sich seine Zukunft, die seinen Vater schon eine schöne Stange Geld gekostet hat. Was hast du dazu zu sagen?«

»Er hat dich — beleidigt, Pa«, antwortete Rory und wandte seinen zynischen Blick zur Seite.

Charles stand hinter Josephs Stuhl und versuchte vergeblich, die Aufmerksamkeit des Siebzehnjährigen auf sich zu lenken. Rorys stets lächelnder Mund war mürrisch verzogen.

»Nun«, sagte Joseph, »das zeugt ja nun wirklich von einer edlen Gesinnung, daß du versucht hast, die Ehre deines Vaters zu verteidigen. Hör mal zu, Rory, ich habe dir gegenüber nie ein Geheimnis aus meiner Tätigkeit gemacht. Ich habe dir mehr als einmal expliziert, daß sich Geschäftsleute, solange sie die Aufmerksamkeit der Behörden nicht — zu sehr — auf sich lenken (und auch dem läßt sich vorbeugen), über die Legalität oder Illegalität ihrer Tätigkeit kaum den Kopf zerbrechen. Geschäft ist Geschäft, wie man bis zum Überdruß von allen Seiten hört. Und es hat nur *einen* Gradmesser: wird es klappen oder nicht? Wir sind nicht die Heilsarmee, und wir sind keine Tugendwächter. Wir haben es mit einer harten und fordernden Welt zu tun, und darum müssen auch wir hart und fordernd sein, wenn wir nicht pleite gehen wollen. Ich habe dir das oft genug gesagt und angenommen, du hättest mich verstanden.«

Er machte eine Pause und sah Rory an. Dieser jedoch starrte mit ungewohnter Hartnäckigkeit auf seine Füße. Er nahm nicht die herausfordernde Haltung eines unreifen Bürschchens ein oder die trotzige eines Kindes, das von seinem Vater zur Verantwortung gezogen wird.

Er machte vielmehr den Eindruck eines Menschen, der jemanden schützen oder abschirmen möchte. Das merkte aber nur Charles, nicht Joseph, den wieder die Wut packte.

»Er hat dich — beschimpft.«

Josephs dünne Lippen wurden noch dünner. »Man hat mich in meinem Leben mit allen Schimpfworten belegt, die du dir vorstellen kannst, und noch mit vielen anderen. Manche habe ich verdient, manche nicht. Es ist für mich ohne Bedeutung und sollte für dich ohne Bedeutung sein. Ich dachte, du verstündest das. Auch du wirst in deinem Leben noch beschimpft werden. Wenn du gegen Schimpfworte empfindlich bist, richte dich lieber gleich auf eine untergeordnete Stellung in einer meiner Kanzleien ein, werde Lehrer in irgendeiner obskuren Schule, oder mach dir einen Laden auf. Und jetzt genug von dem Unsinn. Ich werde tun, was ich kann, um dich zu rehabilitieren. Ich glaube, es wird mir gelingen.«

»Meine Noten«, entgegnete Rory, »sind so gut, daß ich nicht an diese Schule zurückkehren muß. Ich war das ganze Jahr über der Beste. Man hat mir sogar die Abschlußprüfungen erlassen; so überzeugend waren meine Zensuren. Armstead weiß das. Er ist nur darum so boshaft, weil er uns haßt, Pa, dich und mich — weil wir Iren sind. Er würde alles tun, um deine Pläne zu durchkreuzen. Erinnere dich doch, wie er sich gegen meine Aufnahme in seine verdammte Schule stemmte.« Röte überzog sein Gesicht, und der Zorn, mit dem er seinen Vater ansah, war dem Josephs gleich. »Es empört mich, daß du das Doppelte zahlen mußtest, um mich aufnehmen zu lassen!«

»Wer hat dir das erzählt?« fragte Joseph scharf.

»Armstead selbst, und mit hämischer Genugtuung noch dazu. Jetzt, vor vier Tagen.«

Joseph und Charles tauschten Blicke.

»Wenn meine eigenen Fähigkeiten nicht ausreichen, um an irgend so einer Schule voranzukommen, dann pfeif ich drauf!« rief Rory. »Ich lasse mich nicht mehr demütigen!«

Josephs Stimme klang sanfter, als er ihm erwiderte: »Du mußt lernen, den Tatsachen ins Auge zu sehen, und es gefällt mir auch nicht, daß du jetzt anfängst, den Aristokraten herauszukehren. Nimm Demütigungen hin, und warte den rechten Augenblick für deine Rache ab. Vor allem aber: vergiß nicht! Es kommt der Tag, da du zurückzahlen kannst. Ich weiß es aus eigener Erfahrung. Aber sobald man den feinen Mann spielt, ist man schon geschlagen. Wenn man nicht kämpfen will, soll man lieber gleich den Schwanz einziehen und sich davonmachen. Das ist das Gesetz des Lebens, und wer bist du, daß du ihm Trotz bieten willst?«

»Jeder von uns«, sagte Charles, »bekommt früher oder später einmal verletzende Äußerungen zu hören, Rory. Jeder Mensch muß Kompromisse schließen, aber es darf nicht aus einer Position der Schwäche heraus geschehen. Wenn er etwas für sich Nachteiliges verbergen kann, sollte er es tun. Wenn man ihm zu Unrecht etwas wirklich Gravierendes vorwirft, etwas, dessen er sich schämen müßte — dann sollte er sich wehren.«

Rory konnte Charles ganz besonders gut leiden, aber jetzt antwortete er ihm in bitterem Ton: »Du hast leicht reden, Charles. Du bist ein Devereaux, in Virginia geboren, und keiner könnte je zu Unrecht auf deine Eltern oder auf dich zeigen.«

Eine beklemmende Stille trat ein. Charles sah Joseph an, der energisch den Kopf schüttelte. Aber Charles holte tief Atem und sagte: »Du irrst, Rory. Ich bin ein Neger.«

Rory warf jäh den Kopf hoch und starrte Charles mit offenem Mund an. »Was?« rief er fassungslos.

Ein wunderschönes und gütiges Lächeln spielte um Charles' Lippen. Er nickte. »Dem Blut nach war auch meine Mutter eine Devereaux, aber sie wurde als Sklavin geboren und schenkte mir, einem illegitimen kleinen Schwarzen, das Leben.«

Mit großen Augen blickte Rory auf Charles' blondes Haar, seine grauen Augen und scharfen Züge.

»Wenn es sich jemand einfallen ließe, mich zu fragen, ob ich ein Neger bin«, fuhr Charles fort, »ich würde mit Ja antworten. Ich schäme mich nicht, und ich fühle mich auch nicht minderwertig. Aber es ist meine Sache — mein Geheimnis, wenn du so willst. Es geht niemanden etwas an. Vor — na, sagen wir, Gott — gibt es weder Farbe noch Rasse. Nur Menschen. Doch die Welt weiß das nicht, und darum muß man sich oft gegen unverdiente Böswilligkeit und Grausamkeit zur Wehr setzen. Geheimnisse, die einem zum Nachteil gereichen können, behält man am besten für sich.«

Joseph war so tief bewegt, wie noch selten in seinem Leben. Daß der stolze Charles Devereaux das Risiko einging, einem siebzehnjährigen Jungen ein so gefährliches Geheimnis anzuvertrauen, bewies Joseph mehr als alles andere, wie ergeben Charles ihm persönlich war und wie eng er sich seiner Familie verbunden fühlte. Joseph war kein Mann für große Gesten; er ließ seine Hand kurz auf Charles' Arm ruhen.

Immer noch haftete Rorys starrer Blick auf Charles, doch nun wich die Härte aus seinem jungen, lebensprühenden Gesicht. »Menschenskind!« flüsterte er. Er dachte nach. »Ich glaube«, sagte er dann, »mir fehlt noch einiges, bis ich ein Mann bin wie du.« Doch wieder prägte Verschlossenheit seine Züge; Charles sah es.

»Ich nehme an«, forschte Charles, »daß Masters deinen Vater nicht nur als Iren beschimpft hat, sondern auch noch etwas anderes über ihn gesagt hat. Stimmt's?«

»Ja«, antwortete Rory nach einer langen Pause.

»Es kann doch nicht sehr wichtig gewesen sein«, meinte Joseph, immer noch bewegt.

Rory blieb stumm. Er starrte wieder auf seine Schuhe, und neuerlich überzog eine dunkle Röte sein Gesicht.

»Nun?« drängte Joseph ungeduldig.

»Ich kann es dir nicht sagen, Pa.«

»Ist es denn etwas so Schandbares?« fragte Joseph lächelnd.

»Für mich, ja.«

»Mein Gott, Junge, sei doch nicht so dumm! Du weißt, wer und was ich bin. Ich habe nie vorgegeben, etwas anderes zu sein. Ich verberge nie etwas, wenn ich es auch nicht in die Welt hinausposaune. Welche Meinung die Menschen von mir haben, berührt mich nicht und sollte auch dich nicht interessieren.«

»Wie wäre es«, versuchte Charles zu vermitteln, »wenn wir Rory sein kleines Geheimnis ließen? Später einmal wird er darüber lachen. Schließlich hat doch jeder Mensch das Recht auf sein eigenes kleines Geheimnis, hab ich recht, Rory?«

»Vielleicht will Papa nicht, daß das bekannt wird und daß man darüber spricht«, sagte Rory, und der Blick, den er auf seinen Vater richtete, war so voll von zärtlicher Liebe, daß es Charles ans Herz griff. Aber Joseph war neugierig geworden und sah nicht das Gefühl, das sich in Rorys Augen spiegelte.

»Wenn der kleine Masters es weiß, weiß es die ganze Welt«, wandte Joseph ein.

»Aber es ist eine Lüge!« brach es aus Rory heraus. »Eine schmutzige Lüge! Ich konnte so eine Verleumdung nicht vor der ganzen Schule hingehen lassen!«

Joseph runzelte drohend die Stirn. Er musterte seinen Sohn. Von der Wahrheit schwante ihm nichts. In diesem einen Bereich seines Lebens war er sehr vorsichtig gewesen, vorsichtiger und verschwiegener als in jedem anderen, und er glaubte fest, daß nur er und eine einzige andere Person davon wußten.

»Ich hoffe«, mahnte er, »du entwickelst dich nicht zu einem zimperlichen Muttersöhnchen, Rory. Über mich sind tausende Lügen im Umlauf. Völlig unwichtig; sie berühren mich überhaupt nicht. Aber was war denn das für eine Lüge, die dich so in Rage gebracht hat? Wir werden gleich sehen, was es damit auf sich hat.«

Ein Ausdruck tiefster Verzweiflung, aber auch unbeugsamer Entschlossenheit erschien auf Rorys Gesicht. Er schüttelte den Kopf. »Das kann ich und das werde ich dir nicht sagen, Pa.«

So plötzlich erhob sich Joseph, so wild war sein Blick, daß sogar Charles einen Schritt zurück tat. »Fordere mich nicht heraus, du Naseweis«, warnte er seinen Sohn mit leiser, aber furchteinflößender Stimme.

»Erzähl mir nicht, daß du nicht ›kannst‹ und nicht ›wirst‹. Ich lasse mir solche Frechheiten, solche Respektlosigkeiten, solche Beleidigungen nicht gefallen. Heraus damit!«

Charles hatte sich wieder gefaßt. »Joe«, sagte er, »was hältst du davon, wenn Rory sich mir unter vier Augen anvertrauen würde? Wärst du bereit, mir die Entscheidung zu überlassen, ob —«

Aber Rory schüttelte den Kopf. »Ich würde es vor keinem Menschen wiederholen!«

Joseph schlug seinem Sohn mitten ins Gesicht, so wie er seinen Bruder Sean geschlagen hatte. Aber im Gegensatz zu Sean stürzte Rory nicht zu Boden, brach nicht in Tränen aus, wandte sich nicht ab. Er schwankte einen Augenblick unter der Wucht des Schlages, stand gleich darauf wieder gerade und sah seinen Vater ruhig, fast ausdruckslos an. Die Spuren von Josephs Hand brannten auf seiner Wange.

Es geschah nicht häufig, daß Joseph Bedauern empfand, doch als er nun seinen Sohn ansah, bereute er, was er getan hatte, und schämte sich. Stumm und unerschrocken stand der Junge vor ihm. Er schien bereit, jede Strafe auf sich zu nehmen, um seinen Vater zu schützen, und mit einemmal verstand Joseph das, und sein Bedauern steigerte sich zu tiefer Zerknirschung. Schweigend und ein wenig entsetzt beobachtete Charles die Szene.

»Also schön, du lumpiger Nichtsnutz«, sagte Joseph in verdrießlichem Ton, »behalt dir dein schäbiges Geheimnis, wenn es dir gar so kostbar ist. Wen interessiert es schon? Ich dachte, du hättest soviel Verstand, daß du dich nicht von einer Lüge beeinflussen läßt. Ich habe mich nie von so etwas beeinflussen lassen. Ich habe Demütigungen hingenommen, wie du dir sie gar nicht vorstellen kannst — und den rechten Augenblick abgewartet. Es gab nur eines, das ich nie geduldet hätte: schmutzige Anwürfe gegen meine Eltern.«

Rory drehte stumm den Kopf zur Seite. Charles sah, wie seine Wange zuckte. Joseph versuchte zu lächeln. »Es gibt nur wenig Dinge, die tatsächlich eine Verleumdung meiner Person darstellen würden. Also nimm die Dinge ein bißchen leichter, als du es diesmal getan hast. Na schön. Du kannst gehen.«

Rory verneigte sich kurz vor seinem Vater und dann vor Charles. Charles war es, den er offen ansah, und in seinem Blick lag große Wertschätzung und ein Funken Bewunderung. Kopf hoch, die Schultern zurückgeworfen, verließ er mit steifen Schritten das Zimmer. Nachdem er gegangen war, schüttelte Joseph den Kopf und lachte.

»Mir scheint, er ist immer noch zimperlich, trotz allem, was ich ihm von mir erzählt habe. Das gefällt mir nicht, Charles.«

»Er hat Mut, und das ist eine seltene Tugend. Er ist wie ein Felsblock. Er weicht nicht zur Seite, und er zerbröckelt auch nicht. Es ist nicht so sehr Geradheit als Ehrenhaftigkeit.«

Joseph lächelte zufrieden, aber er zuckte die Achseln. »Für Ehrenhaftigkeit ist kein Platz in unserer Welt. Mein Vater hat das nie verstanden. Darum mußte er elend zugrunde gehen. Na ja. Was tun wir also mit dem höchst ehrenwerten Mr. Masters?« Er sah Charles an. »Ja, Mut hat er, nicht wahr? Ich hoffe, es ist die rechte Art. Was denkst du, was hat dieses Früchtchen über mich gesagt?«

Doch Charles wußte das nicht. Aber er fragte sich, wie der junge Anthony Masters wohl zu seinem Wissen gekommen war. Irgend jemand hatte nicht dichtgehalten. Charles konnte nicht ahnen, daß es Bernadette war, die sich in einem Augenblick von mit Wein beflügelter Offenherzigkeit ihrer »guten Freundin Emma Masters« anvertraut hatte. Die zuvorkommende, gottesfürchtige Emma, stets auf Indiskretionen erpicht, mit denen sie anderen schaden konnte, hatte ihrem Mann davon erzählt und nicht darauf geachtet, daß ihr Sohn im Nebenzimmer alles mit anhören konnte. Wie alle wohlgehüteten Geheimnisse war auch dieses leicht zu entdecken gewesen. Bernadette erinnerte sich nicht einmal an den nebeligen Abend und an das falsche Mitgefühl, von dem sie sich hatte täuschen lassen. Hätte sie sich erinnert, sie würde gezittert haben, daß Joseph von ihrer Geschwätzigkeit erfahren könnte. Das war aber auch das einzig Wichtige an der Sache; schließlich, so würde sie gemeint haben, waren Josephs Seitensprünge stadtbekannt. Dies war nur eine Untreue mehr, wenn auch die unerträglichste von allen. Sie hatte sie entdeckt, als sie am wenigsten darauf gefaßt gewesen war, etwas zu entdecken.

Es war für Charles lächerlich einfach, den Fall Burney Masters zu erledigen; es fiel ihm um vieles leichter, als ihm die Lösung vieler anderer Probleme gefallen war. Er führte seinen Auftrag promptest aus.

Der »alte Schmuskopf«, der Bürgermeister von Boston, war hocherfreut, von seinem lieben Freund Joseph Armagh — »Wir müssen zusammenhalten, wir Iren! Der Schlag soll mich treffen, wenn sonst jemand mit uns zusammenhält!« — eine Mitteilung zu erhalten, aus der hervorging, daß Mr. Armagh sich ein Vergnügen daraus machen würde, ihm mit einer mehr als großzügigen Wahlspende unter die Arme zu greifen, falls Seine Ehren den Wunsch verspüren sollte, Gouverneur zu werden. Sollte er jedoch einen Sitz im Senat anstreben, nun, Mr. Armagh unterhielt höchst freundschaftliche Beziehungen zu vielen prominenten Mitgliedern der Legislative des Staates Massachusetts. Ganz zu schweigen von dem gewaltigen Einfluß Mr. Armaghs in der Bundeshauptstadt Washington.

Aus tiefster Seele haßte der »alte Schmuskopf« die alteingesessenen Familien Bostons. Sie hatten alles getan, um ihm eine Niederlage zu bereiten, hatten ihn im Verlauf seiner halsbrecherischen politischen

Karriere gedemütigt und erniedrigt, und in seiner frühesten Jugend in ihren Werkstätten und Fabriken ausgenützt und darben lassen. Während er mit Charles Devereaux bei Zigarren und Brandy in seinem luxuriösen Büro im Rathaus saß, skizzierte er seinem Gast ein anschauliches Bild jener Tage. Seine erste Frau war in jungen Jahren an der »Auszehrung« gestorben — hervorgerufen durch eine elende Unterkunft, Kälte und mangelhafte Ernährung. Während ihrer Totenmesse waren Vandalen in die Kirche eingedrungen und hatten den armseligen Holzsarg und die Hostie besudelt, den Priester bewußtlos geschlagen und die Trauergäste aus dem Gotteshaus gejagt.

»Ich versichere Ihnen«, sagte der Bürgermeister zu Charles Devereaux, »nicht einmal die Schwarzen im Süden wurden so behandelt wie wir Iren. Sie kommen aus dem Süden, Sir? Ich habe es an Ihrem Tonfall erkannt. Sie waren Sklavenbesitzer? Aber Sie haben sich wenigstens um die Leute gekümmert. Man muß selbst unterdrückt worden oder Angehöriger eines unterdrückten Volkes sein, um zu wissen, wie das schmeckt.« Ein wenig herausfordernd musterte er Charles' aristokratische Züge und elegante Kleidung. »Aber das wissen Sie wohl nicht, wie?«

»Ich kann es mir ungefähr vorstellen, Euer Ehren«, erwiderte Charles lächelnd.

»Na ja, wahrscheinlich waren Ihre Eltern reiche Plantagenbesitzer. Spielt keine Rolle. Ich bin nicht nachtragend. Nicht immer. Wir Iren haben ein gutes Gedächtnis. Wir vergessen nicht so leicht. Na ja. Joe möchte also Burney Masters die Hand an die Gurgel legen, was?«

Charles hatte gleich zu Beginn des Gespräches ein dickes Bündel Goldzertifikate auf den Tisch gelegt, die sich bereits auf ganz wunderbare Weise in Luft aufgelöst zu haben schienen. Kein Wort war darüber gesprochen worden, nicht einmal ein Wort des Dankes.

Vor vier Jahren etwa war Mr. Burney Masters *in flagranti crimine* mit einem hübschen, erst zwölf Jahre alten Schuhputzer ertappt worden. »In seinem eigenen Garten, auf Beacon Hill«, sagte der dicke Bürgermeister und strahlte über das ganze Gesicht. »Ich hatte ihn schon lange Zeit beobachten lassen. Er hat diesen gewissen Blick, wie ihn Männer seiner Art eben haben, diesen Genießerblick. Er war ja nicht der erste seiner Art, der mir über den Weg gelaufen ist. Sie werden es vielleicht nicht glauben, Sir, aber ich war selbst mal ein hübscher Junge, und die Masters haben sich an mich herangemacht wie die Maden an den Speck. Gleich in der Fabrik. Haben alle den gleichen Blick: Wohlmeinend. Sanft. Haben nur deine besten Interessen am Herzen. Sorgen sich um dich, wollen dir helfen, daß du dich weiterbildest. Weiche, zärtliche Hände. Schreiben Briefe an die Zeitungen über die »hartherzigen Ausbeuter junger Menschen«. Werden wegen ihrer guten Taten gelobt. Opfern sich für das Volk auf. Kämpfen für eine gute Sache. Ich will damit nicht sagen, daß sie alle so veranlagt sind wie Masters, aber doch meistens. Es liegt ihnen nicht viel an Frauen und Mädchen. Nur an jungen Burschen.« Bedauernd schüttelte der Bürgermeister seinen massigen Kopf. »Gebildete Leute, viele von ihnen. Manche schreiben auch Bücher, in denen sie dieses oder jenes aufdecken. Manchmal macht's mir Spaß, einen von ihnen aufzudecken.«

Der kleine Schuhputzer war nicht der einzige gewesen. Es gab da auch noch einen sehr jungen Gärtner im Masterschen Haushalt, der nach einigem Drängen höchst aufschlußreiche Informationen über die Beziehungen zwischen ihm und anderen Burschen einerseits und Mr. Burney Masters andererseits lieferte. »Und damit«, sagte der Bürgermeister und lehnte sich in seinem Sessel zurück, »hatten wir ihn in der Hand. Hier ein Wort geflüstert, dort eines fallengelassen — und so verlor er die Wahl. Na ja. Wird mir ein Vergnügen sein, etwas für Joe und seinen Rory zu tun. Betrachten Sie das Rennen als gelaufen.«

Und so war es. Wenige Tage später kehrte Rory an seine Schule zurück. Von seinem Krankenbett aus bekannte sich Anthony Masters schuldig, Rorys Vater »verleumdet« und seinen Schulkameraden »auf unerträgliche Weise provoziert« zu haben. »Etwas, das ein mannhafter Jüngling nicht widerspruchslos hinnehmen kann«, bemerkte Mr. Armstead mit biedermännischem Augenaufschlag, »geschweige denn ein Gentleman. Es betrübt uns, daß der Vorfall zu Unfrieden und Gewalttätigkeit geführt hat, aber man hat Verständnis dafür. Noch leben wir in einer Zeit der Ritterlichkeit und Ehrenhaftigkeit.«

Innerlich grollend, nach außen hin lächelnd, machte Rory im Juni sein Abitur mit Auszeichnung. Er wußte nicht, wie alles zugegangen war, aber er wußte, daß sein Vater Macht besaß. Er würde Anthony Masters liebend gern ein zweites Mal zusammengeschlagen haben, aber er hielt sich um Josephs willen zurück und schaute starr geradeaus, obwohl Anthony neben ihm stand.

Rory hielt die Abschiedsrede seines Jahrgangs, eine Auszeichnung, die er sich allein verdient hatte und nicht seinem Vater verdankte. Sie waren beide stolz, er und Joseph, und selbst Bernadette vergoß ein paar für die Öffentlichkeit bestimmte Tränen und verzieh ihrem Sohn beinahe die Liebe seines Vaters. Im September ging Rory nach Harvard. Vier Jahre später promovierte er *summa cum laude*.

Joseph Armagh wußte selbst nicht genau, wann er entdeckt hatte, daß Elizabeth Hennessey eine begehrenswerte Frau war. Er legte dieser Frage auch keine Bedeutung bei, denn er war kein Anfänger im Umgang mit Frauen, die er, ausgenommen seine Mutter, Regina und, vielleicht, die schon vor vielen Jahren verstorbene Schwester Elizabeth, allesamt als Menschen zweiter Qualität betrachtete. Als er sich in Gedanken mit Elizabeth Hennessey zu beschäftigen begann, war seine Tochter Ann Marie sechs und Kevin ein Säugling.

Elizabeth war vier Jahre älter als Bernadette. Nachdem der Senator seinen Schlaganfall erlitten hatte, war sie mit ihrem Sohn Courtney ins Hennessey'sche Haus gekommen. Obwohl Bernadette dauernd über sie und ihr »armes Wurm« herzog und aus ihrer Abneigung kein Hehl machte, blieb Joseph unbeteiligt und stellte lediglich fest, daß Elizabeth eine zurückhaltende und distinguierte, in ihrer kühlen, aristokratischen Art, die ihm nicht besonders lag, sogar eine sehr hübsche Frau war. Er zog dumme, ausgelassene, von überschäumender Lebensfreude erfüllte Frauenspersonen vor; sie stellten keine Forderungen an ihn und waren schnell vergessen. In keinem Fall hätte er bewußt auf Tom Hennesseys Witwe geachtet. Er hegte gegen alle, die in irgendwelcher Weise mit dem Senator in Verbindung gestanden hatten, tiefe Abneigung. Auch Bernadette und — zu jener Zeit — seine Kinder machten da keine Ausnahme. Er hatte sich erbötig gemacht, Elizabeths Vermögen von seiner Kanzlei verwalten zu lassen. Es war eine Geste der Höflichkeit gewesen. Er hatte erwartet, daß sie ablehnen würde. Aber sie hatte sein Angebot angenommen.

Sie hatte ein eher kaltes, etwas indifferentes Gesicht, das zuweilen einen abgezehrten Ausdruck annahm, eine kleine schmale Nase, einen weichen, mattroten Mund und große, grünliche, golden gesprenkelte Augen. Ihr blondes Haar war glatt und fein, aber zu hell, um aufzufallen. Schlanker und größer, als es der Mode entsprach, kleidete sie sich aber trotzdem mit geschmackvoller, unauffälliger Eleganz. Sie trug keine Ringe an ihren feingliederigen Händen. Sie betrachtete die Welt mit gelassener Aufmerksamkeit und Billigung und schien außer an ihren Sohn an niemanden gebunden zu sein.

Courtney war seiner Mutter in Aussehen und Gehaben außerordentlich ähnlich. Joseph erfuhr erst viele Jahre später, daß Rory und Courtney sehr gute Freunde waren und daß zwischen ihnen eine Zuneigung wie zwischen David und Jonathan bestand. Das war um so bemerkenswerter, als es kaum jemals zwei junge Menschen gegeben hatte, die einander an Temperament, Lebensauffassung und Charakter unähnlicher gewesen wären. Courtney, den Rory für intelligent hielt, war ein schlechter Schüler, nicht sehr aktiv und eher träge. Viel Zeit verging, bevor Joseph merkte, daß Courtney und seine Mutter eine seltsame Art hatten, sich ohne Worte zu verständigen. Ein Blick aus einem dieser zwei grünen Augenpaare, ein leises Lächeln, eine leichte Handbewegung genügten, um sich zu verständigen. Bis dahin hatte Joseph immer geglaubt, Elizabeth und ihr Sohn stünden sich wie Fremde gegenüber, interessierten sich einer nicht für den anderen und begegneten sich mit eisiger Höflichkeit.

Courtney, wie Bernadette sich geringschätzig zu äußern pflegte, war nicht nur »ein armes Wurm«, weil er im Gegensatz zu Rory so bläßlich dreinsah, sondern auch »leidend«. Bei seinen gelegentlichen Besuchen in Green Hills entging es auch Joseph nicht, daß der Junge zu oft daheim war. Während der Sommermonate mußte ein Hauslehrer mit ihm arbeiten, weil er sonst an der Schule in Boston, die auch Rory besuchte, das Klassenziel nicht erreicht hätte.

Oft erteilte Rory selbst Courtney Nachhilfeunterricht und nannte ihn zuweilen scherzhaft »Onkel Courtney«, was für die zwei Jungen aus irgendwelchen Gründen eine ständige Quelle milder Heiterkeit darstellte. Es war das einzige Mal, daß Joseph den älteren der beiden herzlich lachen hörte, und das einzige Mal, daß dieser ein wenig Leben zeigte, wenn er Rory mit seiner knochigen Faust liebevoll auf die Schulter klopfte und ihn einen »fetten irischen Lümmel« nannte. Courtney war geradezu krankhaft dürr, und Bernadette bemerkte hämisch, er spiele nur mit seinem Essen. »Wo wir doch die besten Köche in der ganzen Stadt haben!« Die Anwesenheit Elizabeths und ihres Sohnes brachte Bernadette schließlich in Weißglut; sie fand Elizabeths Ruhe und Beherrschung »unnatürlich«. Zwar war Courtney ihr Halbbruder, aber sie konnte ihn nicht ausstehen. Als sie erfuhr, daß er Gedichte schrieb, nickte sie weise mit dem Kopf und meinte: »Nun, das war ja zu erwarten, nicht wahr?«, so als ob das Schreiben von Gedichten etwas Unmännliches und Verruchtes wäre. Es kam ihr nie zu Ohren, daß auch Rory Gedichte schrieb, allerdings nicht mit Courtneys Empfindsamkeit und Eleganz.

Courtney war sieben Jahre alt, als Joseph sich Elizabeth Hennesseys zum erstenmal wirklich bewußt wurde. Bis dahin war er von ihrer unaufdringlichen Anwesenheit bei den gemeinsamen Mahlzeiten und bei zufälligen Begegnungen innerhalb des Hauses nicht weiter berührt worden. Gelegentlich nickte sie ihm im Vorbeigehen zu, richtete aber nur selten das Wort an ihn. Er war ihr offensichtlich ebenso gleichgültig wie sie ihm; sie schenkte ihm kaum Beachtung.

Hinter dem Haus und mit diesem verbunden befanden sich ausgedehnte, großzügig angelegte und in allen Einzelheiten vollendete Gewächshäuser. Man brauchte nur einen kurzen Gang hinunterzugehen, und schon war man — und das zu jeder Jahreszeit — inmitten laubiger Waldlandschaft, umgeben vom Duft exotischer Blumen und Pflanzen. Es war dies der einzige Ort im Haus, wo Joseph sich wirklich wohl fühlte. Er hielt sich oft in den Gewächshäusern auf, sah den emsigen Gärtnern bei der Arbeit zu oder saß still in einer Ecke und atmete genüßlich die feuchte, wohlriechende Luft ein. Manchmal erkundigte er sich nach dem Namen einer Blume oder einer besonders interessanten Pflanze. Er staunte immer wieder von neuem, daß, während draußen der Schnee auf den Dächern und auf dem festgefrorenen Boden lag, hier die Blumen in tropischer Pracht blühten, so als ob sie von ewigem Sommer und vulkanischen Seen umgeben wären.

Am Tag vor Weihnachten besuchte Joseph wieder einmal die Gewächshäuser. Es war ein trüber Tag, in großen grauen Flocken fiel draußen der Schnee, und in den Kaminen pfiff und heulte der Wind. Rosen und Lilien standen in Blüte, ein flüchtiger Duft von Mandeln und der Geruch warmer fruchtbarer Erde erfüllte die Luft. Das flakkernde Licht der Gaslampen beleuchtete die großen Glasfenster, die dem Ansturm von Schnee und Wind standhielten.

Joseph glaubte sich allein, denn es war die Essenszeit der Gärtner, und ihre Tagesarbeit getan. Vor sich sah er die langen Gänge zwischen den Pflanzen und den Regenbogenfarben der Blumen und schickte sich an, sie zu durchwandern. In diesem Augenblick hörte er eine Seitentür öffnen, hörte schnelle Schritte und dann die empörte, zornige, jetzt schon etwas schrille Stimme Bernadettes: »Elizabeth! Wie kannst du es wagen, meine weißen Rosenknospen abzuschneiden! Du weißt doch sehr gut, daß sie für den Weihnachtstisch bestimmt sind! So eine Unverfrorenheit, mich nicht einmal zu fragen! So eine — so eine Frechheit!« Es war die Stimme, die sie im Verkehr mit den Dienstboten gebrauchte. Hinter einer großen Kübelpflanze versteckt, blieb Joseph stehen.

Er hörte das Knistern von Seide und sah in einiger Entfernung zu seiner Linken Elizabeths blonden Kopf zwischen zwei Gängen auftauchen. Das Licht der Gaslampen tanzte auf ihrem blassen Gesicht. Mit einer ganz besonders lieblichen, aber ruhigen und durchaus nicht bewegten Stimme antwortete sie: »Es tut mir leid, Bernadette. Ich wollte dich fragen, aber du warst mit Kopfschmerzen nach oben gegangen, und ich wollte dich nicht stören. Ich habe nur ein halbes Dutzend geschnitten, und es sind noch so viele da. Courtney ist im Bett, er ist schrecklich verkühlt, und er hat weiße Rosen doch so gern, und darum wollte ich ihm einen kleinen Strauß in sein Zimmer stellen.«

Bernadette hatte nie gelernt, daß eine gedämpfte Stimme, insbesondere bei Frauen, auf Würde und Selbstbeherrschung und gute Erziehung schließen läßt. Sie hielt eine solche Stimme für servil, passend für Dienstboten, und ihren Eigentümer für zaghaft, bänglich, minderwertig, ein geeignetes Objekt für Beschimpfungen und energische Zurechtweisungen. Schlimmer noch, sie hielt ihn für einen Menschen, der Angst vor ihr hatte. In all den Jahren, die sie mit Elizabeth unter einem Dach verbrachte, hatte sie nicht erkannt, daß sie in einem Irrtum befangen war.

»So, so, du wolltest sie also für deinen maroden, angeknacksten Sohn, was?« schrie sie mit derbem Spott. Sie trug ein scharlachrotes Samtkleid, das für ihre schon ein wenig beleibte Gestalt zu klein war, ihr gelocktes Haar hüpfte hämisch auf und ab, Hohn und Verachtung verzerrten ihr flaches, feistes Gesicht. »Immer im Bett wie ein schwindsüchtiges Mädchen! Jetzt will ich dir mal was sagen, Elizabeth Hennessey! Das ist *mein* Haus und hier bin *ich* die Herrin! Daß ich dich und deinen Sohn hier dulde, habt ihr nur meiner Gutmütigkeit zu verdanken und der Achtung, die ich meinem Vater schulde, und von nun an wirst du mich um jede Gefälligkeit *bitten*, um jede einzelne Blume, um alles, und wirst nicht die Kühnheit besitzen, einfach zu tun, was dir einfällt, ohne auf meine Stellung bedacht zu sein!« Sie schnaubte. »Und auf deine. Sofern du überhaupt eine hast, was ich bezweifle.«

Nie zuvor hatte sie so mit Elizabeth gesprochen, und ihr Benehmen war bisher zwar gekünstelt, aber wenn schon nicht höflich oder zuvorkommend, so doch verbindlich gewesen. Ihre bösartigen Bemerkungen über Elizabeth und Courtney waren nie in deren Gegenwart, sondern nur vor Joseph und ihren Freundinnen gefallen.

Schweigend stand Elizabeth vor dieser Megäre, deren Gefühle von Abneigung und Haß, die sie bisher aus einem verschwommenen Anstandsgefühl heraus unter Kontrolle gehalten hatte, so plötzlich ihrer Beherrschung entglitten waren.

»Und ich will dir noch etwas flüstern, meine Liebe!« schrie Bernadette weiter. »Ich wollte es dir schon lange sagen, und nur das Andenken an meinen Vater hat mich daran gehindert. Er konnte dich nicht ausstehen.« Triumphierend stand sie da, und ihre Augen glänzten vor Freude, daß sie ihrem unterdrückten Haß endlich Luft machen konnte. Ihr Mund zog sich zu einem breiten Grinsen auseinander, und der Gedanke, daß sie Elizabeth kränkte und verletzte, bereitete ihr ein unsagbares Glücksgefühl. »Er war gezwungen, dich zu heiraten und deinen Balg zu adoptieren, weil dein Vater mehr politische Macht hatte als er! Aber du sollst wissen, mein Fräulein, daß keiner wirklich geglaubt hat, daß du die Witwe eines Kriegshelden warst und daß Courtney sein Sohn ist! Wahrscheinlich warst du ein liederliches Weibsstück und weißt selbst nicht, wer der Vater deines Kindes ist. Du mit deinen abgeschmackten Sentimentalitäten, mit deinem affektierten Getue, du willst eine Dame sein? Du hast mit einem Mann geschlafen, mit dem du nicht verheiratet warst, und mit weiß Gott wie vielen anderen Männern auch! Weißt du nicht, daß du überall nur Gegenstand des Gelächters und des Spottes bist? Du bist absolut schamlos. Du gehst unter anständige, ehrbare Leute, als ob du ein Recht darauf hättest, dich in ihrer Gesellschaft zu zeigen, statt auf die Straße, wo du hingehörst. Nur die Tatsache, daß du die Witwe meines Vaters bist, hindert meine Freundinnen daran, dir den Rücken zuzukehren, wenn du erscheinst. Du bist nicht viel mehr als eine Schlampe, und das wissen alle!«

Elizabeths Gesicht hatte sich verändert, es war starr und unbeweglich geworden. »Du hast etwas vergessen«, sagte sie mit frostiger Stimme. »Dein Vater hat mir seinen Hausanteil hinterlassen, so wie deine Mutter dir den ihren. Ich zahle meinen Anteil am Unterhalt des Hauses und den meines Sohnes.« Sie fixierte Bernadette mit ihren großen grünen Augen. »Ich antworte nicht auf deine schmutzigen Anwürfe. Sie sind deiner würdig, Bernadette, denn du bist eine ordinäre und gefühllose Frau. Dir fehlt jede Empfindung für Anstand und Takt, und wenn deine eigene Familie dich meidet, ist es nur deine eigene Schuld.«

»Was?« kreischte Bernadette und tat ein paar Schritte auf Elizabeth zu.

»Komm mir nicht näher«, warnte Elizabeth, und nun sprach leidenschaftliche Erregung aus ihren Zügen und aus ihrer Stimme. »Komm nicht näher!«

Zu seiner Überraschung und Belustigung sah Joseph Mordlust auf Elizabeths Gesicht und zugleich ihre verzweifelten Bemühungen, ihre unglaubliche Wut unter Kontrolle zu halten.

»Hinaus mit dir, hinaus aus meinem Haus!« brüllte Bernadette. »Morgen verläßt du das Haus mit Sack und Pack!«

»Es ist auch mein Haus, und ich werde es verlassen, wenn mir der Sinn danach steht, und nicht eine Minute früher.« Elizabeths Stimme war lauter, aber immer noch beherrscht. Sie hielt die Rosen fest. »Das sind genauso meine Blumen wie deine, und von nun an werde ich sie schneiden, wenn ich Lust habe, und mich in keiner Weise mehr deinen Wünschen unterwerfen.«

Bernadette erhob einen Arm, ballte die Hand zur Faust und ging mit wutverzerrtem Gesicht auf Elizabeth los. Elizabeth aber ergriff ihren Arm, als die Faust schon auf sie niederfuhr, und schleuderte, von Abscheu und Ekel erfüllt, Bernadette mit solcher Kraft von sich, daß diese zurücktaumelte, vergeblich versuchte, sich im Gleichgewicht zu halten, gegen einige Pflanzen fiel und schließlich hart zu Boden stürzte. Sogleich fing sie an zu zetern, als ob sie am Spieß steckte. Sie stieß Flüche und Verwünschungen aus, von denen Joseph nie geglaubt hätte, daß sie ihr überhaupt bekannt waren.

Elizabeth blickte auf sie hinunter, wandte sich dann mit viel Würde von ihr ab und schritt den Gang entlang, auf Joseph zu. Als sie ihn sah, blieb sie stehen. Röte floß in Wellen über ihr blasses Gesicht. Heißer Zorn, wie Joseph ihn ihr nie zugetraut hätte, blitzte aus ihren grünen Augen; ihr Mund war halb geöffnet.

Bernadette verfolgte sie vom Fußboden immer noch mit Drohungen und bemühte sich, wieder auf die Füße zu kommen. Joseph lächelte Elizabeth an. »Ich bin froh, daß du das gesagt hast — und getan hast«, versicherte er ihr. »Ich wollte es schon immer selbst einmal tun. Aber schließlich bin ich ein Mann, und das wäre ja wohl ungebührlich gewesen, nicht wahr?«

Sie starrte ihn an. Bernadette war aufgestanden. Mit besabbertem Mund, Tränen auf den Wangen, starrte auch sie auf ihren Mann. Aber sie hatte ihr Gekreische eingestellt. Denn hier ging etwas vor, das sie zutiefst erschreckte, obwohl ihr die Worte, die Joseph so leise an Elizabeth gerichtet hatte, daß nur diese sie hören konnte, entgangen waren.

Joseph trat zur Seite, um Elizabeth den Weg freizugeben. Immer noch hielt sie die Rosen in der Hand. Schon war sie in Bewegung, als sie, ohne es zu wollen, unmittelbar vor ihm den Schritt verhielt. Sie hob den Blick zu seinem asketischen Gesicht und entdeckte eine stille Heiterkeit in seinen Augen, die sie nie zuvor bemerkt hatte. Die blaßgraue Seide über ihrer schönen, hohen Brust bebte. Sie schlug ihre Augen nicht nieder, aber eine zarte Haut wie von Tränen verhüllte jetzt ihren grünen Schimmer, und Joseph sah, daß es kein dunkles Smaragdgrün war, sondern ein Grün hell wie Quellwasser, in dem sich die Wiese spiegelt. Und in diesem Augenblick wurde sie für ihn zur begehrenswerten Frau, und nicht nur das, zu einer Frau mit Geist und Stolz, mit Feuer und Selbstachtung — zu einer wahrhaft fraulichen Frau, wie seine Mutter eine gewesen war, und seine Schwester, und Schwester Elizabeth.

»Geh nicht fort«, sagte Joseph zu ihr.

Sie schenkte ihm den Schatten eines Lächelns. »Ich habe nicht die Absicht«, antwortete sie. Er lachte ein wenig und verneigte sich, und sie setzte ihren Weg fort.

Joseph sah ihr nach. Das graue Seidenkleid umgab ihre schlanke Gestalt wie eine zweite Haut, bis es sich über ihren Hüften in Falten auflöste, die ihr in klassischer Weise zu den Knöcheln herabfielen. In der Türöffnung blieb sie stehen und warf Joseph einen Blick über die Schulter zu, aber er konnte ihren Ausdruck nicht lesen. Er erfuhr erst viel später, daß sie ihn schon seit Jahren liebte.

Jetzt stand Bernadette neben ihm, umklammerte ihn weinend und schluchzte sich ihre Wut auf Elizabeth von der Seele. Er stieß sie fort. Sie stand vor ihm und sah ihn ängstlich und mit Leidensmiene an.

»Du hast dich wie eine ordinäre Vettel benommen, schamlos, ohne jede Selbstzucht«, sagte er, und seine Stimme klang kalt und brutal. »Ich habe alles mit angehört. Du brauchst mich also nicht anzulügen, wie du es sonst immer tust. Solange du dir keine besseren Manieren zulegst und Elizabeth nicht den nötigen Respekt erweist, haben wir zwei nichts miteinander zu reden. Ich mag Fischweiber nicht. Ich hielte es für angebracht, daß du dich bei Elizabeth entschuldigst. Aber das wäre wohl zu viel verlangt. Dann drücke dein Bedauern wenigstens auf andere Weise aus, wenn du dazu imstande bist.«

Er ließ sie wie eine widerwärtig aufgeblasene Dienstmagd stehen, und sie blieb in einsamer Verzweiflung zurück, die nichts mit Elizabeth zu tun hatte. Von jenem Tag an hütete sie in Elizabeths Gegenwart ihre Zunge und behandelte sie mit ausgesuchter Höflichkeit, wenn Joseph in Green Hills war.

Ein halbes Jahr später kaufte Elizabeth Joseph sein erstes Haus ab und verließ mit ihrem Sohn den Hennesseyschen Besitz. Und einen Monat nach ihrem Umzug fanden sie als Liebende zusammen.

Es geschah ohne Vorbedacht und ohne daß es Joseph bewußt geworden wäre, daß er Elizabeth Hennessey liebte. Außer daß seine Abneigung gegen Bernadette noch stärker geworden war, hatte er jenen Abend im Treibhaus fast schon vergessen.

Er nahm Elizabeths ausgedehnte Interessen in seinem Büro in Philadelphia persönlich wahr und erhielt eines Tages ein besonders lukratives Angebot für eine ihrer Liegenschaften in der Stadt. Da es sich um eine beträchtliche Summe handelte, erschien es Joseph angezeigt, die Sache mit ihr durchzusprechen, statt, wie gewöhnlich, das Geschäft selbst abzuschließen. Er fuhr am nächsten Abend nach Green Hills, und Elizabeth selbst, nicht ein Bediensteter, öffnete ihm die Tür. Sie sah ihn schweigend an. Dann überzog ein zartes Rot ihre Wangen, und sie trat zur Seite, um ihn einzulassen.

»Möchtest du ein Glas Wein?« fragte sie. »Hast du überhaupt schon zu Abend gegessen?«

Es war spät, und die Dienerschaft lag schon im vierten Stock zu Bett. Noch verweilte die sommerliche Dämmerung im Westen in einem See von reinem Jade.

»Um die Wahrheit zu sagen«, antwortete er ehrlich überrascht, »ich weiß nicht, ob ich ›zu Abend gegessen‹ habe oder nicht. Mein Salonwagen ist in der Werkstatt, und ich bin in einem gewöhnlichen Zug gekommen. Ich bleibe nur über Nacht. Ich habe etwas Geschäftliches mit dir zu besprechen.«

Sie begriff sofort, daß er das Hennesseysche Haus noch nicht betreten hatte, und geriet in eine seltsame, atembeklemmende Erregung. Sie konnte sich nicht erinnern, je ein solches Gefühl empfunden zu haben. »Gehen wir ins Damenzimmer«, schlug sie vor, »und ich will sehen, was es in der Speisekammer gibt. Ich mag niemanden von der Dienerschaft wecken; sie haben den ganzen Tag hart gearbeitet.«

Für Joseph war diese Rücksichtnahme auf Dienstboten und überhaupt auf andere Menschen etwas Einmaliges. Er folgte ihr ins Damenzimmer. Er erinnerte sich, daß es nach Bernadettes protzigem Geschmack eingerichtet gewesen war: geschnitzte und vergoldete Möbel und schwere Seidendraperien. Jetzt erschien ihm der Raum größer, denn die Möbel waren kleiner und zierlicher und schlichter, in Taubengrau und Blau gepolstert, und die Flügelfenster waren nach dem Rosengarten hin geöffnet. Es duftete nicht nur nach Rosen, sondern auch nach Lilien und frischem Gras, nach kühlem Wind und würziger Luft. (Bernadette hielt die Nachtluft für gefährlich, und darum drang selbst im Sommer nur recht wenig davon in das Hennesseysche Haus.) Elizabeth malte Aquarelle, und auf den grauen Seidentapeten blühten wilde Blumen und exotische Pflanzen in leuchtenden Tönungen. Die Bilder hingen in schmalen Holzrahmen, und auch das war etwas Einmaliges für Joseph, der an überladene, goldene Rahmen gewöhnt war. Er betrachtete die Aquarelle, während er auf die Gastgeberin wartete. Ihr strenger, herber Geschmack, der so stark seinem eigenen ähnelte, beeindruckte ihn. Er spürte, wie sich die gewohnte Verkrampfung in Hals und Schultern löste und wie der Druck in seiner Brust nachgab. Das Haus lag still, aber von lauem Wind durchflutet, und er hörte das leise Rascheln der Blätter auf den Bäumen.

Elizabeth kehrte mit einer großen Silberplatte zurück, auf der sich kaltes Huhn und Salat, Brot und Butter, eine Schale Pudding und Wein befanden. Sie deckte einen kleinen ovalen Tisch mit einem weißen Tischtuch und glänzendem Silbergeschirr. Sie verhielt sich schweigsam, und schon das allein erquickte Joseph, der, wo immer er sich aufhielt, den ganzen Tag lang nichts wie Stimmen hörte. Er betrachtete Elizabeth in ihrem weißen Kleid, das mit kleinen Veilchen und grünen Blättern gemustert war. Ihr blondes Haar schimmerte im Kerzenlicht, ihr Gesicht war wie immer gelassen und zurückhaltend. Ihre Mitte war sehr schlank, ihr zartgeformter Busen schwellend; sie besaß ebenso anmutige wie flinke und anstellige Hände. Ihr Profil schien mit einem marmornen Messer geschnitzt worden zu sein.

Er hatte schon lange keinen echten Hunger verspürt, auch machte ihm das Essen längst kein Vergnügen mehr. Und nun bekam er ganz plötzlich einen gesunden Appetit und setzte sich an den Tisch. Elizabeth, die Hände im Schoß, nahm neben ihm Platz und sah ihm zu. Er wußte nichts von der Leidenschaft, die in ihren Augen brannte, und nichts davon, daß die scheinbar so ruhigen Hände nur durch Willenskraft zusammengehalten wurden. Blickte er auf, lächelte sie ihr kühles Lächeln und schwieg weiter. Das Haus war vom Seufzen des Windes, dem Duft des Gartens und dem Wispern der Bäume erfüllt.

Sie schenkte zwei Gläser Wein ein, eines für sich, das andere für Joseph. Er hatte Wein nie gemocht. Diesen jedoch fand er plötzlich köstlich und berauschend. Er lehnte sich zurück und sah Elizabeth zum erstenmal voll ins Gesicht.

Er wollte sprechen, als er mit einemmal ein Verlangen nach Elizabeth empfand, wie er es nie zuvor für eine Frau empfunden hatte, ein so starkes, glühendes und doch so zartes Verlangen, daß er gar nicht begriff, was es war. Er konnte nur daran denken, wie fraulich sie war, wie intelligent ihr Gesicht, wie edel ihr weißer Hals, wie fein geschwungen ihr Mund und ihre Nase, und wie klar und grün ihre Augen schimmerten. Es schien ihm unfaßbar, daß eine so aristokratische Frau den vulgären Tom Hennessey geliebt haben konnte.

Während Elizabeth ihn ruhig anblickte, hatte sie die untrügliche Gewißheit, daß er sie liebte, auch wenn er es selbst nicht wußte, und daß er sie wahrscheinlich schon seit geraumer Zeit liebte. Sie wußte alles über ihn. Spöttisch und neidisch hatte Tom Hennessey ihr manches erzählt. Vieles war ihr in den Jahren klargeworden, die sie im Hennesseyschen Haus verbracht hatte. »Was ich für Tom empfunden habe«, sagte sie sich jetzt, »ist nichts im Vergleich zu dem, was ich für diesen Mann fühle — heute und schon seit langem. Das war damals die Vernarrtheit eines jungen Mädchens. Dies aber ist Liebe, die Liebe einer reifen Frau für einen Mann. Und das ist der Mann, nach dem ich mich immer gesehnt habe.«

Sie musterte seine Hände, sein Gesicht, seine Augen, sein ergrauendes rostbraunes Haar, die männliche Stärke seines Körpers, und sie spürte die Kraft in ihm, eine ganz andere Kraft, als Tom sie besessen hatte. Sie dachte daran, wie Tom von ihm gesprochen hatte, und etwas in ihr wandte sich ab wie vor etwas unaussprechbar Obszönem. Tom war ein Lügner gewesen, und Bernadette war auch darin seine Tochter. Sie empfand keine Schuldgefühle gegenüber Bernadette, sie schreckte nicht davor zurück, gegen gesellschaftliche Konventionen, gegen Schicklichkeit und gute Sitten zu verstoßen. Bernadette existierte nicht mehr für sie.

Sie tranken ihren Wein in der tiefen und ausdrucksvollen Stille und lauschten den Geräuschen der Nacht, dem plötzlichen Schrei einer Eule und dem schläfrigen Ruf eines Vogels. Die Spannung zwischen ihnen nahm zu, wurde auf wohltuende Weise unerträglich, und die Dinge im Raum regten und bewegten sich, so als erwachten sie zu eigenem Leben.

Dann stand Elizabeth ganz einfach auf, und auch Joseph erhob sich langsam von seinem Stuhl. Wie ein Kind legte Elizabeth ihre Hand in die seine. Sie blies die Kerzen aus, und Hand in Hand, wie junge Verliebte, stiegen sie zusammen die Treppe hinauf nach ihrem Schlafzimmer.

Die Dämmerung schlug mit blaugrauen Flügeln ans Fenster, als Joseph erwachte und Elizabeth neben sich in ihrem weißen Bett sah. Ein Gefühl des Friedens, wie er es nie zuvor empfunden hatte, erfüllte seine Seele, ein Gefühl der Erfüllung und kaum faßbarer Befriedigung. Er sah ihr blondes Haar auf den Kissen, ihr geheimnisvolles, schlafendes Antlitz, die mädchenhaften Hügel ihrer Brüste. Was er jetzt tat, hatte er noch bei keiner anderen Frau getan: er nahm eine lange Strähne ihres Haares und preßte seine Lippen darauf. Es lag warm und duftig an seinem Mund. Er küßte sie auf die Schulter.

Sie bewegte sich und glitt in seine Arme. »Ich liebe dich«, flüsterte sie.

Er konnte ihr darauf nichts erwidern, weil er noch nie einer Frau gesagt hatte, daß er sie liebe. Drei Monate mußten vergehen, bevor er es ihr sagen konnte, ohne sich wie ein dummer Junge vorzukommen; dann wußte er, daß er nicht log. Zum erstenmal in seinem Leben empfand er Glückseligkeit ohne Angst, Glückseligkeit über alle Maßen,

Glückseligkeit ohne Ungewißheit, ohne Zweifelsucht und ohne kritische Vorsicht. Jetzt erst wußte er, was es hieß, eine Frau zu lieben — nicht nur in sexueller Ekstase, sondern mit allen Sinnen und von ganzer Seele. Er hätte es nie für möglich gehalten.

Drei Monate später also sagte er es ihr in dem kleinen, aber eleganten Hotel in New York, in dem sie sich häufig trafen, und fügte hinzu: »Ich werde mich von Bernadette scheiden lassen. Wir werden heiraten.«

»Du hast drei Kinder«, wandte Elizabeth ein, »eines davon fast noch ein Baby, und ich habe einen Sohn. Außerdem sind wir Katholiken. Und wir haben Pflichten.«

Zum erstenmal ärgerte sich Joseph über sie. »Es macht dir nichts aus, mit mir die Ehe zu brechen. Das ist wohl auch nicht ganz im Sinne der Kirche.«

Elizabeth sah ihn mit ernster Miene an. »In gewisser Beziehung halte ich uns nicht für Ehebrecher. Wir sind ehebrecherische Ehen eingegangen — und das sind die schlechtesten.«

»Und was war mit Tom Hennessey?« hielt er ihr grob entgegen. »Du wolltest ihn doch haben, nicht wahr?«

Sie lächelte ein Lächeln, das er nie zuvor an ihr gesehen hatte, neckisch und wissend. »Ich war jung, und er hat mich verführt. Und ich habe dich verführt. Aber das sind zwei ganz verschiedene Dinge.«

»Das mag eine logische Erklärung sein«, sagte Joseph, »aber wohl kaum eine theologische.«

Die folgenden Monate und Jahre erschienen ihm unfaßbar in ihrer Herrlichkeit, in ihrer Natürlichkeit und Seelenruhe. Er hatte sich sein Leben lang alt gefühlt, gehemmt und eingeengt, und jetzt erst wußte er, was es hieß, jung zu sein, gelöst und fast frei. Es war ein zwiespältiges Gefühl, nicht selten von der Angst getrübt, sich Blößen zu geben, so als ob er nicht mehr sein eigener Herr, seine eigene Festung, sich selbst genug und unbesiegbar wäre.

Er hatte nie erfahren, was es heißt, einem Menschen ganz zu vertrauen, aber er vertraute Elizabeth, und das beunruhigte ihn oft. Schließlich war sie ja nur eine Frau, pflegte er in den ersten Jahren seine Schlüsse zu ziehen; und sie war ein menschliches Wesen und somit launischen Stimmungen unterworfen und daher eine potentielle Verräterin. Mit der Zeit aber schwanden seine Befürchtungen, und er vertraute ihr restlos. Sie war ein personifiziertes Paradoxon für ihn: eine intelligente Frau. Er ertappte sich dabei, daß er mit ihr nicht nur plauderte und scherzte, sondern auch gewisse Aspekte seiner Tätigkeit erörterte — wenn auch nicht alle.

Er staunte über ihren Scharfsinn, ihre geistige Beweglichkeit, ihren gesunden Menschenverstand und ihre plötzlichen Erkenntnisse, ihre klugen Kommentare und die Leichtigkeit, mit der sie auch die kompliziertesten Manipulationen durchschaute. Nie täuschte sie Empörung über gewisse Dinge vor, die er ihr erzählte, und sie schien auch nicht zu glauben, daß sie hätte empört sein sollen. Sie hörte ihm aufmerksam zu, und wenn sie irgendwelche Vorbehalte hatte, sprach sie diese offen aus. Manchmal stellte er sogar hocherfreut fest, daß ihre Einwände einen sehr praktischen Verstand offenbarten.

»Es gibt Zeiten«, sagte er einmal zu ihr, »da kann ich kaum glauben, daß du eine Frau bist!« Worauf Elizabeth ein wenig bitter erwiderte: »Es war schon immer meine Überzeugung, daß Intelligenz nicht eine Sache des Geschlechts ist, wenn auch viele Menschen dieser irrigen Meinung sind.«

»Elizabeth«, erklärte er bei einer anderen Gelegenheit, »du bist ein wahrer Gentleman!« Sie lächelte und dachte im stillen: Mein Liebling, du bist der Mann, auf den ich mein Leben lang gewartet habe. Welches Glück, daß wir uns doch noch gefunden haben!

Elizabeth war eine faszinierende Frau für Joseph, der immer wieder neue Reize und Qualitäten an ihr entdeckte. Sie hatte, so versicherte er ihr, tausend Gesichter. Sie war tausend verschiedene Frauen in einer Person. Sie teilte seine Liebe zur Musik. Naturgemäß verstand sie mehr davon, weil sie in Schulen erzogen worden war, aber auch sie entdeckte verschiedene Männer in Joseph. Die Andacht, mit der er der Musik lauschte, die Art, wie er sich ihr hingab, wenn sie in New York ein Konzert besuchten, rührte sie fast zu Tränen. Seine Bibliothek, vollgestopft mit Büchern, die er ständig kaufte und las, nötigten ihr Respekt und Bewunderung ab. Er besaß nur wenig schulisches Wissen, war jedoch ein in jeder Beziehung außerordentlich gebildeter Mann und nicht der »geldgierige Rohling«, als den ihr Vater ihn hingestellt hatte. Sie entdeckte, daß er ein Empfindungsvermögen besaß, das er sorgsam in seinem Inneren verschlossen hielt, so als wäre es ein schmachvolles Geheimnis, das seine Feinde sich zunutze machen könnten. Bernadette hatte ihr einmal in höhnischem Ton von Sean und Regina erzählt, und Elizabeth ahnte, daß Joseph niemals verzeihen, niemals vergessen und niemals über seine leidvolle Enttäuschung hinwegkommen würde.

Sie gab ihm neuen Lebensmut. Er begann, wenn auch widerstrebend, sein Dasein zu genießen und sich an Dingen zu erfreuen, von denen er nicht gewußt hatte, daß sie Freude spendeten. Sein Eintritt in ihre Welt des Geistes ging nur langsam und zögernd, zweifelnd und zuweilen auch zynisch vonstatten, aber er erschloß sich diese Welt und fand sie faszinierend. Seltener und immer seltener verspürte er den Drang, sich das Leben zu nehmen, zuletzt nur mehr ein- oder zweimal im Jahr, wenn er zu lange von Elizabeth fort war. Immer noch war er kühl und abweisend zu anderen Menschen, immer noch argwöhnisch und zurückhaltend, aber er wurde weicher und milder mit den Jahren, und sein erster Eindruck von Fremden war nicht mehr, wie früher einmal, automatisch abfällig.

Es war vermutlich Elizabeth, die — ohne daß es ihnen beiden zu Bewußtsein kam — ihn dazu brachte, sich seinen Kindern zuzuwenden. Vielleicht war es auch nur der Einfluß, den sie auf ihn ausübte. Sie hatte ihm wiederholt von der Zuneigung gesprochen, die sie für die Kinder empfand, insbesondere für Ann Marie, die ihr so ähnlich war. Er hatte ihre Worte als weibische Sentimentalität abgetan. Aber bewußt oder unbewußt, es war Elizabeth gelungen, ihn ruhiger und sanfter zu stimmen. Er wußte nur, daß er sie liebte und daß ihm ein Leben ohne sie unerträglich sein würde.

Bernadette, die ihren Mann seit langem der Untreue verdächtigt hatte — gute Freundinnen in Philadelphia und New York waren so aufmerksam gewesen, ihr wohlgemeinte Winke und Hinweise zuzuspielen —, entdeckte Josephs Verhältnis mit Elizabeth erst fünf Jahre nach jener Nacht in Green Hills.

Sie fuhr oft mit einer oder zwei Freundinnen nach New York, um einzukaufen, und stieg für gewöhnlich im Fifth Avenue Hotel ab, wo Joseph ein luxuriöses Appartment gemietet hatte. Sie liebte das Leben und Treiben der großen Stadt. Rauch und Gestank der Fabriken und Industrien störten sie nicht. Sie hatte ihre Lieblingsläden und Juweliere, die sie regelmäßig besuchte. Sie fuhr meistens nach New York, wenn Joseph nicht in Green Hills war; hielt er sich »daheim« auf, konnte sie es nicht ertragen, von ihm getrennt zu sein.

Plaudernd und guter Dinge schlenderte sie mit einer Freundin durch die Stadt, als sie eine vom Verkehr umbrandete Straßenkreuzung erreichten. Während sie darauf warteten, daß sich im dichten Gewühl von Menschen und Fahrzeugen eine Lücke öffnen würde, um ihnen zu gestatten, ihren Weg fortzusetzen, warf Bernadette einen zerstreuten Blick nach rechts und sah unmittelbar neben sich einen geschlossenen Wagen. Steif und reglos stand sie da und starrte ungläubig hin. Sie verspürte einen brennenden Schmerz in der Brust, so als ob sie einen tödlichen Schlag erhalten hätte.

Joseph und Elizabeth saßen wartend in der Kutsche. Sie lachten, und Bernadettes erster unklarer Gedanke war: so habe ich ihn noch nie lachen gesehen. Elizabeths für gewöhnlich gelassenes Gesicht strahlte unter der violetten Seide ihres Hutes. Mit ihren leuchtenden grünen Augen und den rosigen Wangen sah sie unerträglich schön und lebenslustig aus. Joseph hielt ihre Hand; er schien sie zu necken. Plötzlich hob er die Hand an seine Lippen und küßte sie. Sie tat schockiert und lachte abermals. Elizabeths Ausdruck war der einer leidenschaftlich liebenden Frau, Josephs Gesicht in all seiner Härte und Strenge das eines sterblich Verliebten und Bernadette völlig fremd. Nie hatte er sich ihr so heiter und unbekümmert gezeigt.

»Komm doch weiter«, forderte Bernadettes Freundin sie auf. »Du stehst ja da wie angewurzelt, meine Liebe.« Mit starren Gliedern, schwankend wie eine alte Frau, gehorchte Bernadette. Sie fühlte sich leer, ausgeblutet, gebrochen. Es war ihr, als spalteten sich ihre Glieder auf, als fielen sie von ihr ab. Ihre Freundin plapperte achtlos weiter, und durch einen Nebel von Tränen hindurch warf Bernadette einen Blick über die Schulter. Die Kutsche hatte die Kreuzung verlassen und hielt nun am Eingang eines kleinen, eleganten Hotels an der anderen Straßenecke. Joseph und Elizabeth stiegen aus. Bernadette sah Elizabeths violettes Moirékostüm mit Tournüre und Spitzenkrause, ihre Samtschuhe und den Veilchenstrauß an ihrer Brust. Joseph half ihr galant, ein wenig steif zwar, und hielt sie einen Augenblick lang, als sie auf den Gehsteig trat, in seinen Armen. Das Gesicht bebend vor Liebe und Verlangen, sah sie zu ihm auf. Sie lösten sich voneinander und betraten gemeinsam das Hotel.

»Na?« mahnte Bernadettes Freundin verdrießlich. »Was hast du, Liebste? Du siehst ja aus wie der Tod. Hier ist mein Riechsalz. Aber komm zu dem Laden dort hinüber. Die Leute glotzen uns schon an. Fühlst du dich schwach? Für Herbst ist es ja wirklich sehr warm, nicht wahr?«

Durch den Schleier ihrer Qual hörte Bernadette sich antworten: »Ich dachte, ich hätte jemanden — jemanden, den ich kenne, meine ich — in das Hotel dort gehen sehen. Er — er schaute Joseph ähnlich. Vielleicht ist er hier abgestiegen. Macht es dir etwas aus, wenn ich mich erkundige?«

»Überhaupt nichts«, erwiderte die Freundin, die soeben einen faszinierenden Hut im Fenster erspäht hatte. »Ich gehe hier ins Geschäft und warte auf dich. Aber wie sollte dein Mann nach New York kommen? Hat er seine Kanzlei nicht in Philadelphia?«

»Er hat auch hier Interessen«, antwortete Bernadette. Sie ließ ihre Freundin stehen und betrat das Hotel. Sie gelangte in eine kleine reichverzierte Halle, die auf diskreten Reichtum und noch diskretere Ungestörtheit hindeutete. Ein Empfangschef und ein Angestellter, beide in langen Gehröcken, standen am Pult, und Bernadette, die sich plötzlich ihrer Schwäche und ihrer Rundlichkeit gleichermaßen bewußt war, ging auf sie zu. Die zwei Männer erwarteten sie höflich und ein wenig verblüfft, denn es war nicht üblich, daß Damen ohne Begleitung ein Hotel betraten. Bernadette aber war offensichtlich eine Dame, allerdings eine etwas nachlässig gekleidete — trotz des Kostüms von Worth, der Zobelboa über ihren Schultern, des teuren schwarzen Samtputzes und des kostbaren Schmucks.

Ihre Kehle und ihr Mund waren ausgedörrt wie heiße, trockene Erde. Sie fuhr sich mit der Zunge über die Lippen, die sich dick und geschwollen anfühlten, und versuchte zu lächeln. »Verzeihen Sie«, sagte sie, »aber ich dachte, ich hätte meinen — Bruder mit seiner —

Frau — eben hereinkommen gesehen. Ich — ich wußte nicht, daß sie in New York sind.«

»Der Name, gnädige Frau?« fragte der Empfangschef, der ein paar prächtige Koteletten besaß.

»Äh . . . Mr. Armagh.«

Der Empfangschef schlug das Gästebuch auf und blickte durch seinen Kneifer. Er schüttelte bedauernd sein Haupt. »Tut mir leid«, sagte er, »aber es sind keine Herrschaften dieses Namens eingetragen. Sind Sie sicher, daß Sie Ihren Bruder hier eintreten gesehen haben?« Er sah sie aus verschmitzten gelblichgrünen Augen an.

»Jaja. Ich bin ganz sicher. Eben jetzt. Bitte«, sagte sie mit herzzerreißendem Lächeln. »Ach bitte.«

Der Empfangschef betrachtete sie lange; dann schloß er das Buch. »Bedaure, gnädige Frau. Sie müssen sich irren.«

»Aber — der Herr und die Dame, die eben gekommen sind —«

»Sie müssen sich irren, gnädige Frau. In der letzten halben Stunde ist niemand gekommen.«

Bernadette starrte ihn an, und er starrte zurück, wie ein Basilisk. Sie drehte sich um und verließ das Hotel. Sie blieb auf der Straße stehen, blickte sich mit glasigen Augen um und wußte minutenlang nicht, wo sie war und warum sie hier war. Leute stießen sie an. Der eine oder andere rief ihr Schimpfworte zu. Sie sah und hörte nichts. Jemand ergriff ihren Arm, und sie hörte ihre Freundin sagen: »Der Hut hat mir überhaupt nicht gepaßt. Bernadette! Was hast du? Bist du krank?«

»Ja«, wisperte Bernadette und sah ihre Freundin aus so blinden und gequälten Augen an, daß diese entsetzt zurückfuhr. »Ich — ich möchte ins Hotel zurück. Ich muß mich niederlegen. Mir ist auf einmal schrecklich schlecht.«

Sie blieb zwei Tage in New York. Sie konnte das Bett nicht verlassen. Ihre Freundin rief einen Arzt, der anfangs glaubte, sie wäre vom Schlag gerührt worden.

Wäre Joseph gestorben, sie würde kein verzehrenderes Leid, keine größeren Qualen, keine schwerere Pein erduldet haben. Seine sonstigen Liebschaften hatten sie wohl gedemütigt, aber es war nicht allzu schwer gewesen, sie ihm nachzusehen. Männer waren nun einmal Männer, wie ihr eigener Vater ihr vorexerziert hatte. Ein Gentleman mochte gelegentlich mit anderen Frauen seinen Spaß haben, mochte sich in ihrer Gesellschaft wohl fühlen, aber er *liebte* seine Gattin und nicht die anderen Damen. Das waren nur flüchtige Bekanntschaften, flüchtige Vergnügungen, und daher auch nicht sehr wichtig, gewiß nicht wichtig genug, um die Stellung der angetrauten Frau zu gefährden.

Aber Bernadette hatte Elizabeths und Josephs Gesichter gesehen. Sie wußte, daß diese zwei Menschen sich liebten, und ahnte, daß ihr

Verhältnis schon seit geraumer Zeit bestand. Das war keine oberflächliche Tändelei von seiten Josephs. Elizabeth war kein Spielzeug für ihn. Er liebte sie. Und sie vergötterte ihn. Sie waren einer in den anderen versunken gewesen, als sie das Hotel betreten hatten. Sie hatte sich an ihn angeschmiegt, und er hatte den Kopf zur Seite gelegt, um zu hören, was sie zu ihm sagte.

Inzest! dachte Bernadette. Natürlich war es Inzest, abstoßend, unerträglich, über alle Maßen schmutzig. Ein Mann und die Witwe seines Schwiegervaters. Unmöglich, sich damit abzufinden. Verabscheuungswürdig.

Doch Bernadette wußte, daß sie sich damit abfinden mußte. Mit jenem untrüglichen Instinkt, der aus der Liebe geboren wird, begriff sie, daß ein einziges Wort von ihr zu Joseph Anlaß für ihn sein würde, sie für immer zu verlassen, und daß sie ihn nie wiedersehen würde. Ein Wort zu Elizabeth, und die Folgen würden die gleichen sein. Nichts konnte sie voneinander trennen, weder die Mißbilligung noch die Empörung der Öffentlichkeit, weder gesetzliche Maßnahmen noch der Abscheu der guten Gesellschaft. Eine Art urzeitlichen Wissens verlieh ihr diese Überzeugung. Sie lebte fortan in der Angst, ihr eigenes Temperament, ihr Kummer und ihr Schmerz könnten sie zu einem unbedachten Wort verleiten, und so hütete sie sehr sorgsam ihre Zunge, wenn sie mit Joseph sprach.

Sie mied Elizabeth, und obgleich sie Nachbarinnen waren, richteten sie es beide so ein, daß sie nicht häufiger als ein- oder zweimal im Jahr zusammentrafen. Sahen sie sich eine im Garten der anderen, taten sie, als merkten sie es nicht. Das war nicht schwer. Sie waren sich schon in den letzten Jahren kaum begegnet, und wenn, hatten sie nur wenige kühle Worte miteinander gewechselt. Jetzt floh Bernadette schon ins Haus, sobald auf einem Rasen ein Rockzipfel flatterte, hinter dem sie Elizabeth vermutete. »Ach Gott«, flüsterte sie dann im stillen, »warum mußte es gerade sie sein? Wäre es eine andere gewesen, irgendeine andere, ich hätte es hinnehmen können.«

Auch schon vor Elizabeth hatte Bernadette Haß gekannt. Jetzt aber haßte sie diese Frau mit einem so unversöhnlichen Haß, daß er wie ein niemals zu löschendes Feuer in ihrer Seele brannte. Sie fühlte, daß die Liebe zu ihrem Mann immer stärker wurde, und konnte sich nicht dagegen wehren. Sie war weiterhin fest entschlossen, ihn dazu zu bringen, diese Liebe zu erwidern. Später redete sie sich dann ein, Elizabeth wäre ein »leichtes Mädchen« und früher oder später würde Joseph ihrer müde werden. Man wußte ja, daß Flittchen nicht imstande waren, einen Gentleman über eine gewisse Zeitspanne hinaus an sich zu binden.

»Mein Mann«, pflegte sie bis ans Ende ihrer Tage zu verkünden, »hat nie auch nur einen Blick an eine andere Frau verschwendet. Er hat immer nur Augen für mich gehabt. Er war mir immer treu. Und ich — ich habe nur für ihn gelebt. Wir haben uns alles bedeutet. Unsere Ehe war ein Idyll.«

XXXV

Eines Tages, nachdem Joseph und Charles Devereaux eine lange Konferenz mit Harry Zeff in Philadelphia beendet hatten, drückte Harry Charles augenzwinkernd einen Zettel in die Hand. Darin wurde Charles ersucht, sobald wie möglich zu einem vertraulichen Gespräch in Harrys Büro zurückzukehren. Charles brachte das erst nach einer Stunde zuwege, und Harry lächelte erleichtert, als er endlich erschien. Harry war zwar erst knapp fünfzig, aber sein Haar war ein glänzendes Gewirr aus weißen Locken, das seine dunkle Gesichtsfarbe noch eindrucksvoller hervorhob. Immer noch blickte er mit einem mutwilligen und belustigten Ausdruck kindlicher Unschuld in die Welt. Das gute Leben, Zufriedenheit, die Liebe Lizas und seiner Kinder hatten ihn zu einem etwas korpulenten Mann gemacht. Auch die Tatsache, daß er jetzt zweifacher Millionär war, war nicht dazu angetan, ihn mit Sorge zu erfüllen.

»Wie machst du das nur, daß du ewig jung bleibst?« fragte er Charles. »Du bist fast so alt wie Joe und siehst aus wie fünfunddreißig. Du färbst dir doch nicht etwa die Haare, eh, Charlie?«

»Kaum«, erwiderte Charles und ließ sich Harry gegenüber in einen Sessel fallen. Harrys Büro war mit Ledermöbeln, dicken Teppichen und schönen Bildern an den getäfelten Wänden luxuriös eingerichtet. Ein lustiges Feuer prasselte an diesem kalten, schneereichen Wintertag in einem Kamin aus schwarzem Marmor. Harry lehnte sich zurück, paffte an seiner dicken Zigarre und hakte die Daumen in die Armlöcher seiner Weste. »Du siehst aus wie so ein aufgeschwemmter kapitalistischer Plutokrat, wie die linken Zeitungen sie immer wieder karikieren, wenn einer ihrer Artikelschreiber über sie herzieht«, bemerkte Charles. »Gestreifte Hose, mit schwarzer Seidenstickerei verzierte Weste, langer schwarzer Rock — und der dicke Bauch ist auch da. ›Wall Street-Ausbeuter der Armen und Unterdrückten‹, wie er im Buch steht.«

Harry lachte. »Ganz sicher gibt es in unserem Land Menschen, die ebenso arm waren, wie ich es gewesen bin, aber wohl keinen, der ärmer war. Es hat nicht viel gefehlt, und ich wäre verhungert. Es ist schon spaßig, daß so viele von diesen Leuten, die sich mit so viel Geschrei für die Armen einsetzen, wahre Armut, Hunger und Not und harte Arbeit selbst nie gekannt haben. Die würde ich alle gern mal dran riechen lassen.«

Aber weder in seinen leuchtenden schwarzen Augen noch im Lächeln seiner roten Lippen war eine Spur von Bitterkeit zu entdecken. Er wurde sogar, ohne seine gute Laune zu verlieren, mit Populisten und Sozialisten fertig. Er betrachtete sie als etwas unreife und einfältige Schaumschläger, die weder die menschliche Natur noch die echten Probleme der Menschheit begriffen, oder als ewig Unzufriedene, die zu wenig Intelligenz besaßen, um sich an der Wirklichkeit zu orientieren, zu wenig natürliche Gaben und zu wenig Energie, um über ihren Neid hinauszuwachsen. »Ein Mensch braucht nur Schiffbruch zu erleiden«, pflegte er zu philosophieren, »und schon glaubt er das Recht zu haben, der Regierung vorzuschreiben, wie sie zu regieren hat.« (Harry selbst hatte nicht allzuviel für die Regierung übrig, denn er verstand ihr Wesen, bedachte aber jene mit belustigter Geringschätzung, die sie aus irgendwelchen verschwommenen Prinzipien heraus und ohne vernünftigen Grund haßten.)

»Wir haben da ein kleines Problem«, sagte er jetzt zu Charles und sah so ernst drein, wie es ihm möglich war. »Du hast doch von Sean, Joes Bruder, gehört, der vor langer Zeit in den Bostoner Slums verschwunden ist?«

»Ja«, erwiderte Charles. »Es gehört ja auch zu meinen Pflichten, die Briefe, die Joe zweimal im Jahr von seiner Schwester erhält, ungelesen zu vernichten. Wenn ich sie zurückschicken dürfte, würde die arme Frau wenigstens wissen, daß er sie gesehen hat. Aber er gönnt ihr nicht einmal diese Genugtuung.«

Stirnrunzelnd betrachtete Harry die Spitze seiner Zigarre. »Na, du kennst ja Joe.«

»Und ob ich ihn kenne. Er verzeiht nicht, und er vergißt nicht. Erinnere dich, wie er vor ein paar Jahren mit Handell von der Handell Oil Company verfahren ist. Hat alle Aktien aufgekauft und Handell praktisch bankrott vor die Tür gesetzt.«

»Mhm«, bestätigte Harry, »ich weiß. Aber du darfst nicht vergessen, daß Handell versucht hat, Joe bei dieser Geschichte mit Joes Erfindung einer neuartigen Treibstoffversorgung von Industriemaschinen reinzulegen. Es war gar keine so große Summe, um die es dabei ging, aber immerhin. So nette kleine Gaunereien, ganz nebenbei, ein lustiger Streich unter Freunden — dafür hat Joe kein Verständnis. Das liegt vielleicht daran, daß er so wenig Sinn für Humor hat, meinst du nicht?«

Eine leichte Röte überzog Charles' Gesicht. »Sieh mal, Harry, du weißt, wie ich zu Joe stehe. Ich weiß, wie mein Vater zu ihm gestanden ist. Für meinen Vater war Joe ein zweiter Sohn; Joe hat um teures Geld Land neben dem Besitz meines Vaters erworben und es ihm dann um die Hälfte dessen verkauft, was die Yankee-Schieber dafür verlangt hatten.« Er lächelte. »Auf dem Wappenschild der Devereaux' steht geschrieben: ›Wir vergessen weder unsere Freunde noch unsere Feinde.‹«

»Nun, diese Worte sind auch in Joes Seele eingebrannt«, sagte Harry. »Vielleicht war Joe ein bißchen zu hart mit Handell, aber Handell kannte Joe sehr gut und mußte wissen, was er tat. Hätte er Joe offen und schamlos bestohlen, vielleicht würde Joe anders reagiert haben, aber Handell ging gemein und hinterlistig vor und leugnete dann auch noch alles ab. Nun, ich wollte ja nicht über Handell mit dir sprechen. Außerdem ist er ja tot. Es geht um Sean Paul Armagh, Joes Bruder.«

»Auch schon tot?«

Harry kratzte sich an seinem feisten Kinn. »Nein. Aber hier habe ich eine Bostoner Zeitung von gestern, und du kannst selbst nachlesen. Verdammt noch mal«, brummte er, »warum hat dieser dumme Kerl bloß nicht den Mund gehalten?«

Charles nahm die Zeitung. Groß aufgemacht auf der zweiten Seite, unter der Überschrift DURCHSCHLAGENDER ERFOLG EINES TENORS, SINGT IRISCHE BALLADEN! war das Bild eines schmächtigen, nicht unhübschen Mannes in mittleren Jahren mit dünnen blonden Haaren und einem charmanten, ein wenig wehmütigen Lächeln zu sehen, dessen Name mit Sean Paul angegeben war. Dem launig geschriebenen Bericht war zu entnehmen, daß Mr. Paul viele Jahre hindurch »in verschiedenen Lokalitäten« gesungen hatte, die »Bier und Schnaps trinkende Arbeiter zu ihren Gästen zählen — Angehörige einer Klasse, die dieser beklagenswerten Gepflogenheit verfallen sind«. Mr. Paul, hieß es weiter, hatte die Aufmerksamkeit eines gütigen Gentlemans auf sich gezogen — »von dem Mr. Paul nur als Mr. Harry spricht — der, um Mr. Paul wörtlich zu zitieren, ›mich aus Not und Elend errettet, mich ermutigt hat und mir mit Geld und Rat in einer Weise beigestanden ist, die mich zu mehr als bloßem Dank verpflichtet.‹« Mr. Harry war es, der ihn in »verschiedenen musikalischen Instituten und unter den besten Lehrern, zwei davon in Opernkreisen hoch angesehen, Musik und Gesang hatte studieren lassen und ›mir den Weg zum Erfolg gewiesen hat‹«.

Der Erfolg beschränkte sich anfangs auf zweitklassige Varietétheater, die hauptsächlich von Iren frequentiert wurden, aber es reichte, um Mr. Paul zu ernähren. Er sang auch in anderen Städten Neu-Englands und »bezauberte die Liebhaber irischer Lieder mit seiner herrlichen und ergreifenden Stimme und seinem musikalischen Talent; er rührte sie zu Tränen und riß sie zu Begeisterungsstürmen hin«. Unter »Mr. Harrys Obhut nahm Mr. Paul jedoch auch ›Lieder der Völker‹ und mit tiefem Gefühl und zarter Innigkeit vorgetragene Auswahlen aus Opern« in sein Repertoire auf. Und jetzt, erschöpfte sich der Bericht in Superlativen, »wurde Mr. Paul an die Musikakademie in New York, nach Chicago, Philadelphia und anderen Städten für eine Reihe von Konzerten verpflichtet, die bereits alle ausverkauft sind. Er wird am Klavier begleitet von —«

Charles legte die Zeitung nieder und sah Harry mit kaum verhohlener Belustigung an. »Ich gehe wohl nicht fehl in der Annahme«, sagte er, »daß du der geheimnisvolle Wohltäter Sean Armaghs bist, der ›gütige Gentleman‹, der es vorzieht, das Rampenlicht zu meiden.«

»Wie du das nur erraten hast«, entgegnete Harry mit dem finstersten Gesichtsausdruck, den Charles je an ihm gesehen hatte. »Na ja, verdammt noch mal, ich war in Boston, und ich trinke gern Bier und ging in ein ›pub‹, wie Joe diese Kneipen nennt, und da stand Sean und sang wie ein Engel — ohne etwas zu trinken. Wie ein Engel, so wahr mir Gott helfe. Und er sieht auch aus wie einer. Das hier ist ein schlechtes Bild. Er entfaltet einen unglaublichen Charme — und es ist alles echt. Wie sie da herumsaßen, alle heulten sie in ihr Bier — und ich auch. Er hat eine süße Stimme, und sie schwingt sich wie ein Horn zum Himmel. Oder wie eine Flöte. Mit Musikinstrumenten kenne ich mich nicht aus. Aber sie hallte von den Wänden und von der Decke wider, und die Leute rührten sich nicht — außer daß sie sich die Augen wischten und zu schluchzen anfingen.« Er strich mit der Hand über den Schreibtisch. »Ich hatte das Gefühl, ihm helfen zu müssen.«

»Warum hast du nicht mit Joe gesprochen? Würde er sich nicht gefreut haben zu hören, daß sein Bruder Erfolg hatte — so bescheiden er damals auch gewesen sein mag?«

»Mein Gott«, antwortete Harry leicht erregt, »Joe hat seinen Bruder durch Jahre hindurch auf eine hohe Position in seinen Unternehmungen vorbereitet. Daheim in Green Hill zerrte Joe ihn vom Klavier weg und ließ ihn nicht singen. Sean sollte ein ausgekochter Geschäftsmann werden und mit seinem Bruder zusammenarbeiten. Um dieses Ziel zu erreichen, um seinen Bruder zu einem vielfachen Millionär und Industriekapitän zu machen, wie er einer ist, hatte Joe sein ganzes Leben gearbeitet — geopfert. Er zwang Sean geradezu, nach Harvard zu gehen. Sean hielt es an der Universität nicht aus. Er wußte nicht, was er tun sollte. Das war mein Eindruck. Ein einfältiges Schulmädchen hätte mehr Interesse für das Geschäft gezeigt.

Dann gab es, glaube ich, eine — Auseinandersetzung«, fuhr Harry bedächtig fort und hüstelte. »Man erzählt sich, sie wären handgemein geworden. Es ist ja schon so lange her. Joe ist nicht der Typ, der sich einem anderen Menschen anvertraut, aber er hat mir eines Tages erzählt, daß sein Vater ein, wie er sich ausdrückte, ›Taugenichts‹ war, der auch gern in Kneipen sang und mit seinen letzten Schillingen die Gäste freihielt. Weil er seine Steuern nicht zahlte, verlor er seinen Hof. Dann kam er nach Amerika und starb, bevor seine Familie hier eintraf.

Mir war jedenfalls klar, daß Joe seinen Bruder noch mehr hassen würde, sobald er erführe, daß er hier das gleiche tut, was ihr ›unverantwortlicher‹ — auch eines von Joes Lieblingsworten — Vater drüben in der alten Heimat gemacht hat. Joe wird ganz verrückt, wenn ihn irgend jemand oder irgend etwas an seinen Vater erinnert. Und das ist es auch, glaube ich, was ihn so hart und unerbittlich macht und ihn so in Rage bringt, wenn er bei einem Menschen auf Schwäche oder Weichheit oder mangelndes Interesse an echten Erfolgen — so wie er sie erzielt hat — entdeckt.«

»Ich verstehe.«

»Na ja, vielleicht verstehst du's, und vielleicht auch nicht«, meinte Harry kopfschüttelnd. »Du mußt dich in Joes Lage versetzen. Es gibt so vieles, das seinen Charakter erklärt: seine Erinnerungen, seine Hungerjahre, die Verfolgungen, denen er als Ire ausgesetzt war. Ja, lieber Freund, man muß sich vorstellen, was das heißt, unter blutigen Verfolgungen zu leben. Man muß mitangesehen haben, was das eigene Volk erduldet hat.«

Er seufzte. »Er hat alles nur für seine Geschwister getan. Er hat nie wirklich für sich selbst gelebt. Und dabei war er immer derjenige, der anderen Leuten geraten hat, zuerst an die eigene Haut zu denken! Er hat nur für Sean und Regina gelebt. Erst in letzter Zeit scheint er ein bißchen menschlicher geworden zu sein — die letzten fünfzehn Jahre oder so. Wahrscheinlich steckt eine Frau dahinter.« Er lächelte verschmitzt. »›Cherchez la femme!‹ So heißt es doch? Ich bin jedenfalls froh darüber. Endlich scheint er glücklich zu sein. Ich kenne ihn seit — na, ich war noch keine fünfzehn.«

Charles sprach in ungewöhnlich sanftem Ton. »Hast du Angst, Joe wird in die Luft gehen, wenn er das von seinem Bruder erfährt? Und erfahren wird er es.«

»Sieh mal«, sagte Harry, »ich kenne Joe, seitdem wir beide junge Burschen waren. Er hat mir das Leben gerettet. Ich habe ihm seines gerettet. Ich würde mein Leben für ihn geben, und das weiß er. Aber Falschheit verträgt er nicht. Heimlichkeit und Hinterhältigkeit läßt er sich nicht bieten. Es ist nicht seine Art. Er hat seine eigene Auffassung von Ehrenhaftigkeit. Er wird denken, ich hätte ihn getäuscht, beschwindelt, mir auf seinem Buckel einen Spaß gemacht, sein Vertrauen mißbraucht.«

»Weil du dich seines Bruders angenommen hast?«

»Wenn ich es ihm damals gleich erzählt hätte, er würde mir einen Mordskrach gemacht haben. Wahrscheinlich würde er mich hinausgeworfen haben. Ich war auch zu dieser Zeit schon ein reicher Mann. Ich hätte ohne Joe weitermachen können. Ich habe auch eigene Interessen. Joe hätte mir nicht schaden können. Aber der Gedanke, daß er mich hinauswerfen, mich für immer aus seinem Leben streichen könnte, daß ich ihn nie wieder sehen, nie wieder sprechen würde — dieser Gedanke hat mir schlaflose Nächte verursacht.«

»Er hat viele Dinge getan, die moralisch verwerflich waren, und noch viele mehr, die gegen die Gesetze verstoßen haben. Warum sollte er bekritteln, was du aus reinem Mitgefühl für seinen Bruder getan hast?«

Harry schüttelte traurig den Kopf. »Du verstehst das eben nicht. Diese Dinge — das war Geschäft. Friß oder du wirst gefressen. Aber von jemandem, in den er bis zu einem gewissen Grad sein Vertrauen gesetzt hat, wird er Hinterhältigkeiten gleich welcher Art nicht hinnehmen.«

»Es ist ihm wohl nie in den Sinn gekommen, daß seine Geschwister das Recht haben, ihr eigenes Leben zu leben?«

Harry seufzte. »Ich fürchte, du verstehst das noch immer nicht.«

»Ich verstehe sehr gut«, widersprach Charles. »Du sitzt ganz schön in der Patsche.« Er blickte Harry nachdenklich an. »Wenn du seine Dulzinea kennst, warum vertraust du dich ihr nicht an, und zwar schnellstens? Sie dürfte großen Einfluß auf ihn haben.«

Zornesröte überzog Harrys Gesicht. »Sie ist keine ›Dulzinea‹!« rief er erregt. »Ja, ich kenne sie. Ich habe sie oft zusammen gesehen. Sie ist eine Dame von Welt!«

»Na gut, bitte sie um ihren Rat. Aber beeil dich. Er liest manchmal die Bostoner Blätter, wenn er Zeit übrig hat.«

»Hm«, machte Harry, aber in seinen Augen leuchtete ein Hoffnungsschimmer auf. Er kaute an seiner Zigarre.

»Andererseits«, meinte Charles, »tritt Sean ja nicht unter seinem Familiennamen auf. Es könnte sein, daß Joe die ganze Sache übersieht und seinen Bruder gar nicht wiedererkennt.«

»Du vergißt eines«, entgegnete Harry. »Er wird bald auch in Philadelphia und New York singen, und die Plakate werden Joe ins Auge fallen. Er geht immer in Konzerte. Er hat jetzt seine eigene Loge. Und wenn Joe Sean morgen auf der Bühne sieht und ihn wie eine Nachtigall singen hört, sitzt Harry Zeff übermorgen vor der Tür, und womöglich halbtot. Warum hat dieser verdammte Sean nicht den Mund gehalten? Mußte er vor den Reportern meinen Namen nennen? Wahrscheinlich wird er in New York und Philadelphia die Zunge genauso spazieren führen.«

»Überschrift Dankbarkeit«, bemerkte Charles. »Setz dich mit dieser Dame in Verbindung.« Er stand auf und blickte auf Harry hinunter. »Shakespeare behauptet zwar das Gegenteil, aber in unserer schlechten Welt hilft es manchmal nicht viel, wenn man im Dunkel eine Kerze ansteckt. Ich wünschte, ich könnte dir helfen, aber ich weiß nicht, wie ich es anstellen soll.«

»Du hast mir eine Idee gegeben«, sagte Harry, zerriß die Zeitung und warf sie in den Papierkorb.

Als Harry bei ihr vorsprach, erkannte Elizabeth sofort an seinem Gebaren, daß er über die Verbindung zwischen ihr und Joseph Bescheid wußte. Sie kannte Harry gut, konnte Liza und ihn gut leiden, und begegnete ihnen mit Bewunderung und ausgesuchter Höflichkeit. Dennoch ließ sie sein fast jungenhaft linkisches Wesen ein wenig erröten, aber sie faßte sich schnell und hörte ihm mit großer Aufmerksamkeit zu. »Ja, Harry, ich verstehe Sie«, sagte sie, als er geendet hatte. »Ich verstehe auch Joseph, und ich verstehe Ihre mißliche Lage. Ich will mein Bestes tun.« Sie überlegte. »Ich bin kommenden Dienstag in New York. Ich werde mein Bestes tun.« Sie lächelte dem offensichtlich erleichterten, rundlichen Mann zu. »Was Sie getan haben, Harry, zeugt von soviel Güte und Mitgefühl. In unserer Welt findet man so selten Mitgefühl. Ich bin ganz sicher, daß wir Joseph dazu bringen können, dieses Mitgefühl anzuerkennen, statt es zu verdammen. Er ist nicht mehr so — schwierig — wie früher einmal. Ich bilde es mir zumindest ein.«

Harry mußte an einen Zwischenfall denken, der erst zwei Wochen zurücklag. Joseph hatte durchaus keine mildere Geisteshaltung erkennen lassen. Es war allerdings nur eine geschäftliche Angelegenheit gewesen.

Am nächsten Dienstag wütete ein Schneesturm in New York — ein fast so heftiger wie der Große Blizzard von 1888 vor einigen Jahren. Lampenschein und Kaminfeuer schufen behagliche Wärme in Elizabeths Appartement in ihrem kleinen, ruhigen Hotel. Sie hatte sich sorgfältig in Josephs Lieblingsfarbe gekleidet, die zum hellen Grün ihrer Augen paßte. Glitzernde Knöpfe funkelten auf dem langen Kleid mit dem korsettierten Oberteil und der aufgeblähten Tournüre. Was ihre Frisur betraf, folgte Elizabeth nicht der Mode; sie formte ihr glattes, hellblondes Haar zu einem großen Knoten im Nacken. Sie trug den Smaragdschmuck, den Joseph ihr geschenkt hatte, und den sie in Green Hills niemals anlegte. Zwar zog Joseph immer noch einfache Kost vor, doch hatte sie in all den Jahren in ihm das Verständnis für gutes Essen geweckt. Für diesen Abend hatte sie Brathühnchen, eine schmackhafte Tunke, Salat, eine kräftige Suppe, Rosé-Wein, Kuchen und eine große Kanne Tee vorbereitet. Es setzte sie immer wieder in Erstaunen, welche Mengen Tee er zu konsumieren pflegte. Ein Duft nach Veilchen hing um Elizabeth, denn das war sein Lieblingsparfüm; warum, das wußte sie nicht.

»Du wirst nicht älter, Liebling«, begrüßte er sie, nachdem er Mantel, Hut und Handschuhe abgelegt und sie mit der ihm eigenen Zurückhaltung geküßt hatte.

»Ja, für eine alte Dame von fünfundvierzig kann ich ganz zufrieden sein«, erwiderte sie mit ihrer ruhigen Stimme. »Aber wenn man geliebt wird und selbst liebt, kann einem das Alter nichts anhaben. Übrigens bekam ich einen Brief von Courtney. Er hofft, im Juni gemeinsam mit Rory seinen ersten Studienabschnitt abschließen zu können. Auch ich hoffe es. Du weißt ja, wie wenig ihm an der Jurisprudenz liegt. Er will nur Jurist werden, um mit Rory zusammenarbeiten zu können.« Sie lächelte. »Wie geht es Ann Marie? Hat sie sich von ihrer Erkältung erholt?«

»Bernadette versucht immer noch, sie unter die Haube zu bringen«, antwortete Joseph, ließ sich in seinem gewohnten, behaglichen Lehnsessel am Kamin nieder und hielt seine von Kälte starren Hände nahe ans Feuer. »Für März, zu ihrem einundzwanzigsten Geburtstag, veranstaltet sie einen Hausball für das Kind. Ann Marie hat schon jetzt Angst davor.« Er dachte an seine Tochter, die Regina recht ähnlich war, aber Gott sei Dank — wenn es einen gab — keinen Hang zum religiösen Leben erkennen ließ. Joseph hatte seine Kinder nur weltliche Schulen besuchen lassen. »Ihre Erkältung? Ich weiß gar nicht, daß sie eine hatte, aber ich bin ja auch seit fast drei Wochen nicht mehr in Green Hills gewesen.«

Es machte Elizabeth traurig, daß sie Ann Marie nicht oft zu Gesicht bekam, denn sie wußte, daß Bernadette gegen die Besuche ihrer Tochter in Elizabeths Haus Einwände erhoben hatte. Auch war sie der Meinung, daß den Wünschen einer Mutter Rechnung zu tragen sei. Schließlich wollte sie dem jungen Mädchen nicht das Leben schwermachen. Ann Marie hatte schon genug von einer Mutter auszustehen, die ihr nicht wohlgesinnt war und sie für »auch so ein armes Wurm wie Courtney Hennessey« hielt. Für zartbesaitete, bescheidene Menschen, wie gebildet sie auch sein und welche Leistungen sie auch erbracht haben mochten, hatte Bernadette nur Verachtung übrig, denn »es mangelt ihnen an Charakter«. Den Armaghs, meinte sie, mangelt es durch die Bank an Charakter — ausgenommen natürlich Joseph. Auch der brillante Rory mit seinem leichten Hang zum Spitzbuben erweckte in ihr kein Gefühl der Zuneigung. Aber sie strahlte, wenn man ihr Komplimente über ihn machte. »Er ist eben ein *echter* Hennessey«, pflegte sie mit entsprechender Betonung zu sagen.

»Hat Bernadette dir nicht geschrieben?« fragte Elizabeth.

Joseph zuckte die Achseln. »Wahrscheinlich. Ich lese ihre Briefe nicht. Das überlasse ich Charles, der ihr auch sehr höflich antwortet.« Er sah Elizabeth zu, wie sie den runden Tisch für das Essen herrichtete. Auch ein Hoteldiener hätte das tun können, aber es machte Elizabeth Freude, für Joseph den Tisch vorzubereiten und anzurichten. Die Liebe, mit der Joseph ihr zusah, hatte mit den Jahren nichts an Stärke eingebüßt, sondern war noch inniger und standhafter geworden. Während sie herumhantierte, warf Elizabeth ihm zärtliche Blicke zu. Sein einst rostbraunes Haar hatte sich grau und stellenweise weiß gefärbt, aber sein schwermütiges Gesicht veränderte sich nie, außer daß er jetzt häufiger lächelte als je zuvor in seinem Leben. »Elizabeth«, sagte er, »ich muß im April wieder einmal nach Genf fahren. Komm mit.«

»Aber — aber pflegt Bernadette dich nicht zu begleiten?«

»Ja. Aber damit ist Schluß. Komm mit.«

Elizabeth zauderte. Sie dachte an Sean. Sie wollte Joseph gerade jetzt nicht verstimmen und darum antwortete sie: »Bitte laß mich darüber nachdenken. Genf hat mir immer gut gefallen.«

Er schien sehr erfreut. »Dann sind wir uns also einig«, sagte er. Er musterte sie mit den scharfen Augen der Liebe. »Warst du beim Arzt? Deine Farbe ist nicht besser geworden, und du schaust magerer aus.«

»Er meint, es wäre mein Alter«, erwiderte Elizabeth. Sie wußte, daß ihre Hände fast durchsichtig waren und daß sie seit etwa sechs Monaten mit einer ungewöhnlichen Mattigkeit zu kämpfen hatte. »Keine Schwindsucht, wenn dir das Sorgen machen sollte. Die Jahre hinterlassen eben ihre Spuren, weißt du. Der Arzt konnte nichts finden.«

»Fünfundvierzig ist kein Alter«, meinte Joseph und fühlte sich von einer so quälenden Unruhe und Sorge gepackt, wie er sie nicht empfunden hatte, seitdem seine Mutter im Sterben gelegen war. Mund und Kehle waren ihm trocken; er mußte husten und griff nach einem Glas Wein. Ein Leben ohne Elizabeth würde unerträglich sein, denn es war mit dem ihren verflochten, so wie die Wurzeln von Zwillingsbäumen ineinander verschlungen sind. Sie verkörperte alle Freude, die er je erlebt hatte, Frieden, Entzücken und Glückseligkeit. Manchmal saßen sie stundenlang so beisammen. Er las seine Bücher oder Zeitungen, und auch sie las. Sie redeten nicht, aber ihre Gemeinsamkeit war voll und reich und beglückend wie ein einziges Herz, ein einziger Leib. Es schien ihm, als lebte er nur für dieses Beisammensein mit Elizabeth.

»Ich war in diesem Winter schon dreimal verkühlt«, sagte Elizabeth, »und so jung bin ich nicht mehr. Daran liegt es wahrscheinlich. Vielleicht brauche ich eine Luftveränderung — wie Genf zum Beispiel«, und sie lächelte ihm über ihr Weinglas zu. »Wie herrlich wäre es doch, mit dir in Europa Reisen zu machen!« Sie fing an, sich die Sache ernstlich zu überlegen. Er langte über den Tisch und streichelte ihre Hand. Seine blauen Augen waren die eines schüchternen Jünglings.

»Ich habe eben erfahren«, sprach sie lebhaft weiter, »daß Sean Paul, dieser großartige irische Tenor, in drei Wochen nach New York kommt und in der Musikakademie ein Konzert gibt. Ich würde mich freuen, wenn du mit mir gehen könntest.«

Sie lächelte heiter, aber ihr Herz fing an, schneller zu schlagen. Josephs strenges Gesicht verdüsterte sich. »Sean Paul? Ich habe noch nie von ihm gehört.«

»Er ist nicht mehr jung. Vielleicht in meinem Alter. Wie ich hörte, wird er in Boston sehr gefeiert. Er singt irische Balladen und Opernarien, und das Publikum ist ganz verrückt nach ihm. Er hat bis jetzt Konzertabende nur im kleinen Kreis gegeben und sich erst vor kurzem bewegen lassen, auch eine größere Zuhörerschaft mit seiner Kunst zu erfreuen. Ich glaube, ich glaube, ich habe noch irgendwo das Flugblatt, in dem das New Yorker Konzert angekündigt wird.« Sie erhob sich mit einem Rascheln grüner Seide und verschwand in ihrem Schlafzimmer. Joseph wartete, während langsam heißer Zorn in ihm aufstieg. Unsinn, sagte er sich. Unmöglich, daß — er — Wahrscheinlich war Sean in irgendeiner Gosse am Suff verreckt. Fort mit Schaden! Doch mit dem Zorn kam der Schmerz und das alte Gefühl, einen unwiederbringlichen Verlust erlitten zu haben.

Elizabeth kam mit dem Flugblatt zurück, das Seans Bild zeigte, und reichte es Joseph. Die phantasievollen Ankündigungen und die überschwenglichen Lobeshymnen der Kritiker beachtete er zunächst nicht. Er sah das lächelnde Gesicht und wußte sofort, daß es sein Bruder war. Ein plötzlicher Schwindel erfaßte ihn; er wandte sich dem Text zu. Dann starrte er wieder das Bild an. Sean. Es war wirklich Sean. Er vermochte seine Empfindungen nicht zu analysieren, er fühlte sich nur entsetzlich schwach und matt, und es flimmerte ihm vor den Augen. Von Elizabeth ängstlich beobachtet, legte er das Papier auf den Tisch, ohne den Blick davon abzuwenden.

Es dauerte eine kleine Weile, bis er merkte, daß ein langes Schweigen zwischen ihm und Elizabeth eingetreten war. Er blickte auf und sah ihr erwartungsvolles Lächeln. »Du hast meinen Bruder Sean nicht gekannt?« fragte er.

»Nein.« Sie setzte eine verblüffte Miene auf. »Ich habe Regina ein- oder zweimal gesehen, aber nicht Sean.« Plötzlich schlug sie die Hände vor den Mund und täuschte Überraschung und helles Entzücken vor. »Oh, Joseph! Ist dieser wunderbare Sänger, dieser herrliche irische Tenor dein Bruder Sean? Ach, ich kann es kaum glauben! Wie stolz du sein mußt! Wie beschwingt!« Sie beugte sich über den Tisch und nahm seine Hand. Ihr Gesicht glühte vor aufrichtiger Freude.

So heftig war seine rätselhafte und undurchschaubare Wut, daß er ihr seine Hand entziehen wollte. Elizabeth aber hielt sie fest. Er sah ihr in die Augen und erkannte, daß er diese Frau auch nicht mit der leisesten Geste zurückweisen durfte.

»Ja«, gab er zu, »es ist mein Bruder. Aber das ist eine lange Geschichte.«

»Erzähle sie mir«, sagte sie.

Aber wie sollte er ihr von Dingen erzählen, die sie unmöglich verstehen konnte? Doch dann blickte er noch einmal in diese grünen Augen und begriff, daß er irrte. Sie konnte alles verstehen. Und so erzählte er denn, in kurzen, knappen Sätzen, und sie hörte ihm zu, ohne sich zu rühren und ohne ihn zu unterbrechen. Nicht alles, was er ihr offenbarte, war ihr neu, noch nie aber hatte er mit soviel Gefühl gesprochen, so viele Einzelheiten erwähnt.

»Aber siehst du denn nicht?« sagte Elizabeth, als er geendet hatte.

»Du hast ja bei Sean doch dein Ziel erreicht! Ohne die Erziehung, die du ihm hast angedeihen lassen, würde er nichts erreicht haben. Erst in reiferen Jahren erkennt man die Bedeutung der Erziehung, auf die man in der Jugend oft geringschätzig herabgesehen hat. Sie gibt einem Urteilskraft und Unterscheidungsvermögen. Wäre Sean ungebildet und unwissend gewesen, er würde nie begriffen haben, daß es auch noch etwas anderes gibt, als in Kneipen zu singen. Aber er wußte, daß es so etwas wie ›Klasse‹ gibt. Und das verdankt er dir. Das sollte dich über alles hinwegtrösten. Darauf kannst du stolz sein.«

Er blieb stumm. Noch düsterer, noch unergründlicher starrte er jetzt ins Feuer. Aber weil sie ihn so genau kannte, wußte sie, daß sie an ihn herangekommen war. »Du hast mir oft erzählt«, sagte sie jetzt sehr leise, »daß dein Vater in Irland in den Kneipen sang und das wenige, das er hatte, in Bier und Whisky für seine Freunde aufgehen ließ, daß er nur daran dachte, anderen Menschen Vergnügen zu bereiten und sie glücklich zu machen — und seine Familie vernachlässigte. Aber das Bild, das du mir da gezeichnet hast, ist nicht ganz vollständig. Er machte seine Freunde glücklich — und auch deine Mutter, die ihn liebte. Manchmal glaube ich, daß alles Bestimmung ist. Und wenn es deinen Eltern bestimmt war, so zu sterben, wie sie gestorben sind, dann ließ sich das, wenn man ihre Lebensumstände in Betracht zieht, sowieso nicht ändern.«

»Red doch kein dummes Zeug«, entgegnete Joseph in einem so groben Ton, wie er ihn ihr gegenüber noch nie angeschlagen hatte. »Hat man uns nicht schon als Kinder gelehrt, daß es etwas gibt, das man freien Willen nennt? Und das stimmt auch. Mein Vater hat sich sein Leben ausgesucht. Leider auch das seiner Frau und seiner Kinder.«

Er sah, daß Elizabeth leichenblaß geworden war. Er konnte es nicht ertragen, ihr auch nur den geringsten Schmerz zuzufügen. Er griff wieder nach ihrer Hand, drückte sie fest und versuchte zu lächeln. »Verzeih mir«, sagte er, und es war das erste Mal in seinem Leben, daß er diese Worte aussprach. »Ich möchte dir um alles in der Welt nicht weh tun.«

»Wir sprachen von Sean, lieber Joseph«, entgegnete sie und erwiderte den Druck seiner Hand, »und von niemandem sonst. Wo dein Vater gescheitert ist, hat *er* Erfolg gehabt. Das hat er dir zu verdanken, und nur dir. Du hast ihm Charakter, Entschlossenheit und Ausdauer gegeben. Wie stolz du doch sein mußt, sein solltest, Liebster!«

»Warum zum Teufel hat er mir nicht geschrieben?« fragte Joseph. Elizabeth hatte das Gefühl, daß alles gut ausgehen würde, und schloß einen Augenblick lang erleichtert die Augen.

»Vielleicht dachte er daran, was du alles für ihn getan hast, und schämte sich. Vielleicht ahnte er, daß er damit das Bild deines Vaters und seines Singens vor dir heraufbeschwören würde, und wollte dich nicht noch mehr verärgern. Du bist ein sehr harter Mann, mein Lieber, und ich fürchte, du hast deine Familie ein wenig terrorisiert.«

»Ha!« machte Joseph und nahm das Flugblatt neuerlich zur Hand. »Mein gütiger Wohltäter«, las er laut, »den ich hier nur Mr. Harry nennen will, stand mir bei, als ich seines Beistands am dringendsten bedurfte. Ihn also, und einem Verwandten, den ich heute nicht namentlich anführen will, verdanke ich meinen Erfolg und das Lob, das mir gespendet wurde. Ihnen widme ich mein Konzert in New York, ihnen weihe ich meine Gebete.«

Plötzlich sprang Joseph auf, und Elizabeth erschrak zutiefst, als sie sein Gesicht sah. »Harry Zeff«, stieß er mit fürchterlicher Stimme hervor. »Er hat das hinter meinem Rücken getan. Er ist nicht zu mir gekommen und hat gesagt: ›Ich habe deinen Bruder gefunden, und er bedarf deiner Hilfe.‹ Nein. Er hat es vorgezogen, zu warten, um mich mit dem — Erfolg meines Bruders demütigen zu können. Weiden wollte er sich an seinem Triumph! Mir ins Gesicht schleudern, daß er mehr für meinen Bruder tun konnte als ich! Mich auslachen — hinter meinem Rücken! Warum? Warum? Ich habe ihm zu einem Vermögen verholfen. Aber durfte ich denn etwas anderes erwarten als Undankbarkeit und Arglist und Tücke? Und blassen Neid?«

Auch Elizabeth erhob sich. Sie zitterte. Sie legte begütigend die Hand auf seinen Arm, und zum erstenmal stieß er diese Hand fort. Er bebte vor Wut.

»Das ist das Ende — für Harry«, sagte er mit dieser fürchterlichen Stimme.

»Willst du mir einen Augenblick zuhören?« setzte Elizabeth ihm zu. »Wenn nicht, dürfen wir nie wieder zusammentreffen — und wenn ich daran sterben sollte. Ich könnte nicht ertragen, dich zu sehen.«

So unbändig auch seine Wut war, er hörte sie und wußte, daß sie es ernst meinte. Mit geballten Fäusten stand er da und wartete.

»Glaubst du ehrlich«, fragte sie verwundert, »Harry Zeff würde je etwas tun, um dich zu demütigen oder zu verletzen oder über dich zu triumphieren? Über dich zu triumphieren! Mein Gott, Joseph! Ich kann nicht glauben, daß du so etwas denkst. Du mußt ja den Verstand verloren haben! Aber Harry kennt dich und fürchtet dich. Er weiß, was du für Sean geplant hattest. Er weiß, wie Sean dich — verlassen hat. Er weiß, was du gelitten haben mußt. Versuche doch bitte zu verstehen — obwohl ich bezweifeln muß, daß du je einen Menschen verstanden hast — nicht einmal mich, die dich liebt.

Ja, er hat Sean geholfen. Er hat an Sean geglaubt. Er hat Sean dazu ermutigt, aus seiner Stimme etwas zu machen, und hat aus seiner eigenen Tasche dafür bezahlt. Hast du dich schon gefragt, warum er das getan hat? Weil er dich liebt, Joseph. Er wollte nicht, daß dieser Teil deines Lebens Schiffbruch erleiden, daß nichts daraus werden sollte.

Sean hat einen durchschlagenden Erfolg gehabt. Er verdankt ihn hauptsächlich dir. Harry hat ihm nur geholfen, ihn zu erringen und reicheren Ertrag aus dem zu schöpfen, was du ihm schon gegeben hattest.«

Joseph hatte ihr zugehört. Als sie zu Ende war, starrte er sie so finster an, daß seine Augen verschwanden. »Und wie kommt es, Mrs. Elizabeth Hennessey«, drang er in sie, »daß du soviel von Harry und meinem Bruder weißt? Hat man mich an der Nase herumgeführt?«

Einen Augenblick lang schlug Elizabeth die Hände vors Gesicht. Als sie die Hände wieder fallen ließ, sah sie schmächtiger und erschöpfter aus als zuvor. Es entging Joseph nicht, und abermals überkam ihn schreckliche Angst. »Setz dich doch, bitte«, sagte sie so leise, daß er sie kaum verstehen konnte. Er setzte sich steif in seinen Sessel, und auch Elizabeth ließ sich wieder nieder.

Sie wußte, daß Joseph nur die Wahrheit ertragen konnte; er mußte die Wahrheit haben, und wenn sie ihn das Leben kosten sollte. Es blieb ihr nichts anderes übrig, und so erzählte sie ihm die ganze Geschichte in aller Aufrichtigkeit und in jener seit kurzem so erschöpften Stimme voll Herzenswärme und Liebe. Nachdem sie geendet hatte, ließ sie sich in den Sessel zurückfallen und lag mit geschlossenen Augen da, als ob sie schliefe oder ohnmächtig geworden wäre.

Joseph sah ihr ins Gesicht, und es war für sie, daß er Mitgefühl empfand. Er kniete neben ihr nieder, nahm sie in seine Arme und bedeckte ihre Stirn und Wangen mit Küssen. »Warum nur«, klagte sie, während Tränen über ihre Wangen liefen, »weist du Liebe und Güte so hartnäckig zurück? Ach, ich weiß es wohl, mein Liebster. Dein Leben ist so entsetzlich und öde gewesen, du hast soviel Kummer und Elend erfahren. Jetzt bist du auf der Hut, und wer kann es dir verdenken? Harry würde es dir erzählt haben, aber er hatte Angst. Sanftmütig bist du gerade nicht, mein Liebster. Auch Sean und Regina hast du Angst eingejagt, obwohl du dir dessen vielleicht gar nicht bewußt warst. Weißt du denn überhaupt, wie schrecklich es ist, von anderen gefürchtet zu werden?«

»Hast du Angst vor mir, Elizabeth?« fragte er.

Sie legte ihre feuchte Wange an die seine und ihren Arm um seinen Hals. »Nein, Liebster, ich habe keine Angst vor dir. Ich weiß doch alles von dir, und hätte ich nicht deine Liebe, ich wäre nichts. Hat das nicht der Apostel Paulus gesagt? Doch ja.«

Wenige Tage später kam Joseph in Harry Zeffs Büro. »Übrigens«, sagte er mit einem Lächeln, das ihm selbst freundlich erschienen wäre, »mein Bruder Sean singt Freitag und Sonnabend in New York. Ich weiß, du hast für Musik nicht viel übrig, du Heide, aber ich würde dich und Liza trotzdem gern als meine Gäste im Fifth Avenue Hotel in

New York begrüßen. Ich habe eine Loge in der Musikakademie und bestehe darauf, daß ihr kommt. Schließlich hat ja nicht jeder einen so berühmten irischen Tenor zum Bruder, nicht wahr? Und nach dem Konzert werden wir feiern.«

Die schwarzen Augen starr auf Joseph gerichtet, stand Harry langsam auf. Er konnte keinen Ton herausbringen. Er konnte nur seine Hand ausstrecken. Joseph nahm sie und sagte mit sehr sanfter Stimme: »Du Gauner. Du sentimentaler Gauner, du.«

XXXVI

Im goldenen Licht der Aprilsonne und unter blühenden Forsythien gingen Rory und Courtney auf dem Harvard Yard spazieren. »Ich dachte immer, Vater wollte mich necken, wenn er mir versprach, mich eines Tages zum Präsidenten der Vereinigten Staaten zu machen«, sagte Rory. »Ich habe ihm seinen Spaß gelassen. Natürlich, sagte ich ihm, natürlich würde er es versuchen, ich zweifelte gar nicht daran. Du kennst ihn ja. Wo andere Leute sich mit Ameisenhügeln zufriedengeben, will er Gletscher bezwingen. Aber man muß den Tatsachen ins Auge sehen. In unserem Land hat ein Katholik ebenso viele Chancen, Präsident zu werden, wie ein Neger. Na, wir machen jedenfalls unseren Doktor, und so jung ist Papa auch nicht mehr, und wenn wir die Armaghschen Unternehmungen erfolgreich weiterführen, wird ihm das wohl genügen. Hoffentlich.«

»Sei nicht so sicher, Rory«, erwiderte Courtney mit jener besinnlichen Gelassenheit, die auch seiner Mutter eigen war. Was dein Vater haben will, das kriegt er auch, so oder so. Spricht er nicht jetzt schon davon, daß du deine politische Karriere als Abgeordneter beginnen sollst? Oder glaubst du, er redet nur so herum? Übrigens: Männer wie dein Vater werden nie alt. Tizian malte, wenn ich nicht irre, sein berühmtestes Bild, die ›Assunta‹, mit einundneunzig«, behauptete Courtney, »und Leonardo war noch in seinen mittleren Jahren voll Saft und Kraft. Nur die Jungen glauben, daß sie Arbeitseifer und Energie gepachtet haben.«

»Schon gut, mein Alter«, unterbrach ihn Rory und stieß stirnrunzelnd ein paar Steinchen zur Seite. »Weißt du, was ich gerne tun würde? Unterrichten.«

»Du bist verrückt!« entfuhr es Courtney. Er blieb stehen. »Ich könnte mir kaum jemanden vorstellen, der weniger dazu geeignet ist als du, der —«

»Sieh mal«, schnitt Rory ihm das Wort ab, »die Welt ist voll von Lüge, Heuchelei und Widersinnigkeiten, sie ist eine absurde Farce und ist es, wie ich vermute, immer schon gewesen. Man bräuchte in jeder

Generation einen Aristophanes, um ihr die Maske vom Gesicht zu reißen. Natürlich hat die Farce auch ihre tragischen Seiten, aber die Tragödie, nämlich die Albernheit des menschlichen Daseins, bleibt von der Menschheit unbemerkt. Und meine Absicht wäre es nun, die jüngere Generation darüber aufzuklären. Sie lachen zu lehren — satirisches Lachen. Wenn das möglich ist.«

»Es ist nicht möglich«, meinte Courtney. »Die Menschen nehmen sich allesamt viel zu ernst. Jede Generation glaubt, daß sie die Welt retten, ein neues Utopien, eine neue Ordnung schaffen wird. Und bleibt immer wieder im gleichen Sumpf stecken.«

»Das sollte nicht sein.«

»Aber es ist so. Weil die menschliche Natur sich nicht ändert. Sie ist das einzig Unveränderliche in der Welt — und eine einzige Pleite. Wenn ein wirklich großer Geist in unserer Mitte erscheint, wird er gekreuzigt, von der Öffentlichkeit verdammt oder verlacht und vergessen. Und alles geht wieder so stur weiter wie bisher. Hast du vergessen, was wir in der Geschichtsstunde gelernt haben?«

»Aristoteles hat gesagt: ›Ein Volk, das seine Geschichte vergißt, ist dazu verurteilt, sie zu wiederholen.‹ Warum fällt es einem Volk so schwer, sich auf seine Geschichte zu besinnen und aus seinen Fehlern zu lernen?«

»Weil die Menschen zu dumm sind. Und auf ihre Politiker hören.«

»Dann glaubst du also nicht, daß jede Generation klüger ist als die vorhergehende?«

»Natürlich nicht. Wo sind denn unsere großen Männer, Rory? Unsere Generation hat keinen Michelangelo, keinen Cicero, keinen Leonardo, keinen Sokrates und keinen Plato. Wir sind eine stumpfe, farblose, freudlose Industriegesellschaft ohne jeden belebenden Einfluß, ohne schöpferische Kraft. Wir sind von Maschinen umgeben, die wir anbeten. So wie Karl Marx. Er ist in die Maschinen vernarrt. Für ihn stellen sie eine neue Dispensation dar. Er zetert gegen die Kapitalisten, aber in Wirklichkeit ist er ihr Schutzherr.«

Sie kamen zu einer niederen grauen Steinmauer und setzten sich. Leuchtend gelbe Forsythien standen in dichten Reihen hinter ihnen. Die von einem lohfarbenen Knospenschleier überzogenen Bäume streckten ihre neuen geschmeidigen Zweige einem blaßblauen Himmel entgegen. An den alten Fassaden der Häuser prangte das frische Grün jungen Efeus. Die Luft war warm, aber frisch, das Gras saftig und duftig und von Löwenzahn und Butterblumen und kleinen weißen Gänseblümchen übersät. Von der See wehte eine anregende Brise herein, und die beiden jungen Männer saßen friedlich rauchend auf der Steinmauer und freuten sich ihrer Jugend und des jungen, keimenden Lebens um sie herum. Träge blinzelte Courtney hinauf zu der eben im Osten heraufsteigenden Sichel des Neumondes, die sich zart vom Blau des Himmels abhob.

Wieder einmal gab ihm Rorys widersprüchliches Wesen Rätsel auf. Rory war einmal so recht spitzbubenhaft, mit dem ungläubig-heiteren Lächeln um den Mund und den hochgezogenen Augenbrauen, um im nächsten Augenblick in düsteren Ernst zu fallen. Einmal war er zynisch, bar jeder Sentimentalität, und dann plötzlich von herrlicher Natürlichkeit und Unbefangenheit. Er konnte herzlich über das Mißgeschick eines Klassenkameraden lachen und bot ihm im nächsten Augenblick seine Hilfe, seinen Rat und sein Geld an. Prostituierten gegenüber benahm er sich rücksichtslos und knickerisch, um hernach nicht selten doppelt soviel für den Liebesdienst zu bezahlen, als die Dame verlangt hatte, und zusätzlich Interesse für ihre Sorgen und Kümmernisse zu zeigen. Er konnte einem mit dem liebenswürdigsten Lächeln und ohne jedes Gefühl der Reue die kräftigsten Lügen auftischen und sich bei anderer Gelegenheit durch seine Offenheit bloßstellen. Er konnte grausam und gefühllos sein und zugleich voll Mitgefühl und Verständnis. Waren es die Grillen eines Vielseitigen, Wankelmütigen, oder war keine dieser Regungen echt? Courtney neigte schließlich doch — wenngleich mit leisem Zweifel — zu der Ansicht, daß Rory wirklich zwei Naturen in sich vereinigte. Wie oft konnte er beobachten, daß die sinnlich gewölbte Oberlippe, Erbe seines Großvaters, sich plötzlich asketenhaft verhärtete! Jedoch ob nun ernsthafter Studiosus oder perfekter Nichtsnutz, Beschützer oder Verhöhner des Schwachen, im tiefsten Grunde war er ehrenhaft. Diese seine auffallende Wandelbarkeit, zusammen mit seiner glänzenden Erscheinung und der ihm sichtlich innewohnenden Kraft ergaben eine faszinierende Persönlichkeit, der weder Frauen noch Männer widerstehen konnten. Obwohl er nie ein und derselbe zu sein schien, war doch in seinem Charakter etwas unverrückbar Beständiges, dem der Funkenflug seiner wechselnden Einstellungen und Gefühle keinen Schaden zuzufügen vermochte. Diese innere Festigkeit würde später einmal so manchem schwer zu schaffen machen und möglicherweise so manchen bösen Plan zum Scheitern bringen. Rory mochte durchaus ein echter Zwilling sein, aber er war doch auch er selbst, geheimnisumwittert und unergründlich wie sein Vater. Courtney mochte sich Rory enger verbunden fühlen, doch durchschaute er den anderen nie ganz. Aber er wußte, daß Rory ihn verstand und sich nie über die Natur eines Menschen täuschte.

Leuten gegenüber, die ihm gleichgültig waren oder die er an der Nase herumführen wollte, verhielt Rory sich herzlich, offen und gutmütig. Die ihm näherstanden, machten bald Bekanntschaft mit seiner Härte, seiner starren Geradlinigkeit und seinem drängenden, unstillbaren Verlangen. Einmal sagte Courtney zu ihm: »Du trägst viele Masken.« Worauf Rory erwiderte: »Aber jede davon bin ich.« — »Ist das nicht ermüdend?« fragte Courtney. Rory lachte. »Nein, es ist immer spannend. Ich weiß nie, was ich als nächstes tun werde.«

Courtney bezweifelte das. Alles, was Rory tat, schien überlegt, kalkuliert. Doch was tat's? Man konnte sich immer auf ihn verlassen. Er mochte zu einem Freund sagen: »Du bist ein Schwein und verdienst, daß man dich versohlt.« Aber dann tat er alles, um diesem Freund zu helfen, der verdienten Strafe zu entgehen, wobei er ihn von Zeit zu Zeit mit Flüchen bedachte und ihn vor aller Augen an den Schandpfahl stellte. Für Courtney, der zwischen Mensch und Mensch stets scharf unterschied, war es einfach unverständlich und Rorys unwürdig, daß dieser sich mit den unmöglichsten Leuten — Gaunern, Trunkenbolden, Landstreichern und sonstigem Gesindel — abgab. Denn schon eine Stunde später konnte es passieren, daß er sich in gelehrtester und gewundenster Manier und mit einer Eleganz und Gewähltheit in Phrase und Denkweise, die bei Leuten seines Alters selten anzutreffen war, mit einem Professor unterhielt. Courtney hatte nie mit Politikern zu tun gehabt, weshalb ihm auch nie die Idee kam, daß er in Rory den geborenen Politiker vor sich hatte.

Heute war Rory zahm und friedlich, und nichts in seinem Gesicht ließ auf seine scharfe, quicke Intelligenz schließen. So wie er da mit schwingenden Beinen und lässig seine Zigarette rauchend auf der Mauer saß, schien er ein ziemlich lebhafter, leicht dicklicher junger Mann zu sein, der nichts im Kopf hatte außer Mädchen, Whisky, Sport und das Geld seines Vaters. Sein dichter, rotgoldener Haarschopf schimmerte im dünnen Sonnenlicht. Sein anziehendes Gesicht war entspannt, seine blauen Augen wanderten in die Runde, und er schien an nichts im Besonderen zu denken.

Rory sagte: »Ich dachte, du und Ann Marie, ihr würdet euch schon als Verlobte empfehlen. Oder hat sie es sich anders überlegt?«

»Sie hat Angst davor, es ihrer Mutter zu sagen«, antwortete Courtney mit einem Stirnrunzeln. »Sie hat nicht vergessen, wie sehr ihre Mutter meine Mutter und auch mich haßt. Du weißt doch, wie scheu und ängstlich Ann Marie ist.«

»Ist mir nie aufgefallen«, sagte Rory und mußte daran denken, wie heftig Ann Marie ihn oft an den Haaren gezerrt hatte, wenn sie im Kinderzimmer in eine Auseinandersetzung geraten waren. Er lächelte. »Ich habe immer gedacht, die Sache würde an unserem einundzwanzigsten Geburtstag publik gemacht werden. Doch dann geschah nichts. Ich habe mit ihr gesprochen, auf deinen Vorschlag hin, aber schon beim Gedanken daran, mit Ma zu reden, werden ihr die Knie weich.«

Finster blickte er zu Boden. Die tiefe Bindung zwischen seinem Vater und »Tante« Elizabeth war ihm nicht entgangen. Er liebte sie beide und konnte an der sich seit Jahren hinziehenden Affäre nichts Verwerfliches finden. Ma war unmöglich. Seinen Vater mochte Rory nicht verurteilen. Doch er verstand die Furcht seiner Zwillingsschwester, das Thema Verlobung mit Courtney Hennessey vor Ma zur Sprache zu bringen.

»Ich habe vor sechs Monaten mit meiner Mutter darüber gesprochen«, sagte Courtney. Rory hob erstaunt die Brauen. »Ich glaubte, sie würde jeden Moment in Ohnmacht fallen«, fuhr Courtney fort. »Sie war wie vom Donner gerührt und meinte, es wäre *unmöglich*. Warum, hat sie nicht gesagt. Hast du eine Ahnung?«

Rory dachte nach. »Nein. Ich sehe nichts, was der Heirat im Wege stünde. Du bist der Sohn von Everett Wickersham, dem ersten Mann deiner Mutter, und mein Großvater hat dich lediglich adoptiert. Also keinerlei Blutsverwandtschaft ersten Grades. Das kann es nicht sein. Deine Mutter — ist meinem Vater zugetan. Das sollte euren Wünschen förderlich sein. Und Ann Marie und ich lieben deine Mutter. Warum also sollte Tante Elizabeth schon bei der Erwähnung einer Verlobung in Ohnmacht fallen?«

»Ich weiß es nicht«, sagte Courtney, der sich in der Sonne nicht wohlfühlte.

»Nehmen wir mal an, ich rede mit Pa?« sagte Rory. »Dumme Ziererei kann er nicht leiden. Außerdem mag er dich.«

»Unstimmigkeiten in unserer Familie möchte ich keine haben«, sagte Courtney. »Wenn ich auch nicht direkt zur Familie gehöre. Weder bin ich dein *Onkel*, noch bin ich Bernadettes *Bruder*, es sei denn durch die Adoption, und das bedeutet gar nichts. Aber es steht für mich fest, daß meine Mutter totenblaß wurde, als ich ihr die Idee vortrug. Sie sagte, ich müsse es mir aus dem Kopf schlagen.« Courtney zog eine Grimasse. »Seit ich zehn Jahre alt bin, möchte ich Ann Marie heiraten!« Verzagt hielt er inne und grübelte. »Seit ich mit Ma darüber gesprochen habe, macht sie einen kranken Eindruck. Sie ist nervös und hat an Gewicht abgenommen. Immer sieht sie mich so eigenartig an, und man hat das Gefühl, sie würde jeden Augenblick in Tränen ausbrechen. Ich verstehe das nicht. Sie liebt doch Ann Marie wie eine Tochter — was immerhin weit mehr ist, als man von deiner Mutter behaupten kann.«

Rory zuckte mit den Achseln. »Ach ja, ich weiß — Ma. Vielleicht hat Tante Elizabeth Angst vor meiner Mutter und will nicht, daß sie mit Ann Marie zu hart ins Gericht geht. Haß ist etwas Idiotisches — außer man läßt ihn für sich arbeiten«, fügte Rory hinzu.

»Und wie könnten wir den Haß unserer Mütter für uns arbeiten lassen?« fragte Courtney.

»Darüber muß ich erst einmal nachdenken«, sagte Rory. »Vielleicht kann ich Pa als Bundesgenossen gewinnen. Er gibt keinen Pfifferling auf Mas Gefühle oder Ansichten.« Er sagte es ohne jeden Groll.

»Ich weiß nur eines«, sagte Courtney. »Ich liebe deine Schwester, und ich werde sie heiraten, selbst wenn ich mit ihr durchbrennen müßte. Der Gedanke allein ist ihr furchtbar. Aber ich glaube, ich habe sie fast soweit. Sie redet immer von der *Familie.* Aber solange wir dich auf unserer Seite haben, Rory, und schließlich ja auch meine Mutter, sollten wir uns keine Sorgen machen.«

Zu seiner Überraschung gab Rory eine Weile keine Antwort. Dann sagte er: »Irgend etwas muß da sein. Jedenfalls, wie Napoleon gesagt hat: Das Schwierige kann man sogleich erledigen, das Unmögliche dauert etwas länger. Ich werde der Sache schon auf den Grund kommen.«

Courtney aber, der Ruhige, Bedächtige, fühlte förmlich das Unheil, verborgen und ungreifbar. Er war nicht wechselnden Stimmungen ausgesetzt wie Rory, hatte keine Vorahnungen. Doch da war es, etwas Drohendes, Furchtbares, das jenseits seiner Vorstellung lag. Er versuchte sich das Bild Ann Maries ins Gedächtnis zu rufen: ihr zartes, blasses Gesicht, ihr weiches braunes Haar, ihre großen hellbraunen Augen, ihre verlegenen Gesten, ihr ruhiges, scheues Wesen und das strahlende Lächeln, das manchmal ganz plötzlich in ihr Antlitz trat. Eine Woge des Gefühls schlug über ihm zusammen. Er liebte Ann Marie. Und nichts, weder Familie noch sonst etwas, würde ihm je diese Liebe rauben. Und darüber hinaus gab es nichts für ihn.

»Was ist los mit dir?« fragte Rory. »Du siehst plötzlich aus wie der Tod.«

»Es wird kühl«, sagte Courtney und fühlte die Hitze in sich hochsteigen. Er machte ein Ablenkungsmanöver. »Und wie kommst du mit Maggie Chisholm voran?«

»Ihr Dad will sie keinen Katholiken heiraten lassen«, sagte Rory und lächelte schelmisch. »Und schon gar nicht, wenn er Ire ist. Ich gehöre nicht zum englischen Teil Irlands. Ihr Dad hat eine Fuchsschnauze, und damit schnüffelt er in der Gegend rum. Wenn ich sie besuche, tut er so, als hätte sie von draußen etwas Stinkiges in die gute Stube hereingetragen. Ganz Marke Alt-Boston. Aber wir werden heiraten.« Rory traute niemandem, auch nicht Courtney. Jetzt lächelte er. Wie eine Katze, dachte Courtney, geheimnisvoll und wissend. Und selbstzufrieden. Und Courtney wünschte, er wäre sich einmal einer Sache so sicher wie Rory.

»Du kannst nicht kirchlich heiraten«, sagte Courtney, »es sei denn, Maggie ist damit einverstanden und bereit, eure Kinder katholisch zu erziehen.«

»Von Kirche ist hier gar nicht die Rede«, sagte Rory mit überlegener Geste. »Ich heirate Maggie auch nach islamischem Ritus, wenn es sein muß. Oder vor dem Friedensrichter.«

»Ketzer«, sagte Courtney. Sie hörten die Glocken zum Abendbrot läuten, glitten von der Mauer und machten sich in den warmen Strahlen der untergehenden Sonne auf den Weg zur Memorial Hall. Sie hängten sich ein, ganz im Gefühl ihrer gegenseitigen Zuneigung. Courtneys böse Ahnungen kehrten wieder. Hätte er doch nur ein klein wenig von Rorys Lebenszuversicht! Aber welche Macht war schließlich imstande, zwei Liebende voneinander zu trennen?

Nach dem Abendessen machte Rory sich fröhlich pfeifend auf den Weg, um Miß Marjorie Chisholm auf Beacon Hill einen Besuch abzustatten. Ihre Mutter war tot, und das weibliche Oberhaupt der kleinen Familie, eine romantisch veranlagte, liebende Tante, die auch Rory ins Herz geschlossen hatte, bewahrte über die verbotenen Besuche Stillschweigen. Marjories Vater war an diesem Tag der Woche regelmäßig um diese Zeit außer Haus, um bei seiner gräßlichen Mutter das Abendbrot einzunehmen.

Die Chisholms waren ziemlich reich, galten viel in Boston und beriefen sich auf ihre direkte Abkunft von Paul Revere, dem großen Patrioten. Rory fand ihr altes Ziegelhaus eng, düster und etwas »armselig«. Er war an die Weitläufigkeit des Hauses seiner Mutter gewöhnt, an die riesigen Salons, an die gewölbten Decken mit Freskoschmuck, an Gold, Marmor, Stuck, Gemälde und Seidentapeten. Hier, bei Chisholms, waren die Fenster schmal und hoch, die Türen dick und eng, mit einem lukenartigen Buntglasfenster über dem vorderen Eingang. Steil waren auf dem Dach die Ziegel ineinandergeschoben, die Fensterläden zeigten ein stumpfes Braun. Das Haus stand unmittelbar an der Straße, die Nachbarhäuser waren nicht weit, und der Garten an der Hinterseite des Hauses litt unter zuviel Feuchtigkeit. Rory fand die Möbel düster und schwer. Überall gab es bronzene Knäufe, sehr viel Samt und mattschimmernde Tischplatten. Hier fehlten die riesigen funkelnden Lüster, die überall im Hause der Hennesseys anzutreffen waren. An ihrer Stelle gaben Lampen aus Bronze und Porzellan gedämpftes Licht. Brennstoff war Petroleum, denn Mr. Chisholm hielt nicht viel von Gas und schon gar nichts von Elektrizität, deren sich einige der »fortschrittlicheren und verschwenderischen« Familien bereits brüsteten. Als Rory einmal voll Stolz der jungen Marjorie einige Fotografien vom Haus seiner Mutter zeigte, hatte diese sie mit unbewegtem Gesicht angesehen. Schließlich sagte sie: »Sieht großartig aus — aber auch ein wenig zum Fürchten. Was, um Himmels willen, machen deine Familie und du in diesen gigantischen Räumlichkeiten?«

»Wenn Ma da ist, sind sie gar nicht mehr so gigantisch«, erwiderte Rory. »Ma ist allgegenwärtig.«

»Es sieht größer aus als die Landhäuser in Newport«, sagte Marjorie. »Und ich dachte immer, die wären riesig.« Sie fügte nicht hinzu: »Und etwas geschmacklos.«

Maggie war klein. Sie reichte Rory kaum bis zur Schulter, war zierlich und puppenhaft gebaut. Sie war dunkel, lebhaft und fröhlich, hatte große schwarze Augen, die stets lachten, lange schwarze Wimpern, dichte schwarze Augenbrauen und schwarzes Haar, aus dem sich immer wieder glänzende Ringellocken lösten und ihr olivbraunes Gesicht umrahmten. Sie kleidete sich mit ausnehmender Eleganz, wenngleich mit gewisser Strenge, sie tanzte ebensogut wie Rory und spielte fast ebenso exzellent Tennis wie er. Ihr Mund war purpurrot, ihre kleinen Zähne blendendweiß, und ihre Lippen umspielte stets ein liebliches, wenngleich etwas spöttisches Lächeln. Sie war eine Bostoner Schönheit, neunzehn Jahre alt, intelligent, von heiterem Wesen, witzig. In Rory hatte sie sich verliebt, kaum daß sie ihn das erste Mal sah, und da sich hinter ihrem fröhlichen, blubbernden Gemüt ein eiserner Wille verbarg, hatte sie innerhalb von fünf Minuten den Entschluß gefaßt, ihn zu heiraten. Womit sie gedanklich vollzogen hatte, wozu Rory selbst einen ganzen Monat brauchte.

Mr. Albert Chisholm empfand für Rory Geringschätzung vom ersten Augenblick ihrer Bekanntschaft an, denn er glaubte alles über Joseph Armagh zu wissen. Er war ein aufrechter Charakter. Nie hatte es ihn verlangt, etwas anderes zu sein, als er war, nie hatte er Armut oder Angst kennengelernt. Für Mr. Chisholm war Rory nicht nur deshalb ein unpassender Bewerber um die Hand seiner Tochter, weil er einen Vater hatte, der sich »verwerflicher Tätigkeiten und Unternehmungen auf dem ehrlosen Felde der Politik« schuldig gemacht hatte, sondern auch weil er Rory war. Er hielt Rory für zu leichtfertig, zu unabhängig, zu sorglos, zu draufgängerisch. Und im Tone höchster Geringschätzung pflegte er nach Aufzählung dieser Untugenden hinzuzufügen, daß er Ire sei und jedermann genau wisse, was das für Leute wären. Niemand in gehobener Position oder mit Besitz wolle mit ihnen etwas zu tun haben, niemand ließe sie über die Schwelle seines Hauses treten. Sie kamen schon ohne Gewissen, ohne Moral und ohne Charakter auf die Welt. Sie »drängten« sich in alles hinein, ärger noch als die Juden es taten, versuchten sich die gute Gesellschaft zu erobern, die der Moral und ihrem Lande verpflichtet sei.

»Und trotzdem ist dein Sekretär, dem du höchstes Vertrauen schenkst, Jude«, entgegnete ihm Marjorie.

»Mein liebes Mädchen, Bernard ist ganz anders als der Durchschnittsjude! Das müßtest du eigentlich schon selber gemerkt haben. Aber dieser junge Armagh — ein typischer Ire. Nein, dieses Haus betritt er nicht wieder. Ich verbiete dir, ihn zu sehen.«

Natürlich sah Marjorie ihn wenigstens zweimal, manchmal sogar dreimal die Woche. Sie waren jetzt an dem Punkte angelangt, ernsthaft eine Flucht zu diskutieren.

»Du glaubst, dein Pa ist gegen uns«, sagte Rory. »Aber das ist nichts im Vergleich zu dem, was meiner sagen würde, mein Süßes. Er würde deinen Pa nur einmal kurz ansehen, mit seinem weißen Backenbart und dem Schnurrbart und dem Gesicht, das er macht, als röche es dauernd nach Faulem, und würde ihn auslachen. Pa hat zwar keine Religion, aber laß nur einmal jemanden etwas über die ›Papisten‹ sagen, und er geht ihm an die Kehle. Pa mißtraut Leuten wie deinem Vater. Er nennt sie Heuchler und gibt ihnen Namen, die ich vor deinen lieben, kleinen, unschuldigen Ohren nicht wiedergeben möchte. Er hat zu viele von dieser Sorte in seinem Leben kennengelernt. Und zu viele von ihnen vernichtet. Nicht aus Rache wegen ihres hochmütigen Gehabens ihm gegenüber, sondern einfach deswegen, weil er ihre Sorte kannte und verachtete.«

Marjorie hatte Temperament, und sie war ihrem Vater trotz allem ergeben. Sie warf den Kopf zurück, ihr dunkles Gesicht wurde noch dunkler, und die Zorneswelle schäumte über. »Sir, *was* ist mein Daddy?«

»Also jetzt sei einmal friedlich, Maggie. Ich will dich nicht beleidigen. Ich sage nur, was mein Pa über deinen denken würde. Pa ist kein leichter Brocken. Der ist nicht so leicht zu knicken. Eigentlich ist dein Pa im Vergleich zu ihm ein dünner Weidenzweig. Außerdem will Pa, daß ich eine reiche Erbin heirate, die eigenes Vermögen hat und deren Vater einflußreich ist, international gesehen, so wie er selber auch. Die man überall kennt, wie er sagt.«

»Eine, die sich in Szene zu setzen weiß!« rief Marjorie.

»Nicht genau das«, sagte Rory und blickte bewundernd in ihre blitzenden Augen. »Sie muß schon auch Dame sein. Keine aus zurückgezogen lebender Familie ohne Einfluß in Washington, beispielsweise. Das Geld deines Vaters würde meinen Pa nicht beeindrucken.«

»Tatsächlich!« rief Marjorie. Ihre Brust hob und senkte sich unter ihren heftigen Atemzügen. »Vielleicht tun Sie dann besser daran, Sir, sich eine solche amerikanische Prinzessin zu suchen, und lassen die kleine Bostoner Göre in Ruhe!«

»Ich liebe aber nun einmal die kleine Bostoner Göre«, sagte Rory, nahm sie in die Arme und küßte sie. Und sie ließ ihn zitternd gewähren. »Ach, mein Liebes«, sagte er. »Was bedeutet es schon, was die Leute denken?«

Sie barg ihren Kopf an seiner Schulter und hielt ihn fest. Ihre Ohrringe baumelten vor seiner Nase hin und her. Doch jetzt meldete sich ihr Sinn für das Praktische. »Du mußt erst dein Jurastudium beenden«, sagte sie stockend. »Das sind Jahre! Ich werde uralt sein, und du auch.«

»Wir werden heimlich, still und leise nach einem anderen Staat gehen, und wenn ich meine Abschlußprüfung gemacht habe, sagen wir ihnen, sie sollen zum Teufel gehen.«

»Aber wir können nicht miteinander ... das wird nicht ...« Sie errötete tief und senkte den Blick.

»Miteinander schlafen?« sagte er sanft und küßte sie wieder. »Natürlich können wir! Ich habe alles bedacht. In Cambridge nehme ich uns eine kleine Wohnung, und dort können wir zusammenkommen, ohne daß es jemand erfährt. Und du brauchst auch keine Angst zu haben vor irgendwelchen Unannehmlichkeiten. Ich weiß schon, wie ich dich beschütze.« Sein Mund suchte den ihren, und sie glaubte, in eine Ohnmacht zu sinken. Dann entzog sie ihm ihre Lippen.

Tiefe Röte überzog ihr Gesicht. Sie preßte ihren Kopf gegen jene Stelle, wo sie sein Herz vermutete, und murmelte: »Ach, Rory, Rory.« Ihr kleiner Körper zuckte unter unaussprechlichem Wonneschauer, sie war sehnsüchtig und beschämt zugleich.

An diesem Abend hatten sie beschlossen, Tante Emma in ihr Vertrauen zu ziehen. Wenn sie sich schon weigerte, ihre Komplizin zu sein, so würde sie doch ihrem Bruder gegenüber nichts verlauten lassen. Sie betete die kleine Maggie an und mochte Rory sehr. Immer wieder ermahnte sie die beiden, »vernünftig« zu bleiben. Sie fand die heimliche Liebesromanze äußerst aufregend, denn sie selbst hatte nie eine erlebt und war doch zutiefst romantisch veranlagt. Dauernd las sie »französische« Liebesromane, die sie vor ihrem Bruder verbarg, weil er sie als anstößig bezeichnete. Sie war so klein wie Marjorie, jedoch dicklich, mit rosigem Gesicht und rosiger Haut. Immer etwas schlampig und zu aufgeputzt gekleidet, hatte sie auch ständig Schwierigkeiten mit ihrer Frisur. Stets hingen ihr braune Haarsträhnen in den Nacken, und sie mußte sie ununterbrochen unter verlegenem Kichern mit Haarnadeln festmachen. In ihren Mädchenjahren hatte es nie einen Bewerber gegeben, und jetzt war sie fünfzig und machte öfter mit feuchten Augen und unter schwerem Seufzen Andeutungen über eine tragische Liebesaffäre, murmelte etwas von »Pap«, woraufhin Marjorie sie zärtlich umfaßte und zu trösten suchte. Vor ihrem Bruder Albert hatte sie Angst und wunderte sich, daß es Marjorie nicht ebenso erging. Doch Marjorie hatte nur vor einem Angst: Rory zu verlieren. Sie fand seine Zwiespältigkeit unendlich fesselnd, doch weckte sie auch ihr Mißtrauen. Wenn sie sich alle Augenblicke mit einem neuen Rory konfrontiert sah, irritierte sie das, denn sie hatte die Beständigkeit und Festigkeit ihrer Familie geerbt. Einmal sagte sie ihrem Vater lautstark: »Wir brauchen frisches Blut in dieser degenerierten Familie!« — »Aber kein irisches«, hatte er erwidert. Er ließ es sich nie anmerken, aber Marjorie war der einzige Mensch, der ihn in die Enge treiben konnte, so wie einst ihre Mutter. Wenn ihre Augen zornig blitzten, wurde er schwach vor Kummer und Sehnsucht. Erst viel später sollte sie entdecken, daß er nie anders konnte, als ihr alles vergeben.

Nachdem sie Rory noch einmal heftig geküßt hatte, führte sie ihn ins »Hinterzimmer«, wie Tante Emma es nannte, obgleich es nichts anderes war als das kleine Wohnzimmer der Familie. Denn die düsteren, großen, kalten Salons wurden in Verwendung genommen, wenn Gäste kamen. Marjories Tante saß milde lächelnd da und strickte an einem riesigen, nicht enden wollenden grauen Wollding. Sie sah Rory an, und ihr Gesicht überzog sich mit einem rosigen Schimmer. Sie empfing seinen Kuß wie eine liebende Mutter und sagte zu ihm, er wäre der netteste junge Spatz, der ihr je untergekommen sei. Er hatte ihr einen Strauß gelber Narzissen mitgebracht, die in Alberts feuchtem Garten nicht gedeihen wollten, und es in sehr feinfühliger Weise vermieden, auch Marjorie einen zu überreichen. Marjorie quittierte diesen schlauen politischen Schachzug mit einem boshaften Lächeln. »Mein Gott«, sagte Tante Emma, roch an den Blumen und hob die feuchtgewordenen Augen zu Rory empor. »Wie wußten Sie, daß diese herrlichen Frühlingsboten meine Lieblinge sind?«

Rory ließ sich nicht anmerken, wie sehr ihn die altmodische Phrase belustigte, und erwiderte galant: »Aber Tante Emma, diese Blumen erinnern mich an Sie.« Kokett blickte sie ihn an, geriet fast ins Weinen und übergab Marjorie den Strauß, damit sie ihn in eine Vase stecke. Das Mädchen kam damit zurück und stellte die Vase auf einen kleinen runden Tisch mit dunkelroter Samtdecke. Mit einem Male bekam der reichmöblierte, aber etwas grau-in-grau wirkende Raum Glanz. Miß Chisholm starrte die Vase an und tupfte sich mit dem Taschentuch eine Träne aus dem Augenwinkel. Sommer und Winter ging sie in schwarzer Seide herum, als ob sie in Trauer wäre. Marjorie preßte die Hand der Tante und blinzelte Rory auffordernd zu.

Er beugte sich zu der Dame hin, ganz männlicher Ernst und knabenhafte Unbekümmertheit. Die hellblauen Augen waren die des Knaben, das gerötete Gesicht trug den Ernst und die Würde des Mannes. Tante Emma war sofort ganz Ohr. Nie hatte er bestrickender, bittender, zutraulicher geblickt.

»Tante Emma, Sie wissen«, begann er, »daß Maggie und ich einander lieben?«

»Aber ja, das weiß ich, mein Lieber.« Sie seufzte tief und voll Verständnis. Sie liebte romantische Tragödien über alles. Ihre Nichte und Rory waren für sie ein Neuaufguß von Romeo und Julia.

»Aber Albert«, fügte sie mit zitternder Stimme hinzu, »Albert wird nie zulassen, daß ihr heiratet.«

»Trotzdem«, sagte Rory, sie genau beobachtend und ihre kleine, plumpe Hand ergreifend, »wir wollen heiraten. Und zwar sofort. Wir werden miteinander durchbrennen.«

»Oh, oh!« rief Miß Chisholm, sah vor sich Romeo und Julia heimlich in einer dunklen, nur von Kerzen erleuchteten Höhle heiraten, nur mit Mönchen als Trauzeugen. »Albert wird das einfach nie erlauben!«

Rory sah Marjorie an, und sie biß sich auf die Lippe. »Erlauben oder nicht erlauben, wir heiraten, Tante Emma. Genau das werden wir tun.« Er tätschelte ihre Hand. Sie entwand sie ihm widerstrebend. Ihre Augen waren voller Tränen. »Aber Rory, ich habe von Marjorie gehört, daß Ihr Vater ebenfalls dagegen ist.«

»Es kommt der Augenblick, da Kinder ihr Schicksal selbst in die Hand nehmen müssen, wenn sie einander lieben«, sagte Rory. »Gibt es Höheres als die Liebe?«

Da dies auch Miß Chisholms Überzeugungen entsprach, zögerte sie für einen Moment, und mädchenhaftes Entzücken breitete sich auf ihrem Antlitz aus. Aber nicht umsonst war sie aus Neu-England. Sie sagte: »Aber Marjorie hat erst Geld, wenn sie einundzwanzig ist. Und selbst dann bekommt sie es nicht, wenn sie jemanden heiraten will, der ihrem Vater nicht paßt. In diesem Fall muß sie bis zum dreißigsten Lebensjahr warten.«

»Ich weiß«, sagte Rory. Und da er Armut nie kennengelernt hatte, fuhr er fort: »Es macht uns nichts aus, arm zu sein, Tante Emma, wenigstens nicht für eine kleine Weile, bis ich mein Jurastudium beendet habe . . .«

»Drei Jahre«, warf Miß Chisholm ein, und die Neu-Engländerin in ihr war jetzt ganz auf dem Posten. »Und Sie, Rory? Haben Sie etwas außer Ihren Zuwendungen von seiten Ihres Vaters?«

Rory war immer der Ansicht gewesen, daß sein Vater übertrieben geizig und von exzessivem Mißtrauen gegenüber aller studentischen Verworfenheit war, weil sein monatliches Taschengeld nur fünfzig Dollar betrug. »Genug, um allerlei Unsinn anzustellen«, antwortete er.

»Ich bekomme dreißig Dollar im Monat, mein Nadelgeld«, sagte Marjorie. Sie sah Rory mit einem Ausdruck an, den er nicht zu deuten wußte. »Tante Emma, wir wollen es niemandem außer dir sagen. Ich werde weiter hier wohnen, und Rory . . .«

Miß Chisholm war in höchstem Maße schockiert. Ihr Blick wanderte zwischen den beiden hin und her, sie war totenblaß. »Aber meine Lieben! Ihr habt die Absicht, eure armen Eltern zu *täuschen*, ihnen nichts zu sagen . . .«

»Was sollen wir sonst tun?« fragte jetzt Marjorie mit züchtigem Augenaufschlag. »Wir wollen es nicht, aber wir haben keine andere Wahl.« Ihre Tante hatte sich entsetzt gegen die Lehne des Stuhls zurückfallen lassen.

»So hinterlistig, meine lieben Kinder! Respektlos! Ungehorsam! Es wäre am besten, es ihnen zu sagen. Haltet euer Gewissen rein, lebt zusammen vor aller Augen und vor den Augen Gottes . . .«

»Mit achtzig Dollar im Monat?« fragte Rory. »Und wir hätten vielleicht nicht einmal das, wenn wir es den beiden alten Herren sagen. Man wird uns möglicherweise enterben. Und ich würde mich nicht wundern, wenn mein Pa mich von der Universität nähme und mich in einem seiner gräßlichen Büros ohne Bezahlung Sklavenarbeit tun ließe. Und dann würde man Maggie und mich trennen . . .« Er machte eine Pause und blickte prüfend Miß Chisholm an. ». . . für immer und ewig.«

Ein wonniger Schauder durchfuhr Miß Chisholm. Sie schloß die

Augen und ließ den Kopf wie im Schmerz zurücksinken. »Wie bei mir«, flüsterte sie.

»O Gott«, kam es aus Marjories arglistigem Mund.

»Also«, sagte Rory, »müssen wir unsere Väter täuschen, bis ich promoviere. Dann können wir es frech aller Welt mitteilen.«

Miß Chisholm erholte sich langsam, und der Geist Bostons kehrte wieder in sie zurück. »Und doch«, sagte sie, öffnete die Augen, und ihr Blick wurde scharf, »dein Vater, Rory, vergibt dir vielleicht nie, und dann mußt du warten, bis Marjorie dreißig ist. Dein Vater ist sehr reich, Rory. Ein vernünftiger junger Mann denkt auch an — sein Erbe. Er wirft es nicht leichtsinnig von sich.« Romeo und Julia schmolzen zu einem Häuflein Elend zusammen. »Ich mag Sie sehr, Rory, aber ich würde es sehr bedauern, wenn Marjorie einen Mann heiratete, der keinen Penny ...«

»Ich erbe von meiner Mutter«, sagte Rory sehr selbstsicher, wenngleich ihm gar nicht danach zumute war. Er wußte, wie vernarrt seine Mutter in Vater war. Sie würde tun, was Joseph sagte, nicht aus Angst, sondern um ihm zu Gefallen zu sein.

»Sie ist sehr reich? Sie hat ihr eigenes Vermögen?«

»Massenhaft«, sagte Rory. »Sie hat von ihrem Vater und von ihrer Mutter geerbt. Ihr gehört der Familienbesitz in Green Hills in Pennsylvanien. Sie haben bestimmt Fotografien davon gesehen. Man sieht oft Bilder in den Zeitungen, wenn Mama Soireen gibt, für bekannte Persönlichkeiten. Präsidenten sind bei uns zu Gast gewesen. Mein Großvater war Senator, müssen Sie wissen, und dann mehrere Regierungsperioden hindurch Gouverneur von Pennsylvanien.« Er kannte seine Miß Chisholm.

»Ja, ja, mein Lieber, ich weiß. Und Sie sind Mamas Lieblingssohn?«

»Absolut«, sagte Rory, ohne mit der Wimper zu zucken. »Sie kann mir nichts abschlagen.«

»Nun, dann«, sagte Miß Chisholm, »müssen Sie es sofort Ihrer Mama sagen. Sie wird Ihnen zweifellos helfen.« Sie sprach schnell und energisch und mit glücklichem Lächeln auf den Lippen.

Die Schärfe ihrer Worte ließ ihn nicht sogleich antworten. Dann seufzte er, senkte den Kopf und setzte eine Trauermiene auf. »Mama«, sagte er, »hat riesige Angst vor Vater. Sie ist nicht sehr gesund. Ein böses Wort meines Vaters würde sie zerbrechen, vielleicht sogar töten.« Dabei sah er den kleinen, dicklichen, vor Gesundheit strotzenden Körper seiner Mutter vor sich und ihren messerscharfen Blick. »Aber sie hat mir im geheimen gesagt, wie ihr Letzter Wille lautet. Ich ... ich erhalte — ich bete zu Gott, sie möge wieder gesund werden und der Familie noch viele Jahre erhalten bleiben — drei Viertel ihres Vermögens. Das sind etwa« — er ließ seine großen blauen Augen gedankenvoll in die Ferne schweifen — »fünfzehn Millionen Dollar.«

»Fünfzehn Millionen Dollar«, flüsterte Miß Chisholm. Sie überschlug in Gedanken den Zinsenertrag. »Und sie sind sicher angelegt?«

»Sicher wie Gold«, sagte Rory. Dabei mied er angestrengt Marjories Blick, in dem schwärzeste Schadenfreude stand. »Mama hält nicht einmal etwas davon, die Zinsen der Zinsen anzutasten. Geschweige denn das Kapital. Das ist ihr heilig.«

»Und es geht ihr nicht gut, sagen Sie?« sagte Miß Chisholm traurig.

»Gar nicht gut. Das Herz, glaube ich.«

»Verdammter Lügner«, raunte Marjorie ihm zu, die schließlich doch einen Blick von ihm erhascht hatte.

»Aber wenn sie entdeckt, daß Sie sie hintergangen haben ... Von jetzt an noch drei Jahre, sagen Sie, bis Sie mit dem Studium fertig sind?«

Rorys Seufzer war schon fast ein trockenes Schluchzen. »Ich bezweifle, daß Sie es je erfahren wird«, erwiderte er glatt und salbadernd. »Die Ärzte geben uns keine große Hoffnung. Für langes Überleben, meine ich.«

Miß Chisholm befeuchtete ihre Lippen und dachte scharf nach, wenngleich sie voll mütterlicher Sympathie für den jungen Mann war. Fünfzehn Millionen, bei vierprozentiger Verzinsung, das ergab in kürzester Zeit — und vielleicht sogar mehr bei guter Veranlagung. Mr. Chisholms Vermögen war viel kleiner, um vieles kleiner als das. Und der liebe Rory war so ungemein intelligent. Jede Anwaltsfirma würde sich glücklich schätzen, ihn als Mitarbeiter zu haben. Man mußte nur äußerst diskret vorgehen. — Welch Unglück, daß er Ire war und ein Papist! Wäre er es nicht, der gute Albert würde die Verbindung sicher gutheißen.

Rory hielt immer noch sein Gesicht hinter den Händen verborgen, und Miß Chisholm wollte ihm Mut zusprechen. Ganz sacht berührte sie sein Knie mit ihrem Zeigefinger. Wie traurig, zu wissen, daß die teure Mutter am Rande des Grabes stand und man ihr nicht helfen konnte. Fünfzehn Millionen Dollar! Rotgolden leuchtete das Gesicht des jungen Schurken im Lampenlicht. Steif saß Marjorie in ihrem Sitz, doch die Grübchen auf ihren Wangen waren in Bewegung.

»Was kann ich tun für euch, Kinder?« fragte Miß Chisholm. Albert würde, wenn auch nicht gleich, klein beigeben. Fünfzehn Millionen Dollar, bei vier Prozent, waren nicht zu verachten.

Marjorie sagte: »Wir brennen durch, vielleicht übermorgen, teuerste Tante. Dann werden wir —« Sie machte eine Pause. Es wäre unfein gewesen, zu erwähnen, daß Rory bereits drei möblierte Zimmer in Cambridge gemietet hatte. »Wir werden vielleicht für drei Tage wegbleiben. Dann müssen wir natürlich seine Eltern aufsuchen. Ich wäre dir dankbar, liebste Tante, wenn du Papa sagen würdest, daß ich bei Annabelle Towers in Philadelphia zu Besuch bin.«

»Kannst du ihm das nicht auch selber sagen, mein Engelchen?«

»Das habe ich vor. Aber du könntest erwähnen, daß ich heute morgen eine Einladung bekommen habe. Ich werde dann später mit ihm reden.«

»Aber Marjorie, das wäre eine Lüge!«

Miß Chisholm war schockiert, sie, die aus Angst vor ihrem Bruder ständig zu Unwahrheiten Zuflucht nahm. Marjorie seufzte wie in tiefster Mutlosigkeit. »Was sollen wir sonst tun?« murmelte sie. »Wir lieben einander.«

»Nun ja«, sagte Miß Chisholm und formulierte in Gedanken bereits die Lüge, die sie ihrem Bruder auftischen wollte. »Und dann kommst du zurück, Marjorie, und Rory geht zu seinen Eltern. Ihr lebt getrennt — oh, meine lieben Kinder! —, drei lange Jahre! Wie werdet ihr das ertragen? Verheiratet vor Gott, aber nicht vor den Menschen!«

Dann dachte sie wieder an die fünfzehn Millionen und an die arme Mama, die an der Schwelle des Todes stand. Die bemitleidenswerte Frau! Vielleicht dauerte es nur ein paar kurze Monate.

»Wir werden es ertragen«, sagte Rory mit jenem edlen, erhabenen Ausdruck, den später einmal seine Wähler so an ihm schätzen und bewundern sollten. »Für die Liebe heißt es sehr viel ertragen. Hat nicht der heilige Paulus gesagt, sie ist größer als Glaube und Hoffnung?«

Die Herbeizitierung des heiligen Paulus, der Miß Chisholms Lieblingsheiliger war, gab ihr den Rest. Sie fuhr sich mit dem Taschentuch an die Augen und weinte ein wenig. Nie wäre sie auf die Idee gekommen, daß diese jungen Verschwörer zueinander finden würden, ehe es ziemlich war. Nein, sie würden wohl Eheleute sein, doch dessen ungeachtet keusch bleiben, rein und unberührt, und alles um ihrer Liebe willen ertragen, einzig im Vertrauen auf die Güte des himmlischen Vaters — und auf die fünfzehn Millionen Dollar, die sich unverrückbar in Miß Chisholms wahrhaft gemeinnützigem Denken eingenistet hatten.

Sie sagte besorgt: »Dabei habe ich Marjories ganzes Leben hindurch Pläne gemacht, Pläne für eine schöne Hochzeit in der Kirche, in der sie getauft wurde. Rory, sie sind ein Katholik — verzeihen Sie mir, ich will Sie nicht beleidigen —, aber wird Ihre Kirche zustimmen? Soviel ich weiß . . .«

»Wir werden einen Priester finden«, beruhigte sie Rory. »Tante Emma, was sind schon Äußerlichkeiten, wenn es um die Liebe geht?«

Miß Chisholm wollte eben vorschlagen, daß die beiden Liebenden warten sollten, bis die arme Mama —. Doch nein, das wäre zu hart und grausam gewesen. Also sagte sie: »Es macht Ihnen nichts aus, von einem protestantischen Geistlichen getraut zu werden, Rory?«

Schon wollte Rory antworten, er würde Maggie auch vor Satan persönlich die Hand zum Ehebund reichen, wenn es ihr nur recht wäre, doch dann überlegte er es sich, mutmaßend, dies wäre doch zuviel für Miß Chisholm. Darum antwortete er mit großer Geste: »Ist nicht auch ein protestantischer Geistlicher ein Mann Gottes?«

Miß Chisholm war nicht ganz sicher, ob sie das »nicht auch« billigen sollte oder nicht, zog es aber vor, Rorys Bemerkung mit Schweigen zu übergehen.

»Aber ich werde nicht dabeisein, wenn meine liebe Nichte heiratet!« meinte sie.

»Ich bringe dir mein Brautbukett«, versprach Marjorie und küßte sie.

Zwei Tage darauf wurden sie in Connecticut in einem kleinen, unbekannten Ort, wo der Name Armagh nichts bedeutete, von einem protestantischen Geistlichen getraut. Die fünfzig Dollar, die Rory dem erstaunten Geistlichen nach der Zeremonie gab, setzten den alten Mann im schäbigen Priesterkleid in höchstes Erstaunen und trieben ihm Tränen der Rührung in die Augen. Dieses junge Paar war so einfach und bescheiden gekleidet. Sicher war es ein großes Opfer für die beiden, und das sagte er Rory auch mit scheuem Lächeln.

»Machen Sie sich darüber keine Gedanken«, beruhigte ihn Rory und fügte auf Marjories warnenden Druck an seinem Arm hinzu: »Es ist der glücklichste Augenblick meines Lebens, und ich habe lange gespart.«

Möglichst unauffällig kehrten sie nach Cambridge zurück und verbargen sich in den schmutzigen drei Zimmern, die Rory für zwanzig Dollar im Monat gemietet hatte. Es gab soviel wie gar keine Annehmlichkeiten, doch sie waren selig. Dann sagte Marjorie: »Sind wir wirklich verheiratet, Rory? Ich meine, auch in den Augen deiner Kirche?«

Einen Augenblick zögerte Rory mit der Antwort. Dann sagte er: »Verheiratet? Natürlich sind wir verheiratet! Sei doch kein Dummchen. Da, laß mich dein Kleid aufknöpfen. Wie schön deine Schultern sind. Nun, sind wir jetzt verheiratet oder nicht?«

Nie mehr wieder sollte Rory jenes reine, ungetrübte Glück erleben wie in jenen drei Zimmern im Armenviertel von Cambridge. Noch am Tag seines Todes dachte er daran zurück, und seine letzten Worte waren: »Maggie! Oh, mein Gott, meine liebste Maggie!«

XXXVII

»Was immer ich auch beginne«, hatte Mr. Carnegie einmal zu Joseph gesagt, »ich muß fest hinten anschieben.« Er hatte den jungen Mann angelächelt. »Wir beide sind Kelten, nicht wahr? Wir verstehen einander. Die Angelsachsen sind uns nicht gewachsen.«

Und Joseph hatte sein rauhes, kratzendes Lachen gelacht. »Erinnern Sie sich, was Samuel Pepys 1661 in sein Tagebuch schrieb? ›Guter Gott! Was für ein Zeitalter ist das, was für eine Welt! Da ein Mann nicht auskommen kann ohne Täuschung und Spitzbüberei.‹«

Mr. Carnegie hatte seine Zigarre aus dem Mund genommen und ihn lange prüfend angesehen. »Hm, ja. Aber haben wir diese Welt gemacht? Wir müssen uns auf sie einstellen. Und ich, ich stehe mit ihr nicht auf Kriegsfuß. Ich habe sie in offener Feldschlacht besiegt. Oder sind Sie nicht zufrieden, daß auch Sie gesiegt haben?«

Joseph sagte: »Auch ich führe keinen Krieg gegen die Welt. Ich habe gekämpft und mit mehr oder weniger fairen Mitteln gesiegt.«

»Es ist nur eines«, sagte Mr. Carnegie. »Wenn ein Mann fair ist, wird er nie gewinnen. Das ist der Lauf der Welt, mein Sohn.«

Und er dachte, da ist ein Mann, der einmal ein ernsthaftes, festes Ziel verfolgte und es jetzt vergessen hat. Aber Fanatismus ist eine Kraft, stark genug, um ihn seinen Weg weiterverfolgen zu lassen. Ist das nicht bei uns allen so? Wer weiß schon, welche Götter oder Teufel uns vorantreiben?

Der Kelte in ihm hatte ihn an Joseph Gefallen finden lassen. Am Monongahela-Fluß hatte er seine Stahlwerke errichtet. »Mein Sohn«, sagte er zu Joseph, »das mag Ihnen vielleicht als bescheidener Anfang hier in Amerika erscheinen. Aber ich gebe Ihnen den Rat, investieren Sie.« Und so hatte Joseph investiert. Bis 1890 hatte sich seine Investition verfünfzigfacht. Bis 1895 war sein Vermögen zu einer Höhe angewachsen, die die Beachtung der reichsten und mächtigsten Geldleute in Europa und Amerika fand. Und das, obwohl er auch vorher schon nach den Maßstäben dieser Leute reich zu nennen gewesen war. Mr. Carnegie hatte dazu bemerkt, daß Gelderwerb im großen die böseste Spielart des Götzendienstes sei, und ihm dabei zugezwinkert. Er wohnte auf seinem Schloß in Schottland, wo Joseph ihn von Zeit zu Zeit aufsuchte, und tat so, als kümmerte er sich nicht besonders um sein Stahlimperium in Amerika. Der kleine Schotte besaß in Sachen Geld eine geniale Ader, und Joseph hatte bereits entdeckt, daß man sich diese geniale Ader nicht aneignen konnte. Man mußte sie von allem Anfang an haben. »Da gibt es mehr als nur einen«, sagte Mr. Carnegie zu Joseph, »der sein ganzes Leben lang mit Intelligenz und Fleiß rackert und schafft und nicht einmal einen Dollar erwirbt, und ein anderer streicht mit einer Handbewegung alles ein. Nun ja, ich bin ein kleiner, bescheidener Presbyterianer und glaube daher an Vorherbestimmung. Der Mensch ist entweder ein Esel oder ein Weiser, ganz nach dem Willen des Allmächtigen. Streiten wir also nicht und danken wir Ihm, daß Er uns klug werden ließ.«

»Durch harte Arbeit«, sagte Joseph, der Carnegies Entwicklungsgang kannte.

»Ah ja, und dafür, daß wir es auch taten und nie daran zweifelten«, erwiderte Mr. Carnegie. »Ich habe nie harte Arbeit unterbewertet. Aber man muß auch Grütze im Kopf haben, mein Sohn.«

»Ich bin kein Optimist«, sagte er einmal, als er Joseph Ratschläge bezüglich Investitionen gab. »Ich urteile nur. Viele Optimisten haben nie auch nur fünfzig Dollar besessen und werden nie fünfzig Dollar besitzen. Und warum? Weil sie Optimisten sind. Pessimismus hat schon so manchen vor dem Bankrott bewahrt. Übrigens, mein Sohn, Ihre Freunde interessieren mich nicht.«

»Aber sie interessieren sich für Sie«, gab Joseph lächelnd zurück. »Sie halten Sie für einen mächtigen Mann.«

»Ist das nicht merkwürdig? Ich bin doch schließlich kein Meuchelmörder.«

Joseph hatte darauf nicht geantwortet, denn er wußte zuviel. Doch er sollte sich später in verzweifelten Lagen oft an dieses Gespräch erinnern. »Einen Mann«, sagte Mr. Carnegie, »läßt man für einen kleinen Mord hängen. Zu einem großen Mord applaudiert man ihm. Oder er wird zur Berühmtheit. Zumindest spricht man ihn von jeder Schuld frei. Seine Anstifter wird man nie kennen. Dazu sind sie zu fein.«

»Sie sprechen von einem Staatsstreich«, sagte Joseph.

»Alle politischen Morde sind Staatsstreiche«, sagte Mr. Carnegie und lächelte über Josephs düstere Miene. »Nie ist ein König oder ein Präsident umgebracht worden, weil es einem kleinen Mann gerade so einfiel. Und das wissen Sie genau, mein Sohn.«

Aber es gibt auch noch andere Morde, dachte Joseph.

Er hatte einen seltsamen Traum. Er lag mit Elizabeth Hennessey im warmen Bett eines Hotelzimmers, satt und zufrieden, und war in einen kurzen, vorerst traumlosen Schlaf gefallen. Dann fand er sich plötzlich, umstrahlt von grün-blauem Licht, an einem ihm unbekannten Ort. Es schien weder Möbel noch irgendeinen Hintergrund zu geben. Er sah Senator Enfield Bassett, der seine glänzenden Augen voll Sorge auf Joseph richtete.

»Wenn ich könnte«, begann er, »würde ich meinen Fluch von Ihnen nehmen. Aber es ist nicht möglich. Wenn die, denen Unrecht geschehen ist, einen Fluch aussprechen, oder wenn Unschuldige sterben müssen, dann fällt es auf die Schuldigen zurück, und niemand kann sie davon befreien. Möge Gott Ihnen vergeben — ich kann es nicht.«

Durch seinen erstickten Schrei aufgeschreckt, fuhr Elizabeth in die Höhe und weckte ihn. Der heiße Sommermorgen zauberte bereits goldenes Licht auf die verstaubten Fenster. Ruckartig setzte sich Joseph im Bett auf. Leichenblaß und schweißgebadet starrte er Elizabeth an, so als wüßte er weder, wer sie sei, noch wo er sich befinde. Seine Lider wirkten verhangen, und sein Haar umrahmte in verblichenem Braun und strähnigem Weiß sein mageres Gesicht. »Was ist, Liebster?« rief Elizabeth beunruhigt und ergriff seinen Arm.

»Nichts, nichts. Es war nur ein Traum«, murmelte er und legte sich wieder nieder. Aber sie sah, daß er zur Decke starrte und über etwas nachzusinnen schien. »Nur ein Alptraum«, fügte er hinzu. »Mir erschien jemand, der seit langem tot ist. Ich weiß nicht, warum ich von ihm träume, ich habe seit Jahren nicht mehr an ihn gedacht.« Er versuchte zu lächeln, weil er die Angst in ihren Augen sah. »Es ist überhaupt nichts.« Doch wieder starrte er zur Decke.

Sie legte sich neben ihn, hielt seine feuchte Hand, fühlte seinen heftigen Puls und das Zittern seiner Finger. »Ich habe jahrelang nicht an ihn gedacht«, wiederholte Joseph. Er vesuchte zu lachen. »Ich habe ihm nie etwas zuleide getan, oder zumindest hätte ich es nie bewußt getan. Ich machte alle Beweise gegen ihn zunichte.«

»Aber warum bist du dann so erregt?«

Joseph setzte sich wieder auf und wischte sich mit dem Taschentuch über die feuchte Stirn. »Er schrieb mir damals, daß er mich verfluche, mich und die Meinen. Ich habe vierzehn Jahre, oder sogar länger, nicht mehr daran gedacht. Ich bin auch nicht erregt, Liebes. Ich bin nicht abergläubisch.« Er machte eine Pause, legte ihr die Hand auf die Schulter. »Es war ein Alptraum. Er kam auf mich zu, sagte, er wolle den Fluch von mir nehmen, könne aber nicht. Das war alles. Dummer Traum.«

Es war heiß im Zimmer, immer heller wurde das Licht, das durch die Vorhänge in den Raum flutete. Doch Elizabeth fröstelte. Sie sagte: »Es ist so lange her, und dir ist nichts geschehen, nicht wahr? Also keinerlei Grund für Träume.« Sie läutete nach dem Mädchen und bestellte Kaffee und Gebäck. Dann stand sie auf, schlüpfte in ihren weißen Morgenmantel und schüttelte ihr feuchtes Haar. »Ich bin auch nicht abergläubisch«, fügte sie hinzu.

Vom Ankleidetischchen nahm sie eine Bürste mit goldenem Rücken und begann ihr Haar zu glätten. Ihre lachenden Augen trafen sich im Spiegel mit denen Josephs. Sie sah, daß er ihr Lächeln nicht erwiderte und mit seinen Gedanken woanders war. »Er ist tot, sagst du?« fragte sie. »Woran ist er gestorben?«

»Er hat sich umgebracht.«

Elizabeth hielt in der Bewegung inne. Sie legte die Bürste nieder. »Ein Mann wie er«, sagte Joseph, so als ob er zu sich selber spräche, »hat in der Politik nichts verloren. Wenn man das Gepfeife und den Rauch nicht aushalten kann, soll man nicht mit der Eisenbahn fahren.«

»Meinst du damit«, sagte Elizabeth, »daß die Politik nicht der Ort für Ehrenmänner ist?«

»Habe ich gesagt, er war ein Ehrenmann?« fragte Joseph ärgerlich. Offenbar schalt er sich insgeheim, daß er den Namen von Senator Bassett überhaupt erwähnt hatte. Er schlüpfte in seinen Morgenmantel. Seine Miene war düster. »Ich glaube, der Kaffee und das Gebäck sind gekommen. Ich gehe aufmachen.«

Sie sprachen nicht mehr davon, doch Elizabeth sollte diesen Morgen in New York nie vergessen. Zwei Stunden darauf fuhr Joseph nach Boston, um sich mit seinem Sohn Rory zu treffen.

»Nun, nun«, sagte er, »ich bin bestimmt sehr für harte Arbeit und Strebertum, und beides hast du, mein Junge. Aber warum willst du im Sommer Vorlesungen besuchen? Du jagst durch dein Studium wie eine Dampfmaschine.«

Rorys bestrickende blaue Augen blieben einen Augenblick lang wie hinter einem Schleier verborgen. Doch dann sah Rory seinem Vater offen ins Gesicht. »Warum soll ich drei Jahre verplempern, wenn ich es in zwei Jahren schaffen kann? Ist das Leben nicht zum Leben da? Wenn ich mit meinem Leben etwas früher beginnen will, was soll daran falsch sein, Pa?«

»Ich dachte, du würdest den Sommer wieder wie in den letzten beiden Jahren mit deinen Freunden auf Long Island verbringen und dort segeln, schwimmen und was sonst noch alles. Es ist auch wichtig, daß du mit diesen jungen Leuten zusammenkommst.«

»Ich möchte lieber weitermachen.«

»Du gibst alle sportliche Betätigung auf, die dir so viel bedeutet? Also Rory, jetzt komm einmal raus mit der Sprache.«

»Ich werde immerhin bald zweiundzwanzig«, sagte der junge Mann. »Ich sehe mich einfach nicht bis zum fünfundzwanzigsten Lebensjahr oder so die Schulbank drücken. Ich habe dir ja gesagt, Pa: Ich möchte mein Leben so früh wie möglich beginnen.«

»Und du glaubst, dieses Leben könnte darin bestehen, zu meinem Stab von Rechtsberatern zu gehören?«

Rory wandte sein Gesicht ab. »Wenn du mich haben willst, Pa.«

Joseph runzelte die Stirn. »Du weichst mir aus. Ich habe nie Zeit zum Leben gehabt. Ich möchte nicht, daß es dir ebenso ergeht.« Joseph wunderte sich über seine eigenen Worte. Er blickte auf den Siegelring an seinem Finger, den Elizabeth ihm geschenkt hatte. »Ich wäre der letzte, dir zu raten, die Zeit zu vertrödeln, denn ich weiß, wie wertvoll sie ist. Doch es wäre mir lieb, zu wissen, daß du dich ...«

»Daß ich mich amüsiere?« Rory war zutiefst gerührt. Er rückte seinen Stuhl näher an den seines Vaters heran, und die beiden lächelten einander zu. »Pa, du hast deiner Familie ein angenehmes Leben bereitet. Denke nicht von uns, wir wären undankbar, Ann Marie und ich, und nicht einmal dieser schwarze Bär von einem Kevin. Du verdienst es, daß du uns so bald wie möglich vom Halse hast.« Er dachte an seine Schwester und zögerte. Joseph sagte schnell: »Also, was ist? Versuche nicht, etwas vor mir zu verbergen, Rory. Ich komme dahinter, das weißt du genau.«

»Ann Marie«, sagte Rory. Er stand auf, vergrub seine riesigen Hände in den Hosentaschen und begann mit festen Schritten im Raum auf und ab zu wandern.

»Teufel«, sagte Joseph. »Was ist mit Ann Marie?« Er liebte seine Söhne sehr, besonders Rory, aber Ann Marie war sein Liebling. »Sie sieht in letzter Zeit etwas matt und müde aus, und ich habe mir schon Gedanken darüber gemacht. Aber ihre Mutter sagt, sie hängt nur ihren Träumereien nach. Ist etwas nicht in Ordnung?«

Rory stand am Fenster und blickte hinaus. Er hatte es Courtney versprochen. Pa war in sanfter Laune, was sehr selten bei ihm vorkam. Wenn es jemals günstig war, dann jetzt. Er sagte: »Sie will heiraten.«

»Und was ist dabei nicht in Ordnung?« fragte Joseph. »Weiß es ihre Mutter? Wer ist der Mann? Vielleicht einer, der mir nicht passen wird?« Er richtete sich in seinem Stuhl auf.

»Ich glaube, er ist einer, der durchaus akzeptabel ist«, sagte Rory. Er fühlte, wie es in seinem Gesicht heiß aufstieg, und beschloß, zu warten, bis sich seine Erregung etwas gelegt haben würde. Denn lieber hätte er sich rädern und vierteilen lassen, als zu verraten, daß er von der Verbindung seines Vaters mit Elizabeth wußte.

»Einer von deinen Fatzken von Harvard, der weder Geld noch Familie hat? Los, Rory, rede!«

»Er hat Geld, und er kommt aus guter Familie«, sagte Rory und mußte lächeln. »Vielleicht bist du nicht dieser Meinung, aber ich bin es.« Er blickte seinem Vater ins Gesicht und straffte sich. »Es ist Courtney. Courtney Hennessey. Unser Adoptivonkel.« Und er lachte kurz.

Er war darauf vorbereitet gewesen, daß sein Vater ein Gesicht machen, daß er nachdenken, vielleicht sogar einen Einwand machen würde, denn Männer hatten es nie gern, wenn ihre Töchter heirateten. Aber er war nicht gefaßt auf die plötzliche Veränderung im Gesichtsausdruck des Vaters, verstand es nicht und war bestürzt darüber. Meinte der Alte, der Sohn seiner Geliebten sei keine passende Partie für seine Tochter? Dabei war er Courtney stets offen und freundlich entgegengekommen, ja er hatte ihm gegenüber sogar eine gewisse Aufmerksamkeit und Zuneigung an den Tag gelegt.

Dann sagte Joseph mit so leiser Stimme — obwohl seine Augen fassungslos starrten — daß Rory ihn kaum verstehen konnte: »Du hast den Verstand verloren! Courtney Hennessey!«

Sie sahen sich an. Fahl schimmerte Josephs Gesicht im Schatten des Raumes. Ein blauer Funke sprühte in seinen tiefliegenden Augen.

O Gott! dachte Rory. Was hat er nur? Was ist los mit Courtney? »Pa«, fragte er, »ist etwas mit Courtney nicht in Ordnung? Ich weiß, daß — daß Mutter seine Mutter und ihn haßt. Warum, ist mir schleierhaft, aber Mutter haßt ja praktisch die ganze Welt. Du wirst dir doch nicht ihre Einwände gegen eine Verbindung zwischen Ann Marie und Courtney zu eigen machen, nicht wahr? Ann Marie ist kein Kind mehr, Pa. Sie hat ein Recht auf ihr eigenes Leben.«

Aber Joseph hatte ihm kaum zugehört. Er setzte zu einer Antwort an, und ein Stöhnen entrang sich seiner Brust. Er dachte an Elizabeth. Erst jetzt fiel ihm ein — und er empfand es wie einen betäubenden Schlag —, daß Rory natürlich die seinerzeit ausgegebene Version glaubte, wonach Courtney der Sohn eines gefallenen Kriegshelden und nicht sein wirklicher Onkel war. Was, um Himmels willen, soll ich dem entgegenhalten? überlegte der schwergeprüfte Mann. Elizabeth. Warum haben wir nicht schon längst die Wahrheit bekannt? Meine kleine Ann Marie, mein Kind. Bernadette. Ich kenne sie. Mit wieviel Schadenfreude wird sie diesen Triumph über Elizabeth auskosten! Wieder setzte er zu einer Erwiderung an und mußte husten. »Hat es schon jemand deiner Mutter gesagt?«

Wenigstens tobt er nicht, wie es sonst seine Art ist, schoß es Rory durch den Kopf. Er fühlte sich ein wenig ermutigt. Er ging zu seinem Stuhl zurück und betrachtete seinen Vater mit ernster Miene. Seine Bestürzung nahm sogleich wieder zu, als er sah, daß Josephs Erregung nur noch zugenommen hatte. »Nein, Pa. Sie weiß es nicht — *noch nicht*. Courtney hat sie gedrängt, Ma reinen Wein einzuschenken, aber sie hat Angst. Ann Marie ist ja so ein Mäuschen. Mädchen wie sie nennen wir hier in Harvard Mäuschen. Du verstehst schon: zaghaft, weich und reserviert, wissen nichts von sich herzumachen, weichen allen Unannehmlichkeiten aus — und wie unangenehm Ma sein kann, brauche ich dir ja nicht zu erzählen.«

Joseph aber glotzte ihn nur an. Verzweifelt suchte er nach einem Ausweg, der Elizabeth nicht beschämen und Ann Marie nicht grausam enttäuschen würde. Aber war nicht die unverblümte Wahrheit der einzige Ausweg?

Joseph begann zu fluchen, und Rory, der geglaubt hatte, alle der englischsprechenden Welt geläufigen Schimpf- und Schmutzworte zu kennen, erfuhr, daß es auch noch andere gab. Es war nicht das erstemal, daß er seinen Vater fluchen hörte, noch nie aber hatte Joseph so gemeine Wörter gebraucht — und mit solcher Hemmungslosigkeit gebraucht. Rory war sehr einfühlsam. Er begriff, daß sein Vater nicht aus Wut, sondern aus hilfloser, quälender Verzweiflung heraus fluchte.

Als der Strom von Unflat endlich versiegte und Joseph sich wieder seines Sohnes besann, rechtfertigte er sich mit den Worten: »Ich kann nur eines sagen — es ist unmöglich. Es besteht ein — Ehehindernis. Geh zu irgendeinem Priester: er wird es dir bestätigen.«

»Das hat Courtney schon getan«, erwiderte Rory. »Der geistliche Herr mußte erst nachschlagen. Er hatte seine Zweifel, erklärte aber dann verbindlich, daß Courtney, der ja kein echter Verwandter ist, sondern nur der Adoptivsohn meines Großvaters, der Sohn eines Fremden —« Rory unterbrach sich, denn selbst in seinem dräuenden Schweigen bot sein Vater einen so furchterregenden Anblick, wie ihn der junge Mann noch nie erlebt hatte. Etwas schien Rory an die Kehle zu fassen.

»Ich sage, daß ein Ehehindernis besteht«, wiederholte Joseph.

»Aber welches? Wenn es eines gibt, sollten Ann Marie und Courtney es erfahren. Sollten kirchlicherseits Einwände erhoben werden — nun, es gibt Mittel und Wege, und gar so fromm sind wir ja alle nicht, oder?« Er dachte an Maggie, die in den so herrlich schäbigen Zimmern auf ihn wartete.

Joseph erhob sich. Er war erst Anfang Fünfzig, doch mit einemmal erschien er Rory alt und schwach, ja sogar gebrochen, und das bestürzte den jungen Mann noch mehr als alles andere. Es mochten einem die Knie schlottern, wenn Joseph tobte, doch man konnte ihm die Stirn bieten, wie Rory aus Erfahrung wußte, und sogar vernünftig mit ihm reden, sobald seine Wut nachließ. Nicht immer, aber meistens. Aber dieser Mann tobte nicht. Er drehte sich jetzt zur Seite, und Rory sah den fast flehenden Ausdruck auf dem von Qual durchfurchten Gesicht.

»Man hätte es mir früher sagen sollen«, murmelte Joseph, und Rory begriff, daß er nur zu sich selber sprach. »Vielleicht hätte ich den Anfängen wehren können.« Er richtete den Blick auf seinen Sohn. »Glaube mir, Rory, es besteht ein Ehehindernis. Es besteht, daß muß dir genügen. Du mußt Courtney sagen —«

»Was? Was soll ich Courtney — und Ann Marie — sagen?«

Und als Joseph nicht gleich antwortete, fuhr Rory fort: »Ich habe Courtney versprochen, mich für ihn einzusetzen. Ich habe ihm versprochen, herauszufinden — was es herauszufinden gibt. Aber ich kann ihm nicht mit vagem Gerede kommen. Ich brauche Tatsachen.«

Joseph schwieg immer noch. Rorys Gedanken wirbelten durcheinander. Wie lange kannte Pa »Tante« Elizabeth eigentlich schon? Seit wann bestand das Verhältnis zwischen ihnen? Hatte es schon bestanden, als er seine, Rorys, Mutter heiratete? Nein. Er würde Elizabeth geheiratet haben. Auf keinen Fall also war Courtney sein Bruder. Wenn aber nicht das, was sonst? Wie in einem schwarzen Tunnel gefangen, kamen seine Gedanken ruckartig zum Stehen, und er und sein Vater blickten sich wortlos an.

Joseph sah die sich in Entsetzen weitenden Augen seines Sohnes. Er nickte und wandte sich ab. Rory stand auf. »Mein Gott!« flüsterte er. »So ist das also. Diese Geheimniskrämerei, all diese Jahre. Warum?«

»Denk einmal nach«, erwiderte Joseph. »Weil Rücksichten genommen werden mußten. Mrs. Hennessey. Courtney selbst. Deines Großvaters — Stellung im öffentlichen Leben. Aber deine Mutter und ich — wir haben es immer gewußt. Vor zwanzig Jahren hat man einer Frau nicht automatisch Absolution erteilt, wenn sie den Mann dann geheiratet hat. Heute mag es anders sein. Damals war es so. Mrs. Hennessey war kein Flittchen, aber sie wäre für ihr ganzes Leben gebrandmarkt gewesen. Heirat oder nicht. Ein Dreckskerl, möge seine Seele in der Hölle braten, hat sie belogen und verführt.«

Rory trat auf seinen Vater zu. Der sonderbare Wunsch, Joseph zu trösten, erwachte in ihm. Er wußte nicht, warum, denn schließlich waren es Courtney und Ann Marie, die leiden und seines Trostes bedürfen würden, und nicht sein Vater.

»Was, um Himmels willen, soll ich Courtney erzählen?« jammerte Rory und fügte hinzu: »Ich muß was trinken.« Er ging an einen Kabinettschrank aus Nußbaumholz, holte eine Flasche Whisky heraus, die das Etikett der Armaghschen Unternehmungen trug, und öffnete den Verschluß mit so verbissener Entschlossenheit, als wollte er jemandem den Hals umdrehen. Er wußte, daß Joseph es nicht billigte, wenn »junge Leute im College« Alkohol im Zimmer hatten und »sich blindsoffen«, und darum war Rory immer sehr vorsichtig gewesen. Jetzt aber warf er einen Blick über die Schulter auf Joseph und meinte: »Ich denke, du könntest auch einen vertragen, Pa.«

»Das denke ich auch. Und mehr als einen.« Fast fiel er in den Armsessel. Rory gab ihm ein feingeschliffenes Glas in die Hand, und beide tranken, als ob sie am Verdursten wären. »Die Pharaonen«, sagte Rory und starrte in sein Glas, »die alten Pharaonen heirateten ihre Schwestern. Das ging jahrhundertelang so, Dynastie nach Dynastie. Es war ganz normal. Es war sogar Gesetz. Courtney — ist ja nur ein halber Onkel.« Rory verzog den Mund zu einem kläglichen Lächeln. »Er braucht nichts zu erfahren. Das Gleiche gilt für Ann Marie. Ich kann mich nicht erinnern, etwas von Erbkrankheiten in der Familie gehört zu haben. Ich finde den Gedanken nicht anstößig. Keiner braucht etwas zu erfahren.«

»Du vergißt deine Mutter«, antwortete Joseph. »Sie weiß es. Sie hat die Tatsache, daß Courtney ihr Halbbruder ist, mir gegenüber oft genug abgestritten, weil sie Elizabeth haßt und sie nur zu gern zur Dirne stempeln möchte. Aber — sie weiß es. Und sie würde Ann Marie sofort, und mit Vergnügen, mit den tatsächlichen Verhältnissen konfrontieren, um Elizabeth zu verletzen. Und Courtney. Und mich.«

»Ich glaube nicht —«, setzte Rory an und errötete, was Joseph nicht entging und ihn auf ironische Weise belustigte. Er dachte an den Tag zurück, da er, es war erst wenige Jahre her, Rory geschlagen hatte. Es kam wie eine plötzliche Erleuchtung über ihn, und er verstand jetzt, daß Rory von ihm und Elizabeth gewußt und seinen Vater nicht hatte »beschämen« wollen. Er hob den Arm, berührte seines Sohnes herabhängende Hand und ließ ihn sogleich wieder fallen. Solche Gesten machten ihn verlegen.

»Ich weiß nicht, wie sie es herausgefunden hat«, sagte Joseph. »Aber herausgefunden hat sie's. Ich sehe es ihr an, wenn sie von Elizabeth spricht. Sie würde sie töten, wenn sie es wagte. Deine Mutter weiß, daß ich sie nicht ihres Geldes wegen geheiratet habe und auch nicht aus Liebe, sondern aus einem Grund, den ich für mich behalten möchte. Es ist schon lange her. Sie war mir immer gleichgültig, und ebenso gleichgültig sind mir auch ihre Wünsche. Ich habe ihr niemals Gefühle vorgetäuscht, und wenn ich mir etwas vorwerfen kann, so nur, sie geheiratet zu haben. Ich hätte es vielleicht nicht tun sollen. Aber ich habe es getan. Und ich bedauere es nicht mehr. Ich habe meine Kinder.«

»Pa«, setzte Rory abermals an. Dann erkannte er, daß sein Vater ihm keine Gefühle offenbarte, sondern nur einen Tatsachenbericht erstattete. »Wenn ich alle nur möglichen Vorsichtsmaßnahmen ergriff, so nicht, um deine Mutter zu schützen, sondern um Elizabeths Ruf nicht zu gefährden. Vielleicht sollte mir deine Mutter leid tun, und manchmal tut sie mir auch leid — glaube ich. Aber das ist jetzt nicht so wichtig. Wichtig ist das Ehehindernis, das einer Verbindung zwischen Courtney und Ann Marie im Weg steht. Es ist nicht nur ein ›Hindernis‹, sondern ungesetzlich — ein Verbrechen. Du kannst dich darauf verlassen, daß deine Mutter diesbezüglich gut informiert ist. Du und deine Pharaonen. Ich sehe, du hast das Zeug zu einem guten Advokaten.«

Aber Rory lächelte nicht. Ohne zu fragen, füllte er ihre Gläser nach. In dieser verzweifelten Lage hatte Rory sogar seine kleine Marjorie vergessen. »Was soll ich Courtney sagen?« fragte Rory selbstquälerisch.

»Und wenn man seine Mutter überreden könnte, ihm die Wahrheit zu enhüllen? Ich möchte allerdings nicht, daß Ann Marie etwas erfährt.«

»Er würde seine Mutter hassen. Und seinen Vater. Seinen Vater! Meinen Großvater! Eine tolle Sache, wirklich wahr.«

»Ich bezweifle, daß er seine Mutter hassen würde«, meinte Joseph und dachte schmerzlich bewegt an Elizabeth und an das innige Verhältnis, das sie mit ihrem Sohn verband. »Vielleicht kann sie ihm alles begreiflich machen. Aber du darfst nichts reden. Je weniger Leute — seiner Meinung nach — davon wissen, desto leichter wird er sich damit abfinden.«

»Courtney hat ihr schon gesagt, daß er Ann Marie heiraten möchte«, gab Rory zu bedenken. Von neuem Entsetzen erfüllt, hob Joseph den Kopf. »Und Tante Elizabeth, so hat er mir erzählt, war ganz fürchterlich aufgeregt und erklärte nur, es wäre ›unmöglich‹. Sie wollte gar nicht darüber reden.«

Das ist es also, was mein armes Lieb so gequält hat, dachte Joseph.

»Ich werde Elizabeth nahelegen, Courtney reinen Wein einzuschenken«, sagte Joseph. »Laß mir eine Woche Zeit. Empfehle ihm, sie in einigen Tagen zu besuchen. Wie ich höre, bleibt er mit dir den Sommer über an der Universität. Ich habe nie angenommen, daß er ein besonders tüchtiger Anwalt werden wird, aber ihr zwei scheint ja wirklich unzertrennlich zu sein.«

Zum erstenmal ließ Rory jetzt Verbitterung erkennen. »Wie sich jetzt herausstellt, ist es doch mehr als ›Freundschaft‹, was uns verbindet«, sagte er. »Nun, es läßt sich ja nicht ändern. Eine scheußliche Situation.« Plötzlich fiel ihm Marjorie ein, und er stieß eine leise Verwünschung aus. »Entschuldige bitte, aber ich muß jemandem eine Nachricht zukommen lassen. Ich breche eine Verabredung. Ich möchte noch ein wenig länger mit dir zusammenbleiben. Gehen wir zusammen essen.«

Joseph hatte seinen Sohn schon öfter eingeladen, mit ihm zu Abend zu essen, aber Rory war manchmal nicht sehr begeistert gewesen. Er selbst hatte seinen Vater nie aufgefordert. Vater und Sohn sahen sich an. Dann streckten sie sich unvermittelt die Hände entgegen und schüttelten sie.

»Und zum Abschluß laß uns doch zu Onkel Seans letztem Konzert in dieser Saison gehen«, schlug Joseph vor. »Seitdem er vor zwei Monaten aus Europa zurückgekommen ist, habe ich ihn nicht mehr gesehen. Warum heiratet er eigentlich nicht?«

Rory wußte die Antwort auf diese Frage. Er setzte sich an den Tisch, um Marjorie ein paar Zeilen zu schreiben. Sein junges Herz war von Kummer schwer.

XXXVIII

Courtney Hennessey kam sehr früh am Morgen in Green Hills an. Seine Mutter hatte ihm ganz kurz geschrieben, sie hätte ihm etwas mitzuteilen, das *von großer Bedeutung für dich ist, liebster Sohn.* Es war so gar nicht die Art seiner Mutter, Geheimniskrämerei zu betreiben, so als fürchte sie Lauscher, so als wage sie nicht oder hätte nicht den Mut, niederzuschreiben, was gesagt werden mußte. Schon immer hatte ein enges Vertrauensverhältnis zwischen Mutter und Sohn bestanden, denn sie waren sich nicht nur im Aussehen ähnlich. Darum war Courtney mehr beunruhigt, als es seine gelassene Miene erraten ließ, wie er jetzt an einem warmen Julitag im Bahnhof von Winfield dem Zug entstieg und sich nach der Familienequipage umsah. Es konnte keine Geldfrage sein. Seine Mutter war eine reiche Frau, und Onkel Joseph verwaltete ihr Vermögen. (Im Gegensatz zu Rory, der Augen und Ohren stets offenhielt, hatte Courtney keine Ahnung von der Verbindung zwischen seiner Mutter und Joseph Armagh.) Es mochte mit ihrer Gesundheit zu tun haben, und Courtneys Befürchtungen verstärkten sich, als er jetzt an ihr zartes Aussehen dachte, das ihm schon bei seinem letzten Aufenthalt in Green Hills zu Ostern aufgefallen war.

Im süßen hellen Licht des Julimorgens erwarteten ihn eine Equipage und ein gähnender Kutscher. So früh es auch war, standen schon viele Menschen neben ihrem Gepäck und warteten auf ihre Züge nach Pittsburgh, Philadelphia und New York. Der Kutscher half Courtney mit seinen Koffern, der junge Mann setzte sich in den offenen Wagen, und die Pferde zogen an. Er kam gern nach Hause. Er liebte das offene Land, die stillen Straßen, die mächtigen knorrigen Bäume, die alten Fachwerkbrücken und das grünlich schimmernde Wasser unter ihnen. Er liebte den Anblick der Bauernhäuser außerhalb der Stadt, die weißen

Zäune, die roten Scheunen, den Rauch, der aus engen Schornsteinen stieg, das Vieh auf den Feldern, das Bellen der Hunde und das Gegacker der Hühner. Er liebte es, dem Gespräch der Bauern zu lauschen und ihnen bei der Arbeit zuzusehen. Der Duft von Erde, Hecken und reifem Getreide berauschte ihn. Vor allem aber schätzte er die sanfte Ruhe, der die friedlichen Klänge einer lieblichen Landschaft zusätzlichen Reiz verliehen. Mit seinen von Ulmen und Ahornbäumen gesäumten Straßen und Gäßchen besaß Boston seinen eigenen altväterlichen Reiz, New York war aufregend und überwältigend, und er kannte London und Paris, Rom und Athen. Aber trotz aller ihrer überschäumenden Vitalität fehlte diesen Städten etwas; trotz ihrer Gärten und Parks, trotz der Ströme und Flüsse in ihrer Mitte, bestand eine gewisse Sterilität, eine seltsame Abkehr von der Natur. Nur auf dem Land, ganz gleich wo, fand der Mensch zu seiner Persönlichkeit zurück, war er Teil des Geschehens.

Courtney nahm seinen Hut ab und ließ den sich erwärmenden Wind durch sein helles, feines, dichtes Haar wehen, das dem seiner Mutter so ähnlich war. Er hatte ihre Züge, doch während die ihren an Porzellan erinnerten, waren die seinen schärfer und ausgeprägter, und, anders als in ihren, lag in seinen Augen weder Trauer noch beschauliche Gelassenheit. Sie waren beide von gleicher Größe und besaßen beide die gleiche schlanke Gestalt, doch die seine war gespannter und steifer. Während er so in der Kutsche saß und sich die Sonne auf den Kopf scheinen ließ, dachte er an Ann Marie und lächelte. Solange noch eine Ann Marie auf ihn wartete, konnte es nichts sehr Schlimmes sein, was er nun bald hören sollte — es wäre denn, seine Mutter sähe den Tod vor Augen. »Wie geht es Mrs. Hennessey, Sam?« fragte er den Kutscher.

»Nun, Sir«, antwortete der Mann und gähnte noch einmal herzhaft, »bis vor ungefähr einer Woche schien es ihr noch recht gut zu gehen, aber jetzt scheint sie irgendwie beunruhigt. Zerfahren, möchte ich sagen.«

»Beunruhigt. Zerfahren.« So hatte man ihm den Zustand seiner Mutter noch nie beschrieben. Ganz plötzlich wünschte er, die Pferde sollten schneller laufen und nicht so gemütlich auf der staubigen Straße dahinzuckeln. Das Land erschien ihm jetzt weniger friedlich, und es ärgerte ihn, als sie anhalten mußten, bis eine Viehherde in aller Seelenruhe die Straße überquert hatte. Der Bauernjunge streifte ihn mit einem gleichgültigen Blick, und der Hund schnappte kläffend nach den Füßen der Pferde. Sie fuhren weiter, die Willoughby Road hinunter, vorbei an stattlichen Herrenhäusern, in denen sich noch nichts regte, bis sie die Auffahrt des ehemals Armaghschen Hauses erreicht hatten, das jetzt Elizabeth Hennessey gehörte. Courtney erinnerte sich nur dunkel an seine Kindheit in jenem, wie er es bezeichnete, »titanischen weißen Mausoleum«, in dem Ann Marie lebte — umgeben von zumeist unfreundlichen Menschen. Kein Wunder, denn hier war Bernadette, die Tochter seines Adoptivvaters, die Herrin. Er hatte sie nie gemocht, aber auch nie eine Erklärung für die Feindseligkeit gefunden, mit der sie ihm begegnete, so als ob sie ihn und seine Mutter verabscheute. Er sah sie jetzt nur noch selten, doch wenn er mit ihr zusammentraf, bemühte sie sich gar nicht, ihren glühenden Haß zu verbergen — ja, es war Haß. Das wußte er.

Sie bekommt ganz bestimmt einen Anfall, wenn sie von unserer Verlobung erfährt, dachte er nicht ohne ein wenig Schadenfreude, doch auch mit leiser Sorge um das Mädchen, das er liebte. Ann Marie war großjährig; sie konnte heiraten, wen sie wollte. Onkel Joseph war ihm wohlgesinnt und hatte sich ihm erst vor kurzem wieder, bei seinem letzten Besuch in Boston, außerordentlich gefällig gezeigt. Sicher wird es auch ihm Spaß machen, Bernadette zu ärgern, nahm Courtney an, der seinen Schwager, dessen Alter respektierend, »Onkel« nannte. Es überraschte Courtney immer wieder, wenn jemand Joseph bei seinem Vornamen anrief. Er erblickte darin eine dreiste Vertraulichkeit. Trotzdem belustigte es ihn, so wie es ihn auch amüsierte, wenn Rory zärtlich von seinem »alten Herrn«, von »Pa«, sprach. Courtney wußte sehr genau, daß Rory zwar seinen Vater liebte wie niemanden sonst außer seiner Maggie, aber doch einen Heidenrespekt vor ihm hatte — wie auch Ann Marie und Kevin. Courtney legte bekümmert die Stirn in Falten, als er an das geliebte Mädchen dachte, an ihr scheues Wesen, ihre Schüchternheit, ihr instinktives Zurückweichen vor einem unfreundlichen Gesicht oder einem rauhen Wort, ihr Streben nach Aussöhnung und harmonischer Eintracht. Ja, ihre Mutter würde heute nicht eben sanft mit ihr umgehen, ging es Courtney durch den Kopf. Als ob sie jemals sanft wäre! Zum erstenmal verwandelte sich die Gleichgültigkeit, mit der er Bernadette, seiner Adoptivschwester, begegnete, zu lebhafter Abneigung. Seine Mutter hatte ihm einmal erzählt, Bernadette sei früher »recht hübsch und sehr munter, voller Geist und Leben, und außerordentlich elegant« gewesen, doch wenn Courtney an Mrs. Armagh dachte, fiel es ihm schwer, sich vorzustellen, daß dieser in Fischbein und Stahlstäbe gezwängte, unförmige Leib, dieses in apoplektisch gerötete, breite, feiste Wangen gestopfte fahle Gesicht, die für das viele Fleisch viel zu kleine Nase, und der große, hämisch geschürzte Mund, je anziehend gewirkt haben könnten. Selbst ihre schönen haselnußbraunen, bernsteinfarben, golden und grün gesprenkelten Augen waren von der Korpulenz ihrer Züge verschlungen worden; nichts Erquickendes und nichts Gütiges ließ sich von ihnen ablesen, nur Bosheit und Tücke. Sie war etwa einundvierzig und trug ihr kastanienbraun gefärbtes Haar zu einer gewaltigen Pompadourfrisur hochgekämmt, die ihr ein noch vulgäreres Aussehen gab. Sie war trotz ihrer Beleibtheit immer noch recht beweglich, neigte jedoch zu einem watschelnden Gang — ein häßlicher Kontrast zu

Elizabeths graziöser und anmutiger Haltung. Sie benützte schwere Parfüms — selbst im Sommer, wenn solche Düfte anwiderten und Übelkeit erregten. Nie trug ihr Gesicht einen freundlichen oder heiteren Ausdruck, außer in Gegenwart ihres Gatten.

Bei solchen Gelegenheiten empfand Courtney so etwas wie Mitleid.

Es war noch nicht halb acht, doch als Courtney aus dem Wagen stieg und zu den Fenstern seiner Mutter hinaufschaute, sah er, daß die Vorhänge aufgezogen worden waren und die Gardinen sich sanft im Wind blähten. Für gewöhnlich frühstückte seine Mutter im Bett und nicht vor halb neun. Die Tatsache, daß sie um diese frühe Stunde offensichtlich schon auf war, beunruhigte Courtney noch mehr. Er eilte ins Haus, wo ihn ein Dienstmädchen empfing und ihm mitteilte, daß Mrs. Hennessey ihn im Frühstückszimmer erwartete. Wenigstens war sie gesund genug, um das Bett zu verlassen und zum Frühstück nach unten zu kommen. Es mußte sich also um etwas anderes handeln, dachte er. Er warf seinen Hut auf einen Lehnsessel und hastete den langen Gang hinunter, der zu den hinten gelegenen Räumen führte.

Das achtseitige Frühstückszimmer war in ruhig-heiteren Farben gehalten, blaßgelb und grün, und die goldenen Seidenvorhänge schwangen im warmen Sommerwind. Der Tisch war gedeckt. Von bleicher Schönheit wie immer, saß seine Mutter in ihrem grünen Morgenrock am gewohnten Platz. Ein grünes Band hielt ihr langes, über die Schultern fallendes Haar im Nacken zusammen. Sie sieht wie ein junges Mädchen aus, dachte Courtney erfreut und beugte sich vor, um sie zu küssen. Sie tätschelte ihm die Wange. »Ach, du bist ja ganz schmutzig«, rief sie, als ihr Blick auf seine Hände fiel. »Wasch dich doch ein bißchen. Ich trinke inzwischen ein paar Schluck Kaffee und warte auf dich.«

»Ich hatte Sorge um dich«, erklärte Courtney. »Darum wollte ich mich nicht mit Waschen aufhalten.«

Erst jetzt sah er die violetten Schatten unter ihren Augen, ihre außergewöhnliche Blässe und die kleinen Falten um ihren Mund. Sie drehte den Kopf zur Seite. »Mir geht es ganz gut, Courtney. Beeil dich.« Ihre Stimme klang dumpf und, jawohl, »beunruhigt«. Sie ließ ihre stolzen Schultern hängen, so als ob sie sehr müde wäre und schlaflose Nächte verbracht hätte. Courtney eilte in sein Zimmer hinauf, wusch sich, legte seinen braunen Anzug ab und ersetzte ihn durch einen hellgrauen, glättete sein Haar und lief wieder hinunter. Er hatte schon das Erdgeschoß erreicht, als ihn eine düstere, namenlose Vorahnung überkam. Er dachte daran, daß Ann Marie »bald« mit ihrer Mutter »reden« würde. In seinem letzten Brief, in dem er ihr seine Ankunft in Green Hills ankündigte, hatte er ihr das Versprechen abverlangt, nicht mit ihr zu reden, bis er nicht an ihrer Seite stehen konnte, um ihr Mut einzuflößen. Die Hand auf dem Treppengeländer, blieb er in der sonnenbeschienenen Stille der Eingangshalle stehen.

In seinem Brief hatte er sie auch aufgefordert, ihn zu Pferd »auf unserem Platz« zu erwarten. Bis dahin fehlten noch etwa vier Stunden. Der Gedanke, Ann Marie bald wiederzusehen, gab auch ihm frischen Mut, und er setzte seinen Weg ins Frühstückszimmer fort. Eine volle Tasse Kaffee in der Hand, saß seine Mutter wie in Trance beim Tisch und starrte auf das dampfende Silbergeschirr. Er setzte sich, und Elizabeth zuckte zusammen, denn sie hatte ihn nicht eintreten gehört.

»Nachrichten können warten, bis der Magen befriedigt ist«, sagte sie. »Findest du nicht?«

»Das hängt davon ab«, antwortete Courtney. »Wenn es schlechte Nachrichten sind, ja. Wenn sie erfreulich sind, nein.« Er beobachtete sie aufmerksam.

»Ich weiß nicht, ob es ›gute‹ oder ›schlechte‹ Neuigkeiten sind«, sagte sie mit gedämpfter Stimme. »Sie mögen schlecht sein — für dich. Ich weiß es nicht. Du bist jung, und junge Menschen werden mit Enttäuschungen leichter fertig.« Sie setzte ihm Rühreier und heißen Toast vor und goß ihm Kaffee ein, und er sah, wie durchscheinend ihre aristokratischen Hände waren. Zum erstenmal bemerkte er auch, daß sie nicht ihren Ehering trug. Es gab keine Spuren am Finger, daß sie je einen angesteckt gehabt hatte. Wann hatte sie ihn abgelegt? Und dann, unendlich erleichtert, holte er tief Atem. Sie wollte heiraten! Er lächelte. Die liebe Mama! Er wußte von ihrer Einsamkeit und freute sich für sie. Hoffentlich war der Mann ihrer würdig und nicht so ein Lump und Betrüger, der es nur auf ihr Geld abgesehen hatte.

Er verzehrte ein herzhaftes Frühstück und hielt seine Mutter an, es ihm gleichzutun. Sie gab sich Mühe, doch wollte es ihr nicht gelingen. Er sah, wie sie ihn beobachtete, und lächelte wieder stillvergnügt in sich hinein. Sie zauderte. »Seitdem du dich entschlossen hast, zusammen mit Rory den Doktor juris im Eiltempo zu machen, bist du so selten zu Hause«, sagte sie. »Du fehlst mir sehr.« Aha, dachte Courtney, so also will sie ihr Ziel ansteuern. Sieh mal, wie sie den Boden für die große Enthüllung vorbereitet!

»Ich kann ihn in Boston nicht allein lassen«, rechtfertigte sich Courtney. »Weiß Gott, was er anstellen würde, wenn ich nicht auf ihn aufpaßte. Die Frauen sind ganz verrückt nach ihm, und Boston ist voll von unverheirateten Mädchen. Ich muß dafür sorgen, daß er nicht auf dumme Gedanken kommt.«

Doch Elizabeth ging auf den scherzhaften Ton ihres Sohnes nicht ein. »Rory mag impulsiv scheinen«, sagte sie, »aber in Wirklichkeit ist er es nicht. Er ist ein sehr berechnender junger Mann. Ich meine das nicht böse, denn ich habe Rory sehr gern und schätze seine Gesellschaft. Ich will damit nur ausdrücken, daß er sehr genau überlegt, bevor er etwas tut. Er wägt sorgfältig das Für und Wider ab und fällt erst dann seine Entscheidung. Und weil er vorher niemals darüber spricht, erscheint seine Handlungsweise vielen Leuten impulsiv — sie ist es aber nicht.«

Courtney dachte an Marjorie Chisholm. Rory sprach in letzter Zeit nur noch selten, und wenn, nur so ganz beiläufig von ihr. »Wer? Ach, Maggie. Ja, vielleicht besuche ich sie heute nachmittag, wenn ich noch rechtzeitig mit dieser Schadenersatzklage fertig werde.« Das war alles. Courtney wußte eine ganze Menge von Rory, aber es gab auch viel, das er nicht wußte. Ob sein Interesse an Marjorie wohl nachgelassen, ob er die Absicht, sie zu heiraten, aufgegeben hatte? Zwei- oder dreimal in der Woche machte er sich davon und blieb stundenlang fort. Er erzählte nicht, wo er gewesen war, und Courtney vermutete, daß sein Interesse jetzt einer anderen galt. Arme Maggie.

»Du stellst ihn als kaltblütig und gefühllos hin«, sagte Courtney zu seiner Mutter, »oder als mißtrauisch.«

»Ich finde, Rory vereint zwei verschiedene Menschen in einer Person«, erwiderte Elizabeth und suchte zu lächeln. »Er ist gefühllos, aber auch warmherzig und großmütig. Ja, er ist mißtrauisch, aber auch vertrauensvoll wie ein Hündchen. Er behält seine Meinungen und Absichten für sich. Er zeigt sich von der Seite, von der er sich zeigen will, aber nicht von der anderen. Ich habe den Eindruck und hatte ihn schon immer, daß er Aufrichtigkeit und Rücksichtslosigkeit in sich vereint, daß er sich von nichts abhalten läßt, sein Ziel zu erreichen — und daß es mitunter doch etwas gibt, was ihn davon abbringt. Er hört immer höflich zu und spricht nur selten dagegen, obwohl ich vermute, daß er gänzlich anderer Meinung ist. Er ist ein sehr komplexer junger Mann und voller Widersprüche. Eben jetzt ein Halunke, wenn du so willst, und im nächsten Augenblick ein aufrechter, ehrsamer Mann.«

Courtney war vom Scharfblick und Wahrnehmungsvermögen seiner Mutter überrascht. »Ja«, gab er zu, »Rory ist so. Er verfolgt alles, was um ihn vorgeht, mit Argusaugen, nichts entgeht ihm — und dann steht er wieder da wie ein braver, kleiner englischer Schuljunge, um Jahre jünger, als er tatsächlich ist, die personifizierte Naivität und Unschuld, und es ist durchaus keine Verstellung. Es ist so seine Art. So fühlt er sich eben — im Augenblick. Es besteht überhaupt keine Ähnlichkeit zwischen ihm und seiner Zwillingsschwester Ann Marie. Manchmal habe ich das Gefühl, daß Rory allein, in sich, ein Zwilling ist.«

Sie dachten beide an Ann Marie. Courtney trank ein wenig Kaffee. Sein Herz begann schneller zu schlagen. Es war Zeit, daß er mit seiner Mutter wieder über sie sprechen sollte, und als Elizabeth sein Gesicht sah, wurde sie schwach und ängstlich. Aber wenigstens würde er es sein, der das Thema anschnitt, und nicht sie. Vielleicht war es doch noch möglich, das Geheimnis zu bewahren.

»Mutter«, setzte er an, stellte seine Tasse nieder und wandte ihr entschlossen das Gesicht zu, »ich habe dir vor geraumer Zeit von Ann Marie gesprochen, aber du warst so aufgeregt und wiederholtest immer wieder, daß es ›unmöglich‹ wäre, daß ich die Sache vorübergehend fallenließ. Schließlich ging ich ja auch noch zur Schule. Und ich hatte Angst, ich könnte deiner Gesundheit schaden; du warst so verstört. Was hast du gegen Ann Marie, Mutter?«

Elizabeth preßte die Hände im Schoß zusammen, und ihre grünen Augen hefteten sich tapfer auf ihren Sohn. »Courtney, ich *habe* einen Grund, warum — ich mich dagegenstelle. Ich sagte dir schon, daß es ein sehr bedeutsamer Grund ist. Du bist mein einziges Kind. Ich möchte nicht, daß du einen Fehler machst. Es fließt schlechtes Blut in den Hennesseys.«

»Du hast einen Hennessey geheiratet«, konterte Courtney. »So schlecht war der doch gar nicht. Im Gegenteil: er war ein netter alter Kerl und hat mich wie einen Sohn behandelt. Er hätte mir kein besserer Vater sein können, und ich war doch nur adoptiert. Ich glaube, er hat mich lieber gehabt als seine eigene Tochter, Bernadette. Wenn du so von den Hennesseys dachtest — und du sagtest mir einmal, du hättest den Senator schon lange gekannt, bevor du ihn heiratetest — warum bist du dann seine Frau geworden?«

»Ich liebte ihn«, antwortete Elizabeth und ließ den Kopf sinken.

»Du sprichst in der Vergangenheit? Auch wenn er tot ist, empfindest du nichts mehr für ihn?«

»Nein. Ich weiß heute, daß es nur eine blinde Leidenschaft war. Es ist wahr, Courtney, er war zu dir herzlicher und gütiger als die meisten — echten — Väter. Aber er war ein schlechter Mensch, Courtney, ich muß dir das sagen. Ein sehr schlechter Mensch. Um es offen auszusprechen, er war ein — Verbrecher. Es ist eine lange Geschichte — zu lang, als daß ich sie dir jetzt erzählen könnte. Bernadette ist um kein Jota besser, als ihr Vater war. Sie ist eine böse Frau — in mehr als einer Beziehung. Ja, die Hennesseys haben schlechtes Blut. Du darfst nicht einmal daran denken —« O Gott, war das noch nicht genug?

»Mit anderen Worten«, sagte Courtney nach einer kleinen Weile, »das soll heißen, es wäre zuviel für dich, wenn ich Ann Marie heiraten würde.«

»Ja«, flüsterte sie. Sie hob den Blick und sah die Entschlossenheit in seinen Augen und in der Blässe seiner Wangen. »Außerdem besteht dieses Ehehindernis.«

»Mutter«, entgegnete er und bemühte sich, ruhig zu bleiben, »es besteht keine Blutsverwandtschaft, und das weißt du. Ich habe mit Priestern über die Sache gesprochen. Einer war im Zweifel. Der andere war ganz sicher, daß es völlig in Ordnung wäre. In Wirklichkeit bin ich ja gar nicht Ann Maries ›Onkel‹. Ich bin der Sohn von Everette Wickersham. Zwar bin ich dem Senator dankbar, daß er mich adoptiert und mir seinen Namen gegeben hat, aber ich wünschte zu Gott, du hättest es dabei bewenden und mir meinen wahren Namen gelassen.«

In tiefster Qual preßte Elizabeth ihre papierdünnen, weißen Augenlider zusammen.

»Selbst wenn ein formelles Ehehindernis bestehen sollte und die Kirche Einspruch erhöbe, ich würde Ann Marie trotzdem heiraten«, fügte Courtney mit sanfter Entschlossenheit hinzu.

»Aber würde Ann Marie dich heiraten?« fragte seine Mutter und öffnete ihre schmerzenden Augen.

»Ich habe mit ihr gesprochen. Wir haben uns sehr lieb, Mutter. Sie hat gesagt, daß sie mich heiraten will. Und nichts kann uns aufhalten. Mir ist es gleich, ob ihre Eltern sie hinauswerfen — obwohl ich bezweifle, daß Onkel Joseph das tun würde. Aber es würde uns nichts ausmachen. Du kannst mich auch hinauswerfen, wenn du willst. Ich habe mein eigenes Geld, das der Senator so gütig war, mir zu hinterlassen. Aber ich werde dieses Mädchen heiraten, und zwar so bald wie möglich, und wenn der ganze Schnee verbrennt.«

»Hast du auch die legalen Aspekte bedacht?« fragte Elizabeth. Es hatte ja doch keinen Zweck mehr; sie konnte auf kein Erbarmen hoffen.

»Natürlich, Mutter! Schließlich studiere ich Jura, und meine Professoren sind Rechtsgelehrte. Ich habe mich bei ihnen erkundigt, und sie meinten, schon die Frage allein wäre absurd. Gesetzlich besteht kein Hindernis für unsere Verehelichung.«

Mit großer Mühe erhob sich Elizabeth von ihrem Sessel, wankte zu einem der Fenster und blickte hinaus. »Du kannst Ann Marie nicht heiraten, Courtney. Ich kann es nicht — Schon der Gedanke —«

»Ich dachte, du liebtest Ann Marie«, hielt Courtney ihr vor. Seine Stimme klang bitter.

»Das tue ich auch«, erwiderte Elizabeth so leise, daß er sie kaum hören konnte. Sie fürchtete zu fallen und mußte sich am Fensterrahmen festhalten. »Aber da ist auch noch ihre Mutter — die Hennesseys.«

»Sie hat auch noch ein anderes Erbe«, wandte Courtney ein. »Du hast mir doch einmal erzählt, ihre Großmutter wäre eine Dame gewesen, eine wunderschöne Frau, obwohl du ihr nur ein einziges Mal begegnet bist.«

Elizabeth dachte an jenen entsetzlichen Tag, der dreiundzwanzig Jahre zurück lag. »Ja, das war Katherine«, sagte sie. »Ihr ist großes Unrecht geschehen; ihr Mann hat sie zugrunde gerichtet. Aber das Blut der Hennesseys ist in Bernadette sichtbar geworden, und auch in ihren Kindern. Rory hat seinen Teil davon. Möchtest du, daß deine Kinder Bernadette nachgeraten?«

»Nein. Aber da ist auch noch das Wickershamsche Blut. Hast du das vergessen? Und deine Seite, Mutter. Alles zusammen wird doch wohl zuviel für das ›schlechte Hennesseysche Erbteil‹ sein, findest du nicht?«

Elizabeth schwieg. War sie wirklich so mager geworden, sah sie so angegriffen aus, war es ihm bis jetzt nicht aufgefallen? Immer noch hielt sie sich, ihm den Rücken zukehrend, am Fensterrahmen fest. Schließlich sagte sie: »Joseph Armagh würde es nicht zulassen. Das weiß ich.«

Courtney stand auf. »Du irrst, Mutter. Ich habe mich eingehend mit Rory darüber unterhalten. Er weiß, daß sein Vater mir wohlgesinnt ist. Er glaubt nicht, daß wir aus dieser Richtung etwas zu befürchten haben. Und selbst wenn, spielt das auch keine Rolle. Ich treffe mich jetzt bald mit Ann Marie, und wir wollen gleich zu ihrer Mutter gehen und ihr alles sagen.«

Elizabeth drehte sich so schnell um, daß sie schwankte und nach dem Vorhang fassen mußte, um sich zu stützen. Courtney erschrak vor dem Ausdruck des Entsetzens in ihren Augen. »Das darfst du nicht zulassen!« rief sie. »Sie darf Bernadette nichts erzählen! Ich kenne Bernadette! Ich weiß, was sie diesem armen Geschöpf sagen wird! Es wäre ihr Tod!« Sie preßte die Hände an ihre Brust wie eine, die um ihr eigenes Leben fleht. »In Gottes Namen, Courtney, versuche Ann Marie beizubringen, daß du sie aus verschiedenen Gründen — aus verschiedenen Gründen — nicht heiraten kannst. Bringe es ihr so schonend bei, wie du nur kannst, und dann verabschiede dich von ihr — und sieh sie nie wieder. Ihr seid beide jung. Ihr werdet beide vergessen.« Tränen unaussprechlicher Qual standen in ihren weit offenen Augen.

Er blickte sie schweigend an, und nun befielen ihn wieder die bösen Ahnungen, die ihn schon vor Monaten verwirrt und gepeinigt hatten. Aber er sah auch die helle Verzweiflung seiner Mutter, ihre Angst, ihr tiefes Leid.

»Ist es das, was du mir sagen wolltest?« fragte er. »Daß ich Ann Marie nicht heiraten kann? Hast du mich deswegen kommen lassen?«

Unfähig, ein Wort hervorzubringen, nickte sie, aber ihre Augen flehten ihn an, es genug sein zu lassen und ihr keine weiteren Fragen mehr zu stellen. Schließlich antwortete sie mit brechender Stimme: »Ich — ich hatte das Gefühl, daß du deine Absicht nicht aufgegeben hattest, daß du immer noch entschlossen warst, sie zu heiraten. Darum bat ich dich zu kommen. Ich wußte, daß ich sofort etwas unternehmen mußte —«

»Gib mir *einen* vernünftigen Grund, warum ich sie nicht heiraten und was ich ihr sagen sollte. Das ist alles, was ich verlange, Mutter. *Einen* vernünftigen Grund, keinen gefühlsbedingten und keinen, der irgendwelchem Aberglauben entspringt. Wenn es ein vernünftiger Grund ist, verspreche ich dir, ich werde ihn ernstlich in Erwägung ziehen und unter Umständen meine Handlungsweise danach einrichten. Wenn ich ihn aber nicht für triftig erachte, dann —« Mit einer ausdrucksvollen Geste breitete er die Hände aus.

»Glaube mir, liebster Courtney, es ist ein triftiger Grund.«

»Dann sag ihn mir!« rief er, von wilder Ungeduld überkommen. »Ich bin kein Kind mehr! Ich bin ein Mann!«

»Ich kann es dir nicht sagen. Wenn ich könnte, ich würde es tun. Du mußt mir glauben.«

Er schüttelte den Kopf. »Du redest Unsinn, Mutter. Es gibt keinen ›vernünftigen‹ Grund. Es gäbe nur dann einen, wenn ich wirklich Ann Maries Onkel wäre.«

Blind tastete Elizabeth nach ihrem Sessel und ließ sich hineinfallen. Sie stützte die Ellbogen auf den Tisch und barg ihr Gesicht in den Händen. Courtney blieb stehen und blickte auf sie hinab. Er fühlte sich plötzlich wie gelähmt, eine Lähmung, die seine Lippen anschwellen und gefühllos werden und seine Kehle austrocknen ließ. Er konnte kaum atmen. Er versuchte, den Kopf zu bewegen, seinen Brechreiz zu überwinden, der Auflösung seines Körpers Einhalt zu gebieten. Er konnte den Blick nicht von seiner Mutter abwenden. Er hörte sie weinen. Es war der trostloseste Klang, den er je vernommen hatte, und dennoch überfiel ihn eine aus Zorn und Hoffnungslosigkeit geborene Wut.

Draußen mähten Gärtner den Rasen. Ein Lüftchen wehte den Duft des frisch geschnittenen Grases ins Zimmer, irgendwo bellte ein Hund, ein Junge pfiff sich eine Weise, die Blätter raschelten in den Bäumen. Hier im Raum aber herrschte eine tödliche Stille, die Stille nach einem Mord, eine häßliche, aufgestaute Stille, die sich besonders deutlich von der friedlichen Szene vor den Fenstern abhob.

»Du hättest es mir längst sagen sollen«, stieß er hervor. Er fürchtete, sich erbrechen zu müssen. »Du hättest es nicht anstehen lassen dürfen. Du hättest es nicht so weit kommen lassen dürfen.«

»Wie hätte ich wissen sollen, daß es soweit kommen würde?« stöhnte sie hinter ihren schützenden Händen hervor. »Ich hoffte, du würdest sie vergessen, nachdem ich schon einmal mit dir darüber gesprochen hatte.«

»Der Senator war also wirklich mein Vater?«

»Ja.« Er konnte sie kaum hören.

»Und ich wurde geboren, bevor er dich heiratete?«

Sie nickte, denn die Stimme versagte ihr den Dienst. Er haßte sie jetzt — und liebte und bemitleidete sie wie nie zuvor. Er wollte ihr Vorwürfe machen, und er wollte sie trösten. Er würgte ein wenig und hüstelte, und wie eine tödliche Woge überflutete blanke Verzweiflung sein Gesicht, seine Lippen und seine Augen.

»Und Bernadette ist wirklich meine Schwester? O Gott, was für ein grausamer Scherz! Diese widerliche Bernadette! Weiß sie auch davon?«

»Ja«, murmelte Elizabeth, »sie weiß.«

»Wer noch?«

»Joseph Armagh.«

»Sonst niemand?«

Das Gesicht immer noch in den Händen geborgen, schüttelte sie den Kopf. Zwar klang ihre Stimme schwach und gedämpft, aber doch schon ein wenig klarer. »Man sagte Bernadette, was — was man auch allen anderen sagte, aber sie wußte sofort, daß du der Sohn ihres Vaters bist. Sie hat es mir wiederholt abgestritten — um mich zu demütigen. Aber sie kennt die Wahrheit. Und es würde ihr ein Vergnügen bereiten, sie Ann Marie, diesem armen Kind, ins Gesicht zu schleudern, um ihr und uns weh zu tun.«

»Du hättest es mir schon vor Jahren sagen sollen.«

Elizabeth ließ die Hände fallen, und er sah die roten Spuren ihrer Verzweiflung auf ihren feuchten weißen Wangen. »Warum?« fragte sie. »Wozu? Um dir schon als Kind ein Mal einzubrennen? Um dich vor deinen Kameraden zu beschämen? Um dir einen Grund zu geben, deine eigene Mutter zu verachten? Was hätte ich damit erreicht? Wäre es nicht so gekommen, daß du Ann Marie heiraten wolltest, ich würde dir nie etwas gesagt haben. Kannst du mir *einen* Grund nennen, warum ich es dir schon ›vor Jahren‹ hätte sagen sollen?« Ihr Blick drückte trübseliges Staunen aus.

»Nein«, antwortete er nach einer kleinen Pause, »es gab bis heute keinen Anlaß, es mir zu sagen.« Er sah auf die Uhr. »Ich muß jetzt gehen. Ann Marie erwartet mich. Ich muß es ihr irgendwie beibringen, ihr etwas erzählen — aber nicht die Wahrheit.« Er sah so gebrochen und erschöpft aus wie seine Mutter.

Die Züge der aufgewühlten Frau belebten sich ein wenig. »Du mußt Ann Marie auftragen, mit ihrer Mutter nicht — davon — zu sprechen. Zu ihrem eigenen Guten. Ich kenne Bernadette!«

»Jaja«, sagte er. Er wollte sich abwenden, aber von Mitgefühl getrieben, ging er zu seiner Mutter, beugte sich über sie und küßte ihre feuchte Wange. Sie klammerte sich an ihn und stöhnte. »Ich wünschte, ich wäre tot. Ich hätte mein Leben dafür gegeben, dir das zu ersparen.«

Ann Marie war selig gewesen, als sie Courtneys Brief erhielt, dem sie entnahm, daß er an einem bestimmten Tag ankommen und mit ihrer Mutter sprechen würde, er aber dabei sein wollte, wenn sie, Ann Marie, mit Bernadette »redete«. Vorher wollte er Ann Marie »zu ihrem gewohnten Ausritt« im Wald treffen. Der »gewohnte Ausritt« war ein Reitpfad, der sich, etwa eine halbe Meile von der Willoughby Road entfernt, unter hohen Bäumen über sanfte Hügel hinzog. Sie sollte Courtney um halb elf erwarten.

Bernadette wußte nur, daß ihre Tochter, wenn Courtney daheim war, gelegentlich mit ihm ausritt. Das hatte schon angefangen, als das Mädchen acht und Courtney neun Jahre alt war. Courtney hatte viele Freunde aus angesehenen Familien in Green Hills und konnte Bernadette daher gesellschaftlich von Nutzen sein. Zwar haßte sie ihren Bruder und betrachtete ihn als »Produkt« von Elizabeths »Verführungskünsten«, denen ihr »armer schwacher Vater« zum Opfer gefallen war, aber er machte Ann Marie mit seinen Freunden bekannt, und so hatte das überaus schüchterne Mädchen eine Reihe von Verehrern, die sich von ihrem sanften Gehaben und ihrem süßen Lächeln angezogen fühlten. Dazu kam noch die fohlenartige Jugendlichkeit ihrer schlanken, Rundungen abholden Gestalt. Bernadette mochte sie wegen ihres »jungenhaften« Aussehens verspotten und die Tatsache beklagen, daß Ann Marie »überhaupt keinen Stil« hatte, doch die jungen Herren fanden gerade dieses Aussehen bezaubernd, weil es einen Traum ewiger Jugend und zarter Jungfräulichkeit zu verkörpern schien. So heiß auch die Brennscheren waren, Ann Maries feines, glänzendes, hellbraunes Haar widerstand allen Versuchen, es in Locken zu legen. Es fiel ihr wie ein bernsteinfarbener Schleier über die Schultern, und auch das bezauberte ihre jugendlichen Verehrer.

Sie erhielt viele Heiratsanträge und wies sie alle zurück. Bernadettes Vorwürfe beantwortete sie mit Schweigen. Sie wußte, daß ihre Mutter sie nicht mochte, und empfand auch zu ihr keine Zuneigung, aber sie nahm Rücksicht auf sie und hatte Angst vor ihr. Bernadette hatte sie nur selten geschlagen, und auch das nur, als sie viel jünger gewesen war, aber selbst wenn sich Bernadette einer noch grausameren Waffe bedient hätte als ihrer giftigen Zunge, sie würde ihrer Tochter keine größere Angst eingeflößt haben können. »Aber warum nur?« forschte Courtney immer wieder. »Was kann sie dir denn tun?«

»Ich weiß es nicht«, antwortete Ann Marie bekümmert und rang verzweifelt ihre feinen Hände. »Es ist, als ob in Mama etwas steckte, das explodieren und zerstören könnte, wenn man ihr zu sehr zusetzt, und davor habe ich Angst.« Courtney fand das lächerlich. Er wußte über Bernadette Bescheid und konnte sie auf den Tod nicht ausstehen, aber schließlich war sie doch eine Frau und Mutter, und es fiel ihm schwer, sich vorzustellen, sie könnte sich tatsächlich zu irgendwelchen Gewalttätigkeiten hinreißen lassen. Allerdings hatte er ein- oder zweimal einen Blick von ihr aufgefangen, der ihm Ann Maries Befürchtungen bis zu einem gewissen Grad verständlich erscheinen ließ. Es war dies ein freudig erregter, fast übermütiger, aber von Haß und Heimtücke erfüllter Ausdruck gewesen, und dazu ein eigenartiges Glitzern in den Augen, das ihn an ihrer geistigen Gesundheit hatte zweifeln lassen. Er empfand die für einen vollkommen normalen Menschen natürliche Abneigung gegen Personen, die allzu leicht ihre Beherrschung verlieren, und dies aus einer elementaren Dynamik heraus, die sich mit Vernunftgründen allein nicht erklären ließ.

Eben weil er sowohl Bernadette als auch der zurückhaltenden, über die Maßen schüchternen und verwundbaren Ann Marie nachfühlen konnte, hatte er dem Mädchen geschrieben, daß sie auf ihn warten und nur mit ihm gemeinsam zu Bernadette gehen sollte, um dieser ihre Absicht, zu heiraten, bekanntzugeben. Früher einmal war es ihm richtiger erschienen, nicht dabei zu sein, doch als er Ann Marie drängte, ihrer Mutter entgegenzutreten, hatte sie es mit einer so panischen und — für ihn — unerklärlichen Angst zu tun bekommen, daß er sie nur beruhigen und ihr raten konnte, zu »warten«.

Ann Marie war schon früh erwacht. Der Bahnhof lag mehr als drei Meilen weit entfernt, doch mit den feinen Ohren der Liebe vermeinte sie das Pfeifen des Zuges zu hören, der Courtney nach Winfield brachte. Sie setzte sich im Bett auf, schlang ihre jungen Arme um ihren Körper und lächelte in erwartungsvoller Freude. Dann schlug sie die seidenen Decken zurück und ging ans Fenster, das den Blick auf das Haus freigab, in dem Courtney wohnte. Von einem wahren Liebestaumel erfaßt, setzte sie sich hin, um hinauszusehen und zu warten, sie zitterte vor Entzücken, bis in jähem Wechselbad der Gefühle, bei dem Gedanken an die bevorstehende Unterredung mit ihrer Mutter, neuerlich Angst in ihr aufstieg. Aber Courtney würde ja neben ihr stehen und ihre Hand halten. Zusammen würden sie mit Mama schon fertig werden. Schließlich war sie, Ann Marie, ja schon einundzwanzig vorbei und somit ihre eigene Herrin, und der liebe Papa konnte Courtney gut leiden, und so würde heute alles in Ordnung kommen. Sie würde sich, wie immer, im Wald mit Courtney treffen, sie würden ein wenig ausreiten, dann nach Hause zurückkehren und Mama gegenübertreten. Wie Courtney immer sagte, was konnte Mama denn wirklich *tun?* Doch plötzlich begann Ann Marie zu frösteln und zu zittern.

Ich bin ein Mäuschen, dachte sie traurig. So nennen mich die Jungen; Rory hat es mir gesagt, aber er wollte mir nicht weh tun. Er hat es nur gesagt, um mir meine Schüchternheit zu nehmen. Aber es weiß ja niemand, daß ich, seitdem wir als Kinder zusammen gespielt haben, nie einen anderen wollte, nie einen anderen liebte als nur Courtney. Meinen lieben Courtney mit seinen wunderschönen grünen Augen, die so ruhig-heiter und dann so kalt und streng blicken können, mit seinem edlen Anstand und unbezähmbaren Mut. Bei Courtney würde sie Geborgenheit finden, keine Angst mehr vor den Leuten haben, nicht mehr schüchtern und verängstigt sein. Der heimliche Haß und die tückische Grausamkeit, die in allen Menschen — außer Courtney und, vielleicht, Elizabeth — wohnte, würden ihr nichts mehr anhaben können. Innige Liebe verband sie mit ihrem Zwillingsbruder Rory, aber er war ihr zu schwierig, zu vielgestaltig und, so meinte sie, zu launisch. Eben noch freundlich und rücksichtsvoll, konnte er im nächsten Augenblick ungeduldig auffahren und sie necken und ärgern. Das verwirrte sie, und sobald Rory es merkte, lachte er ihr ins Gesicht, aber gutmütig, und hänselte sie noch mehr. Rory hatte vor niemandem Angst, außer vor Papa, aber warum er Papa fürchtete, war Ann Marie unverständlich. Für sie war er der aufmerksamste und liebevollste Vater, den es gab.

Ann Marie wußte es nicht, aber sie hielt es für möglich, daß sie der einzige Mensch in der Welt ihres Vaters war, der ihn nicht fürchtete und nicht auf ›Zehenspitzen‹ ging, wenn er sich zu Hause aufhielt. Selbst Kevin, der ›schwarze Ire‹, wie Joseph ihn nannte, hatte Angst vor Papa, und das trotz seiner dunkelhäutigen und bärenhaften Erscheinung, seines eckigen, kampfeslustigen Gesichts, das jedermann auf vornehme Art herauszufordern schien, trotz seines gelassenen Gehabens und seiner ungekünstelten Beständigkeit. Ann Marie hatte entdeckt, daß Kevin Bernadette und ihre häufigen Wutausbrüche einfach ignorierte und sich von ihnen nicht stören ließ, wenn er sie überhaupt zur Kenntnis nahm. Die Folge davon war, daß Bernadette ihn nicht einschüchtern und nichts anderes tun konnte, als vor Wut zu schäumen.

Ann Marie war froh, daß der siebzehnjährige Kevin gerade jetzt daheim war und auch noch eine ganze Woche bleiben würde, bevor er zu seinen »Segelfreunden«, wie Papa sie verächtlich nannte, nach Long Island fuhr. Kevin handelte nur selten aus dem Überschwang seiner Gefühle heraus. Nicht nur körperlich gedrungen, schien er sein Leben für sich allein zu führen und kannte keine Furcht. Von noch kräftigerer Gestalt als sein brillanter und brillierender Bruder Rory, war er seiner Schwester zärtlich zugetan, und sie erwiderte seine Zuneigung auf das herzlichste. Zum erstenmal dachte Ann Marie heute an Kevin als Verbündeten. Das Bewußtsein, ihn auf ihrer Seite zu haben, würde es Courtney und ihr leichter machen, Bernadette von ihrer Verlobung in Kenntnis zu setzen. Sie könnte ihn sogar bitten, bei der bevorstehenden Unterredung mit dabei zu sein, als Schutzengel sozusagen, unangreifbar und unbesiegbar.

Doch dann schämte sich Ann Marie. Kein Wunder, daß Rory sie neckte, kein Wunder, daß Courtney zuweilen mit liebevollem Staunen über ihre Zaghaftigkeit lächelte, kein Wunder, daß Kevin belustigt die Achseln zuckte! Sie alle wußten, daß sie ein bangherziges Mäuschen war, ein armes Ding wahrhaftig, das sich stets vor anderen Menschen zurückzog, errötete, sobald ein Fremder das Wort an sie richtete, im Schatten verharrte und sich versteckte. Sie war eine Frau und benahm sich wie ein kleines Mädchen. Sie hatte überhaupt keinen Mut und nichts von Tante Elizabeths moralischer Kraft. Warum bloß hatte sie solche Angst, warum nur war sie immer auf der Flucht? In ihren einundzwanzig Jahren hatte ihr nie jemand wirklich weh getan. Die Lehrerinnen in der Schule waren nett und freundlich zu ihr gewesen. Ihre Brüder und ihr Vater liebten und beschützten sie. Zugegeben, Mama hatte eine rauhe und mitunter deprimierende Art, sie verstand es, zu verletzen, und schien überglücklich, wenn sie ihrer Bosheit freien Lauf lassen konnte, aber sie war auch schon die einzige und, wie Courtney einmal gesagt hatte, schließlich auch nur eine Frau.

Ann Marie warf einen Blick auf die Uhr neben ihrem Bett. Es war bald halb acht. Erwartungsvoll sah sie durch das Fenster in den hellen Julitag hinaus. Die Hennesseysche Equipage kam über die Auffahrt gerollt, und da war auch schon Courtney, der heraussprang. Beim Anblick des Mannes, den sie liebte, pochte Ann Marie das Herz vor Glückseligkeit. Ihr Haar schimmerte in der Sonne. Sie hätte aus dem Haus laufen wollen, gleich so im Nachthemd, wie sie dastand, auf Courtney zustürzen, ihn umarmen und küssen und sich an seine Brust drücken lassen, wie er es schon getan hatte. Von sehnsuchtsvollem Entzücken und leidenschaftlichen Gefühlen übermannt, schloß sie die Augen. Sie schlug sie wieder auf, doch Courtney war schon verschwunden.

Eine Maus wie sie verdiente keinen Courtney. Sie mußte Mut fassen. Sie durfte Courtney bei seinem beruflichen Fortkommen, bei gesellschaftlichen Anlässen keine Schande machen — und das würde sie, wenn sie vor jedermann zurückschreckte und sich versteckte, wie das ihre Art war! Er würde diese Demütigung nicht hinnehmen; er würde sie verachten. Er hatte ihr erklärt, daß es nicht schwer war, Mut zu zeigen, und daß sie lernen mußte, sich durchzusetzen, wenn sie nicht ihr Leben lang unglücklich sein wollte. Und darum würde sie heute auch nicht auf Courtney warten, um mit ihrer Mutter zu sprechen. Gleich heute würde sie damit anfangen, ihre Feigheit abzulegen. Wenn sie sich dann, wie verabredet, mit Courtney traf, würde sie ihm ganz gelassen erzählen, daß sie bereits mit Bernadette gesprochen hätte. Er würde stolz auf sie sein. Sie stand auf, stellte sich in ihrem dünnen seidenen Nachthemd vor den Spiegel und betrachtete sich. Trotz des schattenhaften, morgendlichen Bildes eines Mädchens, das viel jünger aussah, als es ihren Jahren entsprach, das die Augen gesenkt zu halten und den Kopf zur Seite zu drehen pflegte, um ihr Haar wie einen bernsteinfarbenen Schleier über die Schultern fallen zu lassen, glaubte sie doch, eine gewisse Entschlossenheit, eine gewisse Reife darin zu entdecken.

Für mich gibt es nur Courtney, dachte sie und wandte sich ab. Nur der Tod kann uns trennen. Wir lieben einander. Ich werde seiner Liebe würdig sein.

Ihre Mutter frühstückte um neun Uhr im Bett, genießerisch und mürrisch. Niemand störte sie je dabei, außer Papa, und der nur sehr selten. In ihrer neuen Entschlossenheit faßte Ann Marie den Vorsatz, zu ihr vorzudringen. Mochte ihr Herz wild klopfen, das Atmen schmerzhaft und das Fleisch schwach werden — sie würde sich durch nichts abhalten lassen. Sie mußte tapfer sein.

Sie nahm ein Bad, bürstete sorgfältig ihr langes Haar, flocht es und raffte es mit einem Band im Nacken zusammen. Dann zog sie ihr braunes Reitkleid und Stiefel an. In diesem schlichten und nüchternen Gewand, mit dem frechen braunen Filzhütchen auf dem Kopf und den Handschuhen an den Händen, glaubte sie, am besten auszusehen. Ihre Gehemmtheit wurde zu Eleganz, und sie war sich dessen bewußt. Sie nahm den Hut wieder ab, zog die Handschuhe aus und ging hinunter ins Frühstückszimmer mit seinem Fliesenboden, dem Springbrunnen in der Mitte, wo Goldfische im sprudelnden Becken schwammen, und dem Deckengemälde, das Nymphen und Satyre, heimliche Lauben und romantische Weiher zeigte. Die großen Fenster öffneten sich auf die ausgedehnten Rasenflächen und den rot und gelb flimmernden Garten. Die Hitze des Tages nahm ab. Für Ann Marie war es ein lebensvoller, ein ekstatisch lebensvoller Anblick, ein strahlendes, vor Festlichkeit und Freude leuchtendes Bild. Wie schön die Welt war, wie bedeutungsvoll und schwer vor Liebe und Entzücken! Wie köstlich, jung zu sein, zitternd vor erregender Erwartung, des eigenen Körpers in einem Maße bewußt, daß sogar die Berührung der Manschette am dünnen Handgelenk prickelndes Wohlgefühl auslöste! Wo konnte es Traurigkeit geben in dieser Welt, wo Mißklang?

Vom Dienstmädchen wußte sie, daß Kevin schon gefrühstückt hatte und reiten gegangen war. Ann Marie, die gehofft hatte, Kevin an ihrer Seite zu haben, wenn sie zu ihrer Mutter ging, war zunächst enttäuscht, dann aber nur noch entschlossener. Ja, nun war es soweit, daß sie mutig sein mußte. Sie legte Hut und Handschuhe auf einen Stuhl. Ein Zittern war in ihr, aber sie zwang sich dazu, zu essen und Kaffee zu trinken. Immer wieder blickte sie auf die Uhr an ihrem Revers. Neun Uhr. Sie würde warten, bis Mama mit dem Frühstück fertig war. Das würde frühestens um halb zehn sein. Die Zofe unterbrach ihre Gedanken. »Mrs. Armagh bekam heute früh ein Telegramm, Miß Ann Marie. Mr. Armagh wird um acht Uhr abends hier sein.«

»Oh, wie schön, Alice«, sagte Ann Marie. Sie war wieder selig. Es würde doch eine Familienfeier werden, trotz Mama. Mit Courtney, Kevin und Vater auf ihrer Seite, was konnte ihr da noch geschehen? Wenn man Mut hatte, brauchte man sich vor nichts zu fürchten. In zwei Stunden würden Courtneys Arme sie umfangen. Glückselig würde sie ihre Lippen an seinen Hals drücken und sich für immer sicher, gerettet und behütet fühlen. Zusammen würden sie dann in den heißen Tag hinausreiten und von ihrer gemeinsamen Zukunft reden, wie sie das immer taten. Sie wollten in einem kleinen Stadthaus in Boston leben, bis Courtney sein Studium abgeschlossen hatte. Geblendet vom Glanz ihres Glücks, schloß Ann Marie die Augen. Im stillen sagte sie ein kleines Dankgebet. Als sie die Augen wieder aufschlug, schienen ihr der Morgen, die Einrichtung des Zimmers, der Glanz vor den Fenstern fast unerträglich, so hell war alles, so zart, so vielversprechend. Natürlich würde sich Mama nie mit einer kleinen Hochzeit zufriedengeben. Nach den Trauungsfeierlichkeiten würden sich hier auf dem Rasen die Festgäste versammeln, würden im Schein der Lampions tanzen, singen und lachen, während sie, Ann Marie, im Brautschleier, in weißer Seide und Spitze, mit Courtney tanzte und alles um sich herum vergaß. Vielleicht am zehnten August. Dann hätte Mama reichlich Zeit. Sie würde es zweifellos fertigbringen, ihrer Tochter einen päpstlichen Segen zu verschaffen. Ann Marie lächelte, und die Zofe, die sie bediente, kam zu dem Schluß, daß das junge Fräulein eigentlich wirklich sehr hübsch war.

Ann Maries Lieblingshund, ein weißer Setter, stahl sich in das Frühstückszimmer, das ihm verboten war, und Ann Marie fütterte ihn mit Toaststückchen und einer Schnitte Speck; das Dienstmädchen runzelte mißbilligend die Stirn. »Wie ist er denn nur ins Haus gekommen, dieser schlechte Kerl?« scherzte Ann Marie und tätschelte ihn liebevoll. Er legte eine Pfote auf ihr Knie und bettelte um neue Leckerbissen. »Alice, bring ihm doch noch Toast.« Ihre Stimme bebte vor Freude, ihre Kehle zitterte. Sie beugte sich vor und drückte den Hund an sich, küßte den schneeweißen Kopf und lachte. Was ist heute über sie gekommen? dachte die Zofe. Sie strahlt ja.

»Alice«, sagte Ann Marie, »würdest du Mrs. Armaghs Zofe fragen, ob ich meine Mutter sprechen kann? Es ist sehr wichtig.«

Während sie wartete, erblaßte Ann Marie von neuem. Steif saß sie auf ihrem Stuhl und sagte sich immer und immer wieder, daß sie tapfer sein müßte. In einem Augenblick feigen Zögerns hoffte sie, ihre Mutter würde sich weigern, sie »um diese Zeit« zu empfangen. Dann schalt sie sich selbst. Es mußte jetzt sein. Auch wenn ihre Mutter sie nicht empfangen wollte, sie würde trotzdem zu ihr gehen und darauf bestehen, mit ihr zu sprechen. Das Mädchen kam mit der Botschaft zurück, Mrs. Armagh würde ihre Tochter empfangen, obwohl sie sich heute nicht wohl fühle. Kein Wunder, dachte Ann Marie, sie ißt abends zu viel. Mama aß ungeheuer viel, genießerisch, leidenschaftlich, so als wäre ein unstillbarer Hunger in ihr, und trank so viel Wein, daß ihr Gesicht davon glänzte und ihre Launenhaftigkeit bösartig wurde. Ann Marie seufzte, sie konnte ihre Mutter überhaupt nicht verstehen.

Es war Zeit. Ann Marie stand auf, stülpte sich das Hütchen auf den Kopf, zog die Handschuhe an und nahm ihre Reitgerte zur Hand. »Alice«, sagte sie zu dem Mädchen, »würdest du den Stallburschen bitten, Missy für mich zu satteln? Ich möchte in einer halben Stunde ausreiten.«

Bemüht, ihr plötzliches Herzklopfen zu unterdrücken, durchschritt sie die weite weiße Marmorhalle und lief die weißen Treppen hinauf. Oben angekommen, rang sie nach Atem. Es fröstelte sie, und ein dunkler Nebel verschleierte ihre Augen. Dann marschierte sie entschlossen, kalten Schweiß auf der Stirn und zwischen den Schulterblättern, auf das Schlafzimmer ihrer Mutter zu. Abermals stieg Angst in ihr auf, und ihr war, als ginge ein Geist neben ihr, dessen Antlitz unsichtbar blieb.

Das Haar in Lockenwicklern, das flache runde Gesicht vom Essen gerötet, ein Fleischberg in rosaroter Seide und Spitze, saß Bernadette im Bett. Mit feindseligen und verdrießlichen Augen lächelte sie ihre Tochter aus trägen Fettwülsten an. Wie üblich, war die Decke von Krümeln und Kaffeeflecken übersät. Sie kaute noch an einem Cremetörtchen. Ihre Lippen waren verschmiert und glänzten fettig.

»Was in aller Welt ist so wichtig, und schon so früh?« fragte sie und griff nach ihrer Kaffeetasse. Sie trank durstig, schleckte die Finger und wischte sie an der Brockatüberdecke ab. »Ich wollte, du würdest nicht ständig Reitdreß tragen, Annie. Es sieht so unweiblich aus.« Sie nannte Ann Marie »Annie«, weil sie das Mädchen damit demütigte und lächerlich machte, so als wäre sie ein kleiner Dienstbote, der frech aus der Küche heraufgekommen war. Sie seufzte genüßlich. »Aber bei deiner Figur ist ja alles umsonst, außer man stopft dir den Busen mit Taschentüchern aus.«

»Mama«, sagte Ann Marie und setzte sich auf die Kante eines Stuhles, der neben dem Bett stand. Bernadette sah, daß ihre Tochter erregt war. Sie starrte sie an, starrte auf das zarte, blasse Gesicht, auf die bernsteinfarbenen Augen und das schlicht geflochtene Haar. Irgendwie sieht sie aus wie meine Mutter, dachte Bernadette.

»Ich muß mit dir sprechen, Mama«, begann Ann Marie. Auf ihrer Oberlippe erschien eine weiße Linie, und Bernadette, der nie etwas entging, entging auch das nicht.

»Dann rede«, sagte sie und gähnte laut.

»Ich wollte schon lange mit dir darüber sprechen«, bemerkte Ann Marie, zugleich schwitzend und fröstelnd. Ihre Stimme bebte.

»Worüber?« Bernadette erhob sich mühsam aus ihren Kissen und musterte ihre Tochter mit zusammengekniffenen Augen. »Was ist los mit dir? Du siehst ja aus, als wolltest du ohnmächtig werden. Ist deine Neuigkeit so schrecklich?« Sie lachte geringschätzig. »Was könnte dir denn hier in Green Hills zustoßen, wo du nur im Haus herumsitzt, reitest und wie eine vertrocknete alte Jungfer im Garten arbeitest? In deinem Alter. Mit 21 war ich eine verheiratete Frau mit Kindern. Das können wir von dir freilich nicht erwarten. Vielleicht willst du in ein Kloster gehen, wie deine verrückte Tante Regina?« Sie blickte auf Ann Maries Hände. »Hat man dich noch nie darauf hingewiesen, daß man im Haus keine Reithandschuhe trägt? Zieh sie aus.«

Das große grelle Zimmer war voll heißer Sonne und noch heißerer Luft. Ann Marie warf einen Blick auf die abwartend herumstehende Zofe. »Ich möchte mit dir allein sprechen, Mama«, sagte sie.

Sofort zeigte Bernadette lebhaftes Interesse. Mit einer Bewegung ihres fetten Armes entließ sie die Zofe, die sich mit sichtlichem Widerstreben entfernte. Bernadette griff nach einem Gebäck, betrachtete es, runzelte die Stirn, biß zögernd ab und verschlang es schließlich mit Schmatzlauten, die sich in der drückenden Stille fast wollüstig ausnahmen. »Also dann«, wandte sie sich an ihre Tochter, die den Blick auf ihre nun bloßen Hände gesenkt hielt.

»Ich werde mich verloben, Mama«, sagte Ann Marie leise. »Noch heute.«

Bernadette setzte sich erregt auf. »Nein!« rief sie. »Ist das möglich? Mit wem denn, um Himmels willen? Mit Robert Lindley, der sich ständig hier herumtreibt? Oder ist es Gerald Simpson, oder Samuel Herbert oder Gordon Hamilton?« Ihre Augen funkelten. »Robert Lindley!« rief sie. »Wann hat er sich erklärt und warum hast du mir nichts gesagt? Er ist ein großartiger Fang — für ein Mädchen wie dich, Annie, ein großartiger Fang!«

Sie wunderte sich. Diese Bohnenstange von einem häßlichen Mädchen, das nie einen Farbtopf für ihre Lippen anrührte, nichts für ihr Haar tat, kein Interesse an Kleidern und keinerlei gesellschaftliche Gewandtheit zeigte! Wer konnte sie nur haben wollen? Aber Männer waren ja sonderbare Geschöpfe und hatten keinen Geschmack.

O Gott! dachte Ann Marie. Hilf mir bitte! Ihre Lippen waren kalt und feucht. »Es ist keiner von diesen, Mama. Es ist jemand anderer.«

»So rede doch!« schrie Bernadette. »Muß ich es erst aus dir herausziehen? Oder ist es irgendein unmöglicher Mensch ohne Familie, ohne Geld, der uns Schande machen wird?« Ihr Gesicht wurde dunkelrot, Feindseligkeit sprühte aus ihren Augen.

»Er kommt aus einer guten und wohlhabenden Familie«, antwortete Ann Marie. War eine Wolke über die Sonne gezogen? Warum war es an diesem heißen Tag so eisig kalt hier im Zimmer?

»Gut! Ausgezeichnet! Wer ist es? Um Himmels willen, rede!«

»Es ist jemand, den ich mein ganzes Leben lang geliebt habe«, erwiderte Ann Marie und hörte sich stottern. Flehend, auf Güte und Nachsicht und Zuneigung hoffend, sah sie ihrer Mutter ins Gesicht. »Jemand, den du nicht leiden kannst. Aber wir lieben einander. Was immer auch geschieht, wir werden heiraten. Wir sprechen seit drei Jahren davon.«

Bernadette war zornig. »Ich kann mir nicht vorstellen, daß ich einen jungen Mann mit Familie und Geld nicht leiden können sollte. Was ist los mit dir? Ich staune nur, daß ein solcher Herr dich überhaupt haben will — *wenn* er dich will und du dir das Ganze nicht bloß einbildest. Seit drei Jahren redet ihr davon, und mir hast du nie etwas erzählt? Das war nicht sehr respektvoll von dir! Oder ist seine Mutter gegen die Verbindung?« Ihr Zorn wuchs. »Wenn er großjährig ist, was macht es schon aus, wenn seine Mutter dagegen ist? Dein Vater kommt mit jedem zurecht.«

»Ich weiß«, entgegnete Ann Marie. »Und ich fühle, daß Papa nichts dagegen haben wird. Er hat den jungen Mann gern. Aber du nicht, Mama. Darum bin ich jetzt hier, um es dir zu sagen.«

Bernadette fluchte, grob, wie ihr Vater geflucht hatte. »Wenn du nicht sofort mit seinem Namen herausrückst, verliere ich die Geduld. Warum bist du nur so heimlichtuerisch? Ich hasse Leute, die aus allem ein Geheimnis machen, aber du warst schon immer verschlagen. Rede endlich!«

Es schnürte Ann Marie die Kehle zu; sie war verstört. Ihre Mutter sah so — so drohend aus. So fett, so furchterregend. Sei tapfer, sagte sie sich. Sie kann mir nichts anhaben, außer daß sie mich ihre Wut spüren läßt. Sie wird mich nicht umbringen. Sei kein Mäuschen, Ann Marie, kein zitternder Hasenfuß.

Sie versuchte, Bernadette in die Augen zu sehen.

Das Zimmer verschwand vor ihr. Ihre Lippen waren trocken. Sie hatte ein Gefühl, als bräche man ihr die Knochen, einen nach dem anderen. »Es ist Courtney«, flüsterte sie.

»Wer?« Bernadette lehnte sich vor, als wäre sie plötzlich taub geworden. Die großen Brüste quollen ihr über den Bauch.

»Courtney, Mama.«

Bernadette konnte ihre Tochter nur anstarren. Das dunkle Blut wich aus ihrem Gesicht, das wie nasser Teig herabzuhängen schien. Ihre Augen sanken in ihre Höhlen zurück, bis sie kaum mehr sichtbar waren. Ihre Lippen verfärbten sich bläulich. Sie bäumte sich auf, als würde sie ersticken, ihr fetter Körper zuckte. Tiefe Furchen bildeten sich um ihren Mund und auf ihrer Stirn. Ihre Nase wurde sehr weiß und verschwand zwischen den Wangen.

»Bist du verrückt?« fragte sie heiser. »Dein Onkel! Du mußt wahnsinnig sein.« Sie sah krank aus.

»Mama«, begann Ann Marie und konnte nicht weiter. Der Schock, das ungläubige Staunen ihrer Mutter verschreckte sie noch mehr. »Ich weiß, du kannst ihn nicht leiden«, fuhr sie endlich fort, »ihn nicht und Tante Elizabeth auch nicht. Aber wir lieben einander. Wir werden heiraten.« Nun war es heraus, und sie versuchte, ihre Mutter anzublicken, aber Bernadettes Gesichtsausdruck wurde mit jedem Augenblick furchtbarer. »Mag kommen, was will«, stieß sie mit brennender Kehle hervor, »wir werden heiraten.«

Bernadette ließ sich langsam in ihre Kissen zurücksinken, aber ihre Augen blieben am Gesicht ihrer Tochter haften. Sie musterte Ann Marie. »Ich fürchte, das Gesetz wird etwas dazu zu sagen haben«, entgegnete sie schließlich. Sie wollte es einfach nicht glauben, und nun begann sich der Zorn in ihr zu lösen. »Was redest du da, du Idiotin? Er ist dein Onkel!«

»Aber doch nicht wirklich, Mama.« Warum war ihre Stimme so schwach, so flehend, wie die eines Kindes? »Nur mein Adoptivonkel. Das ist kein Hindernis für unsere Heirat. Er ist der Adoptivsohn meines Großvaters. Ich weiß, du hast ihn immer abgelehnt, weil ihn dein Vater adoptiert hat. Das — das war nicht gerecht. Er hatte ja nichts damit zu tun.«

Aber Bernadette starrte sie immer noch an wie etwas, an dessen

Existenz man nicht glauben kann. Sie, die sonst so geschwätzig war, schien die Sprache verloren zu haben.

Dann aber entzündete sich ein böser Funke in der Tiefe ihrer Augen, sie saugte an ihren Lippen und betrachtete ihre Tochter mit glasigem, verschleiertem Blick. Eine Maske, wie die Glasur alten Porzellans von einem Netz feiner Risse durchzogen, bedeckte ihr Gesicht.

»Weiß Elizabeth Hennessey davon?« fragte sie, und so grauenhaft frohlockend klang ihre Stimme, so von atemloser Erregung und geheimem Jubel erfüllt, daß Ann Marie sie gar nicht wiedererkannte. Aber ihre Angst nahm zu.

»Nein, Mama, aber Courtney ist jetzt bei ihr und wird es ihr sagen.« Sie zögerte. »Er wollte später mit mir hierherkommen, um auch mit dir zu reden.«

Bernadette sprach leise und bösartig, den Blick in die Ferne gerichtet. »Er wird es nicht wagen, hierherzukommen. Er will also mit seiner Mutter reden, hm? Ich wäre gerne dabei, wenn er das tut.«

Ann Marie fühlte sich leer und ausgebrannt. »Mama«, sagte sie, »es ist uns völlig gleich, was andere Leute davon halten. Wir werden heiraten.« (Wenn sie doch nur das schreckliche Zittern in ihren Armen und Beinen abschalten könnte!)

»Ach, das glaube ich nicht, nein, das glaub ich wirklich nicht«, gab Bernadette zurück und richtete ihre funkelnden Augen wieder auf Ann Marie. »Ich glaube nicht, daß das Gesetz damit einverstanden wäre.«

»Du wiederholst dich, Mama. Was hat das Gesetz mit uns zu tun? Es gibt kein legales Hindernis, und Courtney glaubt, auch kein kirchliches.«

»Glaubt er das? Soso.« Bernadette lächelte triumphierend. »Aber er *weiß* es nicht, wie? Ich hoffe nur, seine Mutter läßt ihn nicht länger im unklaren. Ich habe viele Jahre auf den Moment gewartet, da ich mich an dieser Schlampe rächen kann, und jetzt ist er da. Diese Hure, die meinen Vater zur Heirat verführt hat, um ihrem Balg seinen — und meinen — Namen zu geben! Sollen sie nur leiden, sie und ihr feiner Sohn, so wie ich durch ihre Schuld leiden mußte.«

Ann Marie stand auf und hielt sich an der Lehne ihres Stuhls fest. »Ich treffe jetzt bald Courtney, Mama.«

Wieder starrte Bernadette sie an. Sie leckte sich die Lippen, und ein abschätzender und schadenfroher Blick erschien in ihren Augen, bis sie funkelten wie in ihrer Jugend. »Wie weit ist denn das gegangen, Annie? Wie weit über Küssen und Händchenhalten hinaus?«

Helle, zuckende Röte überzog Ann Maries blasses Gesicht. »Mama«, sagte sie. Bernadette beobachtete sie aufmerksam; dann nickte sie einige Male mit ihrem dicken Kopf.

»Also gut. Du bist keine Hure wie seine Mutter.« Was soll ich tun? fragte sie sich. Sie gehen lassen und ihm Gelegenheit geben, ihr selbst seine Schande zu gestehen? Sie kostete den Gedanken aus und lächelte. Aber sie wollte nicht warten und erst aus dem Mund dieser dummen Göre hören, wie sich die Dinge weiterentwickelten. Sie musterte ihre Tochter. Ihr mütterlicher Instinkt war noch nicht völlig erloschen, obwohl sie Ann Marie nicht mochte und ihr die Liebe mißgönnte, die Joseph für sie empfand. Nun, sie würde auch an ihm ihre kleine Rache genießen; der Schmerz seiner Tochter würde ihn hart treffen. Es war die Pflicht einer Mutter, ihre Tochter zu warnen und zu belehren, dachte sie in einer plötzlichen Anwandlung von Tugendhaftigkeit und machte ein trauriges, ja sogar ein wenig mitfühlendes Gesicht.

»Setz dich, Annie«, gebot sie ihr. »Du wirst mir dankbar sein, wenn ich dir sage, was du wissen mußt. Setz dich schon. Steh nicht mit offenem Mund herum. So, das ist schon besser.« Ann Marie ließ sich wieder auf dem Stuhlrand nieder, die Füße fest, wie fluchtbereit, aufgepflanzt.

Bernadette faltete die Hände, als wollte sie beten, und umschlang ihre fetten Knie. »Ihrem Kind und ihrem guten Namen zuliebe wollten wir damals dieses Hennessey-Weib schonen. Das war ein Fehler. Hätten wir von Anfang an die Wahrheit hinausgeschrien, wäre meiner Tochter diese furchtbare Entdeckung erspart geblieben.«

»Welche Entdeckung?« flüsterte das Mädchen. Sie beugte sich vor.

»Daß Courtney Hennessey tatsächlich dein Onkel ist, mein Bruder, mein Halbbruder, wenn du so willst. Sein Vater war dein Großvater — mein Vater. Nun, was sagst du jetzt, mein Fräulein?«

Die brutalen Augen auf ihre Tochter geheftet, wartete sie. Eine volle Minute lang rührte sich Ann Marie nicht, aber ihr junges Gesicht verfärbte sich. Dann hob sie die Hand an die Wange, als hätte sie einen heftigen Schlag erhalten. Ihre Rehaugen waren groß und glanzlos.

»Ich — ich kann es nicht —«, begann sie. Ein Husten schüttelte sie.

Bernadette wartete, bis der Erstickungsanfall vorbei war. Sie war nicht völlig mitleidslos. Schließlich handelte es sich um ihre eigene Tochter, und nun wandelte sich ihr alter schwelender Haß gegen Elizabeth zu offener Wut.

»Du meinst, du glaubst es nicht, Ann Marie?« Sie legte die Hand auf das Kleid des Mädchens. »Ja, ich gebe zu, es ist schrecklich, aber es ist wahr. Dein Vater weiß es. Ich glaube, daß er deshalb heute abend heimkommt — um dir beizustehen. Courtney Hennessey besaß keinen Namen, bevor ihm mein Vater den seinen gab. Er wurde ein Jahr vor der Heirat meines Vaters mit seiner Mutter geboren. Sie hatte politischen Einfluß. Sie zwang ihn. Wir ließen es zu, um dem Ruf unseres Vaters nicht zu schaden. Schließlich war er Senator, und ein Skandal hätte ihn ruiniert.« Nun brannte ihre Wut lichterloh. »Sie hat ihn verführt, als meine arme Mutter noch lebte! Sie wollte meinen Vater dazu bringen, meine Mutter zu verlassen. Sie kam in dieses Haus, dieses Haus hier, und brach meiner Mutter das Herz, so daß sie noch in jener Nacht starb. Ich war da. Ich hörte alles. Sie war bereits in anderen Umständen, die Schlampe.«

Sie begann schnüffelnd zu weinen, und die Tränen waren aufrichtig und bitter vor Haß. »Wird das Elend nie enden, das diese Frau über unsere Familie gebracht hat? Zuerst mein Vater, dann meine Mutter, dann ich, und jetzt meine Tochter.« Sie dachte an Joseph, und ihre Tränen flossen schneller, aber über Joseph und Elizabeth wagte sie nicht einmal jetzt zu sprechen. »Ich wünschte, sie wäre tot.«

Ich glaube es nicht, ich glaube es nicht, dachte Ann Marie fast wie in einem Gebet. Lieber Gott, es kann doch nicht wahr sein, es kann doch nicht? Mama lügt mich an; sie lügt doch immer. Aber warum sollte sie solche Dinge behaupten?

Bernadette hob ihr tränenüberströmtes Gesicht und blickte ihre Tochter an. Ihr Ausdruck verriet nicht nur Wut, sondern auch echten Kummer, wenn auch nur ein wenig. »Ann Marie, mein liebes Kind, man hat dir übel mitgespielt, so wie vor dir deinen Großeltern und mir. Ich war damals erst siebzehn — als sie meine Mutter tötete. Sie hat mir die Mutter genommen und dann den Vater und hatte nichts dafür zu bieten als einen unehelich geborenen Balg!«

Ann Marie stand auf. Der benommene, graue Ausdruck auf ihrem Gesicht vertiefte sich.

»Beinahe hätten wir heimlich geheiratet — vergangene Ostern«, murmelte sie fassungslos.

»Das wäre Blutschande gewesen«, sagte Bernadette. »Gott sei gedankt, daß uns das erspart geblieben ist, dir und unserer Familie. Die Schande, das Aufsehen! Kein anständiger Mann hätte dich nach der Annullierung einer blutschänderischen Ehe geheiratet. In seinen Augen wärst du schlimmer gewesen als eine Dirne. Eine Dirne wie Elizabeth Hennessey.«

Ann Maries Gesicht war nun völlig ausdruckslos und zeigte nichts als benommene Leere. Sie streifte die Handschuhe über, nahm die Reitgerte auf und blickte sich im Zimmer um. Sie roch Kaffee und Toast und Speck und schweres Parfüm und Hitze und warme Wolle und warme Seide; ihr Magen verkrampfte sich. Sie trat rasch zur Tür. »Wohin gehst du?« rief Bernadette ihr nach.

»Ich weiß es nicht«, erwiderte Ann Marie matt. »Ich weiß es wirklich nicht.« Sie hielt an der Tür inne wie einer, der verwirrt an einem fremden Ort steht und nicht weiß, was er als nächstes tun soll. Ihr Profil war wie aus weißem Stein gemeißelt. Sie lief hinaus. Bernadette rief ihr nach, stand sogar seideraschelnd auf, aber Ann Marie war verschwunden.

Kevin stand im Stall, als seine Schwester stolpernd gelaufen kam. Ihr Reitkleid schleifte im Staub nach, der Hut saß schief, ihr Gesicht war ausdruckslos. Kevin war eben von seinem Ausritt zurückgekehrt. »He«, rief er, »wozu diese Eile?«

Als hätte sie ihren Bruder weder gesehen noch gehört, wandte sich Ann Marie stammelnd an den Stallburschen: »Ist mein Pferd — Missy —, ist mein Pferd gesattelt?« Sie keuchte. Ihre Nasenflügel waren geweitet, ihre Augen blickten wirr. Kevin bekam plötzlich Angst. So abwesend, so außer sich, so grauenvoll bleich hatte er seine Schwester noch nie gesehen. Er legte ihr die Hand auf den Arm. Sie schien seine Gegenwart gar nicht zu bemerken. Ihre zarte Brust hob und senkte sich, als wäre sie kilometerweit gelaufen.

»Ann Marie!« schrie er ihr fast ins Ohr. Sie zuckte zurück, blickte ihn aber nicht an. Der Stallbursche brachte ihr Pferd und bot ihr die Hand, um ihr in den Sattel zu helfen. Kevin erschrak vor dem Ausdruck ihres Gesichtes. Er sah, wie sie das Pferd wendete und mit solcher Hast davonstürmte, daß ihr Rock sich bauschte.

»Schnell!« rief er dem Stallburschen zu. »Bring mein Pferd zurück.«

Aber Ann Marie war nur noch eine ferne kleine Staubwolke. Kevin sprang in den Sattel und galoppierte seiner Schwester nach. Zum erstenmal in seinem sonst recht ereignislosen jungen Leben wußte er, was Angst ist. Irgend etwas war seiner Schwester widerfahren. Es schien ihm, als hätte sie den Verstand verloren.

Courtney Hennessey ritt Ann Marie entgegen. Er hatte lange und angestrengt darüber nachgedacht, was er ihr sagen sollte. Er unterdrückte seinen eigenen Schmerz, der ihn zu verzehren drohte, und zermarterte sich das Gehirn, wie er ihr Leid lindern sollte. Er konnte ihr nur die wohl abgedroschenste Geschichte — oder Lüge — erzählen: er interessiere sich jetzt für ein anderes Mädchen, das er in Boston kennengelernt habe, und wisse nun, daß sein Gefühl für Ann Marie das eines Bruders für eine Schwester, aber keine echte Liebe gewesen war. Eine banale Ausrede. Vielleicht könnte er sagen, es würde noch »Jahre« dauern, bis sie heiraten könnten, und sie dürfe nicht auf ihn warten. Dann würde er sein Studium unterbrechen und für ein Jahr ins Ausland gehen. Er würde ihr dann nicht mehr schreiben. Er könnte sogar länger bleiben, bis sein eigener Schmerz und seine Verzweiflung sich gelegt hatten. Er könnte auch versuchen, sie davon zu überzeugen, daß er ein Schuft war und unwert, ihre Hand zu berühren. Sehr melodramatisch, sagte er sich verachtungsvoll.

Ganz deutlich sah er ihr verzweifeltes Gesicht und ihre gequälten Augen vor sich und hörte ihre gestammelten Fragen. Er wußte, daß sie ihn mehr liebte als irgend jemanden sonst auf der Welt, mehr sogar als ihren Vater, und daß sie sich wie ein Kind an ihn klammerte. Er versuchte sich einzureden, sie sei jung, seine lange Abwesenheit würde die

Erinnerung an ihn auslöschen, sie würde einen anderen Mann kennenlernen. Doch die Wahrheit durfte sie niemals erfahren. Er wußte, wie überempfindlich sie war und wie entsetzt, wie abgestoßen sie sein würde. Außerdem mußte er auch an seine Mutter denken, die er nicht vor aller Welt beschämen durfte.

Wie einen Alptraum empfand er den Gedanken, daß er den Namen Hennessey zu Recht trug. Er hatte seinen Vater geliebt, jetzt aber haßte er ihn. Ein gewissenloser Mann konnte in einem Augenblick unbekümmerter Wollust viele unschuldige Menschen zerstören. Tom Hennessey hatte das getan, und seine Frauen, sein Sohn und seine Enkelin mußten dafür büßen. Gott allein wußte, wie viele andere er zeit seines Lebens gekränkt und geschädigt hatte. Hunderte, vielleicht Tausende. Courtney wußte viel von Politikern und viel von seinem Vater.

Er sah weder die stillen Triften, über die er ritt, noch die grünen Blätter, die wie frisch bemalt glänzten, noch die Wachteln, die vor ihm aufstiegen. Er sah nicht, wie sich das Gras glitzernd neigte, und er sah auch nicht die wild wachsenden roten, gelben und weißen Blumen, die sich zwischen den Bäumen und in kleinen Mulden verbargen. Er hörte keinen Flügelschlag und keinen Vogelruf. Die fernen Hügel leuchteten grün, violett und purpurn in der strahlenden Sonne, und der Bach, der, ihnen entsprungen, durch die Wiesen floß, schimmerte und funkelte silbern mit blauen und zartgelben Schatten. Die weißen Bauernhäuser in der Ferne standen in so reiner Luft, daß man meinen mochte, sie wären aus edlem Marmor gebaut; ihre roten Dächer glänzten im klaren Licht. Aber Courtney sah nichts von alledem. Es ließ seinen Kummer unberührt. Der tiefblaue Himmel brachte ihm keinen Trost; seine Pracht war kalt und fremd. Ein kleiner Teil seines Bewußtseins fragte sich in bitterer Verwunderung, wie denn die Welt so herrlich sein konnte, während doch die Gedanken und Schicksale des Menschen so furchtbar waren. War er denn nur ein unerwünschter Eindringling, von Blatt und Baum und Blüte nicht nur verachtungsvoll, sondern auch mit Lachen und Gleichgültigkeit abgewiesen?

Nun hob sich das grüne Gelände, und das Pferd kletterte den flachen Hügel hinauf zum Wald. Die Sonne wärmte Courtneys Gesicht und Schultern, er aber fühlte nichts als düstere Kälte in seinem Inneren. Den Kopf gesenkt, überlegte er hin und her, was er Ann Marie erzählen konnte, doch es klang alles häßlich, unaufrichtig und grausam. Aber sie mußte vor der Wahrheit behütet werden. Jede Lüge war besser. Er sah ihr Gesicht vor sich, so rührend, so vertrauensvoll, so schüchtern, so verwundbar. Es war kein schönes Gesicht, aber es besaß mehr als Schönheit. Es war frei von Bosheit und Arg, frei von den Makeln des Lebens, engelhaft, unbefangen, unberührt. Er sah ihre Augen, leuchtende klare Augen, Spiegeln ihrer Gedanken, die kein Falsch kannten. Und nun mußte er ihr Leid zufügen und das Licht dieser Augen verdunkeln.

Er konnte sich noch nicht vorstellen, wie er das übers Herz bringen sollte. Wie war es nur möglich, daß eine solche Seele, ein solches Gesicht einer Bernadette und einem Joseph Armagh geboren wurde, wie, um Himmels willen, konnte sie von Tom Hennessey abstammen?

»Ein bedauernswertes Geschöpf, eine geborene Närrin«, so hatte sich Tom Hennessey einmal über seine verstorbene Frau Katherine geäußert. Er hatte es in Hörweite ihres Sohnes zu Elizabeth gesagt, und Elizabeth war, soweit Courtney, der damals noch sehr jung gewesen war, sich erinnern konnte, stumm geblieben. Nun dachte Courtney über Katherine Hennessey nach, und es erschien ihm durchaus möglich, daß die junge Ann Marie in ihrer Unschuld und Vertrauensseligkeit ihrer Großmutter ähnelte, die anscheinend nicht imstande gewesen war, sich in einer Welt zu behaupten, die ihr keinen Schutz bot. Für Menschen wie Katherine und Ann Marie war die Welt eine wilde, zerklüftete Landschaft, von grausamen Bestien bevölkert, die sie unweigerlich zerrissen.

Er erreichte die Hügelkuppe, die in lichterfüllter Stille dalag. Steine und kleine Felsbrocken bedeckten den rauhen Boden, und dazwischen wuchsen winzig kleine rosafarbene Blümchen mit grünen Blättern, die Courtney an Ann Marie erinnerten. Er wußte, daß ihre Wurzeln schwach waren und daß sie fast augenblicklich welkten, wenn man sie pflückte. Er war allein. Er blickte um sich und sah unten im Tal das leuchtende Land, aus dem der Mensch, wie er jetzt wußte, verstoßen war, seit Anbeginn der Zeit verstoßen war. Gärten waren nicht für den Menschen bestimmt. Seine natürliche Heimat war öde und dämmrig, voll von heimlichen Schritten, dornigen Pfaden und den Schatten tödlicher Feinde hinter jedem Felsen. Es war ein Ort der Hinterhalte, ferner Feuersalven, des Knatterns und Krachens toter, versengter Bäume und einer Erde, auf der nichts Lebendes wachsen und sein konnte. Die den Menschen zugedachte Wohnstadt war die Hölle, und nicht diese Welt. Ihre Stimme war Lärm und Zwietracht und Haßgebrüll, Waffendonner und Todesschreie, ihre Beleuchtung der Blitz. Kein Wunder, daß alles Unschuldige vor den Menschen wie von Furien gehetzt davonjagte, weil es wußte, daß es von einem unerforschlichen Gott dazu verdammt war, ohne eigene Schuld diesem Pack von Lügnern und Mördern untertan zu sein. Courtney war ein Skeptiker, doch nun empörte sich sein Geist gegen einen Gott, der ein Geschlecht geschaffen hatte, das eine Lästerung und einen Fluch auf dieser Erde darstellte. Es war leichter, an Luzifer zu glauben als an Gott, und um vieles einfacher zu begründen.

Er wußte, daß diese Gedanken der unmittelbaren Notwendigkeit entsprangen, in wenigen Minuten etwas unendlich Gutes verletzen und zerstören zu müssen, doch sie schienen ihm darum nur noch richtiger.

Der Wald war tief und dicht, voll von toten Blättern, Moos und Kletterpflanzen. Manche Bäume waren uralt, ihre Zweige ineinander verschlungen. Es war totenstill. Ein Geruch fruchtbaren Verfalls und ein kühler, feuchter, aromatischer Duft erfüllten die Luft. Der Pfad, über dem Courtney und Ann Marie zu reiten pflegten, führte am Wald vorbei und stieg dann in die Ebene ab. Manchmal hatte Ann Marie einen Korb mitgebracht, um Schwämme zu suchen oder Erdbeeren im Frühsommer oder glänzende Kastanien im Herbst. Courtney ließ den Kopf fast bis auf den Hals seines Pferdes fallen, so als könnte er die Last seines Schmerzes nicht ertragen. Seine Liebe zu Ann Marie war um nichts geringer geworden, seitdem er mit seiner Mutter gesprochen hatte. Er empfand sie sogar jetzt noch stärker, weil sie verboten war, und er wußte, daß er nie wieder diesen Hügel hinaufreiten und nie wieder erleben würde, was er erlebt hatte.

Er hörte schnelles Hufegetrappel von der anderen Hügelseite, und sein Herz pochte und hämmerte. Er glaubte nachfolgende Hufe zu vernehmen, tat aber dann diesen Gedanken mit der Annahme ab, es handle sich wohl nur um ein Echo. Plötzlich tauchte Ann Marie mit ihrer jungen Stute vor ihm auf. Courtney versuchte zu lächeln und hob grüßend die Hand.

Ann Marie aber zügelte ihr Pferd so ungestüm, daß sich die Stute halb aufbäumte, um sogleich laut wiehernd zurückzufallen. Ann Marie saß gerade und aufrecht im Sattel, ein leichter Wind bauschte ihr Reitkleid, aber sie hatte ihren Hut verloren. Sie blickte Courtney an, und im gleichen Augenblick sagte sich der junge Mann entsetzt: Sie weiß es! Er sah ihr verzerrtes Gesicht, erschreckend weiß und verkrampft, sah das Grauen in ihren Augen, sah Verzweiflung und unsägliches Leid. Sie blickte auf ihn hinab und schien ihn als etwas zu erkennen, das nicht in ihre Welt, nicht in ihr Leben gehörte, sondern als etwas, das ihr bedrohlich und unbeschreiblich unheilvoll erschien. Courtney erschrak vor diesem Gesicht.

»Ann Marie!« rief er und gab seinem Pferd die Sporen, um an ihre Seite zu gelangen. Aber sie riß die Stute herum und stürmte wie gehetzt in den Wald hinein. Noch ehe Courtney die ersten Bäume erreicht hatte, waren Mädchen und Pferd verschwunden.

Sie wird sich verletzen, sie wird da drinnen sterben, dachte Courtney. Mit zitternden Beinen stieg er vom Pferd. Er fühlte, wie ihm das Blut zum Herzen strömte, und brach in kalten Schweiß aus. Was um ihn war, erschien ihm im grellen Licht eines bösen Traumes. Er lief auf den Wald zu und blieb erst stehen, als er seinen Namen rufen hörte. Kevin kam herangaloppiert, sprang ab und warf die Zügel zur Seite.

»Wo, zum Teufel, ist sie? Wo ist Ann Marie?« brüllte er. »Ich bin ihr gefolgt. Sie sauste los wie besessen!«

Selbst jetzt konnte Courtney noch klar denken. »Sie kam eben hier an, und dann — dann ritt sie auf und davon — in den Wald hinein. Sie hat kein Wort geredet. Nichts.«

»Heiliger Gott«, sagte Kevin, und beide lauschten dem fernen Krachen und Knacken des Unterholzes. Kevins Gesicht zeigte Entsetzen und verzweifelte Angst. So großgewachsen er war und eher schwerfällig, wenn in häuslicher Enge, rannte er jetzt auf den Wald zu und drang, von Courtney gefolgt, in das Dickicht ein. Feuchte Kühle und Zwielicht nahmen die beiden jungen Männer auf. Verfolgt von den Schreckenslauten kleiner Tiere, die diese wilde Störung in Bewegung und Aufruhr brachte, stürmte Kevin wie ein großer schwarzer Bär, der sein Revier kennt, voran, plump, mochte es scheinen, in Wahrheit aber sicher und schnell, wich Ästen und tiefhängenden Zweigen aus, trat manchmal in seichte Gruben, sprang über Steine, watete durch modrige, scharf riechende Blätter, stieß Unterholz beiseite und setzte über gefallene Stämme. Courtney, der sich für agiler gehalten hatte als dieser ein wenig massige Jüngling, raste keuchend hinter ihm her, wobei er hin und wieder zu Boden stürzte, sich an Brombeerranken und Dornen die Kleider zerriß, sich blutig kratzte und stieß, gegen einen Baumstrunk taumelte und sich Fuß- und Beinmuskel zerrte.

Kevin verschwendete keine Zeit mit Rufen und Schreien. Seine Augen folgten der Spur des Pferdes und den noch nachschwankenden Zweigen. Er hörte Courtney hinter sich, blickte aber nicht zurück. Er war wie ein Sturmbock im grünen, düsteren Dämmerlicht der Bäume.

Er watete durch ein Bächlein und lief, als hätte er neue Kraft geschöpft, noch schneller weiter. Courtney konnte mit ihm kaum Schritt halten. Seit Jahren zum erstenmal aufgewirbelt, dumpf und modrig von Schwämmen und von der Ausdünstung der vielen Dinge, die in diesen Verstecken, unter den nassen schwarzen Blättern und im wäßrigen Moos faulten, hüllte der Geruch des Waldes die beiden jungen Männer ein. Plötzlich drang ein schrilles Kreischen an ihr Ohr. Kevin hielt inne, lauschte und schlug dann die Richtung ein, aus der das Geräusch gekommen war. Courtney blieb dicht hinter ihm. Mit noch größerer Hast stürzte sich Kevin in Dornenhecken, statt sie mit den Händen, die schon bluteten, beiseite zu schieben. Er blieb nur einmal stehen und rief: »Ann Marie! Wo bist du?« Nur das schrille, gellende Wehklagen antwortete ihm, ein körperloses Flehen, und nun hatte Courtney ihn erreicht und sah, wie einen Geist in der Düsternis, das breite, leichenblasse Gesicht Kevins und die Angst in seinen dunkelbraunen, verstörten Augen. »Es ist ihr Pferd«, stöhnte Kevin und lief weiter.

Und blieb so unvermittelt stehen, daß Courtney gegen seinen gedrungenen Rücken prallte und sich an seinem muskulösen Arm festhalten mußte. Er spürte einen brennenden Schmerz in seinem rechten Knöchel, so als wäre er gebrochen, und seine Schuhe waren voll Wasser. Er blickte über Kevins Schulter, und ihm war, als ob alles um ihn still und tot wäre.

Wild um sich schlagend, den langen Hals gestreckt, mit vor Schmerz gefletschten Zähnen und verdrehten Augen, wälzte sich die Stute Missy neben dem Baum, den sie gerammt hatte. Ganz in ihrer Nähe, kaum sichtbar im Dämmerlicht — die Farbe ihres Kleides verschmolz mit der des Waldbodens —, lag regungslos und stumm Ann Marie. Kevin sah das alles. Er sah, daß seine Schwester Gefahr lief, von den zuckenden Hufen des Pferdes getroffen zu werden, stürmte auf sie zu und kauerte sich nieder, um sie in Sicherheit zu bringen. Wie eine Fetzenpuppe lag sie in seinen Armen, der braune Schleier ihres Haares verhüllte ihr Gesicht, und ihre Glieder hingen schlaff herunter. Das Kleid war zerfetzt.

»O Gott, nein!« stieß Courtney hervor und rannte zu Kevin, der seine Schwester behutsam wieder zu Boden ließ. Die furchtbaren Schreie der Stute wurden lauter, erweckten Widerhall und antwortende Rufe im Wald. Die beiden jungen Männer beugten sich über Ann Marie. Courtney strich ihr das Haar aus dem Gesicht und sah, daß es am Schädel verklebt, schwarz und blutig war.

Sie knieten sich auf Händen und Füßen über Ann Marie. Der Atem des jungen Mädchens ging laut und rasselnd in der lautlosen Düsternis des Waldes. Sie sahen ihr kindliches, stilles und verschlossenes Gesicht, die hellen Wimpern auf den weißen Wangen, das Blut auf Stirn und Schläfen. Courtney tastete nach ihrem Puls und brach in die ersten Tränen aus, die er seit seiner Kindheit vergossen hatte. »Sie lebt«, sagte er, »aber wir dürfen sie nicht bewegen. Lauf zum Haus hinunter und hole Hilfe.« Im Gegensatz zu seinen Tränen und seinem Gesichtsausdruck war seine Stimme so ruhig, daß Kevin ihn anstarrte. »Wir brauchen einen Wagen, eine Tür und Decken, und schicke jemanden um einen Arzt, damit er da ist, wenn wir sie hinunterbringen.«

»Ich frage dich noch einmal«, sagte Kevin und maß Courtney mit einem Blick, dem dieser kaum standzuhalten vermochte, »was ist mit meiner Schwester geschehen?«

»Ich weiß es nicht. Wir haben uns immer dort oben getroffen. So sollte es auch heute sein. Sie kam knapp vor dir. Sie sagte überhaupt nichts zu mir, obwohl ich sie ansprach.« Courtney hielt den Atem an und ließ ihn langsam wieder entweichen. »Dann wendete die Stute — etwas muß sie erschreckt haben, sie scheute — bockig war sie ja schon immer — und schoß mit Ann Marie in den Wald hinein. Das ist alles. Gleich darauf bist du gekommen.«

»Ich sah sie im Stall«, sagte Kevin sehr deutlich, obwohl er seine großen weißen Zähne zusammenpreßte. »Irgend etwas war los mit ihr. So als hätte sie etwas im Haus gesehen oder gehört oder erfahren. Weißt du etwas davon?«

Courtney begann wild zu fluchen. »Verdammt noch mal, geh um Hilfe, hole einen Arzt. Was kniest du bloß da und starrst mich an? Ich weiß nur, daß ihr Pferd scheute. Los jetzt, sonst stirbt sie hier! Ich bleibe. Siehst du denn nicht, daß sie schwer verletzt ist, du Idiot. Willst du, daß sie hier stirbt, während du da herumquatschst?«

»Ich finde es heraus«, sagte Kevin mit drohender Stimme. »Ich glaube nicht, daß das Pferd scheute. Ich glaube, daß Ann Marie es absichtlich in den Wald gejagt hat, um genau das hier zu erreichen.« Er sprang auf und lief zurück, und Courtney hörte den lauten Aufschlag seiner Füße.

Nun war Courtney allein mit der Bewußtlosen, deren Kopf auf einem Moospolster ruhte. Sie regte sich nicht. Sie lag da, als wäre sie schon tot, so schmächtig, so hilflos, so still, so zerschlagen, zerrissen und blutig. Das Pferd schrie, und Courtney rief in seiner Verzweiflung: »Um Gottes willen, sei still, Missy! Um Gottes willen!« Aber das Pferd stampfte, schrie und wälzte sich im Todeskampf. Die glänzend braune Decke war blutüberströmt. Mehr als alles auf der Welt verlangte es Courtney, Ann Marie in seine Arme zu nehmen, ihr blutiges Köpfchen an seine Brust zu drücken, mit ihr zu reden, sie zu küssen und zu streicheln. Aber er fürchtete, noch mehr Schaden anzurichten. Er konnte nur neben ihr kauern, sich über sie beugen, die er so innig und aus tiefster Seele liebte. Er hob ihre kleine schlaffe Hand. Sie war kalt und leblos. Er preßte seinen Mund und seine Wange darauf. »Ann, Ann Marie«, murmelte er. »O Gott, was ist nur mit dir, mein Liebling? Warum hast du das getan? Wer hat dich dazu getrieben?« Er strich über ihre Finger, hoffte auf ein wenig Wärme, ein kleines Zeichen, doch die in elfenbeinerner Stille Verharrende regte sich nicht, ihre Augen öffneten sich nicht. Schatten flatterten über ihr Gesicht, das einzuschrumpfen und zu erschlaffen schien. Die Lippen öffneten sich, aber nicht, um zu sprechen. Sein Ohr an ihrem Mund, die Hand an ihrem Handgelenk, lauschte Courtney ihrem Atem. Er ging schwach und pfeifend, der Puls pochte leicht und unregelmäßig, die langen goldenen Wimpern lagen reglos auf ihren Wangen. Die junge Brust bewegte sich kaum.

»Wer hat dir das angetan, Ann Marie?« fragte Courtney. »Wer konnte dich dazu treiben? Denn du hast es gewußt, nicht wahr? Jemand hat es dir gesagt. Wer, mein Liebstes, wer, mein Alles?«

Plötzlich wußte er es. Nur Bernadette, ihre Mutter, konnte ihr die Wahrheit gesagt haben. Ihr Vater sollte erst heute abend kommen. Es konnte nur Bernadette gewesen sein. Also hatte Ann Marie trotz seiner Warnung allein mit ihrer Mutter gesprochen.

Wie ein Kind ruhte sie da im Wald, ins Herz getroffen, schwer geprüft, verlassen und todwund, und schien mit jedem Augenblick tiefer in die schwarzen Blätter zu sinken, die ihr Lager waren. Courtney senkte den Kopf, berührte ihre Wange mit der seinen und weinte, wie er nie zuvor geweint hatte, aber irgend etwas in ihm brannte und regte sich, und er empfand den tiefsten, tödlichsten Haß, den er je nähren sollte.

»Wie konnte jemand diesem Kind so etwas antun?« hörte er sich stammelnd murmeln. »Wie konnte jemand nur so grausam sein? Wer war so von Haß erfüllt? Hat dieses Weib nicht gewußt, was du bist, mein Liebling, ein wehrloses kleines Mädchen, das nur lieben und geliebt sein wollte? O mein Gott, Ann Marie, wie ich dich liebe! Stirb nicht, du mein alles! Ich bin hier, ich, Courtney. Verlaß mich nicht, meine Kleine! Ich wollte nie etwas anderes auf dieser Welt als dich, Ann Marie. Hörst du mich? Stirb nicht, verlaß mich nicht! Wenn ich dich nur manchmal sehen kann — das ist mir genug. Genug für mein ganzes Leben.«

Sein leidenschaftliches Gestammel mischte sich mit den Klagen der verendenden Stute und dem Knarren und Rauschen in den Bäumen. Seine Stimme schwoll zu sinnlosem, wildem Schreien. »Ann Marie! Wo bist du? Komm zurück, komm zurück zu mir! Verlaß mich nicht!«

Mit zitternden Händen fuhr er ihr übers Haar; ihr Blut blieb an seinen Fingern kleben. Sie fühlte sich kalt an. Er zog seine Jacke aus, deckte sie zu und schob ihr, behutsam wie ein Vater, den Kragen unter das Kinn. Er rieb ihre Hände und hielt sie zwischen seinen schweißnassen fest.

Er wußte nicht, wann genau der Moment kam, da sie die Augen aufschlug und ihn anblickte und erkannte, doch als er endlich den roten Nebel seines Schmerzes durchdrang und ihm klar wurde, daß sie bei Bewußtsein war, glaubte er vor Freude vergehen zu müssen. Er sah, daß sie sogar ein wenig lächelte; ihre weißen Lippen rundeten sich zu dem süßen Lächeln, das er schon immer geliebt hatte.

»Courtney?« sagte sie.

Er hielt ihre Hände fester. Er neigte sich tiefer über sie und sah ihr in die Augen. »Ann Marie?« flüsterte er.

»O Courtney«, flüsterte sie wie ein Kind, aber nicht wie ein Kind, das wußte, daß seine Welt untergegangen war. »Wo bin ich? Was tun wir hier?« Ihre Stimme klang schwach, aber ruhig. Sie wollte sich umsehen, zuckte jedoch vor Schmerz zusammen und stöhnte.

»Was ist mit mir geschehen?«

Sie erinnert sich nicht. Gehirnerschütterung, dachte Courtney und war dankbar. »Missy hat gescheut. Beweg dich nicht, Liebes. Kevin ist um Hilfe gegangen.«

Eine zarte Falte erschien auf ihrer Kinderstirn. »Missy? Gescheut? Das hat sie doch noch nie getan. Ich erinnere mich gar nicht, sie geritten zu haben. Ich erinnere mich nicht —«

»Das macht nichts, Ann Marie. Wichtig ist nur, daß du lebst. Gleich wird Hilfe kommen. Kevin ist schon unterwegs.«

»Kevin? Woher wußte er, daß wir hier sind?« fragte sie mit der Neugier eines kleinen Mädchens.

»Er — er wollte uns nachkommen. Mach dir deswegen keine Sorgen, Liebes. Es ist nicht wichtig. Ich bin bei dir. Es wird alles wieder gut, mein Liebstes, alles wird gut.«

Sie blickte ihn vertrauensvoll an. Ihre Hände waren ein wenig wärmer. Er beugte sich wieder über sie und küßte sie zart auf den Mund. Ihre kalten Lippen antworteten, und ihre Finger schlossen sich enger um die seinen. Ihre Augen waren so klar, so ungetrübt, daß er selbst hier im Dämmerlicht so wie früher sein Spiegelbild in ihnen sehen konnte. »Mein lieber Courtney«, flüsterte sie, »ich liebe dich, Courtney.«

Dann aber geschah etwas Seltsames. Er bemerkte, wie sein Spiegelbild zurückwich und kleiner und kleiner wurde in der Iris dieser schönen Augen. Nun war er nur noch ein winziges Gesicht im Spiegel ihrer Seele, und dieses Gesicht schwankte und verfloß, wurde ein formloses Fleckchen und verschwand.

»Ann Marie!« rief er.

Aber nun sah sie ihn düster und wissend an und stieß ohne eine Bewegung, ohne eine Änderung ihres Ausdrucks einen grauenhaften Seufzer aus, der nicht von ihren Lippen, nicht aus ihrer Kehle, sondern aus ihrem Inneren zu kommen schien. Sie schloß die Augen. »Mama hat es mir gesagt«, murmelte sie und verstummte.

Verzweifelt rief er immer wieder ihren Namen und wußte nicht, ob sie ihn gehört hatte oder wieder in Ohnmacht gefallen war. Nichts blieb mehr als die schrillen Schreie des gequälten Pferdes, die verschreckten Laute auf den Bäumen, der Verwesungsgeruch, das leise Knistern im Gesträuch und eine zunehmende Düsternis, die alles verschlang.

Courtney legte sich neben sie und hielt ihre Hand. Er wünschte, er könnte hier mit ihr sterben oder daß keiner von beiden je wieder zu wissen brauchte, was sie an diesem Tag erfahren hatten, daß sie beide aufwachen könnten wie aus einem gemeinsam geträumten Alptraum.

ZWEITER TEIL

RORY DANIEL ARMAGH

Ja, sie essen Brot der Bosheit; und trinken Wein der Grausamkeit.

Sprüche 4, 17

I

Der Alptraum wollte nicht enden. Courtney, Kevin und Elizabeth saßen in einem kleinen Wohnzimmer hinter den Empfangsräumen im Armaghschen Haus. So schwer lastete das Schweigen auf ihnen, daß kein Seufzer und kein Flüstern es brechen konnten. Es war fast Mitternacht und immer noch drückend heiß. Die Dunkelheit hatte keine Kühlung gebracht, dumpfer Donner grollte über den Hügeln, aber von Blitz und Mond und Sternen war nichts zu sehen. Die Augen vor Erschöpfung geschlossen, das weiße Gesicht der Decke zugekehrt, saß Elizabeth in einem Armsessel zurückgelehnt. Ihr blasses Haar war zerrauft. Das grün-braun gemusterte Kleid schien zu groß für ihre schmächtige Gestalt. Kevin saß unbeweglich und in Gedanken versunken, sein olivfarbenes Gesicht war verschlossen und verkrampft, seine dunklen Augen starrten ins Leere. Hände und Wangen trugen tiefe Kratzspuren von den Dornen, das Blut darauf war eingetrocknet. Er hatte seinen braunen zerrissenen Anzug nicht gewechselt, und seine Stiefel waren noch lehmig und mit toten Blättern beklebt. Courtney, der auch stumm blieb, wartete neben seiner Mutter. Sein Gesicht war noch blasser als ihres, und bläuliche Schatten umrandeten seine Augen.

Das kleine Wohnzimmer war in den heiteren lebhaften Farben gehalten, die Bernadette liebte: tiefe Blautöne, Scharlachrot und Gelb. Die gewölbte Decke zeigte Schäferinnen und hüpfende Lämmer auf einer unwahrscheinlich grünen, mit Margariten übersäten Wiese. Die Lampen brannten. An diesem Abend paßte der Raum nicht zu den drei schweigenden Gestalten in den buntbemalten Stühlen, deren Füße reglos auf einem chinesischen, jadegrün, primelgelb und azurblau gemusterten Teppich ruhten. Kleine Porzellanstatuetten tanzten auf vergoldeten runden Tischchen, eine Bronzeuhr tickte auf dem weißen marmornen Kaminsims, und heiter tändelnde Figuren vergnügten sich auf den gelbseidenen Wandbespannungen. Der Duft später Rosen wehte durch die offenen französischen Fenster.

Oben in Ann Maries Zimmer wachten drei Ärzte in Joseph Armaghs Gesellschaft. Bernadette lag, von Beruhigungsmitteln betäubt, in ihrem pompösen Schlafzimmer. Stunde um Stunde verging. Hin und wieder erschien ein Dienstmädchen mit frischem Tee und Plätzchen und entfernte unberührte Tassen. Berühmte Ärzte waren aus Philadelphia, Boston und New York telegraphisch herbeigerufen worden; man erwartete sie für den nächsten Tag. Ann Marie schien dem Tode geweiht.

Voller Angst vor einer verhängnisvollen Wendung schreckten die drei Menschen in dem kleinen Wohnzimmer zitternd auf, sooft ein Ton oder eine Stimme im Haus hörbar wurde. Sie hofften nur, daß Ann Marie am Leben bleiben würde und daß noch nicht alles verloren war.

Der Abstieg war ein Teil des Alptraums gewesen. Sie hatten Ann Marie in Decken gewickelt und auf eine mit Decken belegte, in aller Eile ausgehängte Tür gelegt, und Kevin und Courtney waren hinterhergeritten. Courtney erinnerte sich schaudernd, wie Kevin mit einem Gewehr in der Hand zurückgekehrt war und, ohne einen Blick des Bedauerns oder der Trauer, Ann Maries Pferd den Gnadenschuß gegeben hatte. Es war notwendig gewesen, und so hatte er es getan. Gellend hatte der Knall die trübe Düsternis zerrissen, aber Ann Marie war bewußtlos geblieben.

Es war Courtney klar, daß er, wollte er eine Katastrophe verhüten, Kevin ins Vertrauen ziehen mußte. Er kannte Joseph Armagh sehr genau und wußte, wozu er fähig war. Er konnte sich ausmalen, was er tun würde, wenn er entdeckte, wer Ann Marie aus dem Haus getrieben und womöglich in den Tod gehetzt hatte. Bernadette mußte gewarnt werden. Ihr Mann durfte nie wissen, welche Rolle sie bei diesem Unglück gespielt hatte — wenn auch nur um Elizabeths willen. Was Ann Marie widerfahren war, schrie zwar nach Rache, aber es durfte nicht die Rache sein, die Joseph Armagh üben würde. Es mochte sein, daß Ann Marie überlebte, doch durfte sie nicht die Ursache eines Streits zwischen ihren Eltern und vor allem nicht Anlaß zu Maßnahmen sein, die Joseph zweifellos treffen würde. Von dem sich daraus ergebenden Skandal gar nicht zu reden. Also mußte Kevin informiert werden und dann seine Mutter überreden, Schweigen zu bewahren. Courtney bezweifelte, daß Kevin und Rory große Liebe für ihre Mutter empfanden. Dennoch mußten die beiden soweit wie möglich geschützt werden, denn sie waren jung und hatten eine Zukunft, und Bernadette würde nicht zurückscheuen, auch ihre Söhne zu peinigen — wie sie ihre Tochter zum Äußersten getrieben hatte —, um ihren Mann zu quälen und sich an Elizabeth zu rächen.

Daher legte Courtney, während die traurige Prozession langsam den Hügel hinabzog, die Hand auf Kevins Pferd. Kevin wandte sich um und blickte ihn mit kalten, feindseligen Augen an. »Willst du es mir jetzt sagen?« fragte er.

Courtney erzählte es ihm so knapp und nüchtern wie möglich. »Es besteht kein Zweifel, daß deine Mutter es Ann Marie gesagt hat, obgleich ich deine Schwester gebeten hatte, auf mich zu warten. Damals kannte ich die Wahrheit noch nicht. Ich wollte nur bei ihr sein, wenn deine Mutter erfuhr — daß wir — daß wir — heiraten wollen.«

Kevin hatte mit ausdruckslosem Gesicht zugehört. Als Courtney ihm eröffnet hatte, daß sie blutsverwandt waren, funkelten seine Augen. Er starrte Courtney an, sagte aber kein Wort. Courtneys verstörtes gerötetes Gesicht schien ihn nicht zu beeindrucken.

»Wir müssen uns eine Geschichte zurechtlegen«, fuhr Courtney fort. »Niemand hat Ann Marie etwas gesagt. Ihr Pferd hat gescheut — vor einem Hasen, einem Eichkätzchen, ein Schuß hat es erschreckt — ganz gleich —, und es ging durch. In den Wald. Wir haben es beide gesehen. Das ist unsere Geschichte.«

Kevin nickte, sein starkes, kantiges Kinn wurde härter, und seine etwas schweren Lippen spannten sich. »Aber was ist«, warf er ein, »wenn Ann Marie wieder zu Bewußtsein kommt und es ihm sagt?«

»Ich glaube nicht, daß sie das tun wird«, antwortete Courtney und senkte den Kopf. »Dazu ist sie zu gut, zu sanft, zu verständnisvoll. Und wenn es um ihr Leben ginge, nie würde sie ihren Eltern weh tun.«

»Es tut mir leid«, sagte Kevin, »es tut mir verdammt leid, Courtney.« Er blickte seinen jungen Onkel mit unbeholfenem Mitleid an. Stumm ritten sie weiter, doch als sie das Haus erreichten, das sich in lärmender Erregung befand, ging Kevin auf seine Mutter zu, führte die Weinende und Jammernde nach oben, schob sie in ihr Zimmer und schloß die Tür. Als er nach längerer Zeit wieder herunterkam, war er älter geworden. Sein Gesicht war ernst und verschlossen, und er begrüßte Elizabeth, die eben eintrat, mit reifer Güte und Höflichkeit. Er beantwortete alle ihre besorgten Fragen mit solcher Sicherheit und Festigkeit, daß Courtney, der den Mund nicht aufbrachte, seine neue Männlichkeit und Charakterstärke bewunderte.

Elizabeth fand Gelegenheit, ihrem Sohn zuzuflüstern: »Ann Marie — sie hat es nicht erfahren? Du hattest keine Gelegenheit, es ihr zu sagen?«

»Nein«, antwortete Courtney, wobei er ihr offen in die Augen sah, und sie glaubte ihm. »Ich hatte gar nicht die Möglichkeit. Ihr Pferd scheute, bevor ich noch etwas tun konnte.«

»Dann hat uns das Schicksal eine Atempause gewährt«, sagte seine Mutter und begann zu weinen. »Das arme Kind, die arme Kleine. Wie gut für alle, daß Kevin beschlossen hatte, mitzukommen, um dich etwas über Rory zu fragen. Ist etwas mit Rory nicht in Ordnung?« Courtney schüttelte nur den Kopf.

So hatte ihre lange Nachtwache begonnen. Joseph, am Bahnhof von Kevin erwartet, war, kaum ins Haus getreten, sofort hinaufgeeilt zu Ann Marie und den Ärzten, die um ihr Leben kämpften. Bernadette schlief, endlich verstummt, unter dem Einfluß starker Drogen.

Die große Standuhr in der Halle schlug halb eins. Das Donnergrollen kam nicht näher und entfernte sich auch nicht; nur die Schwüle der Nacht nahm zu. Niemand hatte zu Abend gegessen, weder die Haushälterin noch die Köchin hatten danach gefragt. Es war, als hätten sich die Bewohner des Hauses in ein Zimmer im Obergeschoß zurückgezogen. Der riesige glitzernde Kronleuchter in der Halle strahlte verödete Räume an.

Dann hörten sie langsame Schritte auf der Marmortreppe. Courtney und Kevin standen auf und starrten händeringend auf die Tür. Sie wagten es nicht, auf den Gang hinauszugehen, der zur Halle führte, und sie wagten es nicht, im Zimmer zu bleiben. Dann erschien Joseph in der Tür, und sie sahen sein wirres Haar und sein vor Angst und Grauen gealtertes Gesicht. Aber seine Augen schienen lebendiger, als die Anwesenden sie je zuvor gesehen hatten. Es war, als brenne ein Feuer hinter ihrem bitteren, unsteten Blau.

Elizabeth war es, die er zuerst anblickte, und sie stand langsam auf. »Joseph? Wie geht es Ann Marie?« fragte sie mit verkrampftem Blick. Grün leuchteten ihre Augen im Lampenschein, und ihr Mund bebte.

»Sie lebt«, antwortete er mit heiserer Stimme, »aber das ist auch schon alles. Sie ist noch nicht wieder zu Bewußtsein gekommen. Die Ärzte fürchten, sie könnte einen Schädelbruch erlitten haben. Auch innere Blutungen sind nicht auszuschließen. Ihr linker Arm ist gebrochen. Ein Arzt ist gegangen, die anderen bleiben, bis die Spezialisten morgen kommen. Dann werden auch die Krankenschwestern da sein, die ich habe rufen lassen.« Er hielt inne. »Wir können nur hoffen, daß sie den ersten Schock übersteht.«

Elizabeth setzte sich rasch, denn sie war schwach und erschöpft, die beiden jungen Männer aber blieben schweigend vor Joseph stehen. Nun wandte er sich an sie, und das blaue Feuer in seinen Augen blitzte drohend. »Ich möchte gerne deine Geschichte noch einmal hören«, sagte er zu Kevin.

Kevin mußte seine ganze Willenskraft einsetzen, um Courtney nicht anzusehen. Sein dunkles Gesicht war in diesen Stunden fahl geworden. »Ich habe es dir schon auf der Fahrt vom Bahnhof hierher erzählt, Pa«, begann er, »aber ich will es dir gerne wiederholen. Ich traf Ann Marie im Stall. Ich war eben von einem Ausritt zurückgekehrt. Sie sagte, sie wäre mit Courtney verabredet — ›wo wir uns immer treffen‹; er sei heute morgen gekommen. Ich wollte etwas von Courtney wissen — Rory betreffend — und fragte Ann Marie, ob es ihr etwas ausmachen würde, wenn ich für ein paar Minuten mitkäme. Natürlich war es ihr recht.« Hier beschloß Kevin, ein wenig zu improvisieren, und zwang sich zu einem kurzen Lächeln. »Ich wußte, daß ich nicht gerade erwünscht war, ritt aber trotzdem mit. Sie hielt auf den Hügel zu. Ich glaube nicht, daß ich mehr als sieben Meter hinter ihr war. Ich — mir fiel auf, daß Missy irgendwie nervös wirkte, aber Ann Marie meinte, die Stute wäre in den ersten Minuten immer ein wenig bockig.

Knapp vor der Hügelkuppe galoppierte Ann Marie voraus. Ich kam gerade zurecht, um zu sehen, wie sie Missy vor Courtneys Pferd zügelte, und dann — ich weiß einfach nicht, was dann geschah. Vielleicht war es ein Hase oder ein Eichhörnchen. Ich glaubte, auf der anderen Seite des Hügels einen Schuß zu hören. Missy bäumte sich auf und wieherte — du weißt doch, wie unberechenbar Pferde sind . . .«

»Nein, das weiß ich nicht«, sagte Joseph. Er beobachtete seinen Sohn mit der räuberischen Spannung eines Adlers, lauernd auf das kleinste Zeichen von Falschheit, Verlegenheit oder offensichtlicher Übertreibung. Kevin begann zwischen den Schulterblättern zu schwitzen. Er kannte seinen Vater und dessen Fähigkeit, Menschen zu durchschauen. »Aber erzähl weiter«, sagte Joseph.

»Ich glaube, Ann Marie schrie auf. Sie konnte das Pferd nicht bändigen, obwohl sie es schon seit zwei Jahren reitet. Missy tänzelte auf den Hinterbeinen, ließ sich fallen und stürmte davon, in den Wald hinein. Courtney und ich liefen ihr nach. Wir fanden Ann Marie, und Courtney blieb bei ihr, während ich Hilfe holen ging. Das ist alles, Pa.«

Schweigend beobachtete Joseph seinen Sohn. Seine Augen wanderten über das Gesicht des Jungen und studierten jede Linie, jeden Zug. Sein eigenes Antlitz verdunkelte sich während dieser langen Musterung, und man hörte nichts als das ferne Donnergrollen und ein Flüstern in den Bäumen draußen.

»Und ist das alles?« fragte er endlich. »Hast du mir alles gesagt?«

Es fiel Kevin schwer, zu lügen und zu schwindeln, denn er hatte es nie zuvor nötig gehabt. Er besaß weder Rorys Stil noch sein Flair, noch seine schillernde Persönlichkeit, seine Fähigkeit, mit gelassener Selbstverständlichkeit um etwas herumzureden und unangenehmen Dingen auszuweichen. Sein Gesicht war nun naß vor Schweiß, aber er zwang sich, zu sprechen und jedes Wort vorsichtig abzuwägen. Er legte die Stirn in Falten und tat, als erforsche er sein Gedächtnis, während der hagere, unerbittliche Mann in furchtbarem Schweigen verharrte.

Dann breitete Kevin die Arme aus und schüttelte den Kopf. »Ich kann mich an sonst nichts erinnern. Ich kann nicht gut erzählen, das weißt du ja, aber das ist nun wirklich alles.« Nun gab er sich müde und leicht verbittert. »Wir haben alles gesehen, Courtney und ich, und waren die ganze Zeit, bis du gekommen bist, bei Ann Marie. Wir sind ziemlich fertig, und ich verstehe wirklich nicht, was diese peinliche Befragung soll.«

Langsam wandte sich Joseph von Kevin ab und richtete mit veränderter Stimme — was den geschärften Ohren der jungen Männer nicht entging — das Wort an Elizabeth: »Du hattest Courtney heute früh etwas mitzuteilen, nicht wahr? Ich hatte dich darum gebeten. Hast du das getan?«

Elizabeth streifte ihren Sohn mit einem Blick. »Ja«, antwortete sie dann traurig, »ja, ich habe es ihm gesagt. Beim Frühstück.« Nach einer Pause fuhr sie fort: »Wir einigten uns darauf, daß er Ann Marie irgendeine Geschichte erzählen sollte, die zwar nicht der Wahrheit entsprechen, ihr aber so wenig wie möglich weh tun würde.«

»Was für eine Geschichte?« fragte Kevin mit gespieltem Interesse. »Gibt es da ein Geheimnis?«

»Sei still«, wies Joseph ihn zurecht und wandte sich Courtney zu. Der lodernde, sinnlose Haß in seinen Augen, die brutale Gewalt seines Ausdrucks ließen den jungen Mann vor Schreck erstarren. »Was wolltest du meiner Tochter sagen?« fragte Joseph mit schneidender Stimme.

Courtney fand keine Erklärung dafür, daß diese maßlose Wut nun gegen ihn gerichtet war, aber er verstand jetzt zum erstenmal, warum so viele starke Männer vor Joseph Armagh auf dem Bauch krochen. Nach den ersten lähmenden Sekunden faßte sich Courtney jedoch und antwortete ruhig und furchtlos:

»Ich wußte noch nicht, was für eine Geschichte ich ihr auftischen sollte. Offen gestanden, ich hatte in meinem ganzen Leben noch nie einer Begegnung mit solchem Unbehagen entgegengesehen. Du darfst nicht vergessen, Onkel Joseph, daß das eine erschütternde Eröffnung für mich war, daß ich Ann Marie liebe und daß ich nun mein ganzes Leben, alle meine Hoffnungen, zerstört sah. Es war wie ein Erdbeben — es war wie der Tod selbst. Ich weiß, du denkst an Ann Marie und was es für sie bedeutet hätte, aber sie war nicht allein, Onkel Joseph. Ich möchte, daß du auch das bedenkst.«

Kevin trat näher. Er machte ein neugieriges Gesicht und lehnte sich vor wie ein wißbegieriges Kind. Aber Joseph funkelte ihn an, und er machte einen Schritt zurück.

»Also«, sagte Joseph, »erzähle mir, was geschehen ist.«

»Ich habe Kevins Bericht nichts hinzuzufügen, nicht ein Wort. Ann Marie ritt auf den Hügel hinauf, ihr Pferd bäumte sich auf, drehte sich auf den Hinterbeinen, wieherte und stürmte in den Wald. Ich kam gar nicht dazu, mit Ann Marie zu sprechen. Ich glaube, ich konnte sie gerade noch begrüßen. Ich weiß es nicht mehr genau. Es geschah alles so plötzlich. Es ging so schnell, daß ich zuerst nicht einmal Kevin hinter ihr sah. Das ist alles.«

»Meine Tochter erfuhr also nichts?«

»Nein, nicht daß ich wüßte. Wer hätte ihr denn etwas sagen können — außer mir?«

»Ihre Mutter«, gab Joseph zurück und sah, daß die beiden jungen Männer einen Blick wechselten.

Courtney schluckte mit trockener Kehle. Nach einigem Nachdenken sagte er: »Ann Marie und ich hatten uns darauf geeinigt, daß sie ihrer Mutter nichts davon mitteilen würde — daß wir heiraten wollten —, solange ich nicht dabei war. Ich habe keinen Grund, anzunehmen, daß Ann Marie diese Vereinbarung gebrochen hat. Als sie zu mir heraufgeritten kam, bevor Missy sich aufbäumte und davonraste, wirkte sie wie immer — froh, mich zu sehen, mit mir zu sprechen —« Die Stimme versagte ihm. Vor seinem geistigen Auge erschien Ann Maries Gesicht, wie er es an diesem Unglücksmorgen gesehen hatte, voll Angst und Schmerz und Entsetzen. Er ließ den Kopf sinken.

»Bist du sicher, daß sie es nicht wußte?«

»Ich bin sicher«, antwortete Courtney, sobald er die Sprache wiedergefunden hatte. »Ich hätte es sofort gemerkt.«

Joseph stützte die Hände in die Hüften, eine sonderbar fremdländisch wirkende Geste, die dem geborenen Amerikaner fremd ist. Er maß Courtney mit einem prüfenden Blick und sagte sehr deutlich: »Ich glaube, ihr lügt beide. Ihr versucht, jemanden zu decken.«

»Warum sollten unsere Söhne lügen, Joseph?« rief Elizabeth. »Wie kommst du darauf?« Sie war aufgesprungen. Wie weißes Feuer glühte ihr Gesicht vor Zorn und Entrüstung.

Joseph blickte sie schweigend an, wobei sich sein Ausdruck fast unmerklich veränderte. »Vielleicht haben sie auch dich angelogen«, sagte er dann.

»Was soll das alles heißen?« mischte Kevin sich ein. »Was sollte Ann Marie erfahren oder nicht erfahren? Was ist das große Geheimnis?«

Er war nicht auf die Antwort seines Vaters vorbereitet, erwartete gar keine. Aber wieder traf ihn Josephs starrer, schrecklicher Blick. »Hat dir niemand gesagt, daß Courtney und Ann Marie nicht heiraten können? Hat dir niemand gesagt, daß Courtney dein Onkel ist, dein Halbonkel, wenn du so willst, der Bruder deiner Mutter?«

»Nein!« rief Kevin, fuhr wie aus allen Wolken gefallen hoch und machte kugelrunde Augen. »Du lieber Gott! Ich dachte — ich dachte, mein Großvater hätte ihn adoptiert!« Er wandte sich Courtney zu, als wollte er ihn mustern. »Ich dachte, sein Vater hätte Wickersham geheißen?«

Elizabeths verschlossenes Gesicht war tiefrot. Das Haupt stolz erhoben, drehte sie sich zur Seite. Du lieber Himmel, dachte Kevin, es tut mir leid, daß ich ihr das antun muß, aber meine Eltern und meine Familie bedeuten mir mehr als Elizabeth Hennessey und mein Opa.

Joseph sah sie an, und nun verdunkelten Scham und Bedauern sein Gesicht. »Entschuldige, Elizabeth. Aber ich muß die Wahrheit wissen. Meine Tochter liegt oben, möglicherweise im Sterben, und ich muß herausfinden, wer ihr das gesagt hat, was sie vielleicht in den Tod getrieben haben wird.«

Langsam kehrte Elizabeth ihm das Gesicht zu und holte hörbar Atem. Ihre Augen glitzerten wie grüne Steine. »Du hattest immer schon zuviel Phantasie, Joseph«, sagte sie, und ihre Stimme klang kalt und fest, so als spräche sie zu einem Bedienten. Er hörte es, und etwas in seinem Inneren zuckte schmerzhaft zusammen. »Ich glaube, Ann Marie hat weit mehr seelische Kraft, als du ihr zutraust. Selbst wenn man es ihr gesagt hätte, sie würde sich damit abgefunden haben.«

Sie betrachteten einander schweigend, und Joseph dachte, sie wird mir nie vergeben, meine Elizabeth. Es wird nie wieder so sein zwischen uns wie früher — wenn überhaupt etwas sein wird.

Elizabeth dachte das gleiche, und nun verstärkte ein ungeheurer Schmerz ihre Erschöpfung und ihr Mitgefühl. Es war eine Abkehr, ein Bedauern, daß etwas Schönes zerstört worden war, das, selbst wenn es je wieder gekittet werden könnte, einen Sprung davontragen und für immer entstellt bleiben würde.

»Es wäre nicht nötig gewesen, meine Mutter vor deinem Sohn zu demütigen«, ließ Courtney nun seinem heißen Zorn freien Lauf. »Möchtest du es nicht auch den Zeitungen mitteilen? Soll ich sie für morgen vormittag herbestellen — oder hast du bereits die Ärzte informiert, damit sie das Geheimnis meiner Mutter überall herumerzählen können?«

»Courtney«, bat Elizabeth, »Courtney, bring mich heim. Bitte. Wir sind hier nicht willkommen.«

»Ich bringe dich heim«, sagte Joseph.

»O nein«, widersprach Courtney. »Sie ist meine Mutter. Was geht sie dich überhaupt an? Sie kam hierher, in ein Haus, wo sie von deiner Frau gehaßt und von dir beleidigt wird, nur weil sie Ann Marie liebt wie eine Mutter und weil sie dachte, sie könnte vielleicht helfen — deiner Frau helfen. Meiner Schwester! Jawohl, meiner Schwester, verdammt noch mal! Der bloße Gedanke ist mir verhaßt, wissen Sie das, Mr. Armagh? Wissen Sie, wie sehr ich Ihre Frau verachte und wie sehr ich jetzt Sie verachte?« Das Gesicht des jungen Mannes brannte vor Zorn und Haß. »Seit ich mich erinnern kann, besitzt deine Frau die Unverfrorenheit, meiner Mutter gegenüber beleidigend, unhöflich, grausam und vulgär zu sein! Sie, die nicht gut genug ist, meiner Mutter mit nackten Händen die Schuhe abzuwischen! Und dennoch kam meine Mutter in dieses abscheuliche Haus, nur um wieder beleidigt und gedemütigt zu werden, um wieder zu hören, daß ihre Anwesenheit unerwünscht ist. Laß uns gehen, Mutter.«

Eines weiß er also nicht, dachte Joseph, sein Gesicht von glühender Röte übergossen, und empfand jetzt Reue, ein Gefühl, das ihm auf erschreckende Weise fremd war, denn es hatte ihn zum letztenmal beschlichen, als er Senator Bassett gegenüberstand. Elizabeth zog den Spitzenschal über ihre Schultern, und Courtney nahm ihren Arm. Kevin beobachtete ihn bewundernd.

Joseph trat an Elizabeth heran und blieb vor ihr stehen. Sie konnte den Blick nicht von ihm wenden, obgleich ihre Augen voll Tränen waren, und ihre Lippen bebten.

»Ich bringe dich heim, Elizabeth«, sagte er. »Courtney möchte sicher noch ein wenig bleiben und abwarten, wie es Ann Marie geht.«

»Nein«, widersprach Courtney. Aber er bemerkte voll Erstaunen, daß seine Mutter und Joseph nur Augen für einander hatten, und als einer, der selber liebte, erkannte er den Ausdruck der Liebe. Fassungslos trat er zurück, seine Hände beschrieben eine scharf ablehnende Geste, und sein Mund war plötzlich wie verbrannt. Er glaubte, sich erbrechen zu müssen. Nie hatte er seine Mutter so weich und nachgiebig gesehen, so hilflos bei all ihrem Stolz. Er sah ihre Tränen. Und er sah, wie sie den Kopf neigte. Er hätte Joseph töten mögen, als dieser nun behutsam Elizabeths Arm nahm, sie zur Tür geleitete und mit der Fürsorglichkeit und Zärtlichkeit eines Liebenden auf sie herabblickte, eines Liebenden, der um Verzeihung bat und ganz selbstverständlich erwartete, daß sie ihm gewährt werden würde.

Auch Kevin hatte das alles gesehen, und trotz allem, was an diesem Tag geschehen war, hoben sich seine schwarzen Brauen zuerst überrascht und dann sogar amüsiert. So war das also. Er verdammte seinen Vater nicht, er schämte sich seiner nicht. Er war jung, und für einige Augenblicke vergaß er sogar die Sorge um seine Schwester. Innerlich lächelte er und schüttelte den Kopf und fragte sich, ob seine Mutter davon wußte. Sicherlich wußte sie es. Zweifellos erklärte das zum Teil ihren Haß gegen Elizabeth. Arme alte Ma. Nun, im Vergleich zu Tante Elizabeth war sie eben nur ein Marktweib, laut, gemein, grob und scharfzüngig, klatschsüchtig und schadenfroh, immer auf Ausschau nach einer gehässigen Geschichte über Freunde, immer mißbilligend, immer bereit, ihren derben Spott mit jedem zu treiben, den sie nicht leiden konnte — und sie konnte, außer Pa, so gut wie niemanden leiden (ihre Kinder mit eingeschlossen). Sein Vater als Liebhaber — der Gedanke belustigte Kevin. Also konnte sogar ein Mann wie Joseph Armagh von einer Frau beherrscht werden. Laß dir das eine Lehre sein, mein Freundchen, sagte sich Kevin. Wenn eine Frau das bei Pa fertigbringt, was könnte ein Mädchen alles mit dir anfangen?

Er wurde wieder auf Courtney aufmerksam, der niedergeschlagen, die Ellbogen auf den Knien, das Gesicht in den Händen, auf seinem Stuhl saß. Armer Courtney, was war heute nicht alles auf ihn eingestürmt! Die Entdeckung, daß Ma seine Schwester war — er hatte sie nie leiden können. Die grausame Notwendigkeit, Ann Marie, die er liebte, reinen Wein einschenken zu müssen. Dann die Tragödie, die Ann Marie beinahe das Leben gekostet hatte. Natürlich hatte Ma es ihr gesagt, daß war ihm sofort klar gewesen. Keine Frage, daß die liebe alte Ma seiner Schwester etwas angetan hatte. Zu guter Letzt hatte Courtney sich auch noch ihm anvertrauen müssen. Er war wirklich ein feiner Kerl, tat alles nur, um Ma zu schützen, die ohnehin so ein dickes Fell hatte. Ritter ohne Furcht und Tadel, das war Courtney. Beschützte im Alleingang die ganze Familie Armagh.

Kevin empfand jetzt womöglich noch mehr Zuneigung und Bewunderung für seinen Vater als bisher. Er setzte sich neben Courtney. »Ich werde mir einen Drink genehmigen«, sagte er, »und ich glaube, du könntest auch einen gebrauchen. Außerdem werde ich uns von einem der Mädchen ein paar Brote und Kaffee bringen lassen.«

»Nein«, brummte Courtney hinter seinen Händen hervor, aber Kevin stieß einen Pfiff aus und griff nach dem Klingelzug. »Wie du willst«, meinte er. »Es ist schließlich kein Begräbnis im Haus, und selbst bei Begräbnissen wird wacker gegessen und getrunken. Du warst wohl nie bei einem irischen Leichenschmaus?«

Courtney ließ die Hände sinken. Sein Gesicht war leblos und matt, sein helles Haar zerzaust, und seine Augen blickten hoffnungslos. »Doch«, erwiderte er, »ich war einmal bei einem irischen Leichenschmaus. Du vergißt, daß ich auch Ire bin. Ich bin ein Hennessey, der Geburt wie auch dem Namen nach, und, bei Gott!, ich wollte, es wäre anders.« Schmerz und Verbitterung und unaussprechliches Leid zeichneten schattenhaft seine Züge.

Er trank den Brandy, den man ihnen brachte, und bald belebte ein wenig Farbe die Blässe seiner Wangen. Er aß sogar ein halbes Brot und trank ein paar Schlucke Kaffee. Endlich hörte er Joseph zurückkommen — es schien Courtney, daß er sehr lange ausgeblieben war — und wieder hinaufgehen.

Nachdem Courtney von einem Dienstmädchen erfahren hatte, daß Ann Marie noch »ruhe«, daß ihr Zustand unverändert sei, ging er heim. Er sah Licht unter der Tür seiner Mutter und fühlte, wie ihm das Blut ins Gesicht schoß. In seinem Zimmer angelangt, warf er sich aufs Bett. Eine wohltuende Betäubung kam über ihn. Er wußte später nicht, ob er geschlafen hatte oder nicht, aber sein Schmerz verblaßte, und die Wirklichkeit wich aus seinem Bewußtsein.

Joseph aber saß am Bett seiner Tochter, beobachtete die Mienen der Ärzte, sah die langen braunen Zöpfe auf dem Kissen, die Entrücktheit ihres jungen Gesichts, den Arm in der Schlinge, den Verband auf ihrem Kopf, wo man das Haar abrasiert hatte. Er lauschte ihrem Atem. Ab und zu stöhnte sie.

Der Morgen dämmerte schon, als er wie in einer Vision Senator Bassett vor sich sah und sich an den Fluch erinnerte, mit dem der Unselige Joseph Armagh und seine Familie verwünscht hatte, an den Fluch und an seinen eigenen Traum.

Es war lächerlich, sich noch damit zu beschäftigen. Abergläubische Vorstellungen dieser Art mochten alte Weiber in Kaminecken beeindrukken. Joseph aber saß bei seiner Tochter und dachte an Senator Bassett, den er ermordet hatte — nicht anders als irgendein gemeiner Meuchelmörder.

II

Kein Abend verging, da Elizabeth Hennessey nicht an ihrem Schlafzimmerfenster saß und zum Armaghschen Haus hinüberblickte. Es war Januar geworden, Schnee bedeckte Wiesen und Fluren, und nach Sonnenuntergang wölbte sich der Himmel endlos und traurig, wenn im kalt glitzernden roten Westen lavendelfarbene Schatten über die weiße Erde, über hohe Fichten und schwarze Tannen huschten. Nicht einmal zu Weihnachten hatten Lichter das Haus erhellt, außer in den Zimmern der Bediensteten; nichts regte sich hinter den schwarzen Fenstern. Keine Schlittenglocken durchbrachen mit ihren zarten Tönen die Stille, der Rauch aus den Kaminen war nur ein dünner Faden; wie Marmor schimmerten die Dächer. Neujahr kam und ging, ohne daß sich die Türen zu irgendwelchen Festlichkeiten geöffnet hätten.

Denn Ende September hatten Joseph und Bernadette ihre Tochter Ann Marie zu einer letzten hoffnungslosen Besuchsreihe bei berühmten Neurologen und Fachärzten in Genf, Paris, Rom und London nach Europa gebracht. Kevin und Rory waren an der Universität und kamen zu den Ferien nicht heim. Courtney hatte Joseph und Bernadette auf ihrer trostlosen Irrfahrt begleitet, bis Bernadette ihm mehr als deutlich zu verstehen gab, daß er unerwünscht war. Nun verbrachte er seine Tage in Amalfi und gab seiner Mutter keinerlei Hinweis, ob und wann er zurückkehren würde. Elizabeth nahm an, daß er von der Verbindung zwischen ihr und Joseph Armagh wußte und daß er sie in seinem Elend und seiner Verwirrung für seine Geburt und für Ann Maries Zustand verantwortlich machte. Mit der Zeit, hoffte sie, würde sein Schmerz nachlassen. Dann würde er klarer sehen. Bis dahin mußte sie sich mit seinen kurzen, kühlen Zeilen zufriedengeben, die sie mit mütterlicher Innigkeit und Liebe beantwortete.

Rory hielt sie auf dem laufenden; Bernadette schrieb ihm regelmäßig. Josephs Briefe an sie waren knapp, voll Sorge und Verzweiflung, und sie wußte, daß sie nicht darauf antworten durfte. Ann Marie konnte nun gehen, sich selbst ernähren und sich mit Hilfe einer Krankenschwester sogar ankleiden und waschen. Im übrigen aber war sie auf das geistige Niveau eines noch nicht dreijährigen Kindes herabgesunken, ohne jede Erinnerung an ihr früheres Leben, an Elizabeth und Courtney Hennessey. Sie erkannte ihre Brüder von einem Besuch zum anderen nicht. Ihre Vergangenheit war ausgelöscht. Das einzige Anzeichen, das der Familie zuweilen Mut machte, war eine entsetzliche Angst vor Pferden und der kleinsten Baumgruppe. Aber auch diese Ängste begannen langsam nachzulassen, und bald konnten sie ihre Eltern, ohne ihr die Augen zu verbinden, in einen Wagen setzen. So schwand auch die letzte Hoffnung, und Joseph versuchte, sich damit abzufinden, daß seine schüchterne, furchtsame Tochter ihr Leben lang ein kleines Kind bleiben würde. »Es wäre besser gewesen«, schrieb er einmal an Elizabeth, »sie hätte den Sturz nicht überlebt, denn obwohl ihre körperliche Gesundheit wiederhergestellt ist und sie sogar zugenommen hat, bleiben ihre geistigen Fähigkeiten unverändert. Der einzige Trost für mich ist, daß sie so zufrieden ist, wie ein kleines Kind es sein kann. Sie lacht und spielt, ist fügsam und zärtlich und — in der Unschuld der Kindheit — glücklich. Wer weiß, vielleicht ist das besser für sie, als alt und bitter und traurig zu werden, Illusionen nachzujagen und die Sorgen der Erwachsenen kennenzulernen? Wenigstens das wird ihr erspart bleiben. Sie befindet sich in jenem Limbus, von dem uns die Priester erzählen, in einem Zustand ›natürlicher‹ Glückseligkeit, der weder Angst noch Sehnsucht und nur Zuneigung, gütige Worte und Fürsorge kennt.«

Rory schrieb Elizabeth, daß die Familie im Frühling mit Ann Marie zurückkommen würde. Die Ärzte hatten dringend empfohlen, das Mädchen in einer guten Heilanstalt unterzubringen, wo sie »zusammen mit jenen anderen Unglücklichen, die in diesem Zustand geboren werden, fachgerechte Pflege erhalten, einfache Verrichtungen gelehrt werden und unter ihresgleichen sein würde«.

Bernadette hatte eifrig zugestimmt. Sie hatte an die bedrückende Anwesenheit ihrer Tochter im Haus gedacht, an Krankenschwestern und Kindermädchen, an das ständige Kommen und Gehen der Ärzte und »sonstige Störungen«, wie Rory seine Mutter zitierte. Joseph aber hatte abgelehnt. Seine Tochter sollte daheim leben und sterben.

Gegen ihren Willen hatte Elizabeth Verständnis für Bernadette. Es war sehr einfach für Joseph, der sich, außer gelegentlich zum Wochenende und in den Ferien, nur selten in Green Hills aufhielt. Er würde nicht tagtäglich vom Anblick der Krankenschwestern und Ärzte deprimiert werden. Er würde Ann Marie nicht ständig sehen und sich erinnern müssen, wie sie gewesen war. Er würde sich nicht mit störrischen Dienstboten herumschlagen müssen, die sich gegen die verdüsternde Anwesenheit einer Kranken, gegen die besondere Diät und gegen die Autorität geschäftiger Krankenschwestern — die recht arrogant sein konnten — auflehnten. All das würde der lebenslustigen Bernadette zufallen, die jede Verantwortung haßte, ganz besonders aber den Anblick oder auch nur den Geruch von Krankheit bei sich und bei anderen. Wäre Ann Marie in ihrem jetzigen Zustand sehr an ihren Eltern gehangen, hätte das der Sache natürlich ein anderes Gesicht gegeben, aber Elizabeth hatte gehört, daß sie im Ausland mit Krankenschwestern und Dienstpersonal ebenso glücklich war und keinen vermißte, der sie nicht täglich besuchte. Kaum daß sie Bernadette und Joseph erkannte. Einmal mußte Joseph drei Wochen in London verbringen — er hatte Rory mitgenommen —, und als er nach seiner Rückkehr zu Ann Marie kam, erkannte sie ihn überhaupt nicht wieder und war eine ganze Woche lang verschüchtert, sobald er ihr Zimmer betrat. Das mußte entsetzlich gewesen sein, dachte Elizabeth.

Bestraft er Bernadette für das, was er vermutet, aber nicht weiß? fragte sich Elizabeth oft. Straft er sie, weil Bernadette das arme Kind nie geliebt hatte? Ist das seine Rache? Sogar Elizabeth, die ihn besser kannte als irgend jemand sonst auf der Welt, konnte diese Fragen nicht beantworten. Wenn sie an Ann Marie dachte, war es wie das Gedenken an eine Tote, denn das Mädchen war keine junge Frau mehr und nahm nicht mehr ihren Platz unter den Lebenden ein. Was sich in Ann Marie regte, war keine denkende, fragende, Freude und auch Leid empfindende Seele. Es war ein einfacher, natürlicher, animalischer Geist, der nie altern, sich nie entwickeln, nie lieben, nie jemanden vermissen und nie aufjubeln würde.

Manchmal dachte Elizabeth: Hat Ann Maries Gehirn unheilbaren Schaden davongetragen? Hat sie sich aus dem Leben zurückgezogen, um nie wiederzukehren? Es gibt empfindsame Menschen, die, wenn sie einmal grausam verletzt werden, das Dasein nicht mehr ertragen können. Sie verlieren ihr Gedächtnis oder suchen Zuflucht in einer Kindheit, die weniger schmerzlich, weniger unduldsam, weniger anspruchsvoll ist. Haben sie einmal diese Roseninsel voll ewigen Sonnenlichts erreicht, kehren sie nie wieder zurück. Niemand konnte Elizabeths Fragen beantworten, denn sie behielt sie für sich. Hatte Bernadette ihre Tochter in die Tage der Kindheit zurückgestoßen, weil Gegenwart und Zukunft einem Mädchen wie Ann Marie zu leidvoll erschienen — oder war es wirklich ein Unfall gewesen? Bernadette würde natürlich nicht reden, wenn sie überhaupt etwas wußte, und Courtney und Kevin hatten sich klar genug ausgedrückt. Und doch hatte Elizabeth rein intuitiv die Überzeugung gewonnen, daß die beiden jungen Leute etwas Wesentliches verschwiegen. Sie erinnerte sich, daß Courtney erzählt hatte, Ann Marie sei im Wald für kurze Zeit zu Bewußtsein gekommen, habe ihn erkannt, mit ihm gesprochen und ihn gefragt, wo sie sich befände und wie sie dort hingekommen sei. Und sie habe ihm versichert, daß sie ihn liebe. Später jedoch, als Elizabeth Courtney bat, ihr dieses Gespräch zu wiederholen, hatte er sie mit seinen in letzter Zeit so kalten grünen Augen angesehen und gesagt: »Du mußt dir das eingebildet haben, Mutter, oder du hast mich mißverstanden. Sie hat nur einmal die Augen geöffnet, und ich weiß nicht, ob sie mich erkannte oder nicht. Sie verlor gleich wieder das Bewußtsein.« So hatte also Courtney, der nie log, seine Mutter angelogen. Der Grund dafür ließ sich nur intuitiv erraten — und Intuitionen konnten irreführen. Die tiefe, starke Bindung zwischen Mutter und Sohn war jedenfalls zerstört. Wer konnte sagen, ob sie je wieder zueinanderfinden würden? Dieser Verlust schmerzte Elizabeth mehr als der Gedanke an Ann Marie, die wenigstens kein Leid kannte und es auch nie kennen würde.

Elizabeth sah die trägen und trostlosen Wintertage kommen und gehen und schließlich das klare kalte Licht des Februar und die dunklen Stürme des März. Der Frühling bleibt nie aus, tröstete sie sich, nur daß es nicht der Frühling ist, den wir einmal kannten. Das Leben erneuert sich nicht wirklich. Es ersteht nur aus den toten Blättern von

Sorge, Verlust und Leid und wird von ihnen durchtränkt, so daß jeder neue Frühling traurige Erinnerungen, alte Sehnsüchte und vergessen geglaubte Schmerzen mit sich bringt. Es wird düsterer und düsterer, und so ist der letzte Frühling voll von Schatten, aber ohne Farbe und ohne Sinn. Man nimmt ohne Bedauern Abschied. »Im Grab gibt es keine Erinnerungen«, heißt es in der Bibel, und das ist die schönste Hoffnung, die dem Menschen geschenkt wird.

Elizabeths Haus war nun so still und verlassen wie das Armaghsche. Sie durfte sich nicht mehr darauf freuen, mit Joseph in New York zusammenzutreffen, Ausflüge mit ihm zu unternehmen, lange besinnliche Gespräche vor dem Kamin zu führen, wie zwei verschlungene Bäume mit ihm in einem warmen Bett zu liegen, sein Gesicht am Morgen zu sehen, beim Klang seiner Stimme zu erbeben. Nur in der Liebe gibt es einen ewigen Frühling, dachte sie traurig. Nur die Liebe macht uns unsterblich und feit uns gegen das Leben. Nur in der Liebe gibt es Jugend und Hoffnung. Ohne sie sind wir vom Blitz gespaltene Bäume in einem Aschenwald, wo nichts sich regt, nichts von Bedeutung ist, und wo es nur rauchiges Zwielicht, aber weder Sonnenaufgang noch Sonnenuntergang gibt. Elizabeth fuhr nicht nach New York zum Einkaufen oder um Theater und Konzerte zu besuchen. Sie war nicht der Mensch, der leicht Freundschaften schließt und sie auch pflegt. Sie war ihrer Natur nach auf Männer angewiesen und hatte für Frauen als Vertraute oder Freundinnen wenig übrig. So saß sie denn in ihrem einsamen Haus, ließ die Wochen an sich vorüberziehen und lebte nur für den Frühling, der Joseph zurückbringen würde. Bis dahin war ihr Leben aufgeschoben.

Würden sie und Joseph je wieder die tiefe Innigkeit des Vertrauens, der bedenkenlos geschenkten Liebe erfahren? Oder würde die Erinnerung an jene heiße, furchtbare Nacht wie ein mißgünstiger Verräter in ihre Liebe eindringen? Wie auch immer, dachte Elizabeth, solange ich ihn sehen und hören kann, bin ich zufrieden. Sind nur die Frauen in der Liebe die Unterlegenen? Wir vergeben alles, Treubruch, Beleidigungen, Vernachlässigung und ungerechtfertigte Verdächtigungen. Die Männer bedeuten uns mehr als wir ihnen. Das ist unser Schicksal. Ich bemühe mich, stolz zu sein, und sehne mich doch nur danach, ihn wiederzusehen. Hätte ich ihn erniedrigt, wie er mich erniedrigt hat, er würde nichts mehr von mir wissen wollen, aber alles, was ich mir wünsche, ist, ihn noch einmal in meinen Armen zu halten. Als er mich in jener Nacht heimbrachte, fiel mir nichts Klügeres ein, als ihn zu bitten, mich dafür zu lieben, daß ich ihm verzieh. Aber angenommen, es wäre mein eigenes Kind gewesen und nicht Ann Marie? Daran denke ich immer, und das ist meine Entschuldigung vor mir selbst, denn ich liebe und bin daher ohne Selbstachtung und bereit zu verzeihen. Joseph, Joseph!

Anfang Januar telegraphierte Joseph seinem Sohn Rory: ERWARTE DICH AM 17. IN LONDON.

Verdammt, dachte Rory, hat ihm irgendein Arzt neue Hoffnung gemacht? Nein, das sähe dem Alten Herrn nicht ähnlich. Es muß etwas anderes sein. Pa ist einer von jenen, die nicht »hoffen«, daß muß man ihm lassen. Dafür ist er zu sehr Realist.

»Mein Liebstes«, sagte er zu seiner Frau Marjorie, »ich muß dich für eine Weile verlassen. Mein Vater braucht mich in London.«

»Nimm mich mit«, bat Marjorie. »Ich möchte deinen Vater kennenlernen. Ja, mein Schatz, ich weiß. Du mußt noch deine Studien abschließen, und du bist Papas Liebling und fürchtest dich davor, ihn wissen zu lassen, daß du ein Mädchen geheiratet hast, die von Paul Revere abstammt — Seitenlinie natürlich. Es könnte die Stellung eurer Familie beeinträchtigen.« Nachdenklich fügte sie hinzu: »Ich wüßte nur zu gerne, was Daddy von alldem halten würde. Wirklich wahr.«

»Maggy, rede keinen Unsinn.«

Marjorie lächelte. »Das ist immer die Antwort, mit der sich ein Mann aus der Affäre zieht, nicht wahr? Damit die Frau den Mund hält.« Sie warf sich in seine Arme und rief: »Rory, Rory! Hör nur nicht auf, mich zu lieben! Fahr zu deinem Vater, aber denke daran, daß ich hier bin und auf dich warte. Ich würde für dich sterben, Rory! Sollte ich mich nicht schämen, so etwas auszusprechen? Na wenn schon. Küß mich.«

»Ihr Frauen verlangt zuviel!« meinte Rory, der sich ihre Zärtlichkeit recht gerne gefallen ließ. »Wir Männer haben wichtige Angelegenheiten im Kopf, und ihr denkt immer nur ans Küssen.«

»Und an die Liebe«, gab Marjorie zurück. »Hat nicht der heilige Paulus gesagt, sie stehe noch über Glaube und Hoffnung? Laß nur. Eines Tages werdet auch ihr Männer diese Wahrheit erkennen — wenn ihr nicht zuvor die Welt zerstört habt.«

»Oh, wir sind räuberische Bestien, wir Männer«, witzelte Rory und fuhr nach London.

Rory wußte, daß nichts so feucht, so dunkel, so kalt und scheußlich, so deprimierend, nebelig und rauchig sein konnte wie England im Winter, wo jeder Kamin dichten schwarzen Ruß und stinkendes Kohlengas in den kaum helleren Himmel spie. Aber er liebte Seereisen, und das Schiff war komfortabel und luxuriös. Rory hatte dem »alten« Charly Devereaux eine Fahrkarte erster Klasse herausgelockt, womit Joseph bestimmt nicht einverstanden gewesen wäre. Verschwenderischer Leichtsinn! So hatte Rory eine elegante Kabine für sich allein, sein Frühstück im Bett und einen Liegestuhl auf dem geschützten Teil des Promenadedecks. Um sein Studium nicht zu vernachlässigen, hatte er seine Lehrbücher und Skripten mitgenommen, außerdem Gedichtbände und historische Werke. Wie sein Vater las er intensiv und unablässig, was Fremde überraschte, die bei einem so ungezwungenen, liebenswürdigen, wortgewandten und vor allem so attraktiven, kräftigen jungen Mann, der zu jedem Sport bereit war und einen Ruf als Frauenheld besaß, keine »Gelehrsamkeit« vermuteten. Bücher über Politik schätzte Rory im allgemeinen wenig, obgleich er selbst sich für Politik interessierte. Sein Vater aber hatte einmal mit düsterem Lächeln bemerkt: »Das macht nichts. Es ist wichtiger, über die Leute zu lernen, die Politiker und Geschehnisse in einem Land beherrschen und sein Geschick bestimmen.« Einige dieser Leute hatte Rory bereits in New York kennengelernt. Welche Meinung er von ihnen hatte, behielt er für sich.

Rory war ein Mensch, der weder Bescheidenheit noch bescheidene Menschen bewunderte. »Warum etwas verstecken, das man ruhig zeigen kann?« pflegte er zu sagen. So richtete er es ein, daß der Kapitän erfuhr, daß er an Bord war — worauf er sogleich an die Kapitänstafel gebeten wurde. Der Kapitän war ein Schotte mit leuchtendrotem Bart, Schnurrbart und Haaren, einschließlich jener, die aus seinen Ohren wuchsen. Er hatte scharfe blaue Augen, eine große semitische Nase und hieß MacAfee. Er war galant zu den Damen am Tisch und kurz angebunden mit den Herren. Rory war ihm nicht sympathisch; er fand ihn zu dreist, zu reich, zu freundlich, und er lächelte ihm zuviel. Am dritten Tag aber war er nicht mehr so sicher, ob Rory nur leichtsinnig, verwöhnt und ein wenig dumm war, und am fünften Tag dachte er — obgleich seine anfängliche Abneigung sich kaum vermindert hatte —, man müsse den jungen Kerl »im Auge behalten«, wie er seinem ersten Steuermann, der ebenfalls Schotte war, anvertraute. »Am Morgen lacht er wie die Sonne, grinst den ganzen Tag, reißt Witze — ja, das tut er — und bewegt sich wie ein Tänzer. Er hat etwas Aufreizendes an sich.«

»Er ist Ire«, bemerkte der Steuermann.

»Das ist er«, sagte der Kapitän stirnrunzelnd und zog an seinem roten Bart. »Und ein Papist dazu. Aber wir dürfen nicht vergessen, daß er trotzdem Kelte ist, wie wir.« Sein Gesicht verdüsterte sich wieder. »Ich weiß Bescheid über seinen Alten Herrn. Das ist ein verflixter Kerl, aber leider auch ein Direktor unserer Gesellschaft. Sehr zu bedauern.«

Rory seinerseits fand Captain MacAfee kaum sympathischer als dieser ihn, aber er war nicht der Mann, der sich von Abneigungen und Vorurteilen beeinflussen ließ. Das nahm auch zu viel Zeit in Anspruch, wo es doch interessantere und erfreulichere Dinge zu beobachten gab, so zum Beispiel eine sehr junge Dame, die zu seiner Linken saß und von einem muffigen Frauenzimmer in mittleren Jahren mit einem gewaltigen Busen und der Physiognomie eines halbgezähmten Drachens begleitet wurde. Rory erfuhr sehr bald, daß das interessante junge Mädchen Miß Claudia Worthington war, die Tochter des Botschafters der Vereinigten Staaten am Hofe Königin Victorias. Sie hatte im Winter eine »schwere Verkühlung« erlitten und sich eben erst erholt, kehrte nun aber nicht an ihre Höhere-Töchterschule in New York zurück, sondern fuhr zu »Papa und Mama« nach London »über den Sommer — und zu Reisen nach Devon und Paris«. Miß Lucy Kirby, der Drachen mit den argwöhnischen dunklen Äuglein, war ihre frühere Erzieherin und jetzt gleichzeitig Anstandsdame und Zofe.

Miß Kirby nannte Miß Claudia ein »Plappermäulchen« und meinte, es sei sehr ungezogen von ihr, sich mit einem Fremden einzulassen, auch wenn dieser neben ihr an der Kapitänstafel saß. Überdies war dieser Fremde zweifellos ein Schurke, wie man aus seiner ziemlich auffallenden Kleidung, seiner »freimütigen und allzu vertraulichen« Art und seinem herzlichen Lachen, bei dem er seine großen weißen Zähne sehen ließ, eindeutig entnehmen konnte. Für einen Gentleman war er viel zu leichtsinnig und viel zu fröhlich. Auch als Miß Kirby hörte, wer er war, schüttelte sie nur hochmütig den Kopf. Rory stieg keineswegs in ihrer Achtung. Es war nicht schwer, in Amerika ein großes Vermögen anzuhäufen — wenn man keine Skrupel hatte. Und Joseph Armagh war, wie unfreundliche Zeitungen immer wieder betonten, keineswegs für seine Skrupel bekannt und »kaufte und verkaufte Politiker wie Pferde bei einer Auktion«. Die Tatsache, daß ihr Dienstgeber, der ehrenwerte Stephen Worthington, auch nicht gerade für seine Skrupel berühmt war, sondern, wenn man der New York Times glauben durfte, seinen Botschafterposten »gekauft« hatte, erniedrigte ihn in Miß Kirbys Augen durchaus nicht. Schließlich hatte er eine Position. Außerdem bezahlte er sie großzügig, und seine Gemahlin war eine Dame. Und dann erinnerte sich Miß Kirby auch noch, daß der Botschafter Joseph Armagh sehr gut kannte und in Washington häufig mit ihm zusammentraf. In seinem Haus in der Fifth Avenue in New York allerdings pflegte er von Mr. Armagh in einer Art zu sprechen, die einerseits gutmütige Verachtung, andererseits aber mehr als nur ein wenig Angst erkennen ließ. Miß Kirby, die nicht dumm war, hatte die Erfahrung gemacht, daß Verachtung oft weniger rühmliche Empfindungen verbarg, und kam daher zu dem Schluß, daß Mr. Armagh eine Bestie war und geteert und gefedert und aus dem Land gejagt werden sollte. Und das war nun sein Sohn, der so gelassen dasaß und vergnügt mit Miß Claudia schäkerte! Es war kaum zu ertragen.

Claudia war erst sechzehn, aber intelligent und weltgewandt, denn sie kannte die Bedeutung von Geld und Position. Rory hielt sie anfangs für affektiert und nicht besonders gut erzogen, denn sie legte eine gewisse übertriebene Vornehmheit und Förmlichkeit an den Tag. Sie trug ständig Handschuhe, die sie nur bei Tisch ablegte. Ihre Hände waren keineswegs fein, nicht einmal attraktiv und wiesen grobe Knöchel und eckige Kanten auf. Aber Rory erfaßte sehr bald, daß sie sich dessen nicht bewußt war und nur deshalb ständig Handschuhe trug, weil sie das für ein Attribut einer Dame in gehobener Position hielt.

Sie war ein großes Mädchen, zu mager, um eine hübsche Figur zu haben, aber mit Hüften, die keiner Polsterung bedurften, um eine hochmodische Sanduhrsilhouette zu erzielen. Rory hegte den Verdacht, daß auch ihre Beine verhältnismäßig kräftig waren. Er glaubte zu bemerken, daß der junge Busen künstlich gestützt und damit betont wurde, um dieses sechzehnjährige und daher heiratsfähige Mädchen ins rechte Licht zu setzen. Ihre Taille war zart, und Rory war sicher, daß zwei Männerhände sie leicht umfassen konnten. Er schätzte schmale Taillen, obwohl er wußte, daß sie oft nur um den Preis schmerzhaft enggeschnürter Mieder erreicht wurden.

Rory liebte hübsche Frauen. Die leidenschaftliche Liebe zu seiner Marjorie hatte seine Wertschätzung für das andere Geschlecht keineswegs gemindert. Nie hätte er die Ouvertüren einer reizvollen Frau zurückgewiesen. Er kannte sein Naturell, meinte aber, daß das keine Untreue gegenüber Marjorie darstellte. Er liebte Marjorie, sagte er sich, und würde nie eine andere lieben, und in gewissem Sinne entsprach dies durchaus der Wahrheit. Ein kleines Spiel mit einer charmanten Frau ähnlicher Geisteshaltung würde seine tiefe Zuneigung zu Marjorie nicht beeinträchtigen und seine Freude an ihr in keiner Weise schmälern. Er hatte nie ernstlich vorgehabt, Marjorie absolut treu zu sein — obgleich dieser Entschluß in den ersten Monaten nicht bewußt formuliert gewesen war.

Er fand Claudia Worthington zunächst weder hübsch noch anziehend, sondern vielmehr »fremdartig«, und er war ganz und gar nicht sicher, ob er »Fremdartigkeit« an Frauen schätzte. Sie hatte ein eckiges Gesicht mit breiten Backenknochen und tiefen Einsenkungen darunter, eine gerade, etwas arrogante Nase, einen sehr großen, hellroten Mund und schräggestellte Augen, die ihm »orientalisch« erschienen. Ihre Farbe war ungewöhnlich, ein dunkles Braungrün. Ungewöhnlich waren auch ihre Brauen, dicht und schwarz, fast über der Nase zusammenwachsend und ebenfalls schräg. Sie hatte ein starkes, eigensinniges Kinn mit einem Grübchen. Ihr Nacken war nicht zart und süß, wie man das bei einem Mädchen erwartete, sondern etwas fahl, mit hervortretenden Sehnen. Das Haar war kastanienbraun, voll und glänzend, wie das Fell eines gutgepflegten Tieres, schwer und üppig, und bedurfte keiner zusätzlichen Haarteile, um eindrucksvoll hoch im neuen Pompadourstil über ihrer eher niedrigen Stirn zu sitzen. Auch die beiden langen Locken, die auf ihre Schultern herabfielen, waren »echt«. Sie kleidete sich mit instinktsicherem Geschmack, anders als so viele junge Mädchen, die die herrschende Mode übertrieben. Ihre Toiletten waren kostbar, aber konventionell, ihre Gürtel breit, aber ohne Übertreibung, ihre Schuhe zierlich schmal, ihre Mäntel großartig geschnitten und ihre Juwelen passend für ein Mädchen ihres Alters.

Sie trug kleine goldene Boutons an den Ohren, fast immer eine kurze

Kette zueinanderpassender kostbarer Perlen und einen von Opalen eingesäumten Perlenring.

Zum Zeitvertreib und um mit ihnen zu flirten, bevorzugte Rory, gleich seinem Vater, aber aus ganz anderen Gründen, vulgäre Frauen. Josephs Vorliebe für sie entsprang seiner Einstellung, eine Frau ausschließlich als notwendiges Objekt für die Befriedigung seiner Lust zu betrachten, sie sogleich wieder zu vergessen und ihr keinen Anteil an seinem Leben, nicht einmal eine Erinnerung zu gewähren. Rory aber mochte vulgäre Frauen, weil sie für gewöhnlich von Gesundheit und Lebenslust übersprudelten, Spaß verstanden, gesunden Menschenverstand besaßen, nicht wie Kletten an einem Mann hingen und nicht mehr von ihm forderten, als er zu geben bereit war.

Rory gelangte sehr schnell zu der Überzeugung, daß Claudia kein vulgäres, aber auch kein hübsches Mädchen — von der Sorte wie sie ihm gefielen — war. Ihre Art, die Leute aus großen Augen anzusehen, mochte einem attraktiverem Wesen gut zu Gesicht gestanden sein; bei Claudia wirkte es wie ein starrer, glasiger, alles andere als gewinnender Blick. Die dichten, zu tief über den Augen sitzenden Brauen verliehen ihr ein brummiges, mißbilligendes Aussehen, das zu mildern auch den lächelnden Lippen nicht gelang. Ein unfreundliches Ding, stellte Rory am ersten Tag fest und beschloß, sie zu ignorieren.

Um so überraschter war er beim Dinner. Nicht daß sie unvorteilhaft gekleidet gewesen wäre. Die malvenfarbene Seidenrobe, der breite, mit Perlen bestickte Gürtel, die mit Brillanten besetzte Uhr, es wirkte alles sehr elegant und brachte ihre Figur vorzüglich zur Geltung. Es war etwas anderes. Er stellte fest, daß er kaum imstande war, den Blick von diesem unhübschen Mädchen mit der schmollend aufgeworfenen Unterlippe und dem langweiligen Profil abzuwenden. Eben noch war er zu dem Schluß gekommen, daß sie recht gewöhnlich aussah, als er sich bei dem Gedanken ertappte: Aber sie ist ja bezaubernd, exotisch, hinreißend! Im nächsten Augenblick war sie wieder nur ein Schulmädchen auf Ferien, das mit ihrer ziemlich hohen und unreifen, ja sogar kindlichen Stimme irgendwelchen Unsinn daherplapperte. Sie hatte die Gewohnheit, zu schnell zu reden, so daß sie ganze Wörter verschluckte und immer wieder tief Atem holen mußte. Manchmal war ihre Stimme unhörbar, obwohl sich ihre Lippen bewegten.

Diese Art von ihr war es, die ihn so entzückte: eben erschien sie gewöhnlich, uninteressant, alltäglich, und schon im nächsten Augenblick — ohne ihren Gesichtsausdruck zu verändern — esoterisch und hintergründig. Sie gebrauchte keine Kunstgriffe, keine koketten Tricks, um die Menschen für sich einzunehmen. Charme war für Rory ein Begriff, und er fand Marjorie reizend; jetzt aber erkannte er, daß es ein unwiderstehliches Attribut gab, nämlich Charme in des Wortes tiefster und wahrster Bedeutung, der nichts mit Schönheit oder sonst einer gewinnenden Eigenschaft, nichts mit charakterlichen Zierden oder irgendwelchen Kenntnissen zu tun hatte, die sich erlernen oder geschickt vortäuschen ließen. Claudia war keine konventionelle Schönheit, und gerade das erhöhte ihre magnetische Ausstrahlung in einem Maße, daß ihre Bewunderer fieberhaft herumrätselten, was so bemerkenswert, so faszinierend, so aufregend an ihr war, daß man sich nicht satt sehen konnte. Ihr Gesichtsausdruck, ihre Augen, ihr Lächeln, ihr ganzes Wesen? Nichts davon. Es war etwas Spezifisches und Naturgegebenes, was das junge Mädchen besaß — und es blieb dem Beobachter überlassen, zu entscheiden, ob sie auch wußte, daß sie es besaß.

Rory bemerkte sehr bald, daß der Kapitän und zwei andere Herren von dieser undefinierbaren, aber gewaltigen Kraft ebenso gefesselt waren wie er selbst, ebenso fasziniert und zweifellos ebenso verwirrt. Es war an sich keine sexuelle Kraft. Sie war nur eben da, eine bezaubernde Waffe und nicht minder gefährlich als all die anderen, die Frauen einzusetzen pflegen. Und eine geheimnisvolle — unbeschadet der Tatsache, daß ihre Besitzerin sonst gar nichts Geheimnisvolles aufzuweisen hatte.

Vergeblich versuchte Rory in den folgenden Tagen das Rätsel echten Charmes zu ergründen. Der Charakter des Mädchens war weder von Gedankentiefe oder Intelligenz oder Scharfsinn noch von Liebenswürdigkeit oder Mitgefühl geprägt. Er war eher seicht, unbeschwert von besonderen Neigungen und heftigen Gemütsbewegungen. Bestimmend waren andere Züge: Härte, launische Halsstarrigkeit, ein versponnener Egoismus, der abstoßend hätte wirken sollen, und so etwas wie fordernde Gier. Was also macht ihren Reiz aus? fragte sich Rory. Wenn sie — bewußt oder unbewußt — ihren Charme entfaltete, schien sie ihm das anbetungswürdigste Geschöpf auf Gottes Erdboden zu sein, die begehrenswerteste aller Frauen, und ihm wurde schwindlig. Nun hatte er Verständnis für alle jene Toren, die Frauen wie dieser Thron und Ehre, Familie und Tradition, Pflicht und Stolz opferten.

Aber Rory erwartete mehr von einer Frau als diesen einschüchternden und unwiderstehlichen Charme. Er ging jeden Morgen und jeden Abend mit Claudia auf dem Promenadedeck spazieren. Sie fand ihn reizend, wie sie Miß Kirby trotzig mitteilte. Wie ein ruppiger, verdrießlicher Grenadier trabte die Gouvernante in einem braunen Tweedkostüm mit Zobelkragen hinter ihnen her. Rory, der Politiker, wußte, daß es sich empfahl, mit wichtigen Leuten freundschaftlichen Verkehr zu suchen, und Claudia war wichtig. Darum war er immer galant, obwohl sie ihn schon nach wenigen Tagen so langweilte, daß er kaum das Gähnen unterdrücken konnte und mehr als einmal an Flucht dachte. Sie plapperte und schnatterte unaufhörlich und hauptsächlich über sich selbst, ihre Kleider, ihre Schule, über Leute, die sie kannte, ihre Freundinnen, ihre Familie, ihren »distinguierten« Vater, was er zur Königin gesagt hatte und was Ihre Majestät zu ihm gesagt hatte, ihre bevorstehende Einführung bei Hofe, ihre Pferde, Hunde und Katzen, wie sehr der Prinz von Wales die Weihnachtstoilette und den Schmuck ihrer Mutter bewundert hatte und nicht zuletzt über den langweiligen Unterricht, den Miß Kirby ihr jeden Morgen nach dem Frühstück erteilte. Versuchte Rory, ein anderes Thema, wie etwa Bücher oder Reisen, anzuschneiden, streifte sie ihn mit einem ungeduldigen Blick und sagte in leicht verdrießlichem Ton: »Ach, meinen Sie? Finden Sie nicht, daß man zuviel von Paris hermacht? Habe ich Ihnen erzählt, was mir Angela Small im Vertrauen mitgeteilt hat? Es war richtig boshaft!«

Von wem sie auch sprach, wen immer sie zitierte, sie verabsäumte es nicht, die gesellschaftliche Stellung und die finanzielle Lage des Betreffenden zu erwähnen. Doch die Welt der Natur und der Schönheit, die sie umgab, war ihr fremd. Musik? Gilbert und Sullivan natürlich, weil sie allen gefielen. Oper war langweilig. (»Langweilig« war für sie alles, was sie nicht interessierte oder ihr unwichtig erschien.) Ihre Welt, das war hauptsächlich ihre eigene Person, um die alle Menschen und Dinge kreisten, eine Konstellation, die sie mit großer Zufriedenheit akzeptierte und nie in Zweifel zog. Solange Rory ihr nicht ins Gesicht sah, blieb er von ihrem Charme, ihrer magischen Faszination unberührt. Dann war sie nur ein Schulmädchen und selbst unbeschreiblich langweilig, ziemlich dumm, eingebildet, unfähig, sich ein vernünftiges Urteil über andere Menschen zu bilden, und in einem Maß materialistisch, das sogar den materialistischen Rory anwiderte. Ihr Anblick allein verwirrte und brachte ihn aus der Fassung, ohne jedoch die natürliche Abneigung, die er für sie empfand, im geringsten zu schmälern. Ja sie verstärkte sich noch, denn seine Empfänglichkeit für ihre Reize führte dazu, daß er sich selber verachtete. Er stellte bescheidene Versuche an, sie zu meiden, aber sie erschien zu den Mahlzeiten und forderte ihn immer wieder zu Spaziergängen auf, bis er schließlich sagen mußte: »Dieses Gänschen ist doch tatsächlich hinter mir her!« Dies schmeichelte seinem männlichen Stolz, und doch wünschte er, sie besäße etwas eigene Intelligenz, erginge sich nicht ausschließlich in Gemeinplätzen, die sie in der Schule und in ihrer Umgebung aufgeschnappt hatte, und äußerte hin und wieder auch einen originellen Gedanken.

Zur Abschiedsfeier, die der Kapitän am letzten Abend veranstaltete, erschien Claudia in rosa Spitzen und Seide und sah so hinreißend aus, daß kaum ein Mann den Blick von ihr wenden konnte. Sie ist wirklich bezaubernd schön, dachte Rory, und hat doch keinen einzigen schönen Gesichtszug und nicht die Spur von Geist in ihrem Spatzenhirn! Sie war hoch erfreut, daß die Leute sie für mindestens achtzehn hielten, und nicht minder entzückt, alle Welt wissen zu lassen, daß sie noch nicht »am Hofe vorgestellt« worden war. Nun ja, pflegte sie erklärend hinzuzufügen, sie würde ja erst in zwei Monaten ihren siebzehnten Geburtstag feiern.

Claudia und Miß Kirby wurden in Southampton von zwei Botschaftsattachés erwartet. Claudia machte sie mit Rory bekannt und vergaß nicht, darauf hinzuweisen, daß der berühmte Joseph Armagh sein »lieber Vater« war, worauf der junge Mann eingeladen wurde, die Reise nach London im Sonderwagen der Botschaft mitzumachen. Rory aber hatte bis auf weiteres die Nase voll von Miß Worthington und ihrem Charme; er verabschiedete sich hastig und verschwand. Als er dann in einem Erste-Klasse-Abteil des rußigen Zuges nach London saß, hatte er das Gefühl, einer Gefahr entronnen zu sein, und dachte an seine Marjorie, die Intelligenz, Witz und Scharfsinn besaß und dazu noch ein liebevolles, sonniges Gemüt. Es war kalt im Zug, aber der Gedanke an Marjorie erwärmte ihn. Er holte seine Schreibmappe hervor und schrieb ihr einen langen Brief. Es wurde ein sehr gefühlvoller Brief, und Marjorie war überglücklich, als sie ihn erhielt, wenngleich einige Anspielungen sie erröten ließen.

Es gelang Rory, Claudia auch auf dem großen, lärmenden, rauchigen Bahnhof in London auszuweichen. Er nahm sich eine Kutsche und ließ sich nach dem düsteren, aber luxuriösen Hotel fahren, in dem Joseph abzusteigen pflegte. Wie Rory gefürchtet hatte, war es regnerisch, naßkalt und dunkel in London. Ein dunstiger Nebel schwebte über der Stadt, schwarze Regenschirme glitzerten auf den belebten Straßen, Omnibusse bahnten sich spritzend und patschend ihren Weg durch die Wasserlachen, und ein alles durchdringender Gestank von Kohlengas erfüllte die Luft.

Das Hotel war riesengroß, altväterlich und behaglich. Gott sei Dank prasselte ein lustiges Feuer im Kamin der Halle, und so war es hier doch ein wenig wärmer als draußen. Spiegel in vergoldeten Rahmen hingen an den mit karminroten Tapeten ausgeschlagenen Wänden, und unter der getäfelten Decke bewegten sich die Menschen wie in einer Kathedrale. Aber auf den Tischen standen Schalen mit weißen und gelben Narzissen — vermutlich in Treibhäusern gezüchtet, dachte der fröstelnde Rory. Er fuhr mit dem knarrenden und quietschenden Aufzug, der mit Seilen hochgezogen und niedergelassen wurde (neumodische Elektrizität war hier verpönt!), in den dritten Stock hinauf, wo Mr. Armagh sein Appartement hatte. Warum versteifte sich sein Vater gerade auf dieses Hotel, wo es doch in London auch ansprechendere gab? Rory begriff nicht, daß Joseph, wenn er diese Hotelhalle betrat, in Wirklichkeit einer armseligen Strohhütte in Irland entfloh, nachdem er soeben blutdürstigen Wegelagerern auf Irlands finsteren Straßen entkommen war.

Es war eine enorm große Hotelsuite, aber dank Kaminfeuer und Lampenlicht wohlig warm. Rory wußte, daß sein Vater keine Kälte ertragen konnte, aber er wußte nicht, warum. Er sah sofort, daß Joseph viel älter geworden war und noch hagerer, sich aber wie eh und je in der Gewalt hatte. Die weißen und grauen Strähnen in seinem dichten Haar waren breiter geworden. Er begrüßte seinen Sohn, als ob er ihn erst gestern gesehen hätte. Rory aber erwiderte: »Wie geht es Ann Marie? Ist sie auch da? Und Mutter?«

»Sie sind in einem Sanatorium in Paris. Ann Marie? Keine Besserung. Gesund und blühend.« Er machte eine Pause. »Sie wird nie wieder — — Wir haben uns damit abgefunden.« Sein verschlossenes Gesicht veränderte sich nicht; nur die Mundwinkel sanken ein wenig herab. »Ich bin nur für ein paar Tage hier. Geschäftlich. Es ist Zeit, daß du die Leute kennenlernst, die — auf die es ankommt.«

»Die ich in New York gesehen habe?«

»Nein. Das waren nur die Amerikaner. Jetzt wirst du die internationalen —« Er unterbrach sich. »Du wirst die Männer kennenlernen, auf die es ankommt.« Er erklärte sich nicht näher. Sie ließen sich ein üppiges Dinner servieren, aber Rory bemerkte, daß sein Vater nur wenig aß. Den Wein, den Rory mit großem Behagen genoß, rührte er kaum an. Von Zeit zu Zeit warf Joseph einen prüfenden Blick auf seinen Sohn. Das Feuer prasselte; es roch angenehm nach Rindsbraten und Nudeln und gerösteten Nieren.

Rory liebte es, seinen Vater zu erheitern und ihn seine düsteren Gedanken vergessen zu machen, und so erzählte er ihm auf seine unterhaltsame Art von Claudia. »Die Tochter des Botschafters?« fragte Joseph. Das Thema schien ihn zu interessieren. »Ein junges Ding, sagst du? Der Botschafter. So, so. Der Saukerl.«

Es geschah selten, daß Joseph Schmutzworte gebrauchte, und Rory sperrte die Ohren auf. »Ich dachte, er wäre ein alter Freund von dir.«

»Freund? Ich habe keine Freunde.« Er starrte in sein halbvolles Glas. »Ausgenommen vielleicht Harry Zeff und Charles Devereaux. Ich habe — Bekannte. Ich habe Steve dem Präsidenten und gewissen Leuten empfohlen. Er verdankt mir sehr viel.«

»Wenn du eine so schlechte Meinung von ihm hast, was hat dich veranlaßt, ihn zu empfehlen?« fragte Rory.

Joseph fixierte ihn mit kaum verhaltener Ungeduld. »Nach all meinen Erklärungen hast du immer noch nicht begriffen, daß Politik nichts mit Persönlichkeiten zu tun hat? Glaubst du wirklich, daß ich und die Herren, die ich kenne, brave, anständige Männer empfehlen? Sei kein Narr, Rory, und enttäusche mich nicht. Solche Menschen würden in keiner Weise unseren Zwecken dienen. Wir suchen uns Leute aus, die uns nützlich sein können. Der Botschafter hat auch in der Oppositionspartei großen Einfluß, denn er ist reich — wenn auch kein Mann, den ich in Gesellschaft meiner Tochter sehen möchte.« Sein Gesicht verdunkelte sich, als er an Ann Marie dachte. »Oder in der eines jungen Sohnes. Aber in ein paar Jahren, wenn du für das Abgeordnetenhaus kandidierst, kann er dir behilflich sein.«

Angegessen, ein bißchen schläfrig, lehnte sich Rory in seinen Sessel zurück. Seine hellen blauen Augen schienen offen und ehrlich dreinzuschauen. »Pa«, fragte er, »warum willst du eigentlich, daß ich Abgeordneter und dann Senator, vielleicht Gouverneur und, wie du mir früher immer versprochen hast, Präsident der Vereinigten Staaten von Amerika werde?« Er lächelte wie über einen guten Witz, aber sein Vater richtete einen seiner grimmigen Blicke auf ihn, und Rory hörte auf zu lächeln.

»Ich dachte, ich hätte dir das schon genügend oft expliziert«, antwortete Joseph bedächtig und nachdrücklich. »Das Land, das mich und meine Familie nicht aufnehmen wollte, das Land, das mich zurückwies, mich verschmähte — dieses Land wird meine Söhne als Abgeordnete, Senatoren und so weiter akzeptieren. Das wird meine —« Er unterbrach sich und nippte an seinem Wein.

Rory verspürte Unbehagen. »Aber man hat dich doch jetzt akzeptiert, Pa. Das ist doch alles schon lange her.«

»Für mich wird es nie ›schon lange her‹ sein«, entgegnete Joseph, und seine langen, schmalen Finger ballten sich zur Faust. »Wir Iren vergessen nichts.«

Rory kannte die Geschichte seine Vaters, denn Joseph hatte sie ihm oft genug erzählt. Es war für ihn die Geschichte vieler Immigranten — Juden, Katholiken, Protestanten, osteuropäische Arbeiter. Sie hingen keinen trüben Erinnerungen nach. Sie waren einfach dankbar, in Amerika leben zu können. Rory runzelte nachdenklich die Stirn. Es war möglich, daß diese Menschen nicht den unbeugsamen Stolz und die Empfindsamkeit der Iren besaßen. Wie auch ich nicht, dachte Rory, der sich in seinem wohlbehüteten Leben nur selten Beleidigungen hatte gefallen lassen müssen und selbst diese wenigen erheiternd gefunden hatte.

»Erzähl mir noch etwas von diesem Mädchen Claudia«, sagte Joseph. Rory war überrascht. Es erschien ihm ein kindliches, seines herrischen Vaters geradezu unwürdiges Ersuchen. Aber er zog die Entscheidungen und Wünsche seines Vaters nur selten in Frage, denn Joseph hatte seine Gründe. So erzählte er denn munter drauflos, ohne zu bemerken, daß Joseph ihn aufmerksam beobachtete und gelegentlich den Mund spitzte, so als dächte er angestrengt nach. Manchmal lächelte er auch, während Rory, schon ein wenig angeheitert, ein buntes Bild der jungen Dame entwarf und sich bemühte, Claudia Worthingtons schwer bestimmbare Faszination zu beschreiben.

»Sie hat dich beeindruckt, will mir scheinen«, sagte Joseph.

Rory zögerte mit der Antwort. »Sie ist nicht hübsch, und dann plötzlich wunderschön«, meinte er. »Aber sie ist ja noch nicht einmal siebzehn. Vielleicht wird sie einmal eine ungewöhnliche Frau, obwohl ein Vogel mehr Hirn hat als sie.«

»Eine Frau braucht kein Hirn. Es ist sogar ein Nachteil, wenn eine

Frau klug ist. Du hättest die Einladung annehmen sollen, in ihrem Sonderwagen zu fahren.«

»Warum?«

»Verdammt noch mal!« ereiferte sich Joseph. »Muß ich dir über alles erst einen Vortrag halten, du Idiot?«

Es war jetzt heiß im Zimmer, und der Geruch von Speisen und Wein und Frühlingsblumen erfüllte die Luft, aber eine düstere Ahnung stieg in Rory auf, und er fröstelte.

Joseph erhob sich, und Rory starrte zu ihm hinauf. »Ich dachte, ich hätte dir beigebracht«, sagte er, »jede Chance zu nützen, auch die kleinste. Die Tochter des Botschafters ist keine kleine Chance. Merk dir das.«

Was, zum Teufel, meint er damit? rätselte Rory. Soll ich den Kavalier spielen und ihr London zeigen? Das würde mir keine allzugroße Mühe und vielleicht sogar ein bißchen Spaß machen. Ich bin bereit, wie es bei Lukas heißt.

Aber Rory sah, daß die Augen seines Vaters auf ihm hafteten, und wußte, daß Joseph an etwas anderes dachte und Pläne schmiedete. »Die Frau des Botschafters«, erläuterte Joseph, »ist weitläufig mit dem englischen Königshaus verwandt. Nimm das zur Kenntnis. Der Botschafter wird in Kürze einen Ball geben, um seine Tochter in die Gesellschaft einzuführen. Sie wird auch am Hofe vorgestellt werden. Von ihrer Mutter wird sie ein beträchtliches Vermögen erben und von ihrem Vater noch mehr. Sie ist das einzige Kind. Sie hat sehr einflußreiche Verwandte in Washington und London und Berlin und Rom. Vergiß das ja nicht! Wir sind zu dem Ball natürlich eingeladen.«

Als ob Rorys starrer Blick zu viel für ihn wäre, verließ Joseph hastig das Zimmer. Rory lehnte sich in seinen Sessel zurück und füllte sein Glas nach. Er wußte jetzt sehr genau, was sein Vater meinte.

Plötzlich verspürte er den brennenden Wunsch, Marjorie zu sehen, sie in seinen Armen zu halten, zu streicheln und zu küssen, den süßen Duft ihrer schimmernden schwarzen Haare einzuziehen, ihre spitzbübische Stimme zu hören, ihre Brust zu berühren, ihr in die Augen zu blicken. Maggie, Maggie, dachte er. Nichts kann uns trennen, mein frecher kleiner Liebling. Meine kleine Maggie. Schuld war natürlich der Wein, aber seine Augen füllten sich mit Tränen, und obwohl das Feuer aufflammte, zitterte er am ganzen Körper. Zum erstenmal in seinem Leben hatte er Angst.

III

»Hier«, sagte Joseph, »tritt das Committee for Foreign Studies regelmäßig in London zusammen.«

Rory wußte über das internationale Committee for Foreign Studies

Bescheid, denn er hatte den Sitz dieser Organisation in einem unauffälligen Gebäude auf der Fifth Avenue in New York von der Straße gesehen. Sein Vater hatte es ihm einmal gezeigt. »Hier«, hatte er gesagt, »hier und in ihren Räumen in anderen Hauptstädten versammeln sich die Mächtigsten dieser Welt und entscheiden, was in der Welt geschehen wird.«

»Natürlich ohne Rücksicht auf Wahlen oder den Willen der Völker«, hatte Rory gestichelt. Joseph hatte ihn scharf angesehen und den Mund verzogen. »Sei kein Narr!« hatte er ihn angefahren. »Du redest manchmal wie ein Kind. Wahlen! Der Wille der Völker! Du lieber Himmel! Als ob das schon jemals von Bedeutung gewesen wäre!«

»Soviel ich weiß«, hatte Rory widersprochen, »waren diese Dinge sehr wohl von Bedeutung: in Athen und in Rom, in Jerusalem und Alexandrien und vielleicht auch in Amerika und in England.«

Joseph hatte laut gelacht. »Und für wie lange, mein Junge, wenn ich fragen darf? Sei kein Narr!« hatte er wiederholt. »Ich habe große Hoffnungen für dich, du Nichtsnutz, trotz deiner unschuldigen Fragen, die gar nicht so unschuldig sind, wie sie klingen. Hör auf, mich auf den Arm zu nehmen. Du verschwendest meine Zeit.«

So scharf er ihn auch beobachtete, hatte Joseph doch nicht bemerkt, daß Rorys Augen sich geweitet hatten, ungekünstelt wie die eines Kindes, und er wußte auch nicht, daß, wenn das geschah, Rory sich mit seiner Meinung zurückhielt — die genauso unwandelbar, so gefährlich und so hintergründig sein konnte wie seine eigene.

Rory wußte, daß das Committee for Foreign Studies an die dreihundert Mitglieder in fast allen Ländern der Erde hatte, Bankiers, Industrielle, Politiker und Finanziers, die in allen Hauptstädten über diskrete Treffpunkte verfügten, wo sie sich unauffällig versammelten und die Augen der Öffentlichkeit mieden. In London trafen sie in einem alten, repräsentativen Herrenhaus zusammen, das vorgeblich einem englischen Bankier gehörte, der nach Meinung der Nachbarn Junggeselle war und allein lebte. Keiner dieser Männer versuchte Aufmerksamkeit zu erregen; sie lebten ruhig dahin und galten als Philanthropen. Sie alle bezogen »private« Einkünfte oder ließen verlauten, daß sie in freien Berufen tätig waren; sie befaßten sich gelegentlich und in unverfänglicher Weise mit Politik oder den schönen Künsten, oder sie betrieben kleine Bankgeschäfte — »der Familienname verpflichtet, verstehen Sie?«. Viele von ihnen hatten Söhne in der Regierung, in der Industrie, im Heer oder in der Marine oder in freien Berufen. Einige gaben sich offen als Finanzmänner zu erkennen, insbesondere in Amerika und in Zürich, wo die Besitzer großer Reichtümer fast als Heilige angesehen wurden. Aber keiner wußte, wer sie wirklich waren — außer sie selber.

Sie kontrollierten fast alle großen Zeitungen der Welt, bestellten

Journalisten und Herausgeber für diese Zeitungen und legten die redaktionelle Tendenz fest. Sie waren die wirklichen Eigentümer der Verlagshäuser, mit deren Hilfe sie die öffentliche Meinung beeinflußten. Sie waren es, die in fast allen Ländern Minister und Regierungen und Präsidenten in ihr Amt einsetzten. Auf der ganzen Welt kontrollierten sie die Wahlen, bauten ihre Kandidaten auf und finanzierten sie. Wer so vermessen war, gegen ihre Interessen zu verstoßen, wurde in Schmähschriften verunglimpft, hinterrücks verleumdet oder dem Gespött ausgesetzt. Die Politiker wußten oft selbst nicht, wer sie gefördert oder vernichtet hatte. Selbst Präsidenten tappten mitunter im dunklen. Kaiser und Könige wurden manchmal des drohenden Schattens gewahr, der über ihren Häuptern schwebte, und viele waren felsenfest davon überzeugt, daß man sie verbannen oder vielleicht gar ermorden würde, wenn sie sich erkühnen sollten, gegen diesen Schatten vorzugehen. Was Politik oder Krieg oder andere Grundsatzprobleme betraf, wurden diese Männer nie von der Presse erwähnt. Es gab keine öffentliche Meinung, die nicht von ihren Marionetten gemacht worden wäre, die wegen ihrer Beliebtheit beim Volk mit besonderer Sorgfalt ausgesucht wurden. Vielleicht wußten nur die Päpste, wer oder was sie waren, denn auch der Vatikan hatte seine Horchposten in allen Hauptstädten. Wenn aber ein Papst auf das, was er wußte, anspielte, wollte es ein sonderbarer Zufall, daß bald darauf in gewissen Ländern antiklerikale Bewegungen entstanden und dem Papst schwer zu schaffen machten. Eine allzu sensationelle Enthüllung, eine allzu offenherzige Enzyklika mochte nicht nur antiklerikale Erschütterungen und die Austreibung der Geistlichkeit zur Folge haben, sondern auch Blutvergießen und Terror. So war es 1794 in Frankreich geschehen, vor kurzem in Deutschland und in südamerikanischen Staaten; die gleiche Gefahr bedrohte jetzt Spanien und Portugal. Die Herren verfügten über mancherlei Waffen und zögerten nicht, sie gegen Kaiser und Könige, Fürsten, Päpste und Präsidenten einzusetzen. Manchmal bedurfte es nur eines besonders nachhaltigen Ereignisses. Manchmal bedurfte es eines Staatsstreiches. Aber was immer auch nötig war, es wurde erbarmungslos und mit kalter Berechnung durchgeführt — nicht nur als Strafe, sondern auch allen anderen zur Warnung. Zu diesen Waffen gehörten Revolutionen, Aufstände, Brandstiftungen in großem Stil und bewaffnete Angriffe auf die Hüter von Gesetz und Ordnung.

Rory wußte alles von dieser unsichtbaren Regierung, die über die Geschicke von Nationen entschied, über ihr Überleben oder ihre Vernichtung, denn sein Vater hatte ihn unterrichtet. Überdies hatte er am College Staatswissenschaft studiert, die zwar die Feinde der Menschheit und deren Friede und Sicherheit nicht enthüllte, aber deutlich auf ihr Vorhandensein anspielte. »Die Welt«, hatte ein Professor seinen Studenten auseinandergesetzt, »wird ausschließlich vom Geld regiert. Das ist eine Tatsache, die, so unerfreulich sie auch sein mag, zur Kenntnis genommen werden muß. Die Art, wie dies geschieht, nennen manche Leute Handel. Andere nennen es Politik. Andere nennen es ›Massenbewegungen‹. Wieder andere sprechen von heiligen Kriegen zur Verteidigung der Freiheit. Aber all das wird mit eiserner Konsequenz von den Leuten geplant und in Szene gesetzt, die über uns herrschen — nicht von den scheinbar frei gewählten Regierungen. Es ist eine Frage des Geldes. Früher oder später kann sich auch der weltfremdeste Idealist dieser Tatsache nicht verschließen. Läßt er sich gebrauchen, wird er finanziell unterstützt. Worauf er sich dann einbildet, ›achtbare und mitfühlende Persönlichkeiten‹ hätten ihm ›im Namen des Volkes‹ Beistand geleistet. Findet er die Billigung dieser Leute nicht, ist er ehrlich davon überzeugt, daß der menschliche Geist nicht ausschließlich von nackter Gier beherrscht sein sollte, glaubt er, daß sich die menschliche Natur zu heroischen Dimensionen erheben kann — dann wird er verlacht und beschimpft und als geisteskrank hingestellt. Ist er ein echter Held, wird er von einem noch grausameren Schicksal heimgesucht: Vergessenheit. Er wird totgeschwiegen. Das Volk erfährt nicht mehr, was er sagt und schreibt. Er kommt in die Rumpelkammer der Geschichte.«

Mit Jesus, hatte Rory damals überlegt, war ihnen das trotz jahrhundertelanger Bemühungen nicht gelungen. Sie werden es wahrscheinlich niemals erreichen. Natürlich haben sie sich seitdem immer wieder Jesu Namens bedient und sich als christliche Edelleute ausgegeben, aber nicht einmal dieser Trick hat ihnen Erfolg gebracht. Zumindest nicht sehr oft. Rory hütete sich wohlweislich, solche Überlegungen gegenüber seinem Vater laut werden zu lassen, obwohl er den Verdacht hegte, daß Joseph diese Männer, mit denen er Umgang pflegte, im Grunde verachtete. Rory nahm eine etwas nachsichtigere Haltung ein und neigte dazu, sie nicht als schlechthin hassenswert, sondern als Mörder anzusehen, die man mit ihren eigenen Waffen schlagen konnte. Sein Vater hätte ihn eines Besseren belehren können, aber Rory, wie alle jungen Menschen von der eigenen Klugheit und Unfehlbarkeit überzeugt, hatte Joseph nie seine Gedanken offenbart. Er hatte sogar die Überzeugung gewonnen, daß diese furchteinflößenden Leute bei näherer Betrachtung nur lächerliche Hampelmänner waren.

Die Tagung in London erschütterte seine etwas kindlichen Ansichten beträchtlich. Er alterte in diesen Stunden und mußte sein Urteil in mancher Hinsicht revidieren. Aber er vertraute sich seinem Vater immer noch nicht an. Er fürchtete, Joseph könnte sich über ihn ärgern oder, was noch schlimmer gewesen wäre, ihn für einen einfältigen Dummkopf halten. Niemand, nicht einmal Marjorie, besaß so viel Einfluß auf Rory wie sein Vater. Hätte Rory nach dieser Tagung des Committee for Foreign Studies freimütig mit Joseph gesprochen, sein ganzes Leben wäre anders verlaufen. Sein Tod mochte die Welt erschüttert haben. Oder völlig unbemerkt geblieben sein. Wie schon immer seit ungezählten Jahrhunderten, interessierten sich die Menschen weit mehr für ihre vollen Bäuche, die Befriedigung ihrer Lustgefühle und ihre verweichlichte Behaglichkeit, als für Geist und Forschung. Die Männer der unsichtbaren Regierung zeigten ein weit größeres Verständnis für die menschliche Natur als jene, die der treuherzigen Überzeugung huldigten, die Menschheit könne gebessert, zu wahrer Menschlichkeit erzogen werden. »Werft einem Hund einen Knochen hin, und er wird sich beglückt darüber hermachen, ohne darauf zu achten, was rund um ihn vorgeht«, bekam Rory an jenem Tag in London zu hören. »Und es ist ihm auch völlig egal.« Diese Männer lieferten die Knochen, wie Rory jetzt endlich begriff, und die guten Leute, die dagegen protestierten, wurden vom Gelächter der hiezu aufgerufenen Öffentlichkeit hinweggefegt oder ermordet.

Die unsichtbare Regierung bestimmte die Reaktion der Öffentlichkeit auf Mordanschläge. Manchmal machten sie den Ermordeten zum Helden — und schrieben ihm Meinungen und Aussagen zu, die ihre eigene Macht bestätigten. Alles, wovor das Opfer sein Volk hatte warnen wollen, verschwand hinter einem rosigen Vorhang ergreifender Rührseligkeiten oder wurde in entstellter Form gegen jene verwendet, die gemeinsam mit dem Ermordeten gegen die Feinde des Landes gekämpft hatten.

Dies lernte Rory an jenem Tag im Januar, da er diesen gefährlichen Männern in London begegnete und anfing, sie zu verstehen. Sie sprachen nicht von »Ermorden«, sie waren feinfühlige Menschen und wußten, was sich gehört. Aber die Hinweise waren nicht zu überhören. Sie sprachen nicht davon, auf Regierungen Einfluß zu nehmen. Sie sprachen davon, sie zu »informieren« und »anzuleiten«.

Die Männer, die Rory in Washington und New York kennengelernt hatte, waren laut und schamlos gewesen. Sie hatten, nach amerikanischer Art, offen ihre Forderungen erhoben und noch darüber gelacht. Doch die Männer in London, unter denen es keine Amerikaner gab, waren aus ganz anderem Holz geschnitzt. Sie lachten nicht. Geld, wie Rory bald entdecken sollte, war eine todernste Angelegenheit, ernster und ernstzunehmender als jeder Gott, von dem der Mensch je geträumt, den er je angebetet hatte.

Joseph hatte Rory als »meinen Sohn, von dem ich Ihnen schon erzählt habe« vorgestellt. Er blickte nicht ohne Stolz auf Rory und hoffte, die Herren würden ihn nicht für zu großspurig, zu affektiert, zu gut aussehend, zu jung und möglicherweise oberflächlich halten. Der Kronleuchter goß sein schimmerndes Licht auf Rorys rotgoldenes Haar, sein frisches Gesicht und sein breites, liebenswürdiges Lächeln. Wie eine Rakete im englischen Nebel erhellte Josephs Sohn den riesigen, düsteren Raum, der von zwei Kaminen nur mäßig erwärmt wurde. An einem langen, ovalen Tisch, der wie matte Seide glänzte, saßen etwa zwanzig Herren oder mehr, die ihn mit unbewegten Mienen musterten.

Bis vielleicht auf ein halbes Dutzend waren es natürlich nicht mehr dieselben Männer, die Joseph vor so vielen Jahren, er selbst noch ein Jüngling, kennengelernt hatte. Die hier saßen, waren ihre Söhne oder unmittelbaren Nachfolger. Aber ihre Gesichter hatten sich überhaupt nicht verändert — für Joseph. Sie waren allesamt farblos, kurz angebunden, bedächtig, erbarmungslos und tödlich. Ihre halbgeschlossenen Augen sahen alles. Sie gehörten keiner Rasse an und wiesen keine rassischen Merkmale auf. Der Herr aus London glich dem Herrn aus St. Petersburg auf ein Haar, und der Herr aus Stockholm ließ sich von dem Herrn aus Paris kaum unterscheiden. Keiner war besonders elegant gekleidet. Sie hielten ihre Hände bewegungslos, und nur wenige trugen Ringe. Anonymität war ihre Parole, ihr Gewand und ihre Uniform. Jeder hatte eine große Perle in seiner Krawatte stecken, und Rory hätte wetten mögen, daß die Nadeln grosweise bei Cartier's gekauft worden waren. Sie mochten durch die Bank vierzig sein oder auch achtzig, aber sie waren weder runzlig noch fett.

Ganz plötzlich hörte Rory auf, sie anzulächeln. Nicht daß sie ihm Angst eingejagt oder ihn aus der Fassung gebracht hätten. Nicht daß er vor ihnen zurückgeschreckt oder sich zu jung und ungestüm vorgekommen wäre. Es war ihm einfach, als ob er noch nie in seinem Leben auf so viel geballte Kraft, auf eine Konzentration von so immenser Machtfülle gestoßen wäre. Sie erschien ihm unmenschlich und ebendarum aufmerksamster Beobachtung zu bedürfen. Gegen das Böse, falls menschlichen Ursprungs, konnte man sich nötigenfalls schützen und wehren. Diese Herren aber, philosophierte er im stillen, waren nicht einmal böse. Sie waren, wie Nietzsche es ausgedrückt hatte, jenseits von Gut und Böse. Sie existierten. Sie waren keine unmoralischen, sie waren amoralische Wesen. Sie müssen stählerne Nerven haben, dachte er.

Während er langsam von einem zum andern blickte, weiteten sich seine Augen und gaben ihm jenes knabenhafte, ungekünstelte Aussehen, das seinen Vater schon des öfteren verärgert hatte. Joseph fühlte seine Wangen brennen. Er erwartete sanft abweisende Augen zu sehen, die ihm die Meinung seiner »Bekannten« vermitteln würden, daß Rory für ihren Geschmack tatsächlich zu jung, zu seicht und zu unausgegoren war.

Rory sah wie ein Schuljunge aus! Die Arme lässig auf dem Tisch verschränkt, saß er vorgebeugt da und ließ seinen Blick in die Runde gehen — wie so ein armer Tropf, dachte Joseph und fühlte sich erniedrigt, der, von Optimismus getragen, vor seinen Professoren steht und mit Charme und viel Lächeln eine für ihn ungünstige Entscheidung abzuwenden versucht. Tatsächlich, es war törichte Hoffnung, die aus seinen Augen sprach, und Joseph wünschte zu Gott, er hätte noch ein paar Jahre zugewartet.

Doch dann bemerkte er, daß sie allesamt nur Rory ansahen, und auf kaum wahrnehmbare Weise in Bewegung geraten waren, so als ob sie sich zurechtgesetzt hätten. Ein leises Lächeln kräuselte ihre farblosen Lippen. Es war unmöglich festzustellen, wer ihr Wortführer war, aber einer der Herren blickte Joseph fast liebenswürdig an und sagte: »Ich glaube, er wird sich sehr gut machen. Ja, ja, ich glaube, er wird sich sehr gut machen. Willkommen in unserem Kreis, Mr. Rory Armagh.«

»Es sind durch die Bank Schweinehunde«, hatte Joseph zu seinem Sohn gesagt. »Sie sind ohne jeden Zweifel die niederträchtigsten und gefährlichsten Männer auf Gottes Erdboden — und wären höchst erstaunt, zu hören, daß sie niederträchtig und gefährlich sind. Möglicherweise wären sie sogar empört. Ich bin ganz sicher, daß viele von ihnen an Gott glauben und ihre Kirchen großzügig unterstützen. Das ist keine Scheinheiligkeit. Ich erinnere mich, wie sich Disraeli, der Premierminister von England, einmal über sie äußerte: ›Die Welt wird von ganz anderen Leuten regiert, als jene sich vorstellen, die keinen Blick hinter die Kulissen werfen können!‹ Ich glaube, daß er eine Zeitlang mehr oder minder erfolgreich gegen sie ankämpfen konnte, aber es war zwecklos. Es ist, als ob man gegen den Mount Everest anrennen wollte.«

»Aber er wurde nicht ermordet.«

»Nein. Da er ein brillanter und sehr schlauer Mann war, hat er vielleicht zuviel von ihnen gewußt, was seine Erben und seine Königin an die Öffentlichkeit hätten bringen können. Ich glaube vor einigen Jahren etwas in diesem Sinne gehört zu haben. Er soll übrigens ein großer Zyniker gewesen sein — und wer könnte ihm daraus einen Vorwurf machen? Wenn er die geheimen Herrscher bloßgestellt hätte, meinst du, das Volk würde es ihm gedankt haben?«

Rory hatte sich das alles durch den Kopf gehen lassen und schließlich geantwortet: »Du bist einer der reichsten Männer Amerikas, Pa. Vielleicht waren dir diese Halunken einmal von Nutzen, aber jetzt brauchst du sie doch nicht mehr. Warum trittst du nicht aus?«

»Aus so einem Klub kann man nicht so einfach austreten«, hatte Joseph erwidert und den Mund verzogen. »Um einen bildlichen Ausdruck zu gebrauchen: ich halte einen Tiger am Schwanz fest, und du weißt ja wohl, was einem passiert, wenn man den Schwanz losläßt.«

»Aber du willst, daß ich sie kennenlerne und daß sie mich kennenlernen?«

Joseph hatte eine kleine Weile überlegt. »Ja. Sie können dich an dein Ziel bringen. Sie können dich zum Präsidenten der Vereinigten Staaten von Amerika machen, ohne daß du etwas von ihnen siehst oder hörst. Und — sie können dich auch vernichten, und niemand würde je erfahren, wer es getan hat.« Er lächelte. »Aber davor brauchst du keine Angst haben. Wie schon Disraeli, weiß auch ich zuviel von ihnen.«

»Und ich bräuchte nichts weiter zu tun, als wie ein braver kleiner

Kammerdiener um sie herumzuscharwenzeln? Ist das der Zweck der Übung? Ein gehorsamer kleiner Diener? Keine Fragen stellen. Immer mit dem Präsentierteller zur Hand.«

Das Lächeln auf Josephs Gesicht war eingefroren. »Sind wir nicht alle irgend jemandes Diener? Rede keinen Unsinn.« Es gab Menschen, die Joseph mit seinen vieldeutigen Bemerkungen verwirrte und zum Schweigen brachte, aber Rory gehörte nicht dazu, eine Tatsache, derer sich Joseph noch nicht bewußt war. »Du hättest dich von Anfang an nicht mit ihnen verbinden sollen. Pa.«

»Dummkopf«, hatte Joseph erwidert und wieder gelächelt. »Ohne sie wäre ich nicht, was ich heute bin. Und um das zu sein, was ich bin, habe ich mein ganzes Leben gegeben.«

Als Rory jetzt unter den Männern saß, von denen damals die Rede gewesen war, verstand er, was sein Vater gemeint hatte: daß sie sich sehr wahrscheinlich nicht im mindesten für niederträchtig oder verwerflich oder schlecht oder amoralisch hielten. Sie hatten sich die Welt besehen und sie sich zu eigen gemacht. Sie waren verbrecherische Verschwörer, betrachteten sich jedoch weder als Verbrecher noch als Verschwörer. Geschäftsleute waren sie, Realisten. Was ihnen ihre Macht verlieh, war in ihren Augen ehrenhaft, redlich und gerecht, denn wer war würdiger, die Welt der Menschen zu verwalten und zu gestalten als sie? Jemand mußte herrschen, und wer war geeigneter dazu als intelligente, vermögende Männer von durch keinerlei Gefühle belasteter Urteilskraft?

Aber was konnten sie tun, überlegte Rory, während er jetzt den Herren am ovalen Tisch ehrerbietig lauschte, wenn Hunderte Millionen Menschen sich ihnen entgegenstellten? Ihre Söldner aufmarschieren lassen? Ihre Armeen und Flotten aufbieten? Konnten sie einen ganzen Planeten niedermetzeln? Aber diese Gefahr, daß die korrumpierten Völker sich erheben könnten, bestand gar nicht, denn sie erfuhren niemals die Namen ihrer Feinde, jener, die Kriege und die Beendigung von Kriegen anordneten, die Regierungen stürzten oder einsetzten, die Inflationen und Deflationen herbeiführten, die darüber entschieden, wer leben und wer sterben und wer ins Exil geschickt werden sollte. Tatsache war, daß sie gar nicht daran denken würden, Widerstand zu leisten, solange man ihnen ihre bescheidenen Vergnügungen beließ und ihre bescheidenen Bedürfnisse deckte. Es war ein altes Rezept: Brot und Spiele. Gemäßigter Despotismus, mit einer Reihe von unterhaltsamen Wahlen und Volksabstimmungen verbrämt — die keinerlei praktische Bedeutung hatten.

Rory begriff, daß diese Männer sich wirklich für gemäßigt hielten und von der Überzeugung durchdrungen waren, daß ihre Tätigkeit der ganzen Menschheit zum Nutzen gereichte. Offenbar darauf bedacht, den jungen Mann zu unterrichten, sprach der Herr aus Zürich mit sanfter, ja sogar mitfühlender Stimme. War die Welt nicht seit ihrem Bestehen von ehrgeizigen Herrschern, Tyrannen, Politikern, Duodezfürsten, Kaisern und Königen, von nationalistischen Hitzköpfen, von Chauvinisten und anderen großmäuligen Barbaren in blutige Fetzen gerissen worden? Und warum? Weil die Welt immer nur von Leidenschaften und Emotionen und nicht von Vernunft und Disziplin regiert worden war. »Wenn wir einmal die ganze Macht besitzen«, sagte der Herr, »wenn wir auf allen Erdteilen zusammenarbeiten können, dann wird ein Zeitalter allgemeinen Wohlstands und ungestörten Friedens anbrechen. Erst wenn wir alle Regierungen, ihre Völker und ihre Währungen, ihre Schulen, Universitäten und Kirchen zur Gänze unter unsere Kontrolle gebracht haben, wird die Welt für alle Zeiten zur Ruhe kommen.«

Die anderen nickten beifällig. Diese Hurensöhne halten sich doch tatsächlich für Gesalbte, dachte Rory, lächelte und lächelte sein strahlendes Lächeln und nickte, wo es etwas zu nicken gab. Er wußte, daß sein Vater diese Geschichte schon hunderte Male gehört und sich nur im stillen und vor seinem Sohn darüber lustig gemacht hatte. »Es gab so manchen Mörder«, hatte Joseph gespottet, »der überzeugt war, seinem Opfer einen Gefallen zu tun, und womöglich auch noch dieses Opfer davon überzeugte. Und es gibt Diebe, einzelne oder ganze Regierungen, die ihren Opfern einreden, sie förderten das ›öffentliche Wohl‹ und entzögen der Korruption den Boden, wenn sie ihnen ihr Geld durch Steuern oder andere Mätzchen abnehmen. In Wirklichkeit ist es nur der Machthunger, der sie antreibt, der Drang, sich über ihre Mitmenschen zu erheben, der Wunsch, sich zur Elite zählen zu dürfen. Man muß seinen Nächsten schon gehörig hassen, um eine solche Handlungsweise vor sich selbst rechtfertigen zu können.«

Mit der respektvollen Miene eines guterzogenen jungen Mannes, frei und gelöst, hörte Rory zu, ohne die blinde Wut seines Vaters, doch unbeirrt und belustigt und mit unendlicher Geringschätzung. Aber er unterschätzte sie nicht. Er war sich ihrer Macht bewußt. Ganz plötzlich und zum erstenmal regte sich in ihm der ehrgeizige Wunsch, jenes Ziel zu erreichen, das sein Vater ihm gesteckt hatte. Er liebte den Kampf. In seinem jugendlichen Stolz, im Vollbewußtsein seiner Kraft fühlte er sich jedem dieser Männer ebenbürtig, denn in seinen Adern floß Blut und nicht Wasser, und man hatte ihm des öfteren seine Beredsamkeit attestiert. Eine flüchtige Erinnerung aus dem Religionsunterricht wurde in ihm wach; es hatte mit der Offenbarung des Johannes zu tun, der das Erscheinen dieser Männer vorausgeahnt und geschrieben hatte, daß sie eines Tages die ganze Welt regieren und daß die Menschen, »Unscheinbare und Bedeutende, Reiche und Arme, Freie und Unfreie«, ihrer Erlaubnis bedürfen würden, um was immer zu erwerben oder zu veräußern. War es das Abzeichen des Tieres, das alle Bewohner der Erde auf der Stirn tragen würden müssen? Rory konnte sich nicht mehr entsinnen, und sein Lächeln wurde noch respektvoller und fast ein wenig mitleidig.

Weil Rory, im Gegensatz zu seinem Vater, ein so ausgezeichneter Schauspieler war, konnte er sogar das Glitzern seiner Augen, das Zucken seiner Muskeln und auch die geringste Veränderung seines Gesichtsausdrucks unterdrücken. Wegen seiner ironischen Denkweise und zynischen Randbemerkungen gerade zu den bedeutungsvollsten und inhaltschwersten Entscheidungen hatten diese Männer Joseph nie so recht in ihr Herz geschlossen und nie voll akzeptiert. Sie hatten keinen Sinn für Leute, die alles, was sie als unantastbar und unverletzlich betrachteten, mit geistreichen Kommentaren herabminderten. Joseph hatte ihre Dienste in Anspruch genommen, war ihnen nützlich gewesen und genoß doch nicht ihr uneingeschränktes Vertrauen. Wenn sie nun aber seinen Sohn musterten, so gab es keinen unter ihnen, der nicht zu dem Schluß kam, daß Rory in Zukunft »ihr Mann« sein würde: jung, von angenehmem Äußeren, ehrgeizig, materialistisch, ein überdurchschnittlicher Politiker. Sie wußten, daß er ihnen etwas vormachte; sie ließen sich nicht täuschen. Sie wußten, daß er sich bemühte, einen guten Eindruck auf sie zu machen, und hatten Verständnis dafür. Der junge Armagh war ein Mann ohne Illusionen. Unter ihrer Anleitung, und vielleicht auch der seines Vaters, würde er einer der ihren werden. Rory glaubte zu wissen, wie sie ihn einschätzten. Sieh einer an, dachte er, letzten Endes sind diese Halunken also auch nur Menschen.

Rory wußte auch, daß er seinem Vater nie verraten durfte, wie er seine »Geschäftsfreunde« wirklich beurteilte, denn Joseph war kein Heuchler und ein schlechter Schauspieler, und es bestand durchaus die Möglichkeit, daß er sie irgendeinmal, einer plötzlichen Anwandlung von Abscheu oder Zorn folgend, ganz unbeabsichtigt über die wahren Gefühle seines Sohnes aufklärte. Das könnte sich fatal auswirken.

Rory war nicht so übermäßig patriotisch gesinnt wie andere junge Männer seines Alters, und er glaubte auch nicht unerschütterlich daran, daß Amerika die edelste, makelloseste, untadeligste, freieste und gutartigste Nation aller Zeiten war. Dazu hatte er zu viele Politiker reden gehört, die ja nur die Nachbeter dieser Herren waren. Er wußte, daß Amerika auf dem Weg war, eine Weltmacht zu werden, daß es schon angefangen hatte, seine Muskel zu spannen und sein Schwert zu schärfen. Aber schließlich war es sein Vaterland. Und kein Hundesohn sollte sich jemals erlauben dürfen, ihm, Rory Armagh, Vorschriften zu machen. Rory war kein Humanitätsapostel, kein Menschheitsbeglücker, aber der Gedanke, daß er — und seine Kinder, deren Bewußtsein zuerst in der Schule und dann von ihren religiösen und politischen Führern geformt werden würde, die entweder im Sold dieser Kreaturen standen oder es einfach nicht wagten, dem Feind die Maske vom Gesicht zu reißen —, daß sie alle zu Leibeigenen werden sollten, erfüllte ihn mit Empörung. Die totale Versklavung der Menschheit — nicht nur in ihrem täglichen Tun, sondern auch in ihren Köpfen und Herzen —, diese Zukunftsvision brachte Rorys irische Seele zum Glühen wie der innere Kern eines Feuers, das zum zerstörenden Brand wird.

Um, was sie schon seit Generationen planten, in die Tat umzusetzen, mußten sie die Welt zuerst ins Chaos stürzen, Regierungen lahmlegen, die hirnlosen Massen zu Mord und Totschlag aufwiegeln, Kriege anzetteln, die jede Nation schwächen mußten, die es wagen sollte, sich ihnen entgegenzustellen, Tyrannen an die Macht bringen, die das Volk unterdrücken würden, und das Vertrauen der Staaten in ihre Währungen erschüttern. Dann, vor der sich abzeichnenden Katastrophe, konnten sie ihre unglaubliche Macht ausüben und die Weltherrschaft übernehmen.

Sie gebrauchten keine derben, rüden oder zynischen Worte, um Rory ihre Absichten zu verstehen zu geben. Sie taten es mit dem Air verständnisvoller und Verständnis heischender Tugendhaftigkeit und unangreifbarer Zuversicht. Sie sagten nicht: »Wir werden diese verdammte Welt auf die Knie zwingen!« Sie sagten: »Es ist an der Zeit, daß erfahrene und gebildete, intelligente und gerechte Männer ihren Einfluß geltend machen, um unter einer einzigen Regierung, einer einzigen Verfassung, eine bessere Welt für alle zu schaffen. Im Haag sind wir schon an der Arbeit —« Das glaube ich gern, dachte Rory und ließ seinen nachdenklichen, respektvollen Blick in die Runde gehen. Joseph beobachtete ihn und fragte sich im stillen, ob er seinen brillanten Sohn wirklich kannte und ob er jemals seine wahren Gedanken erraten hatte.

Auf dem Tisch stand Wein mit harten englischen Keksen. Karaffe und Tablett wanderten von Hand zu Hand, denn sie gestatteten nicht einem Diener Zutritt, der Gespräche belauschen mochte, die über Leben und Tod eines Planeten entschieden. Der Wein war ausgezeichnet. Stumm toastete Rory dem Franzosen zu, der zuerst überrascht dreinsah, denn den Mund zu einem blassen Lächeln verzog und nickte. Die englischen Herren — es waren ihrer mehrere anwesend — würden Sherry vorgezogen haben, nahmen aber schließlich herablassend mit dem Wein vorlieb — wer trank schon Tafelwein außer zum Dinner? Rory verbiß sich das Lachen.

Draußen ging der Regentag zu Ende, und nun begann Hagel gegen die hohen, verhangenen Fenster zu prasseln. Die Herren kamen zur Sache: Amerika hieß das Thema und dann die Welt im allgemeinen. »Die Scardo Society«, wandte sich der Herr aus Rußland an Joseph, »macht sie Fortschritte?«

»Wir haben jetzt die gleiche Anzahl Demokraten und Republikaner dabei, dazu ein paar Populisten und Sozialisten.«

Der Herr aus Rußland nickte. »Dann geht es ja gut voran.«

»Aber Gospodin«, mischte sich der Franzose ein, »wie sieht es denn in Rußland aus?«

»Immer noch nicht reif«, antwortete der Russe bedauernd. »Aber wir sind bald soweit. Unser junger Lenin macht seinen Weg. Als Advokat in Samara hat er sich glänzend bewährt. Seine polemischen Schriften finden unter der unzufriedenen russischen Jugend großen Anklang. Vor nicht allzulanger Zeit traf er mit Axelrod, Plechanow, Zasulitsch und dem Marxisten Oswoboschdenje Truda — ›Die Befreiung der Arbeiterklasse‹ — zusammen. Wie Sie wissen, wurde er 1896 nach Schuschenskoje in Ostsibirien verbannt. Dort hat er vor kurzem eine gute Genossin, Nadeschda Krupskaja, geheiratet und sein großes Werk, ›Die Entwicklung des Kapitalismus in Rußland‹, vollendet. Es wird ihm sicher gelingen, das Buch bald veröffentlichen zu lassen. Der russische Zar ist sehr nachsichtig.« Er lächelte. »Ja, wir setzen große Hoffnungen auf Wladimir Iljitsch Uljanow. Er ist unser bester Theoretiker und ein nicht zu unterschätzender Gegner der Verfälscher marxistischen Gedankenguts.«

Ein braver kleiner Proletarier, schoß es Rory durch den Kopf. Ein braver kleiner Aristokrat.

Nun wandten sie sich ernsthaft dem Thema Amerika zu.

»Ich hatte gedacht«, ließ sich der Herr aus Zürich vernehmen, »wir wären 1894 ein schönes Stück weitergekommen, als der amerikanische Kongreß alle Einkommen von mehr als 4000 Dollar mit einer zweiprozentigen Einkommensteuer belegte. Als erster Schritt sozusagen auf dem Weg zur totalen Kontrolle des Volksvermögens. Nun aber, Herr Armagh, hat sich so ein alter Narr, Senator Sherman, erlaubt, in diesem Zusammenhang von ›Kommunismus, Sozialismus und Teufelei‹ zu sprechen. Ein anderer Narr, der Präsident der New Yorker Anwaltskammer Joseph Choate, hat sich erkühnt, vor dem Obersten Gerichtshof der Vereinigten Staaten zu erklären, die Steuer sei ›ein kommunistischer Angriff auf das Privateigentum‹ —«

»Und ist sie das nicht?« warf Joseph ein. Wahrscheinlich, meinte Rory annehmen zu können, war das eine jener Randbemerkungen, für die sein Vater hier bekannt war. Die Herren runzelten leicht die Stirn. Der Herr aus Zürich räusperte sich.

»Das steht hier nicht zur Debatte, Herr Armagh. Wir haben diese Sache und die in der Folge eingetretene Verwirrung schon mehrfach behandelt und kommen heute nur darum darauf zurück, weil die Lage es geboten erscheinen läßt. Ihr Oberster Gerichtshof hat die Einkommenssteuer am 20. Mai 1895 für verfassungswidrig erklärt. Sie haben uns noch nicht berichtet, was Sie dagegen unternommen haben.«

»Ich habe Ihnen alles berichtet, was ich wußte«, erwiderte Joseph in gereiztem Ton, der in dieser Runde wohlerzogener Leute offensichtlich deplaciert war. »Ich hatte eine vertrauliche Unterredung mit Richter

John Harlan noch bevor diese Entscheidung gefällt wurde. In seinem Rechtsgutachten führte er dann aus, der Beschluß des Obersten Gerichtshofes stelle ›eine ungeheuerliche, verdammenswerte Benachteiligung der Allgemeinheit zu Gunsten einiger weniger Privilegierter‹ dar. Wir haben den Beschluß des Obersten in den Zeitungen kritisieren lassen. Wir haben einen jungen Mann, den Sie alle kennen — William Jennings Bryan — veranlaßt, eine dramatische Erklärung abzugeben, die heute schon in aller Munde ist: ›Drückt nicht diese Dornenkrone auf das Haupt des arbeitenden Menschen, schlagt ihn nicht an ein Kreuz von Gold!‹ Er bezog sich damit nicht unmittelbar auf das Einkommensteuergesetz, aber es wurde so gedeutet. Wie Ihnen bekannt sein dürfte, tritt er für die stärkere Ausprägung von Silber bei der Währung ein. Wir haben es eingerichtet, daß er für das Präsidentschaftsamt nominiert wurde, um ihm allenfalls die Möglichkeit zu geben, auf eine Vermehrung des Zahlungsmittelumlaufs hinzuarbeiten — ein für die Mehrheit meiner Landsleute eher dubioses Vorhaben. Sie müssen zugeben, das sind beachtliche Fortschritte in einem Land wie Amerika, wo man dem Steuereinnehmer, dem Demagogen, allzu enthusiastischen Neuerern aller Kategorien, und vor allem Individuen, die an der Währung herumpfuschen wollen, mit äußerstem Mißtrauen begegnet.«

»Jaja«, ereiferte sich der Herr aus Deutschland, »aber die Amerikaner treten immer noch für den Goldstandard ein, und solange ein Land nicht den Goldstandard verläßt, kann man es nicht so leicht —«

»Haben Sie ein wenig Geduld«, unterbrach ihn Joseph. »Rom ist nicht an einem Tage erbaut worden.«

»Aber wir sind nicht unsterblich«, bemerkte ein englischer Herr, der nicht vergessen konnte, daß Joseph Ire war. »Ihre Zeitungen, Mr. Armagh, sind sehr mächtig in Amerika, doch arbeiten sie im allgemeinen unseren Plänen für die Zukunft — von denen sie ja noch nichts ahnen können — entgegen. Aber wie auch immer — etwas hat sie in Alarmbereitschaft versetzt. Irgend etwas oder irgend jemand. Marcus Alonzo Hanna — er ist ein zwielichtiger Mann, über den wir uns noch kein endgültiges Urteil bilden konnten. Er ist ein sehr einflußreicher Industriemillionär, Republikaner, hat aber viele seiner Geschäftspartner dazu genötigt, ziemlich weitgehende Dienstverträge mit ihren Arbeitern abzuschließen. Wer hat ihn auf uns aufmerksam gemacht? Er hat zur Niederlage Bryans beigetragen und war einer der prominentesten Wahlhelfer Ihres jetzigen Präsidenten, Mr. McKinley. Hat er nicht Reden gehalten und Mr. McKinley veranlaßt, Reden zu halten, wonach sich die amerikanische Währung ›in Gefahr‹ befände? Wer, Mr. Armagh, gab ihm diese Information, von der wir annahmen, daß nur im engsten Kreise darüber gesprochen wurde?«

»Wenn ich das nur wüßte«, erwiderte Joseph in noch gereizterem Ton. »Ich weiß nur, daß er in der Frage des Goldstandards unerschütterlich auf seinem Standpunkt beharrt. Sein McKinley aber hat, als er noch im Kongreß war, mit dem Silberblock gestimmt. Wenn er seine Meinung geändert hat, steckt Hanna dahinter. Hanna ist ehrlich davon überzeugt, daß nur der Goldstandard die Freiheit verbürgt, und wie wir wissen, hat er damit völlig recht.« Sein Blick ging in die Runde. »Plädieren Sie dafür, daß Hanna einen — Unfall erleidet?«

Sein Ton war spöttisch, aber Rory beobachtete die Gesichter der anderen. Sie können Papa nicht leiden, vermerkte er mit Ergötzen. Und mein Papa ist ein toller Kerl, jawohl, ein toller Kerl.

»Sie dürfen nicht denken, die Amerikaner wären allesamt sanfte Lämmer«, setzte Joseph seine Ausführungen fort. »Ich gebe zu, es mag mitunter den Anschein haben. Ich weiß, Sie werden es nicht glauben wollen, aber es gibt noch einige wenige rechtschaffene Männer in der Regierung und im ganzen Land. Und die erfassen, wenn auch nur instinktiv, was, um Disraeli zu zitieren, ›hinter den Kulissen‹ vor sich geht. Wir können sie doch nicht alle umbringen, nicht wahr, meine Herren?«

Ein betretenes, dumpfes Schweigen trat ein, und trotz der flackernden Lichter schienen alle Gesichter körperlos in der Düsternis des Raumes zu schweben. In gequältem Ton sagte dann ein Herr: »Mr. Armagh. Sie entstammen einer hitzigen, leidenschaftlichen Rasse. Wir aber huldigen nicht der Gewalt. Ich bin ganz sicher, daß keiner von uns hier je die Hand gegen jemanden erhoben hat. Um unsere Ziele zu erreichen, bedienen wir uns der Vernunft, der Überredung, der Presse, der öffentlichen Meinung — was sich eben so anbietet.«

Menschenfreunde reinsten Wassers, dachte Rory und beugte sich vor, wie um noch aufmerksamer zu lauschen.

Joseph versicherte seinen Mitverschworenen, daß die Einkommensteuer »ohne jeden Zweifel in Bälde in Amerika eingeführt werden würde«; das gleiche gelte für eine Bundesreservebank, ein von diesen Herren zu kontrollierendes Institut (auf Grund eines Zusatzartikels zur Verfassung, der dem Kongreß die Münzhoheit entziehen würde.) Auch die Direktwahl der Senatoren »durch das Volk« stand auf der Tagesordnung. Die Herren nickten zustimmend, schienen aber nicht recht befriedigt. »Amerika müßte in einen Krieg verwickelt werden, um diese Dinge rascher voranzutreiben«, meinte ein anderer.

Jetzt begreife ich, dachte Rory. Diese Zusammenkunft heute ist ausschließlich als Beitrag zu meiner Erziehung gedacht, denn alle diese Themen stehen schon seit langem zur Diskussion. Ich sollte mich geschmeichelt fühlen. Aber sie *scheinen* mir nur viel zu enthüllen; in Wirklichkeit erzählen sie mir nichts Neues. Sie wollen nur sehen, wie ich es aufnehme, bevor sie mich als Mitglied mit allen Rechten und Pflichten akzeptieren.

Ein Herr aus Spanien meldete sich zum Wort. »Der Leitartikel über

Kuba in Ihren Zeitungen, Mr. Armagh, hat mich sehr beeindruckt: ›Blut auf den Straßen, Blut auf den Feldern, Blut auf den Türstufen, Blut, Blut, Blut! Ist denn keine Nation verständig genug, mutig genug, stark genug, um diesem aus tausend Wunden blutenden Land den Frieden zu bringen?‹ Sehr wirksam, nur ein bißchen dick aufgetragen. Auf amerikanische Herzenseinfalt und Naivität zugeschnitten, nehme ich an?«

»Ich verdiene kein Lob für diesen Leitartikel«, erwiderte Joseph. »Wir haben ihn wörtlich von der New York World übernommen, in der er 1896 erschien. Aber Herzenseinfalt hin, Naivität her, die Amerikaner sympathisieren tatsächlich mit den Kubanern, die sich gegen die spanische Herrschaft erhoben haben. Natürlich nicht ohne Mithilfe der Presse. Pulitzers World und Hearsts New York Journal sprechen jetzt von nichts anderem als vom ›kubanischen Blut‹. Zum Teil werden sogar die Extraausgaben in roter Farbe gedruckt. Auch Teddy Roosevelt leistet einen wertvollen Beitrag. In fast allen seinen Reden geifert er gegen Spanien. Er ist ein echter Internationalist.«

»Aber leider ist Mr. McKinley Präsident, und Mr. Roosevelt nur Unterstaatssekretär der Marine«, bemerkte der Franzose, und wieder trat Schweigen ein. Rory fühlte, wie es auf ihm lastete, aber von Mr. Roosevelt wurde nicht mehr gesprochen.

»Ich denke, wir haben auch in Hawaii gute Arbeit geleistet«, sagte Joseph. »Wir sind in Amerika nicht müßig geblieben, meine Herren, obwohl Sie des öfteren diesbezügliche Zweifel anmelden. Unseren Bemühungen ist es zu danken, daß sich das Marineinfanteriekorps und die Zuckerrohrpflanzer gegen Königin Liliuokalani gestellt und jetzt den Präsidenten aufgefordert haben, Hawaii zu annektieren. Ich habe häufig Gelegenheit, mich mit meinem guten Freund, Admiral Alfred Thayer Mahan von der amerikanischen Kriegsmarine, zu unterhalten. Er teilt meine Meinung, daß Amerika sich über seine Grenzen hinaus ausdehnen muß. Er hat mir versichert, daß Kuba und Hawaii erst der Anfang sind. Wir Amerikaner, meint er, müßten ›die bedeutsamste Frage, die sich uns stellt, lösen, nämlich, ob die östliche oder die westliche Zivilisation die Welt beherrschen und ihre Zukunft bestimmen soll‹. Ob er es nun weiß oder nicht, Mahan ist unser Mann.« Er sah den Russen an. »Sie oder wir?«

Der Herr aus Rußland lächelte. »Weder noch, Gospodin. Wir alle zusammen.« Auch Rory lächelte. Sie wollen mir unbedingt alles vorbuchstabieren, dachte er, für den Fall, daß Vater mir in den letzten Jahren nicht schon alles ausführlich genug erklärt hätte. Aber es ist nett von ihnen. Ich weiß es zu schätzen. Sie wollen also in Kuba einen Krieg gegen Spanien vom Zaun brechen? Wie würden sie das wohl anfangen? Mr. McKinley war ein friedliebender Mann, kein Kriegstreiber. Ein Ereignis von katastrophalen Ausmaßen würde nötig sein, um ein schon jetzt hysterisches Amerika in den Krieg zu hetzen. Rory kniff seine hellblauen Augen zusammen. Er bemerkte, wie sein Vater ihn beobachtete, um zu sehen, wie er auf das Gehörte reagierte. Sogleich ließ er wieder das sanfte Lächeln auf seinen Zügen erscheinen und machte große Augen; man hätte ihm keine zwanzig Jahre gegeben.

Als sie im Wagen saßen, der sie zum Hotel zurückbrachte, fragte Joseph — denn Rory, der sonst so geschwätzige, war ungewöhnlich still —: »Nun, was hältst du davon, mein Junge?«

»Du hast mir schon vorher eine Menge von diesen Leuten erzählt, Pa. Jetzt habe ich sie kennengelernt. Ein paar von ihnen sind nicht viel älter als ich. Trotzdem sehen sie alle alt aus. Das Bildnis des Dorian Gray ins Gegenteil verkehrt? Sind sie wenigstens in irgendwelcher anderer Hinsicht jung?«

»Sei nicht frivol«, sagte Joseph, der genau wußte, daß sein Sohn das nicht war. »Du weißt ja: die meisten von ihnen sind gute Christen, die mit ihren Familien in stiller Zurückgezogenheit leben. Wolltest du fragen, was sie sind, sie würden dir antworten, daß sie eine Bruderschaft darstellen, die darauf hinarbeitet, die Welt im Zeichen des Friedens und einer friedlichen Gesellschaftsordnung unter einer einzigen Regierung zu vereinigen. Du kannst — uns — auch eine gegenseitige Hilfsorganisation nennen.«

»Sie verfechten ihre Pläne für eine zentrale Weltregierung auch im Haag, nicht wahr?« Joseph reagierte auf diese Frage mit einem scharfen, dann aber auch stolzen Blick.

»Du bist nicht so kindisch, wie ich dachte«, antwortete er und berührte seinen Sohn an der Schulter. »Aber das warst du eigentlich nie.«

»Du hast ganz recht, Pa«, meinte Rory nach einer Weile. »Es sind tatsächlich Schweinehunde.« Er machte wieder ein freundliches Gesicht. »Ich hatte den Eindruck, daß ihnen einige deiner Bemerkungen gegen den Strich gingen, und ich glaube auch nicht, daß sie dir hundertprozentig vertrauen. Bedauerlich, nicht wahr?«

»Rede bloß nicht soviel«, erwiderte Joseph und runzelte die Stirn. »Die Zunge hat schon so manchen das Leben gekostet. Täusche dich nicht. Diese Männer sind die wahren Herrscher der Welt, wie ich dir schon sagte. Sie haben dir heute noch nicht ihre Namen genannt, aber früher oder später wirst du sie erfahren. Ja, du wirst sie erfahren.«

IV

Joseph und Rory gingen zum Ball in die amerikanische Botschaft, ein riesiges, düsteres Gebäude, das jedoch, wie Rory dankbar vermerkte, hinlänglich geheizt war. Keiner der anwesenden Herren, fand Rory, sah so distinguiert aus wie sein Vater in Gesellschaftskleidung, eine

Tatsache, die auch den prächtig gewandeten Damen nicht zu entgehen schien. War es sein gleichgültiger, unbewegter Blick, die gebändigte Kraft seiner Bewegungen, sein kühles Benehmen, seine eisige Höflichkeit? Rory wußte keine Antwort auf diese Frage, aber seine Augen folgten Joseph voll Bewunderung.

Die Damen prangten in ihrem Schmuck und ihren Pariser Toiletten, die Herren zeigten sich vornehm und elegant. Lustig prasselten die Kaminfeuer, die Kapelle ließ beschwingte Weisen erklingen, wie rote und weiße Bäche ergoß sich der Wein in funkelnde Gläser, die Kronleuchter strahlten in hellem Glanz. Es herrschte eine so wohltuende, von wohlwollender Zuvorkommenheit und weltmännischem Geist geprägte Stimmung, daß Rory ehrlich entzückt war. Hier gab es keine ernsten, verschlossenen Gesichter, kein besorgtes Getuschel über internationale Mißstände, keine verbrecherischen Pläne, keine finsteren Verschwörungen — und doch wußte Rory, daß all das auch hier im Saal war.

Der amerikanische Botschafter, Seine Exzellenz, Mr. Stephen Worthington, war der lebhafteste und bestgelaunteste von allen. Er besaß die gleiche magnetische Anziehungskraft wie seine Tochter. Stets wirbelten schmeichelnde, komplimentierende Gruppen um ihn herum. Seine Gemahlin war ein mausgraues Frauchen in einem schwärzlichbraunen Kleid, die den Anschein erweckte, als hätte sie sich am liebsten in eine Ecke verkrochen.

Seine Exzellenz hatte Claudias exotisches Aussehen, das jedoch bei ihm derber und zuweilen abstoßend wirkte, denn er besaß gröbere Züge. Sein dunkles, kastanienbraunes Haar war lang und sorgfältig gewellt, sein Schnurrbart unauffällig und aristokratisch. Seine blitzenden Augen ließen erkennen, mit wieviel Freude er seine Gäste empfing. Er sprach mit wohltönender Stimme. Er hatte sich einen gepflegten englischen Akzent angeeignet, bei dem ihm nie auch nur der geringste Fehler unterlief. Sein Lachen klang herzhaft und voll. Er war offenbar sehr beliebt. Er begrüßte jedermann, als ob er ihn oder sie besonders sehnsüchtig erwartet hätte und entzückt wäre, den lieben Gast wiederzusehen. Rory beobachtete ihn aus einiger Entfernung. Er fragte sich, ob er ebenso dumm und seicht wie Claudia war, ebenso anspruchsvoll und gierig und auf ebenso läppische Weise von sich eingenommen. Nachdem er seinen Gastgeber eine halbe Stunde im Auge behalten hatte, kam Rory zu dem Schluß, daß er all das tatsächlich war, es jedoch als Diplomat vortrefflich verstand, solche unvorteilhaften Wesenszüge zu verbergen. Trotz dauernden Lächelns und breiten Lachens und jovialen Gluckens verrieten seine Augen kalte Berechnung. Auch er war einer dieser abscheulichen Menschen, die sich zu allem bereit finden, wie verwerflich es auch sein mag, wenn es ihnen zum Vorteil gereicht.

Natürlich war auch Claudia da, ganz in mädchenhaften Tüll und weiße Seide gehüllt, mit einer schmalen Diamantenhalskette und einem Brillantarmband, äußerst geschmackvoll und durchaus nicht auffällig. Rory tanzte mit ihr und vermied es, sie anzusehen, denn wenn er es tat, fühlte er sich entwaffnet und fasziniert und versuchte immer wieder von neuem, ihren undefinierbaren Charme zu ergründen. Sie plapperte atemlos daher, machte Rory auf »distinguierte Persönlichkeiten« aufmerksam und ließ keine Gelegenheit vorübergehen, ohne ihren »lieben Papa« zu erwähnen und getreulich zu berichten, was dieser oder jener Gentleman zu Papa gesagt und was Papa zu ihm gesagt hatte, und wie freundlich Papa von allen gekrönten Häuptern Europas empfangen wurde und wie sehr Ihre Majestät, Königin Victoria, ihn schätzte, sie, die doch im allgemeinen für Amerikaner nicht viel übrig hatte. Hatte sie doch tatsächlich vor einem Jahr die Abgeschiedenheit ihrer Witwenschaft verlassen, um hier einem Ball beizuwohnen, und war volle fünfzehn Minuten lang geblieben! »Beachtlich«, kommentierte Rory diese sensationelle Enthüllung und blieb weiterhin bemüht, sie nicht anzusehen und sich nur auf diese einfältige, infantile Stimme zu konzentrieren, die in ihrer Atemlosigkeit mitunter nicht zu verstehen war. Sie roch nach Jasmin, und von diesem Abend an haßte Rory diesen Duft. Er dachte an Marjorie, ihre schelmischen Augen, ihre Art, ihn zu necken; er sehnte sich nach ihr.

Rory liebte Feiern und Feste, denn er war von Natur aus ein Herdenmensch wie seine Mutter; er liebte den Anblick schöner Frauen, er liebte Wein und Whisky und köstliche Speisen, Glanz und Musik und helle Lichter. Doch gegen zehn Uhr fühlte er sich sonderbar ermattet. Schuld war dieses verdammte englische Klima, dachte er, daß ihm sein Rücken so weh tat und daß er sich vorkam wie ein alter Rheumatiker. Er tanzte mit einer Unmenge von Damen, jungen und alten, und sogar mit seiner verschüchterten Gastgeberin. Er war schneidig und forsch, ein gutaussehender Kavalier. Jüngere und ältere weibliche Augen verfolgten ihn mit zärtlichen Blicken. Er war witzig, geistreich und höflich. Sein Auftreten entsprach fast nicht dem eines Amerikaners. Die Herren fanden ihn überraschend schlagfertig, gut informiert und intelligent. Er hatte verstohlen den einen kleinen Tisch besucht, an dem »gewöhnlicher« Whisky ausgeschenkt wurde, und er hatte ihn mehrmals besucht. Er spürte ein dringendes Bedürfnis danach, obwohl Joseph ihn wiederholt darauf hingewiesen hatte, daß sich »der Suff« für Iren verhängnisvoll auswirkte. Rory hatte die Wahrheit dieser Behauptung nur allzu oft bestätigt gefunden. Aber was blieb einem übrig nach dieser Sitzung mit dem Committee for Foreign Studies vor zwei Tagen, dazu dieses verdammte Klima, und jetzt noch der Ball und diese alberne Claudia, die ihn nach jedem Tanz mit einer anderen Dame immer wieder aufspürte?

Es entging Joseph nicht, daß sein Sohn jenen Tisch in der Ecke recht häufig aufsuchte, und auch nicht, daß Miß Claudia ihn mit mädchenhaftem Eifer verfolgte. Er sah auch, daß Rory bemüht war, ihr aus dem Weg zu gehen. Er sah es und runzelte die Stirn.

Er wartete bis zu nächsten Morgen, als Rory schmerzlich nüchtern war und keinen Blick auf die mit gerösteten Nieren, Speck, heißem Schinken, Eiern, Forelle, Fleischpastetchen und anderen englischen Frühstücksköstlichkeiten gefüllten silbernen Schüsseln verwandte. Rory trank nur schwarzen Kaffee, spielte mit einem Sauerteigfladen und sah nicht gerade blühend aus.

»Na, mach schon, Junge«, sagte Joseph mit kalter Stimme. »Den Kater muß man im Alkohol ersäufen. Es ist das einzige Mittel.«

Rory sprang auf wie eine plötzlich zurückschnellende Feder und eilte zum Wandschrank, wo er sich ein Gläschen Whisky einschenkte. Er trank es hinunter, als ob er am Verdursten wäre. »Ah!« machte er mit tiefer und dankbarer Stimme. Es trieb ihm die Tränen in die Augen, aber seine Gesichtsfarbe besserte sich zusehends. Draußen graupelte es, und es war recht dunkel, obwohl nicht mehr viel zum Mittag fehlte. »Dieses verdammte Klima«, seufzte Rory und betupfte sich die Augen.

»Nicht ärger als in Boston oder New York in dieser Jahreszeit«, sagte Joseph. »Na? Fühlst du dich wohler? Ich habe dich ja gewarnt, daß wir uns vor dem Fusel in Acht nehmen müssen.«

»Ist das der Grund, warum du nicht trinkst, Pa?« fragte Rory, mutiger, als er es seinem Vater gegenüber sonst zu sein pflegte. »Oder fürchtest du, du könntest, wenn du trinkst, in deiner Wachsamkeit nachlassen?«

»Wachsamkeit vor was?« Josephs Stimme klang drohend.

»Nichts, nichts. Ich meinte nur, daß dich jemand übervorteilen oder ausnutzen könnte.«

»Das ist bis jetzt noch keinem gelungen, außer meinem Vater. Und es wird auch keinem gelingen.« Die Haut spannte sich über seinen Backenknochen, wie immer, wenn er an Danny Armagh dachte. »Außer einem Schluck Brandy oder Wein trinke ich nicht viel, einfach weil ich es nicht mag. Ich bin nie auf den Geschmack gekommen. Warum sollte ich Gaumen und Magen quälen?«

»Ich trinke wegen der Wirkung«, sagte Rory.

»Das ist der allerverwerflichste Grund zu trinken. Niemand sollte vor der Wirklichkeit fliehen.«

»Um Patrick Henry zu zitieren«, entgegnete Rory unbekümmert, »ist das Leben denn so teuer und die Wirklichkeit so süß, daß sie um den Preis der Mäßigung erworben werden müssen?«

Joseph mußte lachen. »Du hast einen irischen Schnabel, das muß ich zugeben. Setz dich, Rory, Außer du willst noch einen Schluck.«

»Den will ich«, erklärte Rory mit Gefühl und füllte sein Glas zur Hälfte. Er kehrte an den Tisch zurück und war nun imstande, die dampfenden Silberschüsseln ohne allzuviel Mißtrauen zu betrachten. Er tat sich einen Streifen Speck und einen Löffel voll gerösteter Nieren auf einen Teller und stellte befriedigt fest, daß sie ihm nun keine Übelkeit mehr erregten. Es schmeckte ihm sogar ein bißchen.

»So unangenehm die Wirklichkeit mitunter auch sein mag«, sagte Joseph, »wir müssen uns mit ihr auseinandersetzen.«

Jetzt kommt er bestimmt mit etwas scheußlich Unerfreulichem, dachte Rory und schenkte seinem Vater ein rosiges Lächeln.

»Der Botschafter und ich, wir hatten gestern abend Gelegenheit, uns kurz zu unterhalten, bevor du dich beinahe unmöglich gemacht hast und dir von zwei Lakaien in die Kutsche helfen lassen mußtest«, sagte Joseph. »Es war ein sehr interessantes Gespräch.«

Ich kann es mir lebhaft vorstellen, dachte Rory und sah seinen Vater liebevoll an.

»Wir faßten den Beschluß — nachdem wir einige Beobachtungen gemacht hatten —, daß du, in einem Jahr oder so, Miß Worthington heiraten wirst.«

Rory blieb ganz still. Die Gabel lag reglos in seiner Hand. Er fühlte abermals Übelkeit in sich aufsteigen. »Ich mag sie nicht«, sagte er. »Sie ist albern und dumm, sie hat ein Spatzenhirn und langweilt mich zu Tode. Ich würde sie nicht heiraten und wenn sie die letzte Frau auf der Erde wäre.«

Joseph lehnte sich in seinen Sessel zurück, aber seine Nerven waren gespannt. »Ich wußte, daß du das sagen würdest, mein Junge. Aber was spielt das für eine Rolle? Bist du ein Romantiker? Wünscht du vielleicht ›dem Zug deines Herzens zu folgen?‹«, und er machte ein Gesicht, als ob er ausspucken wollte. »Romantische Ideen und Liebe, das ist etwas für Kinder und schwachsinnige junge Mädchen, aber nicht für intelligente Erwachsene. Denkst du, ich hätte deine Mutter geliebt, oder ich wäre von ihrer Intelligenz und ihrer geistreichen Konversation so angetan gewesen? Von solchen Dingen läßt sich ein Mann nicht beeinflussen, wenn er eine vorteilhafte Heirat zu machen gedenkt. Nur unreife, heranwachsende Amerikaner sehnen sich nach dem, was sie Liebe nennen. Kein Wunder, daß sich die Ehe in Amerika in einem so desolaten Zustand befindet. Mondlicht und Sonnenschein, Rosenhecken und Händchenhalten — das sind keine soliden Grundlagen für eine vernünftige, vorteilhafte Ehe.«

»Man kann nicht eine Frau heiraten, die einen abstößt«, hielt Rory ihm entgegen.

»Stößt sie dich ab? Du hast sie angestarrt wie einen Ölgötzen. Du hast ihr noch nachgeglotzt, wenn sie schon mit einem anderen getanzt hat.«

»Ich konnte nicht anders«, rechtfertigte sich Rory. »Sie hat so etwas Gewisses — Ich weiß nicht. Aber ganz ehrlich, ich kann sie nicht ausstehen. Und ebenso ehrlich: es wäre auch ihr gegenüber nicht fair.«

Der Hagel trommelte gegen die Fenster, es wurde dunkler, der Wind heulte ums Haus. Joseph sah seinen Sohn prüfend an. Dann sagte er: »Aber du wirst sie trotzdem heiraten, Rory. Was nicht heißt, daß du ihr treu sein mußt. Es gibt andere Frauen.«

»Nimm an, du würdest eine von diesen heiraten wollen?«

Rory erlebte es zum erstenmal, daß sein Vater vor einer direkten Konfrontation zurückscheute. Joseph starrte zur Wand. »Das tut man nicht«, antwortete er. »Jedenfalls nicht, wenn einem etwas an seiner Karriere gelegen ist. Oder wenn die betreffende Dame einer Verbindung abgeneigt ist. Oder wenn es andere — Hindernisse — gibt.«

Tante Elizabeth war also »abgeneigt«, dachte Rory und empfand Mitleid mit seinem Vater.

»Also abgemacht«, sagte Joseph. »Innerhalb von zwei Jahren wirst du Miß Claudia heiraten.«

Rorys Gesichtsmuskeln traten hervor. Er spielte mit seiner Gabel. »Ich möchte jemand anderen heiraten«, entgegnete er. »Wir — wir sind so gut wie verlobt.«

Joseph erhob sich schroff von seinem Armsessel. »Verdammt noch mal, wer ist sie, du Idiot?«

»Ich habe sie in Boston kennengelernt. Ein wunderbares Mädchen, intelligent, schön, liebenswert und anbetungswürdig. Sie kommt aus einer reichen Bostoner Familie, die, um es etwas antiquiert auszudrücken, unseren Namen zieren würde.«

»Wer ist sie?« wiederholte Joseph in einem Ton, als ob er sich auf seinen Sohn stürzen wollte.

»Du kennst sie nicht, Pa«, antwortete Rory erschrocken. Dieser verdammte Whisky! Der konnte einen wirklich fertigmachen! »Es ist ja noch nicht offiziell. Ich — ich spiele bloß mit dem Gedanken. Ein reizendes Geschöpf. Sie würde dir gefallen.« Er hatte eine Idee. »Ihr Vater ist gegen die Verbindung.«

Josephs Gesicht verdunkelte sich. »So, so, er ist dagegen? Wohl einer von diesen feinen Leuten, die auf Iren und Papisten spucken?«

»Ich kriege ihn schon noch 'rum«, wollte Rory seinen Vater besänftigen.

»Du meinst, du erniedrigst dich vor ihm — du, der Sohn von Joseph Armagh?« Josephs Augen funkelten gefährlich. »Eine Bostoner Göre, eine Zimperliese mit feinen Manieren! Geld, sagst du? Wieviel?«

»Nicht so viel, wie wir haben. Ihr Vater gehört einer alten Bostoner Anwaltskanzlei an. Sein Vater und sein Großvater haben sie gegründet. Er ist sehr wohlhabend. Finanzielle Probleme gibt es keine.«

Langsam setzte sich Joseph wieder nieder. Seine Stimme klang zu ruhig. »Hast du schon um die Hand der jungen Dame angehalten?«

»Nein.«

»Kenne ich ihren Vater?«

Rory zögerte. »Ich weiß nicht. Vielleicht.«

»Ich kenne sie alle. Ich muß ihm begegnet sein, wenn er Anwalt ist — und reich. Jetzt hör mir zu, Junge. An dem Tag, da du dich mit Miß Claudia Worthington verlobst, gebe ich dir zwei Millionen Dollar. An dem Tag, da du sie heiratest, bekommst du zehn Millionen. Kann deine Bostoner Göre da mithalten?«

Rory blieb stumm.

»Wenn du Miß Claudia abweist, und hör mir gut zu: Dann bist du nicht länger mein Sohn. Du bekommst nichts von mir, solange du lebst. Ist das klar?«

O mein Gott, stöhnte Rory im stillen und dachte an seine fünfzig Dollar im Monat und Marjories dreißig und an die schäbige kleine Wohnung im Cambridge, die ihr Himmel war. Er unternahm einen kläglichen Versuch, zu lächeln. »Claudia ist erst sechzehn«, sagte er, »na ja, bald siebzehn. Wir haben noch ein Jahr, um es uns zu überlegen, nicht wahr?«

»Stimmt. Bis dahin wirst du mit dieser jungen Dame in Boston nicht mehr zusammentreffen — es wäre denn, sie ist bereit, dir auch ohne Ehekontrakt gefällig zu sein. Einige dieser Bostoner Damen sind trotz ihres hochmütigen Getues, trotz ihrer ›Familie‹, recht — recht feurig, wollen wir mal sagen.« Er lächelte schmutzig.

»Ich muß noch mein Jurastudium beenden«, warf Rory ein.

»Wer soll dich daran hindern? Ich bestehe sogar darauf. Die Heirat findet statt, sobald du als Anwalt zugelassen bist.« Joseph schlug mit der flachen Hand auf den Tisch. »Also abgemacht, obwohl ich es ja schon gestern abend mit Steve abgemacht habe. Eine standesgemäße Verbindung, und überdies ist das Mädchen aus mir unerfindlichen Gründen in dich verschossen.« Ohne es auszusprechen, forderte Joseph seinen Sohn auf, mit ihm zu lächeln, und schließlich gelang es Rory, der Aufforderung nachzukommen. Sein Rücken oder sonst etwas brannte ihn wie Feuer. Laß mich nur mein Studium beenden! dachte er. Mehr will ich nicht. Zum Teufel mit dem Rest, und ich behalte meine Maggie.

Ich werde es schon herausfinden, versprach sich Joseph im stillen. Ich werde Charles und noch ein paar von meinen Leuten sofort auf die Spur setzen. Damit muß Schluß sein, bevor es noch ernster wird. Er nahm es ihm eigentlich gar nicht übel, seinem Sohn, den alle gestern abend bewundert hatten. Studenten! Die geraten nun eben einmal in Schwierigkeiten, besonders wenn sie so richtige Kerle sind wie Rory, und die Weiber lauern auf sie wie die Geier. Soll der Junge seinen Spaß haben, solange er sich darüber klar ist, daß nichts Ernstes daraus werden kann. Joseph fand eine eisige, schadenfrohe Befriedigung in dem Gedanken, daß die Tochter des feinen Herrn in Boston jetzt den Laufpaß bekommen würde. Es war an der Zeit, bei Gott, es war an der Zeit! Er war jetzt sogar stolz. Der Sohn eines irischen Immigranten würde die

Tochter eines Bostoner Aristokraten abweisen! Darauf hatte er, Joseph, lange gewartet!

Maggie, dachte Rory. Und er dachte auch an die gefährlichen Männer, mit denen er an einem Tisch gesessen war, und an seine Pläne, ihnen in Zukunft aus dem Weg zu gehen. Er ließ seinen schmerzenden Kopf in die Hände fallen. Wieder überkam ihn Übelkeit. Aber er war von Natur aus ein Optimist. Er hatte noch ein Jahr, vielleicht zwei, und wer konnte sagen, was bis dahin alles geschehen würde?

Er erhob sich und ging an das prasselnde Feuer. »Verdammt kalt hier«, murmelte er, schürte die Kohlen und rieb sich seine muskulösen Arme. Die Londoner Schornsteine spuckten ihren schwarzen Rauch aus und füllten die Luft mit ihrem Gasgestank. Er stieg Rory nicht nur in die Nase, er drang in sein ganzes Wesen ein, und sein Mut sank.

Was würde sein Vater sagen und tun, sobald er erfuhr, daß sein Sohn schon verheiratet war? Rory hütete sich, Joseph zu unterschätzen. Er wußte, daß Joseph vor nichts zurückschrecken würde. Darum bestand die einzige Lösung darin, ihn keinen Verdacht schöpfen zu lassen und zu warten, bis er, Rory, sein Studium beendet hatte. Vor seinem geistigen Auge sah Rory die Herren vom Committee for Foreign Studies, und ihm war, als ob er einen Treubruch begangen hätte — obwohl er in seinem erregten Zustand nicht verstehen konnte, warum.

V

Auf der Heimreise über den stürmischen, grauen Atlantik empfand Rory zum erstenmal in seinem Leben das Bedürfnis, sich jemandem anvertrauen zu können. Was ihn beunruhigte, war nicht so sehr der Gedanke an die Bankleute und Finanzkapitäne — einschließlich einiger Adeliger —, die er in Europa kennengelernt hatte, sondern die eigentliche Bedeutung und die Folgen ihrer wachsenden Macht. Er hielt sich vor Augen, daß das Committee for Foreign Studies vornehmlich ein amerikanisches Unternehmen mit einer Niederlassung in England war, selbst aber nur Teil eines Ganzen, das unter verschiedenen Namen in verschiedenen Ländern Fuß gefaßt hatte. Allein in Amerika waren fünf Generäle Mitglieder des Committee. Diese weltumspannenden, ineinander verschachtelten Organisationen, die nur mit einem Kopf dachten und ein einziges Ziel verfolgten, die Art, wie diese verschworene Gemeinschaft Politiker beherrschte — das war es, was Rory mit solchem Entsetzen erfüllte. Wo hatte er diese Worte gehört: »In der Hölle gibt es keine Diskussionen?«

Der ganze Apparat war aus dem Bund der Gerechten hervorgegangen, dem Karl Marx sich als Mitglied angeschlossen hatte. Aber der Apparat war weder kommunistisch noch sozialistisch, noch monarchistisch, noch demokratisch, noch sonst etwas. Diese politischen Ideologien wurden nur als Waffen gegen die Menschheit eingesetzt, um sie zu verwirren, gefügig zu machen und zu versklaven. Und die sie einsetzten, fragten nicht nach den Grundlagen des Seins und Geschehens, strebten nicht nach der Verwirklichung irgendwelcher Philosophien, verfochten keine neuen Ideen und betrieben auch keines jener intellektuellen Spiele, mit denen sogenannte intelligente Menschen sich selbst betrügen und ihre Geisteshaltung rechtfertigen. Über die Politik als solche waren sie erhaben. Sollte der Pöbel doch in seinem Glauben, Einfluß auf seine Regierung zu haben, glücklich werden — solange er nicht ahnte, wer seine Regierung wirklich beherrschte! Es war ihre nüchterne Unbarmherzigkeit, ihre fast unmenschlich offensiven Neigungen, die Rory Armagh zugegebenermaßen in Furcht und Schrecken versetzten — aber auch aufwühlten. Was ihn bewegte, lag jenseits von Gut und Böse und hatte nichts mit normalem Ehrgeiz zu tun, von dem Rory mehr als das übliche Maß besaß. Diese Schweine, dachte er, die würden ja ihr eigenes Land, ihre eigene Familie, ihre Kinder opfern, um ihr Ziel zu erreichen!

Rory hatte Verständnis für Leidenschaft und Gewalt, für unverhüllte Schlechtigkeit und schamlose Intrigen, für reine Bösartigkeit, Verrat, Diebereien, Lügen, ja sogar Mord, aber er konnte keines für die Männer aufbringen, die er zuerst in Amerika und jetzt in England kennengelernt hatte. Der Gedanke an sie brachte sein Blut zum Kochen, verletzte sein menschliches Empfinden.

Trübsinnig auf dem schwankenden Deck des Schiffes auf und abwandernd, rief er sich einiges von dem ins Gedächtnis, was er in London gehört hatte: »Mit aller Sorgfalt müssen wir jetzt auf der ganzen Welt die Kriege vorausplanen, denn wir bedürfen ihrer immer mehr, um unserer wachsenden technologischen Industriegesellschaft den Absatz ihrer Produkte zu sichern. Tun wir das nicht, wird es zu einer Überfüllung der Märkte kommen — und zu einer Bevölkerungsexplosion — und damit zu Geschäfts- und Absatzstockungen, Armut und natürlich Krisen, die unsere Pläne empfindlich stören könnten. Anders ausgedrückt: bei Kriegen und Inflationen muß unter für uns günstigen Auspizien verfahren werden; ohne unser Zutun ausgelöste Unruhen gefährden unser Vorhaben.«

»Wie wir wissen, muß in allen Ländern die Mittelklasse ausgemerzt werden, weil sie dazu neigt, eine chaotische Freiheit zu propagieren und zu fördern. Die Mittelklasse hindert unsere Pläne.«

Rory kannte diese Pläne: Kriege, wucherische Steuern, um die Mittelklasse zugrunde zu richten, Inflation, Staatsschuld. Sobald all dies zu unerträglich wurde, neigten auch die fügsamsten Völker zur Rebellion. Das war dann der Moment, da die namenlosen Verschwörer ihre Stunde gekommen sahen und im Namen von Recht und Ordnung die Macht an sich rissen.

»Ohne eine Einkommensteuer auf Bundesebene kommen wir in Amerika unserem Ziel nicht näher. Wir müssen auf der ganzen Welt das Volksvermögen unter unsere Kontrolle bringen. Wir brauchen solche Steuern, um Kriege zu finanzieren, brauchen sie für die Inflation und für die Mechanisierung der Menschheit. Sie wird sich mit dem begnügen müssen, was wir ihr zuzuteilen beschließen. Ohne Krieg kann es nirgends auf der Welt eine geplante Gesellschaft geben. In den skandinavischen Staaten kommen wir ohne Kriege und nur durch Steuern ans Ziel, aber in so riesigen Ländern wie Amerika oder Rußland ist das nicht möglich. Hier geht es ganz einfach nicht ohne revolutionäre Taktik, und die muß durch Steuern finanziert werden.«

Rory hatte jetzt nur einen Vertrauten: seinen Vater, der auch sein Lehrer war, wie bitter und geringschätzig er sich auch über seine »Kollegen« äußern mochte. Rory fragte Joseph nicht mehr, warum er dem Committee for Foreign Studies angehörte und warum der berüchtigten Scardo Society in Amerika, die sich aus radikalen Intellektuellen zusammensetzte, denn er erkannte, daß sein Vater sich mit seiner Tätigkeit in diesen Organisationen auf eine morbide Weise an einer Welt rächte, die ihm als Kind und jungen Menschen so böse mitgespielt und, was das Schlimmste war, ihn genötigt hatte, seine individuelle Persönlichkeit zu verleugnen. Damit hatte sie nicht nur sein Leben bedroht, sondern auch seinen Geist vergewaltigt. Traf dies auch auf andere Menschen zu? Diese Frage wußte Rory nicht zu beantworten.

Manchmal fragte sich Rory: Weiß unsere Regierung von alldem nichts? Wenn nicht, sind sie Dummköpfe. Wenn ja, Verräter. Was ist schlimmer?

Außer seinem Vater, der ihn eindringlich ermahnt hatte, über das in London Gehörte Stillschweigen zu bewahren, gab es nur noch Courtney Hennessey, dem er für gewöhnlich mehr Vertrauen schenkte als jedem anderen, Marjorie eingeschlossen. Doch Courtney, der verdammte Kerl, hatte sich in Amalfi vergraben! Aber auch wenn er hier gewesen wäre, er hätte niemals erfahren dürfen, was Rory schon wußte. Trotzdem wäre es schön gewesen, mit ihm schwatzen zu können. Courtney war so wunderbar normal, besaß so gesunden Menschenverstand, daß er mit seiner jeder Hysterie abholden Ruhe und Gelassenheit Rorys seelisches Unbehagen vielleicht hätte lindern, ja ihn möglicherweise sogar überzeugen können, daß es immer noch bedeutend mehr anständige Menschen als Schurken gab — was Rory häufig zu bezweifeln Gelegenheit hatte.

Die Tage vergingen, und der bis jetzt so sorglose und unbeschwerte Rory geriet in immer größere Erregung und Verwirrung, stellte alle möglichen Vermutungen an und machte sich schwere Sorgen. Einerseits verleitete ihn sein angeborener Zynismus dazu, mit den Achseln zu zucken: verdiente die hirnlose Masse etwa nicht das ihr zugedachte

Schicksal? Andererseits aber sträubte sich seine rebellische irische Natur dagegen, daß irgendeine Gruppe von Männern die freie menschliche Seele, wie sie es nannten, »unterweisen« sollte. Die Seele lag im religiösen Bereich, und Unterweisung war hier gleichbedeutend mit Disziplin und der Erhebung des Geistes über die eigenen niedrigen Instinkte. Für jene namenlosen Männer aber bedeutete »Unterweisung« Versklavung, nicht Hoffnung auf Fortschritt, sondern die Zersetzung und Zerstörung des Menschen, der schließlich zum Tier herabsank.

Rory war kein Idealist. Er glaubte nicht, daß die Menschen besser sein konnten, als sie schon waren. Außer der Religion gab es nichts, das die Natur des Menschen verändern konnte, und selbst diese war eine höchst prekäre und labile Veränderlichkeit. Aber in einer mehr oder minder freien Gesellschaft hatte der Mensch — bis zu einem gewissen Grad — die Wahl, und diese Freiheit der Wahl erschien Rory unendlich kostbar. Ein Halunke zu sein oder keiner, verantwortungsvoll oder verantwortungslos zu handeln, gut oder böse zu sein: durch seine Fähigkeit zu wählen war der Mensch dem Tier überlegen, so falsch und verheerend seine Wahl auch sein mochte. Er konnte frei entscheiden. Zugegeben, daß seine Entscheidungen zuweilen zum Entstehen einer unruhigen und veränderlichen Gesellschaft führten, aber das war immer noch jener teuflischen Monotonie vorzuziehen, in deren Rahmen der Mensch keine Wahl hatte, vorschriftsmäßig gefüttert und gezüchtet, einer vorausgeplanten Beschäftigung zugeführt und jeder Entscheidung über Arbeit und Erholung enthoben wurde.

Es hatte bis jetzt in Rorys Leben wenig Verdruß, wenig Veränderung, wenig Sorgen, und, ausgenommen der Schicksalsschlag, der seine Schwester getroffen hatte, keine Katastrophen gegeben. Hin und wieder eine melancholische Stimmung, ein wenig Weltschmerz, nichts weiter. Beschämt erkannte er jetzt, daß er in einem warmen, wohligen Nest gelebt, nur an seinen persönlichen Erfolg gedacht und nichts weiter im Kopf gehabt hatte, als hübschen Weibern nachzulaufen, zu tanzen, sich zu amüsieren und sich beliebt zu machen — denn Rory liebte das Leben. Trübsinnige Menschen mochte er nicht, wohl aber, paradoxerweise, schwermütige Gedichte. Er besaß einen scharfen, nüchternen, analytischen Verstand, den er allerdings bisher persönlichen Auffassungen, denen er von vornherein mißtraute, kaum zugrunde gelegt hatte. »Ich bin kein Jesuit«, rechtfertigte er sich vor Courtney. Von Natur aus frei von Illusionen, hatte er sich der Welt der Menschen gegenüber stets tolerant gezeigt.

Doch in diesen Tagen auf See entdeckte er die Kehrseite seines ausgeglichenen, mit skeptischem Lächeln über alles hinwegsehenden Wesens. Er entdeckte Risse und Spalten und Höhlen, dunkle Strömungen, düstere Gänge und nachdenkliches Schweigen in seinem Innersten und war gar nicht froh darüber. Denn was er fand, nötigte ihn, sein Augenmerk nicht nur Rory Armagh, seinen Angelegenheiten und Wünschen, sondern auch der Welt zuzuwenden, in der er lebte. Er erkannte seine Verpflichtung, gegenüber dieser Welt Verantwortung zu übernehmen. Er wußte, daß er diese neuen und erschreckenden Erkenntnisse unter allen Umständen vor seinem Vater geheimhalten mußte, der, wie er vermutete, auf seine Weise, ähnlich dunklen Regungen folgte.

Er begann zu trinken — nicht nur bei Tisch im großen Speisesaal, sondern auch in seiner Kabine —, und je mehr er grübelte, desto tiefer zog ihn die geheimnisvolle irische Schwermut in ihren Bann. Doch wenn er an Deck und in den Gesellschaftsräumen erschien, gab es keinen, der fröhlicher und heiterer geplaudert, keinen, der mehr gescherzt und gelacht hätte als Rory Armagh. Dabei spielte er durchaus keine Komödie — seine gute Laune war echt, aus der Freude des Augenblicks geboren. Dennoch festigte und verhärtete sich sein Wesen, und viele seiner liebenswerten Eigenschaften gingen allmählich, aber unaufhaltsam verloren. Er fühlte selbst die Wandlung, die sich in ihm vollzog, und war nicht sicher, ob sie ihn glücklich oder traurig stimmen sollte. Die Anlagen für diese Veränderung hatten schon immer in ihm geschlummert, das wußte er, aber bis jetzt war es ihm gelungen, sie zu unterdrücken.

Er entdeckte eine freizügige und ziemlich bekannte junge Schauspielerin an Bord, die mit einer Unmenge Gepäck und einer Kammerzofe reiste, und schon nach vier Tagen wurde ihm das Vergnügen zuteil, in ihr Bett steigen zu dürfen. Sie tranken Champagner, lachten und liebten sich, und manchmal vergaß er darüber für eine Weile die »gesichtslosen, todbringenden Männer«, wie sein Vater sie genannt hatte, und die unklaren Vorstellungen, wie er sich in Zukunft ihnen gegenüber verhalten sollte. Kein einziges Mal, wenn er in den Armen seiner hübschen, jungen Muse lag, hatte er das Gefühl, Marjorie zu betrügen. Marjorie — das war ein ganz anderes Kapitel in seinem Leben. In New York nahm er zärtlich, doch leichten Herzens Abschied von seiner Gefährtin und reiste noch Boston weiter — zu Marjorie.

Auf dem Schiff hatte ihn, mit Ausnahme der Stunden, die er mit der Schauspielerin verbrachte, eine so überwältigende Melancholie erfüllt, daß ihm nicht allzuviel Zeit geblieben war, sein Dilemma in bezug auf Marjorie zu überdenken. Der eigentliche Grund für seine Schwierigkeiten war einzig und allein sein Vater. Er dachte nicht eine Sekunde daran, seine angebetete junge Frau aufzugeben, aber als er nun die armselige kleine Mietwohnung in Cambridge betrat, senkte sich dieses neue Problem auf ihn herab wie ein düsterer Schatten.

Marjorie erwartete ihn bereits, denn er hatte ihr von New York aus telegraphiert. Feuer brannte im Kamin, und die dunklen Räume waren mit Blumen aus dem Gewächshaus ihres Vaters geschmückt. Auf dem Tisch stand einladend ein ausgezeichnetes Dinner. Als Rory ihr gegenübertrat, fühlte er ihre Erregung und ihr freudiges Entzücken über seine Rückkehr. Ihre straffe, kleine Figur wirkte durch die strenggeschnittene, weißseidene Bluse, die vorne mit kleinen Perlknöpfen verschlossen war, und den schwarzen Rock sogar noch adretter und natürlicher als sonst. Ihr dunkles Haar war zu einem Knoten hochgekämmt, doch ein paar widerspenstige kleine Locken fielen ihr in die Stirn und umrahmten ihr keckes Gesicht; ein Hauch von Pfirsichröte lag auf ihren weichen, olivgetönten Wangen, und ihre großen, schwarzen Augen blickten ihm strahlend entgegen. Sie warf sich in seine Arme, und der frische, herbsüße Duft ihres jungen Körpers stieg vertraut zu ihm auf. Er hob sie hoch und tanzte mit ihr durch die Wohnung, während sie sich zum Schein gegen seine Küsse wehrte und ihn gleichzeitig lachend und zärtlich umfing.

Sofort vergaß er alles — oder zumindest verbannte er alles, was ihn bedrückte, in die fernen Tiefen seines Unterbewußtseins, um keinem Gedanken zu erlauben, das Glück dieses Wiedersehens zu trüben. Er mußte ihr von seiner Reise berichten, wen er getroffen, was er getan und gesprochen hatte — und schließlich, nach einer Pause, wie es seinem Vater ging.

Er wich der Antwort auf diese Frage eine Zeitlang aus, indem er triumphierend eine längliche blaue Samtschatulle vor Marjories kleiner Nase schwenkte, und während er lachend zusah, wie sie sich danach streckte und hüpfte, daß sich ihr Knoten löste und ihr die Locken lang über den Rücken fielen, legte er sich zurecht, was er ihr sagen wollte.

Joseph hatte seinem Sohn, anscheinend um ihm eine Vorstellung von der Tröstlichkeit des Reichtums zu geben, einen Scheck über zweitausend Pfund überreicht. Überwältigt von diesem unerwarteten Segen war Rory sofort in die Bond Street geeilt, um ein Schmuckstück für Marjorie zu kaufen. Sein erster Impuls war gewesen, gleich die ganze Summe dafür auszugeben, aber dann mahnte ihn seine angeborene, nur durch das Übermaß an Humor und *laissez-faire* überdeckte Vernunft, daß er auch in Boston einiges von dem Geld brauchen könnte. Also hatte er den geschmalzenen Preis von tausend Pfund für ein schönes Opal- und Brillantkollier und die dazupassenden Ohrgehänge bezahlt. Endlich bekam Marjorie die Schatulle zu fassen und schob ungeduldig den Verschluß auf. Mit einem Schrei des Entzückens starrte sie auf die funkelnde Pracht, und nach dem ersten freudigen Schreck griff sie mit bebenden Fingern nach dem Geschmeide, um es sich anzulegen. Rory wurde das Herz weit, als er sie dabei beobachtete, und ihre leuchtenden Augen rührten ihn zutiefst.

»Wie um alles in der Welt bist du nur zu so viel Geld gekommen?« rief sie. »Du mußt es gestohlen haben!«

»Du wirst es kaum glauben, aber Pa hat es mir gegeben.« Marjorie war fassungslos. Sie blickte langsam zu ihm auf. »Dann hast du ihm alles gebeichtet, Rory?« fragte sie mit vor Erleichterung tränenerstickter Stimme.

»Ja — gewissermaßen«, antwortete er zögernd. »Ich mußte es dem alten Knaben natürlich schonend beibringen, verstehst du, und deshalb hab ich ihm erzählt, daß ich mit einem mittelmäßig intelligenten, manchmal ganz hübschen jungen Mädchen aus einer halbwegs angesehenen Bostoner Familie so gut wie verlobt bin.«

»Nein, Rory, so laß doch deine dummen Witze! Sag mir lieber — wie hat er es aufgenommen?«

»Nun, um ehrlich zu sein, mein Liebling, er hat mich daran erinnert, daß ich vor allen Dingen mein Jurastudium beenden muß. Ich habe ihm nicht verraten, daß wir schon verheiratet sind.« Er machte eine kleine Pause. »Das wäre ein bißchen zu viel auf einmal gewesen. Ich hab's also dabei bewenden lassen.«

Marjories schwarze Augen musterten ihn scharf. »Und was bedeutet das mit anderen Worten, du Schuft?«

»Das bedeutet, wir werden ihn ganz allmählich an den Gedanken gewöhnen, daß wir — Pläne haben.«

»Unsinn! Ich kenne dich, Rory! Du verheimlichst mir etwas.«

Rory breitete mit einer entwaffnenden Geste die Arme aus, und nichts hätte aufrichtiger und unschuldiger sein können als seine hellen, blauen Augen. »Du tust mir Unrecht, Herzchen, wirklich! Ich habe dir nichts verschwiegen. Ich habe Pa erzählt, daß dein Vater ein angesehener Rechtsanwalt in Boston ist, und er hat gefragt, ob er ihn kennt, und darauf habe ich geantwortet, ich wüßte es nicht. Allerdings habe ich keine Namen genannt, denn das hielt ich für besser. Soll er doch erst mal diesen Brocken verdauen.«

Marjorie stellte sich auf die Zehenspitzen und küßte ihn zärtlich auf den Mund. »Ach, Rory, ich weiß — du sagst nie eine reine Lüge, aber oft sagst du auch nicht die ganz reine Wahrheit. Du bist ein richtig gerissener Ire. Du wirfst den Leuten nur so viel hin, wie es dir in den Kram paßt — kein Wort mehr oder weniger —, und dann sollen sie sich selbst ihren Reim darauf machen — und ich bin da keine Ausnahme.«

»Du hast kein Vertrauen zu mir«, sagte Rory gekränkt.

»Natürlich nicht! Hältst du mich denn für so dumm? Aber laß dir deshalb bloß keine grauen Haare wachsen, mein Schatz! Und jetzt muß ich unbedingt schauen, wir mir die Kronjuwelen stehen.« Sie lief zu einem staubigen Spiegel und drehte und wendete sich in dem schlechten Licht, das die Lampe und das Kaminfeuer spendeten. Die Edelsteine glitzerten und funkelten auf eine sehr befriedigende Weise. »Aber wie soll ich das Papa erklären?« seufzte sie.

»Gar nicht. Versteck sie vor ihm. Trag sie nur für mich«, erwiderte er und nahm sie an der Hand, um sie ungeachtet ihrer schwachen Proteste und »des schönen Roastbeefs, das ihm entging« in das winzige Schlafzimmer zu führen.

Marjorie vergaß vollkommen, ihn zu fragen, was er in London erreichte hatte, doch das spielte keine Rolle, weil Rory es ihr ohnehin niemals hätte sagen können.

Als er in sein Zimmer in Harvard zurückkehrte, fand er ein Telegramm vor, das am selben Tag aufgegeben worden war. Er las es immer wieder — ungläubig, entsetzt, ja sogar zitternd. Dann kabelte er an seinen Vater: ONKEL SEAN HEUTE MORGEN VERSTORBEN. ERBITTE ANWEISUNGEN FÜR BEGRÄBNIS.

VI

Sean Armagh, der für seine Konzerte und Liederabende seinen »Künstlernamen« Sean Paul beibehalten hatte, bewohnte, wenn er sich in Boston aufhielt, stets die gleiche Zimmerflucht in einem Hotel, und er bewohnte sie ziemlich häufig, »denn es war hier, in diesem Athen des Westens, wo man mich entdeckt hat«, pflegte er mit einer leichten, theatralischen Handbewegung zu erklären. Auf Grund seines angeborenen Hangs zur Sentimentalität fiel es ihm auch nicht schwer, seine Augen tränenfeucht glänzen zu lassen, wann immer er es für wirkungsvoll hielt, und damit hatte er großen Erfolg, weil die Leute in Boston ohnehin sehr leicht gerührt waren. Es war ein großes Appartement — mehrere Räume — in einem alten, aber vornehmen Hotel voll goldfarbenem und rosa Damast und marmornen Treppen, und er teilte es mit seinem Manager, Mr. Herbert Hayes, einem überaus stattlichen Mann von ungefähr vierundvierzig Jahren mit dichtem, braunem Haar, der, ebenfalls Junggeselle, seine eindrucksvolle Erscheinung durch eine Fülle von Schmuck unterstrich. Obwohl er beträchtlich jünger war als Sean, behandelte er ihn, als wäre er noch ein Kind, noch dazu kein sehr intelligentes. Er tyrannisierte ihn gleichermaßen, wie er ihn liebte und stolz auf ihn war. Da er sich um alles, aber auch wirklich um alles kümmerte, brauchte Sean nichts anderes zu tun, als seine Stimme auszubilden, mit seinem Gesang das Publikum zu bezaubern und die Liebesbriefe seiner Verehrerinnen zu lesen. (Sean wußte jedoch über sein Bankguthaben auf den Penny genau Bescheid und ereiferte sich über jedes Angebot, das seinen Vorstellungen nicht entsprach.)

Joseph, der weder den Vorzug einer akademischen Erziehung genossen noch jemals den Schlafsaal eines College kennengelernt oder einer Studentenverbindung angehört hatte, wußte nicht, was mit Sean »verkehrt« war. Seine Söhne Rory und Kevin dagegen waren sich darüber durchaus im klaren und rissen ihre Witze, wenn sie sich unbeobachtet fühlten. »Daran ist nur schuld, daß er mitten in diesem Nonnenhaufen aufgewachsen ist«, sagte Kevin, »und nie andere Männer gesehen hat als die Priester, die sowieso unter der Fuchtel der Schwestern standen.«

»Ich glaube«, hatte Rory einmal bemerkt, »neben einem Menschen wie Pa hatte Onkel Sean überhaupt keine Chance, sich zu behaupten, noch dazu wo er sich ohnehin nicht durch besondere Charakterstärke, Entschlußkraft oder Männlichkeit auszeichnet. Ein Rückgrat wie Reispudding, und das ist noch milde ausgedrückt. Pa hat einmal gesagt, daß er unsere süße Lerche ›weibisch‹ findet, und man hat ihm deutlich angesehen, wie ihn das ärgert, aber dann hat er es damit entschuldigt, daß sein Bruder eben ein Künstler ist. Onkelchens seltsame kleine Launen wurden mit demselben Gemeinplatz abgetan. ›Wenigstens hat er mit seinem Talent und seiner Singerei etwas aus sich gemacht‹, war seine stehende Phrase, ›und das ist mehr, als man von unserem Vater sagen kann, dem er so ähnlich ist‹. Pa muß seinen Dada einmal sehr geliebt haben, sonst würde er kaum mit so viel Bitterkeit von ihm sprechen. Als Onkel Sean dann Erfolg hatte, hat Pa nicht nur ihm, sondern auch gleichzeitig seinem Dada vergeben. Aber was unser reizendes Vögelchen treibt, hat er nie herausgefunden. Und das ist ja auch egal, denn ich bezweifle, ob Pa überhaupt verstanden hätte, was das bedeutet.«

Aber Joseph hätte es sehr wohl verstanden. Er war viel zu belesen, um es nicht zu begreifen, wenn man es ihm klar und deutlich gesagt hätte. Aber bis zu einem gewissen Grad hinderte ihn seine angeborene irische Prüderie daran, zu erkennen, was mit seinem Bruder »verkehrt« war. Überdies hielt er solche Praktiken für ein Tabu, das man nicht einmal unter Männern besprach, und nebenbei für etwas derart Intimes und Unverständliches, daß dieses Laster wahrscheinlich nur »unter Ausländern« verbreitet war. Niemals vermutete er Homosexualität unter seinen Mitarbeitern oder Bekannten, nicht einmal dann, wenn sie so offenkundig war, daß es einem in die Augen sprang, und auf gar keinen Fall hätte er geglaubt, einen solchen Fall in seiner Familie zu finden. Wann immer er seinen Bruder traf, ermahnte er ihn, »ein Mann zu sein«, ohne zu ahnen, daß das für diesen ein Ding der Unmöglichkeit war. Wenn er es wüßte, dachte Rory manchmal, er würde Tante Sean wahrscheinlich umbringen.

Sean hatte versucht, sich teils aus Dankbarkeit, teils aus Liebe an Harry Zeff anzuschließen, doch es dauerte nicht lang, bis Harry ein Licht aufging, worauf er sich abrupt von ihm zurückzog. Danach folgten etliche »Liebesaffären« zwischen Sean und den neuen Freunden, die er unter den privaten Jüngern der Kunst fand, doch dieser abwechslungsreiche Reigen endete schließlich mit einem »festen Verhältnis« mit seinem Manager Herbert Hayes, einem Gleichgesinnten. Es war dann auch Herbert, der Sean zur Diskretion erzog und ihn davor warnte, andere Männer in aller Öffentlichkeit zärtlich zu umarmen — selbst wenn das eine verhältnismäßig unschuldige Geste war — und seine Aversion gegenüber dem weiblichen Geschlecht allzu deutlich kundzutun. Im Gegenteil, er empfahl ihm, den galanten Schwerenöter zu spielen und sich als Frauenheld zu geben — »wie dein Bruder«. Und Herbert riet ihm auch, gelegentlich eine unglückliche oder auf tragische Weise zerstörte Liebe zu erwähnen, die er nicht verwinden beziehungsweise nicht vergessen konnte, und da Sean außer einem talentierten Sänger auch noch ein geborener Komödiant war, fiel ihm das absolut nicht schwer. Herbert ließ ihn außerdem exotische Gewänder tragen, weil man das mehr oder weniger von einem Künstler erwartete, aber er achtete peinlich genau darauf, daß sie nie weibisch wirkten.

An Herbert war alles männlich — seine Erscheinung, seine Art, seine Kleidung, seine Stimme und seine Bewegungen. Er liebte Sean Armagh, liebte ihn eifersüchtig und mit verheerender Leidenschaft. Seans Interessen waren seine Interessen, andere kannte er nicht. Er war selbst ein ausgezeichneter Pianist und begleitete Sean am Flügel, wenn dieser übte. Die Pianisten für die Konzerte suchte *er* aus. Er arrangierte sämtliche Tourneen, und das so geschickt, daß Sean niemals eine niedrigere Gage als die letzte annahm, und für gewöhnlich war sie sogar höher. Herbert gab die Interviews für die Zeitungen oder saß zumindest wachsam neben Sean, wenn dieser sie selbst gab. Herbert stellte das Repertoire zusammen. Herbert verfaßte den Text der Broschüren. Herbert schlug sich mit Konzertsaaldirektoren und musikalischen Begleitern herum. Herbert kümmerte sich um die Beleuchtung und paukte Sean die wirkungsvollsten Posen ein, aber da er trotz seiner Liebe zu Sean kein Narr war, hatte er ein sehr angemessenes Gehalt verlangt und auch gewährt bekommen — abgesehen von diversen großzügigen Geschenken —, und ließ seinen Schützling praktisch keinen Schritt, geschweige denn eine der vielen Reisen allein tun. Sie besaßen beide eine Schwäche für Luxus, obwohl Sean nur höchst ungern dafür bezahlte, weil er der Meinung war, Hotelrechnungen zu begleichen sei Sache »des Managements«.

Herbert engagierte auch die unvermeidlichen Gesangslehrer und lauschte ihnen mit der wachen Gespanntheit eines Vogels, der nach einem Wurm Ausschau hält, und er achtete auch darauf, daß keiner von ihnen seinen oder Seans Neigungen frönte.

Rory und Kevin suchten oft nach einer Erklärung für »Onkelchens Spleen«, aber nichts, was ihnen dabei einfiel, kam der Wahrheit nahe: zu viel Umgang mit Frauen in seiner Jugend; ein zu starker, in allem überlegener Bruder; das Fehlen des Vaters in seiner Kindheit; der frühe Verlust der Mutter und die Erziehung ausschließlich durch Frauen. Ein zu sanfter Charakter, zu weich, zu schwach, zu nachgiebig, unfähig,

Verirrungen zu widerstehen, zu weltfremd, zu beeinflußbar durch schlechte Menschen, durch die er sich einschüchtern ließ. Die Tatsache, daß seine »Abwegigkeit« Veranlagung war, hätten seine jungen Neffen, die zwischen Mitleid und Verachtung schankten, nie geglaubt. Sie mochten zwar hinter seinem Rücken über ihn lachen, aber in seiner Gegenwart waren sie sorgsam darauf bedacht, ihn so zu behandeln, als wäre er völlig normal oder zumindest das, was sie für normal hielten. Daß Sean seine Neigung zu seinem eigenen Geschlecht für völlig natürlich hielt, hätte bei Rory und Kevin trotz ihrer akademischen Bildung nur fassungsloses Staunen hervorgerufen. Manchmal fanden sie Sean abstoßend und gingen ihm aus dem Weg, aber als Menschen mochten sie ihn — seine liebenswürdige Art, seine hohe, melodische Stimme, sein Flair ewiger Jugend, seinen Haß gegen alle Gewalt und, seltsamerweise, seine milde Unschuld. Sie machten lieber Herbert Hayes zum Sündenbock und verabscheuten ihn, womit sie ihm bitter Unrecht taten.

Die Öffentlichkeit ahnte nichts von Seans »Abwegigkeit«, denn Herbert Hayes legte größten Wert darauf, daß nichts davon durchsickerte, weil er die sowohl gesetzlich als auch gesellschaftlich verhängnisvollen Folgen kannte. Es störte ihn, daß Seans Neffen offenbar Bescheid wußten, aber sie würden gewiß nicht ihren eigenen Onkel verraten. Seine einzige Angst war nur, daß Joseph Armagh von der Verirrung seines Bruders erfahren könnte. Er war Joseph bei vielen Gelegenheiten begegnet, in Künstlergarderoben und in verschiedenen Hotels, und fürchtete ihn als einen kompromißlosen, geradlinigen Mann von unwandelbarer Lauterkeit und Charakterstärke, der in einem Menschen wie Sean unbedingt einen Verbrecher sehen würde, der die härteste Strafe, wenn nicht den Tod verdiente. Josephs überragende Persönlichkeit schüchterte Herbert Hayes ein, sein durchdringender Blick machte ihn unsicher. Als er das einmal Sean gegenüber erwähnte, hatte dieser pathetisch geseufzt, ergeben den Kopf geneigt und gemurmelt: »Wie wahr, wie wahr! Ach, Herbert, du hast ja keine Vorstellung, wie qualvoll meine Kindheit und Jugend durch Joes Schuld war, wie herzlos und gleichgültig er uns verstoßen hat, während er nur dem Geld hinterherjagte, um selbst zu Reichtum und Ansehen zu kommen. Alle hat er mit seinem Haß verfolgt, und er war erst glücklich, wenn jeder zusammenzuckte, sobald er ins Zimmer trat. Ah, wenn bloß meine arme Schwester hier wäre! Sie könnte dir eine traurige Geschichte darüber erzählen, wie Joseph uns im Stich gelassen hat, als wir noch klein und hilflos waren.«

Schon lange bevor er tränenüberströmt an Josephs Brust gesunken war, als dieser erschien, um ihm zu seinem ersten Erfolg zu gratulieren, hatte er sich eingeredet, daß das alles der Wahrheit entsprach. Der kindische Haß, den er für seinen Bruder empfand, der tiefeingewurzelte Neid und Groll, den ihm dessen Autorität einflößte, hatte Sean dazu bewegt, nach außen hin so zu tun, als verachte er Joseph. »Es war meine

Sensitivität«, pflegte er zu Herbert zu sagen, »das Zartgefühl des geborenen Künstlers, das unter der Persönlichkeit und dem Charakter meines Bruders so sehr zu leiden hatte. Ich weiß, daß es nicht recht ist, aber was soll ich machen? Ich kann mich nun mal nicht ändern.« Dabei sah er den Freund um Vergebung heischend mit tränenfeucht schimmernden Augen an. »Joe ist so grob, so gefühllos, einfach unfähig, eine echte menschliche Bindung einzugehen oder einen Funken Opfergeist aufzubringen. Ich fürchte, er ist ein roher Mensch.«

Hätte Sean gehört, daß ihn jemand einen Lügner nannte, wäre er — fast — ehrlich empört gewesen, denn er hatte alles, was er von seinem Bruder und dessen verzweifeltem Kampf um seine Geschwister wußte, aus seinem Gedächtnis verbannt. Diesen Kampf anzuerkennen, Dankbarkeit oder auch nur eine Spur Mitleid oder Verständnis zu zeigen, wäre in Seans Augen einer Erniedrigung gleichgekommen. Indem er Joseph verleumdete, konnte er an Selbstachtung gewinnen und sich über seinen gefürchteten Bruder erheben.

Rory hatte das schon vor einigen Jahren geahnt und empfand seinem Onkel gegenüber gutmütige Verachtung und belustigte Nachsicht. Für ihn war Sean eine ebenso bedauernswerte wie abstoßende Kreatur. Aber Joseph hatte anscheinend geglaubt, es wäre Rorys »Pflicht«, sich seiner Familie gegenüber loyal zu verhalten, und deshalb seine beiden Söhne wiederholt aufgefordert, ihren Onkel zu besuchen, wenn dieser sich in Boston aufhielt. Nach Green Hills jedoch wurde Sean höchstens einmal eingeladen, denn Bernadette hatte deutlich zum Ausdruck gebracht, daß sie ihn aus tiefster Seele verabscheute. Sie war sich seiner Neigungen keineswegs bewußt, noch hatte sie jemals von solchen Dingen gehört, aber immer wenn sie Sean sah, verursachte ihr das ein seltsames Unbehagen. Sie fand ihn unerträglich weibisch, anmaßend und affektiert, obwohl sie das Joseph nie offen sagte. In Sean wiederum flammte der Haß von neuem auf, als er sich an seinen früheren Eindruck von ihr als eine »laute, dralle Person« erinnerte.

Herbert Hayes war es gewesen, der Rory aus dem Gefängnis von Seans Tod benachrichtigt hatte. Denn Herbert hatte ihn ermordet. Sean hatte sich heftig in einen neuen jungen Pianisten verliebt, Herbert alles gestanden und ihn gebeten, wohl sein Manager zu bleiben, doch »alle freundschaftlichen Beziehungen« zu ihm abzubrechen. Verraten, verzweifelt, niedergeschmettert und beinah zum Wahnsinn getrieben, hatte Herbert daraufhin kurzerhand den Mann erwürgt, dem er mit so viel Hingabe gedient hatte — und sich dann der Polizei gestellt.

All das erfuhr Rory von den Kriminalbeamten im Appartement seines Onkels. Gefühllos durchwühlten die Polizisten all die niedlichen Dinge, die sich in Seans Habe fanden, und empfingen den Neffen des Toten durchaus nicht mit der gebührenden Rücksichtnahme, sondern schenkten ihm zynisch grinsend reinen Wein ein. »Ja, ja, ich weiß, was mein Onkel war«, sagte Rory, während er sich wie betäubt umblickte. »Der arme Herbert. Ich nehme an, er wird dafür gehängt. Ich frage mich nur, was in drei Teufels Namen ich meinem Vater sagen soll.«

Die Zeitungen in Boston, New York, Philadelphia, Washington und anderen großen Städten lösten dieses Problem mit dicken, schwarzen Schlagzeilen. Sie waren zwar äußerst diskret und zurückhaltend, doch ein erfahrener Leser befand sich gewiß keine Sekunde im Zweifel, was die versteckten Anspielungen bedeuteten. Rory hob die Zeitungen für seinen Vater auf, der telegraphiert hatte, er würde sofort nach Amerika zurückkehren und sich um das Begräbnis und alle übrigen Angelegenheiten kümmern. Mittlerweile trieb Rory sein Mitleid zu Herbert ins Gefängnis, wo dieser in stiller Verzweiflung seinen Prozeß erwartete. Für Rorys Besuch zeigte er sich rührend dankbar. »Ich hatte völlig den Verstand verloren, als ich Ihren Onkel tötete — so ein Genie, so einen Geist, so eine Stimme! Ich kann Ihnen nicht sagen, wie es dazu kam. Dieses Geheimnis nehme ich mit ins Grab.« Rory erwähnte, er kenne viele ausgezeichnete Rechtsanwälte in Boston, aber Herbert schüttelte resigniert den Kopf. »Nein, ich will auch sterben. Ihr Onkel war mein ganzes Leben, und jetzt hat es für mich keinen Sinn mehr.«

Aber Rory nahm trotzdem einen guten Anwalt für ihn. Sooft er die Zeitungen las, dachte er voll Entsetzen an Albert Chisholm und was er wohl zu seiner Tochter über »diese Armaghs« sagen würde. Chisholm würde sich keinen Illusionen hingeben, obwohl er natürlich Marjorie taktvollerweise nicht ins Bild setzen würde.

Joseph nahm auf der Stelle das schnellste Schiff von Southampton nach New York. Er war allein und einsam, denn weder Harry Zeff noch Charles Deveraux hatten ihn diesmal auf seiner rastlosen Suche nach Hilfe für Ann Marie nach Europa begleitet. Die Armaghschen Unternehmungen konnten sie nicht entbehren. Joseph erschien diese Reise wie eine gespenstische Wiederholung seiner ersten Fahrt nach Amerika — brausende, wilde See, schneidender Wind, Eisregen, Schneestürme und das Heulen der Nebelhörner. Er fror selbst in seiner warmen, luxuriösen Kabine. Er zwang sich, an nichts zu denken. Aus Rorys Telegramm war nicht hervorgegangen, auf welche Weise Sean gestorben war, und daher führte er es auf Seans seit jeher »schwache Lunge« zurück, eine Krankheit, an der, wie er dachte, die Iren schon immer zu leiden hatten. Er versuchte zu lesen — hoffnungslos. Er hatte dem Elend entfliehen wollen, und nun fuhr er geradewegs darauf zu, traf ihn ein neuer Verlust, wartete neues Leid. Aber er zwang sich, es für den Augenblick zu vergessen.

Bei seiner Ankunft in New York erwartete ihn Rory — allein. Der junge Mann hatte es so für das Beste gehalten. Als Joseph sofort die Ursache für Seans Tod erfahren wollte, antwortete sein Sohn: »Nicht hier in der Droschke — fahren wir erst ins Hotel. Ich habe die Zeitungen für dich aufgehoben.« Schnee und Wind peitschten gegen das Wagenfenster, und Joseph beschlich plötzlich eine unheilvolle Ahnung. Er konnte nur in Rorys steinernes Gesicht blicken und denken, um wieviel älter der junge Mann nun wirkte. Mit den Vorbereitungen für das Begräbnis habe man bis zu seiner Rückkehr gewartet, teilte Rory ihm mit. »Gut«, antwortete Joseph. Vor seinen Augen stieg Seans Bild auf, doch nicht das Bild des gefeierten, erfolgreichen Sängers, sondern des kleinen Sean mit den hellen, trotzigen Augen und der engelsgleichen Stimme, und mit einem Mal brannten ihn seine trockenen Lider. »Es kommt mir vor, als wäre es erst gestern gewesen, daß er auf dem Zwischendeck sang, um unserer Mutter Schmerz und Elend zu erleichtern«, sagte er zu Rory, den diese ungewohnte Sentimentalität an seinem Vater überraschte. Unbewußt war Joseph wieder in den rhythmischen irischen Tonfall seiner Kindheit verfallen. Er schüttelte traurig den Kopf und befeuchtete mit der Zunge die Lippen. »Der Priester gab ihm einen Apfel, als wir im Hafen von New York vor Anker lagen, wo uns niemand haben wollte, und er hatte noch nie einen Apfel gegessen, weil sie alle genau wie die Kartoffeln in Irland verfault waren. Ich werde nie vergessen, wie andächtig schmatzend er ihn verzehrt hat, der arme, kleine Tropf.« Joseph seufzte. »Er mußte zu lang die Äpfel des Lebens entbehren — viel zu lang, glaube ich. Er war schon immer zart und schwach.«

Rory sah gedankenvoll aus dem Fenster auf das Schneetreiben hinaus, und nun galt sein Mitleid mehr dem Vater als seinem ermordeten Onkel. Harry hatte oft in aller Stille mit Rory über Joseph gesprochen, denn er war fest entschlossen, nicht zuzulassen, daß Rory ein zweiter Sean wurde und seinen Vater mit Undankbarkeit und kindischer Grausamkeit kränkte. »Ich kannte ihn schon, als wir beide noch Jungen waren«, pflegte er oft zu sagen. »Und ich weiß, was Joe für seine Familie gelitten hat. Ich weiß auch, wie tief es ihn traf, als Sean weglief und was es dann für ihn bedeutete, als er es schließlich aus eigener Kraft zu was brachte. Joe war stolz wie ein Pfau.« Dann hatte er Rory angesehen. »Ich hab da mal was gelesen, von einem türkischen Dichter oder so — dein Vater gab mir ja immer Bücher, obwohl ich nie welche wollte — Omar und noch irgendwie — hab den Namen vergessen. Es handelte davon, daß der Mensch Gott vergibt und nicht umgekehrt.«

Rory zitierte:

»O Du, von dessen Hand der Mensch aus Staub und Erd' erstand,
und dessen Geist dem Paradies die Schlange fand
Für alle Sünden, die des Menschen Herz in Dunkel hüllen —
Nimm gnädig an die Schuld und laß sie sich erfüllen!«

Harry nickte zufrieden. »Ja, ja, das war's. Die alten Türken kannten sich aus, wie? Gott hat eine Menge Schuld, die Joe ihm zu vergeben hätte, und daß du mir das bloß nicht vergißt, wie Joe sagen würde.«

Als Rory und Joseph im Delmonico ankamen, sagte Rory: »Es ist sehr kalt, und du bist müde, Pa. Du brauchst jetzt einen Drink.« Joseph warf ihm einen finsteren Blick zu. »Ich glaube mich zu entsinnen, daß du bei jedem traurigen Anlaß zur Flasche greifst, Rory. Aber gut, trinken wir einen.«

Die Dampfröhren rasselten erbärmlich, aber Rory hatte angeordnet, auch den Kamin einzuheizen, weil er wußte, wie kälteempfindlich sein Vater war. Er braute einen heißen Grog, und Joseph sagte: »Wo nehmen die zu dieser Jahreszeit nur die Zitronen her?«, worauf Rory erwiderte: »Die werden aus Florida mit dem Schnellzug gebracht. Wir leben eben in einem neuen Zeitalter, Pa.«

Joseph trank zuerst in kleinen Schlucken und leerte dann das Glas mit einer Gier, wie Rory sie an ihm nicht kannte. Als er sich etwas entspannt und erwärmt zu haben schien, sagte sein Sohn: »Ich will nicht lange herumreden. Ich finde, du solltest die Zeitungen aus Boston und die New Yorker Boulevardblätter lesen, bevor du nach Boston fährst, um alles für das Begräbnis zu regeln, und Onkel Sean in die Familiengruft in Green Hills überführen läßt.«

»Und warum, wenn ich fragen darf? Wozu diese Geheimniskrämerei? Also los, gib die verdammten Dinger schon her.«

Rory reichte seinem Vater einen Stoß Zeitungen mit schreienden Schlagzeilen, machte sich noch einen Drink zurecht und verschwand vorsichtshalber ins Nebenzimmer. Nichts war zu hören, nur das Rascheln von Papier und einmal der Ausruf »Oh, mein Gott!« Rory zuckte zusammen und wünschte, er hätte die Whiskyflasche mitgenommen. Zur Hölle mit dir, Tante Sean, verfluchte er den Toten grimmig. Nicht genug, daß du ihn einmal auf unentschuldbare Weise brüskiert hast, mußtest du ihm auch das noch antun?

Rory sah das plötzliche Auflodern der Flammen, als Joseph die Zeitungen wütend ins Kaminfeuer schleuderte. Aber es dauerte noch eine Weile, bis sein Vater ihn rief, denn Joseph war mit seinen Gedanken wieder bei Senator Basset. Er dachte nicht an die Schande, die über seine Familie hereingebrochen war. Er starrte in die helle Glut und konnte dort nur das Gesicht des Mannes sehen, den er vernichtet hatte, und im Geist hörte er die Stimme des Toten und las noch einmal dessen letzten Brief.

Endlich rief er seinen Sohn, und Rory ging hinüber in den Raum, in den allmählich die Schatten der Dämmerung fielen. »Ich glaube«, sagte sein Vater, »ich brauche noch was von deinem teuflischen Gesöff.« Doch als Rory ihm wortlos das Glas reichte, hielt er es nur in der Hand und starrte ins Feuer. Sein Gesicht war hart und bleich, und ab und zu überlief ihn ein Schauer.

Sean wurde in der Familiengruft am Fuße des riesigen Obelisken beigesetzt. Es war ein stilles Begräbnis. »— das beklagenswerte Opfer der sinnlosen Tat eines Verrückten«, nannte ihn der ahnungslose Priester. »Uns bleibt nur, den Verlust eines so kostbaren Menschen zu beklagen. Wir können nur mit den Hinterbliebenen trauern und sie zu trösten versuchen —«

Schnee fiel auf den Bronzesarg und in die dunkle Tiefe des Grabes. Die geladenen Trauergäste konnten sich nicht enthalten, hämische Blicke zu tauschen. Nur Harry Zeff, Charles Deveraux und Timothy Dineen standen, die Hüte in der Hand, Joseph wie eine Leibwache zur Seite. Während der Einsegnung blickte Joseph unverwandt auf den Sarg seines Bruders, und sein gramzerfurchtes Gesicht blieb regungslos.

Zwei Tage später reiste er, ohne Elizabeth gesehen zu haben, wieder nach Europa ab. Herbert Hayes erhängte sich noch vor dem Prozeß in seiner Zelle.

VII

Nach dem Begräbnis ihres Onkels kehrten Kevin und Rory nach Harvard zurück. Rory litt an einer tiefen Niedergeschlagenheit, wie er sie noch nie gekannt hatte. Er hatte zwar von der »irischen Schwermut« gehört, sie aber stets für eine Erfindung der irischen Dichter gehalten, die damit die Melancholie erklären wollten, die jeden Menschen von Zeit zu Zeit befiel. Obwohl er die Ursache für seine Depression zu ergründen suchte, konnte er ihr nicht entfliehen. Nicht einmal Marjorie mit ihren Neckereien und ihrer glühenden Liebe konnte seine trübe Stimmung verscheuchen.

Er ertappte sich dabei, wie er die Zeitungen studierte und dabei irgend etwas zwischen den Zeilen zu entdecken versuchte. Aber in Amerika mit seinem wachsenden Wohlstand schien alles ruhig zu sein, auch wenn die Politiker und die sogenannte Boulevardpresse das Gegenteil behaupteten. Amerika genoß seine Freiheit in vollen Zügen. Es war das Mekka der ganzen neiderfüllten Welt. Gleichermaßen naiv wie überschwenglich, glücklich arglos, fröhlich und gefühlsbetont, interessierten sich die Amerikaner mehr für die englische Königsfamilie als für die Reden ihres eigenen Präsidenten. Sie beteten William Jennings Bryan an und lachten herzhaft über die Karikaturen, die über ihn erschienen. ›Sie leben einfach in den Tag hinein‹, dachte Rory, ›und ihre Gefühle schlagen zwar Wellen, aber nur an der Oberfläche.‹ Doch unter dieser schäumenden Gischt schien ein heiterer, ruhiger Strom beständig auf Utopia mit seinen goldenen Türmen zuzustreben, wo jedermann sein eigenes »Häuschen« haben würde, wie eine Zeitung schrieb, »sein eigenes Stück Land und sein eigenes Schicksal«.

Rory war noch in Europa gewesen, als am 25. Jänner 1898 die *Maine*, ein kleines, amerikanisches Schlachtschiff, zur verfrühten Freude sowohl der spanischen Regierung als auch der kubanischen Rebellen in den Hafen von Havanna einlief. Alle taten so, als sei das auf Einladung der Regierung geschehen, obwohl sich ziemlich bald herausstellte, daß es auf geheimes Ersuchen des amerikanischen Generalkonsuls erfolgt war, aus Gründen, über die man die Öffentlichkeit nie informierte. Der spanische Hafenkommandant kam höchstpersönlich an Bord. Er brachte etliche Kisten mit altem, spanischem Sherry mit und lud die Offiziere zu einem Stierkampf ein. Der Präsident der Vereinigten Staaten erklärte, daß es sich bei dem Aufenthalt der *Maine* in Kuba »lediglich um einen international gebräuchlichen Höflichkeitsbesuch handle«.

Joseph dagegen hatte Rory erzählt, dieser »Freundschaftsbesuch« diene dazu, in Kuba ansässige amerikanische Bürger zu schützen »oder sie vielleicht für bestimmte Zwecke zu benützen«! Gleichzeitig sollte amerikanisches Eigentum gesichert werden, für den Fall, daß sich die nationale Revolution auch auf Havanna ausdehnen sollte. Über »die gewissen Zwecke« der Anwesenheit der *Maine* ließ sich Joseph nicht genauer aus. Aber Rory begann, aufmerksam die Zeitungsmeldungen zu verfolgen. Er suchte nach Dunkelmännern, nach Verrätern und Verschwörern. Jetzt, wo er wieder daheim war und die Macht und den Pulsschlag Amerikas spürte, schien es ihm unglaublich, ja geradezu lächerlich, daß eine internationale, anonyme Verschwörerclique, die in Petersburg, London, Paris, Rom, Berlin, Wien oder sonstwo zusammentraf, in seinem Land tatsächlich die Macht an sich reißen und es zerstören könnte, um ihre eigenen ehrgeizigen Ziele zu verwirklichen. War es in der Tat möglich, daß sein Vater sie ernst genommen hatte? Natürlich besaßen diese Männer enormen Einfluß, denn schließlich waren sie die großen Finanziers, und es stand in ihrer Macht, die europäischen Währungen zu manipulieren — aber war es denkbar, daß sie die amerikanische Währung, die Politik und die Regierung der Vereinigten Staaten manipulieren konnten? Sogar die Schlotbarone waren zu sehr eingefleischte Amerikaner, als daß sie so etwas zugelassen hätten. Rory hatte gehört, wie sie in New York über »unsere europäischen Schubiaks« lachten. Es war das humorvolle Lachen selbstbewußter Männer gewesen, die bei den Feiern zum Jahrestag der Unabhängigkeitserklärung leidenschaftliche Reden über die Vaterlandsliebe und den »Ruhm unseres geliebten, unverwundbaren und friedlichen Vaterlandes« hielten. Es gab, wie sie oft bemerkten, »zwei Ozeane, die Amerikas Küsten gegen den Ehrgeiz und die Angriffe des Auslandes abschirmten und schützten«. Die Monroe-Doktrin war ein geheiligtes Dokument und stand in der Achtung der Amerikaner an dritter Stelle, gleich nach der Unabhängigkeitserklärung und der Verfassung. Sie war unantastbar.

Kriege? Steuerschröpfung? Inflation? Nationaler Notstand? Davon war Amerika so weit entfernt wie vom Mond. Das waren Auswüchse, wie es sie nur in Europa gab, eine Krankheit alter und dekadenter Länder, die nie die gesunde Struktur der amerikanischen Politik gefährden würde — trotz ihres im Grunde harmlosen Trommelrührens, ihrer marktschreierischen Übertreibungen und Denunziationen, ihrer hitzigen Temperamentsausbrüche und anderer Vernunftwidrigkeiten.

Kevin hatte eben erst in Harvard zu studieren begonnen, und er und Rory trafen einander oft in kleinen, ruhigen Restaurants in Boston. Kevin war jünger, aber fast noch größer als sein Bruder, ein »schwarzer, irischer Bär«, wie ihn seine Mutter oft nannte. Doch etwas an ihm wirkte nicht jugendlich und studentenhaft. Er hatte etwas Standhaftes, Unerschütterliches, Vernünftiges an sich, das jede gefühlsbetonte Aufwallung oder Unbesonnenheit ausschloß. Auf keinen Fall war er ein Schwätzer! Rory vermutete schon lange, daß Kevin mehr über Ann Maries Unfall wußte, als er je sagen würde, und daß keine Macht der Welt ihn veranlassen konnte, sein Schweigen zu brechen. Wenn Kevin kam, war es nicht so, als gesellte sich eben ein weiterer, ungeschickter, unsicherer, sehr junger Mann hinzu. Er war einfach da, und man konnte seine Gegenwart fast körperlich spüren. Tiefe, unausgesprochene Zuneigung und großes Vertrauen verband die beiden Brüder. Dennoch erzählten sie sich nur selten persönliche Dinge und waren bisher noch nie rückhaltlos offen zueinander gewesen.

»Sein Innerstes bloßzulegen« entsprach einfach nicht der Armaghschen Art, und es wäre Rory nie eingefallen, gegen Josephs Anordnung Kevin zu fragen, was dieser in London und New York gehört und gesehen hatte. Wenn überhaupt möglich, war Rory noch verschlossener als sein für seine Zurückhaltung bekannter Bruder. Wäre einer von ihnen in ernste Schwierigkeiten geraten, hätte er den anderen um Hilfe gebeten — ohne eine Erklärung dafür zu geben, die auch gar nicht erwartet wurde. Sie hatten die ihrem Vater angeborene Würde und seine Verachtung für Gefühlsduselei geerbt. »Ein flennendes Weib« nannte Joseph jeden Mann, der seine Gefühle nicht beherrschen konnte oder sie gern zur Schau trug. »Als ob man sich vor aller Augen entkleidete. Haben diese Leute denn keine Selbstachtung? Verdammt noch mal, wenn's nach ihnen ginge, müßte jeder sie lieben und vor Mitleid mit ihnen vergehen!« Das war auch die Einstellung seiner Söhne, die zwar Stolz besaßen, aber keine »Empfindsamkeit«, wie Bernadette oft sagte.

Kevin war wohl ein guter, aber kein begeisterter Student. Er lernte schwer, viel schwerer als Rory, doch sein Gedächtnis stand dem seines Bruders nicht nach. Er büffelte im Schweiße seines Angesichts. Er war immer ausgezeichnet vorbereitet, aber es mangelte ihm an zündenden Ideen. Groß und stark und muskulös, fand er auf dem Sportplatz die Bewunderung aller Kollegen. Niemand wußte, was in ihm vorging, obwohl Rory seinen Gedanken noch am nächsten kam. Kevin war ein nüchterner Realist. Er wurde nie von Gespenstern oder Alpträumen heimgesucht. Er vertrat seine Meinung stets unverblümt und direkt. Süßholzraspeln lag ihm nicht, und man warf ihm oft grobe und ungehobelte Manieren vor. Er verschwendete keine Zeit mit Dummheiten, kleinen Artigkeiten und Frivolitäten. »Wozu brauchst du eigentlich deine Zeit?« hatte Rory ihn einmal hänselnd gefragt. »Für mich«, hatte Kevin erwidert. Damals war er fünfzehn gewesen. Als sich Rory das später überlegte, erkannte er, welch außergewöhnliche Vernunft aus dieser Antwort sprach. Kevin war nicht im geringsten affektiert, anmaßend oder heuchlerisch. Mit achtzehn hatte er mehr Raufereien hinter sich, als Rory je mitgemacht hatte, und er hatte tüchtig gekämpft, doch ohne Leidenschaft oder Groll. »Er ist wie mein Großvater«, hatte Joseph einmal bemerkt. »Diesen schwarzen irischen Bullen konnte auch nichts und niemand mehr aufhalten, wenn er sich einmal etwas in den Kopf gesetzt hatte.«

Bisher wußte niemand genau — nicht einmal Rory — ob Kevin überhaupt ein bestimmtes Ziel verfolgte, obwohl man allgemein annahm, er würde Jura studieren und dann, dem Wunsch seines Vaters entsprechend, die politische Laufbahn einschlagen. Kevin war schweigsam. Was er dachte, gehörte ihm ganz allein, und niemand durfte in seine Gedanken eindringen. Seine dunklen Augen waren scharf, doch nicht lebhaft und funkelnd, und sie schienen niemals zu lächeln. Der große, kantige Schädel saß fest auf dem stämmigen, kurzen Hals und den breiten Schultern, und er sah, wenn auch nicht kühn, so doch ohne jede Furcht in die Welt. Wenn er einmal eine Frage stellte und darauf eine ausweichende Antwort bekam, wechselte er sofort das Thema. Ob das einem mangelnden Interesse entsprang, konnte außer Rory niemand sagen, denn nur Rory wußte, daß der Grund für Kevins Verhalten in dem erstaunlichen Einfühlungsvermögen, das tief in ihm verborgen war, und in seinem großen Respekt vor der Privatsphäre seiner Mitmenschen lag.

Am zehnten Februar waren Rory und Kevin zum Abendessen in einem schmierigen kleinen Lokal in Boston verabredet. Beide neigten zur Mäßigkeit, beklagten sich jedoch gern über die Knauserei ihres Vaters, und Rory ging sorgfältig mit dem Rest des Geldes um, das er von Joseph erhalten hatte. »Wer den Pfennig nicht ehrt, ist des Talers nicht wert«, pflegte Joseph zu sagen, und seine Söhne stimmten ihm zu, obwohl sie sich über seine Härte oft beschwerten.

Das Lokal war eigentlich eine Kneipe oder besser noch eine Spelunke, wie Joseph es genannt hätte, aber das Bier war hier ebenso hervorragend wie die Roastbeef-Sandwiches, die gepökelten Schweinsstelzen, der Schinken und der Kartoffelsalat, das Roggenbrot, die Würstchen und die gebackenen Bohnen. Hier konnten flotte junge Studenten, deren reiche Väter jeden Penny dreimal umdrehten, bevor sie ihn herausrückten, nach Herzenslust essen, trinken, rauchen und sogar auf den mit Sägemehl bedeckten Boden spucken. Hier konnten sie über ihre gepfefferten Witze in brüllendes Gelächter ausbrechen und vor den anderen mit ihren — allerdings meist erfundenen — Erfolgen bei den Mädchen prahlen.

Die jungen Damen in Boston waren oft geradezu empörend gut behütet und die Bordelle — von denen die meisten den Armaghschen Unternehmungen gehörten — unverschämt teuer. Rory und Kevin gingen gerne in dieses Lokal. Hier konnten sie weit hinten im Halbschatten an einem schmierigen Holztisch sitzen und ungestört plaudern. Man wußte allgemein, daß ihr Vater der Besitzer der Kneipe war, und das verlieh den beiden Brüdern eine Aura, gegen die sie heftig protestiert hätten, wäre ihnen etwas davon zu Ohren gekommen. Mußten sie nicht genausoviel zahlen wie jeder andere? Erlaubte ihnen Pa etwa, anschreiben zu lassen? Nein. Der einzige Unterschied bestand darin, daß die irischen Barkeeper sie nur noch mehr als die übrigen Gäste beleidigten, sie laut »irische Proleten« schimpften und so taten, als würden sie überhaupt keine Notiz von ihnen nehmen.

Rory berichtete Kevin von den Familienmitgliedern, die sich noch in Europa aufhielten, denn der Tod ihres Onkels hatte vorher jedes Gespräch unter vier Augen unmöglich gemacht. Von Sean sprachen sie nicht. Wäre er von einem Verbrecher oder einem betrogenen Ehemann ermordet worden, hätten sie sich zweifellos über ihn unterhalten. So aber war er für die Armaghs zu einem ihrer Tabus geworden und existierte nur noch in ihrer düsteren Erinnerung. Blechernes Klaviergeklimper — vor langer Zeit hatte Sean einmal auf diesem Piano gespielt und dazu gesungen — füllte die Pausen in ihrem stockenden Gespräch. Der redegewandte Rory empfand Kevins knappe Bemerkungen und sein oft langes Schweigen nicht als bedrückend. Ihr gegenseitiges Einfühlungsvermögen bedurfte keiner Worte. An diesem Abend hatte Kevin sofort gespürt, daß Rory zerstreut (was bei ihm selten vorkam) und sogar niedergeschlagen wirkte, und nun wartete er, daß Rory etwas sagen würde — oder auch nicht. In den schmutzigen Lampenzylindern flackerten trüb die großen Gaslichter. Es war kalt und dumpfig in der Kneipe, aber das Bier war gut, und die beiden jungen Männer hatten sich die Mägen gefüllt. Die nackte Frau auf dem Bild über der Bar wirkte besonders rosig und fett und strahlte wohlwollend auf die Gäste hinunter.

Rory neigte den hübschen Kopf mit dem rotblonden Haar über seinen Bierkrug und schien ganz in das verschnörkelte Muster vertieft. »Ich war nur kurze Zeit weg«, sagte er, »aber es kommt mir vor wie eine Ewigkeit. Was ist London doch für ein erbärmliches Nest! Aber man spürt direkt die Macht, die es ausstrahlt — darin können sich nicht einmal New York oder Washington mit ihm messen —, die Atmosphäre eines Weltreichs, wie die Alten zu sagen pflegten. Eine Art Pulsschlag —

in jedem Winkel der Stadt. Aber die Tage des »Merry Old England« sind längst vorbei — dank Cromwell und Königin Victoria —, und der Kavaliersgeist ist tot — wenn es ihn jemals gegeben hat.«

Kevin wartete. Rory schaute mit seinem so treuherzig wirkenden Blick kurz zu ihm auf, dann sagte er: »Stimmt es, daß wir ein Schlachtschiff nach Kuba geschickt haben, während ich in London war? Hast du davon gehört?«

»Sicher«, erwiderte Kevin. »Wir bereiten uns darauf vor, Kuba zu besetzen. Und auch andere Gebiete.«

Rory war maßlos erstaunt und bestürzt. Sein Bruder hatte in einem so beiläufigen Ton gesprochen, als unterhielte er sich über die natürlichste Sache der Welt. Seine kräftige Stimme klang leidenschaftslos, ja gleichgültig.

»Aber um Himmels willen, warum denn?«

Kevin zuckte die bulligen Schultern. »Schätze, wir wollen Krieg.«

»Aber warum?« Rory schrie es fast. Er war noch immer entsetzt.

Wieder hob Kevin die Schultern. »Wer weiß? Vielleicht sind wir auf dem rechten Weg.«

»Auf dem Weg wohin?«

»Es anderen Ländern gleichzutun.«

»Was zum Teufel soll das heißen?«

»Ach, komm Rory, das weißt du doch. Weltmacht und so weiter.«

In Rorys Brust krampfte sich etwas zusammen. »Was meinst du mit ›und so weiter‹?«

Kevin runzelte die Stirn. Sein Gesicht verdüsterte sich. »Wie könnten wir beide oder sonst jemand das wissen? Ausgenommen Pa vielleicht. Man kann es nur ahnen. Ein gewisses Etwas — es liegt in der Luft. Ich hab mir da einiges — überlegt.«

»Und was?«

»He, du brüllst ja. Ich hab von den Morgans gelesen, den Regans, Fisks, Goulds, Vanderbilts und wie sie alle heißen. Sind samt und sonders unterwegs zu ihren Besitzungen in London, Paris, Wien und an der Rivierea. Entwickeln neuerdings eine beachtliche Aktivität. Du kannst es in den Zeitungen lesen — Galaabende, Hochzeiten, Feste, internationale Gesellschaft. Ich traue der Sache nicht ganz. Es war zwar schon immer so, aber diesmal ist es vielleicht doch nicht ganz so harmlos, wie's aussieht.«

Rory war sprachlos. Kevin betrachtete ihn mit einem finsteren Lächeln. »Hast du nicht einige von dieser Bande in London getroffen?« Rory nickte stumm. »Und alle verheiraten ihre Töchter mit dem europäischen Adel«, fuhr Kevin fort. »Treiben einen richtigen Kuhhandel mit den Mädchen. Meinetwegen, sollen sie. Aber wie gesagt, da steckt was dahinter. Ich habe einen Professor, das heißt vielmehr, ich hatte einen, denn er wurde im Jänner gefeuert. In einer Vorlesung sprach er über die internationalen Bankiers. Nur ganz kurz, aber ich kannte mich aus. Alles, was ich in den Zeitungen gelesen hatte, paßte plötzlich ins Bild. Ich weiß nicht, warum man ihn entlassen hat. Oder vielleicht doch.«

Eine tiefe Kälte breitete sich in Rory aus. Mit einem Mal wirkte sein Bruder nicht mehr jung und gleichgültig, sondern erfahren und angeekelt und erwachsener als er, der sechs Jahre älter war.

»Wer glaubst du, hat diese Rebellen in Kuba aufgewiegelt?« fragte Kevin. »Es geht ihnen besser als den amerikanischen Farmern im hintersten Winkel unseres Landes. Wer hat diesen armen Bauern auf einmal eingeredet, daß sie ›unterdrückt‹ werden? Schließlich trennen sie weder Rasse noch Religion von den Spaniern — sie sind vom gleichen Schlag, wahrscheinlich mit ein paar Tropfen Indianerblut. Wer macht jetzt Stunk in Kuba?«

»Wer?«

»Na, wir natürlich. Glaubst du etwa, die Zuckerrohrschneider sind jetzt alle plötzlich Feuer und Flamme für ›Freiheit‹ und ›Menschenrechte‹? Die können doch nicht einmal lesen. Was wollen die armen Teufel denn mehr, als in Frieden eine nette Liebesromanze auf ihrer Gitarre zu klimpern, ihren Wein und ihre Feste! Aber auf einmal reden sie groß von ›Befreiung‹. Du bist der Erbe, Rory. Erklär's mir.«

Ich kann es nicht, dachte Rory. Die Kälte, die ihn von innen her durchdrang, ließ ihn erschauern.

Schließlich sagte er: »Was meinst du mit ›ich bin der Erbe‹?«

Wieder schenkte ihm Kevin sein finsteres Lächeln. »Du bist der ältere. Du hast dein Jurastudium schon fast beendet und wirst als erster in die Politik gehen. Du bist auf Pas Wunsch gerade aus Europa zurückgekommen. Ich werde dich nicht fragen, warum er dich zurückgeholt hat, und ich erwarte auch nicht, daß du mir die Wahrheit sagst. Du hast behauptet, es geht um Ann Marie, aber das habe ich keine Sekunde lang geglaubt, denn sie war gar nicht in England. Ich bin zwar erst achtzehn, Rory, aber nicht mehr so grün, wie du vielleicht annimmst. Pa hat mir nie viel erzählt, wenn überhaupt etwas, aber ich kann fast seine Gedanken lesen. Du brauchst bloß zu hören, nicht mit den Ohren, sondern mit einem sechsten Sinn — oh, verdammt, ich kann es nicht erklären oder beweisen. Es ist einfach so.«

Er nahm einen Schluck Bier. »Ich habe sämtliche Interviews von Mark Hanna gelesen. Und auch vom Präsidenten. Sie machen Andeutungen. Wahrscheinlich ist das alles, was sie sich trauen. Ich kann übrigens unseren grinsenden Teddybär Roosevelt, von und zu Staatssekretär im Marineministerium, nicht leiden. Ich habe eben gelesen, daß er Admiral Dewey befohlen hat, einen Angriff auf das achttausend Meilen entfernte Manila vorzubereiten.«

»He, ihr dreckigen Iren, wollt ihr den ganzen Abend hier auf dem

Trockenen hocken?« brüllte ein Barkeeper herüber. »Ihr glaubt wohl, daß wir am Quatschen verdienen!«

»Halt die Klappe, Barney«, gab Kevin zurück, indem er geringschätzig winkte. »Aber bring uns noch zwei Bier.« Seine Hand war grob wie die eines Fleischers, und plötzlich sah auch sein Gesicht grob aus. »Mein Land«, sagte er, »— möge es immer im Recht sein. Aber eben *mein* Land, ob im Recht oder Unrecht.« Er starrte Rory an. Um seine dunkle Iris leuchtete ein weißer Ring. »So lange es nur mein Land ist, und nicht das Land eines anderen.«

Rorys Lippen waren schlaff und trocken. »Wessen Land meinst du?«

Wieder das schwerfällige Schulterzucken. »Nun, spricht man nicht gerade jetzt von einem Internationalen Gerichtshof in Den Haag? Oder vielleicht hat es Pa nicht erwähnt. Vielleicht hast du auch vergessen, die einschlägigen Zeitungsberichte zu lesen. Oder die englische Presse hielt es nicht für so wichtig. Oder sonst irgendwas.«

Jetzt grinste er Rory breit und zynisch an, und seine schneeweißen Wolfszähne glänzten im Licht der Gaslampe. »Ich bin nur der kleine Bruder. Ich weiß gar nichts. Komm, trinken wir aus und gehen wir. Ich habe morgen schon ziemlich früh eine Vorlesung.«

Am Abend des 15. Februar wurde das Schlachtschiff *Maine* im Hafen von Havanna in die Luft gesprengt. Über zweihundert Amerikaner, Offiziere und Mannschaften, kamen dabei ums Leben. Niemand konnte ergründen, wer oder was diese Katastrophe verursacht hatte, aber es genügte den fanatischen Kriegshetzern im ganzen Land und ihrer gekauften Presse, den Krieg zu fordern. Niemand war sich darüber im klaren, wer eigentlich »der Feind« war, doch nach kurzer Überlegung entschied man sich für Spanien. Später hieß es, eine außen am Schiff angebrachte Unterwassermine sei die Ursache gewesen; eine andere Auslegung besagte, der Munitionsbunker des Schiffes sei explodiert. Wer war wirklich schuld? Keiner sollte das jemals erfahren. Staatssekretär Theodore Roosevelt vertrat lautstark die Meinung, er sei »überzeugt«, die Katastrophe von Havanna sei kein Unfall gewesen, doch der Kapitän, Charles D. Sigsbee, der das Unglück überlebt hatte, bat, bis zur Einleitung einer Untersuchung Ruhe und Besonnenheit zu bewahren. Roosevelt schnappte fast über vor Wut. Inzwischen hatte die spanische Regierung ihr Entsetzen über den Vorfall zum Ausdruck gebracht und öffentliche Trauer für die amerikanischen Opfer angeordnet. In dem Versuch, einen Krieg zu vermeiden, machte die Regierung in Madrid ein Versöhnungsangebot nach dem anderen, aber Staatssekretär Roosevelt schrie nach »Rache«.

Präsident McKinley war ein vorsichtiger Mann und kein Kriegsfanatiker. Er beschwor seine Landsleute, auf das Ergebnis der offiziellen

Untersuchung zu warten. »Es ist möglich«, sagte er, »daß Provokateure dafür verantwortlich sind, und nicht die spanische Regierung. Ich habe da Gerüchte gehört —« Mit diesen Worten besiegelte er sein Todesurteil.

Roosevelt war außer sich. Über den Präsidenten sagte er: »Er hat ein Rückgrat wie Schokoladepudding. Wissen Sie eigentlich, was dieser elende Feigling dort im Weißen Haus getan hat? *Zwei* Botschaften hat er vorbereitet, eine für den Krieg und eine für den Frieden, und jetzt weiß er nicht, welche er vorlegen soll!«

Nun hatten sie also den ersten Zug getan, dachte Rory Armagh, als er all das in den Zeitungen las. Es war doch kein Alptraum. Ich habe mich nicht nur im Dunkeln gefürchtet. Was ich in London gehört habe, war nicht das Gewäsch kleiner Verschwörer. Das ist nun der erste Schritt zur Verwirklichung ihres Plans.

Inzwischen forderte der Präsident, trotz Roosevelt und seines Freundes, Captain Mahan, das amerikanische Volk auf, vernünftig zu bleiben und sich nicht irreführen zu lassen »von jenen, die uns in einen Krieg hetzen wollen, der, wie ich hörte — obwohl das Ganze nur ein Gerücht sein mag — der Anfang einer Reihe von Kriegen wäre, um unser Land in außenpolitische Abenteuer zu verwickeln. Welchen Zweck das haben soll, weiß ich nicht genau; ich kann nur Vermutungen anstellen. Erinnern wir uns doch dessen, was uns George Washington ans Herz legte — nämlich friedliche Beziehungen mit allen Ländern zu pflegen, sich aber niemals in deren innere Angelegenheiten einzumischen.«

»Elender Feigling!« krakeelte Roosevelt.

Der Druck, den die Presse und Roosevelt auf den Präsidenten ausübten, nahm allmählich untragbare Formen an. Immer wieder plädierte er dafür, Amerika, das sich jetzt in einer Phase wachsenden Wohlstands befand, solle sich um seine eigenen Angelegenheiten kümmern, vernünftig bleiben und sein inneres Gleichgewicht nicht gefährden. Doch es war hoffnungslos. Die hysterischen und fanatischen Massen, angeführt von den stimmgewaltigen Redakteuren der Boulevardpresse, forderten einen Krieg mit Spanien, obwohl niemand genau wußte, warum es einen solchen geben sollte. So blieb dem Präsidenten schließlich nichts anderes übrig als nachzugeben, wobei er sich in seiner Verzweiflung vage bewußt war, daß mächtige feindliche Kräfte in Europa und New York sein Tun aufmerksam verfolgten. Als er am 11. Mai 1898 dem Kongreß die Kriegserklärung vorlegte, war er ein gebrochener Mann. Schon am 1. Mai war unter der Führung von Admiral George Dewey die amerikanische Pazifikflotte in die Bucht von Manila eingelaufen und hatte dort alle spanischen Kriegsschiffe versenkt — achttausend Meilen von den Vereinigten Staaten entfernt.

Die spanische Regierung auf Kuba und die Rebellen selbst waren sprachlos vor Überraschung und konnten nicht fassen, was geschehen war. Sie hörten, daß Roosevelt frohgemut erklärt hatte, dieser Krieg diene »der Wahrung der amerikanischen Interessen«.

Was für Interessen das nun eigentlich waren, das wußte keiner so genau — außer den Herren in Washington und New York, in London, Berlin, Paris und Rom, in Wien und St. Petersburg. Sie traten hochgemut zusammen, schüttelten sich die Hände und sagten wenig oder gar nichts.

Singend, obwohl sie nicht wußten, warum sie sangen, landeten die amerikanischen Streitkräfte im Juni auf Daiquiri in Kuba, wobei sie zwei Mann durch Ertrinken verloren. Im Juli wurden die schlecht ausgerüsteten spanischen Truppen bei San Juan Hill und El Caney überwältigt. Am 3. Juli versuchte die von unfähigen Offizieren kommandierte spanische Flotte des Admiral Cervera aus Santiago zu fliehen und wurde von schon Tage zuvor hinbeorderten amerikanischen Kriegsschiffen zerstört. Am 17. Juli besetzten die Amerikaner Santiago, und die Spanier ergaben sich.

Am 26. Juli ersuchte die spanische Regierung in Madrid um Bekanntgabe der Waffenstillstandsbedingungen, und am 12. August wurde der Waffenstillstand in Paris unterzeichnet. Die Tinte war noch nicht trokken, als bekannt wurde, daß die amerikanischen Truppen, ohne auf Widerstand zu stoßen, Manila, die Philippinen und Puertorico genommen hatten.

»Wie gefällt euch unser Krieg?« fragte frohlockend das New Yorker *Journal*, und das amerikanische Volk gab mit freudigem Brüllen seinem Wohlgefallen Ausdruck. In einem überschwenglichen Brief beglückwünschte der amerikanische Botschafter in London seinen Freund Theodore Roosevelt. »Es war ein prächtiger kleiner Krieg!« schrieb er.

Amerika besaß nun viele Stützpunkte in Übersee. Präsident McKinley war nicht sehr glücklich darüber. Er dachte an Theodore Roosevelt und seinen Freund Admiral Mahan und an manches andere. Bedauerlich, daß er seine Gedanken zu Papier brachte und sie Freunden übermittelte, die nicht unbedingt Freunde waren. Sie landeten auf verschiedenen Schreibtischen in den fernen Hauptstädten Europas, wo sie aufmerksame Leser fanden.

Lange bevor der Friedensvertrag unterzeichnet wurde, hatte Rory Armagh jedes Interesse daran verloren. Denn am 1. Juli war sein Bruder Kevin in Santiago, an Bord des amerikanischen Schlachtschiffes *Texas*, ein Opfer des »prächtigen kleinen Krieges« geworden.

VIII

»Diesen Sommer«, hatte Kevin seinem Bruder zu Beginn der Semesterferien mitgeteilt, »verbringe ich nicht in Green Hills. Ich werde auch nicht mein übliches Pensum in Papas Büro in Philadelphia erledigen. Ich habe einen Job als Kriegsberichterstatter für die *Boston Gazette.*«

»Du?« Rory machte ein ungläubiges Gesicht. Kevin lächelte. »Du hältst mich für einen Quadratschädel, und das bin ich wahrscheinlich auch. Aber Tatsachenberichte liegen mir. Ich bin kein leidenschaftlicher, inspirierter Tintenkuli, aber ein objektiver Beobachter. Jedenfalls, den Job habe ich, und jetzt geht's auf in den Krieg! Er wird sowieso bald vorbei sein.«

Voll Schrecken dachte Rory an seinen Vater. »Du suchst nur den Nervenkitzel«, warf er seinem Bruder vor. Kevin lachte. »Nervenkitzel, ich? Nein, ich suche etwas anderes.«

»Was?« Aber Kevin hatte nur seine breiten, schweren Schultern hochgezogen, die er beim Football so wirkungsvoll einzusetzen verstand. Kevin war »ein ganz Durchtriebener«, wie Joseph zu sagen pflegte. Er gab keine Informationen preis, die er nicht preizugeben wünschte, ganz gleich, ob sie ihn selbst oder andere betrafen. Rory wußte, daß es zwecklos war, ihn unter Druck zu setzen. Aber er mußte daran denken, was die gesichtslosen Männer in London ihm gesagt hatten: »Nationalismus und souveräne Staaten passen uns nicht ins Konzept. Sie laufen unserem Interesse zuwider. Wir müssen auf ein sozialistisches Weltreich hinarbeiten, das wir ohne umständliche Unruhen, hervorgerufen durch unabhängige politische Körperschaften und ihre internen und externen Streitigkeiten, beherrschen können.«

»Mit anderen Worten«, hatte Joseph seinem Sohn mit ironischem Lächeln auseinandergesetzt, »sie wollen die Völker der Welt mittels untragbarer Steuerlasten ausplündern und dann den unterjochten Massen ›großmütig‹ einen Teil der Staatseinnahmen in Form von ›Geschenken‹, ›Zuschüssen‹, ›Subventionen‹ und ›sozialen Leistungen‹ zurückerstatten — ihr eigenes Geld! — wofür ihnen das eingeschüchterte Volk zutiefst dankbar sein und ihnen ihre ›Güte‹ mit Gehorsam lohnen wird. Nein, mehr sage ich heute nicht. Mit der Zeit wirst du auf alles draufkommen und alles akzeptieren.« Er hatte ihn nachdenklich angesehen. »Wir werden sehen, ob man sich auf dich verlassen kann.«

»Pa«, hatte Rory erwidert, »du gehörst doch gar nicht zu ihnen.«

Joseph hatte zur Seite geblickt. »Das ist deine Meinung, Rory. Mir schmeckt die Macht genausogut wie den anderen.« Ihm ging durch den Kopf, was Mr. Montrose ihm einmal vor vielen, vielen Jahren gesagt hatte: daß der Marxismus keine »Bewegung« mit dem Ziel war, das »Proletariat« zu befreien und an die Macht zu bringen, sondern eine Verschwörung jener, die sich für die »Elite« hielten und die Gewaltherrschaft anstrebten.

Rory sollte nie erfahren, ob der junge Kevin Einblick in diese Dinge gehabt hatte, und nie vergaß er das Gespräch, das er in jenem kalten Februar 1898 mit ihm führte.

Als Joseph und Bernadette und Ann Marie in den ersten Apriltagen zurückkehrten, war es Rorys undankbare und schwierige Aufgabe — der er sich nur sehr widerwillig unterzog —, seinen Eltern mitzuteilen, daß Kevin bereits als Korrespondent der *Boston Gazette* Amerika verlassen hatte. Wie nicht anders zu erwarten, geriet Joseph in Wut, und Bernadette warf ihre fetten Arme in die Luft und zeterte: »Wie undankbar, wie dumm von Kevin! Das sieht ihm wieder einmal ähnlich! Noch dazu mitten im Semester!«

Zu Rorys Überraschung lächelte Joseph plötzlich sein düsteres Lächeln. »Na, vielleicht lernt er was dabei. Ich habe ihn ja immer für einen ganz Schlauen gehalten.« Er warf Rory einen scharfen Blick zu. »Ich hoffe, du hast mit ihm nicht — na, sagen wir, geplaudert — über London?«

»Ich möchte mit dir unter vier Augen sprechen«, entgegnete Rory entrüstet. Sie gingen in Josephs Zimmer hinauf, und Rory berichtete seinem Vater über sein letztes Gespräch mit Kevin. Joseph hörte ihm mit der ihm eigenen Konzentration zu und nickte mehrmals, fast stolz. »Ein feiner Junge«, meinte er. »Das war schon immer meine Überzeugung. Er hat so was von einem fahrenden Ritter, findest du nicht?«

»Nein. Nie im Leben. Er ist ein praktischer, von Illusionen freier Mensch.«

»Also gut. Geht doch der Nichtsnutz hin und gebraucht meinen Namen, um sich einen Job zu angeln! Unternehmungsgeist und Impertinenz hat er, das muß man ihm lassen. Um den brauchen wir uns keine Sorgen zu machen. Dem passiert nichts. Es ist ja nicht so, als ob er eingerückt wäre.«

Fast jede Woche erschienen nun Kevins Berichte in der Zeitung. Zur Überraschung seiner Familie machte sich in seinen Artikeln ein gewisser bösartiger Humor, eine Art Zynismus, wie auch ein geschliffener Stil bemerkbar. Kein überschwenglicher Patriotismus, keine heldischen Loblieder, keine jubelnden Elogen über »unseren Befreiungskrieg«. Es waren völlig leidenschaftslose Berichte, die seine Auftraggeber nicht restlos befriedigten. Dann, in der zweiten Junihälfte, hörten sie auf zu erscheinen. Joseph zog Erkundigungen ein. Er erfuhr, daß Kevin sich nicht mehr in Kuba aufhielt. Er war, so teilte ihm der Herausgeber mit, auf eigenen Wunsch nach den Philippinen gereist, um dort an Bord eines Schlachtschiffes seine »Beobachtertätigkeit« fortzusetzen. Das Schlachtschiff sei vermutlich die *Texas*, berichtete die *Gazette*, und gab gleichzeitig der Hoffnung Ausdruck, in Kürze in Besitz der ersten »Meldungen« zu sein.

Die nächste Meldung war ein Telegramm des Admirals der amerikanischen Flotte vor Santiago. Mr. Kevin Armagh war gefallen, getroffen von »einer verirrten Kugel, vom Feind abgefeuert«. Es konnte nur »ein grausamer Zufall oder eine göttliche Fügung« sein, denn der

Schuß war gegen niemanden und nichts im besonderen gerichtet gewesen. Das Telegramm in der Hand, stand Joseph in der großen Marmorhalle seines Hauses. Der atavistische Kelte regte sich in ihm, der Kelte, der an nichts Zufälliges glaubte, sondern nur an Schicksal und Bestimmung. Schweigend, regungslos stand er lange Zeit in der Halle, bevor er hinaufging, um seine Frau vom Tod ihres Sohnes in Kenntnis zu setzen. Steif und ungebeugt wie ein alter Soldat, der den Tod vor Augen sieht, stieg er die Treppe hinauf.

Wenn Bernadette trotz ihrer scharfen irischen Zunge ein Lieblingskind gehabt hatte, war es Kevin gewesen. Ein Jahr war es her, daß er sie vor einer Katastrophe bewahrt hatte. Es hatte oft so geschienen, als ob er — und nur er — sie verstünde, auch wenn sie an seinen Augen kaum jemals Anteilnahme oder gar tiefe Zuneigung ablesen konnte. Der derbe Humor ihrer Mädchenzeit war grausam und bissig geworden, doch Kevin hatte, anders als der Rest ihrer Umgebung, verständnisvoll darüber gelacht. In den letzten drei oder vier Jahren hatte er zuweilen sogar ihre Späße mitgemacht oder ihr mit Spott und Neckereien die schlechte Laune vertrieben. Wenn Joseph, der um ihre hoffnungslose Liebe zu ihm wußte, sie auf seine zynische Art so lange gereizt hatte, bis sie einen hysterischen Anfall bekam, war es Kevin gewesen, der sie augenzwinkernd und kopfschüttelnd gewarnt und beruhigt hatte. Soweit es ihr überhaupt möglich war, eines ihrer Kinder zu lieben, hatte sie Kevin geliebt.

Es war ein sehr heißer Tag, dieser 30. Juli, und Bernadette, der ihre Beleibtheit in dieser Hitze besonders zu schaffen machte, hatte in Erwartung ihres einsamen abendlichen Zwiegesprächs mit Glas und Flasche vor sich hingedöst. Sie setzte sich im Bett auf, als Joseph das verdunkelte Zimmer betrat. Das Nachthemd aus rosa Seide und Spitze haftete ihr am Körper, das nun bald schon graue Haar klebte ihr im Gesicht und fiel wirr über die gewaltigen Schultern. Die runden, von Fett angeschwemmten Wangen waren rot und feucht. Nase und Kinn glänzten ölig, und ihre einst so schönen Augen blinkten schlaftrunken unter Fleischwülsten hervor. Wie Euter lagen die großen Brüste unter der feinen Seide. Sie roch nach teurem Parfüm und Puder, nach Schweiß und modriger Fettleibigkeit. »Was, was ist los?« murmelte sie.

Joseph wußte, wo sie ihre Flaschen versteckte, denn eine von Bernadette entlassene, rachsüchtige Zofe hatte ihm von der allabendlichen Rachenwäsche ihrer Herrin berichtet. Er wußte auch, daß seine Frau jetzt häufig schon vor dem Abendessen betrunken war, aber es kümmerte ihn auch nicht mehr als alle anderen Dinge, die Bernadette betrafen. Ohne ein Wort zu sprechen, ging er an eine kleine französische Truhe, hob den Deckel hoch und entnahm ihr eine Flasche irischen Whiskys und ein klebriges Glas. Bernadette, die allmählich hellwach wurde, beobachtete ihn. Die Röte auf ihren Wangen nahm zu, und ein frischer Schweißausbruch ließ dunkle Flecken auf dem Nachthemd entstehen. Er goß das Glas voll. Nur ihre Augen bewegten sich, als er ans Bett trat und ihr das Glas in die Hand drückte. »Trink«, sagte er, »ich glaube, du wirst es brauchen.«

Wie hat er das nur herausbekommen? fragte sich Bernadette beklommen und gedemütigt. Diese verfluchte Charlotte mit ihrem losen Maul muß es gewesen sein. »Jetzt möchte ich eigentlich nicht«, murmelte sie verschämt. »Es ist zu heiß.«

»Trink«, wiederholte Joseph.

Jetzt erst wurde ihr bewußt, was er getan hatte. Die Augen so weit aufgerissen, als es das fleischige Gesicht zuließ, starrte sie ihn an. Sie begriff sogleich, daß er sie diesmal nicht verhöhnen und blamieren wollte, wie das sonst seine Gewohnheit war, wenn er ihre schäbigen Geheimnisse entdeckte. Widerstrebend nahm sie das Glas in ihre schwammige Hand und sah überrascht, daß er einen weiß und golden lackierten Stuhl ans Bett schob und sich setzte. Weißgrau wie das einst rostbraune Haar war sein Gesicht, flach und starr lagen die Muskeln um seine Wangen, und seine schmalen Lippen waren blau wie Heidelbeeren.

Ein entsetzliches Gefühl drohenden Unheils überkam Bernadette. Er wollte sie verlassen. Er wollte sich von ihr scheiden lassen, um diese schamlose Elizabeth Hennessey heiraten zu können. Er hatte ihr den Whisky nur als letzte gütige Geste gegeben, um die Wucht des Schlages zu mildern, mit dem er ihre Seele tödlich verletzen würde. »Nein, nein«, ächzte sie, »ach, nein!«

»Trink«, sagte er und betrachtete sie, nicht, wie sonst, mit abweisendem Widerwillen, mörderischer Gleichgültigkeit und offenem Haß, sondern mit einem Ausdruck, den sie nur einmal an ihm gesehen hatte: in der Nacht, da ihre Mutter im Sterben gelegen war. Unten in der Halle war es gewesen, daß er sie, kaum noch der Kindheit entwachsen, in seinen Armen gehalten und versucht hatte, sie zu beruhigen und zu trösten. Sie brach in Tränen aus und trank, von Angst vor einer neuerlichen Demütigung geschüttelt, keuchend und würgend das Glas leer. Er nahm es ihr aus der Hand und stellte es auf das Nachttischchen, das mit Spitzentaschentüchern, Parfümfläschchen, einer kleinen Schale Pfefferminzpastillen, ein paar Porzellanfigürchen und zwei oder drei Ringen vollgeräumt war. Es war heiß in diesem Zimmer mit seinen verhängten Fenstern, heiß wie im Innern eines glühenden Kohlenstückes, und die verschiedenen Gerüche und die Ausdünstung eines massigen, schweißnassen Körpers erregten Übelkeit.

Die Hitze des Tages hatte es Bernadette unmöglich gemacht, ihre üblichen, überreichlichen Mahlzeiten einzunehmen, und so hatte sie zum Frühstück nur ein Brötchen gegessen und eine Tasse Kaffee getrunken. Heiß strömte nun der starke Whisky durch ihre Adern, heiß, ja, aber auch beruhigend, tröstend — abstumpfend — und erfüllte sie mit der trügerischen Kraft und Courage, deren sie in all den Jahren mit Joseph Armagh so sehr bedurft hatte. Schwer atmend betrachtete sie ihn wie ein weidwundes, verendendes Tier seinen Jäger. »Du verläßt mich«, sagte sie. »Sprich es ruhig aus.«

»Ich verlasse dich nicht«, entgegnete er fast gütig. Er konnte nicht in ihre gequälten, so flehenden, so verzweifelten Augen sehen — nein, das konnte er jetzt nicht. »Es ist — ich habe schlechte Nachrichten. Eben ist ein Telegramm gekommen. Kevin —«

O Gott, ich danke Dir, er verläßt mich nicht! frohlockte es in Bernadettes Seele. Impulsiv streckte sie ihrem Mann die Hand entgegen, ihre feuchte, schwammige Hand mit den Fettpölstern an Stelle von Knöcheln, und er nahm sie und hielt sie fest — trotz einer fast unüberwindlichen Abscheu. Jetzt erst kam ihr sein letztes Wort zu Bewußtsein. »Kevin? Was ist mit Kevin?« Immer noch glühte ihr Herz vor Glückseligkeit. Er würde sie nicht verlassen. Er würde bei ihr bleiben, ihr Mann bleiben. »Kevin?« wiederholte sie.

»Ein Telegramm ist gekommen«, sagte er heiser, mit trockener Kehle. »Kevin — er war auf einem Schlachtschiff, der *Texas,* als Berichterstatter für seine Zeitung. Er wurde — erschossen. Am achtundzwanzigsten Juli. Der Admiral hat mir telegrafiert.« Er fühlte ihre Hand in der seinen erkalten, er sah ihr erstarrtes Gesicht, den offenen Mund, die leeren Augen. Sie versuchte zu sprechen, hustete, murmelte, aber sie wandte den Blick nicht von ihm ab. »Er war doch gar kein Soldat«, flüsterte sie endlich, aber so leise, daß er sie kaum verstehen konnte. »Und ist denn der Krieg nicht schon vorbei?«

»Doch«, erwiderte Joseph. Er hatte es selbst noch nicht ganz erfaßt, was das für eine Nachricht war, die er da überbrachte. Ein dumpfes Entsetzen hielt ihn gepackt, wie ein Soldat es empfinden mochte, der den Stahl in sich eindringen fühlt und auf den Schmerz wartet. Er wußte, daß der Schmerz auch ihn überfallen würde, denn dieser Schmerz war ein alter Freund, und er kannte alle seine Nuancen, sein verstohlenes Näherkommen, die jäh aufspringende Qual, das wilde Auflehnen. Aber noch schlich er sich auf leisen Füßen heran und gestattete seinem Opfer, sich zu einer verzweifelten, aber hoffnungslosen Gegenwehr zu rüsten. »Aber er ist tot«, sagte Joseph zu seiner Frau.

»Kevin«, flüsterte Bernadette wie betäubt. »Aber er ist doch erst achtzehn! Das ist doch nicht möglich! Mit achtzehn Jahren!«

Joseph konnte nichts erwidern. Er hatte konventionelle Tränen von der zu dramatischen Szenen neigenden Bernadette erwartet und sich schon im Geist tröstende Worte zurechtgelegt. Aber der furchtbare Schock in ihren Augen lähmte auch ihn, und er erkannte jetzt, daß sie ihren Sohn geliebt hatte. Während er seine trockenen Augenlider zusammenkniff, spürte er, wie der Schmerz zuzupacken begann.

Dann schrie Bernadette auf, laut und gellend, riß sich los und schlug sich mit beiden Händen ins Gesicht. Sie schrie und schrie, und die Zofe kam entsetzt aus dem Nebenzimmer gelaufen. »Schick nach dem Arzt!« wies Joseph sie an. »Mr. Kevin ist gefallen — im Krieg. Schick sofort nach dem Arzt!« Er konnte sich kaum verständlich machen, so ohrenbetäubend jammerte Bernadette. Wild starrten ihre Augen, traten aus ihren Höhlen und loderten wie Feuer in unsagbarer Qual.

Der Arzt kam — Joseph war nicht von ihrer Seite gewichen und hatte vergeblich versucht, sie zu beruhigen — und verabreichte ihr ein starkes Betäubungsmittel. Doch erst als es Wirkung zeigte, endeten ihre tierischen Schreie, ihr schluchzendes Kreischen, ihr rasendes Umsichschlagen auf dem Bett, die flehenden Anrufe Gottes und ihres Lieblingsheiligen. Es müsse ein Irrtum sein, beschwor sie ihren Mann, der Krieg war vorbei, es handelte sich um einer anderen Mutter Sohn; wer sollte auf Kevin geschossen haben, und warum? Ein Alptraum war es, ein Mißverständnis, ein schlechter Scherz, eine Falschmeldung, Joseph müsse sofort — müsse... Er hatte sie auf ihren Kissen festgehalten, hatte versucht, ihr noch mehr Whisky einzuflößen, aber sie schlug ihm das Glas aus der Hand, umklammerte ihn wie eine Ertrinkende, preßte den Kopf an seine Schulter, stieß ihn wieder zurück, als müsse sie sich gegen seinen Angriff wehren, und umklammerte ihn von neuem und bäumte sich auf.

Der Arzt, die Zofe und Joseph warteten an ihrem Bett, und langsam verstummten die entsetzlichen, schrillen, heiseren Schreie. Schweißnaß lag Bernadette in ihren Kissen, ein aufgelöster, aber bemitleidenswerter Klumpen Fleisch in einem fleckigen rosa Seidenhemd. Jetzt erst begann sie haltlos zu weinen. Der Arzt nickte verständnisvoll. Joseph hielt ihre noch bebende, kalte Hand. Sie sah nur ihren Mann.

»Ein Fluch liegt auf uns«, wimmerte sie, und ihre Augen weiteten sich vor Entsetzen. »Ann Marie. Dein Bruder Sean. Kevin. In einem Jahr, Joe, in einem einzigen Jahr. Ein Fluch liegt auf uns, auf unserer Familie.«

Dann schloß sie die Augen und schlief ein und fing sofort an zu schnarchen. »Jetzt sollte sie ein paar Stunden schlafen«, meinte der Arzt. »Ich lasse Ihnen diese Pillen da, für später, wenn sie wieder aufwacht. Ich komme am Abend wieder.«

Es gab Dinge zu erledigen, bevor der Schmerz einsetzte. Telegramme an Rory, an Charles Devereaux, an Timothy Dineen und an Harry Zeff. Telegramme nach Washington, in denen um die Überführung von Kevin Armaghs sterblichen Resten nach Green Hills ersucht wurde, um ihn in der Familiengruft beisetzen zu können. Telegramme an Senatoren und andere Politiker. Strenge Anweisungen an das Hauspersonal, Zeitungsleuten den Zutritt zu verwehren. Eine Botschaft an den Pfarrer mit der Bitte, Mrs. Joseph Armagh zu besuchen und ihr

Trost zu spenden. Es gab soviel zu tun, bevor der schreckliche, unnachsichtige Feind seinem Opfer an die Gurgel sprang und ihn zur Hilflosigkeit verdammte. Der Totentanz nahm seinen Anfang.

Joseph tat, was getan werden mußte. Dann begab er sich in die Räume seiner Tochter, die früher einmal so hübschen, mädchenhaften, sonnigen, frischen Räume, die sie selbst so einfach und liebevoll eingerichtet hatte. Davon war nichts mehr zu merken. Sie waren zu Spitalszimmern geworden, zweckmäßig, funktionell, die nur das Allernötigste enthielten. In einem Zimmer befanden sich die drei Betten der ständigen Krankenschwestern mitsamt ihrem ganzen Rüstzeug. Das frühere Kinderzimmer war jetzt Ann Maries Aufenthaltsraum und somit wieder ein Kinderzimmer, angefüllt mit allerlei Spielzeug, mit Kinderbildern an den Wänden und einem Tisch, an dem Ann Marie jetzt alle ihre Mahlzeiten einnahm. Die Räume im Erdgeschoß waren ihr fremd geworden; sie sprang nicht mehr wie einst leichtfüßig die Marmortreppe hinunter. Man half ihr des Morgens ins Erdgeschoß, ließ sie, von einer oder zwei Krankenschwestern begleitet, einen kurzen Ausritt unternehmen, und brachte sie wieder auf ihr Zimmer, wo sie ihr Baby-Schläfchen machte und fade Babykost vorgesetzt bekam. Abends wurde sie ins Bett gesteckt, eine Schwester sang ihr Schlummerlieder, und sie schlief ein. Ob sie wohl jemals träumte? fragte sich Joseph. Und waren es die Träume eines Kindes oder die einer Frau? Manchmal erwachte sie wimmernd und plärrend, und die Menschen im Obergeschoß hörten diese kläglichen Laute und erschauderten und warteten, bis man sie beruhigte und sie wieder in unruhigen Schlaf versank. Manchmal klang es wie das schluchzende Weinen eines trauernden Weibes, das jeden Trost zurückwies und nur den Tod herbeisehnte. Ich weiß nicht, wie es hätte sein können, dachte Joseph, wenn er das hörte, aber ich kann mir nicht helfen, sie muß es gewußt haben. Ja, ich bin überzeugt, daß sie es wußte. Und wenn sie schläft, erinnert sie sich daran und leidet entsetzliche Qualen.

Noch stand die Sonne strahlend am geröteten Himmel, als Joseph diese Räume betrat, in denen Bernadette nur selten erschien. Ann Marie hatte ihr Brot und ihren Obstpudding gegessen, ihre Milch und ihren Kakao getrunken und saß nun an ihrem gewohnten Platz am Fenster auf einem weiß gepolsterten Nachtstuhl, denn sie verrichtete ihre Bedürfnisse mit der natürlichen, heiteren Schamlosigkeit eines Kleinkindes. Man hatte ihr ein einfaches weißes Baumwollnachthemd und einen geblumten Schlafrock angelegt. Ihr langes, glattes, braunes Haar hing in Zöpfen über ihre Schultern, und ihr Gesicht war das eines von allen geliebten und verzogenen, fröhlichen Kindes. Ihre schlanke Gestalt hatte Babyfett angesetzt, so daß sie nun so pausbäckig, rundlich und rosig war wie eine Dreijährige. Hände, Arme und Beine schienen unausgereift, helle Röte bedeckte ihre Wangen, und in ihren Augen —

den träumerischen, bernsteinfarbenen Augen mit ihren langen, goldgelben Wimpern — spiegelte sich unschuldiges Streben und zaghaftes Lächeln. Was Bernadette »'nen richtigen Busen« nannte, hatte sie nie besessen, und nun waren die zarten, mädchenhaften Knospen mit der nachgiebigen Weichheit ihres Kinderleibes verschmolzen.

»Solche Rückbildungen sind nicht gerade häufig«, hatten die Ärzte in der Schweiz und in Paris Joseph versichert, »aber sie sind nicht unbekannt. Es ist, als ob das Unterbewußtsein zu dem Schluß gekommen wäre, daß nur die Kindheit Sicherheit bietet und daher nie enden, daß die Seele nie reifen darf.« Der eine oder andere hatte Joseph mit einem fragenden Blick gestreift. »Hat sie vielleicht in ihrem Gefühlsleben einen schweren Schock erlitten, eine starke seelische Erschütterung durchgemacht, die ihr das Leben in der Gegenwart unerträglich macht?« — »Nein«, hatte Joseph geantwortet. »Es war ein Unfall.«

Die Ärzte hatten Joseph gesagt, daß sie, wenn auch bei bester Gesundheit, bis an das Ende eines möglicherweise langen Lebens in diesem Zustand verbleiben, unter Umständen aber auch noch weiter in ein Säuglingsdasein zurückfallen und am Ende, bevor sie an Entkräftung und Abzehrung starb, nicht mehr imstande sein würde, ihr Bett zu verlassen. Sie wußten es nicht. Sie hatten gewisse Anstalten empfohlen, aber Joseph war nicht darauf eingegangen. Seine Tochter würde daheim leben und sterben, wie dies auch ihr Wunsch gewesen wäre. Krankenschwestern würden sie pflegen, Kindermädchen mit ihr spielen. Sie würde nie unglücklich sein und nie enttäuscht. Sehr wahrscheinlich würde sie ihr Leben lang ein Kind bleiben, aber ein glückliches.

»Es gibt Schlimmeres«, hatte ein Arzt achselzuckend geäußert.

Nun saß Joseph neben ihr, nahm eine ihrer weichen kleinen Hände in die seinen und fragte, wie er es immer tat: »Wer bin ich, Ann Marie?«

»Papa!« antwortete sie triumphierend und lächelte ihr strahlendes, zärtliches, vertrauensvolles Lächeln. Es war ein Spiel, das sich Abend für Abend wiederholte.

Er blickte in ihre Augen und sah das leuchtende Weiß in ihnen, die glänzende Iris, die dichten Wimpern. Immer noch hegte er die aussichtslose Hoffnung, eine Spur von Ann Maries Seele zu entdecken, ein schattenhaftes Zeichen, daß der Geist nicht für alle Ewigkeit dahingeschwunden war. Aber es war nur das Kind Ann Marie, das seinen Blick zutraulich erwiderte, das Kind in seiner Wiege, das Kind in seinem Kinderbett. Ein einziger Betrug, dachte er, diese Theorie, wonach die Seelen aufblühten und heranreiften. So sah es in Wahrheit mit den unsterblichen Seelen aus und mit dem Märchen, wonach sie Tag für Tag mehr Kenntnisse sammelten und mehr Weisheit in sich vereinten! Alles, was Ann Marie in dreiundzwanzig Jahren gelernt und sich angeeignet hatte, war dahin, verschwunden und ausgelöscht, als ob es nie existiert hätte.

Eine Fetzenpuppe lag in ihrem Schoß. Sie nahm sie in die Arme, drückte sie an sich und gluckste vor Vergnügen. »Gib Pudgy ein Küßchen«, forderte sie ihren Vater auf, und beflissen küßte Joseph die Puppe, während er vor dem endlosen Schmerz um den geistigen Tod seiner Tochter und vor jenem anderen Schmerz, der schon die Arme nach ihm ausstreckte, verzweifelt die Augen schloß. »Ann Marie«, sagte er, »erinnerst du dich an Kevin?«

Folgsam sah sie ihn an. Nur die Stimme war noch die jenes Mädchens, das einst dieses Zimmer bewohnt hatte, klar, ein wenig zaghaft, bemüht, jedem gefällig zu sein. »Kevin? Kevin?« Sie schüttelte den Kopf und verzog schmollend den Mund, als hätte sie einen Verweis erhalten.

»Schon recht«, sagte begütigend ihr Vater und strich sich mit trockenen Händen über sein noch trockeneres, ausgedorrtes Gesicht. Er nahm die Puppe und schüttelte sie mit gespielter Lustigkeit. Sie lachte und griff danach und drückte sie wieder an sich. »Meine Pudgy«, gickelte sie, »die bekommst du nicht, Papa.« Das Kindermädchen, die jüngere, saß in ihrer weißen Tracht strickend daneben und lächelte wie über das Geplapper eines Kindes. »Wir waren heute sehr brav«, sagte sie. Sie hatte von Kevins Tod gehört, jedoch weder darüber gesprochen, noch dem Herrn des Hauses ihr Beileid bekundet, denn auch Joseph, der ihr, wie allen anderen Bewohnern des Hauses, Angst einjagte, hatte nicht darüber gesprochen. »Wir haben schön gebadet, und morgen machen wir einen kleinen Spaziergang. Nicht wahr, Ann Marie?«

»Und schauen uns die Blumen an«, fügte Ann Marie hinzu und nickte eifrig. »Die Blumen. Und die Bäume.«

Durch das Fenster blickte sie auf das Haus hinaus, in dem Elizabeth lebte. Bildete es sich Joseph nur ein — zeichnete sich eine sehnsüchtige Stimmung auf ihrem vollen, rosigen Gesicht, erhellte ein leuchtender Schimmer von Fraulichkeit einen Augenblick lang ihre Züge? Von ängstlicher Hoffnung erfüllt, beugte er sich vor, doch schon war der spukhafte Ausdruck verflogen und gelassener Heiterkeit gewichen. Aber sein Herz klopfte. Er erhob sich, gab seiner Tochter einen Gutenachtkuß und ging, denn es gab noch zu tun, noch sehr viel zu tun, und er hatte noch keine Zeit, sich seinem Schmerz hinzugeben.

Er ging in Bernadettes Zimmer. In scharlachroter Majestät senkte sich die Sonne. Goldene und purpurne Schatten zogen über die friedlich daliegenden Gärten ringsum, und die Wipfel der Bäume tanzten in der schimmernden Glut. Joseph blickte hinaus auf seinen Besitz, und der Feind kam näher. »Ein Fluch liegt auf der Familie«, hatte Bernadette geschluchzt, »auf uns, auf unserer Familie. Ann Marie, Sean, und jetzt Kevin. Ein Fluch.«

Wie eine Kraft, die nach jahrhundertelangem Schlaf erwacht, reckte sich der alte Kelte in Joseph, der druidische Baumanbeter, der Kelte, der Mysterien und die dunklen Geheimnisse der Nacht wohl kannte. Unsinn, dachte er, und fühlte Übelkeit und Angst in sich aufsteigen. Kein Tag verging, ohne daß Menschen von Bassetts Art ausgemerzt wurden, und die sie ausmerzten, verloren keine Stunde Schlaf und verspürten keine Gewissensbisse. Er dachte an die gesichtslosen Männer in allen Ländern der Erde, die ohne jeden Skrupel, ohne Furcht vor urzeitlichen Geistern, ohne atavistische Beschwörungen eifernder Rachegötter, unbekümmert und nur, weil es ihnen zweckmäßig erschien, planten und zerstörten. Sie waren eben Realisten.

Sabbernd, mit offenem Mund, schlief Bernadette, und Joseph setzte sich neben sie. Er hörte den gedämpften Klang des Gongs und blieb auf der Bettkante sitzen. Er ließ seine Blicke auf Bernadette ruhen, bis es dunkel war und die Zofe kam, um hier und dort eine Lampe anzuzünden. Dann kam der Schmerz. Und später betrank er sich — vorsätzlich, zum erstenmal in seinem Leben.

IX

Joseph besaß genügend Einfluß, um Kevins sterbliche Reste in einem versiegelten Bronzesarg auf dem schnellsten Wege nach Green Hills überführen zu lassen. Zwei Kommandanten der amerikanischen Flotte und eine Abteilung Matrosen in Paradeuniform begleiteten den Sarg. Der Admiral sandte ein Beileidsschreiben: *Es war tatsächlich ein Schuß ins Blaue, abgefeuert von einem der spanischen Kriegsschiffe, die sich nach der Kapitulation zurückzogen. Die später extrahierte Kugel war ein Produkt der amerikanischen Waffenfabrikanten Barbour & Bouchard. Wir wissen natürlich, daß Waffenfabrikanten ihre Erzeugnisse an jedermann verkaufen — ich darf Sie meines tiefsten Bedauerns versichern. Ihr Sohn, Mr. Kevin Armagh, hat durch seinen Mut, seine Aufrichtigkeit und Intelligenz, unser aller Achtung und Zuneigung gewonnen —*

Ein Schuß ins Blaue. Ein Zufallstreffer. Nichts weiter. Wieder regte sich in Joseph der Kelte, der urzeitliche Kelte, Bewahrer übersinnlicher Mysterien, schicksalhafter Rächer, umringt von Feen und Elfen und todverkündenden Geistern, dahinjagend über neblige Sümpfe, glasklare grüne Seen und dunstige Hügel. Auch Kevin war ein Teil davon. Und Joseph sagte sich immer wieder: Unsinn. Es war ein Unfall — wie auch Ann Maries Sturz vom Pferd ein Unfall war.

Da Kevin weder als Soldat noch als Matrose gedient hatte, war eine militärische Totenfeier ausgeschlossen. Aber die Abordnung war da, und ein Matrose blies den Zapfenstreich am Armaghschen Familiengrab in Green Hills unter dem hohen Marmorobelisk. Kevin würde das gleiche kleine Marmorkreuz erhalten, wie es auch Seans Ruhestätte schmückte. Es war ein heißer Tag, der Donner rollte in der Ferne, und die schwarze Erde wartete. Joseph stand mit Bernadette, die in schwarze Schleier gehüllt war, mit seinem Sohn Rory, dessen volles, sonst so aufgeräumtes Gesicht einen verschlossenen, düsteren Ausdruck trug, und mit seinen Freunden Charles, Timothy und Harry vor der offenen Grube und sah zu, wie der Sarg seines jüngeren Sohnes der Erde übergeben wurde, während der Priester Gebete murmelte. Hinter einer Kette von Polizisten waren Reporter damit beschäftigt, Aufnahmen zu machen. Kevin war ein Held. Als Zivilist, als Beobachter, hatte er der Gefahr »getrotzt«, um seinem Volk wahrheitsgemäß zu berichten, und war darum ein Held. Man sprach davon, daß der Kongreß ihm posthum die Tapferkeitsmedaille verleihen würde. (Das geschah auch tatsächlich; sie erhielt ihren Platz in Kevins Zimmer in Green Hills.)

»Nicht alle, die im Dienst ihres Landes sterben, tragen Uniform«, sagte der Pfarrer. »Nicht weniger ehrenhaft dienen diese Helden —« Joseph mußte an Senator Bassett denken. Bernadette weinte; sie schwankte, und Joseph legte zerstreut den Arm um sie. »Die Armaghs haben den Hennesseys Unglück gebracht«, hatte sie, von Schmerz überwältigt, vor kurzem zu Joseph gesagt und sich sogleich wieder demütigst entschuldigt.

»Du bist alles, was mir noch bleibt«, sagte Joseph am Abend der Totenfeier zu Rory. »Darum muß alles, was du tust, für uns getan werden.« Er hatte Rory nie zuvor weinen gesehen, nicht einmal als Junge, aber jetzt brach Rory zusammen und weinte, die Hände vors Gesicht geschlagen, wie ein Kind. »Was soll das?« fragte Joseph, aber es klang nicht verächtlich. Rory blieb stumm. Auch in Rory regte sich der urzeitliche Kelte — ohne daß Rory es hätte logisch erklären können. Er empfand eine undurchdringliche Verwirrung, ein fernes Aufeinanderprallen, aber auch Gewißheit, Angst und Entsetzen. Nächtliche Schritte hallten an sein Ohr, unbestimmbare Dünste benebelten seine Sinne. Er hätte in die Arme seiner vernünftigen, spitzbübischen, geliebten Marjorie fliehen mögen, die gesunden Menschenverstand besaß und immer auf dem Boden der Tatsachen blieb.

So wie Elizabeth Hennessey, die, wenn auch Katholikin, so doch Angelsächsin war. Ihrer zurückhaltenden Art entsprechend, hatte sie das Armaghsche Haus in der Trauerzeit gemieden, obwohl sie sich nach Joseph sehnte. Sie hatte aus ihrem Treibhaus Blumen geschickt und Bernadette, wie auch Joseph, schriftlich ihr Beileid ausgedrückt, aber sie war nicht zum Begräbnis eingeladen worden. Sie dachte an Kevin, diesen großen, dunkelhäutigen jungen Mann, der so zuverlässig, so gefühlvoll und gütig gewesen war. Warum nur mußten die Besten sterben, warum blieben gerade die schlechten Menschen zurück und freuten sich ihres erbärmlichen Lebens? Ein Geheimnis, das keiner zu entwirren vermochte. Aber Elizabeth glaubte nicht an Geheimnisse.

Am folgenden Tag besuchte sie Kevins Grab. »Glückliche Reise, mein Junge«, sagte sie zu ihm, obwohl sie an derlei Segenssprüche nicht glaubte.

Sie blieb lange Zeit ohne Nachricht von Joseph. Sie wartete. Sie konnte nichts anderes tun. Wenn eine Frau einen Mann wie Joseph Armagh so hoffnungslos, so über alle Maßen liebte, konnte sie keine Initiative ergreifen, keine Andeutungen machen, wie zart auch immer; sie konnte sich nicht beklagen, sich nicht aufdrängen, keine Forderungen stellen. Sie konnte nur an ihrem Fenster sitzen und warten und sich darüber Gedanken machen, ob Joseph noch in seinem Haus weilte oder nach Philadelphia, Chicago, New York, Boston oder sonst wohin gefahren war. Er ließ nichts von sich hören. Ist alles zu Ende? fragte sie sich und fürchtete, es nicht ertragen zu können, wenn es so wäre. Sie hatte Bilder in den Zeitungen gesehen: Joseph, der seine Frau am Grab zärtlich in die Arme schloß und die Taumelnde dann zum Wagen führte. Männer waren sentimentale Geschöpfe. Vielleicht hatte der Tod seines Sohnes ihn dazu gebracht, sich als reuiger Sünder wieder seiner Frau zuzuwenden; das würde einem Mann ähnlich sehen. Die Männer liebten es, den sich selbst verleugnenden Helden zu spielen, auch wenn sie daran zugrunde gingen. Die Männer nahmen ihre Schauspielkunst in vieler Hinsicht sehr ernst und hatten einen Hang zum Dramatischen. Oft wußten sie gar nicht, daß sie nur eine Rolle spielten. Dieser Aspekt der männlichen Natur war es, den Elizabeth fürchtete und dem sie mißtraute. In Kriegen gewann dieser Aspekt gewiß erhöhte Bedeutung, denn die Männer, dachte Elizabeth traurig und verbittert, waren ewige Romantiker und stellten sich nur allzu gern zur Schau. Keine Frau hatte je einen Marsch komponiert oder das Verlangen gehabt, ins Horn zu stoßen oder die Trommel zu schlagen. Keine wirkliche Frau hatte je »die Pflicht« über ihre Liebe gestellt, wenn ihre Liebe echt gewesen war. Die Frauen kannten die Kräfte des Lebens und wußten, was sie auslöste; Männer konnten nur Gedichte schreiben. Die Frauen lebten. Männer gefielen sich in Posen.

In der zweiten Septemberwoche kam Joseph zu Elizabeth. Schweigend streckte sie ihm die Arme entgegen. Sie war klug genug, nicht zu weinen, keine Fragen zu stellen, keine Vorwürfe zu machen, keine Trostworte zu sprechen. Sie nahm ihn in ihrem Bett auf, hielt ihn fest und küßte ihn und sagte nichts. Sie lag in seinen Armen, fühlte seine Liebe, sein Leid und seine Seelenqual und streichelte ihn — und sagte immer noch nichts. Sie besaß die Weisheit einer liebenden Frau, die nur einen Wunsch hat: zu geben. Es genügte ihr, daß er zu ihr zurückgekehrt war. Es gab nichts anderes.

Der Morgen dämmerte schon, als er unvermittelt das Wort an sie richtete: »Ich habe dich schon einmal gefragt, Elizabeth. Glaubst du an Flüche oder Verwünschungen?«

»Nein«, erwiderte sie schnell. »Wenn du von Unglücksfällen sprichst — früher oder später wird jede Familie davon betroffen, ob sie nun verflucht ist oder nicht. Ich glaube an einen barmherzigen Gott. Er läßt es nicht zu, daß eines Seiner Kinder ein anderes verflucht. ›Die Rache ist mein‹, spricht der Herr, ›und ich will vergelten.‹«

Eben das befürchte ich, dachte Joseph, der verschrobene Kelte, der nicht an Gott glaubte. Er zwang sich zu einem Lächeln. »Komm du mir nicht mystisch, Lizzie. Es gibt keine übersinnliche ›Rache‹.«

Warum fragst du mich dann? dachte Elizabeth. Aber sie küßte ihn nur zärtlich und erwiderte: »Ich bin nicht abergläubisch, Liebling, und du auch nicht.«

Sie sprachen nicht über ihre Kinder. Joseph fragte nicht nach Courtney. Elizabeth hielt Joseph und mit ihm ihre ganze Welt in den Armen. Aber die Gefühle eines Mannes für eine Frau waren nicht so stark. Das wußte sie. Es genügte ihr, zu lieben und geliebt zu werden. Ein Mann aber liebte nie mit seinem ganzen Herzen. Das war eine Tatsache, die eine kluge Frau niemals in Zweifel zog.

Joseph war in Philadelphia und las die Berichte über seinen Sohn, die Charles Devereaux und seine Ermittlungsbeamten zusammengestellt hatten. Empörung und Zorn stiegen in ihm auf. Dieser verdammte, heimlichtuerische, verschlagene, junge Mistkerl! Warum hatte er dieses Mädchen geheiratet? Gewiß, sie entstammte einer geachteten und vornehmen, reichen Familie von Rang. Aber warum hatte er sie geheiratet und sich so seine Zukunft verbaut?

»Ich finde, Rory hat eine gute Wahl getroffen«, meinte Charles und sah Joseph aus seltsam kalten grauen Augen an. »Marjorie Chisholm ist von untadeliger Herkunft. Sie haben heimlich geheiratet, weil sie den Widerstand ihrer Familien fürchteten. Ich möchte jetzt nicht auf die Frage eingehen, wieweit Rory Grund hatte, zu fürchten, daß du gegen seine Heirat Einwände erheben würdest. Aber ich kenne Mr. Albert Chisholms Gründe. Meiner Meinung nach sollte die Ehe bekanntgegeben werden. Es wird Rory nicht schaden. Es könnte ihm sogar sehr von Nutzen sein — mit der Tochter einer angesehenen Bostoner Familie verheiratet zu sein.«

»Das verstehst du nicht«, entgegnete Joseph. »Er wird Claudia Worthington, die Tochter des Botschafters, heiraten. Die Familie ist mit dem englischen Königshaus verwandt.«

»Nein, das verstehe ich nicht«, sagte Charles, aber er verstand nur zu gut. Auch in seinen Adern floß Blut einer unterdrückten Rasse, die nach Gerechtigkeit und Vergeltung verlangte.

»Vereinbare für mich eine vertrauliche Unterredung mit Mr. Albert Chisholm«, wies Joseph ihn an. »Sprich mit dem Pfarrer, der sie vermählt, und mit dem Standesbeamten, der die Ziviltrauung vorgenommen hat. Du weißt, was du zu tun hast, Charles.«

Charles wußte es leider. Er tat es nicht gern, und er fand auch, was er tat, nicht richtig. Aber er war der Sohn seines Vaters, und man mußte, außer Gefühlsausbrüchen und dem, was die Menschen »Liebe« nannten, auch noch andere Dinge berücksichtigen.

Zweifellos wird Armagh, dieser Halunke, mich dazu zu überreden versuchen, ich soll einer Heirat zwischen seinem Sohn und Marjorie zustimmen, dachte sich Mr. Albert Chisholm, als er Charles' nüchternen Brief erhielt. Dem werde ich zeigen, was eine Harke ist. Abends rief er seine Tochter zu sich. »Marjorie, meine Kleine«, sagte er, »kommst du noch mit dem jungen — wie hieß er doch gleich? — Armagh zusammen? Ich hoffe, nicht. Du weißt, ich habe dir verboten, ihn wiederzusehen, seine Briefe zu beantworten, und seinen beharrlichen Bitten nachzugeben.«

Marjories feines, olivgetöntes Gesicht wurde ganz ruhig. »Warum fragst du, Papa?«

Charles hatte die Vertraulichkeit seines Briefes betont, und Albert Chisholm war zu vernünftig und kannte die Macht der Armaghs zu gut, um eine Indiskretion zu begehen. Darum lautete seine Antwort: »Ich habe bemerkt, daß du keinerlei Einladungen annimmst, liebes Kind — auch solche nicht, die von durchaus akzeptablen jungen Herren an dich ergehen. Also muß ich fürchten, daß du immer noch an den Sohn dieses Halunken denkst.«

Marjorie senkte züchtig die Augen. »Ich pflege nicht mit Mr. Armagh auszugehen«, sagte sie, und das entsprach auch der Wahrheit. »Andere junge Leute interessieren mich leider nicht — noch nicht. Sie scheinen mir alle so unreif — im Vergleich zu dir, Papa.«

Mr. Chisholm strahlte vor Freude und Stolz, drohte aber seinem hübschen Töchterchen trotzdem schalkhaft mit dem Finger. »Papa kann nicht für immer bei dir bleiben, mein Liebes. Du mußt ernstlich daran denken, dich zu verheiraten. Schließlich bist du ja schon bald einundzwanzig — in acht Monaten.«

Plötzlich saß sie auf seinen Knien und begann zu weinen. Bestürzt strich er über ihre schimmernden Locken. »Mein liebstes Kind«, versuchte er sie zu beruhigen, »ich will doch gewiß nicht, daß du unglücklich bist. Ich würde alles in der Welt tun, um dich glücklich zu machen, soweit das menschenmöglich ist. Das darfst du niemals vergessen.«

Sie legte ihre zarten Arme um seinen Hals und weinte noch heftiger und verwünschte Rory, weil er auf der Geheimhaltung ihrer Ehe bestand. Sie konnte es nicht länger ertragen, ihren Vater zu täuschen. Mit Tränen in den Augen sah sie ihn an: »Auch wenn ich Rory heiraten wollte, Papa?«

Zögernd und steif, aber entschlossen antwortete er: »Ich hoffe sehr, daß es nie dazu kommen wird, mein Kind. Wenn aber doch, nun, ich bin bereit, meinen Stolz hinunterzuschlucken und es dir zu erlauben. Aber überstürze nichts, Marjorie. Von dieser Entscheidung hängt dein ganzes Leben ab.«

Wie ein Kätzchen schnurrte sie auf dem Schoß ihres Vaters. Sie dachte angestrengt nach. Doch unvermittelt überkam sie dann eine schreckliche Ahnung, ein Gefühl von Einsamkeit und Verlassenheit. Aber das war doch Unsinn. Sie war Rorys Frau. Gewiß, sein Bruder war im Krieg umgekommen, ihrem Rory aber konnte nichts Böses zustoßen. Nichts konnte sie je voneinander trennen. Nichts.

X

Mr. Albert Chisholm hatte sich genau zurechtgelegt, wie er den unverschämten irischen Großtuer, Mr. Joseph Armagh, empfangen würde. Die von seinem entfernten Verwandten, Paul Revere, angefertigte Silberschale mit frischen Blumen gefüllt — es war Ende September, und die Blumen prangten bronzefarben und golden —, würde er hinter dem Schreibtisch seines Großvaters in seinem Arbeitszimmer sitzen und Mr. Armagh mit gemessener Würde und reservierter Höflichkeit empfangen und ihm eine Zigarre anbieten. Er würde mit ruhiger und gedämpfter Stimme sprechen — diese Iren waren ja so laut und schrill und halsstarrig — und Mr. Armagh würde feststellen, daß er es zum erstenmal in seinem Leben mit einem wahren Gentleman zu tun hatte. Mr. Chisholm hatte seine Sekretäre entsprechend instruiert. Sie würden, ohne sich mit ihm zu unterhalten, Mr. Armagh sogleich diskret in sein Privatbüro geleiten.

Mr. Chisholm hatte ein ganzes Leben von Dekorum und Etikette und aristokratischen Phrasen hinter sich und brauchte sich daher nicht besonders bemühen, ein entsprechendes Benehmen an den Tag zu legen. Er trug seinen Gehrock, gestreifte Hosen, einen steifen Eckenkragen mit schwarzer Krawatte und Perlnadel und diskrete goldene Manschettenknöpfe. Sein grauer Schnurrbart war sauber gestutzt und gewachst. Seine hellen Augen blickten gelassen. Der Tag war kühl, und darum brannte ein kleines Feuer im schwarzen Marmorkamin. Eine gewaltige Bibliothek aus golden, dunkelrot und blau gebundenen Lederbänden nahm die Wand hinter dem Schreibtisch ein. Ein echter Aubusson-Teppich bedeckte den Fußboden aus leuchtendem, warmem Mahagoni. Die Einrichtung war aus mattglänzendem schwarzem Leder, und der aromatische Duft der Chrysanthemen vermischte sich mit dem von Zitronenölpolitur, Bienenwachs und brennender Kännelkohle. Die von roten Vorhängen umrahmten, blankgeputzten Fenster gingen auf die Straße hinaus. Alles in allem, recht eindrucksvoll, schien es ihm. Zwar war er nur einer der drei Partner der von seinem Großvater gegründeten Kanzlei, doch hatte er mehrere junge und strebsame Anwälte »unter sich«, die den Großteil der Arbeit bewältigen mußten. (Hinter seinem Rücken nannten ihn die jungen Frechdachse »Opa« und zollten seinen Kenntnissen der Gesetze nur wenig Respekt. »Opa hat's mit den Gesetzbüchern«, machten sie sich lustig, denn sie wußten, daß die Gesetze dazu da waren, um zum Vorteil wohlhabender Mandanten manipuliert zu werden. Sie waren es, die der Kanzlei zu immer neuen Erfolgen verhalfen; Mr. Chisholm rechnete sie sich als sein Verdienst an.)

Ein Sekretär steckte den Kopf in die Tür und meldete Mr. Armaghs Ankunft. Mr. Chisholm erhob sich würdevoll und wartete. In wenigen Augenblicken, fürchtete er, würden in diesem Zimmer eine derbe irische Stimme, grölendes Lachen und Kraftausdrücke, wie sie in Kaschemmen zu hören waren, widerhallen. Schon am Morgen hatte der Anwalt einen großen Messingspucknapf kommen lassen, der nun gegenüber dem Schreibtisch, neben dem Lehnsessel des Besuchers stand, denn zweifellos war Mr. Armagh ein leidenschaftlicher Tabakkauer und -spucker. Ursprünglich hatte Mr. Chisholm daran gedacht, dem Spucknapf einen Bogen Zeitungspapier zu unterlegen, sich aber letztlich entschlossen, von dieser Maßnahme abzusehen. Es wäre unhöflich gewesen. Er seufzte, denn er hatte einen Entschluß gefaßt. Wenn Mr. Armagh wirklich so viel daran lag, daß sein Sohn Marjorie heiratete, und wenn die jungen Leute eine solche Verbindung ebenso begierig herbeisehnten, nun, er mochte sich die Sache durch den Kopf gehen lassen, wie sehr sie ihm auch gegen den Strich ging und alle Hoffnungen zunichte machen würde, die er für Marjorie gehegt hatte. Seine Marjorie, die schon zu wiederholten Malen Ballkönigin gewesen war und über deren Debüt die Zeitungen in Philadelphia und New York berichtet hatten! Der Gedanke, Marjorie könnte in eine solche Familie hineinheiraten, die ihre zartesten Gefühle verletzen und mit Füßen treten würde, jagte ihm kalte Schauder über den Rücken.

Joseph trat ein, und der Sekretär schloß leise die Tür hinter ihm. Mr. Chisholm riß den Mund auf. Er konnte es einfach nicht glauben. Sein Besucher hatte mit den irischen Bürgermeistern Bostons, wie etwa dem »Alten Schmuskopf«, und all den anderen zwielichtigen Politikern, die dem peniblen Mr. Chisholm seit eh und je ein Dorn im Auge waren, überhaupt nichts gemein. Vor ihm stand ein großgewachsener, schlanker, tadellos gekleideter Herr. Die blütenweiße Wäsche, die wenigen, aber geschmackvollen Schmuckstücke, die eleganten, mattpolierten Schuhe, waren über jeden Zweifel erhaben. Vor allem aber war es Josephs asketisches Gesicht, das die Aufmerksamkeit des Anwalts erregte, dieses zurückhaltende, unbewegte, glattrasierte, strenge und — jawohl! — aristokratische Gesicht. Das teils rostbraune, teils weiße

Haar war fachmännisch frisiert, weder zu kurz noch zu lang, sein Gesichtsausdruck verriet Energie und Beherrschung, und seine Augen waren die eines sehr intelligenten und entschlossenen Mannes. Mr. Chisholms Spannung gab ein wenig nach. Konnte es sein, daß dieser irische Immigrant ein *Gentleman* war? Schottisch-irischer Abstammung? Gab es vielleicht einen Covenanter in seiner Vergangenheit? Mr. Chisholm hatte einen in seiner eigenen Familie.

»Mr. Armagh, nehme ich an?« begrüßte Mr. Chisholm seinen Besucher und streckte ihm die Hand entgegen. Mr. Armaghs Hand, stellte der Anwalt fest, war lang und feingliedrig, trocken und sehr kräftig. Und dann sagte Mr. Chisholm, obwohl es ursprünglich nicht in seiner Absicht gelegen war: »Ich habe mit großer Betrübnis vom Tod Ihres Sohnes erfahren, Mr. Armagh.«

»Ich danke Ihnen«, erwiderte Joseph. Seine Stimme, so schien es Mr. Chisholm, mochte ein wenig zu melodisch klingen, typisch irisch im Tonfall, aber es war die Stimme eines *Gentleman!* Weder zu emphatisch, noch zu matt, und sehr beherrscht. Im Vergleich zu diesem Mann war Rory Armagh, der Sohn, ein einfacher Taglöhner, nichts weiter. Dennoch: Blut setzte sich durch. Vielleicht war die Mutter eine ordinäre Person. Das wäre die Erklärung für Rorys skeptisches Lachen, seine lebenssprühende, schillernde Persönlichkeit, das zynische Lächeln, das er für jedermann bereithielt, und seine etwas spöttische Art älteren Menschen gegenüber. Jaja, Blut blieb Blut, und Mr. Armagh war ganz offensichtlich ein Mann von edlem Blut. Mr. Chisholm fühlte sich sehr erleichtert. Überdies war Mr. Armagh auch sehr, sehr mächtig und sehr, sehr reich. Ein Zugeständnis zu machen erschien Mr. Chisholm nicht mehr unmöglich ... Es hieß ja, daß manche Iren von Königen abstammten; oder zumindest vom Landadel. »Nehmen Sie doch Platz, Mr. Armagh«, forderte Mr. Chisholm ihn auf.

Joseph setzte sich, schlug ein langes, schlankes Bein über das andere und musterte Mr. Chisholm, der noch stand, mit durchbohrenden Blicken.

»Brandy, Mr. Armagh?« fragte Mr. Chisholm und deutete auf ein kleines Schränkchen in seiner Nähe.

»Danke, nein, ich trinke nicht«, antwortete Joseph. Na so was! Ein Ire, der nicht trank! Mr. Chisholm trank nur sehr mäßig, Brandy etwa oder einen sehr guten Wein, aber er achtete Leute, die den Alkohol mieden. »Eine Zigarre?« schlug er vor und wurde immer unsicherer.

»Danke, nein. Ich rauche nicht.«

Mr. Chisholm war Experte, wenn es darum ging, Plebejer zu durchschauen, die sich aristokratische Beschränkungen auferlegten, und erkannte sogleich, daß es nicht Ziererei war, wenn Joseph Brandy und Zigarren ablehnte. Der Mann hatte für Alkohol und Tabak ganz einfach nichts übrig.

»Ich weiß, Sie sind ein vielbeschäftigter Anwalt«, sagte Joseph, der Mr. Chisholm scharf beobachtete, »und möchte daher Ihre Zeit so wenig wie möglich in Anspruch nehmen.« Er hatte sich sehr schnell ein Urteil gebildet, wonach Mr. Chisholm kein sehr intelligenter, aber ein gütiger, in seinen Entscheidungen oft unsicherer Gentleman war, dem allerdings schon ein wenig der Kalk aus der Hose rieselte. Unter anderen Umständen wäre Joseph geneigt gewesen, ihm wohlwollend gegenüberzustehen und anzuerkennen, daß Rory, was die Familie betraf, keine allzu schlechte Wahl getroffen hatte. Er warf einen schnellen Blick auf das Bild von Miß Marjorie Chisholm, das in einem Silberrahmen auf dem Schreibtisch ihres Vaters stand. Ein reizendes Mädchen mit ihrem feingeschnittenen, strahlenden Gesicht, den spitzbübischen Augen, der hohen Stirn und dem wirren Knäuel schwarzer Locken. Es war wirklich nichts an ihr auszusetzen.

Er beugte sich vor, öffnete seine Aktentasche, holte ein Bündel Papiere heraus, und legte sie auf den Schreibtisch. »Ich habe die Erfahrung gemacht — und Sie werden mir zweifellos zustimmen, Sir —, daß Dokumente und Beweismaterial um vieles überzeugender sind als das gesprochene Wort und überdies eine Menge Zeit sparen helfen. Darf ich vorschlagen, daß Sie einen Blick in diesen Akt tun?«

Abermals sperrte Mr. Chisholm den Mund auf, setzte sich langsam nieder und drückte sich sein Pincenez auf die Nase. Er begann zu lesen. Joseph sah ihm dabei nicht zu. Er blickte sich im Zimmer um und stellte überrascht fest, daß es seinen eigenen Räumen in Green Hills recht ähnlich war. Nur daß die Ausstrahlung der Macht hier fehlte; hier herrschten Recht und Ordnung, penibel, langweilig, umständlich, schwerfällig, verstaubt. Ja, ja, er war schon ein rechter Datterich, der arme Kerl.

Eine vergoldete Bronzeuhr stand auf dem Kaminsims, und in der beklemmenden Stille wurde ihr Ticken lauter und lauter. Das leise Knistern des Feuers kündigte unheilvolles Geschehen an. Nun begann Joseph, Mr. Chisholm zu beobachten, der ruhig Blatt um Blatt wendete. Aber von Minute zu Minute wich die Farbe aus seinem Gesicht, er wurde blässer und blässer und schließlich totenbleich, seine Lippen zuckten, seine Augen traten hervor, und unter seinem Kinn bildete sich wammengleich eine dünne Hautfalte. Plötzlich war er ein schwacher Greis, sein Schnurrbart zitterte, und er versank tiefer und tiefer in seinen Sessel. Seine Hände bebten. Joseph runzelte die Stirn. Er hatte gehofft, sich ein solches Schauspiel ersparen zu können. Er hatte erwartet, es mit einem zwar großspurigen und aufgeblasenen, aber doch gesetzten Mann von ruhiger Entschlußkraft zu tun zu bekommen, der ihm beipflichten oder sich zumindest seinen Argumenten zugänglich erweisen würde. Aber Mr. Chisholm machte ihm den Eindruck eines gebrochenen Mannes. Plötzlich entsann sich Joseph eines Wortes seines

Vaters: »Feine Leute streiten nicht. Sie erzielen eine Verständigung.« Joseph war erst zwölf Jahre alt gewesen, aber er hatte darüber gelacht. Er hatte immer darüber gelacht — bis heute. Hätte er Mr. Chisholm besser gekannt, er würde anders an die Sache herangegangen sein. Dieser verdammte Charles. Charles war auch so ein feiner Mann. Er hätte seinen Arbeitgeber warnen müssen.

Langsam schlug Mr. Chisholm die letzte Seite auf. Er sah Joseph an. Joseph hatte vor Angst und Entsetzen geweitete Augen erwartet, doch Mr. Chisholms Augen blickten verletzt, aber furchtlos.

»Meine Tochter«, sagte der Anwalt, »ist also mit Ihrem Sohn Rory verheiratet. Ich hatte ihr den Umgang mit ihm verboten. Ich wußte, daß nichts Gutes dabei herauskommen würde. Ich hatte recht. Drohungen gegen mich und Marjorie auszusprechen war nicht nötig, Mr. Armagh.«

Joseph beugte sich vor. »Ich wußte nicht, mit wem ich es zu tun haben würde, Mr. Chisholm. Ich wäre sonst anders vorgegangen. Ich will mich kurz fassen. Ich habe andere Pläne für meinen Sohn. Er ist alles, was mir geblieben ist. Er muß sich einen Namen machen. Ihre Tochter kann ihm diesen Namen nicht geben.«

Mr. Chisholm fuhr fort, als ob er Joseph nicht gehört hätte: »Wenn Marjorie und ich nicht in eine Ungültigkeitserklärung der Ehe einwilligen, werden Sie meine Tochter in den Schmutz ziehen, indem Sie verlauten lassen, sie wäre — als Minderjährige — gar nicht verheiratet gewesen, und der Geistliche wäre ›getäuscht‹ worden. Oder noch besser: er war, weil niemals ordnungsgemäß zum Priester geweiht, ein Schwindler. Der Standesbeamte, der die Eheschließung registrierte, wurde ebenfalls getäuscht. Er hat sie überhaupt nie registriert. Es war ja nur ein kleines Dorf, und sämtliche Unterlagen wurden vernichtet. Demnach liegen keine schriftlichen Aufzeichnungen vor, und meine Tochter hat mit Ihrem Sohn Unzucht getrieben. Sie wissen, daß das alles Lügen sind, Mr. Armagh. Sie haben Ihren Einfluß geltend gemacht. Wenn Marjorie und ich in eine Nichtigkeitserklärung einwilligen — in aller Stille, so daß kein Mensch etwas davon erfährt —, wird es keine Repressalien geben. Stimmt das, Mr. Armagh?«

»Das stimmt, Sir.«

»Wenn wir uns Ihren Forderungen nicht beugen« — ein heftiger Hustenanfall schüttelte Mr. Chisholm —, »richten Sie mich zugrunde. Sie haben Ihre Nachforschungen sehr gewissenhaft angestellt, Sir. Ganz recht: durch die Panik von 1893 wurde ich in Schulden verstrickt, und ich habe meine Finanzen noch nicht wieder regeln können. Sie halten meine Wechsel in der Bank. Sie werden diese Wechsel fällig stellen und mich damit zum Bettler machen. Ich dachte, meine Bankiers wären — Gentlemen.«

»Bankiers sind niemals Gentlemen.«

Mr. Chisholm nickte. »Ich weiß das jetzt. Die Folgen für meine Familie ... Meine Vorfahren haben für Amerika gekämpft ... Gleichviel. Ich will Sie nicht langweilen. Wenn Marjorie also in aller Stille die Aufhebung dieser verhängnisvollen Ehe beantragt und das Gericht ihrem Antrag ohne jedes Aufsehen stattgibt, dann enthalten Sie sich der mir und meiner Tochter angedrohten Maßnahmen?«

»Ja«, antwortete Joseph, erhob sich, ging ans Fenster und blickte hinaus.

»Sie würden sie jedoch trotz allem durchführen, wenn wir Ihren Sohn Rory davon in Kenntnis setzen?«

»Ja«, sagte Joseph. »Er darf es nie erfahren. Ihre Tochter muß ihre eigenen Gründe geltend machen, warum sie das Verhältnis zu lösen entschlossen ist.«

Mr. Chisholm überlegte. »Sie lieben Ihren Sohn, ich liebe meine Tochter. Ich wäre bereit gewesen, diese Ehe bestehen zu lassen. Sie nicht. Doch wenn ich es recht überlege, Mr. Armagh, lehne ich jetzt doch eine Verbindung meiner Tochter mit Ihnen ab. Mit Ihnen, Sir. Durch Ihren Sohn. Sie könnte das nicht ertragen. Sie wurde in einer ehrenwerten Familie großgezogen —«

Joseph schwang so heftig herum, daß der Anwalt zurückfuhr. »So wie ich«, brach es aus ihm heraus. »In einer achtbaren, gottesfürchtigen, unbescholtenen Grundbesitzerfamilie. Als Angehöriger einer Nation, deren Geschichte in die graue Vorzeit zurückreicht. Aber wir wurden nicht weniger erbarmungslos ausgerottet, wie die russischen Leibeigenen von ihren Herren vernichtet werden. Wir wurden wie Raubtiere gejagt, wie Ungeziefer vertilgt, und alles nur, weil wir ein freies Volk sein und unsere Religion ausüben wollten. Das war ein abscheuliches Verbrechen, nicht wahr? Frei zu sein heißt verdammt zu sein. Wer für die Freiheit kämpft, ist ein Verbrecher. Wer sich gegen den Unterdrücker erhebt, muß das mit dem Leben bezahlen. Ja, das weiß ich. Aus genau demselben Grund haben auch Ihre Vorfahren, Sir, England verlassen. Nur daß Sie es schon vergessen haben. Ihre Ahnen waren arme ausgebeutete englische Kleinbauern und Pächter, die nichts anderes wollten als in Frieden leben und ihrem Gott zu dienen. Das wurde ihnen verweigert, wie es auch meinem Volk verweigert wurde. Darum wanderten sie aus — hierher.

Lange bevor Ihre Vorfahren als *ein* Volk Geschichte machten, waren die Iren bereits eine alte, stolze Rasse. Wir waren niemals Sklaven, wie Ihr Angelsachsen es wart, und, bei Gott, wir werden es niemals sein!«

Mr. Chisholm lehnte sich zurück und starrte in tiefer Verwirrung vor sich hin. »Und nun wollen Sie sich rächen«, sagte er.

»Sie sind sehr scharfsinnig, Mr. Chisholm«, erwiderte Joseph und kehrte zu seinem Stuhl zurück.

»Dafür habe ich mich nie gehalten«, bemerkte der Anwalt fast unterwürfig. »Aber eines weiß ich jetzt: Es wird auf dieser Welt keinen Frieden geben, solange wir nicht das uns zugefügte Unrecht vergessen und als Menschen, nicht als Rächer, zusammen leben und arbeiten.«

»Da werden Sie schon auf das tausendjährige Reich Christi warten müssen«, gab Joseph zurück und lächelte. »Haben wir nicht alle Anlaß, als Rächer aufzutreten?«

»Ich nicht«, erwiderte Mr. Chisholm und glaubte, was er sagte. Er fühlte sich gedemütigt und beschämt und krank und, seltsam: er empfand Mitgefühl für Joseph Armagh.

Weil du keinen Mut hast, dachte Joseph.

»Solange wir andere Kreaturen Gottes hassen«, fuhr der Anwalt fort und staunte über seinen Gedankenflug, »sind wir keine Menschen. Nur Tiere. Der Haß entspricht nicht der Würde des Menschen. Er spricht Gottes Geboten Hohn.«

Du bist ein Einfaltspinsel, dachte Joseph fast mitleidig. Du weißt überhaupt nicht, was in der Welt vorgeht. Wenn ich es dir verriete, du würdest vor Schreck und Entsetzen tot umfallen. Vielleicht hat dein Gott Erbarmen mit dir. Er wird dich bis an dein Ende in Unkenntnis lassen. Aber Mr. Chisholm maß ihn mit einem seltsamen Blick.

»Sie sind wohl überhaupt nicht gläubig, Mr. Armagh, nicht wahr?«

Einige Augenblicke lang blieb Joseph stumm. »Nein«, antwortete er dann. »Nein, das bin ich nicht. Ich habe schon als Kind an nichts mehr geglaubt. Das Leben hat mich das gelehrt.«

Mr. Chisholm nickte. »Das dachte ich mir. Aber der Tag wird kommen, da Sie nicht mehr weiter wissen.«

Er erhob sich. Er strahlte die gleiche Würde aus wie zu Beginn des Gespräches, aber es war keine anstößige Würde. »Mr. Armagh«, sagte er, »Ihren Wünschen wird Rechnung getragen werden. Sie können dessen sicher sein. Ihre Drohungen gegen mich und meine Tochter beeindrucken mich nicht. Ich möchte die Sache zu Ende bringen. Ich hoffe, Sie nie wiederzusehen.«

»Ich wollte«, entgegnete Joseph, »ich hätte als Kind Menschen Ihrer Art kennengelernt. Mag sein, wir hätten die gleichen Schlüsse gezogen.« Sein Gesicht zeigte Bedauern. In seinem Inneren aber fühlte er sich belustigt.

Er ging und Mr. Chisholm sah ihm nachdenklich nach. Von neuem überflutete ihn Mitleid, und wieder fühlte er sich gedemütigt. Gott verzeihe uns, was wir einander antun, dachte er.

Daheim in seinem Arbeitszimmer sagte Mr. Chisholm zu seiner Tochter Marjorie: »Er wird nicht nur uns vernichten, mein liebes Kind, wenn wir seine Bedingungen nicht erfüllen, sondern auch seinen Sohn Rory. Du hast die Wahl.«

»Meinst du damit, daß du dich meiner Entscheidung beugen würdest, Papa?« fragte Marjorie. Sie saß ihrem Vater gegenüber. Hinter ihr stand Mr. Chisholms Privatsekretär und persönlicher Anwalt, Bernard Levine. Bernard war schon seit vielen Jahren hoffnungslos in Marjorie verliebt; er war ein schmächtiger junger Mann mit einem ruhigen, intelligenten Gesicht, mit braunem Haar und braunen Augen, der mehr zuhörte, als er sprach.

»Genau das meine ich, mein Kind«, antwortete Mr. Chisholm. »Was auch immer die Folgen sein mögen, es ist deine und nur deine Entscheidung.« Marjorie hatte keine Träne vergossen. Wie sehr sie doch ihrer Mutter ähnlich sieht, dachte der Anwalt und ließ seine Blicke auf ihr ruhen, die in einem blauen Sergekostüm mit Hemdbluse und zierlichen Knöpfelstiefeln vor ihm saß. Ihre schwarzen Locken drängten sich ungestüm unter ihrer Pompadourfrisur hervor, die wechselnden Empfindungen spiegelten sich auf ihrem kleinen Gesichtchen, und ihre ausdrucksvollen schwarzen Augen funkelten. Er hatte sie und Bernard an diesem Abend in sein Arbeitszimmer kommen lassen und seiner Tochter einfach die Dokumente gereicht, die Joseph zurückgelassen hatte. Sie hatte nur einmal unbeherrscht aufgeschrien, als sie die Stelle erreichte, wo von ihrer Heirat die Rede war. »Oh, Vater!« hatte sie, von tiefer Reue überkommen, ausgerufen, »es tut mir so leid, daß ich dich hintergangen habe. Aber ich tat es um Rorys willen. Sein Vater —«

»Ich kenne Mr. Armagh«, unterbrach sie Mr. Chisholm mit trauriger Stimme. »Ich wollte, wir hätten einander früher kennengelernt.« Marjorie fand diese Worte so unverständlich und rätselhaft, daß sie verwundert aufsah.

Nun hatte er es ihr überlassen, ihn und vielleicht auch Rory zu vernichten, nur um ihre Ehe zu retten. Sie bezweifelte, daß Joseph Rory, den einzigen ihm noch verbleibenden Sohn, praktisch das einzige ihm noch verbleibende Kind, aus verletztem Ehrgeiz, aus Zorn und Enttäuschung »vernichten« würde. Er konnte doch nicht so weibisch launenhaft sein. Seine erste Wut, darauf hatte Rory sie oft hingewiesen, pflegte nach einer Weile in einen von seiner Art von Logik geprägten Pragmatismus umzuschlagen. Dennoch hatte Rory es vorgezogen, diese Wut nicht zu provozieren und ihm seine Ehe nicht zu offenbaren. Marjorie war vor Angst und Schrecken und quälender Sorge ganz außer sich. Das konnte doch alles nur ein Alptraum sein. Niemand verlangte von ihr, daß sie Rory aufgeben, ihn nie wiedersehen, die Auflösung ihrer Ehe hinnehmen sollte. Rory. Rory. Sie konnte es nicht fassen.

»Er würde doch nicht wirklich tun, was er dir angedroht hat, Papa!« Sie ballte ihre kleinen Hände zu Fäusten. »Er liebt doch Rory, und Rory liebt ihn! Er hat doch nur Rory!«

Mr. Chisholm verzeichnete mit Betrübnis, daß ihr erster Gedanke Rory und nicht ihm galt.

»Meine Kleine, ich fürchte, daß er genau das tun würde.« Er wandte sich an Bernard. »Sie haben Mr. Armagh heute in meiner Kanzlei gesehen. Sie wissen aus den Zeitungen, was für ein Mann Mr. Armagh ist. Glauben Sie, daß er in diesem besonderen Fall sich, äh, erweichen lassen, nachgeben, sich zu einer Einigung bereitfinden könnte?«

Bernard zauderte. Es zerriß ihm das Herz, Marjorie so verzweifelt zu sehen. »Nach all dem, was ich von Mr. Armagh weiß«, antwortete er, »— der Mann hat mich schon immer fasziniert, und ich habe fast alles gelesen, was ihn und seinen Werdegang betrifft —, nein, ich glaube nicht, daß man mit ihm reden kann. Gelegentlich des Mordes an seinem Bruder las ich, daß er sich vor seiner Versöhnung mit ihm lange Jahre überhaupt nicht um ihn gekümmert hatte, weil Mr. Sean Paul seinen Ansprüchen nicht genügte und seine Erwartungen nicht erfüllte. Es geht auch ein Gerücht, er habe eine Schwester in einem Kloster, mit der er nichts zu tun haben will. Aber das mag nur Gerede sein. Und gerade in letzter Zeit wird wieder davon gesprochen, daß er, das ist schon lange her, den Tod seines Schwiegervaters auf dem Gewissen hat. Mir ist bekannt, daß er in Verfolgung seiner Ziele viele Leute zugrunde gerichtet hat. Das ist kein bloßes Gerede. Das sind Tatsachen. Er schreibt hier, daß er ›andere Pläne‹ für seinen Sohn hat. Wir können, glaube ich, mit Sicherheit voraussetzen, daß er seine Drohungen wahrmacht, wenn diese Pläne durchkreuzt werden. Ich habe noch nie gehört, daß er jemanden bedroht und dann die angekündigten Maßnahmen nicht ausgeführt hätte. Wie gesagt, ich weiß eine ganze Menge über Mr. Armagh.«

»Nur aus Zeitungen und Zeitschriften, Bernie?« fragte Marjorie, die noch blässer geworden war.

»Nein. Ich habe da vor kurzem etwas über internationale Bankleute gelesen. Mr. Armagh sitzt im Vorstand einiger großer amerikanischer Gesellschaften, und man kann daher mit einiger Sicherheit annehmen, daß er enge Beziehungen zu amerikanischen und europäischen Banken unterhält. Das stand alles in einem — Buch. Ich hörte später, daß es, als größere Mengen davon verkauft wurden, aus den Buchläden verschwand. Ich weiß nicht, ob Mr. Armagh — dazu gehört, aber er ist zweifellos in die Sache verwickelt.«

»Was reden Sie da, Bernard? Worauf spielen Sie an?«

Bernard zuckte die Achseln, eine Gewohnheit, die Mr. Chisholm mißfiel, und spreizte die Hände, eine »unamerikanische« Geste, die Mr. Chisholm noch mehr mißfiel. »Gerade heute las ich in der *Boston Gazette* — eine Zeitung, die Sie nicht sonderlich schätzen, Sir —, daß unsere Regierung durch den Krieg mit Spanien bei den Banken in große Schulden geraten ist und daß der Oberste Gerichtshof der Vereinigten Staaten die Einkommensteuer in Bälde abermals für verfassungswidrig erklären wird. Der Krieg war zwar kurz, hat aber doch einige Milliarden Dollar gekostet. Die Banken in New York besitzen Schatzscheine der Regierung. In einem Interview hat Mr. Morgan die Meinung vertreten, es gäbe nur eine einzige Möglichkeit, »solvent« zu sein: eine permanente Einkommensteuer auf Bundesebene. Anders ausgedrückt: Wenn wir Kriege führen sollen — das hat er natürlich nicht ausgesprochen —, muß das Volk sie mit seinen Steuern bezahlen. Keine Steuern, keine Kriege. In einem unter der Hand verbreiteten Flugblatt habe ich gelesen, es gebe eine Organisation, die sich ›Scardo Society‹ nennt. Ihre Mitglieder seien prominente amerikanische Politiker und Industrielle, nach deren Meinung Kriege in unserem zunehmend industriellen Zeitalter unbedingt nötig sind, wenn die wirtschaftliche Prosperität nicht gefährdet werden soll.«

Wieder zuckte er die Achseln. »Ähnliche Hinweise waren auch in New Yorker Zeitungen zu finden. Was auch immer vorgehen mag, es wird streng geheimgehalten, und wer auch nur die leisesten Bedenken anmeldet, wird entweder lächerlich gemacht oder ignoriert und totgeschwiegen. Ich weiß nicht, Sir. Es ist irgendwie unheimlich.« Abermals spreizte er die Hände. »Die Zeitungskritiker taten das Buch, das ich erwähnt habe, als Unsinn ab und stellten den Autor als Einfaltspinsel hin, der an Gespenster glaubt. Ihre Angriffe wiesen eine sonderbare Übereinstimmung auf.«

Mr. Chisholm schien zutiefst erschüttert. O Rory, Rory! dachte Marjorie. Nichts darf uns trennen, heute nicht und niemals! Ein stummer Aufschrei füllte ihre Kehle, und sie meinte zu ersticken. Ihre trokkenen Augen brannten. Sie zitterte vor Trostlosigkeit und Verzweiflung, Haß und Empörung.

Mr. Chisholm faßte sich wieder. »Ich bin froh«, sagte er kopfschüttelnd, »daß ich nicht mehr jung bin und keine Söhne habe. Zum erstenmal in meinem Leben fürchte ich für mein Land. Aber ich kann es kaum glauben. Ich bin sicher, daß es nie eine Einkommensteuer für Einzelpersonen geben wird, und ebenso sicher, daß wir keine Kriege mehr führen werden. Nun ja. Wir haben unsere eigenen Probleme zu lösen. Marjorie?«

»Ich kann einfach nicht glauben, daß ein Mann so gemein sein könnte, einen harmlosen Menschen wie dich, Papa, und ein harmloses Mädchen wie mich zu bedrohen — und seinen eigenen Sohn! Seinen eigenen Sohn!«

Mr. Chisholm konnte es nicht ertragen, seine geliebte Tochter anzusehen. Totenbleich, mit zuckendem Gesicht, die Augen von Schmerz geweitet, saß sie verkrampft auf ihrem Stuhl. Ihr sonst so schelmisch und zärtlich lächelnder Mund war der eines gequälten Weibes, das vergeblich um Gnade fleht. Nein, der Anwalt konnte es nicht länger ertragen, seine Marjorie anzusehen, und ein Haß gegen Joseph Armagh stieg in ihm auf, wie er ihn so glühend noch nie in seinem Leben empfunden hatte. Seine mageren Hände umklammerten die Armlehnen seines Sessels. Er verstand jetzt, wie es kam, daß Menschen töten konnten; es war ihm bis jetzt stets unbegreiflich gewesen. Nur Verrückte, Wahnsinnige, Idioten, ordinäre, dumme, vertierte Menschen töteten, hatte er gedacht. Jetzt verstand er. Blut ließ seine ausgedörrte Kehle anschwellen. Sein Gesicht färbte sich rot, der Schweiß drang ihm aus allen Poren.

Trotzdem gelang es ihm, seiner Tochter mit einiger Gelassenheit zu antworten. »Ich fürchte, er meint es ernst, Marjorie. Ich möchte es nicht drauf ankommen lassen. Du weißt, ich war nicht mehr sehr jung, als ich deine Mutter heiratete. Ich könnte dein Großvater sein, meine Kleine. Für mich selbst fürchte ich nichts; wie lange werde ich denn schon noch leben? Mein Auskommen werde ich immer haben. Aber ich habe Angst um dich, meine Tochter. Er würde dich bedenkenlos zugrunde richten, dich und deinen — deinen — Mann.« Er haßte jetzt auch Rory, der Marjorie in diese entsetzliche Lage gebracht, sie der Gewalt eines gewissenlosen Menschen ausgeliefert hatte.

»Was sagen Sie dazu, Bernard?«

Bernard senkte den Blick. »Ich bin Ihrer Meinung, Sir. Wir dürfen es nicht drauf ankommen lassen. Andererseits ... wenn Marjorie an ihrer Ehe festhalten will, braucht sie es nur zu sagen. Was — er — da schreibt, gut und schön, aber ich bin ganz sicher, daß sich die Rechtmäßigkeit der Heirat beweisen läßt. Es mag Schwierigkeiten geben. Es mag Jahre dauern. Wenn Zeugen aufgerufen und vereidigt werden, muß, denke ich, die Wahrheit ans Licht kommen. Meineid ist schließlich immer noch ein Verbrechen, das streng bestraft wird. Marjorie hat ihren Trauschein, aus dem die Namen der Zeugen, des Pfarrers und des Standesbeamten ersichtlich sind. Es ist nicht anzunehmen, daß sie alle vor Gericht lügen würden. Und Sie, Sir, haben einen guten Namen.«

Neue Hoffnung erhellte das gequälte junge Gesicht; Marjories Augen leuchteten auf. Nun konnte es auch Bernard nicht länger ertragen, sie anzusehen.

»Wir dürfen aber auch Rory Armagh bei unseren Überlegungen nicht vergessen«, fuhr er fort. »Er hat nicht den Charakter seines Vaters. Er könnte dem Druck, dem er ausgesetzt sein würde, nicht standhalten. Nach dem, was ich hier und dort über ihn gehört habe, wäre es vorstellbar, daß er an das Geld seines Vaters denkt, an die Tatsache, daß er als Erbe —«

»Nein, nein!« rief Marjorie, sich ihm heftig zuwendend. »Er ist im letzten Studienjahr! Danach, nach seiner Promotion, wollte er es seinem Vater sagen, daß er bereits verheiratet ist! So haben wir es ausgemacht. Rory liebt mich. Er wird mich nie freiwillig aufgeben, und ich bin bereit, mein Leben darauf zu setzen.«

»Aber sein Vater hat ihm gedroht«, gab Bernard zu bedenken, »und man kennt ihn als einen Mann, der seine Drohungen wahrmacht. Nichts könnte ihn aufhalten, Sie und Rory voneinander zu trennen. Sein Vater hat genug Einfluß, um jederzeit zu verhindern, daß Rory eine Stelle in einer Anwaltskanzlei von einigem Ruf anträte. Und wenn er sich als selbständiger Anwalt etablierte, würde er nur wenige Mandanten haben. Sir«, wandte er sich an Chisholm, »würden Sie riskieren, angesichts von Mr. Armaghs oppositioneller Haltung Mr. Rory in Ihre Firma aufzunehmen?«

Mr. Chisholm dachte nach. Er dachte an seine Partner, an seine Mitarbeiter. »Nein, würde ich nicht«, sagte er schließlich. Er schien in seinem Stuhl förmlich zusammenzukriechen. »Nein, ich würde es nicht wagen. Auch würden es meine Partner nicht zulassen.«

»Aber ich habe mein eigenes Geld«, sagte Marjorie. »Es dauert nicht mehr lange, und ich bin einundzwanzig. Es liegt ganz in deiner Hand, daß ich dann Mamas Geld bekomme.«

Mr. Chisholms Gesicht verlor zusehends an Farbe. Er wandte sich ab. »Marjorie, ich muß dir etwas beichten. Ich hatte — freie Verfügung über das Geld deiner Mutter, denn sie vertraute mir. Während der Krise vor einigen Jahren mußte ich es als Sicherheit hinterlegen ... ich hatte Schulden gemacht ... Es ist nicht verloren. In ein paar Jahren, hoffe ich, werden meine Geldanlagen ganz sicher wieder ihren vollen Wert haben, und ich kann das Geld — deinem Erbe zuführen. Aber Mr. Armagh hat gedroht, mir das unmöglich zu machen ... er ist im Besitz des Wechsels ... die Bank hat ihm das Dokument ...«

Er barg das Gesicht in den Händen. »Kind, vergib mir«, sagte er. Die Stimme versagte ihm.

Marjorie kniete sich neben ihn, umarmte ihn und bedeckte sein Gesicht mit zärtlichen Küssen. »Oh, Papa! Oh, Papa, das macht doch nichts! Mir liegt nichts daran! Bitte, Papa, sieh mich an. Ich liebe dich ja so. Ich liebe dich, Papa. Es macht überhaupt nichts.« Sie war von neuem in höchster Aufregung und Angst.

»In ein paar Jahren — ist dein Erbe wieder zu deiner Verfügung — mitsamt den Zinsen«, sagte Mr. Chisholm und ließ sein Haupt wie ein Kind, das Schutz bei der Mutter sucht, auf Marjories Schultern ruhen. »Du hättest es nie erfahren, mein Kind, wenn das nicht passiert wäre.«

»Es ist ja alles meine Schuld«, klagte die arme Marjorie. »Wenn ich Rory nicht auf diese Art geheiratet hätte, würden wir jetzt nicht diesen Alptraum erleben. Verzeih mir, Papa. Wenn du kannst, verzeih mir. Oh, wie konnte ich dir das nur antun, daß du den Drohungen dieses niederen, gemeinen Menschen ausgesetzt sein mußt, du als Gentleman, als mein Vater? Ich hasse mich. Ich verachte mich. Ich wünschte, ich wäre tot.« Jetzt, da sie neben ihm kniete, brach sie zum erstenmal in Tränen aus. Sie ließ ihren Kopf auf seine Knie sinken und schluchzte und stöhnte.

»Mein kleiner Liebling«, sagte Mr. Chisholm. »Klage dich nicht an. Dein Großvater, der Vater deiner Mutter, war auch gegen unsere Heirat. Ich habe nie erfahren, warum. Und wir haben dennoch geheiratet, genauso wie ihr. Ich habe es nie bereut, und schließlich haben wir den alten Herrn auf unsere Seite gebracht.« Er machte eine Pause. »Aber ich glaube nicht, daß das auch mit Armagh so gehen wird.« Er nahm Marjories Gesicht in seine Hände und küßte es wieder und wieder. »Still, mein Liebling, ich kann das nicht hören — dieses Schluchzen —, still, sei ruhig. Du bist jung. Es gibt immer einen Ausweg. Du bist jung.«

Bernard stand schweigend daneben und litt mit ihnen. Als Mr. Chisholm Marjorie in ihren Stuhl drückte, sagte er: »In diesen Papieren führt Mr. Armagh an, Marjorie wäre noch nicht großjährig gewesen und habe keine schriftliche Genehmigung ihres Vaters besessen, als sie *angeblich*, wie er sich ausdrückt, seinen Sohn heiratete. Und daß, allem Anschein nach, die Ehe nie konsumiert wurde.« Bernard hüstelte verlegen. »In den Papieren steht, daß Rory Armagh und Marjorie Chisholm nie miteinander — kohabitiert haben.«

Er sah Mr. Chisholm an. »Wir haben also keine andere Wahl. Marjorie kann in New Hampshire ganz diskret die Annullierung der Ehe mit der Begründung beantragen, daß diese nie vollzogen wurde. In der Presse werden keine Namen genannt werden, sagt Mr. Armagh. Die Sache wird in aller Stille durchgeführt. Sehr zartfühlend, sehr vornehm von Mr. Armagh, nicht wahr?« Bernard verzog den Mund. »Alles, um Miß Marjories guten Ruf zu retten und ihr nicht ihre Heiratschancen zu nehmen. Wenn Sie meine persönliche Meinung hören wollen«, fuhr Bernard fort, »zeigt er sich nur deshalb so *großzügig*, weil er einem Prozeß um Anerkennung der Ehe aus dem Wege gehen will, der vielleicht, wenn auch die Aussichten nicht gerade vielversprechend sind, zu unseren Gunsten ausgehen könnte. Und das, trotz seines großen Einflusses. Und zudem, glaube ich, will er auch die offene Auseinandersetzung wegen des damit verbundenen Skandals und der Gerüchtemacherei vermeiden. Mr. Armagh, so habe ich gelesen, soll ein Mann sein, der sein Privatleben über alles stellt.«

Marjorie saß in ihrem Stuhl und hörte zu. Sie war jetzt sehr ruhig und sehr still. Immer noch rollten große dicke Tränen über ihre Wangen. Sie schien es nicht zu bemerken. Dann sagte sie ausdruckslos: »Ich werde die Annullierung der Ehe beantragen. Du mußt das in die Wege leiten, Papa.«

»Mein Kind«, sagte ihr Vater und wäre am liebsten selber in Tränen ausgebrochen.

»Ich werde keinen Gedanken mehr daran verschwenden«, sagte Marjorie. »Wenigstens jetzt noch nicht. Ich bin deine Tochter, Papa, und ich hoffe, ich habe etwas von deinem Mut und deiner Stärke geerbt. Ich werde mir keine Gedanken darüber machen.«

Joseph hatte in den Papieren nichts von der kleinen Wohnung in Cambridge erwähnt, doch Marjorie zweifelte nicht daran, daß er davon wußte. Warum hatte er darüber geschwiegen? Um die Annullierung der »nicht vollzogenen« Ehe nicht zu erschweren? Sicherlich. Sie dachte an jenen Ort der Glückseligkeit, der ihr trotz seiner Schäbigkeit immer so licht und sauber erschienen war, und fühlte, wie etwas in ihr zerbrach. Nie mehr würde sie dort sein, auf Rory warten und für ihn kochen. Nie mehr würde sie Rory sehen, seine Stimme hören, seine Küsse spüren, in seinen Armen liegen. Sie preßte die Augen zusammen, um die Welle der Qual, die sie überschwemmen wollte, abzuwehren. Nein, sie durfte jetzt nicht mehr daran denken. Wenn sie es tat, würde sie sterben, verrückt werden, ihren Vater im Stich lassen. Oh, Rory, leide nicht zuviel, mein Rory. Sie sah sein Gesicht vor sich, seinen lächelnden Mund, seine Augen, seine helle Haut; sie konnte seine Stimme hören.

»Ich schreibe ihm heute abend«, sagte sie. Ihre Stimme war nie ruhiger gewesen als jetzt. »Es ist leichter so, als wenn ich ihm ins Gesicht lügen müßte. Ich glaube nicht, daß ich es zuwegebringen könnte. Nein, ich könnte es nicht.«

Sie durfte ihren Vater nichts von der kleinen Wohnung in Cambridge wissen lassen. Er sollte glauben, daß ihre Ehe nie vollzogen worden war. Erführe er die Wahrheit, er würde auf der Aufrechterhaltung der Ehe bestehen, denn er war ein Ehrenmann. Das junge Gesicht verschlossen und runzelig, die Augen tränenleer, schrieb sie abends an Rory.

Nach reiflicher Überlegung bin ich zu dem Schluß gekommen, daß unsere Ehe von allem Anfang an unter einem ungünstigen Stern stand. Wir haben beide unsere Väter hintergangen und damit dem Unglück Tür und Tor geöffnet. Es wäre eine Lüge, wollte ich jetzt behaupten, daß ich Dir gegenüber nicht eine aufrichtige und starke Zuneigung empfand, doch muß ich Dir eingestehen, daß diese Zuneigung ständig nachgelassen hat. Ich habe versucht, mich dagegen zu wehren, jedoch ohne Erfolg. Ich werde daher die Annullierung unserer Ehe beantragen. Von unserer kleinen Wohnung im Cambridge braucht niemand zu wissen. Ich hoffe sehr, mein lieber Rory, daß Du mir die Demütigung, meine Aussage vor Gericht anzufechten, ersparen wirst. Die Schande wäre zu groß, als daß ich, wie ich es ja tun muß, ein normales Leben führen könnte. Wir waren töricht und unsere Hoffnungen kindisch. Ich werde mich Deiner in Liebe wie eines Freundes oder Bruders erinnern. Wir haben von allen Anfang an falsch gehandelt. Ich gebe Dir den Schmuck zurück, den Du mir geschenkt hast. Jetzt, da ich weiß, daß meine Liebe — oder was ich dafür hielt — nicht mehr existiert, könnte ich ihn nicht guten Gewissens behalten. Bitte, versuche nicht, mich umzustimmen.

Schreibe mir nicht. Nichts kann meinen Entschluß ändern. Wenn Du mich je geliebt hast, dann erfülle meine Bitten und verursache mir nicht noch mehr Schmerz.

Am Tag darauf fuhr sie in die düstere kleine Wohnung und legte Brief und Schmuckstück auf das Kissen des Bettes. Dann brach sie zusammen. Sie warf sich auf das Bett, umklammerte die Kissen und blieb lange Zeit regungslos, wie tot liegen, bemüht, die nötige Kraft zu sammeln, um den Ort für immer verlassen zu können. Sie fand eine zerrissene Halsbinde von Rory, nahm sie an sich und verließ die Wohnung, ohne sich noch einmal umzusehen.

Als Rory den Brief las, sagte er sich: Es ist eine Lüge. Es muß eine Lüge sein.

Vor zwei Tagen erst waren er und Marjorie in seliger Umarmung in diesem Bett gelegen. Sie hatte ihn fest umschlungen gehalten und immer wieder gesagt: »Verlaß mich nie, Rory! Verlaß mich nie! Schwöre es. Ich würde sterben, wenn ich dich nicht mehr hätte!«

Seine Marjorie, sein Liebling, das fröhliche Geschöpf mit den lustigen Grübchen, dem schelmischen Lachen und dem scharfen Witz, das nie log. Doch jetzt log sie. Irgendwie hatte das alte Ekel, ihr Vater, herausgefunden, daß sie verheiratet waren, und sie unter Drohungen gezwungen, diesen Brief an ihren Gatten zu schreiben. Nun, er, Rory, war nicht der Mann, solches zuzulassen, ganz gleich, was es kostete.

Sechs Monate lang versuchte er ins Haus der Chisholms eingelassen zu werden; die Tür blieb ihm verschlossen. Sechs Monate lang schrieb er wilde Anklagebriefe an Mr. Chisholm, voll von Beschuldigungen und Selbstanklagen, von Haßausbrüchen und Drohungen. Jeden Tag schrieb er einen Brief an Marjorie. Seine Briefe wurden ungeöffnet zurückgeschickt. Er suchte ihr aufzulauern, bekam sie jedoch nie zu Gesicht. Er magerte ab, wurde zusehends blasser. Er dachte daran, seinen Vater in die Sache einzuschalten. Die Armaghs, so dachte er grimmig, waren diesem weichen alten Chisholm wohl mehr als gewachsen.

Und dann erhielt er eines Tages ein versiegeltes Schreiben, in dem er informiert wurde, daß die Ehe zwischen der Marjorie Jane Chisholm und dem Rory Armagh von einem kleinen Gericht in New Hampshire annulliert worden war.

»Ich wurde nicht einmal vorgeladen«, sagte er zu sich. »Ich wußte gar nichts davon. Marjorie tat es heimlich — ihr Vater zwang sie dazu.« Und danach wurde er krank, zum erstenmal in seinem jungen Leben, und mußte mehrere Wochen lang das Bett hüten. Er hoffte, er würde sterben, ja er dachte sogar an Selbstmord.

Ein Jahr darauf wurde er mit Miß Claudia Worthington in der Privatkapelle des Botschafters getraut. Miß Worthington war eine strahlend schöne Braut, und die Zeitungen berichteten in überschwenglichen Tönen vom berühmten Vater des Bräutigams, von dem guten Aussehen des jungen Mannes und von seinem ernsten Betragen während der Trauung, die Seine Lordschaft, der katholische Bischof von London, assistiert von drei Monsignori, persönlich vollzog. Es waren fast zweitausend Gäste geladen, »durchwegs aus den höheren Kreisen«, drei Angehörige des Hofes, gar nicht zu reden vom »zahlreich erschienenen Adel«. Der Papst hatte schriftlich seinen Segen erteilt. Es war die Heirat des Jahres — für Amerika ebenso wie für England.

Und als Claudia neben ihm im Hochzeitsbett lag, dachte er an Marjorie. Mein kleiner Liebling, meine Marjorie! O Gott, o Gott!

Ein Jahr nach der Hochzeit wurde sein erster Sohn, Daniel, geboren, im Jahr darauf Joseph und schließlich im dritten Ehejahr das Zwillingspaar Rosemary und Claudette.

Claudia Armagh war eine angenehme, liebenswerte Gastgeberin. Jeder sprach von ihrem Charme, ihrem persönlichen Stil, ihrem Geschmack, ihrem *savoir faire*, ihrer Garderobe, ihren Juwelen und Pelzen und ihrer großen, prächtigen Limousine, einer der ersten in Amerika erzeugten. Sie hatten ein Haus in London, eines in New York, Villen in Frankreich und Italien, wo sich »die beste Gesellschaft zu Festen, Dinners und Konzerten ein Stelldichein gab«. Die berühmtesten Künstler kamen auf einen Wink von Mrs. Armagh, um bei ihren Veranstaltungen aufzutreten. Ihre Garderobe kam zur Gänze von Worth, die Juwelen ausschließlich von Cartier. Ihr Geschmack galt als unfehlbar.

Claudia mochte Washington sehr. Ihr Mann war nun Abgeordneter für den Staat Pennsylvania. Es stimmte, daß anläßlich seiner Wahl einiges Geschrei erhoben wurde. In der Gegenpartei meinte man sarkastisch, »Tote auf den Friedhöfen hätten für Rory Armagh ihre Stimme abgegeben, Lebende wären bestochen worden«. Wie dem auch gewesen sein mochte, Rory Armagh hatte seinen Opponenten mit einem Stimmenplus von 1000 besiegt, und dieser schien mit dem Ergebnis einigermaßen zufrieden und in sein Schicksal ergeben. Schließlich stellte man die Großzügigkeit der Armaghs nicht in Frage und noch weniger ihre Macht und ihren Einfluß.

Verstimmt sagte Claudia einmal zu ihrem Gatten: »Ich weiß, daß Ehemänner sich nicht allzusehr an ihren Treueschwur halten. Mein Vater tat es auch nicht. Diese Tatsache an sich stört mich nicht. Aber ich wünschte, Rory, du wärest dabei etwas diskreter.«

Rory suchte in jeder Frau Marjorie. Doch er fand sie nicht.

»Ich bin immer noch Rorys Frau«, dachte Marjorie, wenn sie allein in ihrem Bett lag. »Die Ehe wurde vollzogen. Was gehen mich Gerichte, Anwälte und Annullierungen an? Ich bin Rorys Frau und werde es immer bleiben. Er ist mit einer anderen verheiratet, doch er ist mein Gatte, vor Gott und wahrscheinlich auch vor den Menschen. Rory, ich weiß, daß du mich liebst und ewig lieben wirst. Du weißt nicht, daß ich dich heimlich von einem Fenster aus beobachtete, als du an die Tür von meines Vaters Haus trommeltest. Daß ich mich bezähmen mußte, um nicht hinunterzulaufen und mich in deine Arme zu werfen, ganz gleich, was passieren würde. Liebster, wie werde ich ohne dich leben? Papa denkt, ich habe dich seinetwegen aufgegeben. Doch ich habe es nur deinetwegen getan. Vielleicht wirst du es eines Tages erfahren, wenn auch nicht von mir. Rory, nie wird es in meinem Leben einen anderen Mann geben.«

Und sie hielt sich daran. Ihr Vater und ihre Tante legten ihr nahe, ihre Bewerber »zu ermutigen«, doch sie sagte immer nur, sie »sei nicht interessiert«. Wie sollte eine Frau einen anderen Mann als ihren Gatten haben wollen? Allein der Gedanke daran wäre Ehebruch gewesen. Oft preßte sie unter der Bettdecke Rorys alte Halsbinde an ihren Busen, preßte ihre Lippen darauf, liebkoste sie und schlief dann ein, ihre Wange auf das zerschlissene Stück Stoff gebettet. Irgendwie fühlte sie, daß Rory ebenfalls an sie dachte und daß ihre Liebe trotz des Trennenden, daß zwischen ihnen stand, überdauern würde. Das war ihr ein Trost über all die Jahre hinweg. Und dann erging sie sich in der Vorstellung, daß Rory eines Tages zu ihr zurückkehren würde.

XI

Joseph Armagh baute für seinen Sohn Rory und dessen Frau und Kinder ein prächtiges Landhaus auf einem herrlichen Grundstück, das dem seinen in Green Hills benachbart war. Der Besitz bekam daher den Namen »Armagh Settlement«. Claudia fand es »öde«. Obwohl Bernadette auf ihre Schwiegertochter stolz war und sich ihrer brüstete, mochten die beiden Frauen einander nicht. Claudia hielt sich für etwas weit Besseres als die Armaghs und verhielt sich allen »Annäherungsversuchen« Bernadettes gegenüber abweisend. Obwohl nicht besonders intelligent, war Claudia doch eine sehr gute Schauspielerin und führte zur Belustigung ihrer Freunde in Washington und Philadelphia vor, wie sich ihre Schwiegermutter betrug. Bernadette wiederum hielt ihre Schwiegertochter für affektiert und überheblich, was sie auch war. Claudias vielgerühmter Charme zeigte bei ihr keine Wirkung. Wenn Claudia »vornehm tat«, reagierte Bernadette mit einer heftigen Äußerung oder mit lautem, heiserem Gelächter. Sie und nur sie war die *grande dame* der Familie und nicht diese unbedeutende Person mit dem winzigen Busen, den breiten Hüften und den unförmigen Beinen. Bernadette hatte entdeckt, daß Claudia O-Beine hatte, was ihr nun Gelegenheit zu parodistischen Vorführungen gab. Wer war diese Claudia Worthington schon? Sie brüstete sich mit ihren Ahnen. Doch Bernadette war zu klug und scharfsinnig, um nicht sehr bald herauszukriegen, daß Claudias Großvater mütterlicherseits ein armer, an den Bettelstab gekommener Zimmermann gewesen war und nicht, wie er prahlerisch angab, Abkömmling einer englischen Aristokratenfamilie. Und der Vater des Botschafters war nach Bernadettes Meinung auch nichts Besseres gewesen. Er hatte um acht Dollar die Woche in einer Kohlengrube in Pennsylvanien angefangen, dann aber eine Maschine erfunden, die der Frauen- und Kinderarbeit in den Minen ein Ende machte. (Die Erfindung hatte er, wie Bernadettes Spitzel nach emsigem Nachforschen herausbrachten, einem intelligenteren, doch leider sehr leichtgläubigen Kumpel gestohlen.) Also hatte er ein Vermögen gemacht, seine Söhne nach Harvard und Yale geschickt und war zum Aristokraten geworden. Und was die Frauen in Claudias Familie betraf, so waren sie alle einfältige Wesen. Sollte Claudia nur allerorten ihre langen weißen Handschuhe tragen. Wenigstens sah dann niemand, daß sie die rauhen, kantigen, roten Hände einer Waschfrau hatte. Und welche Bewandtnis hatte es mit dem berühmten Vorfahren aus der englischen Königsfamilie? Du liebe Güte! Wachsoldat in Schloß Windsor war er gewesen!

»Tut nichts«, sagte Joseph zu seiner Frau mit leicht gekräuselten Lippen. »Lassen wir das Märchen Märchen sein. Wem schadet es? Wenn Claudia von der englischen Königsfamilie abstammen will, die doch selber zu den größten Protzköpfen gehören, dann soll sie nur. Genau besehen: Lehrt die Kirche nicht, daß wir allesamt von Adam und Eva abstammen?«

»Ach, sei doch still«, pflegte Bernadette dann zu sagen und leise vor sich hin zu lachen. »Aber dieses o-beinige Weibsstück wird mir nicht mit ihren weißen Handschuhen vor dem Gesicht herumfuchteln und denken, sie kann mir damit imponieren. Ich habe ihr ein für allemal gesagt, daß ich alles über sie weiß. Sie ist mir zuwider. Aber um des Familienfriedens willen werde ich es niemandem weitersagen. Außerdem sind ihre Leute reich. Rory hätte eine schlechtere Partie machen können. Und diese dummen Bemerkungen über die ›miesen Politiker‹! Mein Vater war schon Senator und Gouverneur, als sich ihre Leute noch die Kohlen- und Holzsplitter aus dem Hintern zogen. Dieses blöde Ding mit seinem hauchzarten Reden und seiner infantilen Stimme. Dabei habe ich sie mit ihren Kindern wie eine Schweinehirtin herumbrüllen hören. Und mit den Dienern schreit sie ebenso rum, wenn sie nur ein Rosenblatt in ihrer Fingerschale vergessen. Dabei hat sich ihre Großmutter noch in einem Zinkeimer gewaschen und war froh, daß sie einen hatte. Meine Mutter war eine Dame.«

»Ich weiß«, sagte Joseph.

»Und deine Familie in Irland war zumindest anständig, intelligent und gebildet«, fuhr Bernadette mit einem liebevollen Seitenblick auf ihn fort. »Ja, ich weiß. Ich habe immer gestichelt. Doch ich glaube, es war nur Eifersucht, weil mein Großvater nur ein Sklavenhändler war.«

»Aber sieh dir doch einmal das viele Geld an, das wir haben«, sagte Joseph, und Bernadette verstand nicht den Unterton, den er seinen Worten beilegte, und warum er sich von ihr abwandte.

Bernadette hatte ihre Enkelkinder gern. Sie waren zumeist im »Settlement«, weil Claudia und Rory ihre Gegenwart in Washington als lästig empfunden hätten. Diese Liebe überraschte Joseph. Er wußte nicht, daß diese Zuneigung leere Pose war mit einem guten Schuß Bosheit. Daniel ähnelte sehr Bernadettes Vater, weshalb sie sich zu ihm besonders hingezogen fühlte. Joseph, sein Namensvetter, war ein geistloser, dicklicher Junge, der von seiner Mutter die Launenhaftigkeit, die Pose der Großmannsucht und die Zanksucht in bezug auf das Personal geerbt hatte. Die Zwillinge waren nach Josephs Meinung »dumme Gören«. Er beachtete die beiden Mädchen kaum und zweifelte an ihrer Intelligenz. »Das Blut schlägt durch«, meinte Bernadette. »Rosemary und Claudette sind um nichts klüger als ihre Mutter, und sie haben die gleichen häßlichen Beine. Bauern.« Aber sie mochten ihre Großmutter, denn sie war ihnen gegenüber nachsichtiger, als sie es bei ihren Kindern gewesen war. Leider geriet keines von ihnen Rory nach, dem gewandten, höflichen Mann mit Stil und Auftreten, der mit einem einzigen Augenzwinkern sein Gegenüber zu bezaubern vermochte. Zugegeben, die beiden Mädchen hatten rotblondes Haar und große blaue Augen, doch fehlte ihnen Rorys Schwung. Sie sahen weder Kevin noch Ann Marie ähnlich.

»Ihr dürft nicht hinaufgehen und euer armes Tantchen ärgern«, sagte Bernadette zu ihren Enkeln. »Sie ist selber nur ein Kind. Sie hat einen Unfall gehabt. Ihr dürft sie nicht quälen, ihr die Puppe wegnehmen, sie stubsen oder Gesichter vor ihr schneiden. Ihr erschreckt sie nur.«

»Aber sie macht in die Hosen wie ein Baby«, antwortete Daniel, der Älteste. »Es rinnt auf den Fußboden. Manchmal stinkt sie.«

»Schmutzfink, Schmutzfink«, riefen die Mädchen im Chor.

»Sie kann nichts dafür«, sagte Bernadette und dachte an jenen Tag, als aus diesem jungen, hübschen Mädchen eine arme Idiotin geworden war. Bernadette hatte ihrem Beichtvater alles gestanden, und dieser hatte ihr versichert, daß sie recht getan habe, Ann Marie die Wahrheit zu sagen. Was hätte sie sonst tun sollen? Bedauerlich, daß man dem Mädchen nicht schon als Kind die Wahrheit gesagt hatte. Ihr Gewissen war rein. An allem war Elizabeth schuld, diese schamlose Hexe, die jetzt endlich auch alt und häßlich wurde. Und ihr widerlicher Sohn Courtney, der jetzt Mönch in Amalfi war. Elizabeths einziger Sohn ein Mönch! Es geschah ihr ganz recht.

Bernadette war unumschränkte Herrscherin im »Settlement«. Sie brüstete sich der Liebe ihrer Enkel. Wenn manche Leute behaupteten, Daniel habe Zähne wie ein Eichhörnchen — was tat's? Wenn Joseph unentwegt greinte und schmollte — sollte er nur. Wenn die Mädchen grob und nicht sehr gescheit waren — sie waren wenigstens einigermaßen hübsch. Sie hingen ihr an der Kittelfalte, was bei ihren eigenen Kindern nie der Fall gewesen war. Denn sie war nachgiebig und, besonders vor Publikum, stets die in ihre Enkelkinder vernarrte Großmutter. Wenn andere zusahen, hockte sie sich zu ihnen und redete in süßesten Tönen. Daniel, der klügste unter ihnen und der geborene Zyniker, feixte. Doch er machte das Spielchen mit, denn bei Oma fiel immer etwas ab — ein Dollar oder irgendeine Süßigkeit —, wenn sie sich geschmeichelt fühlte. Die Kinder scharten sich um sie, und jedermann war zutiefst beeindruckt. Dieser Familiensinn, diese Liebe und Zuneigung, diese Ergebenheit! Allein mit den Kindern, pflegte Bernadette die Knaben zu ermahnen: »Wir haben uns unseres Namens würdig zu erweisen. Alles, was wir tun, müssen wir korrekt tun. Ihr habt eine große Zukunft vor euch.« Den Mädchen sagte sie: »Ihr müßt euch gut verheiraten. Das seid ihr euren Eltern und euren Großeltern schuldig.« Sie begriffen ihre Worte noch nicht, dazu waren sie zu klein, empfanden jedoch eine gewisse Ehrfurcht für sie, was mehr war, als sie ihren Eltern zugestehen mochten. Joseph sagte von seiner Frau, sie habe immer noch eine »lockere Hand« für Kinder.

Es gab nicht wenige, die sich fragten, warum Rory Armagh, dieser strahlende junge Mann, der soviel Witz, Charme und Schlagfertigkeit besaß, ausgerechnet Claudia Worthington geheiratet hatte. Das waren natürlich solche, auf die Claudias Reize nicht wirkten und die ihr Kinderstimmchen langweilig, ihr Betragen etwas lächerlich und ihr Aussehen unattraktiv fanden. Hätte man Rory gefragt, würde er die Lippen verzogen und, wie er oft tat, halb ernst, halb im Spaß geantwortet haben: »Das frage ich mich selber auch oft.«

Schon der Tod seines jungen Bruders hatte ihn schwer getroffen. Marjories unerklärliche Abkehr von ihm, die ihm immer noch unfaßbar erschien, hatte ihn in einen Zustand versetzt, in dem er sich im Schlaf wähnte, geplagt von einem bösen Traum, der nicht weichen wollte. Seine Teilnahmslosigkeit wurde häufig von wilden Ausbrüchen, Haßgefühlen, Tobsuchtsanfällen und tiefer Depression unterbrochen. Aber all das änderte nichts und hatte nur zur Folge, daß er von Selbstmordgedanken heimgesucht wurde. Die Gleichgültigkeit wurde nur noch stärker, die Stumpfheit und Aussichtslosigkeit, die seine Munterkeit und sein heiteres Wesen fast zum Erlöschen brachten. Er behielt die Wohnung — behielt sie sechs Monate lang —, besuchte sie fast täglich und gab die Hoffnung nicht auf, er würde Marjorie dort auf ihn wartend vorfinden.

Im Zustand völliger geistiger und körperlicher Erschöpfung lag er auf dem staubigen Bett und starrte blind zur schimmlig-feuchten Decke hinauf. Wenn er sich erhob, fühlte er sich alt wie der Tod und innerlich gebrochen. Sie hatte nichts zurückgelassen außer dem Schmuckstück, das er ihr geschenkt hatte. Er verkaufte es sogleich. Er suchte überall, fand aber nicht einmal eine Haarnadel oder ein Taschentuch. Es war, als wäre sie nie hier gewesen, hätte nie in diesem Raum gesungen, in seinen Armen gelegen, für ihn gekocht. Die kleine Wohnung wurde für ihn zu einem Sarg. Und schließlich wußte er, daß er sterben würde, wenn er sich nicht von seiner Trauer, seiner Lethargie, seinem Schmerz löste.

Erst als er Marjorie dafür zu hassen begann, was sie ihm, wie er meinte, mit kaltblütiger Grausamkeit angetan hatte, war er so weit, daß sein junger Körper und sein junger Geist äußeren Reizen wieder zugänglich waren. Marjories Betragen war ihm noch immer unerklärlich, doch Frauen waren nun eben einmal rätselhafte Wesen, wie ihm auch seine Freunde versicherten. Zweifellos hatte sie ihn ganz vergessen. Für sie war es eben ein flüchtiges Erlebnis ohne tiefe Gefühle gewesen. Hätte ihr Vater sie sonst dazu überreden können, ihn aufzugeben und dieser verfluchten Annullierung zuzustimmen? Oder sie war schwächer, weniger intelligent und frivoler, als er sie eingeschätzt hatte. Sie hatte aus Rory Armagh einen Narren gemacht, und sein Stolz half ihm wieder auf die Beine. Dieses verdammte Weibsstück! Hatte ihn zum Narren gehalten, ihn belogen, sich hinter seinem Rücken ins Fäustchen gelacht, sich ihm überlegen gefühlt und auch dann noch verhöhnt, wenn sie mit ihm schlief. Aus reinem Selbstschutz begann er sie schließlich zu hassen, und das verhalf ihm zu einem neuen Beginn. Doch nie mehr wurde sein Lachen so laut und frei wie früher, nie mehr waren seine Füße begierig, sich im Tanzrhythmus zu bewegen, waren seine Ohren so offen für frohe Musik, war seine Wärme so spontan spürbar. »Rory wird nun doch langsam erwachsen«, sagten seine Freunde in Harvard. Beifällig nahmen sie zu Kenntnis, daß er plötzlich reifer geworden zu sein schien, ein besserer Zuhörer, weniger streitlustig, nachdenklicher, zurückhaltender. Auch daß seine Züge härter geworden waren, seine blauen Augen weniger fröhlich blickten als einst, wurde mit Beifall aufgenommen. Er war endlich ein Mann und kein Knabe mehr.

Einen gab es, der stets ein Auge auf ihn hatte: Joseph, sein Vater, der genau wußte, was sein Sohn litt. Er wird darüber hinwegkommen, dachte Joseph, war aber überrascht über die Beständigkeit der Liebe seines Sohnes zu der hübschen, jungen Person, die keinen Anspruch auf das Vermögen der Armaghs haben durfte. Junge, heißblütige Männer wie Rory, die stets die Augen offenhielten und zu Liebschaften aufgelegt waren, blieben nicht lange bei einer Frau. Und Joseph wußte, wie heißblütig Rory war und daß er selbst während seiner Ehe mit Marjorie kleine Seitensprünge gemacht hatte. Doch Rory war offenbar tieferer Gefühle fähig, als Joseph gedacht hatte, und da Joseph nicht offen Anteilnahme zeigen konnte, sondern so tun mußte, als wüßte er nichts von der unglücklichen Heirat, machte er sich Sorgen um den Jungen. Wenn Rory zu den Feiertagen nach Hause kam, verharrte er oft stundenlang in düsterem Schweigen und unternahm, den Kopf gesenkt, die Hände in den Hosentaschen vergraben, mit den Füßen gedankenlos im Weg liegende Steine zur Seite schiebend, ausgedehnte, einsame Spaziergänge durch Green Hills. Joseph beobachtete ihn.

Und dann endlich, nach vielen langen Monaten, schien sich Rory zu Josephs großer Freude wieder gefunden zu haben. Er war zwar nicht mehr der strahlende Jüngling von einst, seine Stimme, sein Rufen und Lachen schallten nicht mehr durch das Haus — doch war es vielleicht gar nicht so von Übel, daß er nun gegen früher etwas gesetzter durchs Leben ging. Nach seiner Promotion schickte Joseph ihn auf Reisen, und Rory ging für mehrere Monate nach Europa. Josephs Freunde und Geschäftspartner hielten den Vater über das Tun und Treiben seines Sohnes auf dem laufenden. Als man ihm berichtete, daß Rory sich in eine schöne junge Römerin verliebt und sie zu seiner Geliebten gemacht hatte, war Joseph zutiefst erleichtert. In Paris war es eine Dame der Halbwelt, hierauf folgte ein kurzes, aber lebhaftes Zwischenspiel in Berlin, ein weiteres in Budapest und schließlich in Wien eine Affäre, die fast schon eine Orgie zu nennen war und an der mehrere junge Männer der guten Gesellschaft und ein Häuflein Damen einer Schichte, in der man es mit der Moral nicht zu genau nahm, beteiligt waren.

Sodann war Rory nach London gereist und hatte dem Botschafter und seiner Familie seine Aufwartung gemacht. Worthington gab verschwenderische Partys für den jungen Mann, und Claudia war ganz Verzauberung und Bestrickung, denn sie hatte sich in Rory verliebt und begehrte ihn heftig. Es war tröstlich für Rory, von einer so bezaubernden jungen Dame umworben zu werden, der ganze Horden von jungen und sehr akzeptablen Herren, einschließlich solcher aus dem englischen Hochadel, nachstellten. Und es war schmeichelhaft. Er zwang sich, sein Augenmerk Claudias lockendem Reiz zuzuwenden und keine kritischen Vergleiche anzustellen. Sie war ihm ergeben. Ihre Augen leuchteten auf, sie strahlte, wenn sie ihn ansah. Für ihn, dessen Stolz so verletzt worden war, kam diese Zuneigung wie ein warmer Wind nach kalten Tagen. Die Verlobung wurde bekanntgegeben. Die Heirat fand kurz darauf statt. Selbst Bernadette war vom glanzvollen Ablauf der Hochzeit und der Versammlung von hochgestellten Persönlichkeiten beeindruckt, wenngleich sie sich Joseph gegenüber mäkelnd äußerte, daß Rory eine bessere Wahl hätte treffen können, als sich ausgerechnet diese öde Ziege mit den häßlichen Händen auszusuchen. Nur Rory wußte, daß er, während er unweit des Altars auf seine Braut wartete, urplötzlich das wilde, unsinnige Verlangen empfand, auf und davon zu laufen, nach Amerika zu fahren, Marjorie zu zwingen, zu ihm zurückzukehren, sie, wenn nötig mit Gewalt, mit sich zu nehmen oder halbtot zu schlagen. Immer noch besser als dieses eigenartige Mädchen im weißen Satinkleid von Worth, mit dem langen Spitzenschleier und der übelriechenden Wolke von Jasminduft, die sie umgab, als sie am Arm ihres Vaters den Mittelgang herunterkam. Die Musik und der Chorgesang klangen ihm wie Höllenmusik in den Ohren, der Raum wurde zu einem bizarren, schwankenden Gaukelbild, und er begann zugleich Kälte- und Hitzeschauer zu fühlen. Er kämpfte gegen den Schwächeanfall an, sein Gesicht war naß vom Schweiß, er war leichenblaß und zitterte am ganzen Körper. Und in ihm schrie es: Marjorie!

Er hatte gelernt, nicht mehr zuviel an sich selbst oder an die Dinge, die ihn betrafen, zu denken. Er wußte, daß sonst das Leben unerträglich geworden wäre. Claudia fand in ihm während der Flitterwochen einen feurigen, aufmerksamen Liebhaber und betete ihn nur noch mehr an. Er hatte eine Art, in ihrer Gegenwart so zu tun, als wäre sie nicht anwesend, die sie, die seit frühester Jugend gewohnt gewesen war, von Knaben und jungen Männern umschwärmt zu werden, faszinierte. Sie fand, ihr Gatte sei ein richtiger Mann und kein eitler, schwitzender Jüngling. Sie waren keine sechs Wochen verheiratet, als Rory ihr zum erstenmal untreu wurde. Es war nur eine gewöhnliche Prostituierte, und indem er diesen Treuebruch beging, war ihm, als ließe er seinen Rachegefühlen gegen Marjorie und Claudia freien Lauf. Von da an suchte er bei anderen Frauen nur deren Körper, während er sie als Menschen verachtete.

Er verübelte Claudia weder ihre Dummheit noch den Aufwand, den sie mit Kleidern, Juwelen und sonstigem Flitter trieb, ihre Liebe für das Triviale, ihre Leidenschaft für unbedeutende Kleinigkeiten, ihre krasse Sucht nach materiellem Besitz und ihre förmliche Gier, gesehen, bemerkt und bewundert zu werden. Überall wurde sie von Photographen verfolgt, und sie beklagte sich ihm gegenüber, daß sie während ihrer Flitterwochen keine Minute für sich allein hatten. Doch er wußte, daß sie höchlichst erbaut darüber war und zutiefst verletzt gewesen wäre, hätte ihre Reise unter Ausschluß der Öffentlichkeit stattgefunden. Claudias Interesse galt einem einzigen Menschen: Mrs. Claudia Armagh. Sie war wie eine Schauspielerin, die weiß, daß sie bloß von Chargenspielern umgeben ist und daß einzig das Bühnenbild und ihr Text wichtig sind. Das Bühnenbild — vor allem anderen dieses — und sie selber, die ihm den würdigen Vordergrund verlieh, hatten Bedeutung. Selbst das Publikum war nur von untergeordneter Wichtigkeit, wenngleich es unbedingt und immer vorhanden sein mußte. Rory wußte das alles, und es störte ihn nicht. Ohne Zweifel war diese Konzentration auf die eigene Person, diese weibliche Dummheit, ein sichererer Hafen als der scharfe Witz und der feine Spott einer klugen Frau. Zumindest wurde

Claudia ihm nur selten lästig, was er von Marjorie, deren scharfer Blick oft zu tief in sein Inneres gedrungen war und deren offenes Wesen ihn manchmal trotz ihres fröhlichen Lachens aus dem Gleichgewicht gebracht hatte, nicht behaupten konnte. »Mit deinem arglos scheinenden Kapriolen kannst du mich nicht täuschen«, pflegte sie zu sagen und ihn gleichzeitig zu umarmen und zu küssen. »Ich kenne dich doch, Rory, mein Schatz. Komm, küß mich. Ich weiß alles von dir, aber ich liebe dich trotzdem.« So etwas hätte er von Claudia niemals zu hören bekommen. Denn Claudia kannte ihn überhaupt nicht.

Eine Zeitlang lebte Rory wie in einer Traumwelt, glitt durch sie hindurch und amüsierte sich. Was gibt es in dieser Welt noch, außer dem Vergnügen, dachte er, um das Dasein erträglich zu machen?

Echtes, wahres, schmerzvolles Leben drang in sein Bewußtsein, als Präsident McKinley im September 1901 in Buffalo einem Attentat zum Opfer fiel. Claudia trug Joseph unter dem Herzen, und Daniel war ein Jahr alt. Es war, als hätte man ihn aus seinen Träumen gerissen und ihn gezwungen, ein neues Leben zu beginnen. Aber auch er selbst empfand Abscheu vor seiner bisherigen Existenz. Als einer von seines Vaters Rechtsberatern war er längere Zeit hindurch in den Armaghschen Unternehmungen tätig gewesen und hatte sich amüsiert, wo immer ihm hübsche Frauen über den Weg gelaufen waren. Joseph hatte diese ganze Zeit über nie von den Finanzkapitänen, Bankiers und Industriellen gesprochen, denen er in London und New York begegnet war. Was Rory zu der trügerischen Annahme verleitete, daß es diese Leute in Wirklichkeit gar nicht gab.

Doch Präsident McKinley war von einem Anarchisten ermordet worden. Und ein Anarchist war schmerzliche Wirklichkeit. Rory fuhr nach Philadelphia zu seinem Vater und suchte ihn in seinem Büro auf. »Jetzt sag mir mal, Pa: was hat der Präsident getan, daß er so enden mußte?« Er verzog die Lippen zu einem grimmigen Lächeln. »Ein Anarchist. Das will heißen, ein Marxist, nicht wahr, ein Sozialist?«

»Nun, nicht ganz«, antwortete Joseph, lehnte sich in seinem Sitz zurück und musterte seinen Sohn. »Ein Anarchist ist genaugenommen ein Mann, der alle Regierenden vernichten will.«

»Ja«, sagte Rory. »Ich weiß. Alle Könige und Herrscher — und auch alle Präsidenten. Nieder mit allen verfassungsgemäß eingesetzten Regierungen. Aber was hat der Präsident getan, um die Mörderhand eines Anarchisten auf sich zu lenken? Was genau?«

»Ich weiß nicht, ob ich dich jetzt ganz verstehe«, erwiderte Joseph, den Eindruck erweckend, als wäre sein Blick verschleiert. »Es gab viele, die ihn nicht mochten, wenn ich auch nicht glaube, daß sie Leon Czolgosz ... anstifteten ... Und wenn sie es taten, dann haben sie es mir nicht gesagt. Jedenfalls, alle diese Leute sind Gentlemen, und ein Gentleman besudelt seine Hände nicht mit Blut. Hast du nicht die Zeitungen gelesen? McKinley wurde von der radikalen Presse beschuldigt, ein ›Imperialist‹ zu sein. So etwas bringt Leute wie Czolgosz in Rage. Ich habe gehört, daß McKinley immer wieder darauf bestand, in Amerika müsse der Goldstandard erhalten bleiben, wenn unsere Währung Bestand haben solle. Er sagte auch, daß eine ungedeckte Währung zum Staatsbankrott führe, und in der Presse wurde ein Ausspruch von ihm zitiert, den er in einer Konferenz getan haben soll, wonach es in Amerika niemals eine Einkommensteuer geben dürfe, weil sonst Amerika seine Freiheit verlieren würde. Ich glaube, er nannte eine solche Steuer eine ›Tyrannei‹, ein ›gigantisches System der Räuberei, um die Leute um ihre Habe und damit ihre Freiheit zu bringen‹. Er war maßgeblich an der Aufhebung dieser zeitlich begrenzten Steuer nach dem Kriege beteiligt, was, wie ich glaube, etliche Leute verärgerte. Er ist oder besser gesagt war gegen die Errichtung einer vom Kongreß unabhängigen Bundesreservebank. Kurz, ich würde meinen, daß Mr. McKinley nicht sehr ›fortschrittlich‹ gesinnt war, nicht wahr?«

»Also mußte er beseitigt werden, damit der ›fortschrittliche‹ Teddy Roosevelt Präsident werden kann«, bemerkte Rory.

Joseph lächelte. »Ich glaube, du vereinfachst die Dinge etwas. Derartiges war nie geplant. Sicher, ich habe sagen hören, daß es am besten wäre, Mr. Roosevelt würde Präsident werden. Doch ich weiß nicht mehr, wann und wo das war.«

»Das glaube ich dir aufs Wort«, erwiderte Rory.

Joseph richtete sich in seinem Sitz auf, und nun lag ein weit grimmigerer Ausdruck auf seinem Gesicht als vorhin auf dem Rorys. »Du wirst dich daran gewöhnen müssen, daß die Dinge so sind, wie sie sind. Du bist Jurist. Du weißt, daß es Gesetze gibt und daß sie oft und oft zugunsten dessen ausgelegt werden, der sich ihrer zu bedienen versteht. Sei Realist! Deine Phantasie geht zu leicht mit dir durch.«

»Beispielsweise, wenn es sich um einen Staatsstreich handelt.«

»Genau.« Wieder musterte Joseph ihn. »Ich dachte immer, du wärest ein Realist. Ich war sogar stolz darauf. Ich hätte nie gedacht, daß du an eine kindliche Bilderbuchwelt glaubst, in der es Gut und Böse, Schmach und Ehre gibt. Um in unserer Welt sicher und heil leben zu können, muß man ein Mann sein und nicht ein naives Kind. Verstehst du mich?«

»Ja«, sagte Rory. Sie sahen einander lange an, und dann fuhr Rory fort: »Ich habe mich nie für einen Idealisten gehalten. Ich bin ein Skeptiker seit meiner frühesten Kindheit. Ich bin kein Ritter, der den Heiligen Gral sucht. Und ich bin zudem ein Opportunist. Aber irgendwie hat mich McKinleys Tod aus der Ruhe gebracht. Mir ist klargeworden, daß das Spiel, an dem ich in Europa teilgenommen habe, kein Spiel war. Es war reinste Wirklichkeit.«

Joseph sagte nichts darauf. Groß und schlank in seinem eleganten dunklen Anzug, das rotgoldene Haar in der Sonne schimmernd, saß Rory auf der Kante von seines Vaters Schreibtisch. Er hatte ganz den Hang zu leichter Fettleibigkeit verloren, und sogar seine Mutter gab nun zu, daß er »verfeinert« wirkte.

»Die reinste Wirklichkeit«, wiederholte Rory. »Und die Mitspieler machen es wie Luzifer: sie haben die Leute zur Überzeugung gebracht, daß sie gar nicht existieren oder nie existiert haben.«

»Vielleicht«, sagte Joseph, »möchtest du die Öffentlichkeit entsprechend informieren und einen Kreuzzug beginnen?«

Rory grinste, seine weiße Zahnreihe blitzte, und für einen Augenblick war er der jungenhafte Rory von einst. »Durchaus möglich, daß ich es täte, wenn auch nur die geringste Chance bestünde, daß man mir Glauben schenken würde, und wenn ich etwas gründlichere Informationen zu bieten hätte.«

Jetzt lächelte auch Joseph. »Aber sie würden dir nicht glauben. Und ist das nicht ein Glück? Die Leute glauben gerne daran, daß die Welt rein, gut und schön ist, daß Gott im Himmel thront und alles in bester Ordnung ist. Sie wollen genug Freiheit haben, um sich ihren niederen kleinen Vergnügungen und animalischen Genüssen hingeben zu können oder ihrem kindischen Getummel, dem Fraß und der Liebe. Kein Volk vergibt dem Mann, der versucht, ihm das Denken beizubringen. Es vergibt Mördern, Lügnern, Dieben, Ausbeutern, Erpressern und Tyrannen. Aber der Mann, der vor die Menschen hintritt und sagt: ›Lasset mich euch aufklären über eure Feinde und wie ihr ihnen mit festem Glauben, mit Mut und Stärke entgegentreten könnt, damit ihr nicht zugrunde geht‹, der wird selber sterben. Denn diese Leute werden ihn töten. Dazu bedarf es gar keines Staatsstreiches, wie du das nennst.«

Rory nickte. »Ja, es ist eine uralte Geschichte, nicht wahr? Fast banal und immer gleich. Ich glaube, man sollte Heilige und Gerechte gleich bei ihrer Geburt erdrosseln. Sie haben so eine Art, die Pläne ihrer Vorfahren um jeden Preis umstoßen zu wollen. Und das ist natürlich nicht statthaft.«

»Ich darf doch annehmen, daß du dich nicht zu diesen Schwachköpfen zählst«, sagte Joseph.

»Nein. Ich ziehe es vor, am Leben zu bleiben. Ich habe diese Welt nicht gemacht, aber ich bin mit ihr handelseinig geworden.« Josephs Gesichtsausdruck veränderte sich mit einem Schlag. Rory bemerkte es mit Verwunderung. »Das ist das letzte Mal, Pa, daß wir eine Unterhaltung über dieses Thema führen — das kann ich dir versprechen.«

»Gut«, sagte Joseph. »Dann können wir uns deiner Kampagne für die Wahl in den Kongreß zuwenden. Die Leute werden einerseits einen Despoten dulden oder vielleicht gar verherrlichen. Aber sie sind etwas prüde, was Politiker anlangt, die sich allzu freizügig in den Ehebetten anderer Männer tummeln. Ein Führer mag im Krieg eine halbe Million Menschen in den Tod schicken, und man wird ihm Denkmäler errichten. Aber lasse sich einmal ein angehender Politiker mit hinuntergelassenen Hosen im Schlafzimmer einer Dame ertappen, die nicht seine Frau ist — und seine Karriere ist beim Teufel. Nicht einmal der Tod wird diese ›Infamie‹ im Gedächtnis der Massen auslöschen. Nun ja. Ich würde also vorschlagen, daß du zu einem Inbegriff ehelicher Treue wirst — zumindest bis zu deiner Wahl. Ich habe einige beunruhigende Gerüchte gehört.«

»Und alle entsprechen der Wahrheit«, sagte Rory. »Ich weiß genau, was ich zu tun habe, Pa. Ich habe eine Frau, die mir sehr ergeben ist. Sie hat über dieses Thema schon sehr vernünftig — und tolerant — mit mir gesprochen.«

Joseph runzelte die Stirn. »Nun, sei vorsichtig.« Rory erhob sich, berührte mit der Hand seine Stirn in der ironischen Andeutung eines militärischen Grußes und ging. Joseph blieb zurück, immer noch die Stirn in Falten gelegt.

Eine Woche darauf erlag Harry Zeff in seiner Wohnung in Philadelphia einem Herzschlag. Er hinterließ seine Frau Liza und seine Zwillingssöhne, beide sehr tüchtige Ärzte, von aufrechtem Charakter, wenn auch etwas dümmlich, beide mit Mädchen aus guter Familie verheiratet, beide Väter mehrerer Kinder. Harry war stolz auf sie gewesen.

XII

Er war drei Jahre jünger als ich, dachte Joseph, der der Beerdigung beiwohnte. Ich habe ihm mehr vertraut als irgendeinem anderen Menschen. Harry wurde an einem feuchten, windigen Tag zu Grabe getragen, und der Herbststurm wirbelte die schmutziggelben, verfaulten Reste des abgefallenen Laubes über die Grabsteine. Der Himmel zeigte sich in zinnernem Grau, und grau waren die Regenschwaden, die zur Erde fielen. »Ich bin die Auferstehung und das Leben«, psalmodierte der Pfarrer. Liza stand neben Joseph. Ihre Söhne hielten sich im Hintergrund. Joseph stützte die Witwe und dachte an das kleine Dienstmädchen in Ed Healeys Haus, und an den Jungen mit den schwarzen Locken, der ihm das Leben gerettet, ihn angelacht und soviel Mut und Frohsinn besessen hatte. Joseph sah den Bahnhof von Wheatfield vor sich, und es roch und schmeckte alles so, als ob es gestern gewesen wäre.

Harry tot? Das war doch nicht möglich! Zu sehr war er ein Teil von Josephs Leben. Wenn sie auch nicht allzu häufig zusammenkamen, so schrieben oder telegraphierten sie sich doch regelmäßig oder telephonierten, und wenn es dann ein Wiedersehen gab, war es für sie beide ein Festtag. Nie legte Harry jene Mischung aus kindlichem Vertrauen und reifem Wissen ab, die ihn schon als Kind ausgezeichnet hatte. Sein Gesicht änderte sich nicht, blieb weich und jugendlich — trotz der Dinge, die er für Joseph Armagh tun mußte. Er glich dem Arbeiter, der jeden Tag mit Teer verschmiert nach Hause kommt und sich so gründlich davon reinigt, daß nicht einmal ein Geruch an ihm haften bleibt.

Manchmal schien er älter als Joseph zu sein, dann wieder wirkte er wie ein junger Spund. Es gab viele, die sagten, er sei nur ein kleiner Verbrecher im Dienst eines großen Verbrechers. Und Harry, der das hörte, ärgerte sich nicht darüber. »Was ist ein Verbrecher?« fragte er einen Reporter mit ungewohnter Schärfe. »Ein Mann, der als Verbrecher versagt hat. Man hat ihn erwischt.« Bei anderen Gelegenheiten verteidigte er Joseph energisch gegen die Anschuldigungen, die gegen ihn erhoben wurden. »Ist es seine Schuld, daß er intelligent genug war, um ein Vermögen zu machen? Ihr seid ihm ja bloß neidisch.«

Er war noch nicht einmal fünfundfünfzig, dachte Joseph und sah zu, wie die feuchten Erdklumpen auf Harrys Sarg fielen. Liza schluchzte. Sie war erst dreiundfünfzig, aber schon eine alte Frau, ergraut, mit wabbeligem Fleisch von zu fetter Kost und zu simplem Denken. Die Söhne waren ihr nachgeraten, sie hatten die uninteressanten Gesichter des Mannes von der Straße. Nur ihre Augen waren Harrys Augen, dunkel und leuchtend, wenn auch ohne den Glanz gedanklicher Tiefe. Sie waren gerissen und tüchtig genug, um gut voranzukommen, und von Jason, dem — wenn auch nur um fünf Minuten — älteren, konnte man hin und wieder eine gescheite Bemerkung hören. Sie betrachteten Joseph als eine Art Onkel und redeten ihn auch so an. Jason musterte ihn hin und wieder mit nachdenklich gerunzelter Stirn. Auf Green Hills waren die beiden jungen Leute nicht gern gesehen, wie sie schon vor langer Zeit einmal von ihrer Mutter erfahren hatten. Harrys Söhne waren kleingewachsen, stämmig, derb und bewegten sich etwas tölpelhaft.

Er war ein Teil meines Lebens. Er war der erste, dem ich trauen konnte. Ja, er stand mir näher, war treuer und verläßlicher als ein Bruder. Er war mein Freund. Das wird mir erst jetzt klar. Auch Charles war gekommen. Wie immer ruhig, gelassen, weltgewandt, das Haar immer noch gelbbraun, die Figur schlank und biegsam, stand er unter dem Baldachin, der die Trauergäste vor Wind und Regen schützte. Aber Charles ist so alt wie ich, ging es Joseph durch den Sinn, und ich bin jetzt fast sechzig. Wohin sind die Jahre unserer Jugend? Kann es denn sein, daß Harry wirklich tot ist? Joseph starrte in das offene Grab, dachte an die offenen Gräber, vor denen er schon gestanden hatte, und wollte sich abwenden. Doch da waren die vielen Photographen, die in einiger Entfernung mit ihren schwarzen Tüchern, ihren Kameras und Platten hantierten. Denn Harry Zeff war der mächtige Diener des mächtigen Joseph Armagh und zugleich dessen bester Freund gewesen.

Lizas Söhne führten ihre Mutter zum wartenden Wagen, und Joseph, der sonst stets geschickt Reportern aus dem Weg zu gehen verstand, sah sich plötzlich drei unverschämten jungen Männern mit regennassen Gesichtern, runden Filzhüten und dem berufsmäßigen Ausdruck der Entschlossenheit gegenüber. »Mr. Armagh, Sir«, sagte der eine. »Stimmt es, daß Mr. Zeff Selbstmord begangen hat, wie man munkelt?«

Charles drängte sich an Josephs Seite und machte eine drohende Geste. Aber Joseph legte seine Hand auf Charles' Arm. Er sah dem etwas erschrockenen Reporter ins Gesicht und sagte: »Wie war das? Selbstmord? Mr. Zeff? Sie müssen von Sinnen sein. Seine Söhne sind Ärzte. Einer von ihnen hat den Totenschein ausgestellt.«

»Ja. Das ist uns bekannt«, meldete sich der jüngste und frechste zu Wort. Zwar stand der gefürchtete Mr. Armagh vor ihm, aber eine Story war eine Story. »Das ist ja das Eigenartige an der Sache. Es ist uns anonym mitgeteilt worden, daß ... Mr. Zeff sich erschossen hat. Ein anderer Arzt war nicht zugegen.«

»Sie sind verrückt«, mischte sich Charles ein. »Mr. Zeff ist unerwartet an einem Herzschlag gestorben. Soll ich den Polizisten dort drüben rufen? Lassen Sie Mr. Armagh in Frieden.«

»Also dementiert Mr. Armagh das Gerücht«, sagte der junge Mann und ging Charles geschickt aus dem Weg. »Danke, Sir. Mr. Devereaux, nicht wahr?« Regen und Wind wurden stärker. Joseph vermeinte das Tosen eines Wasserfalls und eines Wirbelsturms zu vernehmen. Er ging mit Charles zum zweiten Wagen. Unter seinen Sohlen entstand das quatschende und saugende Geräusch der aufgeweichten Erde. Sie bestiegen die Kutsche, und die schwarzen Pferde zogen an. Sie rollten über die gewundenen Wege des Todes und unter sterbenden Bäumen durch das große Bronzetor hinaus zu den Lebenden.

Joseph sagte: »Das ist natürlich eine Lüge. Harry starb an Herzschlag.«

Als Charles nicht antwortete, sah Joseph ihn scharf an und fragte barsch: »Oder vielleicht nicht?«

»Wir hofften, es dir verheimlichen zu können«, erwiderte Charles. »Diese verdammten Reporter! Sie müssen irgend etwas gehört haben, und nicht nur ein Gerücht. Nein. Es war kein Herzschlag. Er hat sich erschossen. Es hat uns viel Arbeit gekostet, die Sache zu vertuschen. Aber irgend jemand hat geplaudert. Vielleicht ein Diener, der etwas aufgeschnappt hat.«

Das Entsetzen stand Joseph ins Gesicht geschrieben. Im grauen Licht, das durch die über das Wagenfenster rinnenden Regenbäche nach innen drang, wirkte er wie ein Toter. »Aber warum? Warum sollte er so etwas tun? War er krank, unheilbar krank?«

Charles zögerte, seufzte und strich mit der Hand über sein nasses Haar. »Nein. Nichts dergleichen. Er war völlig in Ordnung. Das haben mir seine Söhne gesagt. Es war einfach so, daß er am Abend — seine

Frau lag schon im Bett — zu ihr kam und etwas weitschweifig daherzureden begann — so in der Art, er werde sie immer lieben und immer in ihrer Nähe bleiben und so. Dann ging er in die Bibliothek hinunter und schoß sich eine Kugel ins Herz. Nicht in den Kopf, wo es jeder hätte sehen können. Er muß sehr genau gezielt haben. Liza hörte den Schuß, rief die Diener, ließ sie aber nicht in die Bibliothek. Stand vor der Tür und bewachte sie wie eine Tigerin ihr Junges, bis ihre Söhne kamen.« Charles zuckte die Achseln. »Kein Abschiedsbrief, keine Erklärung, nichts. Harry war bei bester Gesundheit. Er war Multimillionär. Er war auch nicht deprimiert, darüber sind sich alle einig. Alles lief ganz normal. Tut mir leid, Joe. Das ist alles, was ich dir sagen kann. So wie es mir berichtet wurde.«

»Einbrecher, Diebe«, sagte Joseph, und seine Stimme kam wie aus weiter Ferne. »Ich selbst habe Harry noch vor zwei Wochen gesprochen.« Er hielt inne, sein Gesicht veränderte den Ausdruck und schien plötzlich einzuschrumpfen. Charles entging die Veränderung nicht.

Joseph fuhr fort: »Ich war ein bißchen, na ja, niedergeschlagen, und irgendwie kam es dazu, daß ich ihn fragte, wofür der Mensch eigentlich lebt. Der Durchschnittsmensch. Ein Mensch wie du und ich. Wir arbeiten unser ganzes Leben lang, wir kämpfen, stecken uns Ziele, denken uns Dinge aus, planen und richten unsere Tätigkeit danach ein. Das ist unsere hauptsächliche Beschäftigung. Manchmal gefällt uns diese Tätigkeit, und wir gehen in ihr auf. Aber das Glück haben nur wenige. Also fragte ich Harry, wofür wir leben. Für unser tägliches Brot, für nie endende Arbeit, für Kampf, Heirat, Kinder zeugen, Enttäuschungen oder noch Schlimmeres? Was sind unsere Vergnügungen? Ein paar freie Stunden in der Woche, ob man nun in einem Palast oder in einer Keusche lebt, ein paar Gelegenheiten für einen Seitensprung, etwas Schnickschnack, dessen die meisten von uns ohnedies längst müde geworden sind. Und dann stirbt man, und das war's dann. Und die, die in Reichtum und Luxus und Müßiggang hineingeboren werden — wofür leben *sie*? Galadiners, Partys, Reisen, Kleider — und daneben die gleichen öden Belustigungen, die auch der Bergarbeiter, der Verkäufer, der Beamte oder der Fabriksarbeiter hat. Ist das alles, was das Leben dem Menschen bietet? Wenn das alles ist, sagte ich zu Harry, dann ist das Leben nicht lebenswert.«

Charles blickte in Josephs düsteres Gesicht und schwieg. »Und Harry meinte«, fuhr Joseph fort, »es gäbe entlang des Lebensweges kleine Freuden, Gefühle der Befriedigung, und ich fragte ihn, ob sie es wert seien, daß man ihretwegen lebte. Er dachte eine Weile nach und antwortete dann: ›Meine Großmutter war eine alte Libanesin und Analphabetin, und sie sagte mir einmal, wir lebten allein der Liebe wegen.‹ Wir lachten. Und das war alles. Mein Gott, du glaubst doch nicht, daß dieses Gespräch Harry veranlaßte, sich das Leben zu nehmen?«

Charles schüttelte den Kopf. »Nein. Dazu war Harry viel zu intelligent. Er wußte ganz genau, daß wir alle leben, weil wir dem Tod nicht ins Auge sehen können. Es mag nicht sehr viele Dinge im Leben geben, die uns befriedigen — ich jedenfalls habe nicht viele entdeckt —, aber ewiges Nichtsein ist eben noch ärger als selbst das elendste Leben. Nicht sein, nicht existieren! Kein Wunder, daß die Schwerkranken sich mit jeder Faser an dieses Leben klammern.«

»Aber Harry hat es nicht getan«, sagte Joseph. »Er hat es vorgezogen zu sterben. Warum?«

»Vielleicht war er des Lebens müde. Millionen ergeht es so.«

»Aber Harry war an Leib und Seele gesund und hatte weder Launen noch Komplexe.«

»Wieso weißt du das?« fragte Charles. »Wer weiß schon etwas von sich selbst, geschweige denn von anderen?« Er blickte durch das Wagenfenster. Draußen war es trübe und düster, der Wind rüttelte am Wagen.

»Hältst du es für möglich, daß Harry umgebracht wurde? Von Dieben vielleicht?«

»Ausgeschlossen. Das Haus war eine Art Festung.«

»Und warum das?« ließ Joseph die nächste Frage los.

»Warum? Sind deine Türen und Fenster in der Nacht nicht auch fest verschlossen?«

»In der Stadt ja, in Green Hills nein. Du weichst mir aus, Charles. Du weißt ebenso wie ich, daß Harry sich umgebracht hat. Die Frage ist nur, warum?«

Charles seufzte wieder. »Sieh mal, Joe, ich habe Jason und Simeon selbst danach gefragt, als sie mich baten, dir nichts zu verraten. Sie wissen, wie sehr du an Harry hingst. Sie wollten nicht, daß du dir Gedanken machst, wie du es jetzt tust, daß du dich kränkst. Sie sagten mir, sie könnten sich nicht einen einzigen Grund für den Selbstmord denken. Es gibt keinen Anhaltspunkt. Noch am Abend zuvor, bei einem Dinner, an dem sie beide mit ihren Frauen teilgenommen hatten, war Harry wie immer lustig und bester Dinge gewesen. Er hatte sogar davon gesprochen, daß er nächstes Jahr eine Jacht kaufen wollte. Er fragte seine Söhne, was sie davon hielten. Es war eine richtige kleine Familienfeier.«

Er starrte wieder durchs Fenster. »Ich muß daran denken, was der heilige Paulus über — die schwarze Nacht der Seele gesagt hat. Es ist doch wohl so, daß sie früher oder später jeden von uns in ihr Dunkel zieht: den einen oftmals im Leben, den andern nur einmal. Vielleicht war es bei Harry das erste und einzige Mal, und ihm fehlte die nötige Erfahrung, um diesem Erlebnis zu begegnen. Vielleicht hat es ihn einfach — überwältigt. Schließlich und endlich kommt doch für jeden von uns die Zeit geistiger Unruhe, da wir anfangen, unser Leben abzuwägen, herauszufinden versuchen, was es uns bedeutet und wofür wir eigentlich gelebt haben. Und ich wette, daß nur wenige von uns zufriedenstellende und tröstliche Antworten auf diese Fragen erhalten. Nur sehr wenige.«

»Und du, Charles? Gehörst du zu den wenigen?«

»Nein«, erwiderte Charles fast heiter. »Aber was soll's? Ich bin nun mal hier, und warum sollte ich nicht ›einen weiten Blick nach allen Seiten‹ genießen, wie man bei uns im Süden sagt? Es ist wie auf einer Reise. Man sieht sich um, man beobachtet, man vergleicht, man findet die Dinge interessant oder unterhaltend, aufschlußreich, langweilig oder aufregend — für eine Weile zumindest. Und dann kommt man wieder heim.«

»Dahin, wo wir gerade waren? Zu einem Grabstein auf einem einsamen Friedhof?«

»Und du, Joe«, fragte Charles, »weißt du, wofür du gelebt hast?«

Joseph überlegte und antwortete dann in ernstem, düsterem Ton: »Ich habe einmal geglaubt, es zu wissen, aber irgendwie, irgendwann habe ich es wieder vergessen. Vielleicht ergeht es uns allen so. Wir vergessen, wofür wir bestimmt sind. Wahrscheinlich ist das gut so. Nur ein Grab bleibt zurück.«

»Solange man jung ist, glaubt man, die Welt gepachtet zu haben. Man findet sie herrlich und aufregend und faszinierend und verheißungsvoll, voll schallender Trompeten und wirbelnder Trommeln und flotter Märsche und ungeahnter Aussichten«, sagte Charles. »Da fragt man sich noch nicht, wozu man lebt. Wir wissen es einfach. Doch später vergessen wir es, oder es erscheint uns alles nur noch wie ein närrischer Traum. So, da wären wir bei den Zeffs. Soll ich Jason und Simeon wissen lassen, daß ich es dir nun doch erzählt habe?«

»Ich habe so das Gefühl«, entgegnete Joseph, während ihm der Kutscher beim Aussteigen behilflich war, »daß das ein sehr banales Gespräch ist und eines, das schon Millionen anderer Männer miteinander geführt haben. Und wir armen Narren bilden uns etwas auf unsere Originalität ein!«

Charles lachte leise. »Dieser alte Perser, dieser Omar Khayyham, ist heutzutage sehr populär. Diese Verse gefallen mit besonders gut:

›So nützt doch, was ihr habt, so gut ihr könnt,
Bevor auch ihr zu Staub verbrennt!
Staub kommt zu Staub, und ihr liegt da.
Kein Lied, kein Wein erwartet euch am End!‹«

Während er den Fuß vom Trittbrett des Wagens auf die Straße setzte, sagte er: »Ehrlich gesagt, ich finde, daß das Vagabundenleben das schönste von allen ist. Wenn es eine Wiedergeburt gibt, dann werde ich in meinem nächsten Leben Landstreicher. Ist das nicht ein feines Leben, Joe? Landstreicher enden genau dort, wo auch wir enden, doch auf dem Wege dahin haben sie viel Freiheit und einen Haufen Spaß.«

Joseph wurde von der Familie gebeten, der Verlesung von Harrys Letztem Willen beizuwohnen. Das Haus war verschwenderisch eingerichtet, fast orientalisch in der Fülle der Möbel und Teppiche. Auf Joseph hatte es schon immer beklemmend gewirkt. Die Familie saß in der Bibliothek. Liza schluchzte, und ihre Söhne weinten, denn sie waren gefühlvolle Leute. Für Liza war ein großer Betrag ausgesetzt, noch größere für die Söhne; das Haus und die zu seiner Erhaltung nötige Summe fiel ebenfalls an Liza. Doch der gesamte übrige Besitz war zu Josephs Erstaunen zu wohltätigen Zwecken bestimmt und sollte der Erzdiözese von Philadelphia zu treuhänderischer Verwaltung übergeben werden.

Ein Päckchen wurde Joseph ausgehändigt. Die Papierhülle war braun und brüchig vom Alter. Er öffnete es. Und konnte nicht glauben, was er sah. Es war ein uraltes, zerschlissenes Meßbuch. Liza blickte verwundert auf und unterbrach ihr Geschluchze. »Ich habe es noch nie gesehen«, sagte sie. »Gehörte es Harry? Er ging doch nie in die Kirche!«

Das Buch öffnete sich unter seinen Händen, wo es offenbar schon viele Male aufgeschlagen worden war. Eine Textstelle war unterstrichen: »Oh, du Lamm Gottes, das hinwegnimmt die Sünden dieser Welt, erbarme dich unser . . .«

Eine schreckliche Erkenntnis dämmerte ihm auf. Harry verabscheute, was er für mich tat, und er tat es nur für mich. Und das war es, was ihn schließlich in den Tod trieb.

Harry hatte weder zu ihm noch zu anderen jemals über Religion gesprochen, soweit Joseph das wußte. Seinen Söhnen war eine ebenso weltliche Erziehung zuteil geworden wie Josephs Söhnen. Nie hatte Harry religiöse Interessen gezeigt, nie spekulative Zweifel oder Gedanken geäußert. Und doch war dies sein Meßbuch, das er vor Jahren für Joseph verpackt hatte.

Sollte das eine Warnung sein? Und wenn, wovor?

Er war plötzlich entsetzlich müde. Man spürt seine Jahre, dachte er, während die Anwälte die trauernden Hinterbliebenen trösteten. Charles sollte mehrere Tage in Philadelphia bleiben, um mit dem in Aussicht genommenen Nachfolger Harrys Gespräche zu führen. Er selbst hätte nach New York fahren müssen. Doch dann dachte er plötzlich an Elizabeth und empfand ein brennendes Verlangen, sie zu sehen.

Noch in der gleichen Nacht kehrte er mit dem schnellsten Zug nach Green Hills zurück. Erst jetzt überfiel ihn der Schmerz über seinen Verlust. Nicht einmal Kevins Tod hatte ihm so weh getan, auch nicht Seans und Reginas Abkehr von ihm, und nicht einmal das Unglück seiner Tochter. Denn Harry war für ihn mehr gewesen als ein Kind oder ein

Bruder, nämlich ein Teil seiner selbst, vielleicht sogar der wichtigste, lebendigste und jüngste. In all den Jahren hatte Joseph jedem, selbst denen, die er liebte, mißtraut. Mit Ausnahme von Harry. Nun war Harry mit seiner Treue und seiner Liebe, die Joseph nie in Frage gestellt hatte, in den Tod gegangen.

Erschöpft lehnte er sich gegen das Fenster und legte den Kopf an die kühle Scheibe. Er träumte, er befände sich wieder in jenem heißen staubigen Zimmer in Washington und verbrenne die Papiere zum Fall von Senator Bassett. Er hörte den Senator sprechen, sah ihn aber nicht. »Zu spät«, sagte der Senator, »zu spät.«

Eine Woche später saß Charles im Zug auf der Rückfahrt von Philadelphia. Der Zug entgleiste, und einige Wagen wurden schwer beschädigt. Es gab drei Tote. Charles war einer von ihnen.

»O Gott, o Gott!« stöhnte Joseph, als er das Telegramm erhielt. Er ging nach oben in sein Arbeitszimmer und ließ sich drei Tage und Nächte nicht sehen. Er öffnete niemandem die Tür. Er nahm auch die Servierbretter mit Speisen nicht hinein, die man ihm hinstellte. Ob er schlief oder nicht, niemand wußte es. Und niemand erfuhr auch, daß er sich zum zweitenmal in seinem Leben betrank.

XIII

Joseph hatte eine lange Unterredung mit dem Gouverneur, der ihn fürchtete, jedoch über das Thema ihres Gespräches keineswegs erbaut war.

»Rory — und Sie wissen, wie sehr ich ihn mag und daß ich weiß, wie fähig und begabt er ist — hat sich in den zwei Sitzungsperioden des Kongresses in Washington nicht besonders ausgezeichnet. Man hat nichts wirklich Negatives über ihn gesagt. Er hat nie polemisiert. Aber man weiß auch nichts Gutes über ihn zu berichten. Er schien der Ansicht zu sein, im Kongreß zu sitzen sei ein Spaß, ein gesellschaftliches Ereignis, bei dem ein reicher Mann oder der Sohn eines reichen Mannes sich amüsieren kann. Galadiners, Partys, Gartenfeste.«

Der Gouverneur legte die Stirn in Falten. »Er hat zwar gegen die Einkommensteuer gestimmt, aber das hat ihn auch nicht beliebter gemacht. In etlichen Zeitungen war zu lesen, er habe das nicht gerade aus uneigennützigen Gründen getan, weil er nicht wolle, daß sein eigenes Einkommen besteuert werde.«

»Es ist doch eigenartig«, sagte Joseph, dessen immer noch dichtes Haar nun fast weiß geworden war. »Die Menschheit ist die eigennützigste Art Lebewesen, die die Hölle je ausgespien hat, und verlangt unentwegt, daß Konkurrenten und Politiker uneigennützig seien und sich zum Nutzen der Masse ausplündern lassen sollten. Niemand beklagt sich mehr über die ›Eigennützigkeit öffentlicher Stellen‹ und sogar von Privatpersonen als die, die selber Geizhälse sind, so wie auch Huren sich bekanntlich als die eifrigsten Verfechter der öffentlichen Moral betätigen, und jene, die das Volk bestehlen, die Tugend der Wohltätigkeit preisen. Ich lebe nun schon eine lange Zeit, aber meine Mitmenschen setzen mich immer wieder von neuem in Erstaunen. Ich bin eben zu naiv.«

Was dich nicht gehindert hat, sie auszunehmen, dachte der Gouverneur im stillen. Aber er verdankte Joseph Armagh sein Amt und sein Vermögen. »Und er hat gegen das Verfassungsänderungsgesetz gestimmt, wonach die Senatoren, statt wie bisher von den Legislativen der einzelnen Bundesstaaten bestellt, vom Volk gewählt werden sollen. So hat er doch tatsächlich eine Rede gehalten — sie war, wenn ich mich recht entsinne, von bemerkenswerter Rhetorik und von innerer Anteilnahme getragen —, in der er es als ›überflüssig‹ bezeichnete, zwei durch Direktwahl zustande gekommene Gesetzeskörper nebeneinander bestehen zu lassen. Er sagte ferner, der Senat diene dem gleichen Zweck wie das Oberhaus in England, nämlich die ›Begeisterung, das oberflächliche Urteil und die exponierte Lage der Abgeordneten unter ständiger Beobachtung zu halten, da diese unmittelbar vom Volk gewählt werden und sich daher aus Angst, im nächsten Wahlkampf zu unterliegen, den Launen, der Gier, den romantischen Ideen und dem Druck des hirnlosen Pöbels beugen. Wir brauchen einen in der Stille tätigen, unvoreingenommenen, keinem Druck ausgesetzten, urteilsfähigen Gesetzeskörper, der nach dem Willen der Väter unserer Nation fähig ist, den unmäßigen, hysterischen und auf Unwissenheit beruhenden Forderungen der Masse Zügel anzulegen‹. Das hat weder in Washington noch hier in unserem Staat zu seiner Beliebtheit beigetragen. Jetzt nennt man ihn nur noch den ›Monarchisten‹.«

»Rory setzt großes Vertrauen in die Legislative des Staates, obwohl auch sie gewählt wurde«, entgegnete Joseph, ohne dabei den Mund zu einem Lächeln zu verziehen. Aber der Gouverneur lachte schmutzig und schüttelte den Kopf. »Jedenfalls wurde ihm seine Verfassungstreue hoch angerechnet, denn es gibt viele Menschen in diesem Land, die diese Eigenschaft zu schätzen wissen. Also kann er nicht allzu unbeliebt sein.«

Joseph dachte an die hitzigen Gespräche, die er mit seinem Sohn über dieses Thema geführt hatte. Er war des öfteren nach Washington gereist, nur um ihm ins Gewissen zu reden. Rory war wie stets freundlich geblieben, hatte ihn angelächelt und unschuldsvoll die Lider gesenkt. »Pa«, hatte er gesagt, »ich weiß, was meine Wähler — die anständigen Leute — von mir erwarten — im Gegensatz zum johlenden Pöbel der Tuilerien, Verzeihung: in New York, Philadelphia, Boston, Chicago usw. Wenn ich überhaupt eine politische Zukunft haben soll, dann nur, wenn ich mich auf die konstruktiven Elemente stützen kann.«

»Sei kein Narr«, hatte Joseph erwidert und seinen Sohn gemustert. »Genug gescherzt jetzt, Rory. Du und ich, wir beide wissen, daß die Redlichen in diesem Land spärlich gesät sind. Und sie sind völlig ohnmächtig. Du kannst das Rad der Geschichte nicht zur Ära McKinley zurückdrehen. Die große Masse der Amerikaner verlangt die Einkommensteuer, um sich an denen zu rächen, die sie ›die Mächtigen‹ nennt, will heißen die Klugen, die auf diese oder jene Weise reich geworden sind. Wenn sie dir nicht glauben, daß diese Steuer am Ende sie selbst ausplündern, versklaven, um ihr Eigentum bringen und zudem ein Mittel sein wird, um Kriege zur Errichtung von Tyrannei und Imperialismus anzuzetteln — sind sie es dann wert, daß man für sie kämpft? Nein. Sollen sie sich doch versklaven lassen, sollen sie doch in späteren Kriegen krepieren. Sie verdienen nichts anderes.«

»Wenigstens bist du offen und ehrlich, Pa«, konzedierte Rory. »Genaugenommen warst du das ja schon immer. Und ich habe es von dir geerbt.«

»Aber ich sage es dir und nicht der hirnlosen Masse«, warf Joseph ein und bemühte sich, nicht zu lächeln. »Sie wollen an Trugbilder glauben. Lassen wir sie doch. Solche Hirngespinste sind sehr einträglich — für uns. Es war ein ungeschickter Schachzug, als du Lord Action zitiertest: ›Die Macht, Steuern zu erheben, ist die Macht zu zerstören.‹ Bringen solche Worte die Leute zum Denken? Ganz im Gegenteil. Sie warfen dir vor, auf Privilegien aus zu sein. Wie Lord Action! Zu solchen Schlüssen kommt das Volk. Ich habe einmal privat Einwände erhoben, als Vanderbilt sagte: ›Zum Teufel mit dem Volk!‹ Aber verdient es denn etwas anderes?«

Rory antwortete nicht, doch er dachte insgeheim: Pa, es mag dich überraschen, aber ich liebe mein Land mit all seiner Naivität, seiner Unwissenheit, seiner Freßlust, seiner kindischen Unreife, seiner Gedankenlosigkeit und Ungezähmtheit. Es ist noch immer besser als andere Länder, die sich intelligenterer Wählerschaften rühmen. Aber was brachten diese weisen Wählerschaften den Ländern anderes ein als Unterdrückung, die Etablierung einer unmoralischen ›Elite‹ und Kriege, nichts als Kriege? Weise Wählerschaften sind keine Garantie gegen Großmachtpolitik — ja sie unterstützen sie sogar — und auch nicht gegen Gewalt, Tyrannei, Unruhen und Anarchie. Sie erweisen sich für gewöhnlich als Gegner aller jener Kräfte — wie Toleranz, Gerechtigkeit und Freiheit —, die Gesetz und Ordnung gewährleisten. Diese Dinge sind der machthungrigen Elite ein Dorn im Auge. Du hättest mich nicht bei den todbringenden Männern von Zürich — und anderen Orten — einführen sollen, Pa.

Rory kannte seinen Vater lange genug, um zu wissen, daß er, wie er selbst auch — und wie alle Iren —, mit dem Tod auf vertrautem Fuß stand. Darum wunderte es ihn auch nicht sehr, als Joseph sich erhob und mit ernster Miene zu ihm sagte: »Nichts auf dieser Welt gewährt uns dauernde Befriedigung. Am meisten aber noch die Macht, denn sie erlaubt uns, Rache zu üben.«

Bis heute hatte Rory seinen Vater kaum je richtig bemitleidet, jetzt aber empfand er ein so tiefes Bedauern für ihn wie nie zuvor. Er gelobte sich, alles Erdenkliche zu tun, um seinem Vater zu Gefallen zu sein — ohne es offen auszusprechen. Ihre Differenzen würden sie unter sich austragen.

»Kommen wir nicht vom Thema ab«, sagte Joseph zum Gouverneur. »Ich wünsche, daß mein Sohn von der Legislative zum Senator bestellt wird. Das wußten Sie von allem Anfang.«

»Aber Joe, Sie waren es doch, der sich am meisten für die Ernennung von Lloyd Summers eingesetzt hat. Sie haben unsere Partei ganz schön unter Druck gesetzt. Und diese Kongreßperiode ist erst seine zweite. Und jetzt wollen Sie, daß man ihn schaßt?«

»Ja. Ich habe nichts gegen Lloyd. Wie wäre es mit einem Regierungsamt für ihn? Sie können das leicht arrangieren. Aber ich wünsche, daß mein Sohn Senator wird. Ganz schlicht und einfach. Im März wird er dreißig. Jetzt haben wir Februar. Sie haben also noch genug Zeit. Im April wird er die verfassungsmäßig vorgeschriebene Altersgrenze erreicht haben.«

»Aber was, um Himmels willen, soll ich Lloyd sagen?« fragte der Gouverneur.

»Mein lieber Jim, Sie wissen verdammt gut, daß Politiker es nicht nötig haben, sich über Lügen Skrupel zu machen. Sie sind die geborenen Lügner.«

Die Sache war überhaupt nicht schwer gewesen. Kurz nach seinem dreißigsten Geburtstag wurde Rory auf Vorschlag seiner Partei von der Regierung des Staates als Senator nach Washington geschickt. Seine Bestellung wurde ordnungsgemäß bestätigt. Senator Rory Daniel Armagh bezog ein schöneres, luxuriöseres, vornehmeres Domizil in Georgetown. Und seine Frau meinte aufgeblasen: »Wenn du mich nicht geheiratet hättest, würde dich keiner kennen!« Ihr Vater war jetzt nicht mehr Botschafter in London, sondern hatte einen sehr einträglichen dicktuerischen Kabinettsposten unter Präsident Theodore Roosevelt inne. Sein Amt verlangte ihm wenig ab, doch seine Abendgesellschaften waren vielgerühmt und so auch seine Frau. Er beteuerte, daß er, wenngleich ihn der Aufwand und die Atmosphäre des Hofes in London gefallen hätten, überzeugter »Demokrat« sei. Er wurde Mitglied des Committee for Foreign Studies und der Scardo Society.

»Und darum«, sagte Mr. Jay Regan, der New Yorker Finanzmann, »können wir, glaube ich, mit Präsident Roosevelt doch recht zufrieden sein. Am Anfang sah es vielleicht nicht so aus, doch jetzt, nachdem ich einige Gespräche mit ihm geführt habe, halte ich ihn für einen durchaus vernünftigen Mann. Ich finde, wir haben recht getan, ihn zu unterstützen.«

»Der liebe alte Teddy«, kommentierte Joseph, und Mr. Regan lachte.

»Bist du immer noch von seinen Übergriffen in Südamerika schockiert? Ja, war das nicht von vornherein so geplant? Seine heftigen Angriffe auf Präsident Cipriano Castro von Venezuela, dazu noch seine drastische Ausdrucksweise, das alles hat die angeborene Kriegslust der Amerikaner noch weiter angefacht. ›Erbärmlicher, mieser, kleiner Affe.‹ Ja, ja. ›Ich werde ihnen schon zeigen, wie sie sich zu benehmen haben.‹ In der Tat! Das war eine wahre Inspiration für die Masse unserer Landsleute. Die mögen nämlich solche Lauthälse, auch wenn sie sie mitunter ›Cäsaren‹ nennen. Im guten Sinne. Schließlich hat doch jeder etwas für Cäsaren übrig.«

»Und für Diebe, für die ganz großen Diebe«, bemerkte Joseph. Mr. Regan hörte nicht auf zu lächeln, doch blieb sein Blick auf seinem Gegenüber haften. Dieser Armagh vermittelte einem mit seinen Kommentaren häufig den Eindruck der Unzuverlässigkeit, was zur Folge hatte, daß man ihm nie ganz traute. Außerdem hatte er die Gewohnheit, seinen Geschäftsfreunden mit verfänglichen Äußerungen zuzusetzen und sie in die Enge zu treiben. Und nur aus diesem Grund war sein Sohn noch nicht in den sogenannten »Inneren Kreis« aufgenommen worden. Der junge Senator gab sich fügsam und willig, doch gab es Stimmen im Comittee for Foreign Studies, die behaupteten, er mache den Eindruck, als ob er »Indizien sammle« — was nicht ungefährlich sei. Mr. Rockefeller zum Beispiel machte kein Hehl daraus, daß er den jungen Mann »auf dem Kieker« habe.

»Ich habe das Gefühl«, sagte Joseph zu Mr. Regan, »daß wir uns in Südamerika nicht gerade beliebt machen. Die Besetzung von Santo Domingo im Jahre 1904 zwecks Eintreibung einer angeblichen Schuld von neunzehn Millionen Dollar — auf die Amerika überhaupt kein Recht hatte — wird sich rächen. ›Roosevelts Version der Monroe-Doktrin‹, sozusagen. Mir scheint, ich habe bei unseren letzten Zusammenkünften einiges nicht mitbekommen; vielleicht hat man mich auch nicht informiert. In letzter Zeit habe ich überhaupt den Verdacht, daß man mich nicht zu allen Sitzungen einlädt.«

»Aber, aber«, protestierte Mr. Regan. »Natürlich tut man das. Aber es gibt so viele langweilige Routineangelegenheiten . . .«

»Ist Teddy etwa nicht vor Freude gesprungen, als die Japaner die Russen angriffen?« fuhr Joseph fort. »Wie sagte er doch so schön? ›Ich war über den japanischen Sieg höchst erfreut, denn die Japaner spielen unser Spiel.‹ Das muß mir wohl entgangen sein, meinst du nicht? Ja, ich weiß, schließlich hat er dann doch interveniert und verlangt, daß die beiden Nationen Frieden schließen. Wie ich höre, soll er demnächst für den Friedensnobelpreis vorgeschlagen werden. Wer hat ihm denn das arrangiert?«

»Das weiß ich wirklich nicht«, antwortete Mr. Regan und zündete sich eine Zigarre an. »Darauf haben wir keinen Einfluß.«

»Hm«, machte Joseph.

»Jeder von uns in der Society hat seinen Senator, der unsere Interessen vertritt«, sagte Mr. Regan. »Aber für wen arbeitet Rory?«

»Für mich.«

»Nicht doch, Joe«, wehrte Mr. Regan ab. »Ich bezweifle sogar, daß er für dich arbeitet. Seine erste Amtsperiode geht jetzt zu Ende, und er wird ohne Zweifel wiederbestellt werden. Aber was hat er getan, was für uns von Nutzen gewesen wäre?«

»Er hat sich den Ruf der Ehrenhaftigkeit erworben, den ihm nicht einmal feindlich gesinnte Blätter absprechen können.«

»Sehr schlau von ihm. Aber Ehrenhaftigkeit nützt unseren privaten Interessen nur wenig. Es gibt ganz sicher nichts Wertvolleres für einen Senator oder Politiker überhaupt, als sich den Ruf der Ehrlichkeit und Rechtschaffenheit zurechtschneidern zu lassen — für die öffentliche Meinung. Und das geht ganz leicht: mit Hilfe einiger Zeitungen, mit etwas Geld, gekauften Kritikern, kleinen Politikern und großen Parteigeschenken. Anders sieht die Sache aus, wenn ein Senator sich so ernst nimmt, daß er es ablehnt ...«

»... seinen wirklichen Herren zu dienen«, ergänzte Joseph.

Mr. Regan lächelte. »Nun, nur ein Narr glaubt, daß die Wähler Einfluß auf die Politiker nehmen können. ›Dem Volke dienen‹, Joe ...«

»Ich weiß«, fiel Joseph ihm ins Wort. »Als Junge kannte ich eine alte Nonne, die sagte immer: ›Damit kann man keine Kartoffeln kaufen.‹ Wenn sie es auch nicht in diesem Zusammenhang meinte, so gilt ihre Weisheit doch auch für unseren Fall.«

»Außerdem«, sagte Mr. Regan nickend, »sind die Leute äußerst undankbar. Ein Politiker, der dem Volke dient, dient ihm, wie wir wissen, aus Überzeugung und Idealismus und steht am Ende als der Dumme da. Ein politisches Chamäleon hingegen, das ein paar treffende Bemerkungen macht, im richtigen Moment zu lachen, zu witzeln und mit den Augen zu zwinkern weiß, das bewundert man — auch wenn der Mann später als das entlarvt wird, was er ist — als Dieb, Heuchler und Lügner. Greift man ihn an, bekommt die Öffentlichkeit hysterische Anfälle. Ja man wird sogar die Angreifer des ›Volkslieblings‹ in den Schmutz ziehen. Aber das kennst du doch alles, Joe. Du bist fast ebenso lange im Geschäft wie ich. Sieh mal: ich bin Ire wie du, wenn auch Protestant. Wir haben eine scharfe Zunge, eine irische Zunge, wie meine Oma zu sagen pflegte. Und mehr Iren sind durch ihre Zunge zu Tode gekommen als durch den Strick. Wir können es nun einmal nicht lassen, sarkastisch oder ironisch zu sein, selbst im ungeeignetsten Augenblick.«

»Mit anderen Worten, du warnst mich.«

Mr. Regan, groß, fett, mit rosiger Haut, zündete sich langsam eine seiner riesigen Zigarren an und überlegte. »Nein, Joe«, sagte er schließlich, »ich gebe dir nur einen Rat. Du willst, daß Rory der erste katholische Präsident der Vereinigten Staaten wird. Das ist uns bekannt. Aber du mußt deine Krallen einziehen. Wir, der ›innere Kreis‹, wir wissen, daß du keine krummen Touren machst, daß du nicht um die Dinge herumredest und kein Freund von Spitzfindigkeiten bist und daß du, wenn du etwas aussprichst — etwas, das unter die Haut geht — du es auch so meinst und im nachhinein nie bedauerst. Damit hast du dir den Ruf erworben, kein hundertprozentiger Gentleman zu sein. Anders ausgedrückt: du bist nicht fein, nicht verbindlich, nicht weltmännisch. Dazu kommt, daß du eine Art hast, dich öffentlich über die vom Committee gebrauchten beschönigenden oder mildernden Ausdrücke lustig zu machen. Unser Bestreben, unsere innere Überzeugung, ›der Menschheit zu dienen‹ — nenne es anmaßend —, nötigt dir ein müdes Lächeln ab. Jawohl. Dabei gibt es keinen Mörder, der nicht das Gefühl hat, mit seiner Tat irgendeinem Zwecke gedient zu haben, keinen Dieb, der nicht denkt, sein Diebstahl sei gerechtfertigt, keinen General, der jemals einen Krieg beklagt hätte. Diese Leute nun, unsere Freunde — und wir beide wissen genau, was sie sind —, haben den Wunsch, als politische Philanthropen angesehen zu werden, als Menschen von außergewöhnlichem Verstand und Geist, die als einzige befähigt sind, der Welt den Frieden zu bringen und weise zu herrschen. Ein Mensch oder ein ganzes Volk mögen noch so intelligent sein, sie sind fest davon überzeugt, daß sie ihre Untaten zum Wohle der Menschheit begehen. Diese Tatsache amüsiert mich immer wieder. Aristophanes hätte kein besseres Lustspiel schreiben können als das, welches uns die Welt selber bietet.«

Er sah Joseph an, der ihm mit düsterer Miene zugehört hatte. »Worauf ich hinaus will, Joe, ist, daß du, wenn du wünschst, daß Rory Präsident wird, deine Zunge besser im Zaum halten, deinen Sarkasmus ablegen, und uns so dienen mußt, wie wir dir dienen, nämlich mit ganzem Herzen. Ich gebe zu, ich habe oft die gleichen Gedanken wie du, doch ich bin klug genug, sie nicht zu äußern. Wozu sollte es gut sein? Bringt es dir was ein? Nein. Es erhöht nur das Mißtrauen.«

»Ich habe ihnen verdammt gut gedient«, entgegnete Joseph.

»Und jetzt steckt dir der Bissen in der Kehle. Und jeder sieht es.«

Joseph erhob sich und begann in dem riesigen, mit Teppichen belegten, holzgetäfelten Raum auf und ab zu gehen. »War es nicht Sophokles«, sagte er, »der den Ausspruch getan hat, daß jede große Macht, die sich, sei es offen oder versteckt, in die Geschäfte der Menschen einmischt, einen Fluch mit sich bringt?«

»Wir sind lange im Geschäft, Joe. Unsere Väter waren es vor uns, dann kamen wir, und nach uns werden es unsere Söhne sein. Wir haben das, was die Römer *gravitas* nannten. Wenn du glaubst, daß unsere immer noch wachsende, gewaltige Macht ein Fluch ist, dann kann ich mich dieser Meinung nicht anschließen, denn auch ich bin davon überzeugt, daß die Menschheit mit dem, was sie Demokratie nennt, nicht fertig wird. Sie braucht ihre Despoten, aber der Ire in dir verabscheut jede Form des Despotismus. Du mußt deine Zunge im Zaum halten.«

Er wurde ärgerlich. »Joe, du wurdest unter Strafandrohung nach Washington vorgeladen, um dich gegen den Vorwurf zu verteidigen, deine Unternehmungen stellten einen ›Trust‹ dar. Wir haben dir geholfen, wie wir auch anderen geholfen haben, dir diese Geschichte vom Hals zu schaffen. Du erweist dich nicht sehr dankbar.«

Als Joseph nicht antwortete, fuhr Mr. Regan fort: »Du hast dich gelegentlich dagegen ausgesprochen, daß wir in der ganzen Welt Revolutionen Vorschub leisten und sie unterstützen. Dabei weißt du, daß Revolutionen die Macht des Staates vergrößern und daß größere Revolutionen zum Absolutismus führen. Dieses Ziel verfolgen wir in der ganzen Welt. In vieler Hinsicht sind wir tatsächlich Philanthropen. Wir wollen die unbequeme, schwankende, hysterische Macht der Wählerschaft — die die Macht ja gar nicht haben will — durch eine feste, aber gleichwohl milde und gemäßigte Regierung ersetzen, die den Mann von der Straße zu seinem eigenen Vorteil der Notwendigkeit enthebt, zu urteilen, zu denken — vor allem zu denken — und Verantwortung zu übernehmen. Komm doch, Joe. Du weißt das. Ich spreche zu dir als Freund und nicht bloß als Kollege.«

Aber Joseph war mit seinen Gedanken schon woanders. »Stimmt es«, fragte er, »daß Roosevelt 1908 nicht mehr gewählt werden will? Jedenfalls behauptet er das immer wieder.«

»Er hat seine Schuldigkeit getan«, antwortete Mr. Regan. »Etwas Überredung ... Der Jammer mit Mr. Roosevelt ist der, Joe, daß er anfing, sich ernst zu nehmen und zu vergessen, wer ihn an die Macht gebracht hat. Seine Angriffe auf die Trusts gingen im Falle Morgans, Rockefellers, Depews, Mellons, Armours — und natürlich auch bei dir — zu sehr unter die Haut. Bei mir übrigens auch. Man darf einem Politiker nicht trauen. Man baut ihn auf als den Wohltäter der Menschheit, den Kämpfer für die Freiheit — ganz gegen seine Neigungen —, und am Ende glaubt er, er ist es wirklich, und handelt danach. Jetzt arbeitet er daran, William Howard Taft zum Präsidenten zu machen. Taft ist nicht unser Mann, wenn er auch liebenswert, vertrauenswürdig und unkompliziert ist.«

»Er wird nie erfahren, wer die Fäden in der Hand hält«, sagte Joseph. »Das wenigstens können wir ihm ersparen.«

»Joe! Das war eine dieser Bemerkungen, die einem die Leute zu Gegnern machen. Ich habe dich vorhin als Freund gewarnt. Wenn deine

Pläne mit Rory nicht wie ein Kartenhaus zusammenfallen sollen und du vielleicht mit ihnen, dann lerne es, diskreter zu sein.«

Der Blick seiner grauen Augen war härter geworden. »Rory ist ein guter katholischer Gatte und Vater. Daran haben wir gearbeitet, wie du weißt. Wir lassen auch nicht unerwähnt, daß wir religiöse Intoleranz als sündhaft ansehen und die Katholiken als ebenso gute Amerikaner wie die Protestanten. Und dies trotz der um sich greifenden Anti-Rom-Bewegung . . .«

»Die ihr selber in Gang gesetzt und für eure Zwecke ausgenützt habt!« konnte Joseph sich nicht enthalten, einzuwerfen. Mr. Regan zuckte die Achseln und seufzte. »Sie hat ihre Dienste geleistet. Aber jetzt sind wir an Rory interessiert. Es wird einige Jahre dauern, bis man ihn als Kandidaten ernsthaft in Betracht zieht. Ich will ihm eines zugute halten: Er hat nicht deine lästerhafte Zunge. Er ist diplomatisch, gewandt, flexibel, friedfertig — was ich klug finde — und kultiviert. Wenn er Gedanken und Ideen hat, behält er sie für sich. Vielleicht können sogar die Dinge, die er *gegen* uns unternimmt, zu unserem Vorteil gelenkt werden. Wir sind sehr anpassungsfähig, wie du weißt. Rory hat uns beeindruckt. Aber wenn wir wollen, können wir ihn vernichten. Wir wissen von seiner früheren Ehe — und der Annullierung.«

Ich hätte es mir denken können, ging es Joseph durch den Kopf. Er unterdrückte seine aufsteigende Angst. Dann sagte er: »Das ist vorbei und erledigt und war nie von Bedeutung. Wißt ihr auch, wie oft am Tag Rory furzt?«

Mr. Regan lachte herzlich. »Natürlich wissen wir das, Joe. Natürlich.«

Dann erstarrte er zu kaltem Marmor. »Wenn Rory Präsident werden will, dann muß er anfangen, uns zu dienen und nicht bloß dir — *wenn* er dir dient, was ich bezweifle. Zum Beispiel muß er gegen dieses schändliche neue Kinderschutzgesetz stimmen, das in Kürze vor das Haus kommen wird. Zum Teufel! Wozu gebären die Leute, wenn nicht um ihren Herren zu dienen? Sollen die Eltern nicht das Recht haben, über ihre Kinder zu bestimmen? Sind es ihre Kinder, oder gehören sie dem Staat? Wenn sie die Kinder mit fünf, sechs oder sieben Jahren in die Fabrik schicken, so ist das wohl ihre Angelegenheit. Denn wer von ihnen bräuchte kein Geld? Ich habe es etwas vereinfacht, Joe. Du kennst alle Argumente, die dafür sprechen. Wir haben in dieser Sache auch den Klerus auf unserer Seite. Das könntest du Rory gegenüber erwähnen. Das Gesetz muß blockiert werden, wenn es in den Senat kommt. Wir werden natürlich alles tun, um es schon im Abgeordnetenhaus zu Fall zu bringen.«

Es war wie ein Echo, und Joseph erinnerte sich an Senator Bassett, dessen Tod damals nicht hatte verhindern können, daß das Fremdarbeitergesetz 1882 doch verabschiedet wurde. Er entgegnete: »Irgendwie habe ich das Gefühl, daß das Kinderschutzgesetz angenommen werden wird, aber ich werde Rory nahelegen, dagegen zu stimmen.«

Später sagte er zu seinem Sohn: »Rory, wir beide wollen, daß du Präsident dieses Landes wirst. Man munkelt, du willst für das Kinderschutzgesetz stimmen, wenn es vor den Senat kommt. Tu es nicht. Ich wiederhole: Tu es nicht. Es gibt sehr gute Argumente, die dagegen sprechen, wie du weißt. Die Kinder gehören den Eltern und so weiter. Ja. Du wirst gegen das Gesetz sein.«

Als Rory nicht antwortete, sondern nur sein strahlendes, unbekümmertes Lächeln zeigte, sagte Joseph: »Wenn du einmal Präsident bist, kannst du, wenn auch innerhalb gewisser Grenzen, unterstützen oder ablehnen, was du willst.«

»Nein, Pa«, antwortete Rory ganz sanft. »Du weißt, daß das nicht stimmt. Ich werde eine willenlose Marionette sein, und das weißt du. Wenn ich ablehne —« Er sprach nicht weiter, sondern machte mit der Hand die Geste des Halsabschneidens. »Nun, ich werde mich nicht abquälen. Kein Katholik wird jemals für die Präsidentschaft nominiert, geschweige denn gewählt werden. Vielleicht sollten wir Gott dafür danken.«

»Diesmal werden wir Erfolg haben«, sagte Joseph. Rory wurde ernst. Er sah seinen Vater mit rätselhaftem Ausdruck an. »Vielleicht bin ich doch an einer Präsidentschaft interessiert. Ja. Vielleicht.«

Er stimmte gegen das Gesetz. »Es ist eine Verletzung der heiligen, göttlichen Rechte der Eltern über ihre Kinder«, sagte er. Die großen Zeitungen erwähnten ihn lobend, der »Innere Kreis« beglückwünschte seinen Vater.

XIV

Ann Marie war sechsunddreißig Jahre alt geworden, und ihr Bruder, der Senator, kam von Washington nach Green Hills, um mit ihr gemeinsam Geburtstag zu feiern. Seine Frau kam mit ihm; sie quengelte unaufhörlich und betonte immer wieder, welches Opfer sie mit dieser Reise gebracht hätten, wo doch »die Saison auf dem Höhepunkt ist und du gesehen werden mußt, Rory«. Ihre Kinder, wenig beachtet und in der Obhut von gutbezahlten, aber gleichgültigen Bediensteten und Gouvernanten, waren ihr lästig. Geistig selbst noch ein Kind, empfand sie die Kleinen als Rivalen. Sie erinnerte Rory daran, daß ihre Eltern beabsichtigt hatten, für ihn in Washington eine Geburtstagsparty zu geben, und daß diese nun verschoben werden müsse. »Schließlich und endlich«, beklagte sie sich bei Rory, »verdankst du alles der Tatsache, daß du mich, die ich aus einer vornehmen Familie stamme, geheiratet hast, während dein Vater nur Geschäftsmann ist.«

Sie begriff nicht, warum Rory in hysterisches Gelächter ausbrach.

Rosig, fett, unschuldig lächelnd, vor sich hin plappernd, mit Puppen spielend, schien Ann Marie mehr denn je ein Kind zu sein. Rory, ihr Zwillingsbruder, saß bei ihr im Zimmer und versuchte in diesem ausdruckslosen Gesicht und in den leuchtenden, bernsteinfarbenen Augen eine Spur dieser Schwester zu finden, die er geliebt hatte und die mit ihm im Mutterleib gewachsen war. Als sie beide einmal allein im Zimmer waren, sagte er ganz leise zu ihr: »Ann Marie? Erinnerst du dich an Courtney?«

Das rosige Lächeln wurde heller. Doch mit einemmal sah Rory in den glänzenden Augen einen Schatten, eine Furcht, die ihn erschreckte. Im nächsten Augenblick war es vorüber. Entsetzen packte ihn. Wie weit ging ihre Erinnerung? Versteckte sie sich hinter dieser Fassade dümmlichen Lächelns? Die weiche, schlaffe Hand hatte sich plötzlich fester um die seine geschlossen, doch dann wurde der Griff wieder ganz locker, und sie erzählte ihm von ihrer neuen Puppe. Als er sich seufzend erhob, sah sie zu ihm auf. Das Lächeln war verschwunden. »Rory?« flüsterte sie.

Sie erkannte ihn also. Aber noch vor einer Stunde, als er zu ihr gekommen war, hatte sie ihm fragend entgegengeblickt — mit dem scheuen, wachsamen Lächeln eines Kindes beim Anblick eines Fremden.

Er beugte sich über sie. »Ja, meine Liebe«, sagte er. Sie streckte ihm ihre plumpen, dicken Arme entgegen, und er hielt sie fest und spürte die zitternde Wange an seinem Gesicht. Sie stöhnte: »Rory, Rory. Oh, Rory — Courtney.« Verzweifelt klammerte sie sich an ihn, und er wagte nicht, sich zu bewegen oder ein Wort zu sprechen.

Dann ließ sie ihre Arme sinken, er richtete sich auf, und sie blickte ihn wieder mit weitaufgerissenen Kinderaugen an. Sie kicherte und schob ihm eine Puppe zu. »Gib ihr einen Kuß«, bat sie.

Der Überdruß seiner Mutter war nicht nur gespielt: »Bei Gott, ich wollte, dein Vater würde endlich zustimmen, daß sie in ein Privatsanatorium kommt. Du hast keine Ahnung, wie trostlos das alles ist, wie sehr einen die Verantwortung belastet. Sie wird von Tag zu Tag schwerer, die Schwestern beklagen sich, daß sie sie kaum mehr heben können. Eine nach der anderen kündigt, ganz gleich, wie gut man sie bezahlt. Sie will nicht mehr gehen und verbringt immer mehr Zeit im Bett. Sie ist so fett geworden, daß ich nicht begreife, was die Ärzte mit ›Atrophie‹ meinen. Von Gewichtabnahme kann keine Rede sein! Man kann keine Ausfahrten mehr mit ihr machen. Man bringt sie nicht mehr über die Treppe hinunter, und jetzt läßt Vater für sie einen Aufzug einbauen. Sie hat den Blick eines Kleinkindes; ich kann es nicht mehr ertragen. Bitte, sprich mit Vater! Wenn wir Gäste haben, hört man sie manchmal kreischen und weinen. Es zermürbt uns und die Gäste. Dann wieder müssen die Schwestern sie mit Gewalt zurückhalten, weil sie schreit, sie muß in den Wald. Wirklich, Rory.« Sie seufzte.

»Es wird immer ärger. Und dann der Gestank! Es widert einen an, und ich schäme mich, davon zu sprechen. Manchmal riecht das ganze obere Stockwerk. Kompletter Verfall, sagen die Ärzte, die auch der Meinung sind, es wäre besser, wenn sie in eine Anstalt käme.«

»Und sie spricht nie über — gewisse Dinge?« fragte Rory.

»Nein. Wenn ich ein paar Tage nicht bei ihr oben war — und Gott weiß, ich bin immer in der Nähe —, und ich gehe zu ihr, dann starrt sie mich an, wimmert und erkennt mich nicht. Ihre eigene Mutter! Es ist eigenartig. Denn sie erkennt ihren Vater, ganz gleich, wie lange er weggewesen sein mag. Ich habe das Gefühl, ein Fluch liegt auf dieser Familie, Rory, ein Fluch.«

»Aber Ma!« sagte er. Doch er wurde nachdenklich. Mit seinem Vater sprach er nicht.

Joseph trachtete, zumindest eine Woche im Monat in Green Hills zu verbringen, um bei seiner Tochter sein zu können. Sie empfing ihn stets mit solchem Entzücken, daß er manchmal, ein oder zwei Minuten lang, die leise Hoffnung hegte, sie sei wieder in diese Welt zurückgekehrt, denn sie erkannte ihn, streckte ihm die Arme entgegen und barg ihren Kopf an seiner Brust. Doch schon eine Stunde später hatte sie sich wieder in sich selbst zurückgezogen, hatte wieder das kindhafte Lächeln im Gesicht und plapperte sinnloses Zeug. Er strich ihr übers Haar, in dem die grauen Strähnen immer mehr überhand nahmen, und bemerkte die Falten, die sich in ihr rosig-fettes Kindergesicht zu zeichnen begannen. Manchmal sah sie aus wie sechzig, schwabbelig, verfettet, träge und mit diesem leeren Blick, der nichts wahrzunehmen, nichts zu erkennen schien. Er suchte in den Kinderaugen etwas von seiner Tochter zu finden, die Seele, die einst in diesem blutvollen Körper gewohnt hatte. Doch es war wie ein Blick in einen tiefen Brunnen, in dem nur einige Lichtreflexe die Wasseroberfläche kräuselten.

Eines Morgens im Juni kam er in Green Hills an. Der Tag war so warm, so strahlend, als wollte er kommende Freuden verheißen. Rot, gelb, weiß quollen die Rosen aus allen Beeten, und unter den blühenden Bäumen war die Luft vom Duft des Frühlings geschwängert. Er erinnerte sich an jenen Tag, an dem er Green Hills zum erstenmal gesehen hatte. Wieder klang ihm das Gezwitscher der Vögel im Ohr, sah er, wie sie von Ast zu Ast hüpften, wie von unten das Wasser in klarem Blau durch die Sträucher schimmerte. Was hatte er damals gedacht, was hatte er sich damals gelobt? Er wußte es nicht mehr. Ich bin ein alter Mann geworden, dachte er. Ich bin müde, mein Haar ist weiß, und es ist eine Last, jeden Morgen die Augen aufzuschlagen und dem neuen Tag begegnen zu müssen. Und doch muß ich es. Warum? Ich weiß es nicht. Ich muß herausfinden, was uns weitertreibt. Er argwöhnte, daß diese Müdigkeit vom Geist kam und nicht von seinem hageren, zähen Körper und seinen immer noch geschmeidigen Muskeln.

Doch dieser Gedanke verminderte nicht die Mattheit, das stetig wachsende Gefühl des Nutzlosseins, das gleich einer Woge über ihn hinwegging, wenn er sich schutz- und wehrlos fühlte. Seine Enkel interessierten ihn nicht mehr wie einstmals, als seine Kinder in ihrem Alter gewesen waren. Ihre Anwesenheit in seinem Hause langweilte ihn, wurde ihm lästig. Ihre schrillen Stimmen, das Tappen ihrer Füße auf Holz- und Marmorboden, ihre leeren Gesichter deprimierten ihn. Über »die Kinder« zu reden war eine reine Modeangelegenheit, und er fand es widerlich und dumm. Wenn seine Freunde über ihre Enkelkinder zu reden begannen, fand er, es sei bloßer Dünkel — und wußte, daß sie es auch wußten, daß es das war.

Daniel und Joseph, jetzt neun und acht Jahre alt, waren bereits im Internat. (»Gott sei Dank«, pflegte Joseph zu sagen.) Die kleinen Mädchen, hübsch, aber uninteressant, waren noch zu Hause. Jetzt war es Juni, und die Knaben verbrachten die Ferien in Green Hills und lärmten durch die Gegend. Warum bemühte sich diese Pute von Mutter nicht, sie zu bändigen, warum gaben ihnen ihre Gouvernanten nicht eins auf den Hintern? Als Joseph mit dem Vater der Kinder darüber sprach, meinte Rory mit eigenartigem Lächeln: »Ich finde nicht, daß sie es besonders arg treiben. Natürlich sind sie nicht besonders intelligent. Aber das ist ihre Mutter schließlich auch nicht. Und du *wolltest* doch, daß ich ihre Mutter heiratete, oder nicht? Es ist Sache der Vererbung. Wenigstens liegen sie geistig auf dem gleichen Niveau wie Claudia, wenn dir das ein Trost ist.«

Marjories Kinder, dachte Rory, wären klug, witzig, geistvoll — keine »Stockfische«, wie ihr Großvater manchmal seine Enkel bezeichnete. Marjories Kinder wären richtige Galgenstricke, aber sanftmütig, liebenswürdig, verständnisvoll und einfühlsam. Marjorie, oh, Marjorie, dachte Rory, wenn er seine Kinder ansah, die rotes Haar, blaßblaue Augen und große Zähne hatten. Claudette hatte bestimmt ebensowenig Ahnung vom Leben wie Ann Marie. Manchmal sabberte sie sogar. »Das Blut schlägt durch!« sagte Rory seinem Vater schonungslos und mit einem hintergründigen Grinsen. »Claudias Blut.« Doch er begriff nie, warum sein Vater dann so bekümmert dreinsah und sich abwendete. Aus einem Kieselstein kann man keinen Diamanten schleifen, dachte Rory im stillen, sooft er seine Kinder und deren Mutter vor sich sah. Doch vor seinem Vater sprach er diesen Gedanken nicht aus.

Wenn ich nur Claudia loswerden könnte, ohne zugleich meine Karriere zu gefährden, dachte Rory oft. Diese dumme Person mit dem fetten Hinterteil und den unförmigen Beinen! Von ihrem Charme, ihrem Zauber wollte er nichts mehr bemerken. Zwar liebte er seine Mutter nicht, aber er fand es geschmacklos, wenn Claudia ihre Schwiegermutter nachäffte. Einmal sagte er zu Claudia: »Als deine Vorfahren noch auf Bäumen saßen und Wurzeln ausgruben, saßen die meinen schon lange in Irland auf ihren Schlössern.« Worauf sie erwiderte: »Tatsächlich? Wer nimmt die Iren schon für voll? Handlanger und Ziegelträger, zu mehr taugen sie nicht.« Sie liebte Wein und äußerte sich geringschätzig über Rorys »ordinären« Whisky. »Whisky ist ›gewöhnlich‹. Nur Bauern trinken so etwas.« Woraufhin Rory einen vielsagenden Blick auf ihre Hände warf. Sie errötete und verbarg die Hände in ihrem Schoß.

Jetzt war es Juni, und Rory und Claudia waren in Devon. »Um die Nachtigallen zu hören!« flötete Claudia, warf den Kopf zurück und entblößte ihre riesigen weißen Zähne. (Pferdezähne, pflegte Bernadette zu sagen.) Rory war auch als Abgesandter seines Vaters nach England gekommen, um eine Angelegenheit zu regeln, die das Committee for Foreign Studies betraf. »Gentlemen-Affären!« verkündete Claudia mit ihrer Kinderstimme, wenn Rory einmal wöchentlich nach London reiste. Jeden Sommer mieteten sie in Devon eine Villa, denn Rory weigerte sich, in England ein Haus zu erwerben. Einen Grund dafür gab er nicht an. Wenn er sich in London aufhielt, wohnte er stets in der Residenz seines Schwiegervaters. Selbst seinem Vater blieb verborgen, daß er es einzurichten wußte, auf einige Tage nach Irland zu fahren, wo er Carney aufsuchte, Josephs Geburtsort. Die herrschende Armut schnitt ihm ins Herz.

Die Kinder blieben den Sommer über im »Settlement«, wo sich ihre Großmutter mit offensichtlicher Beflissenheit ihrer annahm und es liebte, sie vor Freunden kurz — sehr kurz — paradieren zu lassen. »Ich bin ohnedies nur sehr wenig in Green Hills«, sagte Joseph oft zu ihr. »Muß das sein, daß sie in meinem Hause herumschreien, wenn ich komme? Schick sie heim. Ich habe ihnen ein schönes Haus gekauft. Sollen sie dort herumbrüllen.« Die Kinder fürchteten sich vor ihm, warfen verstohlene Blicke auf ihn und mochten ihn nicht. Doch sie gehorchten ihm aufs Wort und suchten keinerlei Ausflüchte, wie sie das bei Bernadette taten. Die immer blöde grinsenden Mädchen waren ihm unerträglich, und Daniels Geplärre und seine dumme Fragerei machten ihn wild. »Ich fürchte, die Mädchen sind Idioten«, sagte er zu seiner Frau. »Daniel ist weibisch und Joe ein blöder Lümmel. Halt sie mir vom Leib.« Immerhin, sie waren seine Enkel.

Nach Green Hills kam er wegen seiner Tochter und wegen Elizabeth, wenn sie zu Hause war. Sie besuchte ihn jetzt nicht mehr sehr oft in New York, Philadelphia oder Boston. »Ich bin fast sechzig, mein Lieber«, sagte sie zu ihm. »Ich werde leicht müde, und Reisen ist anstrengend. Ich begreife nicht, wie du das viele Herumfahren aushältst.« Sie hatte sich ihre jugendlich-biegsame Figur erhalten, und Joseph fand, sie sehe immer noch wie das junge Mädchen von einst aus, wenngleich ihr seidenweiches Blondhaar mehr und mehr silbrigen Glanz annahm und ihre Haut blasser geworden war. Doch ihre grünlichen Augen waren klar, fest und ruhig. »Du bist viel jünger als ich«, entgegnete Joseph zu ihr und drückte sie fest an sich. »Du solltest dich eigentlich überhaupt nicht müde fühlen.« Keiner von beiden erwähnte den Namen Courtneys, der als Mönch in einem Kloster in Amalfi lebte und seiner Mutter nur selten schrieb, zumeist nur, um ihr für eine Spende zu danken, die sie dem Kloster gemacht hatte. Doch Joseph kannte den geheimen Kummer Elizabeths darüber, daß die Entfremdung zwischen Mutter und Sohn sich nicht beseitigen ließ. Zu Joseph sagte sie: »Ich habe niemanden außer dir, niemanden in der Welt, keine Schwester, keinen Bruder, keine Nichten oder Neffen. Nur dich.« Ihre innere Leere schien mit jedemmal, da er sie sah, zuzunehmen, und er begann sich Sorgen zu machen. Elizabeth lächelte nur. »Ich bin bei bester Gesundheit, Joseph. Aber man wird eben nicht jünger.«

Doch in diesem Juni schien ihm, daß sie durchsichtig war wie Glas, fast ätherisch. Sie wäre vor kurzem beim Arzt gewesen, versicherte sie ihm; ihre Gesundheit sei nicht angegriffen. Ihre Leidenschaft füreinander hatte sich zu tiefer Zuneigung und restlosem Vertrauen gewandelt. Stundenlang saßen oder lagen sie nebeneinander, ohne ein Wort zu sprechen, und hielten sich an den Händen. Für Joseph waren diese Stunden die einzigen wirklich friedlichen, die er hatte und auch später noch haben sollte. Elizabeth war für ihn die Gattin, er für sie der geliebte Mann. Ihre einzige Angst war, daß er sterben und sie allein zurücklassen könnte. Immer wieder mußte er sie beruhigen und ihr lächelnd versprechen, daß er das einfach nicht zulassen würde. Er gehöre einer langlebigen Rasse an, meinte er. Der frühe Tod seiner Eltern habe damit nichts zu tun. »Ein Ire stirbt nicht so schnell; höchstens durch eine Kugel oder durch biblisches Alter. Wir sind hart wie Stahl und zäh wie Leder. Wir haben das Überleben gelernt.« Elizabeth mußte an Bernadette denken, die mit ihren fünfundfünfzig Jahren, dem roten Gesicht, der lauten Stimme und den schon etwas grauen Haaren zwar beträchtlich in die Breite gegangen und schwerfällig geworden war, ihre derbe Lebensfreude jedoch in vollem Umfang bewahrt hatte. Elizabeth hatte solche Frauen auf den Marktplätzen Europas gesehen: kraftvoll wie Männer, und nicht weniger agil. Sie seufzte. Bernadette würde sicher neunzig werden, ein resolutes Frauenzimmer mit gesundem Schlaf und einem Bärenappetit. Elizabeth wußte nichts von Bernadettes großer Liebe zu ihrem Gatten, die in all den Jahren nicht nachgelassen hatte.

»Du verbringst mit dieser Frau mehr Zeit als mit deiner Familie«, pflegte Bernadette sich bei Joseph zu beklagen. »Mit dem Regeln ihrer Angelegenheiten«, fügte sie hastig hinzu. »Hat sie denn keine Anwälte? Ja, ich weiß, mein Vater hat dich zum Sachwalter ernannt, aber trotzdem ... Sie lebt hier wie eine Nonne. Sie muß ja schon hundert Jahre alt sein. Eine richtige Einsiedlerin.«

Bernadette ließ Bedauern in ihrer Stimme schwingen, als sie sich in diesem Juni an ihren Gatten wandte: »Wie ich höre, geht es Elizabeth nicht sehr gut. Die Leute sagen, sie sieht wie ein Skelett aus. Sie fährt nicht einmal mehr zur Stadt. Wirklich wahr. Allerdings, bei ihrem Alter ... Ja, ich weiß, sie ist jünger als du. Aber sie ist keine Irin. Die Engländer welken eben früher. Sie haben nicht so viel Lebenskraft wie wir. Sie sind fast schon so dekadent wie die Franzosen.«

Joseph dachte an eine Sitzung, an der er kürzlich mit seinen Geschäftsfreunden in Paris teilgenommen hatte. Sein Gesicht spannte sich. »In einem Krieg«, sagte er, »würden sich die Engländer, die ich nicht mag, meiner Meinung nach sehr gut schlagen. Bestimmt sogar. Sie sind nicht so dekadent, wie wir sie gerne haben möchten. Die Angelsachsen können ein harter Brocken werden, der einem leicht im Halse steckenbleibt. Und die Franzosen sind ebensolche Bulldoggen wie die Engländer, wenn nicht noch bulliger, trotz ihrer vielen Kriege.«

»Nun, es wird keine Kriege mehr geben«, meinte Bernadette. Es war nun fast zwölf Jahre her, daß Kevin tot war. Er war das einzige Kind gewesen, dem sie ein Gefühl entgegengebracht hatte, das der Liebe sehr nahe kam, wenngleich sie sehr stolz auf Rory war und ihn vergötterte. Manchmal liebte sie ihn wirklich, denn jedermann sprach von seiner fabelhaften Ausstrahlung, seiner Liebenswürdigkeit und seiner hohen Intelligenz. »Ganz wie mein Vater«, pflegte sie selbstbewußt zu sagen. »Er war der bestaussehende Senator in Washington, und als er Gouverneur wurde, konnte ihm keiner widerstehen. Rory ist ihm wie aus dem Gesicht geschnitten. Wir erwarten uns noch große Dinge von ihm.«

Wenn Rory da war, konnte Bernadette sogar Claudia ertragen. Doch Rory war in London, Claudia in Devon. Diese eingebildete, dumme Gans, dachte Bernadette. Es wird jedes Jahr schlimmer mit ihr. Dieser häßliche dunkle Teint und diese Handschuhe! Bauernblut. Jetzt parliert sie die ganze Zeit auf französisch mit den Kindern, sogar mit dem Personal, und ihr Akzent ist gräßlich. Schulmädchengehaben. Einfachen, unwissenden Leuten mag sie damit imponieren, aber nicht mir, meine Liebe, nicht mir. Und jeder weiß, wie knausrig du bist, außer wenn es um deine Kleider und deinen Schmuck geht. Eine Schande. Hat nicht mehr Hirn als ein Pfau, dieses egoistische, schäbige Geschöpf. Wenn sie wenigstens so schön wäre wie ein Pfau, aber das ist sie nun wirklich nicht. Armer Rory. Bernadette wußte, daß Claudia über sie die Nase rümpfte. Einerseits fand sie es zum Lachen, aber es machte sie auch wütend.

Ann Maries Ärzte versuchten Joseph zu beruhigen. Gewiß, meinten sie, der körperliche Verfall sei nicht wegzuleugnen, aber sie könne noch viele Jahre leben. Gewiß, gaben sie zu, sie sei kaum noch imstande, zu gehen, man müsse sie hinsetzen und ins Bett legen, ohne fremde Hilfe ginge es nicht mehr. Aber unter den gegebenen Umständen erfreue sie sich bester Gesundheit. Gewiß, sie vertrage nur Babynahrung, aber sie sei gut bei Apptit, und das Essen bekäme ihr. Und ihr Geist habe keine Anzeichen von weiterem Verfall gezeigt, was als gutes Zeichen zu werten sei. »Gutes Zeichen wofür?« hatte Joseph bitter gefragt und keine Antwort bekommen.

Der Aufzug war installiert. Und fast täglich wurde Ann Marie von schwitzenden, keuchenden Schwestern unter Mithilfe des Butlers und des Hausdieners in den Lift verfrachtet und nach unten und in den Garten gebracht, wo sie dann inmitten dicker Pölster auf einem Sessel saß, zufrieden lächelte und nach Blumen verlangte — die sie sogleich zwischen ihren dicken, rosigen Fingern zerrieb. Sie quäkte wie ein Kleinkind, und nur wenn sie geschlafen hatte und plötzlich aufwachte, konnte es vorkommen, daß sie wie eine Frau stöhnte und unverständliche Ruflaute von sich gab. In letzter Zeit bedurfte es Stunden des Zuredens — und zusätzlicher Beruhigungsmittel —, um sie wieder zum Einschlafen zu bringen, und wenn sie nach einem solchen Anfall dann endlich einschlief, sah ihr Gesicht aus wie das einer von schwerem Leid heimgesuchten Frau.

Stunden und Stunden verbrachte Joseph in diesem Juni bei ihr, las im Schatten der dichtlaubigen Bäume Bücher oder Zeitungen, hörte auf ihr Geplapper, nahm hin und wieder ihre Hand und redete begütigend auf sie ein. In seiner Gegenwart fühlte sie sich sichtlich wohl und lächelte zufrieden, und wenn er sie für eine kleine Weile verlassen mußte, weinte sie, und dicke Tränen kollerten über ihre Wangen. Kam er dann zurück, umklammerte sie fest seine Hand, und es bedurfte großer Anstrengung, sie zu besänftigen. Bildete er es sich nur ein, oder zeichnete sich eine völlige neue Art von Angst, ein neues Bewußtsein ihrer Verzweiflung in ihrem Gesicht ab?

Sooft er nach Green Hills kam, brachte er eine Puppe oder ein Spielzeug mit, welches sie mit Entzücken und vergnügtem Krähen entgegennahm. Dieses Mal war es ein Teddybär. Sie drückte ihn an ihre schwabbelige Brust und murmelte unverständliches Zeug. Joseph, ein Buch in der Hand, beobachtete sie und war verzweifelter denn je. Er wußte jetzt, daß alle seine Hoffnungen vergeblich gewesen waren. Seine Tochter war vor langer Zeit von hier weggegangen, damals an jenem entsetzlichen Tag, im Wald oben auf dem Hügel. Aber wohin war sie gegangen? Dieses bemitleidenswerte Wesen hier war nicht Ann Marie. Das hier war nur ein Tier, das längst jede Ähnlichkeit mit dem schlanken, schüchternen Mädchen von damals eingebüßt hatte. Bis auf die Augen! In diesen Augen vermeinte Joseph bisweilen wie in weiter Ferne eine winzige Gestalt zu sehen, Ann Maries Gestalt, fluchtbereit und nicht weniger einsam und verlassen und verzweifelt als er selbst.

Dennoch konnte er die Vorstellung nicht ertragen, dieser unförmige

Körper könnte sterben, denn dieser Körper, der sie umschlossen hielt, machte es ihr unmöglich, ihren Vater zu verlassen. Sie war da, in unermeßlicher Ferne zwar, aber sie war da. Das glaubte Joseph, weil er es glauben wollte. Wenn er in ihre Augen sah, hieß er diese winzige Gestalt willkommen und bildete sich auch oft ein, daß sie seinen Gruß erwiderte, sie, die holde, junge Ann Marie, deren Liebe und Zärtlichkeit ihm nur so wenige Jahre zuteil geworden waren.

Nie hatte es einen vollkommeneren Junitag gegeben, so leuchtend still und duftig. Ein glänzendgrüner Rasen umgab das Haus, die Rosen sprengten schier die Beete, und ein naher Springbrunnen sprudelte heiter und schleuderte regenbogenfarbene Tropfen zum Himmel. Das Blattwerk warf seine zitternden Schatten über Ann Maries Gesicht. Sie war mit ihrem neuen Teddybär beschäftigt, den sie abwechselnd an sich drückte, küßte und koste und zornig von sich stieß. Ihr sprödes, trockenes Haar war zu Zöpfen geflochten und mit rosa Bändern geknotet worden. Wirr fielen die derben Flechten über ihren aufgeschwemmten Busen. Sie war noch dicker als ihre Mutter, aber ihre Muskeln waren schlaff und schwammig. Ihre Beine, über die eine hellblaue Decke gebreitet war, hingen bewegungslos herab. Sie trug Windeln wie ein Baby. In einiger Entfernung erhob sich das Haus, wie Alabaster im Sonnenlicht glänzend, ganz in Weiß und Rot, mit schimmernden Säulen und weithin leuchtendem Dach. Ein kühler Windhauch strich durch die Bäume, und der ganze grüne Wall bis hinauf zum Hügel geriet in Bewegung.

Kein Gärtner war zu sehen, alles war still. Joseph versuchte zu lesen. Das Geplapper seiner Tochter neben ihm war das einzige Geräusch.

Plötzlich verstummte Ann Marie. Joseph las. Es war ein vertraulicher Brief von Rory aus London. Seine Schriftzüge waren zierlich, aber fest und konzentriert. War der Wortlaut auch auf den ersten Blick kühl und der Inhalt belanglos, so vermochte Joseph doch sehr gut zwischen den Zeilen zu lesen. Er vergaß auf Ann Marie.

»Papa?« Ganz klar und deutlich kam es.

»Ja, mein Liebes«, antwortete er, ohne vom Brief aufzublicken. Doch mit einemmal wurde ihm bewußt, daß das Wort anders als sonst geklungen hatte, wach, lebendig, von Vernunft geformt. Der Brief fiel ihm aus der Hand. Ann Marie blickte ihn an, nicht mit der stumpfen, kindlichen Zuneigung der vergangenen Jahre, sondern mit einem Ausdruck reifer und kummervoller Liebe.

Sie war wie verwandelt. Die schwammigen Wangen hatten sich gestrafft, die Gesichtszüge wurden mit jedem Augenblick schärfer, die Augen groß und weit. Das war Ann Marie, zum Greifen nahe. Eine Frau in mittleren Jahren sah ihn an, und sie war bei vollem Bewußtsein, ganz in dieser Welt, eine Erwachsene. Ihre Seele war aus weiter Ferne in die Gegenwart zurückgekehrt.

Sie war sehr blaß. Einzig in ihren Augen war Farbe, in diesen Augen, aus denen ihn die Ann Marie von einst anblickte.

O Gott, dachte Joseph. O mein Gott. Er begann zu zittern, kalter Schweiß trat ihm auf die Stirn. Er beugte sich zu ihr, wollte ganz sicher sein. Er war bereit, zu hoffen und an ein Wunder zu glauben. Und leise lächelnd erwiderte sie seinen Blick. Ihre Augen wurden heller und heller. »Papa?« wiederholte sie. Der Teddybär entglitt ihren Händen, fiel auf ihren Schoß und rollte zu Boden. Sie merkte es gar nicht.

Joseph stieß sich von seinem Stuhl hoch. Er schwankte wie ein halbgelähmter Greis. Er wollte rufen, Hilfe herbeiholen. Doch er blieb wie gelähmt stehen und hielt die Lehne des Stuhls umklammert. Es war ein leichter Gartensessel, der sein Gewicht nicht aushielt und krachend zusammenbrach. Er taumelte.

Er machte einen Schritt auf Ann Marie zu. In seinem Kopf dröhnte es, wie Glockengeläute klang es ihm in den Ohren, und er wagte nicht, den Blick von ihr zu wenden, weil er fürchtete, das Bild könnte ihm wieder entschwinden. Er fiel neben ihr auf die Knie. Sie hob ihm ihre Hände entgegen, und er ergriff sie und blickte ihr ins Gesicht.

»Ann Marie«, stammelte er. »Ann Marie?«

»Ja, Papa«, erwiderte sie und lächelte. Tiefe Sorge sprach aus ihren Augen. »Armer Papa.« Sie entzog ihm eine Hand und strich ihm über das weiße Haar. Ein tiefer Seufzer entrang sich seiner Brust. Ihre Blässe nahm zu. Kleine Schweißperlen glänzten auf ihrem Gesicht, und sie begann heftiger zu atmen. Wild hämmerte die Pulsader an ihrem Hals.

»Du bist zurückgekommen, mein Liebling«, sagte Joseph. Seine Stimme klang heiser und trocken. Er sprach mühsam.

»Ich bin nie fortgewesen. Ich hielt mich nur verborgen«, sagte Ann Marie. Ihr Gesicht glänzte weiß wie nasses Gestein. »Ich habe nur geschlafen«, sagte sie, und ihre Hand strich sanft über sein Haar. »Aber ich habe dich immer gehört, Papa.«

»Und du gehst nicht mehr fort?« fragte Joseph, und sein Herz pochte so wild, daß er sich schwach fühlte. »Diesmal bleibst du, Ann Marie?«

Langsam und schwerfällig schüttelte sie den Kopf, doch immer noch hielt ihre kalte, feuchte Hand die seine fest. »Courtney ist hier. Er ruft mich. Ich gehe mit ihm, Papa. Er ist mich holen gekommen. Sei nicht traurig. Ich bin so froh, daß ich gehen kann. Ich bin nur geblieben, weil ich dir Lebwohl sagen wollte, und auch, wie lieb ich dich habe und wie leid es mir tut, dir soviel Kummer gemacht zu haben. Verzeih mir, Papa. Ich kann nichts dafür, aber verzeih mir.«

Dann leuchtete ihr Antlitz vor Liebe und Glückseligkeit, sie blickte in die Ferne und rief: »Courtney! Courtney! Ich komme!« Ihre Augen strahlten wie die Sonne. Sie ließ ihres Vaters Hand fallen und streckte ihre Arme jemandem entgegen, den nur sie sehen konnte. Ein gemurmelter Laut höchsten Entzückens drang aus ihrer Kehle.

»Ann Marie!« rief Joseph und fühlte eisige Kälte, Wahnsinn und Entsetzen um sich. »Jesus Christus!« schrie er fast, nahm seine verklärte Tochter in die Arme und zog sie an seine Brust. Ein Zittern war in ihm, eine tödliche Hoffnungslosigkeit, ein wütendes Aufbäumen, und der helle Tag verdüsterte sich. Ann Marie sträubte sich leicht und erschlaffte; ihr Kopf fiel auf seine Schulter. Er hörte sie nicht mehr atmen.

Dann seufzte sie, ein Zucken ging durch ihren ganzen Körper, ein langes, tiefes Wogen, ein letzter Krampf. Ein zarter Schrei, wie der eines Vogels, glitt über ihre Lippen.

Joseph kniete nieder und hielt seine Tochter fest. Sie lag schwer in seinen Armen. »Ann Marie, Ann Marie«, flüsterte er immer wieder. Aber nur der Wind antwortete in den Bäumen. Er begann das Haupt, das an seiner Schulter ruhte, zu streicheln.

Ann Marie Armagh wurde neben ihrem Bruder im spitz zulaufenden Schatten des großen Marmorobelisks bestattet. »Ich bin die Auferstehung und das Leben —«, intonierte der Priester. Der matt schimmernde Bronzesarg wurde langsam in das gähnende Grab hinabgelassen, mit Weihwasser besprengt und dann mit Erde bedeckt. Bernadette stand schluchzend neben ihrem Mann. Viele Freunde waren gekommen. Stumm musterten sie Joseph, der abweisend und grimmig vor sich hinblickte. Sie wunderten sich — und gaben dieser Verwunderung später untereinander auch laut Ausdruck — daß er so gar keinen Schmerz zeigte und keinen Versuch unternahm, seine Frau zu trösten. Gefühllos, sagten sie. Wo doch die Meinung verbreitet gewesen war, er hätte seine Tochter »angebetet«. Nun ja, es war eine Gnade Gottes, daß sie endlich Frieden gefunden hatte. Eine Last für ihre arme Mutter war sie gewesen, die all diese Jahre so viel mitgemacht hatte. Sehr intelligent war das Mädchen nie gewesen, und der Unfall hatte sie dann des letzten Schimmers von Verstand beraubt. Weiße und rote Rosen bedeckten die nackte Erde. Ringsum leuchteten Grabsteine in der heißen Junisonne. Wie Käfer krabbelten die Schatten der Baumblätter über das Gras.

»Ein Fluch«, schluchzte Bernadette an diesem Abend, »jawohl, ein Fluch liegt auf unserem Haus! Ich weiß es schon seit Jahren! Jetzt haben wir nur noch Rory. Mein letztes Kind!«

Mehr als Kummer lag Angst in ihrer Stimme, Angst und Aberglaube. »Was soll aus uns werden, wenn wir auch Rory verlieren? Ich habe so ein Gefühl —«

»Zum Teufel mit dir und deinen Gefühlen«, sagte Joseph und ging aus dem Zimmer.

Sie verzieh ihm wie immer, denn nur sie wußte, wie hart ihn der Tod seiner Tochter getroffen hatte.

Wenige Tage nachdem Ann Marie zur letzten Ruhe gebettet worden war, kam Bernadette, eine Zeitung in der Hand, zu ihm. Zwar war ihr Gesicht noch vom Weinen verschwollen, aber sie schien überrascht und sogar ein wenig elektrisiert. »Stell dir vor!« rief sie. »Es steht schon in den Zeitungen! Courtney Hennessey, mein Bruder, ist einem Schlaganfall erlegen — am gleichen Tag, da Ann Marie — die Augen geschlossen hat! Hier, Joseph, lies selbst! Seine Mutter hat ein Telegramm bekommen. Man hat ihn auf dem Klosterfriedhof begraben.«

Er nahm die Zeitung mit einer Hand, die gefühllos und wie gelähmt war. Er las, aber die Zeilen verschwammen vor seinen Augen. »Es war also wahr«, flüsterte er. »Er ist sie holen gekommen.«

Er warf die Zeitung fort und wandte sich ab. »Sie tut mir leid«, sagte Bernadette. »Sie hatte nur ihn. Meinen Bruder. Ich sollte wohl um ihn trauern, und ich werde auch Seelenmessen lesen lassen, aber ich empfinde wirklich nicht sehr viel. Nein, nicht sehr viel. Vielleicht waren es Courtney und seine Mutter, die den Fluch über uns gebracht haben.« Joseph ging zur Tür. »Wohin —?« fragte sie, aber er antwortete nicht. Sie fing an zu weinen, denn sie wußte es.

XV

Es war ein heißer Julitag gewesen, und die Sonne stand schon tief am Horizont, doch unter der Kupferschale des Himmels glitzerten die Bäume in grellem, unnatürlichem Grün, und die erdfarbenen Hügel formten schmerzlich scharfe Konturen. Mit quälender Klarheit und Intensität hob sich alles gegen das Firmament ab; es schien zu nahe, zu eindringlich, zu sehr in Einzelheiten aufgesplittert. Jeder einzelne Grashalm stand für sich allein, gleich einer smaragdenen Rasierklinge, die darauf lauerte, einen Fuß zu zerschneiden, und die Blumen in ihren Beeten leuchteten in beklemmender Helligkeit. Tiefe Stille deckte die Erde zu; nichts rührte sich, kein Blatt, kein Hälmchen. Selbst die Springbrunnen im Garten sprudelten klanglos, und es waren keine Vögel zu sehen.

Der Bauer in Joseph wußte, daß die Abwesenheit der Vögel zu dieser Tageszeit einen Sturm ankündigte. Er ging den Kiesweg zum Tor hinunter, betrat die Straße und schritt auf Elizabeths Haus zu. Das Kupfer über seinem Haupt glühte jetzt wie Bronze. Ein heißer Atem, kein Lüftchen, kein Windstoß, hauchte ihn an; es roch nach Schwefel, nach brennender Trockenheit. Er öffnete das Tor zu Elizabeths Haus. Er war weder einem Gefährt noch einem Menschen auf der Straße begegnet. Alles hatte Zuflucht gesucht. Der Kies knirschte unter seinen Füßen. Es hörte sich an, wie wenn eine Flinte unaufhörlich schösse und der Schrot in alle Winde zerstöbe.

Weiße Tische und Stühle standen unter der großen, dunklen Eiche vor dem Haus, und hier, in einem weißen Kleid, das zu hell war für dieses unheimliche Licht, saß Elizabeth. Sie hatte einen weißen Schal über die Schultern gelegt. Mit dem zu einer einfachen Frisur zusammengerafften hellen feinen Haar, dem ruhigen Gesicht und dem bewegungslosen Körper glich sie einer sitzenden Statue. Sie rührte sich nicht, als sie ihn erblickte, beobachtete ihn nur, wie er den Kiespfad verließ und auf sie zukam. Erst als er schon unmittelbar vor ihr stand, erhob sie sich und warf sie sich in seine Arme. Sie hielten einander fest, ohne ein Wort zu sprechen, hielten sich fest, als ob der Tod ihnen zuwinkte.

Sie dachten nicht einmal an Zuseher, an zur Seite geschobene Vorhänge, an neugierige Augen. Von ihrem Fenster konnte Bernadette die zwei Gestalten sehen, die sich in schmerzlicher Ekstase umfingen, die mit ihrem Gatten zu teilen ihr nicht gestattet war. Sie ließ die Spitzenvorhänge fallen, lehnte den Kopf an den Rahmen des Gitterfensters und weinte bittere Tränen. Es war *ihr* Kind, das seine letzte Ruhe gefunden hatte, Joseph aber suchte Trost bei einer Fremden und hielt sie umfangen, als ob sie zu einem einzigen regungslosen Leib verschmolzen wären. Zum erstenmal erkannte Bernadette jetzt, daß Joseph sie niemals lieben und sehr wahrscheinlich auch verlassen würde. Sie ließ sich schwerfällig auf die Knie fallen und gab sich, den Kopf auf den marmornen Fenstersims gebettet, ihrem Schmerz hin, so als ob sie zur Witwe geworden wäre und ihr Mann nie wieder zurückkehren würde. Die Tränen hinterließen dunkle, kleine Flecke auf dem Sims, und Bernadette, den von Schmerz verzerrten Mund gegen den kühlen Marmor gepreßt, glaubte, das quälende Brechen ihres Herzens zu spüren. Nie zuvor hatte sie sich so verlassen, so einsam, so gedemütigt gefühlt. Noch war kein Haß in ihr, nur ein dumpfes Auflehnen gegen ihr Schicksal.

Plötzlich erhob sich ein Sturmwind, Blitze durchzuckten den Himmel, und ein gewaltiger Donnerschlag ließ die Erde erbeben. Dicke, dunkle Wolken zogen auf, Blitz folgte auf Blitz, und die Bäume schüttelten wütend ihre grünen Mähnen. Dann kam der Regen: stürmisch, wuchtig, brausend strömte er in silbernen Kaskaden herab und benahm jede Sicht. Den Blick nach oben gerichtet, lag Bernadette stumm auf dem Fußboden ihres Zimmers und starrte mit blinden Augen in die schreckliche, grell zuckende Helligkeit hinaus.

Joseph und Elizabeth saßen im Dunkel. Weißes Feuer loderte vor den Fenstern des Damenzimmers. Sie saßen Hand in Hand und blickten vor sich hin und lauschten nur mit halbem Ohr dem Heulen und Tosen des Sturmes, des Windes und des Donners. Ihre innige Vertrautheit gab ihnen innere Ruhe, und doch schied sie der Schmerz voneinander, so daß sie beide versuchten, sich zu trösten und noch enger zusammenzurücken. Joseph wiederholte Ann Maries letzte Worte und erzählte

Elizabeth, was sie Courtney zugerufen, daß sie ihn »gesehen« hatte und daß er sie »holen gekommen« war. Elizabeth hörte ihm schweigend zu. Mit schwermütiger Hingabe hingen ihre Augen an seinem Gesicht, das abwechselnd im Dunkel versank und im grellen Schein der Blitze aufleuchtete.

»Ich bin froh«, sagte sie schließlich mit beherrschter Stimme, die nur ganz wenig schwankte. »Ich glaube — ich möchte glauben, daß mein Sohn deine Tochter geholt hat. Gibt es denn eine andere Erklärung für Ann Maries wissendes und, wie du es mir eben geschildert hast, geradezu seliges Sterben?«

Joseph küßte sie zart auf ihre eiskalte Wange. Dann erzählte er ihr, wie auch seine sterbende Mutter seinen toten Vater »gesehen« hatte, der sie holen gekommen war. Dabei wußte er ganz genau, daß es nur ein zufälliges Zusammentreffen gewesen war oder das letzte Trugbild einer Sterbenden. Das sagte er Elizabeth nicht, aber sie fühlte seinen Widerstand. »Glaubst du nicht, daß Courtney Ann Marie holen gekommen ist? Und dein Vater deine Mutter?«

Er zögerte mit der Antwort, weil er ihr nicht noch mehr Kummer bereiten wollte. »Hellsehen«, meinte er, »ich habe davon gehört. Vielleicht war es das.«

»Aber was heißt ›Hellsehen‹? Es ist nur ein Wort. Es gehört zu unseren Gewohnheiten, daß wir uns für das Unerklärliche ein Wort suchen und uns damit zufriedengeben. Haben wir erst einmal einen Namen für ein Ding, ist das Rätsel schon gelöst. In Wirklichkeit aber haben wir das Geheimnisvolle nur noch geheimnisvoller gemacht. Ich *glaube.* Jawohl, ich glaube. Zum erstenmal in meinem Leben glaube ich. Ich war nur dem Namen nach Katholikin. Ich lächelte skeptisch, wenn man mir von Wundern und Mysterien erzählte. Heute weiß ich, daß ich eine Närrin war. Eine neunmalkluge Närrin, zu dumm, um zu staunen, nachzudenken — und zu hoffen. Du hast mir Hoffnung gegeben, Joseph. Bitte lächle nicht.«

»Ich lächle nicht«, erwiderte er. Wieder erhellte ein Blitz sein Gesicht. Er sah krank aus. Er dachte an die drei Gräber auf dem Friedhof, an Sean, Kevin und Ann Marie, und an die schwarze Erde, die sie aufgenommen hatte. Er konnte einfach nicht glauben, daß sie mehr waren als totes Fleisch und in irgendwelcher Form an einem unermeßlich weiten Ort jenseits der Sterne weiterlebten. Der Gedanke war sinnlos, gegen jede Vernunft. Ein lebender Hund, hatte König David gesagt, galt mehr als ein toter Löwe, denn er *war da;* Sean und Kevin, Ann Marie, Harry und Charles aber waren nicht mehr da, existierten nicht mehr. Er dachte an Harry, an seine Betriebsamkeit und Lebensfreude, und an den gebildeten, intelligenten und weltmännischen Charles. Eines Gedankens Länge war verstrichen, und nichts wies mehr darauf hin, daß sie jemals gelebt hatten. Ein vernunftbegabter Mensch mußte sich mit dieser Tatsache abfinden. Wer aus der Qual seines Herzens heraus die Hand nach nebulosen Mythen ausstreckte, griff ins Leere.

Frauen waren anders. Sie mußten mit tröstlichen Lügen aufgepäppelt und in ihrem Glauben an vernunftwidrigen Unsinn bestärkt werden. Darum sagte Joseph jetzt: »Mag schon sein, daß sie jetzt zusammen sind, denn wie sonst hätte Ann Marie wissen können, daß Courtney tot war...« Zum erstenmal dachte Joseph an die Mutter seiner Kinder, die einen Sohn und eine Tochter verloren hatte. Sie hatte Kevin geliebt und war viele Monate lang untröstlich gewesen. Nachts hörte er sie weinen. Verdammt, dachte er, ich habe nie auf sie Rücksicht genommen. Ganz sicher weiß sie, wo ich jetzt bin. Bernadette ist nicht dumm. Vielleicht hat sie schon immer gewußt, daß Elizabeth und ich — Sie hätte eine Idiotin sein müssen, es nicht zu merken.

Im Verlauf ihres gemeinsamen Lebens hatte er nur bei wenigen Anlässen Mitgefühl für Bernadette empfunden, ein verkniffenes, verkrampftes Mitgefühl. Jetzt aber war es ein tiefes, ätzendes Mitleid. Er wußte, daß sie ihn liebte, und wirklich nur ihn liebte, und wie immer lehnte er sich gegen diese Liebe auf, nur daß jetzt Mitleid mit im Spiel war, wenn auch von seiner gewohnten Unduldsamkeit geprägt. Er schauderte vor dem Gedanken zurück, in jenes Haus und zu seiner Frau zurückzukehren, und in der Stille seines Zimmers wieder seinem Schmerz, seinem unerträglichen Schmerz gegenüberzustehen. Er wußte, daß er dasitzen und lauschen würde: auf irgendeinen Laut aus den Räumen seiner Tochter, kindliches Geplapper, kindliches Lachen, auf einen Schrei oder Ruf nach ihm, wie er das viele Jahre lang gehört hatte, wenn er daheim war. Doch nur die Nacht würde ihm Antwort geben. Die Spitalsmöbel und die sonstige zweckdienliche Einrichtung waren entfernt worden, und die Räume waren nun wieder die eines hübschen jungen Mädchens, aber nie wieder würde Ann Marie lachend von einem Ausritt zurückkommen, nie wieder an ihrem kleinen weißen Klavier sitzen und singen, ja nicht einmal mit ihrer Hand leicht über das polierte Holz streifen. Und mit einemmal verschwand das armselige Bündel Mensch, das seine Tochter so lange gewesen war, aus seiner Erinnerung, und an seine Stelle trat die gesunde, zarte Ann Marie mit dem sanften Gesicht, das zärtlich zu ihm aufsah, den weichen Händen, die ihn liebevoll berührten, und den fragenden, dunklen, bernsteinfarbenen Augen. Wie ein Geist kehrte diese Ann Marie nun zu ihm zurück, aber das linderte seinen Kummer nicht. Es machte alles nur noch schlimmer, denn nun war es ihm, als ob Ann Marie jung und bei voller Gesundheit plötzlich gestorben und, ihre Stimme noch in seinen Ohren, ihr Duft noch in der Luft, die er atmete, für immer verschwunden wäre.

Die ganze Erde ist eine Gruft, dachte er, und wir Menschen wandern auf zahllosen Gräbern. Es wäre besser, nicht geboren zu werden. Was ist das ganze Leben? Ein bißchen Lachen, ein bißchen Hoffnung, Ehrgeiz, Streben, und dann — nichts. Ist das der Mühe wert? Ich glaube nicht. Wie hatte Charles solche Stimmungen genannt? »Die dunklen Nächte der Seele.« Aber der Großteil des Lebens besteht aus dunklen Nächten der Seele, nur hin und wieder dämmert ein heller Tag herauf, erfreut Musik unser Ohr, berührt uns eine lebende Hand. Mir persönlich scheint das zuwenig für ein ganzes Menschenleben.

»Komm nächste Woche nach New York«, schlug er Elizabeth vor, doch ohne Drängen, denn so schwer lastete die Verzweiflung auf ihm.

»Ja«, stimmte sie zu. Sie wußte, was er fühlte, und empfand das gleiche.

Der Sturm legte sich. Elizabeth bat ihn nicht, zu bleiben, als er sich erhob. Aber sie sah ihn an und betete im stillen, wie sie seit ihrer Kindheit nicht mehr gebetet hatte, er möge getröstet werden. Kein menschliches Wesen konnte ihm Trost spenden, so wie auch die zärtlichsten Worte sie nicht trösten konnten. Es war nur den Toten gegeben, die Lebenden zu trösten, aber sie schwiegen. Doch die Hoffnung entfaltete sich in ihr wie eine sternenhelle Blüte. Sie würde Stunden damit verbringen, sich vorzustellen, wie Ann Marie Courtney »erblickt« hatte und ihm, der Fesseln ihres Fleisches ledig, wie eine Braut entgegengelaufen war. Sie wußte, daß Joseph ihr das nur erzählt hatte, um sie zu trösten. Sie nahm seine Hand, drückte sie an ihre Wange und wünschte, auch er könnte diese Hoffnung auf das Glück ihrer Kinder teilen. Es war nur ein Marienfaden im dunklen Strudel der Qualen, aber er leuchtete im Herzen des Menschen, und vielleicht führte gerade seine zarte Brüchigkeit zur Wahrheit.

Joseph beugte sich vor und küßte sie mit der Innigkeit gemeinsamen Leides. Dann ging er in den warmen, nur mehr leichten Regen hinaus, in die scharfe Frische der Nacht nach dem Sturm. Ein Vollmond schien wie verrückt durch schwarze Wolkenfetzen zu rasen. Elizabeth stand auf der Schwelle ihres Hauses und blickte ihm nach, solange sie seine Gestalt erkennen konnte. An diesem Abend hatte sie ihre ganze Willenskraft aufgeboten, um Joseph dazu zu bringen, sie zu besuchen, denn sie war von Angst und Verzweiflung gepackt gewesen und bedurfte seines Trostes, seines freundlichen Zuspruchs und seines Versprechens, sie nie zu verlassen. Sie hatte kurz vor Courtneys Tod erfahren, daß sie unheilbar an Krebs erkrankt war. Sie hatte bestenfalls noch sechs Monate zu leben. Wären Ann Marie und Courtney nicht eben jetzt gestorben, sie würde es Joseph, geborgen in der Sicherheit seiner starken Arme, gesagt haben. Doch jetzt war er ebenso verzagt und seelenwund wie sie und konnte nicht noch mehr Kummer ertragen. Sie war froh, daß sie geschwiegen hatte. Sie war entschlossen, es ihm nie zu sagen. Geteiltes Leid war nicht halbes Leid. Die Last wurde noch schwerer, denn dann litten zwei statt einem. Ich muß mutig sein, dachte sie, als Joseph in der Finsternis verschwunden war. Was sein muß, muß sein, und niemand kann das Schicksal aufhalten. Am Ende sind wir allein, so allein, wie wir geboren werden.

Es war still in dem großen weißen Haus, als Joseph die Treppe hinaufstieg. Er kam an Bernadettes Zimmer vorbei. Die Tür stand offen, aber es war dunkel. Er verhielt den Schritt. Im hellen Mondlicht sah er Bernadette stumm und regungslos neben dem Fenster auf dem Fußboden liegen. Er ging hinein und kniete nieder. Er sah ihr tränenfeuchtes, verschwollenes Gesicht und die Qual und das schmerzliche Verlangen in ihren Augen.

Er schob seinen Arm unter ihre Schultern, zog sie an sich und hielt sie fest, während sie still weinte. Seine Ungeduld war verflogen, und er schämte sich. »Schau«, sagte er, »schau, es war doch so am besten. Weine nicht.« Aber er wußte, daß sie in diesem Augenblick nicht um Ann Marie trauerte. »Glaube mir, Bernadette, ich werde dich niemals verlassen. Ich schwöre es bei Gott, ich werde dich niemals verlassen.«

Leise läutete die Essensglocke, und schließlich gingen sie zusammen, Hand in Hand, hinunter. Bernadettes großes, rotes Gesicht war seit Jahren nicht mehr so froh und jung gewesen.

Joseph hatte Rory telegraphisch vom Tod seiner Zwillingsschwester in Kenntnis gesetzt, ihm jedoch geraten, nicht gleich zurückzukommen und seine Mission lieber fortzusetzen. Es gab nichts, hieß es in dem Telegramm, was Rory noch hätte tun können. Das Ende war nicht unerwartet gekommen, und er dankte seinem Schicksal, daß er sich bei Ann Maries Tod in Green Hills aufgehalten hatte.

Der stille, zuverlässige, grauhaarige Timothy Dineen hatte Harry Zeffs Platz in Josephs Unternehmungen eingenommen und lebte jetzt in Philadelphia. Er hatte nie geheiratet. Mit der halsstarrigen Hingabe des Iren hatte er in all diesen Jahren unentwegt immer nur Regina Armagh geliebt. Er erfuhr erst in Philadelphia, daß sie ihrem Bruder zweimal im Jahr geschrieben hatte und Charles beauftragt gewesen war, die Briefe zu vernichten. Und er erfuhr, daß Charles es sich hatte angelegen sein lassen, ihr mehrmals im Jahr kurz zu antworten und sie über das Wohlergehen ihrer Familie zu informieren. Als Josephs Privatsekretär und Gefolgsmann und Direktor der Armaghschen Unternehmungen öffnete er Josephs Briefe in seiner Abwesenheit. Er öffnete auch ein Schreiben Reginas und erkannte nach all den Jahren sofort ihre zarte, zierliche Schrift. Das Herz schlug ihm bis zum Hals. Seit langem war Regina für ihn tot gewesen, denn Joseph hatte nie von ihr gesprochen, und es fiel ihm anfangs schwer, sie sich als Schwester Mary Bernade vorzustellen. Der alte Schmerz und die vergessene Sehnsucht packten ihn, als er nun ohne jede Scham den Brief zu lesen begann und ihm entnahm, daß sie nicht wußte, daß Joseph ihre Schreiben nicht zur Kenntnis nahm. Sie glaubte, daß er sie zwar nicht selbst beantwortete, sie jedoch von anderen beantworten ließ. Wie es schien, erhielt sie jedoch Post von Bernadette, von Charles, und von ihrem Neffen Rory. Sie wandte sich »in zärtlichster Liebe« an ihren »teuersten Bruder« und flehte ihn an, ihr »das Leid zu verzeihen, das ich Dir, mein lieber Joseph, zugefügt habe, als ich tat, was ich tun mußte. Ich schließe Dich immer in meine Gebete ein«.

Sie schrieb, daß Rory ihr vom Ableben Charles Devereaux', Harry Zeffs und Ann Maries Mitteilung gemacht hatte, daß sie jedoch mehrere Monate lang selber leidend und nicht in der Lage gewesen war, Beileidsschreiben abzusenden. Sie verschwieg die Natur ihrer Krankheit, doch hier und dort zitterte ihre Schrift, so als ob sie noch schwächlich und nicht bei voller Gesundheit wäre. Aus ihrem Brief sprachen unendliche Liebe und Güte und Mitgefühl und ein reiner Glaube, der sogar Timothy als ein wenig naiv und kindlich berührte. Sie trauerte nicht um die Toten, sie bedauerte die Lebenden wegen der Verluste, die sie erlitten hatten. »Die Seelen unserer Lieben sind nun der Sorge und Gnade Gottes anheimgegeben«, schrieb sie. »Wir sollten sie mit unseren Tränen und unserem Kummer nicht beschweren. Wir sollten nur für sie beten und hoffen, daß auch sie für uns beten.«

Was Timothy vor sich sah, war nicht das Gesicht einer Fünfundfünfzigjährigen, sondern das wunderschöne, von schimmerndem schwarzem Haar umrahmte Gesicht der jungen Regina mit ihrem leuchtenden und rührenden Blick. Sie hat überhaupt nie in dieser Welt gelebt, dachte er, und lebt immer noch nicht in ihr, und was sie vor ihr bewahrt, ist nicht nur das Kloster, sondern auch ihr Glaube und ihre Unschuld. Vielleicht auch nur ihre Unschuld. Er sah ein, daß sie dieses Leben der Abgeschiedenheit — und der Flucht vor der Wirklichkeit — auch dann gewählt haben würde, wenn sie ihre Kindheit nicht in einem von Nonnen geleiteten Waisenhaus verbracht hätte. Die Welt war kein Platz für Menschen von der Art einer Regina Armagh. Er dachte an einige der Nonnen, die ihm in seiner Kindheit begegnet waren, Nonnen wie Regina. Vielleicht erkannte die Kirche diese Frauen und bot ihnen Zuflucht vor einem Kampf, den sie nicht bestehen konnten, weil sie trotz Intelligenz und Entschlossenheit doch ewig nur im Schatten lebten. So verflog endlich Timothys eingewurzelte Sehnsucht, und er beantwortete Reginas Brief wie ein gütiger älterer Bruder und teilte ihr mit, daß es Joseph gutging. Er nahm das Heiligenbildchen, das Regina beigelegt hatte, und verwahrte es in seiner Brieftasche.

Er lehnte sich in seinen Armsessel zurück — vorsichtig, weil er nun doch schon etwas behäbig war — und dachte über ein Gerücht nach, das man ihm vor kurzem zugetragen hatte, wonach die Familie Armagh »verflucht« wäre. Er konnte sich nicht erinnern, wer es ihm erzählt und darüber gelacht hatte. Mit Ausnahme einiger weniger vom Glück Begünstigter, mußte jede Familie mit Ungemach und Todesfällen rechnen. Ich hoffe nur, spann er den Gedanken lächelnd weiter, der »Fluch« betrifft nicht auch mich — so wie Harry und Charles, die doch gar nicht zur Familie gehörten! Er bekreuzigte sich, immer noch lächelnd. Was Joseph betraf, nun, sein Vermögen war selbst im Vergleich mit anderen Wirtschaftskapitänen enorm groß und so wohl ein Trost *sui generis* — er hatte erreicht, was er sich zu erreichen vorgenommen hatte. Vielleicht war dies der einzige Trost, den die Welt zu bieten hatte.

Er beschäftigte sich in Gedanken mit dem, was Joseph vor wenigen Tagen zu ihm gesagt hatte: »Es ist an der Zeit, Rory für 1911 für die Präsidentschaftswahl aufzubauen. Suche tüchtige Leute für ihn zusammen. An Geld wird nicht gespart. Du brauchst es nur zu verlangen. Du wirst seine Rundreisen organisieren und ihm bei den Primärwahlen zur Seite stehen. Du wirst Werbefachleute brauchen — engagiere sie. Und Spezialisten für Öffentlichkeitsarbeit. Sekretäre. Wahlfeldzugsleiter, die sich um Diners, Versammlungen und Zusammenkünfte mit dem Publikum und Politikern in allen großen Städten kümmern — und auch in den kleinen. Plakate. Propaganda. Parolen. Interviews. Rory sieht nach was aus. Bedauerlich, daß die Frauen kein Wahlrecht haben, aber er gefällt auch den Männern. Er muß als ›Freund des Volkes‹ herausgestellt werden. Der Bruder eines Kriegshelden. Steve Worthington sorgt für seine Unterstützung durch das —« Joseph unterbrach sich und warf Timothy einen scharfen Blick zu, aber Timothy zuckte mit keiner Wimper. »Du weißt, was zu tun ist«, fügte Joseph hinzu. »Jeder Ire ist von Natur aus Politiker.«

»Es wird eine Menge Geld kosten«, gab Timothy zu bedenken. »Und du weißt, wie anti-papistisch das Land eingestellt ist. Sowie es laut wird, daß Rory die Nominierung durch unsere Partei anstrebt, müssen wir mit einer Flut gehässiger Verunglimpfungen, hysterischer Anwürfe und Verleumdungen rechnen. Es wird selbst die antibritische Propaganda an Heftigkeit übertreffen, und schon die ist, bei Gott, hemmungslos und widerlich genug. In Kenntnis deiner Wünsche in bezug auf Rorys Nominierung habe ich mich inzwischen unter der Hand ein wenig umgesehen. Ich habe meine Fühler ausgestreckt — in Chicago, New York, Boston, Philadelphia, Buffalo, Newark, überall. Ich bin dabei — na, sagen wir — auf Widerstand gestoßen, selbst unter Politikern unserer Partei, ja sogar unter Katholiken. ›Will Armagh die Partei schädigen?‹ wurde ich gefragt. Einer wollte wissen, ob du einen Religionskrieg in unserem freien Land anzetteln willst. Die Leute sind heute noch stärker in Vorurteilen befangen als vor zwanzig, dreißig Jahren, das weißt du ja. Man liebt uns nicht eben sehr, Joe.«

»Ich weiß«, erwiderte Joseph ungeduldig. »Aber du vergißt den unbezahlbaren Grundbestandteil jeder Wahlkampagne: Geld. Ich bin bereit, zwanzig, dreißig, vierzig, fünfzig Millionen Dollar und mehr auszugeben, um meinen Sohn zum Präsidenten der Vereinigten Staaten von Amerika zu machen. Nicht einmal die Rockefellers würden soviel Geld für einen ihrer Söhne ausgeben. Was glaubst du wohl, wofür ich gelebt und gearbeitet habe?«

Timothy war von dieser zornigen Frage überrascht. Es war ein rachedurstiges Gesicht, das in das seine blickte. Feurige Entschlossenheit loderte in den tiefliegenden kleinen blauen Augen. Josephs Haar mochte weiß geworden sein, aber es war immer noch voll und dicht, und sein Gesicht das eines jungen Mannes, kühn und unbezwingbar. Timothys Vater war ein vergnügter, aufgeräumter Ire gewesen, klein und rundlich und immer fidel, hatte aber des öfteren mit bedauerndem Kopfschütteln darauf hingewiesen, daß die »schwarzen«, die dunkelhäutigen Iren, keinen Humor besaßen, dafür aber allzu zielstrebige, herrschsüchtige und in mystischen Vorstellungen befangene Leute waren. »Sie vergessen nichts«, hatte sein Vater gesagt. »Mag da kommen, was will, sie vergessen nichts und keinen — ob Freund oder Feind. Wenn du klug bist, gehst du ihnen aus dem Weg, mein Kleiner.« Aber es sind unheimlich faszinierende Menschen, dachte Timothy. Sie geben nie auf, und so verbindet sich in ihnen teuflischer Stolz und wahre Größe. So müssen die irischen Könige gewesen sein, bis sie von den Engländern ermordet wurden.

Timothy hatte nie Hunger oder Kälte gelitten, nie Entbehrungen auf sich nehmen müssen, nie Kummer oder Verzweiflung empfunden. Jetzt war er zum erstenmal stolz auf seine Rasse, die so viel durchgemacht hatte. Timothy war ein Freund Englands und der Engländer und hatte sich ihnen verbunden gefühlt, als er das Land besucht hatte. Die Ausstrahlung der enormen Macht des britischen Weltreiches, der er in London begegnet war, hatte ihn tief beeindruckt. Der Wirklichkeitssinn der Engländer, ihr Drang zur Eroberung und Hegemonie, gefiel ihm. Die Welt war ihnen untertan. Die regierenden und herrschenden Klassen mochten sich aus Gentlemen zusammensetzen, aber sie besaßen ein bewundernswertes Gefühl für Fakten und Geld und echte Werte. Sie wußten, daß ihnen keine Nation gleichkam. Als unerschütterliche Materialisten hatten sie die industrielle Revolution angeführt. Der englische Thron war der Mittelpunkt des menschlichen Universums, und die Engländer kümmerten sich nicht einen Pfifferling um die Meinungen jener »minderwertigen Rassen, die außerhalb der Gesetze stehen«.

Während er aber nun Joseph Armagh betrachtete, mußte Timothy sich eingestehen, daß die Iren nicht nur alle Qualitäten der ihnen so verhaßten Engländer besaßen, sondern auch noch eine andere, kaum greifbare, aber darum nicht weniger imponierende. Das war die Entschlossenheit, mit der sie sich weigerten, etwas als »unvermeidlich« hinzunehmen, sich »Beschränkungen« auferlegen zu lassen. Es gab für die Iren — für die meisten zumindest — keine Grenzen, die nicht überschritten, keine Wünsche, die nicht erfüllt werden konnten, wenn man sich nur voll einsetzte, nicht schwankte und nicht zauderte. So ein Mann war Joseph Armagh, und Timothy kam langsam zu der Überzeugung, daß Rory Daniel Armagh tatsächlich Präsident der Vereinigten Staaten von Amerika werden konnte, wenn sein Vater es wollte. Und Joseph wollte es.

»Ich habe halb Washington in der Hand«, sagte Joseph mit einem säuerlichen Lächeln. »Das weißt du doch, Tim. Also an die Arbeit! Mit Geld kann man alles kaufen. Glaubst du, ich wäre in all diesen Jahren müßig gewesen? Ich weiß, was ich weiß. Fang an, Tim, und nimm dir, was du brauchst.«

»Die Unabhängigen und die Populisten in Washington sind gegen Rory«, gab Timothy zu bedenken. »Sie nennen ihn einen Monarchisten und noch Schlimmeres. Er ist nie für ein Gesetz eingetreten, das dem ›öffentlichen Wohl‹, wie die Sozialisten sich ausdrücken, gedient hätte. Man wirft ihm vor, ein ›aristokratischer Angehöriger der herrschenden Klasse‹ zu sein. Unter anderem hat er gegen die Kinderschutzgesetzgebung opponiert und gegen die Gewerkschaften gestimmt.«

»Dafür wird er jetzt päpstlicher als der Papst sein. Von heute an wird Senator Armagh eifrigst — und mit Beredsamkeit — für soziale Gesetzgebung eintreten. Er ist nicht so verwundbar wie Bryan. Er ist nicht dumm — und wir haben Geld. Und er gibt niemandem eine Zielscheibe des Spottes ab. Wer sich über ihn lustig macht, bekommt es mit Zinsen und Zinseszinsen zurück. Er hat ein ausgezeichnetes Auftreten, er ist intelligent, er hat Witz — und Geld.

Wir werden als erstes einen Feldzug gegen Vorurteile führen — niemand darf seiner Rasse oder seiner Religion wegen benachteiligt oder gar verfolgt werden. Wir werden an den typisch amerikanischen Sinn für Fairplay appellieren. In unseren Zeitungen werden wir berichten, daß Rory eingeladen wurde, mit dem Papst zusammenzutreffen — und die Einladung zurückwies. Ja, ich weiß, das ist nicht wahr, aber es wird die Amerikaner sehr beeindrucken. Rory wird verlauten lassen, daß er persönlich zwar kein Freund der Bekenntnisschule ist, jedoch, um die Freiheit der Wahl zu gewährleisten, für ihren Fortbestand eintritt. Er wird die Reichen angreifen, ›die sich ihren Verpflichtungen gegenüber ihrem Land und gegenüber den Armen entzogen haben‹. Er wird sich den Wählern als Fürsprecher der Arbeiter und Verfechter der sozialen Gerechtigkeit präsentieren. Er wird seine Zuhörer begeistern. Man wird ihn nicht auslachen. Er hat Geld — und er hat viel gelernt. Man hat mich erst vor kurzem darauf hingewiesen, daß die Zeit gekommen ist, da er die Initiative ergreifen muß.

Rory«, sagte Joseph mit ruhiger Stimme und blickte zur Seite, »wird die Unterstützung vieler meiner Freunde genießen. Das kann ich versprechen. Rory wird amerikanischer sein als der Durchschnittsamerikaner. Er wird so amerikanisch sein wie — wie —«

»— wie ein Glas Bier um fünf Cents.«

Joseph lachte sein tiefes, verkrampftes Lachen. »Ganz recht. Dann geh also so bald als möglich an die Arbeit, Tim. Ich habe in den letzten Jahren schon viele Fundamente gelegt. Und vergiß auch nicht, auf Tom Hennessey hinzuweisen: ›Der Freund des Volkes, der Feind aller Privilegien.‹ Rorys Großvater.«

Er erhob sich. »Ich wiederhole: meine Freunde stehen hinter Rory. Sie wissen, was ich will.«

Timothy kannte Rory seit seiner frühesten Kindheit. Ob Joseph Armagh seinen Sohn so gut kannte?

XVI

Elizabeth Hennessey war nicht nach sechs Monaten gestorben. Sie lebte noch fast ein ganzes Jahr.

In den letzten Monaten traf sie sich nur mehr gelegentlich mit Joseph in New York und anderen Städten, denn sie fühlte sich immer schwächer, und weder Lippenstift noch getönter Puder vermochten die Blässe zu übertünchen, die ihr feinknochiges Antlitz bedeckte. Die vielen Spitzenrüschen an Hals und Handgelenken und die glatten Seidenkleider mit den bestickten Mittelteilen verbargen ihre zunehmende Magerkeit und Gebrechlichkeit nicht allzugut. Die hoch auf ihrem stolzen Haupt sitzenden breiten Hüte mit ihren Blumen und Federn schienen zu schwer für ihre schwindenden Kräfte. Stumm ertrug sie die immer heftigeren, bohrenden Schmerzen, und wenn sie mit Joseph zusammentraf, war sie so ruhig und zurückhaltend und heiter wie immer. Warum sie nicht häufiger kam? Sie tat die Frage mit einer geringschätzigen Handbewegung ab. Sie war ja schließlich nicht mehr die Jüngste. Sie war müde. Und, wie er, hatte auch sie einen empfindlichen Verlust zu beklagen: ihr einziges Kind, ihr einziger Blutsverwandter, von einigen entfernten Vettern und Basen abgesehen. Sie war eine Frau, kein Mann. Es war ihr nicht möglich, erklärte sie, ihre Gefühle so zu beherrschen, wie ein Mann das konnte. Er hatte seine Geschäfte; sie hatte, um die Zeit zu verbringen, nur ihr Haus, ihren Garten und ein paar Bekannte. »Die Langeweile plagt mich«, sagte sie einmal und lachte. Die Schmerzen plagen mich, sagte sie zu sich selbst, und ich bin zu müde, um weiterzuleben. Die Ärzte hatten ihr Pastillen gegeben, die sie nehmen sollte, wenn die Schmerzen unerträglich wurden, aber sie ging sehr sparsam damit um, denn die weißen

Pulver stumpften ihre Sinne ab. Sie wollte alle Schönheit dieser Welt genießen, doch die Pastillen machten sie müde, so daß sie einschlief und Sonnenaufgänge und Sonnenuntergänge, Schnee und Regen und Wind versäumte und den Anblick eines Rasens, den der Sturm in eine wogende See von bunten Farben verwandelt. Sie war entsetzlich matt und hilflos, doch die Welt war immer noch wunderschön. Jenseits aber lag eine geheimnisvolle Landschaft — oder eine schweigende Leere.

Joseph hörte sich ihre Erklärungen und Entschuldigungen für ihr immer selteneres Erscheinen an und nötigte sie beharrlich zu wiederholen, was ihre Ärzte in letzter Zeit zu ihrem Zustand gesagt hätten. Sie streckte sich bequem aus und meinte, ihr Zustand hänge nur mit ihrem Alter zusammen, sie habe nie eine starke Konstitution besessen, sei aber andererseits ziemlich gesund gewesen. Er hörte ihr zu, beobachtete sie und schien befriedigt. Gleichwohl machte er eine besorgte Bemerkung über ihren Mangel an Appetit, und sie wechselte mühelos das Thema.

Das würde sie ihm nie sagen, dachte sie. Er hatte genug durchgemacht. Sie würde allein und in aller Stille sterben. Es sollte ihr letztes Geschenk an ihn sein. Sie hatte ihn nie mit ihren persönlichen Problemen, ihren nächtlichen Ängsten, ihren Launen, Verdrießlichkeiten oder Schrecken belästigt und würde es auch jetzt nicht tun.

In ihrem Hotelzimmer in New York aber hatte sie dann, als er einmal an ihrer Chaiselongue saß und ihre Hand hielt, das Gefühl, daß er es wisse, und das seit geraumer Zeit. Sie war zutiefst betroffen. Sie betrachtete ernst sein dunkles Profil, das von dem weichen Licht, das durch die Spitzenvorhänge drang, überspielt wurde. Er schien in sich selbst versunken, doch sie merkte, daß seine Gedanken mit ihr beschäftigt waren. Der Lärm der Straße klang nur gedämpft herauf, das Quietschen und Brausen der Stadtbahnzüge schien weit entfernt. Im Hotel war es still, denn an diesem Spätnachmittag kleidete sich noch niemand zum Essen um, und die Gäste waren von ihren Besorgungen und Ausflügen noch nicht heimgekehrt. Es war ein warmer Vorfrühlingstag gewesen, und Joseph hatte bei einem Straßenverkäufer gelbe Narzissen für sie erstanden, die in einer grünen Vase auf dem runden Tisch mit der Samtdecke standen, an dem sie so oft zusammen gegessen hatten.

Eine Zeitlang sprachen sie nichts. Er saß wie ein ergebener Gatte an ihrer Seite, das offene Buch auf dem mageren Knie, und starrte die Wand gegenüber an. Ja, er wußte es. Sie hatte keine Ahnung, woher, aber er wußte es. Seine Liebe zu ihr hatte es ihm eingegeben. Sie ließ sich nicht täuschen. Tränen traten in ihre Augen. Aber ich bin froh, die erste zu sein, die geht, dachte sie. Du bist stark, aber ich bin schwach. Du wirst darüber hinwegkommen, wie du über anderes hinweggekommen bist, ich aber könnte über deinen Tod nicht hinwegkommen. Schon allein dafür danke ich Gott. Jedes menschliche Leben ist ein allmähliches Aufgeben dessen, was wir lieben und was uns Freude macht, bis es schließlich zum letzten Verzicht kommt, der uns mit leeren Händen zurückläßt. Aber mir bleibt die Erinnerung an unsere Liebe, die ich mitnehmen werde, wenn ich darf, denn du bist die einzige Freude, die ich je kannte, meine Lust und mein Entzücken. Und so bin ich letzten Endes reich, reicher als die meisten. Das Leben anderer ist oft ohne Farbe und Kraft, ein Dasein wie Haferbrei, und ebenso reizlos. Ich hingegen habe alle Höhen durchlebt, die einer Frau offenstehen, alle Wonnen, Glauben, Vertrauen, alle Aufregungen und Wunder. Ja sogar der Kummer war erträglich in deiner Gegenwart, mein Lieber. Ich brauche nicht zu geizen, brauche mich nicht an das zu klammern, was ich besaß, denn mir wurde alles reichlich und im Überfluß zuteil. Nichts kann mehr hinzugefügt werden, nichts genommen.

Zum erstenmal seit sie von ihrer tödlichen Krankheit wußte, fühlte sie Ergebung und Ruhe. Sie rebellierte nicht mehr, empfand keine Furcht.

Er wandte den Kopf und sah auf sie herunter, als wüßte auch er das alles. Ihre Blicke begegneten sich, und alles, was sie einander alle die Jahre gewesen, stand in ihnen zu lesen. Sie wandten die Augen nicht ab. Josephs Finger umklammerten leicht ihre Hand, und das war alles. Sie hatte sich darein ergeben. Er hatte sich darein ergeben müssen — das war der Unterschied.

»Elizabeth«, sagte er endlich.

Nein, Worte waren nicht nötig. Sie legte ihm liebevoll die Hand auf den Mund und verschloß ihm die Lippen. »Schon gut, Liebling«, entgegnete sie. »Bitte rede nicht. Alles ist gut.«

Sie fühlte sich so erleichtert, daß sie fast weinen mußte. Nun war es nicht mehr nötig, ihm etwas vorzumachen, sich das Gesicht zu bemalen, ihn aufzumuntern und sich zum Lachen zu zwingen, wenn Schmerzen sie überkamen. Nun war ihr auch diese Gnade gewährt, zu wissen, daß er es wußte. Sie fühlte sich nicht mehr im Käfig der qualvollen Angst isoliert, aufschreien zu müssen und ihm Schmerz zu bereiten. Sie hatte geglaubt, daß dem, was sie hatte, nichts mehr hinzugefügt werden könne, jetzt war ihr auch dies zugefallen. Sie schlief ein wie ein sterbendes Kind, das von seinen Leiden erlöst war, und ohne Todeskampf, aber entkräftet, und er beobachtete sie, bis es dunkel wurde im Zimmer und draußen die Straßenlampen aufflammten.

Der innere Friede ließ sie am nächsten Tag gekräftigt erscheinen, und sie besuchten ein letztes Mal zusammen die Oper. Sie wußten, daß es das letzte Mal war, und die Musik, die Arien und die Kostüme erschienen ihnen nur um so schöner, um so bedeutsamer. Sie wußten aber auch, daß es Elizabeth war, die in dem von dem Schwan gelenkten Boot davonsegeln würde, nicht Lohengrin, und sie sahen einander mit fest verschlungenen Händen an. Nie, nicht einmal in ihrer Jugend, war Elizabeth Joseph so schön erschienen, so durchsichtig, so voll Würde und Frieden. Diese Tapferkeit durfte er nicht mit einem einzigen Wort entweihen, das wußte er.

Er begleitete sie am nächsten Tag selbst nach Green Hills, und sie erhob keinen Einspruch, obwohl es zum erstenmal war, daß sie zusammen im gleichen Zug heimfuhren. Sie sammelte letzte Eindrücke wie ein Ährenleser für eine Hungersnot Weizen sammelt.

»In zwei Wochen komme ich wieder und bleibe einen ganzen Monat«, sagte er, als er sie an ihrer Tür verließ. Das Mädchen half ihr ins Haus.

»Ja«, erwiderte sie, und ihre großen grünen Augen waren voll Liebe und ohne Traurigkeit.

Sie hatte schon einen Monat vorher ihr Grab ausgesucht, nicht wo Tom Hennessey lag, der neben seiner ersten Frau in einer Gruft unter einem schweren Stein ruhte. Sie hatte ein Stück Land gekauft und sogar einen Grabstein bestellt, der nur ihren Namen, ihr Geburts- und ihr Todesjahr eingraviert trug. Eichen waren schon immer ihre Lieblingsbäume gewesen. Dort stand eine, alt und mächtig, und ihre Zweige würden sich über ihr Grab neigen. Sie stand im Frühlingswind und überblickte gelassen den Ort, an dem sie ruhen sollte. In ihrer Jugend war sie entsetzt darüber gewesen, daß manche Menschen ihr Grab und die Worte auf ihrem Grabstein selbst bestellten, ja daß sie den Ort aufsuchen konnten. Jetzt aber fühlte sie etwas wie Trost. Es war schön hier und still.

Eine Woche später starb sie in ihrem Bett, als es morgens zu dämmern begann. So hatte sie es sich erhofft. Es war niemand bei ihr. Als es heller wurde, fiel ein goldener Strahl durch das Fenster und legte sich über ihr schlafendes Gesicht, das wieder das eines heimgekehrten Kindes war.

Bernadette rief Joseph in Philadelphia an, um ihm zu sagen, daß Elizabeth Hennessey am Morgen von ihrem Mädchen tot aufgefunden worden war und daß Donnerstag das Begräbnis stattfinden würde. Bernadettes Stimme klang verhalten, obwohl sie große Erleichterung empfand. Ob Joseph zum Begräbnis käme? Er sei schließlich ihr Testamentsvollstrecker und habe ihre Geschäfte geführt.

»Ja, ich komme«, sagte er. Das war alles. Er begann wieder zu arbeiten. Er empfand nichts als eine riesige Leere, eine tiefe Trostlosigkeit. Trotz allem, was er in letzter Zeit gewußt hatte, konnte er es nicht glauben, daß Elizabeth tot war und er sie nie wieder sehen würde. Schon bei dem Gedanken daran erschauerte er und verfiel. Es war alles gekommen, wie sie es sich gewünscht hatte. Er wollte nach Green Hills fahren, aber er hatte dort niemanden mehr. Einst war er als Fremder dorthin gekommen und hatte das Haus eines Fremden angestarrt. Nun würde er wieder als Fremder kommen und vor dem Haus eines Fremden stehen. Bei diesem Gedanken warf er die Feder fort, kehrte in seine Wohnung in Philadelphia zurück und verließ sie nicht mehr, bis es Zeit war, nach Green Hills zu fahren.

XVII

Ehe Rory Armagh sich mit Claudia Worthington verheiratete, hatte er in Oxford den Fabischen Sozialismus studiert. Hätte er nicht schon von der Wahrheit — oder was sein Vater, aber auch die »schweigenden, todbringenden Männer«, die Finanziers, die Großindustriellen, die europäischen und amerikanischen Aristokraten, die Bankleute und die Superreichen dafür hielten — Kenntnis gehabt, er wäre, trotz seines angeborenen Zynismus und seiner realistischen Lebensauffassung, verwirrt, skeptisch und schließlich entsetzt gewesen.

Denn dort wurde ihm bestätigt, daß der sogenannte »Klassenkampf«, von dem er bereits im weltlichen Unterricht gehört hatte, ein künstlich herbeigeführter Kampf war, von der »Elite« in ihrem Streben nach Macht geschaffen und manipuliert, um die ganze Welt unter Kontrolle zu bekommen. In Wirklichkeit gab es keine Uneinigkeit zwischen den amerikanischen Arbeitern und ihren Brotherren — die dem Mittelstand angehörten — denn beide hatten ein gemeinsames Ziel, nämlich Arbeit und Überleben und ein bescheidenes Maß von Glück in einer Welt, die keinem sehr viel zu bieten hatte. Macht interessierte sie nicht. Sie sehnten sich nach Frieden, Geborgenheit, genügend zu essen, etwas Geld für Vergnügungen, einen gewissen Privatbereich, Familie und persönliche Würde. Darüber hinaus die Freiheit, über ihre Existenz, ihren Gott und ihre bescheidenen Ambitionen selbst zu entscheiden. Sie waren weder streitsüchtig noch kriegerisch. Sie waren einfache Menschen. Sie strebten nicht nach besonderen Reichtümern und waren somit zufrieden. Ihre Einfachheit, ihre gemeinsamen gleichen Überzeugungen und Wünsche, ihre angeborene Anständigkeit und ihre große Zahl verschafften ihnen Ansehen und Respekt. Da sie die Skepsis des aufrechten Mannes gegenüber Idealen, Ideologien, Streitfragen und Massenprotesten besaßen, vermochten selbst mächtige Tyrannen nicht, sich ihrer als Werkzeuge zu bedienen. Wenn ihr Leben hart war, so lag das an den Lebensumständen selbst, denn Konkurrenzkampf und Lebenskampf hatte jeder in der Natur zu bestehen, ob Tier, Pflanze oder Mensch, und das wußten sie. Millionen Menschen glaubten rückhaltlos an das Gebot, daß der Mensch zur Welt komme, um im Schweiße seines Angesichtes sein Brot zu verdienen. Die Arbeit, wie beschwerlich sie zuzeiten auch sein mochte, wurde als Naturgesetz gewürdigt. Die Lehre der judäischen Christenheit, wie St. Paulus sie verkündigt hatte, wurde von ihnen in Ehren gehalten. »Wer nicht arbeitet, soll auch nicht essen.«

Wenn sie sich überhaupt über »hochstehende Persönlichkeiten« Gedanken machten, über Besitzer ererbter Vermögen, Bankiers, Finanziers und Schlotbarone, so nicht mit Neid oder Haß, sondern mit etwas wie respektvoller Belustigung. William Jennings Bryan hatte sie nicht übermäßig beeindruckt. Doch diese normale gesunde Einstellung gab es jetzt nur noch in Amerika. Der Sozialismus war bis ins Herz Frankreichs und Deutschlands vorgedrungen, war in König Edwards England eingefallen und hatte in gewissem Maße auch Italien angesteckt. Frankreich hatte darum seinen Status als Weltmacht eingebüßt. Bismarck hatte Deutschland mit seinem Sozialismus beinahe ruiniert, aber die Deutschen hatten harte Schädel und begannen sich um 1900 unter einem klügeren Kaiser wieder zu erholen. Rußland war, dank der Wachsamkeit des Zaren und seines Staatsrats, die den westeuropäischen Ideen und Wirren mißtrauisch gegenüberstanden, vom Sozialismus verschont geblieben. Aber die Krankheit war nicht so leicht auszurotten, denn der Sozialismus war die Waffe der »Elite« gegen die ganze Menschheit und wurde von neidischen und habgierigen »Intellektuellen« und Opportunisten unterstützt.

Die »Elite« hatte durch ihre Propheten Marx und Engels den »Klassenkampf« geschaffen, um die Nationen zu zersplittern, zu schwächen und schließlich zu erobern. Sie gingen dabei sehr geschickt vor. Sie redeten den Arbeitern ein, daß sie grausam unterdrückt wurden, weckten Neid und Bitterkeit in ihnen und schlugen so einen Keil zwischen sie und ihre Brotherren. Den Unternehmern wieder bliesen sie mit der Behauptung die Ohren voll, die Gewerkschaften gefährdeten ihren Profit, wenn nicht gar ihr Leben, und trieben die Arbeiterklasse dem Sozialismus und der Anarchie in die Arme. So zerschnitten sie das Band zwischen Unternehmern und Arbeitern. Sie schufen ein Klima aus Haß, Mißtrauen, Kritik und Feindseligkeit — den Klassenkampf. Damit war das Feld reif für die Saat der Drachenzähne, für Kriege, um die Völker ihrer Kraft zu berauben, für Ausbeutung und Tyrannei, für die Friedhofsruhe der Sklaven unter einer wohlmeinenden »Elite«.

Es gab nur wenige, die wußten, daß Sozialismus und Kommunismus die ältesten und primitivsten Regierungsformen darstellten und in der Steinzeit von Höhlenbewohnern, die in Kommunen lebten, erfunden worden waren. Die Menschheit hatte sich in Jahrtausenden vom Sozialismus—Kommunismus zu einer achtbaren Kulturgesellschaft entwickelt, in der die Menschen verhältnismäßig frei waren. Gewiß, es gab Unzulänglichkeiten und Ungerechtigkeiten, denn der Mensch ist unvollkommen und wird es immer bleiben, aber es bestand eine Atmosphäre zunehmender Freiheit und Selbstbestimmung, stetigen, wenn auch nicht utopischen Korrekturen unterworfen, die ihm die unbehinderte Entfaltung seiner Persönlichkeit gestattete. Die menschliche Natur blieb unverändert, sie war das einzig unwandelbare auf der Welt.

Amerika, obgleich durch Kinderarbeit und die von den großen Industriekapitänen diktierten, unhaltbar niedrigen Löhne belastet, streifte die schlimmsten Ungerechtigkeiten langsam aber sicher ab. Es lachte über Sozialisten, Populisten und andere Wichtigtuer, obgleich es sie ob ihres Ungestüms und Eifers bewunderte. Es hatte längst erkannt, daß ihre Ideen absurd waren und den Fortbestand der menschlichen Rasse bedrohten. Darum blühte die Freiheit in Amerika, und sein Streben nach Frieden und Wohlstand setzte die Welt in Erstaunen. Wo die Menschen frei waren, konnten sie wählen, und wenn sie mit Verstand und Bewußtsein wählten — was die meisten Amerikaner taten —, besaßen sie natürliche Stärke, Ansehen und Bedeutung.

Somit war Amerika das große Hindernis für die »Elite« auf dem Wege zur Macht. Es mußte mit Sozialismus und »Klassenkampf« infiziert werden. Und wie ließ sich dieses Ziel erreichen, wo doch die Amerikaner das unrevolutionärste Volk der Welt waren? Durch Kriege, sowie durch hinterhältige, teuflisch geschickte Propaganda aus den Hauptstädten Europas, aus New York und Washington, die von unbegrenztem Reichtum unterstützt und von ausgesuchten Politikern und »Intellektuellen« unermüdlich gelenkt wurde.

Als junger Mann in Harvard mit dem Sozialismus konfrontiert, hatte sich Rory gefragt: Ist es nicht unglaublich, daß die Reichen sich mit Leuten zusammentun, die eine Ideologie wie den Sozialismus propagieren, der ihren Reichtum und ihre Existenz bedroht? Damals war er erst achtzehn gewesen. Doch die Gespräche mit seinem Vater und den Männern, denen er in den folgenden Jahren begegnete, ließen ihn bald erkennen, daß es zwischen Sozialisten und den Reichen und Mächtigen gar keinen Gegensatz gab. Mehr noch: der Sozialismus war ihr Ziel. Und Rory begriff mit belustigtem Zynismus, warum seine Lehrer sich jeder Kritik an den Besitzern großer Reichtümer enthielten. Sie waren Werkzeuge der »Elite«. Nicht gegen die Reichen richtete sich der Sozialismus, sondern gegen die große Masse des Volkes und seine Freiheit. Und wenn auch alle das Gegenteil behaupteten, dies war die Wahrheit. Der Sozialismus war ein Gesellschaftssystem, das die Mehrheit des Volkes versklaven sollte. Er versprach die Sicherheit und Ruhe des Grabes, die Auflösung des menschlichen Geistes. Wer dies leugnete, wurde zum Narren oder zum Aufrührer gestempelt. Nie zuvor hatte es in der Geschichte eine so umfassende, so gewaltige Verschwörung gegen die Menschheit gegeben, wie diese im zwanzigsten Jahrhundert. Moses hatte, als er sein Volk aus der Sklaverei befreite, ausgerufen: »Verkündet Freiheit im ganzen Land und daselbst seinen Bewohnern!« Doch die Freiheit war der Feind der »Elite«. Sie mußte vernichtet und der barbarische Sozialismus neuerlich errichtet werden.

Als Rory nach dem Tode seiner Schwester aus Europa zurückkehrte, hatte er eine lange ruhige Aussprache mit seinem Vater. »Ich wohnte in London einer Parlamentssitzung bei. Es kam zu einer großen Debatte, in deren Verlauf auch behauptet wurde, Deutschland ›risse mit seiner hochentwickelten Industrie und seiner technischen Überlegenheit den traditionellen britischen Weltmarkt an sich‹.«

»Ja«, sagte Joseph.

»Es wird also Krieg geben«, folgerte Rory.

»Nicht unmittelbar«, meinte Joseph. »Vielleicht 1914 oder 1916. Ich habe diesbezügliche Dokumente gesehen. Aber Amerika kann sich ohne Geld auf keinen Krieg einlassen. Darum brauchen wir die Einkommensteuer. Das weißt du seit Jahren.«

Rory nickte. »Der große Aufbruch«, sagte er. »Krieg und Steuern werden in Amerika Zwietracht säen und so das Land schwächen. Darüber haben wir uns oft unterhalten, nicht wahr?«

»Ja«, bestätigte Joseph. Er starrte seinen Sohn düster an und spann das Thema nicht aus. »Und möglicherweise werden wir dabei bankrott machen«, versetzte Rory. »Sehr geschickt nicht wahr?«

Als er seinen Kampf um die Nominierung als Kandidat seiner Partei für die Präsidentenwahl begann, sagte Rory: »Ich bin mir über alle Zielsetzungen im klaren und stimme mit ihnen vorbehaltlos überein.«

»Gut«, sagte Joseph, und sein Gesicht verdüsterte sich noch mehr.

»Ich glaube nicht, daß man mich nominieren wird.«

»Man wird dich nominieren. Du hast Millionen hinter dir.«

Und die richtigen Leute, dachte Rory. Er lächelte. »Faustisches Geld.«

»Vergiß nicht, Rory: Noch keiner ist daran gescheitert, daß er seinen Mund gehalten hat. Du mußt die Dinge nehmen, wie sie sind.«

»Oh, das tue ich! Ich versichere dir, Pa, das tue ich!«

Er lächelte liebenswürdig. »In Wirklichkeit ist es doch ein Kampf zwischen Geld und Blut, nicht wahr? Ist das nicht ein Glück, daß die Massen das nie erfahren werden? Ein Glück für uns, meine ich.«

»An zuviel Geld ist noch keiner gestorben«, entgegnete Joseph. »Vergiß das nicht. Blut ist billig. Geld dagegen ist allmächtig. Ich kannte einst einen sehr reichen Mann, der, so unglaublich das klingt, außerdem noch an gewissen Prinzipien festhielt. Sein Sohn, ein Idealist, der an den Menschen glaubte, verachtete das Geld, das sein Vater verdiente, häufte und mehrte. Eines Tages sagte der Vater zu seinem Sohn: ›Ab morgen bekommst du kein Wochengeld mehr. Du sollst zehn Tage lang mit leeren Taschen durch die Stadt ziehen. Du liebst die Menschen und hast mir von echter Anteilnahme und Großherzigkeit unter ihnen erzählt. Du sollst als Bettler zu diesen guten Leuten gehen.‹

Von seinem törichten Glauben an seinen Nächsten erfüllt, verließ der Sohn mit einem breiten Lächeln das Haus. Es mag genügen, wenn ich dir sage, daß er an jeder Tür, von Reichen wie von Armen, abgewiesen und wie ein Bettler von der Schwelle gejagt wurde. Er konnte es sich nicht leisten, einen Wagen zu nehmen, um Arbeit zu suchen, und so lief er umher, bis seine Sohlen zerschlissen und löchrig waren. Da er weder ein Handwerk noch einen Beruf erlernt, sondern nur studiert hatte, konnte er keine Arbeit finden. Er mußte Spott, Haß und Hunger erdulden, denn er hatte nicht einmal so viel Geld, um sich in einer Kneipe Essen zu kaufen. Er bekam die Bosheit der Menschen gegenüber dem Hilflosen zu spüren, die ihnen angeborene Grausamkeit und ihre Verachtung für den Bedürftigen. Schließlich wurde ihm ein Besen in die Hand gedrückt, und er mußte für zehn Cents die Stunde eine Fabrik auskehren. Er entdeckte, daß sein liebender Bruder ein Tier war, ja schlimmer noch als ein Tier, und weder Mitleid noch Barmherzigkeit kannte. Er kehrte in das Haus seines Vaters zurück.«

»Durch Schaden wird man klug«, bemerkte Rory. »Das ist eine alte Weisheit und sehr wahr.«

»Die Geschichte ist so alt, daß sie für uns fast einen Glaubensartikel darstellt. Geld ist alles, Rory. Es gibt nichts anderes. Je eher du das einsiehst, um so eher wirst du weise sein.«

»Das weiß ich«, sagte Rory. »Du hast es mir oft gesagt und dabei das Bibelwort zitiert: ›Geld ist die Antwort auf alle Dinge.‹ Gott segne das Geld.«

»Ist das nicht herrlich?« rief Claudia aus, die grünlichbraunen Augen weit offen und leuchtend. »Du wirst Präsident der Vereinigten Staaten sein! Wir werden im Weißen Haus wohnen! Ich werde Galaempfänge veranstalten, rauschende Bälle und künstlerische Abende, die alles Bisherige in den Schatten stellen werden. Schließlich sind wir noch immer ein recht ungeschliffenes Volk. Es ist Zeit, das einzusehen und etwas Kultur in die Politik zu bringen, auch die Künste zu fördern.«

»Ich bin noch nicht einmal als Kandidat nominiert«, dämpfte Rory ihre Begeisterung. Er redete selten mit seiner Frau. Sie war ihm genauso gleichgültig wie Bernadette seinem Vater. Ma ist wenigstens nicht dumm, dachte er, aber meine Frau würde Klassenerste in einer Schule für Geistesschwache sein. Immerhin war Claudia eine bewundernswerte Gastgeberin, kultiviert, charmant und gegen jedermann liebenswürdig. Sie besaß viel Geschmack und eine gewisse Wendigkeit. Sie nahm fast jeden für sich ein, sogar die zynischen Politiker der Oppositionspartei. Sie plauderte französisch mit dem französischen Gesandten und machte köstliche Versuche in Deutsch mit dem deutschen Gesandten, der von ihrem Charme und der sprühenden Aura, die sie zu umgeben schien, überwältigt war. Sie zog sich an, als ob Worth nur für sie allein seine Kleider entwürfe. Manchmal trug sie eine bestrickende Schüchternheit zur Schau, und alles bewunderte ihre »Bescheidenheit«. Daß hinter all dem eine starke Selbstsucht verborgen lag, ein kaltblütiger Ehrgeiz, sich auszuzeichnen, wußten nur wenige. Eine so liebenswürdige, kultivierte, weltgewandte, faszinierende Frau, die, obwohl Amerikanerin, das gesellschaftliche Parkett so meisterhaft beherrschte, mußte ganz einfach die Seele eines »taufrischen Gänseblümchens« besitzen. Wenn Rory das hörte, mußte er innerlich lachen und begab sich alsogleich zu seiner jeweiligen Herzensdame, bei der er zumindest mit Aufrichtigkeit rechnen konnte. Sogar Aufrichtigkeit und vorübergehend auch Treue konnte man sich mit Geld erkaufen, wenn man Geld genug hatte. Claudia hingegen war eine Blenderin, auch wenn sie selbst nicht Verstand genug besaß, zu wissen, daß sie nichts als ein Echo war. Papiermaché, dachte Rory. Hübsch aufgemacht und mit Schmuck behängt, mit automatischen Gesten und Bewegungen, aber eben Papiermaché, bis auf ihre Habgier und Selbstsucht. Darin nahm es niemand mit ihr auf!

Er war zu gutmütig, zu zynisch und tolerant, um sie zu hassen, aber es fehlte nicht viel dazu. Solange sie nicht versuchte, ihn in eine »bedeutsame Unterhaltung«, wie sie es nannte, zu verwickeln, ertrug er sie. Wenn sie aber die Intelligente, Ernstzunehmende zu spielen begann, starrte er sie mit runden Augen so ungläubig an, bis sogar sie verlegen wurde und in Tränen ausbrach. Er ahnte, daß sie ihn, soweit sie zur Liebe fähig war, liebte, aber das rührte ihn nicht. Claudia besaß nur wenige Talente und nützte diese wenigen meist für sich selbst.

Sie war überzeugt, daß er als Kandidat seiner Partei nominiert werden würde, obwohl Rory trotz des Geldes und der Macht seines Vaters daran zweifelte. Als die Sache jedoch im ganzen Land in Schwung kam und der Schwung anhielt, als das Geld für die vielen Wahlhelfer und Politiker eingesetzt wurde, als Dutzende von Zeitungen sein Lob zu singen begannen, mußte er zugeben, daß sich der Traum seines Vaters erfüllen könnte. Geld war alles. Es vollbrachte Wunder, sogar in einem Land, das so starr an seinen Vorurteilen gegenüber dem Papst und dem »Papismus« festhielt. Immer seltener war in den Oppositionszeitungen von seinem Glaubensbekenntnis die Rede, so als schämten sie sich ihrer vorgefaßten Meinungen.

Man begann, ihn »Volkssenator« zu nennen, obwohl es nur wenige gab, die sich besonderer Verdienste von seiner Seite erinnern und auf sie hinweisen konnten. Rory beschloß, das zu ändern. Er vertraute sich Timothy Dineens geschickter Führung an. »Abraham Lincolns Meinung«, sagte Tim mit seinem trockenen, verständnisvollen Lächeln, »teile ich nicht. Man *kann* jederzeit jeden betrügen und erntet dafür auch noch, wenn man es geschickt genug anstellt, Jubel und Beifall. Lach nicht, Rory. Du bist nicht der schlechteste Politiker Amerikas. Du bist nicht einmal ein ernstzunehmender Schurke. Du hast weder gestohlen noch Bestechungsgelder angenommen. Wo gibt's denn so was?«

Rory beriet sich auch mit dem Committee for Foreign Studies, dessen amerikanische Mitglieder er bei sich »die Verschwörer« nannte. Sie fanden in ihm einen ernsten, respektvollen, fügsamen, intelligenten und angenehmen Kandidaten, dessen internationale Zielsetzungen allem Anschein nach mit den ihren übereinstimmten. »Wir können dich zum Präsidenten machen«, sagte Jay Regan zu ihm, »wenn wir uns auf dich verlassen können. Was das betrifft, glaube ich ja, daß du zuverlässiger bist, als der alte Joe, dein Vater, der ein gefährliches irisches Mundwerk hat und die Leute mit seinem Sarkasmus vor den Kopf stößt. Du darfst unsere ausländischen Freunde nie auf diese Weise schockieren, verstehst du? Sie haben keinen Humor.«

»Pa wiederum besitzt ein Übermaß an Galgenhumor und macht gern davon Gebrauch«, erwiderte Rory. »Hat er sich deinen Ermahnungen nicht zugänglich gezeigt? Ich hoffe doch!«

Damals begann Mr. Regan Rory zu studieren. Der junge Mann war erpicht darauf, nominiert und gewählt zu werden. Die Frage, die Mr. Regan sich stellte, lautete: warum? Die übliche Antwort traf nicht ganz zu. Es mußte etwas anderes sein. Mr. Regan mißtraute unwägbaren Faktoren. Er mißtraute auch dem menschlichen Charakter und insbesondere der Fähigkeit, sich selbständig ein Urteil zu bilden. Er konnte es nicht beweisen, argwöhnte jedoch, daß Rory diese Fähigkeit besaß.

»Was«, hatte Rory ihn einmal im Plauderton gefragt, »was passiert, wenn die Zeitungen etwas erfahren und — das Ganze — zur Sprache bringen?«

»Sie werden es nicht zur Sprache bringen. Sie gehören uns, Rory, und werden es nicht wagen, sich gegen uns zu stellen. Und sollte doch irgendwo eine Andeutung gemacht werden, können wir immer sagen: ›Wir doch nicht! Die jüdischen Bankiers sind schuld, nicht wir!‹ Das genügt. Die Leute trauen den Juden alles zu. Damit reinigen sie ihre Seelen.«

Rory überlegte. Er erinnerte sich, daß die englische Regierung alles, sogar Naturkatastrophen, auf die »abscheulichen irischen Rebellen« geschoben hatte. Er blickte Mr. Regan mit engelhaftem Lächeln an. Und das störte Mr. Regan mehr als alles andere.

Rory bekam einen privaten Eisenbahnwagen. »Das Volk tut so, als liebe es hemdsärmelige Schlichtheit und volkstümliche Neigungen an seinen führenden Politikern«, dozierte Joseph. »In Wirklichkeit aber verachten die Leute einen Mann, der sich mit all seinem Geld und seiner Position hemdsärmelig, schlicht und rechtschaffen gibt. Schließlich fragen sie sich, ob sie, wenn sie an seiner Stelle wären, hemdsärmelig und schlicht und rechtschaffen sein würden. Nein, sie würden prahlen und protzen und dicketun. Dieser Mann tut das nicht. Ergo ist er nichts besseres als sie. Warum sollten sie ihm dann Ehre erweisen?«

Rory hatte also seinen privaten Salonwagen und einen zweiten für seine Manager, Sekretäre, Wahlhelfer und Pressesprecher. Andere Waggons standen für seinen »Vorspann« bereit, Männer, die durch das ganze Land reisten, um für den »jungen Herrn«, wie sie ihn heimlich mit scherzhaftem, kriecherischem Kichern nannten, alle nötigen Vorbereitungen zu treffen. Sie mieteten Versammlungslokale, wurden von Reportern, die ebenso skeptisch waren wie sie, interviewt, kauften ganze Anzeigenseiten in den Zeitungen, und ließen Broschüren und Anschläge drucken. Lächelnd, augenzwinkernd, hübsch und einnehmend tauchte Rorys rosiges Gesicht überall auf, an Laternenpfählen, an Mauern und Zäunen. Widerspenstige Provinzobrigkeiten, Abgeordnete, Bürgermeister, Gouverneure und Parteidelegierte wurden in aller Stille bestochen, bedroht und mit Versprechungen beruhigt und eingeschüchtert. Die Bestechungen waren sehr hoch, die Einschüchterungen und Drohungen durchaus ernst zu nehmen, wie die Betroffenen bald merkten. Rory hatte nicht einen, sondern mehrere Wahlkampfleiter. Sie kündigten sein Erscheinen in allen Parteiversammlungen an, lobten seinen Witz, seinen Geist, seine Liebe zum Volk und sprachen von seiner Entschlossenheit, mit aller Ungerechtigkeit aufzuräumen, von seinem Abscheu vor Ausbeutung, seiner Verachtung für reiche Unternehmer, »die für ihre Arbeiter nicht sorgen, sondern sie wie das liebe Vieh ausnützen«. Obzwar der Sohn eines wohlhabenden, mächtigen Mannes, strebe er nicht aus Gewinnsucht nach dem öffentlichen Amt, sondern um Gerechtigkeit zu üben, um seinem Land und seinen amerikanischen Landsleuten mit patriotischem Eifer zu dienen.

Realistische Politiker schulten Rory. Er sollte kein zweiter Bryan werden, kein geschmackloser, einfältiger Schreihals. Er sollte sich auch nicht auf die gleiche Stufe mit dem Pöbel stellen, der ihm in den Parks, auf der Straße und in den Versammlungslokalen zuhörte. Er sollte freundlich und gütig sein, aufmerksam und sympathisch. Aber eben nicht zu hemdsärmelig. Das würde ihm nur Verachtung einbringen. Er sollte immer ein Gentleman bleiben, bis zu einem gewissen Grade zugänglich, aber nicht mehr. Das Volk bewunderte Führer, keine Gleichgestellten. Es liebte Helden, soferne sie nicht aus der großen Masse kamen. Es schätzte Männer, denen es sein Vertrauen schenken konnte, nicht aber solche, die Schulter an Schulter mit ihm marschierten. Es liebte Scherze, legte aber auch Wert auf Würde und die Ausstrahlung der Macht. Rorys Kleidung durfte nie nachlässig sein; teuer, aber nicht zu teuer, modisch aber nicht extravagant. Alles, was er anzog, wurde vorher einer genauen Prüfung unterzogen. Da sein dichtes rotblondes Haar etwas Bestechendes hatte, mußte er im Freien den Hut abnehmen, um es von Sonne und Lichtern bescheinen zu lassen. Gefinkelte Spezialisten bereiteten seine Reden auf das Sorgfältigste vor. Wenn er sprach, mußte er seine eigene Beredsamkeit zur Geltung bringen, durfte aber nie ins Gewöhnliche abgleiten. Etwas Offenheit war erlaubt, hin und wieder sogar etwas Volkstümlichkeit, von charmanten Anspielungen begleitet, niemals aber Vertraulichkeit. Wurde er zu plump und familiär angeredet, sollte er kühl lächelnd eine höfliche, witzige Antwort geben.

Und immer mußte er Kraft und Zielsicherheit ausstrahlen. Auf seinen Glauben angesprochen, der nach Möglichkeit nicht erwähnt werden sollte, konnte er etwa sagen, daß doch alle Menschen an einen Gott glaubten, und ob es nicht ausgesprochen unamerikanisch und undemokratisch sei, jemandem seine Religion vorzuschreiben. Dazu sollte er eine bedauernde Miene aufsetzen, so als ob diese Frage bäurische Unbildung und Bigotterie und somit eine gänzlich unamerikanische Einstellung verrate. »Wir sind alle Amerikaner, sind Gott und unserem Land ergeben, ob wir nun Presbyterianer, Methodisten, Katholiken, Baptisten, Juden oder Episkopalisten sind. Allein auch nur die Annahme, eine dieser Gruppen könne ihr Land nicht lieben, ist eine Beschimpfung, die uns alle trifft.«

Streng bibelgläubige Geistliche vieler kleiner Gemeinden glaubten nicht an Rorys Aufrichtigkeit. Sollte er Präsident werden — »Gott bewahre uns vor diesem Unglück!« — würde der Papst im Weißen Haus in Washington einziehen und bald über den Senat und den Kongreß herrschen. Er würde die spanische Inquisition einführen mit Daumenschrauben und Rad, und in einem Jahr würde Amerika, das protestantische Amerika, nur noch ein Satellit des Vatikans sein. »Sind unsere Väter einst nicht davor geflohen?« riefen sie von ihren Kanzeln. »Und sind sie geflohen, damit ihre Enkel Sklaven des Papsttums, des Götzendienstes und der Priesterschaft werden?«

Rorys Männer nützten diese hinterhältige Bigotterie für ihre Zwecke mit einer Gerissenheit aus, die bewunderswert war. Sie veröffentlichten sogar das bigotte Gefasel dieser obskuren Gestalten und begegneten ihm, indem sie das amerikanische Volk aufforderten, sich zu schämen, daß es in seiner sauberen toleranten Mitte so etwas dulde. Eine Menge Menschen schämte sich wirklich. Sie waren bei Rorys persönlichem Anblick gerührt, verspürten den Drang, ihn zu beschützen, nur um sich selbst zu beweisen, daß sie gerecht waren und nicht unwissende Dummköpfe, voll Haß und Rachedurst. Damit nahmen Rorys Schreiberlinge der Opposition die Waffen aus der Hand. Wer Rorys Religion auch nur flüchtig erwähnte, wurde von den Zeitungen, die zumeist nur ihre Toleranz unter Beweis stellen wollten, verächtlich gemacht. Der Oppositionspartei blieben fast keine Argumente. Sie wies darauf hin, daß Rory als Senator in Washington nicht viel geleistet habe, aber Rorys Männer nützten sogar diesen Minuspunkt geschickt für ihre Propaganda aus. Er habe, konterten sie, nie für ein Gesetz gestimmt, das gegen das Volk gerichtet gewesen wäre — obwohl er dazu reichlich Gelegenheit gehabt hätte.

Ein sehr angesehener und weit über Philadelphia hinaus bekannter Geistlicher stellte schüchtern die Frage, ob Rorys Loyalität in erster Linie seinem Land oder seiner Religion gelte? Er stellte die Frage privat, aber seine Kollegen machten sie publik. (Sie wurden großzügig dafür entschädigt.) Der Mann war wegen seiner Klugheit und Redlichkeit, seiner Gerechtigkeit gegenüber allen in Amerika vertretenen Bekenntnissen, aber auch wegen seiner Güte und Mildtätigkeit hoch geschätzt. Diesmal aber hatte er einen Fehler begangen und bedauerte ihn sofort. Der Lapsus war seiner unwürdig gewesen. Rorys Leute jedoch posaunten die Episode im ganzen Land aus, und der Priester wurde heftig kritisiert. Er wäre intolerant, hieß es, und ein schlechter Amerikaner. Seine eigenen Leute steinigten ihn. Als ihm daraufhin die bigotten Eiferer ihre Sympathie bekunden wollten, wies er sie angewidert und über sich selbst verärgert zurück und schaffte sich damit nur noch mehr Feinde. Er konnte sein früheres Ansehen nie mehr wiedergewinnen, doch nahm er das als gerechte Strafe für seine Torheit hin. Er hatte unter den katholischen Priestern viele Freunde, die für ihn eintreten wollten, aber er bat sie, nicht zu intervenieren.

Claudia und auch die Kinder wurden zu dem Werbefeldzug herangezogen. An Rorys Seite, die Kinder malerisch um sich gruppiert, erschien sie auf der Plattform seines Salonwagens, ein erfreulicher, modischer Anblick. Die Anhängerschaft war entzückt. Claudia hatte einen angeborenen Instinkt für Publicity und war in ihrem Element. Sie putzte sich heraus, lächelte, senkte bescheiden die Augen, wie es sich für eine Dame gehörte, erklärte mit kindlicher Stimme, daß sie nur Frau und Mutter sei und keine Feministin und daher auch nicht für das Wahlrecht der Frauen eintrete. Sie sah Rory mit liebendem Blick an und berührte mit behandschuhter Hand zart seinen Arm. Aber sie drängte sich nicht auf, mischte sich nicht ein, sagte nur, was sich zu sagen empfahl. Sie bat um Stimmen für ihren Gatten, »weil ich seine tiefe Liebe für unser Land, für soziale Gerechtigkeit, für Frieden und Fortschritt kenne. Er hat mit mir viel über das alles gesprochen, nachdem ich die Kinder zu Bett gebracht und mir ihre unschuldigen Gebete angehört hatte. Wir sind einfache Menschen und sprechen ganz einfach zu Ihnen.« Daß diese Anspielung auf die Einfachheit nicht von mausgrauer Einfachheit in der Kleidung begleitet wurde, war glänzende Propaganda. Nach gründlicher Schulung unterhielt sie sich scheu mit Bauern, Arbeitern, Unternehmern und Angestellten über deren Probleme. Rory würde ihnen zu ihrem Recht verhelfen. Er würde nicht das »Werkzeug« verkalkter, feiler Politiker sein. Er würde seinem Land und dessen Söhnen dienen. Er stehe über der Politik. Er würde ein Präsident des Volkes ohne Rücksicht auf Parteien, Rassen und Glaubensbekenntnisse sein. Er wolle diese Bürde auch nicht des Geldes oder der Stellung wegen auf sich nehmen, denn er besäße beides im Überfluß. Es dränge ihn, sein Leben und seine Geistesgaben für Amerika einzusetzen.

Sogar die Suffragetten, die sie als Antifeministin ablehnten, waren von Claudia bezaubert. Sie gab große Teegesellschaften für Frauen, obwohl sie kein Wahlrecht besaßen.

»Wozu?« fragte sie Rorys Wahlstrategen. Sie setzten ihr ernst auseinander, daß Frauen, die nicht wählen dürfen, doch großen Einfluß auf ihre Männer hätten. »Ich nicht, meine Herren«, hielt sie ihnen mit ungewohnter Einsicht und ehrlich traurigem Blick entgegen. Aber solche Episoden waren selten. Ihr Ziel war das Weiße Haus.

Auch Bernadette wurde eingespannt. Als Politikerin war sie unvergleichlich besser als Claudia. Ihr brauchte man keine Anweisungen zu geben. Behäbig und handfest, die typische amerikanische Frau und Mutter, ging sie geradewegs auf ihr Ziel los. Sie appellierte an die Mütter, die ihrerseits an ihre Männer appellierten und ihnen zusetzten. Nie beging sie den Fehler, sich ausschließlich an Katholikinnen zu wenden. Mit Vorliebe sprach sie von den Kindern und schilderte ihren Zuhörerinnen, wie sehr ihrem Sohn das Problem der Kinderarbeit und der Ausbeutung von Kindern am Herzen lag. »Die Männer mit ihren geschäftlichen Sorgen wissen oft gar nichts von diesen Dingen. Wir Frauen müssen sie darauf aufmerksam machen.« Sie ließ durchblicken, daß Rory unter Umständen geneigt sein könnte, den Frauen das Wahlrecht zuzugestehen. Ihre verschwenderischen Teegesellschaften fanden lebhaften Zuspruch. Ihr herzliches Lachen und ihr erdnahes Auftreten fanden in vielen Zeitungen lobende Erwähnung. Lobend erwähnt wurde auch die Amtsführung ihres Vaters — wenn auch nur vage, weil sich niemand mehr an seine Tätigkeit erinnern konnte. Beispielgebend wäre sie gewesen, so stand zu lesen, und seinem ernsten Interesse für den amerikanischen Charakter und dem Wunsch nach Gerechtigkeit entsprungen. Mr. Lincoln habe sein ganzes Vertrauen in ihn gesetzt. (Im Süden wurde diese Behauptung nicht aufgestellt.)

Die Dualität seines Charakters kam ihm sehr zugute. Sprach er vor rücksichtslosen und kritischen Männern, gab er sich kritisch und rücksichtslos. Er konnte grob sein, zynisch, brutal, ja sogar rachsüchtig, wenn es ihm angezeigt schien, und dann wieder verbindlich, ausweichend, elegant, unbestimmt, unbekümmert und intellektuell. Alle diese Züge waren gleich echt an ihm. Seine Ratgeber bewunderten diese proteischen Fähigkeiten, ließen es aber nie dazu kommen, daß er sie versehentlich bei der falschen Zuhörerschaft anwendete.

Rory war unermüdlich. Er schien keine Erschöpfung zu kennen. Wenn gelegentlich zweifelnd auf seine Jugend angespielt wurde, entgegnete er, daß Weisheit nicht unbedingt nur dem Alter vorbehalten sei und daß vielleicht eine Ära der Jugend, der Frische und neuer Einsichten bevorstehe. Amerika sei ein junges Land, warum sollte nicht auch einmal die Jugend zu Wort kommen, wo es doch um die Zukunft Amerikas ging? Schließlich sei die Jugend doch eine Krankheit, die von der Zeit geheilt werde, meinte er mit scherzhaftem Augenzwinkern. Die Jugend habe Amerika etwas zu sagen. Er zitierte die Bibel, die autorisierte Übersetzung — man konnte nicht wissen: Alte Männer hätten Träume, junge Männer Visionen. Beides sei nötig. Amerika sei aus Träumen und Visionen erstanden. Ohne sie sei ein Land tot. »Ein Volk ohne Visionen muß untergehen.« Dies war Rorys eigener Einfall, der bei seinen Scharen wachsende Bewunderung weckte.

Nie wirkte Rory abgekämpft. Er konnte um Mitternacht eine Rede halten und war bei Sonnenaufgang wieder frisch genug, um auf Bahnstationen von der Plattform seines Salonwagens aus zu Haufen von Bauern und Arbeitern zu sprechen. Er war so beredsam und feurig, so humorvoll und einschmeichelnd, so amüsiert und interessiert, daß sich seine eigenen Leute manchmal fragten: »Was treibt ihn dazu?« Sie kamen nie dahinter.

Aber es gab auch Mißtrauische, die sowohl Joseph Armagh wie seinen Sohn Rory kannten. Sie befanden sich nicht unter Rorys Zuhörern. Sie trafen einander in New York und Washington, lasen geheime Briefe aus Europa und besprachen sie in Ruhe.

Der Dollarmillionen, die Joseph für Rory ausgab, schien kein Ende zu sein. Es wurde nicht mit ihnen geprahlt, aber die Macht und das Gewicht dieser Millionen taten ihre Wirkung. »Wir werden gewinnen«, sagte Joseph, und Rory begann es zu glauben. »Ich habe nur noch dich auf der Welt«, sagte Joseph, »nur dich.«

XVIII

»Fährst du nächste Woche nach Boston, wenn Rory dort spricht?« fragte Joseph seine Schwiegertochter.

»Wenn du willst«, versetzte Claudia, der die Sache Spaß machte.

»Ich weiß nicht recht«, sagte Joseph. Claudia war viel zu elegant und zu verdreht für Boston, zumindest in Erscheinung und Benehmen. Boston war für Charme nicht empfänglich. Es mochte auch die Iren nicht, obwohl die Iren dort an Reichtum und Macht zunahmen. Aber gerade das machte sie suspekt. Immerhin war Claudia keine Irin, und sie wußte sich zu benehmen. Joseph überlegte. Gegen seinen Willen hatte Joseph begonnen, Claudia zu bewundern. Sie besaß das Talent, im richtigen Augenblick das Richtige zu sagen. Die Wähler liebten sie. Vielleicht konnte sie in Boston, das ihre angebliche aristokratische Herkunft kannte, ihren Einfluß geltend machen. Es war einen Versuch wert. Man würde Damentees organisieren. Männer würde man dazu natürlich nicht einladen. Bei solchen Veranstaltungen ging alles so liebenswürdig, so weiblich, so eindringlich und doch nicht aufdringlich vor sich. Die Damen kamen in Seide und Spitzen, mit bunten Sonnenschirmen und zierlichen Schuhen. Joseph beschloß, Bernadette nicht nach Boston zu schicken. Sie war zu bäurisch für die dortigen Ladies. Obwohl diese Ladies nicht viel weniger bäurisch und ebenso skrupellos und habgierig waren. Möglicherweise würde Bernadette sogar die Irinnen verstimmen. Sie würden sie als ihresgleichen betrachten und sie darum nicht ernst nehmen.

Und dann erhielt Joseph plötzlich eine höfliche Einladung, einer »sehr wichtigen Sitzung« des Committee for Foreign Studies in New York beizuwohnen.

Er hegte den Verdacht, zu den letzten vier Zusammenkünften nicht eingeladen worden zu sein, und wußte auch, bis zu einem gewissen Grad, warum — oder glaubte es zu wissen. Das Committee war unpolitisch. Es unterstützte jeden Politiker, der den Zielen seiner Mitglieder und ihrer europäischen Kollegen dienlich sein konnte. Für sie gab es weder Demokraten noch Republikaner, weder Populisten noch Gewerkschafter, sondern nur einflußreiche, aber fügsame Diener, ob sie nun Präsidenten oder obskure Delegierte, Bürgermeister großer oder kleiner Städte, Gouverneure, Abgeordnete oder Senatoren waren. Jeder einzelne wurde unter die Lupe genommen und im Hinblick auf seine Leistungen und Neigungen überprüft. Ihr Urteil konnte zu politischem Erfolg oder zu einer schimpflichen Niederlage führen. Sie hatten Rory als Abgeordneten und Senator unterstützt und ermuntert — oder vielmehr seinen Vater, der einer der Ihren war. Sie hatten gegen Rorys Bemühungen, von seiner Partei nominiert zu werden, keine Einwendungen erhoben, sie jedoch, nach Josephs Wissen, auch nicht ausdrücklich gebilligt. Ihre Haltung war lediglich abwartend gewesen. Sie hatten häufig mit Rory gesprochen, schienen von ihm beeindruckt und hatten Joseph zu seinem tüchtigen Sohn beglückwünscht. »Katholik oder nicht, er könnte gewählt werden«, hatten sie Joseph gesagt, »wenn er — sich korrekt verhält.« Joseph hatte keinen Grund, anzunehmen, daß sie Rory plötzlich »unkorrekt« finden könnten.

Dennoch war er besorgt. Zwar hatte er sich mit seinem bedenkenlosen, ungestümen Vorwärtsdrängen eine harte Haut zugelegt, doch glaubte er keinen wirklichen Anlaß zu haben, irgendwelche Befürchtungen zu hegen. Alles war glatt und reibungslos verlaufen. Eines der Komiteemitglieder hatte sogar einige von Rorys eindrucksvollsten Reden verfaßt, die Rory ausdrucksvoll, elegant und ungezwungen zu Gehör gebracht hatte. Warum, zum Teufel, mache ich mir Sorgen? fragte sich Joseph auf dem Wege nach New York. Sollten sie ihre Meinung geändert haben, was nicht gut möglich ist — würde mich das auch nicht stören. Mein Sohn wird Präsident der Vereinigten Staaten. Er ist alles, was ich noch habe. Er ist meine Rechtfertigung.

»Mein Sohn wird Präsident der Vereinigten Staaten«, erklärte er vor seinen Kollegen in New York nach einem von den besten französischen Weinen begleiteten üppigen Mittagessen. »Mehr habe ich nicht zu sagen.«

Er hatte sich erhoben und stand groß und hager, das strenge hohlwangige Gesicht unter dem Wust von weißen Haaren, im Konferenzsaal. Mit funkelnden blauen Augen sah er sie der Reihe nach an und ließ sie seine Kraft und seine Macht fühlen.

»Wer, zum Teufel, ist Woodrow Wilson?« fragte er mit kalter Verachtung.

Sie wiederholten es ihm, vernünftig, ruhig und ohne etwas zu verschweigen. Zweideutigkeiten kannten sie nicht.

Woodrow Wilson sei ein reiner Tor. Sie hätten ihn jahrelang beobachtet und studiert. Er sei naiv, ein Idealist und ein Intellektueller. Darum sei er ihr Mann. Er würde nie wissen, wer ihn manipulierte. Sie hätten in letzter Zeit viele Gespräche mit ihm geführt, und ihre Sorge um Amerika hätte ihn beeindruckt. Auch er habe sie in gleichem Sinne beeindruckt. Er habe sie zu ihren Schriften über den Fortschritt Amerikas beglückwünscht.

»Das glaube ich gern«, spöttelte Joseph. »Weiß er denn überhaupt, wer wir sind? Und was wir wollen?«

Sie überhörten seine Fragen mit gequälten Gesichtern. Sie wollten ihn seine Plumpheit merken lassen, was ihnen nicht gelang. Sie waren Gentlemen, wollten sie damit sagen, und daß sie es bedauerten, daß er keiner war. Joseph lächelte. Er blickte Jay Regan an, der ihm einen Wink geben wollte. Aber Joseph Armagh wußte, daß Jay Regan trotz seines kameradschaftlichen Gehabens zu den anderen halten würde und nicht zu ihm. Sie hatten alle zusammen mehr Geld als Joseph und viel mehr Einfluß. Schließlich war Joseph nur einer von vielen und nicht das Committee.

In gemessenem Ton, so als hätte Joseph in törichter Unverschämtheit den Anstand verletzt, so als wäre seinem schwachen Verstand alles, was darüber bereits gesagt worden war, entgangen, wurden ihm die letzten Ereignisse wiederholt. Er setzte sich und hörte mit belustigter Aufmerksamkeit zu. Sie ließen sich nicht stören. Sie sahen ihn nicht einmal an, sondern starrten nur in die Akten auf dem großen ovalen Tisch vor ihnen, während draußen der Verkehr der Fifth Avenue vorüberbrauste und die Hitze des Spätsommers auf den Fenstern lastete.

Es sei ihre Absicht, 1912 keinen Republikaner zu wählen, nur einen von ihnen ausgesuchten Demokraten. Mr. Taft sei unmöglich, er lasse sich nicht »beraten«. Es habe Streit mit Mr. Roosevelt gegeben, der Mr. Taft neulich einen Heuchler genannt hatte. »Ich stelle mich zum Kampf«, habe Teddy geschrien. »Sie werden meine Fäuste zu spüren bekommen!«

»Ich weiß, ich weiß«, unterbrach Joseph ungeduldig. »Wir müssen die Republikanische Partei spalten, indem wir zwei Kandidaten unterstützen. Taft und Roosevelt. Und Rory soll dann das Rennen gewinnen.«

Sie überhörten ihn, betont geduldig. »Mr. Roosevelt wird für die neue Fortschrittliche Partei kandidieren. Wir haben für ihn das Schlagwort vom ›Neuen Nationalismus‹ geprägt. Den Wählern gefällt das Wort ›Neu‹. Mr. Roosevelt hat sich für einen ›Ehrlichen Handel‹ ausgesprochen. Das Volk liebt ihn. Er hat ein bewundernswert ansteckendes Lachen. Wir haben auch ihm ein Schlagwort vorgeschlagen: ›Die Elchbullenpartei‹. Er ist, um ihn wörtlich zu zitieren, ›entzückt‹.«

»Ja, ja«, sagte Joseph. »Darin sollte der Vorteil für meinen Sohn liegen.«

Sie taten, als hätten sie ihn nicht gehört.

Sie wiederholten alles, was sie über Mr. Wilson wußten. Als Professor in Princeton hatte er zu Beginn der achtziger Jahre die erste größere sozialistische Ortsgruppe ins Leben gerufen. Der ziemlich wohlhabende Gelehrte bewunderte Karl Marx und erfaßte sehr schnell, was erforderlich war, um in Amerika eine »Elite« zu schaffen. Er mißtraute dem gewöhnlichen Volk, obwohl er sich seiner Sache annahm, kam allerdings an den sechs Universitäten, an denen er studierte und lehrte, niemals mit ihm in Berührung. Er war Aristokrat von Geburt, was ihm die Achtung des einfachen Mannes eintrug. Er fürchtete und haßte das »gewöhnliche Volk«, das im Kongreß zusammensaß, und war bereitwilligst auf den Vorschlag eingegangen, das ausschließliche Recht des Kongresses, Silbermünzen zu prägen, zu beschneiden. »Ein Geldtrust«, hatte er sich verächtlich geäußert und sich für eine unabhängige Bundesreservebank ausgesprochen, ein privates Unternehmen, dem das Recht über die Prägung der Silbermünzen eingeräumt werden sollte.

»Ich weiß, ich weiß«, sagte Joseph. »Wir arbeiten ja schon lange darauf hin, dem Kongreß die Freigabe der Prägung abzuzwingen und sie den Banken zu überlassen, die Papiergeld ohne Deckung ausgeben sollen. Wenn Sie mir etwas Neues mitzuteilen haben, dann bitte sehr!« Sein Herz klopfte wie rasend vor Wut.

»Mit unserer Hilfe ist er Gouverneur von New Jersey geworden.«

»Tatsächlich!« rief Joseph und hob die weißrötlichen Brauen. »Sieh mal einer an!«

Sie seufzten. Sarkasmus war ihnen verhaßt. Sie hatten Josephs Neigung zu ironischen Ausfällen immer schon bedauert.

»Mr. Wilson weiß, daß Amerika seine traditionelle Isolierung aufgeben muß«, bemerkte einer der Herren. »Wir müssen als Weltmacht auftreten.«

»Kurz und gut, er will Amerika in einen Krieg verwickeln«, gab Joseph zurück.

Es tat ihm sofort leid, das gesagt zu haben. Die vielen Augenpaare sahen ihn gekränkt und tadelnd an wie ein Kind, dem man etwas Selbstverständliches oft genug wiederholt hatte.

»Mr. Wilson weiß, daß Amerika dem Unrecht in der Welt nicht länger tatenlos zusehen kann«, warf ein anderer ein. Joseph nickte.

»Höchst löblich von Mr. Wilson. Er scheint sich in unserem Kindergarten auszukennen.« Er war so erzürnt, daß er alle Vorsicht vergaß. »Ich habe einige Zusammenkünfte versäumt: Soll Deutschland dieser ›Feind‹ sein oder Frankreich? Oder gar England? Ich nehme an, Deutschland?«

»Der Kaiser ist wirklich ein unausstehlicher Kerl«, sagte Mr. Regan und kniff unter seinem herabhängenden Schnurrbart die Lippen zusammen.

»Teddy Roosevelt mag ihn«, versetzte Joseph. »Ist das der Grund, warum wir ihm unsere Unterstützung versagen wollen?«

Sie antworteten nicht. Einer der Herren sagte: »Mr. Wilson hat uns sein Programm vorgelegt. Er nennt es die ›Neuen Freiheiten Amerikas‹!«

»Ich dachte, die Amerikaner besäßen bereits alle Freiheiten, die sie brauchen«, konterte Joseph, der immer zorniger wurde. »Was wollen sie denn noch?«

Er war mehr als nur ein wenig betroffen, als sie zu lachen begannen. »Die Amerikaner wollen keine Freiheiten, Joe«, antwortete Mr. Regan freundlich. »Sie wollen einen Cäsar. Aber das weißt du doch. Wir haben in den letzten Jahren oft genug darüber gesprochen. Und wir wollen Wilson, einen vornehmen, unverdorbenen Mann, der sich nach unseren Anleitungen richten wird. Er selbst wird nicht wissen, daß er Cäsar ist, aber wir werden es wissen, denn Cäsar, das sind wir. Na, Joe, du weißt doch, daß das schon immer unser Ziel war. Was ist los mit dir, Joe?«

Joseph stand wieder auf und stützte die geballten Fäuste auf den Tisch. »Wilson soll also unser Kandidat, unser Hampelmann, werden! Die personifizierte Unschuld als Sprachrohr für das Committee! Mr. Wilson, der Verteidiger des einfachen Mannes, den er verachtet. Mr. Wilson, der in seinem ganzen Leben noch keinen Tag lang ehrliche Arbeit geleistet und überhaupt keine Beziehung zur Arbeiterschaft hat!«

Er sah sie alle an. »Was halten die Bosse der Demokraten davon?« fragte er.

Ein paar Herren lachten leise. »Wir haben ihnen noch nicht gesagt, was sie davon halten sollen, Joseph.«

Da beging Joseph in seinem Ärger einen fatalen Fehler. »Vielleicht kann Rory ihnen die Wahrheit sagen.«

Tödliche Stille herrschte in dem großen getäfelten Raum.

Niemand sah Joseph an. Er fühlte, wie die Luft schwerer und undurchdringlicher wurde. Ihn fröstelte. Er begann leicht zu schwitzen. Verdammt noch mal, mein irisches Mundwerk! dachte er. Er setzte sich langsam nieder, ohne die geballten Fäuste vom Tisch zu nehmen.

»Rory hat alle Anweisungen befolgt«, sagte er ruhig. »Er tritt in allen seinen Reden im ganzen Land für die Einführung der Einkommensteuer, für die Errichtung einer Bundesreservebank und für die Direktwahl der Senatoren durch das Volk ein. Das wißt ihr sehr gut. Ihr habt seine Reden in den Zeitungen gelesen. Er hat alle eure Anweisungen befolgt, er ist keinen Fingerbreit davon abgegangen. Ihr selbst habt die Reden für ihn aufgesetzt. Mit keinem Wort habt ihr bis heute angedeutet, daß er euch nicht willkommen wäre. Warum also jetzt?«

»Joe, wir wollen vernünftig sein«, erwiderte Mr. Regan nach einem Blick auf die gesenkten Lider um ihn herum. »Rory ist ein feiner Kerl, aber er ist jung. Und junge Leute sind von Natur aus rebellisch — und sie haben ihre eigenen Vorstellungen. Mr. Wilson wird ganz ohne Frage unsere Anweisungen, die wir ihm diskret durch verschiedene Politiker zukommen lassen, befolgen. Zum Beispiel durch Oberst House. Er ist unser Mann, wie du weißt. Mr. Wilson hat, was den Sozialismus betrifft, eine lange Lehrzeit hinter sich. Er ist gerade richtig für uns. In acht Jahren werden wir höchstwahrscheinlich wieder auf Rory zurückkommen. Er wird dann reifer sein und für unsere Ziele mehr Verständnis haben«.

»Du hast so oft mit Rory geredet«, entgegnete Joseph. »Warum stellst du dich jetzt gegen ihn?«

Wieder warf Mr. Regan einen Blick auf die halb abgewandten Augen. »Ich sage es ungern, Joe, aber wir haben das Gefühl, daß Rory gegenwärtig nicht ganz — zuverlässig ist.«

»Und Wilson ist es, ohne überhaupt etwas von uns zu wissen? Es ist doch so: er ist stupide genug und naiv genug, um alles zu schlucken, womit ihr ihn füttern wollt. Er wird jede hohle Phrase, jeden hochtönenden Aphorismus nachplappern. Und Rory nicht, fürchtet ihr. Er wird euch auslachen und tun, was er will, fürchtet ihr. Ihr habt Taft in Erwägung gezogen. Er ist ein alter, fähiger Politiker und weiß eine Menge über uns, wie ich gehört habe. Er wäre nicht lenkbar genug. Er würde zuerst an Amerika denken. Darum ist er euch verdächtig. Teddy Roosevelt ist zu aufbrausend. Auch er könnte eigene Ideen haben. Er denkt international, wie er bereits bewiesen hat. Auch er könnte in nüchternen Augenblicken, wenn er nicht gerade auf der Jagd ist, zuerst an Amerika denken. Taft und Roosevelt kommen also nicht in Frage. Sie sind unzuverlässig. Und Rory ist es auch.«

Abermals erhob er sich. Die Blicke aller waren auf ihn gerichtet. »Ich vergeude meine Zeit. Nur noch das eine: Ich setze mein ganzes Vermögen ein, um Rory zu helfen, nominiert und gewählt zu werden. Ich schere mich einen Pfifferling um unsere europäischen Kollegen, die, wie Sie mich haben wissen lassen, für Wilson eintreten. Dieses Mal werde ich unabhängig handeln. Rory wird Präsident der Vereinigten Staaten!«

Wieder entstand eine Pause. »Joe«, nahm Mr. Regan das Wort,

»jetzt ist nicht die Zeit für eine persönliche Vendetta. Und es ist eine persönliche Vendetta. Warte ab, Joe. Nehmen wir an, Wilson schafft zwei Amtsperioden als Präsident. Dann kommen wir herzlich gern auf Rory zurück. Was können wir dir mehr versprechen? Sei vernünftig! Sei objektiv! Wir geben Rory nicht auf. Wir bitten euch nur, acht Jahre zu warten. Sei doch vernünftig, Joe!«

Joseph ließ seine Blicke von einem zum andern wandern. »Verglichen mit unseren europäischen Kollegen, sind wir hier alle nur kleine Kinder. Die Europäer haben Jahrhunderte politischer Machinationen, Terror, Revolutionen und Chaos hinter sich. Jahrhundertealte Tyranneien. Sie sind erfahren. Sie sind mächtig. Mächtiger als wir. Sie wissen, was sie wollen. Sie, meine Herren, sind es, die ihre Befehle ausführen. Nicht umgekehrt.«

Niemand sagte etwas. Joseph holte tief Atem. »Wann werden sie gegen Rußland marschieren?«

Es war, als hätte er in Gegenwart Geistlicher etwas Obszönes gesagt.

»Dumme Frage, nicht wahr?« fuhr er fort, als sie nicht antworteten. »Das ist doch geplant, nicht wahr? So hat man mir berichtet. Ja, ich vergeude nur meine Zeit, meine und Ihre. Aber ich muß es Ihnen sagen: Rory wird Präsident der Vereinigten Staaten, und wenn es mich jeden Penny kostet, den ich besitze, und wenn ich die Wahrheit von den Dächern herunterschreien muß, um Amerika zu warnen.«

»Wovor?« fragte einer der Herren ganz leise.

»Vor Ihnen, meine Herren«, erwiderte Joseph und verließ, ohne ein Wort und ohne sich umzusehen, den Raum. Er war krank vor Wut, aber er gab nicht auf. Er hatte keine Angst. Er wußte, was er wußte.

Niemand sagte etwas, nachdem er gegangen war. Einer der Herren zerknüllte ein paar Papiere. Sie vermieden es, einander anzusehen. Einige seufzten tief und warfen Mr. Regan einen Blick zu, der auch seufzte. Dann streckte er mit wohlbekannter Geste, wie sie einst den alten Cäsaren vertraut gewesen war, die Hand aus.

XIX

Mit Zeitungsausschnitten — Leitartikel, Rorys Reden, Kommentare, Glossen — hielt Timothy Dineen Joseph über Rorys Wahlreisen durch das ganze Land auf dem laufenden. Rory selbst hatte das Schlagwort »Die neue Vision« geprägt und damit die Phantasie zehntausender Menschen beflügelt. Die neue Vision war allen alles geworden. Sie mochten diesen oder jenen Programmpunkt bekritteln; dafür stimmten sie anderen um so begeisterter zu. Der Fabriksbesitzer, der kleine Kinder beschäftigte, mochte bei Rorys Forderung, Kinder nicht mit niedrigen Löhnen auszubeuten und sie »ihrer Jugend und ihrer Erziehung zu berauben«, den Mund verziehen. Richtete Rory jedoch ernste und dringende Mahnungen an die Regierung, ihre sich ständig und auf bedrohliche Weise mehrenden Eingriffe in die Sphäre privater Unternehmen einzustellen, sprach er ebendiesem Fabrikbesitzer aus der Seele. »Die Privatwirtschaft hat uns zu einem großen und blühenden Land werden lassen, denn die individuelle Unternehmensleitung ist den Entscheidungen verknöcherter Bürokraten weit überlegen.« Er brandmarkte die Trusts und verteidigte gleichzeitig das Recht der Gesellschaften auf Fusionierung, »denn nur so wird es ihnen möglich sein, rationeller zu arbeiten, ihren Personalstand zu erhöhen, mehr Leute einzustellen, eine für Arbeitnehmer und Arbeitgeber gerechte Lohnpolitik zu betreiben, neue Märkte zu erschließen und die Exporte zu steigern, damit alle Amerikaner in einer Zeit zunehmender Mechanisierung am allgemeinen Wohlstand teilhaben können. Er zeigte sich über die hohen Zölle besorgt, »die uns den Erwerb billiger ausländischer Güter unmöglich machen«. Lachend setzte er sich über den Einwand hinweg, der Import billigerer ausländischer Waren könnte amerikanische Arbeiter um ihre Arbeitsplätze bringen. »Sind unsere amerikanischen Arbeiter denn nicht den ausländischen an Geschick und Leistungsfähigkeit überlegen?«

Er scherzte, schmeichelte und lachte, riß seine Zuhörer aus ihrer schlechten Laune, zerstreute ihr Mißtrauen und gab sich einmal ernst und bedächtig, dann wieder sorglos, je nach der Art seines Publikums — über das er sich immer schon vorher informieren ließ. Er diskutierte nur, wenn die Anwesenden es so wollten und auf ihn eingingen. Er war friedlich oder höhnisch, beleidigend oder sanftmütig, je nachdem, wie die Situation es erforderte. Sein angeborener guter Instinkt ließ ihn immer die richtigen Worte finden.

Er beschloß seine Reden stets mit den gleichen Worten: Sollte er von seiner Partei nominiert und vom Volk gewählt werden, er würde sich nicht im Weißen Haus verstecken. Er würde allen Vorschlägen, und kämen sie auch vom »Geringsten seiner Mitbürger«, zugänglich sein. Ja er bat die Bauern und Arbeiter sogar, Vorschläge zu machen. »Es würden alle sorgfältig und genau geprüft werden. Ihr seid doch schließlich das Fundament Amerikas! Wessen Meinungen könnten ausschlaggebender sein?!« Und nie vergaß er, seine Worte mit einem leidenschaftlichen Appell an den Patriotismus, den Stolz und das Ehrgefühl seiner Zuhörer zu krönen. Die Musikkapelle, die ihn überallhin begleitete, unterstrich den Appell mit einem fröhlichen — und lauten — Tusch und einem Militärmarsch, vorzugsweise einem von Sousa.

»Ich rede den Amerikanern ins Gewissen«, wiederholte Rory immer wieder. »Ich vertraue ihrem gesunden Urteil, ganz gleich, welcher Religionsgemeinschaft sie angehören und welche gesellschaftliche Stellung sie einnehmen. Ich vertrete keine privaten Interessen, ich wende mich nicht an einzelne Gruppen. Ich bin Amerikaner.«

Das waren die Worte eines geborenen Politikers. Nur Rory wußte, daß er sie auch so meinte. Es entsprach der menschlichen Natur, daß seine Aufrichtigkeit weniger Glauben fand als seine geschickt vorgetragenen Halbwahrheiten, sein Eingehen auf lokale Vorurteile, sein Werben um Menschen, die er verachtete, sein ausweichendes Wesen und die Unbekümmertheit, mit der er von seinem angeborenen Charme und seinem guten Aussehen Gebrauch machte. Denn wenn er aufrichtig redete, war er zu hausbacken. Er war viel glaubwürdiger, wenn er sich seiner schillernden, schauspielernden Verstellung überließ.

Die Amerikaner hörten es gern, wenn man ihnen Überlegenheit in der heutigen Welt bescheinigte. Rory allerdings wußte sehr gut, daß Amerika immer noch ein zweitrangiges Land war, naiv, arglos, weltfremd und kindlich, Zielscheibe der Scherze für das britische, das österreichisch-ungarische und deutsche Reich, ein Gegenstand des Spottes für Frankreich. Es war so weit von der Wirklichkeit entfernt wie das verfallende russische Reich mit seinem orientalischen Glanz und seinem Despotismus. Die Amerikaner wußten wenig von Europa, aber Europa wußte entsetzlich viel über Amerika.

In Rorys Schultagen waren die Engländer verhaßt gewesen. Die amerikanische Presse hatte sie beargwöhnt und geschmäht. Manchen Politikern mochte es seltsam erscheinen — und das war es auch —, daß der Haß auf die Briten in den letzten Jahren merklich an Intensität verloren hatte. Rory wußte, warum. Das Schlagwort von den »Brüdern über die Meere hinweg« war vom Committee for Foreign Studies geprägt worden — auf Geheiß seiner Mitglieder in den europäischen Hauptstädten. Ich frage mich, bei Gott, ich frage mich, dachte Rory oft und schmunzelte im stillen, was wohl geschehen würde, wenn ich dem amerikanischen Volk die Wahrheit sagte. Aber er wußte, daß kein Politiker dem Volk je die Wahrheit sagte. Man würde ihn kreuzigen. Das Volk verlangte nach Trugbildern und Schmeicheleien, bunten Farben, Träumen und Sensationen. Fest stand für Rory nur eines: Sollte er Präsident werden, er würde dafür Sorge tragen, daß Amerika nicht in fremde Kriege verwickelt würde. Doch darüber sprach er nicht einmal mit seinem Vater. Rory wußte, wann er den Mund halten mußte; Joseph hatte es leider nie gelernt. Hunger und Ausbeutung, Haß, Heimatlosigkeit und Unterdrückung, diese Dinge waren Rory fremd; er hatte leicht schweigen, wenn Themen zur Sprache kamen, bei denen sein Vater vor Zorn explodiert wäre. Joseph hatte einmal zu ihm gesagt: »Die glücklichsten Nationen, heißt es, sind jene, die keine Geschichte haben. Das gilt auch für den einzelnen Menschen.« Rory hatte die eigentliche Bedeutung dieser Worte besser verstanden, als sein Vater ahnen konnte. Joseph hatte viele, zum Teil sehr gefühlsbedingte Beweggründe für seine Handlungen und Entscheidungen. Rory hatte nur einen, und dieser wurzelte nicht im Gefühl, sondern im Verstand. Er sah alles objektiv, sogar das Committee for Foreign Studies. Er unterwarf sich gehorsam ihren Wünschen und überließ ihnen alle Entscheidungen. Er benützte ihr Material. Und er glaubte, sie zu täuschen.

In Chicago erhielt er ein Telegramm seines Vaters. Er und Timothy Dineen sollten, noch bevor sie Boston, die nächste Station auf ihrer Wahlreise, erreichten, zu Joseph nach Green Hills kommen. Dem Telegramm war sonst nichts zu entnehmen. Rory sah Timothy mit erhobenen Brauen an. Timothy zuckte die Achseln. »Der alte Joe muß über Informationen verfügen, von denen wir nichts wissen«, meinte er.

Sie fuhren nach Green Hills.

Joseph hatte Timothy einiges über das Committee for Foreign Studies erzählt, doch nicht sehr viel, denn nicht einmal Timothy durfte alles wissen. Aber Timothy mit seinem irischen Gespür erriet eine Menge. Er wurde das Gefühl nicht los, daß die Welt auf irgendeine undefinierbare, geheimnisvolle, bedrohliche Weise in Bewegung geraten war. Wie in anderen Ländern, standen auch in Amerika die Neidischen, die Gescheiterten und die im Lebenskampf Unterlegenen den »Reichen« feindselig gegenüber.

Diese gehässige Einstellung hatte zum »Krieg gegen die Trusts« geführt. (Timothy wußte, daß dies die Trusts nicht störte.) Es war alles nur Gerede, Propaganda, mit dem Zweck, den Groll des Proletariats zu besänftigen und es lenkbarer zu machen. Nun aber schien die gegen die »dunklen Mächte« gerichtete Bewegung neuen Auftrieb erhalten zu haben. Die Hauptakteure waren die Populisten, die Gewerkschafter und jetzt auch die Sozialisten, die eine Anzahl von Vertretern, insbesondere aus dem Mittleren Westen, in das Abgeordnetenhaus und in den Senat gewählt hatten. Timothy glaubte nicht an einen natürlichen Trend. Er wußte, daß solche Trends stets sorgfältig geplant und von anonymen Kräften manipuliert wurden. Wenn der Sozialismus in Amerika an Bedeutung zunahm, so lag das nicht in seinem eigenen Wesen begründet. Er war zu einem vorläufig noch undurchschaubaren Zweck sehr behutsam, aber erfolgreich propagiert worden. Timothy hatte Joseph gegenüber Vermutungen angestellt, aber Josephs Gesicht war verschlossen geblieben. »Jage keine Gespenster«, hatte er ihm geraten. »Schau nachts nicht unters Bett.« Sein Lächeln war hart gewesen.

Joseph erwartete Rory und Timothy in seinem Arbeitszimmer. Die Türen waren geschlossen, die Stimmen klangen gedämpft. Rory, der seinen Vater seit längerem nicht mehr gesehen hatte, stellte befriedigt fest, daß die fast greifbare Ausstrahlung von Macht, Einfluß und unbeugsamer Kraft nichts an Intensität verloren hatte. Nicht nur hatte Joseph Armagh zwei seiner geliebten Kinder begraben und den Verlust seiner Geschwister und seiner besten Freunde hinnehmen müssen; auch seine Geliebte war für immer von ihm gegangen — sie, die, wie Rory mutmaßte, ihm mehr bedeutet hatte als alles andere auf dieser Welt.

Doch wie sehr der niemals zu lindernde Schmerz auch an ihm zehrte, es war ihm nichts anzumerken, als er nun seinen letzten Sohn und Timothy begrüßte. Er war ruhig und gefaßt wie immer, sein Verhalten unzweideutig, untheatralisch und nüchtern wie sonst auch.

Was Rory beim Eintritt in das Arbeitszimmer seines Vaters als erstes auffiel, war das »Arsenal« auf seinem Schreibtisch. Er wußte, daß sein Vater Schußwaffen besaß, hatte jedoch nie eine in seiner Hand gesehen. Timothy betrachtete die in Reih und Glied auf dem Schreibtisch liegenden modernen Pistolen, enthielt sich aber eines Kommentars. Er schien nichts Besonderes daran zu finden. Es waren zwölf Stück.

Brandy, Whisky und Bier standen bereit. Joseph deutete einladend auf die Gläser. Vom Anblick der Waffen ein wenig eingeschüchtert, kamen Rory und Timothy der Einladung nach. Auch Joseph schenkte sich ein Glas ein und füllte es mit Soda auf. Das war höchst ungewöhnlich, denn Joseph trank selten.

»Ich hätte euch nicht hierherbestellt, wenn es nicht nötig gewesen wäre«, sagte Joseph. »Nebenbei, Tim, du bist ein Genie. Wie du Rorys Auftritte arrangiert hast, war meisterhaft.«

Der jetzt schon weißhaarige, untersetzte Timothy errötete wie ein kleiner Junge. »Wir Iren sind geborene Politiker, Joe. Wir haben einen Instinkt dafür. Es kostet uns keine große Mühe, weißt du, und es macht uns Spaß. Wir sind da so richtig in unserem Element.«

Er trank Joseph mit einem herzlichen Blick zu. »Ich glaube, wir werden die Vorwahlen gewinnen«, meinte er, »und die Partei wird das zur Kenntnis nehmen müssen. Wir haben hie und da kleine Schwierigkeiten mit lokalen Bonzen gehabt, die ja immer um ihre bescheidenen Positionen besorgt sind, aber — wir — haben es geschafft. Das Bild wird ständig klarer und klarer.«

»Dank dem vielen Geld«, kommentierte Joseph. Timothy machte ein betroffenes Gesicht. Man wußte das, aber war es denn notwendig, immer wieder darauf hinzuweisen? Josephs Ironie war wirklich nicht immer am Platz. Dann lachte Timothy, und Rory lachte mit. »Nicht einmal auf Gott würde man heutzutage hören, wenn er nicht eine gute Presse hätte«, sagte Timothy.

Timothy verstand Joseph nicht immer. Doch er verstand den Schatten, der auf sein Gesicht fiel, das plötzliche Zurückzucken, Ausdruck tief eingewurzelter irischer Prüderie. Eine solche Reaktion auf eine »Gotteslästerung« hätte er bei Joseph nicht vermutet. Rory betrachtete aufmerksam sein Glas, Timothy fühlte sich beschämt. Er war sich seiner Taktlosigkeit bewußt, obwohl er unter Männern schon Schlimmeres gehört hatte. Eine Weile schwiegen die drei Iren. »Traurig, aber wahr«, sagte Timothy schließlich. Er wußte, daß ihm vergeben war, und das belustigte ihn. Ein Ire mochte mit vollster Überzeugung erklären, daß er kein »ergebener Sohn der Kirche«, daß er Atheist sei und frei von

»pfäffischem Aberglauben«. Wenn man aber nur im mindesten Anstoß erregte und auch nur die leiseste Mißbilligung dessen aussprach, was von den meisten Menschen heilig gehalten wurde, stellte der atheistische Ire die Haare auf, so als hätte er erst diesen Morgen gebeichtet und kommuniziert, obwohl er das wahrscheinlich seit seiner Kindheit nicht mehr getan hatte. Das war nicht eine Sache der Glaubenslehre, sondern der geistige Zwang zur Verehrung des Unerkennbaren, dem man schweigend die Ehre erwies, auch wenn man klug aus dem Mund redete und behauptete, daß es keine Ehre verdiene. Er brachte sogar den ungläubigsten Iren dazu, gegen englische Bilderstürmer und Militärmacht sein Leben einzusetzen.

»Was ich euch jetzt sagen muß«, begann Joseph, »könnte äußerst gefährlich werden, wenn jemand davon erführe. Hört mir gut zu.«

Er berichtete ihnen von der letzten Sitzung des Committee for Foreign Studies. Rory hing an seinen Lippen. Timothy dachte: Ich habe so etwas geahnt — Joseph wollte mich immer für dumm verkaufen. Lohfarben wie das Fell eines Löwen fiel die heiße Spätsommersonne durch die Fenster. Rory und Timothy stellten keine Fragen. Sie verlangten keine zusätzlichen Erklärungen. Sie schwiegen, denn sie wußten Bescheid. Draußen klapperten Rasenmäher, irgendwo wurden Türen geöffnet und geschlossen. Von einem leichten Windstoß bewegt, raschelte das Laubwerk vor den Fenstern. Die Vorhänge bauschten sich. Süß und schwermütig wehte der Duft von frisch geschnittenem Gras ins Zimmer, von trockener Erde und Chrysanthemen. In weiter Ferne heulte kläglich eine Lokomotive. Im Musikzimmer hatte Bernadette begonnen, ihre Lieblingsmelodien auf dem Klavier zu spielen. Sie liebte moderne Musik, vor allem »Alexander's Ragtime Band«, jetzt aber spielte sie eine Beethovensonate, deren kraftvolle Schwermut die Atmosphäre wie eine Mahnung durchdrang, eine Beschwörung vergangener und künftiger Dinge. Aus unerfindlichen Gründen beunruhigte diese Musik Rory mehr als das, was sein Vater ihm berichtete. Denn plötzlich sah er ganz ohne jeden Anlaß Marjorie Chisholms Gesicht vor sich. Er verstand nicht, warum sie gerade in diesem schicksalhaften Augenblick vor seinem geistigen Auge erschien, denn er hatte seit mehr als einem Jahr nicht mehr an Marjorie gedacht.

»So«, sagte er, als sein Vater zu Ende war, »ich bin ihnen also nicht mehr genehm. Und ich werde ihnen auch in acht Jahren nicht genehm sein. Sie wollen Wilson haben, diesen einfältigen Tropf, der zahm nach ihrer Pfeife tanzen wird, selbst wenn er nicht weiß, daß es ihre Pfeife ist. Sie fürchten, daß ich das nicht tun würde. Wie sie das herausbekommen haben, weiß ich nicht.«

Joseph richtete seine kleinen blauen Augen auf seinen Sohn. »Herausbekommen! Was meinst du damit?« fragte er. »Hast du mir etwas verschwiegen?«

»Ich stelle nur eine Vermutung an«, antwortete Rory schnell. »Ich habe das Gefühl, daß sie an meiner Verläßlichkeit zweifeln. Sie brauchen sich keine Sorgen zu machen. Du hast doch meine Reden gelesen. Und ich weiß, daß auch sie sie gelesen haben.« Zu dumm, daß er sich so versprochen hatte! Er lächelte einschmeichelnd. »Ich bin doch nie ohne dich dort gewesen. Habe ich irgend etwas falsch gemacht?«

»Nein«, erwiderte Joseph, aber er ließ seinen Sohn nicht aus den Augen.

»Das scheint mir unglaublich«, bemerkte Timothy, »daß Männer in London, Paris, Rom, Genf und weiß Gott, wo noch, entscheiden können, wer als amerikanischer Präsident akzeptabel ist!«

Joseph warf ihm einen verächtlichen Blick zu, so als brabble er wie ein Kind, ohne zu wissen, was. »So also sieht die Sache aus«, sagte er. »Im Jahre 1885, als er in Bryn Mawr lehrte, griff Wilson mit aristokratischem Hochmut die, wie er es nannte, ›Macht des Kongresses‹ an. Als Collegeprofessor ›demokratisierte‹ er den Unterricht und sprach von einer ›grundlegenden Neuordnung innerhalb der Regierung‹. Was das mit dem akademischen Unterricht zu tun hatte, für den er bezahlt wurde, hat bis heute noch niemand gefragt. Er hat wiederholt zu verstehen gegeben, daß er die amerikanische Verfassung für überholt und reformbedürftig hält. Er ist ein erklärter Feind des Konservatismus, obwohl er noch nie erklärt hat, was Konservatismus eigentlich ist; anscheinend fürchtet er, es handle sich dabei um Herrschaft durch das Volk, und darum verachtenswert. Unsere Parteifreunde Champ Clark und Underwood lachen über ihn, aber wie ich höre, hat er William Jennings Bryan, diesen Clown, hinter sich. Wilson versteht nicht mehr von den Menschen, als die Hunde, die um unser Haus herumlaufen. Seine Vorstellungen sind durch die Bank eklektisch, bunt wie ein Regenbogen und völlig unrealistisch. Er spricht von einer ›nationalen Renaissance‹, meint aber damit nichts anderes als Trusts, Finanzkapital und die Privilegien des Big Business. Phrasen, leere Worte. Die Partei mißtraut ihm. Man hat dort nichts für zimperliche Umstandskrämer übrig, die nicht wissen, wovon sie reden. Ihre wortreichen und nebulosen Warnungen erwecken Argwohn. Alles, was wir bis jetzt wissen, ist, daß er immer wirklichkeitsfremd gewesen ist und keine Ahnung von der Praxis hat. Darum wird er jedem Vorschlag zugänglich sein, wenn er nur schwülstig genug klingt und leer an wirklichem Inhalt ist. So ist er auch die ideale Wahl unserer — Freunde —, die keine Verwendung für Leute haben, von denen sie annehmen müssen, daß sie selbständig denken und Schwierigkeiten machen könnten.«

»Verstehe ich recht, daß sie jetzt zum erstenmal auf die Präsidentenwahl Einfluß nehmen wollen?« fragte Timothy.

Joseph zögerte. »Nun ja, sie hatten etwas mit Teddy zu tun, der plötzlich — etwas — merkte und danach nicht mehr willkommen war.

Sie stecken eine Menge Geld in Taft und Roosevelt, um die Republikanische Partei zu spalten und zu schwächen und die Wahl Wilsons zu sichern. Taft ist dagegen, daß man dem Kongreß das Recht der Münzprägung entzieht. Bis zu einem gewissen Punkt lehnt er auch die Einkommensteuer und die Direktwahl der Senatoren ab. Das genügte, um sich ihre Feindschaft zuzuziehen. Sie ließen ihn fallen. Jetzt stärken sie Roosevelt den Rücken, damit Wilson gewählt wird. So einfach ist das. Wilson ist ihr Mann, weil er nie wissen wird, wer die Fäden in der Hand hat. Er wird von ›Idealisten‹ umgeben sein, die alle vom Komitee ausgesucht sind.«

»Würde es dir und Rory etwas nützen, die Öffentlichkeit zu informieren?«

Joseph sah ihn entgeistert an. »Bist du verrückt? Wie viele Leute in der Demokratischen Partei wissen überhaupt etwas davon? Sie würden uns auslachen. Und das ganze Land dazu. Ein geheimes, parteiungebundenes Komitee in New York, das darüber entscheidet, wer gewählt werden soll und wer nicht? Niemand würde das glauben, auch wenn es stimmt. Der Amerikaner liebt das Phantastische, aber er wird mißtrauisch, wenn er etwas von ›Verschwörungen‹ und Komplotten hört. Für ihn ist das etwas ›Fremdländisches‹, er betrachtet solche Dinge als Reliquien monarchistischer Provenienz. Ist der Amerikaner etwa kein freier Mann, der sich seinen Präsidenten wählen kann, wie es ihm paßt? Gibt es denn keine Primärwahlen? Die Tatsache, daß die Auswahl der Kandidaten sehr klein ist, stört ihn nicht; darauf verliert er keinen Gedanken. Man redet ihm ein, daß diese wenigen die besten sind, die die Partei anzubieten hat. Ob Demokrat oder Republikaner, er hat keine andere Wahl. Du lieber Himmel, Timothy, wo hast du denn all die Jahre gesteckt, die du für mich gearbeitet hast?«

»Touché«, sagte Timothy und verzog den Mund.

»Wollte man dem amerikanischen Volk aufzeigen, daß eine Gruppe, die sich aus amerikanischen und europäischen Bankiers zusammensetzt, seine Regierung wählt — es würde einen für verrückt erklären. Europa! Wen interessiert schon Europa, das voller Könige und Zaren steckt? Dieser neue amerikanische Hochmut ist nur mit amerikanischer Naivität und Unwissenheit zu vergleichen. Und dieser Trend wird ganz bewußt ermutigt.«

Mit gerunzelter Stirn über sein Glas gebeugt, hatte Rory schweigend zugehört. »Na schön, Pa«, sagte er schließlich, »willst du, daß ich aufgebe und das Land zum Teufel gehen lasse?«

Joseph runzelte die Stirn. »Ich weiß nicht, was du damit meinst — ›das Land zum Teufel gehen lassen‹. Was hat das Land damit zu tun? Ich will, daß du Präsident der Vereinigten Staaten wirst. Ich werde dich zum Präsidenten machen. Das habe ich den Herren in New York auch gesagt. Und wenn es mich meinen letzten Penny kostet.«

Er deutete auf die Pistolen auf seinem Schreibtisch. »Ich möchte, daß ihr ständig so etwas bei euch habt, du und Tim. Das gleiche gilt für eure Leibwächter.«

Rory ließ sich in seinen Sessel zurückfallen und starrte seinen Vater ungläubig lächelnd an. »Um Himmels willen, Pa, wer sollte denn wohl auf mich schießen?«

Josephs Gesicht verdüsterte sich. »Ich fürchte«, erwiderte er ruhig und gemessen, »du hast nie richtig zugehört: nicht in New York, nicht in London und Paris, nicht in Rom und nicht in Genf. Das war alles umsonst. Du bist genauso naiv wie der Durchschnittsamerikaner. Hast du Lincoln, Garfield, McKinley vergessen, die alle von Leuten erschossen wurden, die die Zeitungen als Anarchisten bezeichneten? Hast du wirklich geglaubt, diese Mörder wären nur verrückte Fanatiker gewesen, wie in den Zeitungen zu lesen stand, und hätten aus eigener Initiative gehandelt? Glaubst du wirklich, daß diese Mordgedanken in den kranken Hirnen unbekannter, von entfesselnden Leidenschaften angestachelter, kleiner Männer ausgebrütet wurden? Ich hielt dich für besser unterrichtet. Die Hand, die eine Pistole abfeuert, wird von weither gelenkt, vielleicht aus einer europäischen Hauptstadt. Als Zar Alexander von einem ›Anarchisten‹ ermordet wurde, du lieber Himmel, da steckten doch die Kommunisten dahinter, das habe ich dir schon dutzende Male expliziert! Das war Monate, Jahre vorausgeplant worden. Alexander war ein humaner Mensch, der Reformen einführte, die Duma einrichtete, das russische Volk von Tyrannei und Leibeigenschaft befreite und damit die Ursachen verhängnisvoller Revolutionen beseitigte. Darum mußte er sterben. Mein Gott, das wußtest du doch!«

»Klare Sache«, murmelte Timothy, den Blick auf die Pistolen gerichtet.

Rory beobachtete seinen Vater. Die Röte war aus seinem Gesicht gewichen. »Pa« sagte er, »wenn sie es auf mich abgesehen haben, wenn sie mich umlegen wollen, so können sie das trotz aller Leibwächter und Pistolen tun. Sie können mich überall erwischen — wenn sie wollen. Auf der Straße, in den Versammlungssälen, ja sogar in der Kirche oder im Bett.«

»Also hast du endlich begriffen«, sagte Joseph. »Endlich verstehst du, was das für Leute sind. Aber das heißt noch nicht, daß sie dich ›umlegen‹ werden, wie du dich ausdrückst. Ich hasse Slangworte. Ein Gewarnter muß doppelt vorsichtig sein. Ich glaube nicht, daß sie es wagen werden — sie werden nur sehr bald anfangen, dich in Mißkredit zu bringen, sich über dich lustig zu machen, immer mehr Geld in Wilson hineinzustecken und Stimmung gegen dich zu machen. In bezug auf dein Glaubensbekenntnis zum Beispiel. Oder vielleicht auch nicht. Es gibt ja Millionen Katholiken in Amerika, die allen möglichen Rassen angehören. Aber sie werden zweifellos etwas finden. Von Gewaltanwendung rede ich jetzt gar nicht. Du bist noch nicht Präsident. Noch müssen wir auf der Hut sein. Nimm eine von diesen Pistolen, Rory. Du hast doch schießen gelernt.« Wie hatte Mr. Montrose immer gepredigt? »Zieh nie eine Pistole, wenn du nicht schießen willst! Schieß nie, wenn du nicht entschlossen bist, zu töten!«

»Meinetwegen«, brummte Rory. Er ergriff eine der schweren Pistolen und steckte sie in die Tasche. Er kam sich wie ein Narr vor. Timothy hingegen studierte die Pistolen genau, bevor er schließlich eine wählte. Er blickte Joseph in die Augen und sagte: »Ich werde Rory keine Minute aus den Augen lassen, Joe.«

»Schön«, entgegnete Joe. Dann tat er etwas Impulsives, für ihn Ungewohntes. Er schüttelte Timothy die Hand und dieser errötete vor Freude.

»Und auch die Leibwächter müssen Pistolen tragen«, betonte Joseph. Er füllte noch einmal sein Glas und nippte daran. »Du kannst den Bossen in Boston sagen, Tim, wer dieser Unschuldsengel von Wilson wirklich ist. Wollen sie denn einen Träumer zum Präsidenten, der das Land zugrunde richtet? Wollen sie einen Mann, der sich zum Schaden Amerikas in internationale Angelegenheiten einmischt? Ich habe hier einen ganzen Aktenstoß über ihn vorbereitet. Sprich mit den Leuten in Boston. Es gibt dort eine Menge Iren. Sie mißtrauen aufgeblasenen Idealisten, wie Wilson einer ist. Sie lassen nicht gerne mit sich umspringen. Sie mißtrauen Europa. Du kannst ruhig mit ihnen reden, ohne deine Quellen anzugeben. Deute an, scherze, mokiere dich. Laß Kopien von diesem Dossier anfertigen. Verteile sie in weitem Umkreis, bevor Rory dort spricht.«

Besorgt blickte er seinen Sohn und Timothy an. »Kein Mensch glaubt gerne an das Vorhandensein gewichtiger Probleme. Er zieht es vor, sich mit Nichtigkeiten zu belasten. Wir wollen einen neuen Weg gehen. Wir stellen die Wähler vor eine schwierige Entscheidung, auch wenn sie instinktiv lieber hinter Seifenblasen herjagen. Wir werden sie darüber aufklären, daß dieser Rattenfänger von Wilson ihre Kinder in den Tod führen würde. Seid vorsichtig, aber nicht zu vorsichtig. Gebt eure Quellen nicht bekannt, aber laßt eure Aufrichtigkeit hervorleuchten. Ihr kennt die Wahrheit. Gebraucht sie als Waffe.«

Die nun eintretende Stille war so drückend, daß Rory sie mit einer respektlosen Bemerkung brechen zu müssen meinte: »Und möge Gott unseren Seelen gnädig sein.«

XX

Joseph hatte es ganz bewußt vermieden, sich mit seinem Sohn zusammen zu zeigen. Gewisse Zeitungen hätten es sich einfallen lassen können, über die Armaghschen Unternehmungen »und ihre zum Teil schändliche Geschäftstätigkeit« herzuziehen. So aber konnten sie keine deutliche Sprache reden und behaupten, »Joseph Armagh begleitet seinen Sohn auf allen seinen Reisen und kommt für alle seine Spesen auf«. Daß es sich so verhielt, daran zweifelte niemand, doch da Joseph am Wahlfeldzug seines Sohnes kein Interesse bezeigte, keine Kommentare abgab, die sich nachteilig für Rory hätten auslegen lassen, keine Interviews gewährte, Reportern, die ihm zuweilen auflauerten, nur kurz zulächelte, und die Öffentlichkeit nach Tunlichkeit mied, konnte man ihm nichts vorwerfen, ihn weder bloßstellen noch anprangern. Ein einziges Mal nur stand er einigen Zeitungsleuten Rede und Antwort: »Mein Sohn Rory? Oh, das ist der geborene Politiker. Ich selbst finde die Politik jetzt langweilig. Wenn unsere Partei ihn nominieren will — schließlich hat er, soviel ich weiß, als Abgeordneter und Senator keine schlechte Figur gemacht — das wird nächstes Jahr Sache der Delegierten sein. Nein, ich habe zur Zeit nicht die Absicht, am Konvent teilzunehmen. Nein, meine Herren, danke schön, ich habe nichts mehr zu sagen.« Sie glaubten ihm nicht, aber das störte ihn nicht. Zumindest konnten sie ihn nicht falsch zitieren.

Das hinderte eine Anzahl einflußreicher Zeitungen nicht daran, anzudeuten, daß für den Senator Millionen Dollar mit dem Ziel aufgewendet würden, die Vorwahlen und die Delegierten zu beeinflussen. Sie waren plötzlich frech und unverschämt geworden, nannten Rory nicht mehr mit gutmütiger Herablassung den »goldenen Jungen«, wie sie es bisher getan hatten. Die Leitartikler verloren mit einemmal ihren gewohnten amerikanischen Humor und gingen zu rohem Spott und boshaften Karikaturen über. Joseph war nicht im geringsten davon überrascht, daß Zeitungen, die sich früher günstig über Rory geäußert hatten, jetzt »ernsthafte Zweifel« anmeldeten. Manche zeigten sich ausgesprochen feindlich. Der »Innere Kreis« hatte zu arbeiten begonnen. Daß die Angriffe gegen Rory und seinen Vater bis zur Nominierung an Heftigkeit zunehmen würden, war zu erwarten gewesen. Andere Zeitungen allerdings nahmen jetzt deutlicher und entschlossener für Rory Partei. Was andere können, kann ich auch, dachte Joseph. Aber es hieß, verdammt gut aufzupassen. Joseph bereitete sich vor, etwas zu unternehmen, und begann zu planen. Zwar war die Zeit schon knapp, aber noch hatten die Schweinehunde Amerika nicht in der Tasche.

Er beschloß, Claudia nicht mit Rory nach Boston fahren zu lassen. Sie erschien ihm nun doch zu exotisch für die Bostoner Damen. Nicht weil sie zu modebewußt, zu blasiert oder zu intellektuell gewesen wäre. Sie war einfach zu charmant, obwohl es ihr nicht gelingen wollte, ihren Charme auf Wunsch zu produzieren. Er leuchtete auf wie ein Blitz, wenn man es am wenigsten erwartete, und verwirrte Männer und Frauen gleichermaßen. Die Ladies in Boston waren aus einem anderen Holz geschnitzt.

»Na, wenigstens etwas«, meinte Rory und zwinkerte Timothy zu. »Nur nicht übermütig werden«, entgegnete Timothy lächelnd. »In Boston wirst du ganz besonders brav und sittsam sein müssen und dazu auch noch edelmütig, bescheiden, klug und erfahren und, vor allem, ein echter Gentleman.«

»Das brauchst du mir nicht erst zu sagen«, verwahrte sich Rory. »Habe ich denn nicht jahrelang unter Bostonern gelebt? In Harvard und in Pas Büro? Verdammt noch mal, ich werde sie schon davon überzeugen, daß ich mir jeden Tag die Ohren wasche, daß meine Schuhe nicht zu stark glänzen und daß ich meinen Sherry ebenso elegant zum Mund zu führen weiß wie sie. Aber vergiß mir die Iren nicht, Tim! Und bei allem, was du tust, immer ein paar Takte Musik dazu. ›The Wearing of the Green‹, zum Beispiel. Oder nein, das wäre zu reißerisch, zu sehr nach der Art des alten Schmuskopf, der dir einen irischen Volkstanz aufs Parkett legt, sobald du nur mit dem Finger schnalzst. Ist auch nicht mehr der Jüngste, der alte Gauner. Sein Leiblied ist ›Kathleen Mavourneen‹. Hätte mir auch gefallen. Wie wäre es mit ›Killarney‹? Nein. Etwas Leichtes, Sentimentales —«

»›The Band played on‹, etwa?«

»Sei bloß still, Tim. Ich meine es ernst. Was hältst du von ›The Harp That Once Thro' Tara's Halls‹?«

»Die Harfe singt!« schlug Timothy vor.

Rory lachte sein tiefes, schallendes Lachen, an das Timothy sich immer zurückerinnern sollte, weil es so melodisch und männlich und ungekünstelt klang. »Ausgezeichnet!« rief Rory. »Laß für die irischen Bezirke Plakate machen. ›Die Harfe singt!‹« Er sang ein paar Takte, und einen Augenblick lang trübten sich Timothys helle, skeptische Augen.

»The harp that once through Tara's halls
The soul of music shed,
Now hangs as mute on Tara's walls
As if that soul were dead —«

»Da redet man immer von den Israeliten«, meinte Rory, »weil sie in der babylonischen Gefangenschaft weinten. Und die Iren? Sie weinen um Irland und weil sie in der ›Verbannung‹ leben müssen, aber verdammt wenige kehren in ihre Heimat zurück. Hab ich recht? Aber um etwas zu trauern, tut dem Herzen wohl. Die Augen werden feucht, ein wohliger Schmerz ergreift die Seele. Die Juden und die Iren sind die sentimentalsten Menschen, die es gibt, aber hereinlegen lassen sie sich von keinem. Das trifft auf alle sentimentalen Leute zu. Jawohl: ›Die Harfe singt!‹«

»Vergiß aber auch in Boston nicht, daß du Amerikaner bist«, warnte ihn Timothy.

Rory warf ihm einen scharfen Blick zu, und sein Gesicht wurde ernst und starr, so als spannten sich die Muskeln unter seiner Haut. »Glaubst du, ich könnte das auch nur einen Augenblick lang vergessen?« fragte er. Timothy war überrascht: nicht von Rorys Ausdruck und seiner Frage, sondern von etwas, das neu an ihm war, undefinierbar, aber zum Greifen nahe, düster, beinahe abweisend.

Die Musikkapelle fuhr nach Boston voraus. Um Rory willkommen zu heißen, wurde eine »begeisterte Menge« am Bahnhof vergattert. Rory hatte einen gewöhnlichen Zug benützt und reiste nicht im Salonwagen seines Vaters. Man hatte Erwachsenen und Kindern kleine amerikanische Fähnchen in die Hand gedrückt. Es war ein strahlender Augustmorgen, heiter und frisch, denn es wehte eine leichte, kühle Brise. Die Kapelle spielte, was das Zeug hielt, »The Stars and Stripes Forever«! Die Menge jubelte. Hunderte von irischen Gesichtern waren darunter. Timothy gab ein Zeichen, und die Kapelle stimmte eine sentimentale, klagende Weise an: »The Harp That Once Thro' Tara's Halls«. Kaum die Hälfte der anwesenden Iren hatte dieses traurige, rührende Lied schon einmal gehört, aber die Melodie erweckte vertraute Gefühle in ihnen. Viele begannen zu weinen, und die, die das Lied kannten, begleiteten das Orchester mit zitternder Stimme.

Rory stand auf den Stufen des Zuges und winkte mit seiner grauen Melone. Sein prächtiges rotblondes Haar leuchtete in der Morgensonne und sein hübsches, lachendes Gesicht glühte. Timothy hatte ihn in dieser Stellung, mit dem gleichen Lachen, dem gleichen Ausdruck, in den vergangenen Monaten so oft gesehen, und doch blieb aus irgendeinem Grunde Rorys Anblick an diesem Morgen ungetrübt in seiner Erinnerung haften. Hatte Rory damals etwas Besonderes an sich gehabt, war er besonders heiter gewesen? Nie sollte Timothy Antwort auf diese Frage finden.

Sie fuhren in ein elegantes, fast neues Hotel in der Nähe des Common. Rory hatte viele Jahre an der nahe von Boston gelegenen Universität studiert. Bevor er Abgeordneter wurde, hatte er jedes Jahr einige Wochen im Büro seines Vaters in dieser Stadt zugebracht. Und doch war ihm, seit Marjorie ihn verlassen hatte, die Stadt fremd geworden, so als sei sie nur der Abklatsch einer Wirklichkeit, die er einst durchlebt und jetzt halb vergessen hatte. Sie war ihm gleichgültig geworden. Er stand an einem der Fenster seines Appartements und blickte auf die Bäume des Common hinunter. Schon jetzt verfärbten sie sich, glänzten gelb und rotbraun im gleißenden Sonnenlicht. Es war, als ob sie sich wie im Tanze drehten und wendeten, und Rory hatte das Gefühl, diesen Park, der ihn auch nicht sonderlich interessierte, noch nie gesehen zu haben.

»Wie in alten Zeiten, was?« fragte Timothy, der ihn beobachtete.

»Nicht sehr«, erwiderte Rory. Er trommelte mit den Fingern auf das Fenstersims. Er war in glänzender Laune gewesen, denn er hatte die Lebensfreude seiner Mutter geerbt. Und doch erschienen ihm plötzlich das Sonnenlicht da unten weniger blendend, die Bäume kalt und grau. Er bewegte den Kopf, als wollte er den Schleier vor seinen Augen abschütteln.

Er und Timothy befanden sich allein in seinem Schlafzimmer, doch in den Räumen nebenan waren die lauten, derben, erregten Stimmen von Politikern zu hören, die heftig miteinander disputierten, schrien und lachten. Die Luft war dort dick von Rauch. Whisky und Gin flossen unbegrenzt. Sie hatten stundenlang auf Rory gewartet, und bald würde er hinübergehen und sie in einem Wirrwarr von Ausrufen, Geschrei und Geschnatter, derben Fragen und derben Scherzen begrüßen müssen. Die meisten von ihnen waren Iren und in bester Laune. Rorys Zimmer hatte einen eigenen Eingang von der Halle aus, und Rory wußte, daß dort draußen zwei seiner bewaffneten Leibwächter standen, ruhige, verläßliche Männer, die ihre Pflichten kannten. Sie irritierten Rory. Er war von Natur aus zu optimistisch, um eine Gefahr zu fürchten oder sie auch nur ins Auge zu fassen. Wenn ein Mörder darauf aus war, einen Mann zu erschießen, dann schaffte er es, auch wenn der Mann Präsident war, aber Rory Armagh war ja noch nicht einmal von seiner Partei nominiert. Gewiß, das Committee for Foreign Studies hatte sich für Woodrow Wilson erklärt, und Rory wußte, daß es, wenn nötig, auch vor Gewalttaten nicht zurückschrecken würde. Aber sie würden doch wohl erst den Konvent abwarten, nicht wahr? Wenn er bis dahin schon eine Reihe von Siegen bei den Vorwahlen erfochten hatte und nominiert war, dann konnte man an eine bewaffnete Leibwache denken. Wenn er nominiert wurde.

Er geriet in eine melancholische Stimmung. »Ich habe das merkwürdige Gefühl, daß ich nicht nur nicht Präsident dieses Landes, sondern nicht einmal nominiert werde«, sagte er, ohne Timothy anzusehen.

»Was ist los mit dir?« fragte Timothy erschrocken. »Natürlich wirst du das. Dein Pa steckt Millionen über Millionen in die Sache; er weiß, was er tut. Du darfst gar nicht daran denken, daß du scheitern könntest; das wäre ganz falsch. Wer auch nur die Möglichkeit einer Niederlage ins Auge faßt, erleidet sie mit tödlicher Sicherheit. Aber ein Armagh kriegt doch keine Prügel, oder?«

»Nein. Er wird umgelegt«, erwiderte Rory, der an Onkel Sean und an seinen Bruder dachte.

Timothy sprang auf. Sein freundliches, eckiges, von der Sonne des Westens gebräuntes Gesicht war blaß geworden. »Verdammt noch mal, Rory«, sagte er leise, »was ist los mit dir?«

Rory war über den düsteren Ton in Timothys Stimme bestürzt. Er wandte sich vom Fenster weg und begann zu lachen. Aber Timothy lachte nicht. Er starrte den jungen Mann an, den er als Kind unterrichtet hatte und wie einen Sohn liebte. In seinem breiten Gesicht arbeitete es. »Wie kannst du so etwas sagen!« rief er aus.

»Was denn? Was habe ich denn gesagt? Man kann doch einmal seine Zweifel äußern, oder nicht?«

Timothy gab keine Antwort. Er machte einen Schritt an die Tür und versuchte sie zu öffnen. Sie war geschlossen. Er sperrte sie auf und sah hinaus. Der Leibwächter stand sofort stramm. Amüsiert beobachtete Rory die Szene. Die Hände in den Taschen, lehnte er lässig am Fenster. Timothy versperrte die Tür wieder. »Vielleicht willst du mir auch noch ein Kindermädchen halten?« sagte Rory. Er hatte nie so elegant, so lebendig, so frisch und männlich gewirkt.

»Du wirst in diesem Zimmer nicht allein schlafen«, erklärte Timothy. »Ich werde es mit dir teilen.« Rory brach in Lachen aus. Von unten tönte die Melodie von »The Harp That Once Thro' Tara's Halls« herauf. Die Männer nebenan begannen gefühlvoll und sehr laut zu singen. Rory schüttelte mit zunehmender Belustigung den Kopf. Seine Stimmung hatte aus jener namenlosen irischen Melancholie wieder zur Heiterkeit zurückgefunden. »Hol mir was zu trinken, Tim, aber laß keinen von diesen Schreihälsen herein. Ich muß mir erst einen hinter die Binde gießen. Einem Politiker mit durstiger Kehle ist nicht zu trauen.«

Schweigend öffnete Timothy eine Seitentür, und schon flutete breites Gelächter, heiseres Geschrei und krächzender Gesang ins Zimmer. Durch eine Wolke von Rauch sah Rory einen wirren Haufen schwitzender Männer, die, Gläser schwenkend und dicke Zigarren rauchend, herumstanden und -liefen, und es wollte ihm scheinen, als hätten sie alle die gleiche feiste Gestalt und das gleiche rote Gesicht mit hervortretenden Augen. Diese Männer waren es, die Bezirksvorsteher, die Lokalpolitiker, die Gemeinderäte, die begehrlichen Spitzbuben, die darüber entschieden, wer nominiert wurde und wer nicht. Sie waren es, und nicht die hohen Tiere, Parteivorsitzende und Funktionäre. Daran änderten all ihr feines Getue, ihr weltmännisches Lächeln und ihre Intrigen nichts.

Und warum nicht? dachte Rory, mit sich und der Welt zufrieden. Demokratie in Funktion. Hoch die Demokratie! Sie mag hin und wieder zum Himmel stinken, aber sie ist das Beste, was wir haben, und wird es immer sein. Jemand klopfte an die Gangtür, und Rory tat ein paar Schritte auf sie zu. Er hätte sie aufgesperrt und geöffnet, wenn nicht Timothy eben den großen, sonnigen, kostbar eingerichteten Raum betreten hätte. Timothy brüllte ihn an, und Rory blieb mit der Hand auf der Klinke stehen.

Timothy stellte den Whisky, das Sodawasser und die Gläser ab und holte tief Atem. »Verdammt noch mal, Rory«, sagte er dann zornig, »bist du von allen guten Geistern verlassen? Glaubst du vielleicht, dein

Vater bildet sich alles nur ein, und du bist nicht in Gefahr?« Sein Gesicht war bleich.

Er ging an die Tür, stieß Rory zur Seite und schob ihn an die Wand. Er war sehr kräftig, obwohl Rory ihn um einen Kopf überragte. »Wer ist da?« rief er durch die geschlossene Tür.

»Ich bin es, Malone«, antwortete einer der Leibwächter. »Jemand hat eine Karte für den Senator heraufgeschickt, Mr. Dineen. Soll ich sie unter der Tür durchschieben?« Timothy warf Rory einen erzürnten Blick zu, denn Rory hatte wieder zu lachen begonnen. »Ja!« rief Timothy. Ein schmaler Umschlag erschien unter der Tür, und Timothy bückte sich brummend, um ihn aufzuheben. In dem Umschlag steckte eine cremefarbene, fein gravierte Visitenkarte. »General Curtis Clayton, Armee der Vereinigten Staaten«, las Timothy. Auf der Rückseite stand mit steilen, regelmäßigen Buchstaben geschrieben: »Ich bitte Senator Armagh um einige Minuten seiner Zeit. Dringend.«

Rory nahm Timothy die Karte aus der Hand und las laut vor. »Der General höchstpersönlich«, sagte er. »Was mag er wollen? Sogar der Präsident fürchtet sich vor dem alten Säbelrassler.«

»Würdest du ihn erkennen, wenn du ihn siehst, Rory?«

»Natürlich. Wir haben an den gleichen Empfängen teilgenommen, aber nie miteinander gesprochen. Ich nehme an, er hat in mir nur den kleinen Jungen gesehen, der den Senator spielt. Aber Claudia hat ihm sehr gefallen. Laß ihn heraufkommen.«

Timothy hängte die Türkette aus und öffnete vorsichtig. »Der Senator wird General Clayton empfangen — auf ein paar Minuten«, sagte er zu den Leibwächtern. Er nickte dem Boy zu, der die bewaffneten Männer sichtlich eingeschüchtert anstarrte.

»Der Senator wird General Clayton gnädigst eine Audienz gewähren — auf ein paar Minuten«, spöttelte Rory. »Tim, das ist — nach dem Präsidenten — der mächtigste Mann in ganz Washington. Wenn er furzt, werden die Hörner geblasen und die Trommeln gerührt, die Armee steht stramm, die Zivilisten verstecken sich unter den Tischen, und die Flaggen werden gehißt. Sogar der alte Teddy Bär geht in Dekkung, was er nicht einmal vor einem angreifenden Elefanten tun würde. Das Kabinett zittert, wenn er kommt. Der Mann ist eine Wucht, Tim, eine richtige Wucht. Ein alter Krieger. Und er haßt Zivilisten, insbesondere Senatoren, die über sein Militärbudget beraten. Hast du nie von ihm gehört?«

»Doch. Jetzt erinnere ich mich. Aber wenn er so ein toller Krieger ist, warum hat er dann gegen den Krieg mit Spanien Stellung bezogen?«

Rory knabberte nachdenklich an einem Fingernagel und hob die rötlichen Brauen. »Ach, ja! Das hatte ich vergessen. Teddy nannte ihn praktisch einen Verräter. Aber seit damals hat er Teddy Bär das Fürchten gelehrt. Wie, weiß ich nicht. Aber wer immer das bei Teddy fertigbringt, verdient die Ehrenmedaille des Kongresses für außergewöhnliches Heldentum vor dem Feind.«

Es klopfte wieder. Timothy öffnete, ließ aber die Kette eingehängt. Er winkte Rory zu, der sich nur mit Mühe das Lachen verbeißen konnte. Rory blickte durch den Türspalt. »Oh, Herr General!« rief er aus. »Das ist aber eine Ehre!«

General Clayton, der nicht in Uniform war, trat ein, nachdem Timothy die Kette entfernt hatte. Er beobachtete, wie Timothy sie wieder vorlegte, und äußerte in ernstem Ton: »Eine ausgezeichnete Idee, Sir, eine ausgezeichnete Idee.« Dann wandte er sich Rory zu, ergriff seine Hand und schüttelte sie kurz und militärisch. »Herr Senator«, sagte er.

Obschon in Zivilkleidern, war der General unleugbar ein Mann der Disziplin, Ordnung und Sicherheit. Er war fast so groß wie Rory, aber von kraftvoller, gedrungener Gestalt, und obzwar hoch in den Fünfzigern, ließen ihn Selbstdisziplin und Zurückhaltung viel jünger und rüstiger erscheinen. Sein Gesicht war absolut rechteckig, bis zu der Form seiner Augenhöhlen. Das Haar war kurz geschnitten und bräunlichgrau. Seine Stimme klang tief und kraftvoll. Alles an ihm verriet den Mann von Erziehung.

»Mein Manager, Tim Dineen, General«, stellte Rory vor. »Tim, General Curtis Clayton.«

Timothy und der General schüttelten einander gemessen die Hand. Der General sah Timothy prüfend an. Er akzeptierte Rorys Anerbieten, etwas zu trinken, und beobachtete Rory beim Eingießen. Er kniff nachdenklich die Augen zu, während er den Blick über Rorys Gesicht, den gutgeschnittenen Anzug und den athletischen Körper gleiten ließ. Er hatte sich nicht geirrt, dachte er. Dieser jugendliche Senator war ein Mann, war zum Mann geworden. Der General lächelte und verbeugte sich knapp, als er das Glas aus Rorys Händen entgegennahm. Er setzte sich, und Timothy nahm neben ihm Platz. Eine Atmosphäre des Vertrauens schien zwischen ihnen zu herrschen, eine stille Übereinstimmung. Rory aber balancierte auf der Tischkante, wippte mit einem Bein über dem anderen und zeigte sein sonnigstes Lächeln. Einen Augenblick lang lauschten sie dem zunehmenden Lärm nebenan. »Meine Leute«, sagte Rory. »Alles Politiker. Jeder hört nur auf sein eigenes Geschwätz, nicht auf das der anderen. Es klingt, als ob Stiere hinter einer Kuh her wären. Aber so sind sie nun einmal, General.«

»Ich kenne Politiker sehr gut, zu gut vielleicht«, erwiderte der General. »Zivilkontrolle des Militärs, wie es in der Verfassung heißt, und das ist — im Grunde — ganz ausgezeichnet. Aber jetzt frage ich mich —«

Rory wartete darauf, daß er fortfahre, aber der General schwieg, den Blick auf das Glas in seiner Hand gerichtet. Da fragte Rory: »Was führt Sie nach Boston, Herr General?«

Der General blickte auf. »Sie, Herr Senator.«

Rory hob die Brauen und wandte dem General seine volle Aufmerksamkeit zu. »Ich?«

Der General nippte an seinem Glas. »Solange wir Militärs unter der Kontrolle der Politiker stehen, sind wir wachsam, was Politiker betrifft. Dazu fühlen wir uns verpflichtet. Nun, ich habe einige der Reden gelesen, die Sie, Herr Senator, im ganzen Land gehalten haben. Ich habe sie sehr genau studiert, sehr genau.«

Rorys Miene verschloß sich; Timothy spitzte die Ohren. »Die Reden waren für die Truppen bestimmt, General«, entgegnete Rory, »wie Sie selbst es nennen würden. Verallgemeinerungen. Schöne, vage Versprechungen. Ausfälle gegen Taft und Roosevelt. Streitfragen, Probleme, Andeutungen, Hinweise — kunterbunt gemischt.« Er zuckte die Achseln. »Sie kennen doch Politiker.«

»Ja, ich kenne sie«, antwortete der General. »Ihr seid alle geistreiche Schwindler und erfahrene Lügner. Die Öffentlichkeit will euch gar nicht anders. Aber der Grund, weshalb ich komme, ist, weil ich glaube, daß das Volk Sie zum Präsidenten wählen wird.«

Rory lachte. »Ich wollte, ich wäre auch so sicher, Herr General.«

Der General betrachtete wieder sein Glas. »Ich bin sicher«, sagte er schließlich. »Die Republikanische Partei hat durch Roosevelt eine Spaltung erfahren. Ich weiß nicht, ob beabsichtigt oder nicht. Wenn Ihre Partei Sie nominiert, werden Sie auch gewählt werden.« Er hob die Hand. »Lassen Sie mich zu Ende sprechen. Das liegt nicht nur am Reichtum Ihres Vaters, obwohl der natürlich eine große Rolle spielt. Sie werden gewählt werden, weil die Wähler etwas Neues wollen, etwas Kraftvolleres vielleicht als den durchschnittlichen Politiker, einen jüngeren, attraktiveren, originelleren Mann. Sie sind kein langweiliger Patron, Herr Senator.«

Rory sah belustigt zu Timothy hinüber, aber Timothy hörte dem alten Krieger gespannt zu. »Ich wäre nicht inkognito nach Boston gekommen, wenn ich nicht glauben würde, daß Sie nominiert und wahrscheinlich gewählt werden, Herr Senator. Die Delegierten? Die Lokalpolitiker? Ihr Vater hat sie bereits gekauft. Und so wollen wir vertrauensvoll annehmen, daß man Sie nominieren und wählen wird.«

Rory runzelte leicht die Brauen. »Mir ist ein Gerücht zu Ohren gekommen, wonach der Gouverneur von New Jersey, Woodrow Wilson, mir die Nominierung streitig machen könnte, wenn ich je ernsthaft in Erwägung gezogen werden sollte. Es ist nur ein Gerücht.«

Steinern und ausdruckslos sah der General Rory an. »Es ist kein Gerücht«, sagte er und stellte sein Glas nieder. Alle drei Augenpaare starrten wie magnetisiert auf das Glas. »Aber ich habe das Gefühl, daß Sie das wissen, Herr Senator.«

Rorys Gesicht glättete sich. Er wartete.

»Ich habe aus verschiedenen Zeitungsausschnitten ersehen«, fuhr der General fort, »daß die meisten Zeitungen den sehr bedeutsamen Schlußsatz Ihrer Reden ausgelassen haben. Nur sehr wenige unbedeutende Blätter brachten ihn. Zweifellos halten ihn die Herausgeber in der heutigen Zeit für belanglos. Sie beenden Ihre Reden wie folgt: ›Vor allem aber will ich für den Frieden arbeiten, nicht nur für Amerika, sondern für die ganze Welt.‹«

Der General blickte Rory durchdringend an. »Warum aber sollten Sie in einer Welt, in der bis auf wenige kleinere Scharmützel in fernen Gegenden, in denen es immer Scharmützel gibt, Frieden herrscht, von Frieden sprechen? Sogar auf dem Balkan ist es still. Im Haag wird nicht mehr von Kriegen gesprochen, sondern nur noch von einer künftigen Allianz der Nationen. In Rußland herrscht Friede, Freiheit und Wohlstand unter einem intelligenten Zar und der gewählten Duma. Das britische Reich ist der stabile Mittelpunkt einer wohlgeordneten Welt. Deutschland blüht und gedeiht frei von Vorurteilen, Amerika erholt sich von der Krise des Jahres 1907, kurz, der Frieden wird heute als ein ganz natürlicher und selbstverständlicher Zustand betrachtet. Warum also sprechen Sie ständig von Frieden, da doch von keiner Seite Krieg droht? Nun, Herr Senator?«

Rory und Timothy wechselten rasch einen Blick. Der General merkte es und lehnte sich, erleichtert aufatmend, in seinem Sessel zurück. Rorys Miene war immer noch verschlossen, aber er lächelte freundlich.

»Ja, Herr General, es schadet doch nichts, vom Frieden zu sprechen? Eine hübsche Redewendung, nicht mehr.«

»Ich glaube Ihnen nicht, Herr Senator«, sagte der General bedächtig. »Ich bin mit einer ganz bestimmten Hoffnung hierhergekommen: Ich hoffe, daß Sie etwas wissen, das nur wenigen — und unter diesen auch mir — bekannt ist. Haben Sie je etwas vom Committee for Foreign Studies gehört, Sir?«

Rory konnte nicht ganz verhindern, daß sein Gesichtsausdruck sich veränderte, doch gleich darauf blickte er den General ruhig und gelassen aus offenen blauen Augen an. »Schon möglich, daß ich davon irgendwo gehört habe. Ist das nicht eine private Organisation, die sich mit Fragen der internationalen Wirtschaft, mit Bankwesen, Zollproblemen und dergleichen langweiligen Dingen beschäftigt?«

Der General lächelte wieder. »Und zweifellos haben Sie auch nur ganz am Rande von der Scardo Society gehört, die sich aus selbstproklamierten Intellektuellen und ›Liberalen‹ zusammensetzt?«

Rory zuckte die Achseln. »Mag sein. Politiker hören vieles.« Doch der General lächelte noch immer. Rory spürte einen leichten Schweißausbruch zwischen seinen Schulterblättern. »Ihr Vater gehört sowohl dem Committee for Foreign Studies als auch der Scardo Society an«, bemerkte der General.

»Davon weiß ich nichts, Herr General.« Timothy betrachtete aufmerksam seine Hände.

Der General schloß kurz die Augen. »Spielen wir doch mit offenen Karten, Herr Senator. Ich begegne Ihnen mit aller Aufrichtigkeit. Sie tun das leider nicht. Ich kann nicht noch deutlicher werden. Es ist auch nicht nötig. Sie wissen genau, wovon ich rede. Wir wollen also annehmen, daß wir in bezug auf gewisse Dinge über das gleiche Wissen verfügen. Eine Hypothese, sozusagen.«

Rory nickte. »Eine Hypothese«, bestätigte er. Der General stand auf und begann, im Zimmer umherzugehen. Sein Kopf war gebeugt, so als wäre er allein und hinge seinen eigenen Gedanken nach.

»Es gibt Leute, die glauben, daß Berufssoldaten wie ich nur in Kriegszeiten zum Leben erwachen und aktiv werden und daß wir deshalb jede Art von Kriegen herbeisehnen. Diese Annahme ist irrig. Wir machen keinen Krieg. Die Aufgabe eines Soldaten ist es, sein Land zu verteidigen, wenn er vom Präsidenten der Vereinigten Staaten und vom Kongreß dazu aufgefordert wird, denn nur diesem verleiht die Verfassung das Recht, einen Krieg zu erklären. Ein großes stehendes Heer, so wird jetzt behauptet, fordere Kriege heraus. Das ist eine Lüge, und ich weiß auch, warum und zu welchem Zweck sie in die Welt gesetzt wird. Es sind die Zivilisten, die ihre Regierungen dazu bringen, Kriege zu erklären. Sie organisieren die Munition, kaufen sie und liefern sie. Keine Nation wird heute von einer anderen bedroht. Verstehen Sie mich, meine Herren? Wir leben im zwanzigsten Jahrhundert. In diesem Jahrhundert wird es zu keinem Krieg kommen — außer auf Betreiben von Zivilisten, und nicht nur um Gebiete zu erobern oder neue Märkte zu erschließen.« Er machte eine kleine Pause und fuhr fast schüchtern fort: »Wir Soldaten sind keine großen Redner, Worte fallen uns schwer, und wir sind keine Politiker. Ich möchte es so formulieren: In diesem Jahrhundert werden Kriege nur geführt, um Geist und Seele des Menschen zu beherrschen, um die Menschheit zu entmenschlichen. Es wird ein Krieg mächtiger Zivilisten gegen andere Zivilisten sein.«

Er sah Rory und Timothy an. »Aber das wissen Sie. Cecil Rhodes ist Ihnen ein Begriff. Er ist tot, aber seine und Ruskins Ideen leben weiter und setzen sich immer stärker durch. Sie sind Berufssoldaten wie mir verhaßt.«

Er blieb vor Rory stehen, und seine hellbraunen Augen sprühten. »Kriege werden nicht von einem aggressiven Volk gegen ein anderes ausgefochten werden. Es werden Kriege von Regierungen gegen ihre eigenen Völker sein. Das Ziel heißt Tyrannei.«

Er warf die Hände in die Luft. »Wenn ich nicht glaubte, daß Sie, meine Herren, das bereits wissen, wäre ich jetzt nicht hier.« Er wartete auf eine Erwiderung, aber Rory und Timothy wandten nachdenklich das Gesicht ab. »Ich war ein Schüler von Rhodes«, sagte der General. Dann ließ er sich wie erschöpft in einen Stuhl sinken.

Rory und Timothy wußten, wie enorm reich der englische Fabier und Sozialist Cecil Rhodes war. Sie wußten, daß seine weltweit verbreiteten Ideen so verblaßt waren wie abgenützte Steine, so alt wie Staub und so hoffnungslos wie der Tod für die Menschheit. Aber moderne politische Studenten und viele Politiker betrachteten sie als »neu, aufregend, fortschrittlich, dynamisch und vor allem als barmherzig«. Und die hirnlosen Massen lauschten ihnen wie auserwählten Propheten.

»Sie werden es jetzt natürlich kaum glauben«, erzählte der General, »aber ich war damals ein eifriger Schüler. Aber ein Jahr in England genügte mir. Ich kehrte zurück und ging an die Militärakademie in West Point. Dort lernte ich, mein Land gegen die Männer zu verteidigen, die mich als Stipendiaten in England unterrichtet hatten.«

Rory und Timothy starrten ihn an, blieben aber immer noch stumm.

»Ob Sie es nun wissen oder nicht«, fuhr der General fort, »aber in wenigen Jahren, vielleicht 1917, 1918 oder 1920, oder noch früher wird man die Waffen gegen die Menschheit erheben. Wir müssen versuchen, unserem Volk beizubringen, daß das das höchste Ziel ist, das sich die Geldmacht der Welt gesetzt hat, denn nur Amerika allein steht diesen ehrgeizigen Männern im Wege. Denn das ist es, worum es geht: Militärmacht gegen Geld. Das sind die wahren Gegner. Einen anderen gibt es nicht.«

Der General stand auf und blieb vor den schweigenden Männern stehen. »Ihre Freunde in den Nebenzimmern rufen ungeduldig nach Ihnen, Herr Senator«, sagte er. »Sie wissen jetzt, warum ich heute gekommen bin. Ich hoffe, Sie werden unser Land vor Krieg bewahren, vielleicht sogar auch andere Kriege verhindern. Eine auf Stärke begründete Diplomatie und die Entschlossenheit, diese Stärke zur Verhinderung von Kriegen einzusetzen: das allein müßte genügen. Sobald Sie nominiert sind, können Sie unserem Volk die Wahrheit sagen.«

»Du lieber Gott, nein!« rief Timothy aus. »Das könnte sich verhängnisvoll auswirken, Herr General! Schon jetzt mißtraut — man — Rory. Warum, weiß ich nicht. Er ist nachgiebig genug gewesen. Seine Nominierung, behaupten sie, erscheine ihnen nur wegen seiner Abstammung und seines Glaubensbekenntnisses ›zweifelhaft‹. Sie und ich, wir wissen, was ein Staatsstreich ist. Rory muß warten, bis er Präsident ist, und selbst dann wird er sich in höchster Gefahr befinden — und auch das wissen Sie.«

»Ein Soldat ist immer in Gefahr«, versetzte der General, »und das gleiche gilt auch für einen Mann, der darauf besteht, die Wahrheit zu sagen.« Er streckte Rory die Hand hin und plötzlich erhellte ein warmes Lächeln seine Züge. »Iren sind selten Verräter, wenn überhaupt. Sie wissen auch, daß nur der Starke den Frieden erhalten kann.«

»Schon, schon«, gab Timothy zu, »aber Rory muß erst von der Partei nominiert werden, wissen Sie, und das gegen eine sehr gefährliche Opposition.«

»Er wird nominiert werden«, sagte der General. »Und darum müssen Sie äußerst vorsichtig sein —« Er zögerte. »Würden Sie eine Abteilung meiner Leute in Zivil zusätzlich zu Ihren eigenen brauchen können?«

»Ja«, fiel Timothy sofort ein. Aber Rory lachte. »Nein«, sagte er, »das ist lächerlich. Hier bin ich — das Volk soll mich im ganzen Land sehen und kennenlernen. Ich habe deutlich genug zum Ausdruck gebracht, daß ich im nächsten Jahr zum Präsidenten gewählt werden möchte, aber ich habe noch nicht einmal die Vorwahlen hinter mir. Doch wie dem auch sei, ich danke Ihnen, Herr General.«

Der General blickte ihn hart und lange an. Was war das doch für ein prächtiger junger Mann, dachte er. Welche Erscheinung, welches Auftreten! Dieser letzte Anblick Rorys sollte ihn den Rest seines Lebens begleiten.

Als der General gegangen war, wurde Rorys sonniges Gesicht plötzlich hart wie das seines Vaters. »Unten warten Reporter aus New York und anderen Städten«, sagte er. »Bring sie herauf, Tim. Sie sollen ein wenig von der Wahrheit erfahren.«

Sekundenlang war Timothy wie betäubt. »Bist du verrückt?« fragte er.

»Wie die Dinge liegen«, erwiderte Rory, »habe ich nicht das Gefühl, daß ich nominiert werde, geschweige denn Präsident, und so muß ich etwas von der Wahrheit jetzt — heute — sagen, bevor es zu spät ist. Geh, Tim, bring sie herauf. Ich meine das ganz im Ernst.«

Später fragte sich Timothy, ob dieses Interview mit der Presse vielleicht etwas mit dem zu tun hatte, was an diesem Abend geschah.

XXI

Erst um fünf Uhr konnte Rory mit einem verzweifeltes Schweigen bewahrenden Timothy in sein Schlafzimmer zurückkehren. »Schimpf nicht mit mir, Tim«, bat er. »Ich bin zu müde und muß heute abend noch eine lange Rede halten — wie du ja wohl weißt.«

Nach einer von hirnverbrannten Fragen, kaum unterdrückter Entrüstung und ungläubiger Erregung gekennzeichneten Pressekonferenz waren die ungestümen, spöttischen, skeptischen, naserümpfenden Zeitungsleute endlich abgezogen. »Krieg?« hatte einer von ihnen, mit beiden Armen in der Luft herumfuchtelnd, gerufen. »Gegen wen denn? Warum? Ist das Ihr Ernst, Herr Senator?«

»Das habe ich Ihnen doch bereits erklärt, und mehr als einmal«, hatte Rory erwidert. Der Glanz seiner Persönlichkeit war in den letzten zwei Stunden matter geworden, und er hatte nicht ein einziges Mal gescherzt, wie es sonst seine Gewohnheit war. Er sah viel älter aus. Es war ihm unmöglich gewesen, sich hinzusetzen; er war die ganze Zeit in beherrschter Erregung auf und ab gegangen. »Ich habe Ihnen gesagt, daß man sich noch für keinen ›Feind‹ entschieden hat, aber ich nehme an, daß es Deutschland sein wird. Da man mir mißtraut, hat man mich diesbezüglich nicht eingeweiht. Aber vielleicht fragen Sie selbst beim Committee for Foreign Studies an.«

»Aber das ist doch eine private Organisation, die nur aus Geschäftsleuten, Finanziers, Studenten der Politik und politischen Wissenschaftlern besteht! Aus Amerikanern, wohlgemerkt! Die überhaupt keinen politischen Einfluß haben —«

»Vielleicht werden Sie noch einmal die bittere Erfahrung machen, daß diese Herren sehr wohl politischen Einfluß haben«, fiel Rory dem Sprecher ins Wort.

»Sir«, fragte ein anderer Reporter, seinen Kollegen schlau zuzwinkernd, »wollen Sie den Wählern nicht vielleicht nur Sand in die Augen streuen? Aus Kreisen Ihrer Partei verlautet, man würde höheren Orts Mr. Woodrow Wilson, den Gouverneur von New Jersey, Ihnen vorziehen. Zumindest heißt es so. Soll das nun ein kleiner persönlicher Racheakt sein, oder wollen Sie die Delegierten beeinflussen, damit sie bei den Vorwahlen für Sie und nicht für Mr. Wilson stimmen?«

Rory empfand jene verzweifelte Ohnmacht, wie sie Männer befällt, die sich bemühen, ihr Volk von der Wahrheit zu überzeugen, und schließlich erkennen müssen, daß die Wahrheit etwas ist, das nie geglaubt wird. Es war eine hoffnungslose Ohnmacht, wie er sie nie zuvor erfahren hatte und die ihn zutiefst erschütterte. Er hatte Skepsis erwartet, vielleicht auch Staunen und Verwunderung, aber die schiefen Blicke, das wissende Grinsen, das Kopfschütteln, die boshaften Anspielungen, machten seine Hoffnungen zunichte. »Sie erwarten doch nicht von uns, daß wir das veröffentlichen, Herr Senator?« fragte ein junger Mann, der sich anscheinend zum Sprecher der anderen aufgeworfen hatte.

»Ich hatte gehofft, Sie würden mich ernst nehmen, denn ich habe Ihnen die Wahrheit gesagt«, erwiderte Rory. »Ich weiß, daß nichts so unglaublich klingt wie die Wahrheit. Es ist seltsam — aber ich habe das Gefühl, daß einige von Ihnen — vielleicht nur zwei oder drei — wissen, daß ich die Wahrheit spreche, und nun sind Sie es, die das, was ich sagte, mit dem lautesten Lachen, mit der größten Verachtung zu quittieren scheinen. Ich weiß nicht, wer Sie sind, aber Sie wissen es. Meine Herren, das ist alles.«

Dann stand Timothy auf. Er war leichenblaß. »Der Senator wird heute abend im Ballsaal dieses Hotels noch ausführlicher darüber sprechen«, sagte er. »Wir haben Sie zu dieser Pressekonferenz eingeladen, damit Sie Ihre Berichte noch in den Morgenzeitungen unterbringen können. Der Senator wird, was er Ihnen gesagt hat, heute abend wiederholen und vielleicht näher darauf eingehen. Das ist alles. Bitte, entschuldigen Sie uns, der Senator ist sehr müde. Er hat eine anstrengende Reise durch das ganze Land hinter sich. Er hat vor Zehntausenden unserer Mitbürger gesprochen. Er braucht etwas Ruhe vor seiner Rede.«

Sie erhoben sich nur zögernd, als Rory sich zum Gehen wandte. Kein einziger applaudierte, und nur wenige verabschiedeten sich mit einem Kopfnicken. »Was hat er bloß mit dem Sozialismus?« raunte ein Reporter den anderen zu. »›Versklavung!‹ ›Intrigen!‹ ›Internationale Bankiers!‹ ›Weltweite Verschwörung!‹ Bis jetzt habe ich die Armaghs für recht vernünftige Leute gehalten. Na ja, das viele Geld ist ihnen wohl zu Kopf gestiegen!« Der Neid zischte giftig über seine Lippen. »Der Senator hat einen Dachschaden abbekommen.«

»Krieg!« lachte ein anderer. »Könnt ihr euch das vorstellen, daß Amerikaner darüber beratschlagen, wie sie einen Krieg in Europa anzetteln sollen? Du lieber Himmel! ›Um den sozialistischen Kommunismus zu fördern‹, sagt er. Wen interessiert denn schon Karl Marx? Der liebe Senator hat sie nicht alle! Krieg! Hat Gouverneur Wilson nicht erst vorige Woche versichert, daß ein Zeitalter des Wohlstands, des Friedens und des Fortschritts angebrochen ist? Den Mann würde ich wählen!«

»Ich auch«, meinte ein anderer. »Wird einer von euch diesen Unsinn drucken lassen?«

»Ich nicht«, antwortete ein Dritter. »Mein Chef würde mich fragen, ob ich zuviel getrunken hätte, und mich dann an die Luft setzen. Na ja, hören wir uns das heute abend an, wenn ihr es noch durchstehen könnt. Krieg! Er ist nicht bei Trost!«

Zwei oder drei lächelten nur, sahen sich aber bedeutungsvoll an. »›Der goldene Junge‹«, murmelte einer. »Er kann sich schon jetzt in den Armaghschen Multimillionen begraben lassen. Über die Nominierung kann er das Kreuz machen. Der hat ausgespielt — zumindest bei normal denkenden Menschen.«

»Cecil Rhodes. Jedes Kind weiß doch, was für ein Philanthrop das war, wie human und großzügig —«

»Lächerlich. Krieg! Dabei hat er sich nicht einmal klar ausgedrückt. Manche Politiker versuchen eben alles, nur um gewählt zu werden, aber das war das Tollste, was ich je gehört habe. Sein Vater sollte einen Irrenarzt rufen und sein Söhnchen in einer Anstalt unterbringen lassen.«

Sie marschierten zusammen hinaus und sangen lachend: »Krieg, Krieg, Krieg! Zu den Waffen!«

Rory kleidete sich aus. Schweigend und niedergeschlagen saß Timothy am Fenster. Was hatte den sonst so vorsichtigen und bedächtigen Rory plötzlich gepackt? Warum hatte er nicht wenigstens bis zu den Vorwahlen gewartet?

Er fand keine Lösung. Er wandte den Kopf und sah Rory zu, wie er ins Nachthemd schlüpfte. »Warum hast du nicht wenigstens bis zu den Vorwahlen gewartet?« fragte er ihn.

»Weil ich glaube, daß ich nicht einmal die Vorwahlen schaffen werde«, antwortete Rory durch die dämpfende Seide hindurch.

Das Telephon läutete und Timothy ging fluchend an den Apparat. Er hatte den Auftrag gegeben, daß der Senator nicht gestört werden sollte, und doch läutete das verdammte Telephon. »Wer ist da?« brüllte Timothy. »Nie von ihr gehört. Sagen Sie ihr, sie soll uns in Ruhe lassen, Herrgott noch mal! Was, sie besteht darauf? Eine alte Freundin des Senators? Verdammt, wie heißt sie denn, ich werde mich bei der Direktion über diese Zudringlichkeit beschweren!«

Rory saß auf seinem Bett und zog die Pantoffeln aus. Timothy sah ihn mit so zornfunkelnden Augen an, wie sie zu dieser ›Zudringlichkeit‹ in keinem Verhältnis stand. »Irgendein verdammtes Frauenzimmer will mit dir sprechen, Rory. Sie ist nicht abzubringen. Der Empfangschef sagt, sie entstammt einer alten angesehenen Bostoner Familie. Er kennt die Familie und möchte sie nicht vor den Kopf stoßen. Sie ist am Telephon. Also? Soll ich sie zum Teufel schicken?«

Maggie, dachte Rory sofort, und sein verstörtes Gesicht nahm plötzlich Farbe an. Ein Zittern lief durch seinen Körper. Maggie!

»Ein Frauenzimmer, mit dem du vermutlich einmal geschlafen hast«, sagte Timothy zornig. Er kam über diese teuflische Pressekonferenz nicht hinweg und ließ seine Wut an Rory aus. »Vielleicht hat sie ein uneheliches Kind bei sich, mit dem sie dich drankriegen will. Das gibt eine gute Zeitungsreklame.«

Maggie, dachte Rory, sprang auf und ergriff den Telephonhörer. Er bewegte sich wie im Traum und sah Timothy gar nicht an. Einen Augenblick brachte er kein Wort hervor. Dann flüsterte er: »Maggie?«

»Oh, Rory«, meldete sie sich mit Tränen in der Stimme. »Oh, Rory!«

»Maggie«, sagte er. Der Hörer in seiner Hand war feucht geworden. Ihre Stimme hatte sich in all den Jahren nicht verändert. Und die Jahre schmolzen dahin. »Wo bist du, Maggie?«

»Zu Hause, Rory. Ich weiß nicht, warum ich dich anrufe, aber ich mußte es tun.«

Timothy traute seinen Augen nicht. Rorys von Erschöpfung gezeichnetes Gesicht leuchtete. Ein Junge stand vor ihm, außer sich vor Freude, lächelnd, verwandelt. Er hielt den Hörer in beiden Händen, so als hielte er die Hand einer geliebten Frau. »Maggie, Maggie«, stammelte er. »Warum hast du mich verlassen, Maggie, mein Liebstes?«

»Ich mußte es tun, Rory. Ich bin immer noch deine Frau. Deine Frau, Rory. Es macht mir nichts aus, daß du wieder geheiratet hast. Du bist mein Mann. Ich bin dir treu geblieben. Ich habe dich immer geliebt.« Ihre Stimme brach, und er hörte sie schluchzen.

»Dein Vater hat uns getrennt, Maggie. Er war es, der —«

Sie unterbrach ihn heftig. »Nein, Rory! Es ist an der Zeit, daß du die Wahrheit erfährst. Es ist mir gleich, was jetzt geschieht. Papa und Tante Emma sind tot. Ich bin ganz allein — deine Frau, Rory. Dein Vater ist schuld an allem. Er hat uns bedroht, Papa und mich — und dich, Rory. Ich habe es für dich getan. Er würde dich zugrunde gerichtet, dich hinausgeworfen haben. Dein eigener Vater. Wir wußten, daß er es ernst meinte. Darum habe ich es getan, deinetwegen mehr als wegen Papa und mir.«

Er schwieg eine Weile wie betäubt. »Rory?« fragte Marjorie. »Bist du noch da, Rory?«

»Ja«, antwortete er und seine Stimme klang ganz sonderbar. Er starrte die Wand an, die hellblauen Augen weit offen und auf einen Punkt gerichtet, das Gesicht schlaff. Nichts an seinem Gesichtsausdruck verriet etwas, aber Timothy, der ihn genau beobachtete, fühlte, daß er in ein gefährliches, unversöhnliches Gesicht blickte, in eine furchterregende Maske.

»Glaube mir, Rory, ich habe dich nie angelogen, außer in jenem letzten Brief.« Marjorie weinte. »Ich mußte es tun, für dich, mein Liebster.«

»Warum hast du mir das nicht früher gesagt, Maggie?«

»Das konnte ich nicht. Nicht solange Papa und Tante Emma lebten. Papa starb vor einem Monat. Vielleicht hätte ich dir das alles nicht erzählen sollen. Was hat es denn noch für einen Sinn? Aber ich las, daß du hier bist, ich sah dein Bild in den Zeitungen. Oh, Rory, ich muß verrückt sein, es dir zu sagen. Aber ich konnte mich nicht beherrschen, ich mußte noch ein letztes Mal deine Stimme hören, Rory. Es wird mir wohl für den Rest meines Lebens genügen müssen. Oh, Rory!«

Rory schüttelte sich wie jemand, der graue Jahre von sich abwerfen möchte wie welkes Gras und sich neugeboren aus allem erheben möchte wie nach einem langen finsteren Traum.

»Nein, Maggie«, sagte er, »nicht zum letztenmal. Maggie, ich muß heute abend hier eine Rede halten —«

»Ich weiß, Liebster. Ich werde kommen, um dich zu hören. Ich hätte mich damit zufriedengeben und dich jetzt nicht belästigen sollen — um diese späte Zeit, Rory.«

»Komm nachher in mein Zimmer herauf, Maggie.« Er stockte. »Willst du das tun, Maggie?«

Um Himmels willen, dachte Timothy, der über den Teil des Gespräches, den er hörte, nicht wenig erstaunt war. Eine Schlampe anscheinend. Rory fand Geschmack an solchen Frauen. Doch war jetzt nicht der richtige Augenblick, um sich vor aller Welt mit Huren zu zeigen. Das mußte ja ein tolles Weib sein, wenn sie den erfahrenen Rory so aus der Fassung bringen konnte. Er zitterte ja förmlich. »Rory, um Himmels willen, nicht heute!« sagte er. »Du bist in Boston, Rory!«

Rory drehte sich um und sah ihn an. »Ich spreche mit meiner Frau«, fuhr er ihn an, und seine Stimme klang gleichermaßen beschwingt und ungeduldig. »Halt den Mund!«

Timothy, der sich halb erhoben hatte, sank mit dröhnendem Kopf in seinen Sessel zurück. Seine Frau! Wilde Vorstellungen von Bigamie, Wahnsinn, Polygamie, Erpressung, von einem drohenden Skandal und einer Brut unbekannter Bälger stürmten auf Timothy ein. Die Presse! Er griff sich an den Kopf und stöhnte.

Rory gab ihr die Nummer seines Appartements. Seine Stimme klang jetzt wie die eines Jungen, der mit seiner ersten Liebe spricht, überschwenglich, glückselig und erregt. Sein Gesicht war das eines Liebenden. Seine Müdigkeit war vergessen. Er beugte sich über den Telephonapparat, als wollte er ihn küssen, verschlingen. Seine Augen waren tiefblau und leuchteten und funkelten. Er glühte, er strahlte vor Freude. »Bis heute abend, mein Liebling«, stammelte er, »meine Maggie!«

Langsam, zögernd, bis zum letzten Moment noch in die Stille lauschend, legte er den Hörer auf. Er wandte sich Timothy zu. Er versuchte zu sprechen, setzte sich dann auf das Bett, umschloß mit den Händen die Knie und starrte zu Boden. In seiner Kehle arbeitete es. »Das war Maggie, meine Frau«, sagte er. Dann veränderte sich sein Gesicht, wurde wütend und böse. »Dieser Hurensohn. Mein Vater!«

Dann begann er, dem entgeisterten Timothy alles zu erzählen. Er sprach mit unnatürlicher Ruhe, aber Timothy spürte die Wut und den Haß, der hinter seinen monotonen Worten loderte. »Die vielen Jahre«, sagte er mit schmerzlicher Gleichgültigkeit, »die vielen vergeudeten Jahre. Ich habe ja gar nicht richtig gelebt. Er hat mir das angetan, und ich glaubte immer, er hätte — er empfinde etwas für mich. Mir das anzutun! Er mußte wissen, was es für mich bedeutete, aber das war ihm völlig gleich. Ich könnte ihn umbringen. Und vielleicht tu ich's auch noch.« Wieder veränderte sich sein Ausdruck, und nun sprachen tiefes Leid und Verzweiflung und ungläubiges Staunen aus seinen Zügen.

»Augenblick mal, Rory«, warf Timothy ein. Er schwitzte, von seinen eigenen Gefühlen übermannt. »Ich kenne deinen Vater jetzt schon viele Jahre. Du warst noch ein Kind, als ... Wenn er das getan hat, hat er es für dich getan. Ein nettes Bostoner Mädchen, das entsprach eben nicht den ehrgeizigen Zielen, die er für dich verfolgte. Du brauchtest eine — eine bedeutende Frau, etwas Spektakuläres — obwohl ich dieses Wort nicht mag. Eine Frau, die bekannt war, eine Frau zum Drauf-stolz-Sein, wie dein Vater es ausdrücken würde, perfekt für einen Mann in deiner Position. Und das ist Claudia — die perfekte Frau für einen Politiker. Bitte, Rory. Du bist doch ein Mann und kein Junge in den ersten Jahren der Pubertät. Du mußt begreifen, daß dein Vater alles nur für dich getan hat.«

»Für mich? Wozu?«

Timothy versuchte ein schwächliches Lächeln. »Du weißt doch, was Kipling über die Frauen sagt. Eine Frau ist nur eine Frau. Aber du bist ein Mann, der Zukunft hat. Dein Vater wußte das. Sei gerecht gegen ihn. Ich weiß, es hat weh getan — damals. Aber du bist doch kein Kind mehr. Du mußt realistisch denken. Wenn die junge Dame dazu bereit ist, schön, tob dich heute nacht mit ihr aus, obwohl ich bei Gott nicht weiß, wie ich das organisieren soll, ohne einen Skandal heraufzubeschwören. Sie ist doch auch kein Kind mehr. Wie alt ist sie? Dreiunddreißig, vierunddreißig? Sie hätte vernünftiger sein können. Dich anzurufen! Einen verheirateten Mann mit vier Kindern! Eine Frau ihres Alters, älter als Claudia!«

»Meine Frau«, betonte Rory. »Ich habe in allen diesen Jahren nie eine andere gehabt. Ich habe die schlimmste Art von Bigamie begangen, als ich Claudia heiratete.«

»Die dir ergeben ist«, sagte Timothy, der sein Mitgefühl nicht verbergen konnte.

»Claudia liebt nur ihr Bild im Spiegel«, entgegnete Rory und verbannte so Claudia aus seinen Gedanken. »Laß Maggie heute abend herein, Tim. Sie ist das einzige, was ich habe. Ich meine das ernst.«

Er warf sich aufs Bett und wälzte sich unruhig herum, so als ob die Gedanken, die ihn bewegten, zu stürmisch wären, um ihn Schlaf finden zu lassen. »Wenn ich heimkomme, werde ich mir meinen lieben Papa vornehmen«, sagte er. »Von Claudia lasse ich mich scheiden. Ich heirate Maggie zum zweitenmal, und zum Teufel mit dem ganzen Pack! Zum zweitenmal? Ich war doch immer nur mit ihr verheiratet, mit meiner Maggie, meinem Liebling!«

»Du lieber Himmel!« rief Timothy und warf die Hände in die Luft. »Jahrelang haben wir geplant, und jetzt so was! Denk doch nur einen Moment mal an deine Zukunft, Rory, nur einen Moment mal!« War denn das möglich, daß ein Mann sein ganzes Leben für eine Frau opferte — für eine Frau? Unglaublich. Ein Alptraum.

»Daran denke ich die ganze Zeit«, antwortete Rory lächelnd, drehte sich auf die Seite und schlief ein — wie ein Kind, das sich den ganzen Tag lang müde gelaufen hat.

Von tiefer Hoffnungslosigkeit erfüllt, betrachtete Timothy den Schlafenden. Nicht genug damit, daß sich Rory bei der nachmittägigen Pressekonferenz gefährlich weit vorgewagt hatte und abends vermutlich seine Enthüllungen fortsetzen würde, obwohl ihm sogar der General zur Mäßigung geraten hatte. Jetzt hatte er sich auch noch in eine unmögliche und skandalträchtige Situation hineinmanövriert. Zweifelsohne würde diese Frau hinterrücks mit den Reportern reden und albern grinsend von Rory als ihrem »Gemahl« sprechen. Ach, du Schreck! Ohne auch nur einen Gedanken an Rorys Zukunft zu verschwenden, würde sie nur daran interessiert sein, im Scheinwerferlicht der Öffentlichkeit zu stehen. Vor seinem geistigen Auge sah Timothy schon, wie sie, obzwar von brennendem Ehrgeiz besessen, sich Mühe gab, bescheiden und unauffällig aufzutreten, den Journalisten Augen machte, sich mit der Zunge die Lippen befeuchtete und verführerisch mit dem Hinterteil wackelte. Sie würde gekonnt mit den Wimpern klimpern und sich an Rorys Arm hängen — und alles würde im Eimer sein. Die Rory schon jetzt übel gesinnte Presse würde Grund zum Feiern haben.

»Du lieber Himmel!« stöhnte Timothy. Es gab nichts mehr zu retten. Er sah die fetten schwarzen Schlagzeilen auf den Titelseiten der Zeitungen. Er hörte, wie erstaunte Ausrufe und empörtes Gebrüll im ganzen Land widerhallten. Das Committee for Foreign Studies würde zufrieden sein.

Ein Gedanke schoß Timothy durch den Kopf. Es war durchaus möglich, daß man diese ehrgeizige Null dafür gewonnen hatte, Rory Daniel Armagh — gegen hohe Bezahlung — so etwas anzutun. Timothy versuchte Joseph telephonisch zu erreichen. Er war nicht in Green Hills. Er war nicht in Philadelphia. Wo, zum Teufel, steckt er? fragte sich der in Schweiß gebadete, verzweifelte Timothy. Wo steckt er? Niemand wußte es. Der Apfel fällt nicht weit vom Stamm, stellte Timothy verbittert fest. Wahrscheinlich mit irgendeiner Schlampe in einem verschwiegenen Hotel — und das gerade heute. Timothy schämte sich, als er jetzt das kindliche Verlangen empfand, seinen Tränen freien Lauf zu lassen. Er hatte praktisch sein Leben lang den Armaghs gedient, und der Schmerz, der ihn jetzt packte, galt ihnen, nicht sich.

»Die Harfe, die einst in Taras Hallen erklang«, spielte eine Kapelle irgendwo weit weg, und plötzlich klang es wie ein Grabgesang, Ausdruck jahrhundertealter Trauer. Warum haben wir Iren uns gerade dieses Lied ausgesucht? fragte sich Timothy, wischte sich zornig die Tränen aus den Augen und fluchte. Jetzt fehlt nur noch, daß ich die Todesfeen höre, wie sie das Ende aller Hoffnungen für die Armaghs — und eines Mannes Ende — bejammerten. Er dachte an Joseph Armagh. Dann kamen die bitteren heißen Tränen eines Trauernden.

XXII

»Tim«, sagte Rory, während er sich ankleidete, und warf ihm einen zugleich tröstenden und mahnenden Blick zu, »nimm's nicht so schwer! Es ist noch gar nichts verloren, weißt du? Es kommt alles, wie es kommen muß.«

»Sei nicht so ein Fatalist.«

»Ich gehöre einer fatalistischen Rasse an. Na, komm schon, Tim. Kopf hoch! Du bist doch Ire, oder? Vielleicht wird das, was ich heute abend in der Großkundgebung sagen werde — wie heißt das so schön? — die Welt aufhorchen lassen. Trink einen Schluck, Tim. Kann sein, daß ich damit die Nominierung schaffe. Ich will auch einen Schluck.«

»Du hast schon genug gehabt. Los jetzt, es ist halb acht. Gehen wir hinunter.«

Noch nie hatte er Rory so zuversichtlich, so lebhaft, so interessiert, so siegessicher gesehen. Er schien ihm sogar breiter und größer als sonst, so als ob sich eine unbekannte Kraft in ihm regen würde. Seine Augen glitzerten. Er summte vor sich hin, während er seine Krawatte zurechtzupfte und in die Ärmel seiner Jacke schlüpfte. Er hatte sein Haar gebürstet, bis es wie ein rotgoldener Helm leuchtete. Angesichts dieser strahlenden Jugend und seiner romantischen Veranlagung faßte Timothy nun doch wieder ein wenig Hoffnung. Zu schade, daß Frauen nicht wählen konnten. Verrückt würden sie nach Rory Armagh sein, hirnlos verrückt. Diese Mannweiber von Suffragetten schworen, daß die Männer nur mit ihren Bäuchen dachten. Die Frauen aber dachten mit ihren Zeugungsorganen, und Rory war der erotische Traum aller weiblichen Wesen. »Zum erstenmal«, sagte Rory, während sie, von sechs Leibwächtern begleitet, zu den Aufzügen gingen, »zum erstenmal habe ich das Gefühl, das echte Gefühl, daß ich die Nominierung schaffen werde. Die Macht, heißt es, geht vom Volk aus. Ich habe Vertrauen in das amerikanische Volk und seinen gesunden Menschenverstand.«

Ich nicht, dachte Timothy. Man konnte nur hoffen. Er blinzelte im grellen Schein des Blitzlichts, als die bei den Aufzügen wartenden Photographen ihre Aufnahmen von Rory machten. Rory lächelte und winkte und bezauberte sogar die abgebrühten, mißlaunigen Zeitungsleute.

Die riesige Halle unten war vollgestopft mit Köpfen, und nur mit Köpfen, wie es Timothy schien, denn die Menge der Schulter an Schulter stehenden Menschen machte es unmöglich, ihre Körper und Beine zu erkennen. Wortlose Sätze ausspeiend, in ständiger Bewegung, verschmolzen die Köpfe zu wirbelnden Strudeln, stauten sich zu wallenden Fluten und ergossen sich sogleich wieder in Sturzbäche und reißende Flüsse und Ströme, wurden zu brodelnden Klumpen und, sich stetig zerteilend, zu noch größeren Klumpen, noch stürmischeren Strudeln, noch reißenderen Strömen. Hunderte von Köpfen waren es; graue, rote, braune, schwarze, blonde, die sich miteinander vermengten, auseinanderstoben, im Kreise drehten, verschwanden und wieder auftauchten. Es herrschte ein betäubender Lärm, ein Geschrei und Gebrüll, wie es sonst nur in einem aus den Fugen geratenen Tiergarten zu hören war. Und über dem ganzen Tohuwabohu hing eine einzige fette, dichte Rauchwolke.

Die Seitenpfeiler der riesigen Hotelhalle waren aus Walnuß oder Mahagoni, die Wände mit goldenem Damast ausgeschlagen, und die vielen glitzernden Kronleuchter schwangen wie in einem tropischen Wind, denn es war heiß hier im Saal und roch nach Zigarrenrauch, Schweiß und Haarpomade. Es waren nur wenige Frauen anwesend, die sich schutzsuchend an die Wände drängten und hin und wieder von ihren Ehegesponsen besucht wurden, die sich jedoch alsbald wieder in das Gedränge stürzten, das den größten Teil der Halle ausfüllte. Durch die offenen Türen an beiden Enden des Saales ergossen sich immer neue Menschenströme, die alle begierig waren, die schon vorhandene brüllende Menge noch zu vergrößern. Viele trugen Banner und Transparente. Man sah eine große Anzahl weißer Seidenfahnen mit Inschriften wie »Die Harfe singt!« oder »Irland lebt!« und dem Bild einer grünen Leier. Irgendwo spielte eine Kapelle patriotische Weisen und Märsche und irische Balladen, womit sie die Umstehenden dazu inspirierten, mitzusingen und den herrschenden Wirrwarr noch zu steigern. An beiden Seiten befanden sich breite Treppen, von denen die eine zu den Speisesälen, die andere zum Ballsaal hinaufführte. Whiskygläser in den Händen, standen dort die Menschen, lachten und prosteten sich zu, rauchten ihre Zigarren und klopften sich gutmütig gegenseitig auf den Rücken. Der Schweiß stand ihnen allen im Gesicht, und sie wischten sich die Stirnen mit Taschentüchern, die fast ebenso groß und weiß waren wie die Fahnen.

Hotelangestellte in blauen Uniformen, unterstützt von einer großen Abteilung Bostoner Polizeibeamter, bemühten sich, die betrunkenen, brüllenden Männer die Treppe hinauf in den Ballsaal zu bugsieren, aber ohne viel Erfolg. Man drückte ihnen volle Gläser und Zigarren in die Hand.

»Menschenskind«, sagte Timothy, halb belustigt, halb erschrocken, »das ist ja noch ärger als Chicago.« Die Aufzugstüren öffneten sich auf eine niedrige Plattform ein wenig oberhalb der Halle. Dort standen die zwei Männer eine kleine Weile unbemerkt und überblickten die Szene. Heiser schnatternde, schreiende, lärmende Stimmen brausten zu ihnen empor, ein teuflisches Spektakel, ein Tumult besinnungslosen Freudentaumels, ein fieberndes Chaos. In steigender Erregung wogten die Köpfe, immer neue Massen drängten in den Saal, und die Kapelle verlor völlig den Verstand und beschränkte sich nur mehr auf Trommeln und Trompeten, um sich Gehör zu verschaffen. Die Luft war vom Geruch nach Whisky, nach Schweiß und Haarpomade und Rauch erfüllt.

»Alles gute alte Freunde«, schrie Rory Timothy ins Ohr. Er mußte den Mund fast an Timothys Ohr legen, um sich verständlich zu machen. »Was schätzt du, wie viele das sind?«

»Tausende«, antwortete Timothy. Der golddurchwirkte Teppich des Saales war im Dunst der wogenden Köpfe nicht zu sehen. »Sollte mich nicht wundern, wenn sie anfangen würden, die Wände hinaufzuklettern oder sich auf die Kronleuchter zu schwingen.« Während die Leibwächter in all der Hitze und dem Gestank unruhig herumrückten, spuckten die Aufzüge neue Menschenklumpen aus. Sie schrien, sie brüllten vor Lachen, sie winkten Freunden und Fremden zu, und sie waren allesamt sehr, sehr betrunken. Die Gruppe der Männer, die ruhig dastanden, bedeutete für sie ein Hindernis, das sie schiebend und stoßend und fluchend aus dem Weg haben wollten. Sie hatten Rory noch nicht erkannt. »Um in den Ballsaal zu kommen, müssen wir durch diesen Dschungel durch«, sagte Timothy.

»Na, dann los!« forderte Rory ihn auf. »Du wärst der erste, der sich beklagen würde, wenn das Lokal nur halb voll wäre.«

Neue Transparente tauchten auf, darauf Rorys überbuntes Porträt, und donnernde Rufe ertönten: »Rory! Rory! Die Harfe singt! Hoch die Iren!« Man hatte sie erkannt. Schweißnasse Männer überfluteten sie wie eine Gezeitenwelle, rissen ihnen buchstäblich den Boden unter den Füßen weg und trugen sie unter Geschrei und Gebrüll und heiserem Grölen in die Mitte der Halle. Wild um sich schlagend, versuchten die Leibwächter, mit ihren zwei Schützlingen Schritt zu halten. Rorys rotblonder Schopf tanzte auf den Wellen, erhob sich, versank, drehte sich um seine eigene Achse; ein automatisches Lachen stand auf seinem geröteten Gesicht. Timothy war in seiner Nähe, ohne jedoch die Füße auf den Boden setzen zu können.

Eine andere Gruppe kämpfte sich mit aller Gewalt zu ihnen durch. Das schon ziemlich hysterische Orchester spielte »Kathleen Mavourneen«, und Hunderte begannen mitzusingen, denn das war des alten Schmuskopfs, des früheren Bürgermeisters von Boston und früheren Abgeordneten, Lieblingslied. Er hatte sich mit Schmuhgeldern ein Vermögen gemacht, war aber schließlich mit beiden Händen und beiden Füßen in der Gemeindekasse erwischt worden. Er hatte sich ins »Privatleben« zurückziehen müssen, sich aber nichtsdestotrotz, gleichermaßen vermaledeit und bewundert, dick und fett und mit aufgedunsenem roten Gesicht, hemdsärmelig und honigsüß wie eh und je, zum Bedauern wie auch zum Gaudium seiner Wähler, wieder von neuem in die politische Arena begeben. Mitte Siebzig, verheiratet und stolzer Vater von zehn stämmigen Söhnen — die ihn jetzt wie eine schützende Phalanx umringten und allzu feurige Verehrer mit Hieben und Tritten von ihm abhielten — befand er sich heute, wie auch sonst, in Gesellschaft seiner »befreundeten Dame«, wie man sie verschämt zu bezeichnen pflegte. Sie war eine großgewachsene füllige Frau mit hellrotem Haar und blanken, vorstehenden, grünen Augen, mit Perlen behängt und mit Brillanten besteckt, in jungfräuliche weiße Seide und Spitze gekleidet, auf dem Kopf einen riesigen, mit Blumen und Federn geschmückten Hut. Mißgünstige Stimmen wollten wissen, sie wäre die hochgeschätzte Bumsmama eines von Joseph Armaghs luxuriösesten

Freudenhäusern gewesen, in Wahrheit aber war sie, obzwar in Boston geboren, eine ehemalige Tingeltangelsängerin aus New York. Wie auch immer, der alte Schmuskopf verehrte sie nun schon seit zwei Jahrzehnten — sie war jetzt eine üppige, reife Vierzigerin und hieß Kathleen — und hatte ihr das alte irische Volkslied, als Ausdruck seiner Wertschätzung »zu eigen gemacht«. Was seine Frau davon hielt, verschwieg der Chronist. Wie auch der Ursprung seines Vermögens kaum je in Zweifel gezogen wurde. Daß Politiker stahlen, galt als selbstverständlich. Anstoß wurde nur genommen, wenn sie sich dabei erwischen ließen. Als einmal von solchen Untersuchungen die Rede war, soll der alte Schmuskopf gesagt haben: »Mißstände wollen sie aufdecken? Kapitale Sache! Bringt mir Geld ein. Ich könnte nie bezahlen, was die Propaganda wert ist.«

Mit seinen zehn Söhnen und der »befreundeten Dame« fiel er jetzt über Rory her. Rory wurde in gewaltige, dicke, von feinem schwarzen Wollstoff umschlossene Arme genommen und herzhaft abgeküßt. »Heilige Maria, Mutter Gottes«, schrie der alte Schmuskopf, »was für ein erfreulicher Anblick das doch für mich ist, Junge! Der Sohn dieses elenden Halunken Armagh auf Wahlreise in meiner eigenen Stadt! Der alte Joe! Gott segne ihn! Im ganzen Land gibt's keinen besseren Iren als ihn! Wie geht's meinem Freund Joe?«

Rory war dem alten Schmuskopf schon des öfteren begegnet. Er fand ihn amüsant und konnte ihn gut leiden, denn der alte Gauner hatte etwas Charmantes an sich, etwas gleichermaßen Unschuldiges und Niederträchtiges, gleichermaßen Gutmütiges und Skrupelloses, Kindliches und Lasterhaftes. Er konnte Tränen vergießen — echte, aufrichtige Tränen —, wenn er von Not und Elend hörte, und noch am selben Tag Menschen begaunern und bestehlen, die schon von anderen begaunert und bestohlen worden waren. »Aus einem Iren«, hatte Rory einmal zu seinem Vater gesagt, »wird nie ein guter Macchiavelli. Er kann weder sein Herz noch seine Gefühle, noch seine Gelüste zügeln. Unaufrichtigkeit und Verschlagenheit sind uns fremd — leider. Was wir auch sein mögen, wir sind es aus ganzer Seele, mit allen unseren Launen und unseren nur allzu losen Zungen. Ob Heilige oder Sünder — wie der Teufel gehen wir auf die Dinge los, auch wenn wir uns bemühen, wie Bischöfe der Hochkirche in Gesellschaft feiner Leute Tee zu trinken und Sauerteigfladen zu essen. Davon haben wir bald die Nase voll.«

Rory wußte, was mit dem alten Schmuskopf los war, und es machte ihm Spaß. Er zweifelte nicht daran, daß er es mit seiner herzlichen Begrüßung zumindest in diesem Augenblick ehrlich meinte, und ließ sich darum ohne Widerstreben umarmen und auf den Rücken klopfen. (Wie sich der alte Gauner morgen verhalten würde, vor den Primärwahlen und nach eingehenden Beratungen mit seinen Kumpanen, das stand auf einem anderen Papier.) Heute abend jedenfalls zerfloß er vor Liebe für Rory. Und für den »alten Joe«. Heute abend wünschte er sich nichts anderes als Rory zum Idol der Bostoner Iren auszurufen und ihn zum Präsidenten zu machen. Das war offenkundig. Sein breites Gesicht strahlte wie das eines glücklichen Kindes, und seine lausbübischen blauen Augen ruhten mit herzlicher Zuneigung und Entzücken auf Rory.

»Mr. Flanagan«, wandte sich Timothy an ihn und mußte es einige Male wiederholen, bevor der alte Schmuskopf ihn hörte, »gibt es eine Möglichkeit, Rory in den Ballsaal zu bekommen, bevor er zu Tode getreten wird?«

»Was?« sagte der Alte und musterte seine angriffslustigen Söhne. »Na, das ist doch eine Kleinigkeit! Jungs, krempelt euch mal die Ärmel hoch!«

Doch die Menge im Saal war sich jetzt Rorys Anwesenheit voll bewußt und bewegte sich wie ein kochender Mahlstrom mit Fahnen und Transparenten inmitten von Rauch und Hitze auf ihn zu. Sie griffen nach seinen Schultern, nach seinen Kleidern. Fremde Arme verschlangen sich in die seinen, und er wäre gefallen, wenn es eine freie Stelle gegeben hätte, wohin er hätte fallen können. Doch jeder Zollbreit war voll von Beinen und Füßen, die krampfhaft versuchten, sich aufrecht zu halten. Fast greifbar umschwirrte ihn Geschrei und Gebrüll, Fluchworte, die sich auf zertrampelte Zehen bezogen, in den höchsten und schrillsten Tönen ausgetauschte Begrüßungen, taktlose Fragen, Gegröle und Gejohle — und alle wollten ihm die Hand drücken, alle wollten angehört werden. Hämmernd und trommelnd, in echter Ragtime-Manier brachte die Kapelle jetzt »Die Harfe, die einst in Taras Hallen erklang«, und Timothy mußte zugeben, daß es gar nicht so schlecht klang. Zusammen mit den zehn jungen Flanagans kämpfte er mit Händen und Füßen, um zu verhindern, daß Rory vor Begeisterung zu Tode gedrückt, gequetscht oder getreten wurde. Über all dem wogenden Tumult, dem fröhlichen Toben, erhob sich Rorys roter Schopf, tanzte auf den wogenden Köpfen, versank und tauchte wieder auf. Die Menge versuchte ihn irgendwohin zu tragen, ein anderer Haufen drängte in die entgegengesetzte Richtung, von munteren Beifallsrufen begleitete Faustkämpfe wollten eine Entscheidung erzwingen, der Rauch stieg zum goldenen Dom der Halle empor, und die Hitze wurde immer unerträglicher. Irgendwo fiel etwas krachend zu Boden, und der Beifall verstärkte sich, obgleich niemand zu wissen schien, was gefallen war und wohin.

»Ein wahrer Festtag!« rief der alte Schmuskopf in freudetrunkener Verzückung, umklammerte einen von Rorys Armen mit eisernem Griff und bedachte allzu temperamentvolle Parteifreunde mit gezielten Hieben und Tritten, die aber nicht bös gemeint waren. »Gott segne die Iren!«

»Hoffentlich bald, oder sie bringen mich um!« schrie Rory zurück. Ein Ärmel seiner Jacke hing schon fast lose, und man konnte durch den Spalt das gestreifte Hemd sehen. Seine Krawatte hing schief wie der Strick eines Henkers, und er hatte Angst, erdrosselt zu werden. Man war ihm so vehement auf die Füße getreten, daß er nur noch ein dumpfes Brennen verspürte. Sein sorgfältig gebürstetes Haar war völlig zerzaust und fiel ihm über die nasse Stirn, was ihm ein jungenhaftes Aussehen verlieh. Es war herrlich, so gefeiert zu werden, aber er fragte sich, ob er diesen Ansturm der Gefühle überleben würde. Er war schon jetzt völlig erschöpft und sollte doch noch eine Rede von großer Tragweite halten. Er war dem Ballsaal kaum näher gekommen, und der Kopf dröhnte ihm.

Und dann formierten sich die Flanagans zum Sturmangriff und drängten alle, die Rory im Weg standen, rücksichtslos zur Seite. Es hagelte Flüche und Verwünschungen, Fäuste wurden geschwungen, und die Flanagans wurden wiederholt aufgefordert, »doch mal raus auf die Straße« zu kommen, wo man es »ihnen schon zeigen« würde. Die Trommeln wirbelten wie Donnerschlag, Banner und Transparente schwankten heftig hin und her, und das Orchester spielte sich das Herz aus dem Leibe. Aber Rory fand sich in Richtung Ballsaal geschubst und gezogen, und hinter ihm kamen drei oder vier seiner Leibwächter und der tropfnasse Timothy. Der Mahlstrom schloß sich hinter ihm, und nun drängte sich alles wild und entschlossen zum Ballsaal, um die besten Sitze zu ergattern, mittendrin die Kapelle, die jedoch durch ihre Pauken und Blechinstrumente mehr als behindert war. Das grelle Licht der Kronleuchter spiegelte sich wie flüssiges Gold auf den Trompeten und Hörnern. Die Fahnen flatterten, als ob ein Sturmwind sie zauste und an ihnen risse. Und schreiend und brüllend kämpften sich immer neue Massen durch die Türen.

Der breite Menschenstrom kam vorübergehend zum Stehen, als zwei Männer zu Boden stürzten, verzweifelt versuchten, wieder auf die Beine zu kommen, und entweder rücksichtslos getreten oder von neuem zu Fall gebracht wurden. Rory holte tief Atem. Seine Lungen schmerzten vom Rauch und von der Hitze. Immer noch ein verkrampftes Lächeln auf den Lippen, blickte er zur Seite. Und in seiner Nähe, ganz in seiner Nähe, nicht weiter als eine Armlänge entfernt, stand lachend, mit Grübchen in den Wangen, Marjorie.

Sie war dreiunddreißig oder noch älter, doch in ihrem grauen Leinenkostüm und dem kecken Matrosenhütchen mit rosa Bändern sah sie aus wie ein frisches, junges Mädchen. Ihre schwarzen Augen — die er nie vergessen hatte — strahlten vor Liebe und Glückseligkeit, ihr roter Mund spitzte sich zu einem Kuß, dem sie ihm zublies, und auf eine Weise, die ihm in zärtlicher Erinnerung geblieben war, begann nun ihr dunkles Haar, sich in zarten Büscheln, eigenwilligen Locken und schimmernden Wellen unter dem Hütchen hervorzuwagen. Mit einemmal war er nicht mehr der Senator Rory Armagh, Gatte und Vater, ein Mann, der die Nominierung durch seine Partei anstrebte. Er war Rory Armagh, Student der Rechte an der Universität Harvard, der hier seine Maggie traf und sie im nächsten Augenblick in die Arme schließen würde. Wie ein einziger Pulsschlag begann sein ganzer Körper zu hämmern, und es gab nichts sonst auf dieser Welt und hatte nie sonst etwas gegeben.

»Maggie, Maggie!« rief er so laut, daß er das Stimmengewirr übertönte. Schimpfend und fluchend half man den am Boden liegenden Männern auf die Beine, und wie durch ein Wunder öffnete sich eine Gasse vor Rory, der, alles um sich vergessend, auf Marjorie zustürzte. Sein Gesicht war das eines Jünglings, der seine Liebste erblickt, strahlend, leidenschaftlich, drängend. Mit ausgestreckten Händen tat sie einen Schritt auf ihn zu, und auch sie hatte nur Augen für ihn und nur Ohren für seine Stimme.

Jemand packte Rory am Arm. Er erfuhr nie mehr, wer es war. Er riß sich los und drehte wütend den Kopf herum. Es war die letzte Bewegung, die er je bewußt ausführen sollte.

Denn plötzlich peitschte ein Schuß durch den Saal, und ein oder zwei Augenblicke lang war es totenstill und das Gedränge ebbte ab. Eine klagende Stimme wurde laut; jemand verurteilte den Gebrauch von Knallerbsen hier in der Halle. Verwirrt, regungslos, starrend, glotzend, blickten die Menschen sich um. Ein zweiter Schuß knallte, ein Aufschrei ertönte, und Schrecken und Panik erfaßte die Menschen, die sich in animalischem Entsetzen zur Flucht wandten.

»Mein Gott, was war das?« fragte Timothy und richtete seinen Blick auf Rory, denn er war es gewesen, der seinen Freund am Arm gepackt hatte. Aber Rory stand nur da, leichenblaß, schwankend, mit offenem Mund, die Augen blind und weit aufgerissen. Dann fiel er wie ein Klotz, aber nicht bis zu Boden. Er fiel einem halben Dutzend Menschen in die Arme, die ihn hielten und stützten und immer wieder fragten: »Sind Sie verletzt? Ist etwas geschehen?« Es entstand ein entsetzlicher Tumult. »Ein Attentat!« brach es aus hunderten Kehlen hervor. Die meisten hatten nur die Schüsse gehört, aber nichts gesehen. »Holt die Polizei! Ein Mord! Haltet den Mörder! Wer ist der Mann, der da liegt? Was —«

Der Lärm von früher war nichts im Vergleich zu dem Getöse, das sich jetzt erhob. Klagen und Schreie, Flüche und Verwünschungen erfüllten die Luft. Jeder strebte in eine andere Richtung, und in Panik und Schrecken, mit offenem Mund, glasigen Augen in blassen, feuchten Gesichtern, grunzend und brüllend, rempelten sie sich gegenseitig an, prallten zurück, taumelten und torkelten in schicksalhaftem Zwang. Der Fußboden bebte, die Wände zitterten. Fahnen und Transparente tanzten wirbelnd über den Köpfen. Die an den Wänden Schutz gesucht hatten, drängten sich ängstlich zusammen und verteidigten sich schlagend und tretend gegen jene, die, von anderen geschoben und gestoßen, sie zu erdrücken drohten. Und immer wieder die bangen Fragen, keuchend hervorgestoßen: »Wer war das Opfer? Wer hat geschossen?«

Die Polizei gebrauchte ihre Knüppel; wahllos ließen sie die Stöcke auf alle niedersausen, die ihnen im Weg waren. Menschen stürzten zu Boden, andere auf sie drauf; sie wanden und ringelten sich wie ein Haufen Würmer. Die Polizei kletterte über sie hinweg und bewegte sich mit dem Gesetzeshütern eigenen Instinkt in gerader Linie auf die Stelle zu, wo Rory mit seinen Leibwächtern, mit Timothy und dem alten Schmuskopf gestanden waren. Ihre Gesichter waren starr, weder bösartig noch drohend. Durch ihre Helme vor Schlägen geschützt, näherten sie sich ihrem Ziel; ihre Arme hoben und senkten sich wie die Kolben einer unmenschlichen Maschine.

Man hatte einen Platz freigemacht, um Rory niederzulegen. Scharlachrotes Blut quoll aus seiner Brust. Seine Augen standen offen und schienen etwas zu suchen; sie trübten sich rasch. Nur sein Haar leuchtete wie zuvor. Sein Gesicht war fahl wie nasser Lehm. Sein Mund zuckte ein wenig.

»O Gott, o Gott, o Gott!« stöhnte Timothy, kniete neben Rory nieder und nahm seine Hand. Er blickte in das Antlitz des Sterbenden und brach in Tränen aus. Stur glotzend, die Hände auf die Knie gestützt, beugte sich der alte Schmuskopf über Rory. »Einen Arzt!« rief einer. »Einen Priester!«

»Es hat Armagh getroffen! Sie haben Armagh niedergeknallt! Armagh ist tot!« brüllten Hunderte und hielten entsetzt in ihrer Flucht inne, als ihnen zu Bewußtsein kam, was sie da sagten und was es bedeutete.

»O mein Gott, einen Arzt!« ächzte Timothy. »Einen Priester! Rory!«

Mehrere Polizisten hatten sich zu ihnen durchgeboxt, und Timothy hob ihnen sein verzerrtes Gesicht entgegen und flehte sie an: »Einen Arzt, einen Priester! Rory ist schwer verletzt.« Er wiederholte es immer wieder. Während er Rorys Hand umklammert hielt, verschwamm alles vor seinen Augen. »Nein, nein, nein«, flüsterte er. Bleiche, fassungslose Gesichter starrten auf ihn hinab. Mit Blicken beschwor er sie, ihm zu helfen. »'s ist schon in Ordnung, Mr. Dineen«, redete ihm schließlich einer gut zu. »Ein Arzt ist schon unterwegs, und ein Priester auch.« Tröstende Hände berührten ihn, aber keiner berührte Rory. Niemand wollte sehen, was ihm angetan worden war, und viele Männer rings um ihn begannen zu weinen wie kleine Kinder, wandten sich ab und ließen die Köpfe hängen. Der alte Schmuskopf taumelte in die Arme von zweien seiner Söhne, barg sein Haupt an der Brust des einen, weinte und wimmerte. Sie streichelten ihn, aber sie blickten grimmig.

Timothy, der selbst zu sterben vermeinte, sah durch seine Tränen hindurch eine Frau, die auf der anderen Seite neben Rory kniete. Sie hatte seinen Kopf auf ihre Knie gebettet, auf von grauem Leinen bedeckte Knie. Ihr Hut war verlorengegangen, schimmerndes schwarzes Haar fiel ihr über die Schultern. Rorys Blut bedeckte ihre behandschuhten Hände und ihr Kleid. Sie zog seinen Kopf an ihre Brust. »Rory«, flüsterte sie, »ich bin es, Maggie. Maggie.« Ihr hübsches Gesicht war weiß und wie versteinert. Sie strich sein Haar zurück, beugte sich vor und küßte seine Wange, seinen offenstehenden Mund. »Rory, mein Liebling, ich bin es, deine Maggie.«

Niemand versuchte, ihr ihren Platz streitig zu machen. Der Anblick des Sterbenden in den Armen dieser unbekannten jungen Frau, die, von seinem Blut befleckt, ihn an sich drückte wie ihr höchstes Gut, bewegte alle Umstehenden.

Rory befand sich an einem eisig kalten, finsteren Ort, den scharlachrote Blitze in grelles Licht tauchten. Hilflos trieb er auf einer dunklen See. Er konnte nichts sehen, aber er hörte Marjories Stimme und glaubte, ihr zu antworten: »O Maggie, meine liebste Maggie! O Maggie!«

Aber er gab keinen Ton von sich und starb im nächsten Augenblick in Marjories Armen.

Ein Priester kniete jetzt neben ihm, bekreuzigte sich und murmelte die Gebete für die Sterbenden, für die Toten. Marjorie kniete daneben und begriff, daß ihre Hoffnungen so tot waren wie der Mann in ihren Armen. Sie wollte bis zum Ende nicht zulassen, daß man ihn fortbrachte.

XXIII

Nie zuvor hatte der alte Schmuskopf ein so prächtiges, dramatisches Schauspiel geboten, nie zuvor die Presse mit seiner Redekunst zu solchen Begeisterungsstürmen hingerissen. Aus allen Teilen des Landes kamen die Zeitungsleute angereist, um seiner Pressekonferenz beizuwohnen und im Anschluß daran packende und ergreifende Berichte zu schreiben. Nicht genug, daß er eine tragische Geschichte zu erzählen hatte, er war Abgeordneter gewesen — sie redeten ihn immer nur mit »Herr Abgeordneter« an — besaß ein bedeutendes Vermögen und politische Macht. Überdies war er ein bühnengerechter Ire, beherrschte die Kunst der bildhaften Darstellung von Vorgängen und Ereignissen und wiederholte seine Geschichte nie mit genau denselben Worten. Es gab immer etwas, an das er sich eben erst erinnerte, das er seinem Bericht neu einverleibte, das seiner fruchtbaren Phantasie entsprungen war. Dies führte auch dazu, daß er im Jahr darauf als Senator seines Staates nach Washington entsandt wurde und so die Möglichkeit hatte, sein Vermögen noch weiter zu mehren. Queenie, die »befreundete Dame«, agierte in der Bundeshauptstadt als seine »Dame des Hauses« — eine sehr diskrete noch dazu. Daß seine Gattin an der Politik wenig Geschmack fand, war allgemein bekannt. Sie haßte Washington, lebte sehr zurückgezogen, war für ihre Wohltätigkeit bekannt und in ihrer Pfarrgemeinde überaus beliebt. Außerdem war sie eine Dame und sprach von Queenie immer nur als der »Assistentin meines lieben Mannes«.

»Da stand ich also mit meinen Söhnen und meinem lieben jungen Freund Rory Armagh, dem Senator — der mir nicht weniger lieb war als mein eigenes Fleisch und Blut. Wir unterhielten uns und lachten, und die Musik spielte, und Hunderte, ja, was sage ich, Tausende von Menschen drängten sich heran, um Rory die Hand zu schütteln und ihn ihrer Unterstützung zu versichern, und er, er strahlte wie die Sonne, eine wahre Augenweide — sein Dada war mein bester Freund —, und ich sage Ihnen, meine Herren, ich bin ein Zyniker und ein Lästermaul, aber mir standen Freudentränen in den Augen. Ich hätte nicht stolzer und nicht glücklicher sein können, wenn Rory, nun ja, wenn er mein eigener Sohn gewesen wäre. Ich kannte ihn schon als kleinen Jungen. Schon damals hatte er für jeden ein Lächeln, einen Scherz, eine hilfreiche Hand. Ein Mann von Bildung und Benehmen, das war der Senator. Hätte er seine Nominierung erlebt, das amerikanische Volk würde ihn gewählt haben, jawohl, meine Herren, und er wäre der beste Präsident geworden, den dieses Land je hervorgebracht hat. Amerika hat einen schweren Verlust erlitten, einen schwereren noch als seine Eltern, die Gott in seiner Gnade trösten möge.

Also — Sie entschuldigen mich für einen Augenblick, während ich die Tränen aus meinen alten Augen wische. Es ist ja wirklich eine furchtbare Sache, dieser junge Mensch, ein Bild des Lebens, mit einer entzückenden Frau und vier Kindern — mir bricht das Herz, wenn ich an die unschuldigen Kleinen denke, und an die junge Witwe, so schön und tapfer und immer beherrscht, obwohl man sehen konnte, daß ihr Herz gebrochen war, wie sie da schwarz verschleiert am Grab stand, ohne eine einzige Träne zu vergießen. Der kleine Kummer ist es, der Tränen hervorlockt. Wer schweres Leid durchmacht, dem bleiben die Augen trocken. Nun, wie ich schon sagte, da standen wir also eingepfercht in der Menge, das Orchester spielte, man beglückwünschte Rory, und immer mehr Menschen drängten sich durch die Tür, nur um ihn sehen zu können, und plötzlich machte er eine Bewegung — er muß jemanden gesehen haben, dem er die Hand schütteln wollte — und blieb für einen Augenblick ungeschützt — denn wir standen ja um ihn herum, ich und meine Söhne und seine Leibwächter — und dann gab es einen Knall, einen lauten Knall, wie von Knallerbsen. Und das glaubten wir anfangs auch und verwünschten den Kerl, der sich einen so dummen Spaß erlaubt hatte.

Dann kam ein zweiter Knall. Wir standen alle da mit offenem Mund und wußten nicht, was los war, bis die Menschen plötzlich anfingen, wie verrückt herumzulaufen und herumzuspringen. Eine wahre Hölle war es, dieses Geschrei und Gebrüll, Geschiebe und Gedränge! Dann rief einer ›Mord!‹ Und es war Mord, meine Herren.«

Echte Tränen der Rührung über das ergreifende Bild, das er gezeichnet hatte, standen in seinen listigen Augen. Er war so bewegt, daß seine wohlklingende Stimme zu brechen drohte.

»Da lag Rory nun auf dem Boden — jemand hatte Platz geschaffen, als er seinen Begleitern in die Arme gefallen war — und eine junge Dame, eine wunderhübsche junge Dame kniete neben ihm und hielt seinen Kopf auf ihrem Schoß. Ich kannte den Vater der jungen Dame recht gut; er war ein alter und hochgeachteter Freund, ein wirklicher Herr, Mr. Albert Chisholm, Mitglied einer angesehenen Bostoner Anwaltsfirma. Ja, das war Miß Marjorie Chisholm. Sie kannte Rory aus der Zeit, da er in Harvard studierte. Es gab sogar Gerüchte, daß sie einmal verlobt waren. Junge Liebe. Miß Chisholm hat nie geheiratet.« Der alte Schmuskopf warf seinen Zuhörern einen bedeutsamen Blick zu, seufzte, und schüttelte den Kopf. »Ich weiß, daß man von ihr als der ›großen Geheimnisvollen‹ gesprochen hat. Aber es gibt nichts Geheimnisvolles von Miß Chisholm zu berichten. Als sie in die Gesellschaft eingeführt wurde, war sie das schönste Mädchen in ganz Boston. Die Polizei wußte sofort, wer sie war. Sie wollte ihn lange Zeit nicht aus den Armen lassen. Es war schrecklich. Dann fuhr sie mit ihm ins Krankenhaus, zusammen mit dem Priester, Father O'Brien, ein alter Freund von mir. Aber Rory war schon tot. Sie entschuldigen mich einen Augenblick, meine Herren. — ›Rory, Rory, Rory‹, sagte Miß Chisholm immer und immer wieder. Wie eine Litanei. Um sie nach Hause zu bringen, mußte ein Mitarbeiter ihres seligen Vaters gerufen werden, ein gewisser Mr. Bernard Levine, selbst auch Anwalt und ein Freund der Familie.

Den Mörder? Ja, meine Herren, ich selbst habe ihn gar nicht zu Gesicht bekommen. In seiner Tasche fand man ›die schwarze Fahne der Anarchie‹, wie man das nennt, ein kleines schwarzes Fähnchen, und eine Mitgliedskarte der I. W. W., der Industriearbeitergewerkschaft. Nun, meine Herren, ich bin selbst ein Sohn der Arbeiterklasse. Bin ich nicht, als ich noch in Washington war, immer für die Arbeiterschaft eingetreten? ›Wobblies‹ hat man die Gewerkschafter damals genannt. Wollen Sie mir glauben, meine Herren, daß es meine Überzeugung ist, daß ich von der festen Meinung durchdrungen bin, daß dieser Mörder kein Mitglied der I. W. W. war? Senator Armagh stand immer auf der Seite des Arbeiters. Wann immer er Gelegenheit hatte, er sprach immer für den Arbeiter. Und noch etwas, meine Herren: der Mörder hatte keinerlei Personalausweise bei sich, nicht einen einzigen. Hat nie einer Gewerkschaft angehört und war der I. W. W. völlig unbekannt. Der Name auf der Mitgliedskarte war falsch, und auch ein Fingerabdruck war nicht vorhanden. Wollen Sie noch mehr Beweise?

Ein junger Kerl war es, mit Bart. Nicht älter als einundzwanzig, zweiundzwanzig. Man weiß bis heute nicht, wer er war. Wird's wohl auch nie erfahren.

Wer ihn umlegte, gleich nachdem er Rory niedergeknallt hatte? Aus den Waffen von Rorys Leibwächtern war kein Schuß abgegeben worden. Kein Polizist hatte geschossen. Ein Schuß aus heiterem Himmel, wie man so sagt. Hunderte, ja tausende Menschen bevölkerten den Saal. Und einer von ihnen tötete den Mörder. Und verschwand im Gewühl, ohne eine Spur zu hinterlassen. Einige Zeitungen haben ihn einen ›Helden‹ genannt, weil er den Mörder ›gerichtet‹ hat, aber wenn er so ein tapferer Held ist, warum tritt er dann nicht an die Öffentlichkeit, um die ihm zustehende Anerkennung zu erhalten? *Das* ist das große Geheimnis, meine Herren — wenn wir von den Gründen absehen, warum Rory ermordet wurde. Wäre der Attentäter nicht selber getötet worden, vielleicht hätten wir die Wahrheit aus ihm herausbekommen. Die Polizei hier in Boston — und ich bin stolz auf die Burschen — versteht es, Verbrecher zum Reden zu bringen. Jetzt werden wir die Wahrheit nie erfahren — wer den Mord an Rory bestellt hat.« Der alte Schmuskopf machte ein ernstes Gesicht. »Und das, meine Herren, mag die Absicht, so mag alles geplant gewesen sein.

Was sagen Sie da, Sir? ›Ein zorniger junger Mann?‹ Und was, wenn ich bitten darf, soll *das* nun wieder heißen? Leere Worte, nichts weiter. Ob ich auf eine Verschwörung anspielen will? Meine Herren, ich weiß es nicht. Ich weiß es selber nicht. Wer sollte sich gegen Rory ›verschwören‹? Er war der anständigste und ehrenwerteste Gentleman, der mir je begegnet ist, ein guter Katholik, ein charmanter Mensch, der in seinem ganzen kurzen Leben keiner Fliege etwas zuleide getan hat. Liebenswürdig, wohltätig, für jeden Spaß zu haben, ein liebevoller Sohn und ein treusorgender Vater. Der ganze Senat trauert um ihn, von seinen Freunden ganz zu schweigen. Sie haben ja die Nekrologie gelesen. Nichts im Vergleich zu den Grabreden. Am Friedhof in Green Hills im Staat Pennsylvanien. Es waren ja auch eine ganze Menge von Ihnen dabei; ich brauche daher nicht zu wiederholen, was gesagt wurde. Der Stellvertretende Außenminister war da, viele Senatoren und Politiker, und zwei oder drei Gouverneure. Nicht zu vergessen —«, hier folgte eine bedeutungsvolle Pause, »Joes Geschäftsfreunde, ein ganzer Haufen, große Finanziers und Wirtschaftskapitäne und Bankiers — eine Versammlung, wie ich sie nie zuvor erlebt habe. Mr. Jay Regan stand neben Joe Armagh und hielt seinen Arm. Nie werde ich vergessen, was er am Grab mit seiner tiefen Stimme zu ihm sagte:

›Joseph‹, sagte er, und viele von uns konnten ihn hören, ›du hast vier Enkelkinder.‹ Das war eine ergreifende Geste, meine Herren, das müssen Sie zugeben. ›Denk daran, du hast vier Enkelkinder.‹ Richtig tröstlich, wie er Joe erinnerte, daß er auch als Großvater Verpflichtungen hat. Und dabei lagen seine drei Kinder vor ihm in ihren Gräbern: sein Sohn Kevin, der Kriegsheld, seine wunderschöne Tochter Ann Marie und jetzt Rory. Und auch sein Bruder liegt dort begraben, Sean Armagh, den Millionen Menschen unter dem Künstlernamen Sean Paul kannten. Der größte irische Tenor aller Zeiten, darüber gibt's gar nichts zu reden.

Was Joe darauf antwortete? Nun ja, er drehte nur ein wenig den Kopf zur Seite und sah Mr. Regan an — Mr. Regan, den bekannten Wall-Street-Finanzier —, und einen Augenblick lang leuchtete es wie Feuer in seinem Gesicht. Gebrochenen Herzens stand er da und dachte gewiß an seine lieben kleinen Enkel. Joe hat ein stählernes Herz, aber wie wir immer schon sagten, ein und dasselbe Feuer härtet den Stahl und bringt Butter zum Schmelzen. Er sah also Mr. Regan an, einen seiner besten Freunde, und lächelte. Ja, der Gedanke an die Kleinen, an Rorys Kinder, gab ihm neuen Mut. Er stand am Grab und lächelte.

Rorys arme Mutter? Eine echte Tragödie. Hat den Verstand verloren. Sie ist jetzt in Philadelphia, in einer Nervenheilanstalt, die arme Seele. Gleich nach dem Begräbnis wurde sie eingeliefert. Vorige Woche. Gott hat ihr seine Engel geschickt, um sie zu trösten. Man fand sie eines Nachts — sie hatte sich heimlich aus dem Haus geschlichen — hingestreckt auf dem Grab ihres Sohnes Kevin. Lag da wie eine Tote, die arme Frau, stumm, ohne eine Träne. Ich kannte ihren Vater, den alten Senator. Ich war damals selbst noch ein junges Bürschchen. Ein wunderbarer Mann. Mein Dada nahm mich einmal mit, als er ihn besuchte.

Ja, ja, eine Tragödie. Rorys Gemahlin ist bei ihren Eltern, mit den Kindern. In ärztlicher Pflege. ›Rory hat sein Leben für die Sache der Arbeiterbewegung gegeben‹, das war ihre Überzeugung, gleich nachdem sie von dem Unglück erfahren hatte. Für die Rechte der Arbeiterklasse, sagte sie. Und wer sollte das Herz eines Mannes besser kennen als eine Frau? Wer weiß, was Rory für die Rechte *aller* amerikanischen Bürger getan hätte, wenn er Präsident geworden wäre? Botschafter Worthington hat von diesen Rechten gesprochen.

Wir teilen den Schmerz der Familie Armagh. Aber wir sollten für Amerika trauern, das diesen entsetzlichen — jawohl, entsetzlichen — Verlust erlitten hat. Gott in der Tiefe seiner Weisheit weiß, wann es Zeit ist, heißt es in der Bibel. Wir können nur hoffen. Und eine Bitte habe ich noch, meine Herren: Sprechen Sie nicht mehr vom ›Fluch, der auf den Armaghs liegt‹. Was für ein Fluch? Sie haben keinem Menschen je etwas Böses getan.«

Es herrschte tiefer Winter, doch in Maryland war es trocken und öde, grau und schwarz, und die Hügel lagen in Totenstarre unter einer unfreundlichen Sonne. Der wenige Schnee bildete schmutzige Flecken auf den braunen Feldern und in Straßengräben.

Mr. Timothy saß in einem peinlich sauberen Raum, in dem es nach Wachs und Farnkraut und Weihrauch roch. In trüben, kühlen Schatten fiel das Licht durch die bunten Glasfenster. Vor ihm befand sich ein Eisengitter, durch das er nur undeutlich die Gestalt einer Nonne erkennen konnte. Sie sprach mit tiefer, klarer Stimme, mit der geliebten Stimme, die er nie vergessen hatte, mit der ewig jungen, irischen, melodischen Stimme, die ihm schon in seiner Jugend so teuer gewesen war. Sie klang fest und sanft, mutig und gläubig und tröstlich. Ich aber, dachte er, ich bin alt. Alt, alt, alt wie der Tod.

»Mein Bruder Joseph ist also vor einem Monat an Herzschlag verstorben. Wissen Sie, was ich glaube, lieber Tim? Er ist an gebrochenem Herzen gestorben. Joseph hat doch nie für sich selbst gelebt. Er hat nie an sich selbst gedacht. Ist das eine Sünde? Selbstaufopferung ist eine löbliche Tugend ... Aber wir müssen auch daran denken, daß jeder Mensch die Pflicht hat, seine eigene Seele zu retten. Ach, mein lieber Joseph! Er lebte nur für Sean und mich, und dann für seine Kinder. Ich erinnere mich an meine ersten Jahre im Waisenhaus. Schwester Elizabeth wurde nicht müde, Sean und mich darauf hinzuweisen, welche Opfer Joseph für uns brachte, wie innig er uns liebte, wie hart er für uns kämpfen mußte. Sean ...« Die sanfte Stimme zögerte. »Ach, wie blind sind wir doch oft, wie täuschen uns unsere Ohren — oder täuschen wir uns selbst? Aber ich wußte schon als ganz kleines Mädchen, was Joseph alles für seine Geschwister tat und wie er sich die unschuldigsten Freuden der Jugend versagte, nur um uns ein Heim und Geborgenheit geben zu können. Er war noch sehr jung, als er das Familienoberhaupt wurde. Knapp dreizehn. Aber er war ein ganzer Mann. Und das ist etwas gleichermaßen Seltsames, Seltenes und Wunderbares. Ein Mann. Er bat nie um Hilfe und wies jedes Mitgefühl zurück. Er bettelte um keines Menschen Großmut oder Güte. Er verlangte nicht einmal von Sean und mir, daß wir ihn lieben. Aber er liebte uns. Und wie sehr er uns liebte! Gott möge mir verzeihen, daß ich das nicht besser verstand. Daß ich jung war, ist keine Entschuldigung, überhaupt keine Entschuldigung. Noch heute tue ich täglich für meinen damaligen Mangel an Verständnis Buße. Das Leben hier hat mich schon immer mächtig angezogen. Aber vielleicht war ich zu einfältig, um Joseph davon zu überzeugen. Er hat geglaubt, ich hätte ihn im Stich gelassen — wie Sean ihn im Stich ließ. Darum muß ich besonders schwere Buße tun.«

Timothy fühlte sich alt und sterbensmüde. Er erinnerte sich:

»The tumult and the shouting dies,
The captains and the kings depart.
Still stands Thine ancient sacrifice —
A humble and a contrite heart.«

Wenn eines Menschen Gebete Gottes Ohr erreichten — wenn es überhaupt einen Gott gab, der ihnen lauschte —, gewiß würde Er Schwester Mary Bernardes Gebete vor allen anderen erhören, denn obwohl sie sich selber der »Hartherzigkeit und Einfalt« zieh, war sie ohne jeden Zweifel das unschuldigste, reinste und gütigste Menschenwesen, das er je gekannt hatte.

Und weiter dachte er: Aber diese »captains and kings«, die »Hauptleute und Könige« waren gar nicht fortgegangen! Seit Rory Armaghs Tod waren sie mächtiger als je zuvor. Und sie würden noch mächtiger werden, bis sie die ganze dumme, leichtgläubige, so über alle Maßen kunstvoll ersonnene Welt beherrschten. Wer immer sie herausforderte, den Versuch unternahm, sie bloßzustellen, ihnen die Larven von den Gesichtern reißen wollte, würde ermordet, verlacht, für verrückt erklärt, ignoriert oder als Phantast hingestellt werden. Zum Teufel mit dieser Welt, dachte Timothy Dineen. Vielleicht verdiente sie nichts besseres als diese »gesichtslosen, todbringenden Männer«. Vielleicht verdiente sie die Kriege, die Revolutionen, die Tyranneien, das Chaos. Für böse Menschen gab es immer die Hoffnung auf Reue und Buße. Für die Dummen gab es überhaupt keine Hoffnung. Unweigerlich opferten sie ihre Helden und errichteten ihren Mördern Denkmäler. Zum Teufel mit der Welt! Er, Timothy Dineen, wurde alt. Er würde den Beginn der letzten Schlacht zwischen den Menschen und ihren Mördern miterleben — nicht aber die Niederlage, mit der sie enden mußte. Dies würde Sache der neuen, von überschäumender Begeisterung erfüllten Jugend sein, die bereit war, jeder Fahne zu folgen, in jedem sorgfältig geplanten Krieg zu sterben und jeden möglichen Retter zu töten.

»Schwester, beten Sie für mich«, sagte er und war außerordentlich überrascht, als er sich dabei ertappte, wie er plötzlich die Überzeugung gewann, daß Schwester Mary Bernardes Gebete Wirkung zeitigen könnten! Sie war nur eine von der Welt abgeschlossene Nonne, die in einer Atmosphäre reinen Glaubens und unverfälschter Frömmigkeit lebte und nichts von den Schrecken ahnte, die die Menschen außerhalb der Klostermauern bedrohten, und nichts von ihres Bruders undurchschaubarem Leben. Zwecklos, mit ihr darüber zu sprechen; sie würde in Verwirrung geraten und nichts verstehen. Dennoch sagte er: »Beten Sie für mich.«

»Ich bete für die Welt«, antwortete sie, »und ganz besonders für Joseph und für Sie, lieber Tim.«

Er trat in den kalten Winternachmittag hinaus. Die Droschke wartete. Der gedämpfte Klang der Glocken rollte über die öde Landschaft. Die alten Glocken, die urzeitlichen Glocken, die ältesten Stimmen der Welt. Wer konnte es wissen? Vielleicht läuteten sie in alle Ewigkeit.

Sanft schloß sich die Wagentür hinter ihm, und er begann zu weinen.

Zwei Monate nach dem Mord an Rory Daniel Armagh versuchte General Curtis Clayton in einer Rede an den Senat »zu enthüllen, was ich weiß«. Man entzog ihm das Wort. Er schrieb ein Buch. Es wurde niemals veröffentlicht und das Manuskript nach seinem Tod nicht mehr gefunden. Er beschwor den Präsidenten, ihn zu empfangen, aber der Präsident ließ nichts von sich hören.

Er versuchte es mit der Presse, und die Reporter hörten ihm mit ernsten Gesichtern und zwinkernden Augen zu. Sie veröffentlichten keine Zeile.

Er starb am Vorabend der Wahl Woodrow Wilsons zum Präsidenten der Vereinigten Staaten im Militärspital von Camp Meadows. Es ging ein Gerücht, er hätte sich das Leben genommen. Sein Name war bald vergessen.